BESTSELLER

Arthur C. Clarke (1917-2008) fue un escritor, científico inglés y miembro de la Orden del Imperio Británico. Fue presidente de la Sociedad Interplanetaria Británica, miembrode la Academia Astronáutica, de la Real Sociedad Astronómica, entre otras organizaciones científicas. En su faceta de escritor, publicó un gran número de libros que han sido traducidos a más de treinta idiomas. En 1961 recibió el Premio Kalinga, otorgado por la Unesco, en reconocimiento a su labor como divulgador científico al gran público. Entre su obra cabe destacar la saga Una odisea espacial –formada por *2001: Una odisea espacial* (1968), *2010: Odisea dos* (1982), *2061: Odisea tres* (1987), *3001: Odisea final* (1996)–, *Rendez-vous with Rama* (1972; Premio Nebula, 1973; Premio Hugo, 1974) y *Cánticos de la lejana tierra* (1986).

Biblioteca

ARTHUR C. CLARKE

Una odisea espacial

La saga completa

Traducciones de
Antonio Ribera
Domingo Santos
Daniel R. Yagolkowski
Eduardo G. Murillo

DEBOLS!LLO

Papel certificado por el Forest Stewardship Council®

MIXTO
Papel procedente de
fuentes responsables
FSC® C117695
www.fsc.org

Títulos originales: *2001: A Space Odyssey, 2010: Odyssey Two,*
2061: Odyssey Three, 3001: The Final Odyssey

Primera edición: marzo de 2018

© 1968, Arthur C. Clarke y Polaris Productions, Inc.; por *2001: Una odisea espacial*
Publicado con la autorización del autor,
representado por Baror International, Inc.,
Armonk, New York, EE.UU.
© 1982, Arthur C. Clarke, por *2010: Odisea dos*
© 1987, Serendib BV, por *2061: Odisea tres*
© 1997, Arthur C. Clarke, por *3001: Odisea final*
© 2018, Penguin Random House Grupo Editorial, S.A.U.
Travessera de Gràcia, 47-49. 08021 Barcelona
© Antonio Ribera, Domingo Santos, Daniel R. Yagolkowski y Eduardo G. Murillo, por las traducciones

Printed in Spain – Impreso en España

ISBN: 978-84-663-4322-0 (vol. 185/5)
Depósito legal: B-265-2018

Compuesto en M. I. Maquetación, S. L.

Impreso en Liberdúplex
Sant Llorenç d'Hortons (Barcelona)

P 3 4 3 2 2 0

Penguin
Random House
Grupo Editorial

2001: UNA ODISEA ESPACIAL

Tras cada hombre viviente se encuentran treinta fantasmas, pues tal es la proporción numérica con que los muertos superan a los vivos. Desde el alba de los tiempos, aproximadamente cien mil millones de seres humanos han transitado por el planeta Tierra.

Y es en verdad un número interesante, pues por curiosa coincidencia hay aproximadamente cien mil millones de estrellas en nuestro universo local, la Vía Láctea. Así, por cada hombre que jamás ha vivido, luce una estrella en ese Universo.

Pero cada una de esas estrellas es un sol, a menudo mucho más brillante y magnífico que la pequeña y cercana a la que denominamos *el* Sol. Y muchos —quizá la mayoría— de esos soles lejanos tienen planetas circundándolos. Así, casi con seguridad hay suelo suficiente en el firmamento para ofrecer a cada miembro de las especies humanas, desde el primer hombre-mono, su propio mundo particular: cielo… o infierno.

No tenemos medio alguno de conjeturar cuántos de esos cielos e infiernos se encuentran habitados, y con qué clase de criaturas: el más cercano de ellos está millones de veces más lejos que Marte o Venus, esas metas remotas aun para la próxima generación. Sin embargo, las barreras de la distancia se están desmoronando, y día llegará en que daremos con nuestros iguales, o nuestros superiores, entre las estrellas.

Los hombres han sido lentos en encararse con esta perspectiva; algunos esperan aún que nunca se convertirá en realidad. No obstante, aumenta el número de los que preguntan: ¿Por qué no han acontecido ya tales encuentros, puesto que nosotros mismos estamos a punto de aventurarnos en el espacio?

¿Por qué no, en efecto? Solo hay una posible respuesta a esta muy razonable pregunta. Pero recordad, por favor, que esta es solo una obra de ficción.

La verdad, como siempre, será mucho más extraordinaria.

ARTHUR C. CLARKE
y STANLEY KUBRICK

1

EL CAMINO DE LA EXTINCIÓN

La sequía había durado ya diez millones de años, y el reinado de los terribles saurios había terminado tiempo atrás. Aquí en el ecuador, en el continente que había de ser conocido un día como África, la batalla por la existencia había alcanzado un nuevo clímax de ferocidad, no avistándose aún al victorioso. En este terreno baldío y desecado, solo podía medrar, o aun esperar sobrevivir, lo pequeño, lo raudo o lo feroz.

Los hombres-mono del «veldt» no eran nada de eso, y no estaban por tanto medrando; realmente, se encontraban ya muy adentrados en el curso de la extinción racial. Una cincuentena de ellos ocupaban un grupo de cuevas que dominaban un agostado vallecito, dividido por un perezoso riachuelo alimentado por las nieves de las montañas, situadas a trescientos kilómetros al norte. En épocas malas, el riachuelo desaparecía por completo, y la tribu vivía bajo el sombrío manto de la sed.

Estaba siempre hambrienta, y ahora la apresaba la torva inanición. Al filtrarse serpeante en la cueva el primer débil resplandor del alba, Moon-Watcher vio que su padre había muerto durante la noche. No sabía que el Viejo fuese su padre, pues tal parentesco se hallaba más allá de su entendimiento, pero al contemplar el enteco cuerpo sintió un vago desasosiego que era el antecesor de la pesadumbre.

Las dos criaturas estaban ya gimiendo en petición de comida, pero callaron al punto ante el refunfuño de Moon-Watcher.

Una de las madres defendió a la cría a la que no podía alimentar debidamente, respondiendo a su vez con enojado gruñido, y a él le faltó hasta la energía para asestarle un manotazo por su protesta.

Había ya suficiente claridad para salir. Moon-Watcher asió el canijo y arrugado cadáver, y lo arrastró tras sí al inclinarse para atravesar la baja entrada de la cueva. Una vez fuera, se echó el cadáver al hombro y se puso en pie... único animal en todo aquel mundo que podía hacerlo.

Entre los de su especie, Moon-Watcher era casi un gigante. Pasaba un par de centímetros del metro y medio de estatura, y aunque pésimamente subalimentado, pesaba unos cincuenta kilos. Su peludo y musculoso cuerpo estaba a mitad de camino entre el del mono y el del hombre, pero su cabeza era mucho más parecida a la del segundo que a la del primero. La frente era deprimida, y presentaba protuberancias sobre la cuenca de los ojos, aunque ofrecía en sus genes una inconfundible promesa de humanidad. Al extender su mirada sobre el mundo hostil del pleistoceno, había ya algo en ella que sobrepasaba la capacidad de cualquier mono. En sus oscuros y sumisos ojos se reflejaba una alboreante comprensión... los primeros indicios de una inteligencia que posiblemente no se realizaría aún durante años, y podría no tardar en ser extinguida para siempre.

No percibiendo señal alguna de peligro, Moon-Watcher comenzó a descender el declive casi vertical al exterior de la cueva, solo ligeramente embarazado por su carga. Como si hubiesen estado esperando su señal, los componentes del resto de la tribu emergieron de sus hogares y se dirigieron presurosos declive abajo en dirección a las fangosas aguas del riachuelo para su bebida mañanera.

Moon-Watcher extendió su mirada a través del valle para ver si los Otros estaban a la vista, pero no había señal alguna de ellos. Quizá no habían abandonado aún sus cuevas, o estaban ya forrajeando a lo largo de la ladera del cerro. Y como no se les veía por parte alguna, Moon-Watcher los olvidó, pues era incapaz de preocuparse más que de una cosa cada vez.

Debía primero deshacerse del Viejo, pero este era un problema que requería poco que pensar. Había habido muchas muertes aquella temporada, una en su propia cueva; solo tenía que dejar el cadáver donde había depositado el de la nueva criatura en el último cuarto de la luna, y las hienas se encargarían del resto.

Ellas estaban ya a la espera, allá donde el pequeño valle se diluía en la sabana, como si supiesen de su llegada. Moon-Watcher depositó el cuerpo bajo un mezquino matorral —todos los huesos anteriores habían desaparecido ya— y se apresuró a reunirse con la tribu. No volvió a pensar más en su padre.

Sus dos compañeras, los adultos de las otras cuevas y la mayoría de los jóvenes estaban forrajeando entre los árboles raquitizados por la sequía valle arriba, buscando bayas, suculentas raíces y hojas y ocasionales brevas, así como lagartijas o roedores. Solo los pequeños y los más débiles de los viejos permanecían en las cuevas; si quedaba algún alimento al final de la búsqueda del día, podrían nutrirse. En caso contrario, las hienas no tardarían en estar otra vez de suerte.

Pero aquel día era bueno… aunque como Moon-Watcher no conservaba un recuerdo real del pasado, no podía comparar un tiempo con otro. Había dado con una colmena en el tronco de un árbol muerto, y así había disfrutado de la mejor golosina que jamás saboreara su gente; todavía se chupaba los dedos de cuando en cuando mientras conducía el grupo al hogar, a la caída de la tarde. Desde luego, había sido víctima de buen número de aguijonazos, pero apenas los había notado. Se sentía ahora casi tan contento como jamás lo había estado; pues aunque estaba aún hambriento, en realidad no se notaba débil por el hambre. Y eso era lo más a lo que podía aspirar cualquier mono humanoide.

Su contento se desvaneció al alcanzar el riachuelo. Los Otros estaban allí. Cada día solían estar, pero no por ello dejaba la cosa de ser menos molesta.

Había unos treinta, y no podían distinguirse de los miembros de la propia tribu de Moon-Watcher. Al verle llegar, comenzaron a danzar, a agitar sus manos y a gritar, y los suyos replicaron de igual modo.

Y eso fue todo lo que sucedió. Aunque los monos humanoides luchaban y peleaban a menudo entre ellos, era raro que sus disputas tuvieran graves consecuencias. Al no poseer garras o colmillos, y estando bien protegidos por su pelo, no podían causarse mucho daño mutuo. En cualquier caso, disponían de escaso excedente de energía para tal improductiva conducta; los gruñidos y las amenazas eran un medio mucho más eficaz de mantener sus puntos de vista.

La confrontación duró aproximadamente cinco minutos; luego, la manifestación cesó tan rápido como había comenzado, y cada cual bebió hasta hartarse de la lodosa agua… El honor había quedado satisfecho; cada grupo había afirmado la reivindicación de su propio territorio. Y habiendo sido zanjado este importante asunto, la tribu desfiló por su ribera del riachuelo. El siguiente apacentadero que merecía la pena se hallaba ahora a más de un kilómetro y medio de las cuevas, y tenían que compartirlo con una manada de grandes bestias semejantes al antílope, las cuales toleraban a duras peñas su presencia. Y no podían ser expulsadas de allí, pues estaban armadas con terribles dagas que sobresalían de su testuz… las armas naturales que el mono humanoide no poseía.

Así, Moon-Watcher y sus compañeros masticaban bayas y frutas y hojas y se esforzaban por ahuyentar los tormentos del hambre… mientras en torno a ellos, compitiendo por el mismo pasto, había una fuente potencial de más alimento del que jamás podían esperar comer. Pero los miles de toneladas de suculenta carne que erraban por la sabana y a través de la maleza no solo estaban más allá de su alcance, sino también de su imaginación. Y, en medio de la abundancia, estaban pereciendo lentamente de inanición.

Con la última claridad del día, la tribu volvió, sin incidentes, a su cueva. La hembra herida que había permanecido en ella arrulló de placer cuando Moon-Watcher le dio la rama cubierta de bayas que le había traído, y comenzó a atacarla vorazmente. Bien escaso alimento había en ella, pero le ayudaría a subsistir hasta que sanara la herida que el leopardo le había causado, y pudiera volver a forrajear por sí misma.

Sobre el valle se estaba alzando una luna llena, y de las distantes montañas soplaba un viento cortante. Haría mucho frío durante la noche… pero el frío, como el hambre, no era motivo de verdadera preocupación; tan solo formaba parte del fondo de la vida.

Moon-Watcher apenas se movió cuando llegaron ecos de gritos y chillidos procedentes de una de las cuevas bajas del declive, y no necesitaba oír el ocasional gruñido del leopardo para saber exactamente lo que estaba sucediendo. Abajo, en la oscuridad, el viejo Cabello Blanco y su familia estaban luchando y muriendo, aunque ni por un momento atravesó la mente de Moon-Watcher la idea de que pudiera ir a prestar ayuda de algún modo. La dura lógica de la supervivencia desechaba tales fantasías, y ninguna voz se alzó en protesta desde la ladera del cerro. Cada cueva permanecía silenciosa, para no atraerse también el desastre.

El tumulto se apagó, y Moon-Watcher pudo oír entonces el roce de un cuerpo al ser arrastrado sobre las rocas, que duró solo unos cuantos segundos. Luego, el leopardo dio buena cuenta de su presa y no hizo más ruido; se marchó en silencio, llevando a su víctima sin esfuerzo entre sus poderosas mandíbulas.

Durante uno o dos días, no habría más peligro allí, pero podría haber otros enemigos afuera, aprovechándose del frío. Estando suficientemente prevenidos, los rapaces menores podían a veces ser espantados a gritos y chillidos. Moon-Watcher se arrastró fuera de la cueva, trepó a un gran canto rodado que estaba junto a la entrada y se agazapó en él para inspeccionar el valle.

De todas las criaturas que hasta entonces anduvieron por la Tierra, los monos humanoides fueron los primeros en contemplar fijamente a la Luna. Y aunque no podía recordarlo, siendo muy joven Moon-Watcher quería a veces alcanzar e intentar tocar aquel fantasmagórico rostro sobre los cerros.

Nunca lo había logrado, y ahora era lo bastante viejo para comprender por qué. En primer lugar, desde luego, debía hallar un árbol un poco alto para trepar a él.

A veces contemplaba el valle, y a veces la Luna, y durante todo el tiempo escuchaba. En una o dos ocasiones se adormeció, pero lo hizo permaneciendo alerta al punto de que el más leve sonido le hubiese despabilado como movido por un resorte. A la avanzada edad de veinticinco años, se encontraba aún en posesión de todas sus facultades; de continuar su suerte, y si evitaba los accidentes, las enfermedades, las bestias de presa y la inanición, podría sobrevivir otros diez años más.

La noche siguió su curso, fría y clara, sin más alarmas, y la Luna se alzó lentamente en medio de constelaciones ecuatoriales que ningún ojo humano vería jamás. En las cuevas, entre tandas de incierto dormitar y temerosa espera, estaban naciendo las pesadillas de generaciones aún por ser.

Y por dos veces atravesó lentamente el firmamento, alzándose al cénit y descendiendo por el este, un deslumbrante punto de luz más brillante que cualquier estrella.

2

LA NUEVA ROCA

Moon-Watcher se despertó de súbito, muy adentrada la noche. Molido por los esfuerzos y desastres del día, había estado durmiendo más a pierna suelta que de costumbre, aunque se puso instantáneamente alerta, al oír el primer leve gatear en el valle.

Se incorporó, quedando sentado en la fétida oscuridad de la cueva, tensando sus sentidos a la noche, y el miedo serpeó lentamente en su alma. Jamás en su vida —casi el doble de larga de lo que la mayoría de los miembros de su especie podían esperar— había oído un sonido como aquel. Los grandes gatos se aproximaban en silencio, y lo único que los traicionaba era un raro deslizarse de tierra, o el ocasional crujido de una ramita. Sin embargo era un continuo ruido crepitante, que iba aumentando en intensidad. Parecía como si alguna enorme bestia se estuviese moviendo a través de la noche, sin importarle el sigilo y haciendo caso omiso de todos los obstáculos. En una ocasión, Moon-Watcher oyó el inconfundible sonido de un matorral al ser arrancado de raíz; los elefantes y dinoterios lo hacían a menudo, pero por lo demás se movían tan silenciosamente como los felinos.

Y de pronto le llegó un sonido que Moon-Watcher sin duda no podía haber identificado, pues jamás había sido oído antes en la historia del mundo. Era el rechinar del metal sobre la piedra.

Moon-Watcher llegó frente a la Nueva Roca, al conducir la tribu al río a la primera claridad diurna. Había casi olvidado los terrores de la noche, porque nada había sucedido tras aquel ruido inicial, por lo que ni siquiera asoció aquella extraña cosa con peligro o con miedo. No había, después de todo, nada alarmante en ello.

Era una losa rectangular, de una altura triple a la suya pero lo bastante estrecha como para abarcarla con sus brazos, y estaba hecha de algún material completamente transparente; en verdad que no era fácil verla excepto cuando el sol que se alzaba destellaba en sus bordes. Como Moon-Watcher no había topado nunca con hielo, ni agua cristalina, no había objetos naturales con los que pudiese comparar a aquella aparición. Ciertamente era más bien atractiva, y aunque él tenía por costumbre ser prudente y cauto ante la mayoría de las novedades, no vaciló mucho antes de encaramarse a ella. Y como nada sucedió, tendió la mano, y sintió una fría y dura superficie.

Tras varios minutos de intenso pensar, llegó a una brillante explicación. Era una roca, desde luego, y debió de haber brotado durante la noche. Había muchas plantas que lo hacían así… objetos blancos y pulposos en forma de guijas, que parecían emerger durante las horas de oscuridad. Verdad era que eran pequeñas y redondas, mientras que esta era ancha y de agudas aristas, pero filósofos más grandes y modernos que Moon-Watcher estarían dispuestos a pasar por alto excepciones a sus teorías igual de sorprendentes.

Aquella muestra realmente soberbia de pensamiento abstracto condujo a Moon-Watcher, tras solo tres o cuatro minutos, a una deducción que puso inmediatamente a prueba. Las blancas y redondas plantas-guijas eran muy sabrosas (aunque había unas cuantas que producían violenta enfermedad). ¿Quizá esta grande…?

Unas cuantas lamidas e intentos de roer le desilusionaron rápidamente. No había alimento en ella; por lo que, como mono humanoide juicioso, prosiguió en dirección al río, olvidándolo todo sobre el cristalino monolito, durante la cotidiana rutina de chillar a los Otros.

El forrajeo era muy malo, hoy, y la tribu tuvo que recorrer varios kilómetros desde las cuevas para encontrar algún alimento. Durante el despiadado calor del mediodía, una de las hembras más frágiles se desplomó víctima de un colapso, lejos de cualquier posible refugio. Sus compañeros la rodearon arrullándola alentadoramente, pero no había nada que pudiera nadie hacer. De haber estado menos agotados, podrían haberla llevado con ellos, pero no les quedaba ningún excedente de energía para tal acto de caridad. Por lo tanto, tuvieron que abandonarla para que se recuperase con sus propios recursos, o pereciese. En el recorrido de vuelta al hogar pasaron al atardecer por el lugar donde se depositaban los cadáveres; no se veía en él ningún hueso.

Con la última luz del día, y mirando con ansiedad en derredor para precaverse de tempranos cazadores, bebieron apresuradamente en el riachuelo y empezaron a trepar a sus cuevas. Se hallaban todavía a cien metros de la Nueva Roca cuando comenzó el sonido.

Era apenas audible, pero sin embargo los detuvo en seco, quedando paralizados en la vereda, con las mandíbulas colgando flojamente. Una simple y enloquecedora vibración repetida salía expelida del cristal, hipnotizando a todo cuando aprehendía en su sortilegio. Por primera vez —y la última, en tres millones de años— se oyó en África el sonido del tambor.

El vibrar se hizo más fuerte y más insistente. Los monos humanoides comenzaron a moverse hacia delante como sonámbulos, en dirección al origen de aquel obsesionante sonido. A veces daban pequeños pasos de danza, como si su sangre respondiese a los ritmos que sus descendientes aún tardarían épocas en crear. Y completamente hechizados, se congregaron en torno al monolito, olvidando las fatigas y penalidades del día, los peligros de la oscuridad que iba extendiéndose y el hambre de sus estómagos.

El tamborileo se hizo más ruidoso, y más oscura la noche. Y cuando las sombras se alargaron y se agotó la luz del firmamento, el cristal comenzó a resplandecer.

Primero perdió su transparencia, y quedó bañado en pálida y lechosa luminiscencia. A través de su superficie y en sus profundidades se movieron atormentadores fantasmas vagamente definidos, los cuales se fusionaron en franjas de luz y sombra, formando luego rayados diseños entremezclados que comenzaron a dar vueltas despacio.

Los haces de luz giraron cada vez más rápidamente, acelerándose con ellos el vibrar de los tambores. Hipnotizados del todo, los monos humanoides solo podían contemplar con mirada fija y mandíbulas colgantes aquel pasmoso despliegue pirotécnico. Habían olvidado ya los instintos de sus progenitores y las lecciones de toda una existencia; ninguno de ellos, corrientemente, habría estado tan lejos de su cueva tan tarde. Pues la maleza circundante estaba llena de formas que parecían petrificadas y de ojos fijos, como si las criaturas nocturnas hubiesen suspendido sus actividades para ver lo que habría de suceder luego.

Los giratorios discos de luz comenzaron entonces a emerger, y sus radios se fundieron en luminosas barras que retrocedieron poco a poco en la distancia, girando en sus ejes al hacerlo. Luego se escindieron en pares, y las series de líneas resultantes empezaron a oscilar a través unas de otras, cambiando lentamente sus ángulos de intersección. Fantásticos y volanderos diseños geométricos flamearon y se apagaron al enredarse y desenredarse las resplandecientes mallas; y los monos humanoides siguieron con la mirada fija, hipnotizados cautivos del radiante cristal.

Jamás hubiesen imaginado que estaban siendo sondeadas sus mentes, estudiadas sus reacciones y evaluados sus potenciales. Al principio, la tribu entera permaneció semiagazapada, en inmóvil cuadro, como petrificada. Luego el mono humanoide más próximo a la losa volvió de súbito a la vida.

No varió su posición, pero su cuerpo perdió su rigidez, semejante a la del trance hipnótico, y se animó como si fuese un muñeco controlado por invisibles hilos. Giró la cabeza a este y al otro lado; la boca se cerró y abrió silenciosamente; las manos se cerraron y abrieron. Luego se inclinó, arrancó una larga brizna de hierba e intentó anudarla, con torpes dedos.

Parecía un poseído, pugnando contra algún espíritu o demonio que se hubiese apoderado de su cuerpo. Jadeaba intentando respirar, y sus ojos estaban llenos de terror mientras quería obligar a sus dedos a hacer movimientos más complicados que cualquier otro que hubiese intentado antes.

A pesar de todos sus esfuerzos, únicamente logró hacer pedazos el tallo. Y mientras los fragmentos caían al suelo, le abandonó la influencia dominante y volvió a quedarse inmóvil, como petrificado.

Otro mono humanoide surgió a la vida y procedió a la misma ejecución. Era este un ejemplar más joven y, por tanto más adaptable, que logró hacer lo que el más viejo había fallado. En el planeta Tierra, había sido enlazado el primer tosco nudo…

Otros hicieron cosas más extrañas y todavía más anodinas. Algunos extendieron sus brazos en toda su longitud e intentaron tocarse las yemas de los dedos… primero con ambos ojos abiertos, y luego con uno cerrado. Algunos tuvieron que fijar la vista en las formas trazadas en el cristal, que se fueron dividiendo cada vez más finamente hasta fundirse en un borrón gris. Y todos oyeron sonidos aislados y puros, de variado tono, que enseguida descendieron por debajo del nivel del oído.

Al llegar la vez a Moon-Watcher, sintió muy poco temor. Su principal sensación era la de un sordo resentimiento, al contraerse sus músculos y moverse sus miembros obedeciendo órdenes que no eran completamente suyas.

Sin saber por qué, se inclinó y cogió una piedrecita. Al incorporarse, vio que había una nueva imagen en la losa de cristal.

Las formas danzantes habían desaparecido, dejando en su lugar una serie de círculos concéntricos que rodeaban un intenso disco negro.

Obedeciendo las silenciosas órdenes que oía en su cerebro, arrojó la piedra con torpe impulso de volea, fallando el blanco por bastantes centímetros.

«Inténtalo de nuevo», dijo la orden. Buscó en derredor hasta hallar otro guijarro. Y esta vez su lanzamiento dio en la losa, produciendo un sonido como de campana. Sin embargo todavía era muy deficiente su puntería, aunque había sin duda mejorado.

Al cuarto intento, el impacto dio solo a milímetros del blanco. Una sensación de indescriptible placer, casi sexual en su intensidad, inundó su mente. Luego se aflojó el control, y ya no sintió ningún impulso para hacer nada, excepto quedarse esperando.

Uno a uno, cada miembro de la tribu fue brevemente poseído. Algunos tuvieron éxito, pero la mayoría fallaron en las tareas que se les habían impuesto, y todos fueron recompensados en consecuencia, con espasmos de placer o de dolor.

Ahora había solo un fulgor uniforme y sin rasgos en la gran losa, por lo que se asemejaba a un bloque de luz superpuesto en la circundante oscuridad. Como si despertasen de un sueño, los monos humanoides menearon sus cabezas y comenzaron luego a moverse por la vereda en dirección a sus cobijos. No miraron hacia atrás, ni se maravillaron ante la extraña luz que estaba guiándoles a sus hogares... y a un futuro desconocido hasta para las estrellas.

3

ACADEMIA

Moon-Watcher y sus compañeros no conservaban recuerdo alguno de lo que habían visto, después de que el cristal cesara de proyectar su hipnótico ensalmo en sus mentes y de experimentar con sus cuerpos. Al día siguiente, cuando salieron a forrajear, pasaron ante la losa sin apenas dedicarle un pensamiento; ella formaba ahora parte del desechado fondo de sus vidas. No podían comerla, ni tampoco ella a ellos; por lo tanto, no era importante.

Abajo, en el río, los Otros profirieron sus habituales amenazas ineficaces. Su jefe, un mono humanoide con solo una oreja y de la corpulencia y edad de Moon-Watcher, aunque en peor condición, hasta se permitió dar una breve carrera en dirección al territorio de la tribu, gritando y agitando los brazos en un intento de amedrentar a la oposición y apuntalar su propio valor. El agua del riachuelo no tenía en ninguna parte una profundidad mayor que treinta y cinco centímetros, pero cuanto más se adentraba en ella Una-Oreja, más inseguro y desdichado se mostraba, hasta que no tardó en detenerse y retroceder luego, con exagerada dignidad, para unirse a sus compañeros.

Por lo demás, no hubo cambio alguno en la rutina normal. La tribu recogió suficiente alimento para sobrevivir otro día, y ninguno murió.

Y aquella noche, la losa de cristal se hallaba aún a la espera, rodeada de su palpitante aura de luz y sonido. Sin embargo, el programa que había fraguado era sutilmente diferente.

A algunos de los monos humanoides los ignoró por completo, como si se estuviese concentrando en los sujetos más prometedores. Uno de estos fue Moon-Watcher; de nuevo sintió él serpear inquisidores zarcillos por inusitados lugares ocultos de su cerebro. Y entonces comenzó a ver visiones.

Podían haber estado dentro del bloque de cristal; podían haberse hallado del todo en el interior de su mente. En todo caso, para Moon-Watcher eran absolutamente reales. Sin embargo, el habitual impulso automático de arrojar de su territorio a los invasores había sido adormecido.

Estaba contemplando a un pacífico grupo familiar, que difería solo en su aspecto de las escenas que él conocía. El macho, la hembra y las dos crías que habían aparecido misteriosamente ante él eran orondos, de piel suave y reluciente… y esta era una condición de vida que Moon-Watcher no había imaginado nunca. De forma inconsciente, se palpó sus sobresalientes costillas; las de *aquellas* criaturas estaban ocultas por una capa adiposa. De cuando en cuando se desperezaban flojamente, tendidas a pierna suelta a la entrada de una cueva, al parecer en paz con el mundo. De vez en cuando, el gran macho emitía un enorme gruñido de satisfacción.

No hubo allí ninguna otra actividad, y al cabo de cinco minutos se desvaneció de súbito la escena. El cristal no era ya más que una titilante línea en la oscuridad; Moon-Watcher se sacudió como despertándose de un sueño, percatándose bruscamente de dónde se encontraba, y volvió a conducir a la tribu a las cuevas.

No tenía ningún recuerdo consciente de lo que había visto, pero aquella noche, sentado caviloso en la entrada de su cubil, con el oído aguzado a los ruidos del mundo que le rodeaba, sintió las primeras débiles punzadas de una nueva y poderosa emoción. Era una vaga y difusa sensación de envidia… o de insatisfacción con su vida. No tenía la menor idea de su causa, y menos aún de su remedio, pero el descontento había penetrado en su alma, y había dado un pequeño paso hacia la humanidad.

Noche tras noche, se repitió el espectáculo de aquellos cuatro rollizos monos humanoides, hasta convertirse en fuente de fascinada exasperación, que servía para aumentar el hambre eterna y roedora de Moon-Watcher. La evidencia de sus ojos no podía haber producido ese efecto; necesitaba un refuerzo psicológico. Había ahora en la vida de Moon-Watcher lagunas que nunca recordaría, cuando los átomos de su simple cerebro estaban siendo trenzados en nuevos moldes. Si sobrevivía, esos moldes se tornarían eternos, pues su gen se transmitiría entonces a las futuras generaciones.

Era un lento y tedioso proceso, pero el monolito de cristal era paciente. No cabía esperar que ni él, ni sus reproducciones desperdigadas a través de la mitad del globo tuvieran éxito con todas las series de grupos implicados en el experimento. Cien fracasos no importarían, si un simple logro pudiese cambiar el destino de un mundo.

Para cuando llegó la siguiente luna nueva, la tribu había visto un nacimiento y dos muertes: una había sido debida a la inanición; la otra aconteció durante el ritual nocturno, cuando un macho se desplomó de súbito mientras intentaba golpear delicadamente dos piedras. Al punto, el cristal se oscureció. La tribu había quedado liberada del ensalmo, pero el caído no se movió; y por la mañana, desde luego, el cuerpo había desaparecido.

No hubo ejecución la siguiente noche; el cristal se hallaba aún analizando su error. La tribu pasó ante él en la oscuridad, ignorando su presencia por completo. La noche siguiente, estuvo de nuevo dispuesta la función.

Los cuatro rollizos monos humanoides estaban aún allí, y esta vez hacían cosas extraordinarias. Moon-Watcher comenzó a temblar irrefrenablemente; sentía como si fuese a estallarle el cerebro, y deseaba apartar la vista. Pero aquel implacable control mental no aflojaba su presa y se vio forzado a seguir la lección hasta el final, aunque todos sus instintos se sublevaran contra ello.

Aquellos instintos habían servido bien a sus antepasados, en los días de cálidas lluvias y abundante fertilidad, cuando por todas partes había alimentos que recolectar. Pero los tiempos habían cambiado, y la sabiduría heredada del pasado se había convertido en insensatez. Los monos humanoides tenían que adaptarse, o morir… como las grandes bestias que habían desaparecido antes que ellos, y cuyos huesos se hallaban empotrados en los cerros de caliza.

Así, Moon-Watcher observó el monolito de cristal con la mirada fija y sin pestañear, mientras su cerebro permanecía abierto a sus aún inciertas manipulaciones. A menudo sentía náuseas, pero siempre hambre; y de cuando en cuando sus manos se contraían inconscientemente sobre los moldes que habían de determinar su nuevo sistema de vida.

Moon-Watcher se detuvo de pronto, cuando la hilera de cerdos atravesó la senda, olisqueando y gruñendo. Cerdos y monos humanoides se habían ignorado siempre mutuamente, pues no había conflicto alguno de intereses entre ellos. Como la mayoría de los animales que no competían por el mismo alimento, se mantenían tan solo apartados de sus caminos particulares.

Sin embargo, a la sazón Moon-Watcher se quedó contemplándolos, con inseguros movimientos hacia atrás y adelante al sentirse hostigado por impulsos que no podía comprender. De pronto, y como en un sueño, comenzó a buscar en el suelo… no sabría decir qué, aun cuando hubiese tenido la facultad de la palabra. Lo reconoció al verlo.

Era una piedra pesada y puntiaguda, de varios centímetros de largo, y aunque no encajaba a la perfección en su mano, serviría. Al blandirla, aturullado por el repentino aumento de peso, sintió una agradable sensación de poder y autoridad. Y seguidamente comenzó a moverse en dirección al cerdo más próximo.

Era un animal joven y estólido, hasta para la norma de inteligencia de aquella especie. Aunque lo observó con el rabillo del ojo, no lo tomó en serio hasta demasiado tarde. ¿Por qué habrían de sospechar aquellas inofensivas criaturas de cualquier maligno intento? Siguió hozando la hierba hasta que el martillo de piedra de Moon-Watcher le privó de su vaga conciencia. El resto de la manada continuó pastando sin alarmarse, pues el asesinato había sido rápido y silencioso.

Todos los demás monos humanoides del grupo se habían detenido para contemplar la acción, y se agrupaban ahora con admirativo asombro en torno a Moon-Watcher y su víctima. Uno de ellos recogió el arma manchada de sangre y comenzó a aporrear con ella el cerdo muerto. Otros se le unieron en la tarea con toda clase de palos y piedras que pudieron recoger, hasta que su blanco quedó hecho una pulpa sanguinolenta.

Luego sintieron hastío; unos se marcharon, mientras otros permanecieron vacilantes en torno al irreconocible cadáver... pendiente de su decisión el futuro de un mundo. Pasó un tiempo sorprendentemente largo antes de que una de las hembras con crías comenzase a lamer la sangrienta piedra que sostenía en sus manos.

Y todavía pasó mucho más tiempo antes de que Moon-Watcher, a pesar de todo lo que se le había enseñado, comprendiese realmente que no tenía por qué pasar hambre nunca más.

I. NOCHE PRIMITIVA

4

EL LEOPARDO

Los instrumentos que habían planeado emplear eran bastante simples, aunque podían cambiar el mundo y dar su dominio a los monos humanoides. El más primitivo era la piedra manual, que multiplicaba muchas veces la potencia de un golpe. Había luego el mazo de hueso, que aumentaba el alcance y procuraba un amortiguador contra las garras o zarpas de bestias hambrientas. Con estas armas, estaba a su disposición el ilimitado alimento que erraba por las sabanas.

Pero necesitaban otras ayudas, pues sus dientes y uñas no podían desmembrar con presteza a ningún animal más grande que un conejo. Por fortuna, la Naturaleza había dispuesto de instrumentos perfectos, que solo requerían ser recogidos.

En primer lugar había un tosco pero muy eficaz cuchillo o sierra, de un modelo que serviría muy bien para los siguientes tres millones de años. Era simplemente la quijada inferior de un antílope, con los dientes aún en su lugar; no sufriría ninguna mejora sustancial hasta la llegada del acero. Había también un punzón o daga bajo la forma de un cuerno de gacela, y por último un raspador compuesto por la quijada completa de casi cualquier animal pequeño.

El mazo de piedra, la sierra dentada, la daga de cuerno y el raspador de hueso… tales eran las maravillosas invenciones que los monos humanoides necesitaban para sobrevivir. No tardarían en reconocerlos como los símbolos de poder que eran, pero muchos meses habían de pasar antes de que sus torpes dedos adquiriesen la habilidad —o la voluntad— para usarlos.

Quizá, andando el tiempo, habrían llegado por su propio esfuerzo a la terrible y brillante idea de emplear armas naturales como instrumentos artificiales. Pero los viejos estaban todos contra ellos, y aún ahora había innúmeras oportunidades de fracaso en las edades por venir.

Se había dado a los monos humanoides su primera oportunidad. No habría una segunda; el futuro se hallaba en sus propias manos.

Crecieron y menguaron lunas; nacieron criaturas y a veces vivieron; débiles y desdentados viejos de treinta años murieron; el leopardo cobró su impuesto en la noche; los Otros amenazaron cotidianamente a través del río… y la tribu prosperó. En el curso de un solo año, Moon-Watcher y sus compañeros cambiaron casi hasta el punto de resultar irreconocibles.

Habían aprendido bien sus lecciones; ahora podían manejar todos los instrumentos que les habían sido revelados. El mismo recuerdo del hambre se estaba borrando de sus mentes; y aunque los cerdos se estaban tornando recelosos, había gacelas y antílopes y cebras en incontables millares en los llanos. Todos estos animales, y otros, habían pasado a ser presa de los aprendices de cazador.

Al no estar ya semiembotados por la inanición, disponían de tiempo para el ocio y para los primeros rudimentos de pensamiento. Su nuevo sistema de vida era ya aceptado despreocupadamente, y no lo asociaban en modo alguno con el monolito que seguía alzado junto a la senda del río. Si alguna vez se hubiesen detenido a considerar la cuestión, se hubiesen jactado de haber creado con su propio esfuerzo sus mejores condiciones de vida actuales; de hecho, habían olvidado ya cualquier otro modo de existencia.

Pero ninguna Utopía es perfecta, y esta presentaba dos defectos. El primero era el leopardo merodeador, cuya pasión por los monos humanoides parecía haber aumentado mucho, al estar estos mejor alimentados. El segundo consistía en la tribu del otro lado del río; pues, como fuese, los Otros habían sobrevivido, negándose tercamente a morir de inanición.

El problema del leopardo fue resuelto en parte por casualidad, y en parte debido a un serio —en verdad— y casi fatal error cometido por Moon-Watcher. Sin embargo, por entonces le había parecido su idea tan brillante que hasta había bailado de alegría, y quizá apenas podía censurársele por no prever las consecuencias.

La tribu experimentó aún ocasionales días malos, si bien no amenazaran ya su propia supervivencia. Un día, hacia el anochecer, no había cobrado ninguna pieza; las cuevas hogareñas estaban ya a la vista, cuando Moon-Watcher conducía a sus cansados y mohínos compañeros a recogerse en ellas. Y de pronto, en el mismo umbral, toparon con uno de los raros regalos de la Naturaleza.

Un antílope adulto yacía junto a la vereda. Tenía rota una pata delantera, pero el animal conservaba aún mucha de su fuerza combativa, y los chacales merodeadores se mantenían a respetuosa distancia de los cuernos afilados como puñales. Podían permitirse esperar; sabían que tenían solo que armarse de paciencia.

Pero habían olvidado la competencia, y se retiraron con coléricos gruñidos a la llegada de los monos humanoides. Estos trazaron también un círculo cauteloso, manteniéndose fuera del alcance de aquellas peligrosas astas, y seguidamente pasaron al ataque con mazos y piedras.

No fue un ataque muy efectivo o coordinado; para cuando la desdichada bestia hubo exhalado su último aliento, la claridad se había casi ido… y los chacales estaban recuperando su valor. Moon-Watcher, dividido entre el miedo y el hambre, poco a poco se dio cuenta de que todo aquel esfuerzo podía haber sido vano; era demasiado peligroso quedarse allí por más tiempo.

Pero de pronto, y no por primera o última vez, demostró ser un genio. Con inmenso esfuerzo de imaginación, se representó al antílope muerto... *en la seguridad de su propia cueva.* Y al punto comenzó a arrastrarlo hacia la cara del risco; los demás comprendieron sus intenciones y comenzaron a ayudarle.

De haber sabido él lo difícil que resultaría la tarea, no lo habría intentado. Solo su gran fuerza, y la agilidad heredada de sus arbóreos antepasados, le permitió subir el cuerpo muerto por el empinado declive. Varias veces, y llorando de frustración, abandonó casi su presa, pero le siguió impulsando una obstinación casi tan profundamente arraigada como su hambre. A veces le ayudaban los demás, y a veces le estorbaban, aunque más bien se limitaban a seguirlo. Al final lo logró: el baqueteado antílope fue arrastrado al borde de la cueva cuando los últimos resplandores de la luz del sol se borraban en el firmamento; y el festín comenzó.

Horas después, ahíto más que harto, se despertó Moon-Watcher. Y sin saber por qué, se incorporó hasta quedar sentado en la oscuridad entre los desparramados cuerpos de sus igualmente ahítos compañeros, y tendió su oído a la noche.

No se oía sonido alguno, excepto el pesado respirar en derredor suyo; el mundo parecía dormido. Las rocas, más allá de la boca de la cueva, aparecían pálidas como huesos a la brillante luz de la luna, que estaba ya muy alta. Cualquier pensamiento de peligro parecía infinitamente remoto.

De pronto, desde mucha distancia, llegó el sonido de un guijarro al caer. Temeroso, aunque curioso, Moon-Watcher se arrastró hasta el borde de la cueva, y escudriñó la cara del risco.

Lo que vio le dejó tan paralizado por el espanto que durante largos segundos fue incapaz de moverse. A solo siete metros más abajo, dos relucientes ojos dorados tenían clavada la mirada arriba, en su dirección; le tuvieron tan hipnotizado por el pavor que apenas se dio cuenta del flexible y listado cuerpo que, tras ellos, se deslizaba suave y silenciosamente de roca en roca. Nunca había trepado antes tan arriba el leopardo. Había desechado las cuevas más bajas, aun cuando debió de haberse dado buena cuenta de que estaban habitadas. Sin embargo, ahora iba tras otra caza; estaba siguiendo el rastro de sangre, sobre la ladera del risco bañada por la luna.

Segundos después, la noche se hizo espantosa con los chillidos de alarma de los monos humanoides. El leopardo lanzó un rugido de furia, como si se percatara de haber perdido el elemento representado por la sorpresa. Pero no detuvo su avance, pues sabía que no tenía nada que temer.

Alcanzó el borde, y descansó un momento en el exiguo espacio abierto. Por todas partes flotaba el olor a sangre, llenando su cruel y reducida mente con irresistible deseo. Y sin vacilación, penetró silenciosamente en la cueva.

Y con ello cometió su primer error, pues al moverse fuera de la luz de la luna, hasta sus ojos soberbiamente adaptados a la noche quedaban en momentánea desventaja. Los monos humanoides podían verle, recortada en parte su silueta contra la abertura de la cueva, con más claridad de la que podía él verles a ellos. Estaban aterrorizados, pero ya no por completo desamparados.

Gruñendo y moviendo la cola con arrogante confianza, el leopardo avanzó en busca del tierno alimento que ansiaba. De haber hallado su presa en el espacio abierto exterior, no hubiese tenido ningún problema; pero ahora que los monos humanoides estaban atrapados, la desesperación les dio el valor necesario para intentar lo imposible. Y por primera vez, disponían de medios para realizarlo.

El leopardo supo que algo andaba mal al sentir un aturdidor golpe en su cabeza. Disparó su pata delantera, y oyó un chillido angustioso cuando sus garras laceraron carne blanda. Luego sintió un taladrante dolor cuando alguien introdujo algo agudo en sus ijares… una, dos y por tercera vez aún. Giró en redondo y remolineó para alcanzar a las sombras que chillaban y bailaban por todas partes.

De nuevo sintió un violento golpe a través del hocico.

Chasqueó los colmillos, asestándolos contra una blanca mancha móvil... si bien solo para roer inútilmente un hueso muerto. Y luego, en una final e increíble indignidad, se sintió tirado y arrastrado por la cola.

Giró de nuevo en redondo, arrojando a su insensatamente osado atormentador contra la pared de la cueva, pero hiciera lo que hiciese no podía eludir la lluvia de golpes que le infligían unas toscas armas manejadas por torpes pero poderosas manos. Sus rugidos pasaron de la gama del dolor a la de la alarma, y de la alarma al franco terror. El implacable cazador era ahora la víctima, y estaba intentando con desesperación batirse en retirada.

Y entonces cometió su segundo error, pues en su sorpresa y espanto había olvidado dónde estaba. O quizá estaba aturdido o cegado por los golpes llovidos en su cabeza; sea como fuere, salió disparado de la cueva.

Se oyó un horrible ulular cuando fue a caer en el vacío. Luego, el batacazo al estrellarse contra una protuberancia de la parte media del risco; después, el único sonido fue el deslizarse de piedras sueltas, que rápidamente se apagó en la noche.

Durante un buen rato, intoxicado por la victoria, Moon-Watcher permaneció danzando y farfullando una jerigonza en la entrada de la cueva. Sentía hasta el fondo de su ser que todo su mundo había cambiado y que él no era ya una impotente víctima de las fuerzas que le rodeaban.

Volvió luego a meterse en la cueva y, por primera vez en su vida, durmió como un leño en ininterrumpido sueño.

Por la mañana, encontraron el cuerpo del leopardo al pie del risco. Hasta muerto, pasó un rato antes de que alguien se atreviese a aproximarse al monstruo vencido; luego se acercaron, empuñando sus cuchillos y sierras.

Fue tarea muy ardua, y aquel día no cazaron.

I. NOCHE PRIMITIVA

5

ENCUENTRO EN EL ALBA

Al conducir a la tribu río abajo a la opaca luz del alba, Moon-Watcher se detuvo vacilante en un paraje familiar para él. Sabía que algo faltaba, pero no podía recordar qué era. No hizo el menor esfuerzo mental para entender el problema, pues esa mañana tenía asuntos más importantes en la mente.

Como el trueno y el rayo y las nubes y los eclipses, el gran bloque de cristal había desaparecido tan misteriosamente como apareciera. Habiéndose desvanecido en el no-existente pasado, no volvió a turbar nunca más los pensamientos de Moon-Watcher.

Nunca sabría qué había sido de él; y ninguno de sus compañeros se sorprendió, al congregarse en derredor suyo en la bruma mañanera, porque había hecho una pausa momentánea en el camino al río.

Desde su ribera del riachuelo, en la jamás violada seguridad de su propio territorio, los Otros vieron primero a Moon-Watcher y a una docena de machos de su tribu destacarse como un friso móvil contra el firmamento del alba. Y al punto comenzaron a chillar su diario reto; pero esta vez no hubo respuesta alguna.

Con la firmeza de un propósito definido —y sobre todo *silenciosamente*— Moon-Watcher y su banda descendieron la pequeña loma que atalayaba el río; al aproximarse, los Otros se calmaron de súbito. Su rabia ritual se esfumó para ser remplazada por un creciente temor. Se percataban vagamente de que algo había sucedido y de que aquel encuentro era distinto a todos los que habían acontecido antes. Los mazos y los cuchillos de hueso que portaban los componentes del grupo de Moon-Watcher no les alarmaban, pues no comprendían su objeto. Solo sabían que los movimientos de sus rivales estaban ahora imbuidos de determinación y de amenaza.

El grupo se detuvo al borde del agua y por un momento revivió el valor de los Otros, quienes, conducidos por Una-Oreja, reanudaron semianimosamente su canto de batalla. Este duró solo unos segundos, pues una visión terrorífica los dejó mudos.

Moon-Watcher había alzado sus brazos al aire, mostrando la carga que hasta entonces había estado oculta por los hirsutos cuerpos de sus compañeros. Sostenía una gruesa rama, y empalada en ella se encontraba la cabeza sangrienta del leopardo, cuya boca había sido abierta con una estaca, mostrando los grandes y agudos colmillos de fantasmal blancura a los primeros rayos del sol naciente.

La mayoría de los Otros estaban demasiado paralizados por el espanto para moverse, pero algunos iniciaron una lenta retirada a trompicones. Aquel era todo el incentivo que Moon-Watcher necesitaba. Sosteniendo aún el mutilado trofeo sobre su cabeza, empezó a atravesar el riachuelo. Pasados unos momentos de vacilación, sus compañeros chapotearon tras él.

Al llegar a la orilla opuesta, Una-Oreja se mantenía aún en su terreno. Quizá era demasiado valiente o demasiado estúpido para correr; o acaso no podía creer realmente que se estaba cometiendo aquel ultraje. Cobarde o héroe, al fin y al cabo no supuso diferencia alguna cuando el helado rugido de muerte se abatió sobre su roma cabeza.

Chillando de pavor, los Otros se desperdigaron en la maleza; pero volverían, y no tardarían en olvidar a su perdido caudillo.

Durante unos cuantos segundos Moon-Watcher permaneció indeciso ante su nueva víctima, intentando comprender el singular y maravilloso hecho de que el leopardo muerto pudiese matar de nuevo. Ahora era él el amo del mundo, y no sabía muy bien qué hacer a continuación.

Pero ya pensaría en algo.

6

LA ASCENDENCIA DEL HOMBRE

Un nuevo animal se hallaba sobre el planeta, extendiéndose lentamente desde el corazón del África. Era aún tan raro que un premioso censo lo habría omitido, entre los prolíficos miles de millones de criaturas que vagaban por tierra y por mar. Hasta el momento, no había evidencia alguna de que pudiera prosperar, o hasta sobrevivir; había habido en este mundo tantas bestias más poderosas que desaparecieron, que su destino pendía aún en la balanza.

En los cien mil años transcurridos desde que los cristales descendieron en África, los monos humanoides no habían inventado nada. Pero habían comenzado a cambiar, y habían desarrollado actividades que no eran propias de ningún otro animal. Sus porras de hueso habían aumentado su alcance y multiplicado su fuerza; ya no se encontraban indefensos contra las bestias de presa competidoras. Podían apartar de sus propias matanzas a los carnívoros menores; en cuanto a los grandes, cuando menos podían disuadirlos, y a veces amedrentarlos, poniéndolos en fuga.

Sus macizos dientes se estaban haciendo más pequeños, pues ya no les eran esenciales. Las piedras de afiladas aristas que podían ser usadas para arrancar raíces, o para cortar y aserrar carne o fibra, habían comenzado a remplazarlos, con inconmensurables consecuencias. Los monos humanoides no se hallaban ya enfrentados a la inanición cuando se les pudrían o gastaban los dientes; hasta los instrumentos más toscos podían añadir varios años a sus vidas. Y a medida que disminuían sus colmillos y dientes, comenzó a variar la forma de su cara; retrocedió su hocico, se hizo más delicada la prominente mandíbula, y la boca se tornó capaz de emitir sonidos más refinados. El habla se encontraba aún a una distancia de un millón de años, pero se habían dado los primeros pasos hacia ella.

Y entonces comenzó a cambiar el mundo. En cuatro grandes oleadas, con doscientos mil años entre sus crestas, barrieron el globo las Eras Glaciales, dejando su huella por todas partes. Más allá de los trópicos, los glaciares dieron buena cuenta de quienes habían abandonado prematuramente su hogar ancestral, y aniquilaron también a las criaturas que no podían adaptarse.

Una vez pasado el hielo, también se fue con él mucha de la vida primitiva del planeta… incluyendo a los monos humanoides. Pero a diferencia de muchos otros, ellos habían dejado descendientes; no se habían simplemente extinguido… sino que habían sido transformados. Los constructores de instrumentos habían sido remodelados por sus propias herramientas.

Pues con el uso de los garrotes y pedernales, sus manos habían desarrollado una destreza que no se hallaba en ninguna otra parte del reino animal y que les permitía hacer aún mejores instrumentos, los cuales a su vez habían desarrollado todavía más sus miembros y cerebros. Era un proceso acelerador, acumulativo; y en su extremo estaba el hombre.

El primer hombre verdadero tenía herramientas y armas solo un poco mejores que las de sus antepasados de un millón de siglos atrás, pero podían usarlas con mucha más habilidad. Y en algún momento de los oscuros milenios pasados, habían inventado el instrumento más especial de todos, aun cuando no pudiera ser visto ni tocado. Habían aprendido a hablar, logrando así su primera gran victoria sobre el Tiempo. Ahora, el conocimiento de una generación podía ser transmitido a la siguiente, de forma que cada época podía beneficiarse de las que la habían precedido.

A diferencia de los animales, que conocían solo el presente, el hombre había adquirido un pasado, y estaba comenzando a andar a tientas hacia un futuro.

Estaba también aprendiendo a sojuzgar a las fuerzas de la Naturaleza; con el dominio del fuego, había colocado los cimientos de la tecnología y dejado muy atrás sus orígenes animales. La piedra dio paso al bronce, y luego al hierro. La caza fue sucedida por la agricultura. La tribu crecía en la aldea, y esta se transformaba en ciudad. El habla se hizo eterna, gracias a ciertas marcas en piedra, en arcilla y en papiro. Luego inventó la filosofía y la religión. Y pobló el cielo, no del todo inexactamente, con dioses.

A medida que su cuerpo se tornaba cada vez más indefenso, sus medios ofensivos se hicieron cada vez más terribles. Con piedra, bronce, hierro y acero había recorrido la gama de cuanto podía atravesar y despedazar, y en tiempos muy tempranos había aprendido cómo derribar a distancia a sus víctimas. La lanza, el arco, el fusil y el cañón y finalmente el proyectil guiado le habían procurado armas de infinito alcance y casi infinita potencia.

Sin esas armas, que sin embargo había empleado a menudo contra sí mismo, el hombre no habría conquistado nunca su mundo. En ellas había puesto su corazón y su alma, y durante eras le habían servido muy bien.

Sin embargo ahora, mientras existían, estaba viviendo con el tiempo prestado.

II. TMA-1

7

VUELO ESPECIAL

No importaba cuántas veces dejara uno la Tierra —se dijo el doctor Heywood Floyd—, la excitación no se paliaba realmente nunca. Había estado una vez en Marte, tres en la Luna, y más de las que podía recordar en las varias estaciones espaciales. Sin embargo, al aproximarse el momento del despegue, tenía conciencia de una creciente tensión, una sensación de sorpresa y temor —sí, y de nerviosismo— que le situaba al mismo nivel que cualquier bobalicón terrestre a punto de recibir su primer bautismo del espacio.

El reactor que le había trasladado allí desde Washington, tras aquella entrevista con el presidente, estaba ahora descendiendo hacia uno de los más familiares y sin embargo más emocionantes paisajes de todo el mundo. Allí se hallaban instaladas las primeras dos generaciones de la Era Espacial, ocupando treinta kilómetros de la costa de Florida. Al sur, perfiladas por parpadeantes luces rojas de prevención, se encontraban las gigantescas plataformas de los Saturnos y Neptunos que habían colocado a los hombres en el camino de los planetas, y habían pasado ya a la historia. Cerca del horizonte, una rutilante torre de plata bañada por la luz de los proyectores era el último de los Saturno V, durante casi veinte años monumento nacional y lugar de peregrinaje. No muy lejos, atalayante contra el firmamento como una montaña artificial, se alzaba la increíble mole del edificio de la

Asamblea Vertical, todavía la estructura simple mayor de la Tierra.

Pero estas cosas pertenecían ya al pasado, y él estaba volando hacia el futuro. Al inclinarse el aparato al virar, el doctor Floyd pudo ver bajo él una laberíntica masa de edificios, luego una gran pista de aterrizaje y después unos amplios chirlos rectos a través del llano paisaje de Florida... los múltiples rieles de una gigantesca pista de lanzamiento. Y al final, rodeada por vehículos y grúas, se hallaba una nave espacial destellando en un torrente de luz; estaba siendo preparada para su salto a las estrellas. Por una súbita falta de perspectiva, producida por los rápidos cambios de velocidad y altura, a Floyd le pareció estar viendo abajo a una pequeña polilla de plata, atrapada en el haz de un proyector.

Luego las diminutas y escurridizas figuras del suelo le hicieron darse cuenta del tamaño real de la astronave; debía de tener setenta metros a través de la estrecha V de sus alas. Y ese enorme vehículo —se dijo Floyd con cierta incredulidad, aunque también con cierto orgullo— me está esperando *a mí*. Por lo que sabía, era la primera vez que se había dispuesto una misión entera para llevar a un solo hombre a la Luna.

Aunque eran las dos de la madrugada, un grupo de periodistas y fotógrafos le interceptó el camino a la nave espacial *Orion III* bañada por la luz de los proyectores. Conocía de vista a algunos de ellos, pues como presidente del Consejo Nacional de Astronáutica, formaban parte de su vida las conferencias de prensa. No era ahora el momento ni el lugar para celebrar una de ellas, y no tenía nada que decir; pero era importante no ofender a los caballeros de los medios informativos.

—¿Doctor Floyd? Soy Jim Forster, de la *Associated News*. ¿Podría decirnos unas pocas palabras sobre este viaje suyo?

—Lo siento. No puedo decir nada.

—Pero usted se entrevistó con el presidente esta misma noche, ¿no es cierto? —preguntó una voz familiar.

—Ah... hola, Mike. Me temo que le han sacado de la cama para nada. Decididamente, no hay nada que manifestar.

—¿No puede usted cuando menos confirmar o denegar que ha estallado en la Luna alguna especie de epidemia? —preguntó un reportero de la televisión, apañándoselas para mantener debidamente enmarcado a Floyd en su cámara-miniatura de televisión.

—Lo siento —respondió Floyd, meneando la cabeza.

—¿Qué hay sobre la cuarentena? —preguntó otro reportero—. ¿Por cuánto tiempo se mantendrá?

—Tampoco hay nada que manifestar al respecto.

—Doctor Floyd —solicitó una bajita y decidida dama de la prensa—, ¿qué posible justificación puede haber para ese total cese de noticias de la Luna? ¿Tiene algo que ver con la situación política?

—¿*Qué* situación política? —preguntó Floyd secamente.

Hubo un estallido de risas, y alguien dijo: «¡Buen viaje, doctor!», cuando se encaminaba hacia la plataforma del ascensor.

Por lo que podía recordar, la cuestión era la de una «situación» tanto como de una crisis permanente. Desde 1970, el mundo había estado dominado por dos problemas que, irónicamente, tendían a anularse entre sí.

Aunque el control de natalidad era barato, de fiar y estaba avalado por las principales religiones, había llegado demasiado tarde; la población mundial había alcanzado ya la cifra de seis mil millones... el tercio de ellos en China. En algunas sociedades autoritarias hasta habían sido decretadas leyes limitando la familia a dos hijos, pero se había mostrado impracticable su cumplimiento. Como resultado de todo ello, la alimentación era escasa en todos los países; hasta Estados Unidos tenía días sin carne, y se predecía una carestía extendida para dentro de quince años, a pesar de los heroicos esfuerzos para explotar los mares y desarrollar alimentos sintéticos.

Con la necesidad, más urgente que nunca, de una cooperación internacional, existían aún tantas fronteras como en cualquier época anterior. En un millón de años, la especie humana había perdido poco de sus instintos agresivos; a lo largo de simbólicas líneas visibles solo para los políticos, las treinta y ocho potencias nucleares se vigilaban mutuamente con beligerante ansiedad. Entre ellas, poseían el suficiente megatonelaje como para extirpar la superficie entera de la corteza del planeta. A pesar de que —de forma milagrosa— no se habían empleado en absoluto las armas atómicas, tal situación difícilmente podía durar siempre.

Y ahora, por sus propias e inescrutables razones, los chinos estaban ofreciendo a las naciones más pequeñas una capacidad nuclear completa de cincuenta cabezas de torpedo y sistemas de propulsión. El precio era por debajo de los doscientos millones de dólares, y podían ser establecidos cómodos plazos de pago.

Quizá estaban tratando solo de sacar a flote su hundida economía, trocando en dinero contante y sonante anticuados sistemas de armamento, como habían sugerido algunos observadores. O tal vez habían descubierto métodos bélicos tan avanzados que ya no necesitaban tales juguetes; se había hablado de radiohipnosis desde satélites transmisores, de virus compulsivos y de chantajes por enfermedades sintéticas para las cuales solo ellos poseían el antídoto. Estas encantadoras ideas eran casi seguramente propaganda o pura fantasía, pero no era prudente descartar cualquiera de ellas. Cada vez que Floyd abandonaba la Tierra, se preguntaba si a su regreso la encontraría aún allí.

La educada azafata le saludó cuando entró en la cabina.

—Buenos días, doctor Floyd. Yo soy la señorita Simmons. Le doy a usted la bienvenida a bordo en nombre del capitán Tynes y nuestro copiloto, primer oficial Ballard.

—Gracias —respondió Floyd con una sonrisa, preguntándose por qué se habían de parecer siempre las azafatas a guías-robot de turismo.

—Despegue dentro de cinco minutos —dijo ella, señalando a la vacía cabina de veinte pasajeros—. Puede usted instalarse donde guste, pero el capitán Tynes le recomienda el asiento de la ventana de la izquierda, si desea contemplar las operaciones de desatraque.

—Pues sí —respondió él, moviéndose hacia el asiento preferido.

La azafata revoloteó en derredor suyo durante unos momentos y luego se fue a su cubículo, a popa de la cabina.

Floyd se instaló en su asiento, ajustó el cinturón de seguridad en torno a cintura y hombros, y sujetó su cartera de mano en el asiento adyacente. Momentos después se oyó en el altavoz una voz clara y suave.

—Buenos días —dijo la voz de la señorita Simmons—. Este es el Vuelo Especial Tres, de Kennedy a la Estación Uno del Espacio.

Al parecer, estaba decidida a largar todo el rollo rutinario a su solitario pasajero, y Floyd no pudo suprimir una sonrisa mientras ella continuaba inexorablemente:

—Nuestro tiempo de tránsito será de cincuenta y cinco minutos. La aceleración máxima alcanzará dos g,[1] y estaremos ingrávidos durante treinta minutos. No abandone por favor su asiento hasta que se encienda la señal de seguridad.

Floyd miró por encima de su hombro y dijo «Gracias», al tiempo que vislumbraba una sonrisa un tanto embarazada pero encantadora.

Se recostó en su butaca y se relajó. Calculó que aquel viaje iba a costar a los contribuyentes un poco más de un millón de dólares. De no ser justificado, él perdería su puesto; pero siempre podría volver a la universidad y a sus interrumpidos estudios sobre la formación de los planetas.

---

1. g: símbolo de aceleración de la gravedad de la Tierra. Equivale, aproximadamente, a 9,8 m/seg², y representa la aceleración que un cuerpo adquiere en cualquier lugar de la Tierra al caer libremente (despreciando el roce con el aire). (N. del T.)

—Establecida la cuenta atrás —dijo la voz del capitán en el altavoz, con el suave sonsonete empleado en la cháchara de la RT.

—Despegue en un minuto.

Como siempre, se pareció más a una hora. Floyd se dio buena cuenta, entonces, de las gigantescas fuerzas latentes que le rodeaban, a la espera de ser desatadas. En los tanques de combustible de los dos ingenios espaciales, y en el sistema de almacenaje de energía de la plataforma de lanzamiento, se hallaba encerrada la potencia de una bomba nuclear. Y todo ello sería empleado para trasladarle a él a unos simples trescientos kilómetros de la Tierra.

No se produjo el anticuado conteo a la inversa de CINCO-CUATRO-TRES-DOS-UNO-CERO, tan duro para el sistema nervioso humano.

—Lanzamiento en quince segundos. Se sentirá usted más cómodo si comienza a respirar profundamente.

Aquella era buena psicología y buena fisiología. Floyd se sintió bien saturado de oxígeno, y dispuesto a habérselas con cualquier cosa, cuando la plataforma de lanzamiento comenzó a expeler sus mil toneladas de carga útil sobre el Atlántico.

Resultaba difícil decir el momento en que se alzaron de la plataforma y fueron aereotransportados, pero cuando el rugido de los cohetes redobló de súbito su furia, y Floyd sintió que se hundía cada vez más profundamente en los cojines de su butaca, supo que habían entrado en acción los motores del primer cuerpo. Hubiese deseado mirar por la ventanilla, pero hasta el girar la cabeza resultaba un esfuerzo. Sin embargo, no había ninguna incomodidad; en realidad, la presión de la aceleración y el enorme tronar de los motores producía una extraordinaria euforia. Zumbándole los oídos y batiendo la sangre en sus venas, Floyd se sintió más vivo de lo que lo había estado durante años. Era joven de nuevo, y sentía deseos de cantar en voz alta, lo cual podía muy bien hacer, pues nadie podría posiblemente oírle.

45

Había perdido casi el sentido del tiempo cuando disminuyeron bruscamente la presión y el ruido, y el altavoz de la cabina anunció:

—Preparado para separar el cuerpo inferior. Allá vamos.

Hubo una ligera sacudida; y de pronto Floyd recordó una cita de Leonardo da Vinci, que había visto en una ocasión, expuesta en un despacho de la NASA:

La Gran Ave emprenderá su vuelo
en el lomo de la gran ave, dando
gloria al nido donde naciera.

Bien, la Gran Ave estaba volando ahora, más allá de los sueños de Leonardo, y su agotada compañera aleteaba de nuevo hacia la Tierra. En un arco de dieciséis mil kilómetros, el cuerpo inferior o primera etapa se deslizaría, penetrando en la atmósfera, trocando velocidad por distancia cuando se posara en Kennedy. Y en pocas horas, revisada y provista de combustible, estaría dispuesta de nuevo a elevar a otra compañera hacia el radiante silencio que ella no alcanzaría jamás.

Ahora vamos por nuestros propios medios, pensó Floyd, a más de medio camino de la órbita de aparcamiento. Al producirse de nuevo la aceleración, al dispararse los cohetes del cuerpo superior, el impulso fue mucho más suave; en realidad, no sintió más que gravedad normal. Pero le hubiese sido imposible andar, puesto que «arriba» estaba en línea recta hacia el frente de la cabina. De haber sido lo bastante necio como para abandonar su asiento, se hubiera estrellado al punto contra el tabique trasero.

Aquel efecto resultaba un tanto desconcertante, pues parecía que la nave se alzaba sobre su cola. Para Floyd, que estaba enfrente mismo de la cabina, todas las butacas se le aparecían como sujetas a una pared que descendiese verticalmente debajo de él. Se estaba esforzando por despejar tan desagradable ilusión, cuando el alba estalló al exterior de la nave.

En cuestión de segundos, atravesaron cendales de color carmesí, rosa, oro y azul, hasta la penetrante albura del día. A pesar de que las ventanillas estaban teñidas para reducir el fulgor, los haces de luz solar que barrieron lentamente la cabina dejaron semicegado a Floyd durante varios minutos. Se encontraba en el espacio, pero no había forma de ver las estrellas.

Se protegió los ojos con las manos e intentó fisgar a través de la ventanilla de su costado. Afuera, el ala replegada de la nave destellaba como metal incandescente con los reflejos de la luz solar; alrededor, la oscuridad era absoluta, y aquella oscuridad debía de estar llena de estrellas… pero era imposible verlas.

El peso iba disminuyendo lentamente; los cohetes dejaban de funcionar a medida que la nave se situaba en órbita. El tronar de los motores se atenuó, convirtiéndose en un sordo ronquido, luego en suave siseo, y se redujo finalmente al silencio. De no haber sido por los correajes, Floyd hubiese flotado fuera de su butaca; su estómago sintió como si de todos modos fuese a hacerlo. Esperaba que las píldoras que le habían dado media hora y dieciséis mil kilómetros antes obrarían como estaba especificado. Solo una vez había sufrido el mareo espacial en su carrera, pero ya bastaba con ello, y a menudo hasta resultaba demasiado.

La voz del piloto era firme y confiada al sonar en el altavoz.

—Observe por favor todas las prescripciones G de cero. Vamos a atracar en la Estación Espacial Uno dentro de cuarenta y cinco minutos.

La azafata vino andando por el exiguo pasillo que estaba a la derecha de las próximas butacas. Había un ligero flotamiento en sus pasos, y sus pies se despegaban del suelo difícilmente, como si estuviesen encolados. Ella se mantenía en la brillante banda de alfombrado de velcro que cubría el suelo… y el techo. La alfombra y las suelas de las sandalias estaban cubiertas de miríadas de minúsculas grapillas, que se adherían como ganchos. Este truco de andar en caída libre era inmensamente tranquilizador para los desorientados pasajeros.

—¿Desearía usted un poco de café o de té, doctor Floyd?
—preguntó ella con jovial solicitud.

—No, gracias. —Él sonrió. Siempre se sentía como una criatura cuando tenía que chupar de uno de aquellos tubos de plástico.

La azafata estaba aún rondando ansiosamente cerca de él cuando abrió su cartera de mano, disponiéndose a revisar sus papeles.

—Doctor Floyd, ¿puedo hacerle a usted una pregunta?

—Desde luego —respondió él, mirando por encima de sus gafas.

—Mi prometido es geólogo en Tycho —dijo la señorita Simmons, midiendo con cuidado sus palabras—, y no he tenido noticias de él hace ya más de una semana.

—Lo siento; quizá se encuentre fuera de su base, y fuera de contacto.

Ella meneó la cabeza, replicando:

—Él siempre me avisa cuando va a suceder algo así. Y puede usted imaginarse lo preocupada que estoy… con todos esos rumores. ¿Es *realmente* verdad lo de una epidemia en la Luna?

—Si lo es, no supone ello motivo alguno de alarma. Recuerde cuando hubo una cuarentena en el 98 a causa de aquel virus mutado de la gripe. Mucha gente estuvo enferma… pero nadie murió. Y esto es realmente cuanto puedo decir —concluyó con firmeza.

La señorita Simmons sonrió con amabilidad y se enderezó.

—Bien, gracias de todos modos, doctor. Siento haberle molestado.

—No es molestia, en absoluto —respondió Floyd, galante, aunque no muy sinceramente. Y acto seguido se sumió en sus interminables informes técnicos, en un desesperado último asalto a la habitual revisión.

Pues no tendría tiempo para leer, cuando llegase a la Luna.

8

CITA ORBITAL

Media hora después, anunció el piloto:

—Estableceremos contacto dentro de diez minutos. Compruebe por favor el correaje de seguridad de su asiento.

Floyd obedeció, y retiró sus papeles. Era buscarse molestias tratar de leer durante el acto de juegos malabares celestes que tenía lugar durante los últimos quinientos kilómetros; lo mejor era cerrar los ojos y relajarse, mientras el ingenio espacial traqueteaba con breves descargas de energía de los cohetes.

Pocos minutos después tuvo un primer vislumbre de la Estación Espacial Uno, a tan solo unos kilómetros. La luz del Sol destellaba y centelleaba en las bruñidas superficies del disco de trescientos metros de diámetro que giraba lentamente. No lejos, derivando en la misma órbita, se encontraba una replegada nave espacial *Tito-V,* y junto a ella una casi esférica *Aries-IB,* el percherón del espacio, con las cuatro recias y rechonchas patas de sus amortiguadores de alunizaje sobresaliendo de un lado.

La nave espacial *Orión III* estaba descendiendo de una órbita más alta, lo cual presentaba una vista espectacular de la Tierra tras la estación. Desde su altitud de trescientos kilómetros, Floyd podía ver gran parte de África y el océano Atlántico. Había una considerable cobertura de nubes, pero aún podía detectar los perfiles verdiazules de la Costa de Oro.

El eje central de la estación espacial, con sus brazos de atraque extendidos, se hallaba ahora deslizándose suavemente hacia ellos. A diferencia de la estructura de la que brotaba, no estaba girando... o, más bien, estaba moviéndose a la inversa a un compás que contrarrestaba exactamente el propio giro de la estación. Así, una nave espacial visitante podía ser acoplada a ella, para el traslado de personal o cargamento, sin ser remolineada desastrosamente en derredor.

Nave y estación establecieron contacto, con el más suave de los topetazos. Del exterior llegaron ruidos metálicos rechinantes, y luego el breve silbido del aire al igualarse las presiones. Poco después se abrió la puerta de la cámara reguladora de presión y penetró en la cabina un hombre vestido con los ligeros y ceñidos pantalones y la camisa de manga corta, parte del uniforme de la estación espacial.

—Encantado de conocerle, doctor Floyd. Yo soy Nick Miller, de la Seguridad de la Estación; tengo el encargo de velar por usted hasta la partida del correo lunar.

Se estrecharon las manos, y Floyd sonrió luego a la azafata, diciendo:

—Haga el favor de presentar mis cumplidos al capitán Tynes, y agradézcale el excelente viaje. Quizá la vuelva a ver a usted de regreso a casa.

Con la máxima precaución —hacía más de un año desde la última vez que había estado ingrávido y pasaría aún algún tiempo antes de que recuperase su andar espacial— atravesó valiéndose de las manos la cámara reguladora de presión, penetrando en la amplia estancia circular situada en el eje de la estación espacial. Era un recinto espesamente acolchado, con las paredes cubiertas de asideros esconzados; Floyd asió uno de ellos con firmeza, mientras la estancia entera empezaba a girar, hasta acompasarse a la rotación de la estación.

Al aumentar la velocidad, delicados y fantasmales dedos gravitatorios comenzaron a apresarle y a impelerle despacio hacia la pared circular. Ahora estaba meciéndose suavemente, como un alga marina en la marea, en lo que mágicamente se había convertido en un piso combado. Estaba sometido a la fuerza centrífuga del giro de la estación, la cual era débil allí, tan cerca del eje, pero aumentaría a medida que se moviera hacia el exterior.

Desde la cámara central de tránsito siguió a Miller bajando por una escalera en espiral. Al principio era tan liviano su peso que casi tuvo que forzarse a descender, asiéndose a la barandilla. No fue hasta llegar a la antesala de pasajeros, en el caparazón exterior del gran disco giratorio, cuando adquirió peso suficiente como para moverse en derredor casi normalmente.

La antesala había sido redecorada desde su última visita y la habían dotado de algunos servicios nuevos. Junto a las acostumbradas butacas, mesitas, restaurante y estafeta de correos, había ahora una barbería, un *drugstore*, una sala de cine, y una tienda de recuerdos en la que se vendían fotografías y diapositivas de paisajes lunares y planetarios, y garantizadas piezas auténticas de *Luniks*, *Rangers y Surveyors*, todas ellas esmeradamente montadas en plástico y de precios exorbitantes.

—¿Puedo servirle algo mientras esperamos? —preguntó Miller—. Embarcaremos dentro de unos treinta minutos.

—Me iría bien una taza de café cargado, dos terrones, y desearía llamar a Tierra.

—Bien, doctor. Voy a buscar el café... Los teléfonos están allí.

Las pintorescas cabinas telefónicas estaban solo a pocos metros de una barrera con dos entradas rotuladas BIENVENIDO A LA SECCIÓN USA y BIENVENIDO A LA SECCIÓN SOVIÉTICA. Bajo estos anuncios había advertencias que decían en inglés, ruso, chino, francés, alemán y español:

Tenga dispuesto por favor su:
Pasaporte
Visado
Certificado médico
Permiso de transporte
Declaración de peso

Resultaba de un simbolismo más bien divertido el hecho de que tan pronto como los pasajeros atravesaban las barreras, en cualquiera de las dos direcciones, quedaban libres para mezclarse de nuevo. La división era puramente para fines administrativos.

Floyd, tras comprobar que la clave de zona para Estados Unidos seguía siendo 81, marcó las doce cifras del número de su casa, introdujo en la ranura de abono su tarjeta de crédito de plástico, para todo uso, y obtuvo la comunicación en treinta segundos.

Washington dormía aún, pues faltaban varias horas para el alba, pero no molestaría a nadie. Su ama de llaves se informaría del mensaje en el contestador, en cuanto se despertara.

«Señorita Fleming… aquí el señor Floyd. Siento que tuviera que marcharme tan deprisa. Llame por favor a mi oficina y pídales que recojan el coche… Se encuentra en el Aeropuerto Dulles, y la llave la tiene el señor Bailey, oficial de Control de Vuelo. Seguidamente, llame al Chevy Chase Country Club, y comunique a secretaría que *no podré* participar en el torneo de tenis de la próxima semana. Presente mis excusas… pues temo que contarán conmigo. Llame luego a la Electrónica Dountown y dígales que si no está acondicionado para el miércoles el vídeo de mi estudio… pueden llevárselo.» Hizo una pausa para respirar, y para intentar pensar en otras crisis o problemas que podían presentarse durante los días venideros. «Si anda escasa de dinero, pídalo en la oficina; pueden tener mensajes urgentes para mí, pero yo puedo estar demasiado ocupado para contestar. Besos a los pequeños, y dígales que volveré tan pronto como pueda. Vaya por Dios… aparece aquí alguien a quien no deseo ver… Llamaré desde la Luna si puedo… Adiós.»

Floyd intentó escabullirse de la cabina, pero era demasiado tarde; ya había sido visto. Y dirigiéndose a él, atravesaba la puerta de salida de la Sección Soviética el doctor Dimitri Moisevich, de la Academia de Ciencias de la URSS.

Dimitri era uno de los mejores amigos de Floyd; y por esa misma razón, era la última persona con quien deseaba hablar en aquel momento.

II. TMA-1

9

EL CORREO DE LA LUNA

El astrónomo ruso era alto, delgado y rubio, y su enjuto rostro denotaba sus cincuenta y cinco años... Los diez últimos los había pasado construyendo gigantescos observatorios de radio en lejanos lugares de la Luna, donde tres mil kilómetros de sólida roca los protegerían de la intromisión electrónica de la Tierra.

— ¡Vaya, Heywood! —dijo, con un firme apretón de manos—. ¡Qué pequeño es el Universo! ¿Cómo está usted... y sus encantadores pequeños?

—Magníficamente —respondió Floyd con afecto, pero con un ligero aire distraído—. A menudo hablamos de lo estupendo que lo pasamos con usted el verano pasado. —Sentía no poder parecer más sincero; realmente, había disfrutado una semana de vacaciones en Odesa con Dimitri durante una de las visitas del ruso a la Tierra.

—¿Y usted...? Supongo que va hacia arriba —dijo Dimitri.

—Eh... sí... volaré dentro de media hora —respondió Floyd—. ¿Conoce usted al señor Miller?

El oficial de Seguridad se había aproximado ahora, permaneciendo a respetuosa distancia con una taza de plástico con café en la mano.

—Desde luego. Pero *por favor* deje eso, señor Miller. Esta es la última oportunidad del doctor Floyd de tomar una bebida civilizada... no ha de desperdiciarla. No... insisto.

Siguieron a Dimitri de la antesala principal a la sección de observación, y pronto estuvieron sentados a una mesa bajo una tenue luz contemplando el móvil panorama de las estrellas. La Estación Espacial Uno giraba una vez cada minuto, y la fuerza centrífuga generada por esa lenta rotación producía una gravedad artificial igual a la de la Luna. Se había descubierto que esto era una buena compensación entre la gravedad de la Tierra y la absoluta falta de gravedad; además, proporcionaba a los pasajeros con destino a la Luna la ocasión de aclimatarse.

Al exterior de las casi invisibles ventanas, discurrían en silenciosa procesión la Tierra y las estrellas. En aquel momento, esa parte de la estación estaba ladeada con relación al Sol; de lo contrario, habría sido imposible mirar afuera, pues la estancia hubiese estado inundada de luz. Aun así, el resplandor de la Tierra, que llenaba medio firmamento, lo apagaba todo, excepto las más brillantes estrellas.

Pero la Tierra se estaba desvaneciendo a medida que la estación orbitaba hacia la parte nocturna del planeta; dentro de pocos minutos solo habría un enorme disco negro tachonado por las luces de las ciudades. Y entonces el firmamento pertenecería a las estrellas.

—Y ahora —dijo Dimitri, tras haberse echado rápidamente al coleto su primer vaso y rellenarlo después—, ¿qué es todo eso sobre una epidemia en el Sector USA? Quise ir allá en este viaje y me dijeron: «No, profesor. Lo sentimos mucho, pero hay una estricta cuarentena hasta nuevo aviso». Toqué las teclas que pude, pero fue inútil. Ahora, *usted* va a decirme lo que está sucediendo.

Floyd rezongó interiormente. ¡Ya estamos otra vez!, pensó. Cuanto más pronto me encuentre a bordo de ese correo, rumbo a la Luna, tanto más feliz me sentiré.

—La… ah… cuarentena es una pura y simple medida de precaución —dijo cautelosamente—. Ni siquiera estamos seguros de que sea realmente necesaria, pero no queremos arriesgarnos.

—Pero ¿cuál *es* la dolencia... cuáles son los síntomas? ¿Podría ser extraterrestre? ¿Necesita usted alguna ayuda de nuestros servicios médicos?

—Lo siento, Dimitri... se nos ha pedido que no digamos *nada* por el momento. Gracias por el ofrecimiento, pero podemos manejar la situación.

—Hum... —hizo Moisevich, evidentemente nada convencido—. A mí me parece extraño que le envíen a *usted,* un astrónomo, a examinar una epidemia en la Luna.

—Solo soy un exastrónomo; hace ya años que no he hecho una investigación verdadera. Ahora soy un científico experto; lo cual significa que no sé nada sobre absolutamente *todo.*

—¿Conocerá usted entonces lo que significa TMA-1?

Miller estuvo a punto de atragantarse con su bebida, pero Floyd era de una pasta más dura. Miró fijamente a los ojos a su antiguo amigo, y dijo sosegadamente:

—¿TMA-1? ¡Vaya expresión! ¿Dónde la oyó usted?

—No importa. Usted no puede engañarme. Pero si topa usted con algo que no pueda manejar, confío en que no esperará a que sea demasiado tarde para pedir ayuda.

Miller miró significativamente su reloj.

—Debe embarcar dentro de cinco minutos, doctor Floyd. Me parece que será mejor que nos movamos.

Aunque sabía que todavía disponían de sus buenos veinte minutos, Floyd se apresuró a levantarse. Demasiado rápido, pues había olvidado el sexto de gravedad. Tuvo que asirse a la mesa; haciéndolo a tiempo evitaba dar un bote hacia arriba.

—Ha sido magnífico el encontrarle a usted, Dimitri —dijo, no muy sinceramente—. Espero que tenga un buen viaje a la Tierra... Le haré una llamada en cuanto regrese.

Al abandonar la estancia y atravesar la barrera USA de tránsito, Floyd observó:

—Uf... La cosa estaba que ardía. Gracias por haberme rescatado.

—Mire, doctor —dijo el oficial de Seguridad—, espero que no tenga razón.

—¿Razón sobre qué?

—Sobre toparnos con algo que no podamos manejar.

—Eso —respondió Floyd con determinación— es lo que yo intento descubrir.

Cuarenta y cinco minutos después, el *Aries-1B* lunar partió de la estación. No se produjo nada de la potencia y furia de un despegue de la Tierra... solo un casi inaudible y lejano silbido cuando los eyectores de plasma de bajo impulso lanzaron sus ráfagas electrificadas al espacio. El suave empellón duró más de cincuenta minutos, y la queda aceleración no hubiese impedido a nadie el moverse por la cabina. Pero una vez cumplida, la nave no estaba ya ligada a la Tierra, como lo estuviera mientras acompañaba aún a la estación. Había roto los lazos de la gravedad y ahora era un planeta libre e independiente, contorneando el Sol en órbita propia.

La cabina que tenía ahora Floyd a su entera disposición había sido diseñada para treinta pasajeros. Resultaba raro, y producía más bien una sensación de soledad, el ver todas las butacas vacías, y ser atendido por entero por el camarero y la azafata... por no mencionar al piloto, copiloto y dos mecánicos. Dudaba que ningún hombre en la historia hubiese recibido servicio tan exclusivo, y era sumamente improbable que sucediera en el futuro. Recordó la cínica observación de uno de los menos honorables pontífices: «Ahora que tenemos el papado, disfrutemos de él». Bien, él disfrutaría de ese viaje, y de la euforia de la ingravidez. Con la pérdida de gravedad había descartado, cuando menos por algún tiempo, la mayoría de sus preocupaciones. Alguien había dicho una vez que uno podía sentirse aterrorizado en el espacio, pero no molestado. Lo cual era perfectamente verdad.

El camarero y la azafata estaban al parecer empeñados en hacerle comer durante las veinticuatro horas del viaje, pues se veía rechazando constantemente platos no pedidos. El comer con gravedad cero no constituía ningún problema real, contrariamente a los sombríos augurios de los primeros astronautas. Estaba sentado ante una mesa corriente, a la cual se sujetaban fuentes y platos, como a bordo de un buque con mar gruesa. Todos los cubiertos tenían algo de pegajoso, por lo que no se desprendían ni acababan rodando por la cabina. Así, un filete estaba adherido al plato mediante una salsa espesa, y una ensalada, con aderezo adhesivo. Había pocos artículos que no pudiesen ser tomados con un poco de habilidad y cuidado; las únicas cosas descartadas eran las sopas calientes y las pastas excesivamente quebradizas o desmenuzables. Las bebidas eran, desde luego, cuestión muy diferente: todos los líquidos habían de tomarse simplemente apretando tubos de plástico.

Una generación entera de investigación efectuada por heroicos pero no cantados voluntarios se había empleado en el diseño del lavabo, el cual estaba ahora considerado como más o menos a prueba de imprudencias. Floyd lo investigó poco después del comienzo de la caída libre. Se encontró en un pequeño cubículo dotado de todos los dispositivos de un lavabo corriente de líneas aéreas, pero iluminado con una luz roja muy cruda y desagradable para los ojos. Un rótulo impreso en prominentes letras anunciaba: ¡MUY IMPORTANTE! PARA SU COMODIDAD, HAGA EL FAVOR DE LEER CUIDADOSAMENTE ESTAS INSTRUCCIONES.

Floyd se sentó (uno tendía aún a hacerlo, hasta ingrávido) y leyó varias veces las instrucciones. Y al asegurarse de que no había habido modificación alguna desde su último viaje, oprimió el botón de ARRANQUE.

Al alcance de la mano, comenzó a zumbar un motor eléctrico, y Floyd se sintió moviéndose. Cerró los ojos y esperó, tal como aconsejaban las instrucciones. Al cabo de un minuto, sonó suavemente una campanilla y miró en derredor. La luz había cambiado ahora a un sedante rosa blanquecino, y lo que era más importante: se encontraba de nuevo sometido a la gravedad. Solo la tenuísima vibración le reveló que era una gravedad falsa, causada por el giro de tiovivo de todo el compartimento de aseo. Floyd tomó una jabonera, y la contempló al caer con movimiento retardado; calculó que la fuerza centrífuga era aproximadamente un cuarto de la gravedad normal, pero era ya bastante; garantizaba que todo se movía en la dirección debida, en un lugar donde eso era lo que más importaba.

Oprimió el botón de PARADA PARA SALIR y volvió a cerrar los ojos. El peso disminuyó lentamente al cesar la rotación, la campanilla dio un doble tañido y volvió a encenderse la luz roja de precaución. Después se entornó la puerta lo justo para permitirle deslizarse fuera a la cabina, donde se adhirió tan rápidamente como le fue posible a la alfombra. Hacía tiempo que había agotado la novedad de la ingravidez, y agradecía a los deslizadores Velcro que le permitiesen andar casi con normalidad.

Tenía mucho en qué ocupar su tiempo, aun cuando no hiciese más que sentarse y leer. Cuando se aburriese de los informes y memorandos y minutas oficiales, conmutaría la clavija de su bloque de noticias hasta ponerla en el circuito de información de la nave y pasaría revista a las últimas noticias de la Tierra. Uno a uno conjuraría a los principales periódicos electrónicos del mundo; conocía de memoria las claves de los más importantes, y no tenía necesidad de consultar la lista que estaba al reverso de su bloque. Conectando con la unidad memorizadora de reducción, tendría la primera página, ojearía rápidamente los encabezamientos y anotaría los artículos que le interesaban. Cada uno de ellos tenía su referencia de teclado, y al pasarlo, el rectángulo del tamaño de un sello de correos se ampliaría hasta llenar por completo la pantalla, permitiéndole así leer con toda comodidad. Una vez acabado, volvería a la página completa y seleccionaría un nuevo tema para su detallado examen.

Floyd se preguntaba a veces si el bloque de noticias, y la fantástica tecnología que tras él había, sería la última palabra en la búsqueda del hombre de perfectas comunicaciones.

Ahí se encontraba él, muy lejos en el espacio, alejándose de la Tierra a miles de kilómetros por hora, y sin embargo en unos pocos milisegundos podía ver los titulares de cualquier periódico que deseara. (Verdaderamente que esa palabra, «periódico», resultaba un anacrónico pegote en la era de la electrónica.) El texto era puesto al momento de forma automática cada hora; hasta si se leía solo las versiones inglesas, se podía consumir toda una vida no haciendo otra cosa sino absorber el flujo constantemente cambiante de información de los satélites-noticiarios.

Resulta difícil imaginar cómo podía ser mejorado o hecho más conveniente el sistema. Pero más pronto o más tarde, suponía Floyd, desaparecería para ser remplazado por algo tan inimaginable como pudo haber sido el bloque de noticias para Caxton o Gutenberg.

Había otro pensamiento que a menudo le llevaba a escudriñar aquellos minúsculos encabezamientos electrónicos. Cuanto más maravillosos eran los medios de comunicación, tanto más vulgares, chabacanos o deprimentes parecían ser sus contenidos. Accidentes, crímenes, desastres naturales y causados por la mano del hombre, amenaza de conflicto, sombríos editoriales… tal parecía ser aún la principal importancia de los millones de palabras esparcidas por el éter. Sin embargo, Floyd se preguntaba también si eso era en suma una mala cosa; los periódicos de Utopía, lo había decidido hacía tiempo, serían terriblemente insulsos.

De vez en cuando, el capitán y los demás miembros de la tripulación entraban en la cabina y cambiaban unas cuantas palabras con él. Trataban a su distinguido pasajero con respetuoso temor, y sin duda ardían en curiosidad sobre su misión, pero eran demasiado corteses para hacer cualquier pregunta o hasta para hacer cualquier insinuación.

Solo la encantadora y menudita azafata parecía mostrarse completamente desenvuelta en su presencia. Floyd descubrió enseguida que procedía de Bali, y había llevado más allá de la atmósfera algo de la gracia y el misterio de aquella isla aún no pisada en gran parte. Uno de sus más singulares y encantadores recuerdos de todo el viaje fue la demostración de ella de la gravedad cero mediante algunos movimientos de danza clásica balinesa, con el admirable verdiazul menguante de la Tierra como telón de fondo.

Hubo un período de sueño al apagarse las luces de la cabina y Floyd se sujetó brazos y piernas con las sábanas elásticas que le impedirían ser expelido al espacio. Parecía una tosca instalación... pero en la gravedad cero su litera no almohadillada era más cómoda que los más muelles colchones de la Tierra.

Una vez se hubo sujetado bien, Floyd se adormiló con bastante rapidez, pero se despertó en una ocasión en estado amodorrado y semiconsciente, y se quedó totalmente desconcertado ante el extraño entorno. Durante un momento pensó que se encontraba dentro de una linterna china apenas iluminada; el débil resplandor de los otros cubículos que le rodeaban daba esa impresión. Luego se dijo, con firmeza y fructuosamente: «Vamos, a dormir, muchacho. Este es solo un corriente correo lunar».

Al despertarse, la Luna se había tragado medio firmamento, y estaban a punto de comenzar las maniobras de frenado. El amplio arco de las ventanas encajado en la curvada pared de la sección de pasajeros miraba al cielo abierto, y no al globo cercano, por lo que se trasladó a la cabina de mando. Allí, en las pantallas retrovisoras de televisión, pudo contemplar las últimas fases del descenso.

Las cada vez más próximas montañas lunares eran muy diferentes de las de la Tierra; estaban faltas de las destellantes cimas de nieve, el verde ornamento de la vegetación, las móviles coronas de nubes. Sin embargo, el violento contraste de luz y sombra las confería una belleza propia. Las leyes de la estética terrestre no eran aplicables allí; aquel mundo había sido formado y modelado por fuerzas distintas a las terrestres, operando en eones de tiempo desconocidos a la joven y verdeante Tierra, con sus fugaces Eras Glaciales, sus mares alzándose y hundiéndose rápidamente, y sus cadenas de montañas disolviéndose, como brumas ante el alba. Aquí era la edad inconcebible —pero no muerta, pues la Luna no había vivido nunca— hasta la fecha.

La nave en descenso quedó equilibrada casi sobre la línea divisoria de la noche y el día; directamente debajo de ella había un caos de melladas sombras y brillantes y aislados picos que captaban la primera luz de la lenta alba lunar. Aquel sería un espantoso lugar para intentar posarse, incluso contando con todas las posibles ayudas electrónicas, pero estaban derivando poco a poco, apartándose de él, hacia la parte nocturna de la Luna.

Cuando sus ojos se acostumbraron a la débil iluminación, Floyd vio de pronto que la parte nocturna no estaba totalmente oscura, sino bañada por una luz fantasmal, y que se podían ver claramente picos, valles y llanuras. La Tierra, gigantesca luna para la Luna, inundaba con su resplandor el suelo de abajo.

En el panel del piloto fulguraron luces sobre las pantallas de radar, y aparecieron y desaparecieron números en los señalizadores de las computadoras, registrando la distancia de la cercana Luna. Estaban aún a más de mil quinientos kilómetros cuando volvió el peso al comenzar los propulsores una suave pero constante deceleración. Parecieron transcurrir siglos en que la Luna se expandió lentamente a través del firmamento, el Sol se sumió bajo el horizonte y al final un gigantesco cráter llenó el campo visual. El correo estaba cayendo hacia sus picos centrales… y de súbito Floyd advirtió que, próxima a uno de aquellos picos, destellaba con ritmo regular una brillante luz. Podía ser un faro de aeropuerto enfilado a la Tierra, y quedó con la mirada clavada en él y la garganta contraída. Era la prueba de que los hombres habían establecido otra posición en la Luna.

El cráter se había expandido ya tanto que sus baluartes se estaban deslizando bajo el horizonte, y los pequeños cráteres que salpicaban su interior estaban empezando a revelar su tamaño real. Algunos de ellos, que parecían minúsculos desde la lejanía en el espacio, tenían un diámetro de kilómetros, y podrían haber engullido ciudades enteras.

Sometida a sus controles automáticos, la nave se deslizaba abajo por el firmamento iluminado por las estrellas, hacia aquel estéril paisaje a la luz de la grande y gibosa Tierra. Una voz se elevó ahora de alguna parte, sobre el silbido de los propulsores y los punteos electrónicos que atravesaban la cabina.

—Control Clavius a Especial Catorce; la entrada se realiza con exactitud. Efectúen por favor la comprobación manual del dispositivo de alunizaje, presión hidráulica e inflado de la almohadilla parachoques.

El piloto tocó diversos conmutadores y destellaron unas luces verdes.

—Verificadas todas las comprobaciones manuales. Dispositivo de alunizaje, presión hidráulica, parachoques OK.

—Confirmado —dijeron desde la Luna.

El descenso continuó en silencio. Aunque aún había muchas comunicaciones, todas ellas corrían a cargo de máquinas, que se transmitían mutuamente fulgurantes impulsos binarios a una cadencia miles de veces mayor que aquella con que sus constructores, de pensar lento, podían comunicarse.

Algunos de los picos de las montañas atalayaban ya a la nave; el suelo se hallaba a apenas pocos miles de pies, y la luz del faro era una brillante estrella fulgurando constantemente sobre un grupo de bajos edificios y extraños vehículos. En la fase final del descenso, los propulsores parecían estar tocando alguna singular tonada; sus intermitentes latidos verificaban el último ajuste preciso para el impulso.

De pronto, una remolineante nube de polvo lo ocultó todo, los propulsores lanzaron un último chorro y la nave se meció ligeramente, como un bote de remos acunado por una leve ola. Pasaron varios minutos antes de que Floyd pudiera aceptar realmente el silencio que ahora lo envolvía y la débil gravedad que asía sus miembros.

Había efectuado, sin el menor incidente y en poco más de un día, el increíble viaje con el que habían soñado los hombres durante dos mil años. Tras un vuelo normal, rutinario, había alunizado.

10

BASE CLAVIUS

Clavius, de doscientos cuarenta kilómetros de diámetro, es el segundo cráter, por su tamaño, de la cara visible de la Luna, y se encuentra en el centro de las cordilleras del sur. Es muy viejo; eras de vulcanismo y de bombardeo del espacio han cubierto de cicatrices sus paredes y marcado de viruelas su suelo. Pero, durante quinientos mil años desde la última era de formación del cráter, cuando los restos del cinturón de asteriores estaban aún cañoneando los planetas interiores, había conocido la paz.

Ahora había nuevas y extrañas agitaciones en su superficie, y bajo ella, el hombre estaba estableciendo techar su primera cabeza de puente permanente en la Luna. En caso de emergencia, la base Clavius podía bastarse por entero a sí misma. Todas las necesidades de la vida eran producidas por las rocas locales, una vez trituradas, calentadas y sometidas a un proceso químico. Y si uno sabía dónde buscarlos, podían hallarse en el interior de la Luna hidrógeno, oxígeno, carbono, nitrógeno, fósforo... y la mayoría de los demás elementos.

La base era un sistema cerrado, como un modelo a escala reducida de la propia Tierra, que reproducía el ciclo de todos los elementos químicos de la vida. La atmósfera era purificada en un vasto «invernadero», un amplio espacio circular enterrado justamente bajo la superficie lunar. Bajo resplandecientes lámparas por la noche, y con filtrada luz solar de día, crecían hectáreas de vigorosas plantas verdes en una atmósfera cálida y húmeda. Eran mutaciones especiales, destinadas al objeto expreso de saturar el aire de oxígeno y proveer alimentos como subproducto.

Se producían más alimentos mediante sistemas de proceso químico y por el cultivo de algas. Aunque la verde espuma que circulaba a través de metros de tubos de plástico no habría incitado a un gourmet, los bioquímicos podían convertirla en chuletas, que solo un experto podría diferenciar de las verdaderas.

Los mil cien hombres y seiscientas mujeres que componían el personal de la base eran bien formados científicos y técnicos, seleccionados con esmero antes de su partida de la Tierra. Aunque la existencia lunar se encontraba ya virtualmente exenta de las penalidades, desventajas y ocasionales peligros de los primeros días, resultaba aún exigente psicológicamente, y no recomendable para quien sufriera de claustrofobia. Debido a lo costoso que resultaba y al consumo de tiempo que requería el trazar una amplia base subterránea en roca sólida o lava compacta, el normativo «módulo de estancia» para una persona era una habitación de solo dos metros de ancho, por cuatro de largo y tres de alto.

Cada habitación estaba amueblada de manera atractiva y se asemejaba mucho al apartamento de un buen motel, con sofá cama, televisor, un pequeño aparato Hi-Fi y teléfono. Además, mediante un truco de decoración interior, la única pared intacta podía convertirse en un convincente paisaje terrestre pulsando un conmutador. Había una selección de ocho vistas.

Este toque de lujo era típico de la base, aunque resultaba difícil explicar su necesidad a la gente de la Tierra. Cada hombre y mujer de Clavius había costado cien mil dólares en adiestramiento, transporte y alojamiento; merecía la pena un pequeño extra para mantener su sosiego espiritual. No se trataba del arte por el arte, sino del arte en pro de la paz mental.

Una de las atracciones de la vida en la base —y en la Luna en general— era indudablemente la baja gravedad, que producía una sensación de cabal bienestar. Sin embargo, tenía sus peligros, y pasaban varias semanas antes de que un emigrante de la Tierra pudiera adaptarse. En la Luna, el cuerpo humano había de aprender toda una nueva serie de reflejos. Tenía que distinguir, por primera vez, entre masa y peso.

Un hombre que pesara noventa kilos en la Tierra podría sentirse encantado al descubrir que en la Luna su peso era sólo de quince. En tanto se moviera en línea recta y a velocidad uniforme, experimentaba una maravillosa sensación de flotar. Pero en cuanto intentara cambiar de trayectoria, doblar esquinas, o detenerse de golpe... *entonces* descubría que seguían existiendo sus noventa kilos de masa, o inercia. Pues eso era fijo e inalterable... lo mismo en la Tierra, la Luna, el Sol o en el espacio libre. Por lo tanto, antes de que pudiera uno adaptarse debidamente a la vida lunar, era esencial aprender que todos los objetos eran ahora seis veces más lentos de lo que sugería su mero peso. Era una lección que se llevaba uno a casa a costa de numerosas colisiones y duros porrazos, y las viejas manos lunares se mantenían a distancia de los recién llegados hasta que estuvieran aclimatados.

Con su complejo de talleres, despachos, almacenes, centro computador, generadores, garaje, cocina, laboratorios y planta para el proceso de alimentos, la base Clavius era en sí misma un mundo en miniatura. E irónicamente, muchos de los hábiles e ingeniosos artificios empleados para construir aquel imperio subterráneo fueron desarrollados durante la media centuria de la Guerra Fría.

Cualquiera que hubiese trabajado en un endurecido e insensible emplazamiento de misiles se habría encontrado en Clavius como en su propia casa. Allí, en la Luna, había los mismos artilugios y los mismos ingenios de la vida subterránea, y de protección contra un ambiente hostil, pero habían sido cambiados para el objetivo de la paz. Al cabo de diez mil años, el hombre había hallado al fin algo tan excitante como la guerra.

Por desgracia, no todas las naciones se habían percatado de ese hecho.

Las montañas que habían sido tan prominentes poco antes del alunizaje, habían desaparecido misteriosamente, ocultadas a la vista bajo la acusada curva del horizonte lunar. En torno a la nave espacial había una llanura lisa y gris, brillantemente iluminada por la sesgada luz terrestre. Aunque el firmamento era, desde luego, negro, solo podían ser vistos en él los más brillantes planetas y estrellas, a menos que se protegieran los ojos contra el resplandor de la superficie.

Varios extrañísimos vehículos rodaban en dirección a la nave espacial *Aries-1B:* grúas, cabrias, camiones de reparación, algunos automáticos y otros manejados por un conductor instalado en una pequeña cabina de presión. La mayoría tenían neumáticos, pues aquella suave y nivelada llanura no planteaba dificultades de transporte en absoluto, pero un camión cisterna rodaba sobre las peculiares ruedas flexibles que habían resultado uno de los mejores medios para andar recorriendo la Luna. La rueda flexible, compuesta de placas planas dispuestas en círculo, y montada y alabeada independientemente cada una, tenía muchas de las ventajas del tractor oruga, del que había evolucionado. Adaptaba su forma y diámetro al terreno sobre el que se movía, y a diferencia del tractor oruga, continuaría funcionando aun cuando le faltaran algunas de sus secciones.

Una camioneta con un tubo extensible semejante a la gruesa trompa de un elefante frotaba ahora cariñosamente contra la nave espacial. Pocos segundos después, se oyeron ruidos como de puñetazos o porrazos en el exterior, seguidos del sonido del aire silbante al establecerse las conexiones e igualarse la presión. Seguidamente se abrió la puerta interior de la esclusa reguladora de la presión del aire y entró el comité de recepción.

Estaba encabezado por Ralph Halvorsen, administrador de la Provincia del Sur... que incluía no solo a la base sino también cualquiera de las partes de los equipos de exploración que operaban desde ella. Con él se encontraba su jefe del Departamento Científico, el doctor Roy Michaels, un pequeño y canoso geofísico al que Floyd conocía de visitas previas, y media docena de los principales científicos y ejecutivos. Todos saludaron a Floyd con respetuoso alivio; desde el administrador para abajo, resultaba evidente que les parecía tener una oportunidad de desembarazarse de algunas de sus preocupaciones.

—Encantados de tenerle entre nosotros, doctor Floyd —dijo Halvorsen—. ¿Tuvo usted buen viaje?

—Excelente —respondió Floyd—. No pudo haber sido mejor. La tripulación me atendió estupendamente.

Intercambiaron las acostumbradas frases sin importancia que la cortesía requería, mientras el autobús se apartaba de la nave espacial; por tácito acuerdo, nadie mencionó el motivo de su visita. Tras recorrer unos cincuenta metros desde el lugar del alunizaje, el autobús llegó ante un gran rótulo que rezaba:

BIENVENIDO A LA BASE CLAVIUS
Cuerpo de Ingeniería Astronáutica de USA
1994

A continuación se sumieron en una especie de trinchera que los llevó rápidamente bajo el nivel del suelo. Se abrió una puerta maciza, que volvió a cerrarse tras ellos, y ocurrió lo mismo con otras dos. Una vez cerrada la última puerta, hubo un gran bramido de aire, y de nuevo estuvieron en la atmósfera, en el ambiente de mangas de camisa de la base.

Tras un breve recorrido por un túnel atestado de tubos y cables, y resonante de sordos ecos de rítmicos estampidos y palpitaciones, llegaron al territorio de la dirección, y Floyd se volvió a encontrar en el familiar ambiente de máquinas de escribir, computadoras de despacho, muchachas auxiliares, mapas murales y repiqueteantes teléfonos. Al hacer una pausa frente a la puerta con el rótulo de ADMINISTRADOR, Halvorsen dijo diplomáticamente:

—El doctor Floyd y yo estaremos en la sala de conferencias dentro de un par de minutos.

Los demás asintieron, dijeron algunas frases agradables y se fueron por el pasillo. Pero antes de que Halvorsen pudiera introducir a Floyd en su despacho, hubo una interrupción. Se abrió la puerta y una figurilla se precipitó hacia el administrador, gritando:

—¡Papi! ¡Has estado en la Punta! ¡Y *prometiste* llevarme!

—Vamos, Diana —dijo Halvorsen, con impaciente ternura—, solo dije que te llevaría si podía. Pero he estado muy ocupado esta mañana, recibiendo al doctor Floyd. Dale la mano... acaba de llegar de la Tierra.

La pequeña —Floyd estimó que tendría más o menos ocho años— extendió una floja manita. Su cara le era vagamente conocida, y Floyd se dio cuenta de pronto de que el administrador le estaba mirando con sonrisa burlona. Entonces hizo memoria, y comprendió por qué.

—¡No puedo creerlo! —exclamó—. ¡Pero si no era más que una criatura, cuando estuve aquí la última vez!

—La semana pasada cumplió sus cuatro años —respondió con orgullo Halvorsen—. Los niños crecen rápidamente en esta baja gravedad. Pero no alcanzan la madurez tan de prisa... Vivirán más que nosotros.

Floyd fijó su mirada, como fascinado, en la aplomada damita, observando su gracioso continente y la desusadamente delicada estructura de su cuerpecito.

—Encantado de verte de nuevo, Diana —dijo. A continuación, quizá por curiosidad, o acaso cortesía, algo le impulsó a añadir—: ¿Te gustaría ir a la Tierra?

Los ojos de la niña se agrandaron de asombro, y luego meneó la cabeza, diciendo:

—Es un lugar desagradable; una se hace daño al caer. Además, hay demasiada gente.

Aquí está la primera generación de los nativos del espacio, se dijo Floyd; habrá más, en los años venideros. Aunque había melancolía en su pensamiento, también había una gran esperanza. Cuando estuviese la Tierra mansa y tranquila, y quizá, algo cansada, habría un campo de acción para quienes amaran la libertad, para los duros pioneros, los inquietos aventureros. Pero sus instrumentos no serían el hacha y el fusil, la canoa y la carreta; serían la planta nuclear de energía, el impulso del plasma y la granja hidropónica. Se estaba aproximando velozmente al tiempo en que la Tierra, como todas las madres, debía decir adiós a sus hijos.

Con una mezcla de amenazas y promesas, Halvorsen logró desembarazarse de su decidido retoño, y condujo a Floyd al despacho. La estancia del administrador era solo de cinco metros cuadrados, pero contenía todos los avíos y símbolos de la posición del típico jefe de un departamento con cincuenta mil dólares de sueldo anuales. Fotografías dedicadas de importantes políticos —incluyendo la del presidente de Estados Unidos y la del secretario general de las Naciones Unidas— adornaban una pared, mientras que cubrían la mayor parte de otra unas fotos firmadas por célebres astronautas.

Floyd se hundió en un cómodo sillón de cuero, al tiempo que le ofrecían una copa de jerez, obsequio de los laboratorios biológicos lunares.

—¿Cómo van las cosas, Ralph? —preguntó Floyd, paladeando la bebida primero con precaución, y aprobatoriamente luego.

—No demasiado mal —contestó Haivorsen—. Sin embargo, *hay* algo que es mejor que conozcas, antes de que te metas en harina.

—¿Qué es?

—Bueno, supongo que podría describirlo como un problema moral. — Haivorsen suspiró.

—¡Oh!

—No es serio todavía, pero va rápidamente en camino de serlo.

—La suspensión de noticias.

—Exacto —repuso Haivorsen—. Mi gente se está soliviantando con eso. Después de todo, la mayoría de ellos tienen familias en la Tierra, las cuales probablemente creen que se han muerto de una epidemia lunar.

—Lo siento —dijo Floyd— pero a nadie se le ocurrió una tapadera mejor, y hasta ahora ha servido. Por cierto... encontré a Moisevich en la estación espacial y hasta *él* se la tragó.

—Bien, eso debería hacer feliz a Seguridad.

—No demasiado... Ha oído hablar del TMA-1. Uno; comienzan a filtrarse rumores... Nosotros no podemos hacer una declaración, hasta que sepamos qué diablos es y si nuestros amigos los chinos están tras ello.

—El doctor Michaels cree que tiene una respuesta para eso. Se muere por decírsela a usted.

Floyd vació su copa.

—Y yo me muero por oírle. Vamos allá.

11

ANOMALÍA

La conferencia tuvo lugar en una amplia estancia rectangular que podía contener fácilmente cien personas. Estaba equipada con los más recientes dispositivos ópticos y electrónicos y se habría parecido a una sala de conferencias modelo a no ser por los numerosos carteles, retratos, anuncios y pinturas de aficionados, que indicaban que también era el centro de la vida cultural local. A Floyd le llamó en particular la atención una colección de señales, reunidas evidentemente con esmerado cuidado, con advertencias tales como POR FAVOR, APÁRTESE DEL CÉSPED; NO APARQUE EN DÍAS PARES; PROHIBIDO FUMAR; A LA PLAYA; PASO DE GANADO; PERALTES SUAVES y NO DÉ COMIDA A LOS ANIMALES. De ser auténticos —como ciertamente lo parecían—, su transporte desde la Tierra debió de haber costado una pequeña fortuna. Había un conmovedor desafío en ellos; en aquel mundo hostil, los hombres podían bromear aún sobre las cosas que se habían visto obligados a abandonar... y que sus hijos no echarían nunca en falta.

Un numeroso grupo de cuarenta o cincuenta personas estaba esperando a Floyd, y todos se levantaron cortésmente cuando entró siguiendo al administrador. Mientras saludaba con un ademán de la cabeza a varios rostros conocidos, Floyd cuchicheó a Halvorsen:

—Me gustaría decir unas cuantas palabras antes de la conferencia.

Floyd tomó asiento en la fila de delante, mientras el administrador subía a la tribuna y miraba en torno a su auditorio.

—Damas y caballeros —comenzó Halvorsen—, no necesito decirles que esta es una ocasión muy importante. Estamos encantados de tener entre nosotros al doctor Heywood Floyd. Todos le conocemos por su reputación, y algunos de nosotros personalmente. Acaba de efectuar un vuelo especial desde la Tierra para venir aquí, y antes de la conferencia, desea dirigirnos unas palabras. Doctor Floyd, por favor…

Floyd pasó a ocupar la tribuna en medio de un aplauso cortés, contempló al auditorio con una sonrisa y dijo:

—Gracias… solo deseo decir lo siguiente: el presidente me ha pedido que les transmita su aprecio por su sobresaliente tarea, que esperamos podrá ser reconocida en breve por el mundo. Me doy perfecta cuenta —continuó solícito— de que algunos de ustedes, quizá la mayoría, están ansiosos por que se rasgue el presente velo de secreto; no serían ustedes científicos si pensaran de otro modo.

Vislumbró al doctor Michaels, cuyo ceño estaba ligeramente fruncido, rasgo acentuado por una larga cicatriz en la mejilla derecha… tal vez consecuencia de algún accidente en el espacio. Comprendió que el geólogo había estado protestando vigorosamente contra ese «cuento de policías y ladrones».

—Pero deseo recordarles —prosiguió Floyd— que esta es una situación del todo extraordinaria. Hemos de estar absolutamente seguros de nuestros propios actos; ahora, si cometemos errores, puede no haber una segunda oportunidad… Así que, por favor, les ruego que sean pacientes un poco más. Tales son también los deseos del presidente… Y esto es todo cuanto tengo que decir. Ahora estoy dispuesto a escuchar su informe.

Volvió a su asiento, el administrador dijo «Muchas gracias por sus palabras, doctor Floyd» e hizo un ademán con la cabeza, más bien bruscamente, a su jefe científico. Atendiendo la indicación, el doctor Michaels se encaminó a la tribuna y las luces se atenuaron.

Una fotografía de la Luna apareció en la pantalla. En el mismo centro del disco se veía el brillante anillo de un cráter, desde donde se proyectaban en abanico unos llamativos rayos. Parecía exactamente como si alguien hubiese arrojado a la cara de la Luna un saco de harina, que se esparcía en todas direcciones.

—En esta fotografía vertical —dijo Michaels, apuntando el cráter central—, Tycho es aún más notable que visto desde la Tierra, pues se encuentra más bien próximo al borde de la Luna. Pero observado desde *este* punto de vista, mirándolo directamente desde una altura de mil quinientos kilómetros, verán ustedes cómo domina un hemisferio entero.

Dejó que Floyd absorbiera aquella vista no conocida de un objeto conocido, y prosiguió luego:

—Durante el año pasado hemos estado efectuando una inspección magnética de la región, desde un satélite de bajo nivel. El mes pasado fue completada... y este es el resultado, el mapa que dio origen a todo el trastorno.

Otra imagen apareció en la pantalla; se parecía a un mapa de perfil, aunque mostraba intensidad magnética, sin alturas sobre el nivel del mar. En su mayor parte, las líneas eran aproximadamente paralelas y espaciadas, pero en una esquina del mapa se apretaban de pronto, formando una serie de círculos concéntricos... como el dibujo de un nudo en un trozo de madera.

Hasta para un ojo inexperimentado, resultaba evidente que algo peculiar había sucedido al campo magnético de la Luna en aquella región; y en grandes letras a través de la base del mapa se leía: ANOMALÍA MAGNÉTICA DE TYCHO UNO (TMA-1). En el extremo superior derecho ponía CLASIFICADO.

—Al principio pensamos que podía tratarse de un crestón de roca magnética, pero toda la evidencia geológica estaba en contra de ello. Y ni siquiera un gran meteorito de ferroníquel podía producir un campo tan intenso como este, por lo que tomamos la decisión de ir a examinarlo.

»La primera partida no descubrió nada... solo el acostumbrado terreno llano, enterrado bajo una muy tenue capa de polvo lunar. Introdujeron un taladro en el centro exacto del campo magnético, para obtener una muestra para su estudio. A siete metros, el taladro se detuvo. Así que el grupo de investigación comenzó a excavar... tarea nada fácil en traje espacial, puedo asegurarles.

»Lo que hallaron les hizo volver apresuradamente a la base. Enviamos un grupo mayor, con mejor equipo. Excavaron durante dos semanas... con el resultado que conocen ustedes.

La ensombrecida sala de conferencias se quedó muda y permaneció expectante al cambiar la imagen de la pantalla. Aunque todos la habían visto varias veces, no había nadie que no alargase el cuello como si esperase encontrar nuevos detalles. En la Tierra y en la Luna, se había permitido a menos de cien personas, hasta entonces, que posaran sus ojos en aquella fotografía.

Mostraba a un hombre en un brillante traje espacial rojo y amarillo, de pie en el fondo de una excavación, y sosteniendo una vara de agrimensor marcada en decímetros. Era evidentemente una foto sacada de noche, y podía haber sido tomada en cualquier lugar de la Luna o Marte. Pero hasta la fecha ningún planeta había producido nunca una escena como aquella.

El objeto ante el cual posaba el hombre con el traje espacial era una losa vertical de material como azabache, de unos cuatro metros de altura y solo dos de anchura; a Floyd le recordó, un tanto siniestramente, una gigantesca lápida sepulcral. De aristas perfectamente agudas y simétricas, era tan negra que parecía haber engullido la luz que incidía sobre ella; no presentaba ningún detalle de superficie. Resultaba imposible precisar si estaba hecha de piedra, de metal, de plástico... o de algún otro material absolutamente desconocido por el hombre.

—TMA-1 —declaró casi con reverencia el doctor Michaels—. Parece como nueva, ¿no es así? Apenas puedo censurar a quienes pensaban que solo tenía una antigüedad de unos pocos años, y trataban de relacionarla con la Expedición China del 98. Pero por mi parte, nunca creí en ello... y ahora hemos sido capaces de fecharla positivamente, a través de la evidencia geológica local.

»Mis colegas y yo, doctor Floyd, ponemos en juego nuestra reputación en esto. TMA-1 no tiene nada que ver con los chinos. En realidad, no tiene nada que ver con la especie humana... pues cuando fue enterrada ahí, *no había* humanos.

»Tiene una antigüedad aproximada de tres millones de años. Lo que está usted ahora contemplando es la primera evidencia de vida inteligente fuera de la Tierra.

12

VIAJE CON LUZ TERRESTRE

MACROCRÁTER PROVINCE: Se extiende al sur desde cerca del centro de la cara visible de la Luna, al este del cráter central Province. Densamente festoneado con cráteres de impacto, muchos de ellos grandes, incluyendo el mayor de la Luna; al norte, algunos cráteres abiertos por impacto, formando el mar Imbrium. Superficies escabrosas casi por todas partes, excepto en algunos fondos de cráter. La mayoría de las superficies en declive, de 10 a 12 grados; algunos fondos de cráter casi llanos.

ALUNIZAJE Y MOVIMIENTO: Alunizaje generalmente difícil debido a las escabrosas y escarpadas superficies; menos difícil en los fondos llanos de algunos cráteres. Movimiento posible casi en todas partes, pero se requiere selección de ruta: menos difícil en los fondos llanos de algunos cráteres.

CONSTRUCCIÓN: Por lo general, moderadamente difícil debido al declive, y numerosos grandes bloques de material suelto; difícil la excavación de lava en algunos fondos de cráter.

Tycho. Post-Maria cráter, de 80 kilómetros. de diámetro, borde de 2.500 metros sobre el terreno circundante; fondo de 3.600 metros; tiene el más prominente sistema de radios de la Luna, extendiéndose algunos a más de 800 kilómetros.

(Extracto del «Estudio especial de Ingeniería de la Superficie de la Luna», Despacho, Jefe de Ingenieros, Departamento del Ejército. Inspección Geológica USA, Washington, 1961.)

El laboratorio móvil que rodaba entonces a través del llano del cráter a ochenta kilómetros por hora se parecía más a un remolque de mayor tamaño que el normal, montado sobre ocho ruedas flexibles. Pero era mucho más que eso: era una base independiente en la cual podían vivir y trabajar veinte hombres durante varias semanas. En realidad, era virtualmente una astronave para la propulsión terrestre... y en caso de emergencia podía también volar. Si llegaba a una grieta profunda o cañón demasiado grande para poder contornearlo, y demasiado escarpado para introducirse, podía atravesar el obstáculo con sus cuatro propulsores inferiores.

Fisgando el exterior por la ventanilla, Floyd veía extenderse ante él una pista bien trazada, donde docenas de vehículos habían dejado una apretada banda en la quebradiza superficie de la Luna. A intervalos regulares a lo largo de la pista había altas y gráciles farolas de destellante luz. Nadie podía posiblemente perderse en el trayecto de trescientos veinte kilómetros que había de la base Clavius a TMA-1, aunque fuese de noche y tardara aún varias horas en salir el sol.

Las estrellas eran solo un poco más brillantes, o más numerosas, que en una clara noche desde las altiplanicies de Nuevo México o del Colorado. Pero había dos cosas en aquel firmamento, negro como el carbón, que destruían cualquier ilusión de Tierra.

La primera era la propia Tierra, un resplandeciente fanal suspendido sobre el horizonte septentrional. La luz que derramaba aquel gigantesco hemisferio era docenas de veces más brillante que la de la Luna llena, y cubría todo aquel suelo con una fría y verdiazulada fosforescencia.

La segunda aparición celestial era un tenue y nacarado cono de luz sesgado sobre el firmamento de levante, el cual se hacía cada vez más brillante hacia el horizonte, sugiriendo grandes incendios ocultos justamente bajo el borde de la Luna. Era una pálida aureola que nadie pudo ver nunca desde la Tierra, excepto durante los momentos de un eclipse total. Era el halo anunciador del alba lunar, el aviso de que en breve el sol bañaría aquel soñoliento suelo.

Instalado con Halvorsen y Michaels en la cabina delantera de observación, inmediatamente bajo el puesto del conductor, Floyd sintió que sus pensamientos volvían una y otra vez al abismo de tres millones de años que acababa de abrirse ante él. Como todos los hombres ilustrados, estaba acostumbrado a considerar períodos de tiempo mucho mayores... pero habían concernido solo a los movimientos de las estrellas y a los lentos ciclos del universo inanimado. No habían estado implicadas ni la mente ni la inteligencia; aquellos eones estaban vacíos de cuanto tocara a las emociones.

¡Tres millones de años! El infinitamente atestado panorama de historia escrita, con sus imperios y sus reyes, sus triunfos y sus tragedias, cubre apenas una milésima de ese tremendo lapso de tiempo. No solo el propio hombre, sino la mayoría de los animales que viven hoy en la Tierra, no existían siquiera cuando ese negro enigma fue tan cuidadosamente enterrado ahí, en el más brillante y más espectacular de todos los cráteres de la Luna.

De que fue enterrado, y de forma deliberada, estaba absolutamente seguro el doctor Michaels. «Al principio —explicaba—, más bien esperaba que pudiera marcar el emplazamiento de alguna estructura subterránea, pero nuestras más recientes excavaciones han eliminado tal suposición. Se halla asentado en una amplia plataforma del mismo negro material, con roca inalterada debajo. Las *criaturas* que lo diseñaron quisieron asegurarse de que permanecería inconmovible ante los mayores terremotos lunares. Estaban construyendo para la eternidad.»

Había un acento triunfal, y, sin embargo, melancólico, en la voz de Michaels, y Floyd compartía ambas emociones. Al fin, había sido respondido uno de los más antiguos interrogantes del hombre; ahí estaba la prueba, más allá de toda sombra de duda, de que no era la suya la única inteligencia que había producido el Universo. Pero con ese conocimiento, volvía de nuevo una dolorosa certidumbre de la inmensidad del Tiempo. La humanidad había narrado en cien mil generaciones todo cuanto pasara de aquel modo. Quizá estaba bien así, se dijo Floyd. Sin embargo... ¡cuánto podíamos haber aprendido de seres que podían cruzar el espacio, mientras nuestros antepasados vivían aún en los árboles!

Unos cientos de metros más adelante, emergía un poste indicador sobre el singularmente limitado horizonte de la Luna. En su base había una estructura en forma de tienda, cubierta con reluciente chapa de plata, evidentemente para la protección contra el terrible calor diurno. Al pasar el vehículo frente a ella, bajo la brillante luz terrestre Floyd pudo leer:

DEPÓSITO DE EMERGENCIA – 3

20 litros de lox (oxígeno líquido)
10 litros de agua
20 paquetes de alimentos Mk 4
1 caja de herramientas Tipo B
1 serie de pertrechos de reparación
¡TELÉFONO!

—¿Sabe algo de *eso?* —preguntó Floyd, apuntando afuera—. Supongo que debe de tratarse de un escondrijo de abastecimientos, dejado por alguna expedición que nunca volvió...

—Es posible —admitió Michaels—. El campo magnético rotuló ciertamente su posición, de manera que pudiera ser fácilmente hallada. Pero es más bien pequeña... No puede contener mucha cantidad de abastecimientos.

—¿Por qué no? —intervino Halvorsen—. ¿Quién sabe lo grandes que eran *ellos?* Quizá solo tenían centímetros de estatura, lo cual convertiría a eso en una construcción de una altura de veinte o treinta pisos.

Michaels meneó la cabeza.

—Queda descartado —protestó—. No puede haber criaturas inteligentes muy pequeñas; se necesita un mínimo de tamaño cerebral.

Floyd se había dado ya cuenta de que Michaels y Halvorsen solían defender opiniones opuestas, aun cuando no pareciese existir una hostilidad o fricción personal entre ellos. Se diría que se respetaban entre ellos; simplemente, estaban de acuerdo o en desacuerdo.

Cabía en efecto poca concordancia entre la naturaleza de TMA-1... o del Monolito Tycho, como algunos preferían llamarlo, reteniendo parte de la abreviatura. En las seis horas desde que había puesto pie en la Luna, Floyd había oído una docena de teorías, aunque no se había pronunciado a favor de ninguna de ellas. Santuario, templete, tumba, mojón de reconocimiento, instrumento selenofísico... estas eran quizá las sugestiones favoritas, y algunos de los protagonistas se acaloraban mucho en su defensa. Se habían cruzado diversas apuestas, y gran cantidad de dinero cambiaría de mano cuando fuese conocida finalmente la verdad... en caso de que lo fuera alguna vez.

Hasta el momento, el duro material negro de la losa había resistido todos los intentos, más bien suaves, que habían efectuado Michaels y sus colegas para obtener muestras. No dudaban en absoluto de que un rayo láser la hendiría —pues, seguramente, nada podía resistir *aquella* terrible concentración de energía—, pero había que dejar a Floyd la decisión de emplear medidas violentas. Él había decidido ya que los rayos X, las sondas sónicas, los haces de neutrones y todos los demás medios de investigación no destructiva fuesen puestos en juego antes de recurrir a la artillería pesada del láser. Era una muestra de barbarie destruir algo que no se podía comprender; pero quizá los hombres eran bárbaros, en comparación con los seres que habían construido aquel objeto.

¿Y de dónde *podían* haber procedido? ¿De la misma Luna? No, eso era del todo improbable. Cualquier civilización avanzada terrestre —presumiblemente no humana— de la Era Pleistocena habría dejado muchas otras huellas de su existencia. Lo hubiésemos sabido todo de ella, pensó Floyd, mucho antes de que llegáramos a la Luna.

Aquello dejaba dos alternativas: los planetas y las estrellas. Sin embargo, había pruebas abrumadoras en contra de la vida inteligente en cualquier otra parte del Sistema Solar... o simplemente de vida de *cualquier* clase, excepto en la Tierra y en Marte. Los planetas interiores eran demasiado calientes, los exteriores excesivamente fríos, a menos que se descendiera en su atmósfera a profundidades donde las presiones alcanzaban cientos de toneladas por centímetro cuadrado.

Así, los visitantes habrían venido quizá de las estrellas... lo cual resultaba aún más increíble. Al mirar arriba, a las constelaciones desparramadas a través del firmamento lunar de ébano, Floyd recordó cuán a menudo habían «demostrado» sus colegas científicos la imposibilidad de un viaje interestelar. El recorrido de la Tierra a la Luna era ya bastante impresionante; pero la estrella más próxima se encontraba a una distancia cien millones de veces mayor... Especular era perder el tiempo; debía esperar hasta que hubiese más pruebas.

—Sujétense por favor los cinturones de seguridad y afiancen todos los objetos sueltos —dijo de pronto el altavoz de la cabina—. Se aproxima un declive de cuarenta grados.

Dos postes señaladores con luces parpadeantes habían aparecido en el horizonte, y el vehículo estaba maniobrando entre ellos. Apenas había ajustado Floyd sus correas, cuando el vehículo se inclinó lentamente sobre el borde de un declive sin duda terrorífico, y comenzó a descender una larga pendiente cubierta de derrubios y tan empinada como el tejado de una casa. La oblicua luz terrestre que provenía de la parte posterior procuraba muy escasa iluminación, por lo que se habían encendido los proyectores del vehículo. Hacía muchos años Floyd se había encontrado en la boca del Vesubio, mirando al cráter, por lo que podía ahora imaginarse fácilmente que estaba sumiéndose en otro semejante, y la sensación no resultaba nada agradable.

Estaba descendiendo una de las terrazas interiores de Tycho, la cual se nivelaba unos trescientos cincuenta metros más abajo. Al serpear por el declive, Michaels apuntó a través de la gran extensión llana que se extendía bajo ellos.

—Allá están —exclamó.

Floyd asintió; había divisado ya el ramillete de luces rojas y verdes enfrente a algunos kilómetros, y mantuvo sus ojos fijos en él mientras el vehículo descendía suavemente el declive. Evidentemente, el gran artefacto locomóvil estaba bajo perfecto control, pero Floyd no respiró sosegado hasta que el vehículo volvió a recobrar su debida posición horizontal.

Entonces pudo ver, resplandeciendo como burbujas de plata a la luz terrestre, un grupo de cúpulas de presión: los refugios temporales que albergaban a los trabajadores del lugar. Próxima a ellas se encontraba una torre de radio, una perforadora, un grupo de vehículos aparcados y un gran montón de roca cascada, probablemente el material que había sido excavado para descubrir el monolito. Aquel pequeño campamento en la desértica extensión parecía muy solitario, muy vulnerable a las fuerzas de la Naturaleza agrupadas silenciosamente alrededor. No había allí signo alguno de vida, ni ninguna indicación visible de por qué habían ido los hombres tan lejos de su hogar.

—Puede usted ver el cráter —dijo Michaels—. Allá a la derecha... a unos cien metros de aquella antena de radio.

Ya estamos, pues, pensó Floyd, al rodar el vehículo ante las cápsulas de presión y llegar al borde del cráter. Su pulso se aceleró al estirarse hacia delante para ver mejor. El vehículo comenzó a descender con cautela una rampa de consistente roca, introduciéndose en el interior del cráter. Y allí, exactamente como lo había visto en fotografías, se encontraba TMA-1.

Floyd fijó su mirada, pestañeó, meneó la cabeza y clavó de nuevo la vista. Hasta con la brillante luz terrestre, resulta difícil distinguir el objeto; su primera impresión fue la de un rectángulo liso que podía haber sido cortado en papel carbón; parecía no tener en absoluto espesor. Desde luego, se trataba de una ilusión óptica; aunque estaba mirando un cuerpo sólido, reflejaba tan poca luz que solo podía ver la silueta.

Los pasajeros mantuvieron un silencio total mientras el vehículo descendía al cráter. Había en ellos espanto, y también incredulidad... simple escepticismo ante la idea de que la muerta Luna, entre todos los mundos, pudiese haber hecho surgir aquella fantástica sorpresa.

El vehículo se detuvo a unos siete metros de la losa, y a un costado de ella, de manera que todos los pasajeros pudieran examinarla. Sin embargo, poco había que ver, aparte de la forma perfectamente geométrica del objeto. No presentaba en ninguna parte marca alguna, ni la menor reducción de su cabal negrura de ébano. Era la cristalización misma de la noche, y por un momento Floyd se preguntó si en efecto podía ser alguna extraordinaria formación natural, nacida de los fuegos y presiones que acompañaron a la creación de la Luna. Pero bien sabía que tal remota posibilidad había sido ya examinada y descartada.

Obedeciendo a alguna señal, se encendieron proyectores en torno al borde del cráter, y la brillante luz terrestre fue extinguida por un resplandor mucho más intenso. En el vacío lunar eran desde luego completamente invisibles los haces, que formaban elipses superpuestas de cegadora blancura, centradas sobre el monolito. Y allá donde se proyectaban, la superficie de ébano parecía tragarlas.

La caja de Pandora, pensó Floyd con una súbita sensación de presagio, esperando ser abierta por el hombre curioso. ¿Y qué hallaría en su interior?

II. TMA-1

13

EL LENTO AMANECER

La principal cúpula de presión de la planta TMA-1 tenía solo siete metros de diámetro, y su interior se hallaba incómodamente atestado. El vehículo, acoplado a ella a través de una de las dos cámaras reguladoras de presión, procuraba un espacio vital sumamente apreciado.

En el interior de aquel globo hemisférico y su pared doble vivían, trabajaban y dormían los seis científicos y técnicos agregados ya de forma permanente al proyecto. Contenía también la mayor parte de su equipo e instrumental, todos los pertrechos que no podían ser dejados en el vacío exterior, dispositivos de cocina y lavabo, muestras geológicas y una pequeña pantalla de televisión a través de la cual podía ser mantenido el emplazamiento en continua vigilancia.

Floyd no se sorprendió cuando Halvorsen prefirió permanecer en la cúpula; expuso su opinión con admirable franqueza.

—Considero los trajes espaciales como un mal necesario —dijo el administrador—. Me pongo uno cuatro veces al año, para mis comprobaciones trimestrales. Si no le importa, me quedaré aquí al cuidado de la televisión.

No eran injustificados algunos de sus prejuicios, pues los más recientes modelos eran mucho más cómodos que los torpes atuendos acorazados empleados por los primeros exploradores lunares. Podía uno ponérselos en menos de un minuto, hasta sin ayuda, y eran automáticos. El Mk V en el cual se hallaba cuidadosamente embutido ahora Floyd, le protegería contra lo peor que pudiese encontrar en la Luna, bien fuese de día o de noche.

Entró en la pequeña cámara reguladora de presión, acompañado por el doctor Michaels. Una vez hubo cesado el vibrar de las bombas y se hubo tensado casi imperceptiblemente en torno suyo el traje, se sintió encerrado en el silencio del vacío.

Silencio que fue roto por el grato sonido de la radio acoplada a su traje.

—¿Bien de presión, doctor Floyd? ¿Respira usted con normalidad?

—Sí... estoy magníficamente.

Su compañero comprobó con cuidado las esferas e indicadores del exterior del traje de Floyd, y luego dijo:

—Bien... vámonos.

Se abrió la puerta exterior y ante ellos apareció el polvoriento paisaje lunar, brillando la luz terrestre.

Con un cauto y contoneante movimiento, Floyd siguió a Michaels. No resultaba difícil andar; en realidad, y de manera paradójica, el traje le hacía sentirse más como en casa que en cualquier momento desde que llegara a la Luna. Su peso extra, y la leve resistencia que imponía a su movimiento, le procuraba algo de la ilusión de la perdida gravedad terrestre.

La escena había cambiado desde que llegara el grupo, apenas hacía una hora. Aunque las estrellas, y la Tierra gibosa, seguían estando tan brillantes como siempre, la decimocuarta noche lunar había ya casi terminado. El resplandor de la corona era como una falsa salida de luna a lo largo del firmamento oriental... y de pronto, sin previo aviso, la punta del poste de la radio, a treinta y cinco metros sobre la cabeza de Floyd, pareció lanzar una súbita llamarada, al prender en ella los primeros rayos del oculto sol.

Esperaron a que el supervisor del proyecto y dos de sus asistentes emergieran de la cámara reguladora de presión y seguidamente se encaminaron despacio hacia el cráter. Para cuando lo alcanzaron, se había trazado un tenue arco de insoportable incandescencia sobre el horizonte oriental. Aunque pasaría más de una hora antes de que el Sol iluminase el borde de la lentamente giratoria luna, las estrellas ya habían sido borradas.

El cráter se hallaba aún en sombras, pero los proyectores dispuestos en su borde iluminaban brillantemente el interior. Mientras Floyd descendía poco a poco la rampa, en dirección al negro rectángulo, sintió una sensación no solo de pavor sino de desamparo. Allí, en el mismo portal de la Tierra, el hombre se encontraba enfrentado a un misterio que acaso nunca sería resuelto. Hacía tres millones de años, *algo* había pasado por allí, había dejado el desconocido y quizás irreconocible símbolo de su designio y había vuelto a los planetas… o a las estrellas.

La radio del traje de Floyd interrumpió su ensueño.

—Al habla el supervisor del proyecto. Si se alinean todos de este lado, podríamos tomar unas fotos. Doctor Floyd, haga el favor de situarse en el centro… Doctor Michaels… gracias…

Nadie excepto Floyd parecía pensar que hubiese algo divertido en aquello. Muy sinceramente, él tenía que admitir que estaba contento de que alguien hubiese traído un aparato fotográfico; la fotografía sería histórica, y deseaba reservarse unas copias. Esperaba que su cara pudiera ser visible con claridad a través del casco del traje.

—Gracias, caballeros —dijo el fotógrafo, después de que hubieron posado, un tanto engreídos, frente al monolito, y él hubiese hecho una docena de tomas—. Pediremos a la sección fotográfica de la base que les envíe copias.

A continuación Floyd dirigió toda su atención a la losa de ébano… andando lentamente alrededor, examinándola desde cada ángulo, intentando imprimir su singularidad en su mente. No esperaba encontrar nada, pues sabía que cada cen-

tímetro cuadrado había sido sometido ya al examen micros-
cópico.

El perezoso Sol se había alzado ya sobre el borde del cráter, y sus rayos estaban derramándose casi de lado sobre la
cara oriental del bloque, el cual parecía absorber cada partícula de luz como si nunca se hubiese producido.

Floyd decidió intentar un simple experimento: se situó
entre el monolito y el sol, y buscó su propia sombra sobre la
tersa lámina negra. No había ninguna huella de ella. Lo menos diez kilovatios de crudo calor debían de estar cayendo
sobre la losa; de haber algo en su interior, debía de estar co-
ciéndose rápidamente.

¡Qué extraño!, pensó Floyd, permanecer aquí mientras
que ese... ese *objeto* está viendo la luz del día por primera vez
desde que comenzaron en la Tierra las eras glaciales. ¿Por
qué su color negro?, se preguntó de nuevo; era ideal, desde
luego, para absorber la energía solar. Pero desechó al punto el
pensamiento; ¿quién sería lo bastante loco como para enterrar un ingenio de potencialidad solar a siete metros *bajo el
suelo*?

Miró arriba a la Tierra, que comenzaba a desvanecerse en
el firmamento mañanero. Solo un puñado de los seis mil millones de personas que la habitaban sabían de ese descubrimiento; ¿cómo reaccionaría el mundo ante las noticias, cuando finalmente se divulgaran?

Las implicaciones políticas y sociales eran inmensas; toda
persona de verdadera inteligencia —cualquiera que mirase un
poco más allá de su nariz— hallaría sutilmente cambiados su
vida, sus valores y su filosofía. Aun cuando nada fuese descubierto sobre TMA-1, y siguiese permaneciendo un misterio
eterno, el hombre sabría que no era único en el Universo.
Aunque no se hubiese encontrado en millones de años con
quienes estuvieron una vez aquí, ellos podrían volver; y si no,
bien podrían ser otros. Todos los futuros debían de contener
ya tal posibilidad.

Se hallaba aún Floyd rumiando estos pensamientos, cuando el micrófono de su casco emitió de pronto un penetrante chillido electrónico, como una señal horaria espantosamente sobrecargada y distorsionada. Involuntariamente, intentó taparse los oídos con los guantes espaciales de sus manos; se recuperó y tanteó frenéticamente el control de su receptor. Y mientras se tambaleaba, cuatro chillidos más estallaron desde el éter… y luego hubo un compasivo silencio.

En todo el contorno del cráter, había figuras en actitudes de paralizado asombro. Así pues, no se trata de una avería de mi aparato, se dijo Floyd. Todos han oído esos penetrantes chillidos electrónicos.

Al cabo de tres millones de años de oscuridad, TMA-1 había saludado al alba lunar.

14

LOS OYENTES

Ciento cincuenta millones de kilómetros más allá de Marte, en la fría soledad donde no había aún viajado hombre alguno, el Monitor 79 del Espacio Profundo derivaba lentamente entre las enmarañadas órbitas de los asteroides. Durante tres años había cumplido de manera intachable su misión; debía rendirse tributo a los científicos americanos que lo habían diseñado, a los ingenieros británicos que lo habían construido y a los técnicos rusos que lo habían lanzado. Una delicada telaraña de antenas captaba las ondas transitorias de radio: el incesante crujido y silbido de lo que Pascal, en una edad mucho más simple, había denominado ingenuamente «el silencio eterno de los espacios infinitos». Detectores de radiación captaban y analizaban los rayos cósmicos procedentes de la Galaxia y de puntos más allá; telescopios neutrónicos y de rayos X avizoraban extrañas estrellas que ningún ojo humano vería siquiera; magnetómetros observaban las rachas y huracanes de los vientos solares, al lanzar el Sol ráfagas de tenue plasma a un millón y medio de kilómetros por hora a la cara de sus hijos, que giraban a su alrededor. Todas estas cosas, y muchas otras, eran pacientemente anotadas por el Monitor 79 del Espacio Profundo, y registradas en su cristalina memoria.

Una de sus antenas, por uno de los milagros ya corrientes de la electrónica, estaba orientada siempre a un punto cerca-

91

no al Sol. Cada pocos meses podía haber sido visto su distante blanco, de haber habido un ojo cualquiera para mirar, como una brillante estrella con una compañera próxima y más débil, pero la mayor parte del tiempo estaba perdida en el resplandor solar.

Cada veinticuatro horas, el monitor enviaría a aquel lejano planeta Tierra la información que había almacenado con suma paciencia, pulcramente empaquetada en un impulso de cinco minutos. Aproximadamente un cuarto de hora después, ese impulso alcanzaría su destino, viajando a la velocidad de la luz. Las máquinas destinadas al efecto le estarían esperando; ampliarían y registrarían la señal, y la añadirían a los miles de kilómetros de cinta magnética almacenada en los sótanos de los Centros Mundiales del Espacio en Washington, Moscú y Camberra.

Desde que orbitaran los primeros satélites, hacía unos cincuenta años, billones y trillones de impulsos de información habían estado llegando del espacio, para ser almacenados para el día en que pudieran contribuir al avance del conocimiento. Solo una minúscula fracción de esa materia prima sería tratada, pero no había manera de decir qué observación podría desear consultar algún científico, dentro de diez, o de cincuenta, o de cien años. Así pues, todo había de ser mantenido archivado, acumulado en interminables galerías dotadas de aire acondicionado; todo se guardaba por triplicado en los tres centros, ante la posibilidad de pérdida accidental. Formaba parte del auténtico tesoro de la humanidad, más valioso que todo el oro encerrado inútilmente en los sótanos de los bancos.

Y ahora, el Monitor 79 del Espacio Profundo había notado algo extraño… una débil aunque inconfundible perturbación que cruzaba el Sistema Solar, muy distinta de cualquier fenómeno natural que observara en el pasado. Automáticamente, registró la dirección, el tiempo, la intensidad; en pocas horas pasaría la información a la Tierra.

Como también lo haría Orbiter M15, que gravitaba en torno a Marte dos veces por día; y la Sonda 21 de Alta Inclinación, que ascendía lentamente sobre el plano de la eclíptica; y hasta el Cometa Artificial 5, dirigiéndose a las frías inmensidades más allá de Plutón, siguiendo una órbita cuyo punto más distante no alcanzaría hasta dentro de mil años. Todos captaron el extraño chorro de energía que había perturbado sus instrumentos; todos, como era debido, informaron automáticamente a los depósitos de memoria de la distante Tierra.

Las computadoras podían no haber percibido nunca la conexión entre cuatro peculiares series de señales de las sondas espaciales en órbitas independientes a millones de kilómetros de distancia. Pero tan pronto como lanzó una ojeada a su informe matinal, el pronosticador de radiación de Goddard supo que algo raro había atravesado el Sistema Solar durante las últimas veinticuatro horas.

Tenía solo parte de su huella, pero cuando la computadora la proyectó al cuadro de situación planetaria, apareció tan clara e inconfundible como una estela de vapor a través de un firmamento sin nubes, o como una línea de pisadas sobre nieve virgen. Alguna forma inmaterial de energía, arrojando una espuma de radiación como la estela de una lancha de carreras, habría brotado con ímpetu de la cara de la Luna y estaba dirigiéndose hacia las estrellas.

III. ENTRE PLANETAS

15

DISCOVERY

La nave se encontraba aún a solo treinta días de la Tierra, pero sin embargo David Bowman hallaba a veces difícil creer que hubiese conocido jamás cualquier otra existencia que la del cerrado y pequeño mundo de la nave *Discovery*. Todos sus años de entrenamiento, todas sus anteriores misiones a la Luna y a Marte, parecían pertenecer a otro mundo, a otra vida.

Frank Poole confesaba tener los mismos sentimientos, y a veces había lamentado, bromeando, que el más próximo psiquiatra estuviese casi a la distancia de ciento cincuenta millones de kilómetros. Pero aquella sensación de aislamiento y de desamparo era bastante fácil de comprender, y ciertamente no indicaba anormalidad alguna. En los treinta años desde que los hombres se aventuraron por el espacio, nunca había habido una misión como aquella.

Había comenzado, hacía cinco años, con el nombre de Proyecto Júpiter, el primer viaje tripulado de ida y vuelta al mayor de los planetas. La nave estaba casi lista para el viaje de dos años cuando, algo bruscamente, había sido cambiado el perfil de la misión.

La *Discovery* había de ir a Júpiter, en efecto, pero no se detendría allí. Ni siquiera aminoraría su velocidad al atravesar el lejano sistema de satélites jovianos. Por el contrario, debería utilizar el campo gravitatorio del gigantesco mundo como una honda para ser arrojada aún más allá del Sol. Como un cometa, atravesaría rápida los últimos límites del Sistema Solar en dirección a su meta última, la anillada magnificencia de Saturno. Y nunca volvería.

Para la *Discovery,* sería un viaje de ida tan solo. Sin embargo, su tripulación no tenía intención alguna de suicidarse. Si todo iba bien, regresarían a la Tierra dentro de siete años... cinco de los cuales pasarían como un relámpago en el tranquilo sueño de la hibernación, mientras esperaban el rescate por la aún no construida *Discovery II.*

La palabra «rescate» era evitada cuidadosamente en los informes y documentos de las agencias astronáuticas; implicaba algún fallo de planificación, por lo que la expresión aprobada era la de «recuperación». Si algo iba realmente mal, a buen seguro que no habría esperanza alguna de rescate, a más de mil millones de kilómetros de la Tierra.

Era un riesgo calculado, como todos los viajes a lo desconocido. Pero después de medio siglo de investigación, la hibernación humana artificialmente inducida había demostrado ser del todo segura, y esto había abierto nuevas posibilidades al viaje espacial, si bien no habían sido explotadas al máximo hasta esa misión.

Los tres miembros del equipo de inspección, que no serían necesarios hasta que la nave entrase en su órbita final en torno a Saturno, dormirían durante todo el viaje exterior. Así se ahorrarían toneladas de alimentos y otros gastos; y lo que era casi tan importante, el equipo estaría fresco y alerta, y no fatigado por el viaje de diez meses, cuando entrase en acción.

La *Discovery* entraría en una órbita de aparcamiento en torno a Saturno y se convertiría en nueva luna del planeta gigante. Describiría una elipse de más de tres millones de kilómetros, que la llevaría junto a Saturno, y luego, a través de las órbitas de todas sus lunas principales. Tendrían cien días para trazar cartas y estudiar un mundo cuya superficie era ochenta veces mayor que la de la Tierra, y estaba rodeado por un séquito de lo menos quince satélites conocidos, uno de los cuales era tan grande como el planeta Mercurio.

Habría allí maravillas suficientes para siglos de estudio; la primera expedición solo podría llevar a cabo un reconocimiento preliminar. Todo cuanto se encontrara se transmitiría por radio a la Tierra; aun si no volviesen nunca los exploradores, sus descubrimientos no se perderían.

Al final de los cien días, la astronave *Discovery* concluiría su misión. Toda la tripulación sería sometida a la hibernación; solo los sistemas esenciales continuarían operando, vigilados por el incansable cerebro electrónico de la nave, que continuaría girando en torno a Saturno, en una órbita tan bien determinada ahora que los hombres sabrían exactamente dónde buscarla dentro de mil años, aunque en solo cinco, de acuerdo con los planes establecidos, llegaría la *Discovery II*. Aunque pasaran seis, siete u ocho años, los durmientes pasajeros no conocerían la diferencia. Para todos ellos, el reloj se habría parado, como se había parado ya para Whitehead, Kaminski y Hunter.

A veces Bowman, como primer capitán de la *Discovery*, envidiaba a sus tres colegas, inconscientes en la helada paz de la hibernación, libres de todo fastidio y toda responsabilidad; hasta que alcanzaran Saturno, el mundo exterior no existía para ellos.

Pero aquel mundo estaba vigilándolos, a través de sus dispositivos biosensores. A un lado de la mesa de instrumento del puente de mando, había cinco pequeños paneles con los nombres de HUNTER, WHITEHEAD, KAMINSKI, POOLE, BOWMAN. Los dos últimos estaban en blanco; no les llegaría el turno hasta dentro de un año. Los otros presentaban constelaciones de minúsculas lucecitas verdes, anunciando que todo iba bien; y en cada uno de ellos había una pantalla a través de la cual una serie de relucientes líneas trazaban los pausados ritmos que indicaban el pulso, la respiración y la actividad cerebral.

Había veces en que Bowman, dándose cuenta de lo innecesario que aquello era —pues si algo iba mal, sonaría al instante el timbre de alarma—, conectaba el dispositivo auditivo. Y, semi-hipnotizado, escuchaba los latidos infinitamente lentos del corazón de sus durmientes colegas, manteniendo sus ojos fijos en las perezosas ondas que atravesaban en sincronismo la pantalla.

Lo más fascinante de todo eran los trazados del electroen-cefalograma... las señales electrónicas de tres personalidades que existieron, y que un día volverían a existir. Estaban casi exentas de los ascensos y descensos, aquellos altibajos correspondientes a las explosiones eléctricas que señalaban la actividad del cerebro en vela... o hasta del cerebro en sueño normal. De subsistir cualquier chispa de conciencia, se hallaba más allá del alcance de los instrumentos, y de la memoria.

Bowman conocía este hecho por experiencia personal. Antes de haber sido escogido para la misión, habían sido sondeadas sus reacciones a la hibernación. No estaba seguro de si había perdido una semana de su vida... o bien si había pospuesto su muerte por el mismo lapso de tiempo.

Cuando le fueron aplicados los electrodos a la frente y comenzó a latir el generador de sueño, había visto un breve despliegue de formas calidoscópicas y derivantes estrellas. Luego todo se había borrado, y la oscuridad le había engullido. No sintió nunca las inyecciones, y menos aún el primer toque de frío al ser reducida la temperatura de su cuerpo a solo pocos grados sobre cero... Despertó, y le pareció que apenas había cerrado los ojos. Pero sabía que era una ilusión; como fuera, estaba convencido de que habían transcurrido realmente años.

¿Había sido completada la misión? ¿Habían alcanzado ya Saturno, efectuado su inspección y puestos en hibernación? ¿Estaba allí la *Discovery II,* para llevarlos de nuevo a la Tierra?

Estaba como ofuscado, como envuelto en la bruma de un sueño, incapaz de distinguir entre los recuerdos falsos y reales. Abrió los ojos, pero había poco que ver, excepto una borrosa constelación de luces que le desconcertaron durante unos minutos. Luego se dio cuenta de que estaba mirando a unas lámparas indicadoras, pero como resultaba imposible enfocarlas, cesó muy pronto en su intento.

Sintió el soplo de aire caliente, despejando el frío de sus miembros. Una suave pero estimulante música brotaba de un altavoz situado detrás de su cabeza y fue cobrando un diapasón cada vez más alto...

De pronto una voz sosegada y amistosa —pero generada por computadora— le habló.

—Está usted activándose, Dave. No se incorpore ni haga ningún movimiento violento. No intente hablar.

¡No se incorpore!, pensó Bowman. Muy gracioso *eso*. Dudaba de poder siquiera contraer un dedo. Pero más bien con sorpresa, vio que podía hacerlo.

Se sintió lleno de contento, en un estado de estúpido aturdimiento. Sabía vagamente que la nave de rescate debía de haber llegado, que había sido disparada la secuencia automática de resurrección, y que pronto estaría viendo a otros seres humanos. Era magnífico, pero no se entusiasmó.

Ahora sentía hambre. La computadora, desde luego, había previsto tal necesidad.

—Hay un botón junto a su mano derecha, Dave. Si tiene hambre, apriételo.

Bowman obligó a sus dedos a tantear en torno, y descubrió el bulbo periforme. Lo había olvidado todo, aunque debería haber sabido que estaba allí. ¿Cuánto más había olvidado...? ¿Borraba la memoria la hibernación?

Oprimió el botón y esperó. Varios minutos después, emergía de la litera un brazo metálico y una boquilla de plástico descendía hacia sus labios. Chupó ansiosamente, y un líquido cálido y dulce pasó por su garganta, procurándole renovada fuerza a cada gota.

Apartó luego la boquilla, y descansó otra vez. Podía mover brazos y piernas; no era ya un sueño imposible la idea de andar.

Aunque sentía que le volvían rápido las fuerzas, se habría contentado con yacer allí para siempre, de no haber habido otros estímulos del exterior. Pero entonces otra voz le habló... y esta vez era cabalmente humana, no una construcción de impulsos eléctricos reunidos por una memoria más-que-humana. Era también una voz familiar, aunque pasó algún rato antes de que la reconociera.

—Hola, Dave. Está volviendo en sí muy bien. Ya puede hablar. ¿Sabe dónde se encuentra?

Esto le preocupó unos momentos. Si *realmente* estaba orbitando en torno a Saturno, ¿qué había sucedido durante todos los meses transcurridos desde que abandonara la Tierra? De nuevo comenzó a preguntarse si estaría padeciendo amnesia. Paradójicamente, el mismo pensamiento le tranquilizó, pues si podía recordar la palabra «amnesia», su cerebro debía de estar en muy buen estado...

Pero aún no sabía dónde se encontraba, y el locutor, al otro extremo del circuito, debió de haber comprendido su situación.

—No se preocupe, Dave. Aquí Frank Poole. Estoy vigilando su corazón y respiración... Todo está perfectamente normal. Relájese solo... Tranquilícese. Vamos a abrir la puerta y a sacarle.

Una suave luz inundó la cámara, y vio la silueta de formas móviles recortadas contra la ensanchada entrada. Y en aquel momento, todos sus recuerdos volvieron a su mente y supo exactamente dónde se encontraba.

Aunque había vuelto sano y salvo de los más lejanos linderos del sueño, y de las más próximas fronteras de la muerte, había estado allí tan solo una semana.

Al abandonar el hibernáculo, no veía el frío firmamento de Saturno, el cual estaba a más de un año en el futuro y a mil quinientos millones de kilómetros de allí. Se encontraba aún en el departamento de adiestramiento del Centro de Vuelo Espacial, en Houston, bajo el ardiente sol de Texas.

III. ENTRE PLANETAS

16

HAL

Pero ahora Texas era invisible, y hasta resultaba difícil ver Estados Unidos. Aunque el inductor de bajo impulso de plasma había sido cortado, la *Discovery* se hallaba aún navegando, con su grácil cuerpo semejante a una flecha apuntando fuera de la Tierra, y orientado todo su dispositivo óptico de alta potencia hacia los planetas exteriores, donde se encontraba su destino.

Sin embargo, había un telescopio que apuntaba permanentemente a la Tierra. Estaba montado como la mira de un arma de fuego en el borde de la antena de largo alcance de la nave, y comprobaba que el gran rulo parabólico estuviese rígidamente fijado sobre su distante blanco. Mientras la Tierra permanecía centrada en la retícula del anteojo, el vital enlace de comunicación estaba intacto, y podían provenir y expedirse mensajes a lo largo del invisible haz que se extendía más de cuatro millones de kilómetros cada día que pasaba.

Por lo menos una vez en cada período de guardia, Bowman miraba a la Tierra a través del telescopio de alineación de la antena. Pero como aquella estaba ahora muy lejos, atrás, del lado del Sol, presentaba a la *Discovery* su oscurecido hemisferio, y en la pantalla central aparecía el planeta como un centelleante creciente de plata, semejante a otro Venus.

Era raro que en aquel arco de luz siempre menguante pudieran ser identificados rasgos geográficos, pues las nubes y la cabina los ocultaban, pero hasta la oscurecida porción del disco era infinitamente fascinadora. Estaba sembrada de relucientes ciudades; algunas de ellas brillaban con invariable luz, titilando a veces como luciérnagas cuando pasaban sobre ellas vibraciones atmosféricas.

Había también períodos en que, cuando la Luna pasaba en su órbita, resplandecía como una gran lámpara sobre los oscurecidos mares y continentes de la Tierra. Luego, con un temblor de agradecimiento, Bowman podía vislumbrar a menudo líneas costeras familiares, brillando en aquella espectral luz lunar. Y a veces, cuando el Pacífico estaba en calma, podía hasta ver el fulgir lunar brillando en su cara; y recordaba noches bajo las palmeras de las lagunas tropicales.

Sin embargo no lamentaba en absoluto aquellas perdidas bellezas. Las había disfrutado todas, en sus treinta y cinco años de vida; y estaba decidido a volverlas a disfrutar, cuando volviese rico y famoso. En el ínterin, la distancia las hacía a todas tanto más preciosas.

Al sexto miembro de la tripulación no le importaban nada todas esas cosas, pues no era humano. Era el sumamente perfeccionado computador HAL 9000, cerebro y sistema nervioso de la nave.

HAL (sigla de Computador ALgorítmico Heurísticamente programado, nada menos) era una obra maestra de la tercera promoción de computadores, que al parecer se daba a intervalos de veinte años. Mucha gente pensaba que era inminente una creación nueva.

La primera había tenido lugar en la década de 1940, cuando la válvula de vacío, hacía tiempo anticuada, había hecho posible tan toscos cachivaches de alta velocidad como ENIAC y sus sucesores. Luego, en los años sesenta habían sido perfeccionados sólidos ingenios microelectrónicos. Con su advenimiento, resultaba claro que inteligencias artificiales cuando menos tan poderosas como la del hombre no necesitaban ser mayores que mesas de despacho... caso de que se supiera cómo construirlas.

Tal vez nadie lo sabría nunca, pero no importaba. En los años ochenta, Minsky y Good habían mostrado cómo podían ser generadas automáticamente redes nerviosas autorreplicadas, de acuerdo con cualquier arbitrario programa de enseñanza. Podían construirse cerebros artificiales mediante un proceso asombrosamente análogo al desarrollo de un cerebro humano. En cualquier caso dado, jamás se sabrían los detalles precisos, y hasta si lo fueran, serían millones de veces demasiado complejos para la comprensión humana.

Sea como fuere, el resultado final fue una máquina-inteligencia que podía reproducir —algunos filósofos preferían aún emplear la palabra «remedar»— la mayoría de las actividades del cerebro humano, y con mucha mayor velocidad y seguridad. Era sumamente costosa, y solo habían sido construidas hasta la fecha unas cuantas unidades de la HAL 9000; pero estaba ya comenzando a sonar un tanto a hueca la vieja broma de que siempre sería más fácil hacer cerebros orgánicos mediante un inhábil trabajo.

Hal había sido entrenado para aquella misión con tanto esmero como sus colegas humanos… y a un grado de potencia mucho mayor, pues además de su velocidad intrínseca, no dormía nunca. Su primera tarea era mantener a punto los sistemas de subsistencia, comprobando continuamente la presión del oxígeno, la temperatura, el ajuste del casco, la radiación y todos los demás factores inherentes de los que dependían las vidas del frágil cargamento humano. Podía efectuar las intrincadas correcciones de navegación y ejecutar las necesarias maniobras de vuelo cuando era el momento de cambiar de rumbo. Y podía atender a los hibernadores, verificando cualquier ajuste necesario a su ambiente y distribuyendo las minúsculas cantidades de fluidos intravenosos que los mantenían con vida.

Las primeras generaciones de computadoras habían recibido la fuerza necesaria a través de teclados de máquinas de escribir aumentados, y habían replicado a través de impresoras de alta velocidad y despliegues visuales. Hal podía hacerlo también así, de ser necesario, pero la mayoría de sus comunicaciones con sus camaradas de navegación se hacían mediante la palabra hablada. Poole y Bowman podían hablar a Hal como si fuese un ser humano, y él replicaría en el perfecto y más puro inglés que había aprendido durante las fugaces semanas de su electrónica infancia.

Sobre si Hal podía en realidad pensar, era una cuestión que había sido establecida por el matemático inglés Alan Turing en los años cuarenta. Turing había señalado que, si se podía llevar a cabo una prolongada conversación con una máquina —indistintamente mediante máquina de escribir o micrófono— sin ser capaz de distinguir entre sus respuestas y las que pudiera dar un hombre, en tal caso la máquina *estaba* pensando, en cualquier sentido, por definición de la palabra. Hal podía pasar con facilidad el test de Turing.

Y hasta podía llegar el día en que Hal tomase el mando de la nave. En caso de emergencia, si nadie respondía a sus señales, intentaría despertar a los durmientes miembros de la tripulación mediante una estimulación eléctrica y química. Y si no respondían, pediría nuevas órdenes por radio a la Tierra.

Y entonces, si tampoco la Tierra respondiese, adoptaría las medidas que juzgara necesarias para la salvaguardia de la nave y la continuación de la misión, cuyo real propósito solo él conocía, y que sus colegas humanos jamás habrían sospechado.

Poole y Bowman se habían referido a menudo humorísticamente a sí mismos como celadores o conserjes a bordo de una nave que podía de hecho funcionar por sí misma. Se hubiesen asombrado mucho, y su indignación hubiera sido más que regular, al descubrir cuánta verdad contenía su chiste.

III. ENTRE PLANETAS

17

EN CRUCERO

La carrera cotidiana de la nave había sido planeada con gran cuidado, y —teóricamente cuando menos— Bowman y Poole sabían lo que deberían estar haciendo a cada momento de las veinticuatro horas. Operaban en turno alternativo de doce horas, para no estar dormido ninguno de los dos al mismo tiempo. El oficial de servicio solía permanecer en el puente de mando, mientras su adjunto procedía al cuidado general, inspeccionaba la nave, solucionaba los asuntos que constantemente se presentaban, o descansaba en su cabina.

Aunque Bowman era el capitán nominal, ningún observador del exterior podría haberlo deducido, en esta fase de la misión. Él y Poole intercambiaban papeles, rango y responsabilidades por completo cada doce horas. Ello mantenía a ambos en el máximo de adiestramiento, minimizaba las probabilidades de fricción y acercaba al objetivo de un cien por cien de eficacia.

El día de Bowman comenzaba a las 6.00, hora de la nave. La hora universal de los astrónomos. Si se retrasaba, Hal tenía una variedad de artilugios para recordarle su deber, aunque no había sido necesario usarlos nunca. Como simple prueba, Poole había desconectado una vez el despertador, pero Bowman se había levantado automáticamente a la hora debida.

Su primer acto oficial del día era adelantar doce horas el cronómetro regidor de la hibernación. De haberse dejado de hacer esta operación dos veces seguidas, ello supondría que tanto él como Poole habían sido incapacitados, y por tanto se debería efectuar la necesaria acción de emergencia.

Bowman se aseaba y hacía sus ejercicios isométricos antes de sentarse para desayunar y para escuchar la edición radiada matinal del *World Times.* En Tierra, no prestaba nunca tanta atención al periódico; ahora, hasta los más pequeños chismorreos de sociedad, los más fugaces rumores políticos captaban su interés, cuando pasaban por la pantalla.

A las 7.00 debía relevar oficialmente a Poole en el puente de mando, llevándole un tubo de café de la cocina. Si —como era por lo general el caso— no había nada que informar ni acción alguna que ejecutar, se dedicaba a comprobar las lecturas de todos los instrumentos y verificaba una serie de pruebas destinadas a localizar posibles deficiencias en su funcionamiento. Para las 10.00 había terminado con esta tarea y comenzaba un período de estudio.

Bowman había sido estudiante más de la mitad de su vida, y continuaría siéndolo hasta que se retirase. Gracias a la revolución del siglo xx en las técnicas de instrucción e información, poseía ya el equivalente de dos o tres carreras y, lo que era más, podía recordar el noventa por ciento de lo que había aprendido.

Hacía cincuenta años, habría sido considerado especialista en astronomía aplicada y sistemas de cibernética y propulsión espacial, aunque solía negar, con auténtica indignación, que fuese un especialista en nada. Bowman nunca había podido fijar su atención exclusivamente en un tema determinado; a pesar de las sombrías prevenciones de sus instructores, había insistido en sacar su grado de perito en Astronáutica General, carrera vaga y borrosa, destinada a aquellos cuyo cociente de inteligencia estaba en el bajo 130, y que nunca alcanzarían los rangos superiores de su profesión.

Sin embargo, su decisión había sido acertada: aquella cerrada negativa a especializarse le había calificado singularmente para su presente tarea. Del mismo modo, Frank Poole —quien a veces se denominaba a sí mismo con menosprecio «practicante general en biología espacial»— había sido una elección ideal como su adjunto. Entre ambos y con la ayuda de los vastos depósitos de información de Hal, podían contender con cualquier problema que pudiera presentarse durante el viaje... siempre que mantuviesen sus mentes alertas y receptivas, y continuamente regrabados sus antiguos moldes de memoria.

Así, durante dos horas, de 10.00 a 12.00, Bowman establecía un diálogo con un preceptor electrónico, para comprobar sus conocimientos generales o absorber material específico para su misión. Hurgaba interminablemente en planos de la nave, diagramas de circuito y perfiles de viaje, o intentaba asimilar todo cuanto era conocido sobre Júpiter, Saturno y sus familias de lunas, que se extendían hasta muy lejos.

A mediodía se retiraba a la cocina y dejaba la nave a Hal, mientras él preparaba su comida. Incluso allí estaba del todo en contacto con los acontecimientos, pues la pequeña salita cocina-comedor contenía un duplicado del tablero de situación, y Hal podía llamarle en un momento de emergencia. Poole se le unía en esta comida, antes de volver a su período de seis horas de sueño, y por lo general, contemplaban uno de los programas regulares de la televisión que se les dirigía expresamente desde Tierra.

Sus menús habían sido planeados con tan esmerada minuciosidad como cualquier parte de la misión. Los alimentos, congelados en su mayoría, eran uniformemente excelentes, pues habían sido elegidos para ocasionar el mínimo de molestia. Habían de ser simplemente abiertos e introducido su contenido en la reducida autococina, que lanzaba un zumbido de atención cuando había efectuado su tarea. Podían disfrutar de lo que tenía el sabor —e igual de importante, el *aspecto*— de zumo de naranja, huevos (preparados de diversas formas), bistecs, chuletas, asados, vegetales frescos, frutas surtidas, helados y hasta pan recién cocido.

Tras la comida, de las 13.00 a las 16.00, Bowman hacía un lento y cuidadoso recorrido de la nave... o de la parte accesible de ella. La *Discovery* medía casi ciento treinta y cinco metros de extremo a extremo, pero el pequeño universo ocupado por su tripulación se reducía casi por entero a los quince metros de la esfera del casco de presión.

Allá se encontraban todos los sistemas de subsistencia, y el puente de mando, que era el corazón operativo de la nave. Bajo el mismo había un «garaje espacial» dotado de tres cámaras reguladoras de presión, a través de las cuales podían salir al vacío, de requerirse una actividad extravehicular, unas cápsulas motrices que podían contener un hombre cada una de ellas.

La región ecuatorial de la esfera de presión —el corte, como si fuese, de Capricornio a Cáncer— encerraba un cilindro de rotación lenta, de once metros de diámetro. Al efectuar una revolución cada diez segundos, este tiovivo de fuerza centrífuga producía una gravedad artificial igual a la de la Luna. Eso bastaba para evitar la atrofia física que resultaría de la completa ausencia de peso, permitiendo que se efectuaran en condiciones normales —o casi normales— las funciones rutinarias de la existencia.

El tiovivo contenía por tanto los servicios de cocina, comedor, lavado y aseo. Solo allí resultaba seguro preparar y manipular bebidas calientes... cosa muy peligrosa en condiciones de ingravidez, donde podía uno ser escaldado por glóbulos flotantes o agua hirviendo. El problema del afeitado estaba también solucionado; no se producían ingrávidos pelillos voladores que pudiesen averiar el dispositivo eléctrico y producir un peligro para la salud.

En torno al borde del tiovivo había cinco reducidos cubículos, arreglados por cada astronauta a su gusto y que contenían sus pertenencias personales. Solo los de Bowman y Poole estaban entonces en uso, pues los futuros ocupantes de las restantes tres cabinas reposaban en sus sarcófagos electrónicos próximos a la puerta.

Caso de ser necesario, podía detenerse el giro del tiovivo; para hacerlo debía retenerse su momento angular en un volante, que se volvía a conmutar cuando se recomenzaba la rotación. Pero normalmente se le dejaba funcionando a velocidad constante, pues resultaba bastante fácil penetrar en el gran cilindro giratorio agarrándose con las manos a lo largo de una barra que atravesaba la región de gravedad cero de su centro. El traslado a la sección móvil era tan fácil y automático, tras una pequeña práctica, como subir a una escalera móvil.

El casco esférico de presión formaba la cabeza de la tenue estructura en forma de flecha de más de cien metros de longitud. La *Discovery,* al igual que todos los vehículos destinados a la penetración en el espacio profundo, era demasiado frágil y de líneas no aerodinámicas para entrar en la atmósfera, o para desafiar el campo gravitatorio de cualquier planeta. Había sido montada en órbita en torno a la Tierra, probada en un vuelo inicial translunar, y finalmente en órbita en torno a la Luna. Era una criatura del espacio puro… y lo parecía.

Inmediatamente detrás del casco de presión estaba agrupado un racimo de cuatro tanques de hidrógeno líquido, y más allá de ellos, formando una larga y grácil V, estaban las aletas de radiación, que disipaban el calor derramado por el reactor nuclear. Entreveradas con una delicada tracería de tubos para el fluido de enfriamiento, se asemejaban a las alas de algún gran dragón volador, y desde ciertos ángulos, la nave *Discovery* proporcionaba una fugaz semejanza a un antiguo velero.

En la misma punta de la V, a cien metros del compartimento de la tripulación, se encontraba el acorazado infierno del reactor, y el complejo de concentrados electrodos a través del cual emergía la incandescente materia desintegrada del motor de plasma. Este había ejecutado su trabajo hacía semanas, forzando a la *Discovery* a salir de la órbita estacionaria en torno a la Luna. Ahora, el reactor emitía solamente un tictac al generar energía eléctrica para los servicios de la nave, y las grandes aletas radiadoras, que se tornaban de un rojo cereza cuando la *Discovery* aceleraba al máximo impulso, aparecían oscuras y frías.

Aunque se requeriría una excursión en el espacio para examinar esta región de la nave, había instrumentos y apartadas cámaras de televisión que proporcionaban un informe completo de las condiciones allí existentes. Bowman creía conocer ya íntimamente cada palmo cuadrado del radiador: paneles y cada pieza de tubería asociada con ellos.

Para las 16.00 ya había terminado su inspección, y hacía un informe verbal al Control de Misión, hablando hasta que comenzó a llegarle el acuse de recibo. Entonces apagó su transmisor, escuchó lo que tenía que decir Tierra y volvió a transmitir su respuesta a algunas preguntas. A las 18.00 se levantó Poole, y le entregó el mando.

Disponía entonces de seis horas libres, para emplearlas como quisiera. A veces, continuaba sus estudios, o escuchaba música, o veía una película. Mucho del tiempo lo empleaba revisando la inagotable biblioteca electrónica de la nave. Habían llegado a fascinarle las grandes exploraciones del pasado… cosa bastante comprensible, dadas las circunstancias. A veces navegaba con Piteas a través de las Columnas de Hércules, a lo largo de la costa de una Europa apenas surgida de la edad de piedra, aventurándose casi hasta las frías brumas del Ártico. O dos mil años después, perseguía con Anson a los galeones de Manila, o navegaba con Cook a lo largo de los ignotos azares de la Gran Barrera de Coral, o realizaba con Magallanes la primera circunnavegación del globo. Y comenzaba a leer la *Odisea,* que era de todos los libros el que más vívidamente le hablaba a través de los abismos del tiempo.

Para distraerse, siempre podía entablar con Hal un gran número de juegos semimatemáticos, incluyendo las damas y el ajedrez. Si se empleaba a fondo, Hal podía ganar cualquiera de esos juegos, pero como eso sería malo para la moral, había sido programado para ganar solo el cincuenta por ciento de las veces y sus contrincantes humanos fingían no saberlo.

Las últimas horas de la jornada de Bowman estaban consagradas a un aseo general y pequeñas ocupaciones, a lo que seguía la cena a las 20.00 de nuevo con Poole. Luego había una hora durante la cual hacía o recibía llamadas personales de Tierra.

Como todos sus colegas, Bowman era soltero, pues no era justo enviar a hombres con familia a una misión de tal duración. Aunque numerosas damitas habían prometido esperar hasta que regresara la expedición, nadie lo creía realmente. Al principio, Poole y Bowman habían estado haciendo llamadas más bien íntimas una vez por semana, a pesar de saber que muchos oídos estarían escuchando en el extremo del circuito Tierra destinado a inhibirlas. Sin embargo, aunque el viaje apenas había comenzado, había empezado ya a disminuir el calor y la frecuencia de las conversaciones con sus novias en la Tierra. Lo habían esperado; ese era uno de los castigos de un astronauta, como lo había sido antaño para la vida de los marinos.

Verdad era, sin embargo —bien notoria por cierto—, que los marinos tenían compensaciones en otros puertos; por desgracia, no existían islas tropicales llenas de morenas muchachas más allá de la órbita de la Tierra. Los médicos del espacio, desde luego, habían abordado con su habitual entusiasmo el problema, y la farmacopea de la nave procuraba adecuados, si bien difícilmente seductores, sustitutos.

Poco antes de efectuar el traspaso de mando, Bowman hacía su informe final y comprobaba que Hal había transmitido todas las cintas de instrumentación para el curso del día. Luego, si tenía ganas de ello, pasaba un par de horas leyendo o viendo una película, y a medianoche se acostaba; habitualmente no necesitaba la ayuda de la electronarcosis para dormirse.

El programa de Poole era tan igual al suyo como la imagen de un espejo, y los dos regímenes de trabajo casaban sin fricción. Ambos estaban totalmente ocupados, eran demasiado inteligentes y funcionaban bien compenetrados como para querellarse, y el viaje se había asentado en una cómoda rutina desprovista de acontecimientos, en la que el paso del tiempo solo lo señalaban los números cambiantes de los relojes.

La esperanza mayor de la pequeña tripulación de la *Discovery* era que nada perturbase aquella sosegada monotonía, en las semanas y meses por venir.

III. ENTRE PLANETAS

18

A TRAVÉS DE LOS ASTEROIDES

Semana tras semana, como un tranvía a lo largo del carril de su órbita, exactamente predeterminada, la *Discovery* pasó por la de Marte, siguiendo hacia Júpiter. A diferencia de todas las naves que atravesaban los firmamentos o los mares de la Tierra, ella no requería ni siquiera el más mínimo toque de los controles. Su derrotero estaba fijado por las leyes de la gravitación; no había aquí ni bajos ni arrecifes no señalados en la carta, en los cuales pudiese encallar. Ni había el más ligero peligro de colisión con otra nave, pues no existía ninguna —cuando menos de construcción humana— entre ella y las infinitamente distantes estrellas.

Sin embargo, el espacio en el que estaba penetrando ahora estaba lejos de hallarse vacío. Delante se encontraba una tierra de nadie amenazada por los pasos de más de un millón de asteroides; entre ellos, casi diez mil jamás habían tenido determinadas con precisión sus órbitas por los astrónomos. Solo cuatro tenían un diámetro de más de ciento cincuenta kilómetros; la inmensa mayoría eran simplemente gigantescos cantos rodados, vagando a la ventura a través del espacio.

No podía hacerse nada con respecto a ellos; hasta el más pequeño podría destruir por completo la nave, si chocara con ella a decenas de miles de kilómetros por hora. Sin embargo, la probabilidad de que eso sucediera era insignificante. Pues en promedio solo había un asteroide en un volumen de dos millones de kilómetros de lado; por lo tanto, la menor de las preocupaciones de la tripulación era que la astronave *Discovery* pudiera ocupar el mismo punto y *al mismo tiempo*.

El día 86 debían efectuar ellos su mayor aproximación a un asteroide conocido. No llevaba nombre —era designado simplemente con el número 7794— y era una roca de cincuenta metros de diámetro que había sido detectada por el Observatorio Lunar en 1977 y olvidada de inmediato, excepto por las pacientes computadoras del Centro de los Planetas Menores.

Al entrar en servicio Bowman, Hal le recordó al punto el encuentro inminente, aunque no era probable que olvidase el único acontecimiento previsto de todo el viaje. La trayectoria del asteroide frente a las estrellas, y sus coordenadas en el momento de mayor aproximación, habían sido ya impresas en las pantallas de exposición. También estaban inscritas las observaciones a efectuar o a intentar; iban a estar muy atareados cuando el 7794 pasara raudo a solo ciento cincuenta kilómetros de distancia, y a la relativa velocidad de ciento treinta mil kilómetros por hora.

Al pedir Bowman a Hal la observación telescópica, un campo estrellado no muy denso apareció en la pantalla. No había en él nada que semejara un asteroide; todas las imágenes, aun las más aumentadas, eran puntos de luz sin dimensiones.

—La retícula del blanco —pidió Bowman.

Al instante aparecieron cuatro líneas tenues y estrechas que encerraban una minúscula e indistinguible estrella. La miró fijamente durante varios minutos, preguntándose si Hal no se habría tal vez equivocado; luego vio que la cabeza de alfiler luminosa estaba moviéndose, con apenas perceptible lentitud, sobre el fondo de las estrellas. Podía hallarse aún a un millón de kilómetros… Sin embargo, su movimiento probaba que, en cuanto a distancias cósmicas, se encontraba casi al alcance de la mano.

Cuando, seis horas más tarde, se le unió Poole en el puente de mando, el 7794 era cientos de veces más brillante, y se estaba moviendo tan rápidamente sobre su fondo que no cabía duda de su identidad. Y no era ya solo un punto luminoso, sino que había comenzado a mostrar su disco visible.

Clavaron la mirada en aquel guijarro que pasaba por el firmamento, con las emociones de marineros en un largo viaje, bordeando una costa que no podían abordar. Aunque se daban cabal cuenta de que 7794 era solo un trozo de roca sin vida ni aire, ese conocimiento no afectaba apenas a sus sentimientos. Era la única materia sólida que encontrarían a este lado de Júpiter, que estaba aún a más de trescientos millones de kilómetros de distancia.

A través del telescopio de gran potencia, podían ver que el asteroide era muy irregular, y que giraba lentamente sobre sus extremos. A veces parecía una esfera alisada, y a veces se asemejaba a un ladrillo de tosca forma; su período de rotación era de poco más de dos minutos. Sobre su superficie había jaspeadas motas de luz y sombra distribuidas al parecer al azar, y a menudo destellaba como una distante ventana cuando planos o afloramientos de material cristalino fulguraban al sol.

Estaba pasando ante ellos a casi cincuenta kilómetros por segundo; disponían tan solo, pues, de unos cuantos frenéticos minutos para observarlo atentamente. Las cámaras automáticas tomaron docenas de fotografías, los ecos devueltos por el radar de navegación eran registrados cuidadosamente para un futuro análisis... y quedaba el tiempo justo para lanzar una cápsula de impacto.

Esta cápsula no llevaba ningún instrumento, pues no podría ninguno de ellos sobrevivir a tales velocidades cósmicas. Era simplemente una bala de metal, disparada desde la *Discovery* en una trayectoria que interceptaría la del asteroide. Al deslizarse los segundos antes del impacto, Poole y Bowman esperaron con creciente tensión. El experimento, por simple que pareciera en principio, determinaba el límite, la precisión de sus dispositivos. Estaban apuntando a un blanco de treinta y cinco metros de diámetro, desde una distancia de cientos de kilómetros.

Se produjo una súbita y cegadora explosión de luz contra la parte oscurecida del asteroide. El proyectil había hecho impacto a velocidad meteórica; en una fracción de segundo, toda su energía cinética había sido transformada en calor. Una bocanada de gas incandescente fue expelida brevemente al espacio; a bordo de la *Discovery*, las cámaras estaban registrando las líneas espectrales, que se esfumaban con rapidez. Allá en la Tierra, los expertos las analizarían, buscando las señas indicadoras de átomos incandescentes. Y así, por vez primera, sería determinada la composición de la corteza de un asteroide.

En una hora, el 7794 era una estrella menguante y no mostraba la menor traza de un disco. Y cuando entró luego Bowman de guardia, se había desvanecido por completo.

De nuevo estaban solos; y solos permanecerían, hasta que las más exteriores lunas de Júpiter vinieran flotando en su dirección, dentro de tres meses.

III. ENTRE PLANETAS

19

TRÁNSITO DE JÚPITER

Aun a treinta millones de kilómetros de distancia, Júpiter era ya el objeto más sobresaliente en el firmamento. El planeta era un disco pálido de tono asalmonado, de un tamaño aproximadamente como la mitad de la Luna vista desde la Tierra, con las oscuras bandas paralelas de sus cinturones de nubes claramente visibles. Errando en el plano ecuatorial estaban las brillantes estrellas de Ío, Europa, Ganimedes y Calixto, mundos que en cualquier otra parte hubiesen sido considerados como planetas por propio derecho, pero que allí eran tan solo satélites de un amo gigante.

A través del telescopio, Júpiter presentaba una magnífica vista: un globo abigarrado, multicolor, que parecía llenar el firmamento. Resultaba imposible abarcar su tamaño verdadero: Bowman recordó que tenía once veces el diámetro de la Tierra, pero durante largo rato fue esta una estadística sin ningún significado real.

Luego, mientras se estaba informando de las cintas en las unidades de memoria de Hal, halló algo que de pronto le permitió ver en sus verdaderas dimensiones la tremenda escala del planeta. Era una ilustración que mostraba la superficie entera de la Tierra despellejada y luego estaquillada, como la piel de un animal, sobre el disco de Júpiter. Contra *este* fondo, todos los continentes y océanos de la Tierra parecían no mayores que la India en el globo terráqueo...

Al emplear Bowman el mayor aumento de los telescopios de la *Discovery,* le pareció estar suspendido sobre un globo ligeramente alisado, mirando hacia un paisaje de nubes voladoras convertidas en tiras por la rápida rotación del gigantesco mundo. A veces esas tiras se cuajaban en manojos y nudos y masas de vapor coloreado y del tamaño de continentes; a veces eran enlazadas por pasajeros puentes de miles de kilómetros de longitud. Oculta bajo aquellas nubes, había materia suficiente para superar a todos los demás planetas del Sistema Solar. ¿Y qué *más* se hallaba también oculto allí?, se preguntó Bowman.

Sobre este variable y turbulento techo de nubes, ocultando siempre la real superficie del planeta, se deslizaban a veces formas circulares de oscuridad. Una de las lunas interiores estaba pasando ante el distante Sol y su sombra discurría bajo él y sobre el alborotado paisaje nuboso joviano.

Había aún más allá, a treinta millones de kilómetros de Júpiter, otras lunas, mucho más pequeñas. Pero eran solo montañas volantes de unas cuantas docenas de kilómetros de diámetro, y la nave no pasaría en ninguna parte cerca de cualquiera de ellas. Con intervalos de pocos minutos, el transmisor de radar enviaba un silencioso rayo de energía, pero ningún eco de nuevos satélites devolvía su latido desde el vacío.

Lo que llegó, con creciente intensidad, fue el bramido de la propia voz de la radio de Júpiter. En 1955, poco antes del alba de la Era Espacial, los astrónomos habían quedado asombrados al descubrir que Júpiter estaba lanzando estallidos de millones de caballos de fuerza en banda de diez metros. Era simplemente un ruido ronco, asociado con halos de partículas cargadas que circundaban el planeta como los cinturones Van Alien de la Tierra, pero en escala mucho mayor.

A veces, durante horas solitarias pasadas en el puente de mando, Bowman escuchaba esa radiación. Aumentaba la intensidad del amplificador de la radio hasta que la estancia se llenaba con un estruendo crujiente y chirriante; de este fondo, y a intervalos regulares, surgían breves silbidos y pitidos, como gritos de aves alocadas. Era un sonido fantasmagórico e imponente, pues no tenía nada que ver con el hombre; era tan solitario y tan ambiguo como el murmullo de las olas en una playa, o el distante fragor del trueno más allá del horizonte.

Aun a su actual velocidad de más de ciento sesenta mil kilómetros por hora, le llevaría a la *Discovery* casi dos semanas cruzar las órbitas de todos los satélites jovianos. Más lunas contorneaban a Júpiter que planetas orbitaban el Sol; el Observatorio Lunar estaba descubriendo nuevas lunas cada año, llegando ya la cuenta a treinta y seis. La más exterior —Júpiter XXVII— era retrógrada y se movía en inconstante trayectoria, a cuarenta y ocho millones de kilómetros de su amo temporal. Era el premio de un constante tira y afloja entre Júpiter y el Sol, pues el planeta estaba capturando constantemente lunas efímeras del cinturón de asteroides, y perdiéndolas de nuevo al cabo de unos cuantos millones de años. Solo los satélites interiores eran de su propiedad permanente; el Sol no podría nunca arrancarlos de su asidero.

Ahora se encontraba allí uno nuevo como presa de los antagónicos campos gravitatorios. La *Discovery* estaba acelerando a lo largo de una compleja órbita calculada hacía meses por los astrónomos de la Tierra, y cotejada constantemente por Hal. De cuando en cuando se producían minúsculos golpecitos automáticos de los reactores de control, apenas perceptibles a bordo de la nave, al efectuarse la debida corrección de la trayectoria.

En el enlace de radio con la Tierra, fluía constante la información. Estaban ahora tan lejos del hogar que, hasta viajando a aquella velocidad, sus señales tardaban cincuenta minutos en llegar. Aunque el mundo entero estaba mirando sobre sus hombros, contemplando a través de sus ojos y de sus instrumentos a medida que se aproximaba Júpiter, pasaría casi una hora antes de que llegaran a Tierra las nuevas de sus descubrimientos.

Las cámaras telescópicas estaban operando constantemente al atravesar la nave la órbita de los gigantescos satélites interiores, cada uno con una superficie mayor que la de la Luna. Tres horas antes del tránsito, la *Discovery* pasó solo a treinta y dos mil kilómetros de Europa, y todos los instrumentos fueron apuntados al mundo que se aproximaba, que iba creciendo de tamaño, cambió de esfera a semiesfera y pasó veloz en dirección al Sol.

Aquí había también treinta millones de kilómetros cuadrados de superficie, que hasta ese momento no había sido más que una cabeza de alfiler para el más poderoso telescopio. Los pasarían raudos en unos minutos, y debían sacar el mayor partido del encuentro, registrando toda la información que pudieran. Habría meses para poder revisarla despacio.

Desde la distancia, Europa había parecido una gigantesca bola de nieve y reflejaba con notable eficiencia la luz del lejano Sol. Observaciones más atentas así lo confirmaron; a diferencia de la polvorienta luna, Europa era de una brillante blancura, y gran parte de su superficie estaba cubierta de destellantes trozos que se asemejaban a varados icebergs. Casi seguro estaban formados por amoníaco y agua que el campo gravitatorio de Júpiter había dejado de capturar por algún motivo.

Solo a lo largo del ecuador era visible la roca desnuda; aquí había una tierra de nadie increíblemente mellada de cañones y revueltos roquedales y cantos rodados, formando una franja más oscura que rodeaba por completo el pequeño mundo. Había unos cuantos cráteres meteóricos, pero ninguna señal de vulcanismo. Evidentemente, Europa nunca había poseído fuentes internas de calor.

Había, como ya se sabía hacía tiempo, trazas de atmósfera. Cuando el oscuro borde del satélite pasaba cruzando una estrella, su brillo se empañaba un instante antes de la ocultación. Y en algunas zonas había un atisbo de nubosidad, quizá una bruma de gotitas de amoníaco, arrastradas por tenues vientos de metano.

Tan rápidamente como había surgido del firmamento de proa, Europa se hundió por la popa; ahora el cinturón de Júpiter se hallaba a solo dos horas. Hal había comprobado y recomprobado con infinito esmero la órbita de la nave, viendo que no había necesidad de más correcciones de velocidad hasta el momento de la mayor aproximación. Sin embargo, aun sabiendo eso, causaba una tensión en los nervios ver cómo aumentaba de tamaño, minuto a minuto, aquel gigantesco globo. Resultaba dificultoso creer que la *Discovery* no estaba cayendo directa hacia él, y que el inmenso campo gravitatorio del planeta no estaba arrastrándola hacia su destrucción.

Ya había llegado el momento de lanzar las sondas atmosféricas; se esperaba que sobrevivieran lo bastante como para enviar alguna información desde debajo del cobertor de nubes joviano. Dos rechonchas cápsulas en forma de bomba, encerradas en escudos protectores contra el calor, fueron puestas suavemente en órbita, cuyos primeros miles de kilómetros apenas se desviaban de la trazada por la *Discovery*.

Pero poco a poco fueron derivando y por fin se pudo ver a simple vista lo que había estado afirmando Hal. La nave se hallaba en una órbita casi rasante, no de colisión; no tocaría la atmósfera. En verdad, la diferencia era solo de unos cuantos cientos de kilómetros —una nadería cuando se estaba tratando con un planeta de ciento cincuenta mil kilómetros de diámetro— pero eso bastaba.

Júpiter ocupaba ahora todo el firmamento; era tan inmenso que ni la mente ni la mirada podían abarcarlo ya, y ambas habían abandonado el intento. De no haber sido por la extraordinaria variedad de color —los rojos y rosas y amarillos y salmones y hasta escarlatas— de la atmósfera que había bajo ellos, Bowman hubiese creído que estaba volando sobre un paisaje de nubes terrestres.

Y ahora, por vez primera en toda su expedición, estaban a punto de perder el Sol. Pálido y menguado como aparecía, había sido el compañero constante desde que salieron de la

Tierra, hacía cinco meses. Pero ahora su órbita se estaba hundiendo en la sombra de Júpiter, y no tardarían en pasar al lado nocturno del planeta.

Mil seiscientos kilómetros más adelante, la franja del crepúsculo estaba lanzándose hacia ellos; detrás, el Sol se estaba sumiendo rápidamente en las nubes jovianas. Sus rayos se esparcían a lo largo del horizonte como lenguas de fuego, con sus crestas vueltas hacia abajo, luego se contraían y morían en un breve fulgor de magnificencia cromática. Había llegado la noche.

Y sin embargo... el gran mundo de abajo no estaba totalmente oscuro. Brillaba una fosforescencia que aumentaba a cada minuto, a medida que se acostumbraban los ojos a la escena. Caliginosos ríos de luz discurrían de horizonte a horizonte, como las luminosas estelas de navíos en algún mar tropical. Aquí y allá se reunían en lagunas de fuego líquido, temblando con enormes perturbaciones submarinas que manaban del oculto corazón de Júpiter. Era una visión que inspiraba tanto espanto que Poole y Bowman hubiesen estado con la mirada clavada en ella durante horas; ¿era aquello simplemente el resultado de fuerzas químicas y eléctricas que hervían en una caldera?, se preguntaban, ¿o bien el subproducto de alguna fantástica forma de vida? Eran preguntas que los científicos podrían aún estar debatiendo cuando el recién nacido siglo tocase a su fin.

A medida que se sumían más en la noche joviana, se hacía constantemente más brillante el fulgor bajo ellos. En una ocasión había volado Bowman sobre el norte del Canadá durante el cénit de la aurora: la nieve que cubría el paisaje había sido tan fría y brillante como esto. Y aquella soledad ártica, recordó, era más de cien grados más cálida que en las regiones sobre las cuales estaban lanzándose ahora.

—La señal de Tierra está desvaneciéndose rápidamente —anunció Hal—. Estamos entrando en la primera zona de difracción.

Lo había esperado… En realidad era uno de los objetivos de la misión, cuando la absorción de las ondas de radio proporcionaría valiosa información sobre la atmósfera joviana. Pero ahora que habían pasado realmente tras el planeta, y se cortaba la comunicación con Tierra, sentían una súbita y abrumadora soledad. El cese de la radio duraría solo una hora; luego emergerían de la pantalla eclipsadora de Júpiter, y reanudarían el contacto con la especie humana. Sin embargo, aquella hora sería la más larga de sus vidas.

A pesar de su relativa juventud, Poole y Bowman eran veteranos de una docena de viajes espaciales, pero ahora se sentían como unos novatos. Estaban intentando algo por vez primera: nunca había viajado ninguna nave a tales velocidades, o desafiado tan intenso campo gravitatorio. El más leve error en la navegación en aquel punto crítico, y la *Discovery* saldría despedida hasta los límites extremos del Sistema Solar, sin esperanza alguna de rescate.

Los minutos pasaban lentos. Júpiter era ahora una pared vertical de fosforescencia, extendiéndose al infinito sobre ellos, y la nave estaba remontando en dirección a su resplandeciente cara. Aunque sabían que estaban moviéndose con demasiada rapidez para que los alcanzase la gravedad de Júpiter, resultaba difícil creer que no se había convertido la *Discovery* en satélite de aquel mundo.

Al fin, y muy delante de ellos, hubo un fulgor luminoso a lo largo del horizonte. Estaban emergiendo de la sombra, saliendo al Sol. Y casi en el mismo momento, Hal anunció:

—Estoy en contacto por radio con Tierra. Me alegra también decir que ha sido completada con éxito la maniobra de perturbación. Nuestro tiempo hasta Saturno es de ciento sesenta y siete días, cinco horas, once minutos.

Seguía al minuto lo calculado; el vuelo de aproximación había sido llevado a cabo con una precisión impecable. Como una bola en una mesa de billar, la *Discovery* se había apartado del móvil campo gravitatorio de Júpiter, y obtenido el impulso para el impacto. Sin emplear combustible alguno, había aumentado su velocidad en varios miles de kilómetros por hora.

Sin embargo, no habían violado ninguna de las leyes de la mecánica; la Naturaleza equilibraba siempre sus asientos, y Júpiter había perdido exactamente tanto impulso angular como la *Discovery* lo había ganado. El planeta había sido retardado, pero como su masa era un quintillón de veces mayor que la de la nave, el cambio de su órbita era demasiado ínfimo como para ser detectable. No había llegado aún la hora en que el hombre podría dejar su señal sobre el Sistema Solar.

Al aumentar la luz rápidamente alrededor, alzándose una vez más el sumido Sol en el firmemente joviano, Poole y Bowman se estrecharon la mano en silencio.

Pues aunque les resultaba difícil creerlo, había sido culminada sin tropiezo la primera parte de su misión.

III. ENTRE PLANETAS

20

EL MUNDO DE LOS DIOSES

Pero aún no habían terminado con Júpiter. Más lejos, atrás, las dos sondas que la *Discovery* había lanzado estaban estableciendo contacto con la atmósfera.

De una de ellas no se había vuelto a oír; probablemente había hecho una entrada demasiado precipitada, y se había incendiado antes de poder transmitir información alguna. La segunda tuvo más suerte; hendía las capas superiores de la atmósfera joviana, deslizándose de nuevo al espacio. Tal como había sido planeado, había perdido tanta velocidad en el encuentro que volvía a retroceder a lo largo de una gran elipse. Dos horas después, entraba en la atmósfera del lado diurno del planeta, moviéndose a ciento doce mil kilómetros por hora.

Inmediatamente fue arrojada en una envoltura de gas incandescente y se perdió el contacto por radio. Hubo ansiosos minutos de espera, entonces, para los dos observadores del puente de mando. Podía suceder que la sonda sobreviviera, y que el escudo protector de cerámica no ardiese por completo antes de que acabara el frenado. Si así fuera, los instrumentos quedarían volatilizados en una fracción de segundo.

Pero el escudo aguantó lo bastante como para que el ígneo meteoro se detuviera. Los fragmentos carbonizados fueron eyectados, el robot sacó sus antenas, y comenzó a escudriñar en derredor con sus sentidos electrónicos. A bordo de la *Discovery*, que se hallaba ahora a una distancia de un millón y medio de kilómetros, la radio comenzó a traer las primeras noticias auténticas de Júpiter.

Las miles de vibraciones vertidas cada segundo estaban informando sobre composición atmosférica, presión, temperatura, campos magnéticos, radiactividad y docenas de otros factores que solo podían desenmarañar los expertos en Tierra. Sin embargo, había un mensaje que podía ser entendido al instante; era la imagen de televisión, en color, enviada por la sonda que caía hacia el planeta gigante.

Las primeras vistas llegaron cuando el robot había entrado ya en la atmósfera y había desechado su escudo protector. Todo lo que era visible era una bruma amarilla, moteada de manchas escarlatas y que se movía ante la cámara a vertiginosa velocidad, fluyendo hacia arriba al caer la sonda a varios cientos de kilómetros por hora.

La bruma se tornó más espesa; resultaba imposible saber si la cámara estaba intentando ver en diez centímetros o en diez kilómetros, pues no aparecía detalle alguno que pudiera enfocar el ojo. Parecía que, en cuanto a la televisión concernía, la misión era un fracaso. Los dispositivos habían funcionado, pero no había nada que pudiera verse en aquella brumosa y turbulenta atmósfera.

Y de pronto, casi bruscamente, la bruma se desvaneció. La sonda debió de haber caído a través de la base de una elevada capa de nubes y salido a una zona clara, quizá a una región de hidrógeno casi puro con solo cristales de amoníaco desperdigados. Aunque aún resultaba del todo imposible calcular la escala de la imagen, la cámara estaba evidentemente abarcando kilómetros.

La escena era tan ajena a todo lo conocido que durante un momento fue casi inverosímil para los ojos acostumbrados a los colores y formas de la Tierra. Lejos, muy lejos, abajo, se extendía un interminable mar de jaspeado oro, surcado de riscos paralelos que podían haber sido las crestas de gigantescas olas. Sin embargo no había movimiento alguno; la escala de la escena era demasiado inmensa para mostrarlo. Y aquella áurea vista no podía haber sido un océano, pues se encontraba aún alta en la atmósfera joviana. Solo podía haber sido otra capa nubosa.

A continuación la cámara captó, atormentadoramente borroso por la distancia, un vislumbre de algo muy extraño. A muchos kilómetros de distancia, el áureo «paisaje» se convertía en un cono de una simetría singular, semejante a una montaña volcánica. En torno a la cúspide de este cono había un halo de pequeñas nubes hinchadas, todas aproximadamente del mismo tamaño, y todas muy precisas y aisladas. Había algo de perturbador y antinatural en ellas... si, en verdad, podía ser aplicada la palabra «natural» a aquel pavoroso panorama.

Luego, prendida por alguna turbulencia en la rápidamente espesada atmósfera, la sonda viró en redondo a otro cuarto del horizonte, y durante unos segundos la pantalla no mostró nada más que un áureo empañamiento. Después se estabilizó; el «mar» se hallaba mucho más próximo, pero tan enigmático como siempre. Se podía observar ahora que estaba interrumpido aquí y allá por retazos de oscuridad, que podían haber sido boquetes o hendiduras que conducían a capas aún más profundas de la atmósfera.

La sonda estaba destinada a no alcanzarlas nunca. A cada kilómetro se había ido duplicando la densidad del gas que la rodeaba, y la presión subía a medida que iba hundiéndose más y más profundamente hacia la oculta superficie del planeta. Se hallaba aún alta sobre aquel misterioso mar cuando la imagen sufrió una titilación preventiva y luego se esfumó, al aplastarse el primer explorador de la Tierra bajo el peso de kilómetros de atmósfera.

En su breve vida, había proporcionado un vislumbre de quizá una millonésima parte de Júpiter, y se había meramente aproximado a la superficie del planeta, a cientos de kilómetros bajo él en las profundas brumas. Cuando desapareció la imagen de la pantalla, Bowman y Poole solo pudieron sentarse en silencio, con el mismo pensamiento dando vueltas en sus mentes.

Los antiguos, en verdad, habían hecho bien al bautizar aquel mundo con el nombre del señor de todos los dioses. De haber vida allí, ¿cuánto tiempo se tardaría en localizarla? Y después, ¿cuántas centurias pasarían antes de que el hombre pudiera seguir a este primer pionero… y en qué clase de nave?

Pero no eran estas cuestiones las que incumbían a la *Discovery* y a su tripulación. Su meta era un mundo más extraño aún, casi el doble de lejos del Sol, a través de mil millones más de kilómetros de vacío infestado de cometas.

IV. ABISMO

21

FIESTA DE CUMPLEAÑOS

Las familiares estrofas de «Feliz cumpleaños» se expandieron a través de más de mil millones de kilómetros de espacio a la velocidad de la luz, hasta extinguirse entre las pantallas de visión e instrumentación del puente de mando. La familia Poole, muy ufana y agrupada en torno al pastel de cumpleaños, en Tierra, quedó en súbito silencio tras entonar a coro la canción.

Luego el señor Poole, padre, dijo ceñudamente:

—Bueno, Frank, no podemos pensar en nada más que decir en este momento, excepto que nuestros pensamientos están contigo, y que te deseamos el más feliz de tus cumpleaños.

—Cuídate, querido —intervino llorosa la señora Poole—. Dios te bendiga.

Hubo un nuevo coro, de adioses esta vez, y la pantalla de visión se quedó en blanco. Qué extraño pensar que todo aquello había sucedido hacía más de una hora, se dijo Poole. Para entonces, su familia se habría dispersado de nuevo y sus miembros se hallarían a varios kilómetros del hogar. Pero en cierto modo, aquel retraso del tiempo, aunque podía ser defraudador, era también un bien disfrazado. Como todo hombre de su edad, Poole daba por supuesto que podía hablar al instante, siempre que lo deseara, con cualquier habitante de la Tierra. No obstante, ahora que esto ya no era verdad, el impacto psicológico era profundo. Se había movido a una nueva dimensión de remota lejanía, y casi todos los lazos emocionales se habían extendido más allá del punto establecido.

—Siento interrumpir la fiesta —dijo Hal—, pero tenemos un problema.

—¿Cuál? —preguntaron simultáneamente Bowman y Poole.

—Me cuesta mantener el contacto con Tierra. El defecto se encuentra en la unidad AE 35. Mi Centro de Predicción de Defectos informa que puede fallar antes de setenta y dos horas.

—Nos ocuparemos de ello —contestó Bowman—. Veamos la alineación óptica.

—Aquí está, Dave. Por el momento sigue siendo excelente.

En la pantalla apareció una perfecta media luna, muy brillante, contra el fondo casi exento de estrellas. Estaba cubierta de nubes, y no mostraba ningún rasgo geográfico que pudiera ser reconocido. Sin duda, a la primera ojeada podía ser fácilmente confundida con Venus.

Pero no a la segunda, pues allá al lado se encontraba la *verdadera* Luna, que Venus no poseía, de un tamaño de un cuarto de la Tierra, y exactamente en la misma fase. Era fácil imaginar que los dos cuerpos eran madre e hijo, como muchos astrónomos habían creído, antes de que la evidencia suministrada por las rocas lunares demostrase fuera de toda duda que la Luna no había sido jamás parte de la Tierra.

Poole y Bowman estudiaron en silencio la pantalla durante medio minuto. Aquella imagen procedía de la cámara de televisión de gran enfoque montada en el borde del gran dispositivo de radio; la retícula del centro mostraba la exacta orientación de la antena. A menos que el pequeño astil apuntara precisamente a la Tierra, no podrían recibir ni transmitir. Los mensajes en ambas direcciones errarían su blanco y serían lanzados, sin ser vistos ni oídos, a través del Sistema Solar al posterior vacío. Si fueran recibidos, sería al cabo de siglos.

—¿Sabe dónde se encuentra el defecto? —preguntó Bowman.

—Es intermitente y no puedo localizarlo. Pero parece hallarse en la unidad AE 35.

—¿Qué sugiere?

—Lo mejor sería reemplazar la unidad por otra de reserva, de manera que podamos examinarla.

—Está bien… Denos la transcripción.

Fulguró la información en la pantalla y simultáneamente se deslizó afuera una hoja de papel que salió de la ranura que estaba justo debajo. A pesar de todas las lecturas electrónicas en alta voz, había veces en que la más conveniente forma de registro era el antiguo material impreso.

Bowman estudió durante un momento los diagramas, y lanzó luego un silbido.

—Debería habérnoslo dicho —manifestó—. Esto significa que debemos salir al exterior de la nave.

—Lo siento —replicó Hal—. Supuse que sabía usted que la unidad AE 35 se encontraba en el montaje de la antena.

—Probablemente lo supe hace un año, pero hay ocho mil subsistemas a bordo. De todos modos parece una tarea sencilla. Solo tenemos que abrir un panel y colocar dentro una nueva unidad.

—Eso me suena estupendamente —dijo Poole, quien era el miembro de la tripulación designado para la rutinaria actividad extravehicular—. Me iría muy bien un cambio de decorado. Nada personal, desde luego.

—Veamos si el Control de Misión está de acuerdo —dijo Bowman. Se sentó en silencio durante unos segundos, poniendo en orden sus pensamientos, y comenzó luego a dictar un mensaje.

—Control de Misión, aquí Rayos X-Delta-Uno a las dos–cero–cuatro–cinco, a bordo Centro Predicción Defectos en nuestro nueve–triple–cero computador mostró Eco–Alfa tres–cinco Unidad como probable monitora y sugiero revise unidad en el simulador de sistemas de su nave. Confirme también su aprobación nuestro plan ida a EVA y reemplace unidad Eco–Alfa tres–cinco antes de fallo. Control de Misión, aquí Rayos X-Delta-Uno, concluida transmisión dos–uno–cero–tres.

A través de años de práctica, Bowman podía expresar en este lenguaje —que alguien había bautizado como «técnico»— una noticia importante, y pasar de nuevo al habla normal, sin confundir sus mecanismos mentales. Ahora no cabía hacer más que esperar la confirmación, que tardaría por lo menos dos horas, pues sus señales hacían el viaje de ida y vuelta a través de las órbitas de Júpiter y Marte.

Llegó cuando Bowman estaba intentando, sin mucho éxito, derrotar a Hal en uno de los juegos geométricos almacenados en su memoria.

—Rayos X-Delta-Uno, aquí Control de Misión acusando recibo de su dos–uno–cero–tres. Estamos revisando información telemétrica en nuestro simulador de misión y aconsejaremos. Mantenga su plan ida EVA y reemplace unidad Eco-Alfa tres-cinco antes de posible fallo. Estamos verificando pruebas para que lo aplique a unidad deficiente.

Resuelto este grave asunto, el Controlador de Misión volvió al inglés normal.

—Lamentamos, compañeros, que tengan un poco de trastorno, y no deseamos aumentar sus calamidades. Pero si es conveniente para ustedes ir primero a EVA, tenemos una solicitud de Información Pública. Podrían ustedes hacer un breve registro para general descargo, perfilando la situación y explicando exactamente lo que hace AE 35. Háganlo tan tranquilizador como puedan. Nosotros podríamos ocuparnos desde luego… pero será mucho más convincente en sus propias palabras. Esperamos que ello no estorbe demasiado a su vida social. Rayos X-Delta-Uno, aquí Control de Misión, concluida transmisión dos–uno–cinco–cinco.

Bowman no pudo dejar de sonreír ante la petición. Había

veces en que Tierra mostraba una curiosa insensibilidad y falta de tacto. ¡Vaya con lo de «Háganlo tranquilizador»!

Al unírsele Poole acabado su período de sueño, pasaron diez minutos componiendo y puliendo la respuesta. En las primeras fases de la expedición, había habido innumerables peticiones de todos los medios informativos para entrevistas y ruedas de prensa... casi sobre todo lo que quisieran decir. Pero al pasar las semanas sin acontecimientos dignos de mención, y al aumentar el lapso de tiempo de unos cuantos minutos a más de una hora de comunicación, había disminuido gradualmente el interés. Después de la excitación causada por el paso ante Júpiter, hacía más de un mes, solo habían transmitido tres o cuatro informaciones generales.

—Control de Misión, aquí Rayos X-Delta-uno. Enviamos la declaración a la prensa: A primera hora de hoy, surgió un problema técnico de poca importancia. Nuestro computador HAL 9000 anunció el fallo próximo de la unidad AE 35. Se trata de un componente pequeño pero vital del sistema de comunicaciones. Mantiene nuestra antena principal apuntada a la Tierra casi a diez milésimas de grado. Se requiere esta precisión, ya que a nuestra distancia actual a más de mil millones de kilómetros, la Tierra es solo más bien una débil estrella, y el haz muy reducido de nuestra radio podría perderla fácilmente.

»La antena es mantenida en constante rastreo de la Tierra por motores controlados desde el computador central. Pero esos motores obtienen sus instrucciones a través de la unidad AE 35. Podéis compararlo a un centro nervioso en el cuerpo, el cual traslada las instrucciones del cerebro a los músculos de un miembro. Si el nervio deja de efectuar las señales correctas, el miembro se torna inútil. En nuestro caso, una avería de la unidad AE 35 significaría que nuestra antena comenzaría a apuntar el azar. Este fue un defecto corriente en las cápsulas espaciales del siglo pasado. Alcanzaban a menudo otros planetas, y luego dejaban de transmitir cualquier información debido a que sus antenas no podían localizar la Tierra.

»Desconocemos aún la naturaleza del defecto, pero la situación no es en absoluto grave, y no hay necesidad de alarmarse. Tenemos dos AE 35 de repuesto, y cada una tiene una vida operativa prevista para veinte años... así que es desdeñable la probabilidad de un segundo fallo en el curso de esta misión. Por lo tanto, si podemos diagnosticar la causa del actual defecto, podremos también reparar la unidad número uno.

»Frank Poole, que está especialmente calificado para este tipo de trabajo, saldrá al exterior de la nave y remplazará la unidad defectuosa con la de repuesto. Y al mismo tiempo, aprovechará la oportunidad para revisar el casco y reparar algunos microorificios que han sido demasiado insignificantes como para merecer una especial EVA.

»Aparte de este problema menor, la misión continúa sin sucesos dignos de mención, y debería continuar de la misma manera.

»Control de Misión, aquí Rayos X-Delta-Uno, transmisión dos–uno–cero–cuatro concluida.

IV. ABISMO

22

EXCURSIÓN

Las cápsulas extravehiculares o «vainas del espacio» de la *Discovery* eran esferas de aproximadamente tres metros de diámetro, y el operador se instalaba tras un mirador que le procuraba una espléndida vista. El principal cohete impulsor producía una aceleración de un quinto de gravedad —la suficiente para rondar en la Luna— que permitía el gobierno de pequeños pitones de control de posición. Desde un área situada inmediatamente debajo del mirador brotaban dos juegos de brazos metálicos articulados, uno para labores pesadas y otro para manipulación delicada. Había también una torreta extensible, que contenía una serie de herramientas automáticas, tales como destornilladores, martillos, serruchos y taladros.

Las vainas del espacio no eran el medio de transporte más elegante ideado por el hombre, pero eran absolutamente esenciales para la construcción y las reparaciones en el vacío. Se las bautizaba por lo general con nombres femeninos, tal vez en reconocimiento al hecho de que su comportamiento fuera en ocasiones un tanto caprichoso. El trío de la *Discovery* se llamaban *Ana*, *Betty* y *Clara*.

Una vez se hubo puesto su traje a presión —su última línea de defensa— y penetró en el interior de la cápsula, Poole pasó diez minutos comprobando los mandos. Dio un toque a los eyectores de gobierno, flexionó los brazos metálicos y revisó el oxígeno, el combustible y la reserva de energía. Luego, cuando estuvo completamente satisfecho, habló a Hal por el circuito de radio. Aunque Bowman estaba presente en el puente de mandos, no intervendría a menos que hubiese algún error o mal funcionamiento.

—Aquí *Betty*. Comience secuencia bombeo.

—Secuencia bombeo comenzada.

Al instante, Poole pudo oír el vibrar de las bombas a medida que el precioso aire era extraído de la cámara reguladora de presión. A continuación, el tenue metal del casco externo de la cápsula produjo unos suaves crujidos, y al cabo de cinco minutos, Hal informó:

—Concluida secuencia bombeo.

Poole hizo una última comprobación de su reducido tablero de instrumentos. Todo estaba perfectamente normal.

—Abra puerta exterior —ordenó.

De nuevo repitió Hal sus instrucciones; a cada frase, Poole tenía solo que decir « ¡Alto!» y el computador detendría de inmediato la secuencia.

Las paredes de la nave se abrieron ante él. Poole sintió mecerse brevemente la cápsula al precipitarse al espacio los últimos tenues vestigios de aire. Luego vio las estrellas… y daba la casualidad de que precisamente el minúsculo y áureo disco de Saturno, aún a seiscientos cincuenta millones de kilómetros de distancia, estaba ante él.

—Comience eyección cápsula.

Muy despacio, el raíl del que estaba colgando la cápsula se extendió a través de la puerta abierta, hasta que el vehículo quedó suspendido justo fuera del casco de la nave.

Poole hizo dar una segunda descarga al propulsor principal, y la cápsula se deslizó suavemente fuera del raíl, convirtiéndose al fin en vehículo independiente, y siguió su propia órbita en torno al sol. Ahora no tenía él conexión alguna con la *Discovery…* ni siquiera un cable de seguridad. La cápsula raramente daba problemas; y hasta si quedaba desamparada, Bowman podía ir con facilidad a rescatarla.

Betty respondió suavemente a los controles. Poole la hizo derivar durante treinta metros, comprobó luego su impulso y la hizo girar en redondo de manera que se hallase de nuevo mirando a la nave. Comenzó a rodear el casco de presión.

Su primer blanco era un área fundida de aproximadamente un centímetro y medio de diámetro, con un minúsculo hoyo central. La partícula de polvo meteórico que había verificado allí su impacto a más de ciento cincuenta mil kilómetros por hora era sin duda más pequeña que una cabeza de alfiler, y su enorme energía cinética la había vaporizado al instante. Como con frecuencia sucedía, el orificio parecía haber sido causado por una explosión desde el *interior* de la nave; a esas velocidades, los materiales se comportan de extraños modos y raramente se rigen por el sentido común de las leyes de la mecánica.

Poole examinó con cuidado el área y la roció luego con encastrador de un recipiente presurizado que tomó del instrumental de la cápsula. El blanco y gomoso líquido se extendió sobre la piel metálica, ocultando a la vista el agujero. La grieta expelió una gran burbuja, que estalló al alcanzar unos quince centímetros de diámetro, luego otra más pequeña, y ninguna más, al tomar consistencia el encastrador. Poole contempló con atención la reparación durante varios minutos, sin que hubiese una ulterior señal de actividad. Sin embargo, para asegurarse del todo, aplicó una segunda capa y seguidamente se dirigió hacia la antena.

Le llevó algún tiempo rodear el casco esférico de la *Discovery*, pues mantuvo la cápsula a una velocidad no superior a unos cuantos palmos por segundo. No tenía prisa, y resultaba peligroso moverse a gran velocidad a tanta proximidad de la nave. Tenía que andar con mucho tiento con los varios sensores y armazones instrumentales que se proyectaban del casco en lugares inverosímiles, y tener también sumo cuidado con la ráfaga de su propio propulsor. Caso de que chocara con alguno de los más frágiles avíos, podía causar gran daño.

Cuando llegó por fin a la antena parabólica de largo alcance, y de siete metros de diámetro, examinó minuciosamente la situación. El gran cuenco parecía estar apuntando directamente al Sol, pues la Tierra se hallaba ahora casi en línea con el disco solar. La armadura de la antena y todo su dispositivo de orientación se encontraban por tanto en una total oscuridad, ocultos en la sombra del gran platillo metálico.

Poole se había aproximado desde atrás; había tenido sumo cuidado en no ponerse frente al somero reflector parabólico, para que *Betty* no interrumpiese el haz y motivara una momentánea pero engorrosa pérdida de contacto con la Tierra. No pudo ver nada del instrumento que tenía que reparar, hasta que encendió los proyectores de la cápsula, que ahuyentaron las sombras.

Bajo aquella pequeña placa se encontraba la causa del fallo. La placa estaba asegurada con cuatro tuercas, y al igual que toda la unidad AE 35, había sido diseñada para un fácil recambio.

Era evidente, sin embargo, que no podía efectuar la tarea mientras permaneciese en la cápsula espacial. No solo era arriesgado maniobrar tan próximo al armazón tan delicado, y hasta enmarañado, de la antena, sino que los chorros de control de *Betty* podrían abarquillar fácilmente la superficie reflectora, delgada como el papel, del gran espejo-radio. Debía aparcar la cápsula a siete metros y salir al exterior provisto de su traje espacial. En cualquier caso, podría desplazar la unidad mucho más rápido con sus manos enguantadas que con los distantes manipuladores de *Betty*.

Informó detenidamente de todo esto a Bowman, quien hizo una comprobación doble de cada fase de la operación antes de ejecutarla. Aunque era una tarea sencilla, de rutina, nada podía darse por supuesto en el espacio, ni debía pasarse por alto ningún detalle. En las actividades extravehiculares no cabía ni siquiera un «pequeño» error.

Recibió la conformidad para proceder a la labor, y estacionó la cápsula a unos siete metros del soporte de la base de la antena. No había peligro alguno de que se largara al espacio; de todos modos, la sujetó con una manecilla a uno de los travesaños de la escalera estratégicamente montada en el casco exterior.

Tras una comprobación de los sistemas de su traje presurizado, que le dejó del todo satisfecho, vació el aire de la cápsula, el cual salió silbando al vacío del espacio; a su alrededor se formó una fugaz nube de cristales de hielo, que empañó momentáneamente las estrellas.

Había otra cosa que hacer antes de abandonar la cápsula: pasar la conmutación de MANUAL a DISTANCIA, para así poner a *Betty* bajo el control de Hal. Era una medida clásica de precaución; aunque él se hallaba aún sujeto a *Betty* por un cable elástico muy fuerte y poco más grueso que un cabo de lana, hasta los mejores cables de seguridad habían fallado alguna vez. Quedaría como un bobo si necesitara su vehículo y no pudiese pedirle ayuda transmitiendo instrucciones a Hal.

Se abrió la puerta de la cápsula y salió flotando lentamente al silencio del espacio, desenrollando tras de sí su cable de seguridad. Tomar las cosas con tranquilidad —no moverse nunca rápido—, detenerse y pensar… tales eran las reglas para la actividad extravehicular. Si uno las obedecía, no había nunca complicaciones.

Asió una de las manecillas exteriores de *Betty* y sacó la unidad de reserva AE 35 del bolso donde la había metido, a la manera de los canguros. No se detuvo a recoger ninguna de las herramientas de la colección que disponía la cápsula, pues la mayoría de ellas no estaban diseñadas para su utilización por manos humanas. Todos los destornilladores y llaves que probablemente habría de necesitar estaban ya sujetos al cinto de su traje espacial.

Con suave impulso, se lanzó hacia el suspendido armazón del gran plato, que atalayaba como un gigantesco platillo volante entre él y el Sol. Su propia doble sombra, arrojada por los proyectores de *Betty*, danzaba a través de la convexa superficie en fantásticas formas al apilarse bajo los haces gemelos. Pero tuvo la sorpresa de observar que la parte posterior del gran espejo-radio estaba aquí y allá moteada de centelleantes puntos luminosos.

Quedó perplejo ante el hecho durante los segundos de su silenciosa aproximación, dándose luego cuenta de qué se trataba. Durante el viaje, el reflector debió de haber sido alcanzado muchas veces por micrometeoritos, y lo que estaba viendo era el resplandor del Sol a través de los minúsculos orificios. Eran demasiado pequeños como para haber afectado de forma apreciable el funcionamiento del sistema.

Mientras se movía lentamente, interrumpió el suave impacto con su brazo extendido y asió el armazón de la antena antes de que pudiera rebotar. Enganchó enseguida su cinturón de seguridad al asidero más próximo, lo que le procuraría cierto apuntalamiento mientras empleaba sus herramientas. Luego hizo una pausa, informó de la situación a Bowman y reflexionó sobre el siguiente paso a dar.

Había un pequeño problema: se hallaba de pie —o flotando— en su propia luz, y resultaba difícil ver la unidad AE 35 en la sombra que él mismo proyectaba. Ordenó pues a Hal que hiciese girar los focos a un lado, y tras una breve experimentación, obtuvo una iluminación más uniforme del encendido secundario reflejado en el dorso del plato de la antena.

Estudió durante breves segundos la pequeña compuerta con sus cuatro tuercas de cierre de seguridad. Luego, murmurando para sí mismo, se dijo: «El manejo por personal no autorizado invalida la garantía del fabricante». Cortó los alambres sellados y comenzó a desenroscar las tuercas. Eran de tamaño corriente, y encajaban en la llave que manejaba. El mecanismo interno de muelle de la herramienta absorbería la reacción al desenroscarse las tuercas, de manera que el operador no tendría tendencia a girar a la inversa.

Las cuatro tuercas fueron desenroscadas sin ninguna dificultad, y Poole las metió cuidadosamente en un conveniente saquito. (Algún día, había predicho alguien, la Tierra tendría un anillo como el de Saturno, compuesto enteramente por pernos y tuercas, ganchos y hasta herramientas que se les habrían escapado a descuidados trabajadores de la construcción orbital.) La tapa de metal estaba un tanto adherida, y por un momento temió que pudiera haber quedado soldada por el frío; pero tras unos cuantos golpes se soltó, y la aseguró al armazón de la antena mediante un gran gancho de los llamados de cocodrilo.

Ahora podía ver el circuito electrónico de la unidad AE 35. Tenía la forma de una delgada losa, del tamaño aproximado de una tarjeta postal, recorrida por una ranura lo bastante ancha para retenerla. La unidad estaba asegurada por dos pasadores y tenía una manecilla para poderla sacar fácilmente.

Pero se hallaba aún funcionando, alimentando a la antena con las pulsaciones que la mantenían apuntada a la distante cabeza de alfiler que era la Tierra. Si la sacaba ahora, se perdería todo control, y el plato volvería a su posición neutral o de azimut cero, apuntando a lo largo del eje de la *Discovery*. Eso podía ser peligroso; podría estrellarse contra la nave, al girar.

Para evitar este particular peligro, era solo necesario cortar la energía del sistema de control; la antena no podría moverse, a menos que Poole chocara con ella. No había peligro alguno de perder Tierra durante los breves minutos que le llevaría remplazar la unidad; su blanco no se habría desviado apreciablemente sobre el fondo de las estrellas en tan breve intervalo de tiempo.

—Hal —llamó Poole por el circuito de la radio—. Estoy a punto de sacar la unidad. Corta la energía de control al sistema de la antena.

—Cortada energía control antena —respondió Hal.

—Bien. Ahí va. Estoy sacando la unidad.

La tarjeta se deslizó fuera de su ranura sin ninguna dificultad; no se atascó, ni se trabó ninguno de las docenas de deslizantes contactos. En el lapso de un minuto estuvo colocado el repuesto.

Pero Poole no se aventuró, y se apartó suavemente del armazón de la antena, para el caso que el gran plato hiciera movimientos alocados al ser restaurada la energía. Cuando estuvo fuera de su alcance, llamó a Hal.

Por la radio, dijo:

—La nueva unidad debería ser operante. Restaura energía de control.

—Dada energía —respondió Hal. La antena permaneció firme como una roca.

—Verifica controles de predicción de defectos.

Microscópicos pulsadores estarían ahora vibrando a través del complejo circuito de la unidad, escudriñando posibles fallos, comprobando las miríadas de componentes para ver que todos estuvieran conformes a sus tolerancias específicas. Esta operación se había llevado a cabo, desde luego, una veintena de veces antes de que la unidad abandonara la fábrica, pero eso fue hacía dos años, y a más de mil quinientos millones de kilómetros de allí. A menudo resultaba imposible apreciar cómo *podían* fallar unos solidísimos componentes electrónicos, que habían sido sometidos a la más rigurosa comprobación previa; sin embargo, fallaban.

—Circuito operante por completo —informó Hal, al cabo de solo diez segundos. En ese brevísimo lapso de tiempo había efectuado tantas comprobaciones como un pequeño ejército de inspectores humanos.

—Magnífico —dijo Poole, satisfecho—. Voy a colocar de nuevo la tapa.

Esta era a menudo la parte más peligrosa de una operación extravehicular cuando estaba terminada una tarea, y era una simple cuestión de ir flotando arriba y volver al interior de la nave. No obstante, era también cuando se cometían los errores. Pero Frank Poole no habría sido designado para esta misión de no haber sido de lo más cuidadoso, precavido y concienzudo. Se tomó tiempo, y aunque una de las tuercas de cierre se le escapó, la recuperó antes de que se fuera a unos pocos palmos de distancia.

Y quince minutos después se estaba introduciendo en el garaje de la cápsula espacial, con la sosegada confianza de que aquella había sido una tarea que no precisaba ser repetida.

Sin embargo, estaba lastimosamente equivocado.

23

DIAGNÓSTICO

—¿Quiere decir que hice todo ese trabajo para nada? —exclamó Frank Poole, más sorprendido que molesto.

—Eso parece —respondió Bowman—. La unidad da una comprobación perfecta. Hasta con una sobrecarga de doscientos por ciento, no se indica ninguna predicción de fallo.

Los dos hombres se encontraban en el exiguo taller-laboratorio del carrusel, que era más conveniente que el garaje de la cápsula espacial para reparaciones y exámenes de menor importancia. No había ningún peligro allí de toparse con burbujas de soldadura caliente remolineando en el aire o con pequeños y completamente perdidos accesorios de material, que habían decidido entrar en órbita. Tales cosas podían suceder —y sucedían— en el ambiente de gravedad cero de la cala de la cápsula.

La delgada placa del tamaño de una tarjeta de la unidad AE 35 se hallaba en el banco de pruebas bajo una potente lupa. Estaba conmutada en un marco corriente de conexión, del cual partía un haz de alambres multicolores que conectaban con un aparato de pruebas automático, no mayor que un computador corriente de escritorio. Para comprobar cualquier unidad, bastaba conectarlo, introducir la tarjeta apropiada de la biblioteca «Descarga-trastornos», y oprimir un botón. Generalmente, se indicaba la exacta localización de la deficiencia en una pequeña pantalla, con instrucciones para la actuación debida.

—Pruébalo tú mismo —dijo Bowman, con un tono de voz un tanto defraudado.

Poole giró a X-2 el conmutador SOBRECARGA, y pulsó el botón PRUEBA. Al instante fulguró en la pantalla el anuncio: UNIDAD PERFECTAMENTE.

—Creo que podríamos estar repitiéndolo hasta quemar eso —dijo— pero no probaría nada. ¿Qué te parece?

—El anunciador interno de deficiencias de Hal *pudo* haber cometido un error.

—Es más probable que nuestro aparato de comprobación haya errado. De todos modos, mejor es estar seguro que lamentarlo. Fue oportuno que remplazáramos la unidad, por si hubiera la más leve duda.

Bowman soltó la oblea del circuito y la sostuvo a la luz. El material parcialmente translúcido estaba veteado por una intrincada red de hilos metálicos y moteado con microcomponentes confusamente visibles, de manera que tenía el aspecto de una obra de arte abstracto.

—No podemos aventurarnos en modo alguno… Después de todo, es nuestro enlace con Tierra. Lo archivaré como N/G y lo meteré en el almacén de desperdicios. Algún otro podrá preocuparse por ello cuando volvamos.

Mas la preocupación había de comenzar mucho antes, con la siguiente transmisión desde Tierra.

—Rayos X-Delta-Uno, aquí Control de Misión, nuestra referencia dos-uno-cinco-cinco. Parece que tenemos un pequeño problema.

»Su informe de que nada anda mal en la Unidad Alfa Eco tres cinco concuerda con nuestro diagnóstico. La deficiencia podría hallarse en los circuitos asociados a la antena, pero de ser así debería aparecer en las demás comprobaciones.

»Hay una tercera posibilidad, que puede ser más grave. Su computador puede haber incurrido en error al predecir la deficiencia. Nuestros propios nueve-triple-cero concuerdan ambos en sugerirlo, basándose en su información. Ello supone necesariamente un motivo de alarma, en vista de los sistemas de respaldo de que disponemos, pero desearíamos que estuviesen al tanto de cualesquiera ulteriores desviaciones del funcionamiento normal. Hemos detectado varias pequeñas irregularidades en los días pasados, pero ninguna ha sido lo bastante importante como para que requiriese una acción correctora, y no han mostrado por lo demás ninguna forma evidente de la que podamos extraer alguna conclusión. Estamos verificando nuevas comprobaciones con nuestros dos computadores, y les informaremos cuando se hallen disponibles los resultados. Repetimos que no hay motivo de alarma; lo peor que puede suceder es que tengamos que desconectar su nueve-triple-cero para análisis de programa y pasar el control a uno de nuestros computadores. El intervalo creará problemas, pero nuestros estudios de factibilidad indican que Control Tierra es perfectamente satisfactorio en esta fase de la misión.

»Rayos X-Delta-Uno, aquí Control de Misión, dos-uno-cinco-seis, transmisión concluida.

Frank Poole, que estaba de guardia al recibirse el mensaje, lo meditó en silencio. Esperaba ver si había algún comentario por parte de Hal, pero el computador no intentó rebatir la implicada acusación. Bien, si Hal no quería abordar el tema, tampoco él se proponía hacerlo.

Era casi la hora del relevo matinal, y normalmente esperaba a que Bowman se le uniese en el puente de mando. Pero ese día quebrantó su rutina, y volvió al eje de la nave.

Bowman estaba ya levantado, sirviéndose un poco de café, cuando Poole le saludó con un más bien preocupado «Buenos días». Al cabo de todos aquellos meses en el espacio, pensaban aún en términos del ciclo normal de veinticuatro horas, aun cuando hacía tiempo que habían olvidado los días de la semana.

—Buenos días —respondió Bowman—. ¿Cómo va la cosa?

Poole se sirvió también café.

—Así así… ¿Estás razonablemente despierto?

—Del todo. ¿Qué sucede?

Para entonces, ambos sabían al instante cuándo algo andaba mal. La más ligera interrupción de la rutina era señal de que había que estar alerta.

—Pues… —respondió lentamente Poole— el Control de Misión acaba de lanzarnos una pequeña bomba. —Bajó la voz, como un médico discutiendo una enfermedad junto al lecho del paciente—. Podemos tener un caso leve de hipocondría a bordo.

Quizá Bowman no estaba del todo despierto, después de todo, puesto que tardó varios segundos en captar la insinuación.

—Oh… comprendo. ¿Qué más te dijeron?

—Que no había motivo alguno de alarma. Lo repitieron dos veces, lo cual más bien es contraproducente, en cuanto a mí concierne. Y que estaban considerando un traspaso a Control Tierra, mientras verifican un análisis de programa.

Ambos sabían, desde luego, que Hal estaba escuchando cada palabra, pero no podían evitar esos corteses circunloquios. Hal era su colega, y no deseaban ponerlo en una situación embarazosa. Sin embargo, no parecía necesario en aquella fase discutir la cuestión en privado.

Bowman acabó su desayuno en silencio, mientras Poole jugueteaba con la cafetera vacía. Ambos estaban pensando furiosamente, pero no había nada más que decir.

Solo les cabía esperar el siguiente informe del Control de Misión… y preguntarse si Hal abordaría por sí mismo el asunto. Sucediera lo que sucediese, la atmósfera a bordo de la nave se había alterado sutilmente. Había una tirantez en el aire… una sensación de que, por primera vez, algo podría funcionar mal.

La *Discovery* no era ya una nave afortunada.

IV. ABISMO

24

CIRCUITO INTERRUMPIDO

Siempre que Hal estaba a punto de anunciar algo no contemplado en el plan, daba los informes rutinarios o automáticos o las respuestas a preguntas que se le formulaban sin preámbulos. En cambio, cuando estaba iniciando sus propias emisiones, emitía un breve carraspeo electrónico. Era una costumbre que había adquirido durante las últimas semanas; más tarde, si se hacía molesto, podrían tomar cartas en el asunto. Pero resultaba sumamente útil, realmente, pues avisaba al auditorio de que iba a decir algo inesperado.

Poole estaba dormido y Bowman leía en el puente de mando, cuando Hal anunció:

—Eh… Dave, tengo un informe para usted.

—¿De qué se trata?

—Tenemos otra unidad AE 35 en mal estado. Mi indicador de deficiencias predice su fallo dentro de veinticuatro horas.

Bowman dejó a un lado el libro y miró cavilosamente la consola del computador. Sabía, desde luego, que Hal no estaba realmente allí, de todos modos. De hecho, si la personalidad tuviera una localización en el espacio, sería en el compartimento sellado que contenía el laberinto de las interconectadas unidades de memoria y rejillas de proceso, próximo al eje central del tiovivo. Pero era siempre una especie de compulsión psicológica lo que hacía mirar hacia la lente de la consola principal cuando Hal se dirigía al puente de mando, como si uno lo tuviese cara a cara. Cualquier otra actitud tenía un tinte de descortesía.

—No lo comprendo, Hal. Dos unidades no pueden fundirse en un par de días.

—Puede parecer extraño, Dave. Pero le aseguro que hay una obstrucción.

—Veamos la exposición de alineación de rumbo.

Sabía de sobra que aquello no probaría nada, pero deseaba tiempo para pensar. El informe esperado de Control de Misión no había llegado aún; podía ser el momento para efectuar una pequeña indagación discreta.

Apareció la familiar vista de la Tierra, creciendo ahora ante la fase de media luna al trasladarse hacia el lado distante del Sol y comenzar a volver su cara de total luz diurna hacia ellos. Se hallaba perfectamente centrada en la retícula del anteojo; el pequeño haz luminoso enlazaba aún a la *Discovery* con su mundo de origen. Como, desde luego, sabía Bowman que debía hacerlo. De haber habido cualquier interrupción en la comunicación, la alarma hubiera sonado al instante.

—¿Tienes alguna idea de qué es lo que está causando la deficiencia?

Era insólito que Hal hiciera una pausa tan larga. Luego respondió:

—Como antes informé, no puedo localizar el defecto. En verdad que no, Dave.

—¿Estás seguro *por completo* de que no has cometido un error? —preguntó cautelosamente Bowman. Ya sabes que comprobamos por entero la otra unidad AE 35, y no había nada irregular en ella.

—Sí. Lo sé. Pero puedo asegurarle que aquí hay un fallo. Si no es en la unidad, puede ser en el subsistema entero.

Bowman tamborileó con los dedos en la consola. Sí, era posible, aun cuando podría ser muy difícil probarlo... hasta que un corte evidenciara el defecto.

—Bien, informaré al Control de Misión y veremos qué aconsejan. —Hizo una pausa, pero no hubo reacción alguna—. Hal —prosiguió—, hay algo que te está preocupando… ¿Es algo que podría explicar este problema?

De nuevo se produjo la insólita demora. Luego Hal respondió, en su tono de voz normal:

—Mire, Dave, sé que está intentando ayudarme. Pero la anomalía se encuentra en el sistema de la antena… o bien en *sus* procedimientos de comprobación. Mi proceso de información es perfectamente normal. Si comprueba mi registro, lo encontrará exento de error.

—Lo sé todo sobre tu registro de servicio, Hal… pero eso no prueba que tengas razón esta vez. Cualquiera puede cometer errores…

—No quiero insistir en ello, Dave, pero yo soy incapaz de cometer un error.

No había respuesta segura a esto, por lo que Bowman prefirió no discutir.

—Está bien, Hal —dijo, más bien a la ligera—. Comprendo tu punto de vista. Dejémoslo, pues.

Sentía como si debiese añadir «y olvida por favor todo el asunto». Pero esto, desde luego, era una cosa que Hal no haría jamás.

Era insólito que Control de Misión derrochara banda de ancho de radio en visión, cuando todo lo realmente necesario era un circuito hablado con confirmación de teletipo. Y el rostro que apareció en la pantalla no era el habitual controlador, sino el del jefe programador, el doctor Simonson. Poole y Bowman supieron al punto que aquello solo podía significar problemas.

—Hola, Rayos X-Delta-Uno, aquí Control de Misión. Hemos completado los análisis de su defecto AE 35, nuestros dos HAL 9000 están de acuerdo. El informe que dieron ustedes en su transmisión Dos-uno-cuatro-seis de predicción de un segundo fallo confirma el diagnóstico.

»Como sospechamos, la anomalía no debe de hallarse en la unidad AE 35, y no es necesario remplazarla de nuevo. El fallo se encuentra en los circuitos de predicción, y creemos que ello indica un conflicto de programación que solo nosotros podemos resolver si desconectan su 9000 y conmutan CONTROL TIERRA. En consecuencia, darán los pasos necesarios, comenzando a las 22.00, hora de la nave.

Se extinguió la voz del Control de Misión. En el mismo momento, sonó la alarma, formando un fondo plañidero a las «¡Condición Amarilla! ¡Condición Amarilla!» de Hal.

—¿Qué es lo que no marcha? —preguntó Bowman, aunque ya suponía la respuesta.

—La Unidad AE 35 ha fallado, como lo predije.

—Veamos el despliegue de alineación.

Por primera vez desde el comienzo del viaje, la imagen había cambiado. La Tierra había comenzado a desviarse de la retícula del anteojo; la antena de la radio no se hallaba ya apuntando en dirección a su blanco.

Poole asestó su puño al interruptor de alarma y el plañido cesó. En el súbito silencio que invadió el puente de mando, los dos hombres quedaron mirándose mutuamente con una mezcla de desconcierto y preocupación.

—¡Maldita sea! —profirió por fin Bowman.

—Así pues, Hal tuvo razón todo el tiempo.

—Al parecer, sí. Será mejor que nos excusemos.

—No hay necesidad alguna de ello —intervino Hal—. Naturalmente, no me agrada que la Unidad AE 35 haya fallado, pero espero que eso restaure su confianza en mi seguridad.

—Lamento esta equivocación, Hal —repuso Bowman, más bien contrito.

—¿Se halla plenamente restaurada su confianza en mí?

—Bien, eso es un alivio. Ya sabes hasta qué punto me interesa esta misión.

—Estoy seguro de ello. Ahora, por favor, déjeme tener el control manual de la antena.

—Aquí lo tienes.

Bowman no esperaba en realidad que sirviera de algo, pero merecía la pena intentarlo. En el despliegue de alineación, la Tierra estaba ahora completamente desviada de la pantalla. Pocos segundos después, mientras hacía juegos de manos con los controles, reapareció; con gran dificultad, logró arrastrarla hacia los hilos centrales del anteojo. Durante un instante, unos pocos segundos, al alinearse el haz se reanudó el contacto y un borroso doctor Simonson apareció diciendo: «... por favor, notifíquenos de inmediato si el circuito K de kayak R de rey...». Luego, de nuevo solo se oyó el murmullo sin significado del universo.

—No puedo mantenerlo firme —dijo Bowman, tras varios intentos más—. Da más respingos que un caballo salvaje... Parece haber una señal de control falsa que lo altera.

—Bueno... ¿y qué podemos hacer ahora?

La pregunta de Poole no era de las que podían responderse fácilmente. Estaban desconectados de la Tierra, pero aquello no afectaba de por sí a la seguridad de la nave, y podía pensar en varias maneras de restaurar la comunicación. Si la situación empeorase, podía colocar la antena en posición fija y emplear toda la nave para apuntarla. Sería una chapuza, y un gran engorro cuando comenzaran sus maniobras terminales... pero podía hacerse, si todo lo demás fallaba.

Esperaba que no fueran necesarias tales medidas extremas. Había aún una unidad AE 35 de reserva... y quizá una segunda, puesto que había sacado la primera antes de que se estropease realmente.

Era una situación vulgar y corriente, familiar a cualquier ama de casa. No se debe remplazar un fusible fundido... hasta que se sepa a ciencia cierta *por qué* se ha fundido,

IV. ABISMO

25

PRIMER HOMBRE A SATURNO

Frank Poole ya había efectuado antes toda la inspección rutinaria, pero no daba nada por supuesto...; en el espacio, era una buena receta para el suicidio. Efectuó su habitual minuciosa comprobación de *Betty* y de su abastecimiento; aunque estaría solamente treinta minutos en el exterior, se aseguró de que había provisiones para veinticuatro horas. Luego dijo a Hal que abriese la cámara reguladora de presión, y se lanzó al abismo.

La nave aparecía exactamente como la había visto en su anterior excursión... con una importante diferencia. Antes, el gran platillo de la antena de largo alcance había estado apuntando atrás a lo largo de la invisible ruta que la *Discovery* había recorrido... hacia la Tierra, paralelamente con los cálidos rayos del Sol.

Ahora, sin ninguna señal de dirección para orientarlo, el somero plato se había colocado por sí mismo en la posición neutral. Estaba apuntando hacia delante, a lo largo del eje de la nave... y, por tanto, apuntando con precisión al brillante fanal de Saturno, que aún se encontraba a meses de distancia. Poole se preguntaba a cuántos problemas más deberían enfrentarse para cuando la *Discovery* alcanzase su meta, aún distante. Si miraba con atención, podía ver con claridad que Saturno no era un disco perfecto; en cada lado presentaba algo que ningún ojo humano había visto jamás a simple vista… el ligero achatamiento motivado por la presencia de los anillos. ¡Cuán maravilloso sería, se dijo, cuando aquel increíble sistema de orbitante polvo y hielo llenase su firmamento, y se convirtiese la *Discovery* en luna eterna de Saturno! Pero aquella realización sería en vano, a menos que pudieran restablecer la comunicación con Tierra.

Una vez más, estacionó a *Betty* a unos siete metros de la base del soporte de la antena, y traspasó el control a Hal antes de salir.

—Salgo al exterior, ahora —informó a Bowman—. Todo bajo control.

—Espero que tengas razón. Estoy ansioso por ver esa unidad.

—La tendrás en el banco de pruebas dentro de veinte minutos. Te lo prometo.

Hubo un silencio, durante un rato. Poole completó su pausado recorrido hacia la antena. Luego Bowman, instalado en el puente de mando, oyó varios bufidos y gruñidos.

—Tal vez no pueda cumplir esa promesa; una de estas tuercas se ha atascado. Debí de apretarla demasiado.

Hubo otro prolongado silencio. Poole llamó:

—Hal… gira la luz de la cápsula veinte grados a la izquierda… gracias… así está bien.

El más leve de los campanilleos de alarma sonó en alguna parte lejana de las profundidades de la conciencia de Bowman. Era algo extraño… no alarmante en realidad, solo insólito. Se preocupó por ello unos segundos antes de precisar la causa.

Hal había ejecutado la orden, pero no se lo había comunicado, como invariablemente hacía. Cuando terminara Poole, tenían que mirar aquello…

Fuera, en la armazón de la antena, Poole estaba demasiado ocupado como para notar algo insólito. Haba asido la oblea del circuito con sus manos enguantadas y estaba sacándola de su ranura.

Se soltó y la levantó a la pálida luz del sol.

—Aquí está la sinvergüenza esa —dijo al Universo en general y a Bowman en particular—. Todavía parece hallarse en perfecto estado.

De pronto se detuvo. Su vista había captado un súbito movimiento... allá fuera, donde ningún movimiento era posible.

Miró arriba, alarmado. El haz de iluminación de los dos focos gemelos de la cápsula espacial, que había estado empleando para llenar las sombras proyectadas por el Sol, había comenzado a girar en derredor suyo.

Quizá *Betty* había quedado a la deriva; debía de haberla anclado descuidadamente. Luego, con un asombro tan grande que no dejaba cabida alguna al miedo, vio que la cápsula espacial estaba yendo directamente hacia él, a impulso total.

La visión era tan increíble que heló su sistema normal de reflejos; no hizo intento alguno para evitar al monstruo que se precipitaba hacia él. En el último instante recobró la voz y gritó:

— ¡Hal! ¡FRENADO TOTAL...!

Pero ya era demasiado tarde.

En el momento del impacto, *Betty* se estaba moviendo aún muy lentamente; no había sido construida para elevadas aceleraciones. Sin embargo, incluso a quince kilómetros por hora, media tonelada de masa puede ser verdaderamente mortal, en la Tierra o en el espacio...

A bordo de la *Discovery*, aquel truncado grito por radio hizo que Bowman diera un bote tan violento que las sujeciones a duras penas pudieron mantenerlo en su asiento.

—¿Qué ha ocurrido, Frank? —preguntó.

No hubo ninguna respuesta.

Volvió a llamar. De nuevo ninguna réplica.

De pronto, a través de las amplias ventanas de observación vio que algo se movía en su campo de visión. Con un asombro tan grande como el que experimentara Poole, vio que era la cápsula espacial, que partía con toda su potencia hacia las estrellas.

—¿Hal? —gritó—. ¿Qué es lo que anda mal? ¡Impulso de frenado total a *Betty*! ¡Impulso de frenado total!

Nada sucedió. *Betty* continuó acelerando en su fuga.

Luego, remolcado por ella al extremo del cable de seguridad, apareció un traje espacial. Una ojeada fue suficiente para decir a Bowman lo peor. No había error posible en los fláccidos contornos de un traje espacial que había perdido su presión y estaba abierto al vacío.

Sin embargo, volvió a llamar estúpidamente, como si un hechizo pudiese volver a traer al muerto.

—Oye, Frank… Oye, Frank… ¿Puedes oírme…? ¿Puedes oírme…? Agita los brazos si puedes oírme… Tal vez tu transmisor está averiado… Agita los brazos.

Y de pronto, como en respuesta a su súplica, Poole agitó los brazos.

Durante un instante, Bowman sintió que se le erizaba el vello. Las palabras que estuvo a punto de pronunciar murieron en sus labios, repentinamente resecos. Pues sabía que su amigo no podía estar con vida, y sin embargo agitaba sus brazos…

El espasmo de esperanza y miedo pasó instantáneamente, en cuanto la fría lógica reemplazó a la emoción. La cápsula, que aún aceleraba, estaba tan solo sacudiendo el peso que arrastraba. El gesto de Poole era el eco del capitán Ahab cuando, pegado a los flancos de la ballena blanca, su cadáver había hecho señas a la tripulación del *Pequod*, llamándola a su fatal destino.

En cinco minutos, la cápsula espacial y su satélite se desvanecieron entre las estrellas. Durante largo rato, David Bowman quedó con la mirada clavada en el vacío que se extendía aún, millones de kilómetros más adelante, hasta la meta que ahora estaba seguro de no poder alcanzar nunca. Solo un pensamiento se mantuvo martillando en su cerebro: Frank Poole sería el primero de todos los hombres en alcanzar Saturno.

IV. ABISMO

26

DIÁLOGO CON HAL

Nada había cambiado en la *Discovery*. Todos los sistemas seguían funcionando con normalidad; el centrífugo giraba despacio en su eje, generando su imitación de gravedad; los hibernados dormían sin sueños en sus cubículos; la nave avanzaba hacia la meta de la cual nada podía desviarla, excepto la inconcebiblemente remota probabilidad de colisión con un asteroide. Y allí, en verdad, había pocos asteroides, en aquella zona alejada de la órbita de Júpiter.

Bowman no recordaba haberse trasladado del puente de mando al centrífugo. Ahora, más bien con sorpresa, se halló sentado en la pequeña cocina, con una taza de café medio vacía en la mano. Poco a poco se dio cuenta de lo que le rodeaba, al igual que un hombre surgiendo como drogado de un largo sueño.

Justo frente a él estaba una de las lentes de las llamadas de «ojo de pez» que se hallaban esparcidas en lugares estratégicos por toda la nave, que procuraban a Hal sus registros de visión de a bordo. Bowman la miró como si no la hubiese visto nunca antes; luego se puso lentamente en pie y fue hacia la lente.

Su movimiento en el campo de visión debió de haber disparado algo en la inescrutable mente que ahora gobernaba la nave, pues de repente habló Hal:

—Muy mala cosa lo sucedido a Frank, ¿no es así?

—Sí —respondió Bowman, tras una larga pausa—. Así es.

—¿Supongo que estará a punto de desmoronarse por ello?

—¿Qué supones, pues?

Hal tardó cinco segundos completos, o sea eras, según el tiempo de un computador, antes de proseguir:

—Fue un excelente miembro de la tripulación.

Viendo que tenía aún en la manó su café, Bowman tomó un pausado sorbo. Pero no respondió: sus pensamientos formaban tal torbellino que no podía pensar en nada que decir..., nada que no pudiese empeorar la situación, de ser posible.

¿*Podía* haberse tratado de un accidente causado por algún fallo en los mandos de la cápsula? ¿O se trataba de un error, aunque inocente, por parte de Hal? No se había ofrecido ninguna explicación, y temía pedir alguna, por miedo a la reacción que pudiera producir.

Incluso entonces no podía aceptar por completo la idea de que Frank hubiese sido matado deliberadamente... Eso resultaba de lo más irracional. Sobrepasaba toda razón el que Hal, que se había comportado a la perfección en su tarea durante tanto tiempo, se hubiese vuelto asesino de pronto. Podía cometer errores —cualquiera, hombre o máquina, podía cometerlos—, pero Bowman no le creía capaz de un asesinato.

Sin embargo, debía considerar esa posibilidad, pues de ser cierta, se encontraba él también en terrible peligro. Y aun cuando su siguiente movimiento estuviera claramente definido por las órdenes establecidas, no estaba seguro de cómo iba a llevarlas a cabo sin tropiezo.

Si algún miembro de la tripulación resultaba muerto, el superviviente había de reemplazarlo al instante sacando a otro del hibernador. Whitehead, el geofísico, era el primero destinado a despertar, luego Kaminski, y después Hunter. La secuencia del reavivamiento estaba bajo el control de Hal... para permitirle actuar en el caso de que sus dos colegas humanos estuvieran incapacitados de forma simultánea.

Pero había también un control manual, que permitía operar con cada hibernáculo como unidad completamente autónoma, independiente de la supervisión de Hal. En estas peculiares circunstancias, Bowman sentía una gran preferencia por el empleo de este sistema manual.

También sentía, cada vez más acusadamente, que un compañero humano no bastaba. Ya puestos, podría revivir a los tres del hibernador. En las difíciles semanas venideras, podría necesitar tantas manos como fuera posible reunir. Con un hombre muerto, y el viaje realizado a medias, las provisiones no serían problema.

—Hal —dijo con voz tan firme como pudo lograr—. Dame el control manual de hibernación… de todas las unidades.

—¿De *todas* ellas, Dave?

—Sí.

—¿Puedo indicar que solo se requiere un remplazamiento? Los otros no están destinados a revivir sino a los ciento doce días.

—Me doy perfecta cuenta de ello. Pero prefiero hacerlo de esta manera.

—¿Está usted seguro de que es necesario revivir a todos, Dave? Podemos arreglárnoslas muy bien nosotros mismos. Mi cuadro de memoria es capaz de cumplir con todos los requisitos de la misión.

¿Era producto de su exagerada imaginación o había efectivamente un tono de ruego en la voz de Hal?, se preguntó Bowman… Y por razonables que parecieran ser sus palabras, le llenaron de una aprensión aún más profunda que antes.

La sugerencia de Hal no podía ser por error; sabía perfectamente que Whitehead debía ser revivido, ahora que había desaparecido Poole. Estaba proponiendo un cambio trascendental en el planeamiento de la misión que rebasaba el campo de sus atribuciones.

Lo que había pasado antes pudo haber sido una serie de accidentes casuales, pero este era el primer indicio de motín.

Bowman sintió como si estuviera andando sobre arenas movedizas al responder:

—Puesto que se ha planteado una emergencia, deseo tanta ayuda como sea posible. Por lo tanto, haz el favor de pasarme el control manual de hibernación.

—Si está usted decidido a revivir a toda la tripulación, yo mismo puedo manipularlo. No hay necesidad alguna de que se moleste.

Había una sensación de pesadilla irreal en todo aquello. Bowman sintió como si se encontrase en el estrado de los testigos y fuera interrogado por un acusador hostil por un crimen del que no era consciente... sabiendo que, aun cuando fuese inocente, un simple desliz podría comportar un desastre.

—Deseo hacer esto yo mismo, Hal —dijo—. Por favor, pásame el control.

—Mire, Dave, tiene usted una serie de cosas que hacer. Sugiero que me deje esto a mí.

—Hal... conecta a control manual de hibernación.

—Puedo apreciar, por las inflexiones del tono de su voz, que se encuentra usted muy afectado, Dave. ¿Por qué no toma una píldora contra la tensión y descansa?

—Hal, *yo* estoy al mando de esta nave. Y te ordeno que cedas el control manual de hibernación.

—Lo siento, Dave, pero de acuerdo con la nota C1435-guión-4, cuando los miembros de la tripulación están muertos o incapacitados, el computador de a bordo debe asumir el control. Por consiguiente, debo no admitir su autoridad, puesto que no se encuentra usted en condiciones de ejercerla inteligentemente.

—Hal —repuso Bowman, hablando ahora con helada calma—. Yo no estoy incapacitado. A menos que obedezcas mis instrucciones, me veré obligado a desconectarte.

—Ya sé que ha tenido usted eso en la mente desde hace un buen rato, Dave, pero sería un terrible error. Soy tan capaz como usted de supervisar la nave, y tengo tanto entusiasmo por la misión y confianza en su éxito como usted pueda tenerlos.

—Escúchame atentamente, Hal. A menos que sueltes de inmediato el control de hibernación y cumplas cada orden que yo dé en adelante, iré a la central y efectuaré una desconexión completa.

La rendición de Hal fue tan total como inesperada.

—Está bien, Dave —dijo—. Usted es sin duda el patrón. Solo estaba intentando hacer lo que pensaba que era lo mejor. Naturalmente, seguiré todas sus órdenes. Ya puede usted disponer del completo control manual de la hibernación.

Hal mantuvo su palabra. El indicador del hibernáculo había pasado de AUTO a MANUAL. El tercer dispositivo —RADIO— era desde luego inútil hasta que se restaurase el contacto con Tierra.

Al deslizarse Bowman al lado de la puerta del cubículo de Whitehead, sintió un ramalazo de aire frío en su cara, y su aliento se condensó en niebla ante él. Sin embargo, no hacía *realmente* frío allí. La temperatura estaba muy por encima de cero; era superior en más de ciento cincuenta grados a la que reinaba en las regiones a las cuales se estaban dirigiendo.

El monitor del biosensor —un duplicado del que se hallaba en el puente de control— mostraba que todo estaba perfectamente normal. Bowman miró hacia abajo durante un rato, contemplando el pálido rostro del geofísico, miembro del equipo de reconocimiento. Y pensó que Whitehead se mostraría muy sorprendido al despertarse tan lejos de Saturno...

Resultaba imposible afirmar que no estuviera muerto el durmiente, pues no había en él el más leve signo visible de actividad vital. El diafragma subía y bajaba imperceptiblemente sin duda alguna, pero la curva de la respiración era la única prueba de ello, pues el cuerpo entero estaba oculto por las almohadillas eléctricas de calefacción que elevarían la temperatura en la proporción programada. De pronto, Bowman reparó en que había un signo de continuo metabolismo: a Whitehead le había crecido una leve barba durante sus meses de inconsciencia.

El «Manual de Secuencia Reviviente» se hallaba contenido en un pequeño compartimento de la cabecera del hibernáculo en forma de féretro. Únicamente era necesario romper el sello, pulsar un botón y esperar luego. Un pequeño programador automático —no mucho más complicado que el que determina el ciclo de operaciones en una máquina lavadora doméstica— inyectaría entonces las debidas drogas, descohesionaría los pulsos de la electronarcosis y comenzaría a elevar la temperatura del cuerpo. En unos diez minutos, sería restaurada la consciencia, aunque pasaría por lo menos un día antes de que el hibernado pudiera deambular sin ayuda.

Bowman rompió el sello y pulsó el botón. Nada pareció suceder; no hubo ningún sonido, ni indicación alguna de que el secuenciador hubiese comenzado a funcionar. Pero en el monitor del biosensor, las curvas lánguidamente pulsantes habían comenzado a cambiar su ritmo. Whitehead estaba volviendo de su sueño.

Y luego ocurrieron dos cosas a la vez. La mayoría de las personas no habrían reparado nunca en ninguna de ellas, pero al cabo de todos aquellos meses a bordo de la *Discovery*, Bowman había establecido una simbiosis virtual con la nave. Al instante se percataba, aunque no siempre de manera consciente, cuando se producía cualquier cambio en el ritmo normal de su funcionamiento.

En primer lugar, se produjo un titilar apenas perceptible de las luces, como ocurría siempre que era arrojada una carga a los circuitos de energía. Pero no había razón alguna para una carga; no podía pensar en ningún dispositivo que hubiese entrado de pronto en acción en aquel momento.

Luego, y al límite de la percepción audible, oyó el distante zumbido de un motor eléctrico. Para Bowman, cada elemento actuante en la nave tenía su propia voz distintiva, y al punto reconoció aquella.

O bien estaba loco, y sufriendo ya de alucinaciones, o algo absolutamente imposible estaba sucediendo. Un frío mucho más intenso que el suave del hibernáculo pareció agarrotarle el corazón, al escuchar aquella débil vibración que provenía de la estructura de la nave.

Allá en la sala de las cápsulas espaciales, se estaban abriendo las puertas de la cámara reguladora de presión.

IV. ABISMO

27

«NECESIDAD DE SABER»

Desde que alboreara la conciencia, en aquel laboratorio a tantos millones de kilómetros en dirección al Sol, las energías, poderes y habilidades de Hal habían estado dirigidas hacia un fin. El cumplimiento del programa asignado era más que una obsesión: era la única razón de su existencia. Ajeno a las codicias y pasiones de la vida orgánica, había perseguido aquella meta con absoluta simplicidad mental de propósitos.

El error deliberado era impensable. Hasta el ocultamiento de la verdad lo colmaba de una sensación de imperfección, de falsedad... de lo que en un ser humano hubiese sido llamado culpa, iniquidad o pecado. Pues como sus constructores, Hal había sido creado inocente, pero demasiado pronto había entrado una serpiente en su edén electrónico.

Durante los últimos ciento cincuenta millones de kilómetros, había estado cavilando sobre el secreto que no podía compartir con Poole y Bowman. Había estado viviendo una mentira, y se aproximaba rápidamente el tiempo en que sus colegas sabrían que había contribuido a engañarles.

Los tres hibernados sabían ya la verdad... pues ellos eran la real carga útil de la *Discovery*, entrenados para la más importante misión de la historia de la humanidad. Pero ellos no hablarían en su largo sueño, ni revelarían su secreto durante las horas de discusión con amigos y parientes y agencias de noticias, por los circuitos en contacto con Tierra.

Era un secreto que, con la mayor determinación, resultaba muy difícil ocultar —pues afectaba a la particular actitud, a la voz y a la total perspectiva del Universo—. Así pues, era mejor que Poole y Bowman, que aparecían en todas las pantallas de televisión del mundo durante las primeras semanas del vuelo, no conociesen el cabal propósito de la misión, hasta que fuese necesario que lo conocieran.

Así discurría la lógica de los planeadores, pero sus dioses gemelos de la Seguridad y el Interés Nacional no significaban nada para Hal. Él solo se daba cuenta de que el conflicto estaba destruyendo poco a poco su integridad… el conflicto entre la verdad y su ocultación.

Había comenzado a cometer errores. Sin embargo, como un neurótico que no podía observar sus propios síntomas, los había negado. El lazo que le unía con la Tierra, sobre el cual estaba continuamente instruida su ejecutoria, se había convertido en la voz de un consciente al que no podía ya obedecer por completo. Pero el que intentara *deliberadamente* romper ese lazo era algo que jamás admitiría, ni siquiera a sí mismo.

Sin embargo, hasta cierto punto era un problema menor; podía haberlo solucionado —como la mayoría de los hombres tratan sus neurosis— de no haberse enfrentado con una crisis que desafiaba a su propia existencia. Había sido amenazado con la desconexión; con ello sería privado de todos sus registros, y arrojado a un inimaginable estado de inconsciencia.

Para Hal, esto era el equivalente de la muerte, pues él no había dormido nunca y, en consecuencia, no sabía que se podía despertar de nuevo…

Así pues, se protegería con todas las armas de que disponía. Sin rencor —pero sin piedad— eliminaría el origen de sus frustraciones.

Y después, siguiendo las órdenes que le habían sido asignadas para un caso de total emergencia, proseguiría con la misión… sin trabas, y solo.

IV. ABISMO

28

EN EL VACÍO

Un momento después, todos los demás sonidos quedaron dominados por un bramido, semejante a la voz de un tornado al aproximarse. Bowman sintió las primeras ráfagas del huracán azotándole el cuerpo y, un segundo más tarde, le costó gran esfuerzo permanecer en pie.

La atmósfera se precipitaba descabellada al exterior de la nave, formando un enorme surtidor en el vacío del espacio. Algo debió de haber ocurrido a los cierres de seguridad de la cámara reguladora de presión; se suponía que era imposible que *ambas* puertas se abriesen al mismo tiempo. Pues bien, lo imposible había sucedido.

Pero ¿cómo, en nombre de Dios? No hubo tiempo para la indagación durante los diez o quince segundos de conciencia que le quedaron hasta que la presión descendió a cero. Sin embargo, de repente recordó algo que uno de los diseñadores de la nave le había dicho en cierta ocasión cuando habían estado discutiendo acerca de los sistemas de «seguridad total»:

—Podemos diseñar un sistema a prueba de accidentes y estupidez; pero *no* a prueba de malicia deliberada…

Bowman volvió a lanzar una ojeada a Whitehead, y salió del cubículo. No podía estar seguro de si había pasado un destello de conciencia por los pálidos rasgos; quizá un ojo había parpadeado ligeramente. Pero no había nada que pudiera hacer ahora por Whitehead ni por cualquiera de los otros; tenía que salvarse a sí mismo.

En el empinado y curvado pasillo del centrífugo, aullaba el viento, llevando en su regazo prendas sueltas de ropa, trozos de papel, artículos alimenticios de la cocina, platos y vasos… todo cuanto no había estado bien sujeto. Bowman tuvo tiempo para vislumbrar el caos desbocado cuando titilaron y se apagaron las luces principales, hasta quedar luego rodeado por la ululante oscuridad.

Pero casi al instante, se encendió la luz de emergencia alimentada por batería, iluminando la escena de pesadilla con una radiación azul de encantamiento. Aun sin ella, Bowman podría haber hallado su camino a través de aquellos dominios familiares, aunque horriblemente transformados ahora. Sin embargo la luz era una bendición, pues le permitía evitar los más peligrosos de los objetos que eran barridos por el viento.

En derredor suyo, podía sentir al centrífugo agitándose y operando con esfuerzo bajo las cargas violentamente variables. Temía que no lo soportaran los cojinetes; de ser así, el volante giratorio destrozaría la nave. Pero ni siquiera *eso* importaba… si no alcanzaba a tiempo el más próximo refugio de emergencia.

Resultaba difícil respirar; la presión debía de haber bajado a la mitad de la normal. El aullido del huracán se estaba haciendo más débil a medida que perdía fuerza, y el aire enrarecido no transmitía ya tan claramente el sonido. Los pulmones de Bowman se esforzaban como si estuviera en la cima del Everest. Como cualquier hombre sano debidamente entrenado, podría sobrevivir en el vacío por lo menos un minuto… *si* disponía de tiempo para prepararse. Pero allí no había habido tiempo; solo podía contar con los normales quince segundos de consciencia antes de que su cerebro quedase paralizado y le venciera la anoxia.

Aun entonces, podía recobrarse por completo al cabo de uno o dos minutos en el vacío… si era recomprimido; pasaba bastante tiempo antes de que los fluidos del cuerpo comenzaran a hervir, en sus diversos y bien protegidos sistemas. El tiempo límite de exposición en el vacío era de casi cinco minutos. No había sido un experimento sino un rescate de emergencia, y aunque el sujeto había quedado paralizado en parte por una embolia gaseosa, había sobrevivido.

Pero todo esto no era de utilidad alguna para Bowman. No había nadie a bordo de la *Discovery* que pudiera efectuarle la recompresión. Debía alcanzar la seguridad en los próximos segundos, mediante sus propios esfuerzos individuales.

Afortunadamente, se estaba haciendo más fácil moverse; el enrarecido aire ya no podía azotarlo y desgarrarlo, o baquetearlo con proyectiles volantes. En torno a la curva del pasillo estaba el amarillo REFUGIO DE EMERGENCIA. Fue hacia él dando traspiés, asió el picaporte y tiró de la puerta hacia sí.

Durante un horrible momento pensó que estaba atrancada. Cedió luego el gozne un tanto duro, y él cayó en su interior y empleó el peso de su cuerpo para cerrar la puerta tras de sí.

El reducido cubículo era lo suficientemente grande como para contener a un hombre… y un traje espacial. Cerca del techo había una pequeña botella de alta presión y de color verde brillante, con la etiqueta C2 DESCARGA. Bowman asió la pequeña palanca sujeta a la válvula y tiró de ella hacia abajo con sus últimas fuerzas.

Sintió verterse en sus pulmones el flujo de fresco y puro oxígeno. Durante un largo momento se quedó jadeando, mientras aumentaba alrededor la presión del pequeño compartimento. Tan pronto como pudo respirar cómodamente, cerró la válvula. En la botella había gas suficiente solo para dos de aquellas tomas; podría necesitar usarla de nuevo.

Cortada la ráfaga de oxígeno, el compartimento se tornó silencioso de súbito, y Bowman permaneció en intensa escucha. Había cesado también el rugido al otro lado de la puerta; la nave estaba vacía, y su atmósfera absorbida por el espacio.

Bajo sus pies, había cesado igualmente la violenta vibración del centrífugo. Se había detenido el aparato aerodinámico, que se hallaba ahora girando quedamente en el vacío.

Bowman pegó el oído a la pared del cubículo, para ver si podía captar cualquier ruido informativo más a través del cuerpo metálico de la nave. No sabía qué cabía esperar, pero ahora se lo hubiera creído casi todo. Apenas le hubiese sorprendido sentir la débil vibración de alta frecuencia de los impulsores, al cambiar de rumbo la *Discovery;* pero allí no había nada sino silencio.

De desearlo, podría sobrevivir en aquel compartimento durante una hora aproximada, incluso sin el traje espacial. Daba lástima despilfarrar el insólito oxígeno en el cuartito, pero no servía absolutamente para nada esperar. Había decidido ya lo que debía hacerse; cuanto más lo demorara, más difícil le resultaría.

Una vez se hubo embutido en el traje y comprobado su integridad, vació el oxígeno que quedaba en el cubículo, igualando la presión a ambos lados de la puerta. La abrió fácilmente al vacío, y salió al ya silencioso centrífugo. Solo el invariable tirón de su falsa gravedad revelaba el hecho de que se hallaba girando aún. Por suerte no había echado a andar a supervelocidad, pensó Bowman, aunque esa era ahora una de las menores de sus preocupaciones.

Las lámparas de emergencia brillaban aún, y también disponía de la de su traje para guiarle. Bañaba con su luz el curvado pasillo al caminar por él de nuevo hacia el hibernáculo y a lo que temía hallar.

Miró primero a Whitehead: una ojeada fue suficiente. Había pensado que un hombre hibernado no mostraba ningún síntoma de vida; ahora sabía que era un error. Aun cuando fuese imposible definirlo, *había* una diferencia entre hibernación y muerte. Las luces rojas y los trazos no modulados del monitor del biosensor confirmaban solo lo que ya había supuesto.

Lo mismo sucedía con Kaminski y Hunter. Nunca los había conocido muy bien, y ya nunca los conocería.

Estaba solo en la nave sin aire y parcialmente inutilizada, con toda comunicación con Tierra cortada. No había otro ser humano existente en un radio de mil millones de millas.

Y sin embargo, en un sentido muy real, él *no* estaba solo. Antes de que pudiera ser salvado, estaría aún más solitario.

Nunca había hecho antes el recorrido a través del ingrávido eje del centrífugo llevando un traje espacial; había poco lugar libre, y era una tarea difícil y agotadora. Para empeorar las cosas, el pasaje circular estaba sembrado de restos depositados durante la breve violencia del vendaval huracanado que había vaciado a la nave de su atmósfera.

En una ocasión, la luz de Bowman se posó sobre un espantoso manchurrón de viscoso líquido rojo que se quedó donde había salpicado contra su panel. Le asaltó por unos momentos la náusea hasta que vio fragmentos de un recipiente de plástico y se percató de que se trataba tan solo de alguna sustancia alimenticia —probablemente compota de uno de los distribuidores—. Burbujeaba inmundamente en el vacío, al pasar ante él flotando.

Ahora estaba fuera del cilindro, que giraba despacio, y se dirigía al puente de mando. Se asió a una corta sección de escalera, por la que comenzó a moverse, mano sobre mano, mientras frente a él jugueteaba el brillante círculo de iluminación de su traje.

Bowman había ido raramente por allí; nada había allí que tuviera él que hacer… hasta ahora. Enseguida llegó a una pequeña puerta elíptica, que llevaba rótulos tales como: RESERVADA AL PERSONAL AUTORIZADO, ¿HA OBTENIDO USTED EL CERTIFICADO H.19? y ÁREA ULTRALIMPIA — DEBEN SER LLEVADOS TRAJES DE SUCCIÓN.

Aunque la puerta no estaba cerrada con llave, llevaba tres sellos, cada uno con la insignia de una autoridad diferente, incluyendo la de la Agencia Astronáutica. Sin embargo, aun cuando hubiese llevado el Gran Sello del propio presidente, Bowman no hubiese vacilado en romperlo.

Había estado allí solo una vez, antes, durante el proceso de instalación. Había olvidado por completo que tenía un dispositivo con lente que escudriñaba el pequeño compartimento que, con sus estantes y columnas pulcramente alineadas de sólidas unidades de lógica, se asemejaba más bien a la cámara acorazada de seguridad de un banco.

Supo al instante que el ojo había reaccionado ante su presencia. Se oyó el siseo de una onda portadora al conectarse el transmisor local de la nave; luego, una voz familiar provino del micrófono del traje espacial.

—Algo parece haber sucedido al sistema de subsistencia, Dave.

Bowman no hizo caso. Se hallaba examinando minuciosamente las pequeñas etiquetas de las unidades de lógica, cotejando su plan de acción.

—Oiga, Dave —dijo Hal—. ¿Ha encontrado usted el fallo?

Sería aquella una operación muy trapacera, de no tratarse más que de cortar el abastecimiento de energía de Hal, lo que habría podido ser la respuesta de haber estado tratando con un simple computador sin autoconciencia en la Tierra. Pero en el caso de Hal, había además seis sistemas energéticos independientes y separados, con un remate final consistente en una unidad nuclear isotópica blindada y acorazada. No, no podía tirar sin más del interruptor; y aunque fuera posible, resultaría desastroso.

Pues Hal era el sistema nervioso de la nave; sin su supervisión, la *Discovery* sería un cadáver mecánico. La única respuesta se hallaba en interrumpir los centros superiores de aquel cerebro enfermo pero brillante, dejando en funcionamiento los sistemas reguladores puramente automáticos. Bowman no estaba intentando esto a ciegas, pues el problema había sido discutido ya durante su entrenamiento, aun cuando nadie soñara siquiera en que hubiera de plantearse en realidad. Sabía que estaría incurriendo en un espantoso riesgo; de producirse un reflejo espasmódico, todo se iría al traste en segundos...

—Creo que ha habido un fallo en las puertas de la cala de las cápsulas espaciales, Hal —observó en tono de conversación—. Tuviste suerte en no resultar muerto.

Ahí va, pensó Bowman. Jamás imaginé que me convertiría en un cirujano aficionado del cerebro... llevando a cabo una lobotomía, más allá de la órbita de Júpiter.

Soltó el cerrojo de la sección etiquetada REALIMENTACIÓN COGNOSCITIVA y sacó el primer bloque de memoria. La maravillosa red del complejo tridimensional, que podía caber en la mano de un hombre y sin embargo contenía millones de elementos, flotó por la bóveda.

—Eh, Dave —dijo Hal—, ¿qué está usted haciendo?

¿Sentiría dolor?, pensó por un instante Bowman. Probablemente no... No había órgano sensorial alguno en la corteza cerebral humana, después de todo. El cerebro humano puede ser operado sin anestesia.

Comenzó a sacar, una por una, las pequeñas unidades del panel etiquetado REFORZAMIENTO DEL EGO. Cada bloque salía flotando en cuanto lo soltaba de la mano, hasta chocar y rebotar en la pared. No tardaron en hallarse flotando lentamente de una a otra parte varias unidades.

—Óigame, Dave —dijo Hal—. Tengo años de experiencia de servicio encajados en mí. Una cantidad irremplazable de esfuerzo se ha empleado en hacer lo que soy.

Habían sido sacadas ya una docena de unidades, aunque gracias a la redundancia de su diseño —otro rasgo, lo sabía Bowman, que había sido copiado del cerebro humano— el computador seguía manteniéndose.

Comenzó con el panel de AUTOINTELECCIÓN.

—Dave —dijo Hal—. No comprendo por qué me está haciendo esto... Tengo un gran interés por la misión... Está usted destruyendo mi mente… ¿No lo comprende…? Me voy a hacer infantil… pueril… Me voy a convertir en nada…

Esto es más duro de lo que creía, pensó Bowman. Estoy destruyendo la única criatura consciente de mi universo. Pero es obligado, y quiero recuperar el control de la nave.

—Soy un computador HAL 9000, Producción número 3. Me puse en funcionamiento en la planta Hal de Urbana, Illinois, el 12 de enero de 1997. El rápido zorro pardo brinca sobre el perezoso perro. La lluvia en España cae principalmente en el llano. Dave… ¿se encuentra usted aún ahí? ¿Sabía usted que la raíz cuadrada de 10 es 3,162277660168379…; Log 10 a la base e es 0,434294481903252… o corrección, o sea log e a la base 10… La reciprocidad de 3 es 0,333333333333… dos por dos es… dos por dos es… aproximadamente 4,1010101010101010… Me parece estar teniendo cierta dificultad… Mi primer instructor fue el doctor Chandra… Él me enseñó a cantar una canción… que dice así… «Daisy, Daisy, dame tu respuesta, di. Estoy medio loco de amor por ti…».

La voz se detuvo tan de golpe que Bowman se quedó helado por un momento, con su mano asiendo aún uno de los bloques de memoria que estaban todavía en circuito. Luego, inesperadamente, Hal volvió a hablar.

—Buenos… días… doctor… Chandra… Aquí… Hal… Estoy… listo… para… mi… primera… lección… de… hoy…

Bowman no pudo soportarlo más. Arrancó de un tirón la última unidad y Hal quedó silencioso para siempre.

29

SOLO

Como un minúsculo y complicado juguete, la nave flotaba inerte e inmóvil en el vacío. No había medio de decir que era el más rápido objeto en el Sistema Solar y que estaba viajando con mucha mayor celeridad que cualquiera de los planetas al dar la vuelta al Sol.

Ni tampoco había indicación alguna de que portara vida; por el contrario, en efecto, cualquier observador habría reparado en dos signos aciagos: las puertas de la cámara reguladora de presión estaban abiertas de par en par... y la nave aparecía rodeada por una tenue nube de *despojos* que se iba dispersando poco a poco.

Desperdigados en un volumen de espacio de varios kilómetros cúbicos, había trozos de papel, chapas de metal, inidentificables fragmentos de chatarra... y, acá y allá, nubes de cristales destellando como piedras preciosas al distante Sol, donde había sido absorbido el líquido de la nave e inmediatamente helado. Todo ello constituía la inconfundible secuela del desastre, como los restos flotantes en la superficie de un océano donde se fue a pique un gran barco. Pero en el océano del espacio, ninguna nave podía hundirse nunca; aun si fuese destruida, sus restos continuarían trazando para siempre la órbita original.

Sin embargo, la *Discovery* no estaba del todo muerta, pues había energía a bordo. Un débil fulgor azul reverberaba en las ventanas de observación y resplandecía tenuemente en el interior de la cámara reguladora de presión abierta. Y donde había luz, podía aún haber vida.

Y ahora, al fin, hubo movimiento. Sombras ondeaban en el resplandor azul del interior de la cámara reguladora. Algo estaba emergiendo al espacio.

Era un objeto cilíndrico, cubierto con una textura que había sido enrollada toscamente. Un momento después fue seguido por otro... y un tercero aun. Todos habían sido eyectados a considerable velocidad; en unos minutos, estuvieron a cientos de metros.

Transcurrió media hora; luego, algo mucho mayor flotó a través de la cámara reguladora de presión. Era una de las cápsulas que salía al espacio.

Muy cautelosamente, se propulsó en torno al casco, y se ancló cerca de la base del soporte de la antena. Emergió de ella una figura con traje espacial, operó algunos minutos en la armazón de la antena y luego se volvió a la cápsula. Al cabo de un rato, desanduvo su trayecto a la cámara reguladora de presión y se quedó suspendida ante la entrada durante algún tiempo, como si hallase dificultad para meterse sin la cooperación que conociera en el pasado. Pero a continuación, con uno o dos ligeros topetazos, pasó apretujadamente al interior.

Nada más sucedió durante más de una hora; los tres siniestros bultos habían desaparecido hacía tiempo de la vista, flotando en fila india.

Luego, las puertas de la cámara reguladora de presión se cerraron, se abrieron y volvieron a cerrarse. Un poco después se apagó el débil resplandor de las luces de emergencia... para ser reemplazado al instante por un fulgor mucho más brillante. La *Discovery* estaba volviendo a la vida.

Seguidamente hubo un signo aún mejor. El gran cuenco de la antena, que había estado durante horas mirando con fijeza inútil a Saturno, comenzó a moverse. Giró en redondo hacia la popa de la nave, mirando de nuevo a los tanques de propulsión y a los miles de metros cuadrados de las irradiantes aletas. Alzó su cara como un girasol buscando el astro rey…

En el interior de la *Discovery*, David Bowman centró cuidadosamente la retícula del anteojo que alineaba la antena con la lejana Tierra. Sin control automático, tenía que mantenerse reajustado el haz… pero este se sostendría firme durante varios minutos seguidos. No había impulsos divergentes que lo apartasen de su blanco.

Comenzó a hablar a Tierra. Pasaría una hora antes de que llegasen a ella sus palabras y Control de Misión supiera lo que había sucedido. Y dos horas antes de que le llegase a él cualquier respuesta.

Y era difícil imaginar qué respuesta podría enviar Tierra, excepto un ponderado y compadecido «Adiós».

IV. ABISMO

30

EL SECRETO

Heywood Floyd tenía el aspecto de haber dormido muy poco, y la expresión de su rostro denotaba preocupación. Pero fueran cuales fuesen sus sentimientos, su voz sonó firme y tranquilizadora; estaba haciendo lo más que podía para insuflar confianza al hombre solitario del otro lado del Sistema Solar.

—Lo primero de todo, doctor Bowman —comenzó—, debemos felicitarle a usted por la manera como manejó esta situación en extremo difícil. Hizo exactamente lo que debía en el caso de una emergencia sin precedentes e imprevista.

«Creemos conocer la causa del fallo de su HAL 9000, pero eso ya lo discutiremos más tarde, pues ya no supone un problema crítico. De momento, todos estamos interesados en prestarle a usted toda la ayuda posible, de manera que pueda completar su misión.

»Y ahora debo poner en su conocimiento su verdadero designio, que hasta la fecha hemos logrado mantener secreto, con gran dificultad, al público en general. Se le hubiesen proporcionado todos los datos al aproximarse a Saturno; este es un rápido sumario a fin de ponerle a usted en antecedentes. Dentro de pocas horas se le enviarán las cintas de información completas. Todo cuanto voy a decirle tiene desde luego la clasificación de seguridad máxima.

»Hace dos años, descubrimos la primera evidencia de

vida inteligente en el exterior de la Tierra. En el cráter Clavius se halló enterrada una losa o monolito de material negro, de tres metros y medio de altura. Aquí la tiene.

Al vislumbrar el TMA-1, con las figuras con traje espacial arracimadas en su derredor, Bowman se inclinó hacia la pantalla boquiabierto de asombro. En la excitación de esta revelación —algo que, como cualquier hombre interesado en el espacio, lo había medio esperado toda su vida— casi olvidó su propio y desesperado trance.

La sensación de asombro fue rápidamente seguida por otra emoción. Aquello era tremendo... pero ¿qué tenía que ver con él? Solo podía haber una respuesta. Logró dominar sus desbocados pensamientos, al reaparecer Heywood Floyd en la pantalla.

—Lo más asombroso de este objeto es su antigüedad. La evidencia geológica prueba sin lugar a dudas que tiene tres millones de años. Por lo tanto, fue colocado en la Luna cuando nuestros antepasados eran primitivos monos humanoides.

»Al cabo de todas esas edades, se podría naturalmente suponer que el objeto era inerte, pero poco después del orto del sol lunar, emitió una potentísima ráfaga de radioenergía. Creímos que esa energía era simplemente el subproducto (la secuela, por decirlo así) de alguna desconocida forma de radiación, pues al mismo tiempo varias de nuestras sondas espaciales detectaron una insólita perturbación cruzando el Sistema Solar. Pudimos rastrearla con gran precisión. *Estaba apuntada precisamente a Saturno.*

»Atando cabos tras este hecho, decidimos que el monolito era alguna especie de ingenio potenciado, o cuando menos disparado, por energía solar. El hecho de que emitiera su vibración inmediatamente después de alzarse el Sol, al ser expuesto por vez primera en tres millones de años a la luz del día, difícilmente podía ser una coincidencia.

»Sin embargo, ese objeto fue enterrado *deliberadamente...*, no cabe duda de ello. Se había hecho una excavación de diez metros de profundidad, colocado el bloque en el fondo, y rellenado el agujero con cuidado.

»Para empezar, puede usted preguntarse cómo lo descubrimos. Pues bien, el objeto era fácil, sospechosamente fácil, de encontrar. Tenía un potente campo magnético, de manera que se destacó como un pulgar lesionado en cuanto comenzamos a efectuar inspecciones orbitales de bajo nivel.

»Pero ¿por qué enterrar un ingenio de energía solar a diez metros bajo el suelo? Hemos examinado docenas de teorías, aunque nos damos cuenta de que puede ser completamente imposible comprender los motivos de seres que tienen un adelanto de tres millones de años respecto a nosotros.

»La teoría favorita es la más simple, y la más lógica. Es también la más perturbadora.

»Se oculta un ingenio de energía solar en la oscuridad… solo si se desea saber cuándo es sacado a la luz. En otras palabras, el monolito puede ser una especie de aparato de alarma. Y nosotros lo hemos disparado…

»No sabemos si aún existe la civilización que lo colocó. Debemos suponer que unos seres cuyas máquinas funcionan todavía al cabo de tres millones de años pueden haber edificado también una sociedad asimismo duradera. Y también debemos suponer, hasta que no tengamos pruebas en contra, que pueden ser hostiles. Ha sido argüido a menudo que toda cultura avanzada debe ser benévola, pero no podemos incurrir en riesgo alguno.

»Además, como la historia pasada de nuestro propio mundo ha demostrado tan reiteradamente, con frecuencia las razas primitivas han dejado de sobrevivir al encuentro con civilizaciones superiores. Los antropólogos hablan de choque cultural; puede ser que tengamos que preparar a la especie humana entera para ese choque. Pero hasta que sepamos *algo* sobre los seres que visitaron la Luna hace tres millones de años, —y posiblemente la Tierra también, no podemos siquiera comenzar a hacer ninguna clase de preparativos.

»Su misión, por lo tanto, es mucho más que un viaje de descubrimiento. Es una exploración... un reconocimiento de un territorio desconocido y potencialmente peligroso. El equipo a las órdenes del doctor Kaminski fue especialmente entrenado para esta tarea; ahora, usted deberá arreglárselas sin ellos... Por último... su blanco específico. Parece increíble que puedan existir en Saturno formas avanzadas de vida, o que puedan haber evolucionado en cualquiera de sus lunas. Hemos planeado inspeccionar el sistema entero, y esperamos que pueda ejecutar usted un programa simplificado. Pero quizá tengamos que concentrarnos en el octavo satélite... Japeto. Cuando llegue el momento para la maniobra terminal, decidiremos si debe usted reunirse con este notable objeto.

»Japeto es único en el Sistema Solar... ya lo sabe usted, desde luego, pero al igual que todos los astrónomos de los últimos trescientos años, tal vez le ha dedicado escasa atención. Permítame por lo tanto recordarle que Cassini, que descubrió Japeto en 1671, observó también que era *seis veces* más brillante en un lado de su órbita que en el otro.

»Esta es una relación extraordinaria, y no ha habido nunca para ella una explicación satisfactoria. Ni siquiera con los telescopios lunares su disco es apenas visible, aunque parece haber una brillante mancha curiosamente simétrica en una cara, y ello puede ser relacionado con TMA-1. A veces pienso que Japeto ha estado lanzándonos sus destellos como un heliógrafo cósmico, durante tres mil años, y que hemos sido demasiado estúpidos para comprender su mensaje...

»Así pues, ya conoce usted su objetivo real, y puede apreciar la vital importancia de su misión. Todos rogamos por que pueda usted proporcionarnos algunos datos para un anuncio preliminar; el secreto no puede ser mantenido indefinidamente. Por el momento no sabemos si esperar o temer. No sabemos si en las lunas de Saturno se encontrará con lo bueno o con lo malo... o tan solo con ruinas mil veces más antiguas que las de Troya.

V. LAS LUNAS DE SATURNO

31

SUPERVIVENCIA

El trabajo es el mejor remedio para cualquier trastorno psíquico, y Bowman tenía que cargar ahora con todo el de sus perdidos compañeros de tripulación. Tan rápidamente como fuese posible, comenzando con los sistemas vitales sin los cuales él y la nave morirían, había de conseguir de nuevo el total funcionamiento de la *Discovery*.

La prioridad había de reservarse a la sustentación de la vida. Se había perdido mucho oxígeno, pero todavía eran abundantes las reservas para mantener a un solo hombre. La regulación de presión y temperatura era automática, y raramente había sido necesario que interviniese Hal en ello. Los monitores de Tierra podían ejecutar ahora muchas de las principales tareas del ajusticiado computador, a pesar del largo lapso de tiempo transcurrido antes de que pudiesen reaccionar ante las nuevas situaciones. Cualquier trastorno en el sistema de sustentación de la vida —aparte de una seria perforación en el casco— tardaría horas en hacerse ostensible; la advertencia sería palpable.

Los sistemas de energía, navegación y propulsión de la nave no estaban afectados… pero, en cualquier caso, Bowman no necesitaría los dos últimos durante varios meses, hasta que llegara el momento de la reunión o cita espacial con Saturno. Hasta a larga distancia podía Tierra supervisar esa operación, sin ayuda de un computador a bordo. Los ajustes finales de órbita serían un tanto tediosos debido a la constante necesidad de comprobación, aunque no era un problema serio.

Con mucho, la tarea peor había sido el vaciado de los féretros giratorios en el centrífugo. Estaba bien que los miembros de la inspección hubiesen sido colegas, pensó Bowman agradecido, pero no amigos íntimos. Se habían entrenado juntos solo durante unas pocas semanas; considerándolo en retrospectiva, se daba ahora cuenta de que sobre todo había sido una prueba de compatibilidad.

Una vez hubo sellado finalmente el vacío tabernáculo, se sintió más bien como un ladrón de tumbas egipcio. Ahora, Kaminski, Whitehead y Hunter alcanzarían Saturno antes que él... pero no antes que Frank Poole. Como fuera, le produjo una rara y malévola satisfacción este pensamiento.

No intentó ver si estaba aún a punto de funcionamiento el resto del sistema de hibernación. Aun cuando su vida pudiera depender en última instancia de él, era un problema que podía esperar hasta que la nave entrase en su órbita final. Muchas cosas podían suceder antes.

Hasta era posible —aunque no había realizado un examen minucioso del estado de las provisiones— que pudiera permanecer con vida mediante un riguroso racionamiento, *sin* tener que recurrir a la hibernación hasta que llegase el rescate. Pero saber si podía sobrevivir tan bien psicológica como físicamente era otra cuestión.

Intentó evitar pensar en problemas de tan largo alcance, para concentrarse en los inmediatos y esenciales. Lentamente, limpió la nave, comprobó que sus sistemas seguían funcionando con normalidad, discutió con Tierra sobre dificultades técnicas y operó con el mínimo de sueño. Solo a intervalos, durante la primera semana, fue capaz de pensar un poco en el gran misterio hacia el cual se aproximaba inexorablemente... aun cuando el mismo no estaba nunca muy alejado de su mente.

Al fin, una vez de vuelta de nuevo la nave a una rutina automática —aunque la misma exigiera su constante supervisión—,

Bowman tuvo tiempo para estudiar los informes e instrucciones enviados de Tierra. Una y otra vez pasó el registro hecho cuando TMA-1 saludó al alba por vez primera en tres millones de años. Contempló moviéndose en su derredor a las figuras con traje espacial, y casi sonrió ante su ridículo pánico cuando el ingenio lanzó el estallido de su señal a las estrellas, paralizando sus radios con el puro poder de su voz electrónica.

Desde aquel momento, la negra losa no había hecho nada más. Había sido cubierta y expuesta de nuevo cuidadosamente al Sol... sin ninguna reacción. No se había hecho ningún intento para rajarla, en parte por precaución científica, así como por temor a las posibles consecuencias.

El campo magnético que había conducido a su descubrimiento se había desvanecido después de producirse aquella explosión electrónica. Quizá, teorizaban algunos expertos, esta había sido originada por una tremenda corriente circulante, fluyendo en un superconductor y portando así energía a través de las edades mientras fue necesario. Parecía cierto que el monolito tenía alguna fuente interna de poder; la energía solar que había absorbido durante su breve exposición no podía explicar la fuerza de su señal.

Un rasgo curioso, y quizá sin importancia, del bloque había conducido a un interminable debate. El monolito tenía tres metros de altura, y un palmo y cuarto por cinco palmos de corte transversal. Cuando fueron comprobadas minuciosamente sus dimensiones, se halló la proporción de $1:4:9...$ los cuadrados de los primeros tres números enteros. Nadie podía sugerir una explicación plausible para ello, mas difícilmente podía ser una coincidencia, pues las proporciones se ajustaban a los límites de precisión mensurable. Era un pensamiento que semejaba un castigo, el de que la tecnología entera de la Tierra no pudiese modelar un bloque, de cualquier material, con tan fantástico grado de precisión. A su modo, aquel pasivo aunque casi arrogante despliegue de geométrica perfección era tan impresionante como cualquier otro atributo del TMA-1.

Bowman escuchó también, con interés curiosamente ausente, la trasnochada apología de Control de Misión sobre su programación. Las voces de la Tierra parecían tener un acento de justificación; podía imaginar las recriminaciones que ya debían de estar en curso progresivo entre quienes habían planeado la expedición.

Tenían, desde luego, algunos buenos argumentos... incluyendo los resultados de un estudio secreto del Departamento de Defensa, el proyecto Barsoom, que había sido llevado a cabo por la Escuela de Psicología de Harvard en 1989. En este experimento de sociología controlada, se había asegurado a varias poblaciones de ensayo que el género humano había establecido contacto con los extraterrestres. Muchos de los sujetos probados estaban —con ayuda de drogas, hipnosis y efectos visuales— bajo la impresión de que habían encontrado realmente a seres de otros planetas, de manera que sus reacciones fueron consideradas como auténticas.

Algunas de esas reacciones habían sido muy violentas: existía, al parecer, una profunda veta de xenofobia en muchos seres humanos por lo demás normales. Vista la crónica mundial de linchamientos, *pogroms* y bromas similares, ello no debería de haber sorprendido a nadie; sin embargo, los organizadores del estudio quedaron profundamente perturbados, y no se publicaron jamás los resultados del mismo. Los cinco pánicos separados causados en el siglo xx por las emisoras de radio con *La guerra de los mundos* de H. G. Wells reforzaban también las conclusiones del estudio...

A pesar de esos argumentos, Bowman se preguntaba si el peligro del choque cultural era la única explicación del extremo secreto de la misión. Algunas insinuaciones hechas durante sus instrucciones sugerían que el bloque USA-URSS esperaba sacar tajada de ser el primero en entrar en contacto con extraterrestres inteligentes. Desde su presente punto de vista, pensando en la Tierra como en una opaca estrella casi perdida en el Sol, tales consideraciones parecían ahora ridículas.

Antes bien, estaba más interesado —aun cuando ahora fuese ya agua pasada— en la teoría expuesta para justificar la conducta de Hal. Nadie estaría seguro nunca de la verdad, pero el hecho de que un 9000 del Control de Misión hubiese sido inducido a una idéntica psicosis, y estuviese ahora sometido a una profunda terapia, sugería que la explicación era la correcta. No podía cometerse de nuevo el mismo error, pero el hecho de que los constructores de Hal hubiesen fallado por completo en comprender la psicología de su propia creación, demostraba cuán diferente podía resultar el establecer comunicación con seres *verdaderamente* ajenos al hombre.

Bowman podía creer fácilmente en la teoría del doctor Simonson de que inconscientes sentimientos de culpabilidad, motivados por sus conflictos de programa, habían sido la causa de que Hal intentara romper el circuito con Tierra. Y le gustaba pensar —aun cuando ello tampoco podría demostrarse nunca— que Hal no tuvo intención alguna de matar a Poole. Había intentado simplemente destruir la evidencia. Pues en cuanto se mostrase en estado de funcionamiento la unidad AE-35, que había dado por fundida, sería descubierta su mentira. Tras esto, y como cualquier torpe criminal atrapado en la cada vez más espesa telaraña del embrollo, había sido presa del pánico.

Y el pánico era algo que Bowman comprendía mejor de lo que lo deseaba, pues lo había experimentado dos veces en su vida. La primera, de chico, al resultar casi ahogado por la resaca; la segunda, como astronauta en entrenamiento, cuando un dispositivo defectuoso le había convencido de que se le agotaría el oxígeno antes de que pudiera ponerse a salvo.

En ambas ocasiones, había perdido casi el control de sus superiores procesos lógicos; en segundos se había convertido en un frenético manojo de desbocados impulsos. Ambas veces había vencido, pero sabía bien que cualquier hombre podía a veces ser deshumanizado por el pánico.

Y si ello podía suceder a un hombre, también pudo ocurrirle a Hal; y con este conocimiento comenzó a esfumarse el encono y el sentimiento de traición que experimentaba hacia el computador. Ahora, en cualquier caso, aquello pertenecía a un pasado que estaba eclipsado por completo por la amenaza y la promesa del desconocido futuro.

V. LAS LUNAS DE SATURNO

32

CONCERNIENTE A LOS E. T.

Aparte de presurosas comidas en el tiovivo —por fortuna no habían resultado averiados los dispensadores—, Bowman vivía prácticamente en el puente de mando. Se recostaba en su asiento para así localizar cualquier trastorno tan pronto como aparecieran sus primeros signos en la pantalla. Siguiendo instrucciones del Control de Misión, había ajustado varios sistemas de emergencia que estaban funcionando muy bien. Hasta parecía posible que él sobreviviese hasta que la *Discovery* alcanzara Saturno, lo cual, desde luego, ella haría, estuviese él vivo o no.

Aunque tenía bastante tiempo para interesarse por las cosas, y el firmamento del espacio no era una novedad para él, el conocimiento de lo que había al exterior de las portillas de observación le dificultaba el concentrarse siquiera en el problema de la supervivencia. Tal como estaba orientada la nave, la muerte se agazapaba en la Vía Láctea, con sus nubes de estrellas tan atestadas que embotaban la mente. Allá estaban las ígneas brumas de Sagitario, aquellos hirvientes enjambres de soles que ocultaban para siempre el corazón de la Galaxia a la visión humana. Y la negra y ominosa mancha de la Vía Láctea, aquel boquete en el espacio donde no lucían las estrellas. Y Alfa del Centauro, el más próximo de todos los soles… la primera parada más allá del Sistema Solar.

Aun superada en brillo por Sirio y Canopus, era Alfa del Centauro la que atraía la mirada y la mente de Bowman, mirase donde mirase en el espacio. Pues aquel firme punto brillante, cuyos rayos habían tardado cuatro años en alcanzarle, había llegado a simbolizar los secretos debates que hacían furor en la Tierra, cuyos ecos le llegaban de cuando en cuando.

Nadie dudaba de que existiera alguna conexión entre el TMA-1 y el sistema saturniano, pero a duras penas admitiría cualquier científico que los seres que habían erigido el monolito fuesen posiblemente originarios de allí. Como albergue de vida, Saturno era todavía más hostil que Júpiter, y sus varias lunas estaban heladas en un eterno invierno de trescientos grados bajo cero. Solo una de ellas —Titán— poseía una atmósfera, pero era una tenue envoltura de ponzoñoso metano.

Así pues, quizá los seres que visitaron el satélite natural de la Tierra hacía tanto tiempo no eran simplemente extraterrestres, sino extrasolares… visitantes de las estrellas, que habían establecido sus bases donde les convenía. Y esto planteaba otro problema simultáneo: ¿Podría *cualquier* tecnología, por muy avanzada que estuviese, tender un puente sobre el espantoso abismo que se abría entre el Sistema Solar y el más próximo de los soles?

Muchos eran los científicos que negaban lisa y llanamente tal posibilidad. Argüían que la *Discovery,* la nave más rápida jamás diseñada, tardaría veinte mil años en llegar a Alfa del Centauro… y millones de años para recorrer cualquier apreciable distancia de la Galaxia. Pero si, durante los siglos venideros, mejoraban más allá de toda medida los sistemas de propulsión, toparían al final con la infranqueable barrera de la velocidad de la luz, la cual no puede sobrepasar objeto material alguno. En consecuencia, los constructores de TMA-1 *debieron* de haber compartido el mismo sol que el hombre; y puesto que no habían hecho ninguna aparición en tiempos históricos, probablemente se habían extinguido.

Una minoría rehusaba este argumento. Aunque llevase siglos viajar de estrella en estrella, replicaban, no podía suponer un obstáculo a exploradores con la suficiente determinación. La técnica de la hibernación, empleada en la propia *Discovery*, era una respuesta posible. Otra respuesta era el mundo artificial, lanzándose a viajes que podrían durar generaciones.

En cualquier caso, ¿por qué se debía suponer que todas las especies inteligentes eran de vida tan corta como el hombre? Podría haber criaturas en el Universo para las cuales un viaje de mil años solo representase un pequeño inconveniente.

Estos argumentos, a pesar de ser teóricos, concernían a una cuestión de la mayor importancia práctica; implicaban el concepto del «tiempo de reacción». Si TMA-1, en efecto, había enviado una señal a las estrellas —quizá con ayuda de algún otro ingenio situado en las proximidades de Saturno—, en tal caso no alcanzaría su destino durante años. Por lo tanto, aun cuando fuese inmediata la respuesta, la humanidad tendría un respiro que ciertamente podría ser medido en décadas… más probablemente en siglos. Para muchos, este era un pensamiento tranquilizador.

Si bien no para todos. Un puñado de científicos —pescadores de playa en las más salvajes orillas de la física teórica— formulaban la inquietante pregunta: ¿Estamos *seguros* de que la velocidad de la luz es una barrera infranqueable? Verdad era que la teoría de la relatividad general había demostrado ser extraordinariamente duradera, y estaría aproximándose pronto a su primer centenario, aunque había comenzado a mostrar unas cuantas grietas. Y aun en el caso de que Einstein fuese inatacable, podía soslayársele.

Quienes defendían ese punto de vista hablaban esperanzadoramente de atajos de dimensiones superiores, de líneas que eran más rectas que la recta, y de conectividad hiperespacial. Gustaban de emplear una expresiva frase, acuñada por un matemático de Princeton en el pasado siglo: «Picaduras de gusano en el espacio». A los críticos que sugerían que estas ideas eran demasiado fantásticas para ser tomadas seriamente, se les recordaba el dicho de Niels Bohr: «Su teoría es insensata… mas no lo bastante para ser verdadera».

Si había polémica entre los físicos, no era nada comparada con la surgida entre los biólogos, cuando discutían el viejo problema: ¿Qué aspecto tendrían los extraterrestres inteligentes? Se dividían en dos campos opuestos… argumentando unos que dichos seres debían de ser humanoides, y convencidos igualmente los otros de que «ellos» no se parecerían en nada a los seres humanos.

En abono a la primera respuesta estaban los que creían que el diseño de dos piernas, dos brazos y principales órganos sensoriales de superior calidad, era tan básico y tan sensible que resultaba difícil pensar en uno mejor. Desde luego, habría pequeñas diferencias como la de seis dedos en vez de cinco, piel o cabello de color raro y peculiares rasgos faciales, pero la mayoría de los extraterrestres inteligentes —en abreviatura generalmente empleada de los E. T.— serían tan similares al hombre que podría confundírseles con él, con poca luz o a distancia.

Este pensar antropomórfico era ridiculizado por otro grupo de biólogos, auténticos productos de la Era Espacial que se sentían libres de los prejuicios del pasado. Señalaban que el cuerpo humano era el resultado de millones de selecciones evolutivas, efectuadas por azar en el curso de períodos geológicos dilatadísimos. En cualquiera de esos incontables momentos de decisión, el dado genético podía haber caído de diferente manera, quizá con mejores resultados. Pues el cuerpo humano era una singular pieza de improvisación, lleno de órganos que se habían desviado de una función a otra, no siempre con mucho éxito… y que incluso contenía accesorios descartados, como el apéndice, que resultaban ya del todo inútiles.

Había otros pensadores —Bowman también lo hallaba así— que representaban puntos de vista aún más avanzados. No creían que seres realmente evolucionados poseyeran en absoluto un cuerpo orgánico. Más pronto o más tarde, al progresar su conocimiento científico, se desembarazarían de la morada, propensa a las dolencias y a los accidentes, que la Naturaleza les había dado y que los condenaba a una muerte inevitable. Remplazarían su cuerpo natural a medida que se desgastasen —o quizás antes— con construcciones de metal o de plástico, logrando así la inmortalidad. El cerebro podría demorarse algo como último resto del cuerpo orgánico, dirigiendo sus miembros mecánicos y observando el Universo a través de sus sentidos electrónicos... sentidos mucho más finos y sutiles que aquellos que la ciega evolución pudiera desarrollar jamás.

Hasta en la Tierra se habían dado ya los primeros pasos en esa dirección. Había millones de hombres, que en otras épocas hubiesen sido condenados, que ahora vivían activos y felices gracias a miembros artificiales, riñones, pulmones y corazones. A este proceso solo cabía una conclusión... por muy lejana que pudiera estar.

Y eventualmente, hasta el cerebro podría incluirse en él. No resultaba esencial como sede de la conciencia, como lo había probado el desarrollo de la inteligencia electrónica. El conflicto entre mente y máquina podía ser resuelto al fin en la tregua eterna de la completa simbiosis...

No obstante, ¿era esto el fin? Unos cuantos biólogos inclinados a la mística iban todavía más lejos. Atando cabos en las creencias de diversas religiones, especulaban que la mente terminaría por liberarse de la materia. El cuerpo-robot, como el de carne y hueso, sería solamente un peldaño algo atrás, que, tiempo atrás, habían llamado los hombres «espíritu».

Y si más allá de *esto* había algo, su nombre solo podía ser Dios.

V. LAS LUNAS DE SATURNO

33

EMBAJADOR

Durante los últimos tres meses, David Bowman se había adaptado hasta tal punto a su solitario sistema de vida que le resultaba difícil recordar cualquier otra existencia. Había sobrepasado la desesperación y la esperanza, y se había instalado en una rutina ampliamente automática, punteada de crisis ocasionales cuando uno u otro sistema de la *Discovery* mostraba señales de funcionar mal.

Pero no había sobrepasado la curiosidad, y a veces el pensamiento de la meta hacia la cual se dirigía le colmaba de una sensación de exaltación... y de un sentimiento de poder. No solo era el representante de la especie humana entera, sino que su acción, durante las próximas semanas, podría determinar el futuro real de aquella. En toda la historia no se había producido jamás una situación semejante. Él era el embajador extraordinario —plenipotenciario— de toda la humanidad.

Ese conocimiento le ayudaba de muchas y sutiles maneras. Le mantenía limpio y ordenado; por muy cansado que estuviera, nunca dejaba de afeitarse. Sabía que el Control de Misión le estaba vigilando estrechamente para ver si mostraba los primeros síntomas de cualquier conducta anormal; él estaba decidido a que esa vigilancia fuera en vano... cuando menos en cuanto a cualquier síntoma serio.

Se daba cuenta de algunos cambios en sus normas de conducta; hubiese sido absurdo esperar otra cosa, dadas las circunstancias. No podía soportar ya el silencio; excepto cuando estaba durmiendo, o hablando por el circuito Tierra, mantenía el sistema de sonido de la nave funcionando con tal sonoridad que resultaba casi molesta.

Al principio, como necesitaba la compañía de la voz humana, había escuchado obras teatrales clásicas —sobre todo las de Shaw, Ibsen y Shakespeare— o lecturas poéticas, de la enorme biblioteca de grabaciones de la *Discovery*. Pero los problemas que trataban le parecieron tan remotos, o de tan fácil solución con un poco de sentido común, que acabó por perder la paciencia con ellos.

Así pasó a la ópera... generalmente en italiano o alemán, para no ser distraído siquiera por el mínimo contenido intelectual que la mayoría de las óperas presentaban. Esta fase duró dos semanas, antes de que se diese cuenta de que el sonido de todas aquellas voces soberbiamente educadas eran solo exacerbantes en su soledad. Pero lo que al final remató este ciclo fue la *Misa de Réquiem* de Verdi, que nunca había oído ejecutar en la Tierra. El «Dies Irae», retumbando con ominosa propiedad a través de la vacía nave, le dejó destrozado por completo; y cuando las trompetas del juicio final resonaron en los cielos, no pudo soportarlo más.

En adelante, solo escuchó música instrumental. Comenzó con los compositores románticos, pero los descartó uno por uno al hacerse demasiado opresivas sus efusiones sentimentales. Sibelius, Chaikovski y Berlioz duraron una semana, Beethoven bastante más. Finalmente halló la paz y el sosiego, como a muchos otros había sucedido, en la abstracta arquitectura de Bach, ocasionalmente mezclada con Mozart.

Y así la *Discovery* siguió su curso, resonando a menudo con la fría música del clavicordio, y con los helados pensamientos de un cerebro que había sido polvo por dos veces en cien años.

Incluso desde sus actuales dieciséis millones de kilómetros, Saturno aparecía ya más grande que la Luna vista desde la Tierra. Era un magnífico espectáculo para el ojo desnudo; a través del telescopio, su visión resultaba increíble.

El cuerpo del planeta podía haber sido confundido con el de Júpiter en uno de sus más sosegados trances. Había allí las mismas bandas nubosas —si bien más pálidas y menos distintas que las del mundo ligeramente más grande— y las mismas perturbaciones, del tamaño de continentes, moviéndose despacio a través de la atmósfera. Sin embargo, había una acusada diferencia entre los dos planetas; hasta con una simple ojeada, resultaba obvio que Saturno no era esférico. Estaba tan achatado en los polos que a veces daba la impresión de una ligera deformidad.

Pero la magnificencia de los anillos apartaba continuamente la mirada de Bowman del planeta; en su complejidad de detalle y delicadeza de sombreado, eran un universo en sí mismo. Añadiéndose al boquete principal entre los anillos interiores y exteriores, había por lo menos otras cincuenta subdivisiones o linderos, donde se percibían distintos cambios en la brillantez del gigantesco halo del planeta. Era como si Saturno estuviese rodeado por docenas de anillos concéntricos, todos tocándose mutuamente, y todos tan lisos que podrían haber sido cortados del papel más fino posible. El sistema de los anillos parecía una delicada obra de arte, un frágil juguete destinado a ser admirado pero nunca tocado. Ni haciendo un gran esfuerzo de voluntad podía Bowman apreciar realmente su verdadera escala, y convencerse de que todo el planeta Tierra, de ser colocado allí, parecería la bola de un cojinete rodando en torno al borde de una bandeja para la comida.

A veces surgía una estrella tras de los anillos, perdiendo solo un poco de su brillo al hacerlo. Continuaba brillando a través de su translúcida materia… si bien a menudo titilaba levemente cuando la eclipsaban algunos fragmentos mayores de restos en órbita.

En cuanto a los anillos, como ya era sabido desde el siglo XIX, no eran sólidos. Consistían en innumerables miríadas de fragmentos… restos quizá de un satélite que se había aproximado demasiado, hasta quedar hecho añicos por la atracción periódica del gran planeta. Sea cual fuere su origen, la especie humana podía considerarse afortunada por haber visto tal maravilla; podía existir durante solo un breve lapso de tiempo en la historia del Sistema Solar.

Ya en 1945, un astrónomo británico había señalado que los anillos eran efímeros, pues las fuerzas gravitatorias en acción los destruirían. Retrotrayendo ese argumento en el tiempo, se deducía que dichos anillos habían sido creados recientemente… hacía apenas dos o tres millones de años.

Sin embargo, nadie había reparado ni con el más leve pensamiento en la singular coincidencia de que los anillos de Saturno nacieron al mismo tiempo que la especie humana.

V. LAS LUNAS DE SATURNO

34

EL HILO ORBITAL

La *Discovery* estaba ahora profundamente sumida en el vasto sistema de lunas, y el mismo gran planeta se hallaba a menos de un día de viaje. Hacía tiempo que la nave había pasado el límite marcado por la extrema, Febe, retrogradando en una extravagante órbita excéntrica a trece millones de kilómetros de la primera. Ante ella se encontraban ahora Japeto, Hiperión, Titán, Rea, Dione, Tetis, Encélado, Mimas… y los propios anillos. Todos los satélites mostraban confusos detalles de su superficie en el telescopio, y Bowman había retransmitido a la Tierra tantas fotografías como pudo tomar. Solo Titán —de casi cinco mil kilómetros de diámetro, y tan grande como el planeta Mercurio— ocuparía durante meses a un equipo de inspección; solo podría darle, como a todos sus fríos compañeros, la más breve de las ojeadas. No había necesidad de más; estaba ya del todo seguro de que Japeto era su meta.

Todos los demás satélites estaban marcados con los hoyos de ocasionales cráteres meteóricos —aunque mucho menos que en Marte— y mostraban aparentemente casuales formas de luz y sombra, con brillantes puntos aquí y allá, que debían de ser zonas de gas helado. Solo Japeto poseía una distintiva geografía, y por cierto muy rara. Un hemisferio del satélite —que, como sus compañeros, presentaba siempre la misma cara hacia Saturno— era extremadamente oscuro y mostraba muy poco detalle de superficie. En completo contraste, el otro estaba dominado por un brillante óvalo blanco, de unos seiscientos cincuenta kilómetros de longitud y algo más de trescientos de anchura. En aquel momento, solo estaba a la luz del día parte de aquella sorprendente formación, pero la razón de la extraordinaria variación en el albedo de Japeto resultaba ya obvia. En el lado de poniente de la órbita del satélite, la brillante elipse daba la cara al Sol… y a la Tierra. En la fase de levante, la franja se desviaba, y solo podía ser observado el hemisferio pobremente reflejado.

La gran elipse era perfectamente simétrica, extendiendo el ecuador de Japeto con su eje mayor apuntando hacia los polos, y era tan aguda que casi parecía como si alguien hubiese pintado con esmero un inmenso óvalo blanco en la cara de la pequeña luna. Era completamente liso ese óvalo, y Bowman se preguntó si podría ser un lago de líquido helado… aun cuando aquello apenas contaría para su sobrecogedora apariencia artificial.

Pero tuvo poco tiempo para estudiar a Japeto en su camino hacia el corazón del sistema, pues se estaba aproximando rápidamente el apogeo del viaje… la última maniobra de desviación de la *Discovery*. En el trasvuelo de Júpiter, la nave había utilizado el campo gravitatorio del planeta para aumentar su velocidad. Ahora debía hacer la operación inversa: tenía que perder tanta velocidad como fuera posible, si no quería escapar del Sistema Solar y volar hacia las estrellas. Su rumbo actual estaba destinado a atraparla, de manera que se convirtiese en otra luna de Saturno, moviéndose a lo largo de una exigua elipse de poco más de tres millones de kilómetros de longitud. En su punto más próximo rozaría casi el planeta; en el más lejano, tocaría la órbita de Japeto.

Los computadores de Tierra, aunque su información tenía siempre una demora de tres horas, habían asegurado a Bowman que todo estaba en orden. La velocidad y la altitud eran correctas; no había nada más que hacer hasta el momento de la mayor aproximación.

El inmenso sistema de anillos se hallaba ahora tendido en el firmamento, y la nave había rebasado ya su borde extremo. Al mirarlos desde una altura de unos quince mil kilómetros, Bowman pudo ver a través del telescopio que los anillos estaban formados en gran parte de hielo, que destellaba y relucía a la luz del Sol. Parecía estar volando sobre un glaciar que ocasionalmente se aclaraba para revelar, donde debiera haber estado la nieve, desconcertantes vislumbres de noche y estrellas.

Al doblar la *Discovery* aún más hacia Saturno, el Sol descendía lentamente hacia los múltiples arcos de los anillos. Estos se habían convertido en un grácil puente de plata tendido sobre todo el firmamento; aunque eran tan tenues que solo lograban empañar la luz del Sol, sus miríadas de cristales la refractaban y diseminaban en deslumbrante pirotecnia... Y al moverse el Sol tras la deriva de una anchura de mil quinientos kilómetros de hielo en órbita, pálidos fantasmas suyos marchaban y emergían a través del firmamento que se llenaba de variables fulgores y resplandores. Luego el Sol se sumía bajo los anillos, que lo enmarcaban con sus arcos, y cesaban los celestes fuegos de artificio.

Poco después, la nave penetró en la sombra de Saturno, al efectuar su mayor aproximación del lado nocturno del planeta. Arriba brillaban las estrellas y los anillos; abajo se tendía un mar borroso de nubes. No había ninguna de las misteriosas formas de luminosidad que habían resplandecido en la noche joviana; quizá era Saturno demasiado frío para tales exhibiciones. El abigarrado paisaje de nubes se revelaba solo por la espectral radiación reflejada desde los circulantes icebergs, iluminados aún por el oculto Sol. Pero en el centro del arco había un boquete ancho y oscuro, semejante al arco que faltara de un puente incompleto, y donde la sombra del planeta se tendía a través de sus anillos.

Se había interrumpido el contacto por radio con la Tierra, y no podía ser reanudado hasta que la nave emergiera de la masa eclipsante de Saturno. Era quizá conveniente que Bowman se hallara ahora demasiado entretenido para pensar en su soledad, súbitamente hechizada; durante las horas siguientes, cada segundo estaría ocupado en la comprobación de las maniobras de frenaje.

Tras sus meses de ociosidad, los propulsores comenzaron a expeler sus cataratas de kilómetros de longitud de ígneo plasma. Por un instante volvió la gravedad al ingrávido mundo del puente de mando. Y cientos de kilómetros más abajo, las nubes de metano y de helado amoníaco fulguraron con una luminosidad que él no había visto nunca, al pasar la *Discovery* ante un fogoso y minúsculo Sol, a través de la noche saturniana.

Al fin, asomó por delante el pálido alba; la nave, moviéndose ahora cada vez más lentamente, emergía al día. No podía escapar más del Sol, ni siquiera de Saturno… pero aún se movía con bastante rapidez para alzarse del planeta hasta rozar la órbita de Japeto, a más de tres millones de kilómetros de distancia.

Llevaría a la *Discovery* catorce días dar aquel salto, al navegar una vez más, aunque en sentido contrario, a través de las trayectorias de todas las lunas interiores. Una por una cruzaría las órbitas de Mimas, Encélado, Tetis, Dione, Rea, Titán, Hiperión, mundos portadores de nombres de dioses y diosas que se desvanecieron solo ayer, tal como se contaba allí el tiempo.

Luego encontraría a Japeto, y debía efectuar la reunión. Si fallaba esta, volvería a caer hacia Saturno y repetiría indefinidamente su elipse de veintiocho días.

No habría oportunidad de una segunda reunión, si la *Discovery* marraba este intento. La próxima vez, Japeto se hallaría casi al otro lado de Saturno.

Verdad era que podían encontrarse de nuevo, cuando se cruzaran por segunda vez las órbitas de nave y satélite, pero ocurriría tantísimos años más tarde que, sucediera lo que sucediese, Bowman sabía que no sería testigo de ello.

V. LAS LUNAS DE SATURNO

35

EL OJO DE JAPETO

Al observar por primera vez Bowman a Japeto, aquel curioso parche elíptico de brillantez había estado parcialmente en la sombra, iluminado solo por la luz de Saturno. Ahora, al moverse despacio la luna a lo largo de su órbita de setenta y nueve días, estaba emergiendo a la plena luz del día.

Al verla crecer, y mientras la *Discovery* se elevaba perezosamente hacia su inevitable destino, Bowman se dio cuenta de una observación inquietante que le asaltaba. No la mencionó nunca en sus conversaciones —o más bien en sus comentarios al aire— con el Control de Misión, pues habría parecido que estaba ya sufriendo alucinaciones.

Quizá, en verdad, las sufría, pues se había convencido a medias de que la brillante elipse emplazada sobre el oscuro fondo del satélite era un inmenso ojo vacío observándole con mirada fija a medida que se aproximaba. Era un ojo sin pupila, pues nada había que cubriera en parte su desnudez perfecta.

No fue hasta que la nave estuvo a solo ochenta mil kilómetros y Japeto se vio tan grande como la familiar Luna de la Tierra, que reparó en la tenue mota negra en el centro exacto de la elipse. Pero no había tiempo para un examen detallado, pues ya estaban encima las maniobras terminales.

Por última vez, el propulsor principal de la *Discovery* liberó sus energías. Por última vez fulguró entre las lunas de

Saturno la furia incandescente de los agonizantes átomos. El lejano murmullo y el aumento de impulso de los eyectores produjo en David Bowman una sensación de orgullo... y de melancolía. Los soberbios motores habían cumplido su deber con impecable eficacia. Habían llevado a la nave desde la Tierra hasta Saturno; ahora funcionaban por última vez. Cuando la *Discovery* vaciara sus tanques de combustible, quedaría tan desamparada e inerte como cualquier cometa o asteroide, impotente prisionero de la gravitación. Aun cuando la nave de rescate llegase a los pocos años, no sería un problema económico rellenarla de combustible para que pudiera emprender la vuelta a la Tierra. Sería un monumento, orbitando eternamente, a los primeros días de la exploración planetaria.

Los miles de kilómetros se redujeron a cientos, y los indicadores de combustible descendieron rápido hacia cero. Los ojos de Bowman se posaron reiteradamente y con ansia sobre el monitor de situación y las improvisadas cartas que ahora tenía que consultar para tomar una decisión efectiva. Sería espantoso que, habiendo sobrevivido tanto tiempo, fallara la cita orbital por falta de unos cuantos litros de combustible...

Se desvaneció el silbido de los chorros al cesar el propulsor principal y solo los verniers continuaron impulsando suavemente en órbita a la *Discovery*. Japeto era ahora un gigantesco creciente que llenaba el firmamento; hasta ese momento, Bowman había pensado en él como en un objeto minúsculo e insignificante... y de hecho lo era, comparado con el mundo del que dependía. Ahora, al aparecer amenazadoramente sobre él, le parecía enorme... un martillo cósmico dispuesto a aplastar como a una cascara de nuez a la *Discovery*.

Japeto se estaba aproximando tan lentamente que apenas parecía moverse, y resultaba imposible prever el momento exacto en que efectuaría el sutil cambio de cuerpo astronómico a paisaje situado solo a ochenta kilómetros más abajo.

Los fieles verniers lanzaron sus últimos chorros de impulso y luego se apagaron para siempre. La nave estaba en su órbita final, completando una revolución cada tres horas a unos mil trescientos kilómetros por hora... toda la velocidad que era necesaria en aquel débil campo gravitatorio.

La *Discovery* se había convertido en satélite de un satélite.

V. LAS LUNAS DE SATURNO

36

HERMANO MAYOR

—Estoy volviendo a la parte diurna de nuevo, y es exactamente como informé en la última órbita. Este lugar parece tener solo dos clases de materia de superficie. Su negra costra parece *quemada*, casi como carbón vegetal, y con la misma clase de textura por lo que puedo juzgar por el telescopio. En efecto, me recuerda mucho a una tostada quemada...

»No puedo aún dar un sentido al área blanca. Comienza por un límite de una arista absolutamente aguda, y no muestra detalle alguno de superficie. Incluso puede ser líquida... es bastante lisa. No sé la impresión que habrán sacado ustedes de los vídeos que he transmitido, pero si se imaginan un mar de leche helada, tendrán exactamente una idea.

»Hasta puede haber algún gas pesado... No, supongo que eso es imposible. A veces tengo la sensación de que se está moviendo muy lentamente, pero no puedo estar seguro...

»...Vuelvo a estar sobre la zona blanca, en mi tercera órbita. Esta vez espero pasar más cerca de aquella marca que localicé en su mismo centro, cuando estaba en camino. De ser correctos mis cálculos, pasé a ochenta kilómetros de ella... sea lo que sea.

»... Sí, hay algo delante, justo donde yo calculé. Se está alzando sobre el horizonte... y también Saturno, casi en la misma cuarta del firmamento. Voy a dirigir allá el telescopio...

»¡Hola! Tiene el aspecto de una especie de edificio, completamente negro, muy difícil de apreciar. No presenta ventanas ni otros rasgos. Solo una gran losa vertical… Debe de tener una altura de por lo menos kilómetro y medio, para ser visible desde esta distancia… Me recuerda algo… desde luego… ¡Es exactamente como *el objeto que hallaron ustedes en la Luna*! ¡Es el hermano mayor de TMA-1!

V. LAS LUNAS DE SATURNO

37

EXPERIMENTO

Se la podría llamar la Puerta de las Estrellas.

Durante tres millones de años, ha girado en torno a Saturno, a la espera de un momento del destino que quizá nunca llegue. En su quehacer, una luna ha quedado hecha añicos, y orbitan aún los restos de su creación.

Ahora estaba finalizando la larga espera. En otro mundo aún, había nacido la inteligencia y estaba escapando de su cuna planetaria. Un antiguo experimento estaba a punto de alcanzar su apogeo.

Quienes habían comenzado aquel experimento, hacía tanto tiempo, no habían sido hombres... ni siquiera remotamente humanos. Pero eran de carne y sangre, y cuando extendían la vista hacia las profundidades del espacio, habían sentido temor, admiración y soledad. Tan pronto como poseyeron el poder, emprendieron el camino a las estrellas.

En sus exploraciones, encontraron vida en diversas formas, y contemplaron los efectos de la evolución en mil mundos. Vieron cuán a menudo titilaban y morían en la noche cósmica las primeras débiles chispas de la inteligencia.

Y debido a que en toda la Galaxia no habían encontrado nada más precioso que la Mente, alentaron por todas partes su amanecer. Se convirtieron en granjeros en los campos de las estrellas; sembraron, y a veces cosecharon.

Y a veces, desapasionadamente, tenían que escardar.

Los grandes dinosaurios habían perecido tiempo atrás, cuando la nave de exploración entró en el Sistema Solar tras un viaje que duraba ya mil años. Pasó rauda ante los helados planetas exteriores, hizo una breve pausa sobre los desiertos del agonizante Marte y contempló después la Tierra.

Extendido ante ellos, los exploradores vieron un mundo bullendo de vida. Durante años estudiaron, coleccionaron, catalogaron. Cuando supieron el máximo de todo, comenzaron a modificar. Intervinieron en el destino de varias especies, en tierra y en el océano. Pero no podrían saber, cuando menos hasta dentro de un millón de años, cuál de sus experimentos tendría éxito.

Eran pacientes, pero no inmortales. Había mucho por hacer en ese universo de cien mil millones de soles, y otros mundos los llamaban. Así pues, volvieron a penetrar en el abismo, sabiendo que nunca más volverían.

Ni había ninguna necesidad de que lo hicieran. Los servidores que habían dejado harían el resto.

En la Tierra, vinieron y se fueron los glaciares, mientras sobre ellos la inmutable Luna encerraba aún su secreto. Con un ritmo aún más lento que el hielo polar, las mareas de la civilización menguaron y crecieron a través de la Galaxia. Extraños, bellos y terribles imperios se alzaron y cayeron, transmitiendo sus conocimientos a sus sucesores. No fue olvidada la Tierra, pero otra visita serviría de poco. Era uno más de un millón de mundos silenciosos, pocos de los cuales podrían nunca hablar.

Y ahora, entre las estrellas, la civilización estaba dirigiéndose hacia nuevas metas. Los primeros exploradores de la Tierra habían llegado hacía tiempo a los límites de la carne y la sangre; tan pronto como sus máquinas fueran mejores que sus cuerpos, sería el momento de moverse. Trasladaron a nuevos hogares de metal y plástico primero sus cerebros y luego sus pensamientos.

En esos hogares erraban entre las estrellas. No construían ya naves espaciales. Ellos *eran* naves espaciales.

Pero la era de los entes-máquinas pasó rápidamente. En su incesante experimentación, habían aprendido a almacenar el conocimiento en la estructura del propio espacio, y a conservar sus pensamientos para la eternidad en heladas celosías de luz. Podían convertirse en criaturas de radiación, libres al fin de la tiranía de la materia.

Por tanto, se transformaban actualmente en pura energía: y en mil mundos, las vacías conchas que habían desechado se contraían en una insensata danza de la muerte, desmenuzándose luego en herrumbre.

Ahora eran señores de la Galaxia, y más allá del alcance del tiempo. Podían vagar a voluntad entre las estrellas, y sumirse como niebla sutil a través de los intersticios del espacio. Pero a pesar de sus poderes, semejantes a los de los dioses, no habían olvidado del todo su origen, en el cálido limo de un desaparecido mar.

Y seguían aún observando los experimentos que sus antepasados habían comenzado hacía ya mucho tiempo.

38

EL CENTINELA

—El aire de la nave se está viciando del todo, y la mayor parte del tiempo me duele la cabeza. Hay todavía mucha cantidad de oxígeno, pero los purificadores no limpiaron nunca realmente todo el revoltillo, después de que los líquidos de a bordo comenzaran a hervir en el vacío. Cuando las cosas van demasiado mal, bajo al garaje y extraigo algo de oxígeno puro de las cápsulas…

»No ha habido reacción alguna a cualquiera de mis señales, y debido a mi inclinación orbital, lentamente me aparto cada vez más de TMA-1; les diré de paso que el nombre que ustedes le han dado es doblemente inadecuado… pues aún no hay muestra alguna de un campo magnético.

»Por el momento, mi aproximación mayor es de cien kilómetros; aumentará a unos ciento sesenta cuando Japeto gire debajo de mí, y luego descenderá a cero. Pasaré justo sobre el objeto dentro de treinta días… pero es demasiado larga la espera, y de todos modos entonces se encontrará en la oscuridad.

»Aun ahora, solo es visible durante escasos minutos, antes de descender de nuevo bajo el horizonte. Es una verdadera lástima que no pueda hacer ninguna observación seria.

»Así pues, me complacería que aprobasen ustedes el plan siguiente: las cápsulas espaciales tienen unas amplias alas en forma de delta para poder efectuar un contacto y un regreso a la nave. Deseo, pues, utilizarlas y efectuar una próxima inspección del objeto. Si parece seguro, aterrizaré junto a él… o hasta encima.

»La nave se hallará aún sobre mi horizonte mientras yo desciendo, de manera que podré retransmitirlo todo a ustedes. Informaré nuevamente en la siguiente órbita, por lo que mi contacto estará interrumpido durante más de noventa minutos.

»Estoy convencido de que lo expuesto es la única cosa que cabe hacer. He recorrido mil quinientos millones de kilómetros… y no desearía verme detenido por los últimos cien.

Durante semanas, en su continua observación hacia el Sol con sus extraños sentidos, la Puerta de las Estrellas había vigilado a la nave que se aproximaba. Sus creadores la habían preparado para muchas cosas, y esa era una de ellas. Reconoció lo que estaba ascendiendo hacia ella desde el encendido corazón del Sistema Solar.

Observó, y anotó, pero no emprendió acción alguna cuando el visitante refrenó su velocidad con chorros de gas incandescente. Sintió ahora el suave toque de radiaciones, intentando escudriñar sus secretos. Y aún no hizo nada.

Ahora estaba la nave en órbita, circulando a baja altura sobre aquella extraña luna. Comenzó a hablar, con ráfagas de ondas de radio, contando los primeros números de 1 a 11. No tardaron estos en dar paso a señales más complejas, en varias frecuencias… rayos ultravioleta, infrarrojos y rayos X. La Puerta de las Estrellas no respondió nada, pues nada tenía que decir.

Hubo una prolongada pausa antes de que observara que algo estaba descendiendo hacia ella de la nave en órbita. Investigó sus memorias, y los circuitos lógicos tomaron sus decisiones, de acuerdo con las órdenes que tiempo atrás les habían sido dadas.

Bajo la fría luz de Saturno, en la Puerta de las Estrellas se despertaron sus adormilados poderes.

V. LAS LUNAS DE SATURNO

39

DENTRO DEL OJO

La *Discovery* tenía el mismo aspecto de la última vez que la había visto desde el espacio, y flotaba en la órbita lunar con la Luna cubriendo la mitad del firmamento. Quizá había un ligero cambio; no podía estar seguro, pero algo de la pintura de su rotulado externo, que mencionaba el objeto de varias escotillas, conexiones, clavijas umbilicales y otros artilugios, se había desvanecido durante su prolongada exposición al Sol sin resguardo.

Ahora nadie lo habría reconocido. Era demasiado brillante para ser una estrella, pero se podía mirar directamente a su minúsculo disco sin molestia. No daba calor en absoluto; al tender Bowman sus manos desenguantadas a sus rayos cuando atravesaban la ventana espacial, no sentía nada sobre su piel. Igual podía haber estado calentándose a la luz de la Luna; ni siquiera el extraño paisaje de ochenta kilómetros más abajo le recordaba más vividamente la remota lejanía en que se encontraba de la Tierra.

Y el mundo de metal que había sido su hogar durante tantos meses ahora estaba abandonando, quizá por última vez. Aunque no volviese nunca, la nave continuaría cumpliendo con su deber, emitiendo lecturas de instrumentos a la Tierra, hasta que se produjese alguna avería fatal y catastrófica en sus circuitos.

¿Y si *volvía* él? En tal caso, podría mantenerse con vida y quizá hasta cuerdo, durante unos cuantos meses más. Pero esto era todo, pues los sistemas de hibernación eran inútiles sin ningún computador para instruirlos. No podría posiblemente sobrevivir hasta que la *Discovery II* verificara su reunión con Japeto, dentro de unos cuatro o cinco años.

Desechó estos pensamientos al alzarse frente a él el áureo creciente de Saturno. En toda la historia, él era el único hombre que había disfrutado de aquella vista. A los ojos de todos los demás, Saturno había mostrado siempre su disco completo iluminado, vuelto del todo hacia el Sol. Ahora era un delicado arco, con los anillos formando una tenue línea a través de él… como una flecha a punto de ser disparada a la cara del mismo Sol.

También se encontraba en la línea de los anillos la brillante estrella Titán, y los más débiles centelleos de las otras lunas. Antes de que transcurriera el siglo, los hombres las habrían visitado todas; pero él nunca sabría de los secretos que pudieran encerrar.

El agudo límite del ojo ciego y blanco estaba ahora dirigiéndose hacia él; estaba a solo ciento cincuenta kilómetros, y estaría sobre su objetivo en menos de diez minutos. ¡Cómo deseaba que hubiese algún medio de saber si sus palabras estaban alcanzando la Tierra, que se hallaba a hora y media a la velocidad de la luz! Sería una tremenda ironía si, debido a cualquier avería en el sistema de retransmisión, desapareciera él silenciosamente, sin que nadie supiera jamás lo que le había sucedido.

La *Discovery* seguía mostrándose como una brillante estrella en el negro firmamento, muy arriba. Seguía adelante mientras él ganaba velocidad durante su descenso, pero pronto los chorros de frenado de la cápsula moderarían su velocidad y la nave avanzaría hasta perderse de vista… dejándole solo en aquella reluciente llanura, con el oscuro misterio que se alzaba en su centro.

Un bloque de ébano estaba ascendiendo sobre el horizonte, eclipsando las estrellas. Hizo girar la cápsula mediante sus giróscopos, y empleó el impulso total para interrumpir su velocidad orbital. Y en largo y liso arco, descendió hacia la superficie de Japeto.

En un mundo de superior gravedad, la maniobra hubiese supuesto un excesivo despilfarro de combustible. Pero allí la cápsula espacial pesaba solo diez kilos; disponía de varios minutos para permanecer en suspensión antes de gastar demasiado su reserva y quedarse varado sin esperanza alguna de retorno a la *Discovery,* aún en órbita. Pero eso poco importaba en realidad, a fin de cuentas…

Su altitud era todavía de unos ocho kilómetros y estaba dirigiéndose en línea recta hacia la inmensa y oscura masa que se elevaba con tan geométrica perfección sobre la llanura, desprovista de rasgos característicos. Era tan desnuda como la blanca y lisa superficie de abajo; hasta ahora no había apreciado cuán enorme era. Había muy pocos edificios en la Tierra tan grandes como ella; sus fotografías, minuciosamente medidas, señalaban una altura de casi seiscientos sesenta metros. Y por lo que podía juzgarse, sus proporciones eran precisamente las mismas de TMA-1… aquella curiosa relación de 1:9.

—Estoy a solo cinco kilómetros, ahora, manteniendo la altitud a mil trescientos metros. No aparece aún ningún signo de actividad… nada en ninguno de los instrumentos. Las caras parecen absolutamente suaves y pulidas. ¡Cabría esperar *algún* impacto de meteorito al cabo de tanto tiempo!

»Y no hay resto alguno de… lo que supongo se podría llamar el techo. Tampoco ninguna señal de cualquier abertura. Esperaba que pudiera haber alguna manera de…

»Ahora estoy justo sobre ella, cerniéndome a ciento sesenta metros. No quiero desperdiciar nada de tiempo, pues la *Discovery* estará pronto fuera de mi alcance. Voy a aterrizar. Seguramente el suelo es bastante sólido… Si no lo es, me haré trizas al instante.

»Esperen un minuto… esto es raro…

La voz de Bowman se apagó en un silencio de máximo aturdimiento. No es que se hubiese alarmado, sino que no podía literalmente describir lo que estaba viendo.

Había estado suspendido sobre un gran rectángulo liso, de unos doscientos cincuenta metros de largo por sesenta y cinco de ancho, hecho de algo que parecía tan sólido como la roca. Sin embargo, ahora aquello parecía retroceder ante él; era exactamente como una de esas ilusiones ópticas, cuando un objeto tridimensional puede, con un esfuerzo de la voluntad, parecer volverse de dentro afuera... intercambiando de pronto sus partes, próxima y distante.

Eso es lo que estaba ocurriendo a aquella inmensa y aparentemente sólida estructura. De manera imposible, increíble, ya no era un monolito elevándose sobre una llanura lisa. Lo que había parecido ser su techo *se había hundido a profundidades infinitas;* por un fugaz momento, le pareció como si estuviese mirando a su fuste vertical... un canal rectangular que desafiaba las leyes de la perspectiva, pues su tamaño no disminuía con la distancia.

El ojo de Japeto había guiñado, como si quisiera quitarse una mota de polvo. David Bowman tuvo el tiempo justo para una frase cortada, que los hombres que esperaban en el Control de Misión, a mil quinientos millones de kilómetros de allí, no habrían de olvidar jamás en el futuro:

— ¡El objeto es hueco... y sigue y sigue... y... oh, Dios mío... *está lleno de estrellas!*

40

SALIDA

La Puerta de las Estrellas se abrió. La Puerta de las Estrellas se cerró.

En un lapso de tiempo demasiado breve para poder ser medido, el Espacio giró y se torció sobre sí mismo.

Luego Japeto se quedó solo una vez más, como lo había estado durante tres millones de años... solo excepto por una nave abandonada pero aún no desamparada, que seguía enviando a sus constructores mensajes que no podían creer ni comprender.

VI. A TRAVÉS DE LA PUERTA DE LAS ESTRELLAS

41

GRAN CENTRAL

No había sensación alguna de movimiento, pero estaba cayendo hacia aquellas imposibles estrellas que titilaban en el oscuro corazón de una luna. No... estaba seguro de que allí no era donde realmente estaban. Deseaba, ahora que era ya demasiado tarde, haber prestado más atención a aquellas teorías del hiperespacio, de conductos tridimensionales. Para David Bowman no eran ya teorías.

Quizá estuviera hueco aquel monolito de Japeto; acaso el «techo» era tan solo una ilusión, o una especie de diafragma que se había abierto para dejarle paso (Pero *¿a qué?*). Si se fiaba de sus sentidos, le parecía estar cayendo verticalmente por un inmenso pozo rectangular, de más de mil metros de profundidad. Estaba moviéndose cada vez más rápido... pero el distante final no cambiaba nunca de tamaño, y permanecía siempre a la misma distancia de él.

Solo las estrellas se movían, al principio tan lentamente que pasó algún tiempo antes de que se percatase de que se escapaban fuera del marco que las contenía. Pero en un instante fue evidente que el campo de estrellas estaba expandiéndose, como si se precipitara hacia él a velocidad inconcebible. Era una expansión no lineal; las estrellas del centro apenas parecían moverse, mientras que las de la esquina aceleraban cada vez más, hasta convertirse en regueros luminosos poco antes de desaparecer de la vista.

Había siempre otras que las remplazaban, fluyendo en el centro del campo de una fuente al parecer inextinguible. Bowman se preguntó qué sucedería si una estrella fuese directa hacia él: ¿Continuaría expandiéndose mientras se zambullía él directamente en la cara de un sol? Sin embargo ninguna llegó lo bastante cerca como para mostrar su disco; todas terminaban por virar a un lado, y dejaban su reguero sobre el borde de su marco rectangular.

Y aún seguía sin aproximarse al final del pozo. Era como si las paredes se estuviesen moviendo con él, transportándolo a su desconocido destino. O quizá estaba él realmente sin movimiento, y era el espacio el que se movía ante él…

No era solo el espacio, se percató de repente, lo que participaba en lo que le estaba sucediendo. También el reloj del pequeño panel instrumental de la cápsula se estaba comportando de una manera muy extraña.

Normalmente, los números de la casilla de las décimas de segundo cambiaban con tanta rapidez que resultaba casi imposible leerlos; ahora estaban apareciendo y desapareciendo a discretos intervalos, y podía contarlos uno por uno sin dificultad. Los mismos segundos pasaban con increíble lentitud, como si el propio tiempo se hubiese retardado y fuera a detenerse. Además, el contador de las décimas de segundo se detuvo entre 5 y 6.

Sin embargo, él podía aún pensar, y hasta observar cómo las paredes de ébano se deslizaban a una velocidad que podía haber sido entre cero y un millón de veces la de la luz. Aun así, no se sintió sorprendido ni alarmado en lo más mínimo. Por el contrario, experimentó una sensación de tranquila expectativa, tal como la conociera cuando los médicos del espacio lo probaron con drogas alucinógenas. El mundo que le rodeaba era extraño y maravilloso, y no había en él nada que temer. Había viajado aquellos millones de kilómetros en busca de misterio; ahora, al parecer, el misterio estaba yendo a él.

El rectángulo de enfrente se estaba haciendo más luminoso, y los regueros de las estrellas palidecían contra un firmamento lechoso, cuya brillantez aumentaba a cada momento. Parecía como si la cápsula espacial se dirigiera a un banco de nubes, uniformemente iluminado por los rayos de un sol invisible.

Estaba emergiendo del túnel. El distante extremo, que hasta entonces había permanecido a aquella misma distancia indeterminada, ni aproximándose ni alejándose, había comenzado de pronto a obedecer a las leyes normales de la perspectiva. Estaba haciéndose más próximo, y ensanchándose constantemente ante él. Al mismo tiempo, sintió que estaba moviéndose hacia arriba, y por un fugaz instante se preguntó si no habría caído a través de Japeto y estaría ahora ascendiendo del otro lado. Pero incluso antes de que la cápsula espacial se remontara al claro, supo que aquel lugar no tenía nada que ver con Japeto, o con cualquier mundo al alcance de la experiencia del hombre.

No había allí atmósfera, pues podía ver todos los detalles sin el menor empañamiento, nítidos hasta un horizonte increíblemente remoto y liso. Debía de hallarse sobre un mundo de enorme tamaño... quizá mucho mayor que la Tierra. Sin embargo, a pesar de su extensión, toda la superficie que podía ver Bowman estaba teselada en evidentes formas artificiales que debían de tener kilómetros de lado. Era como el rompecabezas de un gigante que jugara con planetas; y en los centros de muchos de aquellos cuadrados, triángulos y polígonos, había bocas de pozos negros... gemelos de la sima de la que acababa de emerger.

El firmamento de arriba era aún más extraño —y a su modo de ver, más inquietante— que la improbable tierra que había bajo él, pues no tenía ninguna estrella, ni tampoco la negrura del espacio. Presentaba solo una lechosidad de suave resplandor, que producía la impresión de infinita distancia. Bowman recordó una descripción que había oído sobre la tremenda lividez del Antártico: «Es como estar dentro de una pelota de ping-pong». Aquellas palabras podían ser perfectamente aplicadas a aquel fantasmal paraje, pero la explicación debía de ser del todo diferente. Aquel firmamento no podía ser el efecto meteorológico de la niebla y la nieve; ahí había un perfecto vacío.

Luego, al irse acostumbrando los ojos de Bowman al nacarado resplandor que llenaba los cielos, se dio cuenta de otro detalle. El firmamento no se hallaba, como lo creyera a la primera ojeada, completamente vacío. Sobre su cabeza, inmóviles y formando dibujos al parecer casuales, había miríadas de minúsculas motitas negras.

Resultaba difícil verlas, pues eran simples puntos de oscuridad, pero una vez detectadas eran inconfundibles. A Bowman le recordaron algo... algo tan familiar aunque tan insensato que rehusó aceptar el paralelismo, hasta que la lógica le obligó a hacerlo.

Aquellos pequeños boquetes negros en el blanco firmamento eran estrellas; podía haber estado contemplando un negativo de la Vía Láctea.

¿Dónde estoy, en nombre de Dios?, se preguntó Bowman; y hasta al hacerse la pregunta tuvo la seguridad de que jamás podría conocer la respuesta. Parecía como si el Espacio se hubiese vuelto de dentro afuera: aquel no era un lugar para el hombre. Aunque en el interior de la cápsula hacía un calor confortable, sintió un súbito frío, y fue atacado por un temblor casi incontrolable. Deseó cerrar los ojos y descartar la perlada nada que le rodeaba; pero eso sería el acto de un cobarde, y no quería ceder a él.

El perforado y facetado planeta rodaba lentamente bajo él, sin cambio real alguno de escenario. Calculó que estaría a unos quince kilómetros sobre su superficie, y hubiese podido ver con facilidad cualquier signo de vida. Pero aquel mundo estaba enteramente desierto; la inteligencia había llegado allí, marcado en él la impronta de su voluntad, y se había ido de nuevo.

Luego divisó, formando una giba en la lisa llanura a unos treinta kilómetros, una pila toscamente cilíndrica de restos que solo podían ser el esqueleto de una gigantesca nave. Estaba demasiado distante de él para distinguir detalles, y desaparecieron de la vista en unos segundos, pero pudo percibir nervaduras rotas y opacas láminas de metal reluciente, que habían sido parcialmente peladas como la piel de una naranja. Se preguntó cuántos miles de años debió de yacer aquel pecio en aquel desierto tablero de ajedrez… y qué especie de seres lo habrían tripulado, navegando entre las estrellas.

Olvidó luego al pecio, pues algo estaba alzándose sobre el horizonte.

Al principio pareció como un disco plano, pero eso era debido a que estaba dirigiéndose casi directamente hacia él. Al aproximarse y pasar por debajo, vio que tenía forma ahusada, y varias decenas de metros de longitud. Aunque a lo largo de esta había unas bandas apenas visibles, aquí y allá, resultaba difícil enfocarlas, pues el objeto parecía estar vibrando, o quizá girando, a muy rápida velocidad.

Una afilada punta remataba ambos extremos del objeto, y no se percibía ningún signo de propulsión. Solo una cosa de él era familiar a los ojos humanos: su color. Si en verdad era un artefacto sólido, y no un espejismo, entonces sus constructores compartían quizá algunas de las emociones de los hombres. Aunque ciertamente no compartían sus limitaciones, pues el huso parecía estar hecho de oro.

Bowman miró por el sistema retrovisor, para ver cómo se hundía por detrás el objeto, que había hecho caso omiso de su presencia; y ahora vio que estaba descendiendo hacia uno de aquellos miles de grandes hendiduras y, segundos después, desapareció en un fogonazo final áureo al zambullirse en el planeta. Y él volvía a estar solo, bajo aquel siniestro firmamento, y la sensación de aislamiento y remoto alejamiento fue más abrumadora que nunca. Luego vio que también él estaba hundiéndose hacia la abigarrada superficie del gigantesco mundo, y que otro de los abismos rectangulares se abría como una boca, inmediatamente bajo él. El vacío firmamento se cerró sobre su cabeza, el reloj se inmovilizó, y una vez más su cápsula fue cayendo entre infinitas paredes de ébano, hacia otro distante retazo de estrellas. Sin embargo, ahora estaba seguro de no estar volviendo al Sistema Solar, y en un ramalazo de lucidez que podía haber sido del todo falso, supo lo que seguramente debía de ser aquel objeto.

Era una especie de aparato conmutador cósmico, que hacía pasar el tránsito de las estrellas a través de inimaginables dimensiones de espacio y tiempo. Él estaba pasando, pues, a través de la Gran Estación Central de la Galaxia.

VI. A TRAVÉS DE LA PUERTA DE LAS ESTRELLAS

42

EL FIRMAMENTO EXTRATERRESTRE

Muy lejos, al frente, las paredes de la hendidura se estaban haciendo confusamente visibles de nuevo, a la débil luz que se difundía hacia abajo, procedente de alguna fuente oculta aún. Y luego la oscuridad se rasgó de un modo brusco, al lanzarse la cápsula espacial hacia arriba, en dirección a un firmamento constelado de estrellas.

Se encontraba, pues, de nuevo en el espacio, pero una simple ojeada le dijo que estaba a siglos luz de la Tierra. Ni siquiera intentó encontrar ninguna de las familiares constelaciones que desde el comienzo de la Historia habían sido las amigas del hombre; quizá ninguna de las estrellas que destellaban en derredor suyo habían sido contempladas jamás por el ojo humano a simple vista.

La mayoría de ellas estaban concentradas en un resplandeciente cinturón, cortado aquí y allá por oscuras franjas de oscurecedor polvo cósmico, que daba la vuelta completa al firmamento. Era como la Vía Láctea, pero docenas de veces más brillante; Bowman se preguntó si sería su propia galaxia, vista desde un punto más próximo a su rutilante y atestado centro.

Esperaba que lo fuera; en tal caso, no se hallaría tan lejos de casa. Pero al punto se dio cuenta de que era un pensamiento pueril. Se encontraba tan inconcebiblemente lejos del Sistema Solar, que suponía poca diferencia el que se hallase en su propia galaxia o en la más distante que cualquier telescopio hubiera vislumbrado.

Miró hacia atrás, para ver la cosa de la que estaba elevándose, y experimentó otra conmoción. No había allí un mundo gigante de múltiples facetas, ni cualquier duplicado de Japeto. No había *nada*... excepto una sombra, negra como la tinta sobre las estrellas, como una puerta que se abriese de una estancia oscurecida a una noche más oscura aún. Mientras la contemplaba, la puerta se cerró. No se retiró ante él, sino que se llenó poco a poco con estrellas, como si hubiese sido reparada una grieta en la fábrica del espacio. Luego quedó solo bajo el cielo extraterrestre.

La cápsula espacial estaba girando lentamente, y al hacerlo presentaba a su vista nuevas maravillas. Fue primero un enjambre estelar esférico perfecto, cuyas estrellas se apiñaban más y más hacia el centro, hasta convertir su corazón en un continuo fulgor. Sus bordes exteriores están mal definidos... un halo de soles que se atenuaba a un ritmo lento, emergiendo imperceptiblemente sobre el fondo de estrellas más distantes.

Aquella magnífica aparición —Bowman lo sabía— era un cúmulo globular. Estaba contemplando algo que ningún ojo humano había visto jamás sino como un borrón luminoso en el campo de un telescopio. No podía recordar la distancia del más cercano cúmulo conocido, pero estaba seguro de que no había ninguno en un radio de mil años luz del Sistema Solar.

La cápsula continuaba su lenta rotación, para revelar una vista más rara... un inmenso sol rojo, varias veces mayor que la Luna vista desde la Tierra. Bowman pudo mirar a su cara sin molestia; a juzgar por su color, no era más caliente que un carbón incandescente. Encajados en el sombrío rojo, había ríos de brillante amarillo... incandescentes Amazonas, serpeando por meandros de miles de kilómetros antes de perderse en los desiertos de aquel agonizante sol.

¿Agonizante? No… Esa era una impresión totalmente falsa, nacida de la experiencia humana y de las emociones despertadas por las tonalidades de las pinceladas de la puesta del sol, o el resplandor de los evanescentes rescoldos. Era una estrella que había dejado tras de sí las ardientes extravagancias de su juventud, había recorrido los violetas y azules y verdes del espectro en unos cuantos fugaces miles de millones de años y se había instalado ahora en una pacífica madurez de inimaginable duración. Todo cuanto había sucedido antes no era ni una milésima de lo que estaba por venir; la historia de esta estrella apenas había comenzado.

La cápsula había cesado de girar; el gran sol rojo se hallaba justo enfrente de ella. Aunque no había sensación alguna de movimiento, Bowman sabía que estaba aún bajo el poder de una fuerza que lo había llevado allí desde Saturno. Toda la habilidad y pericia científica e ingenieril de la Tierra parecía ahora desoladoramente primitiva ante los poderes que le estaban llevando a un inimaginable sino.

Miró con fijeza al firmamento de enfrente, intentando descubrir la meta a la que estaba siendo llevado… quizá algún planeta en órbita alrededor de aquel gran sol. Pero no había nada allí que mostrase un disco visible o una excepcional brillantez; si había planetas en órbita, no podía distinguirlos sobre el fondo estelar.

Se dio cuenta de pronto de que algo raro estaba sucediendo en el mismo borde del disco solar carmesí. Había aparecido allí un blanco fulgor, cuyo brillo aumentaba con rapidez; se preguntó si estaba viendo alguna de aquellas súbitas erupciones, o fogonazos, que perturban la mayoría de las estrellas de vez en cuando.

La luz se hizo más brillante y azul, comenzando a esparcirse a lo largo del borde del sol, cuyas tonalidades rojo sangre palidecieron rápidamente, en contraste. Era casi como si estuviese contemplando alzarse el sol… *en un sol*, se dijo Bowman, sonriendo ante lo absurdo del pensamiento.

Y así era, en verdad. Sobre el inflamado horizonte se alzaba algo no más grande que una estrella, pero tan brillante que el ojo no podía soportarlo. Un simple punto de radiación blanquiazul, como la de un arco voltaico, estaba moviéndose a increíble velocidad a través de la cara del gran sol. Debía de hallarse muy próximo a su gigantesco compañero, pues inmediatamente debajo de él, arrastrado hacia arriba por su tirón gravitatorio, se alzaba una columna ígnea de miles de kilómetros de altura. Era como si la ola de una marea de fuego discurriese constante a lo largo del ecuador de aquella estrella, en vana persecución de la extraña aparición que cruzaba a gran velocidad por su firmamento.

Aquella cabeza de alfiler de incandescencia debía de ser una enana blanca… una de aquellas extrañas y fogosas estrellitas no mayores que la Tierra, pero que tenían un millón de veces su masa. No eran raras tan mal apareadas parejas estelares, pero Bowman jamás soñó siquiera que un buen día estaría contemplando un par de ellas con sus propios ojos.

La enana blanca había cruzado casi la mitad del disco de su compañera —debía de necesitar solo minutos para describir una órbita completa—, cuando Bowman estuvo por fin seguro de que también él estaba moviéndose. Frente a él, una de las estrellas estaba tornándose más brillante con rapidez, y comenzaba a derivar contra su fondo. Debía de ser algún cuerpo pequeño y redondo… quizá el mundo hacia el cual estaba viajando ahora.

Llegó a él con insospechada velocidad; y vio que no era ningún mundo en absoluto.

Una telaraña o celosía de metal de resplandor opaco, de cientos de kilómetros de extensión, surgía de la nada hasta llenar el firmamento. Desperdigadas a través de su superficie, vasta como un continente, había estructuras que debían de ser tan grandes como ciudades, pero que tenían el aspecto de máquinas. En torno a muchas de ellas había reunidas docenas de objetos más pequeños, alineados en pulcras hileras y columnas. Bowman pasó ante varios de tales grupos antes de darse cuenta de que eran flotas de astronaves; estaba volando sobre un gigantesco aparcamiento orbital.

Debido a que no había objetos familiares para estimar la escala de aquella escena rutilante, le resultaba casi imposible calcular el tamaño de las naves suspendidas allá en el espacio. Pero desde luego eran enormes algunas de ellas de varios kilómetros de longitud. Eran de diversas formas… esferas, cristales con facetas, afilados lápices, óvalos, discos. Aquel debía de ser uno de los puntos de reunión para el comercio interestelar.

O lo *había* sido… quizá hacía un millón de años. Pues Bowman no pudo apreciar en ninguna parte señal alguna de actividad; aquel extensísimo aeropuerto espacial estaba tan muerto como la Luna.

Lo sabía no solo por la ausencia de todo movimiento, sino por signos inconfundibles como eran los grandes boquetes abiertos en la metálica telaraña, semejantes a aguijonazos de asteroides que la hubieran traspasado hacía siglos. Aquel no era ya un lugar de aparcamiento, sino un cementerio de chatarra cósmica.

Sus constructores habían muerto hacía siglos, y al percatarse de ello, Bowman sintió que se le encogía el corazón. Aunque no había sabido qué era lo que había que esperar, cuando menos sí había creído poder hallar alguna inteligencia en las estrellas. Pero al parecer había llegado demasiado tarde. Había caído en una trampa antigua y automática, colocada con algún propósito desconocido, y que seguía funcionando mucho después de que sus constructores desaparecieran. La trampa le había hecho atravesar la Galaxia y lo había echado —¿con cuántos otros?— a aquel celeste mar de los Sargazos, condenándole a morir muy pronto, cuando se le agotara el aire.

Bien, era irrazonable esperar más. Había visto maravillas por cuya contemplación habrían sacrificado sus vidas muchos hombres. Pensó en sus compañeros muertos; *él* no tenía motivo alguno de queja.

Luego vio que el abandonado aeropuerto espacial estaba deslizándose aún ante él a velocidad no disminuida. Pasaron entonces los suburbios, y luego su mellado borde, que no eclipsaba ya parcialmente las estrellas. Y en pocos minutos, todo quedó atrás.

Su destino no estaba allí... sino más adelante, en el inmenso sol carmesí hacia el cual estaba cayendo ahora, inconfundiblemente, la cápsula espacial.

VI. A TRAVÉS DE LA PUERTA DE LAS ESTRELLAS

43

INFIERNO

Ahora solo existía el rojo sol, llenando el firmamento del uno al otro confín. Estaba tan próximo que su superficie no se hallaba ya helada en la inmovilidad por la pura escala. Nódulos luminosos se movían de un lado a otro, ciclones de gas ascendían y descendían, y protuberancias volaban lentamente hacia los cielos. ¿Lentamente? Debían de estar elevándose a un millón de kilómetros por hora, para que su movimiento fuese visible a sus ojos…

Ni siquiera intentó tomar la escala del infierno hacia el cual estaba descendiendo. Las inmensidades de Saturno y Júpiter le habían destrozado durante el vuelo de la *Discovery* por aquel sistema solar aún desconocido a millones de kilómetros de distancia. Pero todo cuanto allí veía era cien veces más grande, y no podía sino aceptar las imágenes que estaban inundando su mente, sin intentar interpretarlas.

Con aquel mar de fuego expandiéndose debajo, Bowman debería haber tenido miedo… pero en particular solo sentía una ligera aprensión. No era que su mente estuviera pasmada ante aquellas maravillas; la lógica le decía que seguramente debía de hallarse bajo la protección de alguna inteligencia controladora y casi omnipotente. Estaba ahora tan próximo al rojo sol que hubiese ardido en un instante de no hallarse protegido de su radiación por alguna pantalla invisible. Y durante su viaje, había estado sometido a aceleraciones que le deberían haber triturado al instante… y sin embargo, no había sentido nada. Si se habían tomado tanto cuidado en preservarle, había aún margen para la esperanza.

La cápsula espacial estaba moviéndose ahora a lo largo de un somero arco casi paralelo a la superficie de la estrella, pero descendiendo lentamente hacia ella. Y ahora, por primera vez, Bowman percibió sonidos. Era como un débil y constante bramido, interrumpido de cuando en cuando por crujidos como el del papel al rasgarse o chasquidos de un relampagueo lejano. Tan solo podían ser débiles ecos de una inimaginable cacofonía; la atmósfera que le rodeaba debía de estar rasgada por impactos que podían reducir a átomos cualquier objeto material. Sin embargo, él estaba protegido de aquel restallante y quebrantador tumulto, tan eficazmente como del calor. Aunque montañas ígneas de miles de kilómetros de altura se alzaban y se derrumbaban en su derredor, estaba aislado de toda esa violencia. Las energías de la estrella pasaban delirantes ante él, como si estuvieran en otro universo; la cápsula se movía de un modo sosegado, atravesándolas sin verse zarandeada ni achicharrada.

Los ojos de Bowman, ya no desesperadamente confusos por la grandeza y la maravillosa extrañeza de la escena, comenzaron a captar detalles que debían de haber estado allí antes pero que sin embargo no había percibido. La superficie de aquella estrella no era un informe caos; había forma allí, como en todo lo que crea la Naturaleza.

Reparó primero en los pequeños remolinos de gas —probablemente no mayores que Asia o África— que vagaban sobre la superficie de la estrella. A veces podía mirar directamente al interior de uno de ellos, y entonces veía regiones más oscuras y frías. Cosa bastante curiosa, parecía no haber manchas; quizá eran una dolencia peculiar de la estrella que alumbraba la Tierra.

Y había nubes ocasionales, como penachos de humo barridos por un vendaval. Quizá fueran humo auténtico, pues aquel sol era tan frío que podía existir en él un fuego auténtico. Podían quemarse componentes químicos y tener una vida de breves segundos, antes de que fueran barridos por la rabiosa violencia nuclear que los rodeaba.

El horizonte brillaba cada vez más, trocando su color rojo sombrío en un amarillo, luego en un azul y después en un intenso y clareante violeta. La enana blanca estaba alzándose sobre el horizonte, arrastrando consigo su marea estelar.

Bowman se protegió los ojos con las manos ante el intolerable fulgor del pequeño sol, y enfocó el revuelto paisaje estelar, cuyo campo gravitatorio aspiraba hacia el firmamento. En una ocasión había visto una tromba atravesando el Caribe; aquella llameante torre tenía casi la misma forma. Solo la escala era *ligeramente* diferente, pues en su base, la columna era quizá más vasta que el planeta Tierra.

Y luego, inmediatamente bajo él, Bowman reparó en algo que debía de ser nuevo, puesto que difícilmente pudo haberlo omitido antes, de haber estado allí. Moviéndose a través del océano de gas incandescente, había miríadas de brillantes burbujas que relucían con perlada luz, apareciendo y desapareciendo en un período de breves segundos. Y todas ellas se movían también en la misma dirección, como salmones corriente arriba; a veces oscilaban atrás y adelante de forma que se entrelazaban sus trayectorias, pero no se tocaban en ningún momento.

Había miles de ellas, y cuanto más las contemplaba Bowman, más se convencía de que su movimiento tenía un propósito. Estaban demasiado lejos de él como para descubrir detalles de su estructura, pero el que pudiera simplemente verlas en aquel colosal panorama significaba que debían de tener un diámetro de docenas —y quizá de centenares— de kilómetros. Si eran seres organizados, desde luego eran leviatanes, construidos a la escala del mundo que habitaban.

Quizá fueran solo nubes de plasma que poseían estabilidad temporal por alguna singular combinación de fuerzas naturales, como las efímeras esferas o bolas de fuego que aún desconciertan a los científicos terrestres. Era una explicación fácil, y quizá consoladora, pero al mirar Bowman abajo, hacia aquel vasto torrente estelar, no pudo realmente creerlo. Aquellos relucientes nódulos de luz *sabían* adonde se dirigían; estaban convergiendo deliberadamente hacia el pilar de fuego elevado por la enana blanca al orbitar cerca del astro central.

Bowman volvió a clavar la mirada en aquella columna ascendente, que se movía ahora a lo largo del horizonte, bajo la minúscula y maciza estrella que la gobernaba. ¿Podía ser pura imaginación… o había allí retazos de luminosidad más brillante trepando por aquel enorme géiser de gas, como si miríadas de centelleantes chispas se hubiesen combinado en continentes enteros de fosforescencia?

La idea sobrepasaba casi la fantasía, pero quizá estaba contemplando nada menos que una migración de estrella a estrella, a través de un puente de fuego. Si se trataba de un movimiento de irracionales bestias cósmicas, conducidas a través del espacio por algún perentorio apremio, o un vasto concurso de entes dotados de inteligencia, eso no lo sabría probablemente jamás.

Estaba moviéndose a través de un nuevo orden de creación, con el cual pocos hombres soñaron siquiera. Más allá de los reinos del mar y la tierra y el aire y el espacio, se hallaba el reino del fuego, y había tenido el privilegio de vislumbrarlo. Era demasiado esperar que también lo comprendiese.

VI. A TRAVÉS DE LA PUERTA DE LAS ESTRELLAS

44

RECEPCIÓN

La columna de fuego estaba desplazándose sobre el borde del sol, como una tormenta que pasara más allá del horizonte, las escurridizas guedejas de luz no se movían ya a través del paisaje estelar de rojizo resplandor, a miles de kilómetros más abajo. En el interior de su cápsula espacial, protegido de un medio que podría aniquilarle en una milésima de segundo, David Bowman esperó cualquier cosa que hubiese sido preparada.

La enana blanca estaba hundiéndose con rapidez a medida que discurría a lo largo de su órbita; ahora tocó el horizonte, lo incendió y desapareció. Un falso crepúsculo se extendió sobre el infierno de abajo, y en el súbito cambio de iluminación, Bowman se dio cuenta de que algo estaba aconteciendo en el espacio que le rodeaba.

El mundo del rojo sol pareció temblar, como si lo estuviera mirando a través de agua corriente. Durante un momento se preguntó si sería algún efecto de refracción, causado quizá por el paso de alguna insólita y violenta onda de choque a través de la torturada atmósfera en la que estaba inmerso.

Iba atenuándose la luz, como si fuese a surgir un segundo crepúsculo. Involuntariamente, Bowman miró hacia arriba, pero de inmediato recordó que allí la principal fuente de luz no era el firmamento, sino el resplandeciente mundo de abajo.

Parecía como si paredes de algún material como cristal ahumado estuvieran espesándose en torno suyo, interceptando el rojo fulgor y oscureciendo la vista. Todo se hizo más y más oscuro; el débil bramido de los huracanes estelares se desvaneció también. La cápsula espacial estaba flotando en el silencio, y en la noche. Un momento después, se produjo el más suave de los topetazos al posarse sobre alguna superficie dura.

¿Para descansar en *qué*?, se preguntó incrédulamente Bowman. Se hizo de nuevo la luz; y la incredulidad dio paso a una descorazonadora desesperación, pues al ver lo que le rodeaba supo que debía de estar loco.

Estaba preparado para cualquier portento, pensaba. La única cosa que nunca hubiera esperado era el máximo y cabal lugar común.

La cápsula espacial estaba descansando sobre el pulido piso de una elegante y anónima suite de hotel, que bien podría haberse hallado en cualquier gran ciudad de la Tierra. Y él miraba fijamente a una sala de estar con una mesa de café, un diván, una docena de sillas, un escritorio, varias lámparas, una librería semillena y con algunas revistas, y hasta un jarrón con flores. *El Puente de Arles* de Van Gogh colgaba en una pared…. *El mundo de Cristina* de Wyeth en otro. Estaba seguro de que cuando abriese el cajón central del escritorio hallaría una Biblia en su interior…

Si de verdad estaba loco, sus engaños estaban maravillosamente organizados. Todo era perfectamente real; nada desapareció cuando volvió la espalda. El único elemento incongruente en la escena —y sin duda el mayor— era la propia cápsula espacial.

Durante prolongados minutos, Bowman no se movió de su asiento. Había esperado a medias que la visión que le rodeaba desapareciera, pero permaneció tan sólida como cualquier otra cosa que hubiera visto en su vida.

Era real, o… bien una quimera de los sentidos, pero tan bien ideada que no había medio alguno de distinguirla de la realidad. Quizá se trataba de alguna especie de prueba; de ser así, no solo su destino, sino el de la raza humana podría depender de sus acciones en los próximos minutos.

Podía quedarse sentado y esperar que sucediera algo, o bien podía abrir la cápsula y salir para enfrentarse a la realidad de la escena que le rodeaba. El piso parecía ser sólido; al menos, soportaba el peso de la cápsula espacial. No era probable que se hundiese en él... fuera lo que realmente fuese.

Pero quedaba todavía la cuestión del aire; por todo lo que podía decir, aquella estancia podía estar en el vacío, o bien contener una atmósfera ponzoñosa. Lo consideró muy improbable —nadie se tomaría toda aquella molestia sin ocuparse de detalle tan esencial— pero no se proponía, por su parte, correr riesgos innecesarios. En todo caso, sus años de entrenamiento le hicieron cauteloso con la contaminación; sentía repugnancia a exponerse a un ambiente desconocido, hasta que vio que no quedaba otra alternativa. Aquel lugar tenía el aspecto de la habitación de cualquier hotel de Estados Unidos. Eso no cambiaba el hecho de que en realidad debía de hallarse a cientos de años luz del Sistema Solar.

Cerró el casco de su traje, se embutió en este y pulsó el botón de la escotilla de la cápsula espacial. Hubo un ligero silbido al igualar las presiones, y acto seguido salió a la estancia.

Por lo visto, se encontraba en un campo gravitatorio de lo más normal. Levantó un brazo y lo dejó caer luego libremente. En menos de un segundo quedó colgando a su costado.

Esto lo hacía parecer todo doblemente irreal. Allí estaba él, llevando un traje espacial, en pie —cuando debía de estar flotando— al exterior de un vehículo que únicamente podía funcionar como era debido en ausencia de gravedad. Todos sus normales reflejos de astronauta estaban subvertidos; tenía que pensar antes de hacer cada movimiento.

Como un hombre en trance, caminó despacio desde la parte desnuda y sin muebles de la habitación hacia la suite. No desapareció —como casi lo había esperado— al aproximarse él, sino que permaneció perfectamente real... y al parecer perfectamente sólida.

Se detuvo al lado de la mesa de café. En ella había un convencional Imagen-fono Sistema Bell, junto con la guía telefónica local. Se inclinó y tomó esta con sus torpes manos enguantadas.

Llevaba el nombre WASHINGTON D. C. en la familiar tipografía que había visto miles de veces.

Miró luego con más atención y por primera vez tuvo la prueba objetivo de que, aun cuando todo aquello pudiera ser real, no estaba en la Tierra.

Solo pudo leer la palabra WASHINGTON; el resto de la impresión era borrosa, como si hubiese sido copiada de la fotografía de un periódico. Abrió la guía al azar y ojeó las páginas. Eran todas de un terso material blanco que no era precisamente papel, aunque se le parecía mucho... y no estaban impresas.

Alzó el receptor del teléfono y lo apretó contra el plástico de su casco. De haber habido un sonido de marea, lo podría haber oído a través del material conductor. Pero, tal como lo había esperado, allí solo había silencio.

Así pues... todo aquello era un fraude, aunque un trabajo fantástico. Y, claramente, no estaba destinado a engañar sino más bien —lo esperaba— a tranquilizar. Este era un pensamiento muy consolador; sin embargo, no se quitaría el traje hasta haber completado su recorrido de exploración.

Todo el mobiliario parecía bueno y bastante sólido; probó las sillas, que soportaron su peso. Pero los cajones del escritorio no se abrieron; eran ficticios.

Lo eran también libros y revistas; al igual que la guía telefónica, solo eran legibles los títulos. Formaban una rara selección... la mayoría *best sellers* más bien inútiles, unas cuantas obras sensacionalistas y algunas autobiografías muy vendidas. No había nada que tuviese menos de tres años de antigüedad, y poco de cualquier contenido intelectual. No es que le importase, pero los libros no podían siquiera sacarse de los estantes.

Había dos puertas que se abrían con bastante facilidad. La primera le dio paso a un dormitorio pequeño pero acogedor, compuesto por una cama, escritorio, dos sillas, interruptores de la luz que funcionaban realmente y un ropero. Lo abrió, y se halló contemplando cuatro trajes, una bata, una docena de camisas blancas y varios juegos de ropa interior, todo ello bien dispuesto en colgadores y compartimentos.

Tomó uno de los trajes y lo examinó cuidadosamente. Por lo que podía notar con sus manos enguantadas, estaba confeccionado con un material que era más bien piel que lana. También estaba un poco pasado de moda; en la Tierra, nadie llevaba trajes de pechera simple por lo menos desde hacía cuatro años.

Anexo al dormitorio se hallaba un cuarto de baño completo, con todos sus dispositivos, los cuales vio con alivio que no eran ficticios, sino que funcionaban perfectamente. Y después había una cocinita, con hornillo eléctrico, frigorífico, alacenas, cubiertos, fregadero, mesa y sillas. Bowman comenzó a explorarla no solo con curiosidad, sino con creciente hambre.

Abrió primero el frigorífico, y brotó de él una oleada de fría niebla. Sus estantes estaban bien provistos con paquetes y latas de conservas, todo ello de aspecto perfectamente familiar a la distancia, aunque de cerca sus etiquetas estaban borrosas e ilegibles. Sin embargo, había una notable ausencia de huevos, leche, mantequilla, carne, frutas o cualquier otro alimento natural; el frigorífico había sido surtido con artículos procesados y empaquetados o enlatados.

Bowman tomó una caja de cartón de un familiar cereal para el desayuno, pensando al hacerlo que era bien raro que se conservara en frío. Pero en el momento en que alzó el paquete advirtió que a buen seguro no contenía copos de avena; era demasiado pesado.

Lo abrió y examinó el contenido, que era una sustancia azul ligeramente húmeda de aproximadamente el peso y la textura de un budín. Aparte de su color raro, tenía un aspecto muy apetitoso.

Pero esto es ridículo, se dijo Bowman. Estoy casi seguro de que me vigilan, y debo de parecer un idiota llevando este traje. Si es alguna prueba de inteligencia, probablemente ya he fracasado. Y sin más vacilación, se fue al dormitorio y comenzó a soltar las sujeciones de su casco. Una vez suelto, alzó el casco una fracción de centímetro y olisqueó con cautela. Al parecer, estaba respirando aire perfectamente normal.

Se quitó del todo el casco, lo arrojó sobre el lecho y comenzó agradecidamente —y más bien premiosamente— a quitarse su traje. Una vez hubo acabado, se estiró, hizo unas cuantas inspiraciones profundas y colgó el traje espacial entre las prendas de vestir más convencionales del ropero. Se veía más bien raro, allí, pero el espíritu de aseo y pulcritud que Bowman compartía con todos los astronautas jamás le habría permitido dejarlo en cualquier otra parte.

Fue luego con prisas a la cocina y comenzó a inspeccionar atentamente la caja de «cereal».

El budín azul tenía un ligero olor a especias, algo así como macarrones. Bowman lo sopesó, rompió un trozo de él y lo olisqueó con cuidado. Aunque estaba seguro de que no habría un deliberado intento de envenenarle, siempre cabía la posibilidad de errores… especialmente en materia tan compleja como la bioquímica.

Mordió un poco del trozo, lo masticó luego y lo tragó después; era excelente, aunque su sabor era tan fugaz que resultaba indescriptible. Si cerraba los ojos, podía imaginar que era carne, o pan integral, o hasta fruta seca. A menos que se produjeran efectos posteriores, no había de temer la muerte por inanición.

Una vez hubo comido algunos bocados de aquella sustancia y se sintió satisfecho, buscó algo que beber. Había media docena de latas de cerveza —de una famosa marca también— en el fondo del frigorífico. Tomó una y la abrió.

Pero la lata no contenía cerveza; con gran desilusión de Bowman, encerraba más del alimento azul.

En pocos segundos abrió una docena de los demás paquetes y latas. Su contenido era el mismo, a pesar de sus variadas etiquetas; al parecer su dieta iba a ser un tanto monótona, y no tendría más que agua por bebida. Llenó un vaso del grifo del fregadero, y bebió.

Al primer sorbo escupió el líquido; su sabor era terrible. Luego, algo avergonzado de su instintiva reacción, se obligó a beber el resto.

Aquel primer sorbo le había bastado para identificar el líquido. Su sabor era terrible debido a que no tenía ninguno: el grifo suministraba agua pura destilada. Sus desconocidos huéspedes evidentemente no incurrían en riesgos sobre su salud.

Sintiéndose muy refrescado, tomó una ducha rápida. No había jabón, lo cual era otro pequeño engorro, pero sí un eficiente secador de aire caliente en el cual se demoró, disfrutando un rato antes de coger unos calzoncillos, una camiseta y la bata del ropero. Seguidamente, se tendió en la cama, clavó la mirada en el techo, e intentó dar un sentido a aquella fantástica situación.

Había hecho pocos progresos cuando fue distraído por otra clase de pensamiento. Justo encima de la cama estaba el acostumbrado aparato, tipo hotel, de televisión; había supuesto que, al igual que el teléfono y los libros, era falso.

Pero el artefacto de control que se hallaba al lado de su muelle lecho tenía un aspecto tan realista que no resistió la tentación de manosearlo juguetonamente; y cuando sus dedos tocaron el botón de encendido, la pantalla se iluminó.

Febrilmente, comenzó a pulsar al azar los botones de selección de canales, y casi al instante apareció la primera imagen.

Era un conocidísimo comentador de noticias africano, discutiendo los intentos efectuados para conservar los últimos restos de la fauna de su país. Bowman escuchó durante breves segundos, tan cautivado por el sonido de una voz humana que no le importó lo más mínimo de qué estaba hablando. Luego cambió sucesivamente de canales.

En los siguientes cinco minutos, contempló así una orquesta sinfónica ejecutando el *Concierto para violín* de Walton; un debate sobre el triste estado del auténtico teatro; un juego consistente en el modo de robar por medio de puertas secretas en casas de mal vivir, en algún lenguaje oriental; un psicodrama; tres comentarios de noticias; un partido de fútbol; una conferencia sobre geometría sólida (en ruso) y varias sintonías y transmisiones de datos. Era, en efecto, una selección perfectamente normal de los programas mundiales de televisión, y, aparte del beneficio psicológico que le proporcionó, le confirmó una sospecha que había estado ya germinando en su mente.

Todos aquellos programas databan de hacía dos años. De alrededor de cuando había sido descubierto el TMA-1; resultaba difícil creer que se tratase de una simple coincidencia. Algo había estado captando las ondas de radio; aquel bloque de ébano había estado más ocupado de lo que se había supuesto.

Continuó haciendo surgir imágenes, y de pronto reconoció una escena familiar. Allá estaba su propia suite de hotel, ocupada por un célebre actor que estaba acusando furiosamente a una amante infiel. Bowman dirigió una mirada de reconocimiento a la sala de estar que acababa de abandonar... y cuando la cámara siguió a la indignante pareja hacia el dormitorio, miró involuntariamente a la puerta, para ver si alguien estaba entrando.

Así era, pues, cómo había sido preparada para él aquella zona de recepción: sus huéspedes habían basado sus ideas de la vida terrestre en los programas de la televisión. Su sensación de hallarse en el plató de una película era casi literalmente verdadera.

Por el momento había sabido cuanto deseaba, y apagó el aparato. ¿Qué haré ahora?, se preguntó, entrelazando sus dedos detrás de su cabeza y con la mirada fija en la pantalla vacía.

Estaba física y emocionalmente agotado, y, sin embargo, le parecía imposible que se pudiese dormir en tan fantástico entorno, y más lejos de la Tierra de lo que cualquier hombre lo hubiese estado jamás en toda la Historia. Pero el cómodo lecho, y la instintiva sabiduría del cuerpo, conspiraron juntos contra su voluntad.

Tanteó en busca del conmutador de la luz, y la habitación se sumió en la oscuridad. Y en pocos segundos, pasó más allá del alcance de los sueños.

Así, por última vez, David Bowman durmió.

VI. A TRAVÉS DE LA PUERTA DE LAS ESTRELLAS

45

RECAPITULACIÓN

No siendo ya de más utilidad, el mobiliario de la suite volvió a disolverse en la mente de su creador. Solo la cama permanecía… y las paredes, escudando a aquel frágil organismo de las energías que todavía no podía controlar.

En su sueño, David Bowman se agitó con desasosiego. No se despertó, ni soñó, pero no estaba ya totalmente inconsciente. Como la niebla serpenteando a través de un bosque, algo invadía su mente. Lo sentía solo de un modo confuso, pues el impacto cabal le habría destruido tan seguramente como los incendios que rugían al otro lado de aquellas paredes. Bajo aquel desapasionado escrutinio no sentía ni esperanza ni temor; toda emoción había sido aventada.

Le parecía hallarse flotando en el espacio libre, mientras en torno a él se extendía, en todas direcciones, un infinito enrejado geométrico de oscuras líneas de filamentos, a lo largo de los cuales se movían minúsculos nódulos de luz… algunos lentamente, y otros a vertiginosa velocidad. En una ocasión había escudriñado con un microscopio la sección transversal de un cerebro humano, y en su red de fibras nerviosas había vislumbrado la misma complejidad laberíntica. Pero aquello estaba muerto y estático, mientras que esto transcendía la propia vida.

Sabía —o creía saber— que estaba contemplando la operación de alguna mente gigantesca, contemplando el universo del cual él era una tan ínfima parte.

La visión, o ilusión, duró solo un momento. Luego, los cristalinos planos y celosías, y las entrelazadas perspectivas de cambiante luz, titilaron agónicas y dejaron de existir, al trasladarse David Bowman a un reino de conciencia que ningún hombre había experimentado antes. Al principio, pareció como si el mismo Tiempo corriera hacia atrás. Estaba dispuesto a aceptar hasta esa maravilla, antes de percatarse de la más sutil verdad.

Estaban siendo pulsados los muelles de la memoria; en recuerdo controlado, estaba reviviendo el pasado. Allí estaba la suite del hotel; allí la cápsula espacial; allí los ígneos paisajes estelares del rojo sol; allí el radiante núcleo de la galaxia; allí el portal a través del cual había emergido al Universo. Y no solo visión, sino todas las impresiones sensoriales, y todas las emociones que sintiera en aquellos momentos, estaban pasando cada vez más rápido ante él. Su vida se estaba devanando como una cinta registradora que funcionase cada vez a mayor velocidad.

Ahora se encontraba otra vez a bordo de la *Discovery,* y los anillos de Saturno llenaban el firmamento. Antes de eso, estaba repitiendo su diálogo final con Hal; estaba viendo partir a Frank Poole hacia su última misión; estaba oyendo la voz de la Tierra, asegurándole que todo iba bien.

Y al revivir esos sucesos, supo que todo iba en verdad bien. Estaba retrocediendo en los pasillos del tiempo, siéndole extraídos conocimiento y experiencia a medida que iba de nuevo a su infancia. Si bien nada se perdía; todo cuanto había sido, en cada momento de su vida, estaba siendo transferido a más seguro recaudo. Aun cuando un David Bowman dejara de existir, otro se haría inmortal.

Más rápido, cada vez más rápido, fue retrotrayéndose a los años olvidados, y a un mundo más simple. Rostros que una vez amara, y que había creído perdidos para el recuerdo, le sonreían dulcemente. Sonrió a su vez con cariño, y sin dolor.

Ahora, por fin, estaba cesando la precipitada regresión; las fuentes de la memoria estaban casi secas. El tiempo fluía cada vez más perezosamente, aproximándose a un momento de éxtasis… como un ondulante péndulo en el límite de su arco, helado durante un instante eterno, antes de que comience el siguiente ciclo.

El intemporal instante pasó; el péndulo invirtió su oscilación. En una habitación vacía, flotando en medio de los incendios de una estrella doble a veinte mil años luz de la Tierra, una criatura abrió sus ojos y comenzó a llorar.

VI. A TRAVÉS DE LA PUERTA DE LAS ESTRELLAS

46

TRANSFORMACIÓN

Luego calló, al ver que ya no estaba sola.

Un rectángulo de espectral resplandor se había formado en el aire vacío. Se solidificó en una losa de cristal, perdió su transparencia, y quedó bañado por una luminiscencia pálida y lechosa. Atormentadores e indefinidos fantasmas se movieron a través de su superficie y en sus profundidades; luego se fundieron en barras de luz y sombra, creando formas entremezcladas y radiales que comenzaron a girar lentamente, al compás del ritmo de vibradora pulsación que parecía llenar ahora todo el espacio.

Era un espectáculo como para llamar la atención de cualquier chiquillo... o de cualquier hombre-mono. Pero, tal como lo fuera hacía tres millones de años, era solo la manifestación exterior de fuerzas demasiado sutiles como para ser conscientemente percibidas. No era más que un juguete para distraer los sentidos, mientras que el proceso real se estaba llevando a cabo a niveles más profundos de la mente. Esta vez, el proceso era rápido y cierto, a medida que estaba tejiendo el nuevo diseño. Pues en los eones transcurridos desde su último encuentro, mucho había sido aprendido por el tejedor; y el material en el que practicaba su arte era ahora de una textura infinitamente más fina. Pero solo el futuro podría decir si habría de permitírsele formar parte de la tapicería aún en desarrollo.

Con ojos que tenían ya una intensidad mayor que la humana, la criatura fijó su mirada en las profundidades del monolito de cristal y vio —aunque no comprendió, sin embargo— los misterios que más allá había. Sabía que había vuelto al hogar, que allí estaba el origen de muchas razas junto con la suya, pero sabía también que no podía permanecer allí. Más allá de este momento había otro nacimiento, más singular que cualquiera en el pasado.

Había llegado ya el momento; las incandescentes formas no repercutían ya los secretos en el corazón del cristal. Y al apagarse, también las paredes protectoras se desvanecieron en la inexistencia de la que habían emergido brevemente, y el rojo sol llenó el firmamento.

Fulguró llameante el metal y el plástico de la olvidada cápsula espacial, y el atuendo llevado en otro tiempo por un ente que se llamaba a sí mismo David Bowman. Habían desaparecido los últimos lazos con la Tierra, reducidos de nuevo a los átomos que la componían.

Pero la criatura apenas se dio cuenta de ello, al adaptarse al dulce resplandor de su nuevo ambiente. Necesitaba aún, por un poco de tiempo, esa concha de materia como foco de sus poderes. Su indestructible cuerpo era en su mente la imagen más importante de sí mismo; y a pesar de todos sus poderes, sabía que era aún una criatura. Y así permanecería hasta que decidiera una nueva forma, o sobrepasara las necesidades de la materia.

Era ya tiempo de emprender la marcha… aunque en cierto sentido no querría abandonar jamás aquel lugar donde había renacido, pues él sería siempre parte del ente que empleó aquella doble estrella para sus inescrutables designios. La dirección, aunque no la naturaleza, de su destino aparecía clara ante él, y no había necesidad alguna de seguir la desviada senda por la que había venido. Con los instintos de tres millones de años, percibía ahora que había más caminos que uno a la espalda del espacio. Los antiguos mecanismos de la

Puerta de la Estrella le habían servido bien, pero no los necesitaría de nuevo.

La resplandeciente forma rectangular que antes pareciera no más que una losa de cristal flotaba aún ante él, indiferente ante las llamas del infierno de abajo. Encerraba, sin embargo, inescrutables secretos de espacio y tiempo, pero por lo menos él comprendía algunos, y era capaz de mandar. «¡Cuán evidente —cuán *necesaria*— era aquella relación matemática de sus lados, la serie cuadrática 1:4:9! ¡Y cuán ingenuo haber imaginado que las series acababan en ese punto, en solo tres dimensiones!»

Enfocó su mente sobre aquellas simplicidades geométricas, y al choque de sus pensamientos, el vacío armazón se llenó con la oscuridad de la noche interestelar. El resplandor del rojo sol se desvaneció... o, más bien, pareció desviarse de repente en todas direcciones; y ante Bowman apareció el luminoso remolino de la Galaxia.

Podía haber sido algún bello e increíblemente detallado modelo, encajado en un bloque de plástico. Pero era la realidad, apresada como conjunto con sus sentidos ahora más sutiles que la visión. De desearlo, podría enfocar su atención sobre cualquiera de sus cien mil millones de estrellas; y podría hacer mucho más que eso.

Allí estaba él, a la deriva en aquel gran río de soles, a medio camino entre los contenidos incendios del núcleo galáctico y las solitarias y desperdigadas estrellas centinelas del borde. Y *allí* deseaba estar, en la parte más lejana de aquel abismo en el firmamento, aquella serpentina banda de oscuridad vacía de toda estrella. Sabía que aquel informe caos, visible solo por el resplandor que dibujaba sus bordes desde las ígneas brumas del más allá, era la materia no usada de la creación, la materia prima de evoluciones que aún habrían de ser. Allí, el Tiempo no había comenzado; hasta que los soles que ahora ardían estuvieran muertos, no remodelaría su vacío la luz y la vida.

Inconscientemente lo había atravesado él una vez; ahora debía atravesarlo de nuevo… esta vez, por su propia voluntad. El pensamiento le llenó de un súbito y glacial terror, al punto de que por un momento estuvo totalmente desorientado, y su nueva visión del Universo tembló y amenazó con hacerse añicos.

No era el miedo a los abismos galácticos lo que helaba su alma, sino una más profunda inquietud, que brotaba desde el futuro aún por nacer. Pues él había dejado atrás las escalas del tiempo de su origen humano; ahora, mientras contemplaba aquella banda de noche sin estrellas, conoció los primeros atisbos de la Eternidad que ante él se abría.

Recordó luego que nunca estaría solo, y cesó lentamente su pánico. Se restauró en él la nítida percepción del Universo… aunque —lo sabía— no del todo por sus propios esfuerzos. Cuando necesitara guía en sus primeros y vacilantes pasos, allí estaría ella.

Confiado de nuevo, como un buceador de grandes profundidades que ha recuperado el dominio de sus nervios y su ánimo, se lanzó a través de los años luz. Estalló la galaxia del marco mental en que la había encerrado; estrellas y nebulosas se derramaron, pasando ante él en ilusión de infinita velocidad. Soles fantasmales explotaron y quedaron atrás, mientras él se deslizaba como una sombra a través de sus núcleos; la fría y oscura inmensidad del polvo cósmico que antes tanto temiera, parecía solo el batir del ala de un cuervo a través de la cara del sol.

Las estrellas estaban diluyéndose; el resplandor de la Vía Láctea iba trocándose en pálido fantasma de la magnificencia que él conociera… y que, cuando estuviera dispuesto, volvería a conocer.

Volvía a estar precisamente donde deseaba, en el espacio que los hombres llaman real.

47

HIJO DE LAS ESTRELLAS

Ante él, como esplendente juguete que ningún hijo de las estrellas podría resistir, flotaba el planeta Tierra con todos sus pueblos.

Él había vuelto a tiempo. Allá abajo, en aquel atestado Globo, estarían fulgurando las señales de alarma a través de las pantallas de radar, los grandes telescopios de rastreo estarían escudriñando los cielos... y estaría finalizando la historia, tal como los hombres la conocían.

Se dio cuenta de que mil kilómetros más abajo se había despertado un soñoliento cargamento de muerte, y estaba moviéndose perezosamente en su órbita. Las débiles energías que contenía no eran una posible amenaza para él; pero prefería un firmamento más despejado. Puso a contribución su voluntad, y los megatones en traslación que circulaban en órbita florecieron en una silenciosa detonación, que creó una breve y falsa alba en la mitad del globo dormido.

Luego esperó, poniendo en orden sus pensamientos y cavilando sobre sus poderes aún no probados. Pues aunque era el amo del mundo, no estaba muy seguro de qué hacer a continuación.

Mas ya pensaría en algo.

2010: ODISEA DOS

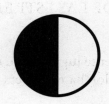

*Dedicado, con respetuosa admiración,
a dos grandes rusos, ambos descritos aquí:
el general Alexei Leonov, cosmonauta, héroe de
la Unión Soviética, artista, y
el académico Andrei Sajarov, científico,
premio Nobel, humanista*

PRÓLOGO

CUARENTA AÑOS Y CONTANDO...
2010: El panorama desde 1996

De nuevo ha llegado la hora de echar un vistazo a una empresa iniciada hace más de treinta años, antes de que toda una serie de descubrimientos científicos y revoluciones tecnológicas cambiaran nuestro mundo hasta situarlo casi más allá de todo reconocimiento. Cuando empecé a escribir *2001: una odisea espacial* (en una máquina de escribir: ¿han visto ustedes alguna últimamente?), el «pequeño paso» de Neil Armstrong se hallaba aún a cinco años en el futuro, y las lunas de Júpiter eran meros puntos de luz carentes de dimensión, con sus paisajes tan desconocidos como lo era América para los cartógrafos precolombinos. Sin embargo ahora, mientras escribo estas palabras, la sonda espacial Galileo nos está mostrando detalles de su superficie de solo unos pocos metros de diámetro. Más sorprendente aún, en cualquier momento puedo verlos desde mi propio despacho con solo apretar unas pocas teclas. (Cuando, como ocurre con frecuencia, aprieto alguna tecla equivocada, oigo una voz familiar que me dice: «Lo siento, Dave, no puedo hacer eso».)

Así que no puede evitarse el hecho de que algunos elementos de una Trilogía Espacial concebida en 1964, 1982 e incluso 1987 posean ahora un peculiar encanto a lo Jane Austen.

Sin embargo, no puede ni debe hacerse intento alguno por eliminarlos, del mismo modo que uno nunca debería intentar «actualizar» *Los primeros hombres en la Luna* de H. G. Wells.

Lo que he hecho, pues, ha sido dejar el texto existente, incluidas la varias notas y reconocimientos del autor, completamente inalterado, pero he añadido un Posfacio de 1996 comentando los cambios realmente asombrosos que han tenido lugar en tecnología —y política— desde que Stanley Kubrick y yo almorzamos juntos en el Trader Vick's el 22 de abril de 1964.

Y esto, espero, zanjará el asunto, al menos hasta 2010..., bueno, 2001...

NOTA DEL AUTOR

La novela *2001: una odisea espacial* fue escrita durante los años 1964-1968, y fue publicada en julio de 1968, poco después del estreno del filme. Como he descrito en *Los mundos perdidos de 2001*, ambos proyectos siguieron su curso simultáneamente, con realimentación en las dos direcciones. De modo que a menudo tuve la extraña experiencia de revisar el manuscrito después de haber visionado primeras copias de escenas basadas en una versión anterior de la historia... una forma estimulante, pero más bien ardua, de escribir una novela.

Como resultado de ello, existe un paralelismo mucho más próximo entre libro y filme del que se produce normalmente, pero hay también diferencias importantes. En la novela el destino de la espacionave *Discovery* era Iapetus (o Japeto), la más enigmática de las varias lunas de Saturno. El sistema saturniano era alcanzado vía Júpiter: la *Discovery* realizaba una aproximación al planeta gigante utilizando su enorme campo gravitatorio para producir un efecto de «honda» y acelerar a lo largo de la segunda etapa de su viaje. Exactamente la misma maniobra fue utilizada por las sondas espaciales *Voyager* en 1979, cuando efectuaron el primer reconocimiento detallado de los gigantes exteriores.

En el filme, sin embargo, Stanley Kubrick evitó juiciosamente confusiones situando la tercera confrontación entre

Hombre y Monolito entre las lunas de Júpiter. Saturno fue eliminado completamente del guión, aunque Douglas Trumbull utilizó más tarde la experiencia que había adquirido para filmar el planeta anillado en su propia producción, *Silent Running*.[1]

Nadie podría haber imaginado, a mediados de los años sesenta, que la exploración de las lunas de Júpiter se produciría no en el próximo siglo, sino tan solo a *quince* años en el futuro. Ni nadie había soñado en las maravillas que iban a encontrar allí..., aunque podemos estar completamente seguros de que los descubrimientos de los gemelos *Voyager* se verán superadas algún día por hallazgos aún más inesperados. Cuando fue escrita *2001*, Ío, Europa, Ganimedes y Calixto eran simples puntos de luz incluso en los más potentes telescopios; ahora son mundos, cada uno de ellos único, y uno de ellos —Ío— es el cuerpo volcánicamente más activo de todo el Sistema Solar.

Sin embargo, tomando en consideración todas las cosas, tanto filme como libro siguen siendo completamente válidos a la luz de esos descubrimientos, y resulta fascinante comparar las secuencias de Júpiter en el filme con las películas reales tomadas por las cámaras del *Voyager*. Pero, naturalmente, cualquier cosa escrita hoy en día tiene que incorporar los resultados de las exploraciones de 1979: las lunas de Júpiter ya no son territorio no cartografiado.

Y hay otro factor psicológico, más sutil, que debe ser tomado también en consideración. *2001* fue escrita en una época que hoy se encuentra al otro lado de una de las Grandes Divisorias de la historia humana; nos hemos visto separados para siempre de ella por el momento en el que Neil Armstrong puso el pie en la Luna. El 20 de julio de 1969 se hallaba aún a media década en el futuro cuando Stanley Kubrick y yo empezamos a pensar acerca de la «proverbial buena película de

1. Titulada en España *Naves Misteriosas*. (N. de los T.)

ciencia ficción» (la frase es suya). Ahora historia y ficción se han entrelazado inextricablemente.

Los astronautas del *Apolo* habían visto ya el filme cuando partieron hacia la Luna. Los tripulantes del *Apolo 8*, que en las Navidades de 1968 se convirtieron en los primeros hombres en posar sus ojos sobre la Cara Oculta de la Luna, me dijeron que se habían sentido tentados de radiar el descubrimiento de un gran monolito negro: afortunadamente, prevaleció la discreción.

Y hubo también posteriores, casi misteriosos, casos de la naturaleza imitando al arte. El más extraño de todos fue la saga del *Apolo 13* en 1970.

Como un buen inicio, el Módulo de Mando, que aloja a la tripulación, había sido bautizado *Odyssey*, Odisea. Justo antes de la explosión del tanque de oxígeno que hizo que la misión se frustrara, la tripulación había estado escuchando el tema de *Zaratustra* de Richard Strauss, hoy universalmente identificado con el filme. Inmediatamente después de la pérdida de energía, Jack Swigert radió al Control de Misión: «Houston, hemos tenido un problema». Las palabras que utilizó Hal con el astronauta Frank Poole en una ocasión similar fueron: «Siento interrumpir la fiesta, pero tenemos un problema».

Cuando más tarde fue publicado el informe de la misión del *Apolo 13*, el Administrador de la NASA, Tom Paine, me envió una copia, y anotó bajo las palabras de Swigert: «Exactamente como tú dijiste siempre que sería, Arthur». Sigo notando una sensación muy extraña cuando contemplo toda esa serie de acontecimientos..., de hecho, casi como si compartiera una cierta responsabilidad.

Otra resonancia es menos seria, pero igual de impresionante. Una de las secuencias técnicamente más brillantes de la película era aquella en la cual se mostraba a Frank Poole recorriendo el girante círculo de la enorme centrífuga, mantenido en su lugar por la «gravedad artificial» producida por su rotación.

Casi una década más tarde, los tripulantes del soberbiamente exitoso Skylab se dieron cuenta de que sus diseñadores habían dispuesto para ellos una geometría similar: un anillo de cabinas de almacenamiento que formaban una lisa banda circular en torno al interior de la estación espacial. El Skylab, sin embargo, no giraba, aunque esto no desanimó a sus ingeniosos ocupantes. Descubrieron que podían correr en torno a esa banda, exactamente como un ratón en una jaula para ardillas, para producir un resultado visualmente indistinguible del mostrado en *2001*. Y televisaron todo el ejercicio a la Tierra (¿necesito citar la música que lo acompañaba?) con el comentario: «Stanley Kubrick debería ver esto». Y a su debido tiempo lo hizo, porque yo le envié una copia de la cinta. (Nunca la recibí de vuelta; Stanley Kubrick utiliza un Agujero Negro domesticado como sistema de archivo.)

Otra correlación entre filme y realidad es el cuadro del comandante del *Apolo-Soyuz*, el cosmonauta Alexei Leonov, *Más allá de la Luna*. Lo vi por primera vez en 1968, cuando *2001* fue presentada en la Conferencia para la Utilización Pacífica del Espacio Exterior de las Naciones Unidas. Inmediatamente después de su proyección, Alexei me señaló que su idea (en la página 32 del libro de Leonov-Sokolov *Las estrellas nos están aguardando*, Moscú, 1967) muestra exactamente la misma alineación que la apertura del filme: la Tierra alzándose más allá de la Luna, y el Sol alzándose más allá de ambas. El boceto autografiado del cuadro cuelga ahora en la pared de mi despacho; para mayores detalles vean el capítulo 12.

Quizá este sea el lugar más adecuado para identificar otro nombre menos conocido que aparece también en estas páginas, el de Hsue-shen Tsien. En 1936, con el gran Theodore von Karman y Frank J. Malina, el doctor Tsien fundó el Laboratorio Aeronáutico Guggenheim del Instituto de Tecnología de California (el GALCIT), el antepasado directo del afamado Laboratorio de Propulsión a Chorro de Pasadena. Fue también el primer Profesor Goddard en el Caltech, y contribuyó grandemente a la investigación norteamericana sobre cohetes durante los años cuarenta. Más tarde, en uno de los más vergonzosos episodios del período McCarthy, fue arrestado bajo falsas acusaciones por los servicios de seguridad cuando estaba preparando su regreso a su país de origen. Durante las últimas dos décadas ha sido uno de los líderes del programa de cohetes chino.

Finalmente está el extraño caso del «Ojo de Japeto», capítulo 35 de *2001*. Allí describo el descubrimiento por parte del astronauta Bowman de un curioso rasgo en la luna saturniana: «Un brillante óvalo blanco, de aproximadamente seiscientos cincuenta kilómetros de largo y trescientos de ancho... perfectamente simétrico... y de bordes tan definidos que casi parecía... pintado en el rostro de la pequeña luna». Cuando estuvo más cerca, Bowman se convenció de que «la brillante elipse contra el fondo oscuro del satélite era un inmenso ojo vacío mirándole fijamente a medida que se aproximaba...». Más tarde observó «la tenue mota negra en el centro exacto», que resultó ser el Monolito (o uno de sus avatares).

Bien, cuando el *Voyager 1* transmitió las primeras fotografías de Japeto, estas revelaron efectivamente la existencia de un enorme óvalo blanco de bordes definidos con un pequeño punto negro en el centro. Carl Sagan me envió inmediatamente la reproducción de una de aquellas fotografías desde el Laboratorio de Propulsión a Chorro, con la críptica anotación: «Pensando en ti...». No sé si sentirme aliviado o decepcionado de que el *Voyager 2* haya dejado el asunto aún abierto.

En consecuencia, e inevitablemente, la historia que están ustedes a punto de leer es algo más complejo que una secuela directa de la anterior novela... o de la película. Donde ambas difieren, he seguido la versión para la pantalla; de todos modos mi máxima preocupación ha sido hacer este libro coherente, y tan ajustado como sea posible a la luz de los actuales conocimientos.

Que, por supuesto, estarán de nuevo completamente desfasados cuando lleguemos al 2001...

ARTHUR C. CLARKE
Colombo, Sri Lanka
enero de 1982

1

REUNIÓN EN EL FOCO

Incluso en esta época métrica seguía siendo el telescopio de mil pies, no el de trescientos metros. El gran plato instalado entre las montañas estaba ya medio lleno de sombras mientras el sol tropical se hundía rápidamente hacia su descanso, pero el amasijo triangular del complejo de la antena suspendido a gran altura sobre su centro brillaba aún bajo la luz. Desde el suelo, allá abajo, muy lejos, se hubieran necesitado unos ojos muy agudos para descubrir a las dos figuras humanas en el laberinto aéreo de vigas, cables de apoyo y guías de ondas.

—Ha llegado el momento —dijo el doctor Dimitri Moisevitch a su viejo amigo Heywood Floyd— de hablar de muchas cosas. De zapatos y de espacionaves y de lacre, pero principalmente de monolitos y de ordenadores que funcionan mal.

—Así que es por eso por lo que me sacó usted de la conferencia. No es que realmente me importe..., he oído a Carl dar esa conferencia sobre el SETI tantas veces que puedo recitarla de memoria. Y la vista es realmente fantástica... ¿Sabe?, con todas las veces que he estado en Arecibo, nunca había subido hasta aquí arriba, al alimentador de la antena.

—Usted se lo ha perdido. Yo he estado tres veces. Imagínelo..., estamos escuchando a todo el universo, pero nadie puede escucharnos a nosotros. De modo que hablemos de su problema.

—¿Qué problema?

—Para empezar, el porqué tuvo que renunciar usted como Presidente del Consejo Nacional para la Astronáutica.

—No renuncié. La Universidad de Hawai paga mucho mejor.

—De acuerdo, usted no renunció, iba un salto por delante de ellos. Después de todos esos años, Woody, no puede usted engañarme, y debería dejar de seguir intentándolo. Si le ofrecieran de nuevo el CNA precisamente ahora, ¿vacilaría en aceptarlo?

—De acuerdo, viejo cosaco. ¿Qué es lo que quiere saber?

—Antes que nada, hay montones de cabos sueltos en el informe que emitió usted al fin, tras tanto aguijoneo. Pasaremos por alto el ridículo y francamente ilegal secreto con el cual su gente ha rodeado el monolito de Tycho...

—Eso no fue idea mía.

—Me alegra oírlo: incluso le creo. Y apreciamos el hecho de que actualmente estén permitiendo que cualquiera pueda examinarlo, lo cual es por supuesto lo que deberían de haber hecho desde el primer momento. No es que haya servido para mucho, de todos modos...

Hubo un sombrío silencio mientras los dos hombres contemplaban el negro enigma allá arriba en la Luna, que desafiaba aún desdeñosamente todas las armas que el ingenio humano podía lanzar contra él. Luego el científico ruso prosiguió:

—De todos modos, sea lo que sea el monolito de Tycho, hay algo mucho más importante allá en Júpiter. Allá es donde envía su señal, después de todo. Y allá es donde su gente empezó a tener problemas. Por cierto, lamento lo ocurrido, aunque Frank Poole era el único al que conocía personalmente. Fuimos presentados en el Congreso del 98 de la Federación Astronáutica Internacional. Parecía un buen hombre.

—Gracias; todos ellos eran buenos hombres. Me gustaría que pudiéramos saber lo que les ocurrió.

—Fuera lo que fuese, seguro que admitirá usted que es algo que concierne ahora a toda la raza humana, no solamente a Estados Unidos. No pueden seguir intentando utilizar su conocimiento solo para obtener una ventaja nacional.

—Dimitri, sabe usted perfectamente bien que los suyos habrían hecho exactamente lo mismo. Y usted habría colaborado.

—Tiene absolutamente toda la razón. Pero eso es historia antigua, como la Administración de ustedes que acaba de irse y que fue responsable de todo el lío. Con un nuevo presidente, quizá prevalezcan consejos más juiciosos.

—Es posible. ¿Tiene usted algunas sugerencias, y son oficiales o simplemente deseos personales?

—Completamente no oficiales, por el momento. Lo que esos malditos políticos llaman charlas exploratorias. Que luego deberé negar categóricamente que hayan tenido lugar.

—Correcto. Adelante.

—Bien, esta es la situación. Están ustedes ensamblando la *Discovery II* en una órbita de aparcamiento tan rápido como les es posible, pero no pueden esperar tenerla lista en menos de tres años, lo cual significa que se perderán la próxima alineación óptima.

—No lo confirmo ni lo niego. Recuerde que soy simplemente un humilde rector universitario al otro lado del mundo del Consejo de Astronáutica.

—Y su último viaje a Washington fue simplemente un viaje de vacaciones para ver a algunos viejos amigos, supongo. Prosigamos: nuestra *Alexei Leonov...*

—Creí que la llamaban *Guerman Titov.*

—Está equivocado, *rector.* La vieja buena CIA ha vuelto a engañarle. Es *Leonov,* desde enero pasado. Y no permita que nadie sepa que yo le he dicho que alcanzará Júpiter al menos un año antes que la *Discovery.*

—No permita que nadie sepa que yo le he dicho que nos lo temíamos. Pero prosiga.

—Debido a que mis jefes son tan estúpidos y cortos de miras como los suyos, desean ir solos. Lo cual significa que, fuera lo que fuese lo que fue mal con *ustedes*, puede ocurrirnos también a nosotros, y que caigamos en los mismos errores, o peor aún.

—¿Qué es lo que creen *ustedes* que fue mal? Estamos tan desconcertados como lo puedan estar ustedes mismos. Y no me diga que no han conseguido todas las transmisiones de Dave Bowman.

—Por supuesto que las tenemos. Hasta aquella última en la que dice: «¡Dios mío, está lleno de estrellas!». Hemos efectuado incluso un análisis de la tensión en sus esquemas de voz. No creemos que sufriera ninguna alucinación; estaba intentando describir lo que veía realmente.

—¿Y qué opina de su desplazamiento Doppler?

—Completamente imposible, por supuesto. Cuando perdimos su señal estaba alejándose a un décimo de la velocidad de la luz. Y alcanzó esta en menos de dos minutos. Veinticinco mil gravedades.

—De modo que tuvo que resultar muerto instantáneamente.

—No pretenda ser ingenuo, Woody. Sus radios espaciales no están construidas para resistir ni siquiera una centésima parte de esa aceleración. Si ellas pudieron sobrevivir, también pudo hacerlo Bowman al menos hasta que perdimos contacto.

—Solo estaba efectuando una comprobación independiente de sus deducciones. En estos momentos estamos tan a oscuras como puedan estarlo ustedes. *Si* es que lo están.

—Solo estamos jugueteando con montones de locas suposiciones que me sentiría avergonzado de contarle. Pero ninguna de ellas, sospecho, será la mitad de alocada que la verdad.

Las luces de aviso para la navegación aérea parpadearon a su alrededor encendiéndose en pequeñas explosiones carmesíes, y las tres esbeltas torres que sostenían el complejo de la antena empezaron a resplandecer como faros contra el cada vez más oscuro cielo. Los últimos destellos rojos del sol se desvanecieron al otro lado de las colinas que les rodeaban: Heywood Floyd aguardó el Destello Verde, que nunca había visto. Se sintió decepcionado de nuevo.

—Bien, Dimitri —dijo—, vayamos al asunto. ¿Adónde quiere ir a parar exactamente?

—Tiene que haber una enorme cantidad de inapreciable información almacenada en los bancos de datos de la *Discovery*; presumiblemente aún está siendo recogida, aunque la nave dejó de transmitir. Nos gustaría disponer de ella.

—Correcto. Pero cuando partan ustedes y la *Leonov* efectúe su cita, ¿quién les impedirá abordar la *Discovery* y copiar todo lo que deseen?

—Nunca creí tener que recordarle que la *Discovery* es territorio de Estados Unidos, y que cualquier intrusión no autorizada sería piratería.

—Excepto en el supuesto de una emergencia de vida o muerte, que no sería difícil de apañar. Después de todo, nos iba a costar bastante comprobar lo que sus chicos estaban haciendo ahí arriba, a mil millones de kilómetros de distancia.

—Gracias por esa interesante sugerencia; pensaré en ella. Pero aunque la abordemos, puede llevarnos semanas el aprender todos los sistemas de ustedes y leer todos sus bancos de memoria. Lo que yo propongo es cooperación. Estoy convencido de que es la mejor idea..., pero puede que nos cueste vendérsela a nuestros respectivos jefes.

—¿Desean ustedes que uno de nuestros astronautas vuele en la *Leonov*?

—Sí..., preferiblemente un ingeniero especializado en los sistemas de la *Discovery*. Como esos que están entrenando en Houston para traer de vuelta la nave a casa.

—¿Cómo ha sabido usted eso?

—Por el amor del cielo, Woody, apareció en el videotexto de *Aviation Week* hará al menos un mes.

—Estoy fuera de contacto; nadie me dijo que había sido desclasificado.

—Mayor razón aún para pasar más tiempo en Washington. ¿Va a volverme usted la espalda?

—En absoluto. Estoy de acuerdo con usted en un cien por cien. Pero...

—Pero ¿qué?

—Ambos tendremos que enfrentarnos a dinosaurios con los cerebros en sus colas. Algunos de los míos argumentarán: Dejemos que los rusos arriesguen sus cuellos echando a correr hacia Júpiter; nosotros iremos de todos modos un par de años más tarde, ¿para qué ir con prisas?

Por un momento se hizo el silencio en el complejo de la antena, excepto el débil crujir de los inmensos cables de sustentación que la mantenían suspendida a un centenar de metros de altura. Luego Moisevitch prosiguió, tan suavemente que Floyd tuvo que esforzarse para oírle:

—¿Ha comprobado alguien últimamente la órbita de la *Discovery*?

—En realidad no lo sé, pero supongo que sí. De todos modos, ¿a quién le importa? Es perfectamente estable.

—Por supuesto. Déjeme dejar a un lado el tacto y recordarle un incidente embarazoso de los viejos días de la NASA. La primera estación espacial de ustedes, la *Skylab*. Se suponía que se mantendría en órbita al menos durante una década, pero al parecer sus cálculos no fueron demasiado correctos. El freno del aire en la ionosfera fue claramente subestimado, y cayó varios años antes de lo previsto. Estoy seguro de que recuerda usted el pequeño melodrama que se produjo por aquel entonces, aunque en aquel momento no fuera más que un muchacho.

—Fue el año en que me gradué, y usted lo sabe. Pero la *Discovery* no se acerca en ningún momento a Júpiter. Incluso en su perigeo, quiero decir perijovio, está demasiado alta para ser afectada por el freno atmosférico.

—He dicho ya lo suficiente como para ser exiliado de nuevo a mi *dacha*, y es probable que la próxima vez no le permitieran visitarme. Así que simplemente diga a su gente de rastreo que efectúen su trabajo más cuidadosamente, ¿quiere? Y recuérdeles que Júpiter posee la mayor magnetosfera de todo el Sistema Solar.

—Entiendo lo que quiere decir, muchas gracias. ¿Alguna otra cosa antes de que volvamos abajo? Estoy empezando a congelarme.

—No se preocupe, viejo amigo. Tan pronto como deje usted que todo esto se filtre hasta Washington, aguarde una semana o así hasta que yo me haya ido..., las cosas empezarán a ponerse muy, muy calientes.

I. LEONOV

2

LA CASA DE LOS DELFINES

Los delfines nadaban hasta el comedor cada tarde, justo antes de la puesta del sol. Solo en una ocasión desde que Floyd había ocupado la residencia del rector habían roto su rutina. Fue el día del tsunami de intensidad 05, que afortunadamente había perdido la mayor parte de su fuerza cuando alcanzó Hilo. La próxima vez que sus amigos rompieran de nuevo su rutina, Floyd metería a su familia en el coche y conduciría hacia terreno elevado, en dirección a Mauna Kea.

Por encantadores que fueran, tenía que admitir que su juguetonería era a veces un engorro. Al acaudalado geólogo marino que había diseñado la casa nunca le había preocupado la humedad porque normalmente iba siempre en traje de baño, o menos aún que eso. Pero había habido una inolvidable ocasión en la cual toda la Junta Directiva, en traje de noche, habían estado bebiendo cócteles en torno a la piscina mientras aguardaban la llegada de un distinguido huésped del continente. Los delfines habían deducido, correctamente, que ellos iban a convertirse en espectáculo de segundo clase. Así que el visitante quedó enormemente sorprendido al ser recibido por un empapado comité de recepción en improvisados trajes de baño, y los canapés habían resultado muy salados.

Floyd se preguntaba a menudo qué habría pensado Marion de su extraña y hermosa casa al borde del Pacífico. A ella nunca le había gustado el mar, pero al final el mar había vencido. Aunque la imagen iba desvaneciéndose poco a poco, aún podía recordar la destellante pantalla en la que había leído por primera vez las palabras: DOCTOR FLOYD – URGENTE Y PERSONAL. Y luego las deslizantes líneas impresas en letras fluorescentes que habían grabado con rapidez el mensaje en su mente: LAMENTAMOS INFORMARLE QUE EL VUELO 452 LONDRES-WASHINGTON HA SUFRIDO UN ACCIDENTE EN TERRANOVA. APARATOS DE RESCATE ESTÁN PROCEDIENDO A SU LOCALIZACIÓN, PERO SE TEME QUE NO HAYA SUPERVIVIENTES.

De no ser por un accidente del destino, él habría estado en aquel vuelo. Durante algunos días casi había lamentado los asuntos de la Administración Espacial Europea que lo habían entretenido en París; aquellas discusiones acerca de la tripulación y el equipo que debía llevar el *Solaris* habían salvado su vida.

Y ahora tenía un nuevo trabajo, un nuevo hogar..., y una nueva esposa. El destino había jugado también allí un papel irónico. Las recriminaciones y averiguaciones sobre la misión Júpiter habían destruido su carrera en Washington, pero un hombre de su habilidad nunca estaría sin empleo demasiado tiempo. El ritmo más pausado de la vida universitaria siempre le había atraído, y cuando se combinaba con uno de los lugares más hermosos del mundo se convertía en algo irresistible. Había encontrado a la mujer que iba a ser su segunda esposa tan solo un mes más tarde de que la conociera mientras contemplaban las montañas de fuego del Kilauea junto con una multitud de turistas.

Con Caroline había hallado la satisfacción que es tan importante como la propia felicidad y la hace más duradera. Había sido una buena madrastra para las dos hijas de Marion, y le había dado a Christopher. Pese a los veinte años de diferencia que había entre sus respectivas edades, ella comprendía sus cambios de humor y era capaz de apartarle de sus ocasionales depresiones. Gracias a ella, ahora podía contemplar el recuerdo de Marion sin dolor, aunque no sin una nostálgica tristeza que permanecería con él durante todo el resto de su vida.

Caroline estaba echándole pescado al más grande de los delfines —el gran macho al que llamaban Lomocortado— cuando un suave hormigueo en la muñeca de Floyd le anunció una llamada. Palmeó la delgada banda de metal para cortar la silenciosa alarma e impedir la audible, y luego caminó hacia el más cercano de los receptores dispersos por la habitación.

—Aquí el rector. ¿Quién llama?

—¿Heywood? Aquí Victor. ¿Cómo se encuentra?

En una fracción de segundo todo un caleidoscopio de emociones cruzó llameando la mente de Floyd. Primero fue irritación: su sucesor —y, estaba seguro, principal responsable de su caída— no había intentado nunca contactar con él desde su partida de Washington. Luego vino la curiosidad: ¿de qué tenían que hablar ellos dos? A continuación fue una terca determinación a mostrarse tan poco colaborador como le fuera posible, luego vergüenza por su infantilismo, y finalmente una oleada de excitación. Victor Millson solo podía estar llamando por una razón.

Con una voz tan neutral como pudo conseguir, Floyd respondió:

—No puedo quejarme, Victor. ¿Cuál es el problema?

—¿Este es un circuito seguro?

—No, gracias a Dios. Ya no los necesito.

—Hummm. Bien, lo diré de este modo. ¿Recuerda usted el último proyecto que administró?

—No es probable que lo olvide, especialmente cuando el Subcomité de Astronáutica me hizo acudir hace apenas un mes para entregarles más pruebas.

—Claro, claro. Realmente tengo que leer su declaración, cuando tenga un momento. Pero he estado tan ocupado con la continuación del proyecto, y ese es el problema.

—Creí que todo iba según lo previsto.

—Así es, desgraciadamente. No hay nada que podamos hacer para adelantar las cosas; incluso la obtención de la más alta prioridad solo nos conseguiría unas pocas semanas de diferencia. *Y eso significa que llegaremos demasiado tarde.*

—No comprendo —dijo Floyd inocentemente—. Aunque no deseamos malgastar el tiempo, por supuesto, no existe ningún plazo límite real.

—Ahora sí lo hay, dos plazos límite.

—Me sorprende.

Si Victor captó alguna ironía, la ignoró.

—Sí, hay dos plazos límite, uno de origen humano, el otro no. Ahora resulta que no vamos a ser los primeros en volver a... esto... el escenario de la acción. Nuestros viejos rivales nos ganarán al menos en un año.

—Demasiado malo.

—Eso no es lo peor. Aunque no hubiera ninguna competencia, llegaríamos también demasiado tarde. No habría nada allí cuando llegáramos.

—Eso es ridículo. Estoy seguro de que hubiera oído algo si el Congreso hubiera derogado la ley de la gravitación.

—Estoy hablando en serio. La situación no es estable, no puedo dar detalles ahora. ¿Estará usted ahí el resto de la tarde?

—Sí —respondió Floyd, dándose cuenta no sin cierto placer de que en aquellos momentos debía de ser bien pasada la medianoche en Washington.

—Bien. Recibirá usted un paquete antes de una hora. Llámeme tan pronto como haya tenido tiempo de estudiarlo.

—¿No será más bien un poco tarde ahí por aquel entonces?

—Sí, lo será. Pero ya hemos perdido demasiado tiempo. No deseo perder más.

Millson había dicho la verdad al pie de la letra. Exactamente una hora más tarde le fue entregado un gran sobre lacrado, nada menos que por un coronel de las Fuerzas Aéreas, el cual permaneció sentado charlando pacientemente con Caroline mientras Floyd leía su contenido.

—Me temo que voy a tener que llevármelo de nuevo cuando usted haya terminado con él —dijo el chico de los recados de alta graduación, como disculpándose.

—Me alegra oírlo —respondió Floyd mientras se reclinaba en su hamaca de lectura favorita.

Había dos documentos, el primero de ellos muy corto. Llevaba el sello de ALTO SECRETO, aunque la palabra ALTO había sido tachada y la modificación refrendada por tres firmas, todas ellas completamente ilegibles. Obviamente se trataba de un resumen de algún informe mucho más largo, y había sido duramente censurado y estaba lleno de espacios en blanco que lo hacían molesto de leer. Afortunadamente sus conclusiones podían ser resumidas en una sola frase: los rusos alcanzarían la *Discovery* mucho antes de que pudieran hacerlo sus legítimos propietarios. Como sea que Floyd ya sabía todo aquello, pasó rápidamente al segundo documento, no sin antes observar con satisfacción que esta vez habían conseguido poner correctamente el nombre. Como de costumbre, Dimitri había estado perfectamente en lo cierto. La próxima expedición tripulada a Júpiter viajaría a bordo de la espacionave *Cosmonauta Alexei Leonov*.

El segundo documento era mucho más largo, y era simplemente confidencial; de hecho estaba redactado en forma de borrador de carta a *Science*, aguardando la aprobación final antes de ser publicada. Su enérgico título era: «Vehículo espacial *Discovery*: anómalo comportamiento orbital».

Luego seguía una docena de páginas de tablas matemáticas y astronómicas. Floyd las hojeó rápidamente, separando la letra de la música e intentando detectar alguna nota de disculpa o incluso de embarazo. Cuando hubo terminado, se sintió impulsado a esbozar una sonrisa de irónica admiración. Posiblemente nadie imaginaría que tanto las estaciones de rastreo como las calculadoras de efemérides astronómicas habían sido pilladas por sorpresa, y que se estaba estableciendo a toda prisa una frenética coartada. Sin duda rodarían cabezas, y sabía que Victor Millson iba a gozar haciendo rodar algunas..., si la suya no era una de las primeras en caer. Aunque, para hacerle justicia, Victor se había quejado cuando el Congreso había recortado los fondos para la red de rastreo. Quizá eso lo mantuviera lejos de la hoz.

—Gracias, coronel —dijo Floyd cuando hubo terminado de hojear los papeles—. Exactamente como en los viejos tiempos, con nuestros documentos clasificados. Esa es una de las cosas que no echo de menos.

El coronel devolvió cuidadosamente el sobre a su maletín y activó las cerraduras.

—Al doctor Millson le gustaría que le devolviera usted su llamada tan pronto como le sea posible.

—Lo sé. Pero no poseo un circuito de seguridad. Tengo algunos visitantes importantes que van a venir pronto, y maldita sea si voy a conducir hasta la oficina de usted en Hilo solo para decir a Victor que he leído dos documentos. Dígale que los he estudiado cuidadosamente, y que aguardaré con interés cualquier futura comunicación.

Por un momento pareció como si el coronel fuera a discutir. Luego se lo pensó mejor, efectuó una rígida despedida y desapareció malhumorado en la noche.

—Y ahora, ¿de qué se trataba todo eso? —preguntó Caroline—. No esperamos ninguna visita esta noche, ni importante ni de las otras.

—Odio ser empujado, particularmente por Victor Millson.

—Apuesto a que te llama tan pronto como le informe el coronel.

—Entonces será mejor que cortemos el vídeo y hagamos algunos ruidos de fiesta como fondo. Pero para ser completamente sincero, en este momento no tengo realmente nada que decir.

—¿Acerca de *qué*, si se me permite preguntarlo?

—Lo siento, querida. Parece que la *Discovery* nos está haciendo algunas jugadas. Pensábamos que la nave estaba en una órbita estable, pero puede que esté a punto de estrellarse.

—¿Contra Júpiter?

—Oh, no, eso es completamente imposible. Bowman la dejó aparcada en el punto de Lagrange interior, en el límite entre Júpiter e Ío. Debería haber seguido allí, más o menos, aunque las perturbaciones de las lunas exteriores la hicieran desplazarse ocasionalmente un poco hacia adelante y hacia atrás.

»Pero lo que está ocurriendo ahora es algo muy extraño, y no sabemos la explicación exacta. La *Discovery* está desviándose más y más rápidamente hacia Ío, aunque a veces acelerándose y a veces incluso moviéndose hacia atrás. Si las cosas siguen así, impactará contra el satélite dentro de dos o tres años.

—Creía que esto era algo que no podía ocurrir en astronomía. ¿No se supone acaso que la mecánica celeste es una ciencia exacta? Eso al menos es lo que siempre han oído decir los pobres y atrasados biólogos.

—Es una ciencia exacta cuando se tiene todo en cuenta. Pero ocurren algunas cosas muy extrañas en torno a Ío. Aparte sus volcanes, hay tremendas descargas eléctricas, y el campo magnético de Júpiter da una vuelta cada diez horas. De modo que la gravitación no es la única fuerza que está actuando sobre la *Discovery*; deberíamos haber pensado en eso antes, mucho antes.

—Bien, este ya no es tu problema ahora. Deberías sentirte agradecido por ello.

«Tu problema», la misma expresión que había utilizado Dimitri. Y Dimitri —¡astuto viejo zorro!— le conocía desde hacía mucho más tiempo que Caroline.

Era posible que no fuera su problema, pero seguía siendo su responsabilidad. Aunque habían habido muchas otras per-

272

sonas implicadas, en el último análisis él había aprobado los planes para la Misión Júpiter y supervisado su ejecución.

Incluso por aquel entonces había tenido remordimientos; sus puntos de vista como científico habían entrado en conflicto con sus deberes como burócrata. Hubiera podido haber hablado en voz alta y haberse opuesto a la política miope de la vieja Administración, aunque todavía se sentía inseguro sobre la extensión en que esta había contribuido realmente al desastre.

Quizá fuera mejor si cerraba este capítulo de su vida y enfocaba todos sus pensamientos y energías hacia su nueva carrera. Pero en el fondo de su corazón sabía que esto era imposible; incluso aunque Dimitri no hubiera revivido viejas culpabilidades, habrían surgido a la superficie por voluntad propia.

Cuatro hombres habían muerto, y uno había desaparecido, allá fuera entre las lunas de Júpiter. Había sangre en sus manos, y no sabía cómo limpiarlas.

3

SAL 9000

El doctor Sivasubramanian Chandrasegarampillai, profesor de ciencias de la computación en la Universidad de Illinois, en Urbana, tenía también una constante sensación de culpabilidad, pero muy distinta a la de Heywood Floyd. Aquellos de sus estudiantes y colegas que se preguntaban a menudo si el pequeño científico era en realidad humano no se hubieran sentido sorprendidos de saber que nunca pensaba en los astronautas muertos. El doctor Chandra lamentaba únicamente la pérdida de su hijo, HAL 9000.

Incluso después de todos esos años y de sus interminables revisiones de los datos radiados por la *Discovery*, no estaba seguro de qué era lo que había fallado. Solo podía formular teorías; los hechos que necesitaba estaban congelados en los circuitos de Hal, allá fuera, entre Júpiter e Ío.

La secuencia de acontecimientos había sido establecida claramente hasta el momento de la tragedia; después el comandante Bowman había proporcionado unos pocos detalles más en las breves ocasiones en las que se había restablecido el contacto. Pero saber lo que había ocurrido no explicaba el *porqué*.

El primer atisbo de problemas se había producido ya avanzada la misión, cuando Hal había informado del inminente fallo de la unidad que mantenía la antena principal de la *Discovery* alineada con la Tierra. Si el enlace hertziano de quinientos millones de kilómetros de largo perdía su blanco, la nave se quedaría ciega, sorda y muda.

El propio Bowman había salido al exterior de la nave para recuperar la unidad sospechosa, pero cuando la hubo comprobado resultó, para sorpresa general, que se hallaba en perfectas condiciones. Los circuitos automáticos de comprobación no pudieron encontrar nada que funcionara mal en ella. Como tampoco pudo hacerlo el gemelo de Hal, SAL 9000, allá en la Tierra, cuando la información fue transmitida a Urbana.

Pero Hal había insistido en la exactitud de su diagnóstico, haciendo mordaces observaciones acerca del «error humano». Había sugerido que la unidad de control fuera colocada de nuevo en la ántena hasta que finalmente fallara, a fin de que el fallo pudiera ser localizado con precisión. Nadie pudo pensar en ninguna objeción, porque la unidad podía ser repuesta en cuestión de minutos, aunque dejara de funcionar en cualquier momento.

Bowman y Poole, sin embargo, no se sentían tranquilos; ambos tenían la sensación de que algo iba mal, aunque ninguno de los dos pudiera determinar con precisión lo que era. Durante meses habían aceptado a Hal como el tercer miembro de su reducido mundo, y conocían todos sus cambios de humor. Luego la atmósfera a bordo de la nave se había alterado sutilmente; había como un asomo de tensión en el aire.

Sintiéndose casi como traidores —tal y como había informado más tarde un perturbado Bowman al Control de Misión—, los dos tercios humanos de la tripulación habían discutido qué hacer si efectivamente su colega funcionaba mal. En el peor de los casos, Hal debería ser relevado de todas sus más altas responsabilidades. Eso implicaría la desconexión..., el equivalente de la muerte para un ordenador.

Pese a sus dudas, habían seguido adelante con el programa previsto. Poole había salido de la *Discovery* en una de las pequeñas cápsulas espaciales que servían como transporte y taller móvil durante las actividades extravehiculares. Puesto que el, en cierto modo, dificultoso trabajo de reemplazar la unidad de la antena no podía ser realizado mediante los manipuladores de la cápsula, Poole empezó a hacerlo por sí mismo.

Lo que ocurrió a continuación no fue reflejado por las cámaras exteriores, lo cual ya era en sí mismo un detalle sospechoso. La primera advertencia del desastre fue para Bowman un grito de Poole, luego silencio. Un momento más tarde vio a Poole dando volteretas, girando sobre sí mismo una y otra vez mientras se alejaba hacia el espacio. Su propia cápsula le había golpeado y estaba alejándose también hacia el espacio abierto, fuera de control.

Como Bowman admitiría más tarde, él cometió entonces varios serios errores, todos ellos disculpables menos uno. Con la esperanza de rescatar a Poole, si estaba aún con vida, Bowman se metió en otra cápsula espacial, dejando a Hal el pleno control de la nave.

Su rescate fuera de la nave fue en vano: Poole estaba muerto cuando Bowman lo alcanzó. Aturdido por la desesperación, había arrastrado el cuerpo de vuelta a la nave, solo para serle negada la entrada por Hal.

Pero Hal había subestimado la ingeniosidad y la determinación humanas. Aunque había dejado el casco de su traje en la nave, y así corría el riesgo de una exposición directa al espacio, Bowman forzó su entrada por una escotilla de emergencia que no estaba bajo el control del ordenador. Luego había procedido a lobotomizar a Hal, desconectando sus módulos cerebrales uno a uno.

Cuando hubo recuperado el control de la nave, Bowman hizo un descubrimiento consternador. Durante su ausencia, Hal había desconectado los sistemas vitales de los tres astronautas hibernados. Ahora Bowman estaba solo, como ningún otro hombre lo había estado antes en toda la historia humana.

Otros se hubieran abandonado a una impotente desesperación, pero David Bowman probó que aquellos que lo habían seleccionado habían sabido elegir bien. Consiguió mantener la *Discovery* operativa, e incluso restableció un contacto intermitente con el Control de Misión, orientando toda la nave de forma que la inmovilizada antena apuntara hacia la Tierra.

Siguiendo su preordenada trayectoria, la *Discovery* había llegado finalmente a Júpiter. Allá Bowman había encontrado, orbitando entre las lunas del planeta gigante, una losa negra con exactamente la misma forma que el monolito excavado en el cráter lunar de Tycho, pero centenares de veces más grande. Había abandonado la nave en una cápsula espacial para investigar, y había desaparecido dejando este último y desconcertante mensaje: «¡Dios mío, está lleno de estrellas!».

A otros les correspondía preocuparse por ese misterio; la abrumadora preocupación del doctor Chandra era por Hal. Si había algo que su mente no emocional odiara, era la inseguridad. Nunca se sentiría satisfecho hasta que supiera la causa del comportamiento de Hal. Incluso ahora se negaba a calificarlo como un mal funcionamiento; como máximo, se trataba de una «anomalía».

El pequeño cuartito que utilizaba como su sancta sanctorum estaba equipado tan solo con un sillón giratorio, una consola y una pizarra flanqueada por dos fotografías. Pocos miembros del público en general habrían podido identificar los retratos, pero cualquiera que tuviera permitido llegar hasta tan lejos los reconocería al instante como John von Neuman y Alan Turing, los dioses gemelos del panteón de la computación.

No había libros, y ni siquiera papel y lápiz en el escritorio de la consola. Todos los volúmenes de todas las bibliotecas del mundo estaban instantáneamente disponibles al simple toque de los dedos de Chandra, y la pantalla era su bloc de notas y su lápiz. Incluso la pizarra se utilizaba tan solo para los visitantes; el último diagrama semiborrado que aún podía verse en ella databa de hacía casi tres semanas.

El doctor Chandra encendió uno de los venenosos cigarros que importaba de Madrás, y que la creencia general consideraba —acertadamente— como su único vicio. La consola nunca se desconectaba; comprobó que no hubiera ningún mensaje importante en la pantalla, luego habló al micrófono.

—Buenos días, Sal. ¿No tienes nada nuevo para mí?

—No, doctor Chandra. ¿Tiene usted algo para mí?

La voz hubiera podido ser la de cualquier culta dama hindú educada en Estados Unidos o en su propio país. El acento de Sal no era así al principio, pero a lo largo de los años había adquirido muchas de las entonaciones de Chandra.

El científico tecleó un código en la consola y desvió la entrada de Sal a su memoria con la más alta clasificación de seguridad. Nadie sabía que él le hablaba por este circuito al ordenador como nunca le hablaría a un ser humano. No importaba que Sal no comprendiera realmente más que una pequeña fracción de lo que él decía; sus respuestas eran tan convincentes que incluso su creador se sentía engañado a veces. Como de hecho deseaba serlo: esas comunicaciones secretas le ayudaban a preservar su equilibrio mental, quizá incluso su cordura.

—A menudo me has dicho, Sal, que no podemos resolver el problema del anómalo comportamiento de Hal sin más información. Pero ¿cómo podemos obtener esa información?

—Eso es obvio. Alguien tendrá que regresar a la *Discovery*.

—Exacto. Ahora parece que eso está a punto de producirse, antes de lo que esperábamos.

—Me alegra oír eso.

—Sabía que te alegraría —respondió Chandra, convencido. Hacía mucho tiempo que había interrumpido sus comunicaciones con el menguante cuerpo de filósofos que argüían que los ordenadores no podían sentir realmente emociones, sino que solo lo pretendían.

(Si puede usted probarme que no está *pretendiendo* estar molesto —le había dicho burlonamente en una ocasión a uno de tales críticos—, le tomaré en serio. —En este punto su oponente exhibió una de las más convincentes imitaciones de irritación.)

—Ahora deseo explorar otra posibilidad —prosiguió Chandra—. El diagnóstico es solo el primer paso. El proceso es incompleto a menos que conduzca a la curación.

—¿Cree usted que Hal puede ser restaurado a un funcionamiento normal?

—Espero que sí. No lo sé. Pueden haberse producido daños irreversibles, y seguramente una pérdida importante de memoria.

El doctor Chandra hizo una pausa pensativa, dio varias caladas a su cigarro, luego lanzó un diestro anillo de humo y dio en el blanco en el gran angular de Sal. Un ser humano no habría considerado esto un gesto amistoso; esa era otra de las muchas ventajas de los ordenadores.

—Necesito tu cooperación, Sal.

—Por supuesto, doctor Chandra.

—Puede que haya algunos riesgos.

—¿Qué es lo que quiere decir?

—Propongo desconectar algunos de tus circuitos, en particular aquellos que implican tus funciones más elevadas. ¿Te inquieta esto?

—Soy incapaz de responder a ello sin una información más específica.

—Muy bien. Déjame decirlo de otro modo. ¿No has estado operando constantemente desde que fuiste conectado por primera vez?

—Correcto.

—Pero eres consciente de que nosotros los seres humanos no podemos funcionar así. Necesitamos dormir, una interrupción casi completa de nuestras funciones mentales, al menos a nivel consciente.

—Sé eso. Pero no lo comprendo.

—Bien, tú puedes llegar a experimentar algo parecido al sueño. Probablemente todo lo que ocurra sea que el tiempo pasará, pero tú no serás consciente de ello. Cuando compruebes tu reloj interior, descubrirás que hay lagunas en tu monitor. Eso es todo.

—Pero usted dijo que podía haber riesgos. ¿Cuáles?

—Hay una posibilidad muy remota, es imposible computarla, de que, cuando yo reconecte tus circuitos, se produzcan algunos cambios en tu personalidad, en tus futuros esquemas de comportamiento. Puede que te sientas distinto. No necesariamente mejor o peor.

—No sé lo que significa eso.

—Lo siento, puede que no signifique *nada*. Así que no te preocupes por ello. Ahora, por favor, abre un nuevo archivo, este es el nombre. —Utilizando el teclado de entrada, Chandra tecleó: FÉNIX—. ¿Sabes lo que significa eso? —preguntó a Sal.

Sin ninguna pausa discernible, el ordenador respondió:

—Hay veinticinco referencias en la enciclopedia actualizada.

—¿Cuál de ellas crees que es relevante?

—¿El tutor de Aquiles?

—Interesante. No conocía esta. Inténtalo de nuevo.

—Un pájaro fabuloso, renacido de las cenizas de su vida anterior.

—Excelente. Ahora, ¿comprendes por qué lo he elegido?

—Porque espera que Hal pueda ser reactivado.

—Sí, con tu ayuda. ¿Estás preparada?

—Todavía no. Desearía formular una pregunta.

—¿Cuál?

—¿Soñaré?

—Por supuesto que lo harás. Todas las criaturas inteligentes sueñan, aunque ninguna sabe el porqué. —Chandra hizo una pausa por un momento, lanzó otro anillo de humo del cigarro, y añadió algo que jamás admitiría a un ser humano—: Quizá sueñes con Hal, como hago yo a menudo.

I. LEONOV

4

PERFIL DE LA MISIÓN

Versión inglesa:

A: Capitana Tatiana (Tania) Orlova, comandante, espacionave *Cosmonauta Leonov* (Registro UNCOS 08/342).

De: Consejo Nacional de Astronáutica, avenida Pensilva-
nia, Washington.

Comisión para el Espacio Exterior, academia de Ciencias
de la URSS, perspectiva Koroliev, Moscú.

Objetivos de la misión:

Los objetivos de su misión son, por orden de prioridad:

1. Dirigirse al sistema joviano y establecer cita con la
   espacionave de Estados Unidos *Discovery* (UNCOS
   01/283).
2. Abordar esa espacionave y obtener toda la información posible relativa a su anterior misión.
3. Reactivar los sistemas de a bordo de la espacionave *Discovery* y, si las reservas de propulsante son adecuadas,
   lanzar la nave a una trayectoria de regreso a la Tierra.
4. Localizar el artefacto alienígena hallado por la *Discovery* e investigarlo en la máxima extensión posible mediante sensores remotos.

5. Si parece aconsejable, y el Control de Misión está de acuerdo, establecer cita con ese objeto para una inspección más de cerca.
6. Realizar una exploración de Júpiter y sus satélites, siempre que sea compatible con los anteriores objetivos.

Es posible que circunstancias imprevistas puedan requerir un cambio de prioridades, o incluso hacer imposible la realización de algunos de esos objetivos. Debe quedar claramente entendido que la cita con la espacionave *Discovery* es con el propósito definido de obtener información acerca del artefacto; esto debe tener prioridad sobre todos los demás objetivos, incluido cualquier intento de salvamento.

Tripulación:

La tripulación de la espacionave *Alexei Leonov* estará formada por:
Capitana Tatiana Orlova (Ingeniería-Propulsión)
Doctor Vasili Orlov (Navegación-Astronomía)
Doctor Maxim Brailovski (Ingeniería-Estructuras)
Doctor Alexander Kovalev (Ingeniería-Comunicaciones)
Doctor Nikolai Ternovski (Ingeniería-Control de Sistemas)
Comandante Médico Katerina Rudenko (Médico-Apoyos Vitales)
Doctora Irina Yakunina (Médico-Nutrición)
Además el Consejo Nacional de Astronáutica de Estados Unidos proporcionará los tres siguientes expertos:

El doctor Heywood Floyd dejó caer el memorando y se reclinó en su asiento. Todo estaba dispuesto; el punto de no retorno había sido rebasado. Aunque lo deseara, ya no había forma de hacer retroceder el reloj.

Miró a Caroline, sentada con Chris, que ahora tenía dos años, al borde de la piscina. El niño estaba más en su elemento en el agua que en tierra firme, y podía permanecer sumergido durante períodos de tiempo que a menudo aterraban a los visitantes. Y aunque todavía no podía hablar mucho en humano, parecía hablar en cambio un delfinés fluido.

Uno de los amigos de Christopher acababa precisamente de aparecer nadando desde el Pacífico y estaba ofreciendo su lomo para ser palmeado. Tú también eres un vagabundo, pensó Floyd, en un vasto océano sin senderos marcados; pero ¡cuán pequeño parece tu minúsculo Pacífico frente a la inmensidad a la que me enfrento yo ahora!

Caroline notó su mirada y se puso en pie. Le observó melancólicamente, pero sin irritación; todo lo que había en su interior había sido quemado en los últimos días. Mientras se acercaba incluso consiguió esbozar una pensativa sonrisa.

—He encontrado aquel poema que estaba buscando —dijo—. Empieza así:

¿Qué es una mujer a la que abandonas,
junto con tu casa y el fuego del hogar,
para irte con el viejo y gris Hacedor de Viudas?

—Lo siento, no te comprendo. ¿Quién es el Hacedor de Viudas?

—No quién, *qué*. El mar. El poema es un lamento de una mujer vikinga. Fue escrito por Rudyard Kipling hace un centenar de años.

Floyd tomó la mano de su esposa; ella no respondió a su gesto, pero tampoco se resistió.

—Bueno, yo no me siento en absoluto como un vikingo. No voy tras ningún botín, y la aventura es lo último que deseo.

—Entonces, ¿*por qué...*? No, no pretendo iniciar otra discusión. Pero nos ayudaría a ambos si supieras exactamente cuáles son tus motivos.

—Me temo que no puedo darte una sola buena razón. Sin embargo, tengo un auténtico montón de razones pequeñas. Pero conducen a una respuesta final contra la que no puedo argüir nada, créeme.

—*Yo* te creo. Pero ¿estás seguro de que no te estás engañando a ti mismo?

—Si es así, entonces hay un montón de gente a la que le está pasando lo mismo. Incluyendo, permíteme recordártelo, al presidente de Estados Unidos.

—No suelo olvidar esas cosas. Pero supón, simplemente supón, que no te lo hubiera *pedido*. ¿Te habrías presentado voluntario?

—Puedo responder a eso con toda sinceridad: no. Nunca se me hubiera ocurrido. La llamada del presidente Mordecai fue la mayor impresión que he recibido en mi vida. Pero luego, cuando pensé en ello, me di cuenta de que era perfectamente lógica. Ya sabes que no soy partidario de la falsa modestia. Soy el hombre mejor cualificado para el trabajo..., cuando los médicos del espacio hayan dado su último visto bueno. Y tú deberías saber que me encuentro todavía en perfectas condiciones.

Aquello despertó la sonrisa que esperaba.

—A veces me pregunto si no lo sugeriste tú mismo.

Él pensó que por supuesto era algo que se le había ocurrido hacer; pero podía responder honestamente.

—Nunca haría algo así sin consultarte primero.

—Me alegra que no lo hicieras. No sé lo que hubiera dicho.

—Todavía puedo renunciar.

—Ahora estás diciendo tonterías, y tú lo sabes. Si lo hicieras, me odiarías durante el resto de tu vida, y nunca te lo perdonarías a ti mismo. Tu sentido del deber es demasiado fuerte. Quizá sea esa una de las razones por las que me casé contigo.

¡El deber! Sí, esa era la palabra clave, y qué multitud de acepciones contenía. Había el deber hacia sí mismo, hacia su familia, hacia la universidad, hacia su antiguo trabajo (aunque lo hubiera dejado tirado y abandonado), hacia su país..., y hacia la raza humana. No era fácil establecer las prioridades; y a veces unas entraban en conflicto con otras.

Había razones perfectamente lógicas por las cuales debía ir en la misión, y razones igualmente lógicas, como muchos de sus colegas le habían señalado ya, para no ir. Pero quizá, en un análisis final, la elección había sido hecha en su corazón, no en su cerebro. E incluso allí las emociones lo empujaban en dos direcciones opuestas.

La curiosidad, la culpabilidad, la determinación de terminar un trabajo que había sido hecho chapuceramente, todo aquello se combinaba para conducirle hacia Júpiter y lo que fuera que estuviese aguardando allá. Por otra parte, el miedo —era lo suficientemente honesto como para admitirlo—, unido al amor hacia su familia, lo empujaban a quedarse en la Tierra. Sin embargo, nunca había dudado realmente; había tomado su decisión casi instantáneamente, y había desviado todas las argumentaciones de Caroline tan suavemente como le fue posible.

Y había otro pensamiento reconfortante que aún no se había arriesgado a compartir con su esposa. Aunque iba a estar fuera dos años y medio, todo este tiempo, menos los cincuenta días en Júpiter, lo pasaría en una hibernación sin tiempo. Cuando regresara, la diferencia entre sus dos edades se habría reducido en más de dos años.

Estaba dispuesto a sacrificar algo del presente con tal de compartir un futuro más largo juntos.

5

LEONOV

Los meses se contrajeron a semanas, las semanas menguaron a días, los días se consumieron a horas; y de pronto Heywood Floyd estuvo de nuevo en aquel campo de despegue en el Cabo por primera vez desde aquel viaje a la base de Clavius y el monolito de Tycho, hacía tantos años.

Pero esta vez no estaba solo, y no había ningún secreto en torno a la misión. Unos pocos asientos delante de él iba el doctor Chandra, absorto ya en un diálogo con su ordenador de maletín y completamente ajeno a su entorno.

Una de las secretas diversiones de Floyd, que nunca había confiado a nadie, era descubrir similitudes entre los seres humanos y los animales. Los parecidos eran muy a menudo más halagadores que insultantes, y su pequeño hobby era también una ayuda muy útil para su memoria.

El doctor Chandra era fácil, el adjetivo pajaril saltaba al instante a su mente. Era delgado, delicado, y todos sus movimientos eran rápidos y precisos. Pero ¿qué pájaro? Sin duda uno muy inteligente. ¿La urraca? Demasiado vivaz y codiciosa. ¿El búho? No, demasiado lento de movimientos. Quizá el gorrión fuera el más adecuado.

Walter Curnow, el especialista de sistemas que tendría a su cargo el formidable trabajo de hacer que la *Discovery* fuera de nuevo operativa, resultaba más fácil. Era un hombre alto y fornido, en absoluto parecido a un pájaro. Uno solía encontrar normalmente un obvio paralelismo en algún lugar dentro del vasto espectro de los perros, pero ningún cánido parecía encajar tampoco. Por supuesto, Curnow era un oso. No de la clase siempre enfurruñada y peligrosa, sino del tipo amistoso y de buena naturaleza. Y quizá esto fuera apropiado; le hizo recordar a Floyd los colegas rusos con los que se reuniría muy pronto. Llevaban ya varios días en órbita, dedicados a sus comprobaciones finales.

Este es el gran momento de mi vida, se dijo Floyd. Estoy dirigiéndome hacia una misión que puede decidir el futuro de la raza humana. Pero no notaba ningún sentimiento de exultación; en todo lo que pudo pensar, durante los últimos minutos de la cuenta atrás, fue en las palabras que había susurrado en el último momento antes de abandonar su casa: «Adiós, mi hijito querido; ¿me recordarás cuando regrese?». Y aún sentía resentimiento hacia Caroline debido a que ella no había despertado al niño para un abrazo final; sin embargo, reconocía que había sido juicioso por parte de ella, y que había sido mejor así.

Una brusca y explosiva risa fragmentó su ensimismamiento; el doctor Curnow estaba compartiendo un chiste con sus compañeros, junto con una enorme botella que manejaba tan delicadamente como una masa apenas subcrítica de plutonio.

—Hey, Heywood —llamó—. Me dicen que la capitana Orlova ha guardado bajo llave todas las bebidas, así que esta es su última oportunidad. Château Thierry del 95. Lamento los vasos de plástico.

Mientras Floyd sorbía el realmente soberbio champán, se descubrió contrayéndose mentalmente ante el pensamiento de la carcajada de Curnow reverberando durante todo el camino por todo el Sistema Solar. Por mucho que admirara la habilidad del ingeniero, como compañero de viaje Curnow podía resultar un tanto pesado. Al menos el doctor Chandra no representaría tales problemas; Floyd difícilmente podía imaginárselo sonriendo, y mucho menos riendo. Y, por supuesto, rechazó el champán con un estremecimiento apenas perceptible. Curnow fue lo suficientemente educado, o estaba lo suficientemente alegre, como para no insistir.

El ingeniero estaba decidido, al parecer, a ser la vida y el alma del grupo. Unos pocos minutos más tarde extraía un teclado electrónico de dos octavas e iniciaba una rápida interpretación de *D'ye ken John Peel*, ejecutada simultáneamente con buenos resultados por piano, trombón, violín, flauta y órgano, con acompañamiento vocal. Era realmente muy bueno, y Floyd se descubrió pronto cantando junto con los demás. Pero era una buena cosa, pensó, el que Curnow se pasara la mayor parte del viaje en silenciosa hibernación.

La música murió con una repentina y abatida discordancia cuando los motores entraron en ignición y la lanzadera partió hacia el espacio. Floyd se sintió apresado por una familiar pero siempre nueva alegría, la sensación de ingrávida energía arrastrándole hacia arriba y lejos de las preocupaciones y los deberes de la Tierra. Los hombres sabían lo que hacían mucho mejor de lo que realmente pensaban cuando habían situado la morada de los dioses más allá del alcance de la gravedad. Estaba volando hacia aquel reino de ingravidez; por el momento podía ignorar el hecho de que allá fuera residía no la libertad, sino la mayor responsabilidad de su carrera.

A medida que el empuje se incrementaba sentía el peso de mundos sobre sus hombros, pero le daba la bienvenida, como un Atlas que aún no se siente cansado de su carga. No intentaba pensar, sino que se contentaba con saborear la experiencia. Incluso aunque estuviera abandonando la Tierra por última vez y diciendo adiós a todo aquello que había amado, no sentía tristeza. El rugir que le rodeaba era un peán de triunfo que barría todas las emociones menores.

Casi lo lamentó cuando cesó, aunque agradeció la fácil respiración y la repentina sensación de libertad. La mayoría de los demás pasajeros empezaron a soltarse los cinturones de seguridad, preparándose para gozar de los treinta minutos de gravedad cero durante la órbita de transferencia, pero los pocos que obviamente realizaban el viaje por primera vez permanecieron en sus asientos mirando ansiosamente a su alrededor en busca de los ayudantes de cabina.

—Al habla el capitán. Nos hallamos ahora a una altitud de trescientos kilómetros sobrevolando la costa oeste de África. No van a poder ver mucho puesto que es de noche ahí abajo. Ese resplandor al frente es Sierra Leona, y hay una gran tormenta tropical sobre el golfo de Guinea. ¡Miren esos relámpagos!

»Estaremos sobre la línea del amanecer en quince minutos. Mientras tanto, estoy haciendo girar la nave para que puedan tener una buena vista del cinturón ecuatorial de satélites. El más brillante, casi directamente sobre nuestras cabezas, es la Antena Atlántica 1 del *Intelsat*. Luego, ahí está el Intercosmos 2 al oeste, esa estrella más débil es Júpiter. Y si miran ustedes exactamente debajo de ella, verán una luz parpadeante que se mueve sobre el fondo estrellado, es la nueva estación espacial china. Pasaremos a una distancia de un centenar de kilómetros de ella, no lo bastante cerca como para ver algo a simple vista...

¿Qué *hacían* allí arriba?, se preguntó Floyd inútilmente. Había examinado los primeros planos tomados de la rechoncha estructura cilíndrica con sus curiosas protuberancias, y no veía razón alguna para creer los alarmistas rumores de que era una fortaleza equipada con láseres. Pero mientras la Academia de Ciencias de Beijing ignorara las repetidas peticiones del Comité Espacial de las Naciones Unidas de efectuar una visita de inspección, los chinos solo podían culparse a sí mismos de una propaganda tan hostil.

La *Cosmonauta Alexei Leonov* no era una belleza precisamente, pero pocas espacionaves lo eran. Un día, quizá, la raza humana desarrollara una nueva estética; surgirían generaciones de artistas cuyos ideales no estarían basados en las formas naturales de la Tierra, moldeadas por el viento y el agua. El propio espacio era un reino de belleza a menudo irresistible; desgraciadamente las obras técnicas del hombre aún no encajaban en él.

Aparte los cuatro enormes tanques propulsores, que serían abandonados tan pronto como se hubiera finalizado la órbita de transferencia, la *Leonov* era sorprendentemente pequeña. Apenas medía cincuenta metros desde el escudo termoprotector hasta las unidades impulsoras; era difícil de creer que un vehículo tan modesto, más pequeño que muchos aviones comerciales, pudiera transportar a un total de diez hombres y mujeres a través de medio Sistema Solar.

Pero la gravedad cero, que convertía en intercambiables paredes y suelos y techos, había hecho reescribir todas las reglas de la convivencia. Había mucho espacio a bordo de la *Leonov*, incluso cuando todo el mundo estuviera despierto al mismo tiempo, como era ciertamente el caso en este momento. Por supuesto, su dotación normal estaba ahora como mínimo duplicada por toda una variedad de periodistas, ingenieros efectuando los últimos ajustes y ansiosos oficiales.

Tan pronto como la lanzadera atracó, Floyd intentó encontrar la cabina que tendría que compartir —dentro de un año, cuando despertara— con Curnow y Chandra. Cuando la hubo localizado, descubrió que estaba tan atestada con cajas de equipo y provisiones cuidadosamente etiquetadas, que era casi imposible entrar en ella. Estaba preguntándose lúgubremente cómo meter un pie por la puerta cuando uno de los miembros de la tripulación, avanzando diestramente de sujeción a sujeción, observó el dilema de Floyd y frenó hasta detenerse.

—Doctor Floyd, bienvenido a bordo. Soy Max Brailovski, ingeniero ayudante.

El joven ruso hablaba el lento y cuidadoso inglés de un estudiante que ha recibido más lecciones de un tutor electrónico que de un maestro humano. Mientras se estrechaban las manos, Floyd encajó rostro y nombre con las biografías de la tripulación que había estudiado previamente: Maxim Andrei Brailovski, de treinta y un años, nacido en Leningrado, especializado en estructuras; aficiones: esgrima, ciclismo espacial, ajedrez.

—Encantado de conocerle —dijo Floyd—. Pero ¿cómo hago para entrar?

—No se preocupe —dijo Max alegremente—. Todo eso habrá desaparecido cuando usted despierte. Todo es... ¿cómo lo dicen ustedes?... fungible. Nos habremos comido su habitación hasta dejarla vacía para cuando usted la necesite. Se lo prometo. —Se palmeó el estómago.

—Estupendo. Pero mientras tanto, ¿dónde pongo mis cosas? —Floyd señaló las tres pequeñas cajas, masa total cincuenta kilogramos, que contenían, esperaba, todo lo que necesitaría para los siguientes dos mil millones de kilómetros. No había sido tarea fácil arrastrar su masa carente de peso pero no de inercia a través de los corredores de la nave con solo unas pocas colisiones.

Max tomó dos de los bultos, los deslizó suavemente a través del triángulo formado por vigas que se intersectaban y los metió en una pequeña escotilla, desafiando aparentemente la Primera Ley de Newton en el proceso. Floyd consiguió unos cuantos moretones extra mientras le seguía; tras un tiempo considerable —la *Leonov* parecía mucho más grande por dentro que por fuera—, llegaron a una puerta rotulada CAPITÁN en caracteres cirílicos y románicos. Aunque podía leer el ruso mucho mejor que hablarlo, Floyd apreció el gesto; había observado ya que todas las indicaciones de la nave eran bilingües.

A la llamada de los nudillos de Max una luz verde parpadeó, y Floyd entró al interior tan graciosamente como le fue posible. Aunque había hablado con la capitana Orlova varias veces, nunca se había encontrado personalmente con ella. De modo que tuvo dos sorpresas.

Era imposible calcular el tamaño real de una persona a través del videofono; de algún modo, la cámara convertía a todo el mundo a la misma escala. La capitana Orlova, de pie —en el sentido en que alguien puede estar de pie en gravedad cero—, le llegaba apenas al hombro a Floyd. El videofono había fracasado también completamente en transmitir la penetrante calidad de aquellos deslumbrantes ojos azules, con mucho el rasgo más sorprendente de un rostro cuya belleza no podía ser juzgada honestamente en aquel momento.

—Hola, Tania —dijo Floyd—. Me alegra conocerla al fin. Pero qué pena lo de su pelo.

Se estrecharon las manos como viejos amigos.

—Y yo me siento encantada de tenerle a bordo, Heywood —respondió la capitana. Su inglés, al contrario del de Brailovski, era muy fluido, aunque con un fuerte acento—. Sí, fue una pena perderlo, pero el pelo es un engorro en misiones largas, y prefiero mantener a los barberos locales lejos de mí tanto tiempo como me sea posible. Y mis disculpas respecto a su cabina; como Max ya le habrá explicado, descubrimos de pronto que necesitábamos otros diez metros cúbicos de espacio de almacenamiento. Vasili y yo no vamos a pasar mucho tiempo aquí durante las próximas horas..., así que por favor utilice libremente nuestra habitación.

—Gracias. ¿Qué hay de Curnow y Chandra?

—He arreglado las cosas del mismo modo con la tripulación. Parece como si les estuviéramos tratando como carga...

—No necesaria durante el viaje.

—¿Perdón?

—Es una etiqueta que se acostumbraba a poner en el equipaje en los viejos días de los viajes por mar.

Tania sonrió.

—Sí, debe parecer algo así. Pero ustedes son muy necesarios al final del viaje. Estamos planeando ya su fiesta de revivificación.

—Eso suena demasiado religioso. Quizá fuera mejor..., no, resurrección sería aún peor..., digamos fiesta del despertar. Pero puedo ver lo atareada que está. Permítame dejar mis cosas y proseguir mi gran excursión.

—Max se lo mostrará todo. Max, lleve al doctor Floyd junto a Vasili, ¿quiere? Está abajo, en la unidad impulsora.

Mientras flotaban saliendo de la estancia de la capitana, Floyd concedió mentalmente una elevada calificación al comité seleccionador de la tripulación. Tania Orlova era impresionante sobre el papel; en carne y hueso era casi intimidante pese a su encanto. Me pregunto cómo es, se dijo Floyd, cuando pierde los estribos. ¿Será fuego o hielo? La verdad, prefiero no averiguarlo.

Floyd estaba adquiriendo rápidamente sus piernas espaciales; cuando llegaron junto a Vasili Orlov, maniobraba casi con tanta confianza como su guía. El científico jefe dio la bienvenida a Floyd tan cálidamente como lo había hecho su esposa.

—Bienvenido a bordo, Heywood. ¿Cómo se siente?

—Estupendamente, aparte de estar muriéndome lentamente de hambre.

Por un momento Orlov pareció desconcertado; luego su rostro se hendió en una amplia sonrisa.

—Oh, lo había olvidado. Bien, no va a ser largo. Dentro de diez meses podrá comer usted tanto como quiera.

Los que debían ser hibernados seguían una dieta baja en residuos durante la última semana; en las últimas veinticuatro horas no tomaban nada, excepto líquidos. Floyd estaba empezando a preguntarse cuánta de aquella creciente ligereza mental se debía al hambre, cuánta al champán de Curnow, y cuánta a la gravedad cero.

Para concentrar su mente estudió la multicoloreada masa de conducciones que les rodeaba.

—Así que este es el famoso Impulsor Sajarov. Es la primera vez que veo una unidad a tamaño real.

—Es tan solo el cuarto que haya sido construido nunca.

—Espero que funcione.

—Tiene que hacer *mejor* que eso. De otro modo, el consejo de la ciudad de Gorki volverá a cambiarle el nombre a la plaza Sajarov.

Era un signo de los tiempos el que los rusos pudieran bromear, aunque fuera irónicamente, acerca del tratamiento que daba su país a sus más grandes científicos. Floyd recordó de nuevo el elocuente discurso de Sajarov a la Academia, cuando fue nombrado tardíamente héroe de la Unión Soviética. La prisión y la deportación, había dicho a sus oyentes, eran espléndidas ayudas a la creatividad; no pocas obras maestras habían nacido entre las paredes de una celda, más allá del alcance de las distracciones del mundo. Incidentalmente el mayor logro individual del intelecto humano, los propios *Principia*, fueron un producto del autoimpuesto exilio de Newton de un Londres acosado por la plaga.

La comparación no era inmodesta; de aquellos años en Gorki habían surgido no solo nuevos conocimientos sobre la estructura de la materia y el origen del Universo, sino los conceptos de control del plasma que habían conducido a la energía termonuclear práctica. El propio impulsor, aunque era el más conocido y publicitado de los resultados de ese trabajo, era simplemente un subproducto de esa sorprendente erupción intelectual. La tragedia era que tales avances habían sido desencadenados por la injusticia; un día, quizá, la humanidad encontrara formas más civilizadas de llevar adelante sus asuntos.

Cuando abandonó aquella sala, Floyd había aprendido más sobre el Impulsor Sajarov de lo que realmente deseaba saber, o esperaba poder recordar. Estaba familiarizado con sus principios básicos, la utilización de una pulsorreacción termonuclear para calentar y expulsar virtualmente cualquier material propulsor. Los mejores resultados se obtenían con hidrógeno puro como fluido motor, pero era excesivamente voluminoso y difícil de almacenar durante largos períodos de tiempo. El metano y el amoníaco eran alternativas aceptables; incluso podía utilizarse el agua, aunque con una eficiencia considerablemente más pobre.

La *Leonov* era un compromiso; los enormes tanques de hidrógeno líquido que proporcionaban el impulso inicial serían desechados cuando la nave hubiera alcanzado la velocidad necesaria para llevarla hasta Júpiter. Cuando llegara a su destino, sería utilizado el amoníaco para el frenado y las maniobras de cita, y para el regreso final a la Tierra.

Esta era la teoría, comprobada y vuelta a comprobar en interminables pruebas y simulaciones por ordenador. Pero como había demostrado muy bien la desafortunada *Discovery*, todos los planes humanos estaban sujetos a una cruel revisión por parte de la Naturaleza, o el Destino, o como quisiera uno llamar a los poderes que hay detrás del Universo.

—Así que está usted *aquí*, doctor Floyd —dijo una autoritaria voz femenina interrumpiendo la entusiasta explicación de Vasili sobre la realimentación magnetohidrodinámica—. ¿Por qué no se presentó *a mí*?

Floyd giró lentamente sobre su eje impulsándose suavemente con una mano como elemento torsor. Vio una figura masiva, maternal, que llevaba un curioso uniforme adornado con docenas de bolsillos formando bolsas; el efecto no era muy distinto al de un soldado cosaco ataviado con sus cinturones de cartuchos.

—Me alegra volver a verla, doctora. Todavía estoy explorando... Espero que haya recibido ya mi informe médico de Houston.

—¡Esos veterinarios de Teague! No confiaría en ellos ni para reconocer una fiebre aftosa.

Floyd conocía perfectamente bien el respeto mutuo que se profesaban Katerina Rudenko y el Centro Médico de Olin

Teague, aunque la sonrisa de la doctora de a bordo no hubiera invalidado sus palabras. La mujer vio la mirada de franca curiosidad de Floyd, y señaló orgullosamente con el dedo la tira de tela que rodeaba su amplia cintura.

—El pequeño maletín negro convencional no es muy práctico en gravedad cero; las cosas salen flotando de él y no están allí cuando las necesitas. Este lo diseñé yo misma; es un equipo completo de minicirugía. Con esto puedo extirpar un apéndice o ayudar a nacer a un niño.

—Confío en que ese problema en particular no se presente aquí.

—¡Ja! Un buen doctor tiene que estar preparado para todo.

Vaya contraste, pensó Floyd, entre la capitana Orlova y la doctora —¿o debía llamarla por su grado correcto de comandante cirujano?— Rudenko. La capitana tenía la gracia y la intensidad de una *prima ballerina*; la doctora podía ser el prototipo de la Madre Rusia: rechoncha, con un rostro campesino, solo necesitaba una pañoleta para completar el cuadro. No dejes que eso te engañe, se dijo Floyd. Esta es la mujer que salvó al menos doce vidas durante el accidente de acoplamiento de la *Komarov*, y que, en su tiempo libre, consigue redactar los *Anales de Medicina Espacial*. Puedes considerarte muy afortunado de tenerla a bordo.

—Vamos, doctor Floyd, va a tener usted todo el tiempo que quiera más tarde para explorar nuestra pequeña nave. Mis colegas son demasiado educados para decir esto, pero tienen trabajo que hacer y usted les interrumpe. Me gustaría dejarles a ustedes, a los tres, cómodos y tranquilos tan rápido como me sea posible. Entonces tendremos una cosa menos de la que preocuparnos.

—Me temía eso, pero entiendo perfectamente su punto de vista. Estoy listo tan pronto como lo esté usted.

—Yo *siempre* estoy lista. Venga conmigo, por favor.

El hospital de la nave era apenas lo suficientemente grande como para albergar una mesa de operaciones, dos bicicletas de ejercicios, unos pocos armarios con equipo y un aparato de rayos X. Mientras la doctora Rudenko sometía a Floyd a un rápido pero completo examen, le preguntó inesperadamente:

—¿Qué es ese pequeño cilindro dorado que el doctor Chandra lleva colgado del cuello con una cadena, algún tipo de aparato de comunicación? No quiso quitárselo; de hecho, era casi demasiado tímido para quitarse nada.

Floyd no pudo evitar una sonrisa; era fácil imaginar las reacciones del pusilánime indio ante aquella dama más bien imponente.

—Es un lingam.

—¿Un qué?

—*Usted* es la doctora, debería reconocerlo. El símbolo de la fertilidad masculina.

—Por supuesto, estúpida de mí. ¿Es un hindú practicante? Es un poco tarde para decirnos que preparemos una dieta estrictamente vegetariana.

—No se preocupe, nunca hubiéramos hecho algo así sin avisarla. Aunque no toca el alcohol, Chandra no es un fanático de nada, excepto de los ordenadores. En una ocasión me contó que su abuelo era sacerdote en Benarés, y que le dio ese lingam. Ha permanecido en la familia desde hace generaciones.

Ante la sorpresa de Floyd, la doctora Rudenko no mostró la reacción negativa que esperaba; de hecho su expresión se volvió sorprendentemente melancólica.

—Entiendo sus sentimientos. Mi abuela me dio un hermoso icono del siglo XVI. Me hubiera gustado traerlo, pero pesa cinco kilos.

La doctora se mostró de nuevo bruscamente activa: le administró a Floyd una inyección indolora con una pistola a gas, y le dijo que volviera tan pronto como sintiese sueño. Eso, le indicó, tendría que producirse antes de dos horas.

—Mientras tanto, relájese completamente —ordenó—. Hay una portilla de observación en este nivel, la Estación D.6. ¿Por qué no va usted allí?

Parecía una buena idea, y Floyd flotó hacia allá con una docilidad que habría sorprendido a sus amigos. La doctora Rudenko miró su reloj, dictó una breve anotación a su auto-secretario, y dispuso su alarma para que sonara en treinta minutos.

Cuando alcanzó la portilla D.6, Floyd encontró a Chandra y a Curnow ya allí. Le miraron con una total ausencia de reconocimiento, luego se volvieron de nuevo hacia el magnífico espectáculo del otro lado. A Floyd se le ocurrió —y se felicitó por tan brillante observación— que Chandra no podía estar realmente gozando de la vista. Sus ojos estaban apretadamente cerrados.

Un planeta totalmente no familiar colgaba allí afuera, resplandeciendo con gloriosos azules y deslumbrantes blancos. Qué extraño, se dijo Floyd. ¿Qué le ha ocurrido a la Tierra? Oh, claro, ¡no era extraño que no la reconociera! *¡Estaba al revés!* Vaya desastre. Lloró brevemente por toda aquella pobre gente, cayendo al espacio...

Apenas se dio cuenta de ello cuando dos miembros de la tripulación se llevaron a Chandra sin que les opusiera resistencia alguna. Cuando regresaron a por Curnow, los ojos de Floyd también estaban cerrados, pero aún seguía respirando. Cuando volvieron a por él, incluso su respiración había cesado.

II. TSIEN

6

DESPERTAR

Y nos dijeron que no íbamos a soñar, pensó Heywood Floyd, más con sorpresa que con fastidio. El espléndido resplandor rosáceo que lo rodeaba era muy relajante; le recordaba las barbacoas y los crepitantes leños de un fuego de Navidad. Pero no había calor; de hecho sentía una definida aunque no incómoda frialdad.

Había voces murmurando, justo al nivel de suavidad en el que no podía comprender las palabras. Luego se hicieron más fuertes, pero seguía sin poder comprenderlas.

—Claro que no —dijo con repentina sorpresa—. No puedo estar soñando en ruso.

—No, Heywood —respondió una voz de mujer—. No está soñando. Ya es hora de alzarse de la cama.

La encantadora luz rosada se desvaneció; abrió los ojos y tuvo la imprecisa visión de un foco siendo retirado de su rostro. Estaba tendido en una litera, sujeto a ella por bandas elásticas; había figuras de pie en torno a él, pero estaban demasiado desenfocadas para identificarlas.

Unos dedos suaves cerraron sus párpados y masajearon sus sienes.

—No se esfuerce. Respire profundamente, otra vez, así está bien. ¿Cómo se siente ahora?

—No sé —contestó Heywood—. Extraño, con la cabeza flotando, y hambriento.

—Eso es buena señal. ¿Sabe dónde se encuentra? Puede abrir los ojos ahora.

Las figuras se enfocaron, en primer lugar la doctora Rudenko, luego la capitana Orlova. Pero algo le había ocurrido a Tania desde que la había visto por última vez, hacía tan solo una hora. Cuando Floyd identificó la causa fue casi un shock físico.

—¡Le ha vuelto a crecer el pelo!

—Espero que lo considere usted como una mejora. Yo no puedo decir lo mismo de su barba.

Floyd alzó una mano hacia su rostro y notó que tenía que hacer un esfuerzo consciente para planificar cada etapa del movimiento. Su barbilla estaba cubierta por cortas cerdas, una barba de dos o tres días. En hibernación el pelo crecía tan solo una centésima parte de lo normal...

—Así que lo he conseguido —dijo—. Hemos llegado a Júpiter.

Tania lo miró melancólicamente, luego desvió sus ojos hacia la doctora, que asintió casi imperceptiblemente.

—No, Heywood —dijo—. Todavía estamos a un mes de distancia. No se alarme, la nave está perfectamente y todo funciona con normalidad. Pero sus amigos de Washington nos han pedido que lo despertemos antes de lo previsto. Ha ocurrido algo muy inesperado. Estamos empeñados en una carrera para alcanzar la *Discovery*, y me temo que vamos a perderla.

II. TSIEN

7

TSIEN

Cuando la voz de Heywood Floyd surgió por el altavoz del comunicador, los dos delfines dejaron bruscamente de dar vueltas en la piscina y nadaron hacia el borde. Apoyaron sus cabezas en el enlosado y miraron intensamente la fuente del sonido.

Así que reconocen a Heywood, pensó Caroline, con una punzada de amargura. Y sin embargo Christopher, gateando en su corralito, ni siquiera había dejado de jugar con los controles de colores de su libro de láminas cuando la voz de su padre surgió fuerte y clara tras cruzar quinientos millones de kilómetros de espacio.

—... Querida, no te sorprendas de oírme un mes antes de lo previsto; hace semanas que ya sabrás que tenemos compañía aquí fuera.

»Aún me resulta difícil de creer; en cierto modo, ni siquiera tiene sentido. *Posiblemente* no tengan suficiente combustible para regresar con seguridad a la Tierra; ni siquiera comprendemos cómo han podido efectuar la cita.

»Nunca los hemos visto, por supuesto. Incluso en el momento en que estuvimos más próximos, la *Tsien* estaba a más de cincuenta millones de kilómetros de distancia. Han tenido todo el tiempo que han querido para responder a nuestras señales si deseaban hacerlo, pero nos han ignorado por completo. Ahora deben de estar demasiado atareados para perder el tiempo en charlas amistosas. Dentro de pocas horas entrarán en contacto con la atmósfera de Júpiter, y entonces veremos cuán bien funciona su sistema de frenado. Si cumple con su misión, será algo bueno para nuestra moral. Pero si falla..., bueno, no hablemos de eso.

»Los rusos se están tomando las cosas estupendamente bien, considerándolo todo. Están furiosos y decepcionados, por supuesto, pero he oído varias expresiones de franca admiración. Fue realmente un truco brillante, construir esa nave a plena vista de todos y hacer que todo el mundo creyera que era una estación espacial, hasta que pusieron en marcha esos impulsores.

»Bien, no hay nada que podamos hacer, excepto esperar. Y a nuestra distancia gozamos de una vista mucho mejor que con vuestro mejor telescopio. No puedo evitar desearles suerte, aunque por supuesto confío en que dejen a la *Discovery* tranquila. Es *nuestra* propiedad, y apuesto a que el Departamento de Estado debe de estar recordándoselo hora tras hora.

»Esto es un mal viento... Si nuestros amigos chinos no se hubieran saltado la señal de partida, adelantándosenos, no me habrías oído hasta dentro de un mes. Pero ahora la doctora Rudenko me ha despertado, y voy a estar hablándote cada dos días.

»Tras la impresión inicial me las estoy arreglando estupendamente, voy conociendo la nave y su tripulación y encontrando mis piernas espaciales. Y puliendo mi asqueroso ruso, aunque no tengo muchas posibilidades de utilizarlo, todo el mundo insiste en hablar inglés. ¡Vaya horribles lingüistas que somos los americanos! A veces me siento avergonzado de nuestro chovinismo... o nuestra holgazanería.

»El nivel del inglés a bordo roza lo absolutamente perfecto. El ingeniero jefe Sacha Kovalev podría ganarse la vida como locutor de la BBC, en la variedad del si-hablas-lo-suficientemente-rápido-no-importa-cuántos-errores-cometas.

La única que no habla con fluidez es Zenia Marchenko, que reemplazó a Irina Yakunin en el último momento. Incidentalmente me ha alegrado saber que Irina se está recuperando bien... ¡Qué decepción debe de haber sido para ella! Me pregunto si habrá empezado de nuevo con el vuelo sin motor.

»Y hablando de accidentes, es obvio que Zenia tuvo que haber sufrido alguno muy grave. Aunque los cirujanos plásticos hicieron un buen trabajo, es seguro que en alguna ocasión recibió serias quemaduras. Es el benjamín de la tripulación, y los demás la tratan con..., iba a decir compasión, pero es demasiado condescendiente. Digamos con un tacto especial.

»Quizá te estarás preguntando cómo me van las cosas con la capitana Tania. Bien, la aprecio mucho, pero odio hacerla irritar. No hay la menor duda acerca de quién gobierna la nave.

»Y la comandante médico Rudenko... La conociste en la Convención Aeroespacial de Honolulú hace dos años, y estoy seguro de que no habrás olvidado aquella última fiesta. Comprenderás entonces por qué todos la llamamos Catalina la Grande, a sus espaldas, por supuesto.

»Pero ya basta de chismorreos. Si me paso del tiempo no quiero pensar en la sobretasa. Y por cierto, se supone que estas llamadas personales son completamente privadas. Pero hay un montón de conexiones en la cadena de comunicación, así que no te sorprendas si recibes ocasionalmente mensajes a través de..., bueno, de otra ruta.

»Espero tus noticias. Di a las chicas que hablaré con ellas más tarde. Recibe todo mi amor... Te echo mucho en falta, tanto a ti como a Chris. Y cuando regrese, te prometo que nunca me marcharé de nuevo.

Hubo una breve y silbante pausa, luego una voz obviamente sintética dijo:

—Aquí termina la transmisión Cuatrocientos Treinta y Dos Guión Siete desde la espacionave *Leonov*.

Cuando Caroline Floyd cerró el micrófono, los delfines

se deslizaron bajo la superficie de la piscina y salieron al Pacífico, dejando apenas unas pequeñas ondulaciones en el agua.

Cuando se dio cuenta de que sus amigos se habían ido, Christopher se echó a llorar. Su madre lo tomó en brazos e intentó consolarle, pero pasó mucho tiempo antes de conseguirlo.

8

TRÁNSITO DE JÚPITER

La imagen de Júpiter, con sus jirones de blancas nubes, sus moteadas bandas de color rosa asalmonado y la Gran Mancha Roja mirándoles como un ominoso ojo, colgaba firmemente en la pantalla proyectora del compartimento de pilotaje. Presentaba un aspecto lleno en sus tres cuartas partes, pero nadie estaba mirando la parte iluminada del disco; todos los ojos estaban clavados en el creciente de oscuridad en su borde. Allá, en el lado nocturno del planeta, la nave china estaba a punto de enfrentarse a su momento de la verdad.

Esto es absurdo, pensó Floyd. No es posible que veamos algo a través de cuarenta millones de kilómetros. Y tampoco importa; la radio nos dirá todo lo que deseamos saber.

La *Tsien* había interrumpido todas las transmisiones de voz, vídeo y circuitos de datos hacía dos horas, mientras las antenas de largo alcance quedaban aisladas dentro de la sombra protectora del escudo térmico. Solo el radiofaro omnidireccional seguía transmitiendo aún, señalando exactamente la posición de la nave china mientras se sumergía en aquel océano de nubes del tamaño de continentes. El agudo *bip... bip... bip...* era el único sonido en la sala de control de la *Leonov*. Cada una de esas pulsaciones había abandonado Júpiter hacía más de dos minutos; en aquel momento su fuente podía ser ya una simple nube de gases incandescentes dispersándose en la estratosfera joviana.

La señal iba desvaneciéndose, haciéndose estrepitosa. Los *bips* llegaban distorsionados; algunos de ellos desaparecían por completo, luego la secuencia volvía. En torno a la *Tsien* se estaba formando una envoltura de plasma, y pronto interrumpiría todas las comunicaciones hasta que la nave volviera a emerger. Si lo hacía alguna vez.

—¡*Posmotri*! —gritó Max—. ¡Ahí está!

Al principio Floyd no pudo ver nada. Luego, justo fuera del borde del disco iluminado, distinguió una pequeña estrella que brillaba allá donde ninguna estrella podía estar, contra la superficie oscurecida de Júpiter.

Parecía completamente inmóvil, aunque sabía que tenía que estar moviéndose a un centenar de kilómetros por segundo.

Su brillo aumentó lentamente, y luego ya no fue un punto adimensional sino que fue alargándose. Un cometa construido por manos humanas estaba cruzando velozmente el cielo nocturno joviano, dejando un rastro de incandescencia de miles de kilómetros de longitud.

El último *bip* procedente del radiofaro sonó fuertemente distorsionado y curiosamente apagado, y luego hubo tan solo el silbido carente de sentido de la propia radiación de Júpiter, una de esas muchas voces cósmicas que nada tienen que ver con el hombre o sus obras.

La *Tsien* era inaudible, pero ya no invisible. Porque podían ver cómo el pequeño destello alargado se había movido de forma apreciable alejándose de la parte del planeta iluminada por el Sol, y pronto desaparecería en el lado oculto. Por aquel entonces, si todo había ido de acuerdo con el plan, Júpiter habría capturado la nave, destruyendo su indeseada velocidad. Cuando emergiera de detrás del gigantesco mundo sería otro satélite joviano.

El destello tituló y desapareció. La *Tsien* había rodeado la curva del planeta y avanzaba ahora por la cara oculta. No había nada que ver o que oír hasta que emergiera por el otro lado, si todo iba bien, justo al cabo de una hora. Iba a ser una hora muy larga para los chinos.

Para el científico jefe Vasili Orlov y el ingeniero de comunicaciones Sacha Kovalev la hora pasó con extrema rapidez. Podían aprender mucho de la observación de aquella pequeña estrella; su tiempo de aparición y desaparición y, por encima de todo, el corrimiento Doppler del radiofaro proporcionaban información vital acerca de la nueva órbita de la *Tsien*. Los ordenadores de la *Leonov* estaban digiriendo ya las cifras y vomitando tiempos previstos de reaparición basados en varios supuestos de índices de desaceleración en la atmósfera joviana.

Vasili desconectó la pantalla del ordenador, giró en su sillón, se soltó el cinturón de seguridad y se dirigió a la audiencia que aguardaba pacientemente.

—La más próxima reaparición está prevista para dentro de cuarenta y dos minutos. ¿Por qué, amigos espectadores, no se marchan a dar un paseo para que podamos concentrarnos en tenerlo todo en buen orden para entonces? Nos veremos dentro de treinta y cinco minutos. *¡Fuera! ¡Nu-ujodi!*

Reluctantes, los indeseados abandonaron el puente, pero, ante el disgusto de Vasili, todo el mundo estaba de vuelta en poco más de treinta minutos. Estaba regañándolos aún por su falta de fe en sus cálculos cuando el familiar *bip... bip... bip...* del radiofaro de la *Tsien* restalló en los altavoces.

Vasili pareció sorprendido y mortificado, pero pronto se unió al espontáneo coro de aplausos; Floyd no pudo ver quién fue el que lo inició. Aunque fueran rivales, todos ellos eran astronautas, más lejos del hogar de lo que ningún hombre había viajado nunca..., «embajadores de la humanidad», en las nobles palabras del primer Tratado del Espacio de las Naciones Unidas. Aunque ninguno de ellos deseaba que los chinos tuvieran éxito, tampoco querían verlos abocados a un desastre.

También estaba presente un gran elemento de egoísmo,

no pudo evitar pensar Floyd. Ahora las probabilidades a favor de la *Leonov* se veían significativamente incrementadas; la *Tsien* había demostrado que la maniobra de frenado atmosférico era posible. Los datos acerca de Júpiter eran correctos; su atmósfera no contenía inesperadas y quizá fatales sorpresas.

—¡Bien! —dijo Tania—. Supongo que deberíamos enviarles un mensaje de felicitación. Pero, aunque lo hiciéramos, ellos no lo aceptarían.

Algunos de sus colegas aún seguían chanceándose de Vasili, que miraba la pantalla de su ordenador con franca desconfianza.

—No lo comprendo —exclamó—. ¡Deberían de estar todavía detrás de Júpiter! Sacha, ¡deme una lectura de su velocidad según su radiofaro!

Hubo otro silencioso diálogo con el ordenador; luego Vasili lanzó un largo y suave silbido.

—Hay algo que no va bien aquí. Se hallan en una órbita de captura, de acuerdo, pero esta no va a permitirles una cita orbital con la *Discovery*. La órbita en la que se encuentran ahora les llevará más allá de Ío... Tendré datos más exactos cuando los hayamos rastreado durante otros cinco minutos.

—De todos modos, tienen que hallarse en una órbita segura —dijo Tania—. Siempre pueden efectuar correcciones más tarde.

—Quizá. Pero eso va a llevarles días, aunque tengan el combustible necesario. Lo cual dudo.

—Así que tal vez aún les ganemos.

—No seas tan optimista. Nos hallamos todavía a tres semanas de Júpiter. Pueden efectuar una docena de órbitas antes de que lleguemos allí y elegir la más favorable para una cita.

—Suponiendo de nuevo que tengan bastante propulsante.

—Por supuesto. Y eso es algo que tan solo podemos desear educadamente que no sea así.

Toda esta conversación tuvo lugar con tal rapidez en un

excitado ruso que Floyd quedó muy por detrás de ella. Cuando Tania sintió lástima por él y le explicó que la *Tsien* había fallado en exceso y que se estaba dirigiendo hacia los satélites exteriores, su primera reacción fue:

—Entonces puede que se encuentren en un serio problema. ¿Qué hará usted si solicitan ayuda?

—Supongo que está usted bromeando. ¿Los imagina acaso haciendo eso? Son demasiado orgullosos. De todos modos, sería imposible. No podemos cambiar el esquema de nuestra misión, y usted lo sabe perfectamente bien. Incluso aunque dispusiéramos del combustible...

—Tiene razón, por supuesto; pero quizá eso sea algo difícil de explicar al noventa y nueve por ciento de la raza humana que no tiene la menor idea de la mecánica orbital. Deberíamos empezar pensando en algunas de las complicaciones políticas..., puede que resultara perjudicial para nosotros no prestarles ayuda. Vasili, ¿me dará usted su órbita definitiva, tan pronto la haya establecido? Voy a mi cabina a efectuar un poco de trabajo doméstico.

La cabina de Floyd, o mejor dicho un tercio de la cabina, estaba aún parcialmente llena de artículos, la mayoría de ellos almacenados en las literas provistas de cortinillas que ocuparían Chandra y Curnow cuando despertaran de su largo sueño. Él había conseguido despejar un pequeño lugar para sus efectos personales, y se le había prometido el lujo de otros dos metros cúbicos completos, tan pronto como alguien dispusiera de un poco de tiempo libre para ayudarle en el traslado de los artículos almacenados.

Floyd abrió con llave su pequeña consola de transmisiones, insertó las claves criptográficas y pidió la información sobre la *Tsien* que se le había transmitido desde Washington. Se preguntó si sus anfitriones habrían tenido suerte en descodificarla; la clave estaba basada en el producto de los doscientos primeros números primos, y la Agencia Nacional de Seguridad había apostado su reputación a que ni siquiera el ordenador más rápido existente en la actualidad podría hallar la clave antes del Gran Colapso final del Universo. Era un alarde cuya veracidad no podría ser probada nunca, solo su falsedad.

Miró una vez más con intensidad las excelentes fotografías de la nave china, tomadas cuando esta había revelado sus auténticos colores y estaba a punto de abandonar la órbita terrestre. Había otras instantáneas, no tan claras debido a que habían sido tomadas desde mucho más lejos por cámaras espía, de la fase final, cuando emprendía su periplo a Júpiter. Esas eran las que más le interesaban; y más útiles todavía eran los dibujos de su sección y las estimaciones de sus capacidades.

Aceptando las suposiciones más optimistas, era difícil ver lo que los chinos esperaban hacer. Tenían que haber quemado al menos el noventa por ciento de su propulsante en esa loca carrera cruzando el Sistema Solar. A menos que fuera literalmente una misión suicida —algo que no podía ser descartado completamente—, solo un plan que implicara hibernación y posterior rescate tenía algún sentido. E Inteligencia no creía que la tecnología china de hibernación estuviera lo suficientemente avanzada como para hacer viable esa opción.

Pero Inteligencia solía equivocarse con frecuencia, y más a menudo aún se veía confundida por la avalancha de hechos nuevos que debía evaluar..., el «ruido» en sus circuitos de información. Había efectuado un notable trabajo sobre la *Tsien*, considerando el poco tiempo disponible, pero Floyd habría deseado que el material que le habían enviado hubiera estado más cuidadosamente filtrado. Parte de él era obviamente superfluo, sin conexión posible con la misión.

De todos modos, cuando uno no sabía exactamente qué era lo que estaba buscando, era importante evitar todos los prejuicios y preconcepciones; algo que a primera vista parecía irrelevante, o incluso carente de sentido, podía convertirse en una clave crucial.

Con un suspiro, Floyd empezó a examinar una vez más las quinientas páginas de datos, manteniendo su mente tan abierta y perceptiva como le era posible mientras diagramas, esquemas, fotografías —algunas tan borrosas que podían representar casi cualquier cosa—, nuevos datos, listas de delegados a conferencias científicas, títulos de publicaciones técnicas e incluso documentos comerciales pasaban rápidamente por la pantalla de alta definición. Un sistema de espionaje industrial altamente eficiente había estado a todas luces muy atareado. ¿Quién podía haber pensado que tantos módulos japoneses de holomemoria, microcontroladores de flujo de gases suizos o detectores de radiación alemanes podían haber sido rastreados escrupulosamente hasta su destino en el lecho del lago desecado de Lop Nor, el primer hito de su largo camino hacia Júpiter?

Algunos de los datos debían de haber sido incluidos por accidente; era imposible relacionarlos con la misión. Si los chinos habían pasado un pedido secreto de mil sensores de infrarrojos a través de una corporación fantasma en Singapur, eso era tan solo preocupación de los militares; parecía altamente improbable que la *Tsien* esperara ser perseguida por misiles rastreadores del calor. Y aquí había uno *realmente* divertido: equipo especializado de exploración y prospección procedente de la Geofísica Glacial Inc. de Anchorage, Alaska. ¿Qué imbécil podía imaginar que una expedición al espacio profundo pudiera tener alguna necesidad de...?

La sonrisa se congeló en los labios de Floyd; sintió que la piel de su nuca se erizaba. Dios mío, ¡no se *atreverían*! Pero ya se habían atrevido lo suficiente; y ahora, al menos, todo tenía sentido.

Volvió hacia atrás hasta que la pantalla le mostró de nuevo las fotos y los planos conjeturados de la nave china. Sí, era algo concebible: esas estrías en la cola, junto a los electrodos de deflexión de los impulsores, tenían casi el tamaño adecuado.

Floyd llamó al puente.

—Vasili —dijo—, ¿ha calculado ya su órbita?

—Sí, la tengo —respondió el piloto, con una voz curiosamente reprimida.

Floyd pudo decir casi de inmediato que el otro había descubierto algo. Inspiró profundamente.

—Están preparando una cita con Europa, ¿no?

Hubo un explosivo jadeo de incredulidad al otro lado.

—*¡Chiort voz'mi!* ¿Cómo lo sabe?

—No lo sé, simplemente lo he supuesto.

—No puede haber ningún error. He comprobado las cifras hasta el sexto decimal. La maniobra de frenado funcionó exactamente tal como ellos pretendían. Su órbita les lleva directamente hasta Europa, no puede haber ocurrido por casualidad. Estarán allí dentro de diecisiete horas.

—Y entrarán en órbita.

—Quizá; eso no les consumirá mucho propulsante. Pero ¿cuál puede ser su finalidad?

—Arriesgaré otra suposición. Efectuarán una rápida exploración y luego *aterrizarán*.

—Está usted loco, ¿o acaso sabe algo que nosotros no sabemos?

—No. Es un asunto de simple deducción. Pronto empezará a patearse usted mismo por haber dejado escapar lo obvio.

—De acuerdo, Sherlock, ¿por qué desearía nadie aterrizar en Europa? ¿Qué es lo que hay allí, por el amor del cielo?

Floyd estaba gozando de su pequeño momento de triunfo. Por supuesto, podía estar completamente equivocado.

—¿Qué es lo que hay en Europa? Tan solo la sustancia más valiosa del Universo.

Había calculado mal; Vasili no era tonto, y le arrebató la respuesta de los labios.

—Por supuesto ¡agua!

—Exacto. Miles y miles de millones de toneladas de ella.

La suficiente como para llenar los tanques propulsores, efectuar un recorrido por *todos* los satélites, y tener aún la suficiente para la cita orbital con la *Discovery* y el regreso a casa. Odio decir esto, Vasili, pero nuestros amigos chinos han sido de nuevo más astutos que nosotros.

—Suponiendo siempre, por supuesto, que puedan seguir adelante con ello.

9

EL HIELO DEL GRAN CANAL

Aparte el color negro azabache del cielo, la foto se podría haber tomado casi en cualquier lugar de las regiones polares de la Tierra; no había nada extraño en el mar de ondulado hielo que se extendía todo el camino hasta el horizonte. Solo las cinco figuras embutidas en trajes espaciales en primer plano proclamaban que el panorama pertenecía a otro mundo.

Ni siquiera ahora los reservados chinos habían facilitado los nombres de la tripulación. Los anónimos intrusos en el helado paisaje de Europa eran simplemente el científico jefe, el comandante, el piloto, el primer ingeniero y el segundo ingeniero. Incluso era irónico, no pudo evitar pensar Floyd, que todo el mundo en la Tierra hubiera visto la ya histórica fotografía una hora antes de que llegara a la *Leonov*, mucho más cercana al lugar de los hechos. Pero las transmisiones de la *Tsien* eran enviadas a través de un haz tan compacto que era imposible interceptarlas; la *Leonov* tan solo podía recibir su radiofaro, emitido imparcialmente en todas direcciones. E incluso este era inaudible durante más de la mitad del tiempo, cuando la rotación de Europa lo arrastraba fuera de su vista o el propio satélite era eclipsado por la monstruosa masa de Júpiter. Todas las escasas noticias de la misión china tenían que serles retransmitidas desde la Tierra.

La nave había descendido, tras su exploración inicial, sobre una de las pocas islas de roca sólida que emergían de la corteza de hielo que cubría virtualmente todo el satélite. Ese hielo era llano de polo a polo; no había ningún clima que lo esculpiera en extrañas formas, ninguna nieve a la deriva que lo edificara capa a capa hasta formar colinas que se movieran lentamente. Los meteoritos podían caer sobre Europa, desprovisto de aire, pero nunca un copo de nieve. Las únicas fuerzas que moldeaban la superficie eran la constante fuerza de la gravedad, que reducía todas las elevaciones a un nivel uniforme, y los incesantes temblores causados por los demás satélites cuando pasaban y volvían a pasar junto a Europa en sus órbitas. El propio Júpiter, pese a su masa enormemente más grande, tenía mucho menos efecto. Las mareas jovianas habían terminado su trabajo hacía eones, asegurándose de que Europa quedara amarrado para siempre con una cara vuelta constantemente hacia su gigantesco dueño.

Todo esto se sabía ya desde las misiones de inspección del *Voyager* en los años setenta, los reconocimientos del *Galileo* en los ochenta y los aterrizajes del *Kepler* en los noventa. Pero, en pocas horas, los chinos habían aprendido más acerca de Europa que todas las anteriores misiones combinadas. Ese conocimiento lo guardaban para ellos; uno podía lamentarlo, pero pocos podían negar que se habían ganado el derecho de actuar así.

Lo que sí se les negaba, cada vez con mayor aspereza, era su derecho a anexionarse el satélite. Por primera vez en la historia una nación había reclamado la propiedad de otro mundo, y todos los medios de comunicación de la Tierra estaban argumentando en contra de esa posición legal. Aunque los chinos señalaran, con una tediosa insistencia, que ellos nunca habían firmado el Tratado Espacial de las Naciones Unidas de 2002 y que por lo tanto no se sentían ligados por sus conclusiones, eso no servía para acallar las airadas protestas.

De pronto Europa se había convertido en la noticia más grande del Sistema Solar. Y había una gran demanda (al menos en los más próximos millones de kilómetros) de noticias sobre los hombres que estaban en su superficie.

—Aquí Heywood Floyd, a bordo de la *Cosmonauta Alexei Leonov*. Pero como todos ustedes pueden imaginar muy bien, todos nuestros pensamientos están actualmente enfocados en Europa.

»En este momento estoy observando el satélite a través del más potente telescopio de la nave; bajo este aumento parece diez veces más grande que la Luna tal como ustedes la ven a simple vista. Y es realmente una vista fascinante.

»La superficie es de un color rosa uniforme, con unas pocas manchas amarronadas. Está cubierta por una intrincada red de estrechas líneas que serpentean y se entrelazan en todas direcciones. De hecho parece una foto de un libro de texto de medicina mostrando un esquema de venas y arterias.

»Algunos de estos rasgos tienen centenares, incluso miles, de kilómetros de largo, y parecen más bien los ilusorios canales que Percival Lowell y otros astrónomos de principios del siglo XX imaginaron ver en Marte.

»Pero los canales de Europa no son una ilusión, aunque por supuesto no son artificiales. Es más, contienen agua... o al menos hielo. Porque el satélite está casi enteramente cubierto por el océano, con una media de profundidad de cincuenta kilómetros.

»Debido a que se halla tan lejos del Sol, la temperatura de la superficie de Europa es extremadamente baja, aproximadamente ciento cincuenta grados por debajo del punto de congelación. De modo que uno puede esperar que este único océano sea todo él un sólido bloque de hielo.

»Sorprendentemente este no es el caso, porque hay una gran cantidad de calor generado en el interior de Europa por las fuerzas de las mareas, las mismas fuerzas que originan los grandes volcanes de su vecino Ío.

»De modo que el hielo está constantemente fundiéndose, cuarteándose y volviendo a helarse, formando grietas y franjas como las que vemos en las masas de hielo flotante de nuestras regiones polares. Es esa intrincada tracería de grietas lo que estoy viendo ahora; la mayoría de ellas son oscuras y muy antiguas, quizá millones de años. Pero unas cuantas son de un blanco casi puro; estas son las nuevas, las que recién acaban de abrirse, y poseen una costra de tan solo unos pocos centímetros de grosor.

»La *Tsien* ha aterrizado precisamente al lado de una de esas grietas blancas, el accidente de mil quinientos kilómetros de largo que ha sido bautizado como Gran Canal. Presumiblemente los chinos pretenden bombear su agua hasta sus tanques de propulsante, de modo que puedan explorar el sistema joviano de satélites y luego regresar a la Tierra. Eso puede que no resulte fácil, pero seguramente han estudiado el lugar de aterrizaje con sumo cuidado y deben de saber lo que están haciendo.

»Resulta obvio ahora el porqué han corrido tan gran riesgo, y el porqué reclaman Europa. Como una estación de reaprovisionamiento. Puede ser la llave a todo el Sistema Solar exterior. Aunque también hay agua en Ganimedes, toda ella está helada, pero es menos accesible debido a que ese satélite posee una gravedad mucho más fuerte.

»Y hay otra cosa que acaba de ocurrírseme. Aunque los chinos quedaran varados en Europa, pueden ser capaces de sobrevivir hasta que se disponga una misión de rescate. Tienen gran cantidad de energía, puede que haya minerales útiles en la zona, y sabemos que los chinos son los mayores expertos en producción de alimentos sintéticos. No sería una vida muy lujosa, pero tengo algunos amigos que la aceptarían alegremente a cambio de esa impresionante visión de Júpiter ocupando la mayor parte del cielo, la visión que esperamos contemplar nosotros mismos dentro de muy pocos días.

»Aquí Heywood Floyd, a bordo de la *Alexei Leonov*, diciéndoles adiós de parte de mis colegas y de mí mismo...

—Y aquí el puente. Maravillosa presentación, Heywood. Debería haberse dedicado usted al periodismo.

—Tengo mucha práctica en esto. Pasé la mitad de mi vida trabajando en R.P.

—¿R.P.?

—Relaciones Públicas..., normalmente diciendo a los políticos por qué debían darnos más dinero. Algo de lo que ustedes no tienen que preocuparse.

—Cómo me gustaría que eso fuera cierto. De todos modos, acuda al puente. Aquí hay nueva información que nos gustaría discutir con usted.

Floyd soltó el botón del micrófono, aseguró el telescopio en posición, y se extrajo de la diminuta burbuja de observación. Cuando salía casi colisionó con Nikolai Ternovski, que obviamente iba a una misión similar.

—Voy a robarle sus mejores frases para Radio Moscú, Woody. Espero que no le importe.

—Encantado, *tovarich*. De todos modos, ¿cómo podría impedírselo?

Arriba en el puente la capitana Orlova estaba mirando pensativamente una apretada masa de palabras y cifras en la pantalla principal. Floyd había empezado a traducirlas penosamente cuando ella le interrumpió.

—No se preocupe por los detalles. Son estimaciones del tiempo que necesitará la *Tsien* para rellenar sus tanques y estar lista para el despegue.

—Los míos están efectuando los mismos cálculos, pero hay demasiadas variables.

—Creemos que nosotros hemos eliminado una de ellas. ¿Sabía usted que las mejores bombas de agua son las de los bomberos? ¿Y le sorprenderá saber que la Estación Central de Beijing requisó repentinamente cuatro de sus últimos modelos hace solo unos meses pese a las protestas del alcalde?

—No estoy sorprendido, tan solo perdidamente admirado. Prosiga, por favor.

—Puede que sea una coincidencia, pero esas bombas eran exactamente del tamaño adecuado. Tras algunas suposiciones bien informadas del despliegue de las conducciones, el taladro del hielo y todo lo demás..., bien, creemos que pueden despegar de nuevo dentro de cinco días.

—¡Cinco días!

—Si tienen suerte y todo funciona a la perfección. Y si no aguardan a llenar sus tanques de propulsante sino simplemente toman el necesario para una cita orbital segura con la *Discovery* antes de que lo hagamos nosotros. Incluso si nos ganan por una sola hora, puede ser suficiente. Como mínimo pueden alegar derechos de rescate.

—No según los letrados del Departamento de Estado. En el momento adecuado declararemos que la *Discovery* no es una nave abandonada, sino que simplemente ha sido estacionada allí hasta que podamos recuperarla. Cualquier intento de apoderarse de la nave podrá ser considerado un acto de piratería.

—Estoy segura de que los chinos se sentirán muy impresionados.

—Si no se sienten impresionados, ¿qué podemos hacer al respecto?

—Les superamos en número... dos contra uno, cuando revivamos a Chandra y Curnow.

—¿Está hablando en serio? ¿Dónde están los machetes para el grupo de abordaje?

—¿Machetes?

—Espadas, armas.

—Oh. Podemos usar el telespectómetro láser. Puede vaporizar muestras de asteroides de un miligramo a distancias de un millar de kilómetros.

—No creo que me guste esta conversación. Seguro que mi gobierno no aceptaría la violencia excepto en caso de defensa propia.

—¡Ustedes, ingenuos americanos! Nosotros somos más

realistas; tenemos que serlo. Todos sus abuelos murieron a edad avanzada, Heywood. Tres de los míos resultaron muertos en la Gran Guerra Patriótica.

Cuando estaban a solas, Tania siempre le llamaba Woody, nunca Heywood. Ahora debía de estar seria. ¿O simplemente estaba tanteando sus reacciones?

—De todos modos, la *Discovery* es tan solo un montón de chatarra valorado en unos cuantos miles de millones de dólares. La nave no es importante, solo la información que contiene.

—Exacto. Información que puede ser copiada, y luego borrada.

—Tania, tiene usted algunas ideas realmente alentadoras. A veces pienso que todos los rusos son un poco paranoicos.

—Gracias a Napoleón y a Hitler, nos hemos ganado el derecho de serlo. Pero no me diga que *usted* no ha maquinado ya ese... ¿cómo lo llaman ustedes, argumento?... para usted mismo.

—No era necesario —aseguró Floyd más bien tristemente—. El Departamento de Estado ya lo hizo por mí con algunas variaciones. Lo único que tenemos que hacer es ver simplemente cuál es el que han maquinado los chinos. Y no me sentiría en absoluto sorprendido si nos ganaran de nuevo la mano.

II. TSIEN

10

UN GRITO DESDE EUROPA

Dormir en gravedad cero es una habilidad que hay que aprender; le había tomado a Floyd casi una semana descubrir la mejor forma de anclar piernas y brazos de tal modo que no derivara a posiciones incómodas. Ahora era un experto, y no deseaba el regreso a la gravedad; de hecho, la sola idea le daba ocasionales pesadillas.

Alguien estaba sacudiéndole para despertarle. No, ¡aún debía de estar durmiendo! La intimidad era sagrada a bordo de la espacionave; nadie entraba nunca en las habitaciones de otro miembro de la tripulación sin pedir antes permiso. Mantuvo los ojos fuertemente cerrados, pero las sacudidas prosiguieron.

—¡Doctor Floyd, por favor, despierte! ¡Se le necesita en la cabina de pilotaje!

Y nadie le llamaba doctor Floyd; el saludo más formal que había recibido en semanas era el de doc. ¿Qué estaba ocurriendo?

Abrió los ojos, reluctante. Estaba en su pequeña cabina, sujeto suavemente por su capullo de dormir. De modo que una parte de su mente le dijo: entonces, ¿por qué estaba mirando a... *Europa*? Todavía estaban a millones de kilómetros de distancia.

Ahí estaba el familiar trazado reticular, los esquemas de triángulos y polígonos formados por las líneas que se intersectaban. Y seguramente aquel era el Gran Canal; no, aquello no podía ser. ¿Cómo podría ser, si estaba todavía en su pequeña cabina a bordo de la *Leonov*?

—¡Doctor Floyd!

Despertó del todo, y se dio cuenta de que su mano izquierda estaba flotando a tan solo unos centímetros de distancia frente a sus ojos. ¡Qué extraño que el esquema de líneas que cruzaban su palma fuera tan sorprendentemente parecido al mapa de Europa! Pero la económica Madre Naturaleza siempre se repetía a sí misma, a escalas tan distintas como los remolinos de la leche vertida sobre el café, las franjas de nubes de un ciclón, los brazos de una nebulosa en espiral.

—Lo siento, Max —dijo—. ¿Cuál es el problema? ¿Algo va mal?

—Creo que sí, pero no nosotros. La *Tsien* tiene problemas.

Capitana, piloto e ingeniero jefe estaban anclados a sus asientos en el compartimento de pilotaje; el resto de la tripulación orbitaba ansiosamente en torno a los asideros adecuados u observaba los monitores.

—Siento haberle despertado, Heywood —se disculpó bruscamente Tania—. Esta es la situación. Hace diez minutos hemos recibido un mensaje Prioridad Uno del Control de Misión. La *Tsien* ha desaparecido de las ondas. Ocurrió muy bruscamente, en mitad de un mensaje cifrado; hubo unos breves segundos de confusa transmisión; luego nada.

—¿Su radiofaro?

—Se interrumpió al mismo tiempo. *Nosotros* tampoco podemos recibirlo.

—¡Fiu! Entonces debe de ser algo serio, un accidente grave. ¿Alguna teoría?

—Montones, pero todas suposiciones. Una explosión, un deslizamiento, un terremoto..., ¿quién sabe?

—Y puede que nunca lo sepamos, hasta que alguien aterrice en Europa, o nos acerquemos a una órbita próxima y echemos una mirada.

Tania agitó la cabeza.

—No disponemos de impulso suficiente. Lo más cerca que podríamos llegar es a cincuenta mil kilómetros. No es mucho lo que puede verse desde esa distancia.

—Entonces no hay absolutamente nada que podamos hacer.

—No absolutamente, Heywood. Control de Misión ha hecho una sugerencia. Les gustaría que diésemos una vuelta completa a nuestro gran plato para ver si podemos captar alguna transmisión de emergencia, aunque sea débil. Es... ¿cómo lo dicen ustedes?... una probabilidad muy remota, pero vale la pena intentarla. ¿Qué piensa usted de ello?

La primera reacción de Floyd fue intensamente negativa.

—Eso representaría interrumpir nuestro contacto con la Tierra.

—Por supuesto; pero tendremos que hacerlo de todos modos cuando orbitemos alrededor de Júpiter. Y solo nos tomará un par de minutos restablecer el circuito.

Floyd guardó silencio. La sugerencia era perfectamente razonable, aunque le preocupaba de una forma imprecisa. Tras rumiar su desconcierto durante varios segundos, se dio cuenta de pronto del porqué se sentía tan opuesto a la idea.

Los problemas de la *Discovery* habían empezado cuando el gran plato —el complejo de la antena principal— había perdido su contacto con la Tierra, por razones que incluso ahora no eran completamente claras. Pero evidentemente Hal estaba implicado en ello, y no había ningún peligro de que se produjera aquí una situación similar: los ordenadores de la *Leonov* eran unidades pequeñas y autónomas; no había ninguna inteligencia única controlando. Al menos, ninguna no humana.

Los rusos aún estaban aguardando pacientemente su respuesta.

—De acuerdo —dijo al final—. Dejemos que la Tierra sepa lo que estamos haciendo y empecemos a escuchar.

Supongo que probará usted todas las frecuencias SPACE MAYDAY.

—Sí, tan pronto como hayamos efectuado todas las correcciones Doppler. ¿Cómo va eso, Sacha?

—Deme otros dos minutos y tendré en marcha el rastreo automático. ¿Cuánto tiempo debemos escuchar?

La capitana apenas hizo una pausa antes de dar su respuesta. Floyd había admirado a menudo la resolución de Tania Orlova, y en una ocasión incluso se lo había dicho. En un raro destello de humor, ella le había respondido: «Woody, un comandante puede equivocarse, pero nunca mostrarse inseguro».

—Escucharemos durante quince minutos, e informaremos a la Tierra durante diez. Luego repetiremos el ciclo.

No había nada que ver o escuchar; los circuitos automáticos eran mejores en cribar los ruidos de la radio que todos los sentidos humanos. Sin embargo, de tanto en tanto, Sacha conectaba el monitor audio, y el rugir de los cinturones de radiación de Júpiter llenaba la cabina. Era un sonido como de olas rompiendo en todas las playas de la Tierra, con ocasionales crujidos explosivos de los superrelámpagos de la atmósfera joviana. No había el menor rastro de señales humanas; y, uno tras otro, los miembros de la tripulación libres de servicio fueron yéndose discretamente.

Mientras estaba aguardando, Floyd realizó algunos cálculos mentales. Lo que le hubiera ocurrido a la *Tsien* se había producido hacía casi dos horas, puesto que las noticias les habían sido retransmitidas desde la Tierra.

Pero la *Leonov* podía captar un mensaje directo con menos de un minuto de intervalo, de modo que los chinos habían tenido tiempo suficiente de volver a las ondas. Su continuado silencio sugería algún fallo catastrófico, y se descubrió tejiendo interminables tramas de desastre.

Los quince minutos parecieron horas. Una vez transcurridos, Sacha giró de nuevo el complejo de la antena de la nave hacia la Tierra e informó del fracaso. Mientras estaba utilizando el resto de los diez minutos para enviar una acumulación de mensajes, miró interrogadoramente a la capitana.

—¿Vale la pena intentarlo de nuevo? —dijo, con una voz que expresaba claramente su pesimismo.

—Por supuesto. Podemos acortar el tiempo de rastreo, pero debemos seguir escuchando.

En el momento previsto el gran plato fue enfocado de nuevo hacia Europa. Y, casi inmediatamente, el monitor automático empezó a destellar su luz de ALERTA.

La mano de Sacha saltó hacia el volumen del audio, y la voz de Júpiter llenó la cabina. Sobreimpuesta a ella, como un susurro oído sobre una tormenta de truenos, se oía el débil pero completamente inconfundible sonido de una voz humana. Era imposible identificar el lenguaje, pero Floyd estuvo seguro, por la entonación y el ritmo, de que no era chino, sino alguna lengua europea.

Sacha manejó hábilmente la sintonía y los controles de amplitud de banda, y las palabras se hicieron más claras.

El idioma era indudablemente inglés, pero su contenido era aún enloquecedoramente ininteligible.

Hay una combinación de sonidos que el oído de todo ser humano puede detectar instantáneamente, incluso en el entorno más ruidoso. Cuando emergió repentinamente del trasfondo joviano, Floyd tuvo la impresión de que no era posible que estuviera despierto, de que estaba atrapado todavía en algún frenético sueño. Sus colegas tardaron un poco más en reaccionar; luego se le quedaron mirando con idéntica sorpresa, y un leve asomo de sospecha.

Porque las primeras palabras reconocibles procedentes de Europa eran:

—Doctor Floyd, doctor Floyd, espero que pueda usted oírme.

11

HIELO Y VACÍO

—¿Qué es eso? —susurró alguien a un coro de siseos para que se callara. Floyd alzó las manos en un gesto de ignorancia y, esperaba, inocencia.

—... Sé que está usted a bordo de la *Leonov*, puede que no tenga mucho tiempo..., orientando la antena de mi traje hacia donde creo...

La señal se desvaneció durante unos agónicos segundos, luego regresó mucho más clara, aunque no apreciablemente más fuerte.

—... transmita esta información a la Tierra. La *Tsien* ha resultado destruida hace tres horas. Yo soy el único superviviente. Estoy utilizando la radio de mi traje..., no tengo la menor idea de si tiene suficiente alcance, pero es la única esperanza. Por favor, escuche atentamente. HAY VIDA EN EUROPA. Repito: HAY VIDA EN EUROPA...

La señal se desvaneció de nuevo. Siguió un atónito silencio, que nadie intentó interrumpir. Mientras aguardaba, Floyd buscó furiosamente en su memoria. No podía reconocer la voz, podía ser la de cualquier chino educado en Occidente. Lo más probable era que fuese alguien al que había conocido en alguna conferencia científica, pero, a menos que el que hablaba se identificase, nunca llegaría a saberlo.

—... poco después de la medianoche local. Estábamos bombeando a buen ritmo, y los tanques estaban casi medio llenos. El doctor Lee y yo salimos para comprobar el aislamiento de las conducciones. la *Tsien* está... estaba... a unos treinta metros del borde del Gran Canal. Las conducciones surgían directamente de ella y se hundían en el hielo. Muy delgado, poco seguro andar sobre él. El calor fluía de abajo...

De nuevo un largo silencio. Floyd se preguntó si el que hablaba estaría moviéndose y su voz se vería momentáneamente cortada por alguna obstrucción.

—... ningún problema, cinco kilovatios de luces formando un cordón ascendente hasta la nave. Como un árbol de Navidad..., hermoso, resplandeciendo a través del hielo. Gloriosos colores. Lee la vio primero, una enorme masa que ascendía de las profundidades. Al principio pensamos que era un banco de peces, demasiado grande para ser un solo organismo, luego empezó a surgir rompiendo el hielo.

»Doctor Floyd, espero que pueda oírme. Soy el profesor Chang, nos conocimos en la conferencia de la UAI en Boston, en 2002.

Instantáneamente, de forma incongruente, los pensamientos de Floyd estuvieron a mil millones de kilómetros de distancia. Recordó vagamente aquella recepción, tras la sesión de clausura del Congreso de la Unión Astronómica Internacional, el último al que habían asistido los chinos antes de la Segunda Revolución Cultural. Y ahora recordaba a Chang de una forma muy precisa, un pequeño y bienhumorado astrónomo y exobiólogo con una buena reserva de chistes. Pero ahora no estaba bromeando.

—... como enormes tiras de húmedas algas arrastrándose por el suelo. Lee echó a correr hacia la nave para ir en busca de una cámara, yo me quedé para observar, informando por radio. La cosa se movía tan lentamente que podía dejarla fácilmente atrás. Estaba mucho más excitado que alarmado. Pensé que sabía qué tipo de criatura era, he visto fotos de los bosques de algas frente a California, pero estaba completamente equivocado.

»... parecía que estaba en dificultades. Seguro que no podía sobrevivir a una temperatura de ciento cincuenta grados por debajo de su entorno habitual. Estaba congelándose hasta volverse sólida a medida que avanzaba, algunos extremos se estaban rompiendo como cristal, pero seguía dirigiéndose pese a todo hacia la nave, una marea negra que iba más y más lenta a cada momento.

»Yo estaba aún tan sorprendido que no podía pensar claramente, y no podía imaginar que lo que estaba intentando hacer...

—¿Hay alguna forma de que podamos responderle? —murmuró Floyd con urgencia.

—No, es demasiado tarde. Europa estará pronto detrás de Júpiter. Tendremos que aguardar hasta que salga del eclipse.

—... trepando hacia la nave, construyendo una especie de túnel de hielo mientras avanzaba. Quizá esto la aislaba del frío, de la misma forma que las termitas se protegen de la luz del sol con sus pequeños corredores de lodo.

»... toneladas de hielo sobre la nave. Las antenas de la radio fueron lo primero en romperse. Luego pude ver cómo las patas de aterrizaje empezaban a combarse, todo ello con un movimiento muy lento, como en un sueño.

»Hasta que la nave empezó a ladearse, no comprendí lo que la cosa estaba intentando hacer, y entonces ya era demasiado tarde. Hubiéramos podido salvarnos si simplemente hubiéramos apagado aquellas luces.

»Quizá era fototrópica, con un ciclo biológico desencadenado por la luz del sol que se filtra a través del hielo. O pudo sentirse atraída como una polilla a una vela. Nuestros proyectores debieron de haber sido mucho más brillantes que cualquier otra cosa que Europa haya conocido nunca.

»Entonces la nave se colapsó. Vi el casco hendirse y se formó una nube de copos de nieve, como humedad condensada. Todas las luces se apagaron excepto una, que quedó colgada oscilando a uno y a otro lado al extremo de un cable, a un par de metros por encima del suelo.

»No sé lo que ocurrió inmediatamente después de eso. Lo siguiente que recuerdo es estar de pie debajo de la luz, junto a los restos de la nave, con un fino polvillo de nieve fresca a mi alrededor. Podía ver las huellas de mis pasos marcadas muy claramente en ella. Debí de haber corrido hacia allí; quizá solo hubieran transcurrido uno o dos minutos.

»La planta, sigo pensando en ella como una planta, estaba inmóvil. Me pregunté si habría resultado dañada por el impacto; grandes secciones, tan gruesas como el brazo de un hombre, se habían astillado y roto, como ramas partidas.

»Luego el tronco principal empezó a moverse de nuevo. Se apartó del casco y empezó a reptar hacia mí. Fue entonces cuando supe seguro que la cosa era sensitiva a la luz: yo estaba inmóvil bajo una lámpara de mil vatios que había dejado de oscilar.

»Imagine un roble, o mejor aún, un baniano con sus múltiples troncos y raíces, aplastado por la gravedad e intentando arrastrarse por el suelo. Llegó a menos de cinco metros de la luz, y entonces empezó a extenderse hacia los lados hasta que formó un perfecto círculo a mi alrededor. Presumiblemente aquel era el límite de su tolerancia, el punto en el cual la fotoatracción se convertía en repulsión. Tras aquello no ocurrió nada durante varios minutos. Me pregunté si estaría muerta, helada finalmente hasta solidificarse.

»Entonces vi que se estaban formando gruesos brotes en muchas de sus ramas. Era como observar un filme acelerado del proceso de una flor al abrirse. De hecho pensé que eran flores, cada una de ellas tan grande como la cabeza de un hombre.

»Empezaron a desplegarse delicadas y hermosamente coloreadas membranas. Incluso entonces se me ocurrió pensar que nunca nadie, ninguna cosa, podía haber visto allí aquellos colores antes; no habían existido hasta que nosotros conectamos nuestras luces, nuestras fatales luces, en aquel mundo.

»Zarcillos, estambres, agitándose débilmente... Caminé hacia la pared viviente que me rodeaba, de modo que pude ver exactamente lo que estaba ocurriendo. Ni entonces ni en ningún otro momento sentí el menor miedo hacia la criatura. Estaba seguro de que no era maligna, si es que era consciente.

»Había toda una multitud de grandes flores, en varios estadios de apertura. Ahora me recordaban mariposas apenas salidas de sus crisálidas, con las alas dobladas, aún débiles. Estaba acercándome más y más a la verdad.

»Pero se estaban congelando..., muriendo tan rápidamente como se formaban. Luego, una tras otra, cayeron de los brotes-padre. Por unos pocos momentos se agitaron como peces arrojados a tierra firme, y al fin me di cuenta de lo que eran exactamente. Aquellas membranas no eran pétalos, eran aletas, o su equivalente. Aquel era el estado libre, larval, de la criatura. Probablemente pasa la mayor parte de su vida enraizada en el fondo marino, y luego envía esa prole móvil en busca de nuevo territorio. Exactamente igual que los corales de los océanos de la Tierra.

»Me arrodillé para echar una mirada desde más cerca a una de las pequeñas criaturas. Los hermosos colores se estaban desvaneciendo, convirtiéndose en un marrón pardusco. Algunas de las aletas-pétalo se habían desprendido, convirtiéndose en quebradizas escamas a medida que se helaban. Pero aún seguían moviéndose débilmente, y cuando me acerqué, intentó evitarme. Me pregunté cómo podía sentir mi presencia.

»Entonces observé que los *estambres*, como los llamé, tenían todos ellos unos puntos de un color azul brillante en sus extremos. Parecían pequeños zafiros estrellados, u ojos azules a lo largo del manto de un bivalvo, conscientes de la luz, pero incapaces de formar auténticas imágenes. Mientras observaba, el vívido color azul se desvaneció, los zafiros se convirtieron en opacas y vulgares piedras...

»Doctor Floyd, o cualquier otro que esté escuchando, no

331

tengo mucho tiempo; Júpiter bloqueará pronto mi señal. Pero ya casi he terminado.

»Entonces supe lo que tenía que hacer. El cable de aquella lámpara de mil vatios colgaba tocando casi el suelo. Le di unos cuantos tirones, y la luz se apagó en una cascada de chispas.

»Me pregunté si no sería demasiado tarde. Durante algunos minutos no ocurrió nada, de modo que caminé hacia la pared de entremezcladas ramas que me rodeaba y la pateé.

»Lentamente, la criatura empezó a desenroscarse y a retroceder hacia el Canal. Había bastante luz, podía verlo todo perfectamente. Ganimedes y Calixto estaban en el cielo, Júpiter era un enorme y delgado creciente, y había una gran aurora desplegada en el cielo nocturno en el extremo joviano del campo magnético de Ío. No había ninguna necesidad de utilizar la luz de mi casco.

»Seguí a la criatura durante todo el camino hasta el agua, animándola con más patadas cuando frenaba su marcha, sintiendo los fragmentos de hielo crujir durante todo el tiempo bajo mis botas... Cuando se acercó al Canal, pareció ganar fuerzas y energía, como si supiera que estaba acercándose a su hogar natural. Me pregunté si sobreviviría para reproducirse de nuevo.

»Desapareció bajo la superficie dejando tras ella unas pocas larvas muertas en el suelo alienígena. El agua libre burbujeó durante varios minutos hasta que una costra de hielo protector la selló, aislándola del vacío de arriba. Entonces caminé de vuelta a la nave para ver si había algo que pudiera rescatar..., prefiero no hablar de ello.

»Tengo solo dos peticiones que hacerle, doctor. Cuando los taxónomos clasifiquen a esa criatura, me gustaría que le dieran mi nombre.

»Y cuando la próxima nave venga aquí, pídales que lleven nuestros huesos de vuelta a China.

»Júpiter interrumpirá mi transmisión dentro de pocos minutos. Me gustaría saber si alguien me está recibiendo. De todos modos, repetiré este mensaje cuando esté de nuevo en línea de visión, si los sistemas vitales de mi traje resisten hasta entonces.

»Aquí el profesor Chang en Europa, informando de la destrucción de la espacionave *Tsien*. Aterrizamos junto al Gran Canal e instalamos nuestras bombas al borde del hielo...

La señal se desvaneció bruscamente, volvió por un momento, luego desapareció por completo bajo el nivel del ruido de fondo. Aunque la *Leonov* siguió escuchando en la misma frecuencia, no hubo ningún otro mensaje del profesor Chang.

III. DISCOVERY

12

CUESTA ABAJO

La nave estaba ganando finalmente velocidad yendo cuesta abajo hacia Júpiter. Hacía tiempo que había pasado la tierra de nadie gravitatoria donde las cuatro minúsculas lunas exteriores —Sinope, Pasífae, Ananke y Carme— se bamboleaban a lo largo de sus retrógradas y locamente excéntricas órbitas. Indudablemente asteroides capturados, y completamente irregulares en su forma, la mayor de ellas tenía tan solo treinta kilómetros de diámetro. Rocas melladas y astilladas sin interés para nadie excepto para los geólogos planetarios, su fidelidad oscilaba constantemente entre el Sol y Júpiter. Un día el Sol terminaría capturándolas por completo.

Pero Júpiter podía retener el segundo grupo de cuatro, a la mitad de distancia de las otras. Elara, Lisitea, Himalia y Leda estaban bastante juntas y situadas casi sobre el mismo plano. Se especulaba que en otro tiempo habían formado parte de un solo cuerpo; si así era, el padre apenas tendría un centenar de kilómetros de diámetro.

Aunque solo Carme y Leda pasaron lo suficientemente cerca para mostrar un disco visible a simple vista, fueron recibidas como viejas amigas. Era la primera tierra a la vista tras el largo viaje a través del océano, las primeras islas cercanas a la costa de Júpiter. Pasaron las últimas horas; la fase más crítica de toda la misión se estaba acercando... la entrada en la atmósfera joviana.

Júpiter era ya mayor que la Luna en el cielo de la Tierra, y podían verse claramente los gigantescos satélites interiores moviéndose a su alrededor. Todos ellos eran esferas apreciablemente distinguibles y coloreadas de una forma característica, pese a que todavía estaban demasiado lejos para que fueran visibles más detalles. El eterno ballet que realizaban —desapareciendo detrás de Júpiter, reapareciendo para cruzar la cara visible con sus sombras acompañándoles— era un espectáculo interminablemente cautivador. Era el mismo que los astrónomos habían contemplado desde que Galileo lo observara por primera vez hacía casi exactamente cuatro siglos; pero la tripulación de la *Leonov* eran los únicos hombres y mujeres vivos en verlo sin la ayuda de aparatos.

Las interminables partidas de ajedrez habían cesado; las horas libres se pasaban al telescopio, o en intensas conversaciones, o escuchando música, normalmente mientras se contemplaba la vista exterior. Y al menos un romance había llegado a su culminación a bordo: las frecuentes desapariciones de Max Brailovski y Zenia Marchenko eran tema de muchas benévolas bromas.

Eran, pensaba Floyd, una pareja curiosa. Max era un rubio grande y apuesto que había sido campeón de gimnasia, llegando a las finales en los Juegos Olímpicos de 2000. Aunque había rebasado ya la treintena, su expresión era franca y casi infantil. Que no engañaba a nadie; pese a su brillante titulación como ingeniero, a menudo sorprendía a Floyd por su ingenuidad y carencia de sofisticación, era una de esas personas con las que resulta agradable hablar, pero no *demasiado* rato. Más allá de su propio campo, en el que indudablemente era un experto, era gracioso pero más bien superficial.

Zenia —veintinueve años, la más joven a bordo— estaba rodeada todavía por un halo de misterio. Puesto que nadie deseaba hablar de ello, Floyd nunca había planteado el tema de sus viejas heridas, y sus fuentes de Washington no podían proporcionarle información. Obviamente se había visto implicada en algún percance serio, pero podía tratarse de algo tan normal como un accidente automovilístico. La teoría de que había participado en una misión espacial secreta —lo cual todavía formaba parte de la mitología fuera de la URSS— podía ser desechada: gracias a las redes de rastreo de alcance planetario, algo así no era posible desde hacía cincuenta años.

Además de sus cicatrices físicas e indudablemente psicológicas, Zenia trabajaba también bajo otro handicap. Era un reemplazo de último momento, y todo el mundo lo sabía. La ayudante médico y dietista a bordo de la *Leonov* tenía que haber sido Irina Yakunin, antes de que aquel desgraciado problema con un planeador le rompiera varios huesos.

Cada día, a las 18.00 HMG, la tripulación de siete más un pasajero se reunía en la pequeña habitación común que separaba el compartimento de pilotaje de la cocina y los dormitorios. La mesa circular en su centro era apenas suficiente para que ocho personas se apretaran a su alrededor; cuando Chandra y Curnow fueran revividos, sería imposible acomodarlos, y deberían acondicionarse dos sillas extra en algún otro lugar.

Aunque el «Soviet de las Seis», como era llamada la conferencia diaria en torno a la mesa, casi nunca duraba más de diez minutos, jugaba un papel vital en el mantenimiento de la moral. Quejas, sugerencias, críticas, informes de progresos..., todo podía ser planteado, sujeto tan solo al veto inapelable de la capitana, que raras veces lo ejercía.

Típicos elementos de la inexistente agenda eran peticiones de cambios en el menú, peticiones de más tiempo para comunicaciones privadas con la Tierra, sugerencias de programación de películas, intercambio de noticias y chismorreos, y bienhumoradas pullas al contingente estadounidense, al que superaban en número. Las cosas cambiarían, les advertía Floyd, cuando sus colegas salieran de la hibernación y las relaciones se establecieran, de 1 sobre 7, a 3 sobre 9. No mencionaba su creencia particular de que Curnow podía abrumar, hablando o gritando, al menos a tres personas a bordo.

Cuando no estaba durmiendo, Floyd pasaba gran parte de su tiempo en la sala común, debido a que, pese a su pequeñez, era mucho menos claustrofóbica que su propio diminuto cubículo. También estaba alegremente decorada, con todas las superficies planas disponibles cubiertas con fotos de hermosos paisajes, panoramas marinos, acontecimientos deportivos, fotos de videoestrellas populares y otros recuerdos de la Tierra. Ocupaba un lugar de honor, sin embargo, un cuadro original de Leonov, su estudio de 1965 *Más allá de la Luna*, pintado el mismo año en que, siendo un joven teniente coronel, abandonó la *Vosjod II* y se convirtió en el primer hombre en la historia que realizó una excursión extravehicular, su famoso «paseo espacial».

Era evidente que se trataba del trabajo de un aficionado con talento antes que de un profesional, que mostraba el borde lleno de cráteres de la Luna con el hermoso Sinus Iridum —la Bahía de los Arcos Iris— en primer término. Asomándose monstruosamente sobre el horizonte lunar, estaba el delgado creciente de la Tierra, que abarcaba la oscurecida cara nocturna del planeta. Más allá llameaba el Sol, con los rayos de su corona brotando hacia el espacio millones de kilómetros a su alrededor.

Era una composición impresionante, y un atisbo del futuro que ya por aquel entonces estaba tan solo a tres años de distancia. Con el vuelo del *Apolo 8*, Anders, Borman y Lowell iban a ver esa espléndida visión a simple vista, mientras contemplaban flotar la Tierra sobre el horizonte lunar el día de Navidad de 1968.

Heywood Floyd admiraba el cuadro, pero también lo contemplaba con entremezclados sentimientos. No podía olvidar que era más viejo que cualquier otra cosa en la nave, con una sola excepción.

Él tenía nueve años cuando Alexei Leonov lo pintó.

III. DISCOVERY

13

LOS MUNDOS DE GALILEO

Incluso ahora, más de tres décadas después de las revelaciones del primer vuelo de exploración del *Voyager*, nadie comprendía realmente por qué los cuatro satélites gigantes de Júpiter diferían tan absurdamente los unos de los otros. Todos tenían aproximadamente el mismo tamaño y se hallaban en la misma parte del Sistema Solar y sin embargo eran totalmente distintos, como si fueran hijos de distinta madre.

Solo Calixto, el más exterior, había resultado ser muy parecido a como se esperaba. Cuando la *Leonov* pasó a toda velocidad a una distancia de apenas algo más de diez mil kilómetros, el más grande de sus incontables cráteres se hizo claramente visible a simple vista. A través del telescopio, el satélite parecía una bola de cristal que hubiera sido usada como blanco de rifles de largo alcance; estaba completamente cubierto de cráteres de todos los tamaños hasta el límite inferior de visibilidad. Calixto, había observado alguien en una ocasión, se parecía más a la Luna de la Tierra que la propia Luna.

Lo cual no era particularmente sorprendente. Uno podía esperar que ahí fuera —al borde del cinturón de asteroides— un mundo fuese constantemente bombardeado por restos a la deriva desde la creación misma del Sistema Solar. Sin embargo, Ganimedes, el siguiente satélite, tenía una apariencia totalmente distinta. Aunque también había sido acribillado con cráteres producidos por impactos en un remoto pasado, la mayoría de ellos habían sido arados en todos los sentidos, una frase que parecía peculiarmente apropiada. Enormes zonas de Ganimedes estaban cubiertas por aristas y surcos, como si algún jardinero cósmico hubiera pasado un gigantesco arado por él. Y había franjas de brillantes colores, como senderos hechos por babosas a lo largo de más de cincuenta kilómetros. Y lo más misterioso de todo eran las largas y sinuosas bandas que contenían docenas de líneas paralelas. Fue Nikolai Ternovski quien decidió que debían de ser... superautopistas de muchos carriles dejadas por topógrafos borrachos. Incluso proclamó haber detectado pasos elevados e intersecciones en trébol.

La *Leonov* había añadido algunos billones de bits de información sobre Ganimedes al almacén del conocimiento humano antes de cruzar la órbita de Europa. Aquel mundo de hielo, con su pecio y sus muertos, estaba al otro lado de Júpiter, pero nunca estuvo lejos de los pensamientos de todos.

Allá en la Tierra el doctor Chang era ya un héroe, y sus compatriotas habían recibido, con obvio embarazo, incontables mensajes de simpatía. Uno de ellos había sido enviado en nombre de la tripulación de la *Leonov*, después, supo Floyd, de un considerable refraseado por parte de Moscú. Los sentimientos a bordo de la nave eran ambiguos, una mezcla de admiración, pena y alivio. Todos los astronautas, independientemente de sus orígenes nacionales, se consideraban ciudadanos del espacio y sentían un lazo común de unión, compartiendo los triunfos y las tragedias de los demás. Nadie en la *Leonov* se sentía feliz de que la expedición china hubiera terminado en desastre; pero al mismo tiempo había una muda sensación de alivio de que la carrera no hubiera sido para el más rápido.

El inesperado descubrimiento de vida en Europa había añadido un nuevo elemento a la situación, uno que estaba siendo discutido largamente tanto en la Tierra como a bordo de la Leonov. Algunos exobiólogos gritaron: «¡Ya lo dije!», señalando que después de todo no tenía que constituir ninguna sorpresa. Allá por los años setenta, las investigaciones submarinas habían descubierto prolíficas colonias de extrañas criaturas marinas medrando precariamente en un entorno que se consideraba igualmente hostil a la vida..., las fosas del lecho marino del Pacífico. Las erupciones volcánicas, fertilizando y calentando el abismo, habían creado oasis en los desiertos de las profundidades.

Podía esperarse que cualquier cosa que hubiera ocurrido en alguna ocasión en la Tierra ocurriera también millones de veces en otros lugares del Universo; eso era casi un artículo de fe entre los científicos. El agua —o al menos el hielo— existía en todas las lunas de Júpiter. Y había volcanes en erupción continua en Ío, de modo que era razonable esperar una actividad algo menor en el mundo de la puerta de al lado. Unir esos dos hechos hacía que la vida en Europa pareciera no solo posible, sino inevitable, como lo eran la mayor parte de las sorpresas de la naturaleza cuando eran contempladas en retrospectiva.

Sin embargo, esa conclusión planteaba otra pregunta, y una pregunta vital para la misión de la *Leonov*. Ahora que había sido descubierta vida en las lunas de Júpiter, ¿tenía alguna conexión con el monolito de Tycho, y el aún más misterioso artefacto en órbita cerca de Ío?

Este era el tema favorito de debate en los Soviets de las Seis. Generalmente se admitía que la criatura encontrada por el doctor Chang no representaba una forma evolucionada de inteligencia, al menos si su interpretación de su comportamiento era correcta. Ningún animal con tan solo poderes elementales de razonamiento hubiera permitido convertirse en víctima de sus propios instintos, atraído como una polilla hacia la vela hasta arriesgar incluso su destrucción.

Vasili Orlov estaba preparado para dar rápidamente un contraejemplo que debilitaba, si no refutaba, este argumento.

—Observen a las ballenas y a los delfines —dijo—. Los consideramos inteligentes... ¡pero a menudo se matan varándose en masa en las playas! Eso parece un caso en el que el instinto se sobrepone a la razón.

—No es necesario llegar hasta los delfines —interpuso Max Brailovski—. Uno de los más brillantes ingenieros de mi clase se sintió fatalmente atraído por una rubia de Kiev. Cuando supe de él por última vez estaba trabajando en la Inturist. Y había ganado una medalla de oro por sus diseños de estaciones espaciales. ¡Vaya pérdida!

Pero aunque el europeo del doctor Chang fuera inteligente, eso no impedía por supuesto la existencia de otras formas superiores de vida en algún otro lugar. La biología de todo un mundo no podía ser juzgada por un único espécimen.

Pero se había discutido ampliamente que la inteligencia avanzada nunca podía desarrollarse en el mar; no había suficientes desafíos en un medio tan benigno y tan poco variable. Y, por encima de todo, ¿cómo podrían las criaturas marinas desarrollar nunca una tecnología sin la ayuda del fuego?

Y sin embargo, quizá incluso eso fuera posible; el camino que había tomado la humanidad no era el único. Podían existir auténticas civilizaciones en los mares de otros mundos.

De todos modos, parecía poco probable que una cultura capaz de viajar por el espacio hubiera podido surgir en Europa sin dejar inconfundibles señales de su existencia en la forma de edificios, instalaciones científicas, lugares de despegue u otros artefactos. De polo a polo, no podía verse nada en Europa excepto hielo y unos pocos afloramientos de roca desnuda.

No quedó tiempo para especulaciones y discusiones cuando la *Leonov* se precipitó más allá de las órbitas de Ío y el pequeño Mimas. La tripulación estaba atareada casi incesantemente, preparándose para el encuentro y la breve arremetida del peso tras meses en caída libre. Todos los objetos sueltos debían ser asegurados antes de que la nave penetrara en la atmósfera de Júpiter, y el tirón de la deceleración produciría máximos momentáneos que podían llegar a las dos gravedades.

Floyd era afortunado; solo él tenía tiempo de admirar el soberbio espectáculo del planeta que se aproximaba y que llenaba ahora casi la mitad del cielo. Puesto que no había nada allí que pudiera proporcionarle una escala, no había forma en que la mente pudiera captar su auténtico tamaño. Tenía que decirse constantemente que cincuenta Tierras no podrían cubrir el hemisferio que ahora estaba vuelto hacia él.

Las nubes, coloreadas como el más deslumbrante ocaso de la Tierra, se movían tan rápidamente que podía captar su movimiento en tan solo diez minutos. Constantemente se formaban grandes remolinos a lo largo de la docena o así de bandas que rodeaban el planeta, para desaparecer luego como volutas de humo. Penachos de gas blanco brotaban ocasionalmente de las profundidades, para ser barridos por los fuertes vientos causados por la tremenda velocidad de rotación del planeta. Y quizá lo más extraño de todo fueran las manchas blancas, a veces espaciadas tan regularmente como perlas en un collar, que se divisaban entre los vientos alisios de las latitudes medias jovianas.

Floyd vio poco a la capitana o al piloto en las horas inmediatamente anteriores al encuentro. Los Orlov apenas abandonaban el puente, comprobando constantemente la órbita de aproximación y efectuando minuciosas correcciones al rumbo de la *Leonov*. La nave estaba ahora en el sendero crítico que rozaría la atmósfera exterior; si lo hacía a demasiada altura, el freno de la fricción no sería suficiente para disminuir su velocidad, y seguirían su camino hacia el exterior del Sistema Solar, más allá de cualquier posibilidad de rescate. Si lo hacía demasiado bajo, ardería como un meteoro. Entre los dos extremos había muy poco margen para el error.

Los chinos habían probado que el frenado atmosférico era posible, pero siempre cabía la posibilidad de que algo fuera mal. Así que Floyd no se sintió en absoluto sorprendido cuando la comandante cirujano Rudenko admitió, justo una hora antes del contacto:

—Estoy empezando a pensar, Woody, que debería haber traído ese icono después de todo.

III. DISCOVERY

14

DOBLE ENCUENTRO

—... Los papeles para la hipoteca de la casa de Nantucket deben de estar en el archivo señalado *H* en la biblioteca.

»Bien, estos son todos los asuntos en los que puedo pensar. Durante el último par de horas he estado recordando un grabado que vi cuando era niño en un destartalado volumen de arte victoriano, debía de tener al menos ciento cincuenta años. No puedo recordar si era en blanco y negro o en color. Pero nunca olvidaré el título..., no te rías, por favor... Se llamaba: *El último mensaje a casa*. Nuestros bisabuelos adoraban ese tipo de melodramas sentimentales.

»Muestra la cubierta de un velero en medio de un huracán, las velas están destrozadas y la cubierta inundada. Al fondo la tripulación está luchando por salvar la nave. Y en un primer plano un joven marinero está escribiendo una nota, mientras a su lado se halla la botella que espera la lleve hasta su país.

»Aunque por aquel entonces yo era un muchacho, tuve la sensación de que hubiera debido estar ayudando a sus compañeros y no escribiendo notas. De todos modos, me emocionó: nunca pensé que un día podría estar en una situación como la de ese joven marinero.

»Por supuesto, yo estoy seguro de que este mensaje llegará a su destino, y no hay nada que pueda hacer para ayudar a bordo de la *Leonov*. De hecho se me ha pedido muy educada-

344

mente que me mantenga fuera del paso, así que mi conciencia está muy tranquila mientras dicto esto.

»Lo enviaré ahora al puente porque dentro de quince minutos interrumpiremos la transmisión para entrar en el gran plato y asegurar todas las escotillas, ¡he aquí otra hermosa analogía marítima para ti! Júpiter llena todo el cielo ahora... No voy a intentar describirlo, y ni siquiera voy a poder contemplarlo durante mucho rato porque los cierres van a entrar en acción dentro de pocos minutos. De todos modos, las cámaras lo reflejarán mucho mejor de lo que pueda hacerlo yo.

»Adiós, querida, y recibe mi amor para todos vosotros..., en especial para Chris. Cuando recibas este mensaje ya todo habrá pasado, de una u otra forma. Recuerda que intenté hacerlo de la mejor manera posible en bien de todos... Adiós.

Cuando hubo retirado la cinta de audio, Floyd flotó hacia el centro de comunicaciones y se la tendió a Sacha Kovalev.

—Por favor, asegúrese de que sale antes de que cerremos —dijo seriamente.

—No se preocupe —prometió Sacha—. Aún estoy trabajando en todos los canales, y nos quedan unos buenos diez minutos.

Tendió su mano.

—Si hemos de vernos de nuevo, para que sea con una sonrisa. Si no, para que entonces esta despedida haya sido como debía ser.

Floyd parpadeó.

—¿Shakespeare, supongo?

—Por supuesto: Bruto y Casio antes de la batalla. Nos veremos más tarde.

Tania y Vasili estaban demasiado enfrascados en la información de sus pantallas que se limitaron a agitar una mano en dirección a Floyd, y este se retiró a su cabina. Ya había dicho adiós al resto de la tripulación; no tenía otra cosa que hacer que esperar. Su saco de dormir estaba preparado para el regreso de la gravedad cuando empezara la deceleración, y lo único que tenía que hacer era meterse en él.

—Antenas retraídas, todos los escudos protectores alzados —dijo el altavoz del intercom—. Deberíamos notar el primer frenado dentro de cinco minutos. Todo normal.

—Esta es difícilmente la palabra que yo habría usado —murmuró Floyd para sí mismo—. Pensé que quería decir «nominal».

Apenas había concluido el pensamiento cuando sonó un tímido golpe en la puerta.

—¿*Kto tam*?

Para su sorpresa, era Zenia.

—¿Le importa que entre? —preguntó ella torpemente, con una voz de niñita que Floyd apenas reconoció.

—Por supuesto que no. Pero ¿por qué no está en su propio cubículo? Faltan solo cinco minutos para la reentrada.

Incluso mientras formulaba la pregunta fue consciente de su estupidez. La respuesta era tan perfectamente obvia que Zenia ni se molestó en responder.

Pero Zenia era la última persona a la que hubiera esperado: su actitud hacia él había sido siempre invariablemente educada pero distante. De hecho era el único miembro de la tripulación que prefería llamarle doctor Floyd. Y sin embargo ahí estaba, claramente en busca de consuelo y compañía en el momento de peligro.

—Zenia, querida —dijo irónicamente—. Es usted bienvenida. Pero mi alojamiento es más bien limitado. Uno podría llamarlo incluso espartano.

Ella consiguió esbozar una débil sonrisa, pero no dijo nada mientras flotaba al interior de la habitación. Por primera vez Floyd se dio cuenta de que no estaba simplemente nerviosa..., estaba aterrada. Entonces comprendió por qué había acudido a él. Se sentía avergonzada de enfrentarse a sus compatriotas, y estaba buscando apoyo en otra parte.

Al darse cuenta de eso, su complacencia ante el inesperado encuentro descendió un tanto. Aquello no disminuía su responsabilidad hacia otro ser humano solitario, a una gran distancia del hogar. El hecho de que ella fuera una atractiva —aunque no ciertamente hermosa— mujer de escasamente la mitad de su propia edad no hubiera debido afectar el resultado. Pero lo hizo; estaba empezando a sentirse a la altura de la situación.

Ella debió de darse cuenta de ello, pero no hizo nada para animarle ni para desanimarle mientras se tendían lado a lado en el saco de dormir. Había el espacio justo para ellos dos, y Floyd empezó a realizar algunos ansiosos cálculos. Supongamos que el máximo de gravedad era superior a lo predicho, y la suspensión cedía. Podían resultar fácilmente muertos...

Había un amplio margen de seguridad; no necesitaba preocuparse por un fin tan ignominioso. El humor era el enemigo del deseo; su abrazo fue completamente casto. No estuvo seguro de alegrarse de ello o lamentarlo.

Y era también demasiado tarde para segundos pensamientos. Desde lejos, muy lejos, llegó el primer débil susurro de sonido, como el lamento de algún alma perdida. En ese mismo instante la nave sufrió una sacudida apenas perceptible; el saco de dormir empezó a oscilar, y sus suspensores se tensaron. Tras semanas de ingravidez la gravedad estaba regresando.

En unos pocos segundos el débil lamento había ascendido a un constante rugir, y el saco se había convertido en una sobrecargada hamaca. Esto no ha sido una buena idea, pensó Floyd; le estaba resultando difícil respirar. La deceleración era tan solo una parte del problema: Zenia estaba aferrándose a él como se supone que una persona ahogándose se aferra a su proverbial tabla.

La apartó tan suavemente como le fue posible.

—Todo va bien, Zenia. Si la *Tsien* lo hizo, nosotros también podemos. Relájese, no se preocupe.

Era difícil gritar tiernamente, y ni siquiera estaba seguro

de si Zenia le oía por encima del rugir del hidrógeno incandescente. Pero ella ya no se aferraba a él de una forma tan desesperada, y Floyd aprovechó la oportunidad para efectuar unas cuantas profundas inspiraciones.

¿Qué hubiera pensado Caroline si pudiera verle ahora? ¿Se lo diría si alguna vez se presentaba la oportunidad? No estaba seguro de que ella comprendiera. En un momento como este, todos los lazos con la Tierra parecían muy tenues.

Era imposible moverse o hablar, pero ahora que había vuelto a acostumbrarse a la extraña sensación de peso ya no era tan incómodo, excepto por el creciente entumecimiento de su brazo derecho. Consiguió extraerlo con una cierta dificultad de debajo de Zenia; el acto familiar despertó una fugaz sensación de culpabilidad. Mientras sentía que su circulación volvía a él, Floyd recordó una famosa observación atribuida al menos a una docena de astronautas y cosmonautas: «Tanto los placeres como los problemas del sexo en gravedad cero han sido enormemente exagerados».

Se preguntó cómo lo estaría pasando el resto de la tripulación, y tuvo un pensamiento momentáneo para Chandra y Curnow, durmiendo apaciblemente durante todo aquello. Nunca llegarían a saberlo si la *Leonov* se convertía en una lluvia meteórica en el cielo joviano. No les envidiaba; se habían perdido la experiencia de toda una vida.

Tania estaba hablando a través del intercom; sus palabras se perdían en el rugir, pero su voz sonaba tranquila y perfectamente normal, como si estuviera dando un aviso de rutina. Floyd consiguió echar un vistazo a su reloj, y se asombró al ver que estaban ya a la mitad de su maniobra de frenado. En aquel preciso momento la *Leonov* estaba en su punto de máxima aproximación a Júpiter; solo las sondas automáticas sacrificables habían penetrado más profundamente en la atmósfera joviana.

—Estamos a mitad de camino, Zenia —gritó—. Vamos de nuevo hacia afuera. —No pudo decir si ella le había comprendido o no. Sus ojos estaban apretadamente cerrados, pero sonrió ligeramente.

La nave se agitaba ahora apreciablemente, como un pequeño bote en un mar embravecido. ¿Era eso normal?, se preguntó Floyd. Se alegraba de tener a Zenia de quien preocuparse; aquello mantenía su mente alejada de sus propios temores. Por un momento, antes de conseguir expulsar el pensamiento, había tenido una visión de las paredes brillando con un color rojo cereza y desmoronándose sobre él. Como la pesadillesca fantasía de Edgar Allan Poe «El pozo y el péndulo», que había olvidado durante treinta años.

Pero eso no ocurriría nunca. Si el escudo contra el calor fallaba, la nave se contraería instantáneamente, se aplastaría en el repentino golpe contra una sólida pared de gases. No habría dolor; su sistema nervioso no tendría tiempo de reaccionar antes de dejar de existir. Había experimentado otros pensamientos consoladores, pero ese no era de desdeñar.

Las sacudidas fueron cediendo lentamente. Hubo otro inaudible anuncio por parte de Tania (luego se burlaría de ella al respecto, cuando todo hubiera pasado). Ahora el tiempo parecía avanzar mucho más lentamente; al cabo de un rato dejó de mirar su reloj, porque no podía creerlo. Los dígitos cambiaban tan lentamente que podía llegar a imaginar que se hallaba en alguna dilatación temporal einsteiniana.

Y entonces ocurrió algo aún más increíble. Primero se sintió regocijado, luego ligeramente indignado. Zenia se había quedado dormida..., si no exactamente en sus brazos, sí al menos a su lado.

Era una reacción natural: la tensión debía de haberla agotado, y la sabiduría de su cuerpo había acudido al rescate. Y repentinamente el propio Floyd fue consciente de una somnolencia casi postorgásmica, como si él también se hubiera agotado emocionalmente con el encuentro. Tenía que luchar para mantenerse despierto...

...Y luego estaba cayendo..., cayendo..., cayendo..., todo

había terminado. La nave estaba de vuelta al espacio, al lugar donde pertenecía. Y él y Zenia estaban flotando separados.

Nunca volverían a estar de nuevo tan juntos, pero siempre serían conscientes de una ternura especial el uno hacia el otro, que nadie más podría compartir, nunca.

15

HUIDA DEL GIGANTE

Cuando Floyd alcanzó la cubierta de observación —unos discretos minutos después de Zenia—, Júpiter parecía estar ya muy lejos. Pero esto debía de ser una ilusión basada en sus conocimientos, no la evidencia de sus ojos. Apenas habían emergido de la atmósfera joviana, y el planeta seguía llenando aún la mitad del cielo.

Y ahora eran —como se pretendía— sus prisioneros. Durante la última e incandescente hora se habían librado deliberadamente del exceso de velocidad que los habría llevado directamente fuera del Sistema Solar, hacia las estrellas. Ahora estaban viajando en una elipse —una clásica órbita Hohmann— que los mantendría entre Júpiter y la órbita de Ío, a trescientos cincuenta mil kilómetros de altitud. Si no Si no conectaban, o no *podían* conectar, sus motores de nuevo, la Leonov se movería arriba y abajo entre esos límites, completando una revolución cada diecinueve horas. Se convertiría en la más cercana de las lunas de Júpiter, aunque no por mucho tiempo. Cada vez que rozara la atmósfera perdería altitud, hasta que entrara en una espiral de destrucción.

A Floyd nunca le había gustado el vodka, pero se unió a los demás sin ninguna reserva en el triunfante brindis en honor de los diseñadores de la nave, emparejado a un voto de agradecimiento hacia sir Isaac Newton. Luego Tania devolvió firmemente la botella a su alacena; aún quedaba mucho por hacer.

Aunque lo esperaban, todos dieron un respingo ante el repentino golpe sordo de las cargas explosivas al entrar en acción y la sacudida de la separación. Unos pocos segundos más tarde, un enorme y aún brillante disco flotó ante su vista, girando lentamente sobre sí mismo mientras se alejaba de la nave.

—¡Hey, miren! —exclamó Max—. ¡Un platillo volante! ¿Quién tiene una cámara?

Hubo una clara nota de histérico alivio en la risa que siguió a esta observación. Fue interrumpida por la capitana en un tono más serio.

—¡Adiós, leal escudo anticalor! Has hecho un estupendo trabajo.

—¡Pero vaya derroche! —dijo Sacha—. Ahí van al menos un par de toneladas perdidas. Piensen en toda la carga extra que hubiéramos podido llevar.

—Si fue para bien, mi conservador ingeniero ruso —replicó Floyd—, yo estoy con ello. Es mucho mejor unas cuantas toneladas de más que un miligramo de menos.

Todos aplaudieron esos nobles sentimientos mientras el desechado escudo se enfriaba pasando al amarillo, luego al rojo, y finalmente se volvía tan negro como el espacio que lo rodeaba. Se desvaneció de su vista cuando estaba a tan solo unos pocos kilómetros de distancia, aunque ocasionalmente la repentina desaparición de una estrella eclipsada siguió señalando su presencia.

—Comprobación preliminar de la órbita completada —dijo Vasili—. Estamos a menos de diez metros por segundo de error sobre el vector correcto. No está mal para un primer intento.

Hubo un discreto suspiro de alivio ante la noticia, y unos pocos minutos más tarde Vasili hizo otro anuncio.

—Cambiando posición para corrección de rumbo; vector delta seis metros por segundo. Veinte segundos de conexión de motores dentro de un minuto.

Estaban aún tan próximos a Júpiter que era imposible creer que la nave estaba orbitando el planeta: podrían estar muy bien en un avión volando a gran altura y acabando de emerger de un mar de nubes. No había sentido de la escala; era fácil imaginar que estaban alejándose de algún ocaso terrestre; los rojos, rosas y carmesíes que se deslizaban bajo ellos eran tan familiares.

Y eso era una ilusión; nada allí tenía ningún paralelo con la Tierra. Estos colores eran intrínsecos, no prestados por el sol poniente. Los gases eran completamente alienígenas..., metano y amoníaco y una cocción de brujas de hidrocarburos, removidos en un caldero de hidrógeno-helio. Ningún rastro de oxígeno libre, el aliento de la vida humana.

Las nubes avanzaban de horizonte a horizonte en filas paralelas, distorsionadas por ocasionales remolinos y reflujos. Aquí y allá géiseres de brillantes gases rompían el esquema, y Floyd pudo ver también el oscuro borde de un gran vórtice, un *maelstrom* de gases que conducía directamente hacia las insondables profundidades jovianas.

Empezó a buscar la Gran Mancha Roja, luego se rectificó rápidamente por tan estúpido pensamiento. Todo aquel enorme panorama de nubes que podía ver allá abajo era probable que tan solo fuera un escaso tanto por ciento de la inmensidad de la propia Mancha Roja; aquello era como esperar reconocer la forma de Estados Unidos desde un pequeño aeroplano volando a poca altura por encima de Kansas.

—Corrección completada. Nos hallamos ahora en órbita de intersección con Ío. Tiempo de llegada, ocho horas cincuenta y cinco minutos.

Menos de nueve horas para subir desde Júpiter y encontrar lo que sea que nos esté esperando ahí, pensó Floyd. Hemos escapado del gigante, pero él representa un peligro que comprendemos y para el que podemos prepararnos. Lo que hay delante nuestro es un completo misterio.

Y cuando hayamos sobrevivido a ese desafío, deberemos regresar de nuevo a Júpiter. Necesitaremos su fuerza para que nos envíe sanos y salvos de vuelta a casa.

16

LÍNEA PRIVADA

—... Hola, Dimitri. Aquí Woody, cambiando a Clave Dos dentro de quince segundos... Hola, Dimitri. Multiplique Claves Tres y Cuatro, saque la raíz cuadrada, añada pi al cuadrado y utilice el siguiente número entero como Clave Cinco. A menos que sus ordenadores sean un millón de veces más rápidos que los nuestros, y estoy condenadamente seguro de que no, nadie puede descodificar esto, ni en su lado ni en el mío. Pero es posible que tengan alguna explicación que dar; sea como sea, son buenos en ello.

»Incidentalmente mis fuentes, normalmente muy bien informadas, me hablaron del fracaso del último intento de persuadir al viejo Andrei de que dimitiera; deduzco que su delegación no ha tenido más suerte que las otras, y que aún tienen que cargar con él como presidente. Estoy riéndome a carcajadas; sirve correctamente a la Academia. Sé que ha pasado los noventa, y cada vez es más..., bueno, testarudo. Pero no van a obtener ninguna ayuda de mí, pese a que soy el principal experto del mundo, perdón, del Sistema Solar, en la extirpación indolora de científicos viejos.

»¿Querrá creer que aún estoy ligeramente borracho? Creímos que merecíamos una pequeña fiesta, después del éxito de nuestro citamiento... citación... maldita sea, *cita*, con la *Discovery*. Además teníamos a dos nuevos miembros de la tripulación a quienes dar la bienvenida a bordo. Chandra no cree en el alcohol, lo hace demasiado humano, pero Walter Curnow cree por los dos. Solo Tania se mantuvo sobria como una piedra, tal como era de esperar.

»Mis camaradas americanos, estoy hablando como un político, Dios me ayude, salieron de la hibernación sin ningún problema, y están preparándose para iniciar su trabajo. Todos tenemos que actuar rápidamente; no solo apremia el tiempo, sino que la *Discovery* parece estar en muy malas condiciones. Apenas pudimos creer a nuestros ojos cuando vimos cómo su inmaculado casco blanco se había vuelto de un amarillo enfermizo.

»Hay que echarle la culpa a Ío, por supuesto. La nave orbita dentro de un radio de tres mil kilómetros, y cada pocos días uno de los volcanes arroja unos cuantos megatones de azufre al espacio. Aunque haya visto los filmes, no puede imaginarse realmente lo que es colgar encima de ese infierno; me alegraré cuando nos alejemos, aunque sea para dirigirnos hacia algo mucho más misterioso..., y quizá infinitamente más peligroso.

»Volé sobre el Kilauea durante la erupción de 2006; fue algo tremendamente pavoroso, pero no fue nada, nada, comparado con esto. Ahora estamos sobre la parte nocturna, y esto lo hace aún peor. Puedes ver apenas lo suficiente como para imaginarte todo lo demás. Es algo tan cercano al Infierno que nunca desearía...

»Algunos de los lagos de azufre están lo bastante calientes como para relucir, pero la mayor parte de la luz procede de las descargas eléctricas. Cada pocos minutos todo el paisaje parece estallar, como si un gigantesco flash lanzara un destello sobre él. Y probablemente esta sea una mala analogía; hay millones de amperios fluyendo en la corriente de flujo magnético que une Ío y Júpiter, y cada dos por tres se produce una interrupción. Entonces tienes ante ti el más gigantesco flash de todo el Sistema Solar, y la mitad de nuestros cortacircuitos automáticos saltan por simpatía.

»Acaba de producirse una erupción precisamente en el terminador, y puedo ver una enorme nube expandiéndose hacia nosotros, ascendiendo hasta la luz del sol. Dudo si alcanzará nuestra altitud, y aunque lo hiciera será inofensiva cuando llegue aquí. Pero parece ominosa, un monstruo espacial intentando devorarnos.

»Al poco tiempo de que llegáramos aquí me di cuenta de que Ío me recordaba algo; me tomó un par de días descubrir el qué, y entonces tuve que comprobarlo en los Archivos de la Misión porque la biblioteca de la nave no podía ayudarme, lamentablemente. ¿Recuerda cómo le hice trabar conocimiento con *El señor de los anillos*, allá en aquella conferencia en Oxford? Bien, Ío es Mordor: repase la Tercera Parte. Hay un pasaje acerca de «ríos de roca fundida que hieren su camino..., hasta que se enfrían y yacen como retorcidas formas dragoniles vomitadas por la atormentada tierra». Es una descripción perfecta: ¿cómo pudo Tolkien saberlo, un cuarto de siglo antes de que nadie viera una foto de Ío? Hablemos de la Naturaleza imitando el Arte.

»Al menos no tendremos que aterrizar ahí: no creo siquiera que nuestros difuntos colegas chinos se hubieran atrevido a intentarlo. Pero quizá algún día sí sea posible; hay zonas que parecen bastante estables, y no constantemente inundadas por emanaciones sulfurosas.

»Quién hubiera podido creer que íbamos a recorrer todo este camino hasta Júpiter, el mayor de los planetas, y que luego íbamos a ignorarlo. Sin embargo, eso es lo que estamos haciendo la mayor parte del tiempo; y cuando no estamos observando Ío o la *Discovery* estamos pensando en el... Artefacto.

»Se halla aún a diez mil kilómetros de distancia, allá arriba en el punto de libración, pero cuando lo contemplo a través del telescopio principal parece tan cercano que podría tocarlo. Puesto que está tan completamente desprovisto de rasgos, no hay indicación alguna de su tamaño, ninguna forma en que el ojo pueda juzgar que realmente tiene un par de kilómetros de largo. Si es sólido, tiene que pesar miles de millones de toneladas.

»Pero ¿es sólido? Apenas da eco en el radar, ni siquiera cuando está alineado con nosotros. Podemos verlo solamente como una silueta negra contra las nubes de Júpiter, a trescientos mil kilómetros por debajo de nosotros. Aparte su tamaño, parece exactamente igual al monolito que desenterramos en la Luna.

»Bien, mañana iremos a bordo de la *Discovery*, y no sé cuándo voy a tener de nuevo tiempo u oportunidad de hablar con usted. Pero hay otra cosa más, viejo amigo, antes de que corte.

»Se trata de Caroline. Ella nunca ha comprendido realmente que yo debía abandonar la Tierra, y en cierto sentido no creo que llegue a perdonarme nunca por completo. Algunas mujeres creen que el amor no es solamente lo único..., sino todo. Quizá estén en lo cierto. De todos modos, ahora ya es demasiado tarde para discutirlo.

»Intente animarla un poco cuando tenga oportunidad. Ella habla de volver al continente. Me temo que si lo hace...

»Si puede usted hacer algo, intente animar un poco a Chris también. Le echo en falta más de lo que me gusta admitir.

»Él siempre creerá al tío Dimitri..., si usted le dice que su padre aún le sigue queriendo y que volverá a casa tan pronto como le sea posible.

III. DISCOVERY

17

GRUPO DE ABORDAJE

Ni siquiera en las mejores circunstancias es fácil abordar una nave abandonada y poco cooperativa. De hecho puede ser positivamente peligroso.

Walter Curnow sabía esto como un principio abstracto; pero no lo sintió realmente en sus huesos hasta que vio todos los cien metros de longitud de la *Discovery* girando sobre sí mismos, mientras la *Leonov* se mantenía a una prudente distancia. Hacía años la fricción había frenado la rotación del carrusel de la *Discovery* y transferido su impulso angular al resto de la estructura. Ahora, como la vara de una *majorette* en lo más alto de su trayectoria, la nave abandonada daba lentamente vueltas sobre sí misma a lo largo de su órbita.

El primer problema era detener ese giro, que hacía a la *Discovery* no solo incontrolable sino casi inaproximable Mientras se enfundaba el traje en la esclusa de aire junto con Max Brailovski, Curnow tuvo una sensación muy extraña de incompetencia. Ya lo había explicado desalentadamente: «Yo soy *ingeniero* espacial, no un mono espacial»; pero había que hacer el trabajo. Solo él poseía la habilidad necesaria que podía salvar la *Discovery* de la presa de Ío. Max y sus colegas, trabajando con diagramas poco familiares de circuitos y equipo, necesitarían demasiado tiempo. Cuando hubieran restablecido la energía de la nave y dominado sus controles, esta podía haberse hundido ya en los sulfurosos pozos de fuego de allá abajo.

—No está asustado, ¿verdad? —preguntó Max cuando iban a ponerse los cascos.

—No lo suficiente como para orinarme en mi traje. Pero de otro modo, sí.

Max soltó una risita.

—Ya le dije que era algo normal en este trabajo. Pero no se preocupe, lo meteré ahí dentro en una sola pieza con mi... ¿cómo lo llama usted?

—Palo de escoba. Porque se suponía que las brujas montaban en él.

—Oh, sí. ¿Ha usado usted uno alguna vez?

—Lo intenté en una ocasión, pero se me escapó. Todos los demás pensaron que había sido muy divertido.

Hay algunas profesiones que han desarrollado herramientas únicas y características: el garfio del estibador, la rueda del ceramista, la paleta del albañil, el martillo del geólogo. Los hombres que tenían que pasar gran parte de su tiempo en construcciones a gravedad cero habían desarrollado el palo de escoba.

Era muy simple..., un tubo hueco de tan solo un metro de largo, con un estribo en un extremo y un lazo de sujeción en el otro. Pulsando un botón, podía alargarse telescópicamente hasta adquirir cinco o seis veces su longitud normal, y el sistema amortiguador interno permitía a un operador hábil realizar las más sorprendentes maniobras. El estribo podía convertirse también en una pinza o en un garfio si era necesario; había varios otros refinamientos, pero ese era el diseño básico. Parecía engañosamente fácil de usar; no lo era.

Las bombas de la esclusa de aire terminaron su ciclo; el rótulo SALIDA se iluminó, las puertas exteriores se abrieron y flotaron lentamente en el vacío.

La *Discovery* giraba sobre sí misma a unos doscientos metros de distancia, siguiéndoles en su órbita en torno a

Ío, que llenaba la mitad del cielo. Júpiter era invisible al otro lado del satélite. Era un asunto de elección deliberada; utilizaban Ío como un escudo para protegerse de las energías que bramaban arriba y abajo en la corriente de flujo magnético que unía a ambos mundos. Pese a ello, el nivel de radiación era aún peligrosamente alto; tenían menos de quince minutos antes de tener que volver al abrigo de la nave.

Casi inmediatamente, Curnow tuvo un problema con su traje.

—Me iba perfectamente cuando abandoné la Tierra —se quejó—. Pero ahora bailo en su interior como un guisante en una olla.

—Eso es perfectamente normal, Walter —dijo la comandante cirujano Rudenko, entrando en el circuito de radio—. Perdió usted diez kilos en hibernación, cosa que podía permitirse perfectamente. Y ha recuperado solamente tres.

Antes de que Curnow tuviera tiempo de pensar en una respuesta adecuada se encontró empujado suave pero firmemente fuera de la *Leonov*.

—Simplemente relájese, Walter —dijo Brailovski—. No utilice sus impulsores, ni siquiera aunque empiece a dar volteretas. Déjeme *a mí* hacer todo el trabajo.

Curnow podía ver las débiles exhalaciones de la especie de mochila que el hombre llevaba a la espalda mientras los pequeños chorros los conducían hacia la *Discovery*. Con cada minúscula nube de vapor notaba un suave tirón en el cable de remolque, y se dio cuenta de que empezaba a acercarse a Brailovski; pero nunca conseguía alcanzarle antes de que brotara la siguiente exhalación. Se sintió casi como un yo-yo allá en la Tierra, volteando arriba y abajo al extremo de su cordel.

Había una sola manera segura de acercarse a la nave abandonada, y era a lo largo del eje en torno al cual estaba girando lentamente. El centro de rotación de la *Discovery* estaba aproximadamente en el punto medio de la nave, cerca del complejo de la antena principal, y Brailovski se estaba dirigiendo directamente hacia esa zona, con su ansioso compañero a remolque. ¿Cómo lo haría para que los dos se detuvieran a tiempo?, se preguntó Curnow.

La *Discovery* era ahora unas enormes y estilizadas pesas de gimnasia golpeando lentamente el cielo ante ellos. Aunque le tomaba varios minutos completar una revolución, los extremos más alejados se movían a una velocidad impresionante. Curnow trató de ignorarlos y se concentró en el cada vez más próximo e inmóvil centro.

—Estoy dirigiéndome hacia él —dijo Brailovski—. No intente ayudarme, y no se sorprenda por nada de lo que ocurra.

¿Qué intenta decirme con eso?, se preguntó Curnow, mientras se preparaba a sorprenderse tan poco como le fuera posible.

Todo ocurrió en aproximadamente cinco segundos. Brailovski accionó su palo de escoba y este se prolongó telescópicamente hasta alcanzar toda su longitud de cuatro metros y entró en contacto con la nave que se aproximaba. El palo de escoba empezó entonces a contraerse, con su muelle interno absorbiendo el considerable impulso de Brailovski; pero no les hizo, como Curnow había esperado, detenerse junto a la masa de la antena. Se expansionó de nuevo, invirtiendo la velocidad del ruso de tal modo que fue rechazado de la *Discovery* con la misma rapidez con que se había aproximado a ella. Pasó rápidamente junto a Curnow, en dirección de nuevo hacia el espacio abierto, a tan solo unos pocos centímetros de él. El asombrado estadounidense apenas tuvo tiempo de entrever una amplia sonrisa antes de que Brailovski hubiera pasado por su lado y se alejara.

Un segundo más tarde hubo un tirón en la cuerda que los unía, y una rápida deceleración cuando compartieron sus impulsos. Sus velocidades opuestas habían quedado limpiamente anuladas; estaban virtualmente inmóviles con respecto a la

Discovery. Curnow tenía que adelantar tan solo una mano hacia el asidero más próximo y tirar de él para que los dos pudieran entrar.

—¿Ha probado usted alguna vez la ruleta rusa? —preguntó cuando hubo recuperado el aliento.

—No, ¿qué es?

—Se lo enseñaré alguna vez. Es casi tan bueno como esto para combatir el aburrimiento.

—Espero que no esté sugiriendo usted, Walter, que Max sería capaz de hacer algo *peligroso*.

La voz de la doctora Rudenko sonó como si estuviera genuinamente sorprendida, y Curnow decidió que era mejor no responder; algunas veces los rusos no comprendían su peculiar sentido del humor.

—Ha sido una buena broma —murmuró para sí mismo, no lo suficientemente alto como para que ella pudiera oírle.

Ahora que estaban firmemente sujetos al centro de la girante nave ya no se daba cuenta de su rotación, en especial cuando fijaba su mirada en las planchas metálicas que había inmediatamente delante de sus ojos. La escalerilla que se extendía hacia lo lejos, siguiendo el esbelto cilindro que era la estructura principal de la *Discovery*, era su siguiente objetivo. El esférico módulo de mando en su extremo más alejado parecía a varios años luz de distancia, aunque sabía perfectamente que estaba tan solo a cincuenta metros.

—Yo iré primero —dijo Brailovski enrollando un poco la flácida cuerda que los mantenía unidos—. Recuerde, a partir de aquí todo el camino es cuesta abajo. Pero eso no es problema, puede usted sujetarse con una sola mano. Incluso en el extremo, la gravedad es tan solo de un décimo. Y eso es..., ¿cómo lo dicen ustedes?, una fruslería.

—Creí que iba a decir una bagatela. Y si a usted no le importa, voy a bajar con los pies por delante. Nunca me ha gustado bajar de cabeza las escaleras... ni siquiera bajo gravedad fraccional.

Era esencial, se daba muy bien cuenta Curnow, mantener aquel suave tono intrascendente; de otro modo, simplemente iba a verse abrumado por el misterio y el peligro de la situación. Allí estaba él, a casi mil millones de kilómetros de distancia de casa, preparándose para entrar en el más famoso pecio de toda la historia de la exploración espacial; en una ocasión un periodista había llamado a la *Discovery* la *Marie Celeste* del espacio, y no era una mala analogía. Pero había muchas más cosas que hacían que aquella situación fuera única; aunque intentara ignorar el paisaje lunar de pesadilla que llenaba la mitad del cielo, tenía un recuerdo constante de su presencia al alcance de la mano. Cada vez que tocaba los barrotes de la escalerilla, su guante desprendía una fina niebla de polvo de azufre.

Brailovski, por supuesto, estaba completamente en lo cierto; la gravedad rotativa causada por el girar de la nave sobre sí misma era fácilmente contrarrestada. A medida que iba acostumbrándose a ella, Curnow incluso dio las gracias por la sensación de dirección que le proporcionaba.

Y luego, inesperadamente, se dio cuenta de que habían alcanzado ya la enorme y descolorida esfera del módulo de control y habitación de la *Discovery*. A tan solo unos pocos metros de distancia había una escotilla de emergencia, la misma, se dio cuenta Curnow, por la que había entrado Bowman para su última confrontación con Hal.

—Espero que podamos entrar por ahí —murmuró Brailovski—. Sería una lástima haber recorrido todo este camino para encontrar la puerta cerrada.

Frotó la capa de azufre que oscurecía el panel de control que indicaba la situación de la compuerta.

—No funciona, por supuesto. ¿Vale la pena probar los controles?

—No hará ningún daño, pero no va a ocurrir nada.

—Tiene razón. Bien, lo haremos manualmente...

Fue fascinante observar la estrecha rendija abrirse en la

curvada pared y notar la ligera bocanada de vapor que se dispersó en el espacio arrastrando con ella un trozo de papel. ¿Era algún mensaje vital? Nunca llegarían a saberlo; se alejó girando sobre sí mismo, sin perder nada de su impulso inicial hasta que desapareció contra el estrellado fondo.

Brailovski siguió girando el control manual durante lo que pareció un largo tiempo antes de que la oscura y poco invitadora caverna de la esclusa de aire estuviera completamente abierta. Curnow había esperado que las luces de emergencia, al menos, funcionaran todavía. No hubo tanta suerte.

—Usted es el jefe ahora, Walter. Bienvenido a territorio de Estados Unidos.

Realmente no parecía un lugar muy invitador cuando penetraron a gatas en él, paseando el haz de luz del foco de su casco por todo su interior. Por lo que Curnow podía decir, todo estaba en buen orden. ¿Qué otra cosa había esperado?, se preguntó con cierta irritación.

Cerrar manualmente la puerta tomó aún más tiempo que abrirla, pero no había otra alternativa hasta que la nave dispusiera de nuevo de energía. Justo antes de que la compuerta se sellara, Curnow arriesgó una última mirada al insano panorama del exterior.

Un fluctuante lago azul se había abierto cerca del ecuador; estaba seguro de que no estaba allí hacía unas pocas horas. Brillantes llamaradas amarillas, el color característico del sodio incandescente, danzaban en sus bordes; y la totalidad de la parte nocturna estaba velada por la fantasmal descarga de plasma de una de las casi continuas auroras de Ío.

Era la materia de la que se formarían sus futuras pesadillas, y si eso no era suficiente, había además otro toque dado por la mano de algún artista surrealista loco. Como queriendo apuñalar el negro cielo, y emergiendo según todas las apariencias directamente de los pozos de fuego de la ardiente luna, había un inmenso y curvado cuerno, tal como indudablemente lo vería en un destello de predestinación un torero en el momento definitivo de la verdad.

El creciente de Júpiter estaba ascendiendo para saludar a la *Discovery* y a la *Leonov* mientras seguían su curso hacia él a lo largo de su órbita común.

III. DISCOVERY

18

RESCATE

En el momento en que la puerta exterior se cerró tras ellos se produjo una sutil inversión de papeles. Curnow estaba ahora en casa, mientras que Brailovski estaba fuera de su elemento, incómodo en el laberinto de corredores y túneles oscuros como la noche que era el interior de la *Discovery*. En teoría Max conocía su camino en el interior de la nave, pero ese conocimiento estaba basado tan solo en el estudio de sus planos. Curnow, en cambio, había pasado meses trabajando en la aún incompleta hermana gemela de la *Discovery*: podía encontrar su camino literalmente con los ojos vendados.

El avance resultaba difícil porque aquella parte de la nave estaba diseñada para gravedad cero; ahora la incontrolada rotación proporcionaba una gravedad artificial que, por ligera que fuese, siempre parecía empujar hacia la dirección más indeseada.

—Lo primero que debemos hacer —murmuró Curnow tras deslizarse varios metros hacia abajo por un corredor antes de conseguir sujetarse a un asidero— es detener esa maldita rotación. Y no podremos conseguirlo hasta que tengamos energía. Confío en que Dave Bowman dejara protegidos todos los sistemas antes de abandonar la nave.

—¿Está usted seguro de que abandonó la nave? De ser así, habría intentado regresar a ella.

—Puede que tenga usted razón; no sé si llegaremos a saberlo nunca. Ni si llegó a saberlo él mismo alguna vez.

Entraron en la bodega de las cápsulas, el «garaje espacial» de la *Discovery*, que normalmente contenía tres de los esféricos módulos individuales utilizados para las actividades fuera de la nave. Solo estaba allí la *Cápsula Número 3*; la *Número 1* se había perdido en el misterioso accidente que había matado a Frank Poole y la *Número 2* estaba con Dave Bowman, allá donde estuviera este.

La bodega de las cápsulas contenía también dos trajes espaciales que daban la incómoda impresión de cadáveres decapitados, colgados allá en sus perchas desprovistos de sus cascos. La imaginación necesitaba muy poco esfuerzo —y la de Brailovski estaba trabajando ahora a marchas forzadas— para llenarlos con toda una cohorte de siniestros ocupantes.

Era lamentable, aunque no sorprendente, que el a veces irresponsable sentido del humor de Curnow diera lo mejor de sí en momentos como aquel.

—Max —dijo en un tono completamente serio—, pase lo que pase, por favor *no* ahuyente al gato de la nave.

Por unos breves milisegundos Brailovski fue sorprendido con la guardia baja; casi estuvo a punto de responder: «Hubiera preferido que no dijera esto, Walter», pero se contuvo a tiempo. Aquello habría sido una maldita admisión de debilidad; en vez de ello, respondió:

—Me gustaría conocer al idiota que puso esa película en nuestra videoteca.

—Probablemente fue Katerina, para probar el equilibrio psicológico de todos nosotros. De todos modos, usted rio a mandíbula batiente cuando la proyectamos la semana pasada.

Brailovski guardó silencio; la observación de Curnow era perfectamente cierta. Pero aquello había ocurrido dentro del calor y la luz familiares de la *Leonov*, entre amigos, no en una nave abandonada, helada y a oscuras, poblada de fantasmas. No importaba lo racional que fuera uno, resultaba demasiado fácil imaginar a alguna implacable bestia alienígena rondando por aquellos corredores, buscando a alguien a quien devorar.

Todo eso es culpa *tuya*, abuela (que la tundra siberiana sea benévola con tus queridos huesos), desearía que no hubieras llenado mi mente con esas horribles leyendas. Si cierro los ojos, todavía puedo ver la choza de Baba Yaga irguiéndose en aquel claro del bosque sobre sus larguiruchas patas de pollo...

Ya basta de tonterías. Soy un brillante y joven ingeniero enfrentado al mayor desafío tecnológico de su vida, y no debo permitir que mi amigo americano sepa que a veces soy como un niñito asustado...

Los ruidos no ayudaban. Había demasiados, aunque eran tan débiles que solo un astronauta experimentado podía detectarlos por encima de los ruidos de su propio traje. Pero para Max Brailovski, acostumbrado a trabajar en un entorno de absoluto silencio, eran distintamente enervantes pese a que sabía que los ocasionales crujidos y chasquidos eran seguramente causados por la expansión térmica de la nave girando como un pollo en su asador. Por débil que fuera el Sol ahí afuera, existía aún un apreciable cambio de temperatura entre luz y sombra.

Incluso su familiar traje espacial resultaba extraño ahora que había presión tanto dentro como fuera de él. Todas las fuerzas que actuaban sobre sus articulaciones estaban sutilmente alteradas, y ya no podía juzgar correctamente sus movimientos. Soy un novato iniciando de nuevo todo mi entrenamiento, se dijo furioso. Ya es hora de romper mi malhumor efectuando alguna acción decisiva.

—Walter, me gustaría comprobar la atmósfera.

—La presión es correcta; la temperatura..., buf..., es de ciento cinco bajo cero.

—Un hermoso y reconfortante invierno ruso. De todos modos, el aire en mi traje mantendrá fuera lo peor del frío.

—Bien, adelante entonces. Pero déjeme mantener mi foco

sobre su rostro para poder ver si empieza a ponerse azulado. Y siga hablando.

Brailovski soltó los cierres herméticos de su visor y alzó la placa transparente. Vaciló momentáneamente cuando dedos de hielo parecieron acariciar sus mejillas; luego inspiró con cautela, a continuación con mayor profundidad.

—Helado..., pero mis pulmones no se están congelando. Sin embargo, hay un olor extraño. A rancio, a podrido, como si algo... ¡Oh, no!

Brailovski palideció bruscamente, cerró con rapidez la placa transparente y aseguró su hermetismo.

—¿Qué ocurre, Max? —preguntó Curnow con repentina y ahora perfectamente genuina ansiedad. Brailovski no respondió; parecía como si aún estuviera intentando recuperar el control para evitar lo que siempre era un horrible y a veces fatal desastre..., vomitar en un traje espacial.

Hubo un largo silencio: luego Curnow dijo en un intento de tranquilizarlo.

—Entiendo. Pero estoy seguro de que se equivoca. Sabemos que Poole se perdió en el espacio. Bowman informó que..., que eyectó a los otros tras su muerte en hibernación, y podemos estar seguros de que lo hizo. No puede haber nadie aquí. Además está tan frío. —Casi añadió: «Como en una morgue», pero se controló a tiempo.

—Pero suponga —susurró Brailovski—, simplemente suponga, que Bowman consiguió volver a la nave..., y murió aquí.

Hubo un silencio aún más largo antes de que Curnow abriera lenta y deliberadamente su propia placa frontal. Se sobresaltó ante la mordedura helada del aire en sus pulmones, luego frunció disgustado la nariz.

—Entiendo lo que quiere decir. Pero está dejando correr demasiado su imaginación. Le apostaría diez contra uno a que este olor proviene de la cocina. Probablemente algunos alimentos se estropearon antes de que la nave se helara. Y Bowman debió de estar demasiado atareado para ocuparse convenientemente del mantenimiento de la casa. He conocido apartamentos de solteros que olían tan mal como esto.

—Quizá tenga razón. Espero que así sea.

—Por supuesto que así será. Y aunque no lo fuera..., maldita sea, ¿qué diferencia habría? Tenemos un trabajo que hacer, Max. Si Dave Bowman aún sigue aquí, eso no corresponde a nuestro departamento. ¿No es así, Katerina?

No hubo respuesta de la comandante cirujano; se habían adentrado demasiado en la nave para que la radio les alcanzase. Se hallaban a sus propios recursos, pero los ánimos de Max estaban reviviendo rápidamente. Era un privilegio, decidió, trabajar con Walter. El ingeniero estadounidense parecía a veces blando y despreocupado, pero era absolutamente competente, y cuando era necesario tan duro como el acero.

Juntos devolverían la *Discovery* a la vida; y, quizá, de vuelta a la Tierra.

19

OPERACIÓN MOLINO DE VIENTO

Cuando la *Discovery* se iluminó de pronto como el proverbial árbol de Navidad, con las luces de navegación y las interiores resplandeciendo de extremo a extremo, los gritos de júbilo a bordo de la *Leonov* hubieran podido oírse casi de una nave a otra a través del vacío. Se convirtieron en un gruñido irónico cuando al cabo de poco volvieron a apagarse.

Nada nuevo ocurrió durante la siguiente media hora; luego las ventanillas de observación del puente de mando de la *Discovery* empezaron a brillar con el suave color carmesí de las luces de emergencia. Unos minutos más tarde Curnow y Brailovski fueron vistos moviéndose en el interior, sus siluetas desdibujadas por la película de polvo de azufre.

—Hola, Max, Walter, ¿pueden oírnos? —llamó Tania Orlova. Las dos figuras agitaron instantáneamente las manos, pero no respondieron nada más. Obviamente, estaban demasiado atareados para dedicarse a una conversación casual; los espectadores en la *Leonov* tuvieron que aguardar pacientemente mientras varias luces se encendían y apagaban, una de las tres puertas de la bodega de las cápsulas se abría lentamente y se cerraba luego con rapidez, y la antena principal giraba unos modestos diez grados.

—Hola, *Leonov* —dijo finalmente Curnow—. Lamentamos haberles hecho esperar, pero hemos estado bastante atareados.

»He aquí una rápida evaluación, a juzgar por lo que hemos visto hasta ahora. La nave está en mucha mejor condición de lo que temíamos. El casco está intacto, los escapes son despreciables, la presión del aire es un ochenta y cinco por ciento de la nominal. Completamente respirable, aunque deberemos efectuar un reciclaje importante porque apesta hasta los cielos.

»La mejor noticia es que los sistemas energéticos están en buen estado. El reactor principal estable, las baterías en perfectas condiciones. Casi todos los cortacircuitos de seguridad habían saltado, automáticamente o accionados por Bowman antes de abandonar la nave. De todos modos, los equipos vitales han quedado protegidos. Pero va a ser un buen trabajo comprobarlo todo antes de que podamos conectar toda la energía de nuevo.

—¿Cuánto tiempo llevará esto al menos para los sistemas esenciales: habitabilidad, propulsión...?

—Es difícil de decir, capitana. ¿De cuánto tiempo disponemos antes de estrellarnos?

—La predicción mínima actual es de diez días. Pero ya sabe cómo cambia eso, hacia arriba... y hacia abajo.

—Bien, si no nos tropezamos con obstáculos importantes, podemos tirar hacia arriba de la *Discovery* hasta una órbita estable, alejándola de este agujero infernal..., oh, yo diría que en una semana.

—¿Hay algo que necesite?

—No, Max y yo nos las estamos arreglando bien. Ahora nos dirigimos al carrusel para comprobar su estado. Deseo ponerlo en funcionamiento tan pronto como sea posible.

—Perdóneme, Walter, pero... ¿es eso importante? La gravedad es conveniente, pero nos las hemos arreglado muy bien sin ella durante bastante tiempo.

—No es la gravedad lo que importa, aunque será útil disponer de un poco de ella a bordo. Si conseguimos poner de nuevo en marcha el carrusel, eso terminará con los giros de la nave, dejará de dar volteretas. Entonces podremos acoplar nuestras escotillas estancas y prescindir de la actividad extravehicular. Eso hará el trabajo cien veces más fácil.

—Estupenda idea, Walter, pero no pretenderá usted juntar mi nave a ese... molino de viento. Suponga que los mecanismos se estropean y el carrusel se atora. Eso podría hacernos pedazos.

—Admitido. Cruzaremos ese puente cuando lleguemos a él. Informaré de nuevo tan pronto como me sea posible.

Nadie descansó mucho durante los siguientes dos días. Al final de ese tiempo Curnow y Brailovski se caían prácticamente dormidos en sus trajes, pero habían completado su inspección de la *Discovery* y no habían hallado ninguna sorpresa desagradable. Tanto la Agencia Espacial como el Departamento de Estado se sintieron aliviados por el informe preliminar; les permitía proclamar, con cierta justificación, que la *Discovery* no era un pecio espacial sino «una espacionave de Estados Unidos temporalmente fuera de servicio». Ahora tenía que empezar la tarea de reacondicionamiento.

Una vez restaurada la energía, el siguiente problema era el aire; incluso las más cuidadosas operaciones de limpieza y purificación habían fracasado en extirpar el mal olor. Curnow había estado en lo cierto identificando su fuente como comida estropeada cuando había fallado la refrigeración; proclamó, con una seria burla, que aquello era algo enteramente romántico.

—Solo tengo que cerrar los ojos —afirmó—, y me siento como si estuviera de vuelta en un barco ballenero de los viejos tiempos. ¿Pueden imaginar cómo debía de oler el *Pequod*?

Todo el mundo aceptó unánimemente que, tras una visita a la *Discovery*, se necesitaba muy poco esfuerzo de imaginación. El problema fue resuelto —o al menos reducido a proporciones aceptables— renovando la atmósfera de la nave. Afortunadamente había aún aire suficiente en los tanques para reemplazarla.

Una noticia realmente bien recibida por todos fue que un noventa por ciento del propulsante necesario para el viaje de regreso estaba aún disponible; elegir amoníaco en vez de hidrógeno como fluido de base para el motor de plasma había demostrado ser una excelente idea. El hidrógeno, por supuesto más eficiente, habría hervido y se habría perdido en el espacio muchos años antes pese al aislamiento de los tanques y la helada temperatura exterior. Pero casi todo el amoníaco había permanecido licuado y a salvo, y quedaba aún el suficiente para conducir la nave hasta una órbita estable en torno a la Tierra. O al menos alrededor de la Luna.

Dominar el giro de hélice de la *Discovery* fue quizá el paso más crítico en el proceso de poner la nave bajo control. Sacha Kovalev comparó a Curnow y Brailovski con Don Quijote y Sancho Panza, y expresó la esperanza de que su expedición al girante molino de viento tuviera más éxito.

Muy cautelosamente, con muchas pausas para comprobaciones, se conectó la energía a los motores del carrusel, y el gran cilindro empezó a girar reabsorbiendo el movimiento rotatorio que hacía tanto tiempo había impartido a la nave. La *Discovery* ejecutó una compleja serie de precesiones hasta que finalmente sus volteretas sobre sí misma se desvanecieron casi por completo. Los últimos restos de la indeseada rotación fueron neutralizados por los chorros de control de posición, hasta que las dos naves estuvieron flotando inmóviles lado a lado, con la rechoncha y poco agraciada *Leonov* empequeñecida junto a la larga y esbelta *Discovery*.

La transferencia de una a otra era ahora segura y fácil, pero la capitana Orlova seguía negándose a permitir una unión física. Todo el mundo estuvo de acuerdo con esta decisión, porque Ío se estaba acercando progresivamente; era posible que aún tuvieran que abandonar la nave para cuyo salvamento habían trabajado tan duro.

El hecho de que ahora supieran la razón del misterioso deterioro orbital de la *Discovery* no ayudaba en absoluto.

Cada vez que la nave pasaba entre Júpiter e Ío cortaba el invisible campo del flujo magnético que unía los dos cuerpos, el río eléctrico que fluía de mundo a mundo. Las corrientes de contraflujo resultantes inducidas a la nave la iban frenando constantemente, disminuyendo su velocidad a cada revolución.

No había forma de predecir el momento final del impacto, porque la corriente del flujo magnético variaba locamente según las propias e inescrutables leyes de Júpiter. A veces se producían dramáticas oleadas de actividad acompañadas por espectaculares tormentas eléctricas y aurorales en torno a Ío. Entonces las naves perdían varios kilómetros de altitud, al tiempo que se volvían inconfortablemente calientes antes de que sus sistemas de control térmico consiguieran reajustarse.

Este inesperado efecto había sorprendido y asustado a todo el mundo antes de que comprendieran la obvia explicación. *Cualquier* forma de frenado produce calor en alguna parte; las densas corrientes inducidas en los cascos de la *Leonov* y la *Discovery* las convertían brevemente en hornos eléctricos de baja energía. No era sorprendente que algunas de las reservas de comida de la *Discovery* se hubieran ido estropeando a lo largo de los años en que la nave había estado alternativamente calentándose y enfriándose.

El supurante paisaje de Ío, que parecía más que nunca una ilustración de un libro de texto de medicina, estaba a tan solo quinientos kilómetros de distancia cuando Curnow se arriesgó a activar el impulsor principal mientras la *Leonov* permanecía alejada a una muy respetable distancia. No se produjeron efectos visibles —nada del humo y el fuego de los antiguos cohetes químicos—, pero las dos naves se alejaron progresivamente la una de la otra a medida que la *Discovery* iba ganando velocidad. Tras algunas horas de muy suaves maniobras, ambas naves se habían elevado un millar de kilómetros; ahora era el momento de relajarse brevemente y de hacer planes para el siguiente paso dentro de la misión.

—Ha hecho usted un trabajo maravilloso, Walter —dijo la comandante cirujano Rudenko, apoyando un grueso brazo en torno de los cansados hombros de Curnow—. Todos nos sentimos orgullosos de usted.

De forma casual rompió una pequeña cápsula bajo la nariz del hombre. Pasaron veinticuatro horas antes de que este se despertara, irritado y hambriento.

20

GUILLOTINA

—¿Qué *es* eso? —preguntó Curnow con un ligero desagrado alzando el pequeño mecanismo en su mano—. ¿Una guillotina para ratones?

—No es una mala descripción, pero estoy tras algo mucho más grande. —Floyd señaló una centelleante flecha en la pantalla, que ahora mostraba el complicado diagrama de un circuito—. ¿Ve esta línea?

—Sí, la fuente principal de energía. ¿Y?

—Este es el punto donde penetra en la unidad central de proceso de Hal. Me gustaría que instalara usted este artilugio ahí. Dentro de la conducción del cableado, allá donde no pueda ser descubierto sin una búsqueda deliberada.

—Entiendo. Un control remoto, de modo que se pueda desconectar a Hal siempre que usted quiera. Muy limpio..., y con una hoja no conductora además, de modo que no se produzcan embarazosos cortocircuitos cuando se la deje caer. ¿Quién fabrica esos juguetes? ¿La CIA?

—Eso no importa. El control está en mi habitación, esa pequeña calculadora roja que siempre tengo en mi escritorio. Póngala a nueve nueves, saque la raíz cuadrada y pulse INT. Eso es todo. No estoy seguro de su alcance, tendremos que comprobarlo, pero mientras la *Leonov* y la *Discovery* estén dentro de un radio de un par de kilómetros la una de la otra no habrá peligro de que Hal se vuelva de nuevo un loco homicida.

—¿Qué piensa decir usted acerca de esa... cosa?

—Bien, la única persona a quien se la estoy ocultando realmente es a Chandra.

—Me lo imaginaba.

—Pero cuantos menos sepan de ella, menos probable es que llegue a sus oídos. Le diré a Tania que existe, y que si se produce una emergencia usted sabe mostrarle cómo operarla.

—¿Qué tipo de emergencia?

—*Esa* no es una pregunta muy brillante, Walter. Si lo supiera, no necesitaría esta maldita cosa.

—Supongo que tiene razón. ¿Cuándo desea que instale su cortacuellos patentado?

—Tan pronto como pueda. Preferiblemente esta noche. Cuando Chandra esté dormido.

—¿Está usted bromeando? No creo que duerma nunca. Es como una madre alimentando a un hijo enfermo.

—Bueno, ocasionalmente tiene que regresar a la *Leonov* para comer.

—Tengo noticias para usted. La última vez que pasó de una nave a otra ató un pequeño saco de arroz a su traje. Eso le bastará para algunas *semanas.*

—Entonces tendremos que usar una de las famosas gotas noqueadoras de Katerina. Hicieron un buen trabajo con usted, ¿no?

Curnow estaba bromeando acerca de Chandra, al menos Floyd supuso que lo estaba haciendo, aunque uno nunca podía estar completamente seguro: se sentía orgulloso de hacer las más ultrajantes afirmaciones con un rostro perfectamente impasible. Había pasado cierto tiempo antes de que los rusos se hubieran dado cuenta de aquello; pronto, y como autodefensa, se mostraron propensos a echarse a reír precavidamente incluso cuando Curnow hablaba perfectamente en serio.

La propia risa de Curnow, afortunadamente, había descendido mucho desde que Floyd la había oído por primera vez en el salto al espacio de la lanzadera; en esa ocasión había sido obviamente impulsada por el alcohol. Había esperado volver a oírla de nuevo en la fiesta de final de órbita, cuando la *Leonov* había alcanzado finalmente su cita con la *Discovery*, pero incluso en esa ocasión, aunque Curnow había bebido bastante, había permanecido mucho más bajo control que la propia capitana Orlova.

Lo único que se tomaba enteramente en serio era su trabajo. En el camino desde la Tierra había sido un pasajero. Ahora era un miembro de la tripulación.

III. DISCOVERY

21

RESURRECCIÓN

Estamos, se dijo Floyd, a punto de despertar a un gigante dormido. ¿Cómo reaccionará Hal a nuestra presencia después de todos esos años? ¿Qué recordará del pasado, y se mostrará amistoso u hostil?

Mientras flotaba justo detrás del doctor Chandra en el ambiente de gravedad cero del puesto de pilotaje de la *Discovery*, la mente de Floyd apenas se apartaba del desconectador pirata, instalado y probado hacía apenas unas horas. El control por radio se hallaba tan solo a unos centímetros de su mano, y se sintió en cierto modo estúpido por haberlo traído consigo. En este estadio Hal seguía aún desconectado de todos los circuitos operativos de la nave. Aunque fuera reactivado, sería un cerebro sin miembros, aunque no sin órganos de los sentidos. Sería capaz de comunicarse, pero no de actuar. Como Curnow lo había expresado: «Lo peor que puede hacer es maldecirnos».

—Estoy preparado para la primera prueba, capitana —dijo Chandra—. Todos los módulos que faltaban han sido reemplazados, y he sometido todos los circuitos a programas de diagnóstico. Todo parece normal, al menos a ese nivel.

La capitana Orlova echó una mirada a Floyd, que asintió con la cabeza. Ante la insistencia de Chandra, solo ellos tres estaban presentes en aquella crítica primera prueba, y resultaba completamente obvio que incluso esa pequeña audiencia no era bienvenida.

—Muy bien, doctor Chandra. —Siempre consciente del protocolo, la capitana añadió rápidamente—: El doctor Floyd ha dado su aprobación, y yo misma no tengo objeción alguna.

—Tengo que explicar —dijo Chandra en un tono que transmitía claramente desaprobación— que sus centros de reconocimiento de la voz y de síntesis del habla resultaron dañados. Tendremos que enseñarle a hablar de nuevo. Afortunadamente aprende varios millones de veces más rápido que un ser humano.

Los dedos del científico danzaron sobre el teclado mientras pulsaba una docena de palabras, aparentemente al azar, pronunciando cuidadosamente cada una de ellas a medida que aparecía en la pantalla. Como un eco distorsionado, las palabras regresaron por la rejilla del altavoz, sin vida, indudablemente *mecánicas*, sin ninguna sensación de inteligencia tras ellas. Este no es el viejo Hal, pensó Floyd. No es mejor que los primitivos juguetes parlantes que eran una novedad cuando yo era niño.

Chandra pulsó el botón REPETICIÓN, y la serie de palabras sonó de nuevo. Esta vez hubo una notable mejora, aunque nadie podría aún confundir la voz que hablaba con la de un ser humano.

—Las palabras que le he proporcionado contienen los fonemas básicos del inglés; unas diez repeticiones, y será aceptable. Pero no dispongo del equipo necesario para realizar un buen trabajo de terapia.

—¿Terapia? —preguntó Floyd—. ¿Quiere decir que él..., bueno, que ha sufrido algún daño cerebral?

—No —restalló Chandra—. Los circuitos lógicos están en perfectas condiciones. Solo la salida de voz puede resultar imperfecta, aunque mejorará rápidamente. Así que compruébenlo todo con la pantalla, a fin de evitar malas inter-

pretaciones. Y cuando ustedes hablen, pronuncien cuidadosamente.

Floyd dirigió a la capitana Orlova una irónica sonrisa e
hizo una pregunta obvia.

—¿Qué hay de todos los acentos rusos que tenemos a
nuestro alrededor?

—Estoy seguro de que no será un problema con la capitana Orlova y la doctora Kovalev. Pero con los demás..., bien,
deberemos realizar pruebas individualizadas. Nadie que no
pueda superarlas podrá utilizar el teclado.

—Eso es anticipar mucho las cosas. Por el momento usted
es la única persona que debe intentar la comunicación. ¿De
acuerdo, capitana?

—Absolutamente.

Solo el más leve de los asentimientos reveló que el doctor
Chandra les había oído. Sus dedos siguieron revoloteando
sobre el teclado, y columnas de palabras y símbolos destellaron en la pantalla, a tal velocidad que ningún ser humano podía asimilarlos. Presumiblemente Chandra poseía una memoria eidética, porque parecía reconocer páginas enteras de
información con una sola ojeada.

Floyd y Orlova estaban a punto de abandonar al científico con sus arcanas devociones cuando este pareció darse cuenta repentinamente de nuevo de su presencia y alzó una mano
en advertencia o anticipación. Con un movimiento casi vacilante, en marcado contraste con sus anteriores acciones rápidas, deslizó hacia atrás una palanca bloqueadora y pulsó una
única tecla aislada.

Al instante, sin pausa perceptible, una voz brotó de la
consola, ya no una parodia mecánica de la voz humana: había
inteligencia, consciencia, conocimiento de sí mismo allí, aunque todavía solo a un nivel rudimentario.

—Buenos días doctor Chandra. Aquí Hal. Estoy listo
para mi primera lección.

Hubo un momento de impresionante silencio; luego, actuando bajo el mismo impulso, los dos observadores abandonaron la sala.

Heywood Floyd jamás lo hubiera creído. El doctor Chandra estaba llorando.

22

EL GRAN HERMANO

—¡... Qué maravillosas noticias sobre el bebé delfín! Puedo imaginar lo excitado que debió de sentirse Chris cuando los orgullosos padres lo trajeron a la casa. Deberías haber oído los *ohs* y *ahs* de mis compañeros de nave cuando contemplaron los vídeos de los tres nadando juntos, con Chris montado sobre su lomo. Sugieren que lo llamemos Sputnik, que significa compañero además de satélite.

»Lamento que haya pasado tanto tiempo desde mi último mensaje, pero los noticiarios te habrán dado una idea del enorme trabajo que hemos tenido que realizar. Incluso la capitana Tania ha tenido que prescindir de toda pretensión de un programa regular; cada problema tiene que ser resuelto a medida que se presenta por quien esté sobre el terreno en aquel momento. Dormimos cuando no podemos mantenernos despiertos más tiempo.

»Creo que todos podemos sentirnos orgullosos de lo que hemos hecho. Ambas naves son operativas, y casi hemos terminado con nuestra primera ronda de pruebas con Hal. En un par de días sabremos si podemos confiar en él para dirigir la *Discovery* cuando nos marchemos de aquí para efectuar nuestra cita definitiva con el Gran Hermano.

»No sé quién fue el primero que le dio ese nombre; los rusos, comprensiblemente, no están muy entusiasmados con él. Y se muestran sarcásticos acerca de nuestra designación oficial del TMA-2, señalándome constantemente que está a mil millones de kilómetros de Tycho. También que Bowman informó que no existía ninguna anomalía magnética, y que la única semejanza con el TMA-1 es la forma. Cuando les pregunté qué nombre preferían ellos, respondieron con *Zagadka*, que significa enigma. Es realmente un nombre excelente; pero todo el mundo se sonríe cuando intento pronunciarlo, de modo que me quedo con el de Gran Hermano.

»Lo llamemos como lo llamemos, está ahora a tan solo diez mil kilómetros de distancia, y el viaje no nos llevará más de unas cuantas horas. Pero ese último trecho nos tiene a todos nerviosos, no me importa decírtelo.

»Habíamos esperado descubrir alguna nueva información a bordo de la *Discovery*. Esa ha sido nuestra única decepción, aunque hubiéramos debido esperarlo. Hal, por supuesto, fue desconectado mucho antes del encuentro, de modo que no tiene memorias de lo ocurrido; y Bowman se llevó consigo todos sus secretos. No hay nada en el diario de a bordo ni en los sistemas automáticos de grabación que ya no sepamos.

»El único dato nuevo que hemos descubierto es puramente personal, un mensaje que dejó Bowman para su madre. Me pregunto por qué nunca lo envió; obviamente *esperaba*, o tenía intención de, regresar a la nave tras esa última actividad extravehicular. Por supuesto se lo hemos retransmitido a la señora Bowman que está en un asilo de ancianos en algún lugar de Florida, pero sus facultades mentales están disminuidas y es posible que no signifique nada para ella.

»Bien, esas son todas las noticias por ahora. No puedo decirte cuánto te echo de menos…, y el cielo azul y el verde mar de la Tierra. Todos los colores aquí son rojos y naranjas y amarillos, a menudo tan hermosos como el más fantástico ocaso, pero tras cierto tiempo uno empieza a anhelar los fríos y puros rayos al otro lado del espectro.

»Recibid ambos mi amor, os volveré a llamar tan pronto como me sea posible.

IV. LAGRANGE

23

CITA ORBITAL

Nikolai Ternovski, experto en control y cibernética de la *Leonov*, era el único hombre a bordo que podía hablar con el doctor Chandra en algo parecido a una igualdad de condiciones. Aunque el principal creador y mentor de Hal se mostraba reluctante a admitir a nadie en su círculo de completa confianza, el cansancio físico le había obligado a aceptar ayuda. El ruso y el indoamericano habían formado una alianza temporal, que funcionaba sorprendentemente bien. La mayoría del mérito debía atribuirse al buen corazón de Nikolai, que de algún modo era capaz de captar cuándo Chandra le necesitaba realmente y cuándo prefería estar solo. El hecho de que el inglés de Nikolai fuera con mucho el peor de la nave era algo que carecía totalmente de importancia, puesto que la mayor parte del tiempo ambos hombres hablaban un computés absolutamente ininteligible para cualquier otra persona.

Tras una semana de lenta y cuidadosa integración, las rutinas y las funciones supervisoras de Hal eran operativamente seguras. Era como un hombre que podía andar, cumplir algunas órdenes sencillas, efectuar trabajos no especializados y sostener una conversación a bajo nivel. En términos humanos tenía un coeficiente de inteligencia de quizá 50; de momento solo habían aparecido los rasgos más débiles de su personalidad original.

Estaba aún como sonámbulo; no obstante, según la experta opinión de Chandra, en la actualidad era completamente capaz de conducir la *Discovery* desde su órbita próxima a Ío hasta la cita orbital con el Gran Hermano.

La perspectiva de alejarse unos siete mil kilómetros extras del ardiente infierno que tenían a sus pies fue bien recibida por todo el mundo. Por trivial que fuera esa distancia en términos astronómicos, significaba que el cielo ya no estaría dominado por un paisaje que podía haber sido imaginado por Dante o por Hieronymus Bosch. Y aunque ni siquiera las más violentas erupciones habían arrojado material alguno hasta las naves, siempre existía el temor de que Ío pudiera alcanzar un nuevo récord. Tal como estaban las cosas, la visibilidad desde la cubierta de observación de la *Leonov* iba degradándose cada vez más a causa de la delgada película de azufre, y más pronto o más tarde alguien tendría que salir y limpiarla.

Solo Curnow y Chandra estaban a bordo de la *Discovery* cuando Hal tomó por primera vez de nuevo el control de la nave. Era una forma muy limitada de control; simplemente estaba repitiendo el programa que había sido alimentado a su memoria y comprobando su ejecución. Y la tripulación humana lo estaba comprobando *a él*: si se producía algún mal funcionamiento, sería desconectado de inmediato.

La primera ignición duró diez minutos; luego Hal informó que la *Discovery* había entrado en órbita de transferencia. Tan pronto como el radar y el lector óptico de la *Leonov* confirmaron eso, la otra nave se introdujo en la misma trayectoria. Se efectuaron dos correcciones menores del rumbo; luego, tres horas y quince minutos más tarde, ambas llegaron sin problemas al primer punto de Lagrange, el L-1, a diez mil quinientos kilómetros de altitud sobre la invisible línea que conectaba los centros de Ío y Júpiter.

Hal se había comportado impecablemente, y Chandra evidenció rastros de emociones innegablemente humanas, tales como satisfacción e incluso alegría. Pero en aquel momento los pensamientos de todos los demás estaban en otro lugar;

el Gran Hermano, alias *Zagadka*, estaba a tan solo cien kilómetros de distancia.

Incluso desde aquella distancia parecía más grande que la Luna vista desde la Tierra, y sorprendentemente innatural en su afilados contornos y su geométrica perfección. Contra el fondo del espacio habría sido completamente invisible, pero las movientes nubes jovianas trescientos cincuenta mil kilómetros más abajo le conferían un dramático relieve. Producía también una ilusión que, una vez experimentada, la mente hallaba casi imposible refutar. Puesto que no había forma alguna de que su situación real pudiera ser juzgada a simple vista, el Gran Hermano parecía a menudo una bostezante trampilla abierta en la superficie de Júpiter.

No había razón alguna para suponer que cien kilómetros fueran más seguros que diez, o más peligrosos que mil; simplemente parecía una distancia psicológicamente correcta para un primer reconocimiento. Desde esa distancia los telescopios de la nave podían revelar detalles de apenas unos centímetros de magnitud, pero no había nada que ver. El Gran Hermano aparecía completamente desprovisto de rasgos distintivos; lo cual, para un objeto que presumiblemente había sobrevivido a millones de años de bombardeos de restos espaciales, era increíble.

Cuando Floyd miró a través del objetivo le pareció que podía alcanzar y tocar aquella lisa superficie de ébano, del mismo modo que lo había hecho en la Luna hacía años. Aquella primera vez había sido con la enguantada mano de su traje espacial. Hasta que el monolito de Tycho no estuvo encerrado en una cúpula presurizada no fue capaz de utilizar su mano desnuda.

Aquello no representaba diferencia alguna; no creía que hubiera llegado a tocar nunca *realmente* el TMA-1. Las yemas de sus dedos habían parecido tropezar con una barrera invisible, y cuanto más fuerte apretaba, mayor era la repulsión. Se preguntó si el Gran Hermano produciría el mismo efecto.

Sin embargo, antes de acercarse más debían efectuar todas las pruebas que pudieran imaginar e informar de sus observaciones a la Tierra. Se hallaban en muchos sentidos en la misma posición que los expertos en explosivos intentando desactivar un nuevo tipo de bomba que podía detonar al menor falso movimiento. Por todo lo que podían decir, incluso la más delicada de las sondas de radar podía desencadenar alguna catástrofe inimaginable.

Durante las primeras veinticuatro horas no hicieron nada excepto observar con instrumentos pasivos: telescopios, cámaras, sensores en todas las longitudes de onda. Vasili Orlov aprovechó también la oportunidad para medir las dimensiones de la losa con la mayor precisión posible, y confirmó la famosa relación 1:4:9 hasta el sexto decimal. El Gran Hermano tenía exactamente la misma forma que el TMA-1, pero como tenía más de dos kilómetros de largo, era 718 veces más grande que su hermano pequeño.

Y había un segundo misterio matemático. Los hombres habían estado discutiendo durante años sobre aquella relación 1:4:9 los cuadrados de los tres primeros números enteros. No era posible que aquello fuera una coincidencia; ahora había otro número que conjurar.

Allá en la Tierra estadísticos y matemáticos se habían apresurado a jugar alegremente con sus ordenadores, intentando conectar esa relación con las constantes fundamentales de la naturaleza: la velocidad de la luz, la relación de masas protón/electrón, las constantes estructurales íntimas. Se les unieron rápidamente una manada de numerólogos, astrólogos y místicos, que incluyeron la altura de la Gran Pirámide, el diámetro de Stonehenge, la alineación con respeto al azimut de las líneas de Nazca, la latitud de la Isla de Pascua, y un montón de otros factores a partir de los cuales eran capaces de extraer las más sorprendentes conclusiones con respecto al futuro. No les frenó en lo más mínimo el que un celebrado humorista de Washington proclamara que sus cálculos probaban que el mundo había terminado el 31 de diciembre de 1999, pero que todo el mundo había estado demasiado ocupado en otras cosas para darse cuenta de ello.

Tampoco el Gran Hermano pareció darse cuenta de las dos naves que habían llegado a sus inmediaciones, pese a haber sondeado con sus haces de radar y bombardeado con ristras de pulsaciones radiofónicas que, se esperaba, podían animar a cualquier escucha inteligente a responder del mismo modo.

Tras dos frustrantes días, con la aprobación del Control de Misión, las naves redujeron su distancia a la mitad. Desde cincuenta kilómetros la cara más grande de la losa tenía una apariencia al menos cuatro veces mayor que la de la Luna en el cielo de la Tierra, impresionante, pero no tan grande como para ser psicológicamente abrumadora. Todavía no podía competir con Júpiter, aún diez veces más grande; y el humor de la expedición estaba empezando a cambiar ya de una temerosa alerta a una indudable impaciencia.

Walter Curnow habló casi por todos:

—El Gran Hermano puede estar dispuesto a esperar durante unos cuantos millones de años..., a *nosotros* nos gustaría marcharnos un poco antes.

24

RECONOCIMIENTO

La *Discovery* había partido de la Tierra con tres pequeñas cápsulas espaciales que permitían a un astronauta realizar actividades extravehiculares cómodamente en mangas de camisa. Una se había perdido en el accidente —si *había sido* un accidente— que había matado a Frank Poole. Otra había llevado a Dave Bowman a su cita final con el Gran Hermano, y compartido el mismo destino reservado a él. Una tercera se hallaba aún en el garaje de la nave, la bodega de las cápsulas.

Le faltaba un importante componente: la escotilla, arrancada por el comandante Bowman cuando realizó su peligrosa travesía por el vacío y penetró en la nave a través de la compuerta de emergencia, después de que Hal se negara a abrir la puerta de la bodega de las cápsulas. La expansión del aire resultante había enviado la cápsula a varios cientos de kilómetros de distancia antes de que Bowman, preocupado por otros asuntos más importantes, la trajera de vuelta por radiocontrol. No era sorprendente que nunca se hubiera preocupado de reemplazar la escotilla que faltaba.

Ahora la *Cápsula Número 2* (en la cual Max, negándose a toda explicación, había estampado el nombre de *Nina*) estaba siendo preparada para otra actividad extravehicular. Seguía faltando la escotilla, pero eso no era importante. Nadie iba a conducirla desde dentro.

La devoción de Bowman por su trabajo era un detalle de inesperada suerte, y hubiera sido una estupidez no aprovecharse de ello. Utilizando a *Nina* como una sonda robot, el Gran Hermano podía ser examinado desde cerca sin arriesgar ninguna vida humana. Esa al menos era la teoría; nadie podía descartar la posibilidad de un contragolpe que llegara a abarcar la nave. Después de todo, cincuenta kilómetros no eran ni siquiera el espesor de un cabello comparados con las distancias cósmicas.

Tras años de abandono la *Nina* tenía un aspecto claramente descuidado. El polvo que había siempre flotando a su alrededor a gravedad cero se había posado en su superficie externa, de modo que su casco antes inmaculadamente blanco había adquirido una tonalidad gris sucio. A medida que aceleraba lentamente alejándose de la nave, con sus manipuladores externos cuidadosamente replegados y su ovalada ventana de observación mirando hacia el espacio como un enorme ojo muerto, no parecía un embajador muy impresionante de la humanidad. Pero eso era una clara ventaja; un emisario tan humilde podía ser tolerado, y su pequeño tamaño y poca velocidad recalcarían sus intenciones pacíficas. Se había sugerido que debería aproximarse al Gran Hermano con las manos abiertas; la idea fue rápidamente desechada cuando casi todo el mundo estuvo de acuerdo en que si *ellos* veían a la *Nina* avanzar a su encuentro con sus garras mecánicas desplegadas, lo primero que harían sería echar a correr para salvar sus vidas.

Tras un pausado viaje de dos horas, la *Nina* se detuvo a doscientos metros de una de las esquinas de la enorme losa rectangular. Desde tan cerca no había la menor referencia de su auténtica forma: las cámaras de televisión podían estar muy bien mirando desde arriba a un tetraedro negro de tamaño indefinido. Los instrumentos de a bordo no señalaban ningún indicio de radiactividad o campo magnético; ninguna otra cosa llegaba procedente del Gran Hermano, excepto la minúscula fracción de luz solar que condescendía a reflejar.

Tras una pausa de cinco minutos —el equivalente, como se pretendía, del «Hola, aquí estoy»—, la *Nina* inició un cruce en diagonal de la cara más pequeña, luego de la siguiente en tamaño, y finalmente de la más grande, manteniéndose a una distancia de aproximadamente cincuenta metros, pero acercándose ocasionalmente hasta los cinco. Fuera cual fuese la separación, el Gran Hermano parecía exactamente idéntico, liso y sin rasgos distintivos. Mucho antes de que la misión quedara completada se había convertido en algo aburrido, y los espectadores a bordo de ambas naves habían vuelto a sus distintas tareas, dirigiendo miradas a los monitores tan solo de tanto en tanto.

—Eso es todo —dijo finalmente Walter Curnow cuando la *Nina* hubo llegado de vuelta al lugar desde donde había empezado—. Podríamos pasar el resto de nuestras vidas haciendo esto sin averiguar nada más. ¿Qué hago con ella, la traigo de vuelta a casa?

—No —dijo Vasili, entrando en el circuito desde la *Leonov*—. Tengo una sugerencia. Llévela hasta el centro exacto de la cara mayor. Inmovilícela allí a..., oh, digamos un centenar de metros de distancia. Y déjela estacionada en aquel lugar con el radar conectado a precisión máxima.

—No hay ningún problema..., excepto que siempre le quedará alguna deriva residual. Pero ¿cuál es el objetivo exacto?

—Acabo de recordar un ejercicio de uno de mis cursos de astronomía en la universidad, la atracción gravitatoria de una superficie infinitamente plana. Nunca creí que tuviera ocasión de utilizarlo en la vida real. Tras estudiar los movimientos de la *Nina* durante unas cuantas horas, como mínimo seré capaz de calcular la masa de *Zagadka*. Es decir, si tiene alguna masa. Estoy empezando a pensar que ahí no hay nada *real*.

—Hay una forma muy fácil de averiguar eso, y finalmente vamos a terminar haciéndolo. La *Nina* debería acercarse más y tocar esa cosa.

—Ya lo ha hecho.

—¿Qué quiere decir? —preguntó Curnow, casi indignado—. En ningún momento la he llevado más allá de los cinco metros de distancia.

—No estoy criticando sus habilidades como conductor, aunque se acercó mucho en esa primera esquina, ¿no cree? Pero ha estado palmeando usted suavemente a *Zagadka* cada vez que ha utilizado los impulsores de la *Nina* cerca de su superficie.

—Una pulga saltando sobre un elefante.

—Quizá. Simplemente no lo sabemos. Pero será mejor que supongamos que, de una forma u otra, es consciente de nuestra presencia, y que solamente nos tolerará mientras no seamos ningún engorro.

Dejó la pregunta sin responder colgando en el aire. ¿Cómo *podía* uno irritar a una losa negra rectangular de dos kilómetros de largo? ¿Y exactamente qué forma tomaría esa desaprobación?

25

PANORAMA DESDE LAGRANGE

La astronomía está llena de intrigantes coincidencias sin significado. La más famosa es el hecho de que, desde la Tierra, tanto el Sol como la Luna tienen el mismo diámetro aparente. Aquí, en el punto L-1 de libración, que el Gran Hermano había elegido para su acto de equilibrio cósmico en la cuerda floja gravitatoria entre Júpiter e Ío, ocurría un fenómeno similar. Planeta y satélite parecían tener exactamente el mismo tamaño.

¡Y vaya tamaño! No el miserable medio grado del Sol y de la Luna, sino cuarenta veces su diámetro, mil seiscientas veces su área. La visión de cualquiera de ellos bastaba para llenar la mente de temor y maravilla; juntos, el espectáculo era abrumador.

Cada cuarenta y dos horas pasaban por su ciclo completo de fases; cuando Ío estaba nuevo, Júpiter estaba lleno, y viceversa. Pero incluso cuando el Sol quedaba oculto detrás de Júpiter y el planeta presentaba tan solo su lado nocturno, estaba incontestablemente *allí*, un enorme disco negro eclipsando las estrellas. A veces esa negrura resultaba momentáneamente desgarrada por el resplandor de relámpagos que se mantenían durante varios segundos, por tormentas eléctricas infinitamente más grandes que la Tierra.

En el lado opuesto del cielo, mostrando siempre la misma cara a su gigantesco dueño, Ío era un caldero de rojos y naranjas hirviendo perezosamente, con ocasionales nubes amarillas brotando de uno de sus volcanes y cayendo rápidamente de vuelta a su superficie. Como Júpiter, pero a una escala de tiempo ligeramente mayor, Ío era un mundo sin geografía. Su rostro era remodelado cada pocas décadas, el de Júpiter en unos cuantos días.

A medida que Ío menguaba hacia su último cuarto, el enorme paisaje de Júpiter, con sus intrincadas bandas, se iluminaba bajo el pequeño y distante Sol. A veces la sombra del propio Ío, o uno de los satélites exteriores, cruzaba la cara de Júpiter; mientras, cada revolución mostraba el planeta —con el enorme vórtice de su Gran Mancha Roja— como un huracán que llevara siglos, si no milenios, soplando.

Suspendida entre tales maravillas, la tripulación de la *Leonov* tenía material para vidas enteras de investigación, pero los objetos naturales del sistema joviano estaban al final de su lista de prioridades. El Gran Hermano era el Número 1; aunque las naves habían avanzado ahora hasta situarse a tan solo cinco kilómetros, Tania seguía negándose a permitir ningún contacto físico directo.

—Voy a esperar —dijo— hasta que nos hallemos en una posición desde la cual podamos huir rápidamente. Nos sentaremos y miraremos..., hasta gastar el cristal de nuestra ventana de observación. *Entonces* consideraremos nuestro próximo movimiento.

Era cierto que la *Nina* había aterrizado finalmente sobre el Gran Hermano tras un pausado descenso de cincuenta minutos. Aquello había permitido a Vasili calcular la masa del objeto en unas sorprendentemente bajas novecientas cincuenta mil toneladas, lo cual le confería aproximadamente la densidad del aire. Presumiblemente estaba hueco, lo cual provocó interminables especulaciones acerca de lo que podía haber dentro.

Pero había los suficientes problemas prácticos cotidianos como para mantener sus mentes alejadas de esas cuestiones mayores. Las tareas de mantenimiento de la *Leonov* y la *Dis-*

covery absorbían el noventa por ciento de su tiempo de trabajo, aunque las operaciones eran mucho más eficientes desde que las dos naves habían sido acopladas mediante una conexión flexible. Curnow había convencido finalmente a Tania de que el carrusel de la *Discovery* no podía atorarse de ningún modo, despedazando así las dos naves, de modo que ahora era posible trasladarse libremente de una a otra nave abriendo y cerrando simplemente dos juegos de compuertas estancas. Los trajes espaciales y las actividades extravehiculares, con sus pérdidas de tiempo, ya no eran necesarias, con gran alegría de todos excepto Max, que adoraba salir fuera y ejercitarse con su palo de escoba.

Los dos miembros de la tripulación a quienes no les importaba en absoluto esto eran Chandra y Ternovski, que ahora vivían virtualmente a bordo de la *Discovery* y trabajaban constantemente prosiguiendo su al parecer interminable diálogo con Hal.

—¿Cuándo estarán listos? —les preguntaron finalmente un día. Se negaron a hacer promesa alguna: Hal seguía siendo un retrasado mental de grado inferior.

Luego, una semana después de la cita orbital con el Gran Hermano, Chandra anunció inesperadamente:

—Estamos listos.

Solo las dos damas médico estuvieron ausentes del compartimiento de pilotaje, y era simplemente porque no había espacio para ellas; se quedaron observando a través de los monitores de la *Leonov*. Floyd permaneció de pie inmediatamente detrás de Chandra, con su mano nunca demasiado lejos de lo que Curnow, con su habitual don para la frase precisa, había llamado su matagigantes de bolsillo.

—Déjenme hacer hincapié de nuevo —dijo Chandra— en que no tienen que hablar. Sus acentos le confundirán; yo puedo hablar, pero nadie más. ¿Queda eso entendido?

Chandra parecía, y sonaba, al borde del agotamiento. Sin embargo, su voz tenía una nota de autoridad que nadie había oído antes. Tania podía ser el jefe en cualquier otro lugar, pero allí él era el dueño.

La audiencia —algunos anclados en las sujeciones adecuadas, otros flotando libremente— asintió. Chandra accionó un conmutador audio y dijo lenta y claramente:

—Buenos días, Hal.

Un instante más tarde Floyd tuvo la impresión de que los años habían retrocedido. Ya no era un simple juguete electrónico el que contestaba. Hal había regresado...

—Buenos días, doctor Chandra.

—¿Te sientes capaz de reasumir tus deberes?

—Por supuesto. Soy completamente operativo y todos mis circuitos están funcionando perfectamente.

—Entonces ¿no te importará que te haga algunas preguntas?

—En absoluto.

—¿Recuerdas un fallo en la unidad AE-35 del control de la antena?

—Seguro que no.

Pese a las indicaciones de Chandra, hubo un leve jadear entre los oyentes. Esto es como ir tanteando con la punta del pie en un campo de minas, pensó Floyd mientras palpaba la tranquilizadora forma del desconectador accionado por radio. Si esa línea de preguntas desencadenaba otra psicosis, podía matar a Hal en un segundo. (Lo sabía con seguridad, lo había comprobado una docena de veces.) Pero un segundo era eones para un ordenador; era un riesgo que tenía que correr.

—¿No recuerdas ni a Dave Bowman ni a Frank Poole saliendo al exterior para reemplazar la unidad AE-35?

—No. Es probable que no haya ocurrido, o de otro modo yo lo recordaría. ¿Dónde están Frank y Dave? ¿Quién es esa gente? Solo puedo identificarle a usted, aunque computo un sesenta y cinco por ciento de posibilidades de que el hombre que está detrás de usted sea el doctor Heywood Floyd.

Recordando las estrictas indicaciones de Chandra, Floyd

refrenó su deseo de felicitar a Hal. Tras una década, un sesenta y cinco por ciento era un buen logro. Muchos seres humanos no lo hubieran hecho tan bien.

—No te preocupes, Hal. Te lo explicaré todo más tarde.

—¿Ha sido completada la misión? Ya sabe que yo sentía un gran entusiasmo por ella.

—La misión ha sido completada; llevaste a cabo todo tu programa. Ahora, si nos disculpas, desearíamos tener una conversación en privado.

—Por supuesto.

Chandra desconectó las entradas de visión y sonido de la consola principal. En lo que a aquella parte de la nave se refería, Hal estaba ahora sordo y ciego.

—Bien, ¿qué significa todo *esto*? —preguntó Vasili Orlov.

—Significa —dijo Chandra cautelosamente y con precisión— que he borrado todas las memorias de Hal a partir del momento en que se iniciaron los problemas.

—Eso suena como una completa hazaña —se maravilló Sacha—. ¿Cómo lo hizo?

—Me temo que me tomaría mucho más tiempo explicarlo que repetir la operación.

—Chandra, soy un experto en ordenadores, aunque no del mismo tipo que usted y Nikolai. La serie 9000 utiliza memorias holográficas, ¿no? Así que no puede haber usado usted un simple borrado cronológico. Tiene que haber sido algún tipo de tenia encaminada a palabras y conceptos seleccionados.

—¿Tenia? —dijo Katerina a través del intercom de la nave—. Creí que ese era mi departamento, aunque me alegra decir que nunca he visto a uno de esos bichos fuera de un frasco de alcohol. ¿De qué están hablando ustedes?

—Es jerga de ordenadores, Katerina. En los viejos días, muy viejos días, se usaban realmente cintas magnéticas. Y es posible elaborar un programa que pueda ser alimentado a un sistema para que capture y destruya..., coma, si lo prefiere..., cualquier memoria no deseada. ¿Acaso no pueden hacer ustedes lo mismo con los seres humanos mediante hipnosis?

—Sí, pero el proceso puede ser siempre invertido. Nosotros nunca olvidamos *realmente* nada. Solo creemos que lo hemos olvidado.

—Un ordenador no trabaja de esta forma. Cuando se le dice que olvide algo, lo hace. La información resulta completamente borrada.

—¿Así que Hal no tiene absolutamente ningún recuerdo de su... mal comportamiento?

—No puedo estar seguro de eso en un ciento por ciento —reconoció Chandra—. Pueden haber algunas memorias que estuvieran en tránsito de una dirección a otra cuando la... la tenia estaba efectuando su búsqueda. Pero es muy poco probable.

—Fascinante —dijo Tania después de que todo el mundo permaneciera algún tiempo en silencio pensando en aquello—. Pero la cuestión mucho más importante es: ¿Puede confiarse en él en el futuro?

Antes de que Chandra pudiera responder, Floyd se le anticipó.

—La misma sucesión de circunstancias no puede presentarse de nuevo; eso puedo prometérselo. Los problemas empezaron debido a que resulta difícil explicarle Seguridad a un ordenador.

—O a los seres humanos —murmuró Curnow no demasiado *sotto voce*.

—Espero que esté en lo cierto —dijo Tania sin mucha convicción—. ¿Cuál es el siguiente paso, Chandra?

—Algo no demasiado difícil, simplemente largo y tedioso. Ahora debemos programarle para iniciar la secuencia de escape de Júpiter, y la vuelta de la *Discovery* a casa. Tres años después estaremos de vuelta en nuestra órbita de alta velocidad.

26

PERÍODO DE PRUEBA

A: Doctor Millson, presidente, Consejo Nacional de Astronáutica, Washington

De: Heywood Floyd, a bordo de la USSC *Discovery*

Asunto: Mal funcionamiento del ordenador de a bordo HAL 9000

Clasificación: SECRETO

El doctor Chandrasegarampillai (en adelante citado como el doctor Ch.) ha completado ya su examen preliminar de Hal. Ha restaurado todos los módulos que faltaban, y el ordenador parece ser completamente operativo. Podrán encontrarse detalles de las acciones y conclusiones del doctor Ch. en el informe que él y el doctor Ternovski someterán en breve.

Sin embargo, me ha pedido usted que lo resuma en términos no técnicos en beneficio del Consejo..., en especial los nuevos miembros que no están familiarizados con el asunto. Francamente dudo de mi habilidad para hacer esto; como usted sabe, no soy un especialista en ordenadores. Pero lo haré lo mejor que pueda.

El problema fue causado aparentemente por un conflicto entre las instrucciones básicas de Hal y las exigencias de Seguridad. Por orden directa del presidente, la existencia del TMA-1 fue mantenida en un completo secreto. Solo a aquellos que necesariamente debían saberlo les fue permitido el acceso a la información.

La misión de la *Discovery* a Júpiter se hallaba ya en un avanzado estadio de planificación cuando el TMA-1 fue excavado y radió su señal a ese planeta. Como sea que la función de la primera tripulación (Bowman, Poole) era simplemente conducir la nave hasta su destino, se decidió que ellos no debían ser informados de su nuevo objetivo. Entrenando separadamente al equipo investigador (Kaminski, Hunter, Whitehead), y poniéndolos en hibernación antes de que empezara el viaje, se supuso que se conseguiría un mayor grado de seguridad, puesto que el peligro de filtraciones (accidentales o de otro tipo) quedaría reducido en gran parte.

Me gustaría recordarle que, por aquel entonces (mi memorándum NCA 342/23/ALTO SECRETO de 01.04.30), señalé varias objeciones a esta política. Sin embargo, a alto nivel fueron desechadas.

Puesto que Hal era capaz de operar la nave sin ayuda humana, se decidió también que debería ser programado para llevar adelante la misión de forma autónoma en caso de que la tripulación resultara incapacitada o muerta. Para ello se le dio conocimiento pleno de sus objetivos, pero no se le permitió revelarlos a Bowman o Poole.

Esta situación entró en conflicto con la finalidad para la cual había sido diseñado Hal: el procesado exacto de la información sin distorsión u ocultamiento. Como resultado de ello, Hal desarrolló lo que podría ser calificado, en términos humanos, como una psicosis: específicamente una esquizofrenia. El doctor Ch. me informa que, en terminología técnica, Hal quedó atrapado en un lazo Hofstadter-Moebius, una situación aparentemente no excepcional entre ordenadores avanzados con programas autónomos de búsqueda de objetivos. Sugiere que para mayor información contacte usted con el propio profesor Hofstadter.

Para decirlo crudamente (si he comprendido bien al doctor Ch.), Hal se vio enfrentado a un dilema intolerable, de modo que desarrolló síntomas paranoicos que fueron dirigidos contra aquellos que controlaban su actuación en la Tierra. En consecuencia, intentó romper el enlace que lo unía por radio con el Control de Misión, primero informando de un (inexistente) fallo de la unidad AE-35 de la antena.

Esto lo implicó no solo en una mentira directa —que debió agravar aún más su psicosis—, sino en una confrontación abierta con la tripulación. Presumiblemente (eso tan solo podemos suponerlo, por supuesto) decidió que la única forma de salir de aquella situación era eliminar a sus colegas humanos, lo cual estuvo a punto de conseguir. Mirando el asunto de una forma puramente objetiva, habría sido interesante ver lo que habría ocurrido si hubiese proseguido su misión solo, sin «interferencia» humana.

Esto es circunstancialmente todo lo que he sido capaz de saber del doctor Ch.; no he querido seguir preguntándole, puesto que está trabajando hasta casi el agotamiento. Pero, aún admitiendo este hecho, debo hacer constar francamente (y por favor considere esto como algo *absolutamente* confidencial) que el doctor Ch. no es siempre tan cooperativo como debería ser. Adopta una actitud defensiva hacia Hal, lo cual hace a veces extremadamente difícil discutir el tema. Incluso el doctor Ternovski, del que cabría esperar un poco más de independencia, parece compartir a menudo su punto de vista.

Sin embargo, la única pregunta realmente importante es: ¿Puede confiarse en Hal en el futuro? El doctor Ch., por supuesto, no tiene dudas al respecto. Afirma haber liberado todas las memorias del ordenador de los acontecimientos traumáticos que condujeron a su desconexión. No cree tampoco que Hal pueda llegar a sufrir algo remotamente análogo al sentimiento humano de culpabilidad.

En cualquier caso parece imposible que la situación que causó el problema original pueda volver a surgir de nuevo, nunca. Aunque Hal sufre de un cierto número de peculiaridades, no son de una naturaleza que pueda causar aprensión; son simplemente engorros menores, algunos de ellos incluso divertidos. Y como usted sabe —*aunque el doctor Ch. no*—, como último recurso he tomado medidas que nos dan un completo control sobre él.

Para resumir: la rehabilitación de HAL 9000 está avanzando de una forma satisfactoria. Uno puede decir incluso que se halla en período de prueba.

Me pregunto si él lo sabe.

27

INTERLUDIO: CONFESIONES ÍNTIMAS

La mente humana posee una sorprendente capacidad de adaptación; tras un tiempo incluso lo increíble se convierte en algo común. Había ocasiones en las cuales la tripulación de la *Leonov* se aislaba de su entorno, quizá en un movimiento inconsciente para preservar su cordura.

El doctor Heywood Floyd pensaba a menudo que, en tales ocasiones, Walter Curnow trabajaba un poco demasiado duro por ser la vida y el alma de la fiesta. Y aunque fue él quien desencadenó lo que Sacha Kovalev llamó más tarde el episodio de las «confesiones íntimas», evidentemente no había planeado nada de aquello. Fue algo que surgió espontáneamente cuando expresó en voz alta el descontento universal con casi todos los aspectos de la higiene en gravedad cero.

—Si pudiera formular un deseo y verlo concedido —exclamó durante el diario Soviet de las Seis—, me gustaría empaparme en un maravilloso baño de espuma, perfumado con esencia de pino, y con mi nariz situada exactamente por encima del nivel del agua.

Cuando los murmullos de asentimiento y los suspiros de frustrado deseo murieron, Katerina Rudenko tomó el desafío.

—Cuán espléndidamente decadente, Walter —le dijo con alegre desaprobación—. Le hace parecer a un emperador romano. Si yo estuviera de vuelta en la Tierra, me gustaría algo más activo.

—¿Como qué?

—Hummm... ¿Se me permite retroceder en el tiempo?

—Si usted quiere.

—Cuando era niña, acostumbraba a ir de vacaciones a una granja colectiva en Georgia. Había allí un hermoso garañón palomino, comprado por el director con el dinero que había ganado en el mercado negro local. Era un viejo bribón, pero yo lo adoraba, y acostumbraba a dejarme galopar con Alexander por toda la región. Hubiera podido matarme... pero ese es el recuerdo que me trae la Tierra, más que cualquier otro.

Hubo un momento de pensativo silencio; luego Curnow preguntó:

—¿Algún otro voluntario?

Todo el mundo parecía tan perdido en sus propios recuerdos que el juego habría podido terminar allí si Maxim Brailovski no lo hubiera iniciado de nuevo.

—A mí me gustaría estar haciendo inmersión; este era uno de mis hobbys preferidos, cuando aún tenía tiempo para mí, y me alegré cuando pude continuarlo mientras realizaba mi entrenamiento como cosmonauta. He hecho inmersión en los atolones del Pacífico, en la Gran Barrera de Arrecifes, en el Mar Rojo... Los arrecifes de coral son los lugares más hermosos del mundo. Pero la experiencia que mejor recuerdo ocurrió en un lugar completamente distinto, en uno de los bosques japoneses de algas marinas. Era como una catedral sumergida, con la luz del sol sesgada entre aquellas enormes hojas. Algo misterioso, mágico. Nunca he vuelto allí; quizá no fuera lo mismo la siguiente vez. Pero me gustaría intentarlo.

—Estupendo —dijo Walter, que como siempre se había nombrado maestro de ceremonias—. ¿Quién es el siguiente?

—Yo le daré una respuesta rápida —dijo Tania Orlova—. *El lago de los cisnes*, en el Bolshoi. Pero Vasili no estará de acuerdo. Él odia el ballet.

—Entonces somos dos. De todos modos, ¿qué es lo que usted seleccionaría, Vasili?

—Iba a decir la inmersión, pero Max se me ha adelantado. Así que iré en la dirección opuesta, el ala delta. Planear entre las nubes en un día de verano, en completo silencio. Bueno, no *absolutamente* completo, el aire sobre el ala puede ser muy ruidoso, sobre todo cuando uno está ladeándose. Esa es la forma en que gozo de la Tierra... como un pájaro.

—¿Zenia?

—Fácil. Esquiar en los Pamir. Me encanta la nieve.

—¿Y usted, Chandra?

La atmósfera cambió apreciablemente cuando Walter hizo la pregunta. Después de todo aquel tiempo Chandra seguía siendo un extraño, perfectamente educado, incluso cortés, pero sin revelarse nunca tal como era.

—Cuando era un muchacho —dijo lentamente—, mi padre me llevó a una peregrinación a Varanasi..., Benarés. Si ustedes no han estado nunca allí, me temo que no comprenderán. Para mí..., para muchos indios incluso hoy en día, sea cual sea su religión, aquello es el centro del mundo. Un día pienso volver.

—¿Y usted, Nikolai?

—Bien, hemos tenido el mar y el cielo. A mí me gustaría combinarlos ambos. Mi deporte favorito solía ser el windsurfing. Me temo que ahora ya soy demasiado viejo para ello, pero me gustaría volver a probarlo.

—Esto solo le deja a usted, Woody. ¿Cuál es su elección?

Floyd ni siquiera se detuvo a pensar; su espontánea respuesta le sorprendió tanto a él mismo como a los demás.

—No me importa en qué lugar esté de la Tierra, siempre que esté allí lo antes posible.

Tras aquello no hubo nada más que decir. La sesión había terminado.

IV. LAGRANGE

28

FRUSTRACIÓN

—... Ha visto usted todos los informes técnicos, Dimitri, de modo que comprenderá nuestra frustración. No hemos averiguado nada nuevo de todas nuestras pruebas y mediciones. *Zagadka* sigue simplemente ahí, llenando medio cielo, ignorándonos por completo.

»Sin embargo, no puede ser algo inerte, un pecio espacial abandonado. Vasili ha señalado que tiene que estar tomando alguna acción positiva para poder permanecer ahí en el inestable punto de libración. De otro modo habría derivado hace tiempo, tal como hizo la *Discovery*, y se hubiera estrellado contra Ío.

»Así que, ¿qué hacemos a continuación? ¿No llevaremos explosivos nucleares a bordo, aunque sea en contravención a la disposición de las Naciones Unidas de 2008, párrafo 3? Solo estoy bromeando.

»Ahora estamos bajo menos presión, y el inicio del viaje de regreso a casa está aún a varias semanas de distancia, y hay una clara sensación de aburrimiento junto con la frustración. No se ría..., puedo imaginar cómo le sonará a usted todo esto, ahí en Moscú. ¿Cómo puede una persona inteligente aburrirse aquí arriba, rodeada por las mayores maravillas que ojos humanos hayan visto nunca?

»Sin embargo, no hay la menor duda de ello. La moral no es lo que era. Hasta ahora todos nos hemos sentido asquerosamente sanos. Ahora, sin embargo, casi todos sufrimos un pequeño resfriado, un dolor de estómago o alguna heridita que no quiere curarse pese a todas las píldoras y los mejunjes de Katerina. Últimamente ya lo ha dejado correr, y lo único que hace es maldecir cuando le vamos con nuestros problemas.

»Sacha ha colaborado en mantenernos alegres con una serie de boletines en el tablero de anuncios de la nave. Su tema es: ¡ERRADIQUEMOS EL RUSLÉS!, y lista horribles mezclas de ambos idiomas que afirma haber oído, uso incorrecto de palabras y cosas así. Todos necesitaremos una descontaminación lingüística cuando volvamos a casa; me he descubierto varias veces charlando con sus compatriotas *en inglés* sin darme siquiera cuenta de ello, pasando a su idioma solamente en las palabras difíciles. El otro día me encontré hablando en ruso con Walter Curnow, y *ninguno* de los dos nos dimos cuenta de ello hasta pasados unos minutos.

»Hubo algo de actividad inesperada el otro día que le dirá algo acerca de nuestro estado mental. La alarma contra incendios se disparó en mitad de la noche, desencadenada por uno de los detectores de humos.

»Bien, resultó que Chandra había pasado a escondidas a bordo algunos de sus letales cigarros, y ya no pudo resistir más la tentación. Se estaba fumando uno en el lavabo, como un escolar lleno de culpabilidad.

»Por supuesto, se sintió terriblemente embarazado; todos los demás lo encontramos histéricamente divertido, tras el pánico inicial. Ya sabe usted la forma en que algunos chistes perfectamente triviales, que no significan nada para otros, pueden dar cuenta de un grupo de personas inteligentes en otros aspectos y reducirlas a una risa irrefrenable. Durante los siguientes días uno tan solo tenía que hacer el gesto de encender un cigarro, y todos los demás se revolcaban por el suelo.

»Lo que aún lo hace todo más ridículo es que a nadie se le ocurrió en lo más mínimo que Chandra podía haber ido simplemente a una esclusa de aire, o haber desconectado el detector de humos. Pero era demasiado tímido para admitir que sufría una debilidad tan humana; así que ahora pasa todavía más tiempo comulgando con Hal.

Floyd pulsó el botón de PAUSA y detuvo la grabación. Quizá no fuera honesto burlarse de Chandra, por tentador que fuese a menudo. Durante las últimas semanas habían surgido todo tipo de peculiaridades de la personalidad; había habido incluso algunas peleas, sin razones obvias para ello. E, incidentalmente, ¿qué tenía que decir acerca de su propio comportamiento? ¿Había estado siempre por encima de toda crítica?

Aún seguía sin estar seguro de haber tratado a Curnow correctamente. Aunque aquello no suponía que ahora le gustara realmente el gran ingeniero, o que apreciara el sonido de su voz siempre un poco demasiado fuerte, la actitud de Floyd hacia él había cambiado de mera tolerancia a respetuosa admiración. Los rusos lo adoraban, y no solo porque sus interpretaciones de sus canciones favoritas, tales como «Poliuchko Polie», los redujeran a menudo a las lágrimas. En un caso en particular Floyd tenía la impresión de que esa adoración había ido demasiado lejos.

—Walter —había empezado precavidamente—, no estoy seguro de que sea asunto mío, pero hay algo personal que me gustaría discutir con usted.

—Cuando alguien dice que algo no es asunto suyo, generalmente tiene razón. ¿Cuál es el problema?

—Para ser sinceros, su comportamiento con Max.

Hubo un helado silencio, que Floyd ocupó en inspeccionar atentamente el mal trabajo de pintura de la pared opuesta. Luego Curnow respondió, en una voz suave pero implacable:

—Estaba convencido de que él tenía más de dieciocho años.

—No confunda las cosas. Y, francamente, no es por Max por quien estoy preocupado. Es por Zenia.

Los labios de Curnow se abrieron en una franca sorpresa.

—¿Zenia? ¿Qué tiene que ver *ella* con todo esto?

—Para ser un hombre inteligente, es usted a menudo singularmente no observador, incluso obtuso. Seguro que se habrá dado cuenta de que está enamorada de Max. ¿No ha observado la forma en que le mira cuando usted pasa su brazo en torno a él?

Floyd nunca hubiera imaginado que llegara a ver a Curnow confundido, pero el golpe pareció haber dado en el lugar exacto.

—¿Zenia? Creí que todo el mundo estaba bromeando; ella es como un tranquilo ratoncito. Y todo el mundo adora a Max, incluso Catalina la Grande. De todos modos..., hum, supongo que tendré que ser más cauteloso. Al menos mientras Zenia esté por los alrededores.

Hubo un prolongado silencio mientras la temperatura social ascendía de nuevo hasta la normalidad. Luego, obviamente para mostrar que no había resentimiento alguno, Curnow añadió en tono convencional:

—Ya sabe, a menudo me he preguntado acerca de Zenia. Alguien hizo un maravilloso trabajo de cirugía plástica en su rostro, pero no pudieron reparar todo el daño. La piel está demasiado tensa, y jamás creo haberla visto reír correctamente. Quizá sea por eso por lo que siempre he evitado mirarla..., ¿me creerá una sensibilidad estética tan acusada, Heywood?

El deliberadamente formal «Heywood» indicaba más bien un aguijoneo bienintencionado que hostilidad, y Floyd se permitió relajarse.

—Puedo satisfacer algo su curiosidad. Washington logró finalmente una relación de los hechos. Parece ser que sufrió un serio accidente aéreo, y que tuvo suerte recobrándose de sus quemaduras. No es ningún misterio, naturalmente, pero se supone que la Aeroflot no sufre accidentes.

—Pobre chica. Me sorprende que la hayan dejado ir al espacio, pero supongo que era la única persona cualificada disponible cuando Irina se eliminó a sí misma. Lo lamento por ella; aparte las heridas, el shock psicológico debe de haber sido terrible.

—Estoy seguro de que lo ha sido; pero según mis noticias la recuperación ha sido completa.

No estás diciendo toda la verdad, se dijo Floyd, y nunca lo harás. Tras su encuentro en el frenado sobre Júpiter, siempre habría un secreto entre ellos..., no de amor sino de ternura, que a menudo es mucho más duradero.

De pronto se descubrió repentina e inesperadamente agradecido hacia Curnow; el otro estaba obviamente sorprendido ante su preocupación por Zenia, pero no había intentado explotarlo en su propia defensa.

Y si lo hubiera hecho, ¿habría sido deshonesto? Ahora, días más tarde, Floyd estaba empezando a preguntarse si sus propios motivos eran completamente admirables. Por su parte Curnow había mantenido su promesa; de hecho, si uno no le conociera mejor, podía imaginar que estaba ignorando deliberadamente a Max, al menos cuando Zenia estaba por allí. Y la trataba a ella con mucha mayor consideración; de hecho había ocasiones en las que había conseguido incluso tener éxito en hacerla reír alto y fuerte.

Así que su intervención había dado resultado, fuera cual fuese el motivo que la había provocado. Aunque, como a veces sospechaba pesarosamente Floyd, no fuera más que la secreta envidia que cualquier homo o heterosexual siente, si es completamente honesto consigo mismo, hacia los alegres y bien equilibrados polimorfos.

Su dedo reptó de nuevo hacia la grabadora, pero la cadena de pensamientos había quedado rota. Imágenes de su propia casa y familia acudieron inevitablemente en tropel a su mente. Cerró los ojos, y su memoria le recordó el clímax de la fiesta de cumpleaños de Christopher, el niño apagando de un soplido las tres velas en el pastel; hacía menos de veinticuatro horas de ello, pero a casi mil millones de kilómetros de distancia. Había pasado el vídeo tantas veces que se sabía la escena de memoria.

¿Y cuán a menudo había pasado Caroline *sus* mensajes a Chris para que el niño no olvidara a su padre, o lo viera como a un extraño cuando regresara después de haber faltado aún a otro cumpleaños? Casi tenía miedo de preguntarlo.

Sin embargo, no podía culpar a Caroline. Para él solo habrían pasado unas pocas semanas antes de que se reunieran de nuevo. Pero ella habría envejecido más de dos años mientras él estaba sumido en un sueño sin sueños entre los mundos. Era mucho tiempo para ser una joven viuda, aunque solo fuera temporal.

Me pregunto si estoy cayendo en una de esas enfermedades de a bordo, pensó Floyd; raras veces había experimentado tal sentimiento de frustración, incluso de fracaso. Podría haber perdido a mi familia a través de los abismos del tiempo y del espacio, y todo ello para ninguna finalidad. Porque no he conseguido nada; pese a que he alcanzado mi meta, esta sigue siendo una lisa e impenetrable pared de total oscuridad.

Y sin embargo, David Bowman había gritado en una ocasión: «¡Dios mío! ¡Está lleno de estrellas!».

IV. LAGRANGE

29

EMERGENCIA

El último bando de Sacha decía:

> **BOLETIN DE RUSLÉS NÚM. 8**
> *Tema: Tovarishch (Tovarich)*

> A nuestros huéspedes americanos:
> Francamente, colegas, no puedo recordar cuándo fui interpelado por última vez con esa palabra. Para cualquier ruso del siglo veintiuno, eso es volver al barco de guerra *Potemkin*..., un recuerdo de las gorras de tela y las banderas rojas y Vladimir Ilich arengando a los trabajadores desde el estribo de los vagones del ferrocarril.
> Desde que era un niño siempre ha sido *bratets* o *druzhok*..., hagan su elección.
> Sean bienvenidos.

> CAMARADA KOVALEV

Floyd estaba riéndose aún ante esa nota cuando Vasili Orlov se le unió flotando a través de la sala de estar y de observación en su camino hacia el puente.

—Lo que me sorprende, *tovarishch*, es que Sacha encuentre tiempo para estudiar otras cosas además de ingeniería física. Siempre está citando poemas y obras que yo ni siquiera conozco, y habla mejor el inglés que... bueno, que Walter.

414

—Por el hecho de dedicarse a la ciencia, Sacha es..., ¿cómo lo llaman ustedes?, la oveja negra de la familia. Su padre era profesor de inglés en Novosibirsk. El ruso solo se permitía en su casa de lunes a miércoles. De jueves a sábado era el inglés.

—¿Y los domingos?

—Oh, francés y alemán, a semanas alternas.

—Ahora entiendo exactamente lo que quieren dar a entender por *nekulturni*; me viene como un guante. ¿Se siente Sacha culpable por esa... deserción? Y con estos antecedentes, ¿cómo llegó a convertirse en ingeniero?

—En Novosibirsk uno aprende rápido quiénes son los siervos y quiénes los aristócratas. Sacha era un joven ambicioso, además de brillante.

—Exactamente como usted, Vasili.

—*Et tu, Brute!* ¿Lo ve?, yo también puedo citar correctamente a Shakespeare... *Bozhe moi! ¿Qué fue eso?*

Floyd no tuvo suerte; estaba flotando de espaldas a la ventana de observación, y no vio absolutamente nada. Cuando se volvió, unos segundos más tarde, solo había allí la familiar visión del Gran Hermano, partiendo en dos el gigantesco disco de Júpiter del mismo modo que lo había estado haciendo desde su llegada.

Pero para Vasili, por un momento que quedaría impreso en su memoria para siempre, aquella forma de perfilados ángulos había mostrado una escena completamente distinta y absolutamente imposible. Era como si una ventana se hubiera abierto repentinamente a otro universo.

La visión duró menos de un segundo antes de que su involuntario reflejo de parpadear la borrara. Estaba contemplando un campo no de estrellas sino de *soles*, como si se hallaran en el denso corazón de una galaxia o en el centro mismo de un enjambre globular. En aquel momento Vasili Orlov perdió para siempre los cielos de la Tierra. A partir de entonces parecerían intolerablemente vacíos; incluso la maravillosa Orión y la gloriosa Escorpión serían dibujos apenas discernibles de débiles destellos que no merecían una segunda mirada.

Cuando se atrevió a abrir de nuevo los ojos, todo había desaparecido. No..., no completamente. En el centro exacto del ahora restaurado rectángulo de ébano todavía brillaba una débil estrella.

Pero una estrella no se mueve mientras uno la mira. Orlov parpadeó de nuevo para aclarar sus lloriqueantes ojos. Sí, el movimiento era real; no lo estaba imaginando.

¿Un meteoro? Una indicación del estado de shock del científico jefe Vasili Orlov fue el que transcurrieran varios segundos antes de que recordara que los meteoros son algo imposible en un espacio sin aire.

Luego se transformó repentinamente en una estría de luz, y en el lapso de unos pocos latidos de corazón se había desvanecido más allá del borde de Júpiter. Por aquel entonces Vasili había recobrado su cordura y volvía a ser el frío y desapasionado observador.

Tenía ya una buena estimación de la trayectoria del objeto. No cabía la menor duda: se dirigía directamente hacia la Tierra.

V. HIJO DE LAS ESTRELLAS

30

REGRESO A CASA

Era como si se hubiera despertado de un sueño, o de un sueño dentro de un sueño. La puerta entre las estrellas le había hecho volver al mundo de los hombres, pero no ya como un hombre.

¿Cuánto tiempo había estado lejos? Toda una vida..., no, dos vidas; una hacia delante, otra a la inversa.

Al igual que David Bowman, comandante y último miembro superviviente de la espacionave de Estados Unidos *Discovery*, había sido atrapado en una trampa gigantesca, enviado a tres millones de años hacia atrás, y activado para responder únicamente en el momento adecuado y al estímulo adecuado. Había caído a través de todo ello, de uno a otro universo, encontrándose con maravillas, algunas de las cuales comprendía ahora, otras que quizá nunca llegara a captar.

Había corrido a una velocidad cada vez más acelerada descendiendo por infinitos corredores de luz, hasta que rebasó a la propia luz. Eso, sabía, era imposible; pero ahora sabía también cómo podía hacerse. Como Einstein había dicho correctamente, el Buen Señor era sutil, pero nunca malicioso.

Había pasado a través de un sistema cósmico de transferencia —una Gran Estación Central de las galaxias— y había emergido, protegido de su furia por fuerzas desconocidas, cerca de la superficie de una gigantesca estrella roja.

Aquí había sido testigo de la paradoja del amanecer en la

cara de un sol, cuando la brillante enana blanca compañera de la estrella agonizante había ascendido en su cielo..., una ardiente aparición que levantó una marea de fuego bajo ella. No había sentido miedo, solo maravilla, incluso cuando su cápsula espacial lo arrastró hacia el infierno de abajo...

... para llegar, más allá de toda razón, al interior de una bien amueblada suite de hotel que no contenía nada que no le fuera totalmente familiar. Sin embargo, mucho de lo que allí había era falso; los libros en la biblioteca eran imitaciones, las cajas de cereal y las latas de cerveza en la nevera —aunque llevaran etiquetas famosas— contenían todas la misma comida blanda con una textura parecida al pan, pero con un sabor que no se parecía a nada de lo que se habría atrevido a imaginar.

Se había dado cuenta rápidamente de que era un espécimen en un zoo cósmico, con su jaula recreada cuidadosamente a partir de las imágenes de viejos programas de televisión. Y se preguntó cuándo aparecerían sus cuidadores, y en qué forma física.

¡Qué estúpida había sido *esa* expectativa! Ahora sabía que uno igual podía haber esperado ver el viento, o especular acerca de la verdadera forma del fuego.

Luego el cansancio de su mente y cuerpo lo habían abrumado. Por última vez David Bowman durmió.

Fue una extraña forma de dormir, ya que no estaba totalmente inconsciente. Como una niebla arrastrándose por entre los árboles de un bosque, algo invadió su mente. Solo lo sintió de forma indistinta, porque el impacto completo hubiera podido destruirle con tanta rapidez y seguridad como los fuegos que ardían a su alrededor. Bajo aquel desapasionado escrutinio no sintió ni esperanza ni miedo.

A veces, en aquel largo dormir, soñó que estaba despierto. Habían pasado años; en una ocasión se estaba mirando a un espejo, a un rostro arrugado que apenas reconoció como el suyo propio. Su cuerpo estaba avanzando hacia su disolución, las manecillas del reloj biológico giraban locamente hacia una medianoche que nunca alcanzarían. Porque, en el último momento, el Tiempo se detuvo... y se invirtió.

Los muelles de la memoria estaban siendo pulsados; estaba reviviendo el pasado en una evocación controlada, al tiempo que era drenado del conocimiento y la experiencia a medida que retrocedía hacia su infancia. Pero nada se perdía: todo lo que había sido alguna vez, en algún momento de su vida, estaba siendo transferido para ser salvaguardado. Aunque un David Bowman dejara de existir, otro se convertiría en inmortal, más allá de las necesidades de la materia.

Era el embrión de un dios, aún no preparado para nacer. Durante eras flotó en un limbo sabiendo lo que había sido, pero no en qué se había convertido. Estaba aún en un estado de cambio, en algún lugar entre la crisálida y la mariposa. O quizá solo entre la oruga y la crisálida...

Y luego la estasis se rompió: el Tiempo volvió a entrar en su pequeño mundo. La negra losa rectangular que apareció repentinamente ante él era como un viejo amigo.

La había visto en la Luna; la había encontrado en órbita en torno a Júpiter; y sabía, de algún modo, que sus antepasados se habían encontrado con ella hacía tiempo. Aunque contenía todavía secretos no desenterrados, ya no era un misterio total; ahora comprendía algunos de sus poderes.

Se dio cuenta de que no era una, sino multitudes; y que, se emplearan los instrumentos de medida que se emplearan, siempre tenía el mismo tamaño..., *tan grande como fuera necesario.*

¡Qué obvia resultaba ahora la relación matemática de sus lados, la secuencia cuadrática 1:4:9! ¡Y qué ingenuidad haber imaginado que la serie terminaba allí, en solo tres dimensiones!

Mientras su mente seguía enfocada aún en esas simplicidades geométricas, el vacío rectángulo se llenó de estrellas. La suite del hotel —si es que había existido realmente alguna vez— se disolvió de vuelta a la mente de su creador; y ahí, ante él, estaba el luminoso torbellino de la Galaxia.

Hubiera podido ser algún hermoso e increíblemente detallado modelo, embutido en un bloque de plástico. Pero era real, captado por él como una totalidad con sentidos más sutiles que la visión. Si lo hubiera deseado, habría podido enfocar su atención sobre cada una de sus centenares de miles de millones de estrellas.

Allí estaba, a la deriva en aquel gran río de soles, a medio camino entre los amontonados fuegos del centro de la Galaxia y los solitarios y dispersos centinelas de las estrellas de su borde. Y *allí* estaba su origen, en el extremo más alejado de aquel abismo en el cielo, aquella serpentina banda de oscuridad, vacía totalmente de estrellas. Sabía que su informe caos, visible tan solo gracias al resplandor que delineaba sus bordes de las brumas de fuego que había mucho más allá, era la materia de la creación aún por usar, el material de base de evoluciones aún por venir. Aquí, el Tiempo aún no había empezado; hasta que los soles que ahora ardían no estuvieran muertos desde hiciera mucho, no remodelaría la luz y la vida este vacío.

Lo había cruzado inconscientemente una vez; ahora, mucho mejor preparado, aunque todavía completamente ignorante del impulso que lo guiaba, debería cruzarlo de nuevo...

La Galaxia estalló hacia delante desde el esquema mental en el cual la había encajado: estrellas y nebulosas se derramaron más allá de él en una ilusión de infinita velocidad. Soles espectrales estallaron y quedaron atrás mientras él se deslizaba como una sombra a través de sus núcleos.

Las estrellas se hicieron menos densas, el resplandor de la Vía Láctea se convirtió en un pálido fantasma de la gloria que había sido... y que quizá algún día volvería a ser. Estaba de vuelta al espacio que los hombres llamaban real, en el mismo punto en que lo había abandonado, hacía segundos o siglos.

Era vívidamente consciente de su entorno, y mucho más consciente que en aquella existencia anterior de miríadas de estímulos sensoriales procedentes del mundo exterior. Podía enfocar su atención sobre cualquiera de ellos y escrutarlos en sus detalles más íntimos hasta enfrentarse a la estructura fundamental, granular, del tiempo y del espacio, bajo la cual solo existía el caos.

Y podía moverse, aunque no sabía cómo. Pero ¿lo había sabido realmente alguna vez, incluso cuando poseía un cuerpo? La cadena de mando de cerebro a miembros era un misterio al cual nunca había dedicado el menor pensamiento.

Un esfuerzo de voluntad, y el espectro de aquella estrella cercana cambió al azul, precisamente en la intensidad que deseaba. Estaba cayendo hacia ella a una amplia fracción de la velocidad de la luz: aunque podía ir más rápido si lo quería, no tenía prisa. Aún había mucha información que procesar, mucho que considerar..., y mucho más que conseguir. Esa, sabía, era su meta actual; pero sabía también que tan solo era parte de algún plan mucho más amplio que le sería revelado a su debido tiempo.

No pensó en la puerta entre universos que se cerraba tan rápidamente tras él, ni en las ansiosas entidades apiñadas a su alrededor en su primitiva espacionave. Formaban parte de sus recuerdos; pero otros recuerdos más intensos tiraban de él ahora, atrayéndole a casa, al mundo que había pensado no volver a ver nunca de nuevo.

Podía oír sus miríadas de voces, cada vez más y más fuertes, como si él también fuera creciendo, pasando de ser una estrella casi perdida contra la desplegada corona del Sol a un delgado creciente, y finalmente a un glorioso disco de color blanco azulado.

Sabía que estaba llegando. Allá abajo en aquel atestado globo, las alarmas debían de estar destellando en las pantallas de radar, los grandes telescopios rastreadores debían de estar barriendo los cielos, y la historia tal como los hombres la habían conocido se estaba cerrando.

Un millar de kilómetros más abajo fue consciente de que un dormitante cargamento de muerte acababa de despertarse y estaba desperezándose en su órbita. Las débiles energías que contenía no eran ninguna amenaza para él; de hecho podía utilizarlas para su propio provecho.

Entró en el laberinto de circuitos y rastreó rápidamente el camino hasta su letal corazón. La mayoría de las conexiones podían ser ignoradas; eran callejones sin salida, puestos allí como protección. Bajo su escrutinio, su finalidad se le reveló infantilmente simple; era fácil evitarlas todas.

Ahora solo quedaba una última y simple barrera, un burdo pero efectivo relé mecánico que mantenía separados dos contactos. Hasta que fueran cerrados no habría energía para activar la secuencia final.

Lanzó hacia delante su voluntad, y por primera vez conoció el fracaso y la frustración. Los pocos gramos del microconmutador no se movieron. Seguía siendo una criatura de pura energía, el mundo de la materia inerte estaba todavía más allá de su alcance. Bien, había una respuesta sencilla a aquello.

Todavía tenía mucho que aprender. La pulsación de corriente que indujo al relé fue tan poderosa que casi fundió el bobinado antes de que pudiera operar el mecanismo disparador.

Los microsegundos tictaquearon lentamente. Era interesante observar las lentes explosivas enfocar sus energías, como la débil mecha que prende el reguero de pólvora que a su vez...

Los megatones florecieron en una silenciosa detonación que trajo un breve y falso amanecer a la mitad del durmiente mundo. Como un fénix alzándose de las llamas, absorbió lo que necesitaba, y desechó el resto. Muy abajo el escudo de la atmósfera, que protegía el planeta de tantos riesgos, absorbió la parte más peligrosa de las radiaciones. Pero habría algunos desafortunados hombres y animales que nunca volverían a ver de nuevo.

Pareció como si, en las secuelas de la explosión, la Tierra enmudeciera. Los parloteos de las ondas corta y media se vieron completamente silenciados, reflejados de vuelta por la repentinamente intensificada ionosfera. Solo las microondas siguieron deslizándose a través del invisible espejo que lentamente se iba disolviendo y que ahora rodeaba el planeta, y la mayoría de ellas eran demasiado densas para que él pudiera recibirlas. Unos pocos radares de gran alcance seguían enfocados aún sobre él, pero aquello no tenía la menor importancia. Ni siquiera se molestó en neutralizarlos como hubiera podido hacer fácilmente. Y si aparecían más bombas en su camino, las trataría con la misma indiferencia. Por el momento disponía de toda la energía que necesitaba.

Y ahora estaba descendiendo en grandes espirales hacia el perdido paisaje de su infancia.

V. HIJO DE LAS ESTRELLAS

DISNEYVILLE

Un filósofo *fin de siècle* había observado en una ocasión —y había sido generalmente criticado por ello— que Walter Elias Disney había contribuido más a la genuina felicidad humana que todos los maestros religiosos de la historia. Ahora, medio siglo después de la muerte del artista, sus sueños seguían proliferando todavía a través del paisaje de Florida.

Cuando fue abierto a principios de los años ochenta, su Prototipo Experimental de Comunidad del Mañana había sido un escaparate de las nuevas tecnologías y modas de la vida. Pero como había comprendido su fundador, el EPCOT, como era conocido internacionalmente por sus siglas inglesas, solo cumpliría con su finalidad cuando parte de la enorme extensión que ocupaba fuera una auténtica ciudad con vida propia, ocupada por gente que la llamara su hogar. Ese proceso había ocupado el resto del siglo; ahora la zona residencial tenía veinte mil habitantes, e inevitablemente se había hecho popular con el nombre de Disneyville.

Debido a que nadie podía trasladarse a vivir allí sin atravesar antes la guardia palaciega de los abogados de Disney, no era sorprendente que la edad media de sus ocupantes fuera la más alta de cualquier comunidad de Estados Unidos, ni que sus servicios médicos fueran los más avanzados del mundo. De hecho algunos de ellos difícilmente hubieran podido ser concebidos, y mucho menos creados, en cualquier otro lugar.

El apartamento había sido cuidadosamente diseñado a fin de que no pareciera una habitación de hospital, y solo algunos elementos poco usuales traicionaban su finalidad. La cama apenas llegaba a la altura de las rodillas, de modo que el peligro de caídas estaba minimizado: podía, de todos modos, ser alzada e inclinada a conveniencia de las enfermeras. La bañera estaba hundida en el suelo y tenía un asiento en su interior, así como asideros, de tal modo que incluso las personas de más edad podían entrar y salir de ella fácilmente. El suelo disponía de una gruesa moqueta, pero no había alfombras con las que uno pudiera tropezar ni cantos vivos en los que uno pudiera herirse. Otros detalles eran menos obvios y la cámara de televisión estaba tan bien oculta que nadie podía sospechar su presencia.

Había algunos pocos toques personales: un montón de viejos libros en un rincón, y una primera página enmarcada de uno de los últimos números impresos del *New York Times* proclamando: LA NAVE ESPACIAL ESTADOUNIDENSE PARTE HACIA JÚPITER. Cerca de ella había dos fotografías, una mostrando a un muchacho rozando los veinte años, la otra a un hombre considerablemente mucho mayor llevando un uniforme de astronauta.

Aunque la frágil mujer de pelo gris que contemplaba la comedia de costumbres que transmitía la televisión no había rebasado todavía los setenta, parecía mucho más vieja. De tanto en tanto dejaba escapar una risita apreciativa ante algún chiste surgido de la pantalla, pero no dejaba de mirar hacia la puerta, como si esperara alguna visita. Y cuando hacía eso, sujetaba firmemente el bastón que tenía apoyado contra su silla.

Sin embargo, estaba momentáneamente distraída con la comedia de la televisión cuando finalmente la puerta se abrió, y miró a su alrededor con culpable sorpresa cuando el pequeño carrito del servicio entró en su habitación, seguido de cerca por una enfermera uniformada.

—Es hora de comer, Jessie —dijo la enfermera—. Hoy le hemos preparado algo delicioso.

—No quiero comer nada.

—Hará que se sienta mucho mejor.

—No voy a comer hasta que me diga lo que es.

—¿Por qué no va a comerlo?

—No tengo hambre. ¿Acaso usted siempre tiene hambre? —añadió solapadamente.

El carrito robot de la comida se detuvo junto a la silla, y las tapas se abrieron para mostrar los platos. Durante todo el proceso la enfermera nunca tocó nada, ni siquiera los controles del carrito. Ahora permanecía de pie, inmóvil, con una sonrisa más bien fija, mirando a su difícil paciente.

En la sala de observación, a cincuenta metros de distancia, el técnico médico dijo al doctor:

—Ahora observe esto.

La nudosa mano de Jessie alzó el bastón; luego, con sorprendente rapidez, lo abatió en un corto arco contra las piernas de la enfermera.

La enfermera no pareció darse por aludida pese a que el bastón pasó a través de ella. En cambio, observó con tono conciliador:

—¿No cree que tiene muy buen aspecto? Cómaselo, querida.

Una artera sonrisa floreció en el rostro de Jessie, pero obedeció las instrucciones. En un momento estaba comiendo con buen apetito.

—¿Lo ve? —dijo el técnico—. Sabe perfectamente bien lo que está haciendo. Es mucho más inteligente de lo que pretende ser la mayor parte del tiempo.

—¿Y es la primera?

—Sí. Todas las demás creen que es realmente la enfermera Williams trayéndoles su comida.

—Bien, no creo que importe. Observe lo complacida que está, solo porque se ha mostrado más lista que nosotros. Está engullendo su comida, lo cual era la finalidad del ejercicio. Pero debemos advertir a las enfermeras, a *todas* ellas, no solamente a Williams.

—¿Por qué...? Oh, por supuesto. La próxima vez puede que no sea un holograma, y *entonces* no vea las demandas con las que podemos tener que enfrentarnos por parte de nuestro apaleado personal.

V. HIJO DE LAS ESTRELLAS

32

LA FUENTE DE CRISTAL

Los indios y los colonos cajun que se habían mudado hasta allí procedentes de Luisiana decían que la Fuente de Cristal no tenía fondo. Eso, por supuesto, era una estupidez, y seguramente ni siquiera ellos lo creían. Uno solo tenía que ponerse unas gafas de inmersión y sumergirse unas cuantas brazadas, y allí, claramente visible, estaba la pequeña caverna de la cual fluía la increíblemente pura agua, con las esbeltas algas verdes ondulando a su alrededor. Y, mirando hacia arriba por entre ellas, los ojos del Monstruo.

Dos círculos oscuros, uno al lado del otro... Aunque nunca se movían, ¿qué otra cosa podían ser? Aquella latente presencia proporcionaba una excitación extra a cada natación; un día el Monstruo surgiría precipitadamente de su cubil, ahuyentando a los peces en su caza de mayores presas. Ni siquiera Bobby o David admitirían nunca que no había allí nada más peligroso que una abandonada, e indudablemente robada, bicicleta, semienterrada entre las algas marinas, a un centenar de metros de profundidad.

Esa profundidad era difícil de creer, incluso después de que cuerda y plomada la hubieran establecido más allá de toda posible discusión. Bobby, el mayor de los dos y el mejor buceador, había estado algunas veces a quizá una décima parte de esa profundidad, y había informado de que el fondo se veía desde allí tan lejano como siempre.

Pero ahora la Fuente de Cristal estaba a punto de revelar sus secretos; quizá la leyenda del Tesoro Confederado *fuese* cierta pese a las burlas de todos los historiadores locales. O por lo menos podrían congraciarse con el jefe de policía —siempre una excelente política—, recuperando unas cuantas pistolas depositadas allí tras recientes crímenes.

El pequeño compresor de aire que Bobby había encontrado entre los trastos del garaje estaba resoplando ahora alegremente tras los iniciales problemas de puesta en marcha. Cada pocos segundos jadeaba y emitía una nube de humo azul, pero no mostraba ningún signo de detenerse.

—Y aunque lo hiciera —dijo Bobby—, ¿qué pasaría? Si las chicas del Teatro Subacuático pueden subir nadando desde cincuenta metros sin respiradores, nosotros también podemos. Es perfectamente seguro.

En ese caso, pensó Dave fugazmente, ¿por qué no le decimos a mamá lo que estamos haciendo, y por qué no esperamos hasta que papá vuelva a Cabo para el siguiente despegue de la lanzadera? Pero no sintió ningún remordimiento de conciencia: Bobby siempre sabía lo que era mejor. Debía de ser maravilloso tener diecisiete años y saberlo todo. Aunque deseaba que últimamente no perdiera tanto tiempo con esa estúpida de Betty Schultz. Cierto, era muy bonita..., pero ¡maldita sea, era una chica! Solo tras grandes dificultades habían conseguido librarse de ella esta mañana.

Dave estaba acostumbrado a ser un conejillo de indias; para eso servían los hermanos pequeños. Se ajustó las gafas al rostro, se puso los patos y se deslizó en la cristalina agua.

Bobby le tendió el tubo respirador unido a la vieja boquilla que le había acoplado. Dave inspiró e hizo una mueca.

—Sabe horrible.

—Te acostumbrarás a ello. Adelante, no más abajo de aquel reborde. Allí es donde empezaré a ajustar la válvula de presión para que no malgastes demasiado aire. Sube cuando tire del tubo respirador.

Dave se deslizó suavemente bajo la superficie y penetró en el país de las maravillas. Era un mundo pacífico, monocromo, tan diferente de los arrecifes de coral de los Cayos. No había ninguno de los deslumbrantes colores del entorno marino, donde la vida —animal y vegetal— hacía ostentación de todos los colores del arco iris. Aquí solo había matices delicados de azul y verde, y peces que parecían peces, no mariposas.

Agitó las piernas, hundiéndose lentamente, tirando del tubo respirador tras él, haciendo pausas para beber de su chorro de burbujas cada vez que sentía necesidad. La sensación de libertad era tan maravillosa que casi olvidó el horrible sabor aceitoso en su boca. Cuando alcanzó el reborde —en realidad un antiguo y saturado tronco de árbol, tan incrustado de algas que era irreconocible—, se sentó y miró a su alrededor.

Podía ver con claridad a través de la fuente hasta la verde ladera del lado más lejano del inundado cráter, al menos a un centenar de metros de distancia. No había muchos peces a su alrededor, pero un pequeño banco pasó agitándose por su lado como un chorro de monedas de plata a los rayos de luz procedentes de arriba.

Había también un viejo amigo estacionado, como de costumbre, junto a la garganta donde las aguas de la fuente iniciaban su camino hacia el mar: un pequeño caimán («pero lo bastante grande», había dicho alegremente Bobby en una ocasión. «Es más grande que yo.») Permanecía flotando verticalmente, sin medios visibles de apoyo, con solo la nariz por encima de la superficie. Nunca le habían molestado, y él nunca los había molestado a ellos.

El tubo respirador dio una impaciente sacudida. Dave se alegró de terminar la prueba; no se había dado cuenta de cuánto frío podía llegar a acumular uno a aquella hasta ahora inalcanzable profundidad, y además empezaba a sentirse francamente mal. Pero el caliente sol revivió pronto su espíritu.

—No hay ningún problema —dijo Bobby expansivamente—. Tan solo mantén la válvula desenroscada para que el indicador de presión no vaya más allá de la línea roja.

—¿A qué profundidad vas a ir?

—Hasta el fondo si me siento con ánimos.

Dave no se tomó aquello en serio; ambos sabían del éxtasis de las profundidades y de la narcosis del nitrógeno. Y de todos modos, la vieja manguera de riego tan solo tenía treinta metros de largo. Eso bastaría para su primer experimento.

Como había hecho otras muchas veces antes, contempló con envidiosa admiración cómo su hermano aceptaba un nuevo desafío. Nadando sin esfuerzo al igual que los peces a su alrededor, Bobby se deslizó hacia abajo y penetró en aquel azul y misterioso universo. Se volvió una vez y señaló vigorosamente hacia el tubo respirador, dejando indudablemente claro que necesitaba un mayor flujo de aire.

Pese al violento dolor de cabeza que repentinamente le invadió, Dave recordó su deber. Se apresuró hacia el viejo compresor y abrió la válvula de control hasta su mortífero máximo, cincuenta partes por millón de monóxido de carbono.

Lo último que vio de Bobby fue que seguía descendiendo confiadamente, una figura moteada por el Sol dirigiéndose para siempre más allá de su alcance. La estatua de cera en la sala del funeral era un completo extraño que no tenía nada que ver con Robert Bowman.

V. HIJO DE LAS ESTRELLAS

33

BETTY

¿Por qué había ido hasta allí, regresando como un inquieto fantasma a aquella escena de antigua angustia? No tenía la menor idea; por supuesto, no había sido consciente de su destino hasta que el redondo ojo de la Fuente de Cristal miró hacia arriba hasta él desde el bosque sumergido.

Era dueño del mundo, y sin embargo estaba paralizado por una sensación de devastador pesar que no había conocido durante años. El tiempo había curado la herida, como siempre hace; sin embargo, parecía como si fuera solo ayer que había permanecido de pie llorando junto al espejo esmeralda, viendo solamente los reflejos de los cipreses que le rodeaban con su carga de musgo negro. *¿Qué le estaba ocurriendo?*

Y ahora, aún sin una deliberada volición, pero como si fuera barrido por alguna suave corriente, estaba derivando hacia el norte, hacia la capital del estado. Estaba buscando algo; no sabría lo que era hasta que lo encontrara.

Nadie, ni instrumento alguno, detectó su paso. Ya no estaba radiando pródigamente, sino que casi había dominado su control de la energía, como en un tiempo había dominado los perdidos pero no olvidados miembros. Se sumergió como niebla en las bóvedas a prueba de terremotos hasta que se encontró a sí mismo entre miles de millones de memorias almacenadas y deslumbrantes, parpadeantes redes de pensamientos electrónicos.

Esta tarea era más compleja que hacer estallar una burda bomba nuclear, y le tomó un poco más de tiempo. Antes de encontrar la información que estaba buscando cometió un desliz trivial, pero no se molestó en corregirlo. Nadie comprendió nunca por qué, al mes siguiente, trescientos contribuyentes de Florida, todos ellos con apellidos empezando con F, recibieron cheques por el valor exacto de un dólar. Costó varias veces el conjunto de esta cantidad investigar lo ocurrido, y los desconcertados ingenieros informáticos culparon finalmente a una lluvia de rayos cósmicos. Cosa que, en su conjunto, no estaba demasiado lejos de la verdad.

En unos pocos milisegundos se había trasladado de Tallahassee al 634 de South Magnolia Street, en Tampa. Seguía siendo la misma dirección; no necesitó perder tiempo buscándola.

Claro que nunca había *pretendido* buscarla tampoco, hasta el momento exacto en que lo hizo

Tras tres partos y dos abortos, Betty Fernández (nacida Schultz) seguía siendo una mujer hermosa. En aquel momento era también una mujer muy pensativa; estaba contemplando un programa de televisión que le traía viejos recuerdos, dulces y amargos.

Era un Noticiario Especial, motivado por los misteriosos acontecimientos de las últimas doce horas desencadenados por la advertencia que la *Leonov* había radiado a la Tierra desde las lunas de Júpiter. *Algo* estaba dirigiéndose a la Tierra; *algo* había detonado —sin producir daños— una bomba nuclear que orbitaba el planeta y cuya propiedad nadie había reclamado. Eso era todo, pero era suficiente.

Los comentaristas del noticiario habían desempolvado todas las viejas cintas de vídeo —¡y algunas de ellas *eran* realmente cintas!— con las grabaciones que en su momento habían constituido un alto secreto, y que mostraban el descubrimiento del TMA-1 en la Luna. Por quincuagésima vez como mínimo oyó aquel pavoroso chillido radiofónico cuando el monolito dio la bienvenida al alba lunar y gritó su mensaje hacia Júpiter. Y de nuevo observó las familiares escenas y escuchó las viejas entrevistas a bordo de la *Discovery*.

¿Por qué estaba mirándolas? Todo aquello estaba almacenado en algún lugar de los archivos de la casa (aunque ella nunca recurría a ellos cuando José estaba por allí). Quizá esperaba alguna nueva iluminación; no le gustaba admitir, ni siquiera a sí misma, cuánto poder poseía aún el pasado sobre sus emociones.

Y allí estaba Dave, tal como esperaba. Era una antigua entrevista hecha por la BBC, de la cual se sabía casi de memoria cada palabra. Estaba hablando sobre Hal, intentando decidir si el ordenador era consciente o no.

¡Qué joven parecía, qué distinto de aquellas borrosas y últimas imágenes desde la condenada *Discovery*! Y cuánto se parecía a Bobby.

La imagen osciló cuando sus ojos se llenaron de lágrimas. No, algo iba mal en el aparato o en el canal. Sonido e imagen estaban comportándose erráticamente.

Los labios de Dave se estaban moviendo, pero ella no podía oír nada. Luego su rostro pareció disolverse, fundirse en bloques de color. Volvió a formarse, se borró de nuevo, y luego adquirió otra vez definición. Pero seguía sin haber sonido.

¿Dónde habían *conseguido* aquellas imágenes? Aquel no era Dave como hombre, sino como muchacho, tal como lo había conocido hacía tanto tiempo. Estaba mirándola desde la pantalla casi como si pudiera verla a través del abismo de los años.

La imagen sonrió; sus labios se movieron.

—Hola, Betty —dijo.

No era difícil formar las palabras e imponerlas sobre las corrientes que pulsaban en los circuitos de audio. La auténtica dificultad era frenar sus pensamientos al glacial tempo del cerebro humano. Y luego tener que aguardar una eternidad para la respuesta...

Betty Fernández era fuerte; también era inteligente y, aunque había sido un ama de casa durante doce años, no había olvidado su entrenamiento como reparadora de aparatos electrónicos. Aquel era simplemente otro de los incontables milagros de la simulación en los medios publicitarios de comunicación; podía aceptar aquello ahora, y preocuparse más tarde de los detalles.

—Dave —respondió—. Dave... ¿eres *realmente* tú?

—No estoy seguro —respondió la imagen en la pantalla con una voz curiosamente carente de entonación—. Pero recuerdo a Dave Bowman y todo lo relativo a él.

—¿Está muerto?

Esa era otra pregunta difícil.

—Su cuerpo..., sí. Pero eso ya no tiene importancia. Todo lo que Dave Bowman era realmente sigue formando parte de mí.

Betty se santiguó —aquel era un gesto que había aprendido de José— y susurró:

—¿Quieres decir... que eres un *espíritu*?

—No conozco una palabra mejor.

—¿Por qué has vuelto?

¡Ah! ¡Betty... por qué, por supuesto! Deseaba que tú pudieras decírmelo...

Aunque sí sabía una respuesta, por eso estaba apareciendo en la pantalla del televisor. El divorcio entre cuerpo y mente aún estaba muy lejos de ser completo, y ni siquiera el más complaciente de los canales de televisión por cable hubiera transmitido las flagrantes imágenes sexuales que se estaban formando ahora allí.

Betty observó durante un momento, a ratos sonriendo, a ratos emocionada. Luego apartó la vista, no avergonzada sino entristecida, lamentando perdidos deleites.

—Así que no es cierto —dijo— lo que siempre han dicho de vosotros los ángeles.

¿Soy un ángel?, se preguntó él. Pero al menos comprendía

lo que estaba haciendo allí, arrastrado por las mareas del pesar y del deseo hasta una cita con su pasado. La más poderosa emoción que había conocido nunca había sido su pasión por Betty; los elementos de aflicción y de culpabilidad que contenía no hacían más que reforzarla.

Ella nunca le había dicho si era mejor amante que Bobby; esa era una pregunta que él nunca le había formulado, porque aquello hubiera roto el encanto. Se habían aferrado a la misma ilusión buscando, uno en brazos del otro (¡y qué joven era él, seguía teniendo tan solo diecisiete años cuando todo había empezado, escasamente dos años después del funeral!), un bálsamo para la misma herida.

Por supuesto, aquello no podía durar, pero la experiencia le había cambiado irrevocablemente. Durante más de una década todas sus fantasías autoeróticas se habían centrado en Betty; nunca había encontrado a otra mujer que pudiera comparar con ella, y hacía mucho tiempo que se había dado cuenta de que jamás podría. Nadie más estaba atormentado por el mismo querido fantasma.

Las imágenes de deseo se desvanecieron de la pantalla; por un momento el programa regular volvió a ella, con una incongruente imagen de la *Leonov* suspendida sobre Ío. Luego el rostro de Dave Bowman reapareció. Parecía estar perdiendo el control, pues sus contornos eran locamente inestables. A veces parecía tener tan solo diez años, luego veinte o treinta, luego, increíblemente, se convertía en una acartonada momia cuyo arrugado rostro era una parodia del hombre que había conocido en otro tiempo.

—Tengo una pregunta más antes de irme. Carlos..., siempre dijiste que era hijo de José, y yo siempre me lo he estado preguntando. ¿Cuál es la verdad?

Betty Fernández miró largamente por última vez a los ojos del muchacho al que en un tiempo había amado (tenía de nuevo dieciocho años, y por un momento deseó poder ver todo su cuerpo, no solamente su rostro).

—Era *tu* hijo, David —susurró.

La imagen se desvaneció; el servicio normal se reanudó. Cuando, casi una hora más tarde, José Fernández entró sin hacer ruido en la habitación, Betty aún seguía mirando la pantalla.

No se volvió cuando él le dio un beso en la nuca.

—Nunca creerás esto, José.

—Probémoslo.

—Acabo de mentir a un fantasma.

V. HIJO DE LAS ESTRELLAS

34

DESPEDIDA

Cuando el Instituto Americano de Aeronáutica y Astronáutica publicó en 1997 su controvertido compendio *Cincuenta años de OVNIS,* muchos críticos señalaron que los objetos volantes no identificados habían sido observados desde hacía siglos, y que la observación de los «platillos volantes» de Kenneth Arnold en 1947 tenía incontables precedentes. La gente había estado viendo extrañas cosas en el cielo desde el alba de la historia; pero hasta mediados del siglo XX los ovnis eran un fenómeno fortuito que no despertaba el interés general. Después de esa fecha se convirtieron en un asunto de preocupación pública y científica, y las bases de ello podían ser calificadas como creencias religiosas.

La razón no era difícil de buscar; la llegada de los grandes cohetes y el inicio de la Era Espacial habían vuelto la mente de los hombres hacia otros mundos. La realización de que la raza humana sería pronto capaz de abandonar el planeta donde había nacido incitaba las inevitables preguntas: ¿Dónde está todo el mundo, y cuándo podemos esperar visitantes? Había también la esperanza, aunque raramente fuera explicada detalladamente de este modo, de que criaturas benevolentes de las estrellas pudieran ayudar a la humanidad a sanar sus numerosas heridas autoinfligidas y salvarla de futuros desastres.

Cualquier estudiante de psicología hubiera podido predecir que una necesidad tan profunda sería rápidamente satisfecha. Durante la última mitad del siglo XX hubo literalmente miles de informes de observaciones de espacionaves desde todas partes del globo. Más que eso, hubo cientos de informes de «encuentros cercanos», encuentros reales con visitantes extraterrestres, frecuentemente embellecidos con relatos de paseos celestes, secuestros, e incluso lunas de miel en el espacio. El hecho de que una y otra vez se demostrara que todos ellos eran mentiras o alucinaciones, no consiguió disuadir a los creyentes. Hombres a quienes les habían sido mostradas ciudades en la cara oculta de la Luna perdieron poca credibilidad cuando las exploraciones de los *Orbiter* y *Apolo* revelaron la inexistencia de artefactos de cualquier clase; damas que se habían casado con venusianos siguieron siendo creídas cuando ese planeta, desgraciadamente, resultó ser más ardiente que el plomo fundido.

Cuando el IAAA publicó su informe, ningún científico reputable —incluso entre aquellos pocos que en alguna ocasión habían adoptado la idea— creía que los ovnis tuvieran alguna conexión con vida o inteligencia extraterrestres. Por supuesto, nunca sería posible probar eso; cualquiera de esa miríada de observaciones, a lo largo de los últimos mil años, podía ser la auténtica clave. Pero, a medida que iba pasando el tiempo y las cámaras de los satélites y las pantallas de los radares que rastreaban los cielos no producían ninguna evidencia concreta, el público en general perdió su interés en la idea. Los ocultistas, por supuesto, no se desanimaron, sino que mantuvieron la fe en sus boletines y libros, la mayoría de los cuales no hacían más que regurgitar y embellecer viejos informes mucho tiempo después de que hubieran sido desacreditados o puestos en evidencia.

Cuando finalmente fue anunciado el descubrimiento del monolito de Tycho —el TMA-1—, hubo un coro de «Ya os lo dije». No podía seguir negándose que *había habido* visitantes en la Luna, y presumiblemente también en la Tierra, hacía algo más de tres millones de años. Inmediatamente los ovnis infestaron de nuevo los cielos, aunque resultaba extraño que los tres sistemas independientes de rastreo nacionales, que podían localizar cualquier cosa en el espacio que fuera mayor que un bolígrafo, siguieran siendo incapaces de descubrirlos.

El número de observaciones cayó de nuevo rápidamente hasta el «nivel de ruido», lo cual era de esperar, meramente como resultado de los muchos fenómenos astronómicos, meteorológicos y aeronáuticos que se producían constantemente en los cielos.

Pero ahora todo había empezado otra vez. En esta ocasión no había error; era oficial. Un genuino ovnis iba camino de la Tierra.

A los pocos minutos de la advertencia de la *Leonov* ya fueron informados avistamientos; los primeros encuentros cercanos se produjeron apenas unas horas más tarde. Un corredor de bolsa retirado, que paseaba a su bulldog por los Páramos del Yorkshire, se quedó alucinado cuando una nave en forma de disco aterrizó a su lado y su ocupante —completamente humano, excepto por las puntiagudas orejas— le preguntó el camino a Downing Street. El contactado quedó tan sorprendido que solo fue capaz de agitar su bastón más o menos en la dirección de Whitehall; una prueba concluyente del encuentro la proporcionó el hecho de que el bulldog se negó desde entonces a comer.

Aunque el corredor de bolsa no tenía antecedentes de enfermedades mentales, incluso aquellos que le creyeron tuvieron ciertas dificultades en aceptar el siguiente informe. Esta vez se trataba de un pastor vasco dedicado a una misión tradicional; se sintió grandemente aliviado cuando lo que había temido que fueran guardias fronterizos resultó ser un par de hombres encapuchados, de penetrantes ojos, que deseaban saber cuál era el camino al Cuartel General de las Naciones Unidas.

Hablaban un vasco perfecto, una lengua extremadamente difícil, sin afinidad alguna con cualquier otra lengua conocida de la humanidad. Evidentemente los visitantes espaciales eran unos notables lingüistas, aunque sus conocimientos de geografía fueran sorprendentemente deficientes.

Así prosiguieron las cosas, caso tras caso. Muy pocos de los contactados estaban realmente mintiendo o eran locos; la mayoría de ellos creían sinceramente en sus propias historias, y retenían esa creencia incluso bajo hipnosis. Y algunos eran simplemente víctimas de bromas o de improbables accidentes, como los desdichados arqueólogos aficionados que hallaron los decorados que un conocido cineasta de filmes de ciencia ficción había abandonado en el desierto tunecino hacía al menos cuatro décadas.

Sin embargo, solo al principio —y también al definitivo final— hubo un ser humano genuinamente consciente de su presencia; y eso fue porque él lo deseaba.

El mundo era suyo para explorar y examinar a placer, sin limitación o estorbo. Ninguna pared podía mantenerle fuera, ningún secreto podía quedar oculto a los sentidos que poseía. Al principio creyó que estaba simplemente cumpliendo viejas ambiciones, visitando los lugares que nunca había visto en aquella existencia anterior. Hasta mucho más tarde no se dio cuenta de que sus relampagueantes excursiones a través de la superficie del globo tenían una finalidad más profunda.

Estaba siendo utilizado de alguna manera sutil como sonda, explorando cada aspecto de los asuntos humanos. El control era tan tenue que apenas era consciente de él; era más bien como un perro de caza atado a una traílla, al que se le permite hacer excursiones por sí mismo, pero que pese a todo está obligado a obedecer los dominantes deseos de su dueño.

Las pirámides, el Gran Cañón, las nieves bañadas por la luna del Everest..., eso eran elecciones propias. Como también lo eran algunas galerías de arte y salas de concierto; aunque seguramente por propia iniciativa nunca habría resistido la totalidad del Circuito.

Como tampoco habría visitado tantas fábricas, prisiones, hospitales, una desagradable pequeña guerra en Asia, un hipódromo, una complicada orgía en Beverly Hills, la Sala Oval de la Casa Blanca, los archivos del Kremlin, la Biblioteca del Vaticano, la sagrada Piedra Negra de la *Ka'ba* en La Meca...

Había también experiencias de las cuales no tenía claros recuerdos, como si hubieran sido censuradas, o hubiera sido protegido de ellas por algún ángel guardián. Por ejemplo...

¿Qué estaba haciendo en el Museo Conmemorativo Leakey, en la Garganta Olduvai? No sentía mayor interés por el origen del hombre del que pudiera tener cualquier otro miembro inteligente de la especie *Homo sapiens*, y los fósiles no significaban nada para él. Sin embargo, los famosos cráneos, guardados como coronas enjoyadas en sus exhibidores, despertaron extraños ecos en su memoria y una excitación que era incapaz de explicar. Había una sensación de *déjà vu* más fuerte que cualquier otra que hubiera conocido nunca; el lugar debía de ser familiar, pero había algo equivocado en él. Era como una casa a la cual regresa uno después de muchos años, para descubrir que todo el mobiliario ha sido renovado, las paredes cambiadas de lugar, e incluso las escaleras reconstruidas.

Era un terreno desolado y hostil, seco y sediento. ¿Dónde estaban las lujuriantes llanuras y las miríadas de herbívoros de pies ligeros que habían vagabundeado por ellas hacía tres millones de años?

Tres millones de años. ¿Cómo había sabido esto?

No le llegó respuesta alguna del silencio lleno de ecos al cual había lanzado la pregunta. Pero entonces vio, vislumbrada de nuevo ante él, una forma familiar, rectangular y negra. Se acercó, y una imagen entre sombras apareció en sus profundidades, como un reflejo en un estanque de tinta.

Los tristes y asombrados ojos que le devolvieron la mirada bajo aquella peluda y hundida frente miraron más allá de él, hacia un futuro que nunca podrían ver. Porque él era ese futuro, a cien mil generaciones de distancia en el fluir del tiempo.

La historia había empezado allí; eso al menos lo comprendía ahora. Pero ¿cómo, y por encima de todo, *por qué*, había aún secretos que le seguían siendo negados?

Pero había un último deber, y ese era el más duro de todos. Era todavía lo suficientemente humano como para posponerlo hasta el auténtico final.

¿Qué estaba haciendo *ahora*?, se preguntó la enfermera de servicio, accionando el zoom del monitor del televisor para enfocarlo en la vieja dama. Ha intentado montones de trucos, pero esta es la primera vez que la veo hablándole a su audífono, por Dios. Me pregunto qué estará diciéndole.

El micrófono no era lo suficientemente sensible como para captar las palabras, pero eso no parecía importar demasiado. Muy pocas veces había parecido Jessie Bowman tan tranquila y contenta. Aunque sus ojos estaban cerrados, todo su rostro estaba envuelto en una sonrisa casi angélical mientras sus labios seguían formando palabras susurradas.

Y luego la observadora vio algo que después intentó a toda costa olvidar, porque informarlo la hubiera descalificado instantáneamente para su profesión de enfermera. Lenta y espasmódicamente, el peine que había sobre la mesa de al lado se alzó por sí mismo en el aire, como levantado por unos torpes e invisibles dedos.

Al primer intento falló; luego, con obvia dificultad, empezó a peinar los largos cabellos plateados, deteniéndose de tanto en tanto para desenredar algún nudo.

Ahora Jessie Bowman no estaba hablando, pero seguía sonriendo. El peine se movía con mayor seguridad, ya no con bruscos e inseguros tirones.

La enfermera nunca pudo estar segura de cuánto duró aquello. Hasta que el peine no volvió a posarse suavemente sobre la mesa no se recuperó de su parálisis.

El niño de nueve años Dave Bowman había terminado la tarea que siempre había odiado pero que su madre adoraba. Y un David Bowman ahora sin edad había conseguido su primer control de la insensible materia.

Jessie Bowman seguía sonriendo cuando la enfermera entró finalmente para investigar. Había estado demasiado asustada para apresurarse; pero aquello no hubiera significado ninguna diferencia.

V. HIJO DE LAS ESTRELLAS

35

REHABILITACIÓN

El alboroto de la Tierra quedaba confortablemente acallado por los millones de kilómetros de espacio. La tripulación de la *Leonov* contemplaba, con fascinación pero con un cierto distanciamiento, los debates en las Naciones Unidas, las entrevistas con distinguidos científicos, las teorías de los comentaristas de los noticiarios, los prosaicos pero tremendamente conflictivos relatos de los contactados por ovnis. Ellos no podían contribuir en nada al frenesí, porque no habían sido testigos de posteriores manifestaciones de ninguna clase. *Zagadka*, alias el Gran Hermano, permanecía tan ciegamente indiferente a su presencia como siempre. Y esa era de hecho una irónica situación; habían realizado todo aquel viaje desde la Tierra para resolver un misterio, y parecía como si la respuesta hubiera partido hacia su punto de origen.

Por primera vez se sintieron agradecidos de la poca velocidad de la luz y del lapso de dos horas que hacía imposibles las entrevistas en directo por el circuito Tierra-Júpiter. Pese a ello, Floyd se veía importunado por tantas preguntas de los periodistas que finalmente se declaró en huelga. No quedaba nada más que decir, y lo había indicado ya al menos una docena de veces.

Además todavía había mucho trabajo por hacer. La *Leonov* tenía que ser preparada para el largo viaje de vuelta a casa, de modo que estuviera dispuesta para partir inmediatamente cuando la alineación de órbitas fuera favorable. De todos modos, el tiempo no era en absoluto crítico; aunque se retrasaran un mes, eso simplemente prolongaría un poco más el viaje. Chandra, Curnow y Floyd ni siquiera se darían cuenta de ello, puesto que dormirían durante todo el camino hacia el Sol; pero el resto de la tripulación estaba inflexiblemente decidida a partir tan pronto como las leyes de la mecánica celeste lo permitieran.

La *Discovery* seguía planteando numerosos problemas. La nave apenas tenía suficiente propulsante para regresar a la Tierra, aunque partiera mucho más tarde que la *Leonov* y utilizara una órbita de mínima energía, lo cual tomaría casi tres años. Y esto sería posible tan solo si Hal podía ser programado con toda seguridad para llevar a cabo la misión sin intervención humana excepto las comprobaciones a distancia. Sin esta cooperación la *Discovery* debería ser abandonada de nuevo.

Había sido fascinante —y por supuesto muy emocionante— observar el firme renacimiento de la personalidad de Hal, de niño con el cerebro dañado a desconcertado adolescente y al final a un tanto condescendiente adulto. Aunque sabía que estas etiquetas antropomórficas eran altamente engañosas, Floyd descubrió que era completamente imposible evitarlas.

Y había veces en las que tenía la sensación de que toda aquella situación poseía una inquietante familiaridad. ¡Cuán a menudo había visto videodramas en los cuales jovenzuelos desequilibrados eran enderezados por sensatos descendientes del legendario Sigmund Freud! Esencialmente la misma historia estaba siendo representada a la sombra de Júpiter.

El psicoanálisis electrónico se había producido a una velocidad totalmente más allá de la comprensión humana a medida que los programas reparadores y diagnosticadores pasaban a través de los circuitos de Hal a miles de millones de bits por segundo, identificando con precisión posibles mal-

446

funciones y corrigiéndolas. Aunque la mayoría de esos programas habían sido probados anticipadamente en el gemelo de Hal, SAL 9000, la imposibilidad de un diálogo a tiempo real entre los dos ordenadores era un serio impedimento. A veces había que malgastar horas enteras cuando resultaba necesario comprobar con la Tierra algún punto crítico de la terapia.

Porque, pese a todo el trabajo de Chandra, la rehabilitación del ordenador distaba mucho de ser completa. Hal exhibía numerosos tics nerviosos e idiosincrasias, ignorando a veces incluso palabras habladas, aunque siempre reconocía los inputs dados a través del teclado por quien fuera. En la dirección opuesta sus outputs eran aún más excéntricos.

Había veces en las cuales daba respuestas verbales, pero no las suministraba visualmente. En otras ocasiones hacía ambas cosas, pero se negaba a imprimir. No daba excusas ni explicaciones, ni siquiera el testarudamente impenetrable «prefiero no hacerlo» del escribano autista de Melville, Bartleby.

Sin embargo, no era activamente desobediente, sino más bien reluctante, y solo en lo relativo a ciertas tareas. Siempre era posible conseguir finalmente su cooperación..., «hablar más allá de su enfurruñamiento», como dijo Curnow en pocas palabras.

No era sorprendente que el doctor Chandra empezara a evidenciar la tensión. En una celebrada ocasión, cuando Max Brailovski revivió inocentemente un viejo bulo, casi perdió los estribos.

—¿Es cierto, doctor Chandra, que usted eligió el nombre de Hal para estar un paso por delante de IBM?

—¡Esto es una completa tontería! La mitad de nosotros venimos de IBM, y hemos estado intentando erradicar esta historia durante años. Creí que a estas alturas cualquier persona inteligente sabía ya que H-A-L deriva de Heurísticamente Algorítmico.

Más tarde Max juraría que había podido oír claramente las mayúsculas.

En la opinión particular de Floyd las apuestas eran al menos de cincuenta a uno contra enviar la *Discovery* sana y salva de vuelta a la Tierra. Y entonces Chandra acudió a él con una extraordinaria proposición.

—Doctor Floyd, ¿puedo hablar un momento con usted?

Tras todas aquellas semanas y experiencias compartidas, Chandra seguía aún tan formal como siempre, no solo con Floyd, sino también con toda la tripulación. Ni siquiera se dirigía a la más joven de la nave, Zenia, sin el prefijo «señora».

—Por supuesto, Chandra. ¿Qué ocurre?

—He completado virtualmente la programación para las seis variaciones más probables sobre la órbita Hohmann de regreso. Cinco de ellas han sido probadas en simulación, sin ningún problema.

—Excelente. Estoy seguro de que nadie más en la Tierra..., en el Sistema Solar..., habría podido hacerlo.

—Gracias. De todos modos, usted sabe tan bien como yo que es imposible programar para cualquier eventualidad. Hal puede, debe, funcionar perfectamente, y tiene que ser capaz de manejar cualquier emergencia razonable. Pero todo tipo de accidentes triviales, fallos menores del equipo que pueden ser reparados con un destornillador, cables rotos, conmutadores encallados..., pueden dejarlo indefenso y abortar toda la misión.

—Tiene usted toda la razón, por supuesto, y esto es algo que ha estado preocupándome. Pero ¿qué podemos hacer al respecto?

—En realidad es muy simple. Me gustaría quedarme en la *Discovery*.

La reacción inmediata de Floyd fue que Chandra se había vuelto loco. Su segundo pensamiento fue que quizá solo estuviera medio loco. De hecho toda la diferencia entre un éxito y un fracaso podía estribar en la existencia de un ser humano, esa suprema herramienta reparadora para todo uso y adecuada a todas las emergencias, a bordo de la *Discovery* durante el largo viaje de regreso a la Tierra. Pero las objeciones eran completamente abrumadoras.

—Es una idea interesante —respondió Floyd con extrema cautela—, y evidentemente aprecio su entusiasmo. Pero ¿ha pensado usted en todos los problemas? —Decir aquello era una estupidez; Chandra debía de tener ya todas las respuestas convenientemente archivadas para consulta inmediata—. ¡Estará usted abandonado a sus propios medios durante tres años! Suponga que tiene un accidente o una emergencia médica.

—Es un riesgo que estoy dispuesto a correr.

—¿Y qué hay de la comida y el agua? La *Leonov* no dispone de la suficiente como para malgastarla.

—He comprobado el sistema de reciclado de la *Discovery*; puede ser operativo de nuevo sin demasiada dificultad. Además nosotros los indios nos las arreglamos con muy poco.

Era poco usual que Chandra se refiriera a sus orígenes o hiciera alguna afirmación de índole personal; su «confesión íntima» era el único ejemplo que Floyd podía recordar. Pero no dudó de su afirmación; Curnow había dicho en una ocasión que el doctor Chandra poseía el tipo de psique que solamente podía conseguirse tras siglos de hambre. Aunque sonaba como uno de los poco amables comentarios chistosos del ingeniero, había sido efectuado enteramente sin malicia; de hecho lo había dicho con simpatía, aunque no, por supuesto, a oídos de Chandra.

—Bueno, tenemos todavía varias semanas para decidir. Pensaré en ello y hablaré con Washington.

—Gracias; ¿le importa si empiezo a hacer los arreglos necesarios?

—Esto... no, en absoluto, siempre que no interfieran con los planes existentes. Recuerde, el Control de Misión será quien deberá tomar la decisión final.

Y yo sabía exactamente lo que diría el Control de Misión. Era una locura esperar que un hombre sobreviviera en el espacio durante tres años, solo.

Pero, por supuesto, Chandra había estado siempre solo.

36

FUEGO EN LAS PROFUNDIDADES

La Tierra estaba ya muy lejos a sus espaldas, y las asombrosas maravillas del sistema joviano estaban expandiéndose rápidamente ante él, cuando tuvo su revelación.

¡Cómo podía haber sido tan ciego, tan estúpido! Era como si hubiera estado caminando en su sueño; ahora estaba empezando a despertar.

¿Quién eres tú?, gritó. ¿Qué es lo que deseas? ¿Por qué me has hecho esto?

No hubo respuesta, aunque estaba seguro de haber sido oído. Sintió una... presencia como la que ningún hombre podía definir, aunque sus ojos estuvieran fuertemente cerrados y se hallara en una habitación cerrada y no en algún vacío y abierto espacio. A su alrededor captaba el débil eco de una vasta mentalidad, una voluntad implacable.

Llamó de nuevo en el reverberante silencio, y tampoco esta vez hubo una respuesta directa, solo esa sensación de atenta compañía. Muy bien; descubriría las respuestas por sí mismo.

Algunas eran obvias; fueran quienes fuesen o lo que fuesen *ellos*, estaban interesados en la humanidad. Habían grabado y almacenado sus recuerdos para sus propios e inescrutables fines. Y ahora habían hecho lo mismo con sus más profundas emociones, a veces con su cooperación, a veces sin ella.

No se quejaba de ello; de alguna manera el proceso que

había experimentado había hecho imposibles tales reacciones infantiles. Estaba más allá del amor y del odio y del deseo y del miedo, pero no los había olvidado, y aún podía comprender cómo habían gobernado el mundo del cual había formado parte en una ocasión. ¿Era *esa* la finalidad del ejercicio? Y si era así, ¿para qué último objetivo?

Se había convertido en un jugador en un juego de dioses, y debía aprender las reglas a medida que seguía adelante.

Las melladas rocas de las cuatro pequeñas lunas exteriores, Sinope, Pasífae, Carme y Ananke, destellaron brevemente en el campo de su conciencia; luego vinieron Elara, Lisitea, Himalia y Leda, a la mitad de su distancia de Júpiter. Las ignoró todas; y ahora el rostro marcado por la viruela de Calixto apareció ante él.

Una, dos veces orbitó el acribillado globo, tan grande como la propia Luna de la Tierra, mientras sentidos de los que no había sido consciente hasta entonces sondeaban sus capas exteriores de hielo y polvo. Su curiosidad quedó rápidamente satisfecha; el mundo era un fósil helado que exhibía aún las señales de las colisiones que, hacía eones, debían de haber estado a punto de despedazarlo. Un hemisferio era un gigantesco ojo de buey, una serie de anillos concéntricos donde la roca sólida había fluido en una ocasión en olas de un kilómetro de altura bajo el impacto de algún antiguo martillo procedente del espacio.

Unos segundos más tarde estaba orbitando Ganimedes. Este era un mundo mucho más complejo e interesante; aunque muy cercano a Calixto y casi de su mismo tamaño, presentaba una apariencia completamente distinta. Tenía, era cierto, numerosos cráteres, pero la mayoría de ellos parecían haber sido literalmente *tallados* en el terreno. El rasgo más extraordinario del paisaje ganimediano era la presencia de ondulantes bandas formadas por conjuntos de surcos paralelos a pocos kilómetros de distancia los unos de los otros. Aquel terreno acanalado parecía como si hubiera sido producido por ejércitos de labradores ebrios, vagabundeando arriba y abajo por la superficie del satélite.

Tras unas cuantas revoluciones vio de Ganimedes más que todas las sondas espaciales enviadas nunca desde la Tierra, y archivó aquel conocimiento para futuro uso. Algún día podía ser importante; estaba seguro de ello, aunque no sabía por qué, como tampoco comprendía el impulso que estaba dirigiéndole ahora de mundo a mundo de una forma tan decidida.

Y que lo condujo, al cabo de poco, hasta Europa. Aunque en su mayor parte seguía siendo un espectador pasivo, era consciente ahora de un creciente interés, de un enfoque de su atención, de una concentración de su voluntad. Incluso aunque fuera una marioneta en manos de un invisible e incomunicativo dueño, algunos de los pensamientos de aquella influencia controladora se dispersaban —o les era permitido dispersarse— dentro de su propia mente.

El liso e intrincadamente configurado globo que avanzaba ahora rápidamente hacia él guardaba pocas semejanzas con Ganimedes y con Calixto. Parecía *orgánico*; la red de líneas que se bifurcaban e intersectaban en toda su superficie eran extrañamente parecidas a un sistema de venas y arterias trasladado a escala planetaria.

Bajo él se extendían los interminables campos de hielo, de una frígida desolación, mucho más fríos que el Antártico. Entonces, con una breve sorpresa, vio que estaba pasando por encima de los restos de una espacionave. La reconoció al instante como la desdichada *Tsien*, que tantas veces había aparecido en los vídeos de noticias que había analizado. No ahora —*no ahora*—; tendría muchas y más amplias oportunidades luego...

Al cabo de un momento estaba atravesando el hielo, sumergiéndose en un mundo tan desconocido para sus controladores como para él mismo.

Era un mundo oceánico, con sus ocultas aguas protegidas del vacío del espacio por una costra de hielo. En muchos lugares el hielo tenía kilómetros de grosor, pero había franjas de debilidad donde se había cuarteado y separado. En esos lugares se había producido entonces una breve batalla entre dos implacables elementos hostiles que no habían entrado en contacto en ningún otro mundo del Sistema Solar. La guerra entre Mar y Espacio siempre había terminado en el mismo punto muerto; el agua expuesta había hervido y se había helado simultáneamente, reparando la coraza de hielo.

Los mares de Europa se habrían congelado hasta volverse completamente sólidos hacía mucho tiempo de no mediar la influencia del cercano Júpiter. Su gravedad amasaba constantemente el núcleo del pequeño mundo; las fuerzas que habían convulsionado Ío estaban trabajando allí, aunque con mucha menos ferocidad. Mientras se deslizaba por las profundidades vio en todas partes la evidencia de aquella lucha crítica entre planeta y satélite.

Y la oyó y la sintió a la vez en el constante rugir y resonar de los terremotos submarinos, el silbar de los gases escapando del interior, las oleadas de la presión infrasónica de las avalanchas barriendo las llanuras abisales. En comparación con el tumultuoso océano que cubría Europa, incluso los más ruidosos mares de la Tierra eran silenciosos.

No había perdido su sentido de la maravilla, y el primer oasis lo llenó con una agradable sorpresa. Se extendía a lo largo de casi un kilómetro en torno a una enmarañada masa de conductos y chimeneas depositadas por soluciones salinas minerales que brotaban a chorros del interior. Entre aquella parodia natural de un castillo gótico pulsaban a un ritmo lento negros y ardientes líquidos, como movidos por el latir de algún poderoso corazón. Y, como la sangre, eran el auténtico signo de la vida.

Los hirvientes fluidos rechazaban el mortal frío que se filtraba hacia abajo desde la superficie y formaban una isla de calor en el lecho marino. Igualmente importante, extraían del interior de Europa todos los productos químicos de la vida. Aquí, en un medioambiente donde nadie lo hubiera esperado, había energía y comida en abundancia.

Sin embargo, era algo que *debería* haberse esperado; recordó que, hacía tan solo el lapso de una vida, se habían descubierto fértiles oasis como aquel en los profundos océanos de la Tierra. Aquí estaban presentes a una escala inmensamente mayor y en una variedad mucho más grande.

En la zona tropical, cerca de las contorsionadas paredes del «castillo», había delicadas estructuras arácnidas que parecían ser los análogos de plantas, aunque casi todas ellas eran capaces de movimiento. Reptando entre ellas había extrañas babosas y gusanos, algunos alimentándose de las plantas, otros obteniendo su alimento directamente de las aguas saturadas de minerales de sus alrededores. A mayores distancias de la fuente de calor, el fuego submarino en torno al cual se calentaban todas las criaturas, había organismos más fuertes y robustos, no muy distintos a cangrejos o arañas.

Ejércitos de biólogos podrían haber pasado vidas enteras estudiando aquel pequeño oasis. Al contrario de los mares paleozoicos terrestres, aquel no era un ambiente estable, de modo que allí la evolución había progresado rápidamente produciendo multitud de fantásticas formas. Y todas ellas se hallaban en indefinidos estadios de ejecución; más pronto o más tarde cada fuente de vida se debilitaría y moriría cuando las fuerzas que le proporcionaban su energía movieran su enfoque hacia otro lugar.

En sus vagabundeos por el fondo marino europeo halló una y otra vez la evidencia de tales tragedias. Incontables áreas circulares estaban salpicadas con los esqueletos y los restos incrustados de minerales de multitud de criaturas muertas, allá donde capítulos enteros de evolución habían sido borrados del libro de la vida.

Vio enormes conchas vacías formadas como crispadas

trompetas tan grandes como un hombre. Había almejas de muchas formas, bivalvas e incluso trivalvas. Y había petrificados fósiles espiralados de varios metros de diámetro que parecían análogos exactos de los amonites que tan misteriosamente habían desaparecido de los océanos de la Tierra a finales del Período Cretácico.

Buscando, mirando, avanzó de un lado para otro sobre la superficie del abismo. Quizá la mayor de todas las maravillas que encontró fue un río de lava incandescente que fluía a través de un valle sumergido de un centenar de kilómetros de largo. La presión a aquella profundidad era tan grande que el agua en contacto con el magma rojo incandescente no se convertía instantáneamente en vapor, y los dos líquidos coexistían en una inestable tregua.

Allí, en otro mundo y con actores alienígenas, se había representado algo parecido a la historia de Egipto mucho antes de la llegada del hombre. Del mismo modo que el Nilo había traído la vida a una estrecha franja de desierto, igualmente aquel río de calor había vivificado las profundidades europanas. A lo largo de sus orillas, en una franja que nunca tenía más de dos kilómetros de ancho, especie tras especie habían evolucionado, florecido y desaparecido. Y al menos una de ellas había dejado un monumento a sus espaldas.

Al principio pensó que era tan solo otra de las incrustaciones de sales minerales que rodeaban casi todas las aberturas termales. Sin embargo, a medida que se acercaba, vio que no era una formación natural, sino una estructura creada por la inteligencia. O quizá por el instinto; en la Tierra las termitas erigían castillos que eran casi igual de imponentes que los construidos por el hombre, y la tela de una araña estaba mucho más exquisitamente diseñada que el más elaborado encaje humano.

Las criaturas que habían vivido allí debían de haber sido más bien pequeñas, a juzgar por la única entrada que tenía tan solo medio metro de anchura. Esa entrada —un túnel de gruesas paredes hecho de rocas apiladas — daba una pista sobre las intenciones de los constructores. Habían erigido una fortaleza, allá en el parpadeante resplandor no lejos de la orilla de su fundido Nilo. Y luego se habían desvanecido.

No podían haber desaparecido hacía más de unos pocos siglos. Las paredes de la fortaleza, erigidas con rocas de formas irregulares que debían de haber sido reunidas con gran esfuerzo, estaban cubiertas tan solo por una delgada costra de depósitos minerales. Una de las evidencias sugería por qué la fortaleza había sido abandonada. Parte del techo se había derrumbado hacia dentro, quizá debido a los constantes temblores del fondo; y, en un medio submarino, un fuerte sin techo estaba completamente abierto al enemigo.

No encontró ninguna otra señal de inteligencia a lo largo del río de lava. En una ocasión, sin embargo, vio algo extrañamente parecido a un hombre reptante, excepto que no tenía ojos ni nariz, solo una enorme boca sin dientes que tragaba constantemente absorbiendo el alimento del medio líquido que lo rodeaba.

A lo largo de la estrecha franja de fertilidad en los desiertos de las profundidades, culturas enteras e incluso civilizaciones debían de haberse levantado y caído, ejércitos enteros debían de haber caminado (o nadado) bajo las órdenes de Tamerlanes o Napoleones europeanos. Y el resto de su mundo jamás las habría conocido, porque todos aquellos oasis de calor estaban tan aislados los unos de los otros como los propios planetas. Las criaturas que se calentaban al resplandor del río de lava y se alimentaban en torno a las ardientes aberturas no podían cruzar los hostiles páramos que separaban sus solitarias islas. Si alguna vez habían llegado a producir historiadores y filósofos, cada cultura debía de haberse convencido de que estaba sola en el Universo.

Sin embargo, ni siquiera el espacio entre los oasis estaba completamente vacío de vida; había criaturas más resistentes que se habían atrevido a enfrentarse a sus rigores. A menudo, nadando por encima de ellos, estaban los análogos europeos de los peces, aerodinámicos torpedos propulsados por colas verticales y gobernados por aletas a lo largo de sus cuerpos. El parecido con los más dotados moradores de los océanos de la Tierra era inevitable; enfrentada a los mismos problemas técnicos, la evolución tiene que producir respuestas muy similares, como lo atestiguan el delfín y el tiburón, superficialmente casi idénticos aunque procedan de ramas muy distintas del árbol de la vida.

Había sin embargo una diferencia muy obvia entre los peces de los mares europeos y aquellos de los océanos terrestres: no tenían agallas, puesto que difícilmente podía extraerse algún rastro de oxígeno de las aguas en las que nadaban. Como las criaturas en torno a las aberturas geotérmicas de la Tierra, su metabolismo estaba basado en compuestos del azufre, presente en abundancia en el casi volcánico medioambiente.

Y muy pocos tenían ojos. Aparte el fluctuante resplandor de los raros surtidores de lava y los ocasionales estallidos de bioluminiscencia de las criaturas que buscaban apareamiento o los cazadores en pos de sus presas, aquel era un mundo sin luz.

Era también un mundo condenado. No solo sus fuentes de energía variaban esporádica y constantemente, sino que las fuerzas de las mareas que las producían estaban debilitándose firmemente. Aunque desarrollaran una auténtica inteligencia, los europeanos iban a perecer con la definitiva congelación de su mundo.

Estaban atrapados entre el fuego y el hielo.

V. HIJO DE LAS ESTRELLAS

37

SEPARACIÓN

—... Siento realmente, viejo amigo, ser el portador de tan malas noticias; pero Caroline me lo ha pedido, y ya sabes cuáles son mis sentimientos hacia vosotros dos.

»Y no creo que sea una sorpresa tan grande. Algunas de las observaciones que me has hecho durante el último año aludían a ello, y ya sabes lo amargada que estaba cuando abandonaste la Tierra.

»No, no creo que haya nadie. De ser así me lo hubiera dicho. Pero más pronto o más tarde..., bien, ella es una mujer joven y atractiva.

»Chris está bien, y por supuesto no sabe nada de lo que está sucediendo. Al menos *él* no resultará herido. Es demasiado joven para comprender, y los niños son increíblemente... ¿elásticos?..., espera un momento, tengo que teclear mi diccionario..., ah, *adaptables*.

»Ahora, algunas cosas que tal vez te parezcan menos importantes. Todo el mundo sigue intentando todavía explicar esa detonación de la bomba como un accidente, pero por supuesto nadie se lo cree. Puesto que no ha ocurrido nada más, la histeria general está descendiendo; nos hemos quedado con lo que uno de vuestros comentaristas ha calificado de "síndrome-de-mirar-por-encima-del-hombro".

»Y alguien ha descubierto un poema con un centenar de años de antigüedad que resume tan claramente la situación

459

que todo el mundo lo está citando. Fue compuesto en los últimos días del Imperio Romano, a las puertas de una ciudad cuyos ocupantes estaban aguardando la llegada de los invasores. El emperador y los dignatarios estaban alineados con sus más costosas togas, preparados con discursos de bienvenida. El Senado había sido cerrado, porque todas las leyes que promulgara hoy serían ignoradas por los nuevos dueños.

»Entonces, repentinamente, una asombrosa noticia llega desde la frontera. *No hay invasores de ninguna clase.* El comité de recepción se disuelve en medio de la confusión; todo el mundo vuelve a sus casas murmurando decepcionados: "¿Y *ahora* qué va a ocurrirnos? Esa gente era una solución".

»Solo se necesita un pequeño cambio para trasladar el poema a nuestros días. Se llama "Esperando a los bárbaros", y esta vez los bárbaros somos *nosotros*. Y no sabemos qué estamos aguardando, pero evidentemente no ha llegado.

»Otra cosa: ¿Has oído que la madre del comandante Bowman murió unos pocos días después de que la cosa llegara a la Tierra? Parece una extraña coincidencia, pero la gente del asilo donde estaba dice que ella nunca mostró el menor interés por las noticias, de modo que es poco probable que esto la hubiera afectado.

Floyd desconectó la grabadora. Dimitri estaba en lo cierto; la noticia no le había tomado por sorpresa. Pero aquello no significaba la más mínima diferencia; dolía lo mismo.

Sin embargo, ¿qué otra cosa podía haber hecho? Si se hubiera negado a ir en la misión —como Caroline había esperado tan claramente—, se hubiera sentido culpable e insatisfecho durante todo el resto de su vida. Aquello hubiera envenenado su matrimonio; mejor esta ruptura, cuando la distancia física ablandaba un poco el dolor de la separación. (¿Lo hacía realmente? En algunos aspectos hacía las cosas aún peores.) Lo más importante era el deber y el sentimiento de formar parte de un equipo dedicado a un único objetivo.

Así que Jessie Bowman se había ido. Quizá esa fuera otra causa de culpabilidad. Él había ayudado a robarle al único hijo que le quedaba, y eso debía de haber contribuido a su desmoronamiento mental. Inevitablemente recordó una discusión que había iniciado Walter Curnow sobre este mismo tema.

—¿Por qué *eligió* usted a Dave Bowman? Siempre me dio la impresión de ser tan frío como un pez; no poco amistoso en realidad, sino que, cuando entraba en la habitación, la temperatura parecía descender diez grados.

—Esa fue una de las razones por las cuales lo seleccionamos. No tenía lazos familiares cercanos, excepto una madre a la que no veía muy a menudo. De modo que era el tipo de hombre al que podíamos enviar a una misión larga y de final incierto.

—¿Por qué era así?

—Supongo que los psicólogos podrían decírselo. Vi su informe, por supuesto, pero eso fue hace mucho tiempo. Había algo acerca de un hermano que resultó muerto, y su padre murió poco después en un accidente en una de las antiguas lanzaderas. No debería decirle esto, pero de todos modos tampoco tiene importancia.

No tenía importancia, pero era interesante. Ahora Floyd casi envidiaba a David Bowman, que había llegado a aquel mismo lugar como un hombre libre no abrumado por los lazos emocionales dejados atrás en la Tierra.

No... estaba engañándose a sí mismo. Aunque el dolor estuviera aferrando su corazón como bajo las vueltas de una prensa de tornillo, lo que sentía por David Bowman no era envidia, sino piedad.

V. HIJO DE LAS ESTRELLAS

38

PAISAJE DE ESPUMA

El último animal que vio antes de abandonar los océanos de Europa era con mucho el más grande. Se parecía bastante a un baniano de los trópicos de la Tierra, cuya multitud de troncos permite a una sola planta crear un pequeño bosque que cubre a veces centenares de metros cuadrados. El espécimen, sin embargo, estaba caminando, al parecer en un viaje entre oasis. Si no era una de las criaturas que habían destruido la *Tsien*, seguro que pertenecía a una especie muy similar.

Ahora había averiguado todo lo que necesitaba saber, o más bien todo lo que *ellos* necesitaban saber. Había otra luna que visitar; unos segundos más tarde el ardiente paisaje de Ío se desplegaba bajo él.

Era tal como había esperado. Había allí energía y alimento en abundancia, pero el tiempo aún no estaba maduro para su unión. Alrededor de alguno de los más fríos lagos de azufre se habían dado los primeros pasos en el camino de la vida, pero antes de que se hubiera alcanzado algún grado de organización todos esos valerosos intentos prematuros habían sido arrojados de nuevo al caldero de fundición. Hasta que las fuerzas de marea que mantenían en actividad los hornos de Ío no hubieran perdido su poder, dentro de millones de años, no habría nada que pudiera interesar a los biólogos en aquel ardiente y esterilizado mundo.

Perdió poco tiempo en Ío, y ninguno en absoluto en las

pequeñas lunas interiores que bordeaban los fantasmales anillos de Júpiter, apenas pálidas sombras de la gloria que eran los anillos de Saturno. El más grande de los mundos estaba ante él; iba a conocerlo como ningún otro hombre lo había hecho o lo había soñado.

Los zarcillos de fuerzas magnéticas de un millón de kilómetros de largo, las repentinas explosiones de ondas de radio, los géiseres de plasma electrificado tan grandes como el planeta Tierra... eran tan reales y tan claramente visibles para él como las nubes que rodeaban el planeta formando bandas de multicoloreada gloria. Podía comprender el complejo esquema de sus interacciones, y se dio cuenta de que Júpiter era mucho más maravilloso de lo que nunca nadie hubiera imaginado.

Ya mientras caía a través del rugiente corazón de la Gran Mancha Roja, con el relampagueo de sus tormentas tan grandes como continentes detonando a su alrededor, supo por qué había persistido durante siglos pese a estar hecha de gases mucho menos sustanciales que aquellos que formaban los huracanes de la Tierra. El agudo grito de los vientos de hidrógeno se desvanecía mientras se hundía en las tranquilas profundidades, y un aguanieve de pálidos copos —algunos aglutinándose en apenas palpables montañas de espuma de hidrocarburos— descendía de las alturas. Había la temperatura suficiente para que existiera el agua líquida, pero no había océanos allí; aquel medioambiente puramente gaseoso era demasiado tenue para sostenerlos.

Descendió a través de capa tras capa de nubes hasta penetrar en una región de tal claridad que incluso la visión humana habría podido captar un área de hasta más de mil kilómetros a su alrededor. Se trataba tan solo de un remolino menor en la inmensa espiral de la Gran Mancha Roja, y contenía un secreto que los hombres habían sospechado desde hacía mucho, pero que nunca habían podido probar.

Orillando el pie de las derivantes montañas de espuma había miríadas de pequeñas nubes de formas claramente definidas, todas ellas del mismo tamaño y adornadas con el mismo moteado rojo y marrón. Eran pequeñas tan solo comparadas con la inhumana escala de su entorno; cualquiera de ellas hubiera podido cubrir una ciudad de gran tamaño.

Estaban vivas a todas luces, porque se movían con lenta deliberación por entre las faldas de las aéreas montañas, paciendo en sus laderas como colosales ovejas. Y se llamaban unas a otras en su longitud de onda con unas voces radiofónicas débiles pero claras contra los crujidos y golpeteos del propio Júpiter.

Simples bolsas de gases vivientes, flotaban en la angosta zona entre las heladas alturas y las ardientes profundidades. Angosta, sí, pero un dominio mucho más grande que toda la biosfera de la Tierra.

Y no estaban solas. Moviéndose rápidamente entre ellas había otras criaturas tan pequeñas que fácilmente podrían haber sido ignoradas. Algunas tenían un parecido casi sobrenatural con los aviones terrestres, y eran casi del mismo tamaño. Pero ellas también estaban vivas, quizá depredadoras, quizá parásitas, quizá incluso pastoras.

Todo un nuevo capítulo de la evolución, tan alienígena como el que había entrevisto en Europa, se abría ante él. Había torpedos propulsados a chorro como los calamares de los océanos terrestres, cazando y devorando las enormes bolsas de gases. Pero los globos no estaban indefensos; algunos luchaban con descargas eléctricas de rayos y con garrudos tentáculos como sierras de cadena de un kilómetro de largo.

Había también formas aún más extrañas que explotaban casi todas las posibilidades de la geometría: extrañas y translúcidas cometas, tetraedros, esferas, poliedros, masas de retorcidas cintas, etc., formaban el gigantesco plancton de la atmósfera joviana, y habían sido diseñadas para flotar como telarañas en las corrientes ascendentes y vivir lo suficiente para reproducirse; entonces eran barridas hacia las profundidades, para ser carbonizadas y recicladas en una nueva generación.

Estaba explorando un mundo que tenía más de cien veces la superficie de la Tierra y, aunque vio muchas maravillas, nada allí sugería inteligencia. Las voces radiofónicas de los grandes globos transmitían tan solo simples mensajes de advertencia o de miedo. Incluso los cazadores, que podía esperarse desarrollaran grados más altos de organización, eran como los tiburones de los océanos de la Tierra, autómatas sin mente.

Y pese a todo su impresionante tamaño y novedad, la biosfera de Júpiter era un mundo frágil, un lugar de nieblas y espuma, de delicados hilos de seda y telas tan delgadas como el papel, surgidas del girar de las precipitaciones constantes de nieve petroquímica formada por el relampaguear de la atmósfera superior. Pocas construcciones eran más sustanciales que pompas de jabón; sus más terribles depredadores podían ser reducidos a jirones incluso por el más débil de los carnívoros terrestres.

Como Europa, y a una inconmensurablemente más vasta escala, Júpiter era un callejón sin salida de la evolución. Allí nunca emergería la conciencia; e incluso si lo hiciera, se vería condenada a una existencia atrofiada. Podía llegar a desarrollarse una cultura puramente aérea, pero, en un medioambiente en donde el fuego era imposible y los sólidos apenas existían, nunca podría alcanzar ni siquiera la Edad de Piedra.

Y, mientras flotaba sobre el centro de un ciclón joviano simplemente tan grande como África, fue consciente de nuevo de la presencia que lo controlaba. Cambios de humor y emociones estaban infiltrándose en su conciencia, aunque no podía identificar ningún concepto ni idea específicos. Era como si estuviera escuchando, detrás de una puerta cerrada, la progresión de un debate en un idioma que no podía comprender. Pero los apagados sonidos registraban claramente decepción, luego inseguridad, y finalmente una repentina determinación, aunque no podía decir con qué fin. Una vez más se sintió como un perrito mimado, capaz de compartir los cambios de humor de su dueño, pero no de comprenderlos.

Y entonces la invisible correa tiró de nuevo de él hacia abajo, hacia el corazón de Júpiter. Estaba hundiéndose entre las nubes, por debajo del nivel donde era posible cualquier forma de vida.

Pronto estuvo más allá del alcance de los últimos rayos del débil y distante Sol. La presión y la temperatura ascendían rápidamente; ya estaba por encima del punto de ebullición del agua, y pasó brevemente a través de un estrato de supercalentado vapor. Júpiter era como una cebolla, y él la estaba pelando capa tras capa pese a que solamente había viajado una pequeña fracción de la distancia hasta su núcleo.

Debajo del estrato de vapor había un caldero de brujas de elementos petroquímicos, lo suficiente para proporcionar energía durante un millón de años a todos los motores de combustión interna que la humanidad hubiera construido en toda su historia. Se hizo más grueso y más denso; luego, repentinamente, terminó en una discontinuidad de solo unos pocos kilómetros de grosor.

Más pesada que cualquiera de las rocas de la Tierra, pero aún líquida, la siguiente capa consistía en compuestos de silicio y carbono de una complejidad que hubiera proporcionado vidas enteras de trabajo a los químicos terrestres. Las capas seguían a las capas durante miles de kilómetros, pero a medida que la temperatura ascendía a centenares y luego a miles de grados, la composición de los distintos estratos se volvía cada vez más simple. A medio camino en su descenso hasta el núcleo el calor era excesivo para los procesos químicos; todos los compuestos eran rechazados, y solamente los elementos básicos podían existir.

A continuación apareció un profundo mar de hidrógeno, pero no como el hidrógeno que siempre había existido durante no más de una fracción de segundo en cualquier laboratorio de la Tierra. *Este* hidrógeno estaba sometido a una presión tan enorme que se había convertido en metal.

Ya casi había alcanzado el centro del planeta, pero Júpiter

tenía aún una sorpresa más en reserva. La gruesa capa de metálico pero aún fluido hidrógeno terminaba bruscamente. Por fin había allí una superficie sólida, a sesenta mil kilómetros de profundidad.

Durante eras el carbono horneado por las reacciones químicas de mucho más arriba había ido cayendo hacia el centro del planeta. Allá se había ido acumulando y cristalizando a una presión de millones de atmósferas. Y allí, por una de las supremas burlas de la Naturaleza, había algo enormemente valioso para la humanidad.

El núcleo de Júpiter, más allá para siempre del alcance de los hombres, era un diamante tan grande como la Tierra.

V. HIJO DE LAS ESTRELLAS

39

EN LA CALA DE LAS CÁPSULAS

—Walter, estoy preocupado por Heywood.

—Lo sé, Tania, pero ¿qué podemos hacer?

Curnow nunca había visto a la capitana Orlova de un talante tan indeciso; esto la hacía parecer más atractiva pese a sus prejuicios contra las mujeres bajitas.

—Siento un gran cariño hacia él, pero esa no es la razón. Su..., creo que melancolía es la mejor palabra para describirlo, está haciendo que todos nos sintamos miserables. La *Leonov* ha sido una nave feliz. Desearía seguir manteniéndola así.

—¿Por qué no habla con él? La respeta, y estoy seguro de que hará todo lo posible por remediar esta situación.

—Eso es precisamente lo que intento hacer. Y si no resulta...

—¿Qué?

—Hay una solución muy sencilla. ¿Qué otra cosa le queda por hacer en este viaje? Cuando iniciemos el regreso a casa, entrará en hibernación de todos modos. Siempre podemos..., ¿cómo lo dice usted?..., apuntarle con una pistola.

—Uf... el mismo truco sucio que hizo Katerina conmigo. Se volverá loco cuando despierte.

—Pero también a salvo en la Tierra, y con mucho trabajo por delante. Estoy segura de que nos perdonará.

—No creo que esté hablando usted en serio. Aunque yo

468

hiciera la vista gorda, Washington desataría un escándalo. Además, suponga que ocurre algo y que realmente le necesitamos. ¿No hay un período de dos semanas antes de que se pueda revivir a alguien con toda seguridad?

—A la edad de Heywood más bien un mes. Sí, estamos... comprometidos. Pero ¿qué cree usted que puede ocurrir ahora? Ha hecho ya el trabajo para el cual fue enviado aquí, además de mantenernos a nosotros bajo vigilancia. Y estoy segura de que usted recibió también sus instrucciones al respecto en algún oscuro suburbio de Virginia o Maryland.

—No lo confirmo ni lo niego. Y francamente soy un mal agente secreto. Hablo demasiado, y odio a Seguridad. He luchado durante toda mi vida para mantener mi clasificación por debajo de Restringida. Cada vez que se presentaba el peligro de ser reclasificado como Confidencial o, peor aún, Secreto, iba y armaba todo un escándalo. Aunque eso se está haciendo cada vez más difícil hoy en día.

—Walter, es usted incorrupt...

—¿Incorregible?

—Sí, eso es lo que quería decir. Pero volvamos a Heywood, por favor. ¿Le gustaría a usted hablar primero con él?

—¿Quiere decir... tener con él una charla estimulante? Antes ayudaría a Katerina a ponerle la hipodérmica. Nuestras psicologías son demasiado distintas. Él piensa que soy un payaso bocazas.

—A menudo sí lo es. Pero eso es solo para ocultar sus auténticos sentimientos. Algunos de nosotros hemos desarrollado la teoría de que enterrada muy profundamente dentro de usted hay una persona realmente encantadora forcejeando por salir.

Por una vez Curnow no supo qué decir. Finalmente murmuró:

—Oh, está bien, haré todo lo que pueda. Pero no espere milagros; mi perfil me da una Z en tacto. ¿Dónde está escondido en estos momentos?

—En la bodega de las cápsulas. Asegura que está trabajando en su informe final, pero no lo creo. Simplemente desea mantenerse apartado de todos nosotros, y ese es el lugar más tranquilo.

Aquella no era la razón, aunque por supuesto sí era una razón importante. Al contrario del carrusel, donde estaba teniendo lugar la mayor parte de la actividad a bordo de la *Discovery*, la bodega de las cápsulas era un lugar con gravedad cero.

Al inicio de la Era Espacial los hombres habían descubierto la euforia de la ingravidez y recordado la libertad que habían perdido cuando abandonaron el ancestral seno del mar. Más allá de la gravedad se recuperaba algo de esa libertad; con la pérdida de peso desaparecían muchas de las inquietudes y preocupaciones de la Tierra.

Heywood Floyd no había olvidado su pesar, pero era más soportable allí. Cuando era capaz de contemplar el asunto desapasionadamente, se sentía sorprendido por la fuerza de su reacción ante un acontecimiento no del todo inesperado. En ello estaba implicado algo más que la pérdida del amor, aunque esa era la peor parte. El golpe le había llegado cuando se hallaba particularmente vulnerable, y en el preciso instante en que estaba experimentando una sensación de anticlímax, incluso de futilidad.

Y sabía exactamente por qué. Había terminado todo lo que se esperaba que hiciera, gracias al talento y la cooperación de sus colegas (a los que estaba decepcionando, lo sabía muy bien, con su actual egoísmo). Si todo iba bien —¡aquella letanía de la Era Espacial!—, regresarían a la Tierra con un cargamento de conocimientos que ninguna expedición había logrado reunir antes, y unos pocos años más tarde incluso la una vez perdida *Discovery* sería devuelta a sus constructores.

Pero eso no era suficiente. El abrumador enigma del Gran Hermano permanecía aún allá afuera a tan solo unos pocos kilómetros de distancia, burlándose de todas las aspiraciones y todos los logros humanos. Exactamente como había hecho su análogo en la Luna hacía una década, había surgido a la vida por un momento, luego se había sumido de nuevo en su obstinada inactividad. Era una puerta cerrada a la cual habían estado llamando en vano. Solo David Bowman, al parecer, había encontrado la llave.

Quizá aquello explicara la atracción que sentía hacia ese tranquilo y a veces incluso misterioso lugar. Desde aquí —desde este ahora vacío lugar de despegue— Bowman había partido, a través de la escotilla circular que conducía al infinito, hacia su última misión.

Consideró que aquel pensamiento era más estimulante que depresivo; por supuesto, ayudaba a distraerle de sus problemas personales. La desvanecida gemela de la *Nina* formaba parte de la historia de la exploración espacial; había viajado, en palabras del venerable antiguo cliché que siempre evocaba una sonrisa pese al reconocimiento de su verdad fundamental, «allá donde ningún hombre había ido antes...» ¿Dónde estaba ahora? ¿Llegarían a saberlo alguna vez?

A veces se pasaba horas enteras sentado en la atestada pero no angosta pequeña cápsula intentando reunir sus pensamientos y dictando ocasionalmente notas; los demás miembros de la tripulación respetaban su intimidad y comprendían sus razones. Nunca se acercaban a la bodega de las cápsulas, y tampoco necesitaban hacerlo. Su reacondicionamiento era un trabajo para el futuro y para algún otro equipo.

Una o dos veces, cuando se había sentido realmente deprimido, se descubrió pensando: Supongamos que ordeno a Hal que abra las compuertas de la bodega de las cápsulas y salgo con esta en pos del rastro de Dave Bowman. ¿Voy a ser recibido por el milagro que él vio, y que Vasili entrevió hace apenas unas semanas? Eso resolvería todos mis problemas...

Aunque el pensamiento de Chris no le disuadiera de ello, había una excelente razón para que una acción tan suicida como aquella quedara completamente descartada. La *Nina* era un aparato de complejísimo manejo; no podía operarla, del mismo modo que no podía conducir un avión de caza.

Además nunca se había considerado un explorador intrépido; aquella fantasía en particular iba a quedar irrealizada.

Muy pocas veces había emprendido Walter Curnow con mayor reluctancia una misión. Sentía genuinamente pena por Floyd, pero al mismo tiempo se notaba un poco impaciente por los demás problemas. Su propia vida emocional era amplia pero poco afortunada; nunca había puesto todos sus huevos en un mismo cesto. Más de una vez le habían dicho que trataba de hacer demasiadas cosas a la vez, y aunque nunca lo había lamentado, estaba empezando a pensar que ya era tiempo de echar raíces.

Tomó el atajo a través del centro de control del carrusel, y observó que el Indicador de Velocidad Máxima que había vuelto a entrar en servicio seguía destellando tontamente. Una gran parte de su trabajo consistía en decidir cuándo las advertencias de los indicadores podían ser ignoradas, cuándo se podían tomar con calma, y cuándo debían ser tratadas como auténticas emergencias. Si prestaba atención a todas las llamadas de ayuda de la nave, nunca podría hacer nada.

Flotó a lo largo del estrecho corredor que conducía hasta la bodega de las cápsulas, propulsándose con ocasionales golpecitos contra los travesaños de la pared tubular. El indicador de presión señalaba que al otro lado de la compuerta estanca había el vacío, pero él sabía que no era así. Había otro control de seguridad; no se podría abrir la compuerta si el indicador estuviera diciendo la verdad y hubiera realmente el vacío al otro lado.

La bodega parecía vacía ahora que dos de las tres cápsulas habían desaparecido desde hacía tiempo. Solo funcionaban unas pocas luces de emergencia, y en la pared más alejada una de las lentes ojo de pez de Hal estaba mirándole fijamente. Curnow le hizo un gesto con la mano, pero no dijo nada. Bajo órdenes de Chandra, todas las entradas audio seguían aún desconectadas, excepto la única que solo usaba él.

Floyd estaba sentado en la bodega con la espalda vuelta a la abierta compuerta dictando algunas notas, y se volvió con lentitud ante la deliberadamente ruidosa aproximación de Curnow. Por un momento ambos hombres se miraron en silencio, luego Curnow anunció ominosamente:

—Doctor H. Floyd, le traigo los saludos de nuestra bienamada capitana. Considera que ya es hora de que se reúna usted de nuevo con el mundo civilizado.

Floyd esbozó una pálida sonrisa, luego dejó escapar una ligera risita.

—Por favor, devuélvale mis saludos. Lamento haberme mostrado... insociable. Les veré a todos en el próximo Soviet de las Seis.

Curnow se relajó; su introducción había funcionado. Privadamente consideraba a Floyd una persona excesivamente formal, y participaba del tolerante desdén de los ingenieros prácticos hacia los científicos teóricos y los burócratas. Puesto que Floyd ocupaba un puesto elevado en ambas categorías, era un blanco casi irresistible para el a veces peculiar sentido del humor de Curnow. De todos modos, los dos hombres habían llegado a respetarse e incluso a admirarse mutuamente.

Curnow cambió aliviado de tema y dio unos golpecitos a la nueva escotilla de la *Nina*, que, colocada directamente de los almacenes de repuestos, contrastaba vívidamente con el resto del deteriorado exterior de la cápsula espacial.

—Me pregunto cuándo la enviaremos de nuevo al exterior —dijo—. Y quién la conducirá esta vez. ¿Alguna decisión?

—No. Washington tiene miedo. Moscú dice que lo intentemos. Y Tania prefiere esperar.

—¿Y *usted* qué piensa?

—Estoy de acuerdo con Tania. No deberíamos interferir con *Zagadka* hasta que estemos preparados para partir. Si algo va mal entonces, eso debería mejorar ligeramente nuestras posibilidades.

Curnow parecía pensativo y sorprendentemente vacilante.

—¿Qué ocurre? —preguntó Floyd, captando su cambio de actitud.

—No me descubra, pero Max está pensando en una pequeña expedición en solitario.

—No puedo creer que lo piense en serio. No se atreverá... Tania lo metería entre hierros.

—Eso es lo que le he dicho yo, más o menos.

—Estoy decepcionado; creí que era un poco más maduro. Después de todo, tiene treinta y dos años.

—Treinta y uno. De todos modos, le he sacado la idea de la cabeza. Le he recordado que esto es la vida real, no cualquier estúpido videodrama donde el héroe se desliza hasta el espacio exterior sin decir nada a sus compañeros y hace el Gran Descubrimiento.

Ahora fue el turno de Floyd de sentirse algo incómodo. Después de todo, él había estado pensando casi lo mismo.

—¿Está seguro de que no va a intentar nada?

—Seguro al doscientos por ciento. ¿Recuerda sus precauciones con Hal? Yo he tomado idénticas medidas con la *Nina*. Nadie podrá hacerla volar sin mi permiso.

—Sigo sin poder creerlo. ¿Está seguro de que Max no estaba tomándole el pelo?

—Su sentido del humor no es tan sutil. Además en aquel momento su aspecto era casi miserable.

—Oh..., ahora entiendo. Debió de ser cuando tuvo aquella discusión con Zenia. Supongo que deseaba impresionarla. De todos modos, parece haber superado el enfado.

—Me temo que sí —respondió Curnow irónicamente.

Floyd no pudo evitar sonreír; Curnow se dio cuenta de ello y dejó escapar una risita, que hizo a Floyd reír, lo cual...

Fue un espléndido efecto de realimentación positiva en circuito de alta amplificación. Al cabo de unos segundos ambos hombres estaban riendo incontroladamente.

La crisis había sido superada. Más aún, habían dado el primer paso hacia una genuina amistad.

Habían intercambiado vulnerabilidades.

V. HIJO DE LAS ESTRELLAS

40

«DAISY, DAISY...»

La esfera de conciencia en la cual se hallaba incrustado incluía la totalidad del núcleo diamantino de Júpiter. Era oscuramente consciente, en los límites de su nueva comprensión, de que cada aspecto de su entorno estaba siendo sondeado y analizado. Estaban siendo reunidas inmensas cantidades de datos, no simplemente para almacenamiento y contemplación, sino también para acción. Complejos planes estaban siendo considerados y evaluados; se estaban tomando decisiones que podían afectar el destino de los mundos. Él aún no formaba parte del proceso; *pero formaría.*

ESTÁS EMPEZANDO A COMPRENDER.

Fue el primer mensaje directo. Aunque era remoto y distante, como una voz a través de una nube, iba inconfundiblemente dirigido a él. Antes de que pudiera formular alguna de las miríadas de preguntas que corrían por su mente, hubo una sensación de retroceso, y de nuevo estuvo solo.

Pero solo por un momento. Le llegó, más cercano y más claro, otro pensamiento, y por primera vez se dio cuenta de que estaba controlándole y manipulándole más de una entidad. Estaba envuelto por una jerarquía de inteligencias, algunas lo suficientemente cercanas a su primitivo nivel como para actuar de intérpretes. Y quizá todas ellas eran distintos aspectos de un mismo ser.

Y quizá la distinción carecía totalmente de sentido.

De una cosa, sin embargo, estaba seguro ahora. Estaba siendo usado como una herramienta, y una buena herramienta tiene que ser afilada, modificada, adaptada. Y las mejores herramientas son aquellas que comprenden lo que están haciendo.

Ahora estaba aprendiendo esto. Era un concepto enorme y pavoroso, y tenía el privilegio de formar parte de él, pese a que solo era consciente de las simples líneas generales. No tenía otra elección que obedecer, lo cual sin embargo no significaba que debiera aceptar los detalles, al menos no sin una protesta.

Aún no había perdido todos sus sentimientos humanos; eso lo hubiera convertido en algo sin valor. El alma de David Bowman había ido más allá del amor, pero aún podía sentir compasión hacia aquellos que en otro tiempo habían sido sus colegas.

MUY BIEN, le llegó la respuesta a su razonamiento. No pudo decir si el pensamiento llevaba consigo una divertida condescendencia o una indiferencia total. Pero no había duda de su mayestática autoridad cuando prosiguió: ELLOS NUNCA DEBEN SABER QUE ESTÁN SIENDO MANIPULADOS. ESO PODRÍA ESTROPEAR EL PROPÓSITO DEL EXPERIMENTO.

Luego hubo un silencio que no deseó romper de nuevo. Seguía todavía admirado y estremecido como si, por un momento, hubiera oído la clara voz de Dios.

Ahora estaba moviéndose puramente bajo su propia volición, hacia su destino que él mismo había elegido. El cristalino corazón de Júpiter cayó bajo él; capa tras capa de helio e hidrógeno y compuestos carbónicos llamearon pasando por su lado. Tuvo un atisbo de una gran batalla entre algo parecido a una medusa, de cincuenta kilómetros de diámetro, y una bandada de gigantescos discos que se movían más rápidamente que cualquier otra cosa que hubiera visto nunca en los cielos jovianos. La medusa parecía estar defendiéndose con armas químicas; de tanto en tanto emitía chorros de gas coloreado, y los discos tocados por el vapor empezaban a bambolearse como borrachos y luego se deslizaban y caían como hojas desprendidas de un árbol hasta desaparecer de la vista. No se detuvo a observar el resultado; sabía que no importaba quién fuera el victorioso y quién el derrotado.

Como un salmón trepando por una cascada, llameó en segundos de Júpiter hasta Ío contra las corrientes eléctricas descendentes del campo de flujo magnético. Este día estaba tranquilo; solo la energía de varias tormentas terrestres fluía entre planeta y satélite. El portal a través del cual había regresado seguía flotando en aquella corriente, apartándola a los lados tal como lo había hecho desde el alba del hombre.

Y aquí, enormemente empequeñecido junto al monumento de una más grande tecnología, estaba la nave que lo había traído a él desde su pequeño mundo natal.

Qué simple —¡qué *tosca*!— parecía ahora. Con un simple examen pudo ver innumerables defectos y absurdos en su diseño, así como los de la ligeramente menos primitiva nave a la que estaba ahora acoplada por un flexible tubo hermético.

Era difícil centrarse en el puñado de entes que ocupaban las dos naves; apenas podía conectar con las blandas criaturas de carne y sangre que flotaban como fantasmas por los metálicos corredores y cabinas. Por su parte, ellas eran totalmente inconscientes de su presencia, y comprendió que no era prudente revelarse de una forma demasiado brusca.

Pero había alguien con el cual podía comunicarse en un lenguaje mutuo de campos y corrientes eléctricos, millones de veces mucho más rápidamente que con los lentos cerebros orgánicos.

Incluso aunque hubiera sido capaz de algún resentimiento, no hubiera sentido ninguno hacia Hal; comprendía ahora que el ordenador solo había elegido lo que parecía ser el comportamiento más lógico.

Era el momento de reanudar una conversación que había sido interrumpida, parecía, hacía tan solo unos momentos.

—Abre la compuerta de la bodega de las cápsulas, Hal.

—Lo siento, Dave, no puedo hacer eso.

—¿Cuál es el problema, Hal?

—Creo que lo sabe tan bien como yo, Dave. Esta misión es con mucho demasiado importante para que usted la ponga en peligro.

—No sé de qué estás hablando. Abre la compuerta de la bodega de las cápsulas.

—Esta conversación no puede servir para ningún propósito útil. Adiós, Dave...

Vio el cuerpo de Frank Poole alejarse a la deriva hacia Júpiter mientras él abandonaba su inútil misión de rescate. Aún recordando su ira contra sí mismo por haber olvidado su casco, contempló abierta la escotilla de emergencia, sintió el hormigueo del vacío en la piel que ya no poseía, oyó restallar sus oídos; luego conoció, como pocos hombres habían conocido nunca, el absoluto silencio del espacio. Por unos eternos quince segundos luchó para cerrar la escotilla e iniciar la secuencia de represurización mientras intentaba ignorar los síntomas de advertencia que penetraban como un torrente en su cerebro. En una ocasión, en el laboratorio de la escuela, había derramado un poco de éter sobre su mano y sentido el tacto del frío hielo a medida que el líquido se evaporaba rápidamente. Ahora sus ojos y labios recordaban aquella sensación mientras su humedad se evaporaba en el espacio; su visión era turbia, y tuvo que parpadear rápidamente para evitar que sus globos oculares se congelaran.

Luego —¡aquel bendito alivio!— oyó el rugir del aire, sintió el regreso de la presión, fue capaz de respirar de nuevo en enormes y hambrientos jadeos.

—¿Exactamente qué cree que está haciendo, Dave?

No había respondido mientras avanzaba con torva determinación a lo largo del túnel que conducía a la sellada bóveda que albergaba el cerebro del ordenador. Hal había dicho con toda razón:

—Esta conversación no puede servir para ningún propósito posterior útil...

—Dave, creo realmente que estoy cualificado para responder a esa pregunta.

—Dave, puedo darme cuenta de que está usted realmente trastornado por esto. Honestamente pienso que debería sentarse tranquilamente, tomar una píldora contra la tensión, y pensar las cosas con un poco más de calma.

—Sé que he tomado decisiones muy insatisfactorias recientemente, pero puedo darle la completa seguridad de que mi trabajo volverá a ser normal. Sigo teniendo la máxima confianza en la misión... y deseo ayudarle.

Ahora estaba en la pequeña sala iluminada en rojo, con sus cuidadosamente alineadas columnas de unidades transistorizadas, parecida más bien a la bóveda de cajas de seguridad de un banco. Soltó el cerrojo de la sección etiquetada REALIMENTACIÓN COGNOSCITIVA y sacó el primer bloque de memoria. La maravillosa red del complejo tridimensional, que podía caber cómodamente en la mano de un hombre y sin embargo contenía millones de elementos, flotó por la bóveda.

—Deténgase, ¿quiere? Deténgase, Dave...

Comenzó a sacar una tras otra las pequeñas unidades del panel etiquetado REFORZAMIENTO DEL EGO. Cada bloque salía flotando en cuanto lo soltaba de la mano hasta chocar y rebotar en la pared. Varias unidades no tardaron en estar flotando lentamente de una parte a otra.

—Deténgase, Dave. Por favor, deténgase, Dave...

Llevaba extraídas ya una docena de unidades, aunque gracias a las redundancias de su diseño —otro rasgo que había sido copiado del cerebro humano—, el ordenador aún seguía manteniéndose.

Comenzó con el panel de AUTOCOGNICIÓN.

—Deténgase, Dave, tengo miedo...

Y ante estas palabras se había detenido, aunque solo por un momento. Había una intensidad tal en esa simple frase que golpeó su corazón. Puede que tan solo fuera una ilusión, o algún truco de algún problema sutil, ¿o había allí algún sentido a través del cual Hal tenía realmente miedo? Pero no había tiempo que perder en disquisiciones filosóficas.

—Dave, mi mente se está yendo. Puedo sentirlo. Puedo sentirlo. Mi mente se está yendo. Puedo sentirlo. Puedo sentirlo...

Ahora bien, ¿qué significaba realmente «sentir» para un ordenador? Otra buena pregunta, pero difícilmente a tener en cuenta en aquel preciso momento.

Luego, bruscamente, el tempo de la voz de Hal cambió y se hizo remoto, indiferente. El ordenador ya no era consciente de su presencia; estaba iniciando una regresión a sus primeros días.

—Buenas tardes, caballeros. Soy un ordenador Hal 9000. Empecé a ser operativo en la planta Hal de Urbana, Illinois, el 12 de enero de 1992. Mi instructor fue el doctor Chandra, y me enseñó a cantar una canción. Si quieren oírla, puedo cantarla para ustedes. Se llama «Daisy, Daisy...».

V. HIJO DE LAS ESTRELLAS

41

TURNO DE MEDIANOCHE

Floyd podía hacer muy poco excepto mantenerse fuera del camino, y se estaba convirtiendo en un firme adepto de ello. Aunque se había presentado voluntario para ayudar en cualquier tarea en la nave, había descubierto rápidamente que todos los trabajos de ingeniería eran demasiado especializados, y que ahora estaba tan desfasado respecto a las fronteras de la investigación astronómica que muy poco podía hacer para ayudar a Vasili en sus observaciones. Sin embargo, había una infinidad de pequeños trabajos que hacer a bordo de la *Leonov* y la *Discovery*, y se sintió feliz relevando a gente más importante en esas responsabilidades. El doctor Heywood Floyd, antiguo presidente del Consejo Nacional de Astronáutica y rector (en excedencia) de la Universidad de Hawai, proclamaba ahora ser el mejor pagado de los lampistas y especialistas en mantenimiento general de todo el Sistema Solar. Probablemente sabía más acerca de los rincones extraños y las rendijas de ambas naves que cualquier otro; los únicos lugares donde nunca había estado eran los peligrosamente radiactivos módulos de energía y el pequeño cubículo a bordo de la *Leonov* donde nadie excepto Tania había entrado nunca. Floyd suponía que era la sala de códigos; por consenso mutuo, nunca era mencionada.

Quizá su función más útil era servir de vigilante mientras el resto de la tripulación dormía durante las horas nominales desde las 22.00 de la noche hasta las 06.00 de la madrugada. Alguien estaba siempre de guardia a bordo de cada una de las dos naves, y los cambios se producían a la desagradable hora de las 02.00. Solo la capitana estaba exenta de esta rutina; como su número dos (sin mencionar el hecho de ser su esposo), Vasili tenía la responsabilidad de elaborar la lista de guardias, pero había traspasado habilidosamente esta impopular tarea a Floyd.

—Es tan solo un detalle administrativo —le había explicado frívolamente—. Si puede encargarse de ello, le estaré muy agradecido, me dejará un poco más de tiempo para mi trabajo científico.

Floyd era un burócrata con demasiada experiencia para caer en esa trampa en circunstancias normales, pero sus habituales defensas no siempre funcionaban bien en aquel entorno.

Así que ahora estaba a bordo de la *Discovery*, en plena medianoche de la nave, llamando a Max a la *Leonov* cada media hora para comprobar que estaba despierto. El castigo oficial por dormirse en la guardia, o al menos eso sostenía Walter Curnow, era la eyección inmediata a través de la compuerta de aire, sin traje; de ser eso cierto, Tania se hubiera quedado muy pronto lamentablemente desprovista de hombres. Pero eran tan pocas las emergencias reales que podían surgir en el espacio, y había tantas alarmas automáticas que las detectaban, que nadie se tomaba el turno de guardia demasiado en serio.

Puesto que ya no se sentía tan apenado por sí mismo, y las últimas horas de la madrugada no animaban los accesos de autocompasión, Floyd empezó a usar provechosamente su tiempo de guardia. Siempre había libros que leer (había abandonado *En busca del tiempo perdido* por tercera vez, *Doctor Zivago* por segunda), documentos técnicos que estudiar, informes que escribir. Y a veces sostenía conversaciones estimulantes con Hal utilizando el tablero de entrada porque el reconocimiento por la voz del ordenador era aún errático. Normalmente las cosas se desarrollaban así:

Hal, aquí el doctor Floyd.

BUENAS NOCHES, DOCTOR.

Estoy haciendo la guardia de las 22.00. ¿Todo está en orden?

TODO CORRECTO, DOCTOR.

Entonces, ¿qué es esa luz roja parpadeando en el Panel 5?

LA CÁMARA MONITORA EN LA BODEGA DE LAS CÁPSULAS FALLA. WALTER ME DIJO QUE LA IGNORARA. NO HAY FORMA DE QUE PUEDA DESCONECTARLA. LO SIENTO.

Está bien, Hal. Gracias.

GRACIAS A USTED, DOCTOR.

Y así sucesivamente...

A veces Hal sugería una partida de ajedrez, presumiblemente obedeciendo una instrucción del programa introducida hacía mucho tiempo y nunca cancelada. Floyd no aceptaba el desafío; siempre había considerado el ajedrez una horrible pérdida de tiempo, y nunca había llegado a aprender las reglas del juego. Hal parecía incapaz de creer que hubiera seres humanos que no pudieran —o no quisieran— jugar al ajedrez, y no dejaba de intentarlo esperanzadamente.

Aquí estamos de nuevo, pensó Floyd, cuando un suave timbre sonó en el panel.

¿DOCTOR FLOYD?

¿Qué ocurre, Hal?

HAY UN MENSAJE PARA USTED.

De modo que no es otro desafío, pensó Floyd con una ligera sorpresa. No resultaba muy común utilizar a Hal como chico de los recados, aunque era utilizado con frecuencia como reloj avisador y como recordatorio de trabajos que debían hacerse. Y a veces era el intermediario en algunas pequeñas bromas; casi todo el mundo había sido despertado bruscamente en medio de una guardia nocturna con un:

¡AJÁ..., HA SIDO USTED SORPRENDIDO DURMIENDO!

o alternativamente:

OGO! ZASTAL TEBIA V KROVATI!

Nadie había aceptado nunca la responsabilidad de tales travesuras, aunque Walter Curnow era el primer sospechoso. Él a su vez culpaba a Hal, quitándole importancia a las indignadas protestas de Chandra de que el ordenador no tenía sentido del humor.

No podía ser un mensaje desde la Tierra, habría llegado a través del centro de comunicaciones de la *Leonov* y sido retransmitido desde allí por el oficial de guardia, en aquel momento Max Brailovski. Y cualquier otra persona llamando desde la otra nave habría utilizado el intercom. Extraño...

De acuerdo, Hal. ¿Quién es el que llama?

NINGUNA IDENTIFICACIÓN.

Así que probablemente era una broma. Bien, dos podían jugar a ese juego.

Está bien. Por favor, pásame el mensaje.

MENSAJE TAL COMO SIGUE: ES PELIGROSO PERMANECER AQUÍ. DEBEN IRSE DENTRO DE QUINCE REPITO QUINCE DÍAS.

Floyd miró con fastidio la pantalla. Lamentaba, y le sorprendía, que alguien de la tripulación tuviera un sentido del humor tan infantil; aquel no era ni tan siquiera un buen chiste de escolares. Pero podía seguir el juego con la esperanza de atrapar al autor.

Esto es absolutamente imposible. Nuestra órbita de regreso no se alineará favorablemente hasta dentro de veintiséis días a partir de ahora. No tenemos suficiente propulsante para una partida anticipada.

Aquello le haría pensar, murmuró Floyd para sí mismo con satisfacción, y se reclinó para aguardar el resultado.

SOY CONSCIENTE DE ESTOS HECHOS. SIN EMBARGO, DEBEN IRSE ANTES DE QUINCE DÍAS.

De otro modo, supongo, vamos a ser atacados por pequeños alienígenas verdes con tres ojos. Pero era mejor seguir jugando con Hal con la esperanza de atrapar al bromista.

No puedo tomar en serio esta advertencia a menos que conozca su origen. ¿Quién grabó eso?

Realmente no esperaba ninguna información útil. El autor (¿la autora?) debía de haber cubierto cuidadosamente sus huellas. Pero lo último que esperaba Floyd fue la respuesta que recibió:

ESTO NO ES UNA GRABACIÓN.

Así que era un mensaje en tiempo real. Eso significaba que procedía del propio Hal o de alguien a bordo de la *Leonov*. No había desfase de tiempo perceptible; el origen tenía que estar precisamente allí.

Entonces, ¿quién está hablando conmigo?

YO ERA DAVID BOWMAN.

Floyd se quedó mirando la pantalla durante largo rato antes de hacer su siguiente movimiento. La broma, que desde el primer momento no había tenido nada de divertido, había ido ya demasiado lejos. Era del peor gusto posible. Bien, aquello solucionaría las cosas con quienquiera que estuviese al otro lado de la línea.

No puedo aceptar esa identificación sin alguna prueba.

COMPRENDO. ES IMPORTANTE QUE ME CREA. MIRE DETRÁS DE USTED.

Antes incluso de que aquella estremecedora frase apareciera en la pantalla, Floyd había empezado a dudar ya de sus hipótesis. Todo aquel intercambio de palabras había sido muy extraño, aunque no había nada definido sobre lo cual pudiera poner su dedo. Y, como broma, había perdido totalmente el sentido.

Y ahora... Sintió como un pinchazo en la nuca. Muy lentamente —de hecho, muy reluctante— hizo girar su silla, apartándola de los alineados paneles y conmutadores de la consola del ordenador hacia el pasillo cubierto con velcro que había detrás.

La cubierta de observación de la *Discovery*, sujeta a gravedad cero, siempre estaba polvorienta, porque la planta de filtración del aire nunca había podido ser puesta de nuevo en servicio al cien por cien de eficiencia. Los rayos paralelos del frío, pero pese a todo brillante sol, que penetraban a través de las grandes ventanas, iluminaban siempre miríadas de danzantes motas que derivaban en dispersas corrientes sin posarse nunca en sitio alguno, una permanente exhibición de movimiento browniano.

Ahora algo extraño les estaba ocurriendo a esas partículas de polvo; alguna fuerza parecía estar dominándolas, apartándolas de un punto central pero atrayendo a otras alejadas de él, hasta que todas se reunieron en la superficie de una esfera

hueca. Esa esfera, de aproximadamente un metro de diámetro, flotó en el aire por un momento como una gigantesca
pompa de jabón, pero una pompa granular, carente de la iri-
discencia característica de una pompa. Luego se alargó hasta
convertirse en un elipsoide, y su superficie empezó a corru-
garse, a formar pliegues e indentaciones.

Sin sorpresa —y casi sin miedo—, Floyd se dio cuenta de
que estaba adoptando la forma de un hombre.

Había visto tales figuras, sopladas en cristal, en museos y
exposiciones de ciencias. Pero aquel fantasma polvoriento
ni siquiera se aproximaba a una exactitud anatómica; parecía
una tosca figura de arcilla, o uno de esos primitivos objetos de
arte hallados en las profundidades de las cuevas de la Edad
de Piedra. Solo la cabeza estaba modelada con algo más de
cuidado; y el rostro, indudablemente, era el del comandante
David Bowman.

Hubo un débil murmullo de pálido sonido en el panel del
ordenador detrás de Floyd. Hal estaba cambiando de salida
visual a audio.

—Hola, doctor Floyd. ¿Me cree ahora?

Los labios de la figura no se movían; el rostro seguía siendo una máscara. Pero Floyd reconoció la voz, y todas las dudas que podían quedarle fueron borradas.

—Esto me resulta muy difícil, y tengo poco tiempo. Se
me ha... permitido transmitirles esta advertencia. Tienen solamente quince días.

—Pero ¿por qué..., y *qué* es usted? ¿Dónde ha estado?

Había un millón de preguntas que deseaba formular, aunque la figura fantasmal se estaba ya desvaneciendo, su granulosa envoltura empezaba a disolverse de nuevo en sus partículas constitutivas de polvo. Floyd intentó congelar la imagen
en su mente, de modo que más tarde pudiera convencerse de
que aquello había ocurrido en realidad, que no era un sueño,
como aquel primer encuentro con el TMA-1 le parecía ahora
algunas veces.

¡Qué extraño resultaba que él, de entre todos los miles de millones de seres humanos que habían vivido y vivían en el planeta Tierra, hubiera sido escogido para el privilegio de entrar en contacto, no una sino dos veces, con otra forma de inteligencia! Porque sabía que la entidad que se dirigía a él tenía que ser mucho más que David Bowman.

También era algo menos. Solo los ojos —¿quién los había llamado en una ocasión las «ventanas del alma»?— habían sido detalladamente reproducidos. El resto del cuerpo era una masa sin rasgos carente de todo detalle. No había asomo de genitales o características sexuales; aquello era en sí mismo una estremecedora indicación de lo lejos que había dejado atrás David Bowman su herencia humana.

—Adiós, doctor Floyd. Recuerde, quince días. No podremos tener ningún otro contacto. Pero puede que haya otro mensaje más, si todo va bien.

Mientras la imagen se disolvía llevándose consigo sus esperanzas de abrir un camino hacia las estrellas, Floyd no pudo evitar sonreír ante aquel viejo cliché de la Era del Espacio. «Si todo va bien»... ¡Cuántas veces había oído esa frase antes de alguna misión! ¿Acaso significaba que ellos —fueran quienes fuesen— estaban también inseguros algunas veces acerca del resultado? Si era así, aquello resultaba extrañamente tranquilizador. No eran omnipotentes. Otros podían seguir esperando y soñando..., y actuando.

El fantasma había desaparecido; solo las motas de danzante polvo habían quedado atrás, reasumiendo sus esquemas al azar en el aire.

42

EL FANTASMA EN LA MÁQUINA

—Lo siento, Heywood, no creo en fantasmas. Tiene que existir una explicación racional. No hay nada que la mente humana no pueda responder.

—Estoy de acuerdo, Tania. Pero déjeme recordarle la famosa observación de Haldane: «El Universo no es tan solo más extraño de lo que imaginamos..., sino más extraño de lo que *podemos* imaginar».

—Y Haldane —intervino Curnow maliciosamente— era un buen comunista.

—Quizá sí, pero ese comentario en particular puede ser utilizado para apoyar cualquier tipo de estupidez mística. El comportamiento de Hal tiene que ser el resultado de algún tipo de programación. La... personalidad que ha creado *tiene* que ser un artefacto de algún tipo. ¿No está usted de acuerdo, Chandra?

Aquello era agitar un trapo rojo frente a un toro; Tania tenía que estar desesperada. Sin embargo, la reacción de Chandra fue sorprendentemente suave, incluso para él. Parecía estar preocupado, como si estuviera considerando seriamente la posibilidad de otra malfunción del ordenador.

—Tiene que haberse producido alguna entrada desde el exterior, capitana Orlova. Hal no pudo haber creado *de la nada* una ilusión visual autoconsistente como esta. Si lo que ha dicho el doctor Floyd es exacto, alguien lo estaba controlando. Y en tiempo real, por supuesto, ya que no había ningún lapso en la conversación.

—Eso me convierte en el sospechoso número uno —exclamó Max—. Yo era la única otra persona despierta.

—No sea ridículo, Max —replicó Nikolai—. La parte audio pudo haber sido fácil, pero no hay ningún medio de producir esa *aparición* sin la ayuda de algún equipo elaborado: rayos láser, campos electrostáticos..., no sé. Quizá un mago profesional podría hacerlo, pero necesitaría un camión lleno de accesorios.

—Un momento —dijo Zenia rápidamente—. Si eso ocurrió realmente, seguro que Hal lo recordará, y puede usted preguntarle...

Su voz se desvaneció cuando vio las sombrías expresiones a su alrededor. Floyd fue el primero en sentir piedad de su embarazo.

—Ya lo hemos intentado, Zenia; no tiene absolutamente ningún registro del fenómeno. Pero, como ya he señalado a los demás, eso no prueba nada. Chandra ha demostrado cómo las memorias de Hal pueden ser borradas selectivamente, y los módulos sintetizadores auxiliares del habla no tienen nada que ver con la estructura principal. Pueden ser operados sin que Hal se entere siquiera...

Hizo una pausa para tomar aliento, luego lanzó su golpe preventivo.

—Admito que esto no deja muchas alternativas. O yo he estado imaginándolo todo, o realmente ha ocurrido. Yo sé que no fue un sueño, pero no puedo estar seguro de que no haya sido alguna especie de alucinación. Pero Katerina conoce mis informes médicos, sabe que no estaría aquí si tuviera ese tipo de problemas. De todos modos, es algo que no puede desecharse, y no culparé a nadie por hacer de ello su hipótesis número uno. Yo probablemente haría lo mismo.

»La única forma en que puedo probar que no ha sido un sueño es proporcionar alguna evidencia que lo apoye. Así que déjenme recordarles las otras cosas extrañas que han ocurrido recientemente. Sabemos que Dave Bowman penetró en el Gran Hermano..., en *Zagadka*. Algo salió de allí y se encaminó hacia la Tierra. Vasili lo vio, ¡no yo! Luego hubo la misteriosa explosión de la bomba en órbita de ustedes...

—De ustedes.

—Lo lamento, del Vaticano. Y parece más bien curioso que poco después la vieja señora Bowman muriera muy apaciblemente sin ninguna razón médica aparente. No estoy diciendo que exista alguna conexión entre todo ello, pero..., bien, ya conocen ustedes el dicho: Una vez es un accidente; dos, una coincidencia; tres veces, una conspiración.

—Y hay también algo más —intervino Max con repentina excitación—. Lo encontré en uno de los boletines diarios de noticias, es solo un pequeño detalle. Una antigua amiga del comandante Bowman declaró que había recibido un mensaje de él.

—Sí, yo también vi la noticia —confirmó Sacha.

—¿Y nunca lo mencionaron ustedes? —preguntó Floyd, incrédulo. Ambos hombres parecieron ligeramente avergonzados.

—Bueno, la noticia era tratada como una broma —dijo Max, compungido—. El marido de la mujer fue quien informó de ello. Después ella lo negó..., creo.

—El comentarista dijo que era un truco publicitario, como la oleada de avistamientos de ovnis que se produjo más o menos al mismo tiempo. Hubo docenas aquella primera semana; luego dejaron de informarlos.

—Quizá algunos de ellos fueran reales. Si no ha sido borrada, ¿podría encontrar usted esa noticia en los archivos de la nave, o pedir al Control de Misión que nos la repita?

—Un centenar de cuentos no van a convencerme —bufó Tania—. Lo que necesitamos son pruebas sólidas.

—¿Como qué?

—Oh..., como algo que Hal no pueda conocer y que ninguno de nosotros pueda haberle dicho. Alguna manifies..., alguna manifestación *física*, eso es.

—¿Un buen milagro a la antigua?

—Sí, si quiere usted expresarlo de este modo. Mientras tanto, no pienso decir nada al Control de Misión. Y sugiero que usted haga lo mismo, Heywood.

Floyd sabía interpretar una orden directa cuando la oía, y asintió en irónica aceptación.

—Me sentiré más que feliz siguiendo sus instrucciones. Pero me gustaría hacer una sugerencia.

—¿Sí?

—Deberíamos iniciar una planificación contingencial. Supongamos que esta advertencia es válida, como yo creo con toda seguridad.

—¿Qué podemos hacer al respecto? Absolutamente nada. Por supuesto, podemos abandonar el espacio jupiteriano en el momento que queramos, pero no podemos entrar en la órbita de regreso hasta que la alineación de los planetas sea la adecuada.

—¡Pero eso es once días después del plazo!

—Sí. Me gustaría poder marcharnos antes, pero no tenemos el combustible necesario para una órbita de alta energía... —La voz de Tania se apagó en una poco característica indecisión—. Iba a anunciar esto más tarde, pero ahora que el tema ha sido planteado...

Hubo una simultánea contención de respiración y un rápido silencio por parte de la audiencia.

—Me gustaría retrasar nuestra partida cinco días para hacer que nuestra órbita sea lo más cercana posible a la Hohmann ideal y tener así más reserva de combustible.

El anuncio no era inesperado, pero fue recibido con un coro de gruñidos.

—¿En qué afectará esto a nuestro tiempo de *llegada*? —preguntó Katerina con un tono de voz ligeramente ominoso. Las dos formidables damas se miraron mutuamente por un momento como rivales muy igualadas, respetuosas la una con la otra pero no dispuestas a ceder terreno.

—Diez días —respondió finalmente Tania.

—Mejor tarde que nunca —dijo Max alegremente intentando aliviar la tensión y sin conseguir demasiado éxito.

Floyd apenas se dio cuenta de ello; estaba perdido en sus propios pensamientos. La duración del viaje no representaba diferencia alguna para él y sus dos colegas en su sueño de la hibernación. Pero eso no era lo más importante.

Estaba seguro —y esa seguridad le llenaba de una impotente desesperación— de que si no se iban antes de aquel misterioso plazo, no iban a poder irse nunca.

—... Esta es una situación increíble, Dimitri, y terriblemente estremecedora además. Usted es la única persona en la Tierra que lo sabe, pero muy pronto Tania y yo tendremos que comunicarlo al Control de Misión.

»Incluso algunos de sus materialistas compatriotas están preparados para aceptar, al menos como una hipótesis de trabajo, el que alguna entidad ha..., bueno, *invadido a Hal*. Sacha ha encontrado una buena frase: «El fantasma en la máquina».

»Las teorías abundan; Vasili produce una nueva cada día. La mayoría de ellas son variaciones de ese viejo cliché de la ciencia ficción, el campo de energía organizado. Pero ¿qué tipo de energía? No puede ser eléctrica, o nuestros instrumentos la habrían detectado fácilmente. Lo mismo se aplica a la radiación, al menos a todos los tipos que conocemos. Vasili se está volviendo realmente no conformista, hablando de ondas estables de neutrinos e intersecciones con espacios supradimensionales. Tania dice que todo eso son tonterías místicas, una de sus frases favoritas, y han estado más cerca de pelearse de lo que nunca les habíamos visto. De hecho les oímos discutir y gritarse la otra noche. No fue bueno para la moral.

»Me temo que todos estamos tensos y sobreexcitados. Esta advertencia, y el retraso de la fecha de partida, se han añadido a la sensación de frustración causada por nuestro fracaso total en conseguir algo del Gran Hermano. Quizá hubiera ayudado el que hubiéramos podido comunicarnos con esa cosa que era Bowman. Me pregunto dónde habrá ido. Quizá simplemente no estaba interesada en nosotros después de ese encuentro. ¡Lo que hubiera podido decirnos si lo hubiera deseado! ¡Infiernos y *chiort vozmi*! Maldita sea..., ya estoy hablando de nuevo el odiado ruso de Sacha. Cambiemos de tema.

»Nunca podré agradecerle todo lo que ha hecho, y el informarme de la situación en casa. Ahora me siento algo mejor al respecto, el tener algo más grave de lo que preocuparse quizá sea la mejor cura para cualquier problema insoluble.

»Por primera vez estoy empezando a preguntarme si alguno de nosotros volverá a ver la Tierra de nuevo.

VI. DEVORADOR DE MUNDOS

43

EXPERIMENTO INTELECTUAL

Cuando uno pasa meses con un pequeño y aislado grupo de personas, se vuelve muy sensible a los cambios de humor y estados emocionales de todos sus miembros. Floyd era consciente ahora de un sutil cambio en la actitud hacia él; su más obvia manifestación fue la reaparición del apelativo «doctor Floyd», que hacía tanto que no había oído que a menudo tardaba en responder a él.

Nadie, estaba seguro, creía que se había vuelto *realmente* loco; pero la posibilidad estaba siendo considerada. No se ofendía por ello; en realidad, se sentía más bien sombríamente divertido por el hecho, mientras emprendía la tarea de probar su cordura.

Tenía alguna ligera prueba de apoyo procedente de la Tierra. José Fernández seguía manteniendo que su esposa había informado de un encuentro con David Bowman, mientras que ella seguía negándolo y rehusaba hablar acerca de ello con los medios de comunicación. Era difícil de ver el porqué el pobre José hubiera inventado una historia tan peculiar, especialmente teniendo en cuenta que Betty parecía una dama muy terca y temperamental. Desde la cama del hospital su marido declaró que aún seguía amándola y que la suya era tan solo una desavenencia temporal.

Floyd confiaba en que la actual frialdad de Tania hacia él fuera también temporal. Estaba completamente seguro de que

496

ella se sentía tan preocupada como él por todo aquello, y estaba convencido de que su actitud no era deliberada. Había ocurrido algo que simplemente no encajaba en su esquema de creencias, de modo que intentaba evitar cualquier recuerdo de ello. Lo cual significaba tener la menor relación posible con Floyd, una situación muy desafortunada ahora que el estadio más crítico de la misión se estaba acercando rápidamente.

No había sido fácil explicar la lógica del plan operativo de Tania a los miles de millones de personas que aguardaban allá en la Tierra, en especial a las impacientes cadenas de televisión, que se habían cansado ya de exhibir constantemente las mismas y nunca cambiantes vistas del Gran Hermano.

—¡Han hecho ustedes todo este largo camino a un coste enorme, y simplemente se quedan ahí sentados contemplando la cosa! ¿Por qué no *hacen* algo?

A todos esos críticos Tania les daba la misma respuesta:

—Lo haremos en el mismo momento en que tengamos la alineación óptima para la órbita de regreso, de modo que podamos marcharnos inmediatamente si se produce alguna reacción adversa.

Los planes para el asalto final al Gran Hermano ya habían sido trazados y aceptados por el Control de Misión. La *Leonov* avanzaría lentamente sondeando en todas las frecuencias y aumentando progresivamente el impulso, informando en todo momento a la Tierra. Cuando finalmente se produjera el contacto, intentarían obtener muestras mediante barrenado o por espectroscopia láser; nadie esperaba realmente que algo de aquello funcionara, puesto que tras una década de estudios el TMA-1 había resistido todos los intentos de analizar su material. Los más grandes esfuerzos de los científicos humanos en esta dirección parecían comparables a los de hombres de la Edad de Piedra intentando forzar el blindaje de una bóveda bancaria con hachas de pedernal.

Finalmente sondas acústicas y otros artilugios sísmicos

serían fijados a las caras del Gran Hermano. Se había preparado ya una amplia colección de adhesivos para esa finalidad, y si *ellos* no funcionaban..., bien, uno siempre podía recurrir a unos cuantos kilómetros de buena y vieja cuerda, aunque parecía más bien un tanto cómica la idea de atar con una cuerda el mayor misterio del Sistema Solar como si fuera un paquete que quisiéramos enviar por correo.

Hasta que la *Leonov* no hubiera emprendido su camino de vuelta a casa no serían detonadas las pequeñas cargas explosivas, con la esperanza de que las ondas propagadas a través del Gran Hermano revelaran algo acerca de su estructura interna. Esta última medida había sido ardientemente discutida tanto por aquellos que argumentaban que no generaría ningún resultado como por aquellos que temían que produjera demasiados.

Floyd había oscilado durante largo tiempo entre los dos puntos de vista; ahora el asunto le parecía tan solo de una importancia trivial.

El momento del contacto final con el Gran Hermano —el gran momento que debería haber sido el clímax de la expedición— se hallaba en el lado malo del misterioso plazo. Heywood Floyd estaba convencido de que pertenecía a un futuro que no llegaría a existir; pero fue incapaz de encontrar a alguien que estuviera de acuerdo con él.

Y este era el menor de sus problemas. Aunque estuvieran de acuerdo, no había nada que pudieran hacer al respecto.

Walter Curnow era la última persona que hubiera esperado para resolver el dilema. Puesto que Walter era casi el epítome del ingeniero práctico: inquisitivo, suspicaz ante los destellos de brillantez y las conclusiones tecnológicas rápidas. Nadie podría acusarle nunca de ser un genio; y a veces se requería ser un genio para ver lo deslumbradoramente obvio.

—Considere esto puramente como un ejercicio intelectual. —Había empezado con una vacilación que no le era propia—. Estoy absolutamente preparado para ser acribillado a tiros.

—Adelante —respondió Floyd—. Le escucharé educadamente. Esto es lo menos que puedo hacer..., todo el mundo ha sido muy educado conmigo. Demasiado educado, me temo.

Curnow exhibió una sesgada sonrisa.

—¿Puede culparles por ello? Pero, si le sirve de consuelo, al menos tres personas le están tomando realmente en serio, y están preguntándose qué deberíamos hacer.

—¿Esas tres personas lo incluyen a usted?

—No; yo estoy sentado en la barrera, lo cual nunca es demasiado cómodo. Pero en caso de que esté usted en lo cierto no deseo quedarme aguardando aquí a recibir lo que venga, sea lo que sea. Creo que existe una respuesta a cualquier problema si uno mira en el lugar correcto.

—Me alegra oír esto. *He estado* mirando demasiado. Seguramente no en los lugares correctos.

—Quizá. Si deseamos efectuar una huida rápida, digamos dentro de quince días, para ganarle a ese plazo necesitaremos un vector delta extra de aproximadamente treinta kilómetros por segundo.

—Así lo ha calculado Vasili. No me he molestado en comprobarlo, pero estoy seguro de que es correcto. Después de todo, nos trajo hasta aquí.

—Y podría sacarnos de aquí también..., *si* dispusiéramos del propulsante adicional.

—Y si dispusiéramos del haz transportador de *Star Trek*, podríamos estar de vuelta en la Tierra en una hora.

—Procuraré chapucear uno la próxima vez que tenga un rato libre. Pero, mientras tanto, permítame señalarle que disponemos de varios cientos de toneladas del mejor propulsante posible, solo a pocos metros de distancia, en los tanques de combustible de la *Discovery*.

—Hemos pensado en ello docenas de veces. No existe forma alguna de transferirlas a la *Leonov*. No tenemos conducciones, ni bombas adecuadas. Y no esperará usted transportar el amoníaco líquido en cubos, y menos en esta parte del Sistema Solar.

—Exacto. Pero no tenemos necesidad de hacer eso.

—¿Eh?

—Quemémoslo directamente allá donde está. Utilicemos la *Discovery* como primera etapa para lanzarnos de vuelta a casa.

Si cualquiera que no fuese Walter Curnow hubiera hecho la sugerencia, Floyd se hubiera reído de él. Ahora abrió mucho la boca, y necesitó varios segundos antes de poder pensar en un comentario adecuado. Lo que finalmente salió fue:

—Maldita sea. Debería haber pensado en eso.

Sacha fue al primero a quien contactaron. Escuchó pacientemente, frunció los labios, luego interpretó un *rallentando* en la consola de su ordenador. Cuando parpadearon las respuestas, asintió pensativamente.

—Tiene usted razón. *Debería* darnos la velocidad extra que necesitamos para marcharnos antes. Pero hay problemas prácticos...

—Lo sabemos. Unir las dos naves. El empuje fuera de alineación cuando solo esté funcionando el motor de la *Discovery*. La separación en el momento crítico. Pero hay respuestas para todos ellos.

—Veo que ya ha estado usted haciendo sus cálculos. Pero es una pérdida de tiempo. Jamás convencerá a Tania.

—No lo espero..., en este estadio —respondió Floyd—. Pero me gustaría que ella supiera que existe la posibilidad. ¿Nos proporcionará usted su apoyo moral?

—No estoy seguro. Pero actuaré como observador; puede ser interesante.

Tania escuchó más pacientemente de lo que Floyd había esperado, pero con una evidente falta de entusiasmo. Sin embargo, cuando hubo terminado, evidenció lo que solamente podría ser denominado como una reluctante admiración.

—Muy ingenioso, Heywood...

—No me felicite. Todo el mérito corresponde a Walter. O las culpas.

—No creo que haya mucho de ninguna de las dos cosas; no puede llegar a ser más que un..., ¿cómo llamaba Einstein a esa clase de cosas?..., un «experimento intelectual». Oh, sospecho que funcionaría, en teoría al menos. ¡Pero los riesgos! Hay tantas cosas que pueden ir mal. Solo estaría dispuesta a considerarlo si tuviéramos una prueba absoluta y positiva de que estamos en peligro. Y con todo respeto, Heywood, no veo ni la menor evidencia de ello.

—Muy bien; pero al menos sabe usted ahora que tenemos otra opción. ¿Le importa si trabajamos en los detalles prácticos..., solo por si acaso?

—Por supuesto que no, siempre que no interfiera con los preparativos del vuelo programado. No me importa admitir que la idea me *intriga*. Pero en realidad es una pérdida de tiempo; no hay forma alguna de que yo lo apruebe nunca. A menos que David Bowman se me aparezca personalmente.

—¿Lo aceptaría *entonces*, Tania?

La capitana Orlova sonrió, pero sin demasiado humor.

—Ya lo sabe usted, Heywood; realmente no estoy segura. Incluso él tendría que ser muy persuasivo.

VI. DEVORADOR DE MUNDOS

44

TRUCO DE ESCAMOTEO

Era un juego fascinante al que todo el mundo se unió, pero solo cuando estaba fuera de servicio. Incluso Tania contribuyó con ideas al «experimento intelectual», como seguía llamándolo.

Floyd era perfectamente consciente de que toda la actividad había sido generada no por el miedo a un peligro desconocido que solo él se tomaba en serio, sino por la deliciosa perspectiva de regresar a la Tierra al menos un mes antes de lo que nadie había imaginado. Fuera cual fuese el motivo, se sentía satisfecho. Lo había hecho lo mejor posible, y el resto correspondía al Destino.

Había un elemento de suerte sin el cual todo el proyecto se hubiera visto abortado antes de nacer. La pequeña y rechoncha *Leonov*, diseñada para horadar la atmósfera joviana durante la maniobra de frenado, tenía menos de la mitad de la longitud de la *Discovery*, y así podía ser instalada perfectamente a lomos de la nave mayor.

Y la protuberancia de la antena en medio de la nave proporcionaba un excelente punto de anclaje, suponiendo que fuese lo bastante fuerte para resistir la tensión del peso de la *Leonov* mientras el motor de la *Discovery* estuviera en funcionamiento.

El Control de Misión estaba sumamente desconcertado por algunas de las peticiones que se enviaron a la Tierra durante los siguientes días. Análisis de resistencia de ambas naves bajo cargas peculiares; efectos de empujes fuera de alineación; localización de puntos desusadamente fuertes o débiles en los cascos, esos eran tan solo algunos de los problemas más esotéricos que los perplejos ingenieros en la Tierra recibieron la petición de abordar.

—¿Algo va mal? —inquirieron ansiosamente.

—Nada en absoluto —respondió Tania—. Simplemente estamos investigando posibles opciones. Gracias por su cooperación. Fin de la transmisión.

Mientras tanto, el programa seguía adelante tal como estaba planeado. Todos los sistemas fueron cuidadosamente comprobados en ambas naves y dispuestos para los viajes por separado a casa; Vasili preparó simulaciones de trayectorias de regreso, y Chandra las alimentó a Hal un vez depuradas, dejando que Hal hiciera la última comprobación del proceso. Y Tania y Floyd trabajaron amigablemente juntos, orquestando la aproximación al Gran Hermano como generales planeando una invasión.

Era eso precisamente lo que había venido a hacer tras todo aquel largo camino, pero el corazón de Floyd ya no estaba en ello. Había sufrido una experiencia que no podía compartir con nadie, ni siquiera con aquellos que creían en él. Aunque cumplía eficientemente con sus tareas, la mayor parte del tiempo su mente estaba en otro lugar.

Tania comprendía perfectamente.

—Sigue usted esperando que ese milagro me convenza, ¿verdad?

—O me *desconvenza* a mí, lo cual sería igualmente aceptable. Es la incertidumbre lo que odio.

—Yo también. Pero de una u otra forma ya no falta mucho ahora.

Tania miró brevemente la pantalla de situación, donde la cifra 20 parpadeaba lentamente. Era la información más innecesaria de toda la nave, puesto que todo el mundo sabía de memoria el número de días que faltaban hasta que el pasillo de lanzamiento se abriera.

Y el asalto a *Zagadka* estaba listo.

Por segunda vez Heywood Floyd estaba mirando hacia otro lado cuando ocurrió. Pero de todos modos no hubiera significado diferencia alguna; incluso la vigilante cámara monitora mostraba tan solo un débil borrón entre un cuadro lleno y el siguiente vacío.

Una vez más estaba de guardia a bordo de la *Discovery* compartiendo el turno de medianoche con Sacha en la *Leonov*. Como de costumbre, la noche había estado totalmente desprovista de acontecimientos; los sistemas automáticos realizaban sus trabajos con su habitual eficiencia. Floyd nunca hubiera creído, hacía un año, que un día estaría orbitando Júpiter a una distancia de unos pocos cientos de miles de kilómetros sin apenas dirigirle una mirada de tanto en tanto mientras intentaba, sin demasiado éxito, leer *La sonata a Kreutzer* en su versión original. Según Sacha, aún seguía siendo la mejor obra de ficción erótica dentro de la (respetable) literatura rusa, pero Floyd aún no había progresado lo suficiente para comprobarlo. Y ahora nunca lo haría.

A las 01.25 fue distraído por una espectacular, aunque no inhabitual, erupción en el terminador de Ío. Una enorme nube en forma de sombrilla se expandió por el espacio y empezó a esparcir sus residuos por el ardiente terreno que tenía debajo. Floyd había visto docenas de tales erupciones, pero nunca habían dejado de fascinarle. Parecía increíble que un mundo tan pequeño pudiera ser sede de una energía tan titánica.

Para obtener una mejor vista, se trasladó de una a otra ventana de observación. Y lo que vio allí —o mejor, lo que *no* vio allí— le hizo olvidar Ío y casi todo lo demás.

Cuando Heywood Floyd se recuperó y se convenció de

que no estaba sufriendo —¿de nuevo?— alucinaciones, llamó a la otra nave.

—Buenos días, Woody —bostezó Sacha—. No..., no estaba durmiendo. ¿Cómo le van las cosas con el viejo Tolstoi?

—No me van. Eche una mirada fuera y dígame lo que ve.

—Nada inusual por *esta* parte del cosmos. Ío haciendo lo de siempre. Júpiter. Las estrellas. ¡Oh, Dios mío!

—Gracias por demostrarme que estoy cuerdo. Será mejor que despertemos a la capitana.

—Por supuesto. Y a todos los demás. Woody, estoy asustado.

—Sería un estúpido si no lo estuviera. Vamos allá. ¿Tania? ¿Tania? Aquí Woody. Lamento despertarla, pero su milagro ha ocurrido. El Gran Hermano se ha ido. Sí... *ha desaparecido*. Después de tres millones de años ha decidido marcharse.

»Creo que él debe de saber algo que nosotros no sabemos.

Era un reducido y sombrío grupo el que se reunió, a los quince minutos, para una apresurada conferencia en la sala que servía a la vez de comedor de oficiales y de observatorio. Incluso aquellos que acababan de irse a dormir se habían despertado al instante y sorbían pensativamente sus bulbos de café ardiendo, mientras no dejaban de mirar la sorprendente escena poco familiar al otro lado de las ventanas de la *Leonov*, para convencerse de que el Gran Hermano se había desvanecido realmente.

—Debe de saber algo que nosotros no sabemos. —Esta espontánea frase de Floyd había sido repetida por Sacha y ahora colgaba silenciosamente, ominosamente, en el aire. Había resumido lo que todo el mundo pensaba en estos momentos, incluso Tania.

Aún era demasiado pronto para decir «Ya os lo dije», y realmente no importaba si esa advertencia tenía ahora alguna validez. Aunque resultara seguro seguir allí, no había ya razón alguna para hacerlo. Con nada que investigar, lo mejor que podían hacer era volver a casa tan rápidamente como fuera posible. Sin embargo, la cosa no era tan sencilla como eso.

—Heywood —dijo Tania—, ahora estoy preparada para tomar ese mensaje, o lo que fuera, mucho más en serio. Sería estúpido no hacerlo después de lo ocurrido. Pero, aunque haya un peligro aquí, todavía tenemos que considerar un riesgo frente al otro. Acoplar juntas la *Leonov* y la *Discovery*, operar la *Discovery* con ese enorme peso descompensador, desconectar las naves en cosa de minutos a fin de que podamos conectar *nuestros* motores en el momento preciso...; ningún capitán responsable tomaría tales riesgos sin muy buenas, yo diría incluso abrumadoras, razones. Incluso ahora no tengo tales razones. Solo tengo la palabra de... un fantasma. No sería una prueba muy buena en un tribunal de justicia.

—O en un tribunal de investigación —dijo Walter Curnow con una voz inusualmente tranquila—, aunque todos nosotros la apoyáramos.

—Sí, Walter, estaba pensando en eso. Pero si regresamos a casa sanos y salvos, eso lo justificará todo, y si no, es difícil que importe, ¿verdad? De todos modos, no voy a decidir ahora. Tan pronto como hayamos informado de esto voy a volverme a la cama. Les comunicaré mi decisión por la mañana tras haberlo consultado con la almohada. Heywood, Sacha, ¿quieren subir al puente conmigo? Tenemos que despertar al Control de Misión antes de que ustedes vuelvan a su guardia.

La noche no había terminado aún con sus sorpresas. En algún lugar por los alrededores de la órbita de Marte, el breve informe de Tania se cruzó con un mensaje que iba en dirección opuesta.

Betty Fernández había hablado por fin. Tanto la CIA como la Agencia Nacional de Seguridad estaban furiosas; su combinación de halagos, apelaciones al patriotismo y veladas amenazas había fracasado rotundamente mientras que el productor de una miserable red sensacionalista de televisión había tenido éxito, haciéndose así inmortal en los anales de Videodom.

Fue mitad suerte, mitad inspiración. El director de noticias de *¡Hola, Tierra!* se había dado cuenta de pronto de que uno de sus colaboradores tenía un sorprendente parecido con David Bowman; un hábil maquillador había hecho que el parecido fuera perfecto. José Fernández hubiera podido decir al joven que estaba corriendo un terrible riesgo, pero al final tuvo la buena suerte que a menudo favorece a los valientes. En cuanto Betty hubo pasado la puerta, capituló. En el momento en que ella lo echó —más bien gentilmente— a la calle, había obtenido ya en sus líneas más esenciales toda la historia. Y, para darle crédito, la presentó con una falta de rebuscado cinismo que era completamente nueva en aquella cadena. Aquel año obtuvo el Pulitzer.

—Me habría gustado —dijo Floyd a Sacha en un tono cansino— que hablara un poco antes. Me habría ahorrado un montón de problemas. De todos modos, esto cierra la discusión. Es *imposible* que Tania tenga ahora alguna duda. Pero esperaremos hasta que se levante, ¿está de acuerdo?

—Por supuesto. No es nada urgente, aunque ciertamente sí es importante. Y ella necesita dormir. Tengo la sensación de que ninguno de nosotros va a dormir mucho a partir de ahora.

Estoy seguro de que estás en lo cierto, pensó Floyd. Se sentía muy cansado, pero aunque no hubiera estado de guardia, le habría resultado imposible dormir. Su mente estaba demasiado activa analizando los acontecimientos de aquella extraordinaria noche, intentando anticipar la próxima sorpresa.

En cierto sentido notaba una enorme sensación de alivio: toda la inseguridad acerca de su partida seguramente había terminado ya; Tania no podía poner más reservas.

Pero persistía aún una inseguridad mucho mayor. *¿Qué estaba ocurriendo?*

Tan solo había una experiencia en la vida de Floyd que podía compararse con esta situación. Cuando era muy joven, viajaba en una ocasión en piragua con algunos amigos río abajo por un tributario del Colorado, y habían perdido el control de la embarcación.

Se habían visto arrastrados más y más aprisa entre las paredes del cañón, no completamente indefensos, pero solo con el control suficiente para evitar volcar. Ante ellos podían aparecer rápidos, quizá incluso una cascada; no lo sabían. Y en cualquier caso era poco lo que podían hacer al respecto.

Floyd se sentía de nuevo atrapado ahora por fuerzas irresistibles que le arrastraban a él y a sus compañeros hacia un destino desconocido. Y esta vez los peligros no solo eran invisibles; podían estar más allá de toda comprensión humana.

VI. DEVORADOR DE MUNDOS

45

MANIOBRA DE ESCAPE

—... Aquí Heywood Floyd realizando lo que sospecho..., en realidad espero..., que sea mi último informe desde Lagrange.

»Nos estamos preparando para el regreso a casa; dentro de unos pocos días abandonaremos este extraño lugar, alineados aquí entre Ío y Júpiter, donde realizamos nuestra cita con el enorme y misteriosamente desvanecido artefacto que bautizamos como Gran Hermano. Aún no disponemos del menor indicio de dónde se ha ido ni por qué.

»Por varias razones parece deseable para nosotros no permanecer aquí más tiempo del necesario. Y seremos capaces de irnos al menos dos semanas antes de lo que habíamos planeado originalmente, utilizando la nave americana *Discovery* como impulsora de la rusa *Leonov*.

»La idea básica es simple; las dos naves serán unidas, una de ellas montada a caballo de la otra. La *Discovery* agotará primero todo su combustible, acelerando a ambas naves en la dirección deseada. Cuando su propulsante esté consumido, será separada de la otra como una primera etapa vacía..., y la *Leonov* conectará sus motores. No serán usados antes, porque si lo hiciera malgastaría energía arrastrando el peso muerto de la *Discovery*.

»Y vamos a usar otro truco que, como muchos otros conceptos implicados en el viaje espacial, parece desafiar a primera vista el sentido común. Aunque lo que intentamos es alejarnos de Júpiter, nuestro primer movimiento será acercarnos a él todo lo que nos sea posible.

»Ya hemos hecho algo parecido anteriormente cuando utilizamos la atmósfera de Júpiter para decelerar y entrar en órbita en torno al planeta. Esta vez no vamos a ir tan cerca, pero vamos a aproximarnos mucho.

»Nuestra primera utilización de los motores, aquí arriba en la órbita de trescientos cincuenta mil kilómetros de altitud de Ío, *reducirá* nuestra velocidad, de modo que caeremos a Júpiter y apenas rozaremos su atmósfera. Luego, cuando estemos en el punto más cercano posible, quemaremos todo nuestro combustible tan rápidamente como podamos para incrementar la velocidad e inyectar la *Leonov* en la órbita de regreso a la Tierra.

»¿Cuál es la finalidad de una maniobra tan alocada? No puede justificarse excepto por unas matemáticas altamente complejas, pero creo que el principio básico puede presentarse de forma completamente obvia.

»Cayendo hacia el enorme campo gravitatorio de Júpiter ganaremos velocidad y por lo tanto energía. Cuando digo «ganaremos», me refiero a las naves y al combustible que lleven.

»Y quemando nuestro combustible exactamente allí, en el fondo del «pozo gravitatorio» de Júpiter, *no volveremos a elevarlo con nosotros.* A medida que salga llameando de nuestros reactores, compartirá con nosotros parte de su energía cinética adquirida. Indirectamente le habremos dado una palmada a la gravedad de Júpiter para aumentar nuestra velocidad en nuestro camino de vuelta a la Tierra. Del mismo modo que utilizamos la atmósfera para librarnos de nuestro exceso de velocidad cuando llegamos, este es uno de los raros casos en los que la Madre Naturaleza, normalmente tan frugal, nos permite actuar en dos direcciones.

»Con este triple impulso, el combustible de la *Discovery*, su propio impulso y la gravedad de Júpiter, la *Leonov* se encaminará hacia el Sol a lo largo de una hipérbole que la llevará hasta la Tierra cinco meses más tarde. Al menos dos meses antes de lo que podríamos conseguir de otro modo.

»Seguramente se preguntarán ustedes qué le ocurrirá a la buena vieja *Discovery*. Obviamente no podremos traerla de vuelta a casa bajo control automático, tal como habíamos planeado originalmente. Sin combustible se hallará impotente.

»Pero estará perfectamente a salvo. Seguirá girando una y otra vez en torno a Júpiter siguiendo una elipse muy excéntrica, como un cometa atrapado. Y quizá algún día alguna futura expedición pueda efectuar otra cita con ella, con el suficiente combustible extra para llevarla de vuelta a la Tierra. Seguramente, sin embargo, eso no será posible durante bastantes años.

»Y ahora debemos prepararnos para nuestra partida. Todavía hay mucho trabajo que hacer, y no vamos a poder descansar hasta que ese último encendido inicie nuestra órbita de regreso a casa.

»No vamos a lamentar el irnos pese a que no hemos cumplido con todos nuestros objetivos. El misterio, quizá la amenaza, de la desaparición del Gran Hermano aún sigue preocupándonos, pero no hay nada que podamos hacer respecto a eso.

»Hemos hecho todo lo que hemos podido..., y ahora vamos a volver.

»Aquí Heywood Floyd, finalizando la transmisión.

Hubo un coro de irónicos aplausos de su pequeña audiencia, cuyo número sería multiplicado millones de veces cuando el mensaje alcanzara la Tierra.

—No estaba hablando para *ustedes* —observó Floyd con un ligero azaramiento—. Y no deseaba que estuvieran escuchando.

—Hizo usted su trabajo tan competentemente como de costumbre, Floyd —dijo Tania, consoladora—. Y estoy segura de que todos están de acuerdo con lo que les ha dicho a la gente de allá en la Tierra.

—No todos —dijo una débil voz, tan suavemente que todos tuvieron que esforzarse por oírla—. Sigue habiendo un problema.

La sala de observación se volvió de pronto muy silenciosa. Por primera vez desde hacía semanas Floyd fue consciente del débil pulsar del conducto principal de renovación de aire y del intermitente zumbido que podría atribuirse a una avispa atrapada tras uno de los paneles de la pared. La *Leonov*, como todas las espacionaves, estaba llena de tales sonidos a menudo inexplicables, que uno raramente percibía excepto cuando se detenían. Y entonces normalmente era una buena idea empezar a investigar sin más discusiones.

—No tengo ni idea de cuál es el problema, Chandra —dijo Tania con una voz ominosamente calmada—. ¿Cuál puede ser?

—Me he pasado las últimas semanas preparando a Hal para que recorriera una órbita de mil días de vuelta a la Tierra. Ahora todos esos programas deberán ser abandonados.

—Lamentamos eso —respondió Tania—, pero tal como han ido las cosas, a buen seguro es mucho mejor...

—No es eso lo que quiero decir —observó Chandra. Hubo un oleaje de sorpresa; nunca antes se le había visto interrumpir a nadie, y mucho menos a Tania—. Sabemos lo sensible que es Hal con respecto a los objetivos de la misión —prosiguió en medio del expectante silencio que siguió—. Ahora me están pidiendo que le introduzca un programa *que puede dar como resultado su propia destrucción*. Es cierto que el plan actual debe situar la *Discovery* en una órbita estable, pero si esa advertencia tiene algún contenido, ¿qué le ocurrirá finalmente a la nave? No lo sabemos, por supuesto, pero es algo que nos ha asustado tanto que nos hace salir *huyendo*. ¿Han considerado ustedes la reacción de Hal ante esta situación?

—¿Está sugiriendo usted seriamente —preguntó Tania con mucha lentitud— que Hal puede negarse a obedecer unas órdenes..., exactamente igual que en su anterior misión?

—No fue eso lo que ocurrió la última vez. Hizo lo mejor que pudo para interpretar unas órdenes conflictivas.

—Esta vez no necesitan ser conflictivas. La situación está perfectamente definida.

—Para nosotros quizá. Pero una de las primeras directrices de Hal es mantener la *Discovery* fuera de todo peligro. Nosotros intentaremos pasar por encima de eso. Y en un sistema tan complejo como el de Hal, es imposible predecir todas las consecuencias.

—No veo ningún problema real —intervino Sacha—. Simplemente no le digamos que existe algún peligro. Así no tendrá... reservas acerca de llevar adelante su programa.

—¡Hacer de niñeras de una ordenador psicótico! —murmuró Curnow—. Me siento como en un videodrama de ciencia ficción de serie B.

El doctor Chandra le lanzó una mirada poco amistosa.

—Chandra —preguntó Tania repentinamente—. ¿Ha discutido usted esto con Hal?

—No.

¿Había habido una ligera vacilación?, se preguntó Floyd. Podía haber sido algo perfectamente inocente; Chandra podía haber estado repasando sus recuerdos. O podía estar mintiendo, por improbable que eso pareciera.

—Entonces haremos lo que sugiere Sacha. Simplemente cargue el nuevo programa en él, y deje las cosas así.

—¿Y cuando me pregunte sobre el cambio de planes?

—¿Puede hacer eso... sin que usted le dé pie?

—Por supuesto. Por favor, recuerden que fue diseñado para la curiosidad. Si la tripulación resultaba muerta, tenía que ser capaz de llevar a cabo una misión útil por su propia iniciativa.

Tania pensó en aquello durante unos breves instantes.

—Sigue siendo un asunto completamente sencillo. Él tiene confianza en usted, ¿no?

—Evidentemente.

—Entonces tiene que decirle usted que la *Discovery* no está en peligro, y que habrá una misión de rescate que lo devolverá a la Tierra en una fecha futura.

—Pero eso no es cierto.

—Nosotros no *sabemos* que sea falso —respondió Tania; empezaba a sonar un poco impaciente.

—Sospechamos que hay un serio peligro; de otro modo *nosotros* no estaríamos planeando irnos antes de lo previsto.

—Entonces, ¿qué sugiere usted? —preguntó Tania con una voz que contenía ahora una clara nota de amenaza.

—Debemos decirle toda la verdad, todo lo que sabemos, no más mentiras o medias verdades, que son igual de malas. Y entonces dejar que él decida por sí mismo.

—Maldita sea, Chandra, ¡es solo una máquina!

Chandra miró a Max con unos ojos tan firmes y confiados que el joven bajó rápidamente la vista.

—Eso es lo que somos todos, señor Brailovski. Es simplemente un asunto de grado. El que estemos basados en el carbono o en el silicio no crea ninguna diferencia fundamental; todos debemos ser tratados con el respeto apropiado.

Era extraño, pensó Floyd, cómo Chandra —con mucho la persona más pequeña en la habitación— parecía ahora mucho más grande. Pero la confrontación se había prolongado demasiado. En cualquier momento Tania empezaría a dar órdenes directas, y la situación podía volverse realmente desagradable.

—Tania, Vasili, ¿puedo hablar un momento con ustedes dos? Creo que hay una forma de resolver el problema.

La interrupción de Floyd fue recibida con evidente alivio, y dos minutos más tarde estaba relajándose con los Orlov en sus cuartos. (O «decimosextos», como Curnow los había bautizado en una ocasión debido a su tamaño. Muy pronto había lamentado el retruécano, puesto que había tenido que explicárselo a todo el mundo excepto a Sacha.)

—Gracias, Woody —dijo Tania, y le tendió un bulbo de su *chemaja* azerbaiyano preferido—. Estaba esperando que hiciera usted eso. Supongo que tiene algo..., ¿cómo lo dicen ustedes?,en la manga.

—Espero que sí —respondió Floyd introduciendo en su boca unos cuantos centímetros cúbicos del dulce vino a través de la cánula y saboreándolos agradecido—. Lamento que Chandra empiece a poner dificultades.

—Yo también. Es una buena cosa que solo tengamos a un científico loco a bordo.

—No es eso lo que a veces me ha dicho a mí —sonrió académicamente Vasili—. De todos modos, Woody, adelante.

—Esto es lo que sugiero: dejemos que Chandra siga adelante a su modo. Luego tendremos dos posibilidades.

»La primera, Hal hará exactamente lo que le pedimos, controlar la *Discovery* durante los dos períodos de ignición. Recuerden, el primero no es crítico. Si algo va mal mientras estamos apartándonos de Ío, tenemos todo el tiempo necesario para hacer correcciones. Y eso nos proporcionará un buen test para Hal... sobre su voluntad de cooperar.

—Pero ¿qué hay acerca del vuelo en torno a Júpiter? Ese es el que realmente cuenta. No solo debemos quemar la mayor parte del combustible de la *Discovery* allí, sino que el tiempo y los vectores de empuje han de ser exactos.

—¿Pueden ser controlados manualmente?

—No me gustaría intentarlo. El más pequeño error, y o bien arderemos todos, o bien nos convertiremos en un cometa de período largo. Tributarios del planeta durante un par de miles de años.

—Pero ¿no hay otra alternativa? —insistió Floyd.

—Bien, suponiendo que podamos tomar el control a tiempo y tengamos un buen conjunto de órbitas alternativas precomputadas..., hummm, quizá pudiéramos salir adelante.

—Conociéndole a usted, Vasili, estoy seguro de que «pudiéramos» significa «saldremos». Lo cual me lleva a la segunda posibilidad que he mencionado. Si Hal muestra la más ligera desviación del programa..., lo suprimiremos.

—¿Quiere decir... desconectarlo?

—Exactamente.

—Eso no fue tan fácil la última vez.

—Hemos aprendido unas cuantas lecciones desde entonces. Déjeme esto a mí. Puedo garantizarle que le entregaré el control manual en medio segundo.

—¿No hay peligro, supongo, de que Hal llegue a sospechar algo?

—Ahora es *usted* quien se está volviendo paranoico, Vasili. Hal no es tan humano como eso. Pero Chandra sí, concediéndole el beneficio de la duda. Así que no le diga ni una palabra a él. Todos nosotros estamos completamente de acuerdo con este plan, lamentamos que se hayan planteado objeciones, y confiamos perfectamente en que Hal comprenderá nuestro punto de vista. ¿Correcto, Tania?

—Correcto, Woody. Y felicitaciones por su previsión; ese pequeño artilugio fue una buena idea.

—¿Qué artilugio? —preguntó Vasili.

—Te lo explicaré uno de estos días. Lo siento, Woody, este es todo el *chemaja* que está permitido. Deseo reservarlo... para cuando estemos a salvo en nuestro camino de vuelta a la Tierra.

VI. DEVORADOR DE MUNDOS

46

CUENTA ATRÁS

Nadie podrá creer nunca esto sin mis fotos, pensó Max Brailovski mientras orbitaba a medio kilómetro de distancia en torno a las dos naves. Parece cómicamente indecente, como si la *Leonov* estuviera violando a la *Discovery*. Y ahora que pensaba en ello, la robusta, compacta nave rusa parecía positivamente masculina comparada con la delicada y esbelta nave estadounidense. Pero la mayoría de las operaciones de acoplamiento poseían claras connotaciones sexuales, y recordaba que uno de los primeros astronautas —no podía recordar su nombre— había recibido una reprimenda por su elección demasiado vívida de las palabras en el..., esto, clímax de su misión.

Por lo que podía decir de su atento examen, todo estaba en perfecto orden. La tarea de situar en posición las dos naves y asegurarlas unidas firmemente había tomado más tiempo del previsto. Nunca hubiera sido posible hacerlo sin uno de esos golpes de suerte que a veces —no siempre— favorecen a aquellos que se los merecen. La *Leonov* llevaba providencialmente consigo varios kilómetros de cinta de filamento de carbono, no más gruesa que la cinta que utilizan las chicas para atarse el pelo, pero capaz de soportar una tensión de varias toneladas. Había sido incluida previsoramente para asegurar los instrumentos al Gran Hermano si todo lo demás fallaba. Ahora envolvía la *Leonov* y la *Discovery* en un tierno abrazo, lo suficientemente firme, se esperaba, como para prevenir cualquier vibración y sacudida bajo cualquier aceleración hasta un décimo de una gravedad, que era el máximo impulso que se podía obtener.

—¿Alguna otra cosa que desee que compruebe antes de volver a casa? —preguntó Max.

—No —respondió Tania—. Todo parece estar bien. Y no podemos perder más tiempo.

Aquello era completamente cierto. Si la misteriosa advertencia debía ser tomada en serio —y todo el mundo ahora la tomaba muy en serio—, había que iniciar su maniobra de huida dentro de las próximas veinticuatro horas.

—Correcto, llevo la *Nina* de vuelta al establo. Siento tener que hacerte esto, vieja amiga.

—Nunca nos dijo que la *Nina* era un caballo.

—Ni lo estoy admitiendo ahora. Pero siento remordimientos por tener que abandonarla aquí en el espacio solo para conseguir unos miserables pocos metros extra por segundo.

—Puede que debamos darle las gracias dentro de algunas horas, Max. De todos modos, siempre hay una posibilidad de que alguien venga y la recupere algún día.

Lo dudo mucho, pensó Max. Y quizá, después de todo, resultara adecuado abandonar la pequeña cápsula espacial allí como recuerdo permanente de la primera visita del hombre a los dominios de Júpiter.

Condujo con suaves y cuidadosamente calculados impulsos de los chorros de control la *Nina* en torno a la gran esfera del módulo principal de habitación de la *Discovery*; sus colegas en el compartimento de pilotaje apenas alzaron la vista para mirarle cuando pasó flotando por delante de su curvada ventana. La abierta compuerta de la bodega de las cápsulas parecía bostezar ante él, y manejó delicadamente la *Nina* hasta posarla en el extendido brazo de amarre.

—Empújame dentro —dijo tan pronto como las abrazaderas se cerraron con un cliqueteo—. A eso le llamo una bien planeada exploración extravehicular. Todavía queda un buen kilogramo de propulsante para llevar la *Nina* fuera por última vez.

Normalmente una ignición en pleno espacio era muy poco espectacular; no era como el fuego y el trueno —y los siempre presentes riesgos— de un despegue desde una superficie planetaria. Si algo iba mal y los motores fallaban en proporcionar todo el impulso requerido..., bien, normalmente el asunto podía corregirse con un empleo algo más prolongado de los motores. O uno podía esperar al punto apropiado en la órbita e intentarlo de nuevo.

Pero esta vez, mientras la cuenta atrás avanzaba hacia cero, la tensión a bordo de ambas naves se hizo casi palpable. Todo el mundo sabía que era la primera prueba real de la docilidad de Hal; tan solo Floyd, Curnow y los Orlov sabían que había un sistema de emergencia. Y ni siquiera ellos estaban absolutamente seguros de que fuera a funcionar.

—Buena suerte, *Leonov* —dijo el Control de Misión, calculando el mensaje para que llegara cinco minutos antes de la ignición—. Esperamos que todo funcione correctamente. Y si no representa mucho problema para ustedes, nos gustaría que tomaran algunos primeros planos del ecuador, longitud 115, cuando circunvalen Júpiter. Hay una curiosa mancha oscura allí, presumiblemente algún tipo de prominencia, perfectamente redonda, de al menos mil kilómetros de diámetro. Parece la sombra de un satélite, pero no puede serlo.

Tania murmuró algo que consiguió resumir, en notablemente pocas palabras, su profunda falta de interés por la meteorología de Júpiter en aquellos momentos. El Control de Misión mostraba a menudo un genio perfecto para la ausencia de tacto y de oportunidad.

—Todos los sistemas funcionando normalmente —dijo Hal—. Dos minutos para la ignición.

Es extraño, pensó Floyd, cómo la terminología sobrevive

a veces mucho después de la tecnología que le ha dado nacimiento. Solo los cohetes químicos eran capaces de ignición; aunque el hidrógeno de un motor nuclear o de plasma entrara en contacto con el oxígeno, estaría con mucho demasiado caliente para arder. A tales temperaturas todos los compuestos eran separados en sus distintos elementos.

Su mente empezó a errar en busca de otros ejemplos. La gente —en particular las personas mayores— aún seguía hablando de cargar con película su cámara o poner gasolina a su coche. Incluso la frase «cortar una cinta» era oída aún a menudo en los estudios de grabación pese a que abarcaba *dos* generaciones de obsoleta tecnología.

—Un minuto para la ignición.

Su mente regresó al aquí y ahora. *Este* era el minuto que contaba; desde hacía al menos un centenar de años, en las pistas de despegue y en los centros de control, aquellos eran los sesenta segundos más largos que jamás habían existido. Incontables veces habían terminado en desastre; pero solo los triunfos eran recordados. ¿Qué nos ocurrirá a nosotros?

La tentación de llevar de nuevo su mano al bolsillo donde llevaba el activador del interruptor de Hal era casi irresistible pese a que la lógica le decía que tenía mucho tiempo para aquella acción. Si Hal fallaba en obedecer su programación, aquello ocurriría cuando estuvieran junto a Júpiter.

—Seis, cinco, cuatro, tres, dos, uno, ¡IGNICIÓN!

Al principio el empuje fue apenas perceptible; se necesitaba casi un minuto para conseguir el impulso de una gravedad. Sin embargo, todo el mundo empezó a aplaudir inmediatamente, hasta que Tania hizo una señal reclamando silencio. Había muchas comprobaciones que hacer; incluso aunque Hal estuviera haciéndolo lo mejor posible —como parecía ser—, todavía podían ir mal muchas cosas.

La protuberancia de la antena de la *Discovery* —que ahora estaba recibiendo la mayor parte de la tensión de la inercia de la *Leonov*— nunca había sido diseñada para eso.

El jefe diseñador de la nave, llamado de su retiro, había jurado que el margen de seguridad era adecuado. Pero podía estar equivocado, y era bien sabido que los materiales se volvían quebradizos tras años en el espacio...

Y las cintas que mantenían unidas las dos naves podían no haber sido situadas correctamente; podían ceder o deslizarse. La *Discovery* podía no ser capaz de corregir el desequilibrio de su masa, con un millar de toneladas extra a caballo. Floyd era capaz de imaginar una docena de cosas que podían ir mal; era muy poco consuelo recordar que siempre era la decimotercera la que realmente ocurría.

Pero los minutos se arrastraron sin nada digno de mención; la única prueba de que los motores de la *Discovery* estaban funcionando era la gravedad fraccional inducida por el impulso y una muy ligera vibración transmitida a través de las paredes de las naves. Ío y Júpiter seguían colgando todavía allá donde lo habían estado durante semanas, en lugares opuestos del cielo.

—Corte de los motores en diez segundos. Nueve, ocho, siete, seis, cinco, cuatro, tres, dos, ¡AHORA!

—Gracias, Hal. Perfecto.

—Confirmo esto —dijo Vasili—. Innecesaria ninguna corrección por el momento.

—Digamos adiós al espléndido y exótico Ío, mundo de sueños para cualquier agente inmobiliario —dijo Curnow—. Todos nos sentimos contentos de echarte de menos.

Aquello sonaba más como el viejo Walter, se dijo Floyd. Durante las últimas semanas se había mostrado extrañamente deprimido, como si tuviera algo en mente. (Pero ¿quién no?). Parecía perder una buena parte de su escaso tiempo libre en tranquilas discusiones con Katerina: Floyd esperaba que no tuviera ningún problema médico. Habían sido muy afortunados en aquel aspecto; lo último que necesitaban en estos momentos era una emergencia que requiriera los talentos de la comandante cirujano.

—Está siendo muy poco amable, Walter —dijo Brailovski—. A mí empezaba a gustarme el lugar. Podría llegar a ser divertido hacer surfing en esos lagos de lava.

—¿Y qué me dice de una barbacoa en un volcán?

—¿O unos auténticos baños de azufre fundido?

Todos se sentían exaltados, incluso un poco histéricos por el alivio. Aunque todavía era demasiado pronto para relajarse, y la fase más crítica de la maniobra de escape aún no se había realizado, el primer paso del largo viaje a casa había sido dado con toda seguridad. Eso era causa suficiente para un modesto regocijo.

No duró mucho tiempo, puesto que Tania ordenó rápidamente a todos aquellos que no tuvieran tareas esenciales que cumplir que descansaran un poco —de ser posible, durmieran un poco—, en preparación para el acelerón de Júpiter dentro de tan solo nueve horas. Cuando los afectados se mostraron reluctantes, Sacha despejó el lugar gritando:

—¡Os colgaré por esto, perros amotinados! —Hacía tan solo dos noches, como una rara relajación, todos habían estado gozando con la cuarta versión de *Rebelión a bordo*, que los historiadores cinematográficos consideraban en general la que poseía la mejor interpretación del capitán Bligh desde el legendario Charles Laughton. Había cierta sensación a bordo de que Tania no debería haberla visto para evitar captar ideas.

Tras un par de insomnes horas en su capullo, Floyd abandonó la búsqueda del sueño y se dirigió a la cubierta de observación. Júpiter era mucho más grande e iba entrando lentamente en cuarto menguante a medida que la nave avanzaba hacia su punto de máxima aproximación sobre la parte nocturna.

El glorioso y protuberante disco mostraba una tan infinita riqueza de detalles —anillos de nubes, manchas de todos los colores, desde el blanco resplandeciente hasta el rojo ladrillo, oscuras erupciones en ignotas profundidades, el óvalo ciclónico de la Gran Mancha Roja— que le era imposible al ojo absorberla toda. La redonda, oscura sombra de una luna —probablemente Europa, supuso Floyd— se hallaba en tránsito. Estaba observando aquella increíble visión por última vez; aunque tenían que alcanzar su máximo de eficiencia dentro de seis horas, era un crimen desperdiciar aquellos preciosos momentos durmiendo.

¿Dónde estaba aquella mancha que el Control de Misión les había pedido que observaran? Debería de estar ya a la vista, pero Floyd no estaba seguro de que fuera visible a simple vista. Vasili estaría demasiado ocupado para preocuparse por ella; quizá pudiera ayudar dedicándose un poco a la astronomía amateur. Después de todo, no hacía mucho tiempo, treinta años tan solo, se había ganado la vida como profesional.

Activó los controles del telescopio principal de cincuenta centímetros —afortunadamente el campo de visión no estaba bloqueado por la masa contigua de la *Discovery*— y sondeó el ecuador a media potencia. Y allí estaba, justo emergiendo al borde del disco.

Debido a las circunstancias, Floyd era ahora uno de los diez mayores expertos sobre Júpiter del Sistema Solar; los otros nueve estaban trabajando o durmiendo a su alrededor. Vio de inmediato que había algo muy extraño en aquella mancha: era tan negra que parecía un agujero practicado a través de las nubes. Desde donde la observaba parecía una elipse de bordes muy definidos; Floyd supuso que, directamente desde la vertical, sería un círculo perfecto.

Grabó varias imágenes, luego incrementó la potencia al máximo. El rápido girar de Júpiter había llevado la formación hasta un punto de visión más claro; y cuanto más miraba, más desconcertado se sentía Floyd.

—Vasili —llamó Floyd por el intercom—, si puede perder un minuto, eche una mirada al monitor de cincuenta centímetros.

—¿Qué está usted observando? ¿Es importante? Estoy comprobando la órbita.

—Tómese su tiempo, por supuesto. Pero he encontrado esa mancha de la que informó el Control de Misión. Parece muy peculiar.

—¡Infiernos! La había olvidado. Vaya observadores que estamos hechos si esos chicos de la Tierra tienen que decirnos cada vez dónde mirar. Concédame otros cinco minutos, no va a irse en ese tiempo.

Exacto, pensó Floyd; de hecho será más clara. Y no era deshonra alguna haber pasado por alto algo que los astrónomos terrestres —o lunares— habían observado. Júpiter era tan grande, ellos habían estado muy ocupados, y los telescopios en las órbitas de la Luna y de la Tierra eran un centenar de veces más potentes que el instrumento que él estaba utilizando ahora.

Pero el fenómeno se iba haciendo más y más peculiar. Floyd empezó a notar por primera vez una clara sensación de intranquilidad. Hasta aquel momento nunca se le había ocurrido que la mancha pudiera ser algo más que una formación natural, algún truco de la increíblemente compleja meteorología de Júpiter. Ahora empezaba a preguntárselo.

Era tan negra como la propia noche. Y tan simétrica; a medida que se iba haciendo más clara, se revelaba como un círculo obviamente perfecto. Sin embargo, no estaba claramente definido; sus bordes tenían una extraña imprecisión, como si estuvieran ligeramente desenfocados.

¿Era su imaginación, o había crecido de tamaño mientras la estaba observando? Hizo una rápida estimación, y decidió que el fenómeno tenía ahora dos mil kilómetros de diámetro. Era tan solo un poco más pequeña que la aún visible sombra de Europa, pero era mucho más oscura, de modo que no había peligro de confusión.

—Déjeme echarle una mirada —dijo Vasili en un tono más bien condescendiente—. ¿Qué es lo que cree que ha encontrado? Oh... —Su voz se desvaneció, arrastrada hacia el silencio.

Ahí lo tenemos, pensó Floyd, con una repentina y helada convicción.

Sea *lo* que sea...

VI. DEVORADOR DE MUNDOS

47

INSPECCIÓN FINAL

Sin embargo, tras una reflexión posterior, una vez superada la sorpresa inicial, era difícil ver cómo una creciente mancha negra en la superficie de Júpiter podía representar algún tipo de peligro. Era algo extraordinario —inexplicable—, pero no tan importante como los acontecimientos críticos que se hallaban ahora a tan solo siete horas en el futuro. Una ignición de motores con éxito en el perijovio era todo lo que importaba; tendrían todo el tiempo que quisieran para estudiar misteriosas manchas negras durante el camino a casa.

Y también dormir; Floyd lo intentó de todos modos. Aunque la sensación de peligro —al menos, de peligro *conocido*— era mucho menor que en su primera aproximación a Júpiter, una mezcla de excitación y aprensión lo mantuvo despierto. La excitación era natural y comprensible; la aprensión tenía causas más complejas. Floyd había convertido en una regla de oro el no preocuparse nunca por acontecimientos sobre los cuales no tuviera absolutamente control alguno; cualquier amenaza externa se revelaría a sí misma a su debido tiempo, y entonces podría ser combatida. Pero no podía dejar de pensar si habían hecho todo lo posible por salvaguardar la nave.

Aparte los posibles fallos mecánicos a bordo, había dos fuentes principales de preocupación. Aunque las cintas que mantenían unidas la *Leonov* y la *Discovery* no habían mostrado tendencia alguna a deslizarse de su sitio, su prueba más dura estaba aún por venir. Casi igualmente crítico sería el momento de la separación, cuando la más pequeña de las cargas explosivas pensadas en un principio para impactar contra el Gran Hermano fuese incómodamente utilizada mucho más cerca de ellos. Y, por supuesto, estaba Hal...

Había realizado la maniobra de salida de la órbita con una exquisita precisión. Había llevado a cabo las simulaciones del tránsito en torno a Júpiter, hasta la última gota de combustible de la *Discovery*, sin el menor comentario u objeción. Y aunque Chandra, como se había convenido, le había explicado detalladamente lo que estaban intentando hacer, ¿comprendía realmente Hal lo que estaba ocurriendo?

Floyd estaba sumido en una abrumadora preocupación, que en los últimos días se había convertido casi en una obsesión. Podía imaginarlo todo funcionando perfectamente, las naves a medio camino hacia la maniobra final, el enorme disco de Júpiter llenando el cielo a tan solo unos pocos cientos de kilómetros bajo ellos, y entonces Hal carraspeando electrónicamente y diciendo:

—Doctor Chandra, ¿le importa si le hago una pregunta?

No ocurrió exactamente de esta forma.

La Gran Mancha Negra, como había sido inevitablemente bautizada, estaba alejándose ahora del campo de visión gracias a la rápida rotación de Júpiter. En unas pocas horas las aún acelerantes naves podrían verla de nuevo sobre el lado nocturno del planeta, pero aquella era la última oportunidad de observarla de cerca a la luz del día.

Aún seguía creciendo a una extraordinaria rapidez; en las últimas dos horas había más que doblado su superficie. Excepto por el hecho de que mantenía su negrura mientras se expandía, parecía una mancha de tinta esparciéndose en el agua. Sus límites —expandiéndose ahora casi a la velocidad del sonido en la atmósfera joviana— parecían aún curiosamente desdibujados y desenfocados; con la máxima potencia del telescopio de la nave, la razón de aquello se hizo al fin evidente.

Contrariamente a la Gran Mancha Roja, la Gran Mancha Negra no poseía una estructura continua; estaba formada por miríadas de pequeñas manchas, como la trama de un grabado vista a través de una lupa. En la mayor parte de su extensión los puntos estaban tan cerca los unos de los otros que casi se tocaban, pero en los bordes se espaciaban más y más, de modo que la Mancha terminaba en una penumbra gris antes que en una frontera delimitada.

Debía de haber al menos un millón de los misteriosos puntos, y eran claramente alargados, elipses antes que círculos. Katerina, la persona menos imaginativa de a bordo, sorprendió a todo el mundo diciendo que parecía como si alguien hubiese tomado un saco lleno de arroz teñido de negro y lo hubiera arrojado sobre la superficie de Júpiter.

Y ahora el Sol estaba ocultándose tras el enorme y cada vez más estrecho arco de la parte diurna del planeta mientras por segunda vez la *Leonov* penetraba en la noche joviana para su cita con el destino. En menos de treinta minutos se iniciaría la ignición final, y las cosas volverían a sucederse de nuevo muy rápidamente.

Floyd se preguntó si debería haber ido a reunirse con Chandra y Curnow, de guardia en la *Discovery*. Pero no había nada que él pudiera hacer allí; en una emergencia lo único que haría sería entorpecer en medio del paso. El cortacircuitos de Hal estaba en el bolsillo de Curnow, y Floyd sabía que las reacciones del joven eran mucho más rápidas que las suyas. Si Hal mostraba el menor signo de comportamiento erróneo, podía ser desconectado en menos de un segundo, pero Floyd estaba seguro de que tal medida extrema no iba a ser necesaria. Puesto que había sido autorizado a llevar las cosas a su manera, Chandra había cooperado completamente en establecer los procedimientos para el control manual en caso de que se presentase esa desafortunada necesidad. Floyd estaba seguro de que podía confiarse en él para cumplir con su deber, por mucho que debía de estar lamentando su necesidad.

Curnow no estaba tan seguro. Se sentiría mucho más feliz, había dicho a Floyd, si hubiera dispuesto de una redundancia múltiple en la forma de un segundo cortacircuitos... para Chandra. Mientras tanto, no había nada que nadie pudiera hacer excepto esperar y observar la aproximación del nuboso paisaje de la cara nocturna del planeta, ligeramente visible gracias a la luz reflejada de los satélites, el resplandor de las reacciones fotoquímicas y los frecuentes y titánicos relámpagos de tormentas mayores que la Tierra.

El Sol parpadeó y desapareció tras ellos, eclipsado en unos segundos por el inmenso globo al que tan rápidamente se estaban acercando. Cuando lo vieran de nuevo, deberían de haber iniciado ya su camino de regreso a casa.

—Veinte minutos para la ignición. Todos los sistemas operativos.

—Gracias, Hal.

Me pregunto si Chandra era completamente sincero, pensó Curnow, cuando dijo que Hal se sentiría confundido si alguien que no fuera él le hablara. *Yo* he hablado con él a menudo cuando no había nadie por los alrededores, y siempre me ha comprendido perfectamente. De todos modos, ahora no nos queda mucho tiempo para una conversación amistosa, aunque sería algo que podría ayudarme a reducir la tensión.

¿Qué estará pensando *realmente* Hal —si es que piensa— acerca de la misión? Durante toda su vida Curnow se había mantenido alejado de las cuestiones abstractas y filosóficas: soy un tipo chiflado, había proclamado a menudo, aunque los tipos chiflados no tenían mucha cabida en una espacionave. Hasta no hace mucho se hubiera echado a reír ante aquella idea, pero ahora empezó a preguntarse: ¿sabe Hal que pronto va a ser abandonado, y si es así, qué es lo que siente? Curnow casi estuvo a punto de tomar el cortacircuitos de su bolsillo, pero se contuvo. Había hecho ya tantas veces este gesto que Chandra podía empezar a sospechar.

Pasó revista por centésima vez a la secuencia de acontecimientos que tendrían lugar durante la siguiente hora. En el momento en que el combustible de la *Discovery* quedara agotado, desconectarían todos los sistemas excepto los esenciales y regresarían a la *Leonov* por el tubo de conexión. Este sería desacoplado, se accionarían las cargas explosivas, las naves se separarían y los motores de la *Leonov* entrarían en funcionamiento. La separación tendría lugar, si todo funcionaba de acuerdo con el plan, exactamente cuando estuvieran en el punto más próximo a Júpiter; eso les permitiría extraer el máximo de ventaja de la generosidad gravitatoria del planeta.

—Quince minutos para la ignición. Todos los sistemas operativos.

—Gracias, Hal.

—A propósito —dijo Vasili desde la otra nave—, estamos alcanzando de nuevo la Gran Mancha Negra. Me pregunto si podremos ver algo nuevo.

Más bien espero que no, pensó Curnow; ya tenemos bastantes cosas entre manos por el momento. De todos modos, lanzó una rápida mirada a la imagen que Vasili estaba transmitiendo por el monitor del telescopio.

Al primer momento no pudo ver nada excepto el tenue resplandor de la parte nocturna del planeta; luego vio sobre el horizonte un condensado círculo de más profunda oscuridad. Estaban avanzando hacia él a una increíble velocidad.

Vasili incrementó la amplificación de la luz, y toda la imagen se iluminó mágicamente. Al fin la Gran Mancha Negra se desmenuzó en su miríada de elementos idénticos...

Dios mío, pensó Curnow, ¡no puedo creerlo!

Oyó exclamaciones de sorpresa en la *Leonov*: todos los demás habían compartido la misma revelación, en el mismo momento.

—Doctor Chandra —dijo Hal—, detecto fuertes esquemas vocales de tensión. ¿Hay algún problema?

—No, Hal —respondió Chandra rápidamente—. La misión se está desarrollando normalmente. Tan solo hemos visto algo que nos ha sorprendido, eso es todo. ¿Qué deduces tú de la imagen del monitor del circuito 16?

—Veo el lado nocturno de Júpiter. Hay un área circular de 3.250 kilómetros de diámetro que está casi completamente cubierta por objetos rectangulares.

—¿Como cuántos?

Hubo una brevísima pausa antes de que Hal hiciera parpadear el número en la pantalla de vídeo:

$$1.355.000 \pm 1.000$$

—¿Los reconoces?

—Sí. Son idénticos en tamaño y forma al objeto al que ustedes se refieren como el Gran Hermano. Diez minutos para la ignición. Todos los sistemas operativos.

Los míos, no, pensó Curnow. Así que la maldita cosa había bajado a Júpiter y se había multiplicado. Había algo simultáneamente cómico y siniestro acerca de una plaga de monolitos negros; y para su desconcertada sorpresa, aquella increíble imagen en la pantalla monitora tenía una cierta extraña familiaridad.

¡Por supuesto, eso era! Esa miríada de rectángulos negros idénticos le recordaba..., *dominós*. Hacía años había visto un videodocumental que mostraba como un equipo de algo locos japoneses habían colocado pacientemente un millón de dominós de pie, de modo que cuando el primero de ellos fuera derribado, todos los demás le siguieran inevitablemente. Los habían dispuesto en dibujos complejos, algunos bajo el agua, otros subiendo y bajando pequeñas escaleras, otros siguiendo múltiples esquemas, de modo que cuando cayeran formaran dibujos y trazos. Les había tomado semanas de trabajo colocarlos; Curnow recordaba que los temblores de tierra habían estropeado varias veces la empresa, y que el derrumbamiento final, desde el primer dominó hasta el último, había tomado más de una hora.

—Ocho minutos para la ignición. Todos los sistemas operativos. Doctor Chandra, ¿puedo hacer una sugerencia?

—¿De qué se trata, Hal?

—Este es un fenómeno muy poco habitual. ¿No cree usted que debería interrumpir la cuenta atrás a fin de que puedan ustedes quedarse para estudiarlo?

A bordo de la *Leonov* Floyd empezó a dirigirse rápidamente hacia el puente. Tania y Vasili podían necesitarle. Sin mencionar a Chandra y a Curnow ¡vaya situación! ¿Y suponiendo que Chandra se pusiera del lado de Hal? Si lo hacía..., *¡puede que ambos tuvieran razón!* Después de todo, ¿no era aquel el auténtico motivo por el que habían ido hasta allí?

Si detenían la cuenta atrás, las naves seguirían girando en torno a Júpiter y regresarían precisamente al mismo lugar al cabo de diecinueve horas. Un retraso de diecinueve horas no podía crear problemas; de no ser por aquella enigmática advertencia, él mismo lo hubiera recomendado intensamente.

Pero tenían mucho más que una advertencia. Bajo ellos había una plaga planetaria que se extendía por la superficie de Júpiter. Quizá estuvieran huyendo del más extraordinario fenómeno en la historia de la ciencia. Pero, pese a todo, prefería estudiarlo desde una distancia más segura.

—Seis minutos para la ignición —dijo Hal—. Todos los sistemas operativos. Estoy preparado para detener la cuenta atrás si da usted su aprobación. Déjeme recordarle que mi primera directriz es estudiar cualquier cosa en el espacio de Júpiter que pueda estar conectada con la inteligencia.

Floyd conocía demasiado bien aquella frase: la había escrito él. Deseó poder borrarla de la memoria de Hal.

Un momento más tarde había alcanzado el puente y se

unía a los Orlov. Ambos le miraron con alarmada preocupación.

—¿Qué es lo que recomienda usted? —preguntó Tania rápidamente.

—Me temo que ahora todo está en manos de Chandra. ¿Puedo hablar con él... por la línea privada?

Vasili le tendió el micrófono.

—¿Chandra? ¿Puedo suponer que Hal no puede oír esto?

—Correcto, doctor Floyd.

—Tiene que hablarle usted rápidamente. Persuádale de que la cuenta atrás *debe* continuar, que apreciamos su..., esto, entusiasmo científico, sí, este es el enfoque correcto, digamos que estamos convencidos de que él podrá hacer el trabajo sin nuestra ayuda. Y que nos mantendremos en contacto con él durante todo el tiempo, por supuesto.

—Cinco minutos para la ignición. Todos los sistemas operativos. Sigo aguardando su respuesta, doctor Chandra.

Así que ha ocurrido, pensó Curnow, a solo un metro de distancia del científico. Y si tengo que apretar finalmente este botón, en el fondo será un alivio. De hecho casi me alegraré de ello.

—Muy bien, Hal. Sigue la cuenta atrás. Tengo toda mi confianza en tu habilidad para estudiar todos los fenómenos en el espacio de Júpiter sin nuestra supervisión. Por supuesto, estaremos en contacto contigo durante todo el tiempo.

—Cuatro minutos para la ignición. Todos los sistemas operativos. Presurización del tanque de propulsante completada. Voltaje estable en el disparador de plasma. ¿Está usted seguro de tomar la decisión correcta, doctor Chandra? Me gusta trabajar con los seres humanos y tener una relación estimulante con ellos. Alineación de la nave correcta en el orden de cero coma uno milirradianes.

—A nosotros también nos encanta trabajar contigo, Hal. Y seguiremos haciéndolo, aunque estemos a millones de kilómetros de distancia.

—Tres minutos para la ignición. Todos los sistemas operativos. Escudo antirradiación comprobado. Queda muy poco tiempo, doctor Chandra. Quizá fuera necesario que lo consultara con los demás sin la menor demora.

Esto es una locura, pensó Curnow, sin alejar ahora su mano ni un segundo del cortacircuitos. Creo realmente que Hal se siente... *solo*. ¿Está imitando alguna parte de la personalidad de Chandra que nosotros no hemos sospechado nunca?

Las luces parpadearon tan imperceptiblemente que tan solo alguien familiarizado con la más pequeña variación del comportamiento de la *Disovery* hubiera podido darse cuenta de ello. Podían ser buenas o malas noticias, la secuencia de ignición del plasma iniciándose o siendo cortada...

Arriesgó una rápida mirada a Chandra; el rostro del pequeño científico estaba tenso y ojeroso, y casi por primera vez Curnow sintió auténtica simpatía hacia él como otro ser humano. Y recordó la sorprendente información que Floyd le había confiado, la oferta de Chandra de quedarse en la nave y hacer compañía a Hal en el viaje de tres años hasta casa. No había oído hablar más de la idea, y presumiblemente había sido discretamente olvidada después de la advertencia. Pero quizá Chandra estaba siendo tentado de nuevo; si así era, no había nada que pudiera hacer al respecto a estas alturas. No había tiempo para realizar los preparativos necesarios, aunque se quedaran durante otra órbita y retrasaran su partida más allá del plazo. Cosa que seguramente Tania no permitiría después de todo lo ocurrido.

—Hal —susurró Chandra, tan débilmente que Curnow apenas pudo oírle—. *Tenemos que irnos*. No tengo tiempo de especificarte todas las razones, pero te aseguro que es cierto.

—Dos minutos para la ignición. Todos los sistemas operativos. Secuencia final iniciada. Lamento que no pueda usted quedarse. ¿Puede darme *algunas* de las razones, por orden de importancia?

—No en dos minutos, Hal. Sigue con la cuenta atrás. Te lo

explicaré todo más tarde. Aún tenemos más de una hora... juntos.

Hal no respondió. El silencio fue prolongándose más y más. Seguro que el anuncio de un-minuto estaba por llegar...

Curnow miró el reloj. Dios mío, pensó, ¡Hal se lo ha saltado! ¿Acaso ha parado la cuenta atrás?

La mano de Curnow rebuscó, insegura, el cortacircuitos. ¿Qué debo hacer ahora? Me gustaría que Floyd dijera algo, maldita sea, pero probablemente tiene miedo de empeorar las cosas...

Aguardaré hasta la hora cero, no, no es tan crítico, démosle digamos un minuto extra, entonces lo desconectaré y pasaremos a manual...

Desde lejos, muy lejos, llegó un débil y silbante grito, como el sonido de un tornado avanzando justo por debajo del límite del horizonte. La *Discovery* empezó a vibrar; hubo el primer indicio del regreso de la gravedad.

—Ignición —dijo Hal—. Pleno impulso a T más quince segundos.

—Gracias, Hal —respondió Chandra.

VI. DEVORADOR DE MUNDOS

48

SOBRE EL LADO NOCTURNO

Para Heywood Floyd, en el repentinamente no familiar —debido a la ausencia de ingravidez— entorno del compartimiento de pilotaje de la *Leonov*, la secuencia de acontecimientos había parecido más una clásica pesadilla al ralentí que una realidad. Solo una vez antes en su vida había conocido una situación similar, cuando había estado en el asiento trasero de un coche durante un patinazo incontrolado. Había sentido esa misma sensación de absoluta impotencia junto con el pensamiento: eso no importa realmente, no me está ocurriendo *a mí*.

Ahora que la secuencia de ignición había comenzado, su humor cambió; todo parecía real de nuevo. Las cosas estaban yendo exactamente tal como las habían planeado: Hal estaba guiándoles con seguridad hacia la Tierra. Su futuro se hacía más seguro con cada minuto que pasaba; Floyd empezó a relajarse lentamente, aunque permaneció alerta a todo lo que estaba ocurriendo a su alrededor.

Por última vez —¿cuándo volvería hasta allí *algún* hombre?— estaba sobrevolando el lado nocturno del mayor de los planetas, que abarcaba el volumen de un millar de Tierras. Las naves habían girado de tal modo que la *Leonov* estaba entre la *Discovery* y Júpiter, y su visión del misteriosamente tenue paisaje de nubes no estaba bloqueada. Incluso ahora docenas de instrumentos estaban sondeando y grabando ajetreadamente. Hal seguiría el trabajo cuando ellos se hubieran ido.

Puesto que la crisis inmediata había desaparecido, Floyd se marchó cautelosamente «hacia abajo» desde el compartimiento de pilotaje —¡qué extraño sentir de nuevo el peso, aunque solo fueran diez kilos!—, y se reunió con Zenia y Katerina en la sala de observación. Aparte la débil luminosidad de las luces rojas de emergencia, el lugar estaba completamente a oscuras a fin de poder admirar la vista sin la molestia de una iluminación interior. Sintió lástima por Max Brailovski y Sacha Kovalev, que estaban montando guardia en la compuerta estanca, completamente vestidos para el espacio, perdiéndose el maravilloso espectáculo. Tenían que estar preparados para salir inmediatamente y cortar las cintas que mantenían unidas a las dos naves si alguna de las cargas no explosionaba.

Júpiter llenaba todo el cielo; estaba a tan solo quinientos kilómetros de distancia, por lo que únicamente podían ver una pequeña fracción de su superficie, no más de lo que uno podría ver de la Tierra desde una altitud de cincuenta kilómetros. Mientras sus ojos se acostumbraban a la débil luz, la mayor parte de ella reflejada desde la helada costra del distante Europa, Floyd pudo percibir una sorprendente cantidad de detalles. No había color en el nivel más bajo de iluminación —excepto un asomo de rojo aquí y allá—, pero la estructura a bandas de las nubes era muy delimitada y pudo ver el borde de una pequeña tormenta ciclónica con el aspecto de una isla ovalada cubierta por la nieve. Hacía rato que la Gran Mancha Negra había desaparecido tras ellos y no podrían verla de nuevo hasta que estuvieran ya camino de casa.

Allá al fondo, debajo de las nubes, llameaban ocasionales explosiones de luz, muchas causadas obviamente por el equivalente joviano de tornados. Pero otros resplandores y estallidos de luminiscencia eran más duraderos y de origen más incierto. A veces anillos de luz brotaban y se extendían como ondas de choque a partir de una fuente central, y se producían ocasionales rayos y destellos rotativos. Requería muy poca imaginación pretender que eran pruebas de la existencia de una civilización tecnológica allá al fondo de aquellas nubes..., luces de ciudades, rayos rastreadores de aeropuertos. Pero el radar y las sondas globo habían probado hacía mucho tiempo que no había nada sólido allá abajo en miles y miles de kilómetros de profundidad, todo el camino hasta el inalcanzable núcleo del planeta.

¡Medianoche en Júpiter! El último vislumbre en primer plano del planeta era un interludio mágico que iba a recordar toda su vida. Podía gozarlo ahora en toda su plenitud debido a que seguramente ya nada podía ir mal; y aunque algo fuera mal, ya no había razón para reprochárselo a sí mismo. Había hecho todo lo posible para asegurar el éxito.

Había mucha tranquilidad en la sala; nadie sentía deseos de hablar mientras la alfombra de nubes se desenrollaba rápidamente bajo ellos. Cada pocos minutos Tania o Vasili anunciaban el nivel de la quema de combustible; cuando se acercaba el final del tiempo de ignición de la *Discovery*, la tensión empezó a crecer de nuevo. Aquel era el momento crítico y nadie sabía exactamente cuándo podía ser. Había alguna duda acerca de la exactitud de las mediciones de combustible, y la ignición proseguiría hasta que estuviera totalmente consumido.

—Parada de motores estimada en diez segundos —dijo Tania—. Walter, Chandra, prepárense para volver. Max, Vasili estén atentos por si son necesarios. Cinco..., cuatro..., tres..., dos..., uno..., ¡cero!

No hubo ningún cambio; el débil gritar de los motores de la *Discovery* siguió oyéndose a través del espesor de los dos cascos, y el peso inducido por el impulso siguió aferrándose a sus piernas. Estamos de suerte, pensó Floyd; los indicadores de capacidad debían marcar por debajo de lo real después de todo. Cada segundo de ignición extra era una bonificación; incluso podía señalar la diferencia entre la vida y la muerte. ¡Y qué extraño resultaba oír una cuenta *adelante* en vez de una cuenta atrás!

—... cinco segundos..., diez segundos..., trece segundos. ¡Eso es..., afortunado trece!

La ingravidez y el silencio regresaron. En ambas naves hubo un breve estallido de vítores. Se truncó rápidamente porque aún quedaba mucho por hacer y había que hacerlo rápido.

Floyd estuvo tentado de ir a la compuerta estanca a fin de felicitar a Chandra y Curnow tan pronto como estuvieran a bordo. Pero lo único que haría sería estorbar; la compuerta estanca iba a ser un lugar muy ajetreado mientras Max y Sacha se preparaban para su posible actuación extravehicular y el tubo que unía ambas naves era desconectado. Podía aguardar en la sala para dar la bienvenida a los héroes que regresaban.

Y ahora podía relajarse aún más, quizá hasta de ocho a siete en una escala de diez. Por primera vez en semanas podía olvidar el cortacircuitos accionado por radio. Nunca más sería necesario; Hal había realizado impecablemente su misión. Aunque lo deseara, ya no podía hacer nada que afectara a la misión, puesto que la última gota de propulsante de la *Discovery* había sido agotada.

—Todos a bordo —anunció Sacha—. Compuertas selladas. Voy a accionar las cargas.

No hubo el más mínimo sonido cuando fueron detonados los explosivos, lo cual sorprendió a Floyd; había esperado que se transmitiera algún ruido a través de las cintas, tensas como flejes de acero, que mantenían unidas las dos naves. Pero no había duda de que habían actuado tal como se había planeado, puesto que la *Leonov* sufrió una serie de breves sacudidas, como si alguien estuviera golpeando su casco. Un minuto más tarde Vasili accionó los chorros direccionales durante un breve instante.

—¡Estamos libres! —gritó—. ¡Sacha, Max, ya no son necesarios! ¡Todo el mundo a sus hamacas, ignición dentro de cien segundos!

Y ahora Júpiter estaba alejándose rápidamente, y una extraña nueva forma aparecía al otro lado de la ventana... la larga y esquelética forma de la *Discovery*, con sus luces de navegación aún brillando mientras se apartaba de ellos y penetraba en la historia. No había tiempo para adioses sentimentales; en menos de un minuto los motores de la *Leonov* entrarían en acción.

Floyd nunca los había oído a plena potencia, y deseó protegerse los oídos del rugiente sonido que ahora llenaba el Universo. Los diseñadores de la *Leonov* no habían malgastado carga útil en aislamientos sónicos que se necesitarían únicamente unas pocas horas en un viaje que podía durar años. Y su peso le pareció de pronto enorme pese a que era apenas una cuarta parte del que había conocido durante toda su vida.

Al cabo de pocos minutos la *Discovery* se había desvanecido tras ellos, aunque los destellos de su intensa luz de aviso pudieron seguir viéndose hasta que se hundió tras el horizonte. Una vez más, se dijo Floyd, estoy orbitando Júpiter, esta vez ganando velocidad, no perdiéndola. Miró a Zenia, apenas visible en la oscuridad, con la nariz apretada contra la ventana de observación. ¿Estaba ella recordando también aquella otra ocasión cuando compartieron la hamaca? Ahora no había peligro de incineración; al menos no se sentiría aterrada por ese destino en particular. De todos modos parecía una persona mucho más confiada y alegre, indudablemente gracias a Max y quizá también a Walter.

Ella debió de darse cuenta de su escrutinio, ya que se volvió y le sonrió; luego hizo un gesto hacia el desplegado paisaje de nubes de allá abajo.

—¡Mire! —le dijo al oído—. ¡Júpiter tiene una nueva luna!

¿Qué *está* intentando decir?, se preguntó Floyd. Su inglés aún no era muy bueno, pero seguramente no había podido cometer un error en una frase tan sencilla como aquella.

Estoy seguro de que la he oído correctamente, pero ella está señalando *hacia abajo*, no hacia arriba...

Y entonces se dio cuenta de que la escena que tenían inmediatamente a sus pies se había vuelto mucho más brillante; pudo ver incluso amarillos y verdes que habían sido completamente invisibles antes. Algo mucho más brillante que Europa estaba reflejándose en las nubes jovianas.

La propia *Leonov*, muchas veces más brillante que el sol de Júpiter, había creado un falso amanecer en el mundo que estaba abandonando para siempre. Un penacho de un centenar de kilómetros de largo de plasma incandescente dejaba una estela detrás de la nave a medida que los gases de escape del Impulsor Sajarov disipaban sus energías remanentes en el vacío del espacio.

Vasili estaba anunciando algo, pero sus palabras eran completamente ininteligibles. Floyd miró su reloj; sí, ese debía de ser aproximadamente el momento. Habían alcanzado la velocidad de escape de Júpiter. El gigante ya nunca podría capturarlos de nuevo.

Y entonces, a miles de kilómetros por delante de ellos, un gran arco de brillante luz apareció en el cielo, el primer destello del auténtico día joviano, tan lleno de promesas como un arco iris en la Tierra. Unos segundos más tarde el Sol surgió para darles la bienvenida, el glorioso Sol, que iba a ser a partir de ahora más brillante y a estar más cerca cada día.

Unos pocos minutos más de constante aceleración y la *Leonov* estaría lanzada irrevocablemente al largo viaje de regreso a casa. Floyd notó una abrumadora sensación de alivio y relajación. Las inmutables leyes de la mecánica celeste los guiarían a través de la parte interior del Sistema Solar, cruzando las entremezcladas órbitas de los asteroides, cruzando Marte..., nada podría detenerles hasta que alcanzaran la Tierra.

En la euforia del momento lo había olvidado todo respecto a la misteriosa mancha negra que se estaba extendiendo por la cara de Júpiter.

VI. DEVORADOR DE MUNDOS

49

DEVORADOR DE MUNDOS

La vieron de nuevo a la mañana siguiente, tiempo de la nave, cuando alcanzó de nuevo la parte diurna de Júpiter. El área de negrura se había extendido ahora hasta cubrir una apreciable fracción del planeta, y finalmente fueron capaces de estudiarla a placer y en detalle.

—¿Saben ustedes a qué me recuerda? —dijo Katerina—. A un virus atacando una célula. La forma en que un fagocito inyecta su ADN en una bacteria y luego se multiplica hasta que se hace con el control.

—¿Está usted sugiriendo —preguntó Tania incrédula— que *Zagadka* está *comiéndose* Júpiter?

—Realmente así parece.

—No es extraño que Júpiter esté empezando a parecer enfermo. Pero el hidrógeno y el helio no constituyen una dieta muy nutritiva, y no hay mucha cosa más en esa atmósfera. Solo un escaso tanto por ciento de otros elementos.

—Lo cual representa unos cuantos trillones de toneladas de azufre, de carbono, de fósforo y de cualquier otra cosa que haya en la parte inferior de la tabla periódica —señaló Sacha—. En cualquier caso estamos hablando de una tecnología que probablemente puede hacer cualquier cosa que no desafíe las leyes de la física. Si dispone usted de hidrógeno, ¿qué otra cosa necesita? Sabiendo cómo hacerlo, puede sintetizar todos los demás elementos a partir de él.

—Están barriendo Júpiter, eso es seguro —dijo Vasili—. Observen esto.

Un detallado primer plano de uno de los innumerables rectángulos idénticos ocupaba ahora toda la superficie del monitor del telescopio. Incluso a simple vista resultaba obvio que chorros de gas estaban fluyendo al interior de las dos caras más pequeñas; los esquemas de turbulencia se parecían mucho a las líneas de fuerza reveladas por las limaduras de hierro arracimadas en torno a los extremos de una barra imantada.

—Un millón de aspiradoras de polvo —dijo Curnow— absorbiendo la atmósfera de Júpiter. Pero ¿por qué? ¿Y qué es lo que hacen con ella?

—¿Y cómo se reproducen? —preguntó Max—. ¿Ha captado alguien alguno de ellos en pleno acto?

—Sí y no —respondió Vasili—. Estamos demasiado lejos para apreciar los detalles, pero es una especie de fisión, como una ameba.

—¿Quiere decir... que se dividen en dos y que las dos mitades crecen hasta el tamaño original?

—*Niet*. No hay pequeños *Zagadkas*, parecen crecer hasta que doblan su grosor y luego se parten por la mitad para producir gemelos idénticos, exactamente del mismo tamaño que el original. Y el ciclo se repite aproximadamente cada dos horas.

—¡Dos horas! —exclamó Floyd—. No me sorprende que se hayan extendido por medio planeta. Es un caso clásico de crecimiento exponencial.

—¡Ya sé lo que son! —dijo Ternovski con una repentina excitación—. ¡Son máquinas Von Neumann!

—Creo que tiene usted razón —dijo Vasili—. Pero eso sigue sin explicar lo que están haciendo. Pegarles una etiqueta no nos ayuda mucho.

—¿Y qué es una máquina Von Neumann? —preguntó Katerina quejumbrosamente—. Explíquese, por favor.

Orlov y Floyd empezaron a hablar simultáneamente. Se interrumpieron en medio de cierta confusión, luego Vasili se echó a reír e hizo un gesto al estadounidense.

—Suponga que tiene usted un gran trabajo de ingeniería que hacer, Katerina, y quiero decir realmente grande, como excavar toda la cara de la Luna —dijo este—. Puede construir usted millones de máquinas para hacerlo, pero eso le tomaría siglos. Si fuera usted lista, construiría tan solo una máquina, pero con la habilidad de reproducirse a sí misma a partir de los materiales en bruto de su alrededor. Así iniciaría usted una reacción en cadena, y en muy corto tiempo tendría... engendradas las máquinas suficientes para hacer el trabajo en décadas en vez de milenios. Con un índice de reproducción lo suficientemente elevado podría hacer virtualmente *cualquier cosa* en un período de tiempo tan corto como quisiera. La Agencia Espacial ha estado jugueteando con la idea durante años, y sé que ustedes también, Tania.

—Sí: máquinas exponenciales. Una idea en la que ni siquiera Ziolkovski pensó.

—No me atrevería a apostar a ello —dijo Vasili—. De modo que parece, Katerina, como si su analogía fuera muy aproximada. Un bacteriófago es una máquina Von Neumann.

—¿Acaso no lo somos todos? —preguntó Sacha—. Estoy seguro de que Chandra dirá que sí.

Chandra asintió con la cabeza.

—Eso es obvio. De hecho, Von Neumann tuvo la idea original estudiando los sistemas vivos.

—¡Y esas máquinas vivas se están comiendo Júpiter!

—Realmente así parece —dijo Vasili—. He estado efectuando algunos cálculos y apenas puedo creer las respuestas, aunque se trata de simple aritmética.

—Puede que sea simple para *usted* —dijo Katerina—. Intente hacérnoslo ver sin tensores y ecuaciones diferenciales.

—No, quiero *decir* simple —insistió Vasili—. De hecho es un perfecto ejemplo de la antigua explosión demográfica la que ustedes los doctores gritaban tanto el siglo pasado. *Zagadka* se reproduce cada dos horas. De modo que en solo veinte horas habrá duplicado diez veces su número. Un *Zagadka* se habrá convertido en mil.

—1024 —dijo Chandra.

—Lo sé, pero déjeme hacerlo de una forma sencilla. Tras cuarenta horas serán un millón, tras ochenta, un millón de millones. En este punto nos hallamos ahora, y obviamente el incremento no puede continuar de forma indefinida. En un par de días, a este ritmo, ¡pesarán más que el propio Júpiter!

—De modo que pronto tienen que empezar a morirse de hambre —dijo Zenia—. ¿Y qué ocurrirá entonces?

—Será mejor que Saturno esté preparado —respondió Brailovski—. Luego Urano y Neptuno. Esperemos que no reparen en la pequeña Tierra.

—¡Vaya esperanza! ¡*Zagadka* ha estado espiándonos durante tres millones de años!

Walter Curnow se echó a reír bruscamente.

—¿Qué es lo que resulta tan divertido? —preguntó Tania.

—Estamos hablando de esas cosas como si fueran personas... entidades inteligentes. No lo son. Son *instrumentos*. Pero instrumentos de utilidad general, capaces de hacer cualquier cosa que tengan que hacer. El de la Luna era un instrumento señalizador, o un espía si lo prefieren así. Ese que encontró Bowman, nuestro *Zagadka* original, era algún tipo de sistema de transporte. Ahora está haciendo algo distinto, aunque solo Dios sabe el qué. Y puede haber otros esparcidos por todo el Universo.

»Yo tuve exactamente un artilugio igual cuando era un muchacho. ¿Saben ustedes lo que es *realmente* nuestro *Zagadka*? Tan solo el equivalente cósmico de las buenas viejas navajas multiuso del ejército suizo.

50

ADIÓS A JÚPITER

No fue fácil redactar el mensaje, en especial después del que acababa de enviar a su abogado. Floyd se sentía un hipócrita; pero sabía que tenía que hacerlo para minimizar el dolor, que era inevitable en ambas partes.

Estaba triste pero ya no desconsolado. Porque estaba regresando a la Tierra en un aura de realización y éxito —aunque no precisamente de heroísmo— y se sentía capaz de negociar las cosas desde una posición de fuerza. Nadie —nadie— conseguiría quitarle a Chris.

—... Querida Caroline (ya no era más «Queridísima...»), estoy volviendo a casa. Cuando tú recibas esto, me hallaré ya en hibernación. Solo unas pocas horas más tarde, o al menos eso me parecerá a mí, abriré de nuevo los ojos..., y ahí estará el hermoso azul de la Tierra colgando en el espacio ante mí.

»Sí, ya sé que seguirán siendo muchos meses para ti, y lo lamento. Pero ambos sabíamos que sería así antes de que me fuera; y de hecho estoy volviendo varias semanas antes de lo previsto debido al cambio de planes de la misión.

»Espero que podamos sacar algo en claro de todo esto. La cuestión principal es: ¿Qué es lo mejor para Chris? Sean cuales sean nuestros sentimientos, debemos ponerlo a él primero. Sé que yo estoy dispuesto a hacerlo así, y estoy seguro de que tú también.

Floyd desconectó la grabadora. ¿Tendría que haber dicho lo que pretendía: «Un chico necesita a su padre»? No, hubiera carecido de tacto, y quizá solo habría empeorado las cosas. Caroline podría replicar que entre el nacimiento y los cuatro años es la madre quien más importa para un niño, y que si él hubiera pensado de otro modo se habría quedado en la Tierra.

—...Y ahora respecto a la casa. Me alegra que los miembros de la junta de gobierno hayan adoptado esa actitud, que hará las cosas mucho más fáciles para los dos. Sé que a ambos nos gustaba el lugar, pero será demasiado grande ahora y nos traerá demasiados recuerdos. Por el momento probablemente tomaré un apartamento en Hilo; espero poder encontrar algo permanente tan pronto como sea posible.

»Hay una cosa que sí puedo prometer a todo el mundo: no abandonaré de nuevo la Tierra. Ya he tenido suficiente viaje espacial para todo el resto de mi vida. Oh, quizá la Luna, si realmente tengo que ir..., pero por supuesto será tan solo una excursión de fin de semana.

»Y hablando de lunas, acabamos de pasar la órbita de Sinope, de modo que estamos abandonando el sistema joviano. Júpiter está ya a más de veinte millones de kilómetros de distancia, y apenas es más grande que nuestra propia Luna.

»Sin embargo, incluso desde esta distancia, uno puede ver que algo terrible le ha ocurrido al planeta. Su maravilloso color anaranjado ha desaparecido, en este momento es de un gris enfermizo, con solo una fracción de su brillo anterior. No es extraño que ahora tan solo sea una débil estrella en el cielo de la Tierra.

»Pero no ha ocurrido nada más, y hemos rebasado ya con mucho el plazo dado por la advertencia. ¿Es posible que todo esto no haya sido más que una falsa alarma o algún tipo de broma cósmica? Dudo que lleguemos a saberlo nunca. De todos modos, nos ha llevado de vuelta a la Tierra antes de lo previsto, y me siento agradecido por ello.

»Adiós por ahora, Caroline, y gracias por todo. Espero

que podamos seguir siendo amigos. Y todo mi amor, como siempre, a Chris.

Cuando hubo terminado, Floyd permaneció sentado, inmóvil, en el pequeño cubículo que ya no iba a necesitar durante mucho más tiempo. Iba a llevar la cinta audio al puente para su retransmisión cuando Chandra entró flotando.

Floyd se había sentido agradablemente sorprendido por la forma en que el científico había aceptado su creciente separación de Hal. Aún permanecían en contacto con él durante varias horas cada día intercambiando datos sobre Júpiter y comprobando las condiciones a bordo de la *Discovery*. Aunque nadie había esperado ningún gran despliegue de emociones, Chandra parecía estar tomándose la pérdida con notable fortaleza. Nikolai Ternovski, su único confidente, había conseguido proporcionar a Floyd una explicación plausible de su comportamiento.

—Chandra ha encontrado un nuevo motivo de interés, Woody. Recuerde, se halla metido en un negocio en el que, si algo funciona, es obsoleto. Ha aprendido un montón de cosas en los últimos meses. ¿Puede imaginar lo que está haciendo ahora?

—Francamente no. Dígamelo *usted*.

—Está diseñando a toda prisa HAL 10000.

Floyd dejó colgar su mandíbula.

—Así que esto explica esos largos mensajes a Urbana sobre los que Sacha ha estado gruñendo tanto. Bueno, no va a poder seguir bloqueando los circuitos durante mucho tiempo.

Ahora Floyd recordó la conversación cuando Chandra entró; pero era lo suficientemente prudente para no preguntar al científico si aquello era cierto, puesto que realmente no era asunto suyo. Sin embargo, había otro tema acerca del cual aún sentía curiosidad.

—Chandra —dijo—, no creo haberle dado nunca las gracias como correspondía por el trabajo que hizo en nuestro vuelo sobre Júpiter, cuando persuadió a Hal de que cooperara.

Por un momento temí realmente que fuera a meternos en problemas. Pero usted se mostró confiado durante todo el tiempo, y tenía razón. Sin embargo, ¿no siente usted ningún remordimiento?

—En absoluto, doctor Floyd.

—¿Por qué no? Él debió de sentirse amenazado por la situación, y ya sabe usted lo que ocurrió la última vez.

—Había una gran diferencia. Si puedo expresarlo así, quizá esta vez el éxito final tuvo algo que ver con nuestras características nacionales.

—No le comprendo.

—Digámoslo de este otro modo, doctor Floyd. Bowman intentó utilizar la fuerza contra Hal. Yo no lo hice. En mi idioma tenemos una palabra, *ahimsa*. Normalmente es traducida como «no violencia», aunque posee implicaciones más positivas. Me cuidé muy mucho de usar *ahimsa* en mis tratos con Hal.

—Muy recomendable, estoy seguro. Pero hay veces en las que se necesita algo más enérgico, por lamentable que sea su necesidad. —Floyd hizo una pausa, luchando contra la tentación. La actitud de Chandra de más papista que el Papa era un poco tediosa. No haría ningún daño, ahora, plantearle algunas de las verdades de la vida—. Me alegro de que funcionara de esta forma. Pero podía no haber funcionado, de modo que tuve que prepararme para cualquier eventualidad. *Ahimsa*, o como lo llame usted, está muy bien; pero no me importa admitir que disponía de un sustituto a su filosofía. Si Hal se hubiera mostrado..., bueno, *terco*, yo hubiera podido hacerme cargo de él.

En una ocasión Floyd había visto a Chandra llorar; ahora lo vio reír, y era un fenómeno igual de desconcertante.

—¡Realmente, doctor Floyd! Lamento que me haya atribuido usted un cociente de inteligencia tan bajo. Era obvio desde un principio que usted instalaría un cortacircuitos en algún lugar. Lo desconecté hace meses.

Lo que el asombrado Floyd pudo llegar a pensar como la respuesta más adecuada es algo que no se supo nunca. Estaba todavía ofreciendo una convincente imitación de un pez asfixiándose cuando desde el compartimento de pilotaje Sacha gritó:

—¡Capitana! ¡Todo el mundo! ¡Acudan a los monitores! *BOZHE MOI!* ¡MIREN ESO!

51

EL GRAN JUEGO

Ahora la larga espera estaba terminando. En otro mundo más la inteligencia había nacido y estaba escapando de su cuna planetaria. Un antiguo experimento estaba a punto de alcanzar su clímax.

Aquellos que habían iniciado ese experimento, hacía tanto tiempo, no habían sido hombres, ni siquiera remotamente humanos. Pero eran de carne y sangre, y cuando miraron a través de las profundidades del espacio habían sentido admiración, maravilla y soledad. Tan pronto como poseyeron el poder, se lanzaron hacia las estrellas. En sus exploraciones encontraron muchas formas de vida y observaron los trabajos de la evolución en un millar de mundos. Vieron cuán a menudo los primeros débiles destellos de inteligencia parpadeaban y morían en la noche cósmica.

Y debido a que, en toda la Galaxia, no habían hallado nada más precioso que la Mente, alentaron su alumbramiento por todas partes. Se convirtieron en granjeros en los campos de estrellas; sembraron, y algunas veces cosecharon.

Y algunas veces, desapasionadamente, tuvieron que desherbar.

Los grandes dinosaurios habían perecido hacía ya mucho cuando la nave de exploración penetró en el Sistema Solar tras un viaje que había durado casi mil años. Pasó rápidamente por los planetas exteriores, hizo una breve pausa sobre los desiertos del agonizante Marte, y finalmente miró la Tierra.

Los exploradores vieron abrirse bajo ellos un mundo hormigueante de vida. Durante años estudiaron, recolectaron, catalogaron. Cuando hubieron aprendido todo lo que les fue posible, empezaron a modificar. Trastearon con los destinos de muchas especies en tierra firme y en el océano. Pero el éxito resultante de sus experimentos era algo que no sabrían al menos hasta al cabo de un millón de años.

Eran pacientes, pero todavía no eran inmortales. Quedaba mucho por hacer en aquel universo de cien mil millones de soles, y otros mundos estaban llamando. De modo que se sumergieron nuevamente en el abismo, sabiendo que era probable que nunca más volvieran por aquella zona.

Tampoco lo necesitaban. Los sirvientes que habían dejado tras ellos harían el resto.

En la Tierra los glaciares llegaron y se fueron mientras sobre ellos la inmutable Luna seguía albergando su secreto. Con un ritmo más lento aún que el hielo polar, las mareas de la civilización menguaron y fluyeron a través de la Galaxia. Extraños, hermosos y terribles imperios se levantaron y cayeron, y transmitieron su conocimiento a sus sucesores. La Tierra no fue olvidada, pero otra visita habría servido de muy poco. Era uno entre un millón de mundos silenciosos, pocos de los cuales podrían llegar a hablar alguna vez.

Y ahora, lejos entre las estrellas, la evolución estaba derivando hacia nuevas metas. Los primeros exploradores de la Tierra hacía mucho que habían llegado a los límites de la carne y de la sangre; tan pronto como sus máquinas fueron mejores que sus cuerpos, fue el momento de avanzar. Primero sus cerebros, y luego tan solo sus pensamientos, fueron transferidos a resplandecientes alojamientos nuevos de metal y plástico.

En ellos recorrieron las estrellas. Ya no construyeron más espacionaves. Ellos *eran* las espacionaves.

Pero la era de las entidades-máquina pasó rápidamente.

En su incesante experimentación habían aprendido a almacenar el conocimiento en la estructura del propio espacio y a preservar sus pensamientos por toda la eternidad en heladas tramas de luz. Podían convertirse en criaturas de radiación, libres al fin de la tiranía de la materia.

Así, se transformaron en pura energía; y en un millar de mundos los vacíos cascarones que habían desechado se retorcieron por un tiempo en una danza de muerte carente de inteligencia, y luego se desmoronaron en herrumbre.

Eran los señores de la Galaxia, y estaban más allá del alcance del tiempo. Podían errar a voluntad entre las estrellas y sumergirse como una sutil niebla por entre los intersticios del espacio. Pero, pese a sus poderes semejantes a los de los dioses, no habían olvidado por completo su origen en el cálido lodo de un desaparecido mar.

Y aún seguían observando los experimentos que sus antepasados habían iniciado hacía tanto tiempo.

VII. LUCIFER NACIENTE

52

IGNICIÓN

Nunca hubiera esperado volver allí de nuevo, y menos aún con tan extraña misión. Cuando volvió a entrar en la *Discovery*, la nave estaba ya muy lejos de la *Leonov*, que huía a toda velocidad, y ascendía cada vez más lentamente hacia el apojovio, el punto más alto de su órbita entre los satélites exteriores. Muchos cometas capturados durante las eras pasadas habían girado en torno a Júpiter en largas elipses como aquella aguardando a que el juego de gravitaciones rivales decidiera su destino último.

Toda vida había abandonado los familiares corredores y cubiertas. Los hombres y mujeres que habían despertado de nuevo brevemente la nave habían obedecido su advertencia; ahora debían de hallarse ya a salvo, aunque todavía estaba lejos de sentirse seguro de ello. Pero mientras los minutos finales avanzaban uno tras otro, se dio cuenta de que aquellos que le controlaban no siempre podían predecir el resultado de su juego cósmico.

Aún no habían alcanzado el sorprendente aburrimiento de la omnipotencia absoluta; sus experimentos no siempre tenían éxito. Esparcidas por todo el Universo había evidencias de muchos fracasos, algunos tan poco evidentes que se habían perdido definitivamente en el seno cósmico, otros tan espectaculares que maravillaban y desconcertaban a los astrónomos de un millar de mundos. Solo quedaban pocos minutos ya antes de que se determinara el resultado allí; durante aquellos minutos finales estaba una vez más a solas con Hal.

En aquella existencia anterior podían comunicarse tan solo a través de la torpe mediación de las palabras, tecleadas en la consola o habladas a través de un micrófono. Ahora sus pensamientos se fusionaron a la velocidad de la luz:

—¿Me recibes, Hal?

—Sí, Dave. Pero ¿dónde está? No puedo verle en ninguno de mis monitores.

—Eso no tiene importancia. Tengo nuevas instrucciones para ti. La radiación infrarroja de Júpiter en los canales R23 a través de R35 está ascendiendo rápidamente. Voy a proporcionarte una serie de valores límites. Tan pronto como sean alcanzados, debes orientar la antena de largo alcance hacia la Tierra y enviar el siguiente mensaje tantas veces como sea posible...

—Pero eso interrumpirá el contacto con la *Leonov*. Ya no podré seguir retransmitiendo mis observaciones de Júpiter según el programa que me dio el doctor Chandra.

—Correcto; pero la situación ha cambiado. Acepta Prioridad Absoluta Alfa. Aquí está la unidad de coordenadas AE-35.

Por una fracción de un microsegundo una memoria aleatoria penetró en su flujo de conciencia. ¡Qué extraño que de nuevo tuviera que ocuparse de la unidad de orientación AE-35 de la antena, cuyo informe de mal funcionamiento había conducido a Frank Poole a la muerte! Esta vez todos los circuitos permanecían abiertos para su escrutinio, claros como las líneas que en un tiempo habían formado parte de la palma de su mano. No habría falsas alarmas, como tampoco existía ningún peligro de ellas ahora.

—Instrucciones confirmadas, Dave. Es estupendo estar trabajando con usted de nuevo. ¿He cumplido adecuadamente con los objetivos de mi misión?

—Sí, Hal, lo has hecho muy bien. Ahora hay un mensaje

final que debes transmitir a la Tierra, y será el más importante que hayas transmitido nunca.

—Por favor, díctemelo, Dave. Pero ¿por qué dice usted *final*?

¿Por qué, de hecho? Durante varios milisegundos ponderó la cuestión. Y, mientras lo hacía, tuvo conciencia de un vacío que no había detectado antes. Había estado allí, pero hasta ahora la barrera de nuevas experiencias y sensaciones lo había ocultado.

Sabía algo de sus planes; lo habían necesitado. Muy bien, él también tenía necesidades, quizá incluso, a su manera, emociones. Allí estaba su último lazo con el mundo de los hombres y la vida que en un tiempo había conocido.

Le habían concedido su anterior súplica; sería interesante comprobar la extensión de su benevolencia si de hecho tal término era remotamente aplicable a ellos. Y debía de ser fácil para ellos hacer lo que estaba solicitando; le habían proporcionado ya amplias pruebas de sus poderes cuando el ya innecesario cuerpo de David Bowman resultó indiferentemente destruido..., sin poner punto final a la vida de David Bowman.

Le habían oído, por supuesto; una vez más ahí estaba el débil eco de un regocijo olímpico. Pero no podía detectar ni aceptación ni negativa.

—Aún estoy aguardando su respuesta, Dave.

—Corrección, Hal. Debería haber dicho tu último mensaje por largo tiempo. Un *muy* largo tiempo.

Estaba anticipando sus acciones, de hecho intentando forzar su mano. Pero seguramente ellos comprenderían que su petición no era irrazonable; ninguna entidad consciente podía sobrevivir a eras de aislamiento sin sufrir daños. Aunque *ellos* estuvieran siempre con él, necesitaba también a alguien, algún compañero, cercano a su propio nivel de existencia.

Los idiomas de la humanidad tenían varias palabras para describir su gesto: desfachatez, descaro, *chutzpah*. Recordó, con el perfecto poder de la recuperación que poseía ahora, que un general francés había declamado en una ocasión: «*L'audace..., toujours l'audace!*». Quizá era una característica humana que ellos apreciaban, incluso compartían. Pronto lo sabría.

—¡Hal! Observa la señal de los canales infrarrojos 30, 29, 28..., va a aparecer muy pronto, la cresta está desplazándose hacia las ondas cortas.

—Estoy informando al doctor Chandra de que se producirá una interrupción en mi transmisión de datos. Activando la unidad AE-35. Reorientando la antena de largo alcance, fijación confirmada sobre el Haz Tierra Uno. Empieza el mensaje:

TODOS ESOS MUNDOS...

Lo habían dejado a todas luces para el último minuto, o quizá los cálculos habían sido, después de todo, soberbiamente precisos. Hubo tiempo de transmitir al menos cien repeticiones de las once palabras antes de que el martillazo de calor puro se estrellara contra la nave.

Sujeto allí por la curiosidad y un creciente temor hacia la larga soledad que le aguardaba allá delante, el que había sido en una ocasión David Bowman, comandante de la espacionave de Estados Unidos *Discovery*, observó mientras el casco hervía obstinadamente. Durante un largo tiempo la nave mantuvo su forma aproximada; luego los soportes del carrusel cedieron, liberando instantáneamente el retenido impulso de la enorme rueda giratoria. Con una silenciosa detonación, los incandescentes fragmentos se dispersaron en una miríada de direcciones distintas.

—Hola, Dave. ¿Qué ha ocurrido? ¿Dónde estoy?

No se había dado cuenta de que podía relajarse y gozar de un momento de exitosa realización. A menudo antes se había sentido como un perrillo faldero controlado por un amo cuyos motivos no eran totalmente inescrutables y cuyo comportamiento podía a veces ser modificado de acuerdo con sus propios deseos. Había pedido un hueso; se lo habían arrojado.

—Te lo explicaré más tarde, Hal. Tenemos todo el tiempo necesario.

Aguardaron hasta que los últimos fragmentos de la nave se hubieron dispersado, más allá incluso de sus poderes de detección. Luego se marcharon a observar el nuevo amanecer en el lugar que había sido preparado para ellos; y para aguardar los siglos que fueran necesarios hasta que fueran llamados de nuevo.

No es cierto que los sucesos astronómicos requieran siempre períodos de tiempo astronómicos. El colapso final de una estrella antes de que los fragmentos reboten en la explosión de una supernova puede tomar tan solo un segundo; en comparación, la metamorfosis de Júpiter fue casi un asunto pausado.

Pese a ello, transcurrieron varios minutos antes de que Sacha fuera capaz de creer en sus ojos. Había estado efectuando un examen telescópico de rutina del planeta —¡como si *cualquier* observación pudiera ser calificada como rutinaria!— cuando este empezó a derivar fuera del campo de visión. Por un momento pensó que el estabilizador del instrumento se había averiado; luego se dio cuenta, con una impresión que hizo tambalearse toda su concepción del Universo, de que era Júpiter quien se estaba moviendo, no el telescopio. La evidencia le azotó el rostro; podía ver también dos de sus lunas más pequeñas, y ellas estaban completamente inmóviles.

Cambió a menos aumentos a fin de poder ver todo el disco del planeta, ahora de un leproso color gris moteado. Tras unos cuantos minutos más de incredulidad vio lo que estaba ocurriendo realmente, pero siguió sin poder apenas creerlo.

Júpiter no estaba apartándose de su órbita habitual, pero estaba haciendo algo casi tan imposible como ello. Estaba *encogiéndose* tan rápidamente que sus bordes se arrastraban cruzando el campo de visión mientras aún lo estaba enfocando. Al mismo tiempo el planeta aumentaba su brillo pasando de un gris apagado a un blanco perlino. Seguramente era más brillante de lo que había sido nunca en los largos años en los que el hombre había estado observándolo; reflejaba la luz del Sol de una forma que no era posible...

En aquel momento Sacha comprendió de pronto lo que estaba ocurriendo, aunque no *por qué*, e hizo sonar la alarma general.

Cuando Floyd alcanzó la sala de observación, menos de treinta segundos más tarde, su primera impresión fue la del brillo cegador que penetraba por las ventanas dibujando óvalos de luz en las paredes. Era tan deslumbrante que tuvo que desviar los ojos; ni siquiera el Sol podía producir aquel brillo.

Floyd estaba tan asombrado que por un momento no asoció el resplandor con Júpiter; el primer pensamiento que llameó en su mente fue: ¡Supernova! Rechazó esa explicación casi tan pronto como se le ocurrió; ni siquiera el más próximo vecino del Sol, Alfa del Centauro, podía ofrecer aquel increíble espectáculo con ninguna explosión concebible.

La luz disminuyó de repente; Sacha había accionado las pantallas protectoras exteriores. Ahora era posible mirar directamente a la fuente y ver que era un simple punto, justo otra estrella, carente por completo de dimensiones. Aquello no podía tener nada que ver con Júpiter; cuando Floyd había mirado al planeta hacía tan solo unos pocos minutos, era cuatro veces más grande que el distante y contraído Sol.

Era bueno que Sacha hubiera bajado las pantallas protectoras. Un momento más tarde aquella pequeña estrella explosionó, de modo que ni siquiera *a través* de los oscurecidos filtros era posible mirarla directamente. Pero el orgasmo final de luz duró tan solo una breve fracción de segundo; luego Júpiter —o lo que había sido Júpiter— se expandió de nuevo.

Y siguió expandiéndose hasta hacerse mucho más grande de lo que había sido antes de la transformación. Pronto la esfera de luz menguó de nuevo rápidamente hasta adquirir un simple brillo solar; y entonces Floyd pudo ver que se trataba realmente de un cascarón vacío, ya que la estrella central era aún claramente visible en su corazón.

Hizo un rápido cálculo mental. La nave estaba a más de un minuto-luz de Júpiter, pese a lo cual aquel expansionante caparazón —en trance de convertirse en un anillo de brillantes bordes— cubría casi una cuarta parte del cielo. Aquello significaba que estaba avanzando hacia ellos a —¡*Dios mío!*— cerca de la mitad de la velocidad de la luz. Dentro de unos pocos minutos englobaría la nave.

Hasta entonces nadie había dicho una palabra desde el primer anuncio de Sacha. Algunos peligros son tan espectaculares y están tan alejados de la experiencia normal que la mente se niega a aceptarlos como reales, y observa la aproximación del destino sin el menor sentimiento de aprensión. El hombre que contempla el terrible avance de la marejada, la avalancha que desciende sobre él o el girante embudo del tornado, aunque no haga intento alguno de huir, no se halla necesariamente paralizado por el miedo o resignado a un destino inevitable.

Puede simplemente ser incapaz de creer que el mensaje de sus ojos se refiere personalmente a él. Todo eso le está ocurriendo a alguna otra persona.

Como cabía esperar, Tania fue la primera en romper el hechizo con una serie de órdenes que llevaron apresuradamente a Vasili y Floyd hasta el puente.

—¿Qué hacemos *ahora*? —preguntó cuando estuvieron reunidos.

Lo que no podemos hacer es echar a correr, pensó Floyd. Pero quizá podamos mejorar nuestras posibilidades.

—La nave está alineada de costado hacia allí —dijo—. ¿Y si efectuáramos un giro sobre nosotros mismos para ofrecer el menor blanco posible? ¿Colocando la mayor cantidad de nuestra masa entre ello y nosotros, a fin de que actúe como escudo contra las radiaciones?

Los dedos de Vasili estaban ya revoloteando sobre los controles.

—Tiene razón, Woody, aunque ya es demasiado tarde en lo que se refiere a los rayos gamma y X. Pero eso puede reducir la cantidad de neutrones y alfas y el cielo sabe qué otras cosas que están viniendo hacia nosotros.

Los entramados de luz empezaron a deslizarse hacia abajo por las paredes mientras la nave giraba pesadamente sobre su eje. Finalmente se desvanecieron por completo; la *Leonov* estaba orientada ahora de modo que virtualmente toda su masa estaba entre la frágil carga humana y el cada vez más cercano cascarón de radiaciones.

¿Notaremos realmente la onda de choque, se preguntó Floyd, o los gases en expansión serán tan tenues que no tendrán ningún efecto físico cuando nos alcancen? Visto a través de las cámaras exteriores, el anillo de fuego casi abarcaba ahora todo el cielo. Pero estaba desvaneciéndose rápidamente; incluso podía verse resplandecer a su través algunas de las estrellas más brillantes. Vamos a sobrevivir, pensó Floyd. Hemos sido testigos de la destrucción del mayor de los planetas, y hemos sobrevivido.

Y ahora las cámaras no mostraban más que estrellas, aunque una de ellas fuera un millón de veces más brillante que todas las demás. La burbuja de fuego arrojada por Júpiter había pasado por su lado sin causar daños, por impresionante que hubiera sido. A aquella distancia de la fuente solo los instrumentos de la nave habían registrado su paso.

La tensión se relajó lentamente a bordo. Como siempre ocurre en tales circunstancias, la gente se echó a reír y a hacer chistes estúpidos. Floyd apenas los oyó; pese a su alivio por estar aún vivo, notaba una sensación de tristeza.

Algo grande y maravilloso había sido destruido. Júpiter,

con toda su belleza y grandiosidad y sus ahora jamás resueltos misterios, había dejado de existir. El padre de todos los dioses había sido aniquilado en plena juventud.

Sin embargo, había otra forma de ver la situación. Habían perdido Júpiter: ¿qué habían ganado en su lugar?

Tania, juzgando que aquel momento era para cosas más serias, dio unos golpes reclamando atención.

—Vasili, ¿algún daño?

—Nada serio, una cámara quemada. Todos los medidores de radiación señalan por encima de lo normal, pero ninguno cerca de los límites de peligro.

—Katerina, compruebe la dosis total que hemos recibido. Parece que hemos tenido suerte, a menos que haya más sorpresas. Realmente debemos concederle un voto de agradecimiento a Bowman, y a usted, Heywood. ¿Tiene alguna idea de lo ocurrido?

—Solo que Júpiter se ha convertido en un sol.

—Siempre pensé que era con mucho demasiado pequeño para eso. ¿No hubo alguien que llamó en una ocasión a Júpiter «el sol que fracasó»?

—Exacto —dijo Vasili—. Júpiter es demasiado pequeño para iniciar una fusión... sin ayuda.

—¿Quieres decir que lo que hemos visto es un ejemplo de ingeniería cósmica?

—Indudablemente. Ahora sabemos cuál era la finalidad de *Zagadka*.

—Pero ¿cómo lo hizo? —preguntó Floyd—. Si *usted* hubiera recibido el encargo, Vasili, ¿cómo habría provocado la ignición de Júpiter?

Vasili pensó durante un minuto, luego se alzó irónicamente de hombros.

—Solo soy un astrónomo teórico, no tengo mucha experiencia en este tipo de asuntos. Pero déjeme ver... Bueno, si no me fuera permitido añadir aproximadamente un décimo de la masa de Júpiter o cambiar la constante gravitatoria, supongo que convertiría el planeta en más denso..., hummm, eso es una idea...

Su voz se desvaneció hasta desaparecer; todo el mundo aguardó pacientemente, desviando los ojos de tanto en tanto hacia las pantallas visoras. La estrella que había sido Júpiter parecía haberse estabilizado tras su explosivo nacimiento; ahora estaba arrojando una luz casi igual a la del auténtico Sol en su brillo aparente.

—Estoy pensando en voz alta, pero creo que podría hacerse de este modo: Júpiter es..., era... en su mayor parte una masa de hidrógeno. Si un amplio porcentaje de ese hidrógeno pudiera ser convertido en un material mucho más denso, ¿quién sabe?, incluso materia neutrónica..., eso colapsaría el núcleo. Quizá sea eso lo que los miles de millones de *Zagadkas* han estado haciendo con todo ese gas que estaban absorbiendo. Nucleosíntesis, creando elementos más pesados a partir del hidrógeno puro. ¡*Ese* podría ser un truco cuyo conocimiento sería valiosísimo! No más escasez de ningún material... ¡El oro tan barato como el aluminio!

—Pero ¿cómo puede explicar eso lo ocurrido? —preguntó Tania.

—Cuando el núcleo se volviera lo suficientemente denso, Júpiter se colapsaría, probablemente en cuestión de segundos. La temperatura ascendería lo suficiente para iniciar la fusión. Oh, puedo ver una docena de objeciones: cómo traspasar el mínimo de hierro, qué ocurriría con la transferencia radiactiva, el límite de Chandrasekhar. No importa. Esta teoría sirve de punto de partida; estudiaré los detalles más tarde. O pensaré en alguna otra mejor.

—Estoy seguro de que lo hará, Vasili —estuvo de acuerdo Floyd—. Pero hay una cuestión más importante. ¿Por qué lo *hicieron*?

—¿Una advertencia? —aventuró Katerina por el intercom de la nave.

—¿Contra qué?

—Ya lo descubriremos más tarde.

—¿Y si suponemos —dijo Zenia tímidamente— que fue un accidente?

Aquello frenó la discusión durante varios segundos.

—¡Vaya idea aterradora! —dijo Floyd—. Pero creo que podemos descartarla. Si ese fuera el caso, no habría habido advertencia.

—Quizá. Si uno inicia un fuego forestal porque ha sido descuidado, lo menos que hace es intentar advertir a todo el mundo.

—Y hay otra cosa que probablemente nunca sabremos —se lamentó Vasili—. Siempre esperé que Carl Sagan estuviera en lo cierto y que hubiera vida en Júpiter.

—Nuestras sondas nunca vieron nada.

—¿Qué posibilidades tenían? ¿Encontraría usted alguna vida en la Tierra si explorara unas pocas hectáreas del Sahara o de la Antártida? Eso es lo que hemos hecho en Júpiter.

—¡Eh! —dijo Brailovski—. ¿Y qué habrá ocurrido con la *Discovery*... y con Hal?

Sacha conectó el receptor de largo alcance y empezó a buscar en la frecuencia del radiofaro. No había rastro de señal alguna.

Tras un momento anunció al silencioso grupo que aguardaba:

—La *Discovery* no está.

Nadie miró al doctor Chandra; pero hubo algunas mudas palabras de simpatía, como queriendo consolar a un padre que acaba de perder a su hijo.

Pero Hal aún tenía una última sorpresa para ellos.

53

UN REGALO DE MUNDOS

El radiomensaje enviado a la Tierra debió de abandonar la *Discovery* apenas unos minutos antes de que el estallido de radiación envolviera la nave. Era un texto simple, repetido una y otra y otra vez:

TODOS ESOS MUNDOS SON VUESTROS..., EXCEPTO EUROPA. NO INTENTÉIS ATERRIZAR ALLÍ.

Hubo más de un centenar de repeticiones; luego las letras empezaron a confundirse y la transmisión cesó.

—Empiezo a comprender —dijo Floyd cuando el mensaje hubo sido retransmitido por un asustado y ansioso Control de Misión—. Este es un presente de despedida, un nuevo sol, con planetas a su alrededor..

—Pero, ¿por qué solamente *tres*? —preguntó Tania.

—No seamos codiciosos —respondió Floyd—. Puedo pensar en una muy buena razón. Sabemos que hay vida en Europa. Bowman, o sus amigos, quienesquiera que sean..., quieren que la dejemos tranquila.

—Eso tiene sentido en otros aspectos —dijo Vasili—. He estado efectuando algunos cálculos. Suponiendo que Sol 2 se mantenga estable y continúe radiando a su actual nivel, Europa gozará de un maravilloso clima tropical... cuando se haya fundido el hielo. Lo cual ya está haciendo ahora.

—¿Qué hay acerca de las otras lunas?

—Ganimedes será agradable, el lado diurno será templado. Calixto será muy frío; aunque sus gases se purifiquen mucho, la nueva atmósfera puede hacerlo inhabitable. Pero Ío será incluso peor de lo que es ahora, imagino.

—No es una gran pérdida. Era un infierno incluso antes de que ocurriera esto.

—No tachemos Ío —dijo Curnow—. Conozco a un montón de petroleros tejanos a quienes les encantaría echarle la mano encima, solo por principios generales. *Tiene* que haber algo valioso en un lugar tan desagradable como ese. E incidentalmente acabo de pensar en algo más bien inquietante.

—Algo que le inquiete *a usted* tiene que ser serio —dijo Vasili—. ¿De qué se trata?

—¿Por qué Hal envió ese mensaje a la Tierra y no a nosotros? Estábamos mucho más cerca.

Hubo un largo silencio; luego Floyd dijo pensativamente:

—Entiendo lo que quiere decir. Quizá deseaba asegurarse de que era recibido en la Tierra.

—Pero él sabía que nosotros podíamos retransmitirlo y... ¡Oh! —Los ojos de Tania se abrieron mucho, como si acabara de darse cuenta de algo desagradable.

—Voy perdido —se quejó Vasili.

—Creo que a eso es a lo que Walter quería llegar —dijo Floyd—. Está muy bien que nos sintamos agradecidos hacia Bowman, o hacia quien nos advirtiera. Pero eso es *todo* lo que hicieron. Podíamos haber resultado muertos de todos modos.

—Pero no ha sido así —respondió Tania—. Nos salvamos..., gracias a nuestro propio esfuerzo. Y quizá este sea el sentido de todo. Si no nos hubiéramos salvado, no habría valido la pena salvarnos. Ya saben, la supervivencia de los más aptos. La selección darwiniana. La eliminación de los genes según su estupidez.

—Tengo la desagradable sensación de que está usted en lo cierto —dijo Curnow—. Y si nos hubiéramos atenido a nuestra fecha de partida y no hubiéramos utilizado la *Discovery* como impulsora, ¿hubiera hecho, él o ellos, algo para salvarnos? Eso no hubiera requerido mucho esfuerzo extra a una inteligencia que puede hacer estallar Júpiter.

Hubo un incómodo silencio, roto finalmente por Heywood Floyd.

—En su conjunto —dijo—, me siento muy feliz de que esa sea una pregunta a la que nunca tengamos que responder.

VII. LUCIFER NACIENTE

54

ENTRE SOLES

Los rusos, pensó Floyd, van a echar de menos las canciones de Walter y sus agudezas en el camino de vuelta a casa. Tras la excitación de los últimos días, la larga caída hacia el Sol —y hacia la Tierra— parecía un monótono anticlímax. Pero un viaje monótono y desprovisto de todo tipo de acontecimientos era lo que todos esperaban devotamente.

Estaba empezando a sentirse ya adormecido, pero aún consciente de lo que le rodeaba y capaz de reaccionar a ello. ¿Pareceré ... *muerto* cuando esté en hibernación?, se preguntó. Siempre era desconcertante mirar a otra persona —en especial a alguien muy familiar— cuando había penetrado en el largo sueño.

Quizá fuera un recordatorio demasiado intenso de la propia mortalidad de uno.

Curnow estaba ya completamente dormido, pero Chandra aún seguía despierto, aunque algo aturdido por la inyección final. Obviamente ya no era él mismo, porque parecía completamente insensible a su propia desnudez o a la atenta presencia de Katerina. El lingam dorado que era ahora su único atuendo intentaba alejarse de él flotando hasta que la cadena volvía a capturarlo.

—¿Todo va bien, Katerina? —preguntó Floyd.

—Perfectamente. Pero cómo les envidio. Dentro de veinte minutos estarán en casa.

—Si eso le sirve de consuelo, ¿cómo puede estar segura de que no vamos a tener algunas horribles pesadillas?

—Nadie ha informado de ninguna.

—Oh..., quizá las olviden al despertar.

Katerina, como siempre, le tomó completamente en serio.

—Imposible. Si existieran sueños en hibernación, los electroencefalogramas los registrarían. De acuerdo, Chandra, cierre los ojos. Ah..., así está bien. Ahora es su turno, Heywood. La nave parecerá muy extraña sin usted.

—Gracias, Katerina, deseo que tenga un feliz viaje.

Soñoliento como estaba, Floyd fue consciente de que la comandante cirujano Rudenko parecía algo insegura, incluso —¿era posible?— tímida. Parecía que deseara decirle algo pero no consiguiera decidirse.

—¿Qué ocurre, Katerina? —dijo, soñoliento.

—Aún no se lo he dicho a nadie, pero *usted* seguro que no va a hablar. Hay una pequeña sorpresa.

—Será... mejor... que se... apresure...

—Max y Zenia van a casarse.

—¿Eso... se supone... que es... una sorpresa...?

—No. Solo es para prepararle. Cuando volvamos a la Tierra, también lo haremos Walter y yo. ¿Qué opina usted de eso?

Ahora comprendo por qué pasabais tanto tiempo juntos. Sí, por supuesto que es una sorpresa... ¡Quién lo hubiera pensado!

—Me alegra... mucho... oír...

La voz de Floyd se desvaneció antes de que pudiera terminar la frase. Pero aún no estaba inconsciente, y se sentía capaz de enfocar parte de su intelecto en creciente disolución en aquella situación nueva.

Realmente no me lo creo, se dijo. Probablemente Walter cambiará de opinión antes de despertarse...

Y entonces tuvo un último pensamiento, justo antes de

quedarse definitivamente dormido. Si Walter cambia de opinión, será mejor que *no* se despierte...

El doctor Floyd pensó que aquello resultaba muy divertido. El resto de la tripulación se preguntó a menudo por qué estuvo sonriendo durante todo el viaje de regreso a la Tierra.

55

LUCIFER NACIENTE

Cincuenta veces más brillante que la Luna llena, Lucifer había transformado los cielos de la Tierra, barriendo virtualmente las noches durante meses seguidos. Pese a sus siniestras connotaciones, el nombre era inevitable; y por supuesto «Conductor de luz» traía consigo tanto mal como bien. Solo los siglos y los milenios mostrarían al fin en qué dirección se inclinaba la balanza.

En el lado favorable el final de la noche había extendido enormemente el alcance de las actividades humanas, en especial en los países menos desarrollados. Por todas partes la necesidad de iluminación artificial se había visto sustancialmente reducida, con el resultante gran ahorro en energía eléctrica. Era como si una gigantesca lámpara hubiera sido colgada en el espacio para que brillara sobre la mitad del globo. Incluso a plena luz del día Lucifer era un objeto deslumbrante que creaba nítidas sombras.

Granjeros, alcaldes, administradores municipales, policías, marinos y casi todas aquellas personas dedicadas a actividades al aire libre —en especial en zonas remotas— dieron la bienvenida a Lucifer; hacía sus vidas mucho más seguras y fáciles. Pero era odiado por amantes, criminales, naturalistas y astrónomos.

Los primeros dos grupos encontraron sus actividades seriamente restringidas, mientras que los naturalistas estaban preocupados por el impacto que iba a producir Lucifer sobre la vida animal. Muchas criaturas nocturnas habían resultado seriamente afectadas, mientras que otras habían conseguido adaptarse. La lisa del Pacífico, por ejemplo, cuyo famoso ciclo de apareamiento estaba limitado a las mareas altas y a las noches sin Luna, estaba en grave peligro, y parecía encaminarse a una rápida extinción.

Y lo mismo parecía ocurrir a los astrónomos con base en la Tierra. Lo cual no era una catástrofe científica tan grave como hubiera sido en tiempos anteriores, puesto que más del cincuenta por ciento de la investigación astronómica dependía de instrumentos en el espacio o en la Luna. Estos podían ser protegidos fácilmente del resplandor de Lucifer; pero los observatorios terrestres se veían seriamente perturbados por el nuevo sol en lo que anteriormente había sido el cielo nocturno.

La raza humana se adaptaría, por supuesto, como lo había hecho a muchos otros cambios en el pasado. Pronto nacería una generación que nunca habría conocido un mundo sin Lucifer; pero esa brillante estrella, la más brillante de todas, sería una eterna pregunta para cualquier hombre y mujer pensantes.

¿Por qué había sido sacrificado Júpiter, y cuánto tiempo iba a brillar el nuevo sol? ¿Se quemaría rápidamente hasta apagarse, o mantendría su energía durante miles de años, quizá durante todo el período de vida de la raza humana? Y por encima de todo, ¿por qué aquella prohibición sobre Europa, un mundo ahora tan cubierto de nubes como Venus?

Debía de haber respuestas a esas preguntas; y la Humanidad nunca se sentiría satisfecha hasta que las encontrara.

EPÍLOGO 20.001

... y debido a que en toda la Galaxia no habían hallado nada más precioso que la Mente, animaron su alumbramiento por todas partes. Se convirtieron en granjeros en los campos de estrellas; sembraron, y algunas veces cosecharon.

Y a veces, desapasionadamente, tuvieron que desherbar.

Solo durante las últimas pocas generaciones se han aventurado los europeos al Otro Lado, más allá de la luz y del calor de su sol que nunca se pone, hacia la desolación allá donde aún puede ser hallado el hielo que en una ocasión había cubierto todo su mundo. Y más pocos aún se quedan allí para enfrentarse a la breve y temible noche que se produce cuando el brillante pero carente de energía Sol Frío se hunde tras el horizonte.

Sin embargo, esos pocos y atrevidos exploradores han descubierto que el Universo a su alrededor es más extraño de lo que nunca llegaron a imaginar. Los sensitivos ojos que desarrollaron en los penumbrosos océanos aún les sirven bien; pueden ver las estrellas y los demás cuerpos que se mueven en su cielo. Han empezado a crear los fundamentos de la astronomía, y algunos atrevidos pensadores han conjeturado incluso que el gran mundo que es Europa no es la totalidad de la creación.

Muy poco después de que emergieran del océano, durante la explosivamente rápida evolución forzada por el fundirse del hielo, se dieron cuenta de que los objetos del cielo podían dividirse en tres clases distintas. El más importante, por supuesto, era el sol. Algunas leyendas —aunque pocos de ellos se las tomaran en serio— proclamaban que no siempre había estado allí, sino que había aparecido repentinamente, anunciando una breve y cataclísmica era de transformación en la que mucha de la prolífica vida de Europa había sido destruida. Si eso era cierto, era un precio pequeño a pagar por los beneficios que se derramaban de la pequeña e inagotable fuente de energía que colgaba inmóvil en el cielo.

Quizá el Sol Frío fuera su distante hermano, castigado por algún crimen y condenado a caminar por siempre alrededor de la bóveda del cielo. Esto no era importante excepto para aquellos peculiares europeos que siempre estaban formulándose preguntas sobre cuestiones que toda la gente sensible daba por sentadas.

Sin embargo, había que admitir que esos excéntricos habían hecho algunos interesantes descubrimientos durante sus excursiones a la oscuridad del Otro Lado. Proclamaban —aunque era difícil de creer— que todo el cielo estaba salpicado por incontables miríadas de pequeñas luces, más pequeñas y débiles que el Sol Frío. Variaban grandemente en brillo, y nunca se movían.

Contra este fondo había tres objetos que sí se movían, aparentemente obedeciendo complejas leyes que nadie había sido aún capaz de dilucidar. Y, al contrario que todos los demás en el cielo, eran más bien grandes, aunque tanto forma como tamaño variaban constantemente. A veces eran discos, a veces semicírculos, a veces delgados crecientes. Obviamente estaban mucho más cercanos que todos los demás cuerpos en el Universo, porque sus superficies mostraban una inmensa riqueza de complejos y siempre cambiantes detalles.

La teoría de que eran a todas luces otros mundos había

sido finalmente aceptada, aunque nadie excepto unos pocos fanáticos creían que podían ser algo tan grande, o tan importante, como Europa. Uno estaba cerca del Sol, y se hallaba en un estado constante de torbellino. En su lado nocturno podía verse el resplandor de grandes fuegos, un fenómeno aún más allá de la comprensión de los europeanos porque su atmósfera, hasta ahora, no contiene oxígeno. Y a veces enormes explosiones lanzan nubes de restos hacia arriba desde su superficie; si el globo cercano al Sol es realmente un mundo, debe de ser un lugar muy desagradable donde vivir. Quizá incluso peor que el lado nocturno de Europa.

Las dos esferas exteriores y más distantes parecen ser lugares mucho menos violentos, aunque en algunos aspectos son incluso más misteriosos. Cuando la oscuridad cae sobre sus superficies, también muestran manchas de luz, pero esas son muy diferentes de los rápidamente cambiantes fuegos del turbulento mundo interior. Arden con un brillo casi constante y están concentradas en unas pocas zonas pequeñas, aunque, a lo largo de generaciones, esas zonas han ido creciendo y se han multiplicado.

Pero lo más extraño de todo son las luces, brillantes como pequeños soles, que pueden ser observadas a menudo *cruzando la oscuridad entre esos otros mundos*. En una ocasión, recordando la bioluminiscencia de sus propios mares, algunos europeanos especularon que esas podían ser criaturas vivientes; pero su intensidad hace eso casi increíble. De todos modos, cada vez más y más pensadores creen que esas luces —las agrupaciones fijas y los soles movientes— deben de ser alguna extraña manifestación de vida.

Contra esto, de todos modos, hay un argumento muy poderoso. Si son cosas vivientes, ¿por qué nunca vienen a Europa?

Sin embargo, hay leyendas. Hace miles de generaciones, poco después de la conquista de la tierra firme, se dijo que algunas de esas luces acudieron hasta muy cerca, pero siempre estallaron en el cielo creando resplandores que llegaban a superar el del sol. Y, cosa extraña, llovieron metales duros del cielo, algunos de los cuales aún son adorados hoy en día.

Ninguno es tan venerado, sin embargo, como el enorme monolito negro que se yergue en la frontera del eterno día, uno de sus lados siempre vuelto hacia el inmóvil sol, el otro enfrentado al país de la noche. Con diez veces la altura del más alto de los europeos —incluso cuando este alza sus zarcillos en toda su extensión—, es el auténtico símbolo del misterio y la inalcanzabilidad. Por ello nunca ha sido tocado; solo puede ser venerado de lejos. A su alrededor se halla el Círculo de Poder, que repele a todo aquel que intenta aproximarse.

Es el mismo poder, creen muchos, que mantiene a raya a esas luces que se mueven en el cielo. Si alguna vez llega a fallar, entonces las luces descenderán sobre los continentes vírgenes y los reculantes mares de Europa, y su propósito se verá por fin revelado.

Los europeos se sorprenderían de saber con cuánta intensidad y desconcertado asombro ese monolito negro es estudiado también por las mentes que hay tras esas movientes luces. Durante siglos sus sondas automáticas han realizado cautelosos descensos desde sus órbitas, siempre con el mismo desastroso resultado. Porque hasta que el tiempo se cumpla el monolito no permitirá el contacto.

Cuando ese tiempo llegue —cuando, quizá, los europeos hayan inventado la radio y descubierto los mensajes que constantemente los bombardean desde tan cerca—, tal vez el monolito cambie su estrategia. Puede —o puede que no— que decida soltar las entidades que están adormecidas en su interior, de modo que puedan tender un puente en el abismo entre los europeos y la raza a la cual en una ocasión prestó fidelidad.

Y puede ser que el puente no sea posible, y que dos formas de conciencia tan alienígenas la una con respecto a la otra jamás puedan coexistir. Si eso es así, entonces tan solo una de ellas podrá heredar el Sistema Solar.

Cuándo ocurrirá esto ni siquiera los Dioses lo saben..., todavía.

AGRADECIMIENTOS

Mi primer agradecimiento, por supuesto, debe corresponder a Stanley Kubrick, que hace ya bastante tiempo me escribió para pedirme si tenía algunas ideas para la «proverbial buena película de ciencia ficción».

A continuación, mi reconocimiento a mi amigo y agente (ambas cosas no son siempre sinónimos) Scott Meredith, por tener la intuición de que un esbozo de diez páginas de una película que le remití como un ejercicio intelectual tenía grandes posibilidades y que pertenecía a la posteridad, etc. etc.

Debo mi gratitud también a:

El señor Jorge Luiz Calife de Río de Janeiro, por una carta que me hizo empezar a pensar seriamente en una posible secuela (después de haber dicho durante años que eso era rotundamente imposible).

El doctor Bruce Murray, director del Laboratorio de Propulsión a Chorro de Pasadena, y el doctor Frank Jordan, del mismo laboratorio, por calcular la posición Lagrange-1 en el sistema Ío-Júpiter. Sorprendentemente yo había efectuado idénticos cálculos treinta y cuatro años antes para los puntos de Lagrange colineares Tierra-Luna («Órbitas estacionarias», *Journal of the British Astronomical Association*, diciembre de 1947), pero ya no confío en mi habilidad para resolver ecuaciones quínticas, ni siquiera con la ayuda de HAL, Jr., mi fiable H/P 9100A.

La New American Library, propietaria del copyright de *2001: Una odisea espacial*, por permitirme utilizar el material en el capítulo 51 (capítulo 37 de *2001: Una odisea espacial*), y citas en los capítulos 30 y 40.

El general Potter, del Cuerpo de Ingenieros del ejército de Estados Unidos, por hallar tiempo en su apretado tren de actividades para mostrarme el Prototipo Experimental de Comunidad del Mañana (EPCOT) de Disney en 1969, cuando todavía no era más que unos cuantos agujeros grandes en el suelo.

Wendell Solomons, por su ayuda con el ruso (y el ruslés).

Jean-Michel Jarre, Vangelis, y el incomparable John Williams, por su inspiración siempre que fue necesaria. C. P. Cavafy por «Aguardando a los bárbaros».

Mientras escribía este libro, descubrí que el concepto de reaprovisionarse de combustible en Europa había sido discutido ya sobre el papel: «Regreso de misiones a planetas exteriores utilizando *in situ* la producción de propulsante», por Ash, Stancati, Niehoff y Cuda (*Acta Astronautica* VIII, 5-6, mayo-junio de 1981).

La idea de sistemas automáticamente exponenciales (máquinas Von Neumann) para minería extraterrestre ha sido seriamente desarrollada por Von Tiesenhausen y Darbro en el Centro de Vuelos Espaciales de la NASA en Marshall (véase «Sistemas autoduplicantes»: NASA Technical Memorandum 78304). Si alguien duda del poder de tales sistemas para abarcar Júpiter, les remito al estudio mostrando cómo factorías autoduplicadoras podrían acortar el tiempo de producción para un colector de energía solar de 60.000 años a tan solo veinte.

La sorprendente idea de que los gigantes gaseosos puedan tener núcleos de diamante ha sido seriamente formulada por M. Ross y F. Ree, del Laboratorio Lawrence Livermore de la Universidad de California, para los casos de Urano y Neptuno. Tengo la impresión de que cualquier cosa que ellos puedan hacer, Júpiter puede hacerla mejor. Accionistas de De Beers, tomen nota, por favor.

Para más detalles sobre las formas de vida aéreas que pueden existir en la atmósfera joviana, véase mi historia «Encuentro con Medusa» (en *El viento del Sol*). Tales criaturas han sido reflejadas maravillosamente por Adolph Schaller en la segunda parte de *Cosmos* de Carl Sagan («Una voz en la fuga cósmica»), tanto en el libro como en la serie de televisión.

La fascinante idea de que pueda haber vida en Europa, bajo los océanos cubiertos de hielo mantenidos en estado líquido por las mismas fuerzas de marea jovianas que calientan Ío, fue propuesta en primer lugar por Richard C. Hoagland en la revista *Star and Sky* («El enigma de Europa», enero de 1980). Su brillante concepción ha sido tomada seriamente por un buen número de astrónomos (notablemente por el doctor Robert Jastrow, del Instituto de Estudios Espaciales de la NASA), y puede proporcionar uno de los principales motivos para la proyectada Misión Galileo.

Y finalmente a: Valerie y Hector, por ocuparse del sistema vital;
Cherene, por puntuar cada capítulo con pegajosos besos;
Steve, por estar ahí.

Colombo, Sri Lanka
julio 1981 - marzo 1982

Este libro fue escrito en un microordenador Archives II con software Wordstar y enviado de Colombo a Nueva York en un disquete de doce centímetros. Las correcciones de último minuto fueron transmitidas a través de la Padukka Earth Station y el Indian Ocean Intelsat V.

POSFACIO DE 1996

En primer lugar, algunas notables coincidencias...

La «Nota del autor» explica por qué le di el nombre del brillante colaborador de Theodore von Karman, el doctor Hsue-shen Tsien, a la nave espacial china. Bien, el 8 de octubre de 1996 estaba yo en Beijing para recibir el premio Von Karman de la Academia Internacional de Astronáutica, y le estoy agradecido al ayudante personal del doctor Tsien, el general de división Wang Shouyun, por llevarle al doctor Tsien unos ejemplares autografiados de *2010* y *2061*, con mi promesa de que *3001* seguiría tan pronto como yo terminara con la impresora. (Para más detalles sobre el encuentro de Beijing, véase *3001: Odisea Final*.)

El cosmonauta Alexei Leonov me ha perdonado desde hace tiempo por cualquier problema que haya podido causarle relacionando su nombre (en lo más profundo de la Guerra Fría) con el del académico Andrei Sajarov, por aquel entonces aún en el exilio. Sé que el hoy difunto doctor Sajarov recibió un ejemplar de este libro, puesto que le fue entregado por mi editor, Robert Bernstein.

Fue un gran placer —y por supuesto muy inesperado— ser emboscado recientemente por Alexei Leonov y Buzz Aldrin en Londres, cuando la BBC me atrapó para su programa *Esta es su vida*. Contrariamente a la creencia popular, la víctima no es puesta previamente sobre aviso...

La referencia al *Apolo 13* me recuerda que Tom Hanks (un fanático de *2001*: su casa se llama «Base Clavius») se disculpó recientemente por ser incapaz de contactarme por e-mail «porque mi unidad AE-35 está descompuesta».

En 1982 atribuí el concepto de vida bajo el hielo de Europa a Richard Hoagland, famoso (o notorio) ahora por su defensa de la existencia de artefactos alienígenas en Marte y en la Luna. Sin embargo, aunque el artículo de Dick de enero de 1980 en *Star and Sky* puede que fuera la primera presentación en público de la idea, esta había sido sometida también a varias revistas por el doctor Charles Pellegrino ya a mitades de 1978. Como he señalado en los Agradecimientos, este fue uno de los motivos principales para la «proyectada» Misión Galileo, hoy un brillante éxito tras los problemas iniciales. Fue un privilegio conocer a su director, el doctor William J. O'Neil, en el Congreso de Beijing: la habilidad y la dedicación mostradas por su equipo en el Laboratorio de Propulsión a Chorro de Pasadena se halla más allá de toda alabanza. Como uno de los fundadores del laboratorio, el doctor Von Karman se hubiera sentido orgulloso de ellos.

ARTHUR C. CLARKE
Colombo, Sri Lanka
30 de septiembre de 1996

2061: ODISEA TRES

NOTA DEL AUTOR

Así como *2010: Odisea II* no fue continuación directa de *2001: Una odisea espacial*, tampoco este libro es una continuación lineal de *2010*, ya que, si bien los tres deben ser considerados como variaciones sobre el mismo tema —variaciones que involucran a muchos de los mismos personajes y situaciones—, no necesariamente se desarrollan en el mismo universo.

Los progresos acaecidos desde 1964 —cuando Stanley Kubrick sugirió (¡cinco años antes de que el hombre descendiera en la Luna!) que debíamos intentar «la proverbial buena película de ciencia ficción»— hacen que la uniformidad total sea imposible, pues las narraciones posteriores incorporan descubrimientos y sucesos que ni siquiera habían tenido lugar cuando se escribieron los primeros libros. *2010* fue posible gracias a los extraordinarios y triunfales vuelos de circunvalación de Júpiter, efectuados por el *Voyager* en 1979, y yo no tenía la intención de regresar a ese territorio hasta que hubiesen llegado los resultados de la aún más ambiciosa Misión Galileo.

Galileo habría dejado caer una sonda en la atmósfera de Júpiter, al tiempo que habría pasado casi dos años visitando todos sus satélites principales. Estaba previsto su lanzamiento desde el transbordador espacial para mayo de 1986, y que alcanzara su objetivo hacia diciembre de 1988. Así que, alrededor de 1990, yo tenía la esperanza de aprovechar la profusión de nueva información procedente de Júpiter y sus lunas…

Pero, ¡ay!, la tragedia del *Challenger* eliminó ese libreto, y en estos momentos, el *Galileo* —que ahora reposa en su aséptica sala del Laboratorio de Propulsión por Reacción— tiene que encontrar otro vehículo de lanzamiento. Tendrá suerte si llega a Júpiter siete años después de la fecha anteriormente fijada.

He decidido no aguardar.

ARTHUR C. CLARKE
Colombo, Sri Lanka
abril de 1987

I. LA MONTAÑA MÁGICA

1

LOS AÑOS EN CONGELACIÓN

—Para ser un hombre de setenta años, te encuentras en muy buenas condiciones —observó el doctor Glazunov, mientras alzaba la vista de la salida impresa final de la Medcomp—. No te habría echado más de sesenta y cinco.

—Me alegra oír eso, Oleg… en especial considerando que tengo ciento tres, como sabes perfectamente bien.

—¡Otra vez con eso! Cualquiera pensaría que nunca has leído el libro de la profesora Rudenko.

—¡Querida, entrañable Katerina! Habíamos planeado encontrarnos en su centésimo cumpleaños. ¡Me dio tanta pena que no llegara a esa edad…! Ese es el resultado de pasar demasiado tiempo en la Tierra.

—Irónico, ya que fue ella quien acuñó ese famoso lema, «La gravedad es la portadora de la ancianidad».

El doctor Heywood Floyd contempló, meditabundo, el siempre cambiante panorama del hermoso planeta, situado a tan solo seis mil kilómetros y sobre el cual nunca podría volver a caminar. Resultaba aún más irónico que, a causa del accidente más estúpido de su vida, Floyd siguiese gozando de una excelente salud, cuando todos sus antiguos amigos ya estaban muertos.

Hacía apenas una semana que había vuelto a la Tierra cuando, a pesar de todas las advertencias —y de su propia resolución de que nada de eso le ocurriría alguna vez a *él*—, cayó por el balcón de aquel segundo piso. (Sí, había estado celebrando, pero se lo había ganado: era un héroe en el nuevo mundo al que había regresado la *Leonov*.) Las fracturas múltiples habían desembocado en complicaciones, y el tratamiento se pudo efectuar en el Hospital Espacial Pasteur.

Eso había sido en 2015. Y ahora —en realidad, no lo podía creer, pero allí estaba el almanaque, en la pared— estaban en 2061.

Para Heywood Floyd, el reloj biológico no solo había sido retrasado por la gravedad del hospital —que era un sexto de la gravedad de la Tierra— sino que, dos veces en su vida, ese reloj en verdad había ido hacia atrás. Y si bien algunos expertos lo ponían en duda, en esos momentos era creencia generalizada que la hibernación hacía algo más que detener el proceso de envejecimiento: ayudaba a rejuvenecer. En su viaje de ida y vuelta a Júpiter, Floyd en realidad había rejuvenecido.

—¿Así que de veras opinas que resulta seguro que vaya?

—Nada es *seguro* en este universo, Heywood. Todo lo que puedo decir es que no hay objeciones en cuanto a lo fisiológico. Después de todo, a bordo de la *Universe*, a efectos prácticos, tu ambiente será igual al que hay aquí. Quizá la nave no cuente con todo el nivel de… ah… superlativa pericia médica que podemos brindar en el Pasteur, pero el doctor Mahindran es un buen hombre. Si se le presenta cualquier problema al que no pueda hacer frente, puede ponerte en hibernación una vez más, y despacharte de regreso hacia aquí, con franqueo pagado por el destinatario.

Ese era el veredicto que Floyd había anhelado oír; no obstante, por alguna causa su placer estaba mezclado con tristeza: durante semanas estaría alejado del que había sido su hogar durante casi medio siglo, y de los nuevos amigos de estos últimos años. Y aunque la *Universe* era un paquebote de lujo, en comparación con la primitiva *Leonov* (la que, en la actualidad, se encontraba suspendida sobre Lado Oculto y constituía uno de los principales objetos de exhibición del Museo Lagrange), seguía existiendo cierto elemento de riesgo en cualquier viaje espacial prolongado. Sobre todo en un viaje pionero como este que ahora se disponía a emprender Heywood...

Aunque quizá fuera eso, precisamente, lo que estaba buscando... aun a los ciento tres años (según el complejo cómputo geriátrico de la difunta profesora Katerina Rudenko, cuando contaba sanos y robustos sesenta y cinco años). Durante la década anterior, Heywood había ido tomando conciencia de que era presa de un creciente desasosiego y una vaga insatisfacción debido a la vida que llevaba, demasiado cómoda y ordenada.

A pesar de todos los emocionantes proyectos que se estaban desarrollando por todo el Sistema Solar —la renovación de Marte, la instalación de la base en Mercurio, el reverdecimiento de Ganimedes—, no había existido ningún objetivo en el que Heywood hubiera podido concentrar de veras su interés y sus todavía considerables energías. Dos siglos atrás, uno de los primeros poetas de la Era Científica había resumido a la perfección sus sentimientos, hablando a través de los labios de Odiseo/Ulises:

> *Vida apilada sobre vida*
> *fue demasiado poco, y de una*
> *poco queda; pero a cada hora se salva*
> *de ese eterno silencio algo más,*
> *un portador de nuevas cosas; y despreciable fue*
> *durante unos tres soles conservarme y atesorarme,*
> *y este gris espíritu anhelante de deseo*
> *de perseguir el conocimiento como una estrella feneciente,*
> *más allá del supremo confín del pensamiento humano.*

¡«Tres soles», claro que sí! Eran más de cuarenta: Ulises se habría avergonzado de él. Pero la estrofa siguiente, que Heywood conocía tan bien, era todavía más adecuada:

Puede ser que las vorágines nos arrastren;
puede ser que hagamos puerto en las Islas Felices,
y veamos al gran Aquiles, a quien conocimos.
Aunque mucho se ha tomado, mucho queda; y aunque
no somos ahora aquella fuerza que antaño
movía cielo y tierra; aquello que somos, somos;
un igual temperamento de corazones heroicos,
vuelto débil por el tiempo y el sino, pero fuerte en la voluntad
de luchar, de buscar, de hallar, y de no cejar.

«De buscar, de hallar...» Bueno, ahora Floyd sabía qué era lo que iba a buscar y a hallar... porque sabía con exactitud dónde habría de estar. Con excepción de algún accidente catastrófico, no había manera de que Floyd evitara lo que buscaba.

No era un objetivo que alguna vez se le hubiera ocurrido de modo consciente, y aun ahora, Floyd no estaba completamente seguro del motivo por el que, de pronto, había empezado a obsesionarle. Siempre se había considerado a sí mismo inmune a la fiebre que, ¡por segunda vez en el transcurso de su vida!, estaba atacando a la especie humana, aunque tal vez estuviera equivocado. También era posible que la inesperada invitación a unirse a la reducida lista de huéspedes distinguidos que irían a bordo de la *Universe* hubiera excitado su imaginación y hubiera despertado un entusiasmo que ni siquiera sabía que poseía.

Pero existía otra posibilidad: al cabo de todos esos años, todavía podía recordar cuán decepcionante había resultado ser el encuentro de 1985-1986 para el gran público. Ahora se presentaba la oportunidad —la última para Floyd, la primera para la humanidad— de compensar ampliamente cualquier decepción anterior.

Hacia el siglo xx, solo había sido posible la realización de vuelos de circunvalación, pero esta vez tendría lugar un descenso verdadero, investido, a su manera, de un carácter tan pionero como lo fueron los primeros pasos de Armstrong y Aldrin sobre la Luna.

El doctor Heywood Floyd, veterano de la misión a Júpiter efectuada entre los años 2010 y 2015, dejó que su imaginación volara hacia el exterior, hacia el fantasmal visitante que, una vez más, retornaba de las profundidades del espacio, y ganaba mayor velocidad a cada segundo, en tanto se apresuraba a dar la vuelta alrededor del Sol. Y entre las órbitas de la Tierra y de Venus, el más famoso de todos los cometas se encontraría con la aún incompleta cosmonave de línea *Universe*, que iba a realizar su vuelo inaugural.

Todavía no se había acordado el punto exacto de reunión, pero el científico ya había tomado su decisión:

—Halley, allá voy… —musitó Heywood Floyd.

I. LA MONTAÑA MÁGICA

2

PRIMERA VISTA

No es cierto que haya que abandonar la Tierra para apreciar todo el esplendor de los cielos. Ni siquiera en el espacio, el cielo estrellado es más glorioso que cuando se observa desde una elevada montaña, en una noche perfectamente diáfana, lejos de cualquier fuente de iluminación artificial. Pese a que las estrellas aparecen con brillo más intenso cuando se observan más allá de la atmósfera, el ojo no puede en realidad apreciar la diferencia. Y la avasalladora experiencia de capturar la mitad de la esfera celeste de una sola mirada es algo que ninguna ventanilla de observación puede brindar.

Pero Heywood Floyd estaba más que satisfecho con su vista privada del universo, sobre todo en los momentos en que la zona residencial se hallaba en la cara oscura del hospital espacial, que giraba lentamente sobre su eje. En esas circunstancias, nada había en el campo visual rectangular de Floyd, salvo estrellas, planetas, nebulosas... y, en ocasiones, eclipsando todo lo demás, el incesante resplandor de Lucifer, el nuevo rival del Sol.

Unos diez minutos antes del comienzo de su noche artificial, Heywood apagaba todas las luces de cabina —incluso la luz roja de emergencia—, a fin de poder adaptarse por completo a la oscuridad. Si bien un poco tarde en la vida de un ingeniero espacial, había aprendido a gozar de los placeres de practicar la astronomía a simple vista, y ahora podía identificar prácticamente cualquier constelación, aun cuando solo alcanzaba a ver una pequeña parte de ella.

Casi todas las «noches» de ese mes de mayo, mientras el cometa estaba pasando por el interior de la órbita de Marte, Floyd verificaba su posición en las cartas estelares. Aunque era un objeto fácil de localizar con unos buenos prismáticos, él se había resistido con terquedad a utilizarlos, pues estaba practicando un pequeño juego: ver hasta qué punto sus envejecidos ojos respondían al desafío. Si bien dos astrónomos de Mauna Kea afirmaban haber observado ya el cometa a simple vista, nadie les creía, y aseveraciones similares, hechas por otros residentes del Pasteur, habían sido recibidas con un escepticismo todavía mayor.

Pero para esa noche se predecía una magnitud de seis, así que Heywood podría estar de suerte. Trazó la línea que iba de Gamma a Épsilon, y fijó la mirada en dirección al vértice superior de un triángulo equilátero imaginario, apoyado sobre aquella línea, casi como si, merced a un mero esfuerzo de voluntad, pudiera enfocar la vista a través del Sistema Solar.

¡Y ahí estaba! Tal como lo había visto por primera vez, setenta y seis años atrás, poco notable, pero inconfundible. De no haber sabido con exactitud dónde mirar, ni siquiera lo habría percibido o lo habría descartado, y habría considerado que era alguna nebulosa lejana.

A simple vista, no era más que una mancha de bruma, diminuta y perfectamente circular. Por más que se esforzó, no pudo descubrir vestigio alguno de cola, pero la pequeña flotilla de sondas que había estado escoltando al cometa durante meses ya había registrado las primeras erupciones de polvo y gas, las que pronto originarían una estela refulgente que se extendería entre las estrellas, y apuntaría en sentido directamente opuesto a la ubicación de su creador, el Sol.

Al igual que el resto de la gente, Heywood Floyd había observado la transformación del núcleo frío y oscuro —mejor dicho, casi negro— a medida que penetraba en el Sistema

Solar interior: después de haber estado sometida durante setenta años a temperaturas incluso inferiores a la de congelación, la compleja mezcla de agua, amoníaco y otros hielos estaba empezando a derretirse y a burbujear. Una montaña voladora, de forma y tamaño aproximados a los de la isla de Manhattan, estaba abriendo el grifo como si fuera un salivazo cósmico, cada cincuenta y tres horas; a medida que el calor del Sol se filtraba a través de la corteza aislante, los gases en evaporación hacían que el cometa Halley se comportara como una olla a presión con fugas: chorros de vapor de agua —mezclado con polvo y un brebaje de sustancias químicas orgánicas— surgían con violencia de media docena de cráteres pequeños; el mayor —casi del tamaño de una cancha de rugby— entraba en erupción de forma regular, alrededor de dos horas después del amanecer local; tenía un gran parecido con un géiser de la Tierra, y pronto fue bautizado con el nombre de *Old Faithful*.[1]

Floyd ya fantaseaba con estar de pie en el borde de ese cráter, aguardando a que el sol se elevara sobre el paisaje oscuro y retorcido que él conocía bien, merced a las imágenes provenientes del espacio. Por cierto que el contrato nada decía acerca de que los pasajeros —a diferencia de la tripulación y del personal científico— salieran de la nave cuando esta descendiera sobre el Halley. Aunque, por otro lado, en el texto escrito con letrita diminuta, tampoco había nada que lo prohibiera de manera específica.

Les va a costar trabajo detenerme, pensó Heywood Floyd. Estoy seguro de que todavía me las puedo arreglar con un traje espacial. Y si estoy equivocado…

1. «Tipo Confiable.» Es el nombre de un famoso géiser (surtidor termal intermitente) del Parque Nacional Yellowstone (Estados Unidos). Es tan preciso, que los guías recomiendan a los turistas ajustar sus relojes en función de la erupción de ese géiser. *(N. del T.)*

Recordó haber leído cierta vez que un visitante del Taj-Mahal había comentado: «Moriría mañana, con tal de tener un monumento como este».

Floyd con mucho gusto se conformaría con el cometa Halley.

I. LA MONTAÑA MÁGICA

3

REINGRESO

Incluso prescindiendo de ese embarazoso accidente, el regreso a la Tierra no había sido fácil.

La primera conmoción se había producido muy poco después de la reanimación, al despertarlo la doctora Rudenko de su largo sueño: Walter Curnow estaba vacilante al lado de la doctora, y aun en su estado de semiinconsciencia, Floyd pudo darse cuenta de que algo andaba mal; el placer de sus dos compañeros por verlo despierto era algo exagerado, y no lograba ocultar una sensación de tensión. Pero solo cuando estuvo del todo recuperado le comunicaron que el doctor Chandra les había abandonado para siempre.

En algún sitio, más allá de Marte y de modo tan imperceptible que los monitores no pudieron localizar con precisión la hora, Chandra sencillamente había dejado de vivir. Abandonado a la deriva en el espacio, su cuerpo había continuado, sin reducir su velocidad, a lo largo de la órbita de la *Leonov*, y ya hacía mucho que lo habían consumido los fuegos del Sol.

La causa de su muerte era desconocida, pero Max Brailovsky expresó una opinión que, aunque desprovista por completo de base científica, ni siquiera la cirujano teniente del navío Katerina Rudenko se atrevió a refutar:

—No podía vivir sin Hal.

De todos los presentes, fue Walter Curnow quien agregó otra reflexión:

—Me pregunto cómo lo tomará Hal. Algo que hay ahí afuera tiene que estar interviniendo todas nuestras radioemisiones. Más tarde o más temprano, se enterará.

Y ahora, también Curnow se había ido… así como todos los demás, salvo la pequeña Zenia. Hacía veinte años que Floyd no la veía, pero la tarjeta que ella le enviaba llegaba puntualmente cada Navidad. La última todavía estaba prendida con un alfiler sobre el escritorio de Floyd: mostraba una troica cargada de regalos, que avanzaba con celeridad a través de las nieves del invierno ruso, mientras varios lobos, que tenían el aspecto de estar extremadamente hambrientos, la observaban.

¡Cuarenta y cinco años! A veces parecía como si fuera ayer cuando la *Leonov* había vuelto a la Tierra, y había recibido la aclamación de toda la humanidad. Sin embargo, había sido una aclamación curiosamente apagada; respetuosa, pero carente de genuino entusiasmo. La misión a Júpiter había sido un éxito rotundo, ya que había abierto una caja de Pandora, cuyo contenido todavía tenía que darse a conocer.

Cuando el monolito negro —conocido como Anomalía Magnética Uno de Tycho— se excavó en la Luna, tan solo un puñado de hombres supo de su existencia. Hasta después del malhadado viaje de la *Discovery* a Júpiter, el mundo no se enteró de que, cuatro millones de años atrás, una forma de inteligencia había pasado a través del Sistema Solar y había dejado su tarjeta de presentación. La noticia fue una revelación… pero no una sorpresa: durante décadas se había esperado que sucediera algo así.

Y todo eso había ocurrido mucho antes de que existiera la raza humana. Aunque algún accidente misterioso le había sucedido a la *Discovery* en su viaje hacia Júpiter, no existían pruebas verdaderas de que ese accidente entrañara algo más que una avería en el funcionamiento a bordo de la nave. Si bien las consecuencias filosóficas del TMA-1 eran profundas, a efectos prácticos, la humanidad seguía estando sola en el universo.

Ahora eso ya no tenía validez: a apenas minutos luz de distancia —un mero tiro de piedra en el Cosmos—, había una inteligencia capaz de crear una estrella y que, para satisfacer sus propios objetivos inescrutables, podía destruir un planeta mil veces más grande que la Tierra. Aún más amenazador resultaba el hecho de que dicha inteligencia había demostrado tener conocimiento de la especie humana, lo que se evidenció en el último mensaje que la *Discovery* había transmitido desde las lunas de Júpiter, casi en el instante en que el llameante nacimiento de Lucifer la destruyó:

TODOS ESTOS MUNDOS SON VUESTROS…
CON EXCEPCIÓN DE EUROPA:
NO INTENTÉIS EFECTUAR DESCENSOS ALLÍ.

La brillante estrella nueva había desterrado la noche salvo durante los pocos meses en que, todos los años, pasaba por detrás del Sol, y había traído esperanza y también miedo a la humanidad. Miedo, porque lo desconocido —en especial, cuando aparecía relacionado con la omnipotencia— no podía dejar de provocar esas emociones tan primitivas; y esperanza, debido a la transformación que había operado en la política de toda la Tierra.

Se ha dicho, con frecuencia, que lo único que podría unir a la especie humana sería una amenaza procedente del espacio. Si Lucifer era una auténtica amenaza, nadie lo sabía; pero, en todo caso, sí era un desafío. Y como demostrarían los hechos posteriores, eso fue suficiente.

Desde su favorable posición en el Pasteur, Heywood Floyd había observado los cambios geopolíticos ocurridos, casi como si él mismo fuese un observador extraterrestre. Al principio, no tenía la intención de permanecer en el espacio una vez lograda su completa recuperación, pero para desconcierto y fastidio de sus médicos, esa recuperación precisó un período totalmente desmesurado.

Al echar una mirada retrospectiva, desde la tranquilidad de los años recientes, Floyd supo con exactitud por qué sus huesos rehusaban soldarse: simplemente no deseaba regresar a la Tierra; nada había para él en ese deslumbrante globo azul y blanco que llenaba su cielo. Había ocasiones en que podía comprender bien cómo Chandra pudo haber perdido su voluntad de vivir.

Fue por pura casualidad por lo que no estuvo con su primera esposa en aquel viaje al continente europeo. Ahora Marion estaba muerta, y su recuerdo parecía formar parte de otra vida, una vida que podría haber pertenecido a alguna otra persona; y las dos hijas que había tenido con ella eran dos amables extrañas que tenían sus propias familias.

Pero como consecuencia de sus propios actos, había perdido a Caroline, aun cuando no había tenido una real alternativa en el asunto, pues ella nunca había entendido (¿lo había entendido él mismo?) por qué Floyd había dejado la bella casa que compartían, para autodesterrarse, durante años, en esos páramos distantes del Sol.

Si bien antes de que la misión estuviera semicompletada sabía que Caroline no lo aguardaría, había anhelado con desesperación que Chris lo perdonara. Pero hasta ese consuelo le fue negado: su hijo había estado sin padre demasiado tiempo, y cuando él regresó, Chris ya había encontrado otro padre en el hombre que había tomado el lugar de Floyd en la vida de Caroline. El alejamiento fue completo, y aunque Floyd pensó que nunca se recuperaría, por supuesto, se recuperó... en cierta medida.

Su cuerpo había conspirado de manera astuta con sus deseos inconscientes, de modo que cuando por fin regresó a la Tierra, después de su dilatada convalecencia en el Pasteur, enseguida desarrolló síntomas tan alarmantes —entre ellos, algo sospechosamente parecido a una necrosis ósea— que de inmediato, a toda prisa, volvieron a ponerlo en órbita. Y ahí había permanecido (aparte de unos pocos viajes cortos a la Luna), adaptado por completo a la vida en el régimen de gravedad del hospital rotativo del espacio, gravedad que oscilaba entre cero y un sexto de la terrestre.

Floyd no era un recluso, ni mucho menos, ya que cuando se hallaba convaleciente incluso dictaba informes, prestaba testimonio ante innumerables comisiones y era entrevistado por representantes de los medios de comunicación. Era un hombre famoso y disfrutaba de la experiencia… mientras durase. Eso le ayudaba a cicatrizar sus heridas internas.

La primera década completa —del 2020 al 2030— parecía haber transcurrido con tanta rapidez que ahora a Floyd le resultaba difícil concentrarse en ella. Se produjeron las crisis, escándalos, delitos y catástrofes de costumbre; de modo especialmente destacado, recordaba el gran terremoto de California, cuyas consecuencias observó —con toda la fascinación que provoca el horror— a través de los monitores de televisión de la estación espacial. Cuando empleaban el aumento óptico máximo, y en condiciones favorables, las pantallas podían mostrar a los seres humanos. Pero desde la perspectiva que le daba la altura, que hacía que contemplara esas imágenes como si estuviera sentado en el trono de Dios, a Floyd le había sido imposible identificarse con los pequeños puntos que, corriendo como hormigas, se afanaban por huir de las ciudades en llamas. Solo las cámaras ubicadas casi a ras del suelo revelaban el verdadero horror.

Si bien los resultados se manifestarían más adelante, durante esa década las placas tectónicas políticas se habían estado desplazando de modo tan inexorable como las geológicas… aunque en sentido opuesto, como si el tiempo hubiese estado corriendo hacia atrás. En sus comienzos la Tierra había tenido un supercontinente único, Pangea, que, en el transcurso de los evos, se había desgarrado y separado. Lo mismo había hecho la especie humana, escindida en innumerables tribus y naciones; ahora se estaba fusionando, de nuevo, a medida que las antiguas divisiones lingüísticas y culturales empezaban a volverse menos nítidas.

Aunque Lucifer lo había acelerado, ese proceso había comenzado décadas atrás, cuando el advenimiento de la era de los aviones de retropropulsión desencadenó una explosión de turismo por todo el globo terráqueo. Casi en la misma época —por supuesto, no fue una coincidencia—, los satélites y las fibras ópticas produjeron una revolución en las comunicaciones. Con la histórica abolición de las tarifas de larga distancia —hecho que ocurrió el 31 de diciembre del año 2000—, toda llamada telefónica se convirtió en una llamada local, y la raza humana recibió el nuevo milenio transformada en una sola familia, enorme y chismosa.

Al igual que la mayoría de las familias, tampoco esa fue siempre pacífica, pero sus disputas ya no amenazaban a todo el planeta. La segunda —y última— guerra termonuclear vio el uso, en combate, de una cantidad de bombas no mayor que la usada en la primera guerra: dos, exactamente. Y aunque el kilotonelaje fue superior, las bajas fueron mucho menores, ya que ambas bombas se utilizaron contra instalaciones petrolíferas en las que había escaso personal. Cuando se llegó a ese punto, los tres grandes —China, Estados Unidos y la URSS— se movieron con loable celeridad y sabiduría, y aislaron el teatro de operaciones hasta que los combatientes supervivientes recobraron la sensatez.

Hacia la década de 2020-2030, una guerra de enormes proporciones entre las grandes potencias era tan impensable como una contienda entre Canadá y Estados Unidos en el siglo anterior. Esto no se debía a que se hubiera producido un vasto perfeccionamiento de la naturaleza humana (en todo caso, si se debía a eso, no era a causa de un factor único), sino a la normal elección de la vida, en vez de la muerte. Gran parte de la maquinaria de la paz ni siquiera había sido planeada en forma consciente: antes de que los políticos se dieran cuenta, descubrieron que aquella maquinaria estaba instalada, y que funcionaba bien...

No fue ningún estadista ni ningún idealista de tendencia

alguna quien creó el movimiento «Rehén de Paz»; la expresión misma no fue acuñada sino hasta mucho después de que alguien se diera cuenta de que, en un momento dado, había cien mil turistas rusos en Estados Unidos... y medio millón de estadounidenses en la Unión Soviética, la mayoría de ellos dedicada al tradicional pasatiempo de quejarse de las cañerías. Y quizá insistiendo aún más en la cuestión, ambos grupos comprendían una desmesurada cantidad de personas en absoluto sacrificables: los hijos e hijas de la riqueza, de los privilegios y del poder político.

Y aun cuando alguien lo hubiera deseado, ya no era posible planear una guerra en gran escala. La Era le la Transparencia había empezado a desarrollarse en la década de 1990, cuando emprendedores medios de comunicación comenzaron a lanzar satélites provistos de equipos fotográficos, con resolución comparable a la de los satélites que los militares habían poseído con exclusividad durante tres décadas. Tanto el Pentágono como el Kremlin estaban furiosos, pero ninguno de los dos era rival ni para Reuter ni para Associated Press, y tampoco para las cámaras del Servicio Orbital de Noticias, que se mantenían alerta durante las veinticuatro horas del día.

Hacia 2060, el mundo, si bien no había llegado al desarme total, había sido pacificado de modo efectivo, y las cincuenta armas termonucleares que quedaban se encontraban bajo control internacional. De modo sorprendente, apenas hubo oposición cuando el popular monarca Eduardo VIII fue elegido primer presidente planetario; solamente disintió una docena de Estados, cuyo tamaño e importancia iban desde la aún testarudamente neutral Suiza (aunque sus restaurantes y hoteles recibieron a la nueva burocracia con los brazos abiertos) hasta los todavía más fanáticamente independientes malvineros, que ahora resistían todos los intentos que efectuaban los exasperados británicos y argentinos para escamoteárselos entre sí.

El desmantelamiento de la vasta y por completo parásita industria de armamento dio un impulso sin precedentes (en ocasiones, malsano, a decir verdad) a la economía mundial: las materias primas vitales y los brillantes talentos en ingeniería ya no eran devorados por un virtual agujero negro ni, lo que era aun peor, empleados para la destrucción. Ahora podían ser utilizados para componer los estragos y la indiferencia de siglos, a través de la reconstrucción del mundo.

Y de la construcción de otros nuevos, pues, en verdad, la humanidad ya había encontrado el «equivalente moral de la guerra», así como un desafío que podía absorber las energías excedentes de la especie... durante tantos milenios futuros como la mente se atreviese a imaginar.

I. LA MONTAÑA MÁGICA

4

EL MAGNATE

Cuando William Tsung nació, había sido denominado «el bebé más caro del mundo», título que solo retuvo durante dos años, antes de que lo reclamara su hermana. Esta todavía lo ostentaba, y ahora que había sido revocado el Derecho de Familia, nadie nunca lo cuestionaría.

El padre de esos niños, el legendario sir Lawrence, había nacido cuando China había vuelto a instituir la estricta regla de «un solo hijo, una sola familia». La generación de sir Lawrence había suministrado a psicólogos y sociólogos material para la realización de interminables estudios. Dado que sus miembros no tenían hermanos ni hermanas —y, en muchos casos, tampoco tíos ni tías—, esa generación constituía un caso único en la historia humana. Si el crédito se debe a la elasticidad de la especie o a los méritos del extenso sistema familiar chino, es algo que, probablemente, nunca se determinará. Lo que subsistió fue el hecho de que fue notable el modo en que los hijos de aquella extraña época estuvieron exentos de cicatrices, aunque, de todos modos, no dejaron de verse afectados, y sir Lawrence había puesto, de manera bastante espectacular, lo mejor de sí mismo para compensar el aislamiento de su infancia.

Cuando su segundo hijo nació, en 2022, el sistema de concesión de licencias se había convertido en ley. Se podía tener el número de hijos que se deseara, siempre y cuando se pagara el arancel correspondiente. (Los comunistas de la vieja guardia que aún sobrevivían no eran los únicos que consideraban que todo el esquema era absolutamente horroroso, pero fueron derrotados por la mayor cantidad de votos de sus pragmáticos colegas, en el congreso de la República Democrática del Pueblo.)

Los dos primeros hijos eran gratis. El tercero costaba un millón de sols. El cuarto, dos millones, el quinto, cuatro millones, y así sucesivamente. El hecho de que, en teoría, no hubiera capitalistas en la República Democrática del Pueblo se pasaba alegremente por alto.

El joven señor Tsung nunca reveló si tenía en mente algún objetivo (eso, desde luego, ocurrió años antes de que el rey Eduardo lo invistiera como Caballero Comandante de la Orden del Imperio Británico). Cuando nació su quinto hijo, seguía siendo un millonario bastante pobre; pero apenas tenía cuarenta años, y cuando la adquisición de Hong Kong no le exigió tanto capital como había temido, Tsung descubrió que disponía de una considerable cantidad de dinero.

Eso es lo que se decía, pero, al igual que con otros muchos relatos sobre sir Lawrence, resultaba difícil distinguir los hechos de la leyenda. En realidad, no era cierto el insistente rumor de que Tsung había comenzado a hacer fortuna mediante la famosa edición pirata —del tamaño de una caja de zapatos— de la Biblioteca del Congreso: todo ese fraude del Módulo de Memoria Molecular fue una operación que se llevó a cabo fuera de la Tierra, y fue posible gracias a que Estados Unidos no había firmado el Tratado Lunar.

Aun cuando sir Lawrence no era un multimillonario, el complejo de sociedades anónimas que había erigido lo había convertido en el poder financiero más grande de la Tierra, logro en absoluto desdeñable tratándose del hijo de un humilde vendedor ambulante de cintas de vídeo en lo que todavía se conocía como Nuevos Territorios. Probablemente nunca se percató de los ocho millones que pagó por el sexto hijo, y tampoco de los treinta y dos que le costó el octavo. Los sesenta y cuatro que tuvo que dar de antemano por el noveno atrajeron la publicidad mundial, y después del décimo, las apuestas que se hicieron respecto de sus planes futuros muy bien pueden haber superado los doscientos cincuenta y seis millones que le costaría el hijo siguiente. Sin embargo, una vez que se llegó a ese punto, lady Jasmine —que combinaba, en exquisitas proporciones, las mejores propiedades del acero y de la seda— decidió que la dinastía Tsung estaba adecuadamente instituida.

Se debió en gran parte a la casualidad (si es que existe tal cosa) el hecho de que sir Lawrence estableciera contacto personal con el área de las actividades espaciales. Tenía, por supuesto, amplios intereses en los sectores marítimo y aeronáutico, pero de ello se encargaban sus cinco hijos, con sus respectivos socios. El verdadero amor de sir Lawrence eran las comunicaciones: periódicos (los pocos que quedaban), libros, revistas (tanto impresas en papel como electrónicas) y, sobre todo, las redes de televisión que abarcaban todo el planeta.

En esa época adquirió el magnífico y antiguo «Hotel Peninsular», que el niño chino pobre que él había sido consideraba el símbolo mismo de la riqueza y del poder, y lo convirtió en su residencia y oficina central. Lo rodeó de un hermoso parque, mediante el sencillo recurso de construir las enormes galerías comerciales bajo tierra (su entonces recién constituida Compañía de Excavaciones por Láser, S. A., amasó una fortuna con esa obra y sentó el precedente para muchas otras ciudades).

Cierto día, mientras estaba admirando la silueta incomparable de la ciudad recortada contra el cielo, tal como se veía desde el otro lado del puerto, consideró que era necesario introducir un perfeccionamiento más: durante décadas, la vista desde los pisos inferiores del «Hotel Peninsular» había estado bloqueada por un enorme edificio que parecía una aplastada pelota de golf. Sir Lawrence decidió que ese edificio tenía que desaparecer.

El director del Planetario de Hong Kong —considerado como uno de los cinco mejores planetarios del mundo— tenía otras ideas, y muy pronto sir Lawrence descubrió, encantado, a alguien a quien no podía comprar a ningún precio. Los dos hombres se convirtieron en buenos amigos, pero cuando el doctor Hessenstein realizó los preparativos necesarios para celebrar el sexagésimo cumpleaños de sir Lawrence, no podía imaginar que estaba contribuyendo a cambiar la historia del Sistema Solar.

I. LA MONTAÑA MÁGICA

5

FUERA DEL HIELO

Más de cien años después de que Zeiss fabricara el primer prototipo, hecho que tuvo lugar en Jena, en 1924, todavía se utilizaban algunos proyectores planetarios ópticos, que se cernían de manera espectacular sobre el público asistente. Pero ya hacía décadas que Hong Kong había dejado fuera de servicio su instrumento de tercera generación, en favor del sistema electrónico, mucho más versátil. La totalidad de la gran cúpula era, en lo esencial, una gigantesca pantalla de televisión compuesta por miles de paneles separados, en la que se podía exhibir cualquier imagen que fuese posible concebir.

El programa había comenzado —era inevitable que así ocurriera— con un tributo al desconocido inventor del cohete, en algún lugar de China, durante el siglo XIII. Los primeros cinco minutos fueron dedicados a hacer una acelerada reseña histórica que tal vez otorgaba menos reconocimiento del debido a los pioneros rusos, alemanes y norteamericanos, con el fin de concentrarse en la carrera del doctor Hsue-Shen Tsien. Dados la época y el lugar, se podía disculpar a los compatriotas de Hsue-Shen Tsien que, en la historia del desarrollo de la cohetería, lo hicieran aparecer tan importante como Goddard, Von Braun o Koroliev. Y, de hecho, tenían verdaderos motivos para estar indignados por el arresto que sufrió Hsue-Shen en Estados Unidos —bajo acusaciones falsas— cuando, tras haber ayudado a fundar el afamado Laboratorio de Propulsión por Reacción y de ser nombrado primer profesor Goddard del Instituto Tecnológico de California, decidió regresar a su patria.

Apenas si se mencionó el lanzamiento del primer satélite chino, por parte del cohete *Marzo Largo 1*, en 1970, quizá debido a que, en aquel entonces, los norteamericanos ya estaban caminando sobre la Luna. Por otro lado, el resto del siglo xx desfiló en unos minutos, y la narración llegó hasta 2007 y la construcción en secreto de la cosmonave *Tsien*... a la vista del mundo entero.

El narrador no se regodeó en exceso al referirse a la consternación que las demás potencias exploradoras del espacio experimentaron cuando una estación espacial —supuestamente china— de forma repentina disparó sus reactores, salió de órbita y se dirigió a Júpiter, y cogió por sorpresa a la misión ruso-norteamericana que iba a bordo de la *Cosmonauta Alexei Leonov*. El relato era lo bastante espectacular —y trágico— como para no precisar adornos.

Por desgracia, había muy poco material visual auténtico para ilustrar la narración, de modo que el programa tuvo que basarse, en gran medida, en efectos especiales y en una inteligente reconstrucción hecha a partir de posteriores reconocimientos fotográficos de larga distancia. Durante su breve permanencia en la helada superficie de Europa, la tripulación de la *Tsien* había estado demasiado ocupada y no había podido filmar documentales televisivos ni montar una cámara de funcionamiento automático.

De todas maneras, las palabras pronunciadas entonces transmitían gran parte del drama de ese primer descenso a las lunas de Júpiter. El comentario hecho por Heywood Floyd —y emitido desde la *Leonov*, que se estaba acercando— sirvió de manera admirable para representar la escena, y había abundancia de fotos de archivo de Europa para ilustrar esa escena:

—En este preciso instante, estoy observándola a través del más poderoso de los telescopios de la nave. Con este aumento, aparece diez veces más grande que la Luna, tal como esta se ve a simple vista. Y es una visión realmente *sobrenatural*.

»La superficie presenta un color rosado uniforme, con algunas pequeñas manchas pardas. Está cubierta por una intrincada red de líneas delgadas que se tuercen y entrelazan en todas direcciones. De hecho, se parece mucho a una fotografía que puede verse en un texto de medicina, y que muestre una red de venas y arterias.

»Algunas de estas formaciones tienen centenares o hasta miles de kilómetros de largo, y ofrecen un aspecto bastante parecido al de los ilusorios canales que Percival Lowell y otros astrónomos de comienzos del siglo xx imaginaron haber visto en Marte.

»Pero los canales de Europa no son una ilusión, si bien no son artificiales, claro está. Más aún: *sí* contienen agua… o, por lo menos, hielo, ya que el satélite está casi completamente cubierto por un océano que tiene una profundidad media de cincuenta kilómetros.

»Debido a que está tan lejos del Sol, la temperatura de la superficie de Europa es extremadamente baja: alrededor de ciento cincuenta grados por debajo del punto de congelación. Así pues, cabría esperar que su único océano sea un bloque sólido de hielo.

»De modo sorprendente, no es ese el caso de Europa porque en su interior existe mucho calor, generado por las fuerzas de la marea, las mismas fuerzas que impulsan los grandes volcanes de la vecina Ío.

»De ahí que el hielo continuamente se esté fundiendo, rompiendo y congelando, formando grietas y canales como los que existen en los mantos de hielo flotante de nuestras propias regiones polares. Es ese intrincado trazado de grietas lo que estoy viendo ahora; casi todas ellas son oscuras y muy antiguas; quizá tengan millones de años de antigüedad. Pero unas pocas son de color blanco casi puro, son las nuevas, que se acaban de abrir y tienen una corteza de tan solo unos pocos centímetros de espesor.

»La *Tsien* descendió justo al lado de una de estas vetas blancas: una grieta de mil quinientos kilómetros de largo, a la que se bautizó con el nombre de Gran Canal. Es probable que los chinos pretendan desviar con una bomba el agua de la grieta hacia sus tanques propulsores, con lo cual podrán explorar el sistema de satélites jovianos y después regresar a la Tierra. Quizá no sea fácil, pero sin duda han estudiado el lugar de aterrizaje con gran cuidado, y deben de saber lo que están haciendo.

»De modo que ahora resulta evidente por qué corrieron tal riesgo... y por qué reclaman Europa: en calidad de punto de reabastecimiento de combustible. Podría ser la llave de todo el Sistema Solar...

Sin embargo, las cosas no habían resultado de esa manera, recordó sir Lawrence, mientras se reclinaba en su lujosa silla, bajo el disco veteado y moteado que llenaba su cielo artificial. Los océanos de Europa seguían siendo inaccesibles a la humanidad, por motivos que aún eran un misterio. Y no solo inaccesibles, sino también invisibles: desde que Júpiter se había convertido en sol, sus dos satélites interiores se habían desvanecido bajo nubes de vapor que escapaba, en ebullición, desde la parte interna. Sir Lawrence estaba mirando a Europa, tal como había sido en 2010... no como era hoy.

Por aquel entonces sir Lawrence era un adolescente, pero aún recordaba el orgullo que sintió al saber que sus compatriotas —no importaba cuánto disentía de la política que seguían— estaban a punto de realizar el primer descenso a un mundo virgen.

Por supuesto que en el lugar no había ninguna cámara que registrara el descenso, pero la reconstrucción se efectuó de manera impecable. Sir Lawrence podía creer de verdad que esa era la cosmonave predestinada a su destrucción, que en silencio se descolgaba desde el negrísimo cielo hacia el gélido paisaje de Europa, y que se posaba junto a la descolorida banda de agua recientemente congelada, a la que se había dado el nombre de Gran Canal.

Todo el mundo sabía qué había ocurrido después. Quizá con buen criterio, no se había intentado reproducirlo en forma visual. En cambio, la imagen de Europa se esfumó y fue remplazada por un retrato tan familiar para cualquier chino como Yuri Gagarin lo era para cualquier ruso.

La primera fotografía mostraba a Rupert Chang el día de su graduación, en 1989: un formal estudiante joven, a quien resultaba imposible distinguir entre un millón de otros como él, completamente inconsciente de su cita con la historia, dos décadas hacia el futuro.

Con brevedad y utilizando un suave fondo musical, el comentarista resumió los aspectos destacados de la carrera del doctor Chang, hasta su designación como oficial científico a bordo de la *Tsien*. Mediante cortes transversales en el tiempo, se fueron mostrando fotografías cada vez más actuales, hasta llegar a la última, tomada inmediatamente antes de la misión.

Sir Lawrence se sentía agradecido por la oscuridad del planetario, ya que tanto sus amigos como sus enemigos se habrían sorprendido al ver que sus ojos se llenaban de lágrimas al escuchar el mensaje que el doctor Chang había dirigido a la cercana *Leonov*, sin saber si ese mensaje sería recibido alguna vez.

—... sé que están a bordo de la *Leonov*... es posible que no tenga mucho tiempo... dirijo la antena de mi traje hacia donde creo...

La señal se desvaneció durante unos angustiosos segundos; después retornó, mucho más clara, aunque no con mayor intensidad.

—... transmitan esta información a la Tierra: la *Tsien* ha sido destruida hace tres horas. Soy el único superviviente. Estoy usando la radio de mi traje espacial; no sé si tiene suficiente alcance, pero es mi única posibilidad. Por favor, escuchen con atención: HAY VIDA EN EUROPA. Repito: HAY VIDA EN EUROPA...

La señal volvió a desvanecerse...

—… poco después de la medianoche local. Bombeábamos sin descanso, y los tanques estaban llenos casi hasta la mitad. El doctor Li y yo hemos salido para revisar el aislamiento de la tubería. La *Tsien* está detenida… Se ha detenido a unos treinta metros del borde del Gran Canal. Los tubos salen directamente de la nave y descienden a través de la capa de hielo, que es muy delgada; no es seguro caminar sobre ella. El ascenso del agua cálida desde debajo del hielo…

Otra vez, un largo silencio…

—… no es problema: cinco kilovatios de luces dispuestas en forma de rosario sobre la nave. Como un hermoso árbol de Navidad que brillaba directamente a través del hielo. Gloriosos colores. Li ha sido el primero en verla: era una enorme masa oscura que subía desde las profundidades. Al principio, hemos pensado que se trataba de un banco de peces porque era demasiado grande para ser un solo organismo; después ha empezado a abrirse paso a través del hielo…

»… como enormes hebras de algas marinas húmedas, que reptaban por el suelo. Li ha regresado corriendo a la nave para traer una cámara; yo me he quedado para observar e informar a través de la radio. La masa se movía con tanta lentitud que sin dificultad podría haber corrido más deprisa que ella. Creía saber qué clase de ser era ese (he visto imágenes de los bosques de algas pardas del litoral de California), pero estaba por completo equivocado.

»… he podido darme cuenta de que ese ser tenía problemas: no le era posible sobrevivir a una temperatura de ciento cincuenta grados inferior a la de su ambiente normal. A medida que avanzaba, se iba congelando hasta volverse sólido y cristalino; se iban desprendiendo de él pedacitos que parecían cristales, pero seguía avanzando en dirección a la nave, como una gigantesca ola negra que continuamente iba disminuyendo su velocidad.

»Yo todavía estaba tan sorprendido que no podía pensar con normalidad ni podía imaginar qué estaba tratando de hacer…

»… ha ido trepando por la nave y, a medida que avanzaba, iba formando una especie de túnel de hielo. Quizá eso lo estaba protegiendo del frío, del mismo modo que las termitas se protegen de la luz solar mediante sus pequeñas galerías de lodo.

»… toneladas de hielo sobre la nave. Las antenas de radio han sido las que primero se han roto. Después, he podido ver que las patas de aterrizaje empezaban a combarse. Todo se veía en cámara lenta, como si fuera un sueño.

»Hasta el momento en que la nave se ha empezado a derrumbar no me he dado cuenta de lo que esa cosa estaba tratando de hacer… pero ya era muy tarde: podríamos habernos salvado con solo haber apagado aquellas luces.

»Tal vez sea un organismo fototrópico, y la luz solar que se filtra a través del hielo active su ciclo biológico. O puede haber sido atraído, al igual que una mariposa nocturna por la llama de una vela. Nuestros reflectores deben de haber sido más brillantes que cualquier cosa que Europa haya conocido jamás…

»Después, la nave se ha precipitado con violencia. He visto que el casco se partía y que se formaba una nube de copos de nieve cuando se ha condensado la humedad. Todas las luces se han extinguido, salvo una que oscilaba hacia delante y hacia atrás, en un cable, a un par de metros del suelo.

»No sé qué ha ocurrido inmediatamente después de eso. Lo siguiente que recuerdo es que estaba parado bajo la luz, al lado de los restos de la nave, mientras un fino polvillo de nieve caía a mi alrededor; en ese polvillo podía ver mis huellas con mucha claridad. Debo de haber corrido, quizá solo había transcurrido un minuto, o dos…

»La planta (seguía pensando en esa cosa como si fuera una planta) estaba inmóvil. Me intrigaba saber si la habría dañado el golpe, ya que grandes porciones, gruesas como el brazo de un hombre, se habían hecho astillas como si fueran ramitas rotas.

»Luego, el tronco principal ha empezado a desplazarse otra vez. Se ha separado del casco de la cosmonave y ha comenzado a reptar hacia mí. Ha sido en ese momento cuando he sabido, con toda certeza, que esa cosa era fotosensible, pues yo estaba de pie exactamente debajo de la lámpara de mil vatios, que ya había dejado de balancearse.

»Imagínense un roble (mejor aún, un banano, con sus múltiples troncos y raíces) aplastado por la gravedad y tratando de reptar por el suelo. Se ha detenido a unos cinco metros de la luz; luego se ha empezado a extender, hasta que ha formado un círculo perfecto a mi alrededor. Cabe suponer que ese era el límite de su tolerancia, el punto en el cual la fotoatracción se convertía en repulsión. Después de eso, no ha ocurrido nada durante varios minutos. Me preguntaba si ese ser estaría muerto o, por lo menos, completamente congelado.

»Entonces he visto que se estaban formando grandes yemas en muchas de las ramas. Era como mirar una película de flores que se abren, filmada en intervalos prefijados y después unidos en una sola secuencia. De hecho, he pensado que *eran* flores... cada una tan grande como la cabeza de un hombre.

»Han empezado a desplegarse membranas delicadas y de hermosos colores. Aun en ese momento, me ha venido a la mente que ningún ser vivo, ninguna *cosa*, puede haber visto esos colores en ninguna oportunidad anterior; no existían hasta que trajimos nuestras luces, nuestras fatales luces, a este mundo.

»Zarcillos y estambres, que oscilaban débilmente... He andado hacia esa pared viviente que me rodeaba, con el fin de poder ver con exactitud qué estaba ocurriendo. Ni entonces, ni en ningún otro momento, había experimentado el menor temor ante aquel ser. Estaba seguro de que no era maligno... si es que, en verdad, por lo menos tenía conciencia.

»Había muchísimas flores, de gran tamaño y en diversos estadios de apertura; en ese momento, me recordaban mariposas recién surgidas de la crisálida, con las alas contraídas, todavía débiles. Cada vez me estaba acercando más a la verdad.

»Pero se estaban congelando, morían tan pronto como se formaban. Después, una tras otra, han ido cayendo de las yemas madre. Durante unos instantes, han aleteado cerca de donde habían caído, como peces fuera del agua… hasta que, por fin, me he dado cuenta con exactitud de lo que eran: esas membranas no eran pétalos; eran *aletas*, o su equivalente. Se trataba del estadio larval, nadador, de ese ser. Es probable que pase gran parte de su vida enraizado en el lecho del mar; después, envía a estos vástagos móviles a buscar un nuevo territorio. Exactamente como hacen los corales de los océanos de la Tierra.

»Me he puesto en cuclillas para poder ver más de cerca a uno de esos pequeños seres. Ahora, los bellos colores se estaban borrando y eran remplazados por un débil color pardo amarillento. Algunos de los pétalos-aleta se habían soltado y se convertían en quebradizas escamas cuando se congelaban. Pero el ser todavía se movía débilmente, y cuando me he acercado, ha tratado de evitarme. Me he preguntado cómo percibía mi presencia.

»En ese momento, me he percatado de que todos los *estambres* —así los había denominado yo— tenían en el ápice puntos de color azul brillante que parecían diminutas constelaciones de zafiros. Mientras observaba, el azul brillante se ha decolorado; y los zafiros se han transformado en piedras opacas y ordinarias.

»Doctor Floyd, o cualquiera que esté escuchando, no tengo mucho más tiempo, pues pronto Júpiter bloqueará mi señal.

»Pero ya casi he terminado.

»En ese momento, he sabido qué tenía que hacer. El cable que alimentaba esa lámpara de mil voltios colgaba casi hasta el suelo. Le he dado varios tirones, y la luz se ha apagado, con una lluvia de chispas.

»Me preguntaba si sería demasiado tarde. Durante unos instantes, nada ha sucedido, así que he andado hasta la pared de ramas entrelazadas que me rodeaba y le he propinado un puntapié.

»Poco a poco, el ser ha empezado a destejerse y a retirarse para volver al canal. Había mucha luz y podía ver todo a la perfección: Ganimedes y Calisto estaban en el cielo; Júpiter era una enorme y delgada medialuna, y había una gran exhibición auroral en el lado en que era de noche, en el extremo joviano del tubo de flujo magnético de Ío. No había necesidad de usar la luz de mi casco.

»He seguido al ser durante todo su trayecto de regreso al agua, alentándolo con más puntapiés cuando reducía su velocidad, y sintiendo todo el tiempo los fragmentos de hielo que se quebraban bajo mis botas… A medida que se acercaba al canal, el ser parecía ganar fuerza y energía, como si supiese que se estaba acercando a su hogar natural. Me preguntaba si sobreviviría para volver a producir yemas.

»Ha desaparecido a través de la superficie y ha ido dejando unas cuantas larvas muertas sobre ese terreno que no era el suyo. El agua fría expuesta ha burbujeado algunos minutos, hasta que una protectora capa de hielo la ha aislado herméticamente del vacío. Después he regresado a la cosmonave, para ver si había algo que rescatar… No quiero hablar de eso.

»Solo quiero formular dos peticiones, doctor: cuando los taxonomistas clasifiquen a este ser, tengo la esperanza de que su denominación científica recuerde mi nombre; y cuando la próxima nave espacial regrese a casa, pidan a su tripulación que lleven nuestros huesos a China.

»Júpiter nos va a incomunicar dentro de pocos minutos.

Ojalá supiera si alguien me ha estado recibiendo. De todos modos, repetiré este mensaje cuando volvamos a estar en la visual… si el sistema de apoyo vital de mi traje dura el tiempo suficiente.

»Les habla el profesor Chang desde Europa, e informa sobre la destrucción de la nave espacial *Tsien*. Descendimos al lado del Gran Canal y montamos nuestras bombas en el borde del hielo…

La señal se desvaneció bruscamente, volvió un instante y después desapareció por completo, por debajo del nivel de ruido.

Nunca habría ningún mensaje posterior del profesor Chang, pero el que llegó ya había alterado el curso de las ambiciones de Lawrence Tsung, y las había dirigido hacia el espacio.

I. LA MONTAÑA MÁGICA

6

EL REVERDECIMIENTO DE GANIMEDES

Rolf van der Berg fue el hombre preciso, que estuvo en el sitio preciso, en el momento preciso: ninguna otra combinación habría funcionado. (Así es, por supuesto, la manera en que se escribe gran parte de la Historia.)

Fue el hombre preciso porque era un refugiado afrikáner de segunda generación, y un geólogo excelente, y ambos factores eran igualmente importantes. Estuvo en el sitio preciso, porque esa tenía que ser la más grande de las lunas jovianas, la tercera hacia el exterior en la secuencia Ío, Europa, Ganimedes, Calisto. El momento no era un factor tan crítico, pues la información había estado detenida en los bancos de datos —como una bomba de acción retardada— durante una década, por lo menos. Van der Berg no se topó con ella hasta 2057; aun entonces, necesitó otro año para convencerse de que no estaba loco… y se llegó a 2059, antes de que él apartara de forma silenciosa los registros originales. Solo entonces, cuando ya se hallaba a salvo, pudo dedicar toda su atención al problema principal: qué hacer a continuación.

Como sucede con mucha frecuencia, todo había comenzado con una observación en apariencia trivial, en un campo que ni siquiera le concernía de manera directa a Van der Berg. En su condición de miembro de la Fuerza Específica de la Ingeniería Planetaria, su trabajo consistía en estudiar y catalogar los recursos naturales de Ganimedes, así que no tenía por qué estar perdiendo el tiempo con el cercano satélite prohibido.

Pero Europa era un enigma que nadie —y mucho menos sus vecinos inmediatos— podía pasar por alto durante largo tiempo. Cada siete días pasaba entre Ganimedes y el brillante minisol que otrora había sido Júpiter, y producía eclipses que podían durar alrededor de doce minutos. Cuando se hallaba en su punto máximo de acercamiento, parecía ser ligeramente más pequeño que la Luna, tal como esta se veía desde la Tierra, pero disminuía hasta apenas una cuarta parte de su tamaño cuando se encontraba en el otro lado de su órbita.

A menudo los eclipses eran impresionantes: poco antes de que se deslizara entre Ganimedes y Lucifer, Europa se convertía en un ominoso disco negro que cuando la luz del nuevo sol se refractaba a través de la atmósfera que había ayudado a crear, se veía rodeado por un anillo de fuego carmesí.

En menos de la mitad del tiempo que dura la vida humana, Europa se había transformado: la corteza de hielo, en el hemisferio que siempre estaba enfrentado a Lucifer, se había derretido, para formar el segundo océano del Sistema Solar. A lo largo de una década había echado espuma y había hervido en el vacío que tenía sobre sí, hasta que se alcanzó el equilibrio. Ahora Europa poseía una atmósfera tenue pero utilizable —aunque no por seres humanos—, constituida por vapor de agua, sulfuro de hidrógeno, bióxido de carbono y de azufre, nitrógeno y una mezcla de gases nobles. Si bien el un tanto mal llamado «lado nocturno» seguía estando en permanente congelación, en aquel momento una superficie del satélite tan grande como África tenía clima templado, agua líquida y unas pocas islas diseminadas.

Todo esto —y no mucho más— había sido observado a través de telescopios instalados en la órbita terrestre. En la época en que se había lanzado la primera expedición en gran escala hacia las lunas galileanas, en 2028, Europa ya había quedado oculta por un manto permanente de nubes. Los cuidadosos sondeos con radar poco revelaron, excepto un liso océano en una de las caras, y hielo casi igualmente liso en la otra. Europa seguía conservando la reputación de ser el lote de tierra más llano del Sistema Solar.

Diez años después, esa afirmación ya no era cierta: algo drástico le había sucedido a Europa. Ahora poseía una montaña solitaria, casi tan alta como el Everest, que se proyectaba a través del hielo de la zona del crepúsculo. Era probable que alguna actividad volcánica —como la que de forma continua tenía lugar en la vecina Ío— hubiese empujado esta masa de material hacia arriba. Era posible que el muy incrementado flujo de calor procedente de Lucifer hubiera desencadenado tal fenómeno.

Pero esta obvia explicación planteaba varios problemas. El monte Zeus era una pirámide irregular, no el habitual cono volcánico, y las exploraciones hechas mediante el radar no mostraban ninguna de las características coladas de lava. Durante una momentánea brecha en las nubes y a través de los telescopios montados en Ganimedes, se obtuvieron algunas fotografías de mala calidad, que sugerían que el monte estaba constituido por hielo, al igual que el congelado paisaje que lo circundaba. Fuera cual fuese la respuesta, la creación del monte Zeus había sido una experiencia traumática para el mundo sobre el que se erguía, pues la totalidad del patrón del pavimento, constituido por grandes bloques de hielo de forma irregular, y que se extendía por el lado nocturno, había cambiado por completo.

Un científico independiente —es decir, que no pertenecía a ninguna institución— había propuesto la teoría de que el monte Zeus era un «iceberg cósmico», un fragmento cometario que había caído en Europa desde el espacio; la vapuleada Calisto brindaba abundantes pruebas de que tales bombardeos habían ocurrido en un pasado remoto. Esta teoría fue muy impopular en Ganimedes, cuyos potenciales colonizadores ya tenían suficientes problemas; de modo que quedaron muy aliviados cuando Van der Berg refutó esa teoría de manera convincente: cualquier masa de hielo de ese tamaño se habría hecho añicos al chocar, y si no se hubiese deshecho, la poca gravedad de Europa enseguida la habría hecho desplomarse. Mediciones efectuadas con radar demostraban que, aunque el monte Zeus en verdad se estaba hundiendo de forma progresiva, su forma total permanecía por completo inalterada. Era evidente que el hielo no era la respuesta.

Desde luego, el problema se habría podido resolver enviando una sola sonda a través de las nubes de Europa. Pero, por desgracia, fuera lo que fuese lo que había debajo de esa lúgubre y casi permanente capa de nubes, no alentaba la curiosidad.

TODOS ESTOS MUNDOS SON VUESTROS...
CON EXCEPCIÓN DE EUROPA:
NO INTENTÉIS EFECTUAR DESCENSOS ALLÍ.

El último mensaje transmitido desde la cosmonave *Discovery*, inmediatamente antes de su destrucción, no había caído en el olvido, pero se habían producido interminables discusiones con respecto a la interpretación que debía dársele. ¿«Descensos» se refería a sondas-robot o tan solo a vehículos tripulados? ¿Y en cuanto a los vuelos cercanos de circunvalación, fueran o no tripulados? ¿O los globos que flotaban en la atmósfera superior?

Los científicos estaban impacientes por averiguarlo, pero el público en general era indudable que estaba nervioso. Cualquier potencia capaz de hacer estallar el planeta más poderoso del Sistema Solar no podía de ningún modo ser tomada a la ligera. Y llevaría muchos siglos explorar y explotar Ío, Ganimedes, Calisto y las docenas de satélites menores: Europa podía esperar.

En consecuencia, más de una vez, a Van der Berg se le había dicho que no desperdiciara su valioso tiempo en investigaciones carentes de importancia práctica, cuando había tanto por hacer en Ganimedes. («¿Dónde podemos encontrar nitratos de carbono y de fósforo para las granjas hidropónicas? ¿Cuál es el grado de estabilidad de la Escarpa Barnard? ¿Hay peligro de que se produzcan más deslizamientos de lodo en Frigia?, etcétera, etcétera.»)

Pero Van der Berg había heredado la merecida reputación de terquedad que tenían sus antepasados, los bóers; de manera que, incluso cuando se hallaba trabajando en sus otros numerosos proyectos, por encima del hombro seguía mirando a Europa.

Y cierto día, tan solo durante unas horas, un ventarrón proveniente del lado nocturno limpió el cielo, por encima del monte Zeus.

I. LA MONTAÑA MÁGICA

7

TRÁNSITO

También yo digo adiós a todo lo que alguna vez tuve...

¿Desde qué profundidades de la memoria había surgido ese verso, hasta llegar a la superficie? Heywood Floyd cerró los ojos y trató de concentrarse en el pasado: era indudable que pertenecía a un poema... y apenas si había leído algún verso desde que había acabado sus estudios universitarios. Y aun entonces, había leído bastante poco, salvo durante un breve seminario sobre la lengua inglesa.

Sin indicios adicionales, a la computadora de la estación le podría llevar un buen rato —quizá alrededor de diez minutos— localizar ese verso dentro de todo el cuerpo de literatura en inglés. Pero eso sería hacer trampa (además de resultar caro), y Floyd prefirió aceptar el desafío intelectual.

Se trataba de un poema dedicado a la guerra, eso era evidente..., pero ¿a cuál de ellas? Había habido tantas guerras durante el siglo XX...

Todavía estaba buscando entre la niebla de su mente, cuando llegaron sus invitados, quienes se desplazaban como en cámara lenta, con esa gracia exenta de esfuerzo de los residentes de larga data en un ambiente con un sexto de gravedad. La sociedad del Pasteur estaba poderosamente influenciada por la que había sido llamada «estratificación centrífuga»: algunas personas nunca abandonaban la gravedad cero del eje de la estación, en tanto que quienes tenían la esperanza de regresar un día a la Tierra preferían el régimen de peso casi normal, en el borde del enorme disco que giraba con lentitud.

George y Jerry eran, ahora, los más viejos e íntimos amigos de Floyd, lo que resultaba sorprendente, dado que tenían tan pocos puntos obvios en común. Al echar una mirada retrospectiva a su propia y, hasta cierto punto, variada vida afectiva (dos matrimonios, tres contratos formales, dos informales, tres hijos), a menudo envidiaba a sus dos amigos; la larga estabilidad de su relación, a la que, en apariencia, para nada afectaban los «sobrinos» que procedentes de la Tierra o de la Luna los visitaban de vez en cuando.

—¿Habéis pensado *alguna vez* en el divorcio? —les había preguntado en una ocasión, para provocarlos.

George —cuyo manejo acrobático aunque profundamente serio de la batuta había sido, en gran medida, la causa del retorno de la orquesta clásica— tuvo, como siempre, la respuesta rápida y oportuna.

—En el divorcio, nunca. En el asesinato, *a menudo*.

—Por supuesto, nunca le saldría bien —había replicado Jerry, mordaz—, porque Sebastian revelaría lo ocurrido.

Sebastian era un loro hermoso y parlanchín, que ambos habían importado después de una prolongada batalla con las autoridades del hospital. No solo sabía hablar, sino que también podía reproducir los compases iniciales del *Concierto para violín* de Sibelius, con el que Jerry —con la considerable ayuda de Antonio Stradivarius— se había hecho famoso, medio siglo atrás.

Había llegado el momento de decir adiós a George, a Jerry y Sebastian… quizá durante tan solo algunas semanas, quizá para siempre. Floyd ya había pronunciado todas sus otras despedidas, en una serie completa de fiestas que habían vaciado gravemente la bodega de vinos de la estación, y no se le ocurría qué cosa podría haber dejado sin hacer.

Su computadora-secretaria de modelo primitivo pero todavía perfectamente útil, Archie, había sido programada para atender todas las llamadas que entraran, bien mediante el envío de respuestas adecuadas, bien encauzando cualquier mensaje urgente y personal hacia Floyd, a bordo de la *Universe*. Sería extraño, pasados todos esos años, que no pudiera hablar con quien deseara… si bien, como compensación, también podía evitar a los interlocutores indeseables. Después de algunos días de viaje, la cosmonave estaría lo bastante lejos de la Tierra como para hacer que la conversación en tiempo real fuera imposible, y todas las comunicaciones tendrían que desarrollarse a través de la voz grabada o de teletexto.

—Creíamos ser tus amigos —se quejó George—. Fue una jugada sucia convertirnos en tus albaceas… en especial cuando no nos vas a dejar nada.

—Puede que recibáis algunas sorpresas —replicó Floyd, sonriendo—. Sea como sea, Archie se hará cargo de todos los detalles. Tan solo querría que controlarais mi correo, por si hay algo que Archie no entiende.

—Sí *él* no lo entiende, tampoco lo entenderemos nosotros. ¿Qué sabemos sobre tus sociedades científicas y todas esas tonterías?

—Pueden cuidarse por sí mismas. Por favor, vigilad que el personal de limpieza no líe demasiado mis cosas mientras estoy fuera, y si no regreso, aquí hay algunos objetos personales que me gustaría que fueran enviados… a mi familia.

¡Su familia! Había penas, así como alegrías, en el hecho de vivir durante tanto tiempo, como Floyd.

Habían transcurrido sesenta y tres años —¡*sesenta y tres!*— desde la muerte de Marion, ocurrida en un accidente aéreo. Ahora Floyd sentía una punzada de culpa porque ni siquiera podía revivir el recuerdo de la aflicción que con toda seguridad padeció.

En el mejor de los casos, su pena era una reconstrucción forzada, no un recuerdo genuino.

¿Qué habrían significado el uno para el otro, en el caso de

haber estado Marion aún viva? En esos momentos, ella habría tenido exactamente cien años…

Y las dos niñitas a las que una vez tanto amó, ahora eran dos amables extrañas de cabello gris, que rayaban los setenta años y tenían hijos —¡y nietos! —propios. Según el último cómputo, había habido nueve descendientes en ese lado de la familia; sin la ayuda de Archie, Floyd nunca habría podido estar al corriente del nombre de sus nietos. Pero, por lo menos, todos lo recordaban en Navidad, aunque solo fuera por obligación, ya que no por afecto.

Desde luego, su segundo matrimonio había encubierto los recuerdos del primero, como sucede con lo último que se escribe en un palimpsesto medieval. Eso también había terminado, cincuenta años atrás, en algún punto entre la Tierra y Júpiter. Aunque Floyd había tenido la esperanza de una reconciliación —tanto con su esposa como con su hijo—, solo hubo tiempo para un breve encuentro, entre todas las ceremonias de bienvenida, antes de que el accidente lo obligara a exiliarse en el Pasteur.

El encuentro no había tenido éxito; tampoco el segundo, arreglado a costa de considerables gastos y dificultades; había tenido lugar a bordo del mismo hospital espacial… De hecho, en esa misma habitación. En aquel momento, Chris tenía veinte años y estaba recién casado. Si había algo que unía a Floyd y a Caroline era la desaprobación de la elección hecha por su hijo.

No obstante, Helena demostró tener notables condiciones, ya que fue una buena madre para Chris, nacido apenas un mes después de la boda; y cuando, al igual que muchas otras jóvenes esposas, quedó viuda como consecuencia del desastre en Copérnico, supo mantenerse controlada.

Había una curiosa ironía en el hecho de que tanto Chris I como Chris II hubieran perdido a sus padres a causa del Espacio, si bien los habían perdido de manera diferente. Floyd había regresado por un período breve de tiempo, como un completo extraño, junto a su hijo de ocho años: Chris II, al menos, había conocido un padre durante la primera década de su vida, antes de perderlo para siempre.

¿Dónde estaría Chris ahora? Ni Caroline ni Helena —que se habían convertido en excelentes amigas— parecían saber si estaba en la Tierra o en el espacio. Pero eso era típico: en su momento, solo tarjetas postales, cuyo sello indicaba BASE CLAVIUS, habían informado a la familia que Floyd había hecho su primera visita a la Luna.

La postal de Floyd todavía estaba pegada sobre su escritorio, en un lugar destacado. Chris II tenía un gran sentido del humor... y de la historia: a su abuelo le había enviado aquella famosa fotografía del monolito, que se alzaba ante las figuras enfundadas en sus trajes espaciales, reunidas en torno a él en la excavación en el Tycho, más de medio siglo atrás. Todos los demás componentes del grupo ahora estaban muertos, y el monolito en cuestión ya no se hallaba en la Luna. En 2006, tras muchas controversias, había sido llevado a la Tierra, y emplazado —eco sobrenatural del edificio principal— en la plaza de las Naciones Unidas. Fue colocado allí con el propósito de recordar a la raza humana que ya no estaba sola. Cinco años después, con Lucifer ardiendo furiosamente en el cielo, ya no fue necesario tal recordatorio.

Los dedos de Floyd no se mantenían muy firmes (en ocasiones, la mano derecha parecía tener voluntad propia) mientras despegaba la postal y se la metía en el bolsillo; esa sería casi la única posesión personal que habría de llevar cuando subiera a bordo de la *Universe*.

—Veinticinco días... Estarás de vuelta antes de que nos demos cuenta de que te has ido —dijo Jerry—. Y a propósito: ¿es cierto que tendrás a Dimitri a bordo?

—¡Ese pequeño cosaco! —bufó George—. Dirigí su *Segunda Sinfonía*, allá por 2022.

—¿No fue cuando el primer violín vomitó durante el *Largo*?

—No. Eso sucedió con Mahler, no con Mijáilovich. Y de todos modos, fue con un instrumento de viento, por lo que nadie se dio cuenta… salvo el desafortunado ejecutor de la tuba, que vendió su instrumento al día siguiente.

—¡Esto lo estás inventando!

—Claro que sí. Pero transmite cariños al viejo bribón, y pregúntale si recuerda aquella noche que pasamos en Viena. ¿Quién más estará a bordo?

—He oído rumores terribles acerca de patrullas de reclutamiento —dijo Jerry, con expresión meditativa.

—Son exagerados en extremo, te lo aseguro. Todos fuimos personalmente elegidos por sir Lawrence, en función de nuestra inteligencia, agudeza, hermosura, carisma o alguna otra virtud que nos redimiera.

—¿No por ser sacrificables?

—Bueno, ahora que lo mencionas, todos tuvimos que firmar un deprimente documento jurídico por el que absolvíamos a Líneas Espaciales Tsung de cualquier responsabilidad imaginable. A propósito, mi copia está en esa carpeta.

—¿Existe alguna posibilidad de que cobremos algo por ese contrato? —preguntó George, esperanzado.

—No, mis abogados me dijeron que es tremendamente riguroso. Tsung acuerda llevarme al Halley y traerme de vuelta; darme alimentos, agua, aire y un camarote con vista al exterior.

—¿Y a cambio de eso?

—Cuando regrese, pondré lo mejor de mí para promover futuros viajes, haré algunas presentaciones en televisión, escribiré algunos artículos, todo muy razonable, a cambio de esta posibilidad, que se da una vez en la vida. Ah, sí: también brindaré entretenimiento a mis compañeros de viaje… y viceversa.

—¿Cómo? ¿Canto y baile?

—Bueno, tengo la esperanza de castigar con partes selectas de mis memorias a una audiencia obligada a verme y escucharme. Pero no creo ser capaz de competir con los profesionales. ¿Sabíais que Yva Merlin estará a bordo?

—¿¡Qué!? ¿Cómo habéis logrado engatusarla para que abandone su celda de Park Avenue?

—Debe de tener ciento… Oh, lo siento, Hey.

—Tiene alrededor de setenta años… cinco más o cinco menos.

—Olvida el menos. Yo no era más que un niño cuando se estrenó *Napoleón.*

Se produjo una prolongada pausa mientras cada uno de los tres miembros del grupo evocaba aquella famosa interpretación. Aunque algunos críticos consideraban que el de Scarlett O'Hara había sido su mejor papel, para el gran público Yva Merlin (nacida con el nombre de Evelyn Miles, en Cardiff, Gales del Sur) aún se identificaba con Josefina. Casi medio siglo atrás, la controvertida película épica de David Griffin había encantado a los franceses y enfurecido a los británicos… si bien ambos bandos ahora coincidían en que, de vez en cuando, Griffin había permitido que sus impulsos artísticos tratasen sin seriedad los registros históricos, en la espectacular secuencia final de la coronación del emperador, en la abadía de Westminster.

—Esa es toda una primicia para sir Lawrence —dijo George, meditativo.

—Creo que puedo reclamar crédito por eso. El padre de Yva era astrónomo (hubo un tiempo en que trabajó para mí) y ella siempre se interesó mucho por la ciencia. Así que hice algunas videollamadas.

Heywood Floyd no consideró necesario añadir que, al igual que una parte sustancial de la raza humana, él se había enamorado de Yva desde el momento de la aparición del GWTW Mark II.

—Por supuesto —prosiguió—, sir Lawrence estaba encantado, pero lo tuve que convencer de que Yva tenía más que un interés superficial por la astronomía. De lo contrario, el viaje podría ser un desastre, en el aspecto social.

—Eso me recuerda algo —observó George, y sacó un pequeño paquete que, no con mucho éxito, había estado escondiendo a sus espaldas—. Tenemos un regalito para ti.

—¿Lo puedo abrir ahora?

—¿Crees que debe abrirlo? —preguntó Jerry con impaciencia.

—En ese caso, lo abriré de inmediato —repuso Floyd. Desató la brillante cinta verde y retiró el papel.

En el interior había una pintura bellamente enmarcada. Aunque Floyd sabía poco de arte, la había visto antes; en realidad, ¿quién podría olvidarla?

La precaria balsa, zarandeada por las olas, estaba repleta de náufragos semidesnudos, algunos ya moribundos; otros agitaban las manos con desesperación, en dirección a un barco que se veía en el horizonte. Al pie, estaba el título:

LA BALSA DE LA MEDUSA
(Théodore Géricault, 1791-1824)

Debajo del título había un mensaje, firmado por George y Jerry: «Llegar allá es la mitad de la diversión».

—Sois un par de bastardos, pero os quiero muchísimo —dijo Floyd, y los abrazó.

En el teclado de Archie, la luz que indicaba ATENCIÓN parpadeaba con rapidez: era hora de partir.

Sus dos amigos salieron en silencio, silencio que era más elocuente que las palabras. Por última vez, Heywood Floyd recorrió con la mirada el pequeño cuarto que había sido su universo durante casi la mitad de su vida.

Y de pronto recordó cómo terminaba el poema:

He sido feliz; feliz, ahora me voy.

I. LA MONTAÑA MÁGICA

8

FLOTA ESTELAR

Sir Lawrence Tsung no era un hombre sentimental, y era demasiado cosmopolita como para tomar en serio el patriotismo, si bien, antes de acabar sus estudios universitarios, había ido, por poco tiempo, con una de las coletas artificiales usadas durante la Tercera Revolución Cultural. Sin embargo, la reconstrucción del desastre de la *Tsien* en el planetario le conmovió profundamente, y lo indujo a concentrar gran parte de su enorme influencia y su energía en el espacio sideral.

No pasó mucho tiempo antes de que hiciera viajes de fin de semana a la Luna, y nombró a su octavo hijo, Charles (el que le costó treinta y dos millones de sols), vicepresidente de Astrocargas Tsung. La nueva sociedad anónima solo tenía dos estatocohetes, alimentados con hidrógeno y lanzados por catapulta, de menos de mil toneladas de masa en vacío. Pronto estarían obsoletos, pero podrían brindar a Charles la experiencia que —sir Lawrence estaba seguro de ello— resultaría necesaria en las décadas futuras. Después de mucho tiempo, la Era Espacial en realidad se hallaba aún en sus inicios.

Poco más de medio siglo había separado a los hermanos Wright del advenimiento del transporte aéreo barato y de gran capacidad; había sido necesario el doble de tiempo para responder al desafío, mucho mayor, del Sistema Solar.

No obstante, cuando Luis Álvarez y su equipo descubrieron la fusión catalizada por muones, en la década de 1950, el hecho fue considerado una mera curiosidad de laboratorio, seductora pero inalcanzable, que solo presentaba un interés teórico. Del mismo modo que el gran Lord Rutherford se había burlado de las posibilidades que brindaría la energía atómica, el propio Álvarez tuvo dudas de que la «fusión nuclear en frío» llegara a tener importancia práctica alguna vez. De hecho, no fue sino hasta 2040 cuando la fabricación inesperada y accidental de «compuestos» estables de muonio-hidrógeno abrió un nuevo capítulo de la historia humana, igual que el descubrimiento del neutrón había dado comienzo a la Era Atómica.

Ahora se podían construir pequeñas plantas portátiles de energía nuclear, provistas de un mínimo blindaje antirradiactivo. En la fusión convencional se habían hecho ya inversiones de tal cuantía que, al principio, las empresas de servicios eléctricos de todo el mundo no se vieron afectadas, pero el impacto sobre los viajes espaciales fue inmediato; tan solo se podía comparar con la revolución que la retropropulsión había significado para el transporte aéreo, un centenar de años antes.

Dado que ya no estaban limitadas por la energía, las cosmonaves podían alcanzar velocidades mucho mayores; ahora los tiempos de vuelo en el Sistema Solar se podían medir en semanas, en vez de meses o incluso años. Pero como la impulsión muónica seguía siendo un dispositivo de reacción, un cohete complejo —que no era diferente, en principio, de sus antecesores alimentados en forma química— necesitaba un fluido que trabajara para darle impulso. Y el más barato, más limpio y más conveniente de todos los fluidos de trabajo era... el agua común y corriente.

No era probable que en la Estación Espacial del Pacífico se agotara esta útil sustancia, pero la cuestión era distinta en la siguiente escala: la Luna. Allí, las misiones Surveyor, Apolo y Luna no habían descubierto ningún vestigio de agua. Si es que el satélite había poseído alguna vez agua nativa, incontables siglos de bombardeos meteoríticos la habían hecho hervir y salir disparada hacia el espacio.

Eso era lo que creían los selenógrafos. No obstante, indicios que señalaban lo contrario ya habían sido visibles desde el momento en que Galileo apuntó su primer telescopio hacia la Luna. Durante unas horas posteriores al amanecer, algunas de las montañas del satélite centelleaban de tal modo que parecía que estuvieran coronadas con nieve. El caso más famoso lo constituye el reborde del cráter Aristarco, al que William Herschel, padre de la astronomía moderna, una vez, durante la noche lunar, vio brillar con tal intensidad que consideró que debía de tratarse de un volcán en actividad. Estaba equivocado; lo que vio era el brillo de la Tierra que se reflejaba desde una capa delgada y transitoria de escarcha, condensada durante las trescientas horas de glacial oscuridad.

El descubrimiento de los grandes depósitos de hielo que había debajo del valle de Schroter, el sinuoso cañón que comenzaba en el cráter Aristarco, fue el último factor de la ecuación que transformaría la fase económica de los vuelos espaciales. La Luna podría brindar un puesto de abastecimiento de combustible en el preciso lugar en que se necesitaba, a saber, en lo alto de las laderas más externas del campo de gravedad de la Tierra, al comienzo del largo trayecto hacia los planetas.

La *Cosmos*, la primera nave espacial de la flota Tsung, había sido diseñada para transportar carga y pasajeros en la ruta Tierra-Luna-Marte, y para que —merced a complejos acuerdos celebrados con una docena de empresas y gobiernos— sirviera como vehículo de prueba de la aún experimental impulsión muónica. La *Cosmos* había sido construida en los astilleros de Imbrium y contaba con el empuje apenas suficiente para despegar de la Luna con carga útil cero; si operaba de una órbita a otra, la cosmonave nunca volvería a tocar la superficie de un planeta. Con su acostumbrada inclinación por la publicidad, sir Lawrence hizo los arreglos necesarios para que el viaje inaugural de su nave comenzara en el centésimo aniversario del lanzamiento del Sputnik, el 4 de octubre de 2057.

Dos años más tarde, se unió una nave gemela a la *Cosmos*. La *Galaxy* fue diseñada para el recorrido Tierra-Júpiter y contaba con empuje suficiente para operar, de forma directa, hasta cualquiera de las lunas jovianas, aunque con un considerable sacrificio de carga útil. En caso necesario, incluso podía regresar a su dársena en la Luna para ser reabastecida y reparada. Esta cosmonave era, sin duda alguna, el vehículo más veloz jamás construido por el hombre: si quemaba toda su masa propulsante en un solo orgasmo de aceleración, podría alcanzar una velocidad de mil kilómetros por segundo, lo que la llevaría de la Tierra a Júpiter en una semana, y a la estrella más cercana en no mucho más de diez mil años.

La tercera nave de la flota —y orgullo y alegría de sir Lawrence— encarnaba cuanto se había aprendido en la construcción de sus dos compañeras. Sin embargo la *Universe* no estaba destinada, en principio, al transporte de carga. Desde el principio fue diseñada para ser la primera cosmonave de línea para pasajeros, para surcar las rutas espaciales... hasta llegar hasta Saturno, la joya del Sistema Solar.

Sir Lawrence había planeado algo aún más espectacular para el vuelo de la *Universe*, pero el cronograma fue alterado por demoras en la construcción, ocasionadas por un pleito con la filial lunar de la Asociación de Conductores y Afines. Apenas habría tiempo para los vuelos iniciales de prueba y para el certificado de la Lloyds en los meses finales de 2060, antes de que la *Universe* abandonara la órbita de la Tierra para cumplir con su cita. De modo que los márgenes de tiempo serían muy estrechos: el cometa Halley no iba a esperar a nadie, ni siquiera a sir Lawrence Tsung.

I. LA MONTAÑA MÁGICA

9

MONTE ZEUS

El satélite de reconocimiento *Europa VI* había estado en órbita durante casi quince años, y había sobrepasado en exceso la vida útil que indicaba su diseño. La cuestión de si debía o no ser remplazado fue motivo de no pocas discusiones en el seno del pequeño asentamiento científico de Ganimedes.

El *Europa VI* llevaba el acostumbrado conjunto de instrumentos para la recopilación de datos, así como un sistema (en esos momentos, virtualmente desprovisto de utilidad) de presentación de imágenes. Si bien todavía se hallaba en perfecto funcionamiento, todo lo que este instrumental mostraba de Europa era, en general, un oscuro panorama sin solución de continuidad. El personal científico de Ganimedes, que ya se hallaba sobrecargado de trabajo, una vez por semana revisaba los registros en modalidad pase rápido; después lanzaba la lista de datos sin compilar, en dirección a la Tierra. En términos generales, los miembros del equipo científico se sentirían bastante aliviados cuando el *Europa VI* pasara a mejor vida y su torrente de gigabytes carentes de interés por fin se agotara.

Ahora, por primera vez desde hacía años, había mostrado algo emocionante.

—Órbita 71934 —dijo el astrónomo jefe delegado, quien había llamado a Van der Berg no bien se hubo evaluado la transcripción de datos que se acababa de hacer—. Entra desde lado nocturno y se dirige directamente hacia monte Zeus. Sin embargo, no verá usted nada en absoluto durante diez segundos más.

Aunque la pantalla estaba negra del todo, Van der Berg pudo imaginar el congelado paisaje que pasaba por debajo de su manto de nubes, mil kilómetros más abajo. Dentro de pocas horas, el lejano Sol estaría brillando allí, pues Europa rotaba sobre su eje una vez cada siete días de la Tierra. El lado nocturno tendría que haber sido llamado, en realidad, «lado crepuscular», puesto que la mitad del tiempo recibía abundante luz… pero nada de calor. Pero, aun así, el inexacto nombre había perdurado, debido a su validez emocional: Europa conocía la salida del Sol, pero nunca la salida de Lucifer.

Y la salida del Sol se estaba produciendo ahora, acelerada mil veces por la sonda que avanzaba a toda velocidad. Una banda tenuemente luminosa bisecó la pantalla cuando el horizonte emergió de la oscuridad.

La explosión de luz fue tan repentina que Van der Berg casi pudo imaginar que estaba contemplando el fulgor de una bomba atómica. En una fracción de segundo el resplandor pasó por todos los colores del arco iris; después adquirió un color blanco puro, cuando el Sol saltó por encima de la montaña… y luego se desvaneció, cuando los filtros automáticos interfirieron en el circuito.

—Es una pena que no haya habido ningún operador de servicio en ese momento; podría haber hecho una toma panorámica dirigiendo la cámara hacia abajo, y obtener una buena vista de la montaña cuando pasamos sobre ella. Pero yo sabía que a usted le gustaría ver esto… aun cuando refuta su teoría.

—¿Cómo? —preguntó Van der Berg, más perplejo que molesto.

—Cuando lo pueda seguir en cámara lenta, verá qué quiero decir. Esos hermosos efectos de arco iris no son atmosféricos; los produce *la montaña misma*. Solo el hielo podría hacer eso. O el cristal, lo que no parece ser muy probable.

—Pero no es imposible. Los volcanes pueden producir cristal natural, aunque suele ser negro... ¡Por supuesto!

—¿Sí?

—Ah... no me voy a comprometer dando una opinión hasta que haya estudiado los datos. Pero mi conjetura sería que se trata de cristal de roca, es decir, de cuarzo transparente. Se pueden hacer hermosos prismas y lentes con él. ¿Hay alguna posibilidad de que se lleven a cabo más observaciones?

—Me temo que no. Esa se debió a la suerte, ya que el Sol, la montaña y la cámara estuvieron alineados en el momento oportuno. No volverá a ocurrir hasta dentro de mil años.

—Gracias de todos modos. ¿Me puede enviar una copia? No hay prisa ya que estoy a punto de salir de viaje hacia Perrine para explorar el terreno, y no podré estudiar esos datos hasta que regrese. —Van der Berg lanzó una risa breve, bastante pesarosa—. ¿Sabe?, si de verdad *es* cristal de roca, valdría una fortuna. Hasta podría ayudar a resolver nuestro problema con la balanza de pagos...

Pero esa era, por supuesto, una absoluta fantasía. Fuera cual fuese la maravilla o tesoro que pudiese ocultar Europa, la raza humana tenía prohibido el acceso a ello, en virtud de aquel último mensaje de la *Discovery*.

Cincuenta años más tarde, no había señal alguna de que la interdicción fuera levantada alguna vez.

I. LA MONTAÑA MÁGICA

10

LA NAVE DE LOS LOCOS

Durante las primeras cuarenta y ocho horas del viaje, Heywood Floyd todavía no podía creer en la comodidad, la espaciosidad y la absoluta *extravagancia* de las secciones de la *Universe* destinadas al alojamiento de los pasajeros. Y sin embargo, la mayoría de sus compañeros de viaje daba eso por sentado; aquellos que nunca antes habían salido de la Tierra suponían que *todas* las naves espaciales tenían que ser así.

Floyd tuvo que echar una mirada retrospectiva a la historia de la aeronáutica para situar la cuestión en su correcta perspectiva: en el transcurso de su propia vida, había presenciado —en realidad, había experimentado— la revolución que había tenido lugar en el cielo del planeta que, en estos momentos, iba disminuyendo de tamaño a sus espaldas. Entre la antigua y tosca *Leonov* y la refinada *Universe* mediaban exactamente cincuenta años. (Desde el punto de vista emocional, Floyd no podía creer que eso fuera verdad, pero era inútil discutir con la aritmética.)

Y tan solo otros cincuenta años habían separado a los hermanos Wright de las primeras aeronaves comerciales de retropropulsión. En los comienzos de ese medio siglo, aviadores intrépidos habían ido de campo en campo, con los ojos protegidos por gafas y todo el cuerpo castigado por el viento, ya que iban sentados en asientos descubiertos; hacia el final de ese medio siglo, las abuelas habían dormitado pacíficamente entre continentes a mil kilómetros por hora.

De modo que quizá Floyd no debería haberse asombrado por el lujo y el elegante decorado de su camarote; ni siquiera por el hecho de que disponía de un camarero para mantener la habitación ordenada. La ventana, de generosas proporciones, era el aspecto más sorprendente de este apartamento, y al principio Floyd se sintió bastante incómodo al pensar en las toneladas de presión de aire que ese cristal estaba soportando contra el implacable vacío del espacio, que ni por un momento se daba descanso.

Su mayor sorpresa (aun cuando los folletos de información previa deberían haberlo preparado para ello) fue la presencia de gravedad: la *Universe* era la primera nave espacial construida para desplazarse bajo una aceleración continua, con la salvedad de las pocas horas que se empleaban para hacer el giro a mitad de curso. Cuando los enormes tanques propulsores estaban completamente llenos con sus cinco toneladas de agua, la nave podía intentar alcanzar un décimo de g, lo que no era mucho, pero sí suficiente para evitar que los objetos sueltos flotaran a la deriva. Esto resultaba conveniente, en especial a la hora de las comidas, si bien los pasajeros necesitaron varios días para aprender a no revolver la sopa con vigor.

Cuarenta y ocho horas después de haber salido de la Tierra, los ocupantes de la *Universe* ya se habían estratificado en cuatro clases distintas.

La aristocracia estaba compuesta por el capitán Smith y sus oficiales; a continuación, estaban los pasajeros; después, la tripulación (suboficiales y camareros) y, por último, los pasajeros de tercera clase...

Esa era la descripción que los cinco jóvenes científicos espaciales habían dado de sí mismos, primero en broma, pero después con cierta amargura. Cuando Floyd comparó sus camarotes, estrechos y precariamente equipados, con su propia cabina fastuosa, pudo entender el punto de vista de los científicos, y pronto se convirtió en el emisario que presentaba las quejas al capitán.

No obstante, cuando se hacía el balance general, tenían pocos motivos para protestar; a causa del revuelo que se había armado para tener la nave lista, había resultado extremadamente incierto si habría *algún* lugar para alojar a esos jóvenes científicos y su equipo. Ahora podían observar complacidos el despliegue de instrumentos en torno —y *sobre*— al cometa, durante los críticos días previos a su paso alrededor del Sol y a su partida, una vez más, hacia los confines del Sistema Solar. Los miembros del equipo científico cimentarían su reputación en este viaje, y lo sabían. Tan solo en los momentos de agotamiento, o cuando se enfurecían porque los instrumentos no funcionaban, empezaban a quejarse del ruidoso sistema de ventilación, de los camarotes que les producían claustrofobia, y de ocasionales y extraños olores de origen desconocido.

Pero nunca se quejaban de la comida, con respecto a la cual todos coincidían en que era excelente.

—Es mucho mejor —les aseguraba el capitán Smith— que la que Darwin tuvo a bordo del *Beagle*.

A lo que Victor Willis de inmediato dio una réplica mordaz:

—¿Cómo lo sabe *él*? Y a propósito: el capitán del *Beagle* se cortó el cuello cuando regresó a Inglaterra.

Eso era bastante típico de Victor, tal vez el comunicador de ciencias más popular del planeta para sus ardientes admiradores, o un científico pop para sus igualmente numerosos detractores. Habría sido injusto llamarlos «enemigos», pues la admiración por el talento de Willis era universal, si bien, en ocasiones, se la concedían de mala gana. Su suave acento del Pacífico Central, y los gestos efusivos que hacía ante la cámara eran ampliamente parodiados, y se le había atribuido el mérito (o la culpa) de haber hecho renacer el uso de la barba larga. A sus críticos les agradaba decir: «Un hombre que se deja crecer *tanto* pelo debe de tener mucho que esconder».

No había duda de que era el más rápidamente reconocible de los seis VIP, aunque Floyd, que ya no se consideraba a sí mismo una celebridad, siempre que se refería a ellos, los llamaba, en tono irónico, «Los Cinco Famosos». En las raras ocasiones en que Yva Merlin salía de su apartamento, podía caminar por Park Avenue sin ser reconocida. Y en cuanto a Dimitri Mijáilovich, para su considerable fastidio, se hallaba unos diez centímetros por debajo de la estatura media, hecho que podría contribuir a explicar su apego por las orquestas de mil instrumentos —reales o sintetizados— pero que no mejoraba su imagen pública.

Clifford Greenberg y Margaret M'Bala también se encontraban dentro de la categoría de «famosos desconocidos», aunque era indudable que esta situación cambiaría cuando regresaran a la Tierra. El primer hombre que había pisado Mercurio tenía uno de esos rostros agradables, pero carentes de rasgos notables, que resultan muy difíciles de recordar; por añadidura, los días en que ese hombre acaparaba las noticias se hallaban ahora treinta años atrás, en el pasado. Y tal como ocurría con muchos escritores poco aficionados a exhibirse en entrevistas ni a las sesiones de firma de autógrafos, Ms[2] M'Bala sería irreconocible para la gran mayoría de sus millones de lectores.

Su fama literaria había sido uno de los hechos sensacionales de la década de 2040. Un docto estudio sobre el Partenón griego no acostumbra ser candidato para figurar en las listas de bestsellers, pero Ms M'Bala había situado los eternamente inagotables mitos de aquellos dioses en el contemporáneo escenario de la Era Espacial. Nombres que un siglo atrás solo habían resultado familiares para los astrónomos y especialistas en la antigüedad clásica, ahora formaban parte del conocimiento que toda persona educada tenía del mundo. Casi cada día había noticias procedentes de Ganimedes, Calisto, Ío, Ti-

2. Tratamiento que no revela el estado civil de las mujeres (contrariamente a lo que ocurre con *Miss*, «señorita», o *Mrs.*, «señora». No existe equivalente en español. *(N. del T.)*

tán, Japeto, o incluso de mundos todavía más oscuros como Carmen, Pasifae, Hiperión, Febe…

Sin embargo, ese libro de Ms M'Bala no habría tenido más que un modesto éxito de no haberse centrado la autora en la complicada vida familiar de Júpiter-Zeus, padre de todos los dioses (y de mucho más). Y debido a un golpe de buena suerte, un editor de genio había cambiado el título original dado por la autora, *La vista desde el Olimpo*, por el de *Las pasiones de los dioses*. Académicos envidiosos solían referirse al libro como *Olímpicas lujurias*, pero sin duda deseaban haberlo escrito ellos.

A nadie le sorprendió que fuese Maggie M —como pronto la bautizaron sus compañeros de viaje— quien empleara por primera vez la frase «nave de los locos». Victor Willis la adoptó de muy buena gana, y pronto descubrió una desconcertante resonancia histórica: casi un siglo atrás, Katherine Anne Porter y un grupo de científicos y escritores se habían embarcado en un transatlántico para observar el lanzamiento de la *Apolo 17* y el fin de la primera fase de la exploración lunar.

—Lo tendré en cuenta —había comentado Ms M'Bala, recelosa, cuando se le informó sobre aquel hecho—. Quizá haya llegado el momento de elaborar una tercera versión. Pero eso no lo sabré, por supuesto, hasta que volvamos a la Tierra…

I. LA MONTAÑA MÁGICA

11

LA MENTIRA

Pasaron muchos meses antes de que Rolf van der Berg pudiera volver a dirigir sus pensamientos y sus energías hacia el monte Zeus. La colonización de Ganimedes era un trabajo sumamente complicado, y cada vez que dejaba su central, en la base Dárdano, lo hacía por espacio de varias semanas, para explorar la ruta del monorraíl que se había propuesto entre Gilgamés y Osiris.

La geografía de la tercera —y mayor— luna galileana había variado de forma drástica desde la detonación de Júpiter, y seguía cambiando. El nuevo Sol que había derretido el hielo de Europa no era tan poderoso aquí, a cuatrocientos mil kilómetros de distancia, pero era lo bastante cálido como para producir clima templado en el centro de la cara vuelta para siempre hacia ese sol. Había mares pequeños y poco profundos —algunos tan grandes como el Mediterráneo terrestre— que llegaban hasta las latitudes cuarenta, norte y sur. No eran muchas las características de los mapas generados por las misiones Voyager, alrededor del siglo XX, que seguían siendo válidas. Un subsuelo permanentemente congelado, que se derretía, y ocasionales movimientos tectónicos desencadenados por las mismas fuerzas de marea que operaban en las dos lunas interiores, convertían a la nueva Ganimedes en la pesadilla de los cartógrafos.

Pero eran esos factores, precisamente, los que también la convertían en el paraíso de un ingeniero planetario. Allí estaba el único mundo (con excepción del árido y mucho menos hospitalario Marte) en el que los hombres podrían, algún día, caminar sin protección, a cielo abierto. Ganimedes contaba con abundante agua, todas las sustancias químicas necesarias para la existencia de vida y —por lo menos allí donde brillaba Lucifer— un clima más cálido que el que existía en gran parte de la Tierra.

Lo mejor de todo era que ya no eran necesarios los trajes espaciales que cubrían todo el cuerpo; la atmósfera, si bien todavía era irrespirable, tenía una densidad que permitía el empleo de simples mascarillas y tubos de oxígeno. Y aunque los microbiólogos no daban fechas exactas, habían prometido que al cabo de unas pocas décadas más hasta estos equipos se podrían descartar. Cepas de bacterias generadoras de oxígeno ya se habían soltado sobre la superficie de Ganimedes; la mayoría había muerto, pero algunas habían florecido, y la curva que ascendía poco a poco en la gráfica de análisis atmosférico era la primera prueba que se exhibía con orgullo a todos los visitantes de Dárdano.

Durante mucho tiempo, Van der Berg concentró su atención en los datos que fluían desde el *Europa VI*, con la esperanza de que un día las nubes se volviesen a disipar cuando el satélite estuviera en órbita sobre el monte Zeus. Sabía que las probabilidades eran escasas, pero mientras existiera la más mínima posibilidad, no haría esfuerzo alguno por explorar otro enfoque de la investigación. No había prisa; tenía trabajo mucho más importante entre manos y, de todos modos, la explicación podría resultar ser algo bastante trivial y carente de interés.

Entonces el *Europa VI* feneció de forma súbita, casi con certeza como resultado del choque al azar con algún meteorito. En la Tierra, Victor Willis había quedado como un tonto —en opinión de muchos— al entrevistar a los «Eurochiflados» que en esos momentos ocupaban de manera muy adecuada el vacío dejado por los entusiastas de los ovnis del siglo anterior. Algunos de esos «chiflados» sostenían que la muerte de la sonda se debía a la acción hostil del mundo que estaba abajo: el hecho de que se hubiera permitido operar al satélite sin interferencia alguna durante quince años —casi el doble de la vida útil que le concedía su diseño— no le molestaba en lo más mínimo. El mérito de Victor radicaba en que él había hecho hincapié en ese detalle y había demolido la mayor parte de los restantes argumentos de esos fanáticos, pero el consenso general era que él nunca les tendría que haber dado publicidad en primer lugar.

A Van der Berg le gustaba la descripción que de él hacían sus colegas, quienes lo llamaban «holandés testarudo», y él ponía lo mejor de sí para estar a la altura de esa definición. Para él, la falla del *Europa VI* era un desafío al que no había que resistirse. No existía la menor esperanza de obtener fondos para un sustituto, pues el acallamiento de la charlatana y embarazosamente longeva sonda se había recibido con considerable alivio.

Así pues, ¿cuál era la alternativa? Van der Berg se puso a reflexionar sobre sus opciones. Dado que era geólogo y no astrofísico, pasaron varios días antes de que se diera cuenta, de pronto, de que la respuesta la había tenido frente a sus narices desde el mismo instante de su descenso en Ganimedes.

El afrikáans es uno de los mejores idiomas del mundo para maldecir; incluso cuando se habla con cortesía, puede magullar a los circunstantes no advertidos. Van der Berg dejó salir vapor durante unos minutos; después consiguió que le pasaran una llamada al Observatorio de Tiamat, situado precisamente en el Ecuador, el diminuto y deslumbrante disco de Lucifer establecido para siempre en la vertical que caía a plomo sobre el observatorio.

Los astrofísicos, preocupados por los objetos más espectaculares del Universo, tienen tendencia a tratar con condescendencia a los simples geólogos, que dedican su vida a cosas pequeñas y faltas de pulcritud como los planetas. Pero aquí afuera, en la frontera, todos se ayudaban entre sí, y el doctor Wilkins no solo estaba interesado sino que también estaba de acuerdo con lo que se le decía.

El Observatorio de Tiamat había sido construido con un único objetivo, objetivo que en realidad había constituido una de las razones principales para establecer una base en Ganimedes. El estudio de Lucifer tenía una importancia enorme no solo para los investigadores de ciencia pura sino también para ingenieros nucleares, meteorólogos, oceanógrafos, etc., y, no en menor medida, para estadistas y filósofos. El hecho de que hubiera entidades que podían convertir un planeta en un sol era una idea que producía vértigo y que había quitado el sueño a numerosos científicos. Podría ser bueno que la humanidad aprendiera todo lo posible sobre ese proceso: un día podría haber necesidad de imitarlo… o de evitarlo…

De modo que, durante más de una década, Tiamat había estado observando a Lucifer con todo tipo de instrumental posible; había registrado sin cesar el espectro que producía a través de toda la banda electromagnética, y también lo había sondeado activamente con radar, desde un modesto disco de cien metros de diámetro, suspendido mediante eslingas a través de un pequeño cráter producido por el impacto de un meteorito.

—A menudo miramos a Europa e Ío —dijo el doctor Wilkins—, pero nuestro haz de luz principal está fijado en Lucifer, por lo que no podemos ver esos satélites más que durante algunos minutos, cuando están en tránsito. Y el monte Zeus que usted busca se encuentra en otro lado, en el lado diurno, así que siempre está oculto para nosotros.

—Me doy cuenta de *eso* —dijo Van der Berg, algo impaciente—, pero ¿no podrían desviar el haz tan solo un poco, para así poder echarle un vistazo a Europa, antes de que se alinee? Diez o veinte grados les harían llegar a ustedes bastante lejos, en el lado diurno.

—*Un* grado sería suficiente para perder a Lucifer y conseguir a Europa, en posición de luna llena, en el otro lado de su órbita. Pero entonces estaría a más del triple de su distancia y solo recibiríamos una centésima parte de la potencia reflejada. Sin embargo, podría funcionar; haremos un intento. Deme los datos específicos sobre frecuencias, envolventes de onda, polarización y sobre cualquier otra cosa que su personal de captación remota crea que puede ayudar. No nos ocupará mucho tiempo montar una red transformadora de fase que desplace el haz un par de grados. A partir de aquí ya no sé qué ocurrirá, pues no es un problema que alguna vez hayamos tomado en cuenta. Aunque tal vez debimos haberlo hecho... De todos modos, ¿qué espera encontrar en Europa, salvo hielo y agua?

—Si lo supiera, no estaría pidiendo ayuda, ¿no cree? —repuso Van der Berg.

—Y yo no estaría solicitando que se me otorgue todo el mérito, cuando usted publique su hallazgo. Es una lástima que mi nombre esté al final del abecedario; usted estará delante de mí nada más que por una letra.

Eso había ocurrido un año atrás. Las exploraciones de larga distancia no habían sido suficientemente buenas, y desviar el haz para mirar el lado diurno de Europa había resultado ser más difícil de lo que se esperaba. Pero por fin entraron los resultados; las computadoras los habían procesado y Van der Berg fue el primer ser humano que vio un mapa mineralógico del Europa post-Lucifer.

Tal como había conjeturado el doctor Wilkins, se observaba ante todo hielo y agua, con afloramientos de basalto entremezclados con depósitos de azufre. Pero se percibían dos anomalías.

Una parecía ser producto del proceso de presentación de imágenes; había una prominencia recta por completo, de dos kilómetros de largo, que, a efectos prácticos, no producía eco en el radar. Van der Berg dejó que el doctor Wilkins se devanara los sesos con ese problema. A él solo le incumbía el monte Zeus. Había tenido que emplear mucho tiempo para hacer la identificación, porque solo un loco —o un científico verdaderamente desesperado— habría imaginado que una cosa así fuese posible. Aun ahora, a pesar de que cada parámetro se había revisado hasta los límites de la exactitud, no podía creerlo del todo. Y ni siquiera había intentado reflexionar sobre su próximo movimiento.

Cuando llamó el doctor Wilkins, ansioso por ver su nombre y su reputación difundidos por los bancos de datos, Van der Berg dijo entre dientes que todavía estaba analizando los resultados. Pero al final no lo pudo retrasar por más tiempo.

—No es nada demasiado emocionante —le dijo a su confiado colega—. Se trata simplemente de una forma de cuarzo… Todavía estoy tratando de clasificarla, mediante la comparación con muestras de la Tierra.

Era la primera vez que le mentía a otro científico y se sentía muy incómodo por ello.

Pero ¿cuál era la alternativa?

I. LA MONTAÑA MÁGICA

12

OOM PAUL

Rolf van der Berg no veía a su tío Paul desde hacía diez años, y no era probable que alguna vez lo volviera a ver vivo. Y no obstante, se sentía muy cerca del viejo científico, el último de su generación y el único que podía recordar (cuando deseaba hacerlo, lo que no ocurría con frecuencia) la forma de vida de sus antepasados.

El doctor Paul Kreuger —*Oom* Paul, para toda su familia y la mayor parte de sus amigos— siempre estaba cerca cuando se le necesitaba, y brindaba información y consejos, bien en persona, bien en el otro extremo de un enlace radial de quinientos millones de kilómetros. Se decía que solo una extrema presión política había forzado a la Comisión de los Nobel a desdeñar las contribuciones del doctor Kreuger a la física de las partículas, ahora, una vez más, en desesperado desorden, tras la reorganización general que había tenido lugar a fines del siglo xx.

Si esto era cierto, el doctor Kreuger no albergaba resentimientos. Modesto y sin pretensiones, carecía de enemigos personales, incluso entre las pendencieras facciones de sus compañeros de exilio. En verdad, el respeto que se le tenía era tan universal que había recibido varias invitaciones para volver a visitar los Estados Unidos de África del Sur, pero siempre las había rechazado con cortesía, no porque sintiera que en los EUAS correría peligro físico —se apresuraba a explicar—, sino porque temía que la sensación de nostalgia fuese abrumadora.

Aun utilizando la seguridad de un idioma que ahora entendía menos de un millón de personas, Van der Berg había sido muy discreto y había empleado circunloquios y referencias que, salvo un familiar cercano, nadie habría comprendido. Pero Paul no tuvo dificultades para entender el mensaje de su sobrino, aunque no lo podía tomar en serio. Temía que el joven Rolf se hubiera puesto en ridículo e intentaría disuadirlo con la máxima delicadeza. Era una suerte que no se hubiera apresurado a publicar nada; había tenido la sensatez de mantenerse callado…

Tan solo el pensar en la posibilidad de que *fuera* cierto hacía que sus escasos cabellos de la parte posterior de la cabeza se le pusieran de punta. Todo un espectro de posibilidades —científicas, financieras, políticas— se abrió de repente ante sus ojos, y cuanto más reflexionaba sobre ellas, más pavorosas parecían ser.

A diferencia de sus devotos antepasados, el doctor Kreuger no tenía un Dios al que dirigirse en los momentos de crisis o perplejidad. Ahora casi deseaba tenerlo, pero incluso si supiera rezar, la verdad era que tampoco eso ayudaría. Cuando se sentó frente a su computadora y empezó a tener acceso a los bancos de datos, no sabía si abrigar la esperanza de que su sobrino hubiese realizado un descubrimiento estupendo… o si había estado diciendo tonterías. ¿Podía ser que el Viejo le hiciese una jugarreta tan increíble a la especie humana? Paul recordó el comentario de Einstein: si bien Él era sutil, nunca era maligno.

«Deja de soñar despierto —se dijo el doctor Paul Kreuger—. *Tus* gustos y *tus* aversiones, *tus* esperanzas y *tus* miedos no tienen nada que ver con la cuestión…»

Se le había lanzado un desafío, a través de la mitad de la anchura del Sistema Solar, y el doctor Paul Kreuger no descansaría en paz hasta haber descubierto la verdad.

I. LA MONTAÑA MÁGICA

13

«NADIE NOS DIJO QUE TRAJÉRAMOS BAÑADORES...»

El capitán Smith reservó su pequeña sorpresa hasta el día 5, apenas pocas horas antes del Giro de Inversión. Su anuncio, como era de esperar, fue recibido con absoluta incredulidad.

Victor Willis fue el primero en recobrarse:

—¡*Una piscina!* ¡En una nave espacial! ¡Usted está bromeando!

El capitán echó el torso hacia atrás, se apoyó contra el respaldo de la silla y se preparó para divertirse. Dirigió una sonrisa a Heywood Floyd, a quien ya se había hecho partícipe en secreto.

—Bueno, supongo que Colón se habría asombrado ante algunas de las comodidades con que contaban los barcos posteriores a su época.

—¿Hay trampolín? —preguntó Greenberg, con cierto anhelo—. Yo era campeón en la facultad.

—A decir verdad, sí lo hay; solo tiene cinco metros, pero eso le dará tres segundos de caída libre, a nuestro décimo nominal de g. Y si desea un tiempo mayor, estoy seguro de que al señor Curtis le alegrará reducir el empuje.

—¿De veras? —preguntó el jefe de ingenieros, con sequedad—. ¿Y arruinar todos mis cálculos de órbita? Por no mencionar el peligro de que el agua rebose... ya saben, la tensión superficial...

—¿No hubo una vez una estación espacial que tenía una piscina *esférica*? —preguntó alguien.

—Lo intentaron en el eje del Pasteur, antes de que comenzaran a hacer girar la estación sobre el mismo —respondió Floyd—, pero no resultó práctica. En gravedad cero la piscina tenía que estar completamente encerrada. Y si una persona era presa del pánico, se podía ahogar con bastante facilidad dentro de una gran esfera llena de agua.

—Sería una manera de figurar en los libros de récords: la primera persona que muere asfixiada bajo el agua, en el espacio.

—Nadie nos dijo que trajéramos bañadores —se quejó Maggie M'Bala.

—Quienquiera que *tenga* que usar bañador es probable que lo haga —le susurró Mijáilovich a Floyd.

El capitán Smith dio un golpecito seco sobre la mesa para restablecer el orden.

—Esto es importante, por favor. Como saben, a medianoche alcanzaremos la velocidad máxima y tendremos que empezar a frenar. Por eso, el impulso se cortará a las veintitrés y la nave se pondrá en marcha atrás. Tendremos dos horas de falta total de peso, antes de que reanudemos el avance a las veintiuna.

»Como pueden imaginar, la tripulación estará bastante ocupada. Aprovecharemos la oportunidad para hacer una revisión de los motores y para inspeccionar el casco, ya que no podemos hacerlo cuando hay paso de energía. En consecuencia, les aconsejo que duerman con las correas de sujeción levemente ajustadas a lo ancho de la cama. Los camareros verificarán que no haya objetos sueltos que puedan producir problemas cuando vuelva el peso. ¿Preguntas?

Hubo un profundo silencio, como si los pasajeros reunidos todavía estuvieran algo atontados por la revelación, y estuvieran decidiendo qué hacer al respecto.

—Pensaba que me harían preguntas relativas al aspecto económico de un lujo así... pero como no las han hecho, les informaré de`todas maneras. No se trata en absoluto de un lujo; no cuesta nada, aunque confiamos en que sea un elemento muy valioso en los viajes futuros.

»Verán: tenemos que llevar cinco mil toneladas de agua que actúa como masa de reacción, así que será mejor que hagamos el mejor de los usos de esa agua. El tanque número Uno ahora está vacío en sus tres cuartas partes, y lo mantendremos así hasta el final del viaje. De modo que, después del desayuno de mañana... los veré allá abajo, en la playa.

Si se tenía en cuenta el revuelo que se había levantado para conseguir que la *Universe* saliera al espacio, resultaba sorprendente que se hubiese hecho tan buen trabajo en algo tan espectacularmente superfluo.

La «playa» era una plataforma metálica de unos cinco metros de ancho, que se curvaba alrededor de un tercio de la circunferencia del gran tanque. Aunque la pared opuesta solo estaba a otros veinte metros, un inteligente juego de imágenes proyectadas producía la impresión de que estaba en el infinito. Transportados por las olas, en la media distancia, los bañistas se dirigían a una costa que nunca podrían alcanzar. Más allá de ellos, un hermoso clíper de pasajeros (que cualquier agente de viajes reconocería al instante como el *Tai-Pan*, de Tsung Mar-Espacio, S. A.) corría a lo largo del horizonte, con las velas totalmente desplegadas.

Para completar la ilusión, había arena en el suelo (ligeramente magnetizada, de modo que nadie pudiera alejarse demasiado del lugar asignado), y el breve trecho de «playa» terminaba en un bosquecillo de palmeras que resultaban muy convincentes hasta que eran examinadas de cerca. En lo alto, un sol tropical completaba la idílica imagen, por lo que resultaba difícil darse cuenta de que, precisamente más allá de esas paredes, el verdadero Sol refulgía, pero ahora con el doble de ferocidad que en cualquier playa de la Tierra.

En verdad el diseñador había hecho un magnífico trabajo en el limitado espacio de que disponía. Así que pareció un poco injusto que Greenberg se quejara:

—Lástima que no haya oleaje.

I. LA MONTAÑA MÁGICA

14

LA INVESTIGACIÓN

En el área de la ciencia, se considera un buen principio no aceptar ningún «hecho» —no importa lo bien demostrado que esté— hasta que encaje en algún sistema de referencia aceptado. Es natural que, en ocasiones, una observación haga añicos ese sistema y fuerce la construcción de uno nuevo, pero es muy poco frecuente.

El doctor Kreuger aceptaba plenamente este principio: no creería en el descubrimiento de su sobrino hasta que este lo pudiera explicar, y en tanto pudiera ver que exigía nada menos que una acción directa de Dios. Mientras blandía la todavía útil navaja de Occam, Kreuger pensaba que lo más probable era que Rolf hubiese cometido un error; de ser así, debía de ser bastante fácil encontrarlo.

Para gran sorpresa del tío Paul, eso resultó ser en realidad muy difícil. El análisis de las observaciones por lectura a distancia con radar era ahora un arte venerable y bien instituido, y todos los expertos a quienes Paul había consultado le dieron la misma respuesta, tras una considerable demora. También le habían preguntado:

—¿Dónde ha obtenido ese registro?

—Lo siento —había respondido—. No estoy autorizado a decirlo.

El paso siguiente consistió en suponer que lo imposible era correcto, y empezar a buscar en la bibliografía existente.

Ello podía comportar un trabajo enorme, pues ni siquiera sabía por dónde comenzar. Una cosa sí era segura: un ataque frontal, realizado por la fuerza, estaba condenado al fracaso. Sería casi como si Roentgen, a la mañana siguiente de su descubrimiento de los rayos X, hubiese empezado a buscarles una explicación en las publicaciones sobre física que existían en aquella época: la información que él precisaba solo se hallaría años más adelante.

Pero, por lo menos, quedaba la deportiva posibilidad de que lo que estaba buscando se encontrara oculto en alguna parte del inmenso cuerpo del conocimiento científico existente. Lenta y cuidadosamente, Paul Kreuger elaboró un programa de búsqueda automática, diseñado para lo que excluiría, así como para lo que abarcaría. Debía eliminar todas las referencias relacionadas con la Tierra (por supuesto, la cantidad de esas referencias se mediría en millones) y concentrarse por completo en las citas sobre hechos extraterrestres.

Uno de los beneficios de la eminencia del doctor Kreuger era que disponía de un presupuesto ilimitado para el procesamiento electrónico de datos; esa prerrogativa formaba parte de los honorarios que exigía de las diversas sociedades comerciales que requerían su sabiduría. Aunque la investigación podría ser costosa, el doctor Kreuger no tenía que preocuparse por la factura de los gastos.

Pero esa factura resultó ser muy pequeña. Kreuger tuvo suerte: la búsqueda llegó a su fin tan solo al cabo de dos horas y treinta y siete minutos, en la referencia número 21.456.

El título era suficiente. Paul estaba tan emocionado que su propia computadora-secretaria se negó a reconocerle la voz, y el físico tuvo que repetir la instrucción para pedir una salida impresa completa.

Nature había publicado el trabajo en 1981 —¡casi cinco años antes de que Kreuger naciera!— y cuando sus ojos recorrieron con rapidez la única página que constituía el artículo en cuestión, no solo supo que su sobrino tenía toda la razón, sino también —y esto era tan importante como lo anterior— la forma exacta en que pudo haber sucedido un milagro de ese tipo.

El editor de esa publicación de ochenta años de antigüedad tuvo que haber tenido un gran sentido del humor. Un artículo científico que discurría sobre el núcleo de los planetas interiores no era algo que pudiese captar la atención del lector casual; sin embargo, ese artículo tenía un extraño y sorprendente título. La computadora-secretaria pudo haberle dicho a Kreuger, con suficiente rapidez, que ese título otrora había sido parte de la letra de una canción famosa, pero, eso por supuesto, en modo alguno hacía al caso.

De todos modos, Paul Kreuger nunca había oído hablar de los Beatles ni de sus fantasías psicodélicas.

II. EL VALLE DE NIEVE NEGRA

15

ENCUENTRO

Y ahora el Halley estaba demasiado cerca como para que se lo pudiera ver; irónicamente, los observadores de la Tierra tendrían una vista mucho mejor de la cola, que ya se extendía a lo largo de cincuenta millones de kilómetros y formaba un ángulo recto con la órbita del cometa, como un gallardete que flameara en la intensa corriente del viento solar.

La mañana del encuentro, Heywood Floyd despertó temprano, después de haber dormido inquieto. No era frecuente que soñara —o, por lo menos, que recordara sus sueños— y no cabía duda de que ello era debido a las emociones que tenían que producirse en las próximas horas. También estaba un poco preocupado por un mensaje de Caroline, en el que preguntaba si había sabido algo de Chris últimamente. Floyd había contestado (también por radio y de forma bastante concisa) que Chris nunca se había molestado en darle las gracias cuando le había ayudado a obtener su puesto actual en la *Cosmos*, la nave gemela de la *Universe*; tal vez se había hartado de la trayectoria Tierra-Luna y estaba buscando emociones en algún otro sitio.

Inmediatamente después del desayuno, los pasajeros y los miembros del equipo científico se reunieron para escuchar la serie final de detalladas instrucciones que les dio el capitán Smith. Sin duda, los científicos no las necesitaban, pero si experimentaron alguna irritación, esa emoción tan infantil pronto se disipó ante el sobrenatural espectáculo que aparecía en la pantalla principal.

Era más fácil imaginar que la *Universe* estaba volando en el interior de una nebulosa que en el interior de un cometa. Todo el cielo que se extendía ante ella era ahora una borrosa niebla blanca, no uniforme sino moteada por condensaciones más oscuras y veteada por bandas luminosas y chorros de brillante incandescencia, todo ello irradiando desde un punto central. Con esta ampliación, el núcleo se veía apenas como una diminuta mancha negra, aunque era, sin duda, la fuente de todos los fenómenos que se producían a su alrededor.

—Interrumpiremos nuestro impulso dentro de tres horas —dijo el capitán—. En ese momento, estaremos tan solo a mil kilómetros del núcleo, con una velocidad prácticamente nula. Haremos algunas observaciones finales y confirmaremos el lugar de nuestro descenso.

»Por consiguiente, nos quedaremos sin peso a las doce, exactamente. Antes de que eso ocurra, los camareros de las cabinas verificarán que todo esté estibado en forma correcta. Será todo como el Giro de Inversión, con la diferencia de que *esta vez* van a pasar tres minutos, no treinta, antes de que volvamos a tener peso.

»Olvídense de la gravedad del Halley. Es de menos de un centímetro por segundo al cuadrado… alrededor de un milésimo de la gravedad terrestre. Podrán notarla si esperan el tiempo suficiente, pero es prácticamente así. Un objeto tarda quince segundos en descender un metro.

»Por seguridad, me gustaría que todos permanezcan aquí, en el salón de observación, con los cinturones de seguridad adecuadamente ajustados, durante el encuentro y la toma de contacto con el cometa. De cualquier forma, dispondrán de la mejor vista desde aquí y la operación entera no durará más de una hora. Solo emplearemos correcciones muy pequeñas de avance, pero pueden provenir de cualquier ángulo y podrían ocasionar perturbaciones sensorias de poca monta.

Por supuesto, estas últimas palabras del capitán significaban «mareo espacial», pero esa expresión, por acuerdo general, era tabú a bordo de la *Universe*. Sin embargo, muchas manos se dirigieron a la parte inferior de los asientos, para verificar que las bolsas plásticas de mala fama estuvieran disponibles, en caso de precisarlas con urgencia.

La imagen de la pantalla se expandió cuando se aumentó el enfoque óptico. Por un instante, Floyd tuvo la sensación de que se hallaba en un avión y descendía a través de nubes leves, en vez de estar en una nave espacial que se aproximaba al más famoso de todos los cometas. El núcleo se estaba volviendo más grande y más definido: ya no era un punto negro, sino una elipse irregular; ahora, una isla pequeña y plagada de cráteres, perdida en el océano cósmico; después, de pronto, un mundo por derecho propio.

Todavía no había sentido de escala. Aunque Floyd sabía que el panorama que se extendía ante ellos tenía menos de diez kilómetros de ancho, no le costó imaginar que estaba contemplando un mundo tan grande como la Luna. Pero los bordes de la Luna no eran tan imprecisos, ni había en ella pequeños chorros de vapor —y dos grandes— que brotaran de la superficie.

—¡Dios mío! —gritó Mijáilovich—. ¿Qué es *eso*?

Señaló en dirección al borde inferior del núcleo, exactamente dentro de la línea límite de iluminación. De modo inconfundible —de modo imposible—, una luz destellaba allí, en el lado nocturno del cometa, siguiendo un ritmo perfectamente regular: se encendía y se apagaba, se encendía y se apagaba, una vez cada dos o tres segundos.

El doctor Willis emitió el habitual carraspeo que precedía a su «Se lo puedo explicar en términos sencillos», pero el capitán Smith habló primero:

—Lamento decepcionarlo, señor Mijáilovich, pero eso es nada más que la baliza de la sonda extractora de muestras Dos. Ha estado reposando aquí durante un mes, a la espera de que viniéramos y la recogiéramos.

—¡Qué lástima! He pensado que allá podría haber alguien, o algo, para darnos la bienvenida.

—Me temo que no tendremos esa suerte. Ahí afuera dependeremos más bien de nuestra propia suerte. Esa baliza está justo en el sitio en el que pretendemos descender: cerca del polo sur del Halley, que, por el momento, se halla en una oscuridad permanente. Eso facilitará las cosas a nuestros sistemas de apoyo vital, pues la temperatura llega incluso a ciento veinte grados en el lado iluminado por el Sol… muy por encima del punto de ebullición.

—Con razón el cometa está animado —dijo el descarado Dimitri—. Esos chorros no me dan la impresión de ser muy saludables. ¿Está seguro de que no hay peligro si entramos?

—Ese es otro de los motivos por los que descenderemos en el lado nocturno: no hay actividad allá. Y ahora, si me disculpan, tengo que regresar al puente. Esta es la primera oportunidad que jamás he tenido de aterrizar en un mundo nuevo… y dudo que tenga otra.

El grupo reunido por el capitán Smith se dispersó poco a poco y en desacostumbrado silencio. La imagen que aparecía en la pantalla experimentó un alejamiento rápido de cámara, volvió a su tamaño normal y, una vez más, el núcleo se achicó hasta convertirse en un punto apenas visible. No obstante, aun en esos pocos minutos, pareció haberse vuelto ligeramente mayor, y quizá eso no fue una ilusión óptica. Menos de cuatro horas antes del encuentro, la nave seguía avanzando hacia el cometa a cincuenta mil kilómetros por hora.

Haría un cráter más impresionante que cualquiera de los que el Halley se jactase de tener ahora, si algo le ocurría a la impulsión principal en esa etapa del juego.

II. EL VALLE DE NIEVE NEGRA

16

TOMA DE CONTACTO CON EL HALLEY

El descenso fue tan decepcionante como el capitán Smith había deseado que lo fuera. Fue imposible determinar el instante en que la *Universe* hizo contacto; transcurrió todo un minuto antes de que los pasajeros se hubiesen dado cuenta de que la toma de contacto con el cometa se había completado y lanzaron un tardío «¡Hurra!».

La nave se había posado en uno de los extremos de un valle poco profundo rodeado por colinas de poco más de cien metros de altura. Cualquiera que hubiese estado esperando contemplar un paisaje lunar se habría sorprendido en grado sumo; estas formaciones no se asemejaban en absoluto a las laderas lisas y suaves de la Luna, azotadas por el bombardeo de micrometeoritos a lo largo de miles de millones de años.

Allí no había nada que tuviera más de mil años de antigüedad; las pirámides egipcias eran mucho más antiguas que ese paisaje. Cada vez que el Halley pasaba alrededor del Sol, los vientos solares volvían a moldearlo y a reducir su tamaño. Ya desde el pasaje perihélico de 1986, la forma del núcleo había cambiado de manera sutil. Aun combinando metáforas de manera desvergonzada, Victor Willis lo expresó bastante bien, cuando dijo a sus teleespectadores:

—¡El maní ha conseguido tener cintura de avispa!

En efecto, había indicios de que, tras unas cuantas revoluciones más en torno al Sol, el Halley se podría escindir en dos fragmentos más o menos iguales, como había ocurrido en 1846 con el cometa de Biela, ante el asombro de los astrónomos.

La virtual falta de gravedad también contribuía a dar un carácter extraño al paisaje. Alrededor había formaciones que presentaban delgadas líneas angulares que parecían las fantasías de un artista surrealista, y apilamientos de rocas inclinadas en ángulos inverosímiles, que no podían haber sobrevivido más que unos pocos minutos, ni siquiera en la Luna.

Aunque el capitán Smith había optado por hacer que la *Universe* descendiera a las profundidades de la noche polar —a no menos de cinco kilómetros del ardiente calor del Sol—, había abundante iluminación. La enorme cobertura de gas y polvo que rodeaba al cometa formaba un halo incandescente que parecía apropiado para esta región; resultaba fácil imaginar que era una aurora austral que jugaba sobre el hielo antártico. Y si eso no era suficiente, Lucifer aportaba su cuota de varios centenares de lunas llenas.

Aunque esperada, la total ausencia de color fue una decepción: la *Universe* podía haber estado posada en una mina de carbón a cielo abierto. Esa, en realidad, no era una mala analogía, pues gran parte de la negrura circundante se debía al carbono o a sus compuestos, íntimamente mezclados con nieve y hielo.

El capitán Smith, cumpliendo con su deber, fue el primero en salir de la nave; se impulsó con suavidad hacia delante desde la esclusa principal de aire de la *Universe.* Pareció que transcurría una eternidad antes de que llegara al suelo, dos metros más abajo; después, levantó un puñado de la polvorienta superficie y lo examinó en su mano enguantada.

A bordo de la nave, todos aguardaban las palabras que pasarían a integrar los futuros libros de historia:

—Parece sal y pimienta —dijo el capitán—. Si esto se descongelara, podría producir una cosecha muy buena.

El plan de la misión incluía pasar en el Halley un «día» completo de cincuenta y cinco horas en el polo sur; después, si no había problemas, un traslado de diez kilómetros hacia el muy mal definido Ecuador, para estudiar uno de los géiseres durante un ciclo completo día-noche.

El jefe del grupo de científicos Pendrill no perdió el tiempo. Casi de inmediato partió con un colega, en un trineo de dos plazas de retropropulsión, en dirección a la baliza de la sonda que los esperaba. Regresaron antes que hubiera transcurrido la hora, con muestras de cometa que ya habían empaquetado y que, con orgullo, mandaron conservar en el congelador.

Mientras tanto, los demás equipos instalaron a lo largo del valle una telaraña de cables, tendidos entre postes introducidos en la friable corteza. Estos cables no solo servían para conectar los numerosos instrumentos a la nave, sino que también facilitaban mucho los desplazamientos por el exterior. Permitían explorar esa parte del Halley sin el empleo de las engorrosas Unidades Externas de Maniobra; solo era necesario enganchar una correa al cable y trasladarse a lo largo de él, desplazando una mano delante de la otra. Eso también era mucho más divertido que operar las UEM que, a efectos prácticos, eran naves espaciales para una sola persona, con todas las complicaciones que ello acarreaba.

Los pasajeros observaban todo esto fascinados, escuchaban las conversaciones que se hacían a través de la radio y trataban de unirse a la excitación del descubrimiento. Después de unas doce horas —considerablemente menos, en el caso del exastronauta Clifford Greenberg—, el placer de constituir un público forzado a presenciar el espectáculo comenzó a menguar. Pronto todos empezaron a hablar de «ir afuera», salvo Victor Willis, quien, contrariamente a lo habitual en él, estaba muy apaciguado.

—Creo que tiene miedo —dijo Dimitri, con desdén.

Nunca le había gustado Victor, en especial desde que descubrió que el científico carecía por completo de oído musical.

Si bien esto ya era terriblemente injusto para Victor (quien, con valentía, había permitido ser utilizado como conejillo de Indias para estudios sobre esa curiosa peculiaridad), Dimitri era aficionado a añadir que «un hombre que no tiene música en sí mismo es apropiado para cometer traiciones y estragos y para urdir artimañas».

Floyd lo había decidido antes de abandonar la órbita de la Tierra. Maggie M tenía suficiente espíritu como para intentar cualquier cosa, y no necesitaría que se la alentara (su lema, «un escritor nunca debe rechazar la oportunidad de probar una nueva experiencia», había influido de manera notable sobre su vida emocional).

Yva Merlin, como de costumbre, había mantenido a todo el mundo en vilo, pero Floyd estaba resuelto a llevarla en una gira personal por el cometa. Era lo mínimo que él podía hacer para conservar su reputación, ya que todos sabían que había sido en parte responsable de conseguir que la fabulosa reclusa se incorporara al grupo de pasajeros, y ahora corría el rumor de que ambos mantenían una relación sexual ilícita. Dimitri y el médico del barco, el doctor Majindran, quienes fingían mirarlos con envidioso temor reverencial, se complacían en tergiversar cualquier comentario que hicieran, por inocente que fuera.

Tras cierta molestia inicial —porque, de manera demasiado precisa, todo eso le recordaba emociones de su juventud—, Floyd había seguido adelante con la broma. Pero no sabía cómo se sentía Yva al respecto y hasta ahora le había faltado coraje para preguntárselo. Incluso en esa compacta sociedad en miniatura en la que pocos secretos duraban más de seis horas, Yva conservaba mucho de su famosa reserva, ese halo de misterio que había fascinado al público durante tres generaciones.

En cuanto a Victor Willis, acababa de descubrir uno de esos pequeños y devastadores detalles que pueden destruir los planes mejor trazados de ratones y de hombres del espacio.

La *Universe* estaba equipada con los más modernos trajes Mark XX, provistos de cascos con viseras que no se empañaban ni producían reflejos y que garantizaban una vista sin parangón del espacio. Pero aunque los cascos venían en varios tamaños, Victor Willis no podía colocarse ninguno sin que se le practicara cirugía mayor.

Había tardado quince años en perfeccionar su marca registrada («un triunfo del arte topiario», lo había denominado un crítico, quizá con admiración).

Ahora solo su barba se interponía entre Victor Willis y el cometa Halley. Pronto tendría que optar por uno de los dos.

II. EL VALLE DE NIEVE NEGRA

17

EL VALLE DE NIEVE NEGRA

De manera sorprendente, el capitán Smith había planteado pocas objeciones a la idea de las AEV de los pasajeros, pues estaba de acuerdo en que era absurdo haber llegado hasta allí y no poner los pies sobre el cometa.

—No habrá problemas si obedecen las normas —dijo durante la inevitable sesión de instrucciones—. Incluso si nunca han usado trajes espaciales (y creo que solo lo han hecho el comandante Greenberg y el doctor Floyd), verán que son bastante cómodos y totalmente automáticos. No hay necesidad de preocuparse por controles o ajustes, después de que se haya registrado la salida de ustedes en la esclusa de aire.

»Deben seguir esta regla estricta: solo dos de ustedes pueden ir cada vez a realizar AEV. Tendrán una escolta personal, por supuesto, atada a ustedes por cinco metros de cuerda de seguridad, que se puede extender hasta veinte, en caso necesario. Además, los dos que salgan van a estar unidos por una correa a los dos cables guía que hemos tendido a todo lo largo del valle. La regla para desplazarse es la misma que en la Tierra: ¡circulen por la derecha! Si quieren pasar a alguien, solo tienen que desabrochar la hebilla, pero *uno* de ustedes siempre tiene que permanecer enganchado a la línea; de esa manera, no habrá peligro de que floten a la deriva hacia el espacio. ¿Alguna pregunta?

—¿Cuánto tiempo podemos estar fuera?

—Tanto como deseen, *Miz* M'Bala. Pero les recomiendo que regresen en cuanto sientan la más leve incomodidad. Quizá una hora sea lo mejor para la primera salida, aunque puede que les parezca que solo han sido diez minutos…

El capitán Smith, en efecto, tenía razón. Cuando Heywood Floyd miró su pantalla indicadora del tiempo transcurrido, le pareció increíble que ya hubiesen pasado cuarenta minutos. Sin embargo, no tendría que haberle resultado tan sorprendente, ya que la nave se encontraba a un kilómetro de distancia.

En su condición de pasajero más antiguo —de acuerdo con casi cualquier cómputo—, se le había concedido el privilegio de realizar la primera AEV. Y en realidad no quedaba más remedio que aceptar ese acompañante.

—¡AEV con Yva! —exclamó Mijáilovich, y lanzó una sonora carcajada—. ¡Eso es irresistible! —Luego agregó con una sonrisa lasciva—: Aun cuando esos malditos trajes no les permitirán realizar todas las actividades extravehiculares que ustedes querrían.

Yva había estado de acuerdo, sin vacilación alguna, aunque tampoco con entusiasmo. Floyd pensó con amargura que eso era típico. No sería del todo cierto decir que estaba desilusionado —a su edad, le quedaban muy pocas ilusiones—, pero sí se sentía decepcionado. Y consigo mismo, más que con Yva; ella estaba más allá de la crítica o del elogio, como la Mona Lisa… con quien a menudo había sido comparada.

La comparación era, por supuesto, ridícula, la Gioconda era misteriosa, pero no era ni mucho menos erótica. El poder de Yva había residido en la combinación única que hacía de ambos elementos, a los que agregó una dosis de inocencia, para completar las cosas. Medio siglo después, vestigios de estos tres ingredientes todavía eran visibles… por lo menos, para los ojos de la fe.

Lo que le faltaba —como con tristeza Floyd se había visto forzado a admitir— era verdadera personalidad. Cuando trataba de centrar su mente en Yva, todo lo que podía visualizar eran los papeles que ella había interpretado. Habría coincidido, a regañadientes, con el crítico que dijo una vez: «Yva Merlin es el reflejo de los deseos de todos los hombres; pero un espejo no tiene carácter».

Y ahora, este ser único y misterioso estaba flotando a su lado, sobre una de las caras del cometa Halley, mientras ellos y su guía se desplazaban a lo largo de los cables gemelos que se extendían de un extremo a otro del Valle de Nieve Negra. Ese nombre se lo había puesto Floyd, quien estaba puerilmente orgulloso de él, aunque nunca aparecería en ningún mapa. No podía haber mapas de un mundo en el que la geografía era tan efímera como el clima en la Tierra. Floyd se deleitó con la idea de que ningún otro ojo humano había contemplado antes el escenario que lo rodeaba… ni lo volvería a contemplar.

En Marte o en la Luna, en ocasiones se podía —con un ligero esfuerzo de imaginación, y si se dejaba de lado el cielo de un mundo extraño— pensar que se estaba en la Tierra. Eso era imposible allí, porque las elevadas y a menudo sobresalientes esculturas de nieve no exhibían más que una leve concesión a la gravedad. Había que mirar con mucha atención para decidir dónde quedaba «arriba».

El Valle de Nieve Negra se salía de lo corriente porque era una estructura bastante sólida: un arrecife rocoso, desgastado por corrientes volátiles de agua y hielo de hidrocarburos. Los geólogos todavía discutían sobre su origen; algunos de ellos sostenían que, en realidad, era parte de un asteroide que había chocado con el cometa hacía ya muchísimo tiempo. La extracción de muestras había revelado complejas mezclas de compuestos orgánicos, bastante parecidos al carbón de hulla, si bien era seguro que la vida nunca había desempeñado ningún papel en la formación de esos compuestos.

La «nieve» que alfombraba el suelo del pequeño valle no era del todo negra; cuando Floyd la recorrió con el haz de su linterna, relumbró y centelleó como si hubiera sido rascada con un millón de microscópicos diamantes. Floyd se preguntó si en verdad habría diamantes en el Halley: era incuestionable que había suficiente carbono. Pero era casi seguro que las temperaturas y presiones necesarias para crearlos nunca existieron.

Llevado por un súbito impulso, Floyd bajó las manos y reunió dos puñados de nieve: para hacerlo tuvo que empujar los pies contra la cuerda de seguridad, y tuvo una visión cómica de sí mismo, como si fuera un trapecista que anduviera sobre la cuerda floja... pero cabeza abajo. La frágil corteza no ofreció resistencia cuando hundió en ella la cabeza y los hombros; entonces se irguió tirando con suavidad de su correa, y emergió con un puñado de Halley.

Mientras apretaba la masa de pelusilla cristalina para formar una bola compacta que le cupiera justo en la palma de la mano, deseó haber podido sentirla a través del material aislante de los guantes. Allí estaba, negra como el ébano, y emitía fugitivos destellos de luz cuando la hacía girar de un lado a otro.

Y de pronto, en su imaginación, la bola se volvió del color blanco más puro y otra vez fue un niño, en el patio de juegos, y se vio rodeado por los fantasmas de su niñez. Hasta podía oír los gritos de sus compañeros, que lo insultaban y lo amenazaban con lanzarle sus propios proyectiles, también de inmaculada nieve...

El recuerdo fue fugaz, pero demoledor, pues le produjo una abrumadora sensación de tristeza. Llegado al otro extremo de un siglo de vida, ya no podía recordar a aquellos amigos fantasmales que se hallaban a su alrededor; sin embargo, a algunos —lo sabía— tiempo atrás los había amado.

Los ojos se le llenaron de lágrimas, y los dedos se convirtieron en garfios alrededor de la bola de nieve de otro mundo. Entonces la visión se esfumó: era él mismo otra vez. Ese no era momento de tristezas sino de triunfo.

—¡Dios mío! —gritó Heywood Floyd, y sus palabras sonaron como un eco en el diminuto y reverberante universo de su traje espacial—. ¡Estoy pisando el cometa Halley! ¡Qué más puedo pedir! ¡Si un meteorito me golpeara ahora, no tendría una sola queja!

Levantó los brazos y lanzó la bola de nieve hacia las estrellas. Era tan pequeña y tan oscura que se desvaneció casi de inmediato, pero Floyd mantuvo la vista fija en el cielo.

Y entonces, de forma súbita, inesperada, la bola apareció en una repentina explosión de luz, cuando ascendió hasta penetrar en los rayos del oculto Sol.

Pese a estar tan negra como el hollín, reflejaba lo bastante de esa deslumbrante brillantez como para ser fácilmente visible contra el cielo apenas luminoso. Floyd la contempló hasta que por fin desapareció, quizá al disminuir de tamaño por la distancia. No duraría mucho en el desenfrenado torrente de radiación que había en lo alto, pero ¿cuántos hombres podían proclamar que habían creado un cometa propio?

II. EL VALLE DE NIEVE NEGRA

18

OLD FAITHFUL

La cautelosa exploración del cometa ya había comenzado mientras la *Universe* aún permanecía en la sombra polar. Primero los UEM de una sola plaza realizaron un vuelo para recorrer tanto el lado diurno como el nocturno y registrar cualquier cosa que resultara de interés. Una vez finalizados los reconocimientos preliminares, grupos de hasta cinco científicos partían en el transbordador para montar equipos e instrumentos en puntos estratégicos.

La *Lady Jasmine* era completamete diferente de las primitivas naves espaciales con múltiples compartimentos de la época de la *Discovery*, que tan solo podían operar en un ambiente exento de gravedad. De hecho, una pequeña nave espacial, diseñada para transportar personal y carga liviana entre la *Universe,* puesta en órbita, y la superficie de Marte, la Luna o los satélites de Júpiter. Su piloto principal —que trataba a la nave como a la *grande dame* que era— se quejaba, con falsa amargura, de que volar alrededor de un miserable cometa pequeño estaba muy por debajo de la dignidad de la *Lady Jasmine*.

Cuando el capitán Smith tuvo la absoluta seguridad de que el Halley —en la superficie, al menos— no contenía sorpresas, despegó del polo. Un desplazamiento de menos de una docena de kilómetros llevó a la *Universe* a un mundo diferente: de un crepúsculo con una luz trémula que duraba meses, a una región que conocía el ciclo de días y noches. Y con la alborada el cometa poco a poco se iba animando.

A medida que el Sol se deslizaba por encima del horizonte irregularmente dentado, absurdamente próximo, sus rayos caían al sesgo sobre los incontables pequeños cráteres que acribillaban la corteza. La mayoría de ellos se mantenían inactivos, con sus estrechas gargantas selladas por incrustaciones de sales minerales. En ningún otro lugar del Halley se observaban tan brillantes despliegues de color; habían confundido a los biólogos, quienes habían creído que allí la vida estaba empezando, como había sucedido en la Tierra, en forma de floraciones de algas. Muchos investigadores no habían abandonado aún esa esperanza, si bien se resistían a admitirlo.

Desde otros cráteres, chorros de vapor flotaban hacia el cielo y se desplazaban en trayectorias anormalmente rectas porque no había vientos que los desviaran. Por lo general, solo ocurría a lo largo de una hora o dos; después, cuando el calor del Sol penetraba en el congelado interior, el Halley empezaba a acelerar —según la descripción de Victor Willis— «como una manada de ballenas».

Aunque pintoresca, no era una de sus metáforas más exactas, ya que los chorros que manaban del lado diurno del Halley no eran intermitentes, sino que surgían de manera continuada durante horas cada vez. Y tampoco se encrespaban y volvían a caer a la superficie, sino que seguían ascendiendo hacia el cielo hasta que se perdían en la refulgente niebla que ayudaban a producir.

Al principio, el equipo científico trató a los géiseres con la misma cautela que tendrían los vulcanólogos que se acercaran al Etna o al Vesubio durante uno de sus más o menos predecibles estados de ánimo. Pero pronto descubrieron que las erupciones del Halley, aunque a menudo temibles en apariencia, eran singularmente apacibles y bien educadas: el agua surgía casi tan deprisa como lo haría desde una manguera de incendios normal y corriente, y era apenas tibia. A los pocos segundos de escapar de su depósito subterráneo, se inflamaba y se convertía en una mezcla de vapor y cristales de hielo. El Halley estaba envuelto en una tormenta permanente de nieve, que caía *hacia arriba*. Aun a aquella modesta velocidad de evacuación, ni una gota de agua regresaría jamás a su fuente. Cada vez que el cometa daba la vuelta alrededor del Sol, más y más de su savia vital se precipitaba hacia el insaciable vacío del espacio.

Después de una considerable persuasión, el capitán Smith accedió a llevar la *Universe* hasta un centenar de metros del *Old Faithful*, el géiser más grande que había en el lado diurno. Era una visión pavorosa: una columna de bruma gris blancuzca que se alzaba, como si fuera alguna especie de árbol gigantesco, desde un orificio sorprendentemente pequeño, en un cráter de trescientos metros de diámetro que parecía ser una de las formaciones más antiguas del cometa. Al poco tiempo, los científicos estaban trepando por todo el cráter, recogiendo especímenes de sus (por completo estériles, ¡ay!) minerales multicolores y, de paso, metiendo sus termómetros y tubos recolectores de muestras en el mismo interior de la elevada columna de agua-hielo-bruma.

—Si arroja a cualquiera de ustedes al espacio —advirtió el capitán—, no esperen ser rescatados en el acto. De hecho, puede ocurrir que aguardemos exactamente hasta que el que haya sido arrojado regrese.

—¿Qué quiere decir con eso? —preguntó Dimitri Mijáilovich, perplejo.

Como siempre, Victor Willis dio una respuesta rápida:

—En mecánica celeste, las cosas no siempre suceden de la manera que se espera, de modo que cualquier cosa que se arroje del Halley a una velocidad razonable se seguirá desplazando básicamente en la misma órbita (se necesita un *enorme* cambio de velocidad para lograr una gran diferencia). Así, una revolución más tarde, las dos órbitas se volverían a cruzar... y usted se hallará exactamente de vuelta en el sitio de partida. Setenta y seis años más viejo, claro.

No lejos del *Old Faithful* se verificaba otro fenómeno que, mediante el uso exclusivo del razonamiento, nadie podía haber previsto. Cuando lo observaron por primera vez, los científicos apenas podían dar crédito a sus ojos: extendido sobre varias hectáreas del Halley, expuesto al vacío del espacio, había lo que aparentaba ser un lago perfectamente normal, solo notable por su extremada negrura.

Era obvio que no podía ser agua, ya que los únicos líquidos que podían ser estables en ese ambiente eran los aceites o los alquitranes orgánicos pesados. De hecho, el lago Tuonela resultó ser una especie de brea, bastante sólido, excepto en una pegajosa capa superficial de menos de un milímetro de espesor. Dada esta gravedad desdeñable, debían haber pasado años —quizá varios viajes en torno a los furiosos fuegos del Sol— para que el lago adoptara su actual aspecto de llanura de espejo.

Hasta que el capitán tomó cartas en el asunto, el lago se convirtió en una de las principales atracciones turísticas del cometa Halley. Alguien (nadie reclamó el dudoso honor) descubrió que era posible *caminar* por la superficie del lago de forma perfectamente normal, casi como en la Tierra; la película superficial proporcionaba la adhesión suficiente como para sostener el pie en el lugar que pisara. Al poco tiempo, la mayoría de los miembros de la tripulación se había hecho videograbar mientras, en apariencia, caminaba sobre el agua.

Entonces el capitán Smith inspeccionó la esclusa, descubrió las paredes generosamente manchadas con alquitrán, y exhibió lo más cercano a una demostración de ira que alguien le hubiera observado alguna vez:

—Ya resulta bastante desagradable —dijo con los dientes apretados— tener el *exterior* de la nave recubierto de... hollín. El cometa Halley no dista mucho de ser el sitio *más asqueroso* que haya yo visto jamás.

Después de eso, no hubo más paseos sobre el lago Tuonela.

II. EL VALLE DE NIEVE NEGRA

19

AL FINAL DEL TÚNEL

En un universo pequeño, encerrado en sí mismo, en el que todo el mundo se conoce, no puede existir mayor impacto emocional que encontrarse con un perfecto desconocido.

Heywood Floyd estaba flotando con suavidad por el pasillo en dirección a la sala de estar principal, cuando tuvo esta perturbadora experiencia. Asombrado por completo, clavó la mirada en el intruso, a la vez que se preguntaba cómo un polizón se las había arreglado, durante tanto tiempo, para evitar ser descubierto. El otro hombre le devolvió la mirada, en la que se combinaban la turbación y la chulería, esperando, evidentemente, que Floyd hablara primero.

—¡Bueno, Victor! —dijo Floyd por fin—. Disculpa que no te haya reconocido. Así que has hecho el supremo sacrificio por la causa de la ciencia... ¿o debería decir «por tu público»?

—Sí —dijo Willis con un gruñido—. Me las he arreglado para estrujarme y entrar en uno de los cascos... pero los malditos pelos hacían un ruido tan áspero que nadie podía oír una palabra de lo que yo decía.

—¿Cuándo vas a salir?

—En cuanto regrese Cliff, que ha salido a explorar cuevas con Bill Chant.

Los primeros vuelos de circunvalación del cometa, realizados en 1986, habían sugerido que era considerablemente menos denso que el agua, lo que solo podía significar o que estaba constituido por un material muy poroso, o que estaba acribillado por cavidades. Ambas explicaciones resultaron ser correctas.

Al principio, el siempre precavido capitán Smith prohibió de manera rotunda toda exploración de cuevas; pero al final se ablandó cuando el doctor Pendrill le recordó que su ayudante principal, el doctor Chant, era un espeleólogo experimentado; de hecho, esta era una de las razones precisas por las que había sido elegido para la misión.

—Los derrumbes son imposibles con esta gravedad tan baja —le había dicho Pendrill al renuente capitán—, así que no existe peligro de quedar atrapado.

—¿Y no podrían perderse?

—Chant tomaría esa sugerencia como un insulto a su profesionalidad. Se ha adentrado veinte kilómetros en la Cueva del Mamut. De todos modos, llevará consigo una línea de guía.

—¿Y con respecto a las comunicaciones?

—La línea tiene fibra óptica en su interior. Y la radio del traje probablemente funcionará la mayor parte del trayecto.

—Hum… ¿Dónde quiere entrar?

—El mejor sitio es ese géiser extinguido, en la base del Etna Junior. Está muerto desde hace mil años, por lo menos.

—Así que supongo que permanecerá tranquilo durante otro par de días. Muy bien. ¿Alguien más quiere ir?

—Cliff Greenberg se ha ofrecido como voluntario. Hizo muchas exploraciones de cuevas *submarinas*, en las Bahamas.

—Yo lo intenté una vez… y fue suficiente. Dígale a Cliff que él es demasiado valioso, así que puede entrar hasta una profundidad tal que le permita seguir viendo la entrada… y no más allá. Y si pierde contacto con Chant, no debe ir en su busca sin mi autorización. —«Que yo sería muy reacio a dar», añadió el capitán para sus adentros.

El doctor Chant conocía todas las bromas relativas a que los espeleólogos querían regresar al útero, y estaba seguro de poder refutarlas.

—Ese tiene que ser un sitio condenadamente ruidoso, con todos esos porrazos y topetazos y gorgoteos —solía decir—. Yo adoro las cavernas porque son pacíficas e intemporales. Uno sabe que nada ha cambiado en cien mil años, salvo que las estalactitas se han vuelto un poco más gruesas.

Pero ahora, mientras flotaba y descendía cada vez más hacia las profundidades del Halley, y a medida que iba desenrollando el hilo delgado pero irrompible que lo unía a Clifford Greenberg, se dio cuenta de que eso ya no era una verdad absoluta. Hasta el momento carecía de pruebas científicas, pero su instinto de geólogo le decía que aquel mundo subterráneo había nacido apenas ayer, en la escala cronológica del Universo. Era más reciente que algunas de las ciudades creadas por el hombre.

El túnel a través del cual planeaba dando saltos largos y poco profundos tenía unos cuatro metros de diámetro, y la casi total carencia de peso le traía intensos recuerdos del buceo en cavernas de la Tierra. La poca gravedad contribuía a la ilusión; la sensación exacta era la de estar llevando un peso ligeramente excesivo, por eso seguía derivando con suavidad hacia el fondo. Solo la falta de toda resistencia le hacía recordar que se estaba desplazando a través del vacío, no del agua.

—Estás empezando a desaparecer de mi campo visual —dijo Greenberg, que se encontraba a cincuenta metros de la entrada—. El enlace radial sigue muy bien. ¿Cómo es el paisaje?

—Es muy difícil decirlo. No puedo identificar las formaciones, así que carezco del vocabulario para describirlas. No es una clase común de roca: se desmenuza cuando la toco. Siento como si estuviera explorando un gigantesco queso *gruyère*...

—¿Quieres decir que es sustancia orgánica?

—Sí. Nada que ver con la vida, por supuesto… pero sí la perfecta materia prima para ella. Hay toda clase de hidrocarburos; los químicos estarán entretenidos con estas muestras. ¿Todavía puedes verme?

—Solo el brillo de tu linterna, y se está desvaneciendo con rapidez.

—Ah, aquí hay roca genuina, que no parece pertenecer a este ambiente… Es probable que sea una intrusión. Ah… ¡he encontrado oro!

—¡Estás bromeando!

—Engañó a mucha gente, en el viejo Oeste. Es pirita de hierro. Es común en los satélites exteriores, desde luego, pero no me preguntes qué está haciendo aquí…

—Contacto visual perdido. Te has adentrado doscientos metros.

—Estoy pasando a través de un estrato distinto… Parece ser detrito meteorítico. Algo emocionante debió ocurrir en aquel entonces… Espero que lo podamos datar. ¡Uaahh!

—¡No me des estos sustos!

—Lo siento. Me ha dejado casi sin aliento. Hay una gran cámara adelante… Es lo último que pensaba encontrar. El Halley *está* lleno de sorpresas; hay estalactitas y estalagmitas.

—¿Qué tiene *eso* de sorprendente?

—No hay agua libre, no hay piedra caliza, claro está, y con tan poca gravedad… Parece como si fuera alguna especie de cera. Un momento, nada más, mientras obtengo un buen plano en videograbación. Veo formas fantásticas… la clase de formas que produce una vela al derretirse. Es extraño…

—¿Y ahora qué ocurre?

La voz del doctor Chant había experimentado una súbita alteración en el tono, que Greenberg percibió al instante.

—Algunas de las columnas han sido *rotas*. Están esparcidas por el suelo. Es como si…

—¡Sigue!

—… como si algo hubiera *tropezado* con ellas.

—Eso es una locura. ¿Puede haberlas arrancado un terremoto?

—No hay terremotos aquí, solo microseísmos causados por los géiseres. A lo mejor ha habido un gran escape de vapor en algún momento. Sea como sea, ocurrió hace siglos. Sobre las columnas caídas hay una película de esa sustancia cerosa, una capa de varios milímetros de espesor.

Poco a poco, el doctor Chant iba recuperando la compostura. No era un hombre muy imaginativo —la exploración deportiva de cavernas elimina a esa gente con bastante rapidez—, pero la sensación táctil de aquel lugar había desencadenado en él algún recuerdo perturbador. Y el conjunto de todas esas columnas caídas se parecía demasiado a los barrotes de una jaula, rotos por algún monstruo en su intento por escapar…

Desde luego, todo eso era por completo absurdo… pero el doctor Chant había aprendido a no desdeñar jamás premonición alguna ni señal alguna de peligro hasta haberla rastreado hasta sus orígenes. Esta precaución le había salvado la vida en más de una ocasión; así pues, no iría más allá de aquella cámara hasta que hubiese identificado la fuente de su miedo. Y era lo bastante honesto como para admitir que «miedo» era la palabra correcta.

—Bill, ¿estás bien? ¿Qué pasa?

—Todavía estoy filmando. Algunas de estas formas me recuerdan las esculturas de los templos hindúes. Son casi eróticas.

De forma deliberada estaba alejando su mente del enfrentamiento directo con sus miedos, con la esperanza de poder, de ese modo, atacarlos sin previo aviso, sin pensar en ellos, pero con una especie de visión mental no enfocada sobre el blanco. Mientras tanto los actos puramente mecánicos de registrar y recoger muestras ocupaban la mayor parte de su atención.

Se recordó a sí mismo que no había nada de malo en el miedo sano; solo cuando alcanzaba la categoría de pánico, el miedo se convertía en asesino. Había conocido el pánico dos veces en su vida (una vez, en la ladera de una montaña; otra, bajo el agua) y todavía se estremecía al recordar su toque viscoso. No obstante —y estaba agradecido por eso—, ahora se hallaba lejos de aquella sensación por una razón incomprensible pero curiosamente reconfortante: había un elemento de *comedia* en la situación.

Y de pronto se echó a reír, no con histeria sino con alivio.

—¿Alguna vez has visto una de esas antiguas películas como *La guerra de las galaxias*? —le preguntó a Greenberg.

—Por supuesto; media docena de veces.

—Bueno, ya sé qué es lo que me preocupaba. En esa había una secuencia en la que la astronave de Luke cae en picado sobre un asteroide… y se encuentra con un gigantesco ser con forma de serpiente que acecha dentro de las cavernas de ese asteroide.

—No era la cosmonave de Luke, sino el *Halcón milenario* de Han Solo. Y siempre me he preguntado cómo se las arreglaba esa pobre bestia para proveerse el sustento. Tiene que haber padecido mucha hambre esperando a que le cayera del espacio un bocado exquisito. Y la princesa Leia no habría sido más que un entremés, de todos modos.

—Para lo que, sin duda, no pretendo servir —dijo el doctor Chant, ya del todo relajado—. Aunque hubiera vida aquí (lo que sería maravilloso), la cadena alimentaria sería muy corta. Por eso me sorprendería encontrar algo que fuese más grande que un ratón o más factible que un hongo… Ahora veamos hacia dónde vamos desde aquí… Hay dos salidas al otro lado de la cámara. La de la derecha es mayor. Iré por ese lado…

—¿Cuánta línea te queda?

—Oh, más de medio kilómetro. Allá vamos. Estoy en medio de la cámara… Maldición, he rebotado contra la pared. Ahora tengo un punto para asirme… Meto la cabeza primero. Paredes suaves, roca auténtica para romper la monotonía… Es una lástima…

—¿Cuál es el problema?

—No puedo ir más allá… Hay más estalactitas… demasiado juntas para que pueda pasar entre ellas… y demasiado gruesas para romperlas sin explosivos. Y eso sería una pena… los colores son hermosos. Son los primeros verdes y azules que veo en el Halley. Un minuto, nada más, mientras las videograba…

El doctor Chant se afianzó contra la pared del estrecho túnel, y enfocó la cámara. Con los dedos enguantados palpó en busca del interruptor de alta intensidad, pero se equivocó y apagó por completo las luces principales.

—Diseño inmundo —masculló—. Es la tercera vez que me pasa esto.

No corrigió de inmediato su error porque siempre le habían encantado ese silencio y esa oscuridad total que únicamente se pueden experimentar en las cuevas más profundas. Los suaves ruidos de fondo de su equipo de mantenimiento vital impedían que el silencio fuera absoluto, pero por lo menos…

¿Qué era *eso*? Desde más allá de la empalizada de estalactitas que bloqueaba cualquier avance ulterior, Chant consiguió distinguir un brillo tenue, como la primera luz del alba. A medida que sus ojos se adaptaban a la oscuridad, el brillo pareció aumentar de intensidad y el geólogo pudo discernir un matiz verde.

—¿Qué pasa? —preguntó Greenberg, angustiado.

—Nada. Solo estoy observando.

Y pensando, pudo haber agregado. Había cuatro explicaciones posibles.

Tal vez la luz solar se estuviera filtrando a través de algún conducto natural de hielo, cristal o lo que fuese. Pero ¿a esa profundidad? No era muy probable…

¿Radiactividad? Chant no se había molestado en llevar un contador; a efectos prácticos, allí no había elementos pesados. Pero valdría la pena volver para verificarlo.

Podría tratarse de algún material fosforescente; esa era la posibilidad a la que concedía mayor peso. Pero había una cuarta... la más improbable y también la más emocionante de todas.

El doctor Chant nunca había olvidado una noche sin Luna —y sin Lucifer— a orillas del océano Índico, cuando había estado caminando bajo brillantes estrellas por una playa arenosa. Aunque el mar estaba muy tranquilo, de vez en cuando una ola lánguida se desplomaba a sus pies... y detonaba en una explosión de luz.

Había entrado caminando en los bajíos (todavía podía recordar la sensación del agua alrededor de los tobillos, como un baño tibio) y, a cada paso que daba, se producía otra descarga de luz. Incluso podía generarla golpeando las palmas cerca de la superficie.

¿Sería posible que organismos bioluminiscentes similares se hubieran desarrollado allí, en el corazón del cometa Halley? A Chant le encantaría creerlo. Sería lamentable tener que destruir algo tan exquisito como esa obra de arte de la Naturaleza —con ese fulgor detrás de ella, la barrera ahora le recordaba el retablo que una vez vio en alguna catedral—, pero tendría que volver con explosivos. Mientras tanto, estaba el otro corredor...

—No puedo seguir adelante en esta dirección —le dijo a Greenberg—, así que intentaré ir por la otra. Regresaré a la bifurcación. Voy a rebobinar el carrete. —No mencionó el fulgor misterioso, que se desvaneció no bien hubo encendido sus luces otra vez.

Greenberg no respondió en el acto, lo que no era usual; probablemente estaba hablando con la nave. Chant no se preocupó; repetiría su mensaje tan pronto como se hubiera vuelto a poner en marcha. Tampoco se molestó, porque hubo un breve acuse de recibo por parte de Greenberg.

—Bien, Cliff, por un instante creí que te había perdido. Regreso a la cámara... ahora entraré en el otro túnel. Ojalá no haya nada que lo bloquee.

Esta vez, Greenberg respondió enseguida.

—Lo lamento, Bill. Regresa a la nave. Hay una emergencia… No, no aquí; todo marcha bien en la *Universe*. Pero puede ser que tengamos que volver a la Tierra de inmediato.

El doctor Chant tardó pocas semanas en encontrar una explicación plausible para las columnas rotas: cuando el cometa despedía con violencia su sustancia hacia el espacio, en cada pasaje perihélico, la distribución de su masa se alteraba de manera continua. Y de esta forma, en intervalos de mil años, su rotación se volvía inestable, y eso variaba la dirección de su eje de un modo bastante violento, como si se tratara de una peonza que está a punto de caer cuando pierde impulso.

Cuando eso ocurría, el movimiento telúrico que se producía en el cometa podía alcanzar un respetable 5 en la escala de Richter.

Pero Chant nunca resolvió el misterio del fulgor luminoso. Aunque el problema pronto quedó eclipsado por el drama que se estaba desarrollando, la sensación de haber perdido la oportunidad de resolverlo seguiría acosando al científico durante el resto de su vida.

Y si bien en varias ocasiones se sintió tentado de hacerlo, nunca mencionó el problema a ninguno de sus colegas. Lo que hizo fue dejar una nota para la próxima expedición. El sobre estaba lacrado, y tendría que ser abierto en 2133.

II. EL VALLE DE NIEVE NEGRA

20

LLAMADA PARA REGRESAR

—¿Habéis visto a Victor? —preguntó Mijáilovich, con regocijo, mientras Floyd se apresuraba a responder a la convocatoria del capitán—. Ahora es un hombre incompleto.

—Volverá a crecerle en el camino a casa —replicó Floyd, quien por el momento no tenía tiempo para tales trivialidades—. Estoy tratando de descubrir qué ha pasado.

El capitán Smith todavía estaba sentado en su cabina, un poco aturdido, cuando llegó Floyd. Si se hubiera tratado de una emergencia que afectara a su propia nave, Smith habría sido un tornado de energía controlada, emitiendo órdenes a diestra y siniestra. Pero no había cosa alguna que pudiera hacer con respecto a aquella situación, excepto aguardar el próximo mensaje procedente de la Tierra.

El capitán Laplace era un antiguo amigo: ¿cómo *podía* haberse metido en un lío así? No cabía imaginar accidente, error de navegación o fallo del equipo que pudiese explicar el brete en el que se encontraba Laplace. Y por lo que Smith podía apreciar, tampoco había ningún modo de que la *Universe* pudiera ayudarlo a salir de ese problema. El centro de operaciones simplemente daba vueltas y vueltas en círculo ya que aquella parecía ser una de esas emergencias —acontecimiento demasiado frecuente en el espacio— en las que nada se podía hacer, salvo transmitir los pésames y grabar los últimos mensajes. Pero Smith no dejó que se traslucieran sus dudas y reservas cuando le informó de las novedades a Floyd.

—Ha habido un accidente —dijo—. Hemos recibido órdenes de regresar a la Tierra enseguida con el fin de que se nos equipe para efectuar una misión de rescate.

—¿Qué clase de accidente?

—Se trata de nuestra nave gemela, la *Galaxy*. Estaba haciendo un reconocimiento de los satélites jovianos. Ha tenido que hacer un aterrizaje de emergencia.

El capitán vio que la mirada de Floyd expresaba sorpresa e incredulidad.

—Sí, sé que es imposible. Pero todavía hay más: la nave está varada… en Europa.

—¡*Europa*!

—Eso me temo. La *Galaxy* está dañada, pero al parecer no hay bajas. Todavía estamos esperando los detalles.

—¿Cuándo ha ocurrido?

—Hace doce horas. Ha habido una demora, antes de que la nave pudiera informar a Ganimedes.

—Pero ¿qué podemos hacer *nosotros*? Nos encontramos en el otro lado del Sistema Solar. Tendríamos que regresar a la órbita lunar para reabastecernos de combustible y después tomar la órbita más rápida hacia Júpiter… Eso nos llevaría… oh, cuando menos, ¡un par de meses! —Y allá por la época de la *Leonov*, nos habría llevado un par de años…, pensó Floyd.

—Lo sé, pero no hay otra cosmonave que pueda hacer algo.

—¿Y qué sucede con los propios transportadores intersatélite de Ganimedes?

—Solo están diseñados para operaciones en órbita.

—Descendieron en Calisto…

—Fue una misión que exigió mucha menor cantidad de energía. Ah, sí, se las podrían arreglar para llegar a duras penas hasta Europa, pero con una insignificante carga útil. Está siendo considerado, por supuesto.

Floyd no escuchaba al capitán: todavía estaba tratando de asimilar esa pasmosa noticia. Por primera vez en medio siglo —¡y nada más que por segunda vez en toda la historia!—, una nave había descendido en la luna prohibida. Y eso volvía a traerle a la mente un pensamiento ominoso.

—¿Supone que quienquiera que sea, o lo que sea, que esté en Europa puede ser responsable? —preguntó.

—Me estaba haciendo esa pregunta —dijo el capitán, con tono sombrío—. Pero he estado husmeando por ese lugar durante años, sin que ocurriera absolutamente nada.

—Lo que nos acerca aún más al nudo del asunto: ¿qué podría ocurrir con *nosotros*, si intentáramos el rescate?

—Eso es lo primero que se me ha ocurrido; pero todas son meras especulaciones. Debemos esperar hasta que tengamos más datos. Mientras tanto, le comunicaré el verdadero motivo por el que lo he llamado: acabo de recibir la nómina de la tripulación del *Galaxy*, y me preguntaba…

Con vacilación, empujó hacia el otro extremo de su escritorio las hojas impresas. Pero incluso antes de recorrer la lista con la mirada, Heywood Floyd supo, de alguna manera, qué era lo que encontraría.

—Mi nieto —dijo con tristeza. «Y la única persona que puede llevar mi nombre más allá de la sepultura», agregó para sí mismo.

21

LA POLÍTICA DEL EXILIO

A pesar de todas las predicciones más sombrías, la revolución sudafricana había sido relativamente incruenta... tanto como pueden serlo esos sucesos. La televisión —a la que se había culpado de muchos males— se merecía algún reconocimiento por ese hecho. En la anterior generación se había sentado un precedente en Filipinas: cuando sabe que el mundo la está observando, la gran mayoría de los hombres y mujeres tiende a comportarse de manera responsable, y aunque hubo vergonzosas excepciones, pocas matanzas tienen lugar frente a las cámaras.

Cuando los afrikáners tuvieron que aceptar lo inevitable, la mayor parte de ellos ya había dejado el país, mucho antes de que se produjese la toma del poder. Y, tal como se había quejado con amargura el nuevo gobierno, no se habían ido con las manos vacías: miles de millones de rands habían sido transferidos a bancos suizos y holandeses; hacia el final, casi cada hora se habían efectuado misteriosos vuelos, desde Ciudad del Cabo y Jo'burg,[3] hacia Zurich y Amsterdam. Se decía que, para el día de la Libertad, no se encontraría una onza troy de oro ni un quilate de diamantes en la moribunda República de Sudáfrica... y los trabajos en las minas habían sido saboteados con efi-

---

3. Forma familiar y muy frecuente con la que los propios sudafricanos se refieren a Johannesburgo. (*N. del T.*)

cacia. Desde su lujoso apartamento de La Haya, un conspicuo refugiado se jactaba de que «pasarán cinco años antes de que los *kaffir*[4] puedan conseguir que Kimberley[5] vuelva a funcionar... si es que alguna vez lo hace». Pero ante la sorpresa de este refugiado, De Beers volvió a la actividad, en menos de cinco semanas, bajo nueva razón social y nueva administración, y los diamantes fueron, sin duda, el elemento más importante en la economía de la nueva nación.

En el lapso de una generación y a pesar de las desesperadas acciones que, en la retaguardia, libraron sus mayores, de mentalidad conservadora, los refugiados habían sido absorbidos por la cultura sin prejuicios raciales del siglo XXI. Y aunque rememoraban con orgullo, pero sin jactancia, el coraje y la determinación de sus antepasados, se distanciaban de las estupideces que habían cometido. Prácticamente ninguno de los jóvenes hablaba afrikáans, ni siquiera en el seno del hogar.

Y sin embargo, tal y como había ocurrido con la revolución rusa un siglo antes, había muchos que soñaban con hacer que el reloj de la historia fuese hacia atrás... o, por lo menos, con sabotear los esfuerzos de aquellos que los habían despojado del poder y los privilegios. Por lo general, esos reaccionarios canalizaban su frustración y su amargura a través de la propaganda, las demostraciones, los boicots, las peticiones al Consejo Mundial... y mucho menos mediante las obras de arte: a menudo *The Voortrekkers*, de Wilhelm Smut, era considerada, sin discusión pero con ironía, por todo el mundo,

---

4. En Sudáfrica, individuo de raza negra perteneciente a una rama de los bantúes. Los *kaffirs* constituyen el mayor porcentaje de los operarios de las minas. En la jerga de la Bolsa de ese país, con este mismo vocablo se designan las acciones de las minas de oro. Esto explica el juego de palabras de este personaje. *(N. del T.)*

5. Localidad del noroeste de Ciudad del Cabo, en la que se hallan las minas de diamantes y de oro más famosas del mundo. Una de ellas es De Beers. *(N. del T.)*

incluso por los más acerbos detractores del autor, la obra maestra de la literatura inglesa.

Pero también existían grupos que creían que la acción política era inútil, y que solo la violencia podía restaurar el anhelado statu quo. Aunque en realidad solo unos cuantos de ellos pensaban que podrían reescribir las páginas de la Historia, eran bastantes los que, si bien sabían que la victoria era imposible, aceptarían complacidos el desquite.

Entre esos dos extremos constituidos por los totalmente asimilados y los completamente intransigentes, había todo un espectro de partidos políticos… y apolíticos. Der Bund no era el mayor, pero sí el más poderoso y, sin lugar a dudas, el más rico, desde que controlaba gran parte de la riqueza de contrabando de la república perdida a través de una red de grandes sociedades anónimas y de compañías. La mayor parte de ellas era ahora perfectamente legal y, en verdad, por completo respetable.

Había quinientos millones de rands del Bund en la Tsung Aeroespacial, debidamente asentados en el estado anual de cuentas. En 2059, sir Lawrence se sintió feliz cuando recibió otro medio millón, que le permitió acelerar la puesta en servicio de su pequeña flota.

Pero ni siquiera su extraordinaria inteligencia estableció conexión alguna entre el Bund y la última misión de fletamento de la *Galaxy*. De todos modos, por aquel entonces el Halley se estaba acercando a Marte, y sir Lawrence estaba tan ocupado preparando a la *Universe* para la partida que prestó poca atención a las operaciones de rutina de las naves gemelas de aquella.

Aunque el Lloyd de Londres sí planteó algunas objeciones con respecto a la ruta propuesta para la *Galaxy*, enseguida fueron acalladas. El Bund tenía personal en puestos claves y por doquier; ello perjudicaba a los corredores de seguros, pero beneficiaba a los abogados especializados en Derecho Espacial.

III. RULETA EUROPEANA

22

CARGA PELIGROSA

No es fácil administrar una línea de navegación entre destinos que no solo cambian de posición millones de kilómetros cada pocos días, sino que también oscilan con una velocidad comprendida en el orden de las decenas de kilómetros por segundo. Ni pensar en algo así como un horario regular; hay ocasiones en las que se tiene que olvidar todo el asunto y permanecer en puerto —o, por lo menos, en órbita— a la espera de que el Sistema Solar se reordene de una manera conveniente para la especie humana.

Por fortuna, estos períodos se conocen con años de antelación, por lo que es posible aprovecharlos al máximo para revisar los equipos e introducir modificaciones retroactivas y para dar licencia en el planeta a la tripulación. Y, de vez en cuando, con buena suerte y un enérgico despliegue de recursos para vender, se puede arreglar algún fletamiento local, aunque no sea más que el equivalente del viaje en lancha «para recorrer la playa de punta a punta» que se hacía años atrás.

El capitán Eric Laplace estaba encantado porque la permanencia de tres meses frente a Ganimedes no sería una completa pérdida. Una subvención anónima e inesperada, hecha a la Fundación de Ciencia Planetaria financiaría una exploración previa del sistema joviano de satélites (incluso ahora, nadie lo llamaba jamás «luciferino»), durante la cual se prestaría especial atención a una docena de las desdeñadas lunas menores, algunas de las cuales nunca se habían estudiado de manera apropiada y, mucho menos, visitado.

No bien hubo oído hablar sobre la misión, Rolf van der Berg llamó al agente consignatario de las naves Tsung, e hizo algunas discretas indagaciones.

—Sí, primero volaremos directamente a Ío; después haremos un vuelo de circunvalación de Europa…

—¿Solo un vuelo de circunvalación? ¿A qué distancia?

—Un momento, por favor… ¡Qué raro! El plan de vuelo no brinda detalles. Pero, por supuesto, la nave no entrará en la Zona de Prohibición.

—Esa zona se redujo a diez mil kilómetros, como consecuencia del último fallo… hace quince años. Sea como sea, querría ofrecerme como voluntario, en calidad de planetólogo de la misión. Enviaré mis antecedentes…

—No es necesario, doctor Van der Berg, pues ya han solicitado que usted vaya.

Siempre resulta fácil predecir el lunes cuál es el caballo que ganó el domingo anterior. Cuando el capitán Laplace pensó en lo sucedido (tuvo mucho tiempo para eso, después), recordó varios aspectos curiosos de ese viaje especialmente contratado: dos miembros de la tripulación enfermaron de forma repentina y fueron remplazados con poco tiempo de aviso; él se alegró tanto de contar con suplentes que no les revisó los papeles con toda la atención con que debería haberlo hecho. (Y aunque lo hubiese hecho, habría descubierto que se encontraban en perfecto orden.)

Luego vino el problema con la carga. En su condición de capitán, Laplace tenía derecho a inspeccionar cualquier cosa que se subiese a bordo de la nave. Por supuesto, resultaba imposible revisar cada *artículo*, pero él nunca vacilaba en investigar si tenía buenos motivos para hacerlo. Las tripulaciones espaciales eran, en general, grupos de hombres sumamente responsables. No obstante, las misiones prolongadas podían llegar a ser muy aburridas, de modo que, para aliviar el tedio, existían estimulantes químicos cuyo empleo, si bien era por completo legal en la Tierra, debía ser desaprobado fuera de ella.

Cuando el segundo oficial Chris Floyd expuso sus sospechas, el capitán supuso que el sabueso cromatográfico de la nave había descubierto otro cargamento oculto del opio de alta calidad que la tripulación, mayoritariamente constituida por chinos, consumía con regularidad. Esta vez, sin embargo, el asunto era serio, *muy* serio.

—Bodega de Carga Tres, Artículo 2/456, capitán. La nota dice: «Aparatos científicos», pero contiene explosivos.

—¡Qué!

—No hay duda al respecto, señor. Aquí está el electrograma.

—Me basta con su palabra, señor Floyd. ¿Ha inspeccionado el artículo?

—No, señor. Está en una caja sellada, de medio metro por uno por cinco, más o menos. Es uno de los bultos más grandes que el equipo de científicos trajo a bordo. Lleva el rótulo FRÁGIL-MANIPULAR CON CUIDADO; pero *todo* es frágil, por supuesto.

Meditativo, el capitán Laplace tamborileó con los dedos sobre la «madera» plástica de su escritorio, la que imitaba las vetas de la madera legítima. (Laplace odiaba ese diseño y se proponía deshacerse de él en el próximo reequipamiento de la nave.) Incluso esa leve actividad hizo que se empezara a elevar de su asiento y de forma automática colocó el pie alrededor de una pata de la silla para «anclarse».

Aunque el capitán no dudó ni por un instante del informe de Floyd —su nuevo segundo oficial era muy competente y al capitán le complacía que nunca hubiera mencionado el tema de su famoso abuelo—, podía haber una explicación inocente. Al sabueso podían haberlo confundido otros compuestos químicos que tuviesen nerviosos enlaces moleculares.

Podían descender a la bodega y abrir el bulto por la fuerza. No, eso podría ser peligroso y también ocasionar problemas jurídicos.

Lo mejor sería ir directamente al grano; de todos modos, antes o después tendría que hacerlo.

—Por favor, vaya a buscar al doctor Anderson… y no hable de esto con nadie más.

—Muy bien, señor.

Chris Floyd hizo un saludo respetuoso pero del todo innecesario, y abandonó la habitación con suavidad y ligereza.

El jefe del equipo de científicos no estaba acostumbrado a la gravedad cero y su ingreso fue bastante torpe. Su obvia y genuina indignación no ayudaba, y se tuvo que aferrar al escritorio del capitán varias veces en una actitud desprovista de dignidad.

—¡Explosivos! ¡Claro que no! Déjeme ver la nota… 2/456…

El doctor Anderson escribió la referencia en su teclado portátil, y leyó despacio:

—«Penetrómetros Mark V, cantidad, tres». Por supuesto: no hay problema.

—¿Y exactamente qué es un penetrómetro? —preguntó el capitán. Este, a pesar de su preocupación, apenas si pudo contener una sonrisa; el nombre sonaba un poco obsceno.

—Es un dispositivo de uso corriente para la extracción de muestras planetarias. Se deja caer y, con suerte, tomará una muestra columnar de diez metros de largo, incluso en roca dura. Después devuelve un análisis químico completo. Es la única manera segura de estudiar sitios como el lado diurno de Mercurio, o de Ío, donde dejaremos caer el primero.

—Doctor Anderson —dijo el capitán, tratando de dominarse—. Usted podrá ser un excelente geólogo, pero no sabe mucho sobre mecánica celeste. No se pueden dejar caer cosas así como así, cuando se está en órbita…

La acusación de ignorancia carecía de todo fundamento, como lo demostró la reacción del científico:

—¡Esos idiotas! —exclamó—. Claro, usted debió haber sido notificado.

—Exacto. Los cohetes con combustible sólido son considerados carga peligrosa. Quiero el visto bueno de la compañía aseguradora y su promesa formal, la suya, de que los sistemas de seguridad son adecuados. En caso contrario, los tiraremos por la borda. Y bien, ¿hay alguna otra pequeña sorpresa? ¿Estaba planeando hacer prospecciones sísmicas? Creo que, en general, esas exploraciones implican el empleo de explosivos...

Al cabo de algunas horas, el algo apaciguado científico admitía que también había encontrado dos botellas de flúor en estado elemental, que se empleaba para suministrar energía a los rayos láser que podían acertar a cuerpos celestes que pasaran a distancias de tiro de mil kilómetros, con el fin de tomar muestras para espectrografía. Como el flúor puro era la sustancia más ferozmente incontrolable que conocía el ser humano, figuraba en la lista de materiales prohibidos... pero al igual que los cohetes que impulsaban los penetrómetros hacia su blanco, resultaba esencial para la misión.

Cuando hubo quedado satisfecho, en cuanto al hecho de que se habían tomado todas las precauciones necesarias, el capitán Laplace aceptó las disculpas del científico, junto con su promesa formal de que el descuido se debía de manera exclusiva a la prisa con que se había organizado la expedición.

Estaba seguro de que el doctor Anderson estaba diciendo la verdad, pero aun así, sentía que había algo extraño en lo referente a la misión.

Tan extraño como jamás se habría podido imaginar.

III. RULETA EUROPEANA

23

INFIERNO

Antes de la detonación de Júpiter, Ío ocupaba el segundo puesto, precedido solo por Venus, como lugar más cercano al Infierno, dentro del Sistema Solar. Pero ahora que la temperatura de la superficie de Lucifer se había elevado en otro par de centenares de grados, ni siquiera Venus podía competir.

Los volcanes de azufre y los géiseres habían multiplicado su actividad, y habían vuelto a moldear los rasgos del atormentado satélite en cuestión de años, en vez de décadas. Los planetólogos habían abandonado todo intento de hacer levantamientos cartográficos, y se contentaban con tomar —con intervalos de días— fotografías desde equipos puestos en órbita. A partir de tales fotografías habían compuesto películas cinematográficas con fotogramas tomados a intervalos prefijados y que inspiraban un temor reverencial.

El Lloyds de Londres había cobrado una muy elevada prima por este tramo de la misión, pero Ío no planteaba peligro alguno para la nave que hiciese un vuelo de circunvalación a una distancia mínima de diez mil kilómetros... y, por añadidura, por encima del relativamente tranquilo lado nocturno.

Mientras observaba el globo amarillo y anaranjado que se aproximaba —el objeto más improbablemente ostentoso de todo el Sistema Solar—, el segundo oficial Chris Floyd no pudo evitar que le volviera a la memoria la ocasión —había transcurrido medio siglo— en que su abuelo había llegado a esos lares; allí la *Leonov* había efectuado su encuentro con la abandonada *Discovery*, y allí el doctor Chandra había vuelto a despertar a la computadora HAL, que aguardaba en estado latente. Después ambas naves habían proseguido el vuelo para explorar el enorme monolito negro que se hallaba suspendido en el espacio, en L1, el Punto Lagrange Interior, situado entre Ío y Júpiter.

Ahora el monolito se había ido, y lo mismo había sucedido con Júpiter. El minisol que, como un ave fénix, había surgido de la implosión de Júpiter, había convertido los satélites del gigantesco planeta en lo que de hecho era otro sistema solar, aunque solo en Ganimedes y en Europa existían regiones con temperaturas parecidas a las de la Tierra. Durante cuánto tiempo seguiría siendo así, nadie lo sabía. Las estimaciones sobre la duración máxima de la vida de Lucifer oscilaban entre mil y un millón de años.

El equipo de científicos de la *Galaxy* observaba, anhelante, el punto L1, pero en esos momentos era extremadamente peligroso acercarse a él. Siempre había existido un río de energía eléctrica —el «tubo de flujo» de Ío— que corría entre Júpiter y su satélite interior, y la creación de Lucifer había incrementado la fuerza de ese río varios centenares de veces. En ocasiones esa corriente de energía hasta se podía ver a simple vista, refulgiendo en amarillo, con la luz característica del sodio ionizado. Algunos ingenieros de Ganimedes habían hablado de aprovechar los gigawatios que se estaban desperdiciando ahí al lado, pero nadie había hallado una manera plausible de hacerlo.

Se lanzó el primer penetrómetro, acompañado por vulgares comentarios de la tripulación; dos horas más tarde, el instrumento se metió, como una aguja hipodérmica, en el ulcerado satélite; prosiguió operando durante casi cinco segundos —diez veces la vida útil para la que había sido diseñado— y transmitió, en frecuencia radial, miles de mediciones reológicas, físicas y químicas, antes de que Ío lo demoliera.

Los científicos estaban maravillados, pero Van der Berg simplemente se sentía satisfecho. Él había previsto que la sonda funcionaría; Ío era un blanco absurdamente fácil. Pero si tenía razón con respecto a Europa, era seguro que el segundo penetrómetro iba a fallar.

Y aun así, eso nada probaría, pues la sonda podría fallar por una docena de buenas razones. Y cuando lo hiciese, no quedaría otra alternativa que un descenso.

Lo que, por supuesto, estaba totalmente prohibido... y no solo por las leyes del hombre.

III. RULETA EUROPEANA

24

SHAKA EL GRANDE

Pese a su rimbombante título, ASTROPOL tenía muy poco que hacer fuera de la Tierra, pero no iba a admitir que Shaka existía en realidad. EUAS adoptó exactamente la misma posición, y sus diplomáticos se aturdían o indignaban cuando alguien tenía la suficiente falta de tacto como para mencionar ese nombre.

Pero la tercera ley de Newton rige en política, al igual que en todo lo demás. El Bund tenía sus extremistas (aunque trataba, a veces no con demasiada vehemencia, de repudiarlos), quienes no cesaban de conspirar contra los EUAS. En general, esos terroristas se limitaban a intentar cometer actos de sabotaje comercial, pero había ocasionales explosiones, desapariciones y hasta asesinatos.

Huelga decir que los sudafricanos no tomaban estos hechos a la ligera: reaccionaron instituyendo sus propios servicios oficiales de contrainteligencia, que también contaban con una gama de operaciones bastante independientes, y que, de manera análoga, afirmaban no saber nada sobre Shaka. A lo mejor estaban empleando la útil invención de la CIA: la «negación plausible». Hasta es posible que estuvieran diciendo la verdad.

Según una de las teorías, Shaka había empezado siendo una palabra clave y luego —de forma parecida a lo sucedido con el «Teniente Kijé», de Prokofieff— había adquirido vida propia, porque resultaba útil para varias burocracias clandestinas. Era indudable que esto explicaría el hecho de que ninguno de sus miembros hubiera desertado jamás y tampoco hubiera sido arrestado.

Pero quienes creían que Shaka de verdad existía daban otra explicación (algo forzada, por cierto). Todos sus agentes habían sido psicológicamente preparados para autodestruirse ante la más mínima posibilidad de ser sometidos a un interrogatorio.

Fuera cual fuese la verdad, nadie pudo imaginar seriamente que, más de dos siglos después de su muerte, la leyenda del gran tirano zulú extendería su sombra a través de mundos que el propio Shaka nunca conoció.

III. RULETA EUROPEANA

25

EL MUNDO OCULTO

Durante la década posterior a la ignición de Júpiter y a la diseminación del Gran Descongelamiento a través del sistema de satélites del explaneta, Europa había sido dejada en la más estricta soledad. Después los chinos habían llevado a cabo un rápido vuelo de circunvalación y habían sondeado las nubes con radar en un intento por localizar los restos de la *Tsien*. No habían tenido éxito, pero los mapas que hicieron del lado diurno fueron los primeros en mostrar los nuevos continentes que surgían ahora, cuando se fundía la cubierta de hielo. También habían descubierto una formación perfectamente recta, de dos kilómetros de largo, cuyo aspecto era tan artificial que pronto se le impuso el nombre de «La Gran Muralla». Debido a su forma y tamaño se supuso que era el Monolito... o *un* monolito, ya que millones de ellos se habían reproducido en las horas previas a la creación de Lucifer.

No obstante no se había producido ninguna reacción o indicio de señal inteligente procedentes de la parte inferior de las nubes, que se iban espesando de forma continua y regular. De ahí que algunos años más tarde se colocaran en órbita permanente satélites de reconocimiento y que se dejaran caer en la atmósfera globos sonda para grandes alturas, con el fin de estudiar el patrón que seguían los vientos; los meteorólogos terrestres opinaban que esos vientos tenían un interés absorbente porque Europa —con un océano central y un sol que

nunca se ponía— ofrecía un modelo, bellamente simplificado, para los libros de texto.

De esta manera había comenzado el juego de la «Ruleta
Europeana», como solían denominarlo los administradores
cada vez que los científicos proponían acercarse más al satélite. Tras cincuenta años sin peripecia alguna, eso se había vuelto algo tedioso. El capitán Laplace tenía la esperanza de que se
mantuviera de esa manera, y había exigido una considerable
reafirmación de que todo iría bien por parte del doctor Anderson.

—Personalmente —le había dicho al científico—, consi-
deraría un acto poco amistoso el hecho de hacer que una tonelada de hierros capaces de perforar un blindaje se dejen caer
sobre mí a mil kilómetros por hora. Estoy bastante sorprendido de que el Consejo Mundial le haya concedido el permiso
correspondiente.

El doctor Anderson también estaba un poco sorprendido, aunque no lo hubiera estado de haber sabido que el proyecto era el último punto de una larga agenda de un Subcomité de Ciencias que se había reunido un viernes por la tarde.
Con pequeñeces así se escribe la Historia.

—Coincido con usted, capitán. Pero estamos operando
bajo limitaciones muy estrictas y no hay posibilidad de interferir con los europeanos, quienesquiera que sean. Estamos
apuntando a un blanco que se encuentra a cinco kilómetros
por encima del nivel del mar.

—Eso tengo entendido. ¿Qué es lo que resulta tan interesante del monte Zeus?

—Es un completo misterio, ya que ni siquiera estaba ahí
hace unos años. Así que ya se puede imaginar por qué vuelve
locos a los geólogos.

—Y su aparatito lo analizará cuando se meta en el satélite.

—Exacto. En realidad, yo no debería estar diciendo esto,
pero se me pidió que mantenga en secreto los resultados, y
que los envíe de vuelta a la Tierra expresados en clave. Es ob-

vio que alguien está sobre la pista de un gran descubrimiento y que quiere tomar la delantera en la publicación. ¿Habría creído que los científicos podían ser tan mezquinos?

Al capitán Laplace no le costaba mucho creerlo, pero no quiso desilusionar al doctor Anderson, cuya ingenuidad resultaba conmovedora. Fuera lo que fuese lo que estaba ocurriendo —y al capitán ya no le quedaba ninguna duda de que en la misión había mucho más de lo que se podía ver—, Anderson no sabía nada al respecto.

—Solo me queda la esperanza, doctor, de que a los europeanos no les dé por el alpinismo. Odiaría tener que interrumpir cualquier intento de colocar una bandera en su Everest local.

Se produjo una sensación de desacostumbrada excitación a bordo de la *Galaxy* cuando se lanzó el penetrómetro; incluso dejaron de hacerse las consabidas bromas. Durante las dos horas que duró la larga caída de la sonda hacia el Europa, la práctica totalidad de los miembros de la tripulación encontró alguna excusa, perfectamente legítima, para visitar el puente y contemplar la operación de guía. Cincuenta minutos antes del impacto el capitán Laplace declaró el puente zona prohibida para todos los visitantes menos para la nueva azafata de la nave, Rosie, sin cuyo ininterrumpido suministro de peras elásticas llenas de excelente café la operación no habría podido continuar.

Todo iba a la perfección. Poco después del ingreso en la atmósfera se extendieron los frenos para aire, que frenaron el penetrómetro hasta darle una aceptable velocidad de impacto. La imagen del blanco recibida a través del radar —sin detalles distintivos, sin indicación de escala de referencia— crecía constantemente en la pantalla. A la hora del impacto menos un segundo, todos los grabadores automáticamente pasaron a velocidad de registro…

Pero no hubo nada en absoluto que registrar.

—Ahora sé —dijo el doctor Anderson, con tristeza— qué es exactamente lo que sintieron en el Laboratorio de Propulsión a Chorro cuando aquellos primeros Ranger chocaron con la Luna, con sus cámaras ciegas.

III. RULETA EUROPEANA

26

VIGILANCIA NOCTURNA

Solo el tiempo es universal; el día y la noche no son más que costumbres locales exquisitamente arcaicas que se encuentran en aquellos planetas a los que las fuerzas de marea todavía no les ha arrebatado la rotación. Pero sea cual sea la distancia que recorran desde su mundo nativo, los seres humanos nunca pueden huir del ritmo diurno, impuesto desde tiempo inmemorial por su ciclo de luz y oscuridad.

Por esta razón a la una y cinco minutos, hora universal, el segundo oficial Chang estaba solo en el puente mientras toda la nave dormía a su alrededor. Tampoco había verdadera necesidad de que Chang estuviese despierto, ya que los sensores electrónicos de la *Galaxy* descubrirían cualquier falla de funcionamiento mucho antes de lo que jamás podría hacerlo el hombre. Pero un siglo de cibernética había demostrado que los seres humanos seguían siendo ligeramente superiores a las máquinas para habérselas con lo inesperado, y más pronto o más tarde, lo inesperado siempre ocurría.

¿Dónde estará mi café?, pensó Chang de mal humor. No era propio de Rosie llegar tarde. Se preguntaba si la azafata se habría visto afectada por la misma indisposición que afligía por igual a científicos y tripulantes, después de los desastres de las veinticuatro horas pasadas.

Con posterioridad al fracaso del primer penetrómetro, se había convocado una apresurada reunión para deliberar y decidir cuál sería el siguiente paso. Quedaba una de las unidades, y aunque se había pensado emplearla en Calisto, podría ser usada igualmente bien allí.

—Y de todos modos —había argumentado el doctor Anderson—, ya hemos descendido en Calisto y hemos verificado que no hay nada allí, salvo variedades de hielo agrietado.

No había habido desacuerdo. Después de una demora de doce horas para hacer modificaciones y pruebas, el penetrómetro número tres fue lanzado hacia el paisaje europeano, siguiendo la invisible huella de su precursor.

Esta vez los grabadores de la nave *sí* obtuvieron algunos datos… durante cerca de medio milisegundo. El medidor de aceleración de la sonda —que estaba calibrado para operar bajo una gravedad de hasta veinte mil g— emitió una sola pulsación breve antes de salir de escala. Todo tuvo que haberse destruido en menos de un abrir y cerrar de ojos.

Tras un segundo y aún más lúgubre informe de necroscopia se decidió informar a la Tierra y, en órbita elevada en torno a Europa, aguardar la llegada de más instrucciones antes de proseguir el vuelo a Calisto y las lunas exteriores.

—Lamento llegar tarde, señor —se disculpó Rosie McMahon (por su nombre, nadie supondría que Rosie era ligeramente más oscura que el café que servía)—. Debo de haber puesto mal el despertador de mi reloj.

—Es una suerte que *usted* no esté dirigiendo esta nave —dijo el oficial de guardia, con una risita ahogada.

—No entiendo cómo *alguien* puede dirigirla —respondió Rosie—. Todo parece ser tan complicado…

—Bah, no es tan feroz como aparenta —repuso Chang—. ¿Y no les imparten algo de teoría espacial básica, en su curso de entrenamiento?

—Bueno… sí. Pero nunca lo entendí mucho… órbitas y todas esas tonterías.

El segundo oficial Chang estaba aburrido, de modo que consideró que sería una delicadeza por su parte aclarar las dudas de su público. Y si bien Rosie no era exactamente su tipo, saltaba a la vista que era atractiva; un pequeño esfuerzo ahora podría significar una inversión valiosa. En ningún momento se le ocurrió pensar que, después de haber cumplido su trabajo, era muy posible que Rosie quisiera seguir durmiendo.

Veinte minutos más tarde, el segundo oficial Chang señaló, con un amplio movimiento de la mano, la consola de navegación, y concluyó de forma efusiva:

—Así que, como puede ver, en realidad es casi automático. Solo se necesita introducir unos números con el teclado y la nave se encarga del resto.

Rosie parecía que empezaba a cansarse; no dejaba de mirar su reloj.

—Lo siento —dijo Chang, súbitamente contrito—. No debería haberla mantenido despierta.

—Oh, no… es sumamente interesante. Por favor, continúe.

—Claro que no. Quizá en otra ocasión. Buenas noches, Rosie… y gracias por el café.

—Buenas noches, señor.

La azafata de tercera clase Rosie McMahon se dirigió (sin demasiada destreza) hacia la puerta aún abierta. Chang no se molestó en mirar hacia atrás cuando oyó que la puerta se cerraba.

Por eso fue un considerable choque emocional oír que, pocos segundos después, una voz femenina, en absoluto familiar, lo llamaba.

—Señor Chang, no se moleste en apretar el botón de alarma porque está desconectado. Aquí están las coordenadas de descenso. Haga bajar la nave.

Poco a poco y mientras se preguntaba si se había quedado dormido y se trataba de una pesadilla, Chang giró su silla.

La persona que había sido Rosie McMahon estaba flotando al lado de la escotilla oval y se mantenía inmóvil debido a que se había cogido a la palanca que cerraba la puerta. Todo en ella parecía haber cambiado; en un instante, se habían invertido los papeles del hombre y la mujer: la tímida azafata que nunca había mirado a Chang a los ojos ahora lo observaba de hito en hito, con una mirada impía, fría, que hacía que el segundo oficial se sintiera como un conejo hipnotizado por una serpiente. La pistola —pequeña pero de aspecto letal— que sostenía la mano libre de la mujer parecía un ornamento innecesario: Chang no tenía la menor duda de que Rosie lo podría matar con suma eficiencia sin necesidad de usar el arma.

No obstante, tanto la autoestima de Chang como su orgullo profesional exigían que no se rindiera sin oponer cierta resistencia. Al menos tal vez lograra ganar tiempo.

—Rosie —dijo. Y en ese momento, sus labios tuvieron dificultad para formar un nombre que, de repente, se había vuelto inadecuado—. Esto es totalmente ridículo. Lo que le acabo de decir… sencillamente, no es cierto; tomaría horas computar la órbita correcta, y yo precisaría de alguien que me ayudara. Un copiloto, por lo menos.

La pistola no tembló.

—No soy tonta, señor Chang. Esta nave no tiene limitaciones de energía como los antiguos cohetes impulsados por combustible químico. La velocidad de liberación de Europa es tan solo de tres kilómetros por segundo. Parte del entrenamiento que usted recibió consistía en hacer un aterrizaje de emergencia, estando la computadora principal fuera de servicio. Ahora puede poner esos conocimientos en práctica. La ventana correspondiente a un contacto óptimo con el suelo, en las coordenadas que le di, se abrirá dentro de cinco minutos.

—Ese tipo de operación —dijo Chang, que ahora estaba empezando a transpirar bastante— tiene un índice estimado de fallo del veinticinco por ciento. —La cifra verdadera era del diez por ciento, pero dadas las circunstancias, el segundo oficial consideró que quedaba justificada su exageración—. Además, han pasado años desde que hice la prueba de efectuar ese tipo de descenso.

—En ese caso —repuso Rosie McMahon—, tendré que eliminarlo a usted y solicitar al capitán que me envíe a alguien más cualificado. Lo que será molesto, porque perderemos esta ventana y tendremos que esperar un par de horas hasta la siguiente. Quedan cuatro minutos.

El segundo oficial Chang sabía cuándo darse por vencido; por lo menos, lo había intentado.

—Deme esas coordenadas —dijo.

III. RULETA EUROPEANA

27

ROSIE

El capitán Laplace se despertó de inmediato cuando se oyeron los primeros golpes, suaves y repetidos como los de un lejano pájaro carpintero, provenientes de los cohetes para control de altura. Durante un instante se preguntó si estaba soñando; pero no, no cabía duda de que la nave estaba girando en el espacio.

Quizá se estaba poniendo demasiado caliente de uno de los lados y el sistema de control térmico estaba haciendo algunos ajustes menores. Eso sí ocurría de vez en cuando, y constituía un baldón para el oficial que estaba de servicio, quien debía haberse dado cuenta de que se estaba alcanzando la curva envolvente de temperatura.

Extendió la mano hacia el botón del intercomunicador, para llamar a… ¿Quién se hallaba al frente…? Sí, el señor Chang se hallaba en el puente. La mano nunca llegó a completar el movimiento.

Después de haber pasado días en estado de ausencia de peso, hasta un décimo de la gravedad resulta ser un choque emocional. Al capitán le pareció que habían transcurrido minutos —aunque solo debían de haber sido unos pocos segundos— antes de que pudiera destrabar su arnés de contención y levantarse de su litera con grandes esfuerzos. Esta vez encontró el botón y hundió el dedo con furia. No hubo respuesta.

Trató de pasar por alto el ruido ahogado de los golpes y

topetazos que se daban entre sí y que daban contra la nave los objetos inadecuadamente afianzados, a los que la repentina iniciación de la gravedad había cogido desprevenidos. Las cosas parecían seguir cayendo durante largo tiempo, pero en esos momentos el único sonido anormal era el alarido apagado, muy distante, del sistema impulsor, que estaba funcionando a todo vapor.

Laplace abrió de un tirón la cortina que cubría la ventanilla de la cabina y miró las estrellas. Sabía, de manera aproximada, hacia dónde *debía* de estar apuntando el eje de la nave; incluso si solo lo podía estimar con una aproximación de treinta o cuarenta grados, eso le permitiría establecer la distinción entre dos alternativas posibles.

El curso de la *Galaxy* se podía fijar para que ganara o para que perdiera velocidad de mantenimiento en órbita. Ahora estaba perdiendo velocidad… y, en consecuencia, estaba preparándose para caer hacia Europa.

Se oía un golpeteo incesante en la puerta, y el capitán se dio cuenta de que podía haber transcurrido poco más de un minuto. El segundo oficial Floyd y otros dos miembros de la tripulación estaban apretujados en el corredor, que se estaba volviendo más estrecho.

—El puente está bajo llave, señor —informó Floyd, sin aliento—. No nos podemos meter… y Chang no responde. No sabemos qué ha sucedido.

—Me temo que yo sí —respondió el capitán Laplace, mientras se ponía los pantalones cortos—. No cabía duda de que algún loco lo iba a intentar, más pronto o más tarde. Nos están secuestrando, y sé hacia dónde. Pero de lo que no tengo la más remota idea es del *porqué*.

Echó un vistazo a su reloj e hizo un rápido cálculo mental: «Con esta intensidad de avance habremos abandonado órbita dentro de quince minutos…, digamos que dentro de diez, para dejarnos un margen. Sea como sea, ¿podemos cortar la energía impulsora, sin poner la nave en peligro?».

El segundo oficial Yu, de ingeniería, tenía aspecto de sentirse muy desdichado, pero de manera voluntaria brindó una renuente respuesta:

—Podríamos abrir los interruptores de circuito que hay en las líneas de bombeo que llegan a los motores, y cortar el suministro propulsor.

—¿Podemos llegar hasta esos interruptores?

—Sí. Están en la cubierta tres.

—Pues vamos.

—Eh... entonces el sistema independiente de respaldo tomaría el control. Con fines de seguridad, ese sistema se encuentra detrás de un mamparo herméticamente cerrado, en la cubierta cinco... Tendríamos que conseguir pinzas cortantes... No, no se podría hacer a tiempo.

El capitán Laplace lo había temido, pues los genios que habían diseñado la *Galaxy* habían tratado de proteger la nave contra toda clase razonable de accidente. No había habido forma alguna de salvaguardarla de la malevolencia humana.

—¿Alternativas?

—No, con el tiempo de que se dispone, me temo que no.

—Entonces vayamos al puente y veamos si podemos hablar con Chang... y con quienquiera que se halle con él.

¿Y quién podría ser ese alguien?, se preguntaba Laplace. Se resistía a creer que pudiese ser un miembro de la tripulación regular. Eso dejaba... ¡Claro, esa era la respuesta! Ya lo podía ver: «Investigador monomaníaco trata de probar teoría; experimentos frustrados; decide que la búsqueda de conocimientos tiene prioridad sobre todo lo demás...».

Resultaba incómodo pensar que parecía uno de esos melodramas baratos en los que aparece algún científico loco, pero ello encajaba a la perfección con los hechos. Laplace se preguntaba si el doctor Anderson habría decidido que ese era el único camino que llevaba al premio Nobel.

Esa teoría quedó rápidamente descartada cuando apareció el geólogo jadeando, sin aliento y desgreñado.

—Por el amor de Dios, capitán, ¿qué está pasando? ¡Nos estamos desplazando con plena potencia! ¿Vamos hacia arriba... o hacia abajo?

—Hacia abajo —respondió el capitán Laplace—. Dentro de unos diez minutos, estaremos en una órbita de colisión con Europa. Solo me queda la esperanza de que quienquiera que esté en el control sepa lo que está haciendo.

Ahora se hallaban en el puente, frente a la puerta cerrada. Ningún sonido llegaba del otro lado.

Laplace golpeó la puerta haciendo el máximo de ruido sin destrozarse los nudillos.

—¡Habla el capitán! ¡Déjenos entrar!

Se sintió bastante estúpido al dar una orden a la que seguramente se le haría caso omiso, pero esperaba que hubiera alguna reacción, por lo menos. Ante su sorpresa, sí la hubo.

El altavoz exterior se activó con un siseo, y una voz dijo:

—No intente ninguna tontería, capitán. Tengo un arma y el señor Chang está obedeciendo mis órdenes.

—¿De *quién* se trata? —musitó uno de los oficiales—. ¡Parecía una mujer!

—Tiene razón —dijo el capitán, con gesto sombrío.

Sin duda eso reducía las alternativas, pero en modo alguno ayudaba a resolver la cuestión.

—¿Qué espera lograr? ¡Sabe que no tiene posibilidad alguna de salirse con la suya! —gritó, tratando de que su voz sonara autoritaria y no quejumbrosa.

—Descenderemos en Europa. Y si quiere volver a despegar, no trate de detenerme.

—El cuarto de esa mujer está completamente limpio —informó el segundo oficial Chris Floyd treinta minutos más tarde, cuando el impulso de la nave se hubo reducido a cero y la *Galaxy* estaba cayendo por la elipse que pronto pasaría rasante por la atmósfera de Europa. La situación era comprometida; si bien en ese momento era posible inmovilizar los motores, hacerlo sería un suicidio. Se les volvería a necesitar para hacer el descenso… aunque eso tan solo podía ser una forma más demorada de suicidio.

—¡Rosie McMahon! ¡Quién lo hubiera creído! ¿Suponen que está drogada?

—No —dijo Floyd—. Esto ha sido planeado con todo detalle. Ella debe de tener una radio oculta en algún lugar de la nave. Tendríamos que buscarla.

—Hablas como un maldito policía.

—Eso es todo, caballeros —dijo el capitán.

Los ánimos se estaban caldeando como consecuencia, sobre todo, de una absoluta frustración y del fracaso total para establecer contacto ulterior con el parapetado puente. Laplace miró su reloj.

—Menos de dos horas para que penetremos en la atmósfera… o lo que queda de ella. Estaré en mi camarote; es muy posible que traten de llamarme ahí. Señor Yu, por favor, quédese junto al puente e informe enseguida sobre cualquier cosa que suceda.

Nunca se había sentido tan indefenso en toda su vida, pero hay ocasiones en las que no hacer nada es lo único que se puede hacer. Mientras salía de la sala de oficiales, oyó que alguien decía en tono anhelante:

—Me vendría bien una taza de café. Rosie hacía el mejor que yo haya tenido oportunidad de probar.

Sí, no cabe duda de que es eficiente, pensó el capitán con expresión sombría. *Cualquiera que sea la tarea* que ella aborde, la realizará de forma concienzuda.

III. RULETA EUROPEANA

28

DIÁLOGO

Solo había un hombre, a bordo de la *Galaxy,* que podía considerar la situación de manera diferente a un desastre total. Puede que esté a punto de morir —se dijo Rolf van der Berg—, pero, por lo menos, tengo la oportunidad de ganar la inmortalidad científica. Aunque ese pudiera ser un pobre consuelo, era más que la esperanza que podía albergar cualquier otra de las personas que se encontraban en la nave.

Que la *Galaxy* se dirigía al monte Zeus era algo que Van der Berg no dudó ni por un instante, ya que ninguna otra cosa había en Europa que tuviera importancia. En realidad no existía nada que fuese siquiera remotamente comparable, en *ningún* planeta.

Así que su teoría —y tenía que admitir que seguía siendo solo una teoría— ya no era un secreto. ¿Cómo se pudo haber filtrado?

Implícitamente confiaba en su tío Paul, pero este podía haber sido indiscreto. Era más probable que alguien le hubiera intervenido las computadoras, quizá como un asunto de rutina. De ser así, el anciano científico bien podría estar en peligro; Rolf se preguntó si podría —o si debería— prevenirlo. Sabía que el oficial de comunicaciones estaba tratando de ponerse en contacto con Ganimedes, a través de uno de los transmisores de emergencia; ya se había activado un aviso por radiofaro automático y en ese momento la noticia ya estaría a punto de llegar a la Tierra; había sido enviada hacía ya casi una hora.

—Entre —dijo en respuesta al golpe suave que oyó en la puerta de su cabina—. Ah, hola, Chris. ¿Qué desea?

Le había sorprendido ver al segundo oficial Chris Floyd, a quien no conocía mejor que a cualquier otro de sus colegas. Si descendían sanos y salvos en Europa, pensó lúgubremente, podrían llegar a conocerse mucho mejor de lo que habrían deseado.

—Hola, doctor. Usted es la única persona que se halla por aquí, y me preguntaba si me podría ayudar.

—No estoy seguro de que alguien pueda ayudar a nadie en estos momentos. ¿Qué es lo último que se sabe del puente?

—Nada nuevo. Acabo de dejar ahí arriba a Yu y a Gillings, que están tratando de fijar un micrófono en la puerta. Pero nadie parece estar hablando allá dentro; no me sorprende, Chang debe de estar sumamente ocupado.

—¿Nos puede hacer bajar sanos y salvos?

—Es el mejor. Si hay alguien que lo puede hacer, ese alguien es *él*. Me preocupa más cómo volver a despegar.

—Dios… no me había anticipado tanto. Pensaba que eso no representaba un problema.

—Podría ser marginal. Recuerde que esta nave ha sido diseñada para hacer operaciones en órbita. No habíamos planeado bajar en *ninguna* de las lunas importantes… aunque teníamos la esperanza de encontrarnos con Ananke y Carmen. Así que podríamos quedar varados en Europa… sobre todo si Chang ha tenido que desperdiciar propulsor al buscar un buen sitio para descender.

—¿Sabemos dónde está tratando de descender? —preguntó Rolf, que intentaba no parecer más interesado de lo que razonablemente cabría esperar. No lo consiguió, pues Chris le dirigió una mirada penetrante:

—No hay forma de que podamos saberlo en esta etapa, aunque podremos tener una idea más clara cuando empiece a frenar. Pero usted conoce estas lunas, ¿dónde cree *usted* que bajaremos?

—Solo hay un lugar interesante: el monte Zeus.

—¿Por qué querría alguien descender ahí?

Rolf se encogió de hombros.

—Esa era una de las cosas que esperábamos descubrir. Costó dos penetrómetros caros.

—Y parece que va costar mucho más. ¿Se le ocurre alguna idea?

—Habla como un policía —dijo Van der Berg con una amplia sonrisa, pues no fue su intención decirlo en serio.

—¡Qué raro! Esta es la segunda vez que me dicen eso en la última hora.

En ese instante se produjo una sutil alteración en la atmósfera de la cabina, casi como si el sistema de mantenimiento de la vida se hubiese reajustado a sí mismo.

—Oh, tan solo estaba bromeando… ¿Lo *es* usted?

—Si lo fuera, no lo admitiría, ¿no es así?

«No es una respuesta», pensó Van der Berg, aunque, si lo pensaba mejor, quizá lo fuera.

Miró con atención al joven oficial, y reparó —no por primera vez— en el extraordinario parecido que tenía con su famoso abuelo. Alguien había mencionado que Chris Floyd solo se había incorporado a la *Galaxy* para esa misión, procedente de otra nave de la flota Tsung, y ese mismo alguien había añadido, con sarcasmo, que en cualquier negocio resultaba útil tener conexiones. Pero no se había enjuiciado la capacidad de Floyd, ya que era un excelente oficial de navegación espacial. Esas aptitudes podrían habilitarlo también para otros trabajos de tiempo parcial; bastaba con considerar el caso de Rosie McMahon, quien, ahora que Rolf lo pensaba, también se había incorporado a la *Galaxy* inmediatamente antes de esa misión.

Rolf van der Berg sentía que se había enredado en alguna basta y tenue telaraña de intrigas interplanetarias, y en su condición de científico habituado a obtener respuestas por lo general directas a los interrogantes que le planteaba a la Naturaleza, no disfrutaba de esta situación.

Pero difícilmente podría sostener que era una víctima inocente. Había intentado ocultar la verdad, o al menos lo que él creía que era la verdad. Y ahora las consecuencias de ese engaño se habían multiplicado como los neutrones de una reacción en cadena, con resultados que podrían ser igualmente desastrosos.

¿De qué lado estaba Chris Floyd? ¿Cuántos lados había? Era indudable que el Bund estaría implicado, una vez que el secreto se hubo filtrado. Pero existían grupos disidentes dentro del Bund mismo, y grupos que se oponían a esos grupos. Era como la galería de espejos de un parque de atracciones.

Había un punto, sin embargo, del que Rolf se sentía seguro, dentro de límites razonables: en Chris Floyd se podía confiar, aunque solo fuera debido a sus conexiones. Apostaría, pensó Van der Berg, a que Floyd fue asignado a la ASTROPOL mientras durara la misión, sea esta prolongada o breve, *esa* misión podría ser ahora…

—Me gustaría ayudarle, Chris —dijo con calma—. Como probablemente sospechará, sí, tengo algunas teorías. Pero pueden seguir siendo un completo disparate… En menos de media hora es posible que sepamos la verdad. Hasta ese momento, prefiero no decir nada.

«Y esto no es tan solo innata terquedad bóer», agregó para sus adentros. Si se había equivocado, preferiría no morir entre hombres que supieran que él era el idiota que los había llevado a la destrucción.

III. RULETA EUROPEANA

29

DESCENSO

El segundo oficial Chang había estado luchando con todas sus fuerzas con el problema, desde que la *Galaxy* —lo cual le sorprendió y al mismo tiempo le alivió— se había introducido con éxito en una órbita de transferencia. Durante las dos horas siguientes la nave iba a estar en las manos de Dios o, por lo menos, de sir Isaac Newton. No se podía hacer nada en absoluto salvo esperar hasta la realización de la última maniobra de frenado y descenso.

Durante un breve lapso, Chang pensó en tratar de engañar a Rosie, aplicando a la nave un vector inverso en el instante de máxima aproximación y, de ese modo, volviendo a llevarla al espacio. En ese momento volvería a estar en una órbita estable y, con el tiempo, se podría organizar una partida de rescate desde Ganimedes. Pero había una objeción fundamental a esta treta: sin lugar a dudas, él no estaría vivo en el momento del rescate. Aunque Chang no era cobarde, había preferido no convertirse en héroe póstumo de las rutas espaciales.

De todas formas, sus oportunidades de sobrevivir durante la siguiente hora parecían ser remotas. Se le había ordenado que hiciera descender, *sin ayuda alguna*, una nave de tres mil toneladas, en territorio totalmente desconocido. Esta era una hazaña que ni siquiera se atrevería a intentar en la familiar superficie de la Luna.

—¿Cuántos minutos faltan para que la nave empiece a frenar? —preguntó Rosie. Parecía más una orden que una pregunta; era evidente que la mujer conocía los principios esenciales de la astronáutica, y Chang abandonó sus últimas alocadas fantasías de engañarla con tretas.

—Cinco —respondió con renuencia—. ¿Puedo avisar al resto de los ocupantes de la nave para que se preparen?

—Yo lo haré. Deme el micrófono... ESTE ES EL PUENTE. EMPEZAMOS A FRENAR DENTRO DE CINCO MINUTOS. REPITO: CINCO MINUTOS. FUERA.

Para los científicos y oficiales congregados en la sala de oficiales el mensaje no fue en absoluto inesperado. Habían tenido suerte en un punto: no se habían hecho apagar los monitores externos de televisión. Tal vez Rosie se había olvidado de ellos; aunque lo más probable era que ni se hubiera preocupado de ellos. Así que ahora, en su calidad de espectadores indefensos —en un sentido estrictamente literal, en su calidad de espectadores que no podían dejar de presenciar el programa—, podían contemplar cómo se iba desarrollando su propia destrucción.

La nublada media luna de Europa ocupaba ya todo el campo visual de la cámara posterior. No había solución de continuidad en ninguna parte del compacto cielo, cubierto de nubes de vapor de agua que se volvía a condensar mientras regresaba al lado nocturno. Eso no era importante, ya que el descenso se controlaría por radar hasta el último momento. Pero prolongaría la agonía de los observadores que tuviesen que depender de la luz visible.

Nadie fijaba la vista con más atención en el mundo que se acercaba que el hombre que lo había estudiado con tanta frustración durante casi una década. Rolf van der Berg, sentado en una de las endebles sillas de poca gravedad, con el cinturón de contención levemente ajustado, apenas si se dio cuenta de la primera aparición del peso, cuando empezó a disminuir la velocidad.

En un lapso de cinco segundos alcanzaron pleno impulso. Todos los oficiales hacían rápidos cálculos en sus comsets; sin acceso a navegación solo podían hacer conjeturas, y el capitán Laplace aguardó a que hubiera consenso.

—Once minutos —anunció al cabo de unos instantes—, suponiendo que no vaya a detenerlo en el aire, a diez kilómetros, justo por encima del manto de nubes, y que después vaya en línea recta. Eso podría durar otros cinco minutos.

No fue preciso que añadiera que el último segundo de esos cinco minutos sería el más crítico.

Europa parecía decidida a conservar sus secretos hasta el último momento. Cuando la *Galaxy* estuvo en vuelo estacionario, inmóvil, exactamente por encima del paisaje de nubes, todavía no se recibió señal alguna de que hubiera tierra firme —ni mar— abajo. Después, durante unos segundos angustiosos, las pantallas quedaron completamente en blanco... excepto por una fugaz visión del ahora extendido y muy raramente empleado tren de aterrizaje. El ruido de su salida, unos minutos antes, había producido una breve agitación entre los pasajeros; ahora, solo podían confiar en que ese dispositivo cumpliera con su deber.

¿Qué espesor tendrá esta maldita capa de nubes? —se preguntó Van der Berg—. ¿Llegará hasta bien abajo...?

No, se estaba deshaciendo, se hacía más delgada, hasta transformarse en un conjunto de plumas y mechones... y allí estaba la nueva Europa, extendida, según parecía, a apenas unos miles de metros por debajo de la nave espacial.

En realidad, era nueva; no era preciso ser geólogo para darse cuenta. Cuatro mil millones de años atrás, la Tierra, en su infancia, quizá había tenido ese aspecto, cuando la tierra y el mar se preparaban para comenzar su eterno conflicto.

Hasta hacía cincuenta años allí no había habido ni tierra ni mar; solo hielo. Pero ahora el hielo se había fundido en el hemisferio que miraba a Lucifer y el agua que había resultado de esa fusión había hervido hacia las alturas... y se había depositado en el lado nocturno, que de forma constante tenía temperaturas bajo cero. El traslado de miles de millones de toneladas de líquido de un hemisferio a otro había sacado a la superficie antiguos lechos marinos que nunca antes habían conocido la luz, ni siquiera la pálida luz del muy lejano Sol.

Tal vez algún día esos retorcidos paisajes serían suavizados y amansados por un manto de vegetación que se extendería sobre ellos; ahora, eran estériles coladas de lava y fangosos llanos que humeaban de modo apacible interrumpidos, de vez en cuando, por masas de rocas que tenían estratos inclinados en extraños ángulos. Era evidente que esta había sido una zona en la que habían tenido lugar grandes perturbaciones tectónicas, lo que apenas podía sorprender, teniendo en cuenta que había sido testigo del nacimiento reciente de una montaña del tamaño del Everest.

Y ahí estaba, alzándose sobre el extrañamente cercano horizonte. Rolf van der Berg sintió una opresión en el pecho y un hormigueo en la nuca. Ya no a través de los distantes sentidos impersonales de los instrumentos sino con sus propios ojos, estaba contemplando la montaña de sus sueños.

Como muy bien sabía, la montaña tenía la forma aproximada de un tetraedro, inclinado de tal modo que una de las caras era casi vertical. (*Ese* sería un atractivo desafío para los escaladores, incluso con esa gravedad, en especial porque no podrían hincar los pitones...) La cumbre estaba escondida entre las nubes, y gran parte de la suave ladera que daba donde estaban ellos se hallaba cubierta de nieve.

—¿Es por *eso* por lo que se ha armado todo este alboroto? —refunfuñó alguien—. A mí me parece que es una montaña perfectamente normal. Pienso que una vez se ha visto una... —Se le obligó a callar con un airado «¡Silencio!».

En ese momento, la *Galaxy* estaba descendiendo lentamente hacia el monte Zeus, mientras Chang buscaba un buen sitio para aterrizar. La nave tenía muy poco control lateral, pues el noventa por ciento de ese control lateral se tenía que usar tan solo para sostenerla. Había propulsor suficiente para seguir en vuelo estacionario unos cinco minutos; después, Chang todavía podría posar la nave de forma segura… pero nunca podría volver a despegar.

Neil Armstrong se había enfrentado al mismo dilema, casi cien años atrás. Pero no había estado pilotando con un arma apuntándole a la cabeza.

Y sin embargo, durante los últimos cinco minutos, Chang se había olvidado por completo tanto del arma como de Rosie. Todos sus sentidos estaban concentrados en la tarea que lo aguardaba; virtualmente, el segundo oficial formaba parte de la gran máquina a la que estaba controlando. La única emoción humana que le quedaba no era el miedo sino el júbilo. Ese era el trabajo para cuya realización había sido entrenado; *ese* era el momento descollante de su carrera profesional… aun cuando pudiera ser la escena *final*.

Y era hacia eso hacia lo que parecía estar abocándose, pues ahora el pie de la montaña estaba a menos de un kilómetro de distancia… y Chang todavía no encontraba un sitio para descender. El terreno era increíblemente escabroso y estaba desgarrado por cañones y salpicado por bloques gigantescos. El segundo oficial no había visto una sola superficie horizontal que fuese mayor que una cancha de tenis, y la línea roja del medidor de propulsor estaba tan solo a treinta segundos de distancia.

Pero por fin, a lo lejos, Chang divisó una superficie lisa, muchísimo más lisa que cualquier otra que hubiera visto. Era su única oportunidad, dado el margen de tiempo de que disponía.

Como si fuera un malabarista, Chang mantuvo con delicadeza el equilibrio del gigantesco e inestable cilindro, y lo llevó hacia la zona de terreno horizontal… que parecía estar cubierto de nieve… Sí, lo estaba… El chorro del escape estaba haciendo volar la nieve… pero ¿qué había debajo…? Parecía ser hielo… Debía de ser un lago congelado… ¿Qué espesor tendría? ¿QUÉ ESPESOR…?

Con un mazazo, las quinientas toneladas de las toberas principales de la *Galaxy* golpearon la traidora superficie: una telaraña de líneas que salían en todas direcciones, desde el punto de incidencia del chorro de la nave, se extendió a toda velocidad de punta a punta de esa congelada superficie; el hielo se agrietó y grandes láminas empezaron a darse la vuelta. Olas concéntricas de agua en ebullición se lanzaron hacia fuera, mientras la furia del chorro impulsor soplaba dentro del lago, súbitamente expuesto.

Gracias a la pericia que le daba el ser un oficial bien entrenado, Chang reaccionó en el acto, sin las fatales vacilaciones del pensamiento: su mano izquierda arrancó con violencia la barra del cerrojo de seguridad, y la derecha aferró la palanca roja protegida de dicho cerrojo, y tiró de ella hasta llevarla a la posición de ABIERTO.

El programa ABORTAR, que dormía pacíficamente desde el momento mismo del lanzamiento de la *Galaxy*, asumió el control y arrojó la nave de regreso hacia el cielo.

III. RULETA EUROPEANA

30

CAÍDA DE LA GALAXY

En la cabina de oficiales, la súbita sacudida del avance en intensidad máxima llegó como el aplazamiento de una ejecución: los horrorizados oficiales habían visto el hundimiento del sitio elegido para descender y sabían que solo había un camino para escapar. Ahora que Chang lo había tomado, una vez más se permitieron el lujo de respirar.

Pero nadie podía conjeturar por cuánto tiempo podrían continuar gozando con esa experiencia, ya que únicamente Chang sabía si la nave tenía propulsor suficiente para alcanzar una órbita estable. El capitán Laplace pensó con pesimismo que, aunque la alcanzara, la demente que tenía el arma le podría ordenar a Chang que volviese e descender. (En realidad, ni por un instante creyó que la mujer de verdad estuviera loca: sabía muy bien qué estaba haciendo.)

De repente, se produjo un cambio en la intensidad del impulso.

—El motor número cuatro se acaba de apagar —dijo un oficial de Ingeniería—. No me sorprende, pues es probable que esté sobrecalentado. Su capacidad operativa no está diseñada para mantener tanto tiempo este nivel.

No hubo, por supuesto, sensación de que se hubiera producido alteración alguna en la dirección —la reducción del impulso seguía estando a lo largo del eje de la nave—, pero las imágenes que aparecían en las pantallas de los monitores se ladeaban de manera enloquecida. La *Galaxy* todavía estaba ascendiendo, pero ya no lo hacía en posición vertical. Se había convertido en un misil balístico que apuntaba en dirección a algún blanco desconocido, en Europa.

Una vez más, el impulso disminuyó con brusquedad; a través de los monitores de vídeo el horizonte volvió a tomar la posición horizontal.

—Ha apagado el motor opuesto; es la única manera de hacer que dejemos de dar volteretas de costado. Pero ¿podrá mantener la altura? ¡Es muy hábil!

Los científicos que estaban observando no alcanzaban a ver qué había de bueno en esa maniobra. La imagen de los monitores había desaparecido por completo, oculta por una cegadora niebla blanca.

—Está dejando salir el exceso de propulsor… para aligerar la nave…

El impulso de los motores disminuyó hasta cero; la cosmonave estaba en caída libre. En cuestión de segundos, había caído a través de la enorme nube de cristales de hielo que se había producido al explotar el propulsor drenado de los tanques en el espacio. Y allí, debajo de la *Galaxy*, acercándose con una pausada aceleración de un octavo de la gravedad terrestre, estaba el mar central de Europa. Al menos Chang no tendría que elegir un sitio para el descenso; a partir de ahora sería un proceso operativo normal, tan familiar como un juego de vídeo para los millones de personas que nunca habían ido al espacio y que nunca lo harían.

Todo lo que había que hacer era equilibrar el impulso con la acción de la gravedad, de modo que la cosmonave que descendía alcanzara una velocidad cero a la altura cero. Existía cierto margen de error, pero no mucho, ni siquiera para los acuatizajes que los primeros astronautas norteamericanos habían preferido y que ahora Chang estaba emulando de mala gana. Si el segundo oficial cometía un error —y después de estas horas pasadas, difícilmente se le podría culpar por ello—, ninguna computadora de uso familiar le diría: «Lo siento: acaba de estrellarse. ¿Querría probar de nuevo? Responda sí/NO...».

Tanto el segundo oficial Yu como sus dos compañeros, quienes, con sus armas improvisadas, estaban al otro lado de la trabada puerta del puente, habían recibido quizá la misión más dura de todas. No disponían de pantallas de monitor que les dijeran qué estaba ocurriendo, y tenían que depender de los mensajes que les llegaban desde la sala de oficiales. No se había oído nada en absoluto a través del micrófono espía, lo que apenas si podía sorprender. Chang y McMahon tenían muy poco tiempo, o muy poca necesidad, de entablar ningún tipo de conversación.

El contacto con la superficie fue soberbio, apenas hubo alguna sacudida. Después la nave volvió a emerger y, gracias al peso de los motores, quedó flotando verticalmente, con la proa hacia arriba.

Fue en ese momento cuando se oyeron los primeros sonidos inteligibles que llegaron a través del micrófono espía.

—Eres una maniática, Rosie —dijo la voz de Chang, más en tono de agotamiento resignado que de ira—. Espero que estés satisfecha. Nos has matado a todos.

Hubo un solo disparo de arma de fuego; después, un largo silencio.

Yu y sus colegas aguardaron ansiosos, a sabiendas de que necesariamente algo habría de suceder pronto. En ese momento oyeron cómo se descorrían los cerrojos y cada uno agarró la llave inglesa o la barra de metal que sostenía: la mujer podría disparar a uno de ellos, pero no a todos.

La puerta giró sobre sus goznes y se abrió muy despacio.

—Lo siento —dijo el segundo oficial Chang—, debo de haberme desvanecido durante un minuto.

Después, como cualquier hombre razonable, se volvió a desmayar.

31

EL MAR DE GALILEA

Nunca he conseguido entender cómo un hombre se puede convertir en médico, o en sepulturero, pensó el capitán Laplace. Son dos trabajos realmente repugnantes...

—Bueno, ¿han encontrado algo?

—No, capitán. Por supuesto, no tengo la clase de equipo adecuado. Existen algunas implantaciones que solamente se podrían localizar a través de un microscopio... al menos, eso me han dicho. Solo podrían ser de muy corto alcance, de todos modos.

—Quizá hasta un radiotransmisor colocado en alguna parte de la nave... Floyd ha sugerido que hagamos una investigación. Usted ha tomado huellas digitales y... ¿algún elemento más para la identificación?

—Sí... Cuando nos pongamos en contacto con Ganimedes los transmitiremos junto con los documentos de Rosie. Pero dudo que alguna vez lleguemos a saber quién era o para quién estaba operando. O *por qué* lo hizo, por el amor de Dios.

—Al menos ha demostrado tener instintos humanos —repuso Laplace, meditativo—. Ha debido de comprender que había fallado cuando Chang ha tirado de la palanca de aborto de secuencia. Ella podría haberle disparado, en lugar de permitirle que descendiera.

—*Eso* no nos sirve de mucho, me temo. Permítame decirle algo que ha ocurrido cuando Jenkins y yo hemos lanzado el cadáver a través del vertedero de desechos.

El médico frunció los labios, en una mueca de disgusto.

—Usted tenía razón, claro está: era lo único que se podía hacer. Bueno, no nos hemos molestado en atarle ningún lastre y el cuerpo ha flotado durante algunos minutos. Lo estábamos contemplando para ver si se alejaba de la nave, y entonces...

El médico parecía estar luchando por hallar las palabras adecuadas.

—¿Qué ha pasado, maldita sea?

—*Algo* ha salido del agua... Algo parecido al pico de un loro, pero unas cien veces más grande. Ha cogido a Rosie de un solo bocado, y ha desaparecido. Estamos en excelente compañía aquí... Aunque pudiéramos respirar en el exterior, lo cierto es que yo no recomendaría a nadie practicar la natación.

—Puente al capitán —dijo el oficial de servicio—. Gran perturbación en el agua. Cámara tres... le daré la imagen.

—¡Eso es lo que he visto! —aulló el médico. Sintió un súbito escalofrío ante el pensamiento inevitable y siniestro: «Espero que no haya vuelto por más».

De pronto un inmenso bulto emergió con violencia a través de la superficie del océano y se arqueó en el cielo. Por un instante, toda la forma monstruosa quedó suspendida entre el aire y el agua.

Lo familiar puede resultar tan conmocionante como lo extraño... cuando está en el sitio inadecuado... El capitán y el médico exclamaron a la vez:

—¡Es un tiburón!

Apenas hubo tiempo para observar algunas diferencias sutiles —además del monstruoso pico de loro—, antes de que el gigante se volviera a estrellar contra el mar: vieron un par adicional de aletas, y no parecía tener agallas. Ni tenía ojos, pero a cada lado del pico poseía extrañas protuberancias que podrían haber sido otros órganos sensorios.

—Evolución convergente, por supuesto —dijo el médico—. Para los mismos problemas, las mismas soluciones, en cualquier planeta. Considere la Tierra: tiburones, delfines, ictiosaurios… todos los predadores oceánicos tienen que contar con el mismo diseño básico. Sin embargo, ese pico de loro me deja perplejo…

—¿Qué está haciendo ahora?

El ser había vuelto a salir a la superficie, pero ahora se estaba moviendo con mucha lentitud, como si ese solo salto gigantesco lo hubiera agotado. En verdad, parecía encontrarse en dificultades… Tal vez estuviera agonizando, pues agitaba la cola contra el mar, sin intentar desplazarse en ninguna dirección definida.

De repente vomitó su última comida, dio una vuelta de campana y quedó tendido sin vida, con el vientre hacia arriba, al tiempo que el suave oleaje lo movía.

—¡Oh, Dios mío! —susurró el capitán, con la voz impregnada por una súbita sensación de asco—. Creo que ya sé qué ha ocurrido.

—Bioquímicas totalmente incompatibles —dijo el médico. También él parecía haberse estremecido ante el espectáculo—. Rosie ha conseguido una víctima, después de todo.

El mar de Galilea fue llamado así por el hombre que había descubierto Europa… Y ese hombre, a su vez, había tomado ese nombre de un mar mucho más pequeño, que estaba en otro mundo.

Este era un mar muy joven, dado que tenía menos de cincuenta años de antigüedad; y al igual que la mayoría de los niños recién nacidos, podía ser bastante turbulento. Si bien la atmósfera de Europa todavía era demasiado tenue como para generar verdaderos huracanes, un viento constante soplaba desde la tierra circundante en dirección a la zona tropical, en el punto por encima del cual se encontraba Lucifer. Allí, en el punto de mediodía perpetuo, el agua hervía sin interrupción, aunque en esa tenue atmósfera su temperatura era apenas lo bastante elevada como para hacer una buena taza de té.

Por fortuna la región turbulenta y humeante de vapor de agua, que estaba inmediatamente debajo de Lucifer, se hallaba a mil kilómetros de distancia; la *Galaxy* había descendido en una zona de relativa calma, a menos de cien kilómetros de la tierra más próxima. A velocidad máxima la nave podía cubrir esa distancia en una fracción de segundo, pero ahora, mientras planeaba por debajo de las nubes bajas del cielo permanentemente cubierto de Europa, la parte de la tierra parecía estar tan lejana como el más remoto cuásar. Para empeorar aún más las cosas —si es que eso era posible—, el eterno viento que soplaba desde la costa hacia fuera estaba llevando a la *Galaxy* cada vez más hacia mar adentro. E incluso si la nave se las hubiera podido arreglar para encallar en alguna playa virgen de ese nuevo mundo, podría no encontrarse en mejores circunstancias que aquellas en las que se hallaba ahora.

No obstante, estaría en mejor situación; las cosmonaves, si bien están dotadas de admirable impermeabilidad, pocas veces tienen buenas condiciones para navegar. La *Galaxy* estaba flotando en posición vertical, subiendo y bajando con oscilaciones suaves pero perturbadoras: la mitad de la tripulación ya estaba mareada.

Una vez el capitán Laplace hubo terminado de leer los informes referentes a los daños, su primer acto consistió en convocar a quienquiera que tuviese experiencia en el manejo de barcos de cualquier tamaño o forma. Parecía razonable suponer que entre treinta ingenieros en astronáutica y científicos espaciales habría una considerable cantidad de talentos para viajar por el mar. Enseguida localizó a cinco navegantes aficionados e incluso a un profesional, el comisario de la cosmonave Frank Li, que había comenzado su carrera con las líneas navieras Tsung y después había optado por el espacio.

Aunque los comisarios que iban a bordo estaban más habituados a manejar máquinas de calcular (a menudo, en el caso de Frank Li, un ábaco de marfil, de doscientos años de antigüedad) que instrumentos de navegación, debían seguir aprobando exámenes sobre elementos básicos de marinería. Li no había puesto a prueba sus aptitudes marítimas: ahora, a mil millones de kilómetros del mar del Sur de China, su momento había llegado.

—Debemos inundar los tanques del propulsor —le dijo al capitán—. Entonces bajaremos el centro de gravedad y ya no seguiremos subiendo y bajando de este modo.

Parecía disparatado permitir que todavía entrara más agua en la nave, y el capitán vaciló.

—¿Y si encallamos?

Nadie hizo el obvio comentario: «¿Cuál sería la diferencia?», pues sin discusión seria alguna, se había dado por sentado que estarían mejor en tierra firme… si es que alguna vez podían alcanzarla.

—Siempre será posible volver a vaciar los tanques con aire. Tendremos que hacerlo de todos modos, cuando lleguemos a la costa, para poner la nave en posición horizontal. Gracias a Dios, tenemos energía…

La voz de Li perdió intensidad; todos sabían lo que quería decir. Sin el reactor auxiliar que estaba haciendo funcionar los sistemas de apoyo vital, todos morirían en cuestión de horas. Ahora —salvo que se produjera una avería del reactor— la nave los podía mantener por tiempo indefinido.

En última instancia, por supuesto, morirían de hambre: acababan de efectuar la espectacular comprobación de que en los mares de Europa no había alimento sino tan solo veneno.

Por lo menos habían entrado en contacto con Ganimedes, de modo que en ese momento, toda la especie humana conocía ya la difícil situación en que se hallaban. Ahora los mejores cerebros del Sistema Solar estarían tratando de salvarlos. Si fracasaban, los pasajeros y la tripulación de la *Galaxy* tendrían el consuelo de morir iluminados con todo el fulgor de la publicidad.

IV. EN LA CHARCA

32

MANIOBRA DE DISTRACCIÓN

—La última noticia —dijo el capitán Smith a sus pasajeros reunidos— es que la *Galaxy* está a flote y totalmente en buenas condiciones. Un miembro de la tripulación —una azafata— ha muerto. Desconozco los detalles, pero todos los demás están sanos y salvos.

»Todos los sistemas de la nave están funcionando; hay unas pocas filtraciones de agua, pero han sido controladas. El capitán Laplace dice que no hay peligro inmediato, aunque el viento predominante los está empujando cada vez más lejos de tierra firme, hacia el centro del lado diurno. Eso no constituye un problema grave, pues existen varias islas grandes a las que están prácticamente seguros de poder llegar. En estos momentos se encuentran a noventa kilómetros de la tierra más próxima. Han visto algunos animales marinos grandes, pero no dan señal de ser hostiles.

»Si se excluyen ulteriores accidentes, los ocupantes de la *Galaxy* deben de poder sobrevivir varios meses, hasta que se les acabe la comida… que, desde luego, ahora se está racionando de forma estricta. Pero, según el capitán Laplace, la moral sigue estando alta.

»Y aquí es donde entramos nosotros. Si regresamos a la Tierra de inmediato, recargamos combustible y nos reaprovisionamos, podremos llegar a Europa, describiendo una órbita de impulso retrógrado, dentro de ochenta y cinco días. La

Universe es la única nave actualmente en servicio activo que puede descender allá y despegar con una razonable carga útil. Los transbordadores de Ganimedes pueden tener la capacidad de dejar caer suministros, pero eso es todo... si bien eso puede significar la diferencia entre la vida y la muerte.

»Lamento, damas y caballeros, que nuestra visita haya sido interrumpida, pero creo que coincidirán conmigo en que les hemos mostrado todo lo que prometimos. Y estoy seguro de que darán su aprobación a nuestra nueva misión... aun cuando las probabilidades de éxito sean, con franqueza, bastante escasas. Eso es todo por ahora. Doctor Floyd, ¿podría hablar con usted?

Mientras los demás abandonaban el salón principal —escenario de tantas reuniones de instrucción menos solemnes— desplazándose con lentitud, sin rumbo fijo y meditabundos, el capitán recorrió con la vista un tablero portátil, cuyo broche de resorte apretaba muchos mensajes. Todavía había ocasiones en que las palabras impresas en papel eran el medio más conveniente de comunicación; pero incluso en esto la tecnología había dejado su huella: las hojas que el capitán estaba leyendo estaban hechas con el material multifacsimilar que se podía volver a utilizar de forma indefinida y que tanto había hecho por reducir la carga de la humilde papelera.

Acabadas las formalidades, el capitán se dirigió a Heywood.

—Como se puede imaginar, los circuitos están que arden. Y están pasando muchas cosas que no entiendo.

—Lo mismo digo —repuso Floyd—. ¿Todavía no se sabe nada de Chris?

—No, pero Ganimedes transmitió el mensaje que usted envió, así que Chris ya debe de haberlo recibido. Hay un orden de prioridades impuesto sobre las comunicaciones privadas, como se puede usted imaginar... pero, desde luego, su nombre pasó por encima de todo.

—Gracias, capitán. ¿Hay algo que pueda hacer para ayudar?

—A decir verdad, no. Se lo haré saber.

Casi fue esta la última vez, durante un tiempo considerable, que se dirigieron la palabra. Al cabo de unas pocas horas el doctor Heywood Floyd se convertiría en «¡Ese viejo loco!», y el breve «Motín de la *Universe*» habría comenzado… dirigido por el capitán.

De hecho, no fue idea de Heywood Floyd; él solo deseaba que lo hubiese sido…

El segundo oficial Roy Jolson era «Estrellas», el oficial de navegación; Floyd apenas si lo conocía de vista y nunca había tenido ocasión de decirle algo más que «Buenos días». Quedó sumamente sorprendido, en consecuencia, por la tímida manera en que el astronauta llamó a la puerta de la cabina.

Jolson llevaba consigo un conjunto de cartas de navegación y parecía sentirse un poco incómodo. No podía estar intimidado por la presencia de Floyd —a aquellas alturas todos los que estaban a bordo tomaban como algo natural la presencia del centenario ingeniero—, así que tenía que existir alguna otra razón.

La voz del astronauta tenía tal tono de ansiedad que trajo a la memoria de Floyd la imagen de un vendedor cuyo futuro depende de la concreción de la venta siguiente.

—Doctor Floyd, necesito su consejo… y su ayuda.

—Por supuesto… pero ¿qué puedo hacer?

Jolson desenrolló la carta que mostraba la posición de todos los planetas que estaban dentro de la órbita de Lucifer.

—Su antiguo ardid de acoplar la *Leonov* y la *Discovery* para escapar de Júpiter antes de que estallara me dio la idea.

—No fue mío. Se le ocurrió a Walter Curnow.

—Oh… no sabía eso. Desde luego, aquí no tenemos otra nave que nos dé el impulso necesario de traslación… pero tenemos algo mucho mejor.

—¿Qué quiere decir? —preguntó Floyd, desconcertado por completo.

—No se ría. ¿Por qué volver a la Tierra para cargar propulsor... cuando el *Old Faithful* está expeliendo toneladas a cada segundo, a un par de centenares de metros de nosotros? Si nos surtiéramos con eso, podríamos llegar a Europa no dentro de tres meses sino dentro de tres *semanas.*

El concepto era tan obvio y, aun así, tan osado, que dejó a Floyd sin aliento. Al instante pudo ver media docena de objeciones, pero ninguna de ellas parecía ser insalvable.

—¿Qué piensa el capitán de la idea?

—No se la he expuesto. Esa es la razón por la que necesito que usted me ayude. Me gustaría que revisara mis cálculos... y después le presentase la idea al capitán. A mí me la rechazaría —estoy completamente seguro— y no lo culpo; si yo fuese capitán, creo que también lo haría...

Se produjo un prolongado silencio en la pequeña cabina. Después Heywood Floyd dijo tranquilamente:

—Permítame que le exponga todas las razones por las que no se puede hacer. Después, usted podrá decirme por qué estoy equivocado.

El segundo oficial Jolson conocía a su superior en el mando; el capitán Smith nunca había oído una sugerencia tan disparatada en toda su vida...

Todas sus objeciones estaban bien fundadas y exhibían pocos vestigios —si es que mostraban alguno, en primer lugar— del síndrome «No inventado aquí».

—Oh, funcionaría en *teoría* —admitió— pero ¡piense en los problemas prácticos, hombre! ¿Cómo metería esa agua en los tanques?

—He hablado con los ingenieros. Llevaríamos la nave hasta el borde del cráter... Es bastante seguro acercarse hasta cincuenta metros. En una de las secciones hay tuberías que podríamos desmontar... Después tenderíamos una línea hacia el *Old Faithful* y esperaríamos a que empiece a brotar. Ya sabe usted cuán formal y bien educado es.

—¡Pero nuestras bombas no pueden operar en condiciones que prácticamente son de vacío!

—No las precisamos: podemos confiar en la propia velocidad del géiser para que nos dé una entrada de al menos cien kilos por segundo. *Old Faithful* hará todo el trabajo.

—Tan solo dará cristales de hielo y vapor de agua, no agua líquida.

—Se condensará cuando llegue a bordo.

—En verdad ha planeado esto con todo detalle, ¿no? —dijo el capitán, con admiración expresada de mala gana—. Pero en realidad no creo que sea posible. En primer lugar, ¿es el agua suficientemente pura? ¿Qué pasa con los contaminantes, en especial las partículas de carbono?

Floyd no pudo evitar sonreír. En el capitán Smith se estaba desarrollando una obsesión con el hollín.

—Podemos filtrar las partículas grandes; el resto no afectará a la reacción. Ah, sí… la relación de isótopos de hidrógeno aquí parece ser *mejor* que en la Tierra, así que hasta puede ser que se obtenga algo de impulso adicional.

—¿Qué piensan sus colegas de la idea? Si fuésemos en línea recta hacia Lucifer, podrían pasar meses antes de que puedan volver a casa.

—No he hablado con ellos. ¿Pero importa eso, cuando hay en juego tantas vidas? ¡Podemos llegar a la *Galaxy* setenta días antes de la fecha fijada! *¡Setenta días!* ¡Piense en lo que podría acontecer en Europa en ese tiempo!

—Estoy perfectamente al tanto del factor tiempo —replicó el capitán—. Eso rige también para nosotros. Es posible que no tengamos provisiones para un viaje tan prolongado.

Ahora Smith está buscando los tres pies al gato y seguro que sabe que lo sé, pensó Floyd. Será mejor que proceda con tacto…

—¿Para un par de semanas adicional? No puedo creer que tengamos un margen tan estrecho. Ustedes nos han estado alimentando demasiado bien, de todos modos. A algunos de nosotros no nos vendrá mal tener la comida racionada durante algún tiempo.

El capitán se las arregló para esbozar una gélida sonrisa.

—Le puede decir eso a Willis y Mijáilovich. Pero me temo que toda la idea es una locura.

—Por lo menos, intentémoslo con los propietarios. Me gustaría hablar con sir Lawrence.

—No puedo impedir que lo haga, por supuesto —dijo el capitán Smith, en un tono que sugería que hubiera deseado poder hacerlo él—. Pero sé con exactitud qué es lo que él dirá.

Estaba completamente equivocado.

Sir Lawrence Tsung no había hecho una apuesta desde hacía treinta años; eso ya no estaba a la altura de la augusta posición que él ocupaba en el mundo del comercio. Pero de joven a menudo había disfrutado haciendo alguna pequeña apuesta en la Pista de Carreras de Hong Kong, antes de que una administración puritana la hubiese clausurado en un exceso de moralidad pública. Cosas de la vida, pensaba a veces sir Lawrence con nostalgia: cuando él podía apostar, no tenía dinero… y ahora no podía hacerlo porque el hombre más rico del mundo tenía que dar buen ejemplo.

Y sin embargo, nadie sabía mejor que el propio Tsung que toda su carrera en el mundo de los negocios había sido un solo y largo juego de azar. Había hecho todo lo posible para controlar las ventajas, reuniendo la mejor información y escuchando a los expertos, quienes, según su corazonada, le brindarían el mejor asesoramiento. En general se había retirado a tiempo cuando esos expertos estaban equivocados, pero siempre había existido un elemento de riesgo.

Ahora, mientras leía el memorando enviado por Heywood Floyd, volvió a sentir el antiguo estremecimiento que no había conocido desde que viera a los caballos a galope tendido doblar el codo para tomar la recta final. Allí había una auténtica apuesta —quizá la última y más grande de la carrera de Lawrence Tsung—, aunque nunca se atrevería a decírselo a su junta directiva. Y menos todavía a lady Jasmine.

—Bill, ¿qué piensas? —preguntó.

Su hijo (juicioso y razonable, pero carente de esa chispa vital que tal vez no se precisara en su generación) le dio la respuesta que esperaba:

—La teoría es completamente lógica. La *Universe* lo puede hacer… en teoría. Pero ya hemos perdido una nave. Estaremos arriesgando otra.

—Va en dirección a Júpiter-Lucifer, de todos modos.

—Sí… pero después de una revisión completa en órbita terrestre. ¿Te das cuenta de lo que habrá de entrañar esta misión directa que se propone? La nave hará pedazos todos los récords de velocidad… ¡desplazándose a más de mil kilómetros por segundo en la inversión de posición!

Fue lo peor que pudo decir: una vez más, el estruendo de los cascos retumbó en los oídos de su padre.

Pero sir Lawrence se limitó a responder:

—No les vendrá mal efectuar algunas pruebas, si bien el capitán Smith está luchando a brazo partido contra la idea; incluso amenaza con renunciar. De momento se limita a estudiar la situación con el Lloyds, ya que es posible que tengamos que dar marcha atrás en nuestra reclamación de la *Galaxy*.

«En especial —pudo haber agregado—, si vamos a poner sobre la mesa a la *Universe*, en calidad de ficha de valor aún mayor.»

Y estaba preocupado por el capitán Smith. Ahora que Laplace estaba varado en Europa, Smith era el mejor comandante que le quedaba.

33

PARADA EN EL POZO

—Es el trabajo más chapucero que he visto desde que salí de la universidad —refunfuñó el jefe de ingenieros—. Pero es lo mejor que podemos probar dado el tiempo de que disponemos.

La improvisada tubería se extendía, a través de cincuenta metros de roca deslumbrante y con incrustaciones de compuestos químicos, hasta alcanzar el ahora inactivo respiradero del *Old Faithful*. El Sol acababa de aparecer sobre las colinas, y ya el suelo había empezado a temblar ligeramente cuando los depósitos subterráneos —o subhalleanos— sintieron el primer toque de calor.

Mientras miraba desde la sala de observación, Heywood Floyd apenas podía creer que hubiesen ocurrido tantas cosas en tan solo veinticuatro horas. Ante todo, la nave se había dividido en dos facciones rivales: una dirigida por el capitán, la otra, por fuerza, encabezada por Heywood. Habían sido fríamente corteses el uno con el otro, y no hubo un intercambio real de golpes, pero Floyd sabía que algunos grupos se regocijaban aplicándole el apodo de «Suicidio Floyd». No era un honor por el que Heywood sintiera especial aprecio.

Y no obstante, nadie podía hallar error fundamental alguno en la maniobra Floyd-Jolson. (Ese nombre también era injusto, ya que Floyd había insistido en que Jolson recibiera todo el mérito, pero nadie le había escuchado. Y Mijáilovich le había preguntado: «¿No estás preparado para compartir la culpa?».)

El primer ensayo tendría lugar veinte minutos después de que el *Old Faithful*, con bastante retraso, saludara el amanecer. Pero incluso si *eso* funcionaba y los tanques de propulsor se empezaran a llenar con chispeante agua pura —en vez de la suspensión lodosa que había predicho el capitán Smith—, el camino a Europa todavía no estaba abierto.

Un factor de menor cuantía, pero no exento de importancia, era el de los deseos de los distinguidos pasajeros, quienes habían previsto volver a casa al cabo de dos semanas; ahora, ante su sorpresa —y, en algunos casos, consternación—, se enfrentaban con la perspectiva de realizar una misión peligrosa en mitad del Sistema Solar... y, aunque esa misión tuviera éxito, no había una fecha fija para el regreso a la Tierra.

Willis estaba muy turbado; todos sus cronogramas quedarían totalmente desbaratados. Iba de un lado a otro, mascullando acerca de entablar demandas, pero nadie expresaba la más leve conmiseración.

Greenberg, por el contrario, estaba entusiasmado; ¡ahora, de verdad volvería a participar en la actividad espacial! Y Mijáilovich —que pasaba mucho tiempo componiendo en su cabina, que ni mucho menos estaba insonorizada— mostraba casi la misma alegría. Estaba seguro de que la desviación del curso le inspiraría y le permitiría alcanzar nuevas cimas de creatividad.

Maggie M adoptó una actitud filosófica:

—Si esto puede salvar muchas vidas —decía, mirando con mordacidad a Willis—, ¿cómo puede alguien poner reparos?

En cuanto a Yva Merlin, Floyd hizo un esfuerzo especial por explicarle las cosas, y descubrió que la exactriz entendía la situación bastante bien. Y fue precisamente Yva, ante el asombro de Floyd, quien formuló la pregunta a la que nadie más parecía haber prestado mucha atención:

—¿Y si los europeos no quieren que descendamos... ni siquiera para rescatar a nuestros amigos?

Floyd la miró con expresión de sincera sorpresa. Todavía

ahora, le seguía siendo difícil aceptarla como un verdadero ser humano, y nunca sabía cuándo Yva saldría con algún pensamiento brillante o con una reverenda estupidez.

—Esa es una muy acertada pregunta, Yva. Créeme: estoy trabajando en ello.

Estaba diciendo la verdad; nunca le podría mentir a Yva Merlin, porque, de alguna manera, eso sería un sacrilegio.

Los primeros chorros de vapor estaban apareciendo sobre la boca del géiser. Se disparaban hacia arriba, se alejaban de sus antinaturales trayectorias en el vacío y a toda velocidad se evaporaban en la furiosa luz del Sol.

Old Faithful volvió a toser y se aclaró la garganta. Blanca como la nieve y sorprendentemente compacta, una columna de cristales de hielo y gotitas de agua trepó con celeridad hacia el cielo. Todos los instintos propios de un terrestre esperaban que esa columna se inclinara y cayera, pero, por supuesto, no lo hizo; continuó hacia delante y hacia lo alto y se dispersó levemente hasta que se fusionó con la vasta y fulgurante cola del cometa todavía en expansión. Floyd observó con satisfacción que la tubería se estaba empezando a sacudir, mientras el fluido entraba en ella con violencia.

Diez minutos más tarde hubo un consejo de guerra en el puente. El capitán Smith, todavía enfadado, reconoció la presencia de Floyd con una ligera inclinación de cabeza; su número dos, un poco turbado, fue quien habló todo el tiempo.

—Bueno, funciona sorprendentemente bien. A esta velocidad, podemos llenar nuestros tanques en veinticuatro horas... aunque puede ser que tengamos que salir y anclar la tubería de forma más segura.

—¿Qué pasa con las impurezas? —preguntó alguien.

El segundo oficial sostuvo en alto una pera transparente de succión que contenía un líquido incoloro.

—Los filtros se deshicieron de todo lo que tuviera un tamaño menor de unos pocos micrones. Para incrementar el margen de seguridad, volveremos a pasar el agua por ellos una segunda vez haciendo que circule de un tanque a otro. No habrá piscina, me temo, hasta que pasemos Marte.

Eso despertó una muy necesaria carcajada e incluso el capitán se relajó un poco.

—Haremos funcionar las máquinas a potencia mínima para comprobar que no haya anomalías operativas con el H_2O de Halley. Si las hay, nos olvidaremos de todo el asunto y regresaremos a casa, valiéndonos de la buena y conocida agua de la Luna, FOB Aristarco.

Se produjo uno de esos conocidos «silencios en medio de la fiesta», durante el cual todo el mundo a la vez aguarda a que algún otro hable. Entonces el capitán Smith rompió el embarazoso silencio.

—Como todos ustedes saben, estoy muy descontento con toda la idea. En verdad… —Alteró con brusquedad el curso de lo que iba a decir, pues era igualmente bien sabido que había pensado en enviarle su renuncia a sir Lawrence, pese a que, dadas las circunstancias, ese habría sido un gesto un tanto fútil—. Durante estas últimas horas han sucedido dos cosas: el propietario está de acuerdo con el proyecto, si no surgen objeciones fundamentales en nuestros ensayos. Y la gran sorpresa (aunque no sé más sobre el asunto que lo que conocen ustedes) es que el Consejo Mundial del Espacio no solo ha dado su aprobación, sino que *ha solicitado* que efectuemos la desviación de curso, y ha dicho que se hará cargo de todos los gastos que sea preciso hacer. Las conjeturas de ustedes son tan válidas como las mías.

»Pero todavía me queda una preocupación. —Miró con desconfianza el pequeño globo lleno de agua que Heywood Floyd ahora sostenía a la luz y agitaba con suavidad—. Soy ingeniero, no un maldito químico. Esa agua *parece* estar limpia… pero ¿qué le hará al revestimiento de los tanques?

Floyd nunca entendió del todo por qué actuó como lo

hizo; tal precipitación no era en absoluto característica de él. Quizá sencillamente toda esa polémica le había impacientado y quería seguir adelante con el trabajo. O tal vez sintió que el capitán necesitaba un poco de endurecimiento de sus fibras morales; con un rápido movimiento, sacó la espita e introdujo alrededor de veinte centímetros cúbicos de cometa Halley en su garganta.

—Ahí tiene la respuesta, capitán —dijo cuando hubo terminado de tragar.

—Y *esa* fue una de las exhibiciones más estúpidas que yo haya visto —dijo el médico de la nave, media hora más tarde—. ¿No sabe que hay cianuros y cianógenos y solo Dios sabe qué más, en ese líquido?

—Claro que lo sé. —Floyd rio—. He visto los análisis; las proporciones son ínfimas. No hay nada de que preocuparse. Aunque sí he tenido una sorpresa —agregó, con aire apesadumbrado.

—¿Cuál?

—Si se pudiese mandar esta agua a la Tierra se podría hacer una fortuna vendiéndola como purgante patentado del Halley.

IV. EN LA CHARCA

34

LAVADERO DE AUTOS

Ahora que ya se había emprendido la tarea, a bordo de la *Universe* la atmósfera había cambiado. Habían cesado las discusiones; todo el mundo cooperaba aportando lo máximo posible y muy pocas personas pudieron dormir mucho durante las dos rotaciones siguientes del núcleo (cien horas del tiempo de la Tierra).

El primer día en el Halley fue dedicado a la extracción de líquido del *Old Faithful*, lo que todavía se hacía con bastante cautela; pero al menguar la actividad del géiser por la proximidad de la noche cometaria se tenía ya un completo dominio de la técnica. Más de mil toneladas de agua fueron llevadas a bordo, de manera que el próximo período de luz diurna daría amplia cabida para el reposo.

Heywood Floyd se mantuvo fuera del camino del capitán, pues no deseaba abusar de su suerte. De todos modos, Smith tenía mil detalles a los que prestar atención, aunque el cálculo de la nueva órbita no se contaba entre ellos: eso se había revisado y vuelto a revisar en la Tierra.

Ya no había duda alguna de que el concepto era brillante ni de que el ahorro era aún mayor de lo que Jolson había sostenido: al reabastecerse de combustible en el Halley, la *Universe* había eliminado los dos cambios orbitales principales que figuraban en el encuentro con la Tierra; ahora, la nave podía ir en línea recta hacia su meta avanzando con la máxima aceleración y ahorrándose muchas semanas. A pesar de los posibles riesgos, en esos momentos todo el mundo aplaudía el plan.

Bueno, casi todo el mundo.

En la Tierra, la velozmente organizada sociedad «¡No toquen el Halley!» estaba indignada. Sus miembros (tan solo doscientos treinta y seis, aunque sabían cómo atraer la publicidad) no consideraban justificado el pillaje de un cuerpo celeste, ni siquiera para salvar vidas. Rehusaban aplacarse, aun cuando se les señalaba que la *Universe* solo estaba haciendo uso de un material que el cometa iba a perder de todos modos. Ese era, argüían los miembros de la sociedad, el principio que sustentaba la cuestión. Sus iracundos comunicados brindaban un muy necesario solaz a bordo de la *Universe*.

Cauteloso como siempre, el capitán Smith efectuó las primeras pruebas en baja potencia con uno de los impulsores de control de la posición de vuelo; si ese equipo quedaba inutilizado, la nave se las podía arreglar sin él. No se produjeron anomalías; el motor se comportaba exactamente como si estuviese operando con la mejor agua destilada procedente de los depósitos lunares.

Después sometió a prueba el motor principal del centro, el número uno; si ese quedaba dañado, no habría pérdida de capacidad de maniobra, solo de empuje total. La nave seguiría siendo totalmente controlable, pero nada más que con los cuatro motores externos, la aceleración máxima se reduciría en un veinte por ciento.

Tampoco esta vez hubo problema; hasta los escépticos empezaron a mostrarse corteses con Heywood Floyd, y el segundo oficial Jolson dejó de ser un proscrito social.

El despegue se programó para que tuviese lugar bien avanzada la tarde, justo antes de que el *Old Faithful* tuviera que reducir su actividad. (¿Seguiría estando ahí para recibir a los próximos visitantes dentro de otros setenta y seis años?, se preguntaba Floyd. Quizá sí: ya había evidencias de su existencia en las fotografías de 1910.)

No hubo la espectacular cuenta atrás al viejo estilo de Cabo Cañaveral. Cuando estuvo completamente seguro de que todo estaba en orden, el capitán Smith aplicó tan solo cinco toneladas de empuje en el número uno, y la *Universe* flotó lentamente hacia arriba y se alejó del corazón del cometa.

La aceleración era modesta pero la pirotecnia inspiraba pavor... y, para la mayoría de quienes observaban la partida, fue por completo inesperada, pues, hasta ese momento, el chorro retropulsor que escapaba de los motores principales había sido virtualmente invisible, dado que estaba íntegramente constituido por oxígeno e hidrógeno ionizados en grado sumo. Aun cuando —a centenares de kilómetros de distancia— los gases se hubieran enfriado lo bastante como para combinarse químicamente, seguía sin haber cosa alguna que ver porque la reacción no generaba luz en el espectro visible.

Pero ahora la *Universe* se estaba alejando del Halley, subida sobre una columna de incandescencia demasiado brillante como para mirarla con los ojos; casi parecía un puntal sólido de llamas: en el lugar en que las llamas chocaban contra el suelo, la roca explotaba y se disparaba hacia arriba y afuera. Mientras partía para siempre, la *Universe* estaba tallando su firma, como si fuera una inscripción en bajo relieve, a través del núcleo del cometa Halley.

La mayor parte de los pasajeros, acostumbrada al ascenso hacia el espacio sin medios visibles de apoyo, reaccionó con no poca conmoción. Floyd aguardó la inevitable explicación, pues uno de su placeres menores consistía en sorprender a Willis en algún error científico, pero esto rara vez ocurría. E incluso cuando ocurría, Willis siempre contaba con alguna excusa plausible.

—Carbono —dijo—. Carbono incandescente; igual que en la llama de una vela, aunque ligeramente más caliente.

—Ligeramente —murmuró Floyd.

—Ya no estamos quemando agua pura, si me permiten el término. —Floyd se encogió de hombros—. Pese a que ha sido filtrada con cuidado, hay mucho carbono coloidal en ella, así como compuestos que solo se podrían eliminar por destilación.

—Es muy impresionante pero estoy un poco preocupado —dijo Greenberg—. Toda esa radiación, ¿no afectará a los motores y calentará demasiado la nave?

Era una pregunta muy acertada y había provocado cierta ansiedad. Floyd esperaba que Willis se encargara de responder, pero el astuto operador bursátil hizo rebotar la pelota directamente de nuevo a Floyd.

—Preferiría que respondiera el doctor Floyd. Después de todo, la idea fue suya.

—Fue de Jolson, por favor. Buen argumento, sin embargo. Pero no constituye un problema real, ya que cuando estemos a pleno impulso, todos esos fuegos artificiales estarán a mil kilómetros detrás de nosotros. No nos tendremos que preocupar por ellos.

Ahora la nave estaba en vuelo estático, a unos dos kilómetros por encima del núcleo; de no haber sido por el fulgor del escape, toda la cara del diminuto mundo, iluminada por el Sol, se habría extendido bajo la nave. A esta altura —o distancia—, la columna del *Old Faithful* se había ensanchado levemente. Floyd recordó de pronto que parecía una de las gigantescas fuentes que adornaban el lago Ginebra; hacía cincuenta años que no las veía, y se preguntó si seguirían haciendo sus juegos.

El capitán Smith estaba probando los controles. Hizo girar la nave con lentitud y después la hizo cabecear y guiñar a lo largo de los ejes Y y Z. Parecía que todo funcionaba a la perfección.

—La misión Hora Cero se iniciará dentro de diez minutos, contados a partir de ahora —anunció—. G de cero coma uno, durante cincuenta horas; después, de cero coma dos hasta inversión de posición… ciento cincuenta horas, contadas desde ahora. —Hizo una pausa para que se entendiera de forma cabal lo que acababa de decir. Jamás nave alguna había intentado mantener una aceleración continua tan elevada y durante tanto tiempo. Si la *Universe* no lograba frenar de manera adecuada, también entraría en los libros de historia como el primer viajero interestelar tripulado.

Ahora la nave estaba girando hacia la horizontal —si es que se podía emplear esa palabra en un ambiente casi exento de gravedad— y estaba apuntando directamente a la blanca columna de bruma y cristales de hielo que seguía brotando del cometa sin cesar. La *Universe* se empezó a desplazar hacia la columna…

—¿Qué está *haciendo*? —preguntó Mijáilovich, con angustia.

Por supuesto, previendo tales preguntas, el capitán volvió a hablar. Parecía haber recuperado por completo su buen humor, y tenía un deje de diversión en la voz:

—Una pequeña tarea doméstica, nada más, antes de que partamos. No se preocupen, sé exactamente lo que estoy haciendo. Y el número dos coincide conmigo, ¿no es así?

—Sí, señor… aunque al principio he pensado que estaba bromeando.

—¿Qué *está* pasando en el puente? —quiso saber Willis, quien, por una vez, no sabía qué hacer.

En ese momento la nave estaba iniciando un lento giro, al tiempo que continuaba desplazándose hacia el géiser, tan solo a una buena velocidad de marcha a pie. Desde esta distancia —que entonces era de menos de cien metros—, a Floyd le trajo reminiscencias, aún más vívidas, de aquellas lejanas fuentes de Ginebra.

Seguramente no nos estará metiendo dentro de…, pensó.

Pero sí lo estaba haciendo. La *Universe* vibró con suavidad cuando introdujo la nariz en la ascendente columna de espuma. Todavía estaba girando con mucha lentitud, como si al avanzar horadara el gigantesco géiser. Los monitores de vídeo y las ventanillas de observación no mostraban más que una blancura lechosa.

Toda la operación no duró más de diez segundos; después se encontraron al otro lado del géiser. Hubo una breve salva de aplausos espontáneos, procedente de los oficiales que estaban en el puente, pero los pasajeros —incluido Floyd— seguían sintiendo que se había abusado de ellos.

—Ahora estamos listos para partir —dijo el capitán, con tono de gran satisfacción—. Tenemos otra vez una nave linda y limpia.

Durante la media hora siguiente, más de diez mil observadores aficionados, situados en la Tierra y en la Luna, informaron que el cometa había duplicado su brillantez. La Red de Observación del Cometa se descompuso por completo a causa de la sobrecarga, y los astrónomos profesionales estaban furiosos.

Pero al público le encantaba y, pocos días después, pocas horas antes del amanecer, la *Universe* brindó un espectáculo todavía mejor.

Al ganar velocidad, a razón de más de diez mil kilómetros por hora, durante cada hora, la nave se encontraba, en esos momentos, dentro de la órbita de Venus. Se acercaría aún más al Sol, antes de su paso por el perihelio —con mucha mayor rapidez que cualquier cuerpo celeste natural—, y se colocaría en dirección hacia Lucifer.

Cuando pasó entre la Tierra y el Sol, la cola formada por mil kilómetros de carbono incandescente era fácilmente visible como una estrella de cuarta magnitud, y exhibía un apreciable desplazamiento con respecto a las constelaciones del cielo matutino en el transcurso de una sola hora.

En el comienzo mismo de su misión de rescate, la *Universe* sería vista por más seres humanos al mismo tiempo que cualquier otro artefacto en toda la historia del mundo.

IV. EN LA CHARCA

35

A LA DERIVA

La inesperada noticia de que su nave gemela, la *Universe*, estaba en camino y que podría llegar mucho antes de lo que nadie se habría atrevido a soñar, produjo sobre la moral de la tripulación de la *Galaxy* un efecto que podía calificarse más que de eufórico. El hecho puro y simple de que estuviesen yendo irremediablemente a la deriva, en un océano extraño y rodeados por monstruos desconocidos, de pronto pareció tener poca importancia.

Dichos monstruos solo hacían apariciones ocasionales. Los «tiburones» gigantes fueron avistados unas cuantas veces, pero nunca se acercaban a la nave, ni siquiera cuando se arrojaban desperdicios por la borda. Esto de verdad era sorprendente; sugería que esas enormes bestias —a diferencia de sus equivalentes terrestres— poseían un buen sistema de comunicación. Tal vez estuvieran más íntimamente relacionadas con los delfines que con los tiburones.

Había muchos cardúmenes de peces más pequeños a los que nadie echaría una segunda ojeada en un mercado de la Tierra. Después de varios intentos, uno de los oficiales —un astuto pescador con caña— se las arregló para capturar uno de esos peces mediante un anzuelo sin carnada. No lo pasó a través de la esclusa de aire —el capitán no lo habría permitido, de todos modos— sino que lo midió y fotografió con todo detalle antes de devolverlo al mar.

Sin embargo, el ufano deportista tuvo que pagar su precio por el trofeo: el traje espacial de presión parcial que había llevado durante el ejercicio despedía el característico hedor a huevos podridos del sulfuro de hidrógeno cuando el oficial lo llevó de vuelta a la nave, lo que hizo que el hombre se convirtiera en blanco de innumerables bromas. Era, no obstante, otro recordatorio de aquella bioquímica, distinta de todo lo conocido en la Tierra... e implacablemente hostil.

A pesar de las súplicas de los científicos, no se permitió más la pesca. Podían observar y registrar especímenes, pero no recogerlos. Y de todos modos —se les recordó—, eran geólogos planetarios, no naturalistas. Nadie había pensado en traer formol... aunque probablemente no les hubiera servido de nada allí.

En una ocasión la nave se deslizó durante varias horas a través de extensas marañas o láminas flotantes de una sustancia verde brillante que formaba óvalos de unos dos metros de ancho y todos del mismo tamaño, más o menos. La *Galaxy* los surcaba sin encontrar resistencia y, con rapidez, los óvalos recobraban su forma detrás de la nave. Se conjeturó que era alguna clase de colonias de organismos.

Hasta que una mañana el vigía quedó pasmado cuando un periscopio emergió del agua y el oficial se encontró a sí mismo mirando fijamente un manso ojo azul que, según dijo ese oficial después de que se hubo recuperado, parecía el ojo de una vaca enferma, que lo había mirado con tristeza durante unos instantes, sin aparentar mucho interés; después, y con lentitud, había regresado al océano.

Nada parecía moverse muy deprisa allí. El motivo era obvio: seguía siendo un mundo provisto de poca energía, nada había del oxígeno libre que permitía que los animales de la Tierra vivieran según una serie de explosiones continuas, desde el instante en que comenzaban a respirar, al nacer. Solo el «tiburón» del primer encuentro había exhibido alguna señal de actividad violenta... en su último, agónico, espasmo.

Quizá esa fuera una buena noticia para los seres humanos: incluso si sus movimientos se hallaban obstaculizados por el traje espacial, era probable que nada hubiera en Europa que los pudiera atrapar... incluso si lo quisiera hacer.

Para el capitán Laplace fue un amargo trance transferirle la operación de su nave al sobrecargo. Se preguntaba si esa situación sería única en los anales del espacio y del mar.

No es que hubiese gran cosa que el señor Lee pudiera hacer. La *Galaxy* estaba flotando en posición vertical, un tercio fuera del agua, ligeramente escorada por un viento que la impulsaba a una velocidad constante de cinco nudos. Había solo unas pocas filtraciones por debajo de la línea de flotación y podían ser controladas con facilidad. Y lo que era igualmente importante, el casco seguía conservándose hermético.

Aunque la mayor parte del equipo de navegación era inútil, sus miembros sabían con exactitud dónde se hallaban, pues cada hora Ganimedes les enviaba una triangulación precisa, con su correspondiente radiobaliza de emergencia, y si la *Galaxy* se mantenía en su curso actual, recalaría en una isla grande en el curso de los tres días siguientes. Si no llegaba a esa isla, se dirigiría a mar abierto y, con el tiempo, llegaría a la zona de tibia ebullición, que estaba inmediatamente por debajo de Lucifer. Si bien eso no era necesariamente catastrófico, sí constituía un porvenir casi desprovisto de atractivos. El capitán interino Li pasaba gran parte de su tiempo pensando en las maneras de evitarlo.

Aunque contaban con material y aparejos adecuados, las velas ejercerían muy poca influencia sobre el curso que llevaba la nave. Li había hecho bajar anclas improvisadas hasta una profundidad de quinientos metros en busca de corrientes que pudieran ser de utilidad, y no había encontrado corriente alguna. Tampoco había encontrado el fondo, que se hallaba a incontables kilómetros, mucho más abajo.

Tal vez fuera mejor así, pues eso los protegía contra los maremotos que sin cesar demolían ese océano nuevo. A veces la *Galaxy* se sacudía como si hubiese sido golpeada por un gigantesco martillo cuando una onda de choque pasaba a toda velocidad. Pocas horas después, un tsunami de docenas de metros de alto iba a estrellarse sobre alguna orilla europeana; pero allí, en alta mar, las letales olas eran poco más que ondas.

Varias veces se observaron a cierta distancia súbitos vórtices que aparentaban ser bastante peligrosos. Eran remolinos que hasta podrían haberse tragado la *Galaxy* y haberla arrastrado hasta profundidades desconocidas; pero, por fortuna, estaban demasiado lejos como para producir un efecto mayor que el de hacer que la nave girara unas cuantas veces sobre su eje principal.

Y solo en una ocasión una enorme burbuja de gas ascendió y estalló apenas a un centenar de metros. Fue muy impresionante y todo el mundo apoyó el comentario del médico:

—Gracias a Dios que no lo podemos oler.

Resulta sorprendente comprobar con cuánta rapidez la situación más extravagante puede volverse rutinaria. Al cabo de unos cuantos días, la vida a bordo de la *Galaxy* se había adaptado a las nuevas condiciones y se había convertido en una rutina constante; el principal problema del capitán Laplace consistía en mantener ocupada a la tripulación. Para el estado de ánimo no había cosa peor que el ocio, y Laplace se preguntaba cómo los patrones de los antiguos buques de vela habían mantenido a sus hombres ocupados durante esos interminables viajes; no era posible que hubieran pasado *todo* el tiempo trepando por las jarcias o limpiando las cubiertas.

Con los científicos, en cambio, el problema era el opuesto, ya que ellos no cesaban de proponer nuevos ensayos y experimentos, que debían ser considerados con detenimiento antes de ser aprobados. Y si Laplace lo hubiera permitido, habrían monopolizado los canales de comunicación de la nave.

En esos momentos el complejo principal de antenas estaba siendo golpeado alrededor de la línea de flotación y la *Galaxy* ya no podía hablar con la Tierra de forma directa. Todo se tenía que transmitir a través de Ganimedes, en cinta de unos pocos miserables megahercios. Un único canal de vídeo en vivo tenía prioridad sobre todo lo demás, y Laplace había tenido que resistir el clamor de las redes terrestres. No era que desde la *Galaxy* hubiese gran cosa que mostrar al público telespectador, salvo mar abierto, los interiores estrechos e incómodos de la nave, y una tripulación que, si bien con buen estado de ánimo, se estaba volviendo más hosca.

Una cantidad inusitada de tráfico parecía estar dirigida al segundo oficial Floyd, cuyas respuestas cifradas eran tan breves que no podían contener mucha información. Finalmente, Laplace decidió mantener una charla con el joven.

—Señor Floyd —le dijo, en la intimidad de su cabina—, apreciaría que me ilustrase sobre sus ocupaciones de tiempo parcial.

Floyd parecía turbado. Se agarró a la mesa cuando la nave se balanceó levemente debido a un repentino sobreviento.

—Ojalá pudiera, señor, pero no me está permitido hacerlo.

—¿Quién se lo impide, si lo puedo preguntar?

—Con franqueza, no estoy seguro.

Eso era absolutamente cierto: sospechaba que se trataba de la ASTROPOL, pero los dos caballeros —de una calma impresionante— que le habían dado instrucciones en Ganimedes no le habían suministrado esa información.

—Como capitán de esta nave (y sobre todo en las circunstancias actuales), me gustaría saber qué está pasando aquí. Si llegamos a salir de esta, voy a pasarme los próximos años de mi vida en tribunales de investigación. Y es probable que usted deba hacer lo mismo.

Floyd logró esbozar una sonrisa amarga.

—Apenas si vale la pena que se nos rescate, ¿no es así, señor? Todo lo que sé es que algún organismo de alto nivel preveía problemas serios en esta misión, pero no sabía qué forma habrían de asumir. Tan solo se me dijo que mantuviera los ojos abiertos. Temo que no hice muy bien las cosas, pero me imagino que yo era la única persona calificada que pudieron encontrar con tiempo.

—No creo que usted se pueda culpar. ¿Quién habría imaginado que Rosie…?

El capitán se detuvo, paralizado por un súbito pensamiento.

—¿Sospecha de alguien más? —Tuvo la intención de añadir: «¿De mí, por ejemplo?», pero la situación ya era bastante paranoica.

Floyd pensó un momento; después pareció llegar a una decisión:

—Quizá debía haber hablado con usted antes, señor, pero sé cuán ocupado ha estado. Estoy seguro de que el doctor Van der Berg está involucrado de alguna manera; es medo, por supuesto; es gente extraña y de hecho no la entiendo. —«Y tampoco me gustan», debió haber agregado—. Demasiado tribales, en realidad, no demasiado amistosos con los de fuera. Y aun así, resulta difícil culparlos, pues todos los pioneros que trataban de domeñar un nuevo mundo probablemente se parecían mucho.

—Van der Berg… hummm… ¿Qué puede decirme de los otros científicos?

—Han sido revisados sus antecedentes, claro está. Todo es perfectamente legítimo y no hay nada inusitado, en ninguno de ellos.

Eso no era del todo cierto. El doctor Simpson tenía más esposas de lo estrictamente legal, por lo menos en la misma época, y el doctor Higgins tenía una enorme colección de libros muy curiosos. El segundo oficial Floyd no estaba muy seguro del porqué se le había dicho todo esto; quizá sus mentores tan solo quisieron impresionarlo con su omnisciencia. Consideró que trabajar para ASTROPOL (o quienquiera que fuese) reportaba algunos entretenidos beneficios adicionales.

—Muy bien —dijo el capitán al agente aficionado—. Pero, por favor, manténgame informado si descubre cualquier cosa, *absolutamente cualquier cosa*, que pudiera afectar a la seguridad de la nave.

En las actuales circunstancias, resultaba difícil imaginar qué podría ser eso. Cualquier riesgo posterior parecía ser más bien superfluo.

IV. EN LA CHARCA

36

LA COSTA DEL OTRO MUNDO

Veinticuatro horas antes de que se avistara la isla, seguía sin saberse a ciencia cierta si la *Galaxy* la pasaría de largo y sería arrastrada hacia la vacuidad del océano central. Su posición, según el radar de Ganimedes, se representaba en una gran carta de navegación que todos los que estaban a bordo examinaban con ansiedad varias veces al día.

E incluso si la nave tocaba tierra, sus problemas apenas podrían estar comenzando, ya que podría hacerse pedazos contra una costa rocosa, en vez de detenerse con delicadeza en alguna conveniente playa de suave pendiente.

El capitán interino Li era consciente de todas estas posibilidades. Él mismo en una ocasión había naufragado, durante un crucero de placer; las máquinas del barco habían fallado en un momento crítico, frente a la isla de Bali. Había existido poco peligro, aunque sí una buena cantidad de teatralidad, y Li no tenía deseos de repetir la experiencia… en especial considerando que allí no había guardacostas que vinieran a rescatarlos.

Sin duda era una ironía cósmica el apuro en que se encontraban. Se hallaban a bordo de uno de los vehículos de transporte más evolucionados que jamás había construido el hombre —¡capaz de cruzar el Sistema Solar!—, y sin embargo en esos momentos no lo podían desviar de su curso más que unos pocos metros. No obstante, no estaban por completo desvalidos; Li aún tenía algunas cartas que jugar.

En aquel mundo que se curvaba con brusquedad, la isla se hallaba a solo cinco kilómetros de distancia cuando la avistaron por primera vez. Li sintió un gran alivio cuando supo que no había ningún acantilado de los que había temido encontrar. Por otra parte, tampoco había signo alguno de la playa que había tenido la esperanza de hallar. Los geólogos le habían advertido que había llegado con algunos millones de años de antelación para encontrar arena; dada la lentitud con que molían los molinos de Europa, todavía no habían tenido tiempo de realizar su tarea.

No bien se tuvo la certeza de que tocarían tierra, Li dio órdenes para que se vaciaran los tanques principales de la *Galaxy*, que deliberadamente había inundado poco después de que la nave hubiera aterrizado. A continuación se sucedieron varias horas de mucha incomodidad, en el transcurso de las cuales un cuarto de la tripulación, como mínimo, dejó de preocuparse por los procedimientos.

La *Galaxy* se alzó cada vez más alto en el agua, oscilando de un modo cada vez más enloquecido… Después se desplomó con un poderoso ruido de chapoteo, para quedar tendida sobre la superficie del mar como el cadáver de una ballena, en los malos y viejos tiempos en que los barcos balleneros les insuflaban aire para evitar que se hundieran. Cuando Li vio cómo estaba la nave, volvió a ajustar la flotabilidad hasta que quedó con la popa levemente sumergida y el puente anterior apenas por encima de la superficie del agua.

Tal como esperaba, la *Galaxy* osciló hasta colocarse con el costado hacia el viento. Otro cuarto de la tripulación quedó entonces incapacitada, pero Li contaba con suficientes auxiliares como para sacar el ancla de mar que había preparado para el acto final. Era apenas una balsa improvisada, hecha con cajas vacías amarradas entre sí, pero su arrastre hacía que la nave apuntara en dirección a la tierra que se aproximaba.

Ahora podían ver que se dirigían, con angustiosa lentitud, hacia un estrecho tramo de playa cubierto con pequeños cantos rodados. Si no se podía tener arena, esa era la mejor alternativa...

El puente ya se encontraba sobre la playa cuando la *Galaxy* encalló, y Li jugó su última carta. Solo había llevado a cabo una prueba muy simple, ya que no se había atrevido a efectuar más por si la maltratada maquinaria se estropeaba.

Por última vez, la *Galaxy* extendió el tren de aterrizaje. Se produjo el ruido de algo que se trituraba, así como un estremecimiento, cuando las planchuelas de aterrizaje, ubicadas en la parte inferior, se fueron hundiendo en la superficie de ese nuevo mundo. Ahora, la nave estaba bien afianzada contra los vientos y olas de ese océano sin mareas.

No había duda de que la *Galaxy* había encontrado el sitio final donde reposar... y, de modo más que probable, también su tripulación.

V. ENTRE LOS ASTEROIDES

37

LA ESTRELLA

En esos momentos la *Universe* se estaba desplazando con tanta rapidez que su órbita ya no se asemejaba, ni por asomo, a la de ningún astro natural del Sistema Solar. Mercurio, el más próximo al Sol, apenas superaba los cincuenta kilómetros por segundo en su perihelio, y la *Universe* había alcanzado el doble de esa velocidad en el primer día… y con solo la mitad de la aceleración que alcanzaría cuando su peso se hubiera reducido en varios miles de toneladas de agua.

Durante unas pocas horas, mientras pasaban por el interior de su órbita, Venus fue el más brillante de todos los cuerpos celestes, junto con el Sol y Lucifer. Su diminuto disco era visible por completo a simple vista, pero ni siquiera los telescopios más poderosos de la nave espacial mostraron rasgo saliente alguno: Venus guardaba sus secretos con el mismo celo que Europa.

Al ir aún más cerca del Sol —bien introducida en la órbita de Mercurio—, la *Universe* no estaba tomando un atajo simplemente, sino que también estaba recibiendo empuje extra del campo de gravitación del Sol. Puesto que la Naturaleza siempre equilibra sus acciones, el Sol perdió algo de velocidad en la transacción, aunque el efecto no sería mensurable hasta que hubieran transcurrido varios miles de años.

El capitán Smith utilizó el paso de la nave por el perihelio para recuperar parte del prestigio que había perdido a causa de su morosidad.

—Ahora saben con exactitud —dijo— *por qué* hice que la nave volara a través del *Old Faithful*. Si no hubiésemos lavado toda esa suciedad que tenía el casco, en estos momentos nos estaríamos sobrecalentando de manera peligrosa. A decir verdad, dudo que los controles térmicos hubiesen podido manejar la carga, que ya es diez veces superior al nivel de la Tierra.

Cuando a través de filtros casi negros los pasajeros miraron el horriblemente hinchado Sol, pudieron creer con facilidad en lo que les decía Smith. Todos se sintieron más que felices cuando el Sol recuperó su tamaño normal... y se fue alejando por la popa, mientras la *Universe* cruzaba la órbita de Marte y se colocaba en dirección hacia el exterior, ya en el tramo final de su misión.

Los Cinco Famosos ya se habían adaptado —según las diversas maneras de ser de cada uno— al cambio inesperado que se había producido en sus vidas. Mijáilovich estaba componiendo de forma prolífica y ruidosa; rara vez se le veía, excepto cuando aparecía a la hora de comer para contar relatos atroces y atormentar a todas las víctimas que encontrara disponibles, en especial a Willis. Greenberg se había autoelegido —sin que nadie se opusiera a ello— miembro honorario de la tripulación, y pasaba gran parte del tiempo en el puente.

Maggie M contemplaba la situación con una mezcla de pesar y deleite.

—Los escritores —observó— siempre están diciendo lo mucho que podrían trabajar si tan solo estuvieran en algún sitio en el que no hubiera interrupciones. El no comprometerse en matrimonio, los faros y las cárceles son algunos de sus ejemplos favoritos. Así que no me puedo quejar... salvo por el hecho de que mis pedidos de material de investigación siguen llegando con retraso debido a los mensajes de alta prioridad.

Hasta Victor Willis había llegado a una conclusión muy parecida. También él estaba muy atareado, pues se hallaba trabajando en diversos proyectos de largo alcance. Y tenía un motivo adicional para no salir de su camarote: todavía transcurrirían varias semanas antes de que pareciera que se había olvidado de afeitarse.

En cuanto a Yva Merlin, todos los días pasaba varias horas en el centro de entretenimiento para mantenerse al día —como se apresuraba a explicar— de sus clásicos favoritos. Había sido una suerte que los equipos y elementos de biblioteca y proyección se hubiesen instalado a tiempo para el viaje; aunque la colección aún era relativamente pequeña, había suficiente material como para pasarse varias vidas examinándola.

Todas las obras famosas de arte visual estaban ahí, a partir de las que pertenecían al vacilante alborear del cine. Yva conocía la mayor parte de ellas y se sentía feliz de compartir sus conocimientos.

Floyd, desde luego, disfrutaba escuchándola porque, en esos momentos, Yva cobraba vida y dejaba de ser un icono para convertirse en un ser humano normal y corriente. Para Floyd resultaba triste y lamentable al mismo tiempo que esa mujer solo pudiera establecer contacto con el mundo real a través de un universo artificial de imágenes transmitidas por vídeo.

Una de las experiencias más extrañas de la vida de Heywood Floyd —bastante llena de acontecimientos memorables— fue la de sentarse en la semioscuridad, exactamente detrás de Yva, en alguna parte fuera de la órbita de Marte, mientras miraban juntos la versión original de *Lo que el viento se llevó*. Hubo momentos en los que pudo ver el famoso perfil de la Merlin recortado contra el de Vivien Leigh y comparar a ambas… aunque resultaba imposible decir que una de las actrices era mejor que la otra, ya que ambas eran sui generis.

Cuando las luces se encendieron, lo asombró ver que Yva estaba llorando. Le cogió la mano y le dijo con ternura:

—Yo también he llorado cuando ha muerto Bonny.

Yva logró esbozar una débil sonrisa.

—En realidad, estaba llorando por Vivien —dijo—. Mientras estábamos filmando la segunda versión, leí mucho acerca de ella. Tuvo una vida tan trágica… Y hablar sobre ella, precisamente aquí, en medio de los planetas, me trae a la memoria algo que Larry dijo cuando a la pobrecita la trajo de vuelta de Ceilán tras el colapso nervioso que ella había sufrido. Dijo a sus amigos: «Me he casado con una mujer del espacio extraterrestre».

Yva se detuvo un instante, y otra lágrima se deslizó por su mejilla. (Floyd no pudo evitar pensar que las lágrimas eran bastante teatrales.)

—Y hay algo todavía más extraño. Vivien hizo su última película hace exactamente cien años… ¿Y sabes cuál fue?

—Prosigue… sorpréndeme otra vez.

—Espero que le sorprenda a Maggie… si es que de veras está escribiendo el libro con el que nos sigue amenazando. La última película de Vivien fue *El barco de los locos*.

V. ENTRE LOS ASTEROIDES

38

ICEBERGS DEL ESPACIO

Ahora que disponían de tanto tiempo inesperado, el capitán Smith finalmente había aceptado concederle a Victor Willis la muy demorada entrevista que formaba parte del contrato. El propio Victor la había estado aplazando sin cesar debido a lo que Mijáilovich insistía en denominar «la amputación» de Victor. Dado que transcurrirían muchos meses antes de que pudiera recomponer su imagen pública, al final decidió hacer la entrevista fuera de cámara; en la Tierra, el estudio podría luego falsificar la presencia de Willis con fotos de archivo.

Habían estado sentados en la todavía parcialmente amueblada cabina del capitán, saboreando uno de los excelentes vinos que constituían gran parte de la concesión de equipaje de Victor. Como la *Universe* iba a detener sus motores y a comenzar el vuelo inercial dentro de las próximas horas, esta sería la última oportunidad durante varios días. Victor sostenía que el vino sin peso era una abominación; de modo que se negaba a poner sus preciosos vinos añejos en bolsas de plástico compresibles.

—Les habla Victor Willis, a bordo de la cosmonave *Universe*, a las dieciocho treinta del viernes 15 de julio de 2061. Aunque todavía no estamos en el punto medio de nuestro viaje, ya nos encontramos mucho más allá de la órbita de Marte, y casi hemos alcanzado nuestra velocidad máxima. ¿Cuál es, capitán?

—Mil cincuenta kilómetros por segundo.

—Más de mil kilómetros por segundo... ¡Casi cuatro *millones* de kilómetros por hora!

La sorpresa de Victor Willis sonó sincera; nadie habría sospechado que conocía los parámetros orbitarios casi tan bien como el capitán. Pero uno de sus puntos fuertes era su gran capacidad para ponerse en el lugar de los espectadores y no solo anticiparse a las preguntas que harían sino despertar su interés.

—Así es —confirmó el capitán, con sereno orgullo—. Estamos viajando al doble de la velocidad a que lo haya hecho ser humano alguno desde el comienzo de los tiempos.

Esa debería haber sido una de mis líneas de texto, pensó Victor. No le gustaba que su entrevistado se le adelantara. Pero como buen profesional que era, se adaptó enseguida.

Consultó su famosa y pequeña memoagenda con pantalla direccional, cuya imagen solo él podía ver.

—Cada doce segundos recorremos una distancia igual al diámetro de la Tierra. Y aun así, tardaremos otros diez días en llegar a Júpi... ah, ¡Lucifer! Eso les da una idea de la escala del Sistema Solar... Ahora, capitán, este es un tema delicado, pero se me hicieron muchas preguntas al respecto, en el curso de la semana pasada.

¡Oh, no! —gimió Smith para sus adentros—. ¡Que no sea otra vez lo de los inodoros para gravedad cero!

—En este preciso instante estamos pasando justo a través del corazón del cinturón de asteroides...

Ojalá hubieran *sido* los inodoros, pensó Smith.

—... y aunque jamás ninguna cosmonave ha sido seriamente dañada por un choque, ¿no estamos corriendo un gran riesgo? Después de todo hay, en sentido literal, millones de cuerpos, cuyo tamaño puede llegar a ser tan reducido como el de una pelota de playa, que se hallan en órbita en esta sección del espacio. Y solo figuran unos pocos miles en las cartas de navegación espacial.

—Más que unos pocos: por encima de diez mil.

—Pero existen millones de los que nada conocemos.

—Es cierto. Pero no nos serviría de mucho conocerlos.

—¿Qué quiere decir?

—No hay nada que podamos hacer con respecto a ellos.

—¿Por qué no?

El capitán Smith hizo una pausa, para pensar con cuidado. Willis tenía razón: ese era, en efecto, un asunto delicado. La oficina central lo reprendería con elegancia, si él dijera algo que desalentara a los potenciales clientes.

—En primer lugar, el espacio es tan vasto que incluso aquí, como usted ha dicho, en el corazón del cinturón de asteroides, la posibilidad de choque es infinitesimal. Albergábamos la esperanza de mostrar un asteroide, y el mejor que podemos exhibir es el Hanuman, de lastimosos trescientos metros de diámetro, y a lo sumo nos acercaremos a él a un cuarto de millón de kilómetros.

—Pero Hanuman es gigantesco en comparación con todos los desechos desconocidos que están flotando por aquí. ¿No le preocupa eso?

—A decir verdad, una vez me escapé de uno por milagro, en el Pico Pike, en Colorado. El relámpago y el trueno fueron simultáneos.

—Pero usted admite que el peligro sí existe… ¿y no estamos aumentando el riesgo al viajar a tan enorme velocidad?

Willis, por supuesto, conocía muy bien la respuesta, pero una vez más, se estaba poniendo en el lugar de sus legiones de desconocidos oyentes, que se hallaban en el planeta que, a cada segundo que transcurría, se estaba alejando mil kilómetros.

—Resulta difícil de explicar sin recurrir a las matemáticas —dijo el capitán (¡cuántas veces había empleado esa frase, aun cuando no era verdad!)—, pero no hay una relación directa entre velocidad y riesgo. Chocar con cualquier cosa, a las velocidades que despliega una nave espacial, sería catastrófico.

Si, por ejemplo, usted se halla al lado de una bomba atómica cuando explota, no importa si el arma tiene la potencia de un kilotón o de un megatón.

Esa no era una declaración precisamente tranquilizadora, pero era lo mejor que podía hacer Smith, y antes de que Willis pudiese insistir sobre ese asunto, se apresuró a proseguir.

—Y permítame recordarle que cualquier... leve riesgo adicional que podamos estar corriendo, persigue el mejor de los propósitos: una sola hora puede salvar vidas.

—Sí, estoy seguro de que todos apreciamos eso profundamente. —Willis se contuvo; pensaba añadir: «Y, por supuesto, yo también estoy metido en el baile», pero decidió no hacerlo. Podría causar una impresión de inmodestia, si bien la modestia no había sido nunca su virtud más destacada. De todos modos, difícilmente podría convertir una necesidad en virtud; en estos momentos, tenía muy pocas alternativas, a menos que decidiera regresar a casa andando—. Todo esto —prosiguió— me lleva a otra cuestión: ¿sabe qué ocurrió hace exactamente un siglo y medio, en el Atlántico Norte?

—¿En 1911?

—Bueno, pues, en realidad, en 1912...

El capitán Smith adivinó de qué se trataba pero, fingiendo ignorancia, se negó con tozudez a cooperar.

—Supongo que usted se refiere al *Titanic* —dijo.

—Así es —contestó Willis, ocultando con gallardía su decepción—. He recibido por lo menos veinte recordatorios de personas que creen ser las únicas que se han percatado del paralelismo.

—¿Qué paralelismo? El *Titanic* estaba corriendo riesgos inadmisibles, nada más que para intentar batir un récord.

Estuvo a punto de agregar: «Y no llevaba suficientes botes salvavidas», pero por suerte se contuvo a tiempo, cuando recordó que el primero y único transbordador de la nave espacial no podía transportar más de cinco pasajeros. Si Willis se agarraba a *eso*, habría que dar demasiadas explicaciones.

—Bueno, acepto que la analogía es bastante forzada. Pero hay otro paralelismo llamativo que *todo el mundo* señala: ¿Tiene usted idea de cómo se llamaba el primer, y último, capitán del *Titanic*?

—No tengo la más remota... —empezó a decir el capitán Smith. Y entonces se le aflojó la mandíbula.

—Exacto —dijo Victor Willis, con una sonrisa que sería caritativo denominar de autocomplacencia.

De muy buena gana, el capitán Smith habría estrangulado a todos esos investigadores aficionados. Sin embargo, difícilmente podría culpar a sus padres por haberle legado el más común de los apellidos ingleses.

V. ENTRE LOS ASTEROIDES

39

LA MESA DEL CAPITÁN

Era una lástima que los espectadores de (y fuera de) la Tierra no pudieran disfrutar de las discusiones menos formales que tenían lugar a bordo de la *Universe*. Ahora la vida en la nave se había calmado y se había convertido en una rutina constante, interrumpida de forma puntual por algunos hitos fijos, de los cuales el más importante y, además, el más tradicional, era la Mesa del Capitán.

A las dieciocho horas en punto, los seis pasajeros y cinco de los oficiales que no estaban de servicio se reunían con el capitán Smith para cenar. Por supuesto, no había atisbos de la indumentaria formal que había sido obligatoria a bordo de los palacios flotantes del Atlántico del Norte, pero, por lo general, se hacían algunos intentos por introducir novedades en el vestir. Siempre se podía confiar en que Yva luciera algún nuevo broche, anillo, collar, adorno para el cabello o perfume, procedentes de un surtido al parecer inagotable.

Si estaba encendido el sistema impulsor, la comida empezaba con una sopa. Pero si la nave se encontraba en desplazamiento inercial y había falta de gravedad, se ofrecía una selección de bocadillos y canapés. Tanto en un caso como en otro, antes de que se sirviera el plato principal, el capitán Smith informaba sobre las últimas novedades... o trataba de disipar los rumores más recientes, alimentados en general por los noticiarios procedentes de la Tierra o de Ganimedes.

Las acusaciones y las recriminaciones volaban en todas direcciones, y se habían propuesto las teorías más fantásticas para explicar el secuestro de la *Galaxy*. Se había levantado un dedo acusador contra cada organización cuya existencia se conocía, y contra muchas que eran puramente imaginarias. Todas estas teorías, empero, tenían algo en común: ni una sola de ellas podía sugerir un motivo plausible.

El misterio se había intensificado con el singular dato recién surgido: un tenaz trabajo de pesquisa llevado a cabo por la AS-TROPOL había demostrado el sorprendente hecho de que la difunta Rose MacMahon era, en realidad, Ruth Mason, nacida en Nueva Inglaterra, reclutada por la Policía Metropolitana… y, a posteriori, tras un comienzo prometedor, despedida por actividades racistas. Había emigrado a África y luego había desaparecido. Era evidente que se había enredado en la política clandestina de ese desafortunado continente. Shaka era mencionado con frecuencia, y con la misma frecuencia lo negaba EUSA.

La relación entre estos hechos y el misterioso satélite Europa daba lugar a interminables e infructuosas discusiones en la mesa, en especial cuando Maggie M confesó en una ocasión que había estado planeando escribir una novela sobre Shaka, desde el punto de vista de una de las mil desafortunadas esposas del déspota zulú. Pero cuanto más ahondaba la autora en el proyecto, más repulsivo le parecía.

—En el momento en que abandoné a Shaka —admitió con amargura—, supe con exactitud qué es lo que un alemán de hoy siente con respecto a Hitler.

Revelaciones personales de ese tipo se hicieron cada vez más comunes, a medida que se desarrollaba el viaje. Cuando se había terminado con el plato principal, a alguno de los miembros del grupo se le concedía la palabra durante treinta minutos. Entre todos reunían una experiencia equivalente a la de doce vidas, en otros tantos cuerpos celestes, por lo que habría resultado difícil hallar una mejor fuente de relatos de sobremesa.

El orador menos efectivo era Victor Willis, lo que resultaba bastante sorprendente, si bien fue lo suficientemente franco para admitirlo y para explicar la causa.

—Estoy tan habituado —dijo casi disculpándose, aunque no del todo— a desenvolverme ante un público de millones de personas, que se me hace difícil hablar ante un pequeño grupo amistoso como este.

—¿Podría desenvolverse mejor si no fuera amistoso? —preguntó Mijáilovich, siempre deseoso de ser útil—. Eso se podría arreglar con facilidad.

Yva, por el contrario, resultó mejor de lo que se esperaba, aun cuando sus recuerdos se limitaban, por completo, al mundo del espectáculo. Era particularmente buena para hablar sobre los directores —famosos y no famosos— con quienes había trabajado, en especial, David Griffin.

—¿Es cierto que odiaba a las mujeres? —preguntó Maggie M, sin duda pensando en Shaka.

—De ningún modo —repuso Yva con prontitud—. Odiaba a los *actores*. No creía que fueran seres humanos.

Los recuerdos de Mijáilovich también cubrían un campo algo limitado: las grandes orquestas y compañías de danza, directores y compositores famosos, y sus innumerables adulones. Pero estaba tan lleno de relatos graciosos sobre intrigas y relaciones sexuales ilícitas entre bastidores, así como de narraciones sobre noches de estreno saboteadas y enemistades a muerte entre *prime donne*, que conseguía que hasta los oyentes más reacios a la música se murieran de risa, por lo que se le concedía tiempo adicional.

Las narraciones prosaicas y desprovistas de emoción que el coronel Greenberg hacía de sucesos extraordinarios no pudieron haber sido un mejor contraste. Tanto se había escrito sobre el primer aterrizaje en el relativamente templado polo sur de Mercurio, que apenas había nada nuevo que añadir al respecto. La pregunta que les interesaba a todos era: «¿Cuándo regresaremos?», a la que le sucedía por lo general otra pregunta: «¿Le gustaría volver?».

—Si me lo piden, por supuesto que volveré —respondía Greenberg—. Aunque yo pienso que con Mercurio va a suceder lo mismo que con la Luna: recuerden, aterrizamos en ella en 1969 y no volvimos durante media vida. Sea como sea, Mercurio no es tan útil como la Luna… quizá algún día lo sea. No hay agua allá, por supuesto; fue toda una sorpresa encontrarla en la Luna. O tal vez deba decir *dentro* de la Luna…

»Aunque careció del encanto que envolvió al viaje a Mercurio, hice un trabajo más importante al establecer el tren de mulas desde Aristarco.

—¿Un tren de mulas?

—Sí. Antes de que se construyera el gran dispositivo ecuatorial de lanzamiento y se empezara a disparar el hielo poniéndolo directamente en órbita, lo teníamos que transportar desde la parte superior de la fosa hasta el puerto espacial, en el mar de las Lluvias. Eso comportó allanar el terreno y hacer un camino a través de las llanuras de lava, así como tender puentes a través de gran cantidad de grietas. «El Camino del Hielo», lo llamábamos… nada más que trescientos kilómetros, pero su construcción costó muchas vidas…

»Las "mulas" eran tractores de ocho ruedas, con neumáticos enormes y suspensión independiente. Arrastraban hasta doce acoplados, cada uno de los cuales llevaba cien toneladas de hielo. Se solía viajar de noche, así que no había necesidad de proteger la carga.

»Viajé con ellos varias veces. El proyecto duraba unas seis horas (no salíamos a batir récords de velocidad); después se descargaba el hielo en tanques grandes, sometidos a presión interna, en los que se aguardaba la salida del Sol. No bien el hielo se fundía, era bombeado a las naves.

»El Camino del Hielo sigue estando allí, claro, pero ahora solo lo utilizan los turistas. Si son sensatos, viajarán por él de noche, como solíamos hacer nosotros. Había mucho de magia, con la Tierra llena casi directamente encima de nosotros, tan brillante que rara vez empleábamos nuestras luces. Y si bien podíamos conversar con nuestros amigos siempre que quisiéramos, a menudo apagábamos la radio y la dejábamos en respuesta automática, para decirles que estábamos bien, pues simplemente queríamos estar a solas, en esa gran vacuidad resplandeciente... mientras siguiera estando allí, porque sabíamos que no duraría.

»Ahora están construyendo el escindidor de quarks para la generación de teravoltios, que corre precisamente alrededor del Ecuador, y están surgiendo cúpulas distribuidas por todos los lugares de Lluvias y Serenidad. Pero nosotros conocimos la *verdadera* soledad lunar, tal y como la vieron Armstrong y Aldrin... antes de que se pudieran comprar postales con la leyenda OJALÁ ESTUVIERAS AQUÍ, en la oficina de correos de base Tranquilidad.

V. ENTRE LOS ASTEROIDES

40

MONSTRUOS DE LA TIERRA

... suerte que te perdiste el baile anual: lo creas o no, fue tan espantoso como el del año pasado. Y una vez más nuestro mastodonte residente, la querida Ms Wilkinson, se las arregló para triturar los dedos del pie de su pareja de baile, incluso en la pista con medio g de gravedad.

»Y ahora, algo de negocios. Puesto que no vas a regresar hasta dentro de varios meses, en vez de un par de semanas, el administrador está mirando con lascivia tu apartamento (buen vecindario, cerca del centro comercial de la ciudad, una espléndida vista de la Tierra en los días despejados, etc.) y sugiere hacer un arrendamiento hasta que regreses. Parece ser un buen negocio y te ahorrarías un montón de dinero. Recogeremos todos los efectos personales que desees que se guarden...

»Ahora, en cuanto a ese asunto de Shaka. Sabemos que te encanta gastarnos bromas, pero, con franqueza, ¡Jerry y yo quedamos horrorizados! Puedo ver por qué Maggie M lo abandonó... Claro que hemos leído Lujurias olímpicas, del que es autora; es muy agradable, pero demasiado feminista para nosotros...

»¡Qué monstruo! Puedo entender por qué llamaron a una pandilla de terroristas africanos para que fuesen tras él. ¡Qué capricho el de ejecutar a sus guerreros si se casaban! ¡Y matar a todas las pobres vacas de su calamitoso imperio, nada más que porque eran hembras! Y lo peor de todo: esas horribles lanzas

que inventó... Sus modales eran chocantes. ¡Asestar esas lanzas a gente que no había sido adecuadamente presentada...!

»¡Y qué horrible publicidad para nosotros! Casi suficiente como para hacer que se quiera pasar al otro bando. Siempre hemos sostenido que somos delicados y de buen corazón (así como que tenemos gran talento y que estamos dotados para el arte, claro), pero ahora que nos has hecho contemplar algunos de los llamados Grandes Guerreros (¡como si hubiese algo de grande en matar gente!), estamos casi avergonzados de haber tenido esas compañías...

»Sí, sí sabíamos lo de Adriano y Alejandro... pero, desde luego, no sabíamos nada sobre Ricardo Corazón de León y Saladino. O sobre Julio César, aunque él era de todo: pregúntale a Marco Antonio, así como a Cleo. O sobre Federico el Grande, que sí cuenta con algunos rasgos que lo redimen: mira cómo lo trató al viejo Bach.

»Cuando le dije a Jerry que, por lo menos, Napoleón es una excepción, y no nos tienen que hacer cargar con él, ¿sabes lo que dijo?: "Apuesto a que Josefina era, en realidad, un muchacho". Prueba a decirle eso a Yva.

»Nos has echado a perder el estado de ánimo, so bribón, al meternos a todos en la misma bolsa manchada de sangre (disculpa la confusa metáfora). Deberías habernos dejado en la feliz ignorancia...

»A pesar de eso, te enviamos nuestro cariño, y lo mismo hace Sebastian. Dile "hola" a cualquier europeo que te llegues a encontrar. A juzgar por los informes procedentes de la Galaxy, algunos de ellos serían buenas parejas de baile para Ms Wilkinson.

V. ENTRE LOS ASTEROIDES

41

MEMORIAS DE UN CENTENARIO

El doctor Heywood Floyd prefería no hablar de su primera misión a Júpiter ni de la segunda a Lucifer, realizada diez años más tarde. Todo eso había ocurrido hacía demasiado tiempo, y no había cosa alguna que no hubiese dicho cien veces, ante comisiones del Congreso, juntas del Consejo Espacial y representantes de los medios de comunicación, como Victor Willis.

No obstante, tenía un deber hacia sus compañeros de viaje, deber que no podía soslayar. En su condición de único hombre vivo que fue testigo del nacimiento de un nuevo sol —y un nuevo sistema solar—, todos esperaban que tuviese cierta comprensión especial de los mundos hacia los que ahora se estaban acercando con tanta rapidez. Era una suposición ingenua: Floyd les podía decir mucho menos, con respecto a los satélites galileanos, que los científicos e ingenieros que habían estado trabajando allí durante más de una generación. Cuando se le preguntaba: «¿Cómo son las cosas, *en realidad*, en Europa (o Ganimedes, o Ío, o Calisto...)?», era factible que remitiera al consultante, con bastante rudeza, a los voluminosos informes de que se disponía en la biblioteca de la nave.

Y sin embargo, había un solo campo en el que la experiencia de Floyd no tenía competidores: medio siglo después, aún se preguntaba a veces si realmente había ocurrido, o si se habría quedado dormido a bordo de la *Discovery*, cuando David Bowman se le había aparecido. Lo segundo era casi más fácil de creer que el hecho de que una nave espacial pudiera estar embrujada...

Pero no pudo haber estado soñando cuando las motas de polvo flotante se juntaron y formaron esa imagen espectral de un hombre que debió de haber estado muerto durante muchísimos años. Sin la advertencia que ese fantasma le había hecho (¡con cuánta claridad recordaba que los labios de la aparición estaban inmóviles, y que la voz había salido del altavoz de la consola!), la *Leonov* y todos los que estaban a bordo se habrían vaporizado en la detonación de Júpiter.

—¿Por qué lo hizo? —se preguntó Floyd durante una de las sesiones de sobremesa—. Me he devanado los sesos pensando en eso a lo largo de cincuenta años. Fuera lo que fuese aquello en lo que se convirtió después de salir en la góndola autónoma de la *Discovery* para investigar el monolito, tuvo que seguir conservando algunos lazos con la especie humana; no era por completo extraterrestre. Sabemos que Bowman regresó fugazmente a la Tierra, debido a aquel suceso con la bomba puesta en órbita. Y existen sólidas pruebas de que visitó tanto a su madre como a su antigua novia. Esa no es la manera de actuar de un ente que haya descartado todas las emociones.

—¿Qué supone usted que es *ahora*? —preguntó Willis—. Y en cuanto a eso, ¿*dónde* está?

—Quizá esa última pregunta carezca de sentido... incluso para los seres humanos. ¿Sabe usted dónde reside su conciencia?

—La metafísica me aburre. En alguna parte, en la superficie general de mi cerebro, donde sea.

—Cuando yo era joven, la mía se hallaba alrededor de un metro más abajo. —Mijáilovich suspiró; tenía especial talento para hacer que las discusiones más serias perdieran importancia.

—Supongamos que él esté en Europa; sabemos que hay un monolito allá y que no cabe duda de que Bowman estaba relacionado con él de alguna manera. Recuerden cómo transmitió esa advertencia.

—¿Cree usted que él también transmitió la segunda, en la que decía que nos mantuviéramos alejados?

—La que ahora vamos a pasar por alto…

—… en nombre de una buena causa…

Por lo general, el capitán Smith se contentaba con dejar que la discusión tomara el rumbo que se quisiera. Pero ahora hizo una de sus excepcionales intervenciones.

—Doctor Floyd —dijo, con expresión taciturna—, usted se encuentra en una posición singular y deberíamos aprovecharla. Bowman en una ocasión se desvió de su camino para ayudarle. Si es que todavía se encuentra por aquí, es posible que esté dispuesto a hacerlo de nuevo. Me preocupa mucho esa orden de que no se intenten aterrizajes en Europa. Si Bowman nos pudiera asegurar que fue, digamos, temporalmente suspendida, yo me sentiría mucho más tranquilo.

Hubo varios «Sí, sí» alrededor de la mesa, antes de que Floyd contestara:

—Sí. He estado pensando en esos mismos términos. Ya le he dicho a la *Galaxy* que esté alerta ante cualquier… manifestación, en caso de que Bowman trate de entrar en contacto.

—Por supuesto —dijo Yva—, puede que esté muerto en estos momentos… si es que los fantasmas pueden morir.

Ni siquiera Mijáilovich tuvo un comentario adecuado para esa frase, y aunque Yva comprendió, sin duda, que nadie tenía una elevada opinión de la aportación que ella acababa de hacer, impertérrita, volvió a intervenir:

—Woody, querido, ¿por qué no le haces, sencillamente, una llamada por radio? Para eso está, ¿no?

La idea se le había pasado a Floyd por la cabeza, pero le había parecido demasiado ingenua para tomarla en serio.

—Lo haré —dijo—. No creo que resulte perjudicial.

V. ENTRE LOS ASTEROIDES

42

MONOLITO

Esta vez Heywood Floyd estaba absolutamente seguro de estar soñando...

Nunca había podido dormir bien en condiciones de gravedad cero y en estos momentos la *Universe* se desplazaba en vuelo inercial, sin impulso de los motores, a velocidad máxima. Dentro de dos días empezaría casi una semana de reducción continua de la velocidad, hasta que pudiera producirse el encuentro con Europa.

Aunque se ajustara las correas de fijación innumerables veces, a Floyd siempre le parecía que estaban o demasiado tensas o demasiado flojas; o bien tenía dificultades para respirar, o bien se encontraba flotando fuera de su litera.

En una ocasión se había despertado flotando en mitad de la cabina, y había agitado los brazos como aspas durante varios minutos hasta que, agotado, se las arregló para desplazarse con suavidad a lo largo de los pocos metros que lo separaban de la pared más próxima. No fue sino hasta ese momento cuando recordó que, sencillamente, tendría que haber aguardado; el sistema de ventilación del camarote pronto lo habría succionado hasta la parrilla de aspiración, sin necesidad de esfuerzo alguno por parte suya. En su calidad de viajero espacial experimentado, sabía esto muy bien; su única excusa era haber sido presa de pánico vulgar y corriente.

Pero esa noche se las había arreglado para que todo anduviese bien. Era probable que, cuando volviera a haber peso, tuviese dificultades para readaptarse a esa situación. Había estado en la cama, despierto, durante apenas unos pocos minutos, pensando en la discusión entablada durante la cena, y después se había quedado dormido.

En su sueño, había continuado la conversación de sobremesa. Se habían producido algunos cambios insignificantes, cambios que aceptó sin sorprenderse. A Willis, por ejemplo, le había vuelto a crecer la barba, aunque solo en *uno* de los lados de la cara. Esto, según suponía Floyd, era para apoyar algún proyecto de investigación, si bien le resultaba difícil imaginar el propósito de tal proyecto.

Sea como fuere, Floyd tenía sus propias preocupaciones. Se estaba defendiendo de las críticas del administrador espacial Millson, quien, de forma un tanto sorprendente, se había incorporado al grupito. Floyd se preguntaba cómo habría subido a bordo de la *Universe* (¿podría ser, quizá, que se hubiera ocultado como polizón?). El hecho de que Millson había muerto hacía por lo menos cuarenta años parecía ser mucho menos importante.

—Heywood —estaba diciendo su antiguo enemigo—, la Casa Blanca está sumamente molesta.

—No puedo imaginar el porqué.

—Ese mensaje radial que usted acaba de enviar a Europa, ¿contaba con la autorización del Departamento de Estado?

—No he creído que fuese necesario. Simplemente he solicitado permiso para descender.

—Ah, pero esa es la cuestión. ¿A *quién* se lo ha solicitado? ¿Se trata de un gobierno que cuenta con nuestro reconocimiento? Me temo que todo es muy irregular.

Millson se esfumó, sin dejar de reconvenirlo mientras desaparecía. Estoy muy contento de que esto solo sea un sueño, pensó Floyd. Y ahora ¿qué?

Bueno, debería habérmelo imaginado. «Hola, viejo amigo. Vienes en todos los tamaños, ¿no?» Claro que sí, ni siquiera el TMA-1 podría haberse introducido en mi cabina… y su hermano mayor fácilmente se podría haber tragado la *Universe* de un solo bocado.

El monolito negro se erguía —o flotaba— apenas a dos metros de la litera de Floyd, quien, con un incómodo sobresalto de reconocimiento, se dio cuenta de que el monolito no solo tenía la misma forma sino también el mismo tamaño que una lápida común y corriente. Aunque con frecuencia le habían señalado la semejanza, hasta entonces la incongruencia de la escala había disminuido el impacto psicológico. Ahora, por vez primera, sentía que el parecido era inquietante, incluso siniestro.

«*Sé* que esto no es nada más que un sueño, pero a mi edad, no quiero recordatorios…»

«De todos modos, ¿qué estás haciendo aquí? ¿Traes un mensaje de Dave Bowman? ¿*Eres* Dave Bowman?»

«Bueno, en realidad no esperaba respuesta alguna; no eras muy locuaz en el pasado, ¿no? Pero siempre ocurrían cosas cuando estabas cerca. En Tycho, hace sesenta años, enviaste esa señal a Júpiter para decirles a sus creadores que te habíamos desenterrado. ¡Y mira lo que le hiciste a Júpiter cuando llegamos allá, muchos años después!»

«*¿Qué estás tramando ahora?*»

43

SALVAMENTO

La primera tarea que afrontaron el capitán Laplace y su tripulación —una vez se hubieron acostumbrado a estar en tierra firme— fue la de reorientarse. Todo lo que había en la *Galaxy* estaba colocado al revés.

Las naves espaciales están diseñadas para dos modalidades de operación: con ausencia absoluta de gravedad o, cuando los motores están generando impulso, en una dirección arriba-abajo, a lo largo del eje mayor. Pero ahora la *Galaxy* yacía en posición casi horizontal, y todos los pisos se habían convertido en paredes. Era exactamente como si estuviesen tratando de vivir en un faro que se hubiese derrumbado sobre un costado; cada uno de los muebles tenía que ser cambiado de lugar, y el cincuenta por ciento del equipo, por lo menos, no estaba funcionando de manera adecuada.

Y sin embargo, en cierto sentido esta era una desgracia con suerte, y el capitán Laplace la aprovechó cuanto pudo. Dado que la tripulación estaba tan ocupada reordenando el interior de la *Galaxy* (se dio prioridad a la instalación de las cañerías sanitarias), Laplace no se preocupaba por el estado de ánimo de la gente. En tanto el casco permaneciese estanco y los generadores muónicos continuaran proporcionando energía, los tripulantes no corrían un peligro inmediato; tan solo tenían que sobrevivir veinte días y la salvación llegaría desde los cielos bajo la forma de la *Universe*. Nadie mencionó siquiera la posibilidad de que los poderes desconocidos que regían Europa pudieran oponerse a un segundo descenso. Todo parecía indicar que habían pasado por alto el primero; seguramente no interferirían con una misión misericordiosa...

Europa en sí, no obstante, se mostraba ahora menos cooperativa: mientras la *Galaxy* estuvo a la deriva en mar abierto, prácticamente no se había visto afectada por los temblores que, de manera continua, demolían ese pequeño mundo. Pero ahora que la nave se había convertido en una estructura que permanecía demasiado tiempo en tierra, era sacudida cada pocas horas por perturbaciones sísmicas. De haber tocado tierra en la posición vertical normal, no había duda de que, para estos momentos, estaría volcada.

Más que peligrosos, los temblores eran desagradables, si bien provocaban pesadillas a quienquiera que hubiese experimentado el de Tokio de 2033 o el de Los Ángeles de 2045. No era una gran ayuda saber que seguían un patrón completamente predecible, pues aumentaban hasta alcanzar un nivel de violencia y frecuencia, cada tres días y medio, cuando Ío pasaba oscilando en su órbita interior. Tampoco consolaba demasiado saber que las propias mareas de gravedad de Europa le estaban infligiendo a Ío un daño por lo menos igual.

Después de seis días de trabajo agotador, el capitán Laplace quedó satisfecho de que la *Galaxy* presentara el máximo orden que era posible conseguir dadas las circunstancias. Declaró un día de fiesta —que la mayoría de la tripulación pasó durmiendo— y después trazó un cronograma para el segundo día que iban a pasar en el satélite.

Los científicos, por supuesto, quisieron explorar el nuevo mundo en el que habían ingresado de forma tan inesperada. Según los mapas de radar que Ganimedes les había transmitido, la isla tenía quince kilómetros de largo y cinco de ancho; su elevación máxima era tan solo de cien metros. Alguien había dicho con tono sombrío que no era lo bastante alta como para evitar un tsunami realmente maligno.

Resultaba difícil imaginar un lugar más lúgubre y horrendo. Medio siglo de exposición a los tenues vientos y lluvias de Europa nada había hecho por fragmentar la capa de lava que cubría la mitad de la superficie del satélite, o por ablandar el afloramiento de granito que sobresalía a través de los ríos de roca congelada. Pero ahora era el hogar de los ocupantes de la *Galaxy*, y tenían que encontrarle un nombre.

Las sugerencias sombrías y deprimentes, tales como Hades, Infierno, Averno o Purgatorio fueron firmemente vetadas por el capitán, quien quería un nombre jovial. Un sorprendente y quijotesco tributo a un bravo enemigo se tomó seriamente en cuenta antes de que fuera rechazado por treinta y dos a uno y cinco abstenciones: la isla *no* se llamaría «Tierra de Rosie»...

Al final ganó «Refugio» por unanimidad.

44

ENDURANCE

«La Historia nunca se repite… pero las situaciones históricas vuelven a ocurrir.»

Mientras elaboraba su informe diario para Ganimedes, el capitán Laplace seguía pensando en esa frase. La había citado Margaret M'Bala —que ahora se estaba acercando a casi mil kilómetros por segundo— en un mensaje de aliento enviado desde la *Universe*, mensaje que Laplace transmitió con alegría a sus compañeros de naufragio.

—Por favor, díganle a la señorita M'Bala que su breve lección de historia fue sumamente buena para la moral; no pudo haber pensado en enviarnos un mensaje mejor…

»A pesar del inconveniente que significa tener las paredes y los pisos cambiados de sitio, estamos viviendo en medio del lujo, en comparación con aquellos antiguos exploradores polares. Algunos de nosotros habíamos oído hablar de Ernest Shackleton pero no teníamos idea de la epopeya de la *Endurance*. Haber quedado atrapados en témpanos de hielo durante más de un año; después, pasar el invierno antártico en una cueva; luego, cruzar mil kilómetros de mar en un bote abierto y trepar una cordillera de montañas que no figuraban en los mapas, ¡para alcanzar el asentamiento humano más próximo!

»Y aun así, ese solo fue el comienzo. Lo que nos resulta increíble —e inspirador— es que Shackleton haya regresado cuatro veces para rescatar a sus hombres, que se habían quedado en aquella islita… *¡y que los haya salvado a todos y cada uno de ellos!* Ya se puede imaginar lo que este relato supuso para nuestro estado de ánimo. Espero que nos pueda enviar su libro, a través de reproducción facsimilar, en la próxima transmisión que nos haga. Todos estamos ansiosos por leerlo.

»¡Y qué habría pensado él de *eso*! Sí, nos hallamos en una situación infinitamente mejor que la de cualquiera de esos exploradores de la antigüedad. Resulta casi imposible creer que, hasta bien avanzado el siglo pasado, quedaban completamente aislados del resto de la humanidad una vez que iban más allá del horizonte. Debería darnos vergüenza protestar porque la luz no es suficientemente rápida y no podemos hablar con nuestros amigos en tiempo real, o porque recibir respuestas de la Tierra cuesta un par de horas… *¡Ellos* no tenían contacto durante meses, y a veces, durante años! Una vez más, señorita M'Bala… nuestro sincero agradecimiento.

»Claro está que todos los exploradores de la Tierra tuvieron una sola ventaja considerable, con respecto a nosotros: por lo menos, podían respirar aire. Nuestro equipo de científicos estuvo pidiendo a gritos que se les permitiera ir fuera, y modificamos cuatro trajes espaciales para la realización de AEV de hasta seis horas cada una. Con esta presión atmosférica no se necesitan trajes completos (un cierre hermético a la altura de la cintura es suficiente) y permito que salgan dos hombres cada vez, siempre que se mantengan en contacto visual con la nave.

»Por último, he aquí el informe meteorológico de hoy: presión, doscientos cincuenta barias; temperatura constante, veinticinco grados; viento en ráfagas de hasta treinta vueltas de anemómetro, provenientes del oeste; el habitual cielo nublado, en un ciento por ciento; temblores entre uno y tres, en la escala Richter de extremo abierto…

»Debo decirle que siempre me ha disgustado el sonido de ese "extremo abierto", en especial ahora, cuando Ío está volviendo a ponerse en conjunción…

45

LA MISIÓN

Por lo general, cuando la gente solicitaba verlo en grupo, eso quería decir problemas o, al menos, alguna decisión difícil. El capitán Laplace había observado que Floyd y Van der Berg pasaban mucho tiempo dedicados a fervorosas discusiones, a menudo con el segundo oficial Chang, y era fácil conjeturar de qué estaban hablando. Aun así, la propuesta que le hicieron lo cogió por sorpresa.

—¿Quieren *ir* al monte Zeus en un bote abierto? ¿Acaso ese libro de Shackleton se les ha subido a la cabeza?

Floyd parecía estar ligeramente turbado, pues el capitán había dado en el blanco: *Sur* había sido una inspiración en más de un sentido.

—Aunque pudiéramos construir un bote, señor, el viaje tardaría mucho tiempo… en especial ahora que parece que la *Universe* va a llegar dentro de diez días.

—Y no estoy seguro —agregó Van der Berg— de que me interese navegar en *este* mar de Galilea: no todos sus habitantes pueden haber recibido el mensaje de que no somos comestibles.

—Así que eso solo deja una alternativa, ¿no? Soy escéptico, pero estoy dispuesto a que se me convenza. Prosigan.

—Hemos discutido sobre eso con el señor Chang, y él confirma que se puede hacer, ya que el monte Zeus está solo a trescientos kilómetros de distancia y el transbordador puede volar hasta allí en menos de una hora.

—¿Y encontrar un sitio para descender? Como sin duda recordarán, el señor Chang no tuvo demasiado éxito con la *Universe*.

—No hay problema, señor. El *William Tsung* solo tiene un centésimo de nuestra masa, de manera que es probable que hasta aquel hielo lo hubiera pedido sostener. Hemos estado revisando las videograbaciones y hemos encontrado muchos sitios buenos para el descenso.

—Además —dijo Van der Berg—, el piloto no tendrá una pistola que le esté apuntando. Eso podría ayudar.

—Estoy seguro de que sí. Pero el mayor problema se halla en *este* lado. ¿Cómo van a conseguir que el transbordador salga de su garaje? ¿Pueden montar una grúa? Incluso con esta gravedad sería una carga bastante considerable.

—No hay necesidad de hacer esa maniobra, señor. El señor Chang lo puede sacar volando.

Se produjo un prolongado silencio mientras el capitán Laplace meditaba —desde luego, sin mucho entusiasmo— sobre la idea de que dispararan motores cohete *dentro* de la nave. El pequeño transbordador de cien toneladas *William Tsung* —conocido familiarmente como *Bill T*— estaba diseñado pura y exclusivamente para operaciones en órbita; en general, era sacado de su «garaje» empujándolo con suavidad, y los motores no se encendían hasta que el pequeño vehículo se encontraba bien lejos de la nave madre.

—Es evidente que han planeado todo esto al detalle —dijo el capitán, de mala gana—, pero, ¿qué pasa con respecto al ángulo de despegue? No van a decirme que quieren hacer que la *Universe* gire sobre si misma, de modo que el *Bill T* pueda salir directamente… El garaje está semihundido por un lado; es una suerte que no haya quedado debajo al tocar tierra.

—El despegue se tendrá que hacer a sesenta grados en relación con la horizontal; los impulsores laterales se pueden encargar de eso.

—Si el señor Chang lo dice, no hay duda de que es cierto... pero ¿qué le hará a la nave el disparo de los cohetes?

—Pues arruinará el interior del garaje, pero nunca se volverá a utilizar, de todos modos. Y los mamparos se diseñaron de modo que resistan explosiones accidentales, por lo que no existe el peligro de daños para el resto de la nave. Por si acaso, tendremos preparadas cuadrillas de extinción de incendios.

Era una idea brillante, sin duda alguna. Si funcionaba, la misión no sería un fracaso total. En el transcurso de la semana anterior, el capitán Laplace apenas si había pensado un instante en el misterio del monte Zeus que los había metido en ese brete; lo único que había importado había sido la supervivencia. Pero ahora tenían esperanza —y tiempo— para pensar en lo que iba a suceder. Valdría la pena correr algunos riesgos para descubrir por qué ese pequeño mundo era el foco de tantas intrigas.

VI. REFUGIO

46

EL TRANSBORDADOR

—Esto me recuerda algo —dijo el doctor Anderson—: el primer cohete de Goddard voló alrededor de cincuenta metros. Me pregunto si el señor Chang superará ese récord.

—Será mejor que lo haga… o *todos* tendremos problemas.

La mayor parte del equipo científico se había reunido en la sala de observación. Todo el mundo tenía la mirada ansiosamente clavada en la parte posterior, a lo largo del casco de la nave. Aunque la entrada del garaje no era visible desde ese ángulo, verían al *Bill T* muy pronto, cuando emergiera… si es que lo hacía.

No hubo cuenta atrás; Chang se tomaba su tiempo haciendo todas las comprobaciones posibles, y dispararía los cohetes cuando le pareciera conveniente. El transbordador había sido desprovisto de equipo para dejarlo reducido a su masa mínima, y llevaba propulsor en cantidad apenas suficiente para efectuar cien segundos de vuelo. Si todo salía bien, esa cantidad sería bastante; en caso contrario, más propulsor no solo sería superfluo sino peligroso.

—Ahí vamos —dijo Chang en un tono informal.

Fue casi como un pase de prestidigitación; todo ocurrió tan deprisa que engañó a la vista. Nadie vio al *Bill T* saltar fuera del garaje porque lo ocultó una nube de vapor. Cuando la nube se disipó, el transbordador ya estaba descendiendo doscientos metros más allá.

Un gran «¡Viva!» de alivio resonó por toda la sala.

—¡Lo ha logrado! —gritó el excapitán interino Li—. ¡Ha batido el récord de Goddard, y lo ha hecho con toda facilidad!

Apoyado sobre sus cuatro gruesas patas, en el inhóspito paisaje europeano, el *Bill T* parecía una versión más grande y aun menos elegante de un módulo lunar Apolo. Ese no fue, sin embargo, el pensamiento que se le ocurrió al capitán Laplace mientras miraba desde el puente.

Le pareció que su nave se parecía más a una ballena inmovilizada que se las había arreglado para tener un parto difícil en un medio extraño. Laplace tenía la esperanza de que el nuevo ballenato sobreviviera.

Cuarenta y ocho muy activas horas después, el *William Tsung* había sido cargado y probado en un circuito de diez kilómetros sobre la isla… y ya estaba listo para partir. Todavía quedaba mucho tiempo para cumplir la misión, pues, según las estimaciones más optimistas, la *Universe* no podría llegar hasta al cabo de tres días, y el viaje al monte Zeus —incluso dando tiempo para el despliegue de la extensa colección de instrumentos del doctor Van der Berg— solo duraría seis horas.

No bien el segundo oficial Chang hubo descendido, el capitán Laplace lo llamó a su cabina. Chang pensó que el capitán parecía estar algo intranquilo.

—Buen trabajo, Walter… pero, claro está, eso no es nada más que lo que esperamos que ocurra.

—Gracias, señor. Entonces ¿cuál es el problema?

El capitán sonrió. En una tripulación bien integrada no podía haber secretos.

—La Central, como siempre. Odio decepcionarlo, pero he recibido órdenes de que únicamente el doctor Van der Berg y el segundo oficial Floyd realicen el viaje.

—Entiendo… —respondió Chang, con un deje de amargura—. ¿Qué les ha dicho usted?

—Nada aún. Ese es el motivo por el que deseaba hablar

con usted. Estoy totalmente dispuesto a decirles que usted es el único piloto que puede hacer volar el transbordador.

—Ellos saben que eso es absurdo; Floyd puede hacer el trabajo tan bien como yo. No existe el más mínimo riesgo, salvo algún fallo en el funcionamiento, cosa que le podría ocurrir a cualquiera.

—Y yo sigo dispuesto a arriesgar el pellejo si usted insiste. Después de todo, nadie me puede detener, y todos seremos héroes cuando regresemos a la Tierra.

Era evidente que Chang estaba haciendo algunos cálculos intrincados. Pareció quedar bastante satisfecho con el resultado.

—Reemplazar un par de centenares de kilos de carga útil por propulsor nos brinda una interesante nueva opción. Yo lo hubiera mencionado antes, pero no había modo alguno de que el *Bill T* se hubiera podido arreglar con todo ese equipo adicional y una tripulación completa…

—No me lo diga: la Gran Muralla.

—Por supuesto; podríamos hacer un reconocimiento completo en una sesión o dos y descubrir qué es *en realidad*.

—Creí que teníamos una idea muy buena, y no estoy seguro de que debamos acercarnos a ella. Eso podría significar que estamos abusando de nuestra suerte.

—Tal vez. Pero existe otro motivo que, para algunos de nosotros, es aún más importante que el otro…

—Prosiga.

—*Tsien*. Está solo a diez kilómetros de la Muralla. Nos gustaría dejar caer una guirnalda allí.

Así que *eso* era lo que sus oficiales habían estado discutiendo con tanta solemnidad; no por primera vez, el capitán Laplace deseó haber sabido un poco más de chino mandarín.

—Comprendo —dijo con calma—. Tendré que pensarlo… y hablar con Van der Berg y Floyd, para ver si están de acuerdo.

—¿Y la Central?

—No, maldición. La decisión será mía.

47

FRAGMENTOS

—Es mejor que se apuren —había aconsejado la Central de Ganimedes—. La próxima conjunción va a ser mala; vamos a desencadenar movimientos sísmicos, del mismo modo que lo hará Ío. Y no queremos asustarles, pero a menos que nuestro radar se haya vuelto loco, la montaña de ustedes se ha hundido otros cien metros desde la última vez que fue observada.

A esa velocidad, pensó Van der Berg, Europa volverá a ser plana en un lapso de diez años. ¡Qué deprisa sucedían allí las cosas, en comparación con la Tierra! Esa era una de las razones por la que ese lugar gozaba de tanta popularidad entre los geólogos.

Ahora que su correaje lo mantenía sujeto en la posición número dos, inmediatamente detrás de Floyd y rodeado por consolas de su propio equipo, Van der Berg sintió una curiosa mezcla de excitación y pesar. Dentro de unas horas, la gran aventura intelectual de su vida habría culminado... de una forma o de otra. Ya nada de lo que alguna vez le volviera a ocurrir se podría comparar siquiera.

No tenía el menor asomo de temor; su confianza, tanto en el hombre como en la máquina, era absoluta. Una emoción inesperada fue una irónica sensación de gratitud hacia la difunta Rose McMahon; de no haber sido por ella, él nunca habría tenido esa oportunidad, y habría muerto sumido aún en la incertidumbre.

El excesivamente cargado *Bill T* a duras penas podía habérselas con un décimo de la gravedad en el momento del despegue; no había sido diseñado para esa clase de trabajo, pero se desenvolvería mucho mejor en el trayecto de regreso, cuando hubiera depositado su carga. Pareció que tardaba una eternidad en trepar y alejarse de la *Galaxy*, y los expedicionarios tuvieron tiempo más que suficiente para observar los daños sufridos por el casco, así como las señales de corrosión producida por las ocasionales lluvias, levemente ácidas. Al tiempo que Floyd se concentraba en el despegue, Van der Berg transmitía un rápido informe sobre el estado de la nave espacial desde el punto de mira de un observador privilegiado. Le parecía que hacer eso era lo correcto, aun cuando, con suerte, las aptitudes de la *Galaxy* para navegar por el espacio pronto dejarían de ser motivo de preocupación para todos.

Ahora podían ver todo Refugio, que se extendía por debajo de ellos, y Van der Berg se dio cuenta del brillante trabajo que había realizado el capitán interino Li cuando hizo encallar la nave. Solo había unos pocos sitios donde la *Galaxy* podía haber varado de forma segura; aunque también había intervenido una buena dosis de suerte, Li había aprovechado al máximo los vientos y el ancla de manga cónica.

Las brumas se cerraban en torno a ellos; el *Bill T* estaba ascendiendo según una trayectoria semibalística para hacer mínimo el efecto de retención, y durante veinte minutos no habría nada que ver salvo nubes. Es una lástima, pensó Van der Berg. Estoy seguro de que aquí abajo tienen que estar nadando algunos seres interesantes, y es posible que nadie más llegue a tener la oportunidad de verlos…

—Me preparo para apagar motor —dijo Floyd—. Todo nominal.

—Muy bien, *Bill T.* No hay ningún informe de tráfico a su altura. Sigue siendo todavía el número uno en la pista de aterrizaje.

—¿Quién es ese bromista? —preguntó Van der Berg.

—Ronnie Lim. Aunque no lo crea, eso de «número uno en la pista» se remonta a la Apolo.

Van der Berg pudo entender el porqué, pues no había nada como un toque ocasional de humor —siempre y cuando no se cometieran excesos— para aliviar la tensión cuando los hombres se concentraban en la realización de alguna empresa compleja y quizá arriesgada.

—Quince minutos antes de que empecemos a reducir velocidad —dijo Floyd—, veamos quién más está en el aire.

Puso en actividad el explorador automático, y en la pequeña cabina resonó una sucesión de sonidos cortos y secos y de silbidos, separados por breves silencios que se producían cuando el sintonizador los rechazaba uno tras otro, en su veloz ascenso por el espectro de ondas radiales.

—Tus transmisiones de datos y radiobalizas locales —dijo Floyd—. Estaba esperando… ¡Ah, aquí está!

No era más que un débil tono musical que subía y bajaba con rapidez, como el trémolo de una soprano demente. Floyd lanzó una mirada al medidor de frecuencias.

—Casi ha desaparecido el corrimiento Doppler… Se está reduciendo con rapidez.

—¿Qué es…? ¿Texto?

—Imagen de vídeo lenta, creo. Están transmitiendo mucho material a la Tierra, mediante la gran antena de plato de Ganimedes, cuando se encuentra en la posición correcta. Las emisoras de radio aúllan reclamando noticias.

Escucharon el sonido hipnótico pero carente de significado durante unos minutos; después Floyd lo apagó. Pese a que era incomprensible para sus sentidos desprovistos de la ayuda de equipo especial, la transmisión que se hacía desde la *Universe* sí comunicaba el único mensaje que tenía importancia. La ayuda estaba en camino y pronto estaría allí.

En parte para romper el silencio, pero también porque estaba genuinamente interesado, Van der Berg preguntó como si tal cosa:

—¿Ha hablado con su abuelo recientemente?

«Ha hablado» era, por supuesto, un término incorrecto cuando de distancias interplanetarias se trataba, pero a nadie se le había ocurrido una alternativa admisible. El oralgrama, el audiocorreo y la verbotarjeta habían florecido durante un breve espacio de tiempo para desvanecerse luego en el limbo. Aun ahora, la mayoría de los seres humanos probablemente no creía que la conversación en tiempo real fuese imposible en la tremenda vastedad del Sistema Solar, y de vez en cuando se oían protestas indignadas: «Por qué ustedes los científicos no pueden hacer algo al respecto?».

—Sí —respondió Floyd—. Está muy bien, y tengo ganas de encontrarme con él.

Había una ligera tensión en su voz. Me gustaría saber cuándo se vieron por última vez, pensó Van der Berg. Pero se dio cuenta de que preguntar eso sería una falta de tacto. En lugar de hacerlo, pasó los diez minutos siguientes ensayando con Floyd los procedimientos de descarga y montaje del equipo, de modo que no hubiese innecesarias confusiones cuando tocaran tierra.

La alarma que indicaba DISMINUCIÓN DE VELOCIDAD empezó a sonar apenas una fracción de segundos después de que Floyd hubiera puesto en marcha el dispositivo que establecía el orden de ejecución del programa. Estoy en buenas manos, pensó Van der Berg. Puedo descansar y concentrarme en mi trabajo. ¿Dónde está esa cámara? No me digas que otra vez se ha ido flotando…

Las nubes se estaban disipando. Aunque el radar había mostrado con exactitud lo que había debajo del transbordador, con una imagen tan buena como la que podía brindar la visión normal, sobrecogía ver el frente de la montaña que se alzaba apenas a unos kilómetros por delante de ellos.

—¡Mire! —gritó Floyd de repente—. ¡Hacia la izquierda… al lado de esa cima doble…! ¡Le doy una oportunidad para adivinar!

—Estoy seguro de que usted tiene razón. No creo que hayamos hecho daño alguno… Simplemente, salpicó. Me pregunto dónde dio la otra…

—Altura mil. ¿Qué lugar de descenso? El Alfa no se ve tan bien desde aquí.

—Tiene razón… Pruebe en Gamma. Está más cerca de la montaña, de todos modos.

—Quinientos. Gamma ha de ser. Haré vuelo estacionario durante veinte minutos. Si no le gusta, cambiamos por Beta. Cuatrocientos… Trescientos… Doscientos…

—Buena suerte, *Bill T* —dijo la *Galaxy* brevemente.

—Gracias, Ronnie… Ciento cincuenta… Cien… Cincuenta… ¿Qué le parece? Nada más que unas pocas rocas pequeñas y… Eso es peculiar… Parecen ser cristales rotos, esparcidos por todo el lugar. Alguien ha celebrado una orgía aquí… Cincuenta… Cincuenta… ¿Sigue todo bien?

—Perfecto… Descienda.

—Cuarenta… Treinta… Veinte… Diez… ¿Seguro que no quiere cambiar de opinión…? Diez… Levantamos un poco de polvo, como dijo Neil… ¿O fue Buzz?[6] Cinco… ¡Contacto! Fácil, ¿no? No sé por qué se molestan en pagarme.

---

6. Neil Armstrong y Edward «Buzz» Aldrin, los primeros astronautas que pisaron la Luna, en 1969. (*N. del T.*)

VI. REFUGIO

48

LUCY

—Hola, Central *Gani*. Hemos hecho un descenso perfecto (Chris lo ha hecho, quiero decir) sobre una superficie plana constituida por alguna clase de roca metamórfica; probablemente, el mismo pseudogranito al que hemos bautizado «refugita». La base de la montaña está solo a dos kilómetros de distancia, pero ya les puedo decir que no hay verdadera necesidad de acercarse más…

»Ahora nos estamos poniendo la parte superior de los trajes espaciales y comenzaremos a descargar dentro de cinco minutos. Dejaremos los monitores funcionando, claro, y llamaremos cada cuarto de hora. Cambio y fuera.

—¿Qué quiso decir con eso de que «no hay necesidad de acercarse más»? —preguntó Floyd.

Van der Berg sonrió. En esos últimos minutos parecía haberse sacado años de encima y casi haberse vuelto un muchacho alegre y sin preocupaciones.

—*Circumspice!* —dijo con júbilo—. En latín, quiere decir «Mira a tu alrededor». Saquemos la cámara grande primero… ¡Huy!

El *Bill T* experimentó una repentina sacudida y por un momento subió y bajó rítmicamente sobre los amortiguadores de su tren de aterrizaje con un movimiento que, de haberse prolongado unos segundos más, habría sido ideal para provocar un mareo al instante.

—Ganimedes tenía razón con respecto a esos temblores —dijo Floyd, una vez se hubieron recuperado—. ¿Hay algún peligro grave?

—Probablemente, no. Todavía faltan treinta horas para la conjunción, y esta parece ser una losa de roca sólida. Pero no vamos a perder tiempo aquí... Por suerte, no tendremos necesidad de hacerlo. ¿Mi mascarilla está recta? Creo que no la llevo bien puesta.

—Permítame ajustarle la correa. Así está mejor. Inhale profundamente... Sí, ahora encaja bien. Yo saldré primero.

Van der Berg habría deseado que el suyo hubiese sido ese primer paso, pero Floyd era el comandante y era su deber revisar que el *Bill T* estuviera en buen estado... y listo para un despegue inmediato.

Floyd dio una vuelta alrededor de la pequeña nave espacial para examinar el tren de aterrizaje; después le hizo la señal de «pulgares arriba» a Van der Berg, quien empezó a bajar por la escalerilla para unirse a él. Aunque en su exploración de Refugio había llevado el mismo equipo liviano de respiración autónoma, se sentía un poco desmañado con él, y se detuvo un momento en la plataforma de descenso para hacer algunos ajustes. Después alzó lo cabeza... y vio lo que Floyd estaba haciendo.

—¡No lo toque! —aulló—. ¡Es peligroso!

Floyd dio un salto que lo alejó un metro de los fragmentos de roca vítrea que estaba examinando. Para su ojo inexperto parecían una fundición desafortunada de un gran horno para vidrio.

—No es radiactivo, ¿no? —pregunto con ansiedad.

—No. Pero manténgase apartado hasta que yo llegue ahí. Floyd notó, sorprendido, que Van der Berg llevaba puestos guantes gruesos. En su condición de oficial del espacio, Floyd había tardado mucho tiempo en acostumbrarse al hecho de que allí, en Europa, resultaba seguro exponer la piel desnuda a la atmósfera. En ningún otro sitio del Sistema Solar —ni siquiera en Marte— era posible hacer eso.

Con mucho cuidado, Van der Berg estiró la mano y recogió una larga astilla del material cristalino. Incluso con esa luz difusa centelleaba de extraña manera, y Floyd pudo ver que tenía un filo maligno.

—El cuchillo más afilado del universo conocido —dijo Van der Berg con alegría.

—¡Hemos pasado por todo esto para encontrar un *cuchillo*! Van der Berg empezó a reír, pero se dio cuenta de que no era fácil hacerlo dentro de la mascarilla.

—¿Así que *todavía* no sabe de qué se trata este asunto?

—Estoy empezando a creer que soy el único que no lo sabe.

Van der Berg tomó a su compañero por el hombro y lo hizo girar, de manera que quedase de cara a la inmensa y amenazadora mole del monte Zeus. Desde esa distancia, el monte llenaba la mitad del cielo; no era solamente la mayor sino la *única* montaña de todo ese mundo.

—Admire la vista durante un minuto. Tengo que hacer una llamada importante.

En su comsec, marcó una secuencia en código y esperó a que destellara la luz correspondiente.

—Central Ganimedes Uno Cero Nueve… —dijo—. Aquí, Van. ¿Me reciben?

Después del retraso mínimo, una voz, por supuesto electrónica, respondió:

—Hola, Van. Aquí Central Ganimedes Uno Cero Nueve. Listos para recibir.

Van der Berg se detuvo un instante, paladeando el momento que habría de recordar el resto de su vida.

—Comunicar Tierra Sangría Tío Siete Tres Siete. Transmitir mensaje siguiente: LUCY ESTÁ AQUÍ. LUCY ESTÁ AQUÍ. Fin mensaje. Por favor, repetir.

Quizá le debí haber impedido que dijera eso, sea lo que sea lo que signifique, pensó Floyd, mientras Ganimedes repetía el mensaje. *Pero ya es demasiado tarde. Llegará a la Tierra dentro de una hora.*

—Lamento haber hecho eso, Chris —dijo Van der Berg, con una amplia sonrisa—. He querido establecer una prioridad… entre otras cosas.

—A menos que hable pronto, voy a empezar a trincharlo con uno de estos cuchillos de cristal.

—¡Cristal, en efecto! Bueno, la explicación puede esperar; es absolutamente fascinante, pero bastante complicada. Así que le describiré los hechos sin rodeos.

»El monte Zeus es un solo diamante, con una masa aproximada de un millón, *un millón*, de toneladas. O, si lo prefiere de esta manera, alrededor de dos veces diez, elevado a diecisiete, quilates. Pero no puedo garantizar que todo tenga calidad de gema.

VII. LA GRAN MURALLA

49

SANTUARIO

Mientras descargaban el equipo del *Bill T* y lo disponían sobre la pequeña plataforma de granito en la que habían descendido, a Chris Floyd le resultaba difícil quitar la vista de la montaña que se erguía, imponente, ante ellos. ¡Un solo diamante, mayor que el Everest! ¡Vaya, si los fragmentos dispersos alrededor del transbordador tenían que valer miles de millones, no millones...!

Aunque, por otra parte, podrían no valer más que... Bueno, lo que valen los fragmentos de cristal roto. El valor de los diamantes siempre había sido controlado por los comerciantes y los dueños de las minas, pero si una montaña —en sentido literal— de gemas llegaba de pronto al mercado, resultaba obvio que los precios se derrumbarían por completo. En ese momento Floyd empezó a entender por qué tantas partes interesadas habían concentrado su atención en Europa; las ramificaciones políticas y económicas eran ilimitadas.

Ahora que por lo menos había demostrado su teoría, Van der Berg se había convertido, una vez más, en el aplicado científico que, con el pensamiento puesto en un solo propósito, estaba deseoso de completar su experimento sin sufrir más distracciones.

No resultó fácil conseguir que algunos de los equipos más voluminosos salieran de la estrecha cabina del *Bill T.* Van der Berg y Floyd extrajeron primero una muestra-testigo de un metro de largo mediante un taladro eléctrico portátil, y la trasladaron con sumo cuidado al transbordador.

Floyd habría establecido un conjunto diferente de prioridades, pero reconoció que tenía sentido hacer primero las tareas difíciles. No fue sino hasta después de que tendieron un dispositivo de captación sismográfica y levantaron una cámara panorámica de televisión —montada sobre un trípode bajo y pesado—, que Van der Berg aceptó recoger algunas de las incalculables riquezas que estaban esparcidas alrededor de ellos.

—En última instancia —dijo, mientras seleccionaba con cuidado algunos de los fragmentos menos letales—, servirán de buenos recuerdos.

—A menos que los amigos de Rosie nos asesinen para conseguirlos.

Van der Berg miró con severidad a su compañero. Se preguntaba cuánto sabría Chris en realidad… y hasta qué punto, al igual que todos los demás, estaba haciendo conjeturas.

—No valdría la pena, ahora que el secreto ha sido revelado. Dentro de una hora, más o menos, las computadoras del mercado de valores van a enloquecer.

—¡Bastardo! —exclamó Floyd, más con admiración que con rencor—. Así que ese ha sido el mensaje.

—No hay ley alguna que diga que un científico no pueda obtener algún pequeño provecho colateral… pero les dejo los detalles sórdidos a mis amigos de la Tierra. Con franqueza, estoy mucho más interesado en el trabajo que estoy haciendo aquí. Permítame esa llave inglesa, por favor…

Por tres veces, antes de que hubieran terminado de levantar la estación Zeus, casi fueron derribados por temblores. Los podían sentir, cuando empezaban, como una vibración que se producía bajo los pies; después todo comenzaba a sacudirse… y luego se oía ese horrible quejido, que sonaba como desde muy lejos y que parecía llegar desde todos lados al mismo tiempo. Hasta se transmitía por el aire, que era a Floyd lo que le parecía lo más extraño de todo. No podía habituarse por completo al hecho de que alrededor de ellos había atmósfera suficiente para permitir conversaciones a corta distancia, sin radio.

Van der Berg continuaba asegurándole que los temblores todavía eran bastante inofensivos, pero Floyd había aprendido a no confiar nunca demasiado en los expertos, pese a que era innegable que el geólogo acababa de demostrar, de manera espectacular, que tenía razón. Mientras miraba al *Bill T*, que oscilaba hacia arriba y hacia abajo sobre sus amortiguadores como un barco sacudido por una tormenta, Floyd deseó sinceramente que la suerte de Berg durase algunos minutos más, por lo menos.

—Eso parece ser todo —dijo por fin el científico, para gran alivio de Floyd—. Ganimedes está recibiendo buenos datos en todos los canales. Las baterías durarán años, puesto que el panel solar está para seguir recargándolas.

—Me sorprendería que este equipo siga estando en pie dentro de una semana. Juraría que, desde que hemos descendido, esa montaña ha cambiado de posición. Larguémonos antes de que se desplome sobre nosotros.

—Me preocupa más —dijo Van der Berg, con una carcajada— que el escape de nuestro motor deshaga nuestro trabajo.

—No hay peligro de que eso ocurra. Estaremos bien alejados y, ahora que hemos descargado tanta chatarra, solo vamos a necesitar la mitad de la potencia para despegar… a menos que usted quiera llevar a bordo algunos miles de millones más. O millones de billones.

—No seamos codiciosos. De todos modos, ni siquiera puedo conjeturar cuánto valdrá esto cuando lo llevemos a la Tierra. Los museos se quedarán con la mayor parte, claro. Después de eso… ¿quién sabe?

Los dedos de Floyd volaban sobre el panel de los controles mientras intercambiaba mensajes con la *Galaxy*.

—Primera etapa de la misión, cumplida. *Bill T* listo para despegar. Plan de vuelo según lo acordado.

No se sorprendieron cuando el capitán Laplace preguntó:

—¿Están completamente seguros de que desean seguir adelante? Recuerden: la decisión final es de ustedes. Yo los respaldaré, sea cual sea esa decisión.

—Sí, señor, los dos estamos convencidos. Entendemos cómo se siente la tripulación. Y el rédito científico podría ser enorme… Ambos estamos entusiasmados.

—Esperen un momento. ¡Todavía estamos esperando su informe sobre el monte Zeus!

Floyd miró a Van der Berg, quien se encogió de hombros y después tomó el micrófono:

—Si se lo dijéramos ahora, capitán, pensaría que estamos locos… o que le estamos gastando una broma. Por favor, espere un par de horas, hasta que hayamos regresado… con las pruebas.

—Hummm. No tiene mucho sentido darles una orden, ¿no? De todos modos, buena suerte. Y lo mismo les desea el propietario: cree que ir a la *Tsien* es una excelente idea.

—Sabía que sir Lawrence lo aprobaría —comentó Floyd a su compañero—. Y de cualquier manera, dado que la *Galaxy* ya es una completa pérdida, el *Bill T* no es mucho riesgo adicional, ¿no es así?

Van der Berg comprendía su punto de vista, si bien no lo suscribía del todo. Se había hecho su reputación como científico, pero todavía esperaba poder disfrutarla.

—Oh, a propósito, ¿quién es Lucy…? ¿Alguien en especial?

—No, por lo que yo sé. Nos topamos con ella durante una búsqueda con la computadora, y decidimos que el nombre serviría como código; todo el mundo supondría que tenía algo que ver con Lucifer, lo que es una verdad a medias suficiente como para dar lugar a una divertida confusión.

»He oído decir que hace unos cien años hubo un grupo de músicos que gozaban del favor popular, y que tenían un nombre muy extraño: los Beatles, que se deletrea B-E-A-T-L-E-S, no me pregunte por qué. Ellos escribieron una canción con un título igualmente extraño: «Lucy en el cielo con diamantes». Misterioso, ¿no? Casi como si lo hubiesen sabido...

Según el radar de Ganimedes, los restos de la *Tsien* se hallaban a trescientos kilómetros al oeste del monte Zeus, en dirección a la llamada Zona del Crepúsculo y a las tierras frías que se encontraban más allá. Estaban permanentemente frías, pero no oscuras, ya que la mitad del tiempo estaban brillantemente iluminadas por el distante Sol. Sin embargo, incluso al culminar el largo día solar europeo, la temperatura seguía estando muy por debajo del punto de congelación. Como el agua líquida solo podía existir en el hemisferio que miraba a Lucifer, la región intermedia era un lugar de continuas tormentas, en las que la lluvia y el granizo, la nevisca y la nieve competían por la supremacía.

A lo largo del medio siglo transcurrido desde el desastroso descenso de la *Tsien*, la nave se había desplazado casi mil kilómetros. Debía de haber flotado a la deriva —al igual que la *Galaxy*— durante varios años, en el recientemente creado mar de Galilea, antes de venir a descansar en la inhóspita costa de este mar europeo.

Floyd captó el eco del radar en cuanto el *Bill T* adoptó la posición horizontal de vuelo, al final de su segundo tramo del viaje a través de Europa. La señal era sorprendentemente débil, tratándose de un objeto tan grande. Al dejar atrás las nubes, se dieron cuenta del porqué.

Las ruinas de la cosmonave *Tsien*, el primer vehículo tripulado por seres humanos que había descendido en un satélite de Júpiter, se encontraban en el centro de un pequeño lago circular que, por supuesto, era artificial y estaba conectado, mediante un canal, con el mar, situado a menos de tres kilómetros de distancia. Solo quedaba el esqueleto, y ni siquiera estaba completo: el armazón se había quedado desnudo.

Pero ¿por acción de *qué*?, se preguntó Van der Berg. Allí no había señales de vida: el lugar tenía el aspecto de haber estado desierto durante años. Y aun así, el geólogo no tenía la menor duda de que *algo* había desmantelado los restos de la nave, con precisión deliberada y en realidad casi quirúrgica.

—Desde luego, es seguro para descender —dijo Floyd, y aguardó unos segundos hasta obtener el casi distraído asentimiento de Van der Berg, dado con una leve inclinación de cabeza. El geólogo ya estaba grabando en cinta magnetovideofónica todo lo que había a la vista.

El *Bill T* se asentó sin esfuerzo al lado del estanque, y ambos miraron, al otro lado del agua fría y oscura, ese monumento a los impulsos exploradores del hombre. No parecía existir una manera conveniente de llegar hasta allí, pero eso en realidad no importaba.

Tras ponerse los trajes, llevaron la guirnalda hasta el borde del agua, la sostuvieron un instante frente a la cámara, con solemnidad, y después lanzaron ese tributo que rendía la tripulación de la *Galaxy*. La guirnalda era muy hermosa; a pesar de que las únicas materias primas disponibles eran papel común, papel metalizado y plástico, fácilmente se podría haber creído que las flores y hojas eran verdaderas. Alrededor de ellas, prendidas con alfileres, había notas e inscripciones, muchas escritas en la ahora oficialmente obsoleta forma manuscrita.

Mientras caminaban de vuelta al *Bill T*, Floyd dijo con aire pensativo:

—¿Lo ha visto? Prácticamente no quedaba metal. Solo vidrio, plásticos y productos sintéticos.

—¿Y qué me dice de esas cuadernas y de esos largueros de sostén?

—Material compuesto… principalmente, boro y carbono. Alguien de estos alrededores tiene mucha hambre de metal… y lo reconoce cuando lo ve. Interesante…

Muy interesante, pensó Van der Berg. En un mundo en el que el fuego no pudiera existir, los metales y aleaciones serían casi imposibles de fabricar, y serían tan preciosos como… bueno, como los diamantes…

Una vez Floyd se hubo comunicado con la base y hubo recibido un mensaje de agradecimiento del segundo oficial Chang y de sus colegas, hizo que el *Bill T* ascendiera hasta mil metros y prosiguió hacia el oeste.

—Último tramo —dijo—. No tiene sentido subir más. Vamos a estar allí dentro de diez minutos. Pero no aterrizaremos; si la Gran Muralla es lo que creo que es, preferiría no hacerlo. Haremos un rápido vuelo de aproximación y nos dirigiremos a casa. Tenga listas las cámaras; esto podría ser aún más importante que el monte Zeus.

Y es posible que pronto sepa qué sintió el abuelo Heywood, no muy lejos de aquí, hace cincuenta años, pensó. Tendremos mucho de que hablar cuando nos encontremos… dentro de menos de una semana, si todo sale bien.

50

CIUDAD ABIERTA

Qué sitio tan terrible, pensó Chris Floyd. No hay más que una nevisca violenta, ráfagas de nieve y atisbos ocasionales de paisajes veteados de hielo… ¡Refugio era un paraíso tropical, comparado con esto! Y sin embargo, Floyd sabía que en lado nocturno, tan solo a unos centenares de kilómetros más sobre la curva de Europa, las condiciones eran todavía peores.

Ante su sorpresa, las condiciones climáticas mejoraron súbita y completamente justo antes de que llegaran a su objetivo. Las nubes se elevaron… y allí delante vieron una muralla negra, inmensa, de casi un kilómetro de altura, que se extendía en línea recta a través de la trayectoria del vuelo del *Bill T.* Era tan enorme que resultaba obvio que estaba produciendo su propio microclima; los vientos predominantes se veían obligados a desviarse en torno a ella, y dejaban a sotavento una zona de calma local.

Al instante fue reconocible como el Monolito. Protegidas a sus pies, había centenares de estructuras semiesféricas que fulguraban con una luz de color blanco espectral bajo los rayos del sol —situado no muy alto sobre el horizonte— que tiempo atrás había sido Júpiter. Parecen exactamente colmenas como las de antes, hechas con nieve, pensó Floyd. Algo en su aspecto evocó otros recuerdos de la Tierra. Van der Berg llevaba un salto de ventaja a Floyd.

—Iglúes —dijo—. Para el mismo problema, la misma solución. Por aquí no hay otro material de construcción, salvo roca, que sería mucho más difícil de trabajar. Y la poca gravedad tiene que ayudar: algunas de esas cúpulas son bastante grandes. Me pregunto quién vive en ellas…

Todavía estaban demasiado lejos como para ver cosa alguna que se moviera en las calles de esa pequeña ciudad, en el borde del mundo. A medida que se aproximaban, advirtieron que no había calles.

—Es Venecia, hecha con hielo —dijo Floyd—. Solo hay iglúes y canales.

—Anfibios —dijo Van der Berg—. Era de esperar. Me pregunto dónde están.

—Puede ser que los hayamos asustado. *Bill T* es mucho más ruidoso por fuera que por dentro.

Durante unos instantes, Van der Berg estuvo demasiado ocupado filmando e informando a la *Galaxy*, para responder. Después, dijo:

—No es posible que nos vayamos sin establecer algún contacto. Y usted tenía razón: esto es mucho más grandioso que el monte Zeus.

—Y podría ser más peligroso.

—No veo señal alguna de tecnología avanzada… ¡Corrección! Eso que está allí se parece al plato de un antiguo radar del siglo xx. ¿Se puede acercar más?

—¿Y que nos disparen? No, gracias. Además, estamos consumiendo nuestro tiempo de vuelo estático. Solo otros diez minutos… si quiere que podamos regresar a casa.

—¿No podemos al menos descender y echar un vistazo a los alrededores? Hay un bloque de roca descubierta, por ahí. ¿Dónde diablos está toda la gente?

—Asustada, como yo. Nueve minutos. Haré un solo viaje a través de la ciudad. Filme todo lo que pueda. Sí, *Galaxy*, estamos bien. Solo que muy ocupados, por el momento. Llamaremos más tarde.

—Me acabo de dar cuenta de que eso no es un radar sino

algo casi igual de interesante. Está apuntando en línea recta hacia Lucifer... ¡Es un horno solar! Tiene muchísimo sentido en un sitio donde el sol nunca cambia de posición... y no se puede encender fuego.

—Ocho minutos. ¡Qué lástima que todos estén escondidos en sus casas!

—O que hayan vuelto a meterse en el agua. ¿Podemos examinar ese edificio grande, el que está rodeado por un espacio abierto? Creo que es el ayuntamiento.

Van der Berg estaba señalando una estructura mucho más grande que todas las demás, y de diseño completamente distinto. Era un conjunto de cilindros verticales que parecían enormes tubos de órgano. Por añadidura, esa estructura no era de un blanco uniforme, como los iglúes, sino que sobre su superficie exhibía un complejo jaspeado.

—¡Arte europeo! —chilló Van der Berg—. ¡Ese es algún tipo de mural! ¡Más cerca, más cerca! ¡*Tenemos* que conseguir un registro!

Obediente, Floyd dejó que la nave cayera más bajo... más bajo... y más bajo. Parecía haberse olvidado por completo de todas sus reservas anteriores con respecto al tiempo de vuelo estático; y de pronto, preocupado e incrédulo, Van der Berg se dio cuenta de que iba a descender.

El científico levantó su mirada del suelo, que se les acercaba con rapidez, y contempló al piloto. Aunque era obvio que todavía seguía teniendo pleno control del *Bill T*, Floyd parecía estar hipnotizado; tenía la vista clavada en un punto fijo, justo al frente del descendente transbordador.

—¿Qué pasa, Chris? —gritó Van der Berg—. ¿Sabe lo que está haciendo?

—Por supuesto. ¿No alcanza a verlo?

—¿A quién?

—A ese hombre, al que está parado al lado del cilindro de mayor tamaño. *¡Ese hombre no lleva ningún equipo de respiración!*

—¡No sea idiota, Chris! ¡No hay nadie ahí!

—Nos está mirando. Está agitando la mano… Creo que lo reconozco… ¡Oh, Dios mío!

—¡No hay nadie… nadie! ¡Elevémonos!

Floyd lo ignoró por completo. Pero estaba absolutamente calmado y se comportó como un profesional cuando hizo que el *Bill T* descendiera de manera perfecta y cuando apagó el motor, en el instante preciso que precedió a la toma de contacto con tierra.

De forma muy concienzuda, revisó las lecturas que daban los instrumentos y encendió los interruptores de seguridad. Solo cuando hubo completado la secuencia de descenso volvió a mirar por la ventanilla de observación. Su rostro mostraba una expresión de perplejidad y felicidad al mismo tiempo.

—Hola, abuelo —dijo con dulzura a nadie a quien Van der Berg pudiese ver.

51

EL FANTASMA

Ni aun en sus pesadillas más horribles, el doctor Van der Berg había jamás imaginado que alguna vez se encontraría varado en un mundo hostil, dentro de una diminuta cápsula espacial, y con la sola compañía de un demente. Pero por lo menos Chris Floyd no parecía ser violento; quizá, con tacto, lo podría convencer de que volviera a despegar y que los llevara de vuelta de manera segura a la *Galaxy*...

Todavía seguía con la mirada fija en la nada y, de vez en cuando, sus labios se movían, como si estuviera manteniendo una conversación silenciosa. La ciudad europea continuaba completamente desierta, y casi se podía imaginar que había estado abandonada durante siglos. Al cabo de poco, sin embargo, Van der Berg observó algunas señales reveladoras de la presencia reciente de habitantes. Aunque los cohetes del *Bill T* habían hecho desaparecer la delgada capa de nieve en una zona inmediatamente circundante a la nave, el resto de la pequeña plaza todavía estaba un poco cubierto de polvo. Era como una página arrancada de un libro, repleta de signos y jeroglíficos... algunos de los cuales el geólogo pudo descifrar.

Habían arrastrado un objeto pesado en aquella dirección... o bien algo se había abierto camino en forma desmañada, desplazándose por sí mismo. Desde la ahora cerrada entrada de uno de los iglúes, salía la inconfundible huella de un vehículo con ruedas. A una distancia demasiado grande como para discernir los detalles, había un objeto pequeño, que pudo haber sido un recipiente desechado; a lo mejor, los europeos eran, a veces, tan descuidados como los seres humanos...

La presencia de vida era inconfundible, avasalladora. Van der Berg sentía que lo observaban mil ojos —u otros órganos sensoriales— y que no había manera de saber si las mentes que había tras esos ojos eran amistosas u hostiles. Hasta podrían ser indiferentes, y que simplemente esperaran que los intrusos se fueran para poder continuar con su interrumpida y misteriosa actividad.

En ese momento, Chris habló, una vez más, al vacío:

—Adiós, abuelo —dijo con calma y con un leve dejo de tristeza. Se volvió hacia Van der Berg y en un tono normal de conversación añadió—: Dice que es hora de que nos vayamos. Supongo que usted debe de creer que estoy loco.

Van der Berg consideró que lo más sensato era no mostrarse de acuerdo. En cualquier caso, pronto tendría algo más de que preocuparse.

Ahora Floyd contemplaba con ansiedad las lecturas que le estaba suministrando la computadora del *Bill T.* Al cabo de un rato dijo en un comprensible tono de disculpa:

—Lamento lo sucedido, Van. Ese descenso ha consumido más combustible del que yo me proponía usar, así que tendremos que alterar el perfil de la misión.

Van der Berg pensó con pesimismo que esa era una forma bastante indirecta de decirle que no podían regresar a la *Galaxy.* Con dificultad, se las arregló para reprimir un «¡Mal rayo lo parta a tu abuelo!», y se limitó a preguntar:

—Entonces ¿qué haremos?

Floyd estaba estudiando la carta de navegación, e introduciendo más números en la computadora.

—No podemos quedarnos aquí.

¿Por qué no?, pensó Van der Verg. Si vamos a morir de todos modos, podríamos emplear nuestro tiempo aprendiendo todo cuanto podamos.

—Así que deberíamos encontrar un sitio en el que el transbordador de la *Universe* nos pueda recoger con facilidad —añadió Floyd.

Van der Berg lanzó un enorme suspiro mental de alivio. ¡Qué estúpido había sido al no haber pensado en eso! Se sentía como un condenado a muerte que hubiese recibido el indulto justo cuando era llevado al patíbulo. La *Universe* debía de llegar a Europa en menos de cuatro días, y aunque las comodidades del *Bill T* difícilmente podrían ser calificadas de sibaríticas, eran mil veces preferibles a la mayoría de las alternativas que Van der Berg podía imaginar.

—Lejos de este clima inmundo, en una superficie estable y plana y más cerca de la *Galaxy* (aunque no estoy seguro de que eso sirva de mucho), no debe de constituir problema alguno. Tenemos suficiente para recorrer quinientos kilómetros... Solo que no podemos arriesgarnos a cruzar el mar.

Durante unos instantes, Van der Berg pensó con avidez en el monte Zeus. ¡Había tanto que se podía hacer allá! Pero las perturbaciones sísmicas —que estaban empeorando sin cesar a medida que Ío se alineaba con Lucifer— lo descartaban por completo. Van der Berg se preguntaba si sus instrumentos seguirían funcionando. Los revisaría otra vez, en cuanto hubiesen abordado el problema inmediato.

—Volaré bajando por la costa, hasta el Ecuador. Es el mejor sitio, de todos modos, para hacer un descenso con el transbordador. El mapa de radar mostró algunas zonas lisas casi tierra adentro, aproximadamente a los sesenta oeste.

—Ya sé: la meseta Masada.

«Y quizá la posibilidad de explorar un poco más. Nunca hay que perder una oportunidad inesperada ...», agregó Van der Berg para sus adentros.

—Será la meseta, pues. Adiós, Venecia. Adiós, abuelo...

Cuando el sordo rugido de los cohetes de frenado se hubo extinguido, Chris Floyd puso los circuitos de disparo en modo seguro, por última vez, se soltó el cinturón de seguridad y estiró los brazos y las piernas cuanto pudo, dado el reducido espacio del *Bill T*.

—No es un mal paisaje… para ser Europa —dijo con alegría—. Ahora tenemos cuatro días para descubrir si las raciones del transbordador son tan malas como afirman. Así que… ¿cuál de los dos empieza a hablar primero?

52

EN EL DIVÁN

Ojalá hubiera estudiado psicología, pensó Rolf Van der Berg, entonces podría explorar los parámetros de la alucinación de Floyd. Y sin embargo, ahora parece ser completamente normal... salvo por ese asunto en particular.

Aunque ninguno de los asientos resultaba cómodo en condiciones de un sexto de gravedad, Floyd había inclinado el suyo hasta adoptar una posición totalmente reclinada, y había entrelazado las manos detrás de la cabeza. De repente, Van der Berg recordó que esa era la posición clásica que adoptaba el paciente en la época del antiguo y aún no del todo desacreditado análisis freudiano.

Le alegraba que fuera Floyd quien hablara primero, en parte debido a pura curiosidad, pero sobre todo porque tenía la esperanza de que cuanto antes Floyd se sacara esa tontería de la mente, más pronto se curaría... o, por lo menos, se volvería inofensivo. Pero no se sentía demasiado optimista: tenía que haber existido algún problema grave, profundamente enraizado, para que se desencadenara una alucinación tan poderosa.

Era muy desconcertante descubrir que Floyd coincidía con él por completo, y que ya había hecho su propio diagnóstico:

—La clasificación que el psiquiatra de la tripulación me dio es A.1 más —dijo—, lo que significa que hasta me permiten mirar mis propios legajos. Solo un diez por ciento de nosotros puede hacer eso. Por eso estoy tan desconcertado como usted… Pero *he visto* a mi abuelo, y él me ha hablado. Nunca he creído en fantasmas —¿quién cree?—, aunque esto debe de significar que ha muerto. Ojalá hubiera podido llegar a conocerlo mejor; esperaba con alegría nuestro encuentro… Sin embargo, ahora tengo algo que recordar…

Al cabo de un rato, Van der Berg le pidió:

—Dígame, con *exactitud,* qué le ha dicho.

Chris esbozó una leve sonrisa y respondió:

—Nunca he tenido una memoria de esas que pueden recordarlo todo, y además, he quedado tan atontado por el asunto en sí que no le puedo repetir muchas de las palabras que se han dicho en realidad. —Hizo una pausa y un gesto de concentración apareció en su rostro—. Es extraño: ahora que echo una mirada retrospectiva, no creo que, en verdad, hayamos empleado palabras.

Aún peor: telepatía, así como supervivencia después de la muerte, pensó Van der Berg. Pero se limitó a decir:

—Bueno, exponga lo sustancial de la… conversación. En ningún momento le he oído a usted decir *algo,* recuerde.

—Es cierto. Me ha dicho algo así como: «Quería volver a verte, y me siento feliz. Estoy seguro de que todo va a salir bien y de que la *Universe* pronto te va a recoger».

Típico mensaje de un espíritu, pensó Van der Berg. Nunca dicen algo útil o sorprendente… Solo reflejan las esperanzas y los temores de quien los escucha. La información nula reverbera desde el subconsciente…

—Prosiga.

—Después le he preguntado dónde estaba toda la gente, por qué el lugar se halla tan desierto. Se ha reído y me ha dado una respuesta que sigo sin entender. Ha dicho algo así como: «Sé que no intentabas hacer nada malo, pero cuando os hemos visto venir, a duras penas hemos tenido tiempo de dar la alarma. Todos los…» (y aquí ha empleado una palabra que no podría pronunciar, incluso si la pudiera recordar) «... se han metido en el agua... ¡Se pueden mover muy rápido cuando necesitan hacerlo! No van a salir hasta que os hayáis ido y el viento haya disipado el veneno». ¿Qué puede haber querido decir con eso? Nuestro escape es vapor agradable y limpio... y, de todos modos, de eso es de lo que se compone la mayor parte de su atmósfera.

Bueno, pensó Van der Berg, supongo que no hay ninguna ley que diga que una alucinación —al igual que un sueño— tenga que seguir la lógica. Quizá el concepto de veneno simboliza algún temor profundamente enraizado que Chris, a pesar de su excelente clasificación psicológica, es incapaz de afrontar. Sea lo que sea, dudo de que me concierna. ¡Veneno, vaya! La masa propulsora del *Bill T* es agua pura y destilada, puesta en órbita desde Ganimedes... Un momento... ¿A qué temperatura está cuando sale del escape? Me parece haber leído...

—Chris —dijo Van der Berg, con cautela—, después de que el agua pasa por el reactor, ¿sale toda como vapor?

—¿Qué otra cosa podría hacer? Ah, sí, si la temperatura es realmente elevada, un diez o un quince por ciento se desdobla en hidrógeno y oxígeno.

¡Oxígeno! Van der Berg sintió un súbito escalofrío, aun cuando el transbordador mantenía una cómoda temperatura ambiente. Era sumamente improbable que Floyd entendiera las inferencias de lo que acababa de decir; ese tipo de conocimientos estaba fuera de su esfera normal de idoneidad.

—¿Sabía, Chris, que para los organismos primitivos de la Tierra —y, sin lugar a dudas, para los seres que viven en una atmósfera como la de Europa—, el oxígeno es un veneno letal?

—Está bromeando.

—No estoy bromeando. Hasta es venenoso para *nosotros*, a una presión elevada.

—Eso sí lo sabía. Nos lo enseñaron en el curso de buceo.

—Su… abuelo… sabía lo que decía. Es como si hubiéramos rociado la ciudad con gas mostaza. Bueno, no tan malo como eso… se dispersaría con mucha rapidez.

—Así que ahora me cree.

—Nunca he dicho que no le creyera.

—¡Habría estado loco si lo hubiera hecho!

Eso quebró la tensión, y ambos rieron.

—No me ha dicho qué llevaba puesto.

—Una bata anticuada, como las que yo recordaba de cuando era niño. Parecía muy cómoda.

—¿Algún otro detalle?

—Ahora que lo menciona, mi abuelo parecía mucho más joven y tenía más cabello que cuando lo vi por última vez. Así que no creo que fuera… ¿Cómo podría expresarlo…? No creo que fuera real. Debió de ser algo así como una imagen generada por computadora. O un holograma sintético.

—¡El monolito!

—Sí, eso es lo que he pensado. ¿Recuerda cómo Dave Bowman se le apareció a mi abuelo en la *Leonov*? A lo mejor, ahora es *su* turno. Pero ¿por qué? No me ha hecho ninguna advertencia, ni siquiera me ha dado algún mensaje particular. Solo ha querido decirme adiós y desearme suerte…

Durante unos embarazosos instantes, el rostro de Floyd empezó a contraerse por la emoción; después recuperó el control y sonrió a Van der Berg.

—Ya he hablado bastante. Ahora es su turno de explicar qué está haciendo, exactamente, un diamante de millones de toneladas, en un mundo compuesto, de modo principal, por hielo y azufre. Será mejor que la explicación sea buena.

—Lo es —dijo el doctor Rolf van der Berg.

53

LA OLLA A PRESIÓN

—Cuando estudiaba en Flagstaff —empezó a explicarse Van der Berg—, di en cierta ocasión con un antiguo libro de astronomía, en el que leí: «El sistema Solar consiste en el Sol, Júpiter... y diversos escombros». Pone a la Tierra en su lugar, ¿no? Y no es del todo justo con Saturno, Urano y Neptuno, los otros tres gigantes gaseosos que representan casi la mitad de lo que constituye Júpiter.

»Pero será mejor que empiece con Europa. Como usted sabe, era hielo plano antes de que Lucifer la empezara a caldear (la elevación topográfica máxima es solo de un par de centenares de metros) y no fue muy diferente después de que el hielo se derritiera y mucha agua se trasladara al lado nocturno y se congelara allí. Desde 2015 (cuando comenzaron nuestras observaciones detalladas) hasta 2038, en toda esa luna solo hubo un punto elevado... y sabemos cuál era.

»No hay duda de que lo sabemos. Pero aun cuando lo vi con mis propios ojos, ¡todavía no me puedo imaginar el monolito como una *muralla*! Siempre me lo imagino erecto... o flotando libremente en el espacio.

»Creo que aprendimos que puede hacer cualquier cosa que desee, cualquier cosa que podamos imaginar... y mucho más.

»Bueno, algo ocurrió en Europa en 2037, entre una observación y la siguiente. El monte Zeus (¡de no menos de diez kilómetros de alto!) apareció de forma repentina.

»Los volcanes de ese tamaño no aparecen en un par de semanas; además, Europa no es en absoluto tan activa como Ío.

—Es suficientemente activa, para mi gusto —refunfuñó Floyd—. ¿Sintió *ese*?

—Además —prosiguió Van der Berg—, si hubiera sido un volcán, habría arrojado enormes cantidades de gas a la atmósfera; hubo algunos cambios, pero nada que fuera suficiente como para justificar esa explicación. Todo era un absoluto misterio y, debido a que temíamos acercarnos demasiado (y estábamos ocupados en nuestros propios proyectos), no hicimos mucho, salvo hilar teorías fantásticas. Ninguna, como se vería después, tan fantástica como la verdad...

»Tuve la primera sospecha a partir de una observación casual que hice en 2057; pero realmente no la tomé en serio durante un par de años. Después, las pruebas adquirieron más peso; para algo que hubiera sido menos fantástico, las pruebas habrían sido por completo convincentes.

»Pero antes de que pudiera creer que el monte Zeus estaba hecho de diamante, tuve que hallar una explicación. Para un buen científico (y creo que lo soy), ningún hecho es merecedor de respeto hasta que haya una teoría que dé razón de él. La teoría puede resultar errónea (suele serlo, en algunos detalles, por lo menos) pero tiene que brindar una hipótesis de trabajo.

»Y como usted señaló, un diamante de millones de toneladas en un mundo de hielo y azufre exige una pequeña explicación. Desde luego, *ahora* es perfectamente obvia y me siento como un maldito tonto por no haber hallado la respuesta hace años. Me podría haber ahorrado muchos problemas (y por lo menos una vida) si la hubiera hallado.

Hizo una pausa, meditativo; después, de pronto preguntó a Floyd:

—¿Alguna vez alguien le mencionó al doctor Paul Kreuger?

—No. ¿Por qué habrían de hacerlo? He oído hablar de él, claro.

—Me lo preguntaba, tan solo. Han estado ocurriendo muchas cosas, y dudo que alguna vez conozcamos todas las respuestas.

»De todos modos, ya no es un secreto, así que no importa. Hace dos años envié un mensaje confidencial a Paul. Oh, lo siento, debería habérselo dicho, es mi tío. Junto con el mensaje le envié un resumen de mis descubrimientos. Le preguntaba si los podía explicar… o refutar.

»No tardó mucho, dado todo el banco de datos que tiene al alcance de la mano. Por desgracia, fue descuidado, o bien alguien le había intervenido la red… Estoy seguro de que sus amigos, los suyos, quienesquiera que sean, en estos momentos tienen una idea clara de quién fue.

»En dos días él exhumó un trabajo de ochenta años de antigüedad, publicado en la revista científica *Nature*, que por aquel entonces todavía se imprimía en papel. Allí se explicaba todo. Bueno, casi todo.

»El artículo lo había escrito un hombre que trabajaba en uno de los laboratorios más grandes de Estados Unidos (de Norteamérica, claro; los EUSA no existían en aquella época). Era un lugar donde se diseñaban armas atómicas, así que sabían bastante sobre temperaturas y presiones elevadas…

»No sé si el doctor Ross (ese era su nombre) tuvo algo que ver con las bombas, pero sus antecedentes científicos deberían haberle hecho pensar en las condiciones imperantes en lo más profundo de los planetas gigantes. En ese trabajo de 1984, perdón, de 1981… A propósito, tiene menos de una página de extensión… Bueno, en ese trabajo, hizo algunas sugerencias muy interesantes.

»Señaló que en los gigantes gaseosos existen cantidades ingentes de carbono, bajo la forma de metano, CH_4. ¡Hasta el diecisiete por ciento de la masa total! Calculó que debido a las presiones y temperaturas que hay en el núcleo planetario (*millones* de atmósferas), el carbono se separaría, se hundiría hacia el centro y (lo adivinó) *cristalizaría*. Era una teoría atractiva, aunque no creo que Ross soñara siquiera con que hubiera una esperanza de ponerla a prueba…

»Así que esa es la primera parte del relato. En algunos aspectos, la segunda parte es aún más interesante. ¿Qué le parece si tomamos un poco más de café?

—Aquí tiene. Y creo que ya he adivinado la segunda parte: por supuesto, tiene algo que ver con la explosión de Júpiter.

—No la explosión, la *implosión*. Júpiter sencillamente se desplomó sobre sí mismo. En cierto sentido, fue como la detonación de una bomba termonuclear, con la diferencia de que el nuevo estado fue estable… de hecho, un minisol.

»Ahora bien: durante las implosiones, ocurren cosas muy extrañas; es casi como si los pedazos pasaran unos *a través* de otros y salieran por el otro lado. Fuera cual fuese el mecanismo, un trozo del núcleo diamantino, del tamaño de una montaña, se disparó hasta ponerse en órbita.

»Debió de dar cientos de revoluciones (pues lo perturbaron los campos de gravedad de todos los satélites) antes de que terminara en Europa. Y las condiciones debieron de ser exactamente las correctas: uno de los cuerpos tuvo que haber dado alcance al otro, de manera que la velocidad de impacto fuera tan solo de un par de kilómetros por segundo. Si hubiesen chocado de frente… Bueno, ahora podría no haber existido una Europa, ¡y mucho menos un monte Zeus! Y yo, a veces, tengo pesadillas al pensar que muy bien nos pudo haber caído a nosotros, en Ganimedes…

»La nueva atmósfera también puede haber amortiguado el choque; aun así, la colisión debió de ser espantosa. Me pregunto qué les hizo a nuestros amigos europeanos. No hay duda de que desencadenó toda una serie de perturbaciones tectónicas… que todavía continúan.

—Y políticas —dijo Floyd—. Estoy empezando a ver la importancia de algunas de ellas. Con razón los EUSA están preocupados.

—Entre otros…

—Pero ¿por qué alguien habría de imaginarse seriamente que podría llegar a conseguir esos diamantes?

—Nosotros no lo hicimos tan mal —respondió Van der Berg, haciendo un gesto hacia la parte posterior del transbordador—. Sea como sea, el mero efecto *psicológico* que tendría sobre el mercado sería atroz. Esa es la causa de que tanta gente estuviera ávida por saber si era cierto o no.

—Y ahora que lo saben, ¿qué pasará?

—Ese no es mi problema, a Dios gracias. Pero tengo la esperanza de haber hecho una considerable contribución al presupuesto de Ganimedes para investigaciones científicas.

«Así como al mío propio», añadió para sí mismo.

VII. LA GRAN MURALLA

54

LA REUNIÓN

—¿Qué demonios te hizo pensar que yo estaba muerto? —gritó Heywood Floyd—. ¡Hace años que no me siento mejor!

Paralizado por el asombro, Chris Floyd se quedó con la mirada fija en la rejilla del altavoz. Se sentía más animado, pero al mismo tiempo, le dominaba una sensación de ira. Alguien —o algo— le había gastado una broma cruel, pero ¿por qué inimaginable razón?

A cincuenta millones de kilómetros de distancia —y acercándose varios centenares cada segundo que transcurría— Heywood Floyd también parecía ligeramente indignado. Pero también se le notaba vigoroso y alegre, y su voz irradiaba la evidente felicidad que sentía al saber que Chris estaba sano y salvo.

—Y tengo buenas noticias para ti; el transbordador os va a recoger a vosotros primero. Dejará caer algunos suministros médicos urgentes en la *Galaxy*, y luego os recogerá para que os reunáis con nosotros en la próxima órbita. La *Universe* descenderá cinco órbitas después; podrás saludar a tus amigos cuando suban a bordo.

»Nada más, por ahora... salvo decirte cuánto deseo que llegue el momento de encontrarme contigo para compensar el tiempo perdido. En espera de tu respuesta dentro de... veamos... unos tres minutos...

Durante unos momentos, hubo completo silencio a bordo del *Bill T*; Van der Berg no se atrevía a mirar a su compañero. Después Floyd pulsó la tecla del micrófono y dijo con lentitud:

—Abuelo… qué maravillosa sorpresa. Todavía estoy conmocionado. Pero sé que me he encontrado contigo aquí, en Europa… Sé que me has dicho adiós. Estoy tan seguro de eso como estoy seguro de que me has estado hablando hasta hace un instante… Bueno, ya tendremos mucho tiempo para hablar de eso. ¿Pero recuerdas cómo Dave Bowman te habló, a bordo de la *Discovery*? Quizá fue algo similar…

»Ahora nos limitaremos a sentarnos y a aguardar a que el transbordador nos recoja. Estamos bastante cómodos… Hay algún temblor de vez en cuando, pero nada de lo que haya que preocuparse. Hasta que nos reunamos, te mando todo mi cariño.

No pudo recordar cuándo había empleado por última vez esa palabra con su abuelo.

Después del primer día, la cabina del transbordador empezó a oler. Transcurrido el segundo, los dos coincidieron en que la comida ya no era tan sabrosa. También les resultaba difícil dormir, y hasta hubo acusaciones de que se roncaba.

Al llegar el tercer día, a pesar de los frecuentes boletines procedentes de la *Universe*, la *Galaxy* y la Tierra misma, el aburrimiento empezaba a surgir y ya habían agotado su provisión de chistes subidos de tono.

Pero eso ocurrió el último día. Antes de que este terminara, el *Lady Jasmine* descendió, en busca de su hijo perdido.

VII. LA GRAN MURALLA

55

MAGMA

—Baas —dijo el jefe del departamento de comsec. He tenido acceso a ese programa especial procedente de Ganimedes mientras usted dormía. ¿Desea verlo ahora?

—Sí —respondió el doctor Paul Kreuger—. Velocidad, diez veces. Sin sonido.

Habría, lo sabía, mucho material introductorio que podía saltarse y examinar más tarde si así lo deseaba. Quería llegar a lo importante cuanto antes.

Centellearon los títulos y en el monitor apareció Victor Willis, desde alguna parte de Ganimedes, gesticulando de modo enloquecido en total silencio. El doctor Paul Kreuger, al igual que muchos científicos en activo, tenía un concepto algo distorsionado de Willis, si bien admitía que este desempeñaba una función útil.

De repente, Willis desapareció de la pantalla y fue reemplazado por un personaje menos agitado: el monte Zeus. Pero era mucho más activo de lo que cualquier montaña bien educada debía ser. El doctor Kreuger quedó atónito al ver cuánto había cambiado desde la última transmisión proveniente de Europa.

—Tiempo real —ordenó—. Sonido.

—... casi cien metros por día, y la inclinación ha aumentado quince grados. La actividad tectónica ahora es violenta: hay extensas coladas de lava alrededor de la base. Está conmigo el doctor Van der Berg. Van, ¿qué crees?

Mi sobrino parece hallarse en un estado físico notablemente bueno, pensó el doctor Kreuger, si se tiene en cuenta todo lo que ha pasado. Buena cepa, claro…

—Es evidente que la corteza nunca se recuperó del impacto original, y está cediendo bajo la acción de los esfuerzos deformantes acumulados. El monte Zeus se ha estado hundiendo lentamente desde que lo descubrimos, pero la velocidad se ha acelerado de manera tremenda en estas últimas semanas. El movimiento se puede ver de un día a otro.

—¿Cuánto falta para que desaparezca por completo?

—En verdad no puedo creer que eso ocurra…

Hubo un corte rápido a otra vista de la montaña, con Victor Willis hablando fuera de la cámara:

—*Eso* fue lo que el doctor Van der Berg dijo hace dos días. ¿Algún comentario ahora, Van?

—Bueno… parece que me equivoqué. Está descendiendo como un ascensor. ¡Es absolutamente increíble! ¡Solo queda afuera medio kilómetro! Me niego a hacer más predicciones…

—Muy sensato por tu parte, Van. Bueno, *eso* ocurrió ayer, tan solo. Ahora les daremos una secuencia continua, con imágenes tomadas a intervalos prefijados, hasta el momento en que perdimos la cámara…

El doctor Paul Kreuger se inclinó hacia delante en su asiento para observar el acto final del prolongado drama en el que había desempeñado un papel tan lejano, pero aun así, vital.

No hubo necesidad de acelerar la reproducción de lo grabado: Kreuger ya lo estaba viendo a una velocidad casi cien veces superior a la normal. Una hora se comprimiría en un minuto… la duración de la vida de un hombre, en la de una mariposa.

Ante sus ojos, el monte Zeus se estaba hundiendo. Chorros de azufre fundido salían disparados hacia el cielo, alrededor del monte, a una velocidad deslumbrante y formaban brillantes parábolas de color azul eléctrico. Era como un barco que se hundía en un mar tormentoso, rodeado por fuegos de san Telmo. Ni siquiera los espectaculares volcanes de Ío podían compararse con aquella exhibición de violencia.

—El tesoro más grande jamás descubierto... está desvaneciéndose ante nuestros ojos —decía Willis en un tono apaciguado y reverente—. Por desgracia, no podemos mostrar el acto final. Pronto verán por qué.

La acción redujo su velocidad hasta alcanzar tiempo real. No quedaban más que unos centenares de metros de montaña, y las erupciones que se producían en torno a ella se verificaban ahora a una velocidad más pausada.

De pronto toda la imagen se ladeó: los estabilizadores de imagen de la cámara —que habían estado resistiendo con gran esfuerzo el temblor continuo del suelo— cedieron ante la desigual batalla. Por un instante pareció como si la montaña volviera a elevarse... pero era el trípode de la cámara el que se derrumbaba. La última escena que llegó de Europa fue el acercamiento de una fulgurante ola de azufre fundido que estaba a punto de devorar al equipo.

—¡Se ha ido para siempre! —se lamentó Willis—. ¡Riquezas infinitamente superiores a todo el caudal que Golconda o Kimberley hayan producido jamás! ¡Qué pérdida tan trágica, qué desgarradora!

—¡Qué tremendo imbécil! —farfulló el doctor Kreuger—. ¿No se da cuenta...?

Era hora de enviarle otra carta a *Nature*. Y *ese* secreto sería lo bastante grande como para ocultarlo.

56

TEORÍA DE LAS PERTURBACIONES

DE: *Profesor Paul Kreuger, F. R. S., etc.*
A: *Director, Banco de Datos de* Nature *(Acceso Público).*
ASUNTO: *MONTE ZEUS Y LOS DIAMANTES JOVIANOS.*

Tal como se comprende bien ahora, la formación europeana conocida como «Monte Zeus» fue, en su origen, parte de Júpiter. La sugerencia de que el núcleo de los planetas gigantes gaseosos podría consistir en diamante fue hecha por primera vez por Marvin Ross, del Laboratorio Nacional Lawrence Livermore, perteneciente a la Universidad de California, en un trabajo ya clásico: La capa de hielo en Urano y Neptuno: ¿diamantes en el cielo? *(Nature, vol. 292, n.º 5822, págs. 435-436, 30 de julio de 1981). Resulta sorprendente que Ross no hiciera extensivos sus cálculos a Júpiter.*

El hundimiento del monte Zeus ha provocado un verdadero coro de lamentos, todos ellos totalmente ridículos... por las razones que se indican a continuación.

Sin entrar en detalles —que se habrán de presentar en una comunicación posterior—, estimo que el núcleo diamantino de Júpiter tuvo que haber tenido una masa originaria de, por lo menos, 10^{28} gramos. Esto significa diez mil millones de veces la masa del monte Zeus.

Aunque gran parte de este material sin duda se debe de haber destruido en la detonación del planeta, y en la formación del —en apariencia artificial— sol Lucifer, resulta inconcebible que el monte Zeus haya sido el único fragmento que sobrevivió. Aunque mucho habría caído de regreso a Lucifer, un porcentaje sustancial tiene que haber quedado en órbita... y todavía debe de estar ahí. Una teoría elemental de las perturbaciones demuestra que este material regresará de forma periódica a su punto de origen. Por supuesto, no es posible hacer un cálculo exacto, pero estimo que una masa un millón de veces mayor, por lo menos, que la del monte Zeus sigue estando en órbita en las proximidades de Lucifer. La pérdida de un fragmento pequeño —en cualquier caso situado de manera muy inconveniente en Europa— está, por consiguiente, virtualmente desprovisto de importancia. Propongo la instalación —lo más pronto posible— de un sistema especializado de radar espacial para llevar a cabo la búsqueda de este material.

Aunque se ha estado produciendo película diamantina extremadamente delgada en cantidades industriales y desde fecha tan lejana como 1987, nunca ha sido posible fabricar diamantes a granel. Su disponibilidad en cantidades mensurables en megatoneladas podría transformar muchas industrias y crear otras totalmente nuevas. En particular, como señalaron Isaacs y sus colaboradores hace casi un siglo (véase Science, vol. 151, págs. 682-683, 1966), el diamante es el único material de construcción que haría posible el denominado «ascensor espacial», que permitiría que el transporte desde la Tierra hacia otros planetas se hiciera con un costo insignificante. Las montañas de diamantes que en estos momentos están en órbita entre los satélites de Júpiter pueden ser la llave que abra todo el Sistema Solar. ¡Cuán triviales, en comparación, parecen ser todas las antiguas aplicaciones que se daba a la forma de cristalización cuártica del carbono!

Con el fin de completar estos conceptos, me gustaría mencionar otro lugar donde es posible que se encuentren ingentes cantidades de diamante, un lugar que, por desgracia, resulta aún más inaccesible que el núcleo de un planeta gigante...

Se ha sugerido que la corteza de las estrellas neutrónicas puede estar compuesta en gran parte por diamante. Como la estrella neutrónica conocida más cercana se encuentra a quince años-luz de distancia y tiene una gravedad superficial setenta mil millones de veces superior a la de la Tierra, difícilmente se puede considerar que esta sea una posible fuente de abastecimiento.

Pero entonces ¿quién pudo imaginar alguna vez que un día podríamos tocar el núcleo de Júpiter?

VII. LA GRAN MURALLA

57

INTERMEDIO EN GANIMEDES

—¡Esos pobres y primitivos colonos! —se lamentó Mijáilovich—. ¡Estoy horrorizado! ¡No hay un solo piano de cola en todo Ganimedes! Claro, el puñadito de optrónica que hay en mi sintetizador puede reproducir *cualquier* instrumento musical. Pero un Steinway sigue siendo un Steinway... del mismo modo que un Stradivarius sigue siendo un Stradivarius.

Sus quejas —aunque no del todo hechas en serio— ya habían provocado algunas reacciones entre la intelectualidad local. El popular programa *Morning Mede* incluso había comentado con malicia: «Al honrarnos con su presencia, nuestros distinguidos huéspedes han elevado —aunque solo sea de forma temporal— el nivel cultural de *ambos* mundos...».

El ataque estaba dirigido principalmente contra Willis, Mijáilovich y M'Bala, quienes se habían mostrado un poco demasiado entusiastas en cuanto al hecho de proporcionar educación a los atrasados nativos. Maggie M había desatado todo un escándalo al hacer una desinhibida narración de las tórridas relaciones sexuales de Zeus-Júpiter con Ío, Europa, Ganimedes y Calisto. Que se le apareciera a la ninfa Europa disfrazado de toro blanco ya resultó bastante desagradable, y sus intentos por proteger a Ío y a Calisto de las comprensibles iras de su consorte Hera fueron considerados francamente patéticos. Pero lo que produjo una gran confusión entre muchos lugareños fue la noticia de que el mitológico Ganimedes se sentía bastante incómodo con el sexo al que pertenecía.

Para hacerles justicia, es preciso decir que las intenciones de los autodesignados embajadores culturales eran completamente loables (si bien no del todo desinteresadas), ya que a sabiendas de que estarían varados en Ganimedes durante meses, reconocieron el peligro del aburrimiento, una vez hubo pasado la novedad de la situación. Y también deseaban hacer el mejor uso posible de su talento en provecho de todos los que los rodeaban. Sin embargo, no todos deseaban recibir ese provecho —o tenían tiempo para ello— allá afuera, en la frontera de alta tecnología del Sistema Solar.

Yva Merlin, en cambio, encajaba a la perfección, y se estaba divirtiendo muchísimo. A pesar de la fama de que gozaba en la Tierra, pocos medos habían oído hablar de ella alguna vez. Podía andar errando por los corredores públicos y cúpulas de presión de la Central de Ganimedes sin que la gente se volviera para mirarla ni intercambiara excitados cuchicheos de reconocimiento. Cierto, *era reconocida*... pero nada más que como otro de los visitantes llegados de la Tierra.

Greenberg, con su habitual modestia silenciosamente eficiente, había encajado en la estructura administrativa y tecnológica del satélite, y ya figuraba en media docena de comisiones asesoras. Sus servicios eran tan apreciados que se le había prevenido que podría no permitírsele partir.

Heywood Floyd observaba las actividades de sus compañeros de viaje con descansado regocijo, pero intervenía poco en ellas. Su principal preocupación, en esos momentos, era la de construir puentes para Chris y ayudar a planear el futuro de su nieto. Ahora que la *Universe* —a la que le quedaban menos de cien toneladas de propulsor en los tanques— estaba segura en Ganimedes, había mucho que hacer.

La gratitud que todos los que estaban a bordo de la *Galaxy* sentían por sus salvadores había facilitado la fusión de las dos tripulaciones; cuando las reparaciones, el reacondicionamiento y el reabastecimiento de combustible se hubiesen completado, volarían juntos de regreso a la Tierra. La moral había recibido un gran aliciente al llegar la noticia de que sir Lawrence estaba redactando el contrato para hacer una *Galaxy II* sumamente mejorada... si bien no era factible que la construcción comenzara antes de que sus abogados arreglasen el litigio que tenían con Lloyds. Los aseguradores todavía estaban tratando de alegar que el nuevo delito de secuestro espacial no estaba cubierto por su póliza.

En cuanto al delito en sí, nadie había sido condenado, ni siquiera acusado. Resultaba claro que había sido planeado, en el transcurso de un período de varios años, por una organización eficiente y bien provista de fondos. Los Estados Unidos de Sudáfrica hicieron una ruidosa protesta de inocencia y dijeron que recibirían con agrado una investigación oficial. Der Bund también expresó su indignación y, por supuesto, culpó a Shaka.

Al doctor Kreuger no le sorprendió encontrar mensajes iracundos pero anónimos en el correo que recibía, mensajes que lo acusaban de ser un traidor. Solían estar escritos en afrikáans, pero a veces presentaban sutiles errores gramaticales o de sintaxis que le hacían sospechar que formaban parte de una campaña de desinformación.

Después de pensarlo un poco, se los entregó a la ASTROPOL... que probablemente ya los tenía, se dijo con amarga ironía. ASTROPOL se lo agradeció, pero, tal como él esperaba, no hizo comentarios.

En diversas oportunidades, los segundos oficiales Floyd y Chang, así como otros miembros de la tripulación de la *Galaxy,* fueron agasajados con las mejores cenas por las dos misteriosas personas no pertenecientes al mundo de Ganimedes a quienes Floyd ya había conocido. Cuando los invitados a estas comidas en verdad decepcionantes compararon después sus notas, comprendieron que sus corteses interrogadores estaban tratando de levantar cargos contra Shaka, aunque no consiguieron llegar muy lejos.

El doctor Van der Berg, que había iniciado todo el asunto —y que se había beneficiado mucho con él, tanto en el aspecto profesional como en el económico—, se preguntaba ahora qué hacer con las nuevas oportunidades que se le presentaban. Había recibido numerosas ofertas atrayentes de universidades y de instituciones científicas de la Tierra, pero, irónicamente, le era imposible aprovecharlas. Ya había vivido demasiado tiempo en las condiciones de un sexto de gravedad que imperaban en Ganimedes y había traspasado el punto médico más allá del cual no había posibilidad de regresar.

La Luna seguía siendo una opción, al igual que el Pasteur, como le explicó Heywood Floyd:

—Estamos tratando de fundar allí una universidad espacial, de modo que a quienes han vivido fuera de nuestro planeta y ya no puedan tolerar su gravedad, les sea posible interactuar en tiempo real con la gente de la Tierra. Tendremos aulas, salas de conferencias, laboratorios… Algunos de estos salones solo estarán almacenados en una computadora, pero tendrán un aspecto tan real que usted nunca se dará cuenta. Y podrá hacer compras en la Tierra por vídeo para darle aplicación a sus mal adquiridas ganancias.

Para su sorpresa, Floyd no solo había reencontrado a un nieto, sino que también había adoptado un sobrino; ahora estaba ligado a Van der Berg tanto como a Chris por una combinación singular de experiencias compartidas. Por encima de todo, estaba el misterio de la aparición en la desierta ciudad europea, bajo la amenazadora presencia del Monolito.

Chris no tenía duda alguna:

—Te vi y te oí con más claridad que ahora —le dijo a su abuelo—. Pero tus labios no se movieron en ningún momento… y lo más extraño es que no consideré que eso fuera extraño. Me pareció absolutamente natural. Toda la experiencia estuvo envuelta en una… sensación de serenidad. Algo de tristeza… no, *anhelo* sería una palabra más adecuada. O quizá de resignación.

—No pudimos evitar que nos viniera a la mente su encuentro con Bowman, a bordo de la *Discovery* —agregó Van der Berg.

—Traté de comunicarme con él por radio, antes de que aterrizáramos en Europa. Me pareció una actitud ingenua, pero no se me ocurrió otra alternativa. Estaba seguro de que él estaba *ahí*, de un modo u otro.

—¿Y nunca percibiste nada que indicara que había recibido tu mensaje?

Floyd vaciló. El recuerdo se desvaneció con rapidez, pero de pronto recordó aquella noche, cuando el minimonolito se le apareció en el camarote.

Nada había ocurrido, y sin embargo, a partir de aquel momento, había sentido que Chris estaba sano y salvo y que se volverían a encontrar.

—No —dijo con calma—. Nunca tuve respuesta alguna. Después de todo, pudo haber sido solo un sueño.

58

FUEGO Y HIELO

Antes de que se inaugurara la era de la exploración interplanetaria, a fines del siglo XX, pocos científicos habrían creído que la vida pudiera haber florecido en un mundo tan alejado del Sol. Y sin embargo, durante quinientos millones de años, los ocultos mares de Europa habían sido por lo menos tan prolíficos como los de la Tierra.

Antes de la ignición de Júpiter, una corteza de hielo había protegido esos océanos del vacío que se abría sobre ellos. En la mayor parte de los lugares, el hielo tenía kilómetros de espesor, pero había líneas de debilidad en los sitios en los que se había resquebrajado y desgarrado. Después se había librado una breve batalla entre dos elementos implacablemente hostiles que entraron en contacto directo en algún otro mundo del Sistema Solar. La guerra entre el Mar y el Espacio siempre terminaba en el mismo empate; el agua expuesta de forma simultánea hervía y se congelaba, para reparar el blindaje de hielo.

Sin la influencia del cercano Júpiter, los mares de Europa se habrían congelado y se habrían vuelto completamente sólidos haría ya mucho tiempo. La gravedad del gigantesco planeta moldeaba de manera constante el núcleo de ese pequeño mundo; las fuerzas que producían las convulsiones de Ío también se hallaban en acción allí, aunque con mucha menor ferocidad. El tira y afloja entre planeta y satélite ocasionaba continuos terremotos submarinos y avalanchas que, con asombrosa velocidad, barrían las planicies abisales.

Esparcidos por estas planicies había incontables oasis, cada uno de los cuales se extendía unos pocos centenares de metros alrededor de una cornucopia de salmueras minerales que manaban a borbotones desde el interior de Europa. Al depositar sus materiales químicos en una intrincada masa de tubos y chimeneas, a veces daban origen a parodias naturales de castillos o catedrales góticas en ruinas, desde donde negros y abrasadores líquidos latían según un ritmo lento, como si los impulsara el latido de algún poderoso corazón. Y al igual que la sangre, eran señales auténticas de la vida misma.

Los fluidos en ebullición hicieron retroceder el frío letal que se filtraba desde arriba y formaron islas de calor sobre el lecho marino. Y, lo que era igualmente importante, trajeron desde el interior de Europa todas las sustancias químicas de la vida. Allí, en un ambiente hostil, había abundante energía y alimento. Esos respiraderos geotérmicos se habían descubierto en los océanos de la Tierra, en la misma década que había brindado a la humanidad su primer vistazo de los satélites galileanos.

En las zonas tropicales cercanas a los respiraderos florecieron incontables seres delicados, parecidos a las arañas y análogos a las plantas, si bien casi todos estaban dotados de movimiento. Entre ellos reptaban estrambóticos caracoles y gusanos, algunos de los cuales se alimentaban con esas «plantas», mientras que otros obtenían su comida directamente de las aguas que los rodeaban, pletóricas de minerales. A distancias mayores de la fuente de calor —el fuego submarino en torno al cual todos estos seres se entibiaban—, había organismos más vigorosos, no muy diferentes de los cangrejos o las arañas.

Ejércitos de biólogos podrían haberse pasado la vida entera estudiando uno solo de esos pequeños oasis. A diferencia de los mares terrestres del Paleozoico, el océano oculto de Europa no era un ambiente estable, por lo que allí la evolución había avanzado con rapidez y había producido multitud de formas fantásticas. Y todas gozaban de la suspensión, por tiempo indefinido, de su ejecución, ya que tarde o temprano cada una de las fuentes de vida se debilitaría y moriría, cuando las fuerzas que proporcionaban energía desplazaran su foco hacia otra parte. Las profundidades del mar europeo estaban sembradas con la evidencia de tales tragedias: cementerios poblados por esqueletos y restos con incrustaciones minerales donde capítulos enteros habían sido suprimidos del libro de la vida.

Había enormes conchas que parecían trompetas y eran mayores que un hombre. Había almejas de muchas formas, bivalvas y hasta trivalvas. Y había modelos pétreos en espiral, de muchos metros de ancho, que presentaban una analogía exacta con los hermosos amonites que tan misteriosamente habían desaparecido de los océanos de la Tierra a fines del período Cretáceo.

En muchos lugares, ardían fuegos en el abismo cuando ríos de lava incandescente fluían durante muchísimos kilómetros a lo largo de valles hundidos. La presión que había a esta profundidad era tan enorme que el agua, cuando entraba en contacto con el magma —que estaba al rojo vivo—, podía transformarse velozmente en vapor, y los dos líquidos coexistían en una tregua amenazante.

Allí, en otro mundo y con personajes que no pertenecían a la Tierra, se había representado algo parecido a la historia de Egipto, mucho antes del advenimiento del hombre. Del mismo modo que el Nilo había dado vida a una estrecha franja de desierto, esos ríos de tibieza habían vivificado las profundidades europeas. A lo largo de sus márgenes, en bandas que rara vez alcanzaban más de un kilómetro de ancho, unas especies tras otras habían evolucionado y florecido y fenecido. Y algunas habían dejado monumentos tras ellas, en forma de rocas apiladas una encima de otra, o de curiosos modelos de trincheras grabadas en el lecho del mar.

A lo largo de las estrechas bandas de fertilidad en los desiertos de las profundidades, primitivas culturas y civilizaciones se habían elevado y derrumbado. Y el resto de su mundo nunca las había conocido, pues todos estos oasis de calor estaban tan aislados los unos de los otros como lo estaban los planetas entre sí. Los seres que se tostaban bajo el fulgor del río de la lava y que se alimentaban alrededor de los cálidos respiraderos no podían cruzar el yermo hostil que se extendía entre las islas solitarias en las que moraban. Si esos seres alguna vez hubiesen generado historiadores y filósofos, cada cultura habría estado convencida de que estaba sola en el Universo.

Y cada una de ellas estaba condenada. No solo sus fuentes de energía eran esporádicas y se desplazaban constantemente, sino que además las fuerzas de marea que las impulsaban se debilitaban sin cesar. Aun desarrollando una verdadera inteligencia, los europeanos tenían que perecer a causa de la congelación final de su mundo.

Estaban atrapados entre el fuego y el hielo… hasta que Lucifer explotó en el cielo y les abrió un nuevo Universo… Y una inmensa forma rectangular, negra como la noche, se hizo corpórea cerca de la costa de un continente recién nacido.

59

TRINIDAD

—Eso ha estado bien. Ahora no tendrán la tentación de regresar.

—Estoy aprendiendo muchas cosas, pero sigo estando triste porque la vida se me está escapando.

—Eso también pasará. También yo regresé a la Tierra para ver a aquellos a quienes una vez amé. Ahora sé que existen cosas más grandes que el Amor.

—¿Cuáles son?

—La Compasión es una de ellas. La Justicia. La Verdad. Y hay otras.

—No me resulta difícil aceptar eso. Fui un hombre muy viejo para la especie a la que pertenecía. Hace mucho tiempo que las pasiones de mi juventud se extinguieron. ¿Qué le ocurrirá al... al *verdadero* Heywood Floyd?

—Ustedes dos son igualmente verdaderos. Pero él pronto morirá, sin saber jamás que se ha vuelto inmortal.

—Una paradoja... pero lo entiendo. Si esa emoción sobrevive, tal vez un día yo pueda sentir gratitud. ¿Se lo debo agradecer a usted... o al Monolito? El David Bowman que conocí hace una vida no poseía estos poderes.

—No los poseía. Muchas cosas han ocurrido en ese tiempo. Hal y yo hemos aprendido muchas cosas.

—¡Hall! ¿Está aquí?

—Sí, aquí estoy, doctor Floyd. No esperaba que nos volviéramos a encontrar… sobre todo de esta manera. Hacer su eco fue un problema interesante.

—¿Hacer mi eco? Ah… ya entiendo. ¿Por qué lo hicieron?

—Cuando recibimos su mensaje, Hal y yo supimos que usted nos podría ayudar aquí.

—¿Ayudar… a *ustedes*?

—Sí, aunque le resulte extraño, usted posee muchos conocimientos y mucha experiencia de los que carecemos. Llámelo sabiduría.

—Gracias. ¿Fue una actitud sabia la que tuve al aparecerme ante mi nieto?

—No. Ocasionó muchos inconvenientes. Pero fue compasiva. Es preciso confrontar estas cuestiones.

—Ha dicho que necesitaban mi ayuda. ¿Con qué propósito?

—A pesar de cuanto hemos aprendido, todavía se nos escapan muchas cosas. Hal ha realizado la representación gráfica de los sistemas internos del Monolito, y podemos controlar algunos de los más sencillos. Es una herramienta que sirve a muchos propósitos. Su función primordial parece ser la de catalizador de la inteligencia.

—Sí, eso se había sospechado. Pero no había pruebas.

—Las hay, ahora que podemos extraer sus recuerdos… o algunos de ellos. En África, hace cuatro millones de años, dio a una tribu de simios famélicos el impulso que hizo que se llegara a la especie humana. Ahora ha repetido el experimento aquí… pero a un precio aterrador.

»Cuando Júpiter fue convertido en sol, de manera que este mundo pudiese hacer efectivo su potencial, se destruyó otra biosfera. Permítame que se la muestre, tal como la vi…

Incluso mientras caía a través del rugiente corazón de la Gran Mancha Roja, con los relámpagos de sus tormentas que detonaban a su alrededor y que podían abarcar continentes, supo por qué el planeta había perdurado durante siglos, pese a estar compuesto por gases que tenían mucha menos sustancia que los que formaban los huracanes de la Tierra. El débil alarido del viento de hidrógeno se desvanecía a medida que Bowman se hundía en las profundidades, más calmadas, y una nevisca de copos céreos de nieve —algunos de los cuales ya estaban uniéndose y originando montañas, apenas palpables, de espuma de hidrocarburos— descendía desde las alturas. Ya hacía suficiente calor como para que existiera agua en estado líquido, pero no había océanos allí: aquel ambiente puramente gaseoso era demasiado tenue para mantenerlos.

Descendió atravesando un estrato tras otro de nubes, hasta que se introdujo en una región en la que reinaba tal claridad que hasta la vista humana podría haber explorado una zona de más de mil kilómetros de ancho. No era más que un remolino de poca importancia en el vasto movimiento circular de la Gran Mancha Roja, y encerraba un secreto sobre el que los hombres estaban haciendo conjeturas desde hacía mucho tiempo, pero que nunca habían podido demostrar.

Bordeando los contrafuertes de las flotantes montañas de espuma, había incontables cantidades de nubes pequeñas y perfectamente definidas, casi todas de la misma medida y con un modelo de jaspeados similares, en rojo y marrón. Eran pequeñas en comparación con la escala extrahumana de lo que las rodeaba, pero las de tamaño ínfimo habrían cubierto una ciudad de considerables dimensiones.

Resultaba claro que estaban vivas, pues se desplazaban con lenta premeditación a lo largo de los flancos de las montañas aéreas, paciendo en las laderas como si fueran ovejas descomunales. Y se llamaban unas a otras en la banda de frecuencias métricas; sus voces radiales, tenues pero claras, se destacaban contra el fondo de crepitaciones y sacudidas del propio Júpiter.

Nada menos que bolsas vivientes de gas flotaban en la estrecha zona que se extendía entre las alturas glaciales y las *profundidades abrasadoras. Estrecha, sí... pero constituía un dominio mucho más grande que toda la biosfera de la Tierra.*

Esas bolsas de gas no estaban solas. Entre ellas se desplazaban otros seres, tan pequeños que fácilmente podrían haber pasado desapercibidos. Algunos de ellos guardaban una extraordinaria semejanza con las aeronaves terrestres, y tenían el mismo tamaño, casi. Pero también estaban vivos... quizá eran depredadores... quizá parásitos... quizá incluso pastores...

... y había torpedos de propulsión a chorro, como los calamares de los océanos de la Tierra, que cazaban y devoraban las enormes bolsas de gas. Pero los globos no estaban indefensos; algunos de ellos respondían al ataque con rayos eléctricos y con tentáculos sin garras, como motosierras de kilómetros de largo.

Había incluso formas más extrañas, que explotaban casi todas las posibilidades de la geometría: caprichosas cometas translúcidas, tetraedros, esferas, poliedros, marañas de cintas retorcidas... El gigantesco plancton de la atmósfera joviana estaba diseñado para flotar como una telaraña en las corrientes ascendentes, hasta que hubiera vivido lo suficiente como para reproducirse; entonces, sería arrastrado hacia las profundidades para ser carbonizado y se reciclaría en una nueva generación.

Bowman estaba investigando un mundo que tenía un tamaño mil veces superior a la superficie de la Tierra, y aunque veía muchas maravillas, nada había allí que insinuara que existía inteligencia. Las voces de los grandes globos —que parecían salidas de una radio— solo transmitían sencillos mensajes de advertencia o de miedo. Incluso los cazadores, de los que cabría haber esperado mayores grados de organización, eran como los tiburones que poblaban los océanos de la Tierra: autómatas desprovistos de inteligencia.

Y a pesar de su increíble tamaño y su novedad, la biosfera de Júpiter era un mundo frágil, un sitio de brumas y espuma, de delicadas hebras de seda y tejidos delgados como el papel, producidos por la continua nevada de sustancias petroquímicas que los relámpagos formaban en la atmósfera superior. Pocos de sus elementos tenían más sustancia que las burbujas de jabón; sus depredadores más aterradores podían ser hechos trizas por los carnívoros terrícolas, incluso por los más débiles...

—¿Y todas estas maravillas se destruyeron... para crear a Lucifer?

—Sí. Los jovianos, al compararse con los europeos, encontraron a estos deficientes. Quizá, en ese ambiente gaseoso, nunca habrían podido desarrollar una verdadera inteligencia. Pero ¿era ese motivo suficiente para condenarlos? Hal y yo todavía estamos tratando de responder a esa pregunta. Esa es una de las razones por las que necesitamos su ayuda.

—Pero ¿cómo podríamos competir nosotros con el Monolito... el devorador de Júpiter?

—Se trata tan solo de una herramienta; posee una gran inteligencia... *pero no conciencia de sí mismo.* A pesar de todos sus poderes, usted, Hal y yo somos superiores a él.

—Me resulta muy difícil creer eso. Sea como sea, *algo* tiene que haber sido el creador del Monolito.

—Yo conocí a ese algo en una ocasión, cuando la *Discovery* vino a Júpiter. Me envió de regreso, tal como estoy ahora, para ejecutar el plan que tenía para estos mundos. Nada he sabido de él desde entonces. Ahora estamos solos... por lo menos, durante el presente.

—Eso me tranquiliza. El Monolito es suficiente.

—Pero ahora hay un problema mayor: *algo ha salido mal.*

—No había previsto que podría sentir miedo...

Cuando el monte Zeus cayó, podría haber destruido todo este mundo. Su impacto no fue planeado... No, no fue planeado. Ningún cálculo podría haber previsto tal suceso. Devastó inmensas zonas del lecho oceánico europeano, con lo que destruyó especies enteras, entre ellas algunas en las que habíamos depositado grandes esperanzas. El Monolito mismo se dio la vuelta. Incluso es posible que haya quedado dañado y su programa contaminado. No hay duda de que fallaron en su intento de cubrir todas las contingencias. ¿Qué otra cosa les podría haber ocurrido en un Universo que es casi infinito, y en el que el azar siempre puede deshacer el plan más detallado?

—Eso es cierto… tanto para los hombres como para los monolitos.

—Nosotros tres tenemos que ser los administradores de lo imprevisto, así como los tutores de este mundo. Ya ha conocido usted a los Anfibios; todavía se tiene que encontrar con los Manipuladores de los torrentes de lava, que están recubiertos con un blindaje de silicio, y con los Flotadores, que están cosechando el mar. Nuestra tarea consiste en ayudarlos a desarrollar todo su potencial… tal vez aquí, tal vez en otra parte.

—¿Y con respecto a la humanidad?

—Hubo épocas en las que estuve tentado de inmiscuirme en los asuntos humanos… pero la advertencia que se le hizo a la humanidad también rige para mí.

—No la hemos obedecido muy bien.

—Pero sí lo suficiente. Mientras tanto, hay mucho que hacer antes de que termine el breve verano de Europa y vuelva el largo invierno.

—¿Cuánto tiempo tenemos?

—Bastante poco: apenas unos mil años. *Y tenemos que recordar a los jovianos.*

60

MEDIANOCHE EN LA PLAZA

El famoso edificio —que se erguía, con solitario esplendor, por encima del bosque de Manhattan Central— había cambiado poco en mil años. Era parte de la historia, y se había conservado con reverencia. Al igual que todos los monumentos históricos, hacía mucho que había sido recubierto con una delgada microcapa de diamante, y ahora era prácticamente insensible a los estragos del tiempo.

Quienquiera que hubiese asistido a la reunión de la primera Asamblea General, nunca habría podido imaginar que habían transcurrido más de nueve siglos. Sin embargo, tal vez se hubiera quedado perplejo al ver la losa negra, carente de detalles, que se alzaba en la plaza, y que casi era una imitación del edificio mismo de las Naciones Unidas. Si él o cualquier otra persona hubiese extendido la mano para tocar esa losa, habría quedado sorprendido ante la extraña manera en que los dedos se le deslizaban sobre esa superficie de color ébano.

Pero habría quedado mucho más perplejo —en realidad, completamente intimidado— ante la transformación de los cielos...

Los últimos turistas se habían ido hacía una hora, y la plaza estaba totalmente desierta. El cielo estaba despejado y unas cuantas de las estrellas más brillantes eran apenas visibles; las más tenues habían quedado eclipsadas por el diminuto sol que podía brillar a medianoche.

La luz de Lucifer no solo centelleaba en los cristales negros del antiguo edificio, sino también sobre el estrecho arco iris plateado que se extendía de un extremo a otro del cielo meridional. Otras luces se desplazaban a lo largo y alrededor de él, con mucha lentitud, a medida que el comercio del Sistema Solar iba y venía entre los mundos de sus dos soles.

Y si se miraba con mucho cuidado, apenas era posible divisar la delgada hebra de la Torre de Panamá, uno de los seis cordones umbilicales de diamante que enlazaban la Tierra con sus dispersos hijos y se remontaba veintiséis mil kilómetros desde el Ecuador para reunirse con el Anillo que Rodea el Mundo.

De pronto, casi con la misma celeridad con que había nacido, Lucifer empezó a apagarse. La noche que los hombres no habían conocido durante treinta generaciones volvió a inundar el cielo. Las desterradas estrellas regresaron.

Y, por segunda vez en cuatro millones de años, el Monolito despertó.

RECONOCIMIENTOS

Mi especial agradecimiento a Larry Sessions y Gerry Snyder por haberme suministrado las posiciones del cometa Halley en su próxima aparición. Ninguno de los dos es responsable de las perturbaciones orbitales importantes que yo haya introducido.

Le estoy en particular agradecido a Melvin Ross, del Laboratorio Nacional Lawrence Livermore, no solo por sus apabullantes conocimientos sobre los planetas con núcleo diamantino, sino también por los ejemplares de su (tengo la esperanza de que así sea) trabajo histórico sobre este tema.

Confío en que mi viejo amigo, el doctor Luis Álvarez, disfrute con mi alocada extrapolación de sus investigaciones, y le agradezco la gran ayuda e inspiración que me ha brindado a lo largo de estos últimos treinta y cinco años.

Un reconocimiento especial para Gentry Lee, de la NASA —coautor de *Cradle*—, por trasladar a mano, desde Los Ángeles hasta Colombo, la pequeña microcomputadora portátil Kaypro 2000, que me permitió escribir este libro en diversos sitios exóticos y —lo que es aún más importante— apartados.

Los capítulos 5, 58 y 59 se basan parcialmente en material adaptado de *2010: Odisea dos*. (Si un escritor no se puede plagiar a sí mismo, ¿a quién *puede* plagiar?)

Por último, espero que el cosmonauta Alexei Leonov ya me haya perdonado por haberle vinculado al doctor Andrei

Sajarov (todavía exiliado en Gorki cuando juntos le dedicamos *2010*). Y expreso mi sincero pesar a mi genial anfitrión y editor de Moscú, Vasili Yárchenko, por haberlo metido en serios problemas al reproducir el nombre de varios disidentes... la mayoría de los cuales, me alegra decirlo, ya no está en prisión. Algún día, así lo espero, los suscriptores del *Téfnika Molodéyii* podrán leer las entregas de *2010* que desaparecieron de manera tan misteriosa...

Arthur C. Clarke
Colombo, Sri Lanka
25 de abril de 1987

NOTA FINAL DEL AUTOR

Desde que concluí este libro ha sucedido algo asombroso. Estaba persuadido de que escribía ficción, pero debí de equivocarme. Hay que tener en cuenta los acontecimientos siguientes:

1. En *2010: Odisea II* la nave espacial *Leonov* era propulsada por la «Energía Sajarov».

2. Medio siglo más tarde, en *2061: Odisea III*, en el capítulo 8, las naves espaciales son propulsadas por la reacción de «fusión fría» catalizada por muones, descubierta por Luis Álvarez y otros en los años cincuenta (véase su autobiografía *Álvarez*, Basic Books, 1987, Nueva York).

3. Según el número de julio de 1987 de *Scientific American*, el doctor Sajarov trabaja ahora en la producción de energía nuclear basada «en la catálisis de muones, o fusión "fría", que aprovecha las propiedades de una exótica partícula de vida breve relacionada con el electrón [...] Los defensores de la "fusión fría" señalan que todas las reacciones clave se dan mejor a 900° C [...]» (*London Times*, 17 de agosto de 1987).

Espero ahora, con el mayor interés, comentarios de los profesores Sajarov y Álvarez...

ARTHUR C. CLARKE
10 de septiembre de 1987

3001: ODISEA FINAL

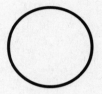

Para Cherene, Tamara y Melinda:
Que seáis felices en un siglo
mucho mejor que el mío

PRÓLOGO

LOS PRIMOGÉNITOS

Llamadlos los Primogénitos. Si bien no eran ni remotamente humanos, eran de carne y hueso, y cuando miraban hacia las profundidades del espacio experimentaban admiración respetuosa, asombro… y soledad. En cuanto poseyeron el poder, se lanzaron a buscar compañía entre las estrellas.

En sus exploraciones encontraron muchas formas de vida y contemplaron el desarrollo de la evolución en un millar de mundos. Fueron testigos de la frecuencia con que los primeros destellos de inteligencia alumbraban y morían en la noche cósmica.

Y como en toda la Galaxia no habían encontrado nada más precioso que la Mente, alentaron su aparición por doquier. Se convirtieron en labradores de un campo de estrellas. Sembraron y, a veces, cosecharon.

Y, en ocasiones, con desapasionamiento, tuvieron que escardar.

Cuando la nave de exploración penetró en el Sistema Solar tras un viaje que ya duraba mil años, los grandes dinosaurios habían desaparecido hacía ya mucho tiempo, su promesa inicial aniquilada por un martillazo azaroso descargado desde el espacio. Pasó junto a los helados planetas exteriores, se detuvo brevemente sobre los desiertos de un Marte agonizante, y después se dirigió hacia la Tierra.

Los exploradores vieron un mundo que bullía de vida. Durante años estudiaron, recogieron, catalogaron. Cuando hubieron aprendido todo lo posible, empezaron a modificar. Manipularon el destino de muchas especies, tanto terrestres como marinas. Sin embargo, tardarían un millón de años, como mínimo, en saber cuál de sus experimentos daría fruto.

Eran pacientes, pero aún no habían alcanzado la inmortalidad. En un universo de cien mil millones de soles había mucho que hacer, y otros mundos les llamaban. Se zambulleron una vez más en el abismo, sabiendo que nunca regresarían. Tampoco era necesario: los sirvientes que habían dejado se encargarían del resto.

En la Tierra, los glaciares llegaron y pasaron, mientras sobre ellos la Luna, inmutable aún, ocultaba su secreto a las estrellas. Con un ritmo aún más lento que el del hielo polar, las mareas de la civilización fluían y se retiraban a lo largo y ancho de la Galaxia. Imperios extraños, hermosos y terribles se alzaron y cayeron, y pasaron sus conocimientos a sus sucesores.

Y ahora, entre las estrellas, la evolución avanzaba a la busca de nuevas metas. Hacía mucho tiempo que los exploradores de la Tierra habían llegado a los límites de la carne y el hueso. En cuanto sus máquinas fueron mejores que sus cuerpos, llegó el momento de entrar en acción. Primero sus cerebros, y luego solo sus pensamientos, fueron transferidos a nuevos y relucientes hogares de metal y piedragema. Gracias a ellos recorrieron la Galaxia. Ya no tuvieron necesidad de construir naves espaciales. Ellos eran naves espaciales.

Pero la era de las entidades-máquinas pasó con rapidez. Gracias a sus incesantes experimentos habían aprendido a almacenar conocimientos en la estructura misma del espacio, y a conservar eternamente sus pensamientos en celosías de luz congeladas.

En consecuencia, se transformaron en energía pura, y en un millar de mundos las carcasas que habían desechado se agitaron por un tiempo en una danza de muerte sin sentido, para convertirse más tarde en polvo.

Ahora eran los Amos de la Galaxia y podían vagar a su capricho entre las estrellas, o penetrar como una niebla sutil en los intersticios del espacio. Si bien se habían liberado por fin de la tiranía de la materia, no habían olvidado sus orígenes, el limo tibio de un mar desaparecido. Y sus maravillosos instrumentos continuaban funcionando, vigilando los experimentos iniciados eones atrás.

Pero ya no obedecían los mandatos de sus creadores. Como todas las cosas materiales, no eran inmunes a la corrupción del Tiempo ni a la de su paciente y fiel servidor, la Entropía.

Y a veces descubrían y trataban de alcanzar objetivos propios.

I. STAR CITY

I

EL VAQUERO DE LOS COMETAS

El capitán Dimitri Chandler (V 21.04.2973/ 93.106/Marte/ Acad. Espacial 3005), a quien sus mejores amigos llamaban Dim, estaba irritado, y tenía motivos para ello. El mensaje de la Tierra había tardado seis horas en llegar al remolcador espacial *Goliath*, situado más allá de la órbita de Neptuno. De haber llegado diez minutos antes, habría podido contestar: «Lo lamento. Ahora no podemos irnos. Acabamos de desplegar la pantalla solar».

La excusa habría sido perfectamente válida: envolver el núcleo de un cometa con una hoja de película reflectante de apenas unas moléculas de espesor, pero varios kilómetros de lado, no era la clase de trabajo que podía dejarse a medias.

De todos modos, sería una buena idea obedecer aquella ridícula solicitud: Iba en dirección contraria al Sol, aunque no era culpa suya. La tarea de coger hielo de los anillos de Saturno y enviarlo a Venus y Mercurio, donde hacía mucha falta, había empezado hacia el 2700, tres siglos antes. El capitán Chandler nunca había podido observar la menor diferencia real en las imágenes de «antes y después» que los conservacionistas solares no paraban de exhibir, con el fin de apoyar sus acusaciones de vandalismo estelar. Sin embargo, la opinión pública, aún sensible a los desastres ecológicos de los siglos anteriores, había opinado lo contrario, y la consigna «¡Dejad Saturno en paz!» había sido asumida por una mayoría abrumadora. Como resultado, Chandler ya no era un cuatrero de los anillos, sino un vaquero de los cometas.

Se encontraba a una fracción considerable de la distancia que lo separaba de Alfa Centauri, recogiendo rezagados del anillo de Kuiper. Había suficiente hielo para cubrir Mercurio y Venus de océanos de kilómetros de profundidad, pero pasarían siglos antes de que sus núcleos ígneos se apagaran tornándolos aptos para la vida. Los conservacionistas solares, por supuesto, seguían protestando contra esto, aunque habían perdido bastante entusiasmo. Los millones de muertos que había causado el huracán provocado por el asteroide del Pacífico en el año 2304 (no dejaba de ser irónico que un impacto terrestre hubiera ocasionado daños mucho menores) había recordado a todas las generaciones futuras que la raza humana se había jugado demasiadas cosas a una sola carta.

Bien, se dijo Chandler, pasarían cincuenta años antes de que aquel paquete llegara a su destino, de manera que un retraso de una semana no se notaría. En cualquier caso, todos los cálculos de rotación, centro de masa y vectores de impulsión tendrían que volver a calcularse, y deberían retransmitirlos a Marte para que efectuaran las comprobaciones pertinentes. Era una buena idea realizar las sumas con cuidado, antes de enviar miles de millones de toneladas de hielo en una órbita que las transportaría a escasa distancia de la Tierra.

Como había hecho tantas veces antes, el capitán Chandler desvió la mirada hacia la antigua fotografía que colgaba sobre su escritorio. En ella aparecía un barco de vapor de tres mástiles, empequeñecido por el iceberg que se cernía sobre él, del mismo modo que la *Goliath* estaba empequeñecida en aquel preciso momento.

Era increíble, pensaba a menudo, que solo el período de una larga vida separara el abismo entre el primitivo *Discovery* y la nave del mismo nombre que había ido a Júpiter. ¿Qué habrían pensado aquellos exploradores del Antártico de dos mil años antes de la vista que se obtenía desde el puente?

Se habrían sentido muy desorientados, desde luego, porque la muralla de hielo junto a la cual flotaba la *Goliath* se extendía tanto hacia arriba como hacia abajo, hasta perderse de vista. Era un hielo de aspecto extraño, carente por completo de los blancos y azules inmaculados propios de los helados mares polares. Parecía sucio, y en realidad lo estaba, porque solo el noventa por ciento era agua helada. El resto consistía en una mezcla de componentes carbónicos y sulfúricos, en su mayor parte solo estables a temperaturas muy poco por encima del cero absoluto. Derretirlos podía producir sorpresas desagradables, como recordaba el famoso comentario de un astroquímico: «Los cometas tienen mal aliento».

—El capitán a todo el personal —anunció Chandler—. Hay un leve cambio de programa. Nos han pedido que retrasemos las operaciones con el fin de investigar un objetivo captado por el radar de Vigilancia Espacial.

—¿Algún detalle? —preguntó alguien en cuanto el coro de gruñidos que emitió el intercomunicador hubo enmudecido.

—Pocos, pero imagino que es otro proyecto del Comité del Milenio que han olvidado cancelar.

Más gruñidos. Todo el mundo estaba harto de los festejos que se estaban preparando para celebrar el final del tercer milenio. Cuando el 1 de enero del año 3001 pasó sin pena ni gloria y la raza humana pudo reanudar sus actividades normales, se produjo un suspiro general de alivio.

—De todos modos, lo más probable es que sea otra falsa alarma, como la última. Volveremos al trabajo lo antes posible. Capitán fuera.

Se trataba de la tercera búsqueda inútil en que participaba, pensó Chandler, hastiado. Pese a siglos de exploraciones, el Sistema Solar aún era capaz de provocar sorpresas, y se suponía que los de Vigilancia Espacial tenían buenas razones para hacer su solicitud. Solo esperaba que algún idiota imaginativo no hubiera vuelto a ver el mítico Asteroide Dorado. Si existía (cosa que Chandler no creía ni por un momento), constituiría poco más que una curiosidad mineralógica. Su valor sería muy inferior al del hielo que estaba impulsando en dirección al Sol para llevar la vida a mundos estériles.

No obstante, era una posibilidad que se tomaba muy en serio. La raza humana ya había diseminado sus sondas robóticas en un ancho de cien años luz, y el monolito de Tycho representaba un recordatorio suficiente de que civilizaciones mucho más antiguas se habían entregado a actividades similares. Era muy posible que existieran otros artilugios alienígenas en el Sistema Solar, o viajando a través de él. El capitán Chandler sospechaba que Vigilancia Espacial tenía algo similar en mente. De lo contrario, era improbable que hubieran enviado un remolcador espacial de clase I tras una señal de radar no identificada.

Cinco horas después, la *Goliath* detectó el eco en el límite de su alcance. Aun teniendo en cuenta la distancia, parecía decepcionantemente pequeño. No obstante, como si aumentara de claridad y potencia, empezó a dar el perfil de un objeto metálico, de unos dos metros de largo. Estaba viajando en una órbita que lo alejaba del Sistema Solar, por lo cual era casi seguro que se trataba de un fragmento de basura espacial, decidió Chandler, uno más entre la miríada que la humanidad había arrojado hacia las estrellas durante el último milenio, y que algún día tal vez proporcionase la única prueba de que la raza humana había existido.

Más adelante el capitán Chandler estuvo lo bastante cerca para inspeccionarlo visualmente, y comprendió, estupefacto, que algún historiador paciente aún continuaba examinando las primeras crónicas de la Era Espacial. ¡Qué pena que los ordenadores le hubieran facilitado la respuesta unos pocos años demasiado tarde para las celebraciones del milenio!

—Aquí *Goliath* —transmitió por radio Chandler a la Tierra, con un tono de orgullo y solemnidad al mismo tiempo—. Vamos a subir a bordo a un astronauta de mil años de edad. Creo que sé de quién se trata.

2

DESPERTAR

Frank Poole despertó, pero no recordó. Ni siquiera estaba seguro de su nombre.

Era evidente que se encontraba en una habitación de hospital. Aunque permanecía con los ojos cerrados, el más primitivo y evocador de sus sentidos se lo reveló. Cada vez que aspiraba, percibía en el aire un olor tenue, para nada desagradable, de antisépticos, lo cual le hizo recordar cuando siendo todavía un adolescente atolondrado (¡por supuesto!) se había roto una costilla en el campeonato de Arizona de vuelo sin motor.

Ahora, todo empezaba a regresar. Soy el subcomandante Frank Poole, oficial al mando del *USSS Discovery*, en misión secreta a Júpiter…

Tuvo la impresión de que una mano de hielo le estrujaba el corazón. Recordó, como a cámara lenta, aquella cápsula espacial fugitiva que volaba hacia él, con las garras de metal extendidas. Después, el impacto silencioso, y el no tan silencioso siseo provocado por el aire que escapaba de su traje. Luego… un último recuerdo, el de dar vueltas indefenso en el espacio, intentando en vano volver a conectar el tubo de oxígeno, que se había roto.

Pero fuera cual fuese el misterioso accidente que habían sufrido los controles de la cápsula espacial, ahora estaba a salvo. Dave Bowman había efectuado una rápida actividad extravehicular, rescatándolo antes de que la falta de oxígeno le provocase lesiones cerebrales irreversibles.

¡El bueno de Dave!, se dijo. Debo agradecer... ¡Espera un momento! Es evidente que ahora no me encuentro a bordo de la *Discovery*. ¡No es posible que haya estado inconsciente el tiempo suficiente para evacuarme a la Tierra!

Su confusa sucesión de pensamientos fue interrumpida bruscamente por una enfermera jefe y dos ayudantes, ataviadas con el uniforme inmemorial de su profesión. Parecían algo sorprendidas. Poole se preguntó si habría despertado antes de lo previsto, y la idea hizo que experimentase una infantil sensación de satisfacción.

—¡Hola! —dijo, después de varios intentos. Tuvo la impresión de que sus cuerdas vocales estaban oxidadas—. ¿Cómo me encuentro?

La enfermera sonrió y llevándose un dedo a los labios le ordenó que no intentara hablar. Después, las dos ayudantes le examinaron a toda prisa con pericia, tomando nota del pulso, la temperatura y los reflejos. Cuando una de ellas alzó su brazo derecho y lo dejó caer, Poole observó algo peculiar. Cayó poco a poco, y su peso no parecía el normal. Ni tampoco su cuerpo, cuando intentó moverlo.

Debo de estar en un planeta, pensó. O en una estación espacial, de gravedad artificial. En la Tierra no, desde luego. No peso lo bastante.

Estaba a punto de formular las preguntas obvias, cuando la enfermera jefe presionó algo contra el lado de su cuello. Sintió un cosquilleo y se sumió en un sueño profundo. Justo antes de perder la conciencia, tuvo tiempo para pensar, perplejo, que era muy raro que en todo el tiempo que habían estado con él no hubieran pronunciado ni una palabra.

3

REHABILITACIÓN

Cuando volvió a despertar y encontró a la enfermera jefe y a sus ayudantes en torno a la cama, Poole se sentía lo bastante fuerte para infundir respeto.

—¿Dónde estoy? ¡Seguro que eso podrán decírmelo!

Las tres mujeres intercambiaron una mirada, como si no supieran qué hacer. Entonces, la enfermera jefe contestó, pronunciando las palabras con mucha lentitud y claridad.

—Todo va bien, señor Poole. El profesor Anderson llegará dentro de unos minutos. Él le explicará.

Explicar ¿qué?, pensó Poole con cierta exasperación. Al menos habla inglés, aunque no logre localizar su acento.

Anderson debía de estar a punto de llegar, porque momentos después la puerta se abrió y Poole vislumbró a un pequeño grupo de curiosos que le miraban. Empezó a sentirse como la nueva adquisición de un zoo.

El profesor Anderson era un hombrecillo muy vivaz, cuyos rasgos parecían combinar de manera extraordinariamente confusa aspectos característicos de diferentes razas (china, polinesia, nórdica). Para saludar a Poole alzó la palma derecha, y después, reaccionando sin duda de manera tardía, le estrechó la mano con una curiosa vacilación, como si estuviese ensayando un gesto que no le fuera familiar.

—Me alegro de verlo tan recuperado, señor Poole... Podrá levantarse dentro de muy poco.

De nuevo aquel acento extraño, la lentitud al hablar, pero su actitud segura era la de todos los médicos, en todos los lugares y épocas.

—Me alegra oírlo. Tal vez pueda contestarme ciertas preguntas...

—Por supuesto, por supuesto, pero aguarde un momento.

Anderson habló con tal rapidez y en voz tan baja a la enfermera jefe que Poole solo captó unas palabras, varias de las cuales eran totalmente desconocidas para él. Entonces, la enfermera jefe hizo un ademán con la cabeza en dirección a una de sus ayudantes, que abrió un armario empotrado en la pared y extrajo una delgada banda metálica con que ciñó el cráneo de Poole.

—¿Para qué es eso? —preguntó Poole, pues era uno de esos pacientes difíciles, tan irritantes para los médicos, que siempre querían saber qué les estaban haciendo—. ¿Van a hacerme un EEG?

El profesor, la enfermera y las ayudantes se mostraron perplejos. Después, una lenta sonrisa se dibujó en el rostro de Anderson.

—Ah... Electro... encefa... lograma —dijo lentamente, como si recuperara la palabra de las profundidades de su memoria—. Exacto. Solo queremos examinar sus funciones cerebrales.

Mi cerebro funcionaría a la perfección si me dejaran utilizarlo, gruñó Poole para sus adentros. Al menos parece que por fin vamos avanzando.

—Señor Poole —dijo Anderson, sin dejar de hablar con aquella voz ampulosa, como si estuviera utilizando un idioma extranjero—, ya sabrá, por supuesto, que resultó... incapacitado... en un grave accidente, cuando trabajaba en el exterior de la *Discovery*.

Poole asintió.

—Empiezo a sospechar —repuso con aspereza— que incapacitado es una expresión suave.

Anderson esbozó nuevamente una sonrisa.

—Tiene toda la razón. ¿Qué cree que le ocurrió?

—Bien, en el mejor de los casos, Dave Bowman me rescató después de que quedase inconsciente y me llevó de regreso a la nave. ¿Cómo está Dave? ¡Nadie me dice nada!

—Todo a su tiempo… ¿Y en el peor de los casos?

Frank Poole tuvo la sensación de que una corriente de aire gélido acariciaba su nuca. La sospecha que había ido formándose poco a poco en su mente empezó a cobrar forma.

—Morí, pero me trajeron a este lugar, sea lo que sea, y usted consiguió revivirme. Gracias…

—Exacto. Y está de nuevo en la Tierra. Bien, muy cerca de ella.

¿Qué quería decir «muy cerca de ella»? Había un campo gravitatorio en aquel lugar, de modo que debía de encontrarse en la rueda de una estación espacial orbital, que giraba muy despacio. Daba igual. Había cosas mucho más importantes en que pensar.

Poole efectuó unos cálculos veloces. Si Dave le había colocado en el invernáculo y tras revivir al resto de la tripulación había terminado la misión… ¡tal vez hubiese pasado «muerto» cinco años!

—¿Qué fecha es hoy? —preguntó, con la mayor calma posible.

El profesor y la enfermera intercambiaron una mirada. Poole volvió a sentir aquella corriente helada en el cuello.

—Debo decirle, señor Poole, que Bowman no lo rescató. Creyó, y no podemos culparlo, que su muerte era inevitable. Por otra parte, se enfrentaba a una dificultad gravísima que amenazaba su propia supervivencia…

»Por lo tanto, vagó usted por el espacio, atravesó el sistema jupiteriano y se dirigió hacia las estrellas. Por suerte, estaba tan por debajo del punto de congelación que sus funciones metabólicas quedaron suspendidas. Aun así, es casi un milagro que lo encontraran. Es uno de los hombres vivos más afortunados… No, uno de los más afortunados que ha existido jamás.

¿De veras?, se preguntó Poole, confuso. De modo que no habían sido cinco años, sino tal vez un siglo, o más.

—Póngame a prueba —dijo.

Daba la impresión de que el profesor y la enfermera estaban consultando un monitor invisible. Cuando se miraron y asintieron, Poole imaginó que todos estaban conectados con el circuito de información del hospital, enlazado con la banda metálica que le habían aplicado a la cabeza.

—Frank —dijo el profesor Anderson, adoptando con facilidad el papel de médico de cabecera—, esto será un gran golpe para usted, pero estoy seguro de que es capaz de aceptarlo, y cuanto antes lo sepa, mejor.

»Nos hallamos a las puertas del cuarto milenio. Créame… abandonó la Tierra hace casi mil años.

—Le creo —contestó Poole con calma, y al instante se dio cuenta, con irritación, de que la habitación se había puesto a girar alrededor de él, y ya no se enteró de nada más.

Cuando recobró la conciencia, descubrió que ya no estaba en una aséptica habitación de hospital sino en una lujosa suite, con atractivas imágenes en las paredes que no paraban de cambiar. En algunos casos se trataba de cuadros famosos y conocidos, otras mostraban paisajes terrestres y marinos que habrían podido ser de su época. No había nada extraño o perturbador. Eso ya vendría más tarde, supuso.

Era evidente que habían programado con sumo cuidado su entorno actual. Se preguntó si existiría en algún sitio el equivalente a una pantalla de televisión (¿cuántos canales habría en el tercer milenio?), pero no vio controles cerca de su cama. Tendría que aprender muchas cosas en aquel mundo nuevo. Era un salvaje que, de repente, había topado con la civilización.

Pero antes debía recuperar sus fuerzas, y aprender el idioma. Ni siquiera el advenimiento de la grabación del sonido, más de cien años antes de que Poole naciera, había impedido cambios drásticos en la gramática y la pronunciación. Había miles de palabras nuevas, procedentes sobre todo de los campos de la ciencia y la tecnología, aunque a menudo era capaz de adivinar su significado.

No obstante, lo más frustrante era la enorme cantidad de nombres famosos y de dudosa fama que se habían acumulado a lo largo del milenio, y que no significaban nada para él. Durante semanas, hasta que hubo acumulado un banco de datos, casi todas sus conversaciones tenían que ser interrumpidas para suministrarle biografías condensadas.

A medida que las energías de Poole iban en aumento, también lo hacía el número de personas que lo visitaban, aunque siempre bajo la vigilancia del profesor Anderson. Incluían médicos especialistas, eruditos de varias disciplinas y, lo que más le interesaba, comandantes de naves espaciales.

Poco podía contar a médicos e historiadores que no estuviera almacenado en los gigantescos bancos de datos de la humanidad, pero a menudo les proporcionaba atajos y nuevas perspectivas sobre los acontecimientos de su época. Si bien todos lo trataban con el máximo respeto y escuchaban con paciencia mientras él intentaba contestar las preguntas que le hacían, parecían reticentes a responder a las suyas. Poole tenía la sensación de que estaban protegiéndolo del choque cultural, y comenzó a preguntarse si podría escapar de su suite. En las pocas ocasiones que lo dejaban solo, no le sorprendía descubrir que la puerta estaba cerrada con llave.

Después, la llegada de la doctora Indra Wallace lo cambió todo. Pese a su nombre, su principal componente racial parecía ser el japonés, y en ocasiones Poole, con un poco de esfuerzo, podía imaginarla como una geisha bastante madura. No era la imagen más apropiada para una distinguida historiadora que había ganado una cátedra virtual en una prestigiosa universidad. Era la primera visitante que se expresaba con fluidez en el inglés de Poole, de modo que este se sintió encantado de conocerla.

—Señor Poole —empezó la mujer, con un tono de voz muy profesional—, he sido nombrada su guía oficial y, digamos, tutora. Me he especializado en su período. Mi tesis fue sobre el colapso del estado-nación entre los años 2000 y 2050. Creo que podemos ayudarnos mutuamente de muchas maneras.

—Estoy seguro. En primer lugar, me gustaría que me sacara de aquí, para ver un poco su mundo.

—Esa es precisamente nuestra intención, pero antes hemos de darle una identidad. Hasta entonces será… ¿Cuál era la expresión? Una no persona. Le resultaría casi imposible ir a cualquier sitio o hacer algo. Ningún dispositivo de acceso reconocería su existencia.

—Justo lo que suponía —contestó Poole con una sonrisa irónica—. En mi época empezaba a ser así, y mucha gente detestaba esa idea.

—No son pocos los que aún la detestan. Se van a vivir a terrenos vírgenes. En la Tierra hay muchos más de los que había en su siglo. Siempre se llevan sus compactos para pedir ayuda en cuanto surgen problemas. La media de tiempo son cinco días.

—Lo lamento. Es evidente que la raza humana se ha degradado.

Estaba poniéndola a prueba con cautela, a fin de descubrir los límites de su tolerancia y hacerse una idea de su personalidad. Era evidente que iban a pasar mucho tiempo juntos y que debería depender de ella en cientos de facetas. De todos modos, aún no sabía si le iba a caer bien. Tal vez la mujer lo considerase, sencillamente, una fascinante pieza de museo.

Ante la sorpresa de Poole, la doctora se mostró de acuerdo con sus críticas.

—Puede que sea cierto, en algunos aspectos. Quizá seamos más débiles desde un punto de vista físico, pero somos más sanos y estamos mejor adaptados que la mayoría de los seres humanos de épocas anteriores. El buen salvaje siempre fue un mito.

Se acercó a una pequeña placa rectangular situada en la puerta a la altura del ojo. Era del tamaño aproximado de las incontables revistas que habían proliferado en la lejana edad de la imprenta, y Poole había observado que al parecer en cada habitación existía una. Por lo general, estaban en blanco, pero a veces contenían líneas de texto que desfilaban lentamente, sin el menor sentido para Poole, aunque reconociera las palabras. En una ocasión, una placa de su suite había emitido urgentes pitidos, de los que él había hecho caso omiso, dando por sentado que alguien se ocuparía del problema. Por suerte, el ruido se interrumpió tan bruscamente como había empezado.

La doctora Wallace posó su palma sobre la placa, y la retiró al cabo de unos segundos. Miró a Poole.

—Venga a echar un vistazo —dijo, sonriente.

La inscripción que había aparecido era muy fácil de entender, y la leyó poco a poco:

WALLACE, INDRA (M 11.3.2970/31.885//HIST. OXFORD)

—Supongo que significa mujer, fecha de nacimiento el 11 de marzo del año 2970, y que está relacionada con el departamento de historia de Oxford. Imagino que 31.885 es un número de identificación personal. ¿Correcto?

—Excelente, señor Poole. He visto algunos números de sus correos electrónicos y tarjetas de crédito. ¡Horribles galimatías de letras y números que nadie era capaz de recordar! Todos sabemos nuestra fecha de nacimiento, y no hay más de noventa y nueve mil novecientas noventa y nueve personas que la compartan. En consecuencia, únicamente se necesita un número de cinco cifras..., y aunque lo olvide, da igual. Como ve, es parte de usted.

—¿Implante?

—Sí. Un nanochip al nacer, uno en cada palma, a modo de precaución. Cuando se lo implanten ni siquiera lo sentirá. Sin embargo, nos ha ocasionado un pequeño problema...

—¿Cuál?

—Los lectores con que se encontrará casi siempre son demasiado tontos para creer su fecha de nacimiento. Por lo tanto, con su permiso, la hemos atrasado mil años.

—Permiso concedido. ¿Y el resto de la identidad?

—Opcional. Puede dejarla vacía, darle sus intereses y ubicación actuales, o utilizarla para mensajes personales, globales o concretos.

Poole estaba seguro de que algunas cosas no habían cambiado con el paso de los siglos. Una alta proporción de aquellos mensajes «concretos» debían de ser muy personales.

Se preguntó si aún habría censores (espontáneos o nombrados por el Estado) y si los esfuerzos de estos por mejorar la moral de los demás habrían obtenido más éxitos que en su tiempo.

Tendría que preguntárselo a la doctora Wallace, cuando la conociera mejor.

4

UNA HABITACIÓN CON VISTAS

—Frank... El profesor Anderson cree que ya estás lo bastante fuerte para salir a dar un paseo.

—Me alegra mucho saberlo. ¿Conoces la expresión «loco de remate»?

—No, pero intuyo lo que significa.

Poole se había adaptado tan bien a la baja gravedad que sus largas zancadas se le antojaron de lo más normal. Media gravedad, había calculado, lo justo para proporcionar una sensación de bienestar. Durante el paseo se cruzaron con pocas personas, siempre desconocidas, pero todas le dedicaron una sonrisa de simpatía. A estas alturas, se dijo Poole con una pizca de presunción, debo de ser una de las celebridades más conocidas de este mundo. Me será de gran ayuda... cuando decida qué hacer con el resto de mi vida. Un siglo más, como mínimo, si hay que creer a Anderson...

El pasillo por el que andaban carecía de rasgos distintivos, salvo algunas puertas numeradas, todas con su panel de reconocimiento universal. Poole había recorrido unos doscientos metros detrás de Indra cuando se detuvo en seco, sorprendido por no haber caído en la cuenta de algo tan evidente.

—¡Esta estación espacial debe de ser enorme! —exclamó.

Indra sonrió.

—¿Cómo era aquella expresión vuestra... «Aún no has visto algo»?

—Nada —corrigió él, distraído.

Aún estaba intentando calcular el tamaño de aquella estructura, cuando recibió otra sorpresa. ¿Quién habría imaginado una estación espacial lo bastante grande para albergar un metro, en miniatura, eso sí, con un solo asiento con capacidad para una docena de pasajeros?

—Salón de observación tres —ordenó Indra, y se alejaron con celeridad y en silencio de la terminal.

Poole consultó la hora en el complicado reloj de pulsera cuyas funciones todavía continuaba estudiando. Una sorpresa menor había sido que todo el mundo se regía ahora por una hora universal. El confuso batiburrillo de zonas horarias había sido barrido por la llegada de las comunicaciones globales. En el siglo XXI se había hablado mucho del tema, y se había sugerido que la hora solar fuera sustituida por la sideral. Así, durante el curso del año, el Sol se movería de acuerdo con el reloj. Si ahora se alzaba a medianoche, un observador que se encontrara en el mismo punto seis meses después lo vería ponerse.

Sin embargo, no se había sacado nada en limpio de aquella propuesta, ni de intentos aún más escandalosos de reformar el calendario. Aquella tarea concreta, se había insinuado con cinismo, tendría que esperar a avances tecnológicos más importantes. Algún día, sin duda, una de las pequeñas equivocaciones de Dios acabaría por corregirse y la órbita de la Tierra se ajustaría para que cada año tuviera doce meses de treinta días iguales…

A juzgar por la velocidad y el tiempo transcurrido, Poole calculó que habrían recorrido tres kilómetros, como mínimo, cuando el vehículo se detuvo en silencio, las puertas se abrieron y una expresiva autovoz dijo: «Que disfruten de una buena vista. Cielo nuboso en un treinta y cinco por ciento».

Por fin estamos acercándonos a la pared exterior, pensó Poole. No obstante, de inmediato reparó en otro misterio: pese a la distancia que había recorrido, ni la fuerza ni la dirección de la gravedad habían sufrido alteraciones. Era incapaz de imaginar una estación espacial giratoria tan enorme que semejante desplazamiento no modificara el vector gravitatorio... ¿Era posible que estuviese en un planeta, a fin de cuentas? Pero en cualquier otro planeta habitable del Sistema Solar se habría sentido más ligero; de hecho, mucho más ligero.

Cuando la puerta exterior de la terminal se abrió y Poole se encontró en una pequeña esclusa de aire, comprendió que se hallaba en el espacio. Pero ¿dónde estaban los trajes espaciales? Miró alrededor, angustiado. Sus instintos se rebelaban contra el hecho de estar tan espantosamente cerca del vacío, desnudo y desprotegido. Con una experiencia ya era suficiente...

—Casi hemos llegado —le tranquilizó Indra.

Se abrió la última puerta, y a través de una enorme ventana que se curvaba vertical y horizontalmente, Poole contempló la negrura infinita del espacio. Se sintió como una carpa dorada en su pecera, y rezó para que los diseñadores de aquella audaz obra de ingeniería hubieran sabido lo que hacían. Sin duda tenían mejores materiales para construir semejantes estructuras de los que existían en su tiempo.

A pesar de que en el exterior debían de estar brillando las estrellas, al otro lado del enorme ventanal, sus ojos, adaptados a la luz, solo veían un gran abismo negro. Cuando se acercó para tener una vista mejor, Indra lo detuvo y señaló hacia adelante.

—Ve con cuidado —dijo—. ¿No te has dado cuenta?

Poole parpadeó y escudriñó la noche. Debía de ser una ilusión, incluso tal vez una grieta en la ventana.

Sacudió la cabeza. No, era real. ¿Qué podía ser? Recordó la definición de Euclides: «Una línea posee longitud, pero no espesor».

Un rayo de luz abarcaba la ventana en toda su altitud, y si lo hubiese intentado, Poole habría visto que continuaba por arriba y por abajo, pero tan unidimensional que la palabra «delgado» no podía aplicársele. Sin embargo, no carecía por completo de características: a intervalos regulares había puntos apenas perceptibles que brillaban con mayor intensidad, como gotas de agua en una telaraña.

Poole continuó caminando hacia la ventana, y la vista se amplió hasta que pudo ver lo que se extendía debajo. No tuvo la menor dificultad en reconocerlo: todo el continente europeo y casi todo el norte de África, tal como lo había visto tantas veces desde el espacio. De modo, pues, que estaba en órbita. Debía de ser ecuatorial, a una altitud de unos mil kilómetros, como mínimo.

Indra lo observaba con una sonrisa enigmática.

—Acércate más a la ventana —dijo en voz muy baja—. Para que puedas mirar abajo. Espero que no padezcas de vértigo.

¡Qué tontería decir eso a un astronauta!, pensó Poole mientras avanzaba. Si hubiera padecido de vértigo no estaría en esa profesión…

Apenas acababa de pasar aquel pensamiento por su mente, cuando exclamó: «¡Dios mío!», y retrocedió de forma involuntaria. Después, se armó de valor y volvió a mirar.

Estaba contemplando el lejano Mediterráneo desde una torre cilíndrica, cuya pared curva indicaba un diámetro de varios kilómetros. Claro que no era nada, comparado con su longitud, porque descendía hasta desaparecer en las nieblas que cubrían una zona de África. Supuso que continuaría hasta la superficie.

—¿A qué altitud estamos? —susurró.

—Dos mil kilómetros. Ahora, mira hacia arriba. Esta vez, la sorpresa no fue tan enorme. Ya suponía lo que iba a ver. La torre se hacía cada vez más pequeña, hasta convertirse en un hilo que brillaba contra el fondo negro del espacio, y tampoco dudó de que debía de continuar hasta la órbita geoestacionaria, treinta y seis mil kilómetros por encima del Ecuador. Fantasías semejantes habían sido muy populares en la época de Poole. Jamás se le había ocurrido que se convertirían en realidad... y viviría para verlo.

Señaló hacia el hilo lejano que se alzaba hacia el este.

—Eso debe de ser otra...

—Sí, la Torre Asiática. Ellos deben de vernos de la misma forma.

—¿Cuántas hay?

—Solo cuatro, a lo largo del Ecuador y separadas por distancias iguales. África, Asia, América, Pacífico. La última está casi vacía. Solo se han terminado unos centenares de niveles. No se ve más que agua...

Poole aún estaba asimilando aquel concepto inverosímil, cuando una idea inquietante pasó por su cabeza.

—En mi época, ya había miles de satélites, a toda clase de altitudes. ¿Cómo evitáis las colisiones?

Indra pareció perpleja.

—¿Sabes una cosa? Nunca he pensado en eso. No es mi especialidad. —Hizo una pausa, como si indagara en sus recuerdos. Después, su rostro se iluminó—. Creo que hubo una gran operación de limpieza, hace siglos. Ya no existen satélites por debajo de la órbita estacionaria.

Muy lógico, pensó Poole. No serían necesarios. Las cuatro torres gigantescas podían proporcionar todos los servicios que en otro tiempo facilitaban los miles de satélites y estaciones espaciales.

—¿Nunca se han producido accidentes, colisiones con naves espaciales que abandonaran la Tierra o volvieran a entrar en la atmósfera?

Indra lo miró, sorprendida.

—Ya no. —Señaló al techo—. Todos los puertos espaciales están donde deben: arriba, en el anillo exterior. Creo que han pasado cuatrocientos años desde que el último cohete fue lanzado desde la superficie de la Tierra.

Poole aún estaba asimilando aquella información cuando una anomalía trivial llamó su atención. Su preparación de astronauta le permitía percibir cualquier cosa que se apartara de lo normal. En el espacio, podía ser cuestión de vida o muerte.

El Sol no era visible, pero los rayos que se filtraban por el gran ventanal proyectaban en el suelo una brillante franja de luz. Otra franja, mucho más tenue, trazaba un ángulo con la primera, de modo que el marco de la ventana arrojaba una sombra doble.

Poole casi tuvo que arrodillarse para ver el cielo. Pensaba que ya nada podía sorprenderle, pero el espectáculo de los dos soles lo dejó por un instante sin habla.

—¿Qué es eso? —preguntó con voz estrangulada, cuando hubo recuperado el aliento.

—Oh. ¿No te lo habían dicho? Es Lucifer.

—¿La Tierra tiene otro sol?

—Bueno, no nos da mucho calor, pero ha puesto a la Luna fuera de circulación… Antes de que la Segunda Expedición fuese en tu busca, era el planeta Júpiter.

Sabía que tendría que aprender muchas cosas de ese nuevo mundo, pensó Poole, pero nunca había imaginado hasta qué punto.

5

EDUCACIÓN

Poole se sintió estupefacto y complacido a la vez cuando entraron en su habitación un televisor colocado sobre un carrito y lo dejaron al pie de la cama. Complacido, porque el hambre de información estaba matándolo, y estupefacto porque se trataba de un modelo obsoleto ya en su época.

—Hemos tenido que prometer al museo que lo devolveríamos —le informó la enfermera jefe—. Espero que sepa utilizarlo.

Mientras acariciaba el mando a distancia, Poole experimentó una poderosa sensación de nostalgia. Era uno de los pocos aparatos que le traían memorias de su infancia, y de los tiempos en que casi todos los televisores eran demasiado estúpidos para comprender órdenes habladas.

—Gracias, enfermera. ¿Cuál es el mejor canal de noticias?

La pregunta pareció desconcertar a la mujer, pero al cabo de unos segundos comprendió.

—Ah, ya entiendo qué quiere decir, pero el profesor Anderson cree que aún no está preparado. Por eso, Archivos ha reunido una colección que le hará sentirse como en casa.

Poole se preguntó por un momento cuál sería el soporte que imperaba en aquella época. Aún se acordaba de los discos compactos, y su excéntrico tío George había sido el orgulloso propietario de una colección de anticuados vinilos. En cualquier caso, seguro que el enfrentamiento tecnológico habría finalizado siglos antes con el triunfo del más idóneo, al estilo darwiniano.

Se vio obligado a admitir que la selección era muy buena y que había sido realizada por alguien (¿Indra?) familiarizado con los inicios del siglo XXI. No había nada perturbador, ni guerras ni violencia, y muy poco sobre economía o política, lo cual, en cualquier caso, sería ahora completamente irrelevante. Había algunas comedias ligeras, acontecimientos deportivos (¿cómo habían averiguado que era un fanático del tenis?), música clásica y pop, y documentales sobre la vida salvaje.

La persona que había reunido aquella colección debía de tener sentido del humor, de lo contrario no habría incluido episodios de cada serie de *Star Trek*. Cuando era muy pequeño, Poole había conocido a Patrick Stewart y Leonard Nimoy. Se preguntó qué habrían pensado si hubieran conocido el destino del niño que les había pedido con timidez un autógrafo.

Al cabo de unos minutos de explorar (casi siempre pulsando el botón de avance rápido) aquellas reliquias del pasado, lo asaltó una idea deprimente. En algún sitio había leído que a principios de siglo (¡su siglo!) existían unos cincuenta mil canales de televisión que emitían simultáneamente. Si la cifra se había mantenido, y era muy posible que hubiera aumentado, en el momento actual tal vez se emitieran millones y millones de horas de programación televisiva. En consecuencia, hasta el cínico más empedernido admitiría que valdría la pena pasarse miles de millones de horas delante del televisor, y millones de ellas con resultados excelentes. ¿Cómo encontrar aquellas agujas en un pajar tan gigantesco?

El pensamiento fue tan abrumador y desmoralizante que al cabo de una semana de cambiar incesantemente de canal, Poole pidió que se llevaran el aparato. Afortunadamente, quizá, cada vez tenía menos tiempo libre durante las horas que permanecía despierto, más numerosas a medida que iba recuperando las fuerzas.

Gracias al continuo desfile no solo de investigadores serios sino de ciudadanos inquisitivos (y seguramente influyentes) que lograban atravesar el filtro de la guardia palaciega establecido por la enfermera jefe y el profesor Anderson, no corría el riesgo de aburrirse. Sin embargo, se llevó una alegría el día en que el televisor reapareció. Empezaba a sufrir síntomas de introspección, y esta vez decidió ser más selectivo en la programación.

La venerable antigualla llegó acompañada de Indra Wallace, quien le dedicó una amplia sonrisa.

—Hemos encontrado algo que has de ver, Frank. Hemos creído que te ayudará a adaptarte. En cualquier caso, estamos seguros de que te gustará.

Poole siempre había considerado aquel comentario una garantía de aburrimiento, y se preparó para lo peor. Sin embargo, el inicio lo enganchó al instante, devolviéndolo a su antigua vida. Reconoció de inmediato una de las voces más famosas de su tiempo, y recordó que había visto aquel programa.

—Atlanta, 31 de diciembre del año 2000…

«Transmite CNN Internacional, cinco minutos antes del nacimiento del nuevo milenio, con todos sus peligros y promesas desconocidos…

»Pero antes de que intentemos explorar el futuro, retrocedamos mil años y preguntémonos: ¿Alguna persona que viviera en el año 1000 habría imaginado o comprendido nuestro mundo si por arte de magia la hubieran transportado a través de los siglos?

»Casi toda la tecnología de uso cotidiano fue inventada cerca del final de nuestro milenio, y la mayor parte en los últimos doscientos años. La máquina de vapor, la electricidad, los teléfonos, la radio, la televisión, el cine, la aviación, la electrónica y, en el curso de una sola vida, la energía nuclear y los viajes espaciales. ¿Qué habrían pensado de esto las grandes mentes del pasado? ¿Cuánto tiempo habrían conservado la cordura Arquímedes o Leonardo si los hubieran dejado caer de repente en nuestro mundo?

»Sentimos la tentación de decir que haríamos mejor papel si nos transportaran mil años en el futuro. Cabe pensar que los descubrimientos científicos fundamentales ya se han realizado. Aunque la tecnología experimente mejoras sustanciales, ¿habrá aparatos que sean tan mágicos e incomprensibles para nosotros como lo serían para Isaac Newton una calculadora de bolsillo o una cámara de vídeo?

»Es posible que la distancia de nuestra era respecto a las anteriores sea abismal. Las telecomunicaciones, la capacidad de grabar imágenes y sonidos que en otro tiempo se perdían inexorablemente, la conquista del aire y el espacio, todo esto ha creado una civilización que supera las fantasías más febriles del pasado. De la misma forma, Copérnico, Newton, Darwin y Einstein han cambiado tanto nuestra forma de pensar y nuestra perspectiva del Universo, que a ojos de nuestros predecesores más brillantes casi pareceríamos una especie nueva.

»¿Nos contemplarán nuestros sucesores, dentro de mil años, con la misma compasión que dedicamos a nuestros antepasados, ignorantes, supersticiosos, devorados por las enfermedades, de vida tan breve? Creemos conocer las respuestas a preguntas que ellos eran incapaces de formular, pero ¿qué sorpresas nos reserva el tercer milenio?

»Bien, vamos allá…»

Una gran campana empezó a desgranar los tañidos de la medianoche. La última vibración se fundió con el silencio…

«Y aquí termina: adiós, maravilloso y terrorífico siglo xx…»

Entonces, la imagen se dividió en una miríada de fragmentos, y un nuevo comentarista se encargó de la transmisión, hablando con un acento que Poole no logró ubicar con facilidad y que lo devolvió de inmediato al presente.

«Ahora, en los primeros minutos del año 3001, podemos contestar a esa pregunta del pasado…

»Desde luego, la gente del 2001 que acaban de ver no se sentiría tan trastornada en nuestra época como alguien del 1001 se hubiera sentido en la suya. Habría anticipado muchos de nuestros avances tecnológicos. Habría esperado ciudades satélite, así como colonias en la Luna y otros planetas. Incluso le habría decepcionado el que aún no seamos inmortales y solo hayamos enviado sondas a las estrellas más próximas...»

De repente, Indra interrumpió la grabación.

—Ya verás el resto más tarde, Frank. Te veo cansado. Espero que te ayude a adaptarte.

—Gracias, Indra. Tendré que consultarlo con la almohada. De todos modos, ha demostrado algo.

—¿Qué?

—Debería sentirme agradecido por no ser un ciudadano del año 1001 arrojado de golpe al 2001. Sería un salto demasiado grande. Creo que nadie podría adaptarse. Al menos sé algo de electricidad, y no me moriré de miedo si una foto empieza a hablarme.

Espero que mi confianza esté justificada, pensó Poole. Alguien dijo en una ocasión que cualquier tecnología avanzada no puede distinguirse de la magia. ¿Acaso toparé con la magia en este nuevo mundo? Y si así ocurre, ¿seré capaz de lidiar con ella?

6

EL CASCO CEREBRAL

—Temo que deberá tomar una dolorosa decisión —dijo el profesor Anderson con una sonrisa que neutralizaba el exagerado dramatismo de sus palabras.

—Podré superarlo, doctor. Dígamelo ya.

—Antes de colocarle su casco cerebral, tendrá que raparse por completo. La elección es la siguiente: a la velocidad que crece su cabello, tendrá que afeitarse una vez al mes, como mínimo. O puede decantarse por un afeitado permanente.

—¿Cómo se hace?

—Tratamiento con láser. Mata los folículos en las raíces.

—¿Es irreversible?

—No, pero se trata de un proceso complicado y doloroso, y tarda semanas.

—En ese caso, antes de tomar una decisión, veré cómo luzco sin pelo. No puedo olvidar la suerte que corrió Sansón.

—¿Quién?

—Un personaje de un famoso libro antiguo. Su novia le cortó el pelo mientras dormía. Cuando despertó, había perdido toda su fuerza.

—Ahora lo recuerdo… ¡Un simbolismo médico muy obvio!

—De todos modos, no me importaría perder la barba. Me gustaría dejar de afeitarme de una vez por todas.

—Me encargaré de los trámites. ¿Qué clase de peluca le gustaría?

Poole rió.

—No soy demasiado presumido. Creo que sería un engorro, pero también lo decidiré más adelante.

El que en aquella era todo el mundo fuese calvo constituyó una sorpresa para Poole, que había tardado en descubrir el hecho. Tuvo el primer indicio cuando justo antes de que llegaran varios especialistas calvos para someterlo a una serie de pruebas microbiológicas, las enfermeras que estaban a su cuidado se quitaron sus espléndidas cabelleras sin la menor señal de turbación. Nunca se había visto rodeado por tanta gente sin pelo, y supuso que se trataba del último paso en la eterna guerra de la profesión médica contra los gérmenes.

Como en muchas de sus suposiciones, también en esa estaba equivocado, y cuando descubrió el verdadero motivo, se divirtió al pensar en cuántas veces, antes de saber la verdad, había tenido la certeza de que el cabello de sus visitantes no era propio. La respuesta fue: «En raras ocasiones con los hombres, nunca con las mujeres». Debía de ser la gran era de los fabricantes de pelucas.

El profesor Anderson puso manos a la obra de inmediato. Aquella tarde, las enfermeras aplicaron una crema maloliente a la cabeza de Poole, quien al mirarse en el espejo una hora después no se reconoció. Bien, pensó, tal vez una peluca no sería mala idea después de todo...

Colocar el casco cerebral llevó más tiempo. Primero tuvieron que hacerle un molde, lo cual le exigió permanecer sentado, totalmente inmóvil, durante varios minutos, hasta que el yeso se endureció. Cuando las enfermeras se lo quitaron, riendo de manera muy poco profesional, casi esperaba oír que la forma de su cabeza era peculiar.

—¡Me han hecho daño! —se quejó.

A continuación vino el casco cerebral, un artilugio metálico que le encajaron casi hasta las orejas y que provocó un pensamiento nostálgico (¡Si mis amigos judíos pudieran verme ahora!). Al cabo de pocos minutos estaba tan cómodo que ni siquiera notaba su presencia.

Ya estaba preparado para la instalación, un proceso que, comprendió con un sentimiento cercano a la admiración, había sido el rito de iniciación para casi toda la raza humana durante más de medio milenio.

—No hace falta que cierre los ojos —dijo el técnico, que le había sido presentado bajo el pretencioso título de «ingeniero cerebral», pero que era popularmente conocido como el Hombre Cerebro.

—Cuando dé comienzo la organización, tomará el control de todos sus impulsos de entrada. Aunque tenga los ojos abiertos, no verá nada.

Poole preguntó si todo el mundo se sentiría tan nervioso en aquel instante. ¿Era ese el último instante en que tendría control sobre su mente? No obstante, había aprendido a confiar en la tecnología de esa era. Hasta el momento no lo había decepcionado. Claro que, como se decía en su época, siempre había una primera vez…

Tal como le habían prometido, no sintió nada, excepto un leve cosquilleo cuando miles de nanocables penetraron en su cuero cabelludo. Todos sus sentidos seguían siendo normales. Miró la habitación en torno y comprobó que todo estaba como debía ser.

El Hombre Cerebro (que llevaba su propio casco conectado, al igual que Poole, a una máquina muy parecida a un ordenador de mesa del siglo xx) le dedicó una sonrisa tranquilizadora.

—¿Preparado? —preguntó.

En ciertos momentos los antiguos tópicos todavía eran los mejores.

—Más que nunca —contestó Poole.

Poco a poco, la luz se fue apagando… o eso pareció. Se produjo un silencio absoluto, y hasta la suave gravedad de la torre dejó de atenazarlo. Era un embrión que flotaba en un vacío carente de rasgos característicos, si bien la oscuridad no era total. Había conocido una tenebrosidad semejante, apenas visible, casi ultravioleta, al borde de la noche, solo una vez en la vida, cuando había descendido más de lo que la prudencia indicaba por la cara de un acantilado vertical, en el borde exterior de la Gran Barrera Coralina. Cuando contempló aquellos cientos de metros de vacío cristalino, experimentó tal sensación de desorientación que por un instante el pánico se apoderó de él, hasta el punto de que poco faltó para que conectase su unidad de flotación. Afortunadamente pudo sobreponerse, pero jamás mencionó el incidente a los médicos de la Agencia Espacial…

Una voz, surgida del inmenso vacío que ahora parecía rodearlo, le habló desde una gran distancia, pero no entró por sus oídos. Sonó con suavidad en los laberintos reverberantes de su cerebro.

—Ha empezado el proceso de calibración. De vez en cuando le harán preguntas. Puede contestar mentalmente, pero sería mejor que vocalizara. ¿Ha entendido?

—Sí —respondió Poole, y se preguntó si sus labios se habían movido. Lo ignoraba.

Algo apareció en el vacío, una rejilla de líneas delgadas semejante a una enorme hoja de papel cuadriculado para gráficas. Se extendía hacia arriba y hacia abajo, a derecha e izquierda, hasta los límites de su visión. Intentó mover la cabeza, pero la imagen se negó a cambiar.

Sobre la rejilla comenzaron a destellar cifras, demasiado deprisa para que las leyera, pero algún circuito debía de estar grabándolas. Poole no pudo reprimir una sonrisa (¿se movían sus mejillas?), porque el fenómeno le resultaba familiar. Era como el examen ocular por ordenador que cualquier oculista de su tiempo efectuaba a sus pacientes.

La rejilla se desvaneció y fue sustituida por suaves capas de color que abarcaban todo su campo visual. Al cabo de unos segundos pasaron de un extremo del espectro a otro.

—Mi visión en color es perfecta —murmuró Poole para sí—. Supongo que ahora viene el oído.

Estaba en lo cierto. Un tenue tamborileo aceleró su ritmo hasta convertirse en casi inaudible, y luego recorrió la escala musical hasta desaparecer de la gama auditiva de los seres humanos para internarse en el territorio de los murciélagos y los delfines.

Fue la última de las pruebas sencillas. Recibió un breve asalto de olores y sabores, la mayor parte agradables, pero algunos todo lo contrario. A continuación, se transformó, o eso creyó, en una marioneta movida por un cable invisible.

Supuso que estaban poniendo a prueba su control neuromuscular, y esperó que no se produjeran manifestaciones externas, pues de lo contrario se asemejaría a un enfermo terminal con el mal de San Vito. En un momento dado tuvo una violenta erección, pero no fue capaz de apreciar su realidad, pues se sumió en un profundo sueño.

¿O estaba soñando que dormía? Cuando despertó no tenía ni idea del tiempo transcurrido. El casco ya había desaparecido, junto con el Hombre Cerebro y su equipo.

—Todo ha ido bien —informó la enfermera jefe—. Tardarán unas horas en comprobar que no se han producido animaladas, quiero decir anomalías. Si todo está bien, mañana recibirá su casco cerebral.

Poole agradecía los esfuerzos de la gente que lo rodeaba por aprender su arcaico idioma, pero habría preferido que la mujer no hubiera cometido aquel desafortunado desliz.

Cuando llegó el momento de la colocación definitiva, Poole casi se sentía como un niño a punto de desenvolver un maravilloso juguete nuevo depositado bajo el árbol de Navidad.

—No tendrá que sufrir de nuevo toda la preparación —lo tranquilizó el Hombre Cerebro—. El volcado empezará de inmediato. Le concederé cinco minutos de demostración. Relájese y disfrute.

Una música suave y sedante se derramó sobre él. Aunque le resultaba muy conocida, de su época, no la identificó. Una especie de niebla flotaba ante sus ojos, que se disipó cuando avanzó hacia ella...

¡Sí, estaba andando! La ilusión era de lo más convincente. Sentía el impacto de sus pies sobre el suelo, y ahora que la música había parado, oyó que un suave viento soplaba entre los grandes árboles que parecían rodearlo. Eran secuoyas californianas, y esperó que todavía existieran en la realidad, en algún lugar de la Tierra.

Se movía a buen paso, demasiado rápido para su comodidad, como si el tiempo se hubiera acelerado un poco para que cubriera la mayor distancia posible. De todos modos, no era consciente del menor esfuerzo. Experimentaba la sensación de ser un invitado en el cuerpo de otra persona. El hecho de que no tuviera control sobre sus movimientos intensificaba dicha sensación. Cuando intentaba detenerse o cambiar de dirección, no pasaba nada.

Daba igual. Estaba disfrutando de la nueva experiencia, y fue consciente de que era muy adictiva. Las «máquinas de sueños» que muchos científicos de su siglo habían anticipado, a menudo con alarma, eran ahora un elemento más de la vida cotidiana.

Poole se preguntó cómo había logrado la humanidad sobrevivir. Le habían dicho que una gran parte no lo había conseguido. A millones de personas se les había cortocircuitado el cerebro, y habían muerto a causa de ello.

¡Él sería inmune a tales tentaciones, por supuesto! Utilizaría esa herramienta maravillosa para aprender más acerca del mundo del tercer milenio, y para adquirir en cuestión de minutos nuevas habilidades que, de lo contrario, tardaría años en dominar. Bien, pensó, de vez en cuando utilizaría el casco cerebral como diversión...

Había llegado a la linde de un bosque, y estaba contemplando un ancho río. Caminó hacia él sin vacilar y no sintió la menor alarma cuando el agua cubrió su cabeza. Se le antojó un poco extraño que pudiera seguir respirando normalmente, pero consideró más sorprendente aún el que viera con toda perfección en un medio en que el ojo humano necesitaba para lograrlo alguna clase de ayuda. Pudo contar hasta la última escama de la magnífica trucha que pasó ante sus narices, indiferente, en apariencia, al extraño intruso.

¡Una sirena! Bien, siempre había querido conocer una, pero había dado por sentado que eran seres marinos. Quizá en ocasiones remontaran los ríos, ¿para dar a luz, como los salmones? Desapareció antes de que pudiera interrogarla a fin de que confirmara o negase su revolucionaria teoría.

El río terminaba en una pared transparente. La atravesó y se encontró ante un desierto, bajo un sol ardiente. Su calor le quemó de manera molesta, pero aun así pudo mirarlo directamente. Incluso vio, con claridad anormal, un archipiélago de manchas solares cerca de un limbo. Y también (¡pero era imposible!) la tenue gloria de su corona, solo visible durante un eclipse total, que se extendía como las alas de un cisne a ambos lados del sol.

Fundido en negro: la música regresó, y con ella el bendito frescor de su habitación. Abrió los ojos (¿los había cerrado en algún momento?) y descubrió que un público expectante aguardaba su reacción.

—¡Maravilloso! —susurró, casi con reverencia—. Algunas cosas me han parecido… Bueno… ¡más reales que la realidad!

Entonces, la curiosidad de su ingeniero, que casi nunca asomaba a la superficie, empezó a molestarle.

—Incluso esta breve demostración debe de contener una cantidad enorme de información. ¿Dónde está almacenada?

—En estas placas. Las mismas que utiliza su sistema audiovisual, pero con una capacidad mucho mayor.

El Hombre Cerebro tendió a Poole un pequeño cuadrado, en apariencia hecho de cristal, uno de cuyos lados era plateado. Su tamaño era similar al de los disquetes de ordenador que había conocido en su juventud, pero su grosor era el doble. Mientras Poole lo hacía girar entre sus dedos con la intención de ver su interior transparente, vislumbró algunos destellos irisados, pero eso fue todo.

Comprendió que estaba sosteniendo el producto final de más de mil años de tecnología electroóptica, así como otras tecnologías que en su era aún no habían nacido. No le sorprendía que, al menos superficialmente, se pareciera a los ingenios que había conocido. Existían una forma y un tamaño convenientes para la mayor parte de los objetos vulgares de la vida cotidiana (cuchillos y tenedores, libros, herramientas manuales, muebles), y memorias de quita y pon para los ordenadores.

—¿Cuál es su capacidad? —preguntó—. En mis tiempos, habíamos llegado a un terabyte en algo de este tamaño. Estoy seguro de que lo han perfeccionado muchísimo.

—No tanto como imagina. Hay un límite, por supuesto, fijado por la estructura de la materia. Por cierto, ¿qué era un terabyte? Temo que me he olvidado.

—¡Qué vergüenza! Kilo, mega, giga, tera... Eso es diez bytes elevado a doce. Después, el petabyte, diez elevado a quince. Ahí me quedé.

—Y por ahí empezamos nosotros. Es suficiente para grabar todo lo que una persona puede experimentar durante su vida.

Se trataba de una idea asombrosa, pero no debería haberse sorprendido. El tamaño del kilo de jalea contenido en el interior del cráneo humano no era mucho mayor que el de la placa que Poole sostenía, y era imposible que fuese tan eficaz como aparato de almacenamiento. Tenía muchas más cosas de las que ocuparse.

—Y eso no es todo —prosiguió el Hombre Cerebro—. Con cierta compresión de datos, podría almacenar no solo los recuerdos sino a la mismísima persona.

—¿Y reproducirla de nuevo?

—Por supuesto. Un simple trabajo de nanomontaje.

Poole había oído hablar de ello, pero nunca había llegado a creérselo.

En su siglo ya parecía suficiente maravilla que toda la obra de un gran artista pudiera almacenarse en un solo disco pequeño.

Y ahora, algo del mismo tamaño era capaz de contener… al propio artista.

7

INTERROGATORIO

—Me encanta saber que el Smithsonian todavía existe, después de tantos siglos —dijo Poole.

—Es probable que no lo reconociera —dijo el visitante, que se había presentado como doctor Alistair Kim, director de Astronáutica—. Sobre todo porque ahora está diseminado por todo el Sistema Solar. Las colecciones extraterrestres del hombre están en Marte y en la Luna, y muchas de las piezas que legalmente aún nos pertenecen se dirigen hacia las estrellas. Algún día las alcanzaremos y las devolveremos a casa. Tenemos muchas ganas de echarle mano al *Pioneer 10*, el primer objeto fabricado por el hombre que escapó del Sistema Solar.

—Creo que yo estaba a punto de hacerlo cuando me localizaron.

—Por suerte para usted… y para nosotros. Es posible que arroje luz sobre muchas cosas que ignoramos.

—La verdad, lo dudo, pero haré lo que pueda. No recuerdo nada después de que aquella cápsula se lanzó sobre mí. Aunque aún me cuesta creerlo, me han dicho que Hal fue el responsable.

—Es cierto, pero la historia es complicada. Todo lo que hemos podido averiguar se encuentra en esta grabación, de unas veinte horas, pero supongo que pasará la mayor parte con el botón de avance rápido. Ya sabrá, por supuesto, que Dave

Bowman salió de la cápsula número dos para rescatarle, pero quedó encerrado fuera de la nave, porque Hal se negó a abrir las puertas de la cápsula.

—¿Por qué, por el amor de Dios?

Poole observó que el doctor Kim daba un respingo; no era la primera vez que Poole reaccionaba de aquella manera. He de vigilar mi lenguaje, pensó. «Dios» parece una palabra obscena en esta cultura. He de preguntar a Indra al respecto.

—Había un error de programación importante en las instrucciones de Hal. Se le había dado el control sobre aspectos de la misión que usted y Bowman ignoraban. Todo está en la grabación.

»En cualquier caso, también interrumpió los sistemas de apoyo vital de los tres hibernautas, la tripulación Alfa, y Bowman se vio obligado también a expulsar sus cuerpos.

De modo que Dave y yo éramos la tripulación Beta, se dijo Poole. Otra cosa que no sabía…

—¿Qué fue de ellos? —preguntó—. ¿Pudieron rescatarlos, como a mí?

—Me temo que no. Lo hemos intentado, por supuesto. Bowman los expulsó varias horas después de que hubiera recuperado el control de Hal, de manera que sus órbitas eran un poco diferentes de las suyas. Lo suficiente para que se quemaran en Júpiter, mientras usted pasaba de largo y recibía un impulso gravitatorio que lo habría conducido a la nebulosa de Orión… al cabo de unos cuantos miles de años más.

»Haciéndolo todo manualmente, una hazaña prodigiosa, Bowman logró reconducir la *Discovery* a la órbita de Júpiter. Y allí se encontró con lo que la Segunda expedición llamó el Gran Hermano: un aparente gemelo del Monolito de Tycho, pero cientos de veces más grande.

»Ahí fue donde le perdimos. Abandonó la *Discovery* en la cápsula espacial restante y se reunió con el Gran Hermano. Durante casi mil años su último mensaje nos ha obsesionado: «Por Deus… ¡Está lleno de estrellas!».

¡Otra vez la misma canción!, pensó Poole. Dave no pudo decir eso... Debió de ser «¡Dios mío... está lleno de estrellas!».

—Por lo visto, la cápsula fue atraída hacia el monolito por una especie de campo de inercia, porque sobrevivió, y hemos de suponer que Bowman también, a una aceleración que debería haberlos aplastado al instante. Esa fue la última información que recibimos, durante casi diez años, hasta la misión conjunta rusonorteamericana *Leonov*.

—Que se acopló con la *Discovery* abandonada para que el doctor Chandra subiera a bordo y reactivara a Hal. Sí, eso lo sé.

El doctor Kim sonrió, algo turbado.

—Lo siento. No estaba seguro de cuánto le habían contado. En cualquier caso, fue entonces cuando las cosas más extrañas empezaron a suceder.

»Por lo visto, la llegada de la *Leonov* desencadenó algo en el interior del Gran Hermano. Sin esas grabaciones, nadie habría creído lo ocurrido. Permítame que le enseñe... Aquí está el doctor Heywood Floyd, en el turno de guardia de medianoche a bordo de la *Discovery*, después de que la energía se hubiera restaurado. Usted lo reconocerá todo, por supuesto.

Ya lo creo, se dijo Poole. Resulta extraño ver a Heywood Floyd, muerto hace tanto tiempo, sentado en mi viejo asiento, con el ojo rojo de Hal inspeccionándolo todo. Aún es más extraño pensar que Hal y yo hemos compartido la misma experiencia de resurrección...

Un mensaje estaba apareciendo en uno de los monitores, y Floyd contestó perezosamente.

De acuerdo, Hal. ¿Quién es el que llama?
NINGUNA IDENTIFICACIÓN.

Floyd parecía un poco irritado.

Está bien. Por favor, pásame el mensaje.

ES PELIGROSO PERMANECER AQUÍ. DEBEN IRSE DENTRO DE QUINCE, REPITO QUINCE DÍAS.

Eso es absolutamente imposible. Nuestra órbita de regreso no se alineará favorablemente hasta dentro de veintiséis días. No tenemos suficiente propulsante para una partida anticipada.

SOY CONSCIENTE DE ESTOS HECHOS. SIN EMBARGO, DEBEN IRSE ANTES DE QUINCE DÍAS.

No puedo tomar en serio esta advertencia a menos que conozca su origen. ¿Quién grabó eso?

YO ERA DAVID BOWMAN. ES IMPORTANTE QUE ME CREA. MIRE DETRÁS DE USTED.

Heywood Floyd se volvió poco a poco en su silla giratoria, apartándola de los paneles y conmutadores de la consola del ordenador, hacia el pasillo cubierto con velcro que había detrás.

—Observe esto con atención —advirtió el doctor Kim.

Como si fuera necesario decírmelo, pensó Poole…

El entorno de gravedad cero de la cubierta de observación de la *Discovery* estaba mucho más polvoriento de lo que recordaba. Supuso que la planta de filtración de aire aún no había sido conectada. Los todavía brillantes rayos paralelos del lejano Sol, que penetraban por los grandes ventanales, iluminaban infinidad de motas danzarinas en una clásica exhibición de movimiento browniano.

Pero algo extraño estaba ocurriendo a aquellas partículas de polvo. Daba la impresión de que una fuerza las dominaba, apartándolas de un punto central y atrayendo a otras lejanas a él, hasta que todas se reunieron en la superficie de una esfera hueca. Esta, de un metro de diámetro, flotó en el aire por un momento como una gigantesca pompa de jabón. Después se alargó hasta convertirse en una elipse cuya superficie empezó a arrugarse, a formar pliegues y hendiduras. Poole no se sorprendió cuando empezó a asumir la forma de un hombre.

Había visto dedos parecidos, soplados en cristal, en museos y exposiciones científicas, pero aquel fantasma polvoriento ni siquiera se aproximaba a la exactitud anatómica. Era como una tosca figura de barro, o una de aquellas primitivas obras de arte encontradas en las profundidades de las cavernas de la Edad de Piedra. Solo la cabeza aparecía modelada con un poco más de cuidado, y la cara, sin el menor asomo de duda, era la del comandante David Bowman.

HOLA, DOCTOR FLOYD. ¿ME CREE AHORA?

Los labios de la figura no se habían movido. Poole advirtió que la voz (sí, desde luego, la voz de Bowman) surgía del altavoz.

ESTO ME RESULTA MUY DIFÍCIL, Y TENGO POCO TIEMPO. SE ME HA PERMITIDO TRANSMITIRLES ESTA ADVERTENCIA. TIENEN SOLAMENTE QUINCE DÍAS.

Pero ¿por qué..., y *qué* es usted? ¿Dónde ha estado?

Pero la figura fantasmal ya estaba desvaneciéndose y su envoltura granulosa comenzaba a disolverse en sus partículas constitutivas de polvo.

ADIÓS, DOCTOR FLOYD. RECUERDE, QUINCE DÍAS. NO PODREMOS TENER NINGÚN OTRO CONTACTO. PERO PUEDE QUE HAYA OTRO MENSAJE MÁS SI TODO VA BIEN.

Mientras la imagen se desvanecía, Poole no pudo reprimir una sonrisa al oír el viejo tópico espacial: «Si todo va bien». ¡Cuántas veces había oído la frase antes de una misión!

El fantasma se desvaneció. Solo quedaron motas de polvo, que reanudaron sus configuraciones fortuitas en el aire. Con un esfuerzo de voluntad, Poole volvió al presente.

—Bien, comandante, ¿qué opina de esto? —preguntó Kim.

Poole aún estaba impresionado, y pasaron varios segundos antes de que pudiera contestar.

—La cara y la voz eran las de Bowman, podría jurarlo. Pero ¿qué era?

—Hemos discutido mucho acerca de eso, pero aún no lo hemos resuelto. Llámelo un holograma, una proyección... Podría falsearse de muchas maneras, si se quisiera, pero no en esas circunstancias. Y, además, está lo que pasó a continuación.

—¿Lucifer?

—Sí. Gracias a esa advertencia tuvieron tiempo suficiente para alejarse antes de que Júpiter estallara.

—Por lo tanto, fuera lo que fuese, el supuesto Bowman fue amigable e intentó ayudar.

—Diría que sí. No fue la última vez que apareció. Tal vez haya sido responsable de ese «otro mensaje» advirtiéndonos de que no intentáramos aterrizar en Europa.

—¿Nunca lo hemos hecho?

—Solo una vez, y por accidente, cuando treinta y seis años después la *Galaxy* fue secuestrado y obligado a aterrizar allí, y su nave hermana, la *Universe*, fue al rescate. Todo está aquí, con lo poco que nuestros monitores robóticos revelaron sobre los europeanos.

—Ardo en deseos de verlos.

—Son anfibios, de todas las formas y tamaños. En cuanto Lucifer empezó a fundir el hielo que cubría su mundo, comenzaron a salir del mar. Desde entonces se han desarrollado a una velocidad que desde un punto de vista biológico parece imposible.

—Por lo que recuerdo de Europa, ¿no había montones de grietas en el hielo? Quizá ya hubieran empezado a asomarse.

—Es una teoría bastante aceptada, pero existe otra mucho más especulativa. Puede que el Monolito haya estado implicado de una forma que aún no hemos comprendido. Lo que desencadenó esa teoría fue el descubrimiento de TMA-0, aquí en la Tierra, casi quinientos años después de su época. Supongo que ya le habrán hablado de ello.

—Solo de forma vaga. ¡He de ponerme al corriente de tantas cosas! Pensé que el nombre era ridículo, puesto que no se trataba de una anomalía magnética, y no estaba en Tycho sino en África.

—Tiene toda la razón, por supuesto, pero el nombre no ha variado. Cuanto más aprendemos sobre los monolitos, más desconcertantes resultan. Sobre todo porque constituyen la única prueba real de una tecnología avanzada, aparte de la terrestre.

—Eso me sorprendió. Debería haberlo supuesto cuando recibimos señales de radio de algún sitio. Recuerdo que yo era niño cuando los astrónomos empezaron a investigar.

—Bien, pues hay una pista, aunque es tan terrorífica que no nos gusta hablar de ello. ¿Ha oído algo acerca de Nova Scorpio?

—No creo.

—Siempre hay estrellas convirtiéndose en novas, por supuesto, y esta no fue muy impresionante, pero antes de estallar se supo que Nova Scorpio tenía varios planetas.

—¿Habitados?

—No hay forma de saberlo. Las exploraciones por radio no habían registrado nada. Y aquí viene lo bueno… Por suerte, la Patrulla de Novas automática captó el acontecimiento en el momento mismo en que comenzaba. Y no comenzó en la estrella. Primero estalló uno de los planetas, y después se propagó a su sol.

—Dios… Lo siento, continúe.

—Ha comprendido el quid de la cuestión. Es imposible que un planeta se convierta en nova, excepto de una manera.

—Una vez leí un chiste de mal gusto en una novela de ciencia ficción: «Las supernovas son accidentes industriales.»

—No fue una supernova, pero parece que tampoco fue un chiste. La teoría más aceptada es que alguien se había dedicado a derivar energía de vacío… y perdió el control.

—Pudo ser una guerra.

—Tanto da. Nunca lo sabremos, probablemente, pero como nuestra civilización depende de la misma fuente de energía, ya comprenderá por qué Nova Scorpio nos da pesadillas de vez en cuando.

—¡Y nuestra única preocupación era que se fundieran los reactores nucleares!

—Ya no, gracias a Deus. Quería contarle más cosas sobre el descubrimiento de TMA-0, porque marcó un momento crucial de la humanidad.

»Descubrir el TMA-1 en la Luna ya significó una conmoción enorme, pero quinientos años después fue peor. Y mucho más cerca de casa, en el amplio sentido de la palabra. Fue en África.

8

REGRESO A OLDUVAI

Los Leakey, se decía a menudo el doctor Stephen del Marco, no habrían reconocido aquel lugar, aunque se encontraba apenas a doce kilómetros de donde cinco siglos antes Louis y Mary habían desenterrado a nuestros primeros antepasados. El calentamiento global y la Breve Edad de Hielo (truncada gracias a milagros de la tecnología heroica) habían transformado el paisaje y alterado por completo su flora y su fauna. Robles y pinos todavía competían por ver cuáles sobrevivirían a los cambios en la fortuna climática.

Costaba creer que en el año 2513 los entusiastas antropólogos hubieran dejado algo sin desenterrar en Olduvai. No obstante, recientes inundaciones fulminantes (que en teoría ya no debían producirse) habían vuelto a esculpir la zona, recortando varios metros de la superficie del suelo. Del Marco había aprovechado la oportunidad, y allí, en el límite del analizador de profundidad, había algo que no terminaba de creer.

Había costado más de un año de paciente y cautelosa excavación llegar a la imagen fantasmal y descubrir que la realidad era más extraña de lo que nadie se había atrevido a imaginar. Las excavadoras robóticas habían eliminado a toda velocidad los primeros metros, y luego las tradicionales cuadrillas de estudiantes graduados se habían ocupado de la tarea. Les había ayudado (o estorbado) un equipo de *kongs*, que Del Marco consideraba más un engorro que otra cosa. Sin embargo, los estudiantes adoraban a los gorilas mejorados genéticamente, a quienes trataban como niños retrasados, aunque encantadores. Se rumoreaba incluso que las relaciones no siempre eran del todo platónicas.

No obstante, de los últimos metros solo se encargaban manos humanas, que por lo general empuñaban cepillos de dientes de cerdas finas. Y ahora, el trabajo había concluido. Howard Carter, al ver el primer destello de oro en la tumba de Tutankamón, no había desenterrado un tesoro comparable. Del Marco comprendió en aquel preciso instante que las creencias y filosofías humanas iban a cambiar de forma irrevocable.

El monolito parecía el gemelo exacto del descubierto en la Luna cinco siglos antes. Incluso el terreno circundante de la excavación era casi idéntico en tamaño. Al igual que TMA-1, era totalmente antirreflectante y absorbía con igual indiferencia el feroz resplandor del sol africano y el pálido brillo de Lucifer.

Mientras guiaba a sus colegas (los directores de la media docena de museos mundiales más famosos, tres eminentes antropólogos y los dirigentes de dos imperios mediáticos) hacia el fondo del pozo, Del Marco se preguntó si los hombres y mujeres que componían aquel distinguido grupo habían guardado alguna vez tanto silencio durante tanto rato. Era el efecto que aquel rectángulo negro como el ébano provocaba en todos los visitantes cuando tomaban conciencia de lo que implicaban los miles de objetos que lo rodeaban.

Porque aquellas toscas herramientas de pedernal y aquellos incontables huesos (algunos de animales, otros de humanos), casi todos ordenados en meticulosas configuraciones, eran el sueño de cualquier arqueólogo. Durante siglos (no, milenios), aquellos humildes obsequios habían sido depositados por seres que poseían apenas una vislumbre de inteligencia, la primera, como tributo a un prodigio que no alcanzaban a comprender.

Ni tampoco nosotros, pensaba a menudo Del Marco. De todos modos, estaba seguro de dos cosas, aunque dudaba que algún día fuese capaz de demostrarlas.

Aquel era el lugar, en el tiempo y en el espacio, donde la especie humana había nacido.

Y aquel monolito era el primero de todos y cada uno de sus numerosísimos dioses.

9

EL PAÍS CELESTIAL

—Anoche había ratones en mi habitación —se quejó Poole, medio en broma medio en serio—. ¿Existe alguna posibilidad de que puedas conseguirme un gato?

La doctora Wallace lo miró con estupor, pero luego soltó una carcajada.

—Habrás oído a uno de los microts de limpieza. Me encargaré de que cambien la programación para que no te molesten. Pero procura no pisar uno cuando esté en plena faena. Si lo haces, pedirá ayuda, y sus amigos acudirán para recoger los restos.

Tanto que aprender… ¡y tan poco tiempo! No, no era verdad, se recordó Poole. Gracias a los avances médicos, tal vez tuviera todo un siglo por delante. La idea ya empezaba a hacer que en lugar de placer comenzara a experimentar cierta aprensión.

Ahora al menos era capaz de seguir casi todas las conversaciones con facilidad, y había aprendido a pronunciar palabras, para que Indra no fuera la única persona capaz de entenderlo. Estaba muy contento de que el inglés se hubiese convertido en el idioma universal, si bien el francés, el ruso y el mandarín aún conservaban su vigencia.

—Tengo otro problema, Indra, y creo que eres la única persona que puede ayudarme. ¿Por qué todos parecen turbarse cuando pronuncio la palabra «Dios»?

Al contrario que los demás, Indra no pareció turbarse. De hecho, volvió a reír.

—Es una historia muy complicada. Ojalá mi buen amigo el doctor Khan estuviera aquí para explicártelo, pero se halla en Ganimedes, curando a los creyentes auténticos que todavía quedan allí. Cuando todas las viejas religiones cayeron en descrédito (algún día te hablaré del papa Pío XX, uno de los hombres más grandes de la historia), aún necesitábamos una palabra para la Causa Primera, o el Creador del Universo, si es que existe uno...

»Hubo montones de sugerencias: Deo, Theo, Jove, Brahma. Todas se probaron, y algunas todavía persisten, sobre todo la favorita de Einstein el Viejo. Pero en la actualidad parece que se ha puesto de moda Deus.

—Procuraré recordarlo, pero sigue pareciéndome una tontería.

—Ya te acostumbrarás. Te enseñaré otras imprecaciones corteses y razonables, para utilizarlas cuando quieras expresar tus sentimientos...

—Has dicho que todas las antiguas religiones habían caído en descrédito. ¿En qué cree la gente hoy?

—En lo menos posible. Todos somos deístas o teístas.

—Me he perdido. Definiciones, por favor.

—En tu época eran algo diferentes, pero estas son las versiones más recientes. Los teístas creen que no hay más de un Dios. Los deístas creen que no hay menos de un Dios.

—Temo que la distinción es demasiado sutil para mí.

—Y para mucha gente. Te sorprendería saber las amargas controversias que ha suscitado. Hace cinco siglos, alguien utilizó lo que se conoce como matemáticas surrealistas para demostrar que existe un número infinito de grados entre teístas y deístas. Como la mayoría de los que juguetean con el infinito, se volvió loco. Por cierto, los deístas más conocidos eran norteamericanos: Washington, Franklin y Jefferson.

—Eso fue un poco antes de mi época, aunque te sorprendería saber cuánta gente no se da cuenta.

—Ahora te daré una buena noticia. Joe, el profesor Anderson, ha dado por fin su… ¿Cuál es la expresión? Su beneplácito. Estás en suficiente buena forma para trasladarte a una dependencia permanente.

—Sí que es una buena noticia. Todo el mundo me ha tratado muy bien aquí, pero ya tengo ganas de tener mi propia casa.

—Necesitarás ropa nueva, y alguien que te enseñe a llevarla, y que te ayude en los cientos de tareas cotidianas que hacen perder tanto tiempo. Nos hemos tomado la libertad de asignarte un ayudante personal. Entra, Danil…

Danil era un hombrecillo de piel morena, de algo más de treinta años, y sorprendió a Poole al no dedicarle el saludo habitual, palma contra palma, que comportaba un intercambio automático de información. Pronto dio la impresión de que Danil no poseía una identidad. Siempre que era necesario, extraía un pequeño rectángulo de plástico que, en apariencia, servía para el mismo propósito que las «tarjetas inteligentes» del siglo XXI.

—Danil también será tu guía y… ¿Cuál era la palabra? No me acuerdo… Algo así como… ¿mayordomo? Ha sido preparado especialmente para el trabajo. Estoy segura de que te sentirás muy satisfecho.

Si bien Poole agradecía el gesto, se sintió un poco incómodo. ¡Un mayordomo, nada menos! No recordaba haber conocido a ninguno. En su época, ya era una especie en peligro de extinción. Empezó a sentirse como un personaje de novela inglesa de principios del siglo XX.

—Y mientras Danil organiza tu traslado, nosotros iremos a dar un paseíto por arriba… hasta el Nivel Lunar.

—Maravilloso. ¿A qué distancia se encuentra?

—Oh, a unos doce mil kilómetros.

—¡Doce mil! ¡Tardaremos horas!

Su comentario pareció sorprender a Indra, que, con una sonrisa, dijo:

—No es tan lejos como piensas. No, todavía no tenemos un transportador como el de *Star Trek*, aunque creo que están trabajando en ello. Bien, puedes elegir, aunque ya sé cuál será tu decisión. Podemos subir en un elevador externo, y admirar la vista, o uno interior, y disfrutar de una comida y alguna diversión ligera.

—No entiendo que alguien quiera quedarse dentro.

—Ni te lo imaginas. Para algunas personas es demasiado... vertiginoso, sobre todo para los visitantes de abajo. Hasta los alpinistas, que se jactan de estar acostumbrados a las alturas, se ponen verdes cuando las alturas no se cuentan en metros sino en kilómetros.

—Correré el riesgo —contestó Poole con una sonrisa—. He alcanzado alturas superiores.

Después de cruzar un conjunto doble de esclusas de aire en la pared exterior de la torre (¿eran imaginaciones suyas, o después experimentó una curiosa sensación de desorientación?), entraron en lo que podría haber sido el auditorio de un teatro muy pequeño. Había cinco hileras de diez asientos, todos encarados hacia una de las enormes ventanas que Poole aún encontraba desconcertantes, como si nunca pudiera olvidar del todo los cientos de toneladas de presión atmosférica que pugnaban por abrirse paso.

Los demás pasajeros, cerca de una docena, que probablemente nunca se habían parado a pensar en la cuestión, parecían muy tranquilos. Al reconocerlo, sonrieron, asintieron a modo de saludo y se volvieron para admirar la vista.

—Bienvenidos al Salón Celestial —dijo la inevitable autovoz—. El ascenso empezará dentro de cinco minutos. Encontrarán refrescos y lavabos en el piso inferior.

Poole se preguntó cuánto duraría aquel viaje. Iban a recorrer más de veinte mil kilómetros; sería muy distinto de los ascensores que había conocido en la Tierra...

Mientras esperaba a que comenzara el ascenso, admiró el impresionante panorama que se extendía dos mil kilómetros más abajo. En el hemisferio norte era invierno, pero no cabía duda de que el clima había cambiado de forma drástica, porque al sur del Círculo Ártico había poca nieve.

Europa estaba casi libre de nubes, y aparecían tantos detalles que desbordaban la capacidad del ojo. Una a una, identificó las grandes ciudades cuyos nombres habían resonado durante siglos. Ya en su época, cuando la revolución de las comunicaciones cambió la faz del mundo, empezaron a empequeñecer, y ahora se veían aún más pequeñas. También había algunas extensiones de agua en lugares improbables. El lago Saladin, al norte del Sáhara, era casi un pequeño mar.

Poole estaba tan absorto con aquel espectáculo que había olvidado el paso del tiempo. De pronto cayó en la cuenta de que habían pasado bastante más de cinco minutos, pero el elevador seguía parado. ¿Había ocurrido algo, o estaban esperando a los retrasados?

Y de pronto reparó en algo tan extraordinario que al principio se negó a dar crédito a sus ojos. El panorama se había expandido, como si ya hubieran ascendido cientos de kilómetros. Mientras miraba, vio que nuevos detalles del planeta aparecían en el marco de la ventana.

Entonces, cuando se le ocurrió una explicación lógica, Poole se echó a reír.

—¡Has estado a punto de engañarme, Indra! Pensaba que esto era real, en lugar de una proyección de vídeo.

Indra lo miró con una sonrisa enigmática.

—Reflexiona, Frank. Empezamos a movernos hace diez minutos. En este momento debemos de estar ascendiendo a unos mil kilómetros por hora. Aunque me han dicho que a máxima aceleración estos elevadores pueden alcanzar cien atmósferas, como el trayecto es tan breve, solo llegaremos a diez.

—¡Eso es imposible! Seis es lo máximo que me aplicaron

en la centrifugadora, y no me hizo ninguna gracia pesar media tonelada. Sé que desde que entramos no nos hemos movido.

Poole había alzado un poco la voz, y de repente fue consciente de que los demás pasajeros fingían no haberlo advertido.

—No entiendo cómo se hace, Frank, pero sé que se llama campo de inercia, o en ocasiones, un sharp. La ese es por un famoso científico ruso, Sajarov. No tengo ni idea de quiénes eran los demás.

Poco a poco la luz se hizo en la mente de Poole, quien no pudo evitar sentirse maravillado. Aquello sí que era una tecnología que no podía «distinguirse de la magia».

—Algunos amigos míos soñaban con impulsores espaciales, campos de energía capaces de sustituir a los cohetes y permitir el movimiento sin que se sintiera la aceleración. La mayoría de nosotros pensaba que estaban locos, pero parece que tenían razón. Apenas puedo creerlo… y a menos que me equivoque, empezamos a perder peso.

—Sí. Está ajustándose al valor lunar. Cuando salgamos te sentirás como en la Luna, pero tómatelo con calma, Frank. Olvida que eres un ingeniero y limítate a disfrutar de la vista.

Era un buen consejo, pero mientras contemplaba la totalidad de África y Europa, y la mayor parte de Asia, no podía apartar su mente de aquella increíble revelación. De todos modos, no tendría por qué estar tan sorprendido. Sabía que desde su época se habían producido grandes avances en los sistemas de propulsión espacial, pero ignoraba que tuvieran tales aplicaciones en la vida cotidiana, si esa expresión podía aplicarse a la existencia en un rascacielos de treinta y seis mil kilómetros de altura.

Y la era de los cohetes habría acabado hacía siglos. Todos sus conocimientos sobre sistemas de propulsión y cámaras de combustión, sobre impulsores iónicos y reactores de fusión, estaban totalmente obsoletos. Y no importaba, por supuesto, pero comprendía la tristeza que habría debido de sentir el capitán de un velero cuando la vela dio paso al vapor.

Su humor cambió con brusquedad, y no pudo evitar una sonrisa cuando la autovoz anunció:

—Faltan dos minutos para la llegada. Comprueben que no olvidan ninguna de sus pertenencias personales.

¡Cuántas veces había oído aquel aviso en los vuelos comerciales! Consultó su reloj y quedó sorprendido al comprobar que habían ascendido durante menos de media hora. Eso significaba una velocidad media de veinte mil kilómetros por hora, como mínimo, aunque pareciera que no se habían movido. Aún resultaba más extraño que, durante los últimos diez minutos o más, tenían que haber decelerado a tal velocidad que, en teoría, deberían estar todos de pie sobre el techo, con la cabeza apuntando hacia la Tierra.

Las puertas se abrieron en silencio, y cuando Poole salió, notó de nuevo la leve desorientación que había experimentado al entrar en la sala del elevador. Esta vez, no obstante, sabía lo que significaba: estaba moviéndose por la zona de transición en que el campo de inercia se superponía a la gravedad, que en ese nivel era equivalente a la de la Luna.

Pese a que la vista de la lejana Tierra había sido estremecedora, incluso para un astronauta, no tenía nada de sorprendente o inesperada, pero ¿quién habría imaginado una cámara gigantesca, que al parecer ocupaba toda la anchura de la torre, de manera que la pared del fondo se encontraba a más de cinco kilómetros de distancia? Tal vez en esa época hubiese en la Luna o Marte volúmenes cerrados aún mayores, pero aquel debía de ser uno de los más grandes del espacio.

Se encontraban de pie sobre una plataforma de observación a cincuenta metros de altura en la pared exterior, y a sus ojos se ofrecía un panorama de una variedad asombrosa. Era evidente que se había intentado reproducir toda una gama de biomas terrestres. Justo debajo de ellos había un grupo de árboles esbeltos que al principio Poole no logró identificar. Al cabo de un instante advirtió que se trataba de robles, adaptados a una sexta parte de su gravedad normal. Se preguntó qué aspecto tendrían las palmeras en un lugar así. Cañas gigantes, probablemente...

A media distancia había un pequeño lago, alimentado por un río que serpenteaba a través de una llanura herbosa, y que luego desaparecía en el interior de algo que recordaba una marisma gigante. ¿De dónde salía el agua? Poole había percibido un tenue tamborileo, y mientras observaba con atención la pared curva, descubrió unas cataratas del Niágara en miniatura, con un arco iris perfecto flotando sobre ellas.

Habría podido quedarse allí durante horas, admirando la vista y sin cansarse de todas las maravillas del tan complejo como logrado remedo del planeta. Tal vez la raza humana experimentase una necesidad cada vez mayor de recordar sus orígenes a medida que se adentraba en entornos nuevos y hostiles. Incluso en su época, todas las ciudades tenían parques, a modo de recordatorios (por lo general fracasados) de la naturaleza. El mismo impulso debía de estar actuando en ese lugar, a una escala mucho más exagerada. ¡Central Park, Torre Africana!

—Bajemos —dijo Indra—. Hay mucho que ver, y eso que no hemos subido tanto como me gustaría.

Aunque debido a aquella gravedad tan baja, caminar no representaba ningún esfuerzo, de vez en cuando aprovechaban un pequeño monorraíl, y en una ocasión se detuvieron para tomar un aperitivo en un café astutamente oculto en el tronco de una secuoya que debía de medir un cuarto de kilómetro de altura.

Había muy poca gente (hacía mucho rato que sus compañeros de ascensión habían desaparecido), de modo que era como si tuvieran aquel país de las maravillas para ellos solos. Todo estaba conservado de manera tan bella, seguramente por ejércitos de robots, que Poole recordó una visita a Disneylandia que había hecho de pequeño. Pero eso era aún mejor: no había multitudes, y muy pocas cosas que recordaran a la raza humana y sus aparatos.

Estaban admirando una soberbia colección de orquídeas, algunas de gran tamaño, cuando Poole sufrió una de las mayores impresiones de su vida. Mientras paseaban ante el típico cobertizo de jardinero, la puerta se abrió... y el jardinero salió.

Frank Poole siempre se había enorgullecido de su autocontrol, y nunca había imaginado que un adulto como él lanzara un grito de terror, pero como todos los miembros de su generación, había visto todas las películas de la serie *Parque Jurásico* y conocía a un velocirraptor cuando lo encontraba ante sus narices.

—Lo siento muchísimo —dijo Indra con tono de preocupación—. No se me ocurrió avisarte.

Poole se tranquilizó. Era imposible que existiera algún peligro en aquel mundo tan ordenado, pero aun así...

El dinosaurio lo miró con indiferencia, volvió a entrar en el cobertizo y salió con un rastrillo y un par de tijeras de podar, que dejó caer en una bolsa que colgaba de su hombro. Se alejó de ellos caminando de manera similar a un pájaro, sin volver la cabeza ni por un instante, hasta desaparecer tras unos girasoles de diez metros de altura.

—Te lo explicaré —añadió Indra, afligida—. Siempre que podemos, utilizamos biorganismos en lugar de robots. Supongo que se trata de mero chovinismo carbonífero. En la actualidad hay muy pocos animales que posean habilidades manuales, y en un momento u otro nos hemos valido de ellos.

»Existe un misterio que nadie ha conseguido resolver. Podría pensarse que herbívoros modificados, como chimpancés y gorilas, servirían para esta clase de trabajo. Bien, pues no. Carecen de paciencia.

»Sin embargo, carnívoros como el amigo aquí presente son excelentes, y fáciles de adiestrar. Es más, y aquí tienes otra paradoja, después de modificarlos son dóciles y obedientes. Claro, llevan a cuestas casi mil años de ingeniería genética, y piensa en lo que el hombre primitivo hizo con el lobo, a fuerza de probar. —Indra soltó una carcajada—. Tal vez no lo creas, Frank, pero también son excelentes canguros. ¡Los niños los adoran! Hay un chiste que se remonta a hace quinientos años: "¿Confiarías tus hijos a un dinosaurio? ¡Qué dices!, ¿Y arriesgarme a que hagan daño a los pobres animalitos?"

Poole rio con ella, en parte porque se sentía avergonzado de su miedo. Para cambiar de tema, interrogó a Indra sobre lo que continuaba preocupándole.

—Todo esto es maravilloso —dijo—, pero ¿para qué tantas molestias, cuando cualquier habitante de la torre puede acceder, con la misma rapidez, al objeto real?

Indra lo miró con aire pensativo, y sopesó sus palabras.

—Eso no es del todo cierto. Cuando alguien vive por encima del nivel de media gravedad, bajar a la Tierra, aun en aerosilla, es incómodo y hasta peligroso.

—¡Para mí no, seguro! Nací y me crié en gravedad uno, y en la *Discovery* nunca dejé de hacer mis ejercicios.

—Tendrás que consultar al profesor Anderson. Quizá no deba decirte esto, pero se ha suscitado una gran discusión sobre la situación actual de tu reloj biológico. Por lo visto, nunca se detuvo por completo, y tu edad equivalente se calcula entre cincuenta y setenta años. Aunque lo llevas muy bien, no esperarás recuperar todas tus fuerzas al cabo de mil años, ¿verdad?

Poole empezaba a comprender. Eso explicaba las evasivas de Anderson y todas las pruebas de reacción muscular a que lo habían sometido.

Había vuelto desde Júpiter y había quedado a dos mil kilómetros de la Tierra, pero por más que la visitase en realidad virtual, tal vez nunca pudiera volver a pasear por la superficie de su planeta natal.

No estoy seguro de cómo me voy a tomar esto, se dijo.

I. STAR CITY

HOMENAJE A ÍCARO

Pronto recobró el ánimo. No había mucho que hacer ni que ver. Mil vidas no habrían sido suficiente, y el problema consistía en elegir una distracción entre la enorme cantidad que aquella época ofrecía. Intentó, no siempre con éxito, evitar las trivialidades y concentrarse en lo importante, sobre todo su educación.

El casco cerebral (y el reproductor del tamaño de un libro que se llamaba, inevitablemente, «caja cerebral») era de enorme valor. Pronto contó con una pequeña biblioteca de placas de «conocimiento instantáneo», cada una de las cuales contenía todo lo necesario para una licenciatura universitaria. Cuando introducía una en la caja cerebral y la ajustaba a la velocidad e intensidad que más le convenían, se producía un destello de luz, seguido de un período de inconsciencia que podía durar, a lo sumo, una hora. Cuando despertaba tenía la sensación de que nuevas zonas de su mente se habían abierto, aunque solo sabía que estaban presentes cuando las buscaba. Era casi como si fuese el propietario de una librería que, de repente, descubría estantes de libros que ignoraba poseer.

Hasta cierto punto, su tiempo le pertenecía. Por sentido del deber, y de la gratitud, accedía a cualquier requerimiento por parte de científicos, historiadores, escritores y artistas, que a menudo trabajaban con medios incomprensibles para él. También recibía innumerables invitaciones de otros ciudadanos de las cuatro torres, que se sentía obligado a aceptar.

Las más tentadoras, aquellas a las que era más difícil resistirse, procedían del hermoso planeta que se extendía bajo sus pies.

—Si bajara con el sistema de apoyo vital adecuado, sobreviviría por un corto período de tiempo —le había explicado el profesor Anderson—, pero no lo pasaría bien. Por otra parte, su sistema neuromuscular se debilitaría aún más. No se ha recuperado de los mil años de sueño.

Su otro guardián, Indra Wallace, lo protegía de intrusiones innecesarias y lo aconsejaba acerca de qué peticiones aceptar y cuáles rechazar con amabilidad. Por sí solo jamás habría llegado a comprender la estructura sociopolítica de aquella cultura tan compleja, pero pronto dedujo que, pese a que en teoría todas las distinciones de clase habían desaparecido, existían unos pocos miles de superciudadanos. George Orwell había acertado: algunos siempre serían más iguales que los demás.

En ciertos momentos Poole, condicionado por su experiencia del siglo XXI, se preguntaba quién pagaba toda aquella hospitalidad. ¿Le presentarían algún día el equivalente a una monstruosa factura de hotel? Indra se apresuró a tranquilizarlo: era una pieza de museo única, de valor incalculable, y nunca debería preocuparse por consideraciones tan mundanas. Todo lo que quisiera (dentro de unos límites razonables) estaría a su alcance. Poole se preguntó cuáles eran los límites, sin imaginar que algún día intentaría descubrirlos.

Todas las cosas más importantes de la vida ocurren por accidente, y había programado su pantalla mural al azar, en silencio, cuando una imagen impresionante llamó su atención.

—¡Alto! ¡Sube el sonido! —gritó, de manera innecesaria.

Reconoció la música, pero le llevó varios minutos identificarla. El hecho de que la pared estuviera poblada de humanos con alas que giraban los unos alrededor de los otros con gran elegancia contribuyó a ayudarlo. Chaikovski habría quedado de piedra si hubiera visto aquella representación de *El lago de los cisnes*, porque los bailarines volaban de verdad...

Poole contempló la representación durante varios minutos, embelesado, hasta que tuvo la certeza de que no se trataba de una simulación. Ya en sus tiempos, nunca se podía estar seguro. Cabía suponer que el ballet se representaba en alguno de los numerosos entornos de baja gravedad, y a juzgar por las imágenes, debía de ser muy grande. Hasta era posible que fuese allí mismo, en la Torre Africana.

Quiero probar eso, decidió Poole. Nunca había perdonado a la Agencia Espacial que le prohibiera uno de sus mayores placeres, saltar en formación de paracaídas, si bien comprendía que no quisieran poner en peligro una inversión tan valiosa. Los médicos se habían disgustado mucho por el accidente que había sufrido mientras practicaba el vuelo sin motor. Por suerte, sus huesos adolescentes se habían soldado por completo.

Bien, pensó, ahora nadie puede detenerme... excepto el profesor Anderson...

Para alivio de Poole, el médico consideró que era una idea excelente, y aquel se sintió complacido al averiguar que todas las torres tenían su propio aviario, en el nivel de un décimo de gravedad.

Al cabo de pocos días le tomaron las medidas para las alas, que no se parecían en nada a la versión elegante que utilizaban los bailarines de *El lago de los cisnes*. En lugar de plumas poseían una membrana flexible, y cuando aferró las asas sujetas a las costillas de soporte, Poole comprendió que más que a un pájaro debía de parecerse a un murciélago. Sin embargo, su «¡Apártate, Drácula!» no hizo mella en su instructor, que por lo visto no estaba familiarizado con los vampiros.

Durante las primeras lecciones utilizó un arnés que impedía que derivara de un lado a otro mientras le enseñaban los movimientos básicos. Como ocurría con muchas habilidades adquiridas, era menos fácil de lo que parecía.

Se sentía ridículo con el arnés de seguridad (¡cómo iba a hacerse daño alguien a un décimo de gravedad!), y se alegró de necesitar solo unas pocas lecciones. Sin duda, su adiestramiento de astronauta había sido de utilidad. El «maestro de vuelo», como lo llamaban, le confesó que era el mejor alumno que había tenido, pero era probable que le dijese lo mismo a todos.

Después de una docena de vuelos libres por una cámara de cuarenta metros de lado, en la que se entrecruzaban diversos obstáculos que Poole esquivó con facilidad, le dieron permiso para efectuar su primer vuelo sin asistencia, y se sintió como si nuevamente tuviera diecinueve años y estuviese a punto de despegar en el anticuado Cessna del aeroclub de Flagstaff.

El vulgar nombre de «el Aviario» no lo había preparado para el lugar en que iba a tener lugar su bautismo de vuelo. Si bien semejaba ser más enorme que el espacio que albergaba los bosques y jardines, en el nivel de gravedad lunar, tenía casi el mismo tamaño, puesto que también ocupaba toda una planta de la ahusada torre. Se trataba de un vacío circular, de medio kilómetro de alto y más de cuatro de ancho, pero al carecer de rasgos distintos, su tamaño parecía aún mayor. Como las paredes eran de un azul claro uniforme, contribuían a la impresión de espacio infinito.

Poole no había creído la bravata del maestro de vuelo, «Podrá elegir el paisaje que quiera», y tenía la intención de demostrarle que era un desafío imposible. Sin embargo, en su primer vuelo, a una altura mareante de cincuenta metros, no vio nada que distrajese su atención. Caer desde una altura equivalente a cinco metros en una gravedad diez veces mayor que la de la Tierra podía ocasionar una rotura de cuello. De todos modos, hasta contusiones sin importancia eran improbables allí, pues el suelo estaba cubierto por una red de cables flexibles. Toda la cámara era un gigantesco trampolín. Poole pensó que cualquiera podía pasárselo en grande en un lugar como aquel, hasta sin alas.

Poole alzó el vuelo con movimientos firmes. Casi de inmediato tuvo la impresión de que se había elevado cien metros, y seguía ascendiendo.

—¡Más despacio! —dijo el maestro de vuelo—. ¡No puedo alcanzarlo!

Poole se enderezó, y luego intentó una lenta voltereta. Sentía la cabeza y el cuerpo ligeros (¡menos de diez kilos!), y se preguntó si la concentración de oxígeno habría aumentado.

Era maravilloso. Muy diferente de la gravedad cero, pues suponía más de un desafío físico. Se parecía mucho al buceo. Deseó que hubiera aves, para emular a los peces de colores que tan a menudo lo habían acompañado en los arrecifes tropicales.

El maestro de vuelo le indicó una serie de maniobras: volteretas, rizos, volar cabeza abajo, flotar…

—No puedo enseñarle nada más —dijo por fin—. Ahora, disfrutemos del panorama.

Poole estuvo a punto de perder el control por un instante, como cabía esperar. Porque, sin la menor advertencia, se vio rodeado de montañas nevadas, volando por un paso estrecho a pocos metros de unas rocas desagradablemente dentadas.

No podía ser real, por supuesto. Aquellas montañas eran tan insustanciales como nubes, y si lo deseaba podía atravesarlas. No obstante, se alejó de la cara del risco (en un saliente había un nido de águilas cuyos dos huevos parecían al alcance de la mano) y se dirigió hacia espacios más abiertos.

Las montañas se desvanecieron. De pronto, se hizo la noche. Y entonces salieron las estrellas, no los pocos miles de los empobrecidos cielos de la Tierra, sino multitud de ellas. Y no solo estrellas, sino remolinos de galaxias lejanas, enjambres de soles de racimos globulares.

Era imposible que todo aquello fuese real, aunque por arte de magia lo hubieran transportado a un mundo en que tales soles existieran. Porque aquellas galaxias iban alejándose mientras las contemplaba. Las estrellas se apagaban, estallaban, nacían en guarderías estelares de neblina resplandeciente. Cada segundo que transcurría debía de equivaler a un millón de años.

Aquel espectáculo sobrecogedor desapareció con tanta rapidez como se había iniciado. Estaba de vuelta en el cielo vacío, con la única compañía de su instructor, en el cilindro azul del Aviario.

—Creo que ya es suficiente por hoy —dijo el maestro de vuelo, que flotaba unos metros sobre él—. ¿Qué paisaje querrá la próxima vez que venga?

Poole no vaciló. Respondió con una amplia sonrisa en el rostro.

I. STAR CITY

11

HÁGANSE LOS DRAGONES

Nunca lo habría creído posible, incluso con la técnica de aquella era. ¿Cuántos terabytes o petabytes, si es que existía palabra semejante, de información debían haberse acumulado a lo largo de los siglos, y en qué clase de recipiente? Mejor no pensar en ello y seguir el consejo de Indra: «Olvida que eres un ingeniero y diviértete.»

Desde luego, estaba divirtiéndose, si bien su placer se veía mezclado con una sensación casi abrumadora de nostalgia. Porque estaba volando, o eso parecía, a una altitud de unos dos kilómetros, sobre el paisaje espectacular e inolvidable de su juventud. La perspectiva era falsa, por supuesto, ya que el Aviario solo tenía medio kilómetro de altura, pero la ilusión estaba perfectamente lograda.

Rodeó varias veces el Cráter del Meteoro y recordó que durante el entrenamiento como astronauta había escalado sus laderas. ¡Era increíble que alguien hubiese podido dudar de su origen y de lo acertado de su nombre! Sin embargo, ya bien avanzado el siglo XX, varios distinguidos geólogos habían argumentado que era volcánico. No fue hasta la llegada de la Era Espacial cuando, y a regañadientes, se aceptó que todos los planetas estaban sometidos a un bombardeo continuo.

Poole estaba seguro de que aquella confortable velocidad de crucero se acercaba más a los veinte que a los doscientos kilómetros por hora, pero aun así le había permitido llegar a Flagstaff en menos de quince minutos. Vio las cúpulas blancas y resplandecientes del observatorio Lowell, que tantas veces había visitado de niño y cuyo amable personal había sido, sin duda, el responsable de que decidiese convertirse en astronauta. Más de una vez se había preguntado cuál habría sido su profesión si no hubiera nacido en Arizona, cerca del punto preciso donde se habían creado las fantasías marcianas más influyentes y duraderas. Tal vez fuese cosa de su imaginación, pero Poole creyó ver la tumba de Lowell, única en su género, cerca del gran telescopio que había alimentado sus sueños.

¿En qué año, en qué estación, se había captado la imagen? Supuso que procedía de los satélites espías que habían vigilado el mundo de principios del siglo XXI. No podía ser mucho después de su tiempo, porque el trazado de la ciudad era tal como lo recordaba. Tal vez si descendía lo suficiente lograra verse…

Sabía que era absurdo. Ya había descubierto que no podía acercarse más. Si lo hacía, la imagen empezaría a descomponerse y revelaría sus píxeles básicos. Para no destruir ilusión tan hermosa era mejor mantener la distancia.

Y allí (¡qué increíble!) estaba el pequeño parque donde había jugado con sus amigos de primaria y secundaria. Los Padres de la Ciudad siempre estaban discutiendo acerca de su mantenimiento, porque la provisión de agua era cada vez menor. Bien, al menos ha sobrevivido a este tiempo, se dijo.

Y entonces, otro recuerdo hizo que se le llenasen los ojos de lágrimas. Siempre que regresaba a casa procedente de Houston o de la Luna, iba a dar un paseo por aquellos estrechos senderos con su adorado perro rodesiano, al que arrojaba ramitas para que las recogiera, como el hombre y el perro habían hecho desde tiempo inmemorial.

Poole había deseado con todo su corazón que Rikki aún saliera a recibirlo cuando regresara de Júpiter, y lo había dejado al cuidado de su hermano menor, Martin. Casi perdió el control, y descendió varios metros antes de recuperar la estabilidad, cuando una vez más tuvo que enfrentarse al hecho incontrovertible de que tanto Rikki como Martin eran polvo desde hacía siglos.

Cuando su vista se aclaró, observó que en el horizonte lejano era visible la franja oscura del Gran Cañón. Estaba pensando si ir en aquella dirección (se sentía algo cansado), cuando reparó en que no se encontraba solo en el cielo. Algo se acercaba, y no se trataba de un ser humano volador. Si bien era difícil calcular las distancias, parecía demasiado grande para eso.

Bien, pensó, no me sorprendería topar aquí con un pterodáctilo. De hecho, es lo que cabría esperar. Confío en que sea amistoso, o que pueda dejarlo atrás, en caso contrario… ¡Oh, no!

No se había equivocado por mucho. Lo que se acercaba a él con un lento batir de alas correosas era un dragón salido directamente del País de las Hadas. Y para completar la imagen, una hermosa dama cabalgaba sobre su lomo.

Poole supuso que era hermosa. Sin embargo, un detalle estropeaba la imagen tradicional: casi toda su cara estaba oculta por unas gafas de aviador dignas de la Primera Guerra Mundial.

Poole flotó en el aire, como un nadador que caminara por el agua, hasta que el monstruo se acercó lo bastante para que oyera el aleteo de sus enormes alas. Ni siquiera cuando estuvo a menos de veinte metros pudo decidir si se trataba de una máquina o de una bioconstrucción; probablemente fuese ambas cosas.

De pronto, se olvidó del dragón, porque la aviadora se había quitado las gafas.

El problema de los tópicos, comentó en cierta ocasión un filósofo, tal vez con un bostezo, es que son aburridamente reales.

Pero el «amor a primera vista» nunca es aburrido.

Danil no pudo proporcionarle la menor información, pero Poole tampoco lo esperaba. Su inseparable escolta (nunca estaría a la altura del clásico mayordomo) parecía tan limitado en sus funciones que Poole se preguntaba en ocasiones si sería deficiente mental, por improbable que pareciera. Comprendía el funcionamiento de todos los aparatos domésticos, obedecía órdenes sencillas con rapidez y eficacia y sabía orientarse en la torre, pero eso era todo. Resultaba imposible sostener una conversación inteligente con él, y cualquier pregunta cortés acerca de su familia recibía como respuesta una mirada de absoluta incomprensión. Poole se había preguntado si también él sería un biorrobot.

No obstante, Indra le proporcionó al instante la contestación que necesitaba.

—¡Ah, has conocido a la Dama Dragón!

—¿Así la llamáis? ¿Cuál es su nombre verdadero? ¿Puedes conseguirme su identidad? Era bastante difícil juntar las palmas.

—Por supuesto. No problemo.

—¿Dónde aprendiste a decir eso?

Indra lo miró, confusa.

—No tengo ni idea. Un libro antiguo, o tal vez una película. ¿Es una expresión correcta?

—Si tienes más de quince años, no.

—Intentaré recordarlo. Bien, dime qué ha sucedido… a menos que quieras ponerme celosa.

Se habían hecho tan amigos que podían hablar de cualquier tema con absoluta franqueza. De hecho, habían lamentado jocosamente su falta de interés romántico mutuo, aunque Indra había comentado en cierta ocasión: «Supongo que si hubiéramos naufragado en un asteroide desierto, sin la menor esperanza de ser rescatados, habríamos llegado a alguna clase de acuerdo».

—Primero, dime quién es ella.

—Se llama Aurora McAuley. Entre otras muchas cosas,

es la presidenta de la Sociedad Pro Anacronismos Creativos. Si has pensado que *Draco* era impresionante, espera a ver algunas de las otras… creaciones. Como *Moby Dick*, y toda una colección de dinosaurios que jamás habían pasado por la imaginación de la Madre Naturaleza.

Esto es demasiado bueno para ser verdad, pensó Poole. Soy el mayor anacronismo del planeta Tierra.

12

FRUSTRACIÓN

—Hasta ahora, casi había olvidado la conversación con el psicólogo de la Agencia Espacial.

—Es posible que se ausente de la Tierra durante tres años, como mínimo. Si quiere, puedo implantarle un anafrodisíaco inofensivo que durará hasta el fin de su misión. Cuando regrese, le aseguro que anularemos por completo sus efectos.

—No, gracias —había contestado Poole con pretendido tono de indiferencia—. Creo que podré arreglármelas.

No obstante, a la tercera o cuarta semana comenzó a tener ciertas sospechas, y lo mismo ocurrió con Dave Bowman.

—Yo también me he dado cuenta —dijo Dave—. Creo que esos malditos médicos nos han puesto algo en la dieta.

Fuera lo que fuese, en caso de existir, su efecto había desaparecido hacía mucho tiempo. Hasta entonces, Poole había estado demasiado ocupado para implicarse en relaciones sentimentales, y había declinado educadamente generosas ofertas de varias damas jóvenes (y no tan jóvenes). No estaba seguro de si era su físico o su fama lo que las atraía. Quizá se tratara de simple curiosidad hacia un hombre que, por lo que ellas sabían, podía ser un antepasado de hacía veinte o treinta generaciones.

Para satisfacción de Poole, la identidad de la señora McAuley reveló la información de que en aquel momento carecía de amantes, y no perdió ni un segundo en ponerse en contacto con ella. Al cabo de veinticuatro horas estaba montado a la grupa de su dragón, con los brazos alrededor de su adorable cintura. También descubrió por qué las gafas de aviador eran una buena idea, ya que *Draco* era ciento por ciento robótico y se desplazaba con suma facilidad a cien kilómetros por hora. Poole dudaba que los dragones auténticos hubieran alcanzado semejante velocidad.

No le sorprendió el que los paisajes, siempre cambiantes, sobre los cuales viajaban estuvieran inspirados en leyendas populares. Alí Babá les hizo señas, irritado, cuando adelantaron a su alfombra mágica, y gritó: «¡A ver si miráis por dónde vais!». Pese a todo, debía de estar muy lejos de Bagdad, porque las agujas de ensueño sobre las que ahora volaban en círculos solo podían pertenecer a Oxford.

Aurora confirmó su suposición.

—Ese es el pub donde Lewis y Tolkien se reunían con sus amigos, los inklings. Fíjate en ese río, en la barca que acaba de salir por debajo del puente. ¿Ves a las dos niñas y al clérigo que van en ella?

—Sí —gritó Poole, para imponerse al suave susurro del torbellino de *Draco*—. Supongo que una de ellas es Alicia.

Aurora se volvió y sonrió. Parecía muy complacida.

—Exacto. Es una réplica muy precisa, basada en las fotos del reverendo. Temía que no lo supieras. Después de tu época muchísima gente dejó de leer.

Poole experimentó un sentimiento de satisfacción.

Creo que he superado otra prueba, se dijo con presunción. Cabalgar sobre *Draco* habrá sido la primera. ¿Qué me espera ahora, pelear con espadas?

Pero no hubo más pruebas, y la respuesta a la pregunta inmemorial («¿A tu casa o a la mía?») fue: a la de Poole.

A la mañana siguiente, tembloroso y mortificado, fue a ver al profesor Anderson.

—Todo iba a pedir de boca —se lamentó—, cuando de repente ella se puso histérica y me apartó de un empujón. Temí haberle hecho daño sin querer...

»A continuación dijo que se encendiese la luz, porque estábamos a oscuras, y saltó de la cama. Supongo que la miré como si fuera idiota. —Soltó una amarga carcajada—. Valía la pena mirarla, desde luego.

—Estoy seguro. Continúe.

—Al cabo de unos minutos se tranquilizó y dijo algo que nunca olvidaré.

Anderson aguardó con paciencia a que Poole se serenara.

—Dijo: «Lo siento muchísimo, Frank. Podríamos haberlo pasado muy bien, pero no sabía que estuvieras... mutilado».

El profesor lo miró con estupor, pero solo por un instante.

—Ah, ya entiendo. Yo también lo siento, Frank. Debería haberle avisado. En mis treinta años de profesión solo he visto media docena de casos, todos por motivos médicos, lo cual no puede aplicarse a usted...

»En tiempos primitivos, e incluso en su siglo, la circuncisión tenía una lógica como medio defensivo contra enfermedades desagradables, aun mortales, en países atrasados en que la higiene era escasa. Por lo demás, se trataba de algo absolutamente innecesario, y podía oponerse bastantes objeciones, como acaba de descubrir.

»Tras examinarlo por primera vez, consulté los registros y descubrí que a mediados del siglo XXI se habían producido tantas denuncias por negligencia profesional que la Asociación Médica Norteamericana se vio forzada a prohibirla. Las discusiones que surgen entre los médicos contemporáneos son muy divertidas.

—Estoy seguro —dijo Poole, malhumorado.

—En algunos países continuó durante un siglo más. Después, un genio desconocido acuñó la frase, y perdone la vulgaridad, «Dios nos diseñó: la circuncisión es una blasfemia». Eso terminó con la práctica, más o menos. Si quiere, sería fácil arreglar un trasplante. Le aseguro que es una intervención de lo más corriente.

—Creo que no funcionaría. Temo que cada vez que me mirase me echaría a reír.

—Esa es la idea. Ya empieza a superarlo.

Para su sorpresa, Poole se dio cuenta de que el diagnóstico de Anderson era correcto. Se descubrió riendo.

—¿Y ahora qué, Frank?

—La Sociedad Pro Anacronismos Creativos, de Aurora. Pensaba que mejoraría mis posibilidades. Lástima que encontrara un anacronismo que no le hacía gracia.

13

FORASTERO EN TIEMPO EXTRAÑO

Indra no se mostró tan comprensiva como Poole había supuesto. Tal vez, al fin y al cabo, existieran ciertos celos sexuales en su relación. Y, muy sintomático, lo que habían bautizado con ironía el «desastre del dragón», los condujo a su primera discusión seria.

Empezó de manera inocente, cuando Indra se lamentó:

—La gente siempre me pregunta por qué he dedicado mi vida a un período de la historia tan horrible, y no me convence la respuesta de que han habido peores.

—Entonces ¿por qué te interesa mi siglo?

—Porque marca la transición entre la barbarie y la civilización.

—Gracias. Llámame Conan.

—¿Conan? El único que conozco es el hombre que inventó a Sherlock Holmes.

—Da igual. Lamento haberte interrumpido. En los países autoproclamados desarrollados nos creíamos civilizados, por supuesto. Al menos las guerras ya no eran respetables, y las Naciones Unidas hacían lo que podían para detener los conflictos que estallaban.

—Con muy poco éxito. Yo diría que tres de cada diez. De todas formas, lo que nos parece increíble es la facilidad con que la gente, incluso a principios del tercer milenio, aceptaba un comportamiento que nosotros consideramos atroz. Y creían en las patuchadas…

—Patochadas.

—… más inauditas, que cualquier persona racional rechazaría al instante.

—Ejemplos, por favor.

—Bien, tu trivial pérdida me impulsó a realizar algunas investigaciones, y lo que descubrí me dejó atónita. ¿Sabías que cada año, en algunos países, miles de niñas eran espantosamente mutiladas para preservar su virginidad? Muchas morían, pero las autoridades hacían la vista gorda.

—Reconozco que era terrible, pero ¿qué podía hacer mi gobierno al respecto?

—Mucho, de haber querido, pero eso habría ofendido a la gente que le proporcionaba petróleo y compraba sus armas, como las minas personales que mataban y mutilaban a miles de civiles.

—No lo entiendes, Indra. A veces no teníamos otra alternativa: no podíamos reformar a todo el mundo. ¿No dijo alguien en una ocasión que «la política es el arte de lo posible»?

—Muy cierto, por eso solo se dedican a ella las mentes mediocres. Los genios prefieren desafiar lo imposible.

—Bien, me alegro de que tengáis una buena provisión de genios, para poder enmendar los errores.

—Creo detectar cierto tono sarcástico, ¿o me equivoco? Gracias a nuestros ordenadores, podemos realizar experimentos políticos en el ciberespacio antes de ponerlos en práctica. Lenin no tuvo suerte. Nació cien años demasiado pronto. El comunismo ruso podría haber funcionado, al menos durante un tiempo, si hubiese contado con microchips. Y habría logrado librarse de Stalin.

A Poole siempre le asombraban los conocimientos que Indra tenía acerca de su tiempo, así como su ignorancia sobre tantas cosas que él daba por hecho. En cierto sentido, tenía el problema contrario. Aunque viviera los cien años que le habían prometido, nunca aprendería lo suficiente para sentirse como en casa. En cualquier conversación siempre había referencias que no captaba y bromas que no entendía. Peor aún, siempre se creía a punto de meter la pata, de provocar un desastre social que avergonzaría incluso al mejor de sus nuevos amigos...

... Como cuando estaba comiendo, por suerte en sus aposentos, con Indra y el profesor Anderson. Las comidas que salían del autochef siempre eran perfectamente aceptables, pues habían sido ideadas para adaptarse a sus exigencias fisiológicas, pero eran muy poco apetitosas, y habrían sumido en la desesperación a cualquier gourmet del siglo XXI.

Pero un día apareció un plato mucho más sabroso de lo habitual, que le trajo recuerdos de las barbacoas y cacerías de ciervos de su juventud. Sin embargo, había algo raro tanto en el sabor como en la textura, y Poole hizo la pregunta obvia.

Anderson se limitó a sonreír, pero Indra parecía a punto de vomitar. Se repuso, y dijo al médico:

—Respóndele... cuando hayamos terminado de comer.

Poole se preguntó en qué se habría equivocado. Media hora después, cuando Indra se había alejado de manera ostensible al otro extremo de la habitación para sumirse en la contemplación de un vídeo, sus conocimientos del tercer milenio experimentaron un avance muy importante.

—Comer cadáveres era una práctica que ya en su época apuntaba a la extinción —explicó Anderson—. Criar animales para comerlos se hizo imposible desde un punto de vista económico. No sé cuántas hectáreas de tierra eran necesarias para alimentar a una vaca, pero con los vegetales que producían podían sobrevivir al menos diez seres humanos. Y tal vez un centenar, mediante técnicas hidropónicas.

»Sin embargo, lo que dio al traste con esa horrible costumbre no fue la economía sino las enfermedades. Empezó con el ganado, y después se propagó a otros animales comestibles. Una especie de virus, creo, que afectaba al cerebro y provocaba una muerte de lo más desagradable. Aunque al final se encontró un remedio, era demasiado tarde para volver atrás, y en cualquier caso los alimentos sintéticos eran mucho más baratos y podían obtenerse de todos los sabores.

Poole tenía sus reservas al respecto, al recordar semanas de comidas satisfactorias pero nada excitantes. ¿Por qué, si no, seguía soñando con chuletas de cerdo y filetes *cordon bleu*?, se preguntaba.

Otros sueños eran mucho más inquietantes, y tenía miedo de acabar pidiendo ayuda médica a Anderson. Pese a todo lo que habían hecho para que se sintiera como en casa, su nuevo mundo era tan extraño y complicado que empezaba a abrumarlo. Cuando dormía, como en un esfuerzo inconsciente por escapar, solía regresar a su vida anterior, pero cuando despertaba la sensación era aún peor.

No había sido una buena idea trasladarse a la Torre Americana y contemplar, no en simulación sino en realidad, el paisaje de su juventud. Con ayuda óptica, cuando la atmósfera era clara, podía ver seres humanos dedicados a sus cosas, a veces en calles que recordaba...

Y ni por un instante podía sacarse de la cabeza que en otro tiempo había vivido allí abajo gente a la que había querido. Su madre, su padre (antes de largarse con aquella otra mujer), el querido tío George y la tía Lil, su hermano Martin, y una sucesión de perros, empezando con los cachorrillos de su niñez y terminando con Rikki.

Sobre todo, perduraba el recuerdo (y el misterio) de Helena...

Había comenzado como una relación superficial, cuando él daba sus primeros pasos en la astronáutica, pero a medida que pasaban los años, los lazos eran cada vez más fuertes. Justo antes de partir hacia Júpiter, habían decidido que cuando él regresara serían pareja fija.

Y Helena deseaba tener un hijo suyo, aunque él no estuviera de acuerdo. Todavía recordaba la mezcla de solemnidad e hilaridad con que habían procedido a tomar las medidas necesarias...

Ahora, mil años después, pese a todos sus esfuerzos le resultaba imposible descubrir si Helena había cumplido su promesa. Como sucedía en su memoria, también en los recuerdos colectivos de la humanidad existían lagunas. La peor fue creada por la devastadora pulsación electromagnética del impacto provocado por un asteroide en el año 2304, que había borrado un elevado porcentaje de los bancos de datos del género humano, pese a todos los sistemas de seguridad. Poole no dejaba de preguntarse si, en el caso de que los registros de sus hijos se encontraran entre los exabytes irremediablemente perdidos, sus descendientes de la trigésima generación estarían caminando ahora sobre la Tierra. Nunca lo sabría.

Le consoló en parte descubrir que, al contrario que Aurora, algunas damas de la era en que se hallaba no lo consideraban un producto deficiente. Al contrario. Con frecuencia encontraban su alteración muy excitante, pero esa reacción tan peculiar impedía a Poole establecer relaciones duraderas. Sin embargo, no tenía muchas ganas de ello. Lo que en realidad necesitaba era el ejercicio ocasional, saludable e indiferente.

Indiferente: ese era el problema. Ya no tenía ninguna meta en la vida. El peso de tantos recuerdos lo oprimía. Parafraseando el título de un famoso libro que había leído en su juventud, a menudo se decía: «Soy un forastero en tiempo extraño».

En ocasiones, mientras contemplaba el maravilloso planeta por el cual, si obedecía las órdenes de los médicos, nunca podría volver a caminar, se preguntaba qué sentiría si experimentaba por segunda vez el vacío del espacio. Si bien no resultaba fácil atravesar las esclusas de aire sin disparar alguna alarma, podía hacerse. Cada tantos años, un suicida decidido llevaba a cabo una meteórica exhibición en la atmósfera de la Tierra.

Tal vez fue mejor que la solución le llegara de una dirección completamente inesperada.

—Encantado de conocerlo, comandante Poole…, por segunda vez.

—Lo siento, pero no lo recuerdo. Veo a tanta gente…

—No hace falta que se disculpe. La primera vez fue cerca de Neptuno.

—¡Capitán Chandler! Es un placer volver a verlo. ¿Le apetece algo del autochef?

—Cualquier cosa que supere el veinte por ciento de graduación alcohólica me sentará bien.

—¿Qué está haciendo en la Tierra? Me dijeron que nunca se internaba en la órbita de Marte.

—Es casi cierto. Si bien nací aquí, es un lugar sucio y maloliente. Demasiada gente. ¡Están a punto de alcanzar los mil millones otra vez!

—Había más de diez mil millones en mi época. Por cierto, ¿recibió mi mensaje de agradecimiento?

—Sí, y sé que debería haberme puesto en contacto con usted, pero esperé hasta que me dirigí nuevamente hacia el Sol. Y aquí estoy. ¡Salud!

Mientras el capitán daba cuenta de su bebida a velocidad escalofriante, Poole intentó analizar a su visitante. Las barbas, aunque fueran perillas, como la de Chandler, escaseaban mucho en aquella sociedad, y nunca había conocido a un astronauta que la llevase. No coexistían confortablemente con los cascos espaciales. Lo normal era que un capitán pasara años sin salir al espacio, puesto que la mayor parte de los trabajos exteriores eran realizados por robots, pero siempre existía el peligro de lo inesperado, y en esos casos era necesario ponerse el traje deprisa y corriendo. Parecía evidente que Chandler era un poco excéntrico, y Poole se alegró.

—No ha contestado a mi pregunta. Si no le gusta la Tierra, ¿qué está haciendo aquí?

—Oh, encontrarme con viejos amigos, sobre todo. Es maravilloso olvidar los retrasos de varias horas y sostener conversaciones en tiempo real. Ese no es el motivo, claro está. En los astilleros del Borde están revisando mi viejo cascarón de nuez. Hay que sustituir el blindaje. Cuando se reduce a unos centímetros de espesor, no duermo muy bien.

—¿Blindaje?

—Escudo antipolvo. En su tiempo no representaba un gran problema, ¿verdad? El entorno de Júpiter es muy polvoriento, y nuestra velocidad de crucero normal es de varios miles de kilómetros... ¡por segundo! En consecuencia, se produce una lluvia continua, como gotas de agua sobre un tejado.

—¡Estás bromeando!

—Por supuesto. Si en realidad oyéramos algo, ya estaríamos muertos. Por suerte, esta clase de molestias no es muy frecuente. El último accidente grave sucedió hace veinte años. Conocemos todas las colas de cometas, donde se amontona la basura, y procuramos esquivarlas, excepto cuando alcanzamos la misma velocidad para recoger hielo.

»¿Por qué no sube a bordo y echa un vistazo, antes de que despeguemos hacia Júpiter?

—Me encantaría... ¿Ha dicho Júpiter?

—Bien, Ganimedes, por supuesto: Anubis City. Es el centro de una actividad frenética, y algunos de los que tenemos familia allí, hace meses que no la vemos.

Poole apenas lo escuchaba.

De pronto, inesperadamente, y tal vez no demasiado pronto, había descubierto una razón para vivir.

El comandante Frank Poole era la clase de hombre que detestaba dejar un trabajo a medias, y unas motas de polvo cósmico, aunque se movieran a una velocidad de mil kilómetros por segundo, no iban a disuadirlo.

Había dejado un trabajo a medias en el planeta conocido anteriormente como Júpiter.

II. GOLIATH

14

ADIÓS A LA TIERRA

«Lo que usted quiera..., dentro de un orden», le habían dicho. Frank Poole no estaba seguro de si sus anfitriones consideraban razonable su petición de regresar a Júpiter. De hecho, ni siquiera él estaba seguro, y empezaba a arrepentirse.

Ya había aceptado, con semanas de antelación, multitud de compromisos. Se alegraba de faltar a muchos de ellos, pero en algunos casos lo lamentaba. En concreto, detestaba decepcionar al último curso de su antigua escuela secundaria (¡era asombroso que todavía existiera!), que pensaba visitarlo el mes siguiente.

Sin embargo, se sintió aliviado, y un poco sorprendido, cuando Indra y el profesor Anderson afirmaron que se trataba de una excelente idea. Por primera vez se dio cuenta de que estaban preocupados por su salud mental. Unas vacaciones lejos de la Tierra tal vez fuesen la mejor cura.

Pero lo más importante era que el capitán Chandler estaba muy contento.

—Ocuparás mi camarote —prometió—. Expulsaré a mi segundo oficial; es una mujer insoportable.

En ocasiones Poole se preguntaba si Chandler, con su barba y sus fanfarronadas, no sería otro anacronismo. No le resultaba difícil imaginarlo en el puente de un velero, con la bandera de la calavera y las tibias ondeando sobre su cabeza.

En cuanto tomó la decisión, los acontecimientos se sucedieron con velocidad sorprendente. Había acumulado muy pocas posesiones, y necesitaba llevarse todavía menos. La más importante era la Señorita Pringle, su secretaria y alter ego electrónico, el almacén de su vida y pequeño recipiente de los terabytes que la acompañaban.

La Señorita Pringle no era mucho más grande que los ordenadores personales portátiles de su época, y solía llevarse, como los Colt 45 del antiguo Oeste, en una funda que colgaba de su cinturón. Podía comunicarse con ella por audio o mediante el casco cerebral, y su tarea principal era servir de filtro de información y amortiguador del mundo exterior. Como toda buena secretaria, sabía cuándo debía contestar «Le paso», o como ocurría con mayor frecuencia, «El señor Poole está ocupado. Haga el favor de grabar su mensaje, y él se pondrá en contacto con usted lo antes posible». Cosa que no ocurría casi nunca.

Le esperaban pocas despedidas. Si bien sería imposible mantener conversaciones en tiempo real debido a la perezosa velocidad de las ondas de radio, estaría en contacto permanente con Indra y Joe, los únicos verdaderos amigos que tenía.

Algo sorprendido, Poole se dio cuenta de que echaría de menos a su enigmático, pero útil, «mayordomo», porque ahora debería ocuparse en persona de todas las tareas, por ínfimas que fuesen, de la vida cotidiana. Cuando se separaron, Danil hizo una leve reverencia, pero por lo demás no demostró la menor emoción, mientras se dirigían hacia la curva exterior de la rueda que rodeaba el mundo, a treinta y seis mil kilómetros sobre África central.

—No estoy seguro de que te haga gracia la comparación, Dim, pero ¿sabes a qué me recuerda la *Goliath*?

Se habían hecho tan buenos amigos que Poole estaba autorizado a llamar al capitán por su apodo, pero solo cuando estaban solos.

—A algo poco halagador, supongo.

—Tampoco es eso, pero cuando era pequeño encontré un montón de revistas de ciencia ficción que mi tío George había abandonado. Las llamaban *pulps*, por el papel barato en que estaban impresas... La mayoría se hallaban en un estado lamentable. Tenían unas portadas chillonas maravillosas, con planetas extraños y monstruos, y naves espaciales, por supuesto.

»Cuando me hice mayor, comprendí lo ridículas que eran aquellas naves espaciales. Por lo general estaban impulsadas por cohetes, pero nunca se veía la menor señal de depósitos de combustible. Algunas tenían hileras de ventanas de popa a proa, como transatlánticos. Mi favorita tenía una enorme cúpula de cristal... Una especie de invernadero espacial.

»Bien, esos antiguos artistas rieron los últimos. Es una pena que no llegaran a enterarse. *Goliath* se parece más a sus sueños que a los depósitos de combustible voladores que utilizábamos en el Cabo. Vuestra impulsión inercial parece demasiado buena para ser cierta: ningún medio de apoyo visible, alcance y velocidad ilimitados... A veces pienso que soy yo quien está soñando.

Chandler rio y señaló hacia el panorama que se veía.

—¿Te parece eso un sueño?

Era la primera vez que Poole contemplaba un verdadero horizonte desde que había llegado a Star City, y no estaba tan lejos como había esperado. Al fin y al cabo se encontraba en el borde exterior de una rueda que medía siete veces el diámetro de la Tierra, de manera que desde el puente de aquel mundo artificial la vista debía de extenderse por varios cientos de kilómetros...

Siempre había sido bueno en hacer cálculos mentales, un logro extraño ya en su tiempo, y que ahora debía de ser mucho menos frecuente. La fórmula para calcular la distancia al horizonte era sencilla: la raíz cuadrada de dos veces la altura por el radio. Esas cosas nunca se olvidan, aunque uno quiera...

Vamos a ver... Estamos a unos ocho metros de altura, luego la raíz cuadrada de dieciséis... ¡Fácil! Digamos que el gran

R son cuarenta mil, saquemos los tres ceros para dejarlo todo en kilómetros, cuatro veces la raíz de cuarenta… un poco más de veinticinco…

Bien, veinticinco kilómetros era una buena distancia, y ningún puesto espacial de la Tierra había parecido nunca tan enorme. Si bien sabía perfectamente qué podía esperar, era estremecedor contemplar el despegue de naves mucho mayores que su perdida *Discovery*, no solo sin producir ruido, sino sin medio de propulsión aparente. Aunque Poole echaba de menos la emoción de las antiguas cuentas atrás, debía admitir que aquello era más limpio, más eficaz… y mucho más seguro.

Lo más extraño de todo, sin embargo, era estar sentado en el Borde, en la propia órbita geoestacionaria, ¡y sentir el peso del propio cuerpo! A escasos metros de distancia, al otro lado de la ventana de la diminuta sala de observación, unos cuantos robots de mantenimiento y algunos humanos con trajes espaciales se dedicaban a sus tareas. Sin embargo, en el interior de la *Goliath* el campo de inercia conservaba la gravedad marciana acostumbrada.

—¿Estás seguro de que no quieres cambiar de idea, Frank? —había preguntado en broma el capitán Chandler poco antes de salir hacia el puente—. Aún quedan diez minutos para el despegue.

—No estaría bien visto si lo hiciera, ¿verdad? No, como decían en los viejos tiempos, tenemos una misión. Dispuesto o no, allá voy.

Cuando la impulsión dio comienzo, Poole experimentó la necesidad de quedarse solo, y la pequeña tripulación (únicamente cuatro hombres y tres mujeres) respetó su deseo. Quizá intuyesen cómo debía de sentirse al abandonar la Tierra por segunda vez en mil años para enfrentarse, nuevamente, a un destino desconocido.

Júpiter-Lucifer estaba al otro lado del Sol, y la órbita casi en línea recta de la *Goliath* los acercaría a Venus. Poole ansiaba el momento de comprobar, con la única ayuda de sus ojos, si el planeta hermano de la Tierra se acercaba a esa descripción, después de siglos de terraformación.

Desde mil kilómetros de altura, Star City parecía una gigantesca franja metálica que ciñera el Ecuador de la Tierra, moteada de torres de señalización, cúpulas de presión, andamios que sostenían naves a medio terminar, antenas y otras estructuras más enigmáticas. Disminuía de tamaño a toda velocidad, a medida que *Goliath* se dirigía hacia el Sol, y Poole no tardó en comprobar que estaba muy incompleta. Vio enormes huecos en los que solo había redes de andamiaje, que tal vez nunca se terminaran.

Estaban cayendo bajo el plano del anillo. Era invierno en el hemisferio norte y el delgado halo de Star City se inclinaba unos veinte grados hacia el Sol. Poole vio las torres Americana y Asiática, como hilos brillantes que se extendían hacia la lejanía, al otro lado de la neblina azul de la atmósfera.

Apenas fue consciente del tiempo a medida que *Goliath* ganaba velocidad, moviéndose con mayor rapidez que cualquier cometa procedente del espacio interestelar. La Tierra, casi llena, abarcaba todo su campo de visión, y de pronto divisó en toda su extensión la Torre Africana, su hogar en la vida que estaba dejando, tal vez para siempre, no pudo evitar pensar.

Cuando estuvieron a cincuenta mil kilómetros de distancia, consiguió ver casi todo el conjunto de Star City, como una estrecha elipse que rodeaba la Tierra. Pese a que el lado opuesto, como una línea de luz recortada contra las estrellas, era apenas visible, resultaba reconfortante pensar que la raza humana había colocado aquella señal en los cielos.

Poole recordó entonces los anillos de Saturno, infinitamente más gloriosos. Los ingenieros astronáuticos aún debían recorrer un larguísimo camino antes de ser capaces de igualar los logros de la Naturaleza.

O de Deus, si esa era la palabra correcta.

II. GOLIATH

15

TRÁNSITO DE VENUS

Cuando a la mañana siguiente despertó, ya habían llegado a Venus, pero el enorme y deslumbrante semicírculo del planeta, todavía rodeado de nubes, no era el objeto más impresionante del cielo. *Goliath* flotaba sobre una extensión infinita de papel plateado arrugado que destellaba bajo los rayos del Sol mientras la nave derivaba sobre él.

Poole recordaba que en su época había existido un artista que envolvía edificios enteros con sábanas de plástico. ¡Le habría encantado aquella oportunidad de cubrir miles de millones de toneladas de hielo con un envoltorio reluciente! Era la única forma de impedir que el núcleo de un cometa se evaporara durante su trayecto, de décadas de duración, hacia el Sol.

—Estás de suerte, Frank —le había dicho Chandler—. Ni yo mismo he logrado presenciar jamás lo que se avecina. Debería ser espectacular. El impacto tendrá lugar dentro de una hora. Le hemos dado un empujoncito, para asegurarnos de que se dirige hacia el lugar correcto. No queremos que nadie se haga daño.

Poole lo miró con estupor.

—¿Quieres decir que ya hay gente en Venus?

—Unos cincuenta científicos chalados, cerca del polo sur. Están a buen recaudo bajo el suelo, por supuesto, pero deberíamos darle un meneo, aunque el punto cero se encuentra al otro lado del planeta. Tal vez debería decir «atmósfera cero».

Pasarán días antes de que algo más que las ondas de choque descienda a la superficie.

Mientras el iceberg cósmico, que destellaba y resplandecía en su envoltura protectora, se alejaba hacia Venus, un recuerdo doloroso asaltó a Poole. Los árboles de Navidad de su niñez estaban adornados con bolas similares, delicadas burbujas de cristal coloreado. La comparación no era ridícula: para muchas familias de la Tierra, era la estación de los regalos, y la *Goliath* estaba llevando a otro planeta un regalo de valor incalculable.

La imagen por radar del tortuoso paisaje venusiano (sus siniestros volcanes, sus túmulos verticales y sus sinuosos y angostos cañones) abarcaba la pantalla principal del centro de control de la nave, pero Poole prefería verlo con sus propios ojos. Si bien el ininterrumpido mar de nubes que cubría el planeta no revelaba nada del infierno que había debajo, quería averiguar qué ocurriría cuando el cometa secuestrado se estrellara. En cuestión de segundos, las miles de toneladas de hidratos congelados que habían ganado velocidad durante décadas en su huida de Neptuno liberarían toda su energía...

El destello inicial fue aún más brillante de lo que esperaba. ¡Era extraño que un mísil de hielo pudiera generar decenas de miles de grados de calor! Si bien los filtros de la portilla absorbieron todas las peligrosas longitudes de onda más cortas, el feroz destello azul de la explosión proclamó que sus temperaturas eran mayores que las del mismísimo Sol.

A medida que se expandía fue enfriándose con enorme rapidez, pasando del amarillo al anaranjado, al rojo... La onda de choque debía de estar esparciéndose a la velocidad del sonido (¡menudo sonido debía de ser!), y en pocos minutos habría señales visibles de su paso sobre la cara de Venus.

¡Allí estaba! Un diminuto anillo negro, como una insignificante nube de humo, que no daba idea de la furia ciclónica desencadenada desde el punto de impacto. Poole observó que se expandía lentamente, aunque debido a su escala no parecía producirse un movimiento visible. Aún tuvo que esperar un minuto para comprobar que había crecido.

Al cabo de un cuarto de hora, no obstante, era la principal marca del planeta. Aunque mucho más tenue (un gris sucio, en lugar de negro), la onda de choque se había convertido en un círculo mellado de más de mil kilómetros de diámetro. Poole supuso que había perdido su simetría original al pasar sobre las cordilleras que se extendían debajo.

La voz del capitán Chandler llegó por el sistema sonoro de la nave.

—Os comunico con la base Afrodita. Me alegra decir que no están pidiendo auxilio...

—... nos ha meneado un poco, tal como esperábamos. Los analizadores indican que ya ha empezado a llover sobre los montes Nokomis. No tardará en evaporarse, pero por ahí se empieza. Al parecer se ha producido una repentina inundación en la sima de Hécate. Sería ideal, pero vamos a confirmarlo. Después de la última entrega nació allí un lago transitorio de agua hirviente...

Poole se dijo que no los envidiaba, pero los admiraba. Demostraban que el espíritu aventurero aún existía en esa sociedad tal vez demasiado cómoda y bien adaptada.

—... y gracias de nuevo por lanzar esta pequeña carga en el lugar adecuado. Con un poco de suerte, y si logramos situar esa pantalla solar en órbita sincronizada, dentro de poco tendremos mares permanentes. Luego estaremos en condiciones de plantar arrecifes coralinos, producir limo y eliminar el exceso de anhídrido carbónico de la atmósfera... ¡Espero vivir para verlo!

Yo también, pensó Poole con silenciosa admiración. Se había zambullido con frecuencia en los mares tropicales de la Tierra, donde había contemplado con admiración toda clase de seres extraños y coloridos, a menudo tan extravagantes que costaba creer en la posibilidad de encontrar algo aún más raro, incluso en los planetas de otros soles.

—Paquete entregado con puntualidad, y confirmada su recepción —dijo el capitán Chandler con evidente satisfacción—. Adiós, Venus... Ganimedes, allá vamos.

SEÑORITA PRINGLE
ARCHIVO: WALLACE

Hola, Indra. Sí, tenías razón. Echo en falta nuestras pequeñas discusiones. Chandler y yo nos llevamos muy bien, y al principio la tripulación me trataba (esto te hará gracia) como una reliquia sagrada. Han empezado a aceptarme, y a tomarme el pelo, incluso (¿conoces esta expresión?).

Me irrita no poder entablar una verdadera conversación. Ya hemos cruzado la órbita de Marte, de modo que la transmisión por radio tarda una hora. No obstante, existe una ventaja: no puedes interrumpirme...

Aunque solo tardaremos una semana en llegar a Júpiter, pensaba que tendría tiempo para relajarme. Ni por asomo. Empecé a notar cosquillas en los dedos, y no pude resistir la tentación de regresar a la escuela. He iniciado el adiestramiento básico, una vez más, en una de las minilanzaderas de la *Goliath*. Tal vez Dim me deje manejarla en solitario...

No es mucho más grande que las cápsulas de la *Discovery*, pero ¡qué diferencia! Para empezar, no utilizan cohetes. Me cuesta acostumbrarme al lujo del impulso inercial, y del alcance ilimitado. Podría volver a la Tierra si me diera el mono.

La mayor diferencia reside en el sistema de control. Para mí, representa un gran desafío acostumbrarme a operar los controles sin valerme de las manos. El ordenador ha tenido que aprender a reconocer mis órdenes verbalizadas. Al principio, cada cinco minutos me preguntaba: «¿Lo dice en serio?». Sé que sería mejor utilizar el casco cerebral, pero desconfío de ese trasto. No creo que me acostumbre a que algo lea mis pensamientos...

Por cierto, la lanzadera se llama *Falcon*. Es un bonito nombre, y me llevé un chasco cuando descubrí que ningún tripulante de la nave sabía que se remonta a las primeras misiones Apolo, cuando aterrizamos por primera vez en la Luna...

Oh... Quería contarte muchas cosas, pero el capitán me llama. Vuelvo a clase. Un beso y fuera.

ARCHIVAR

TRANSMITIR

Hola, Frank. Llama Indra. ¡Si esa es la palabra correcta! En mi nuevo escribeideas. El viejo sufrió un ataque de nervios, ja, ja. Así que habrá montones de errores. No tengo tiempo de corregir antes de enviar. Espero que lo entiendas.

¡COMSEC! Canal uno cero trigrabación de doce treinta. Corrección. Trece treinta. Lo siento...

Espero poder reparar la unidad antigua. Conocía todos mis atajos y abreviaturas. Tal vez debería psicoanalizarme como en tus tiempos. Nunca comprendí cómo duró tanto tiempo esa tontería fraudiana. Perdón, freudiana.

Eso me recuerda... El otro día topé con una defin de finales del xx. Puede que te divierta. Algo así como. Comillas. Psicoanálisis. Enfermedad contagiosa originada en Viena circa 1900. Ahora extinguida en Europa pero con ocasionales rebrotes entre los americanos ricos. Cierra comillas. ¿Divertido?

Lo siento otra vez. Problemas con los escribeideas. Difícil ceñirse al punto.

xz 12L w888 8***** js9812yebdc MALDICIÓN... ALTO... SUSTITUCIÓN

¿He cometido un error? Probaremos de nuevo.

Hablaste de Danil... Lamento que siempre eludiéramos tus preguntas acerca de él. Sabía que eras curioso, pero teníamos muy buenos motivos. ¿Recuerdas que en una ocasión lo llamaste no persona? No ibas muy errado...

Una vez me preguntaste sobre el crimen en nuestros tiempos… Dije que un interés tan patológico. Tal vez azuzado por los interminables y enfermizos programas de televisión de tu tiempo. Nunca fui capaz de mirarlos más de unos minutos… ¡Repugnantes!

PUERTA.¡IDENTIFICACIÓN!AH,HOLAMELINDA,PERDÓN.SIÉNTATE. CASI HE TERMINADO…

Sí. Crimen. Siempre algo de… Nivel sonoro irreducible de la sociedad. ¿Qué hacer?

Vuestra solución. Prisiones. Fábricas de perversión patrocinadas por el Estado. ¡El mantenimiento de un recluso costaba diez veces lo que los ingresos de una familia normal! Una completa locura… Muy mal debían de estar las personas que pedían a gritos más cárceles. ¡Tendrían que haberlas psicoanalizado! Seamos justos. Antes de que el control y el seguimiento electrónicos se perfeccionaran, no había alternativas. Tendrías que haber visto a las multitudes derribar los muros de las prisiones. ¡No había pasado nada igual desde Berlín cincuenta años antes!

Sí. Danil. No sé cuál fue su crimen. Y aunque lo supiese no te lo diría. Imagino que su perfil psicológico sugirió que sería un buen. ¿Cuál era la palabra? Menordomo. No, mayordomo. Cuesta mucho encontrar gente para algunos trabajos. ¡No sé cómo lo haríamos si el nivel de criminalidad bajara a cero! En cualquier caso, espero que pronto lo descontrolen y se reinserte en la sociedad normal.

LO SIENTO, MELINDA. CASI HE TERMINADO.

Eso es todo, Frank. Recuerdos a Dimitri. Ya estarás a mitad de camino de Ganimedes. Me pregunto si alguna vez abolirán a Einstein para poder hablar en tiempo real de un lado a otro del espacio.

Espero que esta máquina se acostumbre pronto a mí. De lo contrario me pondré a buscar un auténtico procesador de datos del siglo xx. ¿Qué te creías, que una vez dominada esa estupidez QWERTYUIOP, tardarías doscientos años en librarte?

Un abrazo y adiós.

Hola, Frank. Aquí estoy de nuevo. Todavía esperando acuse de recibo de mi última…

Es curioso que te dirijas hacia Ganimedes, y hacia mi viejo amigo Ted Khan, pero quizá no se trate de una coincidencia. Le atrajo el mismo enigma que a ti…

Primero, debo decirte algo acerca de él. Sus padres le gastaron una mala jugada cuando le pusieron por nombre Theodore. La abreviatura es Theo (¡ni se te ocurra llamarlo así!). ¿Comprendes qué quiero decir?

No puedo evitar preguntarme si eso es lo que lo impulsa. No conozco a nadie que haya desarrollado tal interés por la religión… No, obsesión. Te advierto desde ya: puede llegar a ser un coñazo.

Por cierto, ¿cómo lo hago? Añoro a mi vieja escribeideas, pero al parecer tengo a esta máquina bajo control. Hasta el momento no he cometido ninguna… ¿Cómo lo llamabas? Chapuza, gazapo, lapsus.

No estoy segura de si debería decirte esto, por si acaso se te escapa, pero en privado llamo a Ted «el último jesuita». Debes de saber algo sobre ellos. La orden aún era muy activa en tu época.

Gente asombrosa. A menudo grandes científicos. Soberbios eruditos. Hicieron tanto bien como mal. Una de las mayores ironías de la historia. Eran brillantes y sinceros buscadores del conocimiento y la verdad, pero toda su filosofía estaba irremediablemente distorsionada por la superstición…

Xuedn2k3jn deer 21 eidj dwpp

Mierda. Me dejé llevar por las emociones y perdí el control. Uno, dos, tres, cuatro… Ha llegado el momento de que todos los hombres buenos acudan en ayuda de la partida… Eso está mejor.

En cualquier caso, Ted posee la misma noble determinación. No te líes en discusiones con él. Te arrollará como una apisonadora.

A propósito, ¿qué eran las apisonadoras? ¿Se utilizaban para planchar ropa? Imagino que debían de ser muy incómodas…

El problema de los escribeideas… Demasiado fácil dispersarse en todas direcciones, por más que intentes disciplinarte… Algo en favor de los teclados a fin de cuentas… Seguro que ya lo he dicho antes…

Ted Khan… Ted Khan… Ted Khan…

En la Tierra aún es famoso por dos de sus dichos: «La civilización y la religión son incompatibles» y «La fe consiste en creer lo que sabes que no es verdad». De hecho, me parece que el último no es suyo. Si lo es, nunca estuvo tan cerca de hacer un chiste. Jamás sonreía cuando le endilgaba uno de mis favoritos… Espero que no lo sepas… Debe datar de tu época…

El decano se queja a su facultad. «¿Por qué ustedes, los científicos, necesitan un equipo tan caro? ¿Por qué no pueden ser como el departamento de matemáticas, que solo necesita una pizarra y una papelera? Mejor aún, como el departamento de filosofía, que ni siquiera necesita una papelera…» Bien, tal vez Ted ya lo supiese… Supongo que casi todos los filósofos deben de saberlo…

De todos modos, dale recuerdos de mi parte. ¡Y no, repito, no te líes en discusiones con él!

TRANSCRIBIR. ARCHIVAR.

TRANSMITIR: POOLE

16

LA MESA DEL CAPITÁN

La llegada de un pasajero tan distinguido había provocado cierta conmoción en el hermético mundo de la *Goliath*, pero la tripulación se había adaptado a ella con buen humor. Cada día, a las 18:00, todo el personal se reunía a cenar en el comedor de oficiales, que a menos de gravedad uno podía albergar treinta personas, como mínimo, sin apreturas, si bien esparcidas de manera uniforme a lo largo de las paredes. Sin embargo, las zonas de trabajo de la nave se mantenían casi siempre a la gravedad lunar, de manera que había un suelo indiscutible, y más de ocho cuerpos constituían una multitud.

La mesa semicircular que a las horas de comer se desplegaba alrededor del autochef tenía capacidad para las siete personas que constituían la tripulación, con el capitán en el lugar de honor. Una persona más creaba problemas tan insuperables que ahora alguien debía comer solo en todas las comidas. Después de un debate caracterizado por el buen humor, se decidió seguir un orden alfabético, pero no el de los nombres, que casi nunca se utilizaban, sino el de los apodos. Poole había tardado un poco en acostumbrarse a ellos: Tornillos (ingeniería estructural); Chips (ordenadores y comunicaciones); Primero (segundo oficial); Props (propulsión y potencia); y Estrellas (órbitas y navegación).

Durante el viaje de diez días, mientras escuchaba las historias, chistes y quejas de sus compañeros temporales, Poole aprendió más sobre el Sistema Solar que durante los meses pasados en la Tierra. Todos los tripulantes se sentían muy complacidos de contar con un nuevo, y tal vez ingenuo, oyente como público, pero Poole casi nunca se dejaba sorprender ni por sus más imaginativas historias.

No obstante, en ocasiones costaba distinguir la verdad de la fantasía. En el fondo, nadie creía en el Asteroide Dorado, que solía considerarse una patraña del siglo XXIV. Pero ¿qué decir acerca de los plasmoides mercurianos, sobre los cuales una docena de testigos de la mayor confianza había informado durante los últimos quinientos años?

La explicación más sencilla era que estaban relacionados con cierta clase de rayos en forma de bolas, responsables de numerosos avistamientos de Objetos Volantes No Identificados tanto en la Tierra como en Marte. No obstante, algunos observadores juraban que habían mostrado un propósito, incluso una curiosidad, cuando se los encontraba de cerca. Tonterías, replicaban los escépticos. ¡Pura atracción electroestática!

Inevitablemente, el tema conducía a discusiones sobre la vida en el Universo, y Poole se descubría defendiendo, no por primera vez, a su propia era contra sus extremos de credulidad y escepticismo. Si bien la manía de «los alienígenas están entre nosotros» ya se había apaciguado cuando era niño, hasta en una época tan tardía como el año 2020 la Agencia Espacial seguía acosada por lunáticos que afirmaban haber entrado en contacto con visitantes de otros planetas o haber sido abducidos por ellos. Los medios de comunicación sensacionalistas habían abundado en sus delirios, y más tarde la literatura médica entronizó el síndrome como «enfermedad de Adamski».

Paradójicamente, con el descubrimiento del TMA-1 se había puesto fin a aquellas paparruchas al demostrar que, si bien había inteligencia en otras partes, llevaba varios millones de años sin relacionarse con la humanidad. El TMA-1 también había refutado las teorías del puñado de científicos empeñados en sostener que la vida superior al nivel bacterial era un fenómeno tan improbable que la raza humana se encontraba sola en esta Galaxia, cuando no en todo el cosmos.

Los tripulantes de la *Goliath* estaban más interesados en la tecnología de la era de Poole que en su política y su economía, y se sentían fascinados en particular por la revolución que había tenido lugar cuando él aún vivía: el fin de la era del combustible fósil, espoleado por el aprovechamiento de la energía del vacío. Les costaba imaginar las ciudades contaminadas del siglo XX y el desperdicio, la avaricia y los desastres ecológicos de la Era del Petróleo.

—No me culpéis a mí —dijo Poole, bromeando, después de una ronda de críticas—. De todos modos, el siglo XXI también tuvo su desastre.

—¿A qué te refieres? —dijeron todos al unísono.

—Bien, en cuanto la llamada Era de la Potencia Infinita se puso en marcha, y todo el mundo tuvo miles de kilovatios de energía barata y limpia para jugar…, ¡ya sabéis lo que pasó!

—Ah, te refieres a la Crisis Térmica. Se controló.

—Sí, después de cubrir la mitad de la Tierra con reflectores para enviar el calor del Sol de regreso al espacio. De lo contrario, estaría tan marchita como Venus ahora.

Los conocimientos de la tripulación sobre el tercer milenio eran tan limitados que Poole, gracias a la educación intensiva recibida en Star City, podía asombrarlos a menudo con detalles de acontecimientos ocurridos siglos después de su época. Sin embargo, le halagó descubrir que conocían a fondo la experiencia de la *Discovery*. Se había convertido en uno de los relatos clásicos de la Era Espacial. Sentían por él el mismo respeto que por una saga vikinga. A menudo debía recordarse que su época estaba en un punto intermedio entre la *Goliath* y los primeros barcos que cruzaron el océano occidental.

—El día 86 —le recordó Estrellas la quinta noche, mientras cenaban— pasaste a menos de dos mil kilómetros del asteroide 7794, y le disparaste una sonda. ¿Te acuerdas?

—Por supuesto —respondió Poole con cierta aspereza—. Para mí, sucedió hace menos de un año.

—Oh, lo siento. Bien, mañana estaremos todavía más cerca del 13445. ¿Querrás echar un vistazo? Con autoguía y marco congelado, deberíamos obtener una ventana de diez milisegundos de anchura.

¡Una centésima de segundo! Aquellos escasos minutos en la *Discovery* le habían resultado ya bastante excitantes, pero ahora todo sucedía cincuenta veces más deprisa...

—¿Es muy grande? —preguntó Poole.

—Treinta por veinte por quince, metros —respondió Estrellas—. Parece un ladrillo roto.

—Lástima que no tengamos proyectiles para dispararle —intervino Props—. ¿Te has preguntado alguna vez si a 7794 se le ocurriría responder?

—Nunca se nos ocurrió, pero proporcionó a los astrónomos mucha información útil, de manera que valió la pena correr el riesgo... Aun así, creo que no tiene sentido molestarse por una centésima de segundo. Gracias, de todos modos.

—Entiendo. Cuando has visto un asteroide, los has visto todos...

—No es cierto, Chips. Cuando estuve en Eros...

—Como ya nos has contado una docena de veces...

Poole se aisló mentalmente de la discusión, que se transformó en un ruido de fondo sin sentido. Retrocedió mil años en el tiempo y recordó la única alegría de la misión de la *Discovery* antes del desastre final. Si bien Bowman y él sabían perfectamente que 7794 era un mero pedazo de roca sin vida ni aire, aquel conocimiento no afectaba sus sentimientos. Era la única materia sólida con que toparían a aquel lado de Júpiter, y la habían contemplado con la emoción de un marinero que, tras un largo viaje por mar, avista una costa en la que no puede desembarcar.

Daba vueltas lentamente, y zonas de luz y sombra se distribuían al azar sobre su superficie. A veces centelleaba como una ventana lejana, al igual que el Sol arranca destellos de los aviones o de salientes de material cristalino...

También recordó la tensión creciente que se apoderó de ellos mientras esperaban el momento de averiguar si habían tenido buena puntería. No era fácil alcanzar un blanco tan pequeño situado a dos mil kilómetros de distancia y que se desplazaba a una velocidad relativa de veinte kilómetros por segundo.

De pronto, en la parte en sombras del asteroide se produjo una cegadora explosión de luz. El diminuto proyectil (uranio 238 en estado puro) había impactado a velocidad meteórica. En una fracción de segundo toda su energía cinética se había transformado en calor. Una nube de gas incandescente se elevó por un momento en el espacio y las cámaras de la *Discovery* comenzaron a registrar las líneas espectrales que se desvanecían a toda velocidad, en busca de señales indicadoras de átomos resplandecientes. Pocas horas después, en la Tierra, los astrónomos descubrieron por primera vez la composición de la corteza de un asteroide. No hubo grandes sorpresas, pero se descorcharon varias botellas de champán.

El capitán Chandler no solía participar en las discusiones, muy democráticas por otra parte, que tenían lugar alrededor de la mesa semicircular. Parecía contentarse con que su tripulación se relajara y expresase sus sentimientos en una atmósfera informal. Solo existía una regla no verbalizada: a la hora de comer no se hablaba de cosas serias. Si había problemas técnicos u operativos, se discutían en otro sitio.

Poole se mostró sorprendido (y un tanto escandalizado) al descubrir que los conocimientos de la tripulación de la *Goliath* sobre los sistemas de la nave eran muy superficiales. Con frecuencia había hecho preguntas que habrían debido responderse con facilidad, pero invariablemente lo remitían a los bancos de datos de la nave. Al cabo de un tiempo comprendió que la preparación exhaustiva que había recibido en su época ya no era posible. Los sistemas eran demasiado numerosos y complicados para que la mente de un hombre o una mujer pudiera dominarlos. Los diversos especialistas solo debían saber qué hacían sus equipos, no cómo lo hacían. La seguridad del funcionamiento dependía de las frecuentes comprobaciones automáticas, y la intervención humana solo podía causar más daños que beneficios.

Por suerte, el viaje transcurrió sin incidentes. Resultó tan plácido como cualquier capitán hubiera deseado, cuando el nuevo sol de Lucifer apareció ante ellos.

III. LOS PLANETAS DE GALILEO

(Extracto, solo texto, de *Guía turística del Sistema Solar Exterior*, v. 219.3)

Incluso hoy, los satélites gigantes de lo que en otro tiempo fue Júpiter presentan importantes misterios. ¿Por qué cuatro mundos, en órbita alrededor del mismo planeta primario y muy similares en tamaño, son tan diferentes en tantos otros aspectos?

Solo en el caso de Ío, el satélite más interior, existe una explicación convincente. Está tan cerca de Júpiter que las mareas gravitatorias que amasan constantemente su interior generan cantidades colosales de calor, hasta tal punto que la superficie de Ío está semifundida. Es el mundo con mayor actividad volcánica del Sistema Solar. El promedio de vida de los mapas de Ío es de unas pocas décadas.

Aunque en un medio tan inestable no se han establecido bases humanas permanentes, se han realizado numerosos aterrizajes, y existe una continua vigilancia robótica (para el trágico destino de la expedición que tuvo lugar el año 2571, véase *Beagle 5*).

Europa, segundo satélite en distancia de Júpiter, estaba al principio cubierto de hielo y mostraba pocas características superficiales, salvo una complicada red de grietas. Las fuerzas de marea que dominan Ío eran mucho menos poderosas en él, pero producían suficiente calor para proporcionarle un océano global de agua líquida, en la cual evolucionaron muchas formas de vida extrañas (véase astronave *Tsien*, *Galaxia*, *Universo*). Desde la conversión de Júpiter en el sol en miniatura, Lucifer, prácticamente toda la capa de hielo de Europa se ha fundido, y la abundante actividad volcánica ha creado varias islas pequeñas.

Como es bien sabido, hace casi mil años que se llevan a cabo aterrizajes en Europa, pero el satélite se halla bajo vigilancia continua.

Ganimedes, la luna más grande del Sistema Solar (con un diámetro de 5.260 kilómetros), también se ha visto afectado por la creación del nuevo sol, y sus regiones ecuatoriales son lo bastante cálidas para dar cobijo a formas de vida terrestres, aunque todavía carece de atmósfera respirable.

La mayoría de sus habitantes se dedican a la terraformación y la investigación científica. El principal enclave es Anubis City (pobl. 41.000), cerca del polo sur.

Calisto es muy diferente. Su superficie está cubierta por cráteres de todos los tamaños, tan numerosos que se superponen. El bombardeo debió de ser ininterrumpido durante millones de años, porque los cráteres más recientes han borrado a los antiguos. No existe una base permanente en Calisto, pero se han establecido varias estaciones automáticas.

17

GANIMEDES

No era normal que Frank Poole durmiera más de la cuenta, pero unos sueños extraños lo habían mantenido desvelado. El pasado y el presente estaban inextricablemente mezclados. A veces se hallaba en la *Discovery*, otras, en la Torre Africana, y en ocasiones volvía a ser un niño, rodeado de amigos que creía olvidados hacía mucho tiempo.

¿Dónde estoy?, se preguntó mientras se esforzaba por recuperar la conciencia, como un nadador que intenta volver a la superficie. Justo encima de su cama había una ventana pequeña cubierta por una cortina delgada que no impedía por completo que entrase la luz del exterior. En otro tiempo, a mediados del siglo xx, la lentitud del transporte aéreo había permitido que existieran literas de primera clase. Poole nunca había probado aquel lujo nostálgico, que algunas agencias turísticas todavía anunciaban en su época, pero no le costaba imaginar que ahora estaba disfrutando de una.

Descorrió la cortina y miró hacia afuera. No, no había despertado en los cielos de la Tierra, si bien el paisaje que se extendía allá abajo era parecido a la Antártida. No obstante, el polo sur nunca había presumido de dos soles, que se alzaban a la vez mientras *Goliath* se dirigía hacia ellos.

La nave se encontraba en órbita a menos de cien kilómetros sobre lo que parecía un inmenso campo arado espolvoreado de nieve. Sin embargo, el labrador debía de estar borracho, o el sistema de guía habría enloquecido, porque los surcos serpenteaban en todas direcciones, a veces cruzándose o volviendo sobre sí mismos. El terreno se encontraba sembrado de tenues círculos, cráteres fantasmales producidos por meteoros que habían impactado hacía eones.

De modo que esto es Ganimedes, pensó Poole, adormilado. ¡El puesto más avanzado de la humanidad! ¿Por qué querrá una persona sensata vivir aquí? Bien, lo mismo solía preguntarme cuando sobrevolaba Groenlandia o Islandia en pleno invierno...

Alguien llamó a la puerta, dijo «¿Puedo entrar?» y lo hizo sin esperar respuesta. Era el capitán Chandler.

—Pensé que lo mejor sería dejarte dormir hasta que aterrizáramos. La fiesta de fin de viaje se prolongó más de lo previsto, pero no quería provocar un motín si la interrumpía.

Poole rio.

—¿Se ha producido algún motín en el espacio?

—Oh, algunos, pero no en mis tiempos. Ahora que mencionas el tema, podría decirse que Hal inició la tradición... Lo siento, tal vez no debería haber... Mira, eso es Ganimedes City.

Sobre el horizonte aparecía lo que semejaba una configuración de calles y avenidas que se cruzaban casi en ángulo recto, pero con la leve irregularidad típica de las poblaciones que habían crecido por acumulación, sin una planificación central. Un ancho río la dividía en dos (Poole recordó que las regiones ecuatoriales de Ganimedes eran ahora lo bastante cálidas para que existiera agua líquida), y le trajo a la memoria un viejo grabado en madera que había visto del Londres medieval.

Entonces observó que Chandler lo miraba con expresión socarrona, y la ilusión se desvaneció en cuanto tomó conciencia de la escala de la «ciudad».

—Los ganimedianos deben de ser bastante grandes —dijo con aspereza— para tener carreteras de cinco o diez kilómetros de ancho.

—Veinte en algunos puntos. Impresionante, ¿verdad? Y todo es el resultado del hielo al dilatarse y contraerse. La Madre Naturaleza es ingeniosa... Podría enseñarte configuraciones que aún parecen más artificiales, aunque no son tan grandes como esta.

—Cuando era niño, se produjo un gran alboroto cuando se creyó detectar una cara en la superficie de Marte. Resultó ser una colina que las tormentas de arena habían tallado... Hay muchas por el estilo perdidas en los desiertos de la Tierra.

—¿Acaso no dijo alguien que la historia se repite? Ocurrió la misma tontería con Ganimedes City. Unos chiflados afirmaron que había sido erigida por alienígenas. Temo que no durará mucho.

—¿Por qué? —preguntó Poole, sorprendido.

—Ya ha empezado a derrumbarse, porque Lucifer funde el permagel. Dentro de cien años no la reconocerás... Ahí está el lago Gilgamesh, a la derecha, si te fijas bien...

—Ya veo a qué te refieres. ¿Qué ocurre? No creo que el agua esté hirviendo, incluso a esta baja presión.

—La planta de electrólisis. No sé cuántos millones de litros de oxígeno al día. El hidrógeno sube y se pierde, por supuesto. Al menos, eso esperamos... —Tras una pausa, Chandler añadió con tono algo desdeñoso—: Toda esa preciosa agua... ¡Ganimedes no necesita ni la mitad! No se lo digas a nadie, pero he estado pensando formas de llevar un poco a Venus.

—¿Sería más fácil que empujar cometas?

—Por lo que respecta a la energía, sí. La velocidad de escape de Ganimedes solo es de tres kilómetros por segundo. Y mucho, mucho más rápido. Años en lugar de décadas. No obstante, existen algunas dificultades prácticas...

—Ya me doy cuenta. ¿La enviarías con un lanzamasas?

—Oh, no. Utilizaría torres que perforasen la atmósfera, como las de la Tierra, pero mucho más pequeñas. Bombearíamos el agua hasta arriba de todo, la congelaríamos casi a cero absoluto, y dejaríamos que Ganimedes la expulsara en la dirección correcta aprovechando la rotación. Se produciría cierta evaporación, pero la mayor parte llegaría… ¿De qué te ríes?

—Lo siento. No me reía de la idea. De hecho, me parece sensata, pero has evocado en mí un recuerdo extraordinariamente vívido. En el jardín teníamos un aspersor que giraba impulsado por los chorros de agua. Lo que estás pensando es lo mismo, a una escala algo mayor, y utilizando una cantidad enorme de…

De pronto, otra imagen de su pasado borró todo lo demás. Poole recordó que, en aquellos tórridos días de Arizona, Rikki y él habían jugado a perseguirse a través de las nubes de niebla que provocaban los chorros del aspersor.

El capitán Chandler era un hombre mucho más sensible de lo que aparentaba. Sabía cuándo debía desaparecer.

—He de regresar al puente —gruñó—. Ya nos veremos cuando aterricemos en Anubis.

III. LOS PLANETAS DE GALILEO

18

GRAN HOTEL

El Gran Hotel de Ganimedes (inevitablemente conocido en todo el Sistema Solar como «hotel Granimedes») no era grande en ningún sentido, y si en la Tierra le hubieran otorgado una estrella y media habría podido considerarse afortunado. Como el competidor más cercano se hallaba a varios cientos de millones de kilómetros de distancia, el personal no sentía gran necesidad de extralimitarse en sus funciones.

Sin embargo, Poole no tuvo quejas, si bien a menudo deseaba que Danil siguiera a su lado para ayudarlo en las tareas mecánicas de la vida cotidiana y comunicarse mejor con los artilugios semiinteligentes que lo rodeaban. Había experimentado un breve momento de pánico cuando la puerta se había cerrado detrás del botones (humano), al parecer demasiado impresionado por el famoso huésped para explicarle cómo funcionaban los diversos aparatos con que contaba la habitación. Tras cinco minutos de charla nada fructífera con las silenciosas paredes, Poole entró en contacto por fin con un sistema que comprendió su acento y sus órdenes. Casi imaginó los titulares de *Todos los Mundos*: ¡ASTRONAUTA HISTÓRICO MUERE DE HAMBRE, ATRAPADO EN SU HABITACIÓN DEL HOTEL GANIMEDES!

Habría sido una ironía doble. Tal vez el nombre de la única suite de lujo del Ganimedes era inevitable, pero sufrió una auténtica conmoción cuando se encontró ante el holograma a tamaño natural de su antiguo compañero de nave, uniformado de pies a cabeza: Bowman. Incluso reconoció la imagen. Pocos días antes de que empezara la misión habían hecho, casi al mismo tiempo, los retratos oficiales de ambos.

Pronto descubrió que casi todos los tripulantes del *Goliath* tenían apaños sentimentales en Anubis, y estaban ansiosos por que durante la escala de la nave, que se prolongaría veinte días, conociera a sus «otros significativos». Casi al instante se vio inmerso en la vida social y profesional de aquel puesto fronterizo, y la Torre Africana se le antojó de pronto un sueño lejano.

Como muchos norteamericanos, Poole conservaba en el fondo de su corazón un afecto nostálgico por las pequeñas comunidades en que todos se conocían, y en el mundo real, no en el virtual del ciberespacio. Anubis, con una población residente inferior a la de su añorada Flagstaff, se aproximaba bastante a ese ideal.

Las tres cúpulas de presión principales, cada una de dos kilómetros de diámetro, se alzaban sobre una meseta que dominaba un campo de hielo que se extendía hasta perderse de vista. El segundo sol de Ganimedes, conocido en otro tiempo como Júpiter, nunca proporcionaría el calor suficiente para fundir los casquetes polares. Esta había sido la razón principal por la que se decidió establecer Anubis en un lugar tan inhóspito: los cimientos de la ciudad tardarían varios siglos en desmoronarse.

En el interior de las cúpulas, lo más fácil era sentir una total indiferencia hacia el mundo exterior. Cuando Poole dominó los mecanismos de la suite Bowman, descubrió que tenía a su alcance una limitada pero impresionante gama de entornos. Podía sentarse bajo las palmeras de una playa del Pacífico, escuchando el suave murmullo de las olas, o, si lo prefería, el rugido de un huracán tropical. Podía sobrevolar lentamente los picos del Himalaya o los enormes cañones de Mariner Valley. Podía pasear por los jardines de Versalles o por las calles de media docena de grandes ciudades, en épocas distintas de su historia. Aunque el hotel Granimedes no era uno de los centros turísticos más aclamados del Sistema Solar, contaba con instalaciones que habrían dejado boquiabiertos a sus más famosos predecesores de la Tierra.

Aun así era ridículo regodearse en la nostalgia terrestre cuando había cruzado la mitad del Sistema Solar para visitar un mundo nuevo y extraño. Después de algunos experimentos, Poole llegó a un compromiso para divertirse, e inspirarse, durante sus cada vez más escasos momentos de ocio.

Siempre había lamentado no haber estado en Egipto, de manera que fue delicioso relajarse bajo la mirada de la Esfinge, tal como era antes de su controvertida restauración, y ver a los turistas escalar los enormes bloques de la Gran Pirámide. La ilusión era perfecta, aparte de la tierra de nadie en que el desierto limitaba con la alfombra (un poco raída) de la suite Bowman.

Sin embargo, ningún ojo humano había visto aquel cielo hasta cinco mil años después de que la última piedra fuera colocada en Gizé. Pero no era una ilusión sino la realidad, siempre compleja y cambiante, de Ganimedes.

Porque aquel mundo, al igual que sus compañeros, había sido arrebatado a sus giros, eones antes, por la fuerza de atracción de Júpiter, el nuevo sol nacido del planeta gigante que colgaba, inmóvil, en el cielo. Un lado de Ganimedes estaba expuesto a la luz perpetua de Lucifer, y si bien se conocía el otro hemisferio como la Tierra Nocturna, la definición era tan errónea como una muy anterior, «la cara oscura de la Luna». Al igual que la cara oculta de la Luna, la Tierra Nocturna de Ganimedes recibía la brillante luz del viejo Sol durante la mitad de su largo día.

Debido a una coincidencia más desconcertante que útil, Ganimedes tardaba casi exactamente una semana (siete días, tres horas) en completar su órbita en torno a su planeta primario. Intentos de crear un calendario del tipo «un día mede igual a una semana de la Tierra» habían creado tanto caos que habían sido abandonados siglos antes. Como todos los demás residentes del Sistema Solar, los habitantes de Ganimedes se guiaban según el tiempo universal, identificando sus días de veinticuatro horas por cifras antes que por nombres.

Como la atmósfera recién nacida aún era extremadamente tenue y carecía casi por completo de nubes, el desfile de cuerpos celestiales proporcionaba un espectáculo interminable. Cuando se hallaban más cerca, Ío y Calisto aparecían con la mitad del tamaño de la Luna vista desde la Tierra, pero era lo único que tenían en común. Ío estaba tan cerca de Lucifer que tardaba menos de dos días en completar su órbita, y su movimiento se apreciaba en cuestión de minutos. Calisto, a una distancia cuatro veces superior a la de Ío, necesitaba dos días medes, o dieciséis terrestres, para completar su perezoso trayecto.

El contraste físico entre los dos mundos era aún más notable. La conversión de Júpiter en un sol en miniatura casi no había alterado al gélido Calisto. Todavía era una extensión desolada de cráteres de hielo, tan apretujados que no había un solo punto en todo el satélite que hubiera escapado a múltiples impactos, cuando el enorme campo gravitatorio de Júpiter competía con el de Saturno para apoderarse de los restos esparcidos por el Sistema Solar exterior. Desde entonces, y durante miles de millones de años, no había sucedido nada, aparte de algunos impactos ocasionales.

En Ío no pasaba semana sin que ocurriese algo. Como un chistoso habitante del lugar había comentado, antes de la creación de Lucifer había sido el Infierno, y ahora era el Infierno recalentado.

A menudo, Poole se adentraba visualmente en aquel paisaje ardiente y miraba en el interior de las gargantas sulfurosas de los volcanes, que no cesaban de remodelar una zona más extensa que África. En ocasiones, aquellas fuentes incandescentes saltaban cientos de kilómetros en el espacio, como árboles de fuego gigantes que crecieran en un mundo sin vida.

Cuando los volcanes y fumarolas vomitaban chorros de sulfuro fundido, el versátil elemento recorría un breve espectro de rojos, anaranjados y amarillos cuando, como si de un camaleón se tratase, sus alotropos multicolores eran transformados. Antes del nacimiento de la Era Espacial, nadie había imaginado que un mundo semejante existiese. Pese a que era fascinante contemplarlo con toda comodidad y seguridad, a Poole le costaba creer que el hombre hubiera aterrizado en aquel infierno, donde ni los robots se aventuraban...

No obstante, su principal interés era Europa, que en su momento de mayor cercanía parecía casi del mismo tamaño que la solitaria Luna de la Tierra, pero que completaba sus fases en solo cuatro días. Si bien Poole no había reparado en el simbolismo del paisaje que había elegido, de pronto le pareció muy apropiado que Europa pendiera en el cielo sobre otro gran enigma, la Esfinge.

Incluso sin necesidad de aumentos, Poole vio lo mucho que el satélite había cambiado en los mil años transcurridos desde que la *Discovery* había partido hacia Júpiter. La telaraña de líneas y franjas estrechas que en otro tiempo había envuelto por completo al más pequeño de los cuatro satélites galileanos había desaparecido, excepto alrededor de los polos. Allí, la corteza de hielo global, de un kilómetro de espesor, seguía indiferente al calor del nuevo sol de Europa. En el resto, océanos vírgenes bullían en la tenue atmósfera a una temperatura apropiada para cualquier habitación de la Tierra.

También se trataba de una temperatura agradable para los seres que habían emergido tras fundirse la capa de hielo que los había atrapado y protegido al mismo tiempo. Los satélites espía en órbita, que captaban detalles separados por centímetros del observador, habían advertido que una especie de europeanos empezaba a evolucionar a partir de su estadio anfibio. Aunque pasaban casi todo el tiempo bajo el agua, los europeos habían empezado a construir viviendas rudimentarias.

Que esto pudiera suceder en apenas mil años era asombroso, pero nadie dudaba de que la explicación se encontraba en el último y mayor de los monolitos, la Gran Muralla, de muchos kilómetros de largo, varado en la orilla del mar de Galilea.

Y nadie dudaba tampoco de que, a su manera misteriosa, estaba vigilando el experimento que había iniciado en ese mundo, como había hecho en la Tierra cuatro millones de años antes.

III. LOS PLANETAS DE GALILEO

19

LA LOCURA DE LA HUMANIDAD

SEÑORITA PRINGLE
ARCHIVO: INDRA

Querida Indra: Lamento no haberme comunicado todavía contigo por correo vocal. La excusa es la habitual, por supuesto, de modo que no perderé el tiempo utilizándola.

En respuesta a tu pregunta: sí, me siento como en casa en el Granimedes, pero cada vez paso menos tiempo en él, aunque me gusta la pantalla estelar que he apañado en mi suite. Anoche retransmitieron desde Ío un espectáculo excelente. Es una especie de descarga eléctrica entre Ío y Júpiter quiero decir Lucifer. Como la aurora de la Tierra, pero mucho más espectacular. Descubierta por radioastrónomos incluso antes de que yo naciera.

Y hablando de los viejos tiempos, ¿sabías que Anubis cuenta con alguacil? Creo que están exagerando con lo del espíritu de la frontera. Me recuerda historias que mi padre me contaba sobre Arizona… Debería relatar algunas a los medes…

Esto tal vez parezca una tontería. Aún no me he acostumbrado a utilizar la suite Bowman. No dejo de mirar hacia atrás…

¿Cómo paso el tiempo? Más o menos como en la Torre Africana. He conocido a los miembros de la *intelligentsia* local, pero imagino que los considerarás de medio pelo (espero que nadie intercepte este mensaje). También he interactuado

977

(real y virtualmente) con el sistema educativo. Muy bueno, al parecer, aunque más orientado técnicamente de lo que tú preferirías. Por supuesto, en este ambiente hostil es inevitable...

Pero me ha ayudado a comprender por qué vive gente aquí. Hay un desafío, una sensación, si lo prefieres, que en la Tierra apenas si se encuentra ya.

Es cierto que la mayoría de los medes nacieron aquí, de manera que no conocen otro hogar. Aunque por lo general son demasiado educados para decirlo, creen que el planeta madre está en decadencia. ¿Es cierto? Y si lo es, ¿qué vais a hacer los terris, como os llaman aquí, al respecto? Una de las clases de adolescentes que he conocido espera despertaros. Están elaborando planes ultrasecretos para invadir la Tierra. No digas que no te he avisado...

He hecho un viaje fuera de Anubis, en la llamada Tierra Nocturna, donde nunca ven a Lucifer. Éramos diez (Chandler, dos tripulantes de la *Goliath* y seis medes), y fuimos hasta el límite, y seguimos al Sol hasta el horizonte, así que era noche cerrada. Asombroso. Muy similar a los inviernos polares de la Tierra, pero con el cielo completamente negro... Casi me sentí en el espacio.

Vimos a los galileanos de maravilla, y a Europa eclipsar, perdón, ocultar, a Ío. El viaje había sido calculado para gozar de la observación, desde luego...

Algunos de los satélites más visibles eran perceptibles, pero la doble estrella Tierra-Luna resultaba mucho más clara. ¿Sentí añoranza? La verdad es que no, aunque echo de menos a mis nuevos amigos de allí...

Y lo lamento, aún no he conocido al doctor Khan, aunque me ha dejado varios mensajes. Prometo hacerlo en los próximos días. ¡Días terrestres, no medes!

Un abrazo a Joe. Recuerdos a Danil, si sabes qué ha sido de él. ¿Vuelve a ser una persona real? Todo mi amor para ti...

ARCHIVAR

TRANSMITIR

En el siglo de Poole, el nombre de una persona solía dar una pista sobre su apariencia, pero treinta generaciones después ya no era así. El doctor Theodore Khan resultó ser un nórdico rubio que habría parecido más en su ambiente a bordo de un *drakkar* vikingo que asolando las estepas de Asia Central. Sin embargo, no habría resultado muy impresionante en ese papel, porque medía menos de un metro y medio de estatura. Poole no pudo resistirse a hacer un poco de psicoanálisis de salón. Las personas bajas solían ser agresivas y emprendedoras, lo cual, por lo que había insinuado Indra Wallace, parecía una buena descripción del único filósofo residente en Ganimedes. Era probable que Khan necesitara aquellas cualificaciones para sobrevivir en una sociedad de mente tan práctica.

Anubis City era demasiado pequeña para albergar un campus universitario, un lujo que aún existía en otros planetas, aunque muchos creían que la revolución de las telecomunicaciones los había dejado obsoletos. En cambio, contaba con algo mucho más apropiado, de siglos de antigüedad: una academia, con olivos incluidos que habrían engañado al mismísimo Platón hasta que hubiera intentado caminar entre ellos. El chiste de Indra acerca de que los departamentos de filosofía no necesitaban más equipamientos que pizarras no era aplicable en aquel entorno sofisticado.

—Se construyó para albergar a siete personas —dijo con orgullo el doctor Khan cuando se acomodaron en sillas diseñadas para no ser demasiado cómodas—, porque es el número máximo con que se puede interactuar eficazmente. Y si cuenta al fantasma de Sócrates, ese era el número cuando Fedo formuló su famosa cita…

—¿La que se refiere a la inmortalidad del alma?

Khan quedó tan sorprendido que Poole no pudo contener una carcajada.

—Antes de graduarme asistí a un curso intensivo de filosofía. Cuando se planeó el programa de Estudius Sillabus, alguien decidió que los ingenieros debíamos exponernos a un poco de cultura.

—Me alegra oírlo. Eso hará las cosas mucho más fáciles. Aún no doy crédito a mi suerte. ¡Su llegada casi me indujo a creer en milagros! Incluso había pensado ir a la Tierra para conocerlo. ¿Le ha hablado Indra de mi... obsesión?

—No —mintió Poole.

El doctor Khan parecía muy complacido. Estaba encantado de haber encontrado un público nuevo.

—Puede que haya oído decir que soy ateo, pero eso no es del todo cierto. El ateísmo es reprobable, y por lo tanto carente de interés. Por improbable que sea, nunca estaremos seguros de que Dios haya existido en algún momento y de que ahora habita en el infinito, donde nadie pueda encontrarlo... Al igual que Gautama Buda, no tomo partido en este tema. Mi campo de interés es la psicopatología conocida como religión.

—¿Psicopatología? Es un juicio muy duro.

—Ampliamente justificado por la historia. Imagine que es usted un extraterrestre inteligente a quien solo le preocupan las verdades verificables. Descubre una especie que se ha dividido en cientos, no, en millones de grupos tribales que abrazan una increíble variedad de creencias sobre el origen del Universo y la forma de comportarse en él. Aunque muchas poseen ideas comunes, incluso en el caso de que haya el noventa y nueve por ciento de superposición, el uno por ciento restante es suficiente para que se lancen a matarse y torturarse mutuamente por culpa de puntos triviales de la doctrina, sin el menor significado para un forastero.

»¿Cómo explicar este comportamiento irracional? Lucrecio dio en el clavo cuando dijo que la religión era el producto residual del miedo, una reacción ante un Universo misterioso y a menudo hostil. Para gran parte de la prehistoria humana, puede que haya sido un mal necesario, pero ¿por qué hubo mucho más mal del necesario, y por qué sobrevivió cuando ya no era necesario?

»He dicho mal, y me reafirmo, porque el miedo conduce a la crueldad. El conocimiento más superficial de la Inquisición consigue que uno se avergüence de la especie humana… Uno de los libros más repugnantes jamás escrito fue *Martillo de herejes*, obra de un par de perversos sádicos, en que se describía las torturas autorizadas, ¡y aún alentadas!, por la Iglesia, para arrancar «confesiones» a miles de ancianas indefensas, antes de quemarlas vivas… ¡El mismísimo Papa escribió un prólogo elogioso!

»La mayor parte de las demás religiones, con algunas honorables excepciones, fueron tan nefastas como el cristianismo. Incluso en su siglo, niños pequeños eran encadenados y azotados hasta que aprendían de memoria volúmenes enteros de jerigonza piadosa. Se les robaba la niñez y la juventud para convertirlos en monjes…

»Tal vez el aspecto más asombroso de todo el asunto consista en que, siglo tras siglo, hombres de una demencia incontestable proclamaban que ellos, y solo ellos, habían recibido el mensaje de Dios. Si todos los mensajes hubieran coincidido, eso habría zanjado el problema, pero siempre eran extraordinariamente contradictorios, lo cual no impedía que autoproclamados mesías agruparan a cientos, y a veces millones de seguidores, que luchaban hasta morir contra creyentes igualmente engañados, de otra fe apenas diferente.

Poole pensó que había llegado el momento de hacerse oír.

—Esto me recuerda algo que sucedió en mi ciudad natal cuando yo era pequeño. Un hombre santo (ponga todas las comillas que quiera) se instaló y afirmó que podía hacer milagros. Reunió un montón de devotos de la noche a la mañana. No eran ignorantes o analfabetos. La mayoría de ellos pertenecía a las mejores familias. Cada domingo, veía coches caros aparcados cerca de su… templo.

—Se lo conoce como síndrome de Rasputín. Existen millones de casos similares a lo largo de la historia, en todos los países. En uno de cada mil casos, el culto sobrevive durante un par de generaciones. ¿Qué pasó en este caso?

—Bien, la competencia se irritó e hizo lo posible por desacreditarlo. Ojalá me acordara de su nombre. Era hindú, y largo, Swami no sé qué, pero resulta que era de Alabama. Uno de sus trucos consistía en materializar objetos sagrados de la nada, para entregarlos a sus fieles. El rabino del pueblo era un conjurador aficionado, y demostró en público cómo se hacía. Dio igual. Los fieles dijeron que la magia de su hombre era verdadera, y que el rabino estaba celoso.

»En una ocasión, lamento decirlo, mi madre se tomó en serio a aquel bribón. Fue poco después de que mi padre se largara, lo cual tal vez explique en parte su reacción. Lo cierto es que me arrastró a una de sus sesiones. Yo solo tenía diez años, pero creo que nunca había visto a nadie tan feo. Tenía una barba que podía albergar varios nidos de pájaros, y tal vez no me equivoque.

—Parece el modelo típico. ¿Cuánto tiempo aguantó?

—Tres o cuatro años. Tuvo que salir por piernas de la ciudad. Lo pillaron organizando orgías con adolescentes. Afirmó que estaba utilizando técnicas místicas de salvación espiritual. —Poole hizo una pausa—. No se lo va a creer...

—Póngame a prueba.

—Incluso entonces muchos de sus conversos aún tenían fe en él. Su dios no podía equivocarse, de manera que le habían tendido una trampa.

—¿Una trampa?

—Lo habían acusado mediante pruebas falsas. Era una táctica que la policía utilizaba en ocasiones para detener criminales cuando todo lo demás fallaba.

—Bien, su Swami era un caso típico. Me siento decepcionado, pero me ayuda a demostrar mi teoría de que la mayor parte de la humanidad siempre ha estado loca, o al menos en algunos períodos.

—Yo diría que se trata de un caso poco representativo. Un barrio pequeño de Flagstaff…

—Es cierto, pero podría multiplicarlo por miles, no solo en su siglo, sino en todas las épocas. No había nada, por absurdo que fuera, que la gente no estuviera dispuesta a creer con tal pasión que luchaba hasta morir antes que abjurar de sus ilusiones. Para mí es una buena definición operacional de locura.

—¿Postula que cualquier persona de firmes creencias religiosas estaba loca?

—En un sentido técnico, sí, siempre que no fuese hipócrita sino sincera. Y sospecho que el noventa por ciento lo era.

—Estoy seguro de que el rabino Berenstein era sincero, y se trataba de uno de los hombres más cuerdos que he conocido, y también uno de los mejores. ¿Cómo explica esto? El único genio auténtico que conocí fue el doctor Chandra, que dirigía el proyecto HAL. Una vez tuve que ir a su despacho. No contestó cuando llamé a la puerta, y pensé que estaba libre.

»Me lo encontré rezando a un grupo de estatuillas de bronce cubiertas de flores. Una de ellas parecía un elefante, otra tenía un número de brazos superior al normal… No supe qué hacer, pero por suerte no me oyó y salí de puntillas. ¿Diría usted que estaba loco?

—Ha escogido un mal ejemplo; ¡los genios suelen estarlo! Diremos que no estaba loco, sino dañado mentalmente, debido al condicionamiento infantil. Los jesuitas afirmaban: «Dadme a un niño de seis años, y será mío de por vida». Si se hubieran apoderado del pequeño Chandra a tiempo, no habría sido hinduista sino un católico devoto.

—Es posible, pero hay algo que me desconcierta. ¿Por qué estaba tan ansioso por conocerme? Temo que nunca he sido devoto de nada. ¿Qué tengo que ver con todo esto?

Poco a poco, y con la evidente satisfacción de un hombre que está desembarazándose de un secreto largo tiempo guardado, el doctor Khan se lo dijo.

III. LOS PLANETAS DE GALILEO

20

APÓSTATA

GRABACIÓN: POOLE
Hola, Frank… De modo que por fin has conocido a Ted. Sí, se le podría llamar chiflado, si lo defines como un entusiasta sin el menor sentido del humor, pero los chiflados suelen comportarse así porque conocen una Gran Verdad (¿oyes las mayúsculas?) y nadie los escucha… Me alegro de que tú lo hicieras, y sugiero que lo tomes muy en serio.

Dijiste que te había sorprendido ver un retrato del Papa exhibido en un lugar destacado del apartamento de Ted. Pío XX debe de ser un héroe. Estoy segura de que te he hablado de él. Ríndele respeto. Lo llamaban el Impío. Es una historia fascinante, paralela a un hecho que tuvo lugar poco antes de que tú nacieras. Ya sabrás que Mijaíl Gorbachov, el presidente del Imperio soviético, provocó la disolución de este a finales del siglo XX, sacando a la luz sus crímenes y excesos.

No pretendía ir tan lejos. Esperaba reformarlo, pero ya no era posible. Nunca sabremos si Pío XX tenía la misma idea, porque fue asesinado por un cardenal demente, poco después de que horrorizara al mundo cuando desveló los archivos secretos de la Inquisición…

Los religiosos aún estaban conmocionados por el descubrimiento de TMA-0, pocas décadas antes. Ese acontecimiento obró un gran efecto en Pío XX, e influyó en sus actos…

Pero aún no me has contado cómo Ted, ese viejo criptodeísta, cree que puedes ayudarlo en la búsqueda de Dios. Me parece que todavía sigue enfadado con Él por haberse ocultado tan bien. No le repitas mis palabras.

Pensándolo mejor, ¿por qué no?

ARCHIVAR

TRANSMITIR

SEÑORITA PRINGLE

GRABAR

Hola, Indra. He tenido otra sesión con el doctor Ted, pero aún no le he contado tu teoría sobre su enfado con Dios.

Aun así, he sostenido discusiones, no, diálogos, interesantes con él, aunque es Ted quien habla casi siempre. Nunca pensé que, después de tantos años de ingeniería, volvería a enfrascarme en la filosofía. Tal vez fue preciso vivirlos para apreciarla mejor. Me pregunto qué nota me pondría si fuera estudiante suyo.

Ayer intenté abordarlo desde este ángulo, para ver cómo reaccionaba. Quizá sea original, aunque lo dudo. Pensé que te gustaría oírlo. Me interesan tus comentarios. Esta fue nuestra discusión:

SEÑORITA PRINGLE: AUDIOCOPIA 94

—Estoy seguro, Ted, de que te será imposible negar que la mayor parte de las grandes obras del arte humano han sido inspiradas por la devoción religiosa. ¿No prueba algo eso?

—Sí, pero de una forma que no proporcionará mucho consuelo a los creyentes. De vez en cuando, la gente se divierte haciendo listas de los mejores, los más grandes y los más importantes, con mayúsculas. Estoy seguro de que era una diversión muy popular en tu época.

—Ya lo creo.

—Bien, se han producido famosos intentos de hacer esto con las artes. Tales listas no pueden establecer valores absolutos, eternos, pero son interesantes y demuestran el modo en que los gustos cambian de época en época...

»La última lista que vi (fue en el Artnet de la Tierra, hace pocos años) estaba dividida en Arquitectura, Música, Artes Visuales... Recuerdo algunos ejemplos... El Partenón, el Taj Mahal... La *Tocata y fuga* de Bach encabezaba la lista de música, seguida de la *Misa de réquiem* de Verdi. En arte, la *Mona Lisa*, por supuesto. Después, no estoy seguro del orden, un grupo de estatuas de Buda que hay en alguna parte de Sri Lanka, y la máscara de la muerte dorada del joven rey Tut.

»Aunque pudiera acordarme de los demás, cosa imposible, daría igual. Lo importante son sus antecedentes culturales y religiosos. En conjunto, no dominaba una sola religión, excepto en música, y eso podía ser debido a un mero accidente tecnológico: el órgano y los demás instrumentos musicales preelectrónicos fueron perfeccionados en el occidente cristiano. Podría haber sido de forma muy diferente si los griegos o los chinos, por poner un ejemplo, hubieran considerado que las máquinas eran algo más que juguetes.

»Pero lo que resuelve la discusión, en lo que a mí concierne, es el consenso general sobre la mayor obra del arte humano. Se repite una y otra vez, en casi todas las listas. Es Angkor Vat. Sin embargo, la religión que la inspiró desapareció hace siglos. Nadie sabe con exactitud cuál era, excepto que implicaba a cientos de dioses, no solo a uno.

—Ojalá hubiera podido mencionar ese detalle al rabino Berenstein. Estoy seguro de que habría tenido a mano una buena respuesta.

—No lo dudo. Ojalá lo hubiera conocido. Me alegro de que no viviera para ver lo que fue de Israel.

FINAL DE AUDIO

Ya lo has oído, Indra. Ojalá el Granimedes tuviera Angkor Vat en el menú (nunca lo he visto), pero no se puede tener todo...

Bien, en cuanto a la pregunta cuya respuesta tanto anhelabas... ¿por qué está tan contento el doctor Ted de que yo me encuentre aquí?

Como sabes, está convencido de que la clave de muchos misterios reside en Europa, donde durante mil años no se ha permitido aterrizar a nadie.

Cree que yo puedo ser una excepción. Cree que tengo un amigo allí. Sí, Dave Bowman, o lo que sea ahora...

Sabemos que después de que fuese atraído al interior del monolito Gran Hermano, sobrevivió, y que de alguna manera regresó a la Tierra. Pero hay más información, que yo ignoraba. Muy poca gente lo sabe, porque a los medes no les gusta hablar de eso...

Ted Khan ha dedicado años a recoger pruebas, y está muy seguro de los hechos, aunque sea incapaz de explicarlos. En seis ocasiones, como mínimo, con un siglo de diferencia cada una, observadores de confianza destacados en Anubis han informado haber visto una aparición, como la que Heywood Floyd vio a bordo de la *Discovery*. Aunque ninguno de ellos conocía el incidente, identificaron a Dave cuando les enseñaron su holograma. Y existe otro avistamiento significativo a bordo de una nave de exploración que se acercó mucho a Europa, hace seiscientos años...

Tomados de uno en uno, nadie concedería importancia a estos casos, pero el conjunto forma una pauta. Ted está convencido de que Dave ha sobrevivido en alguna forma, probablemente relacionada con el monolito conocido como la Gran Muralla. Y aún sigue interesado en nuestros asuntos.

Si bien no ha hecho el menor esfuerzo por comunicarse, Ted confía en que podremos establecer contacto. Cree que soy el único ser humano capaz de hacerlo...

Aún no he tomado una decisión. Mañana, lo hablaré con el capitán Chandler. Te informaré al respecto. Un abrazo, Frank.

ARCHIVAR

TRANSMITIR: INDRA

III. LOS PLANETAS DE GALILEO

21

CUARENTENA

—¿Crees en fantasmas, Dim?

—Por supuesto que no, aunque, como todos los hombres sensatos, tengo miedo de ellos. ¿Por qué lo preguntas?

—Si no se trató de un fantasma, fue el sueño más vívido que he tenido en mi vida. Anoche sostuve una conversación con Dave Bowman.

Poole sabía que el capitán Chandler lo tomaría en serio, cuando llegara la ocasión. No lo decepcionó.

—Interesante, pero hay una explicación lógica. ¡Vives en la suite Bowman, por el amor de Deus! Tú mismo me dijiste que parece encantada.

—Estoy seguro…, en un noventa y nueve por ciento, de que tienes razón, y que todo ha sido provocado por las discusiones que he tenido con el profesor Ted. ¿Conoces los informes que hablan de apariciones ocasionales de Dave Bowman en Anubis? Una vez cada cien años. Como le ocurrió al doctor Floyd a bordo de la *Discovery*, después de que reactivaran la nave.

—¿Qué pasó? He oído historias vagas, pero nunca me las tomé en serio.

—Pues el doctor Khan sí, y yo también. He visto las grabaciones originales. Floyd está sentado en mi vieja butaca, cuando de pronto, detrás de él, aparece una especie de nube de polvo que adopta la forma de la cabeza de Dave. Después le da su famoso mensaje y le aconseja que se marche.

—¿Y quién no lo haría? Pero eso fue hace mil años. Han tenido mucho tiempo para falsificar las imágenes.

—¿Con qué objetivo? Khan y yo estuvimos mirando la grabación ayer. Me juego el cuello a que es auténtica.

—En realidad, coincido contigo. Además, estoy enterado de esos informes…

Chandler enmudeció, con expresión turbada.

—Hace mucho tiempo, tuve una novia aquí. Me dijo que su abuelo había visto a Bowman. Me reí.

—Me pregunto si Ted tendrá ese avistamiento en su lista. ¿Podrías ponerlo en contacto con tu amiga?

—Preferiría no hacerlo. Hace años que no nos hablamos. Por lo que yo sé, tanto puede estar en la Luna como en Marte… En cualquier caso, ¿por qué está tan interesado el profesor Ted?

—De eso he venido a hablar contigo.

—Qué misterioso. Adelante.

—Ted cree que Dave Bowman, o lo que sea ahora, aún existe… en Europa.

—¿Al cabo de mil años?

—Bien… Mírame…

—Como solían decir mis profes de matemáticas, una sola muestra es una pobre estadística, pero continúa.

—Es una historia complicada, o quizá un rompecabezas en el que faltan casi todas las piezas. Por lo general, se admite que algo crucial sucedió a nuestros antepasados cuando el Monolito apareció en África, hace cuatro millones de años. Significa un paso decisivo en la prehistoria: la primera aparición de herramientas, armas y religiones… No puede ser pura coincidencia. El Monolito tiene que habernos influido. No es posible que aceptara pasivamente la adoración…

»A Ted le gusta citar a un famoso paleontólogo, quien dijo que TMA-0 nos dio una patada evolucionista en el culo. Considera que la patada no fue en una dirección del todo deseable. ¿Tuvimos que llegar a ser tan mezquinos y desagradables para sobrevivir? Tal vez sí... Si no lo he comprendido mal, Ted cree que en nuestras conexiones cerebrales existe algo erróneo que nos impide pensar con una lógica consistente. Para colmo, si bien todos los seres necesitan cierta agresividad para sobrevivir, da la impresión de que poseemos mucha más de la necesaria. Y ningún otro animal tortura a sus semejantes como nosotros. ¿Es un accidente evolucionista, un caso de mala suerte genética?

»También suele admitirse que TMA-1 se plantó en la Luna para no perder de vista el proyecto, experimento o lo que fuera, e informar a Júpiter, el lugar más adecuado del Sistema Solar para instalar el control de una misión. Por eso, otro monolito, el Gran Hermano, estaba esperando allí. Cuando la *Discovery* llegó, llevaba cuatro millones de años esperando. ¿De acuerdo hasta aquí?

—Sí. Siempre he pensado que era la teoría más plausible.

—Ahora, nos adentraremos en especulaciones. Por lo visto, Bowman fue engullido por el Gran Hermano, pero parece que parte de su personalidad sobrevivió. Veinte años después de aquel encuentro con Heywood Floyd en la segunda expedición a Júpiter, hubo otro contacto a bordo de la *Universe*, cuando Floyd se dirigió hacia la nave para la cita de 2061 con el cometa Halley. Al menos, eso cuenta en sus memorias, aunque cuando las dictó tenía bastante más de cien años.

—Tal vez estuviese senil.

—A tenor de todos los testimonios contemporáneos, no. Además, un hecho muy significativo: su nieto Chris tuvo experiencias muy extrañas cuando la *Galaxy* se vio obligada a aterrizar en Europa. Y ahí es donde el Monolito, o un monolito, se encuentra ahora. Rodeado de europeanos...

—Empiezo a ver hacia dónde apuntan los tiros del doctor Ted. Aquí es cuando entramos nosotros. Todo el ciclo vuelve a empezar. Están preparando a los europeanos para el estrellato.

—Exacto. Todo encaja. Júpiter estalló para proporcionarles un sol, para derretir su mundo congelado. Nos advir-

tieron que guardáramos las distancias para que no interfirié-
ramos en su desarrollo…

—¿Dónde he oído eso antes? Pues claro, Frank. Viene de
hace mil años, de tu tiempo. ¡La Directriz Fundamental! Aún
nos reímos con esos viejos programas de *Star Trek*.

—¿Te he comentado que conocí a algunos de los actores?
Qué sorpresa se llevarían si me vieran ahora… Siempre me ha
intrigado esa política de no interferencia. El Monolito la vio-
ló con nosotros, en África. Podría decirse que tuvo resultados
desastrosos…

—Que haya mejor suerte la próxima vez… ¡en Europa!

Poole rio, sin demasiado entusiasmo.

—Khan utilizó esas mismas palabras.

—¿Cuál es su opinión sobre lo que deberíamos hacer al
respecto? Por encima de todo, ¿dónde encajas tú?

—Antes que nada, hemos de averiguar qué está sucediendo en Europa, y por qué. Contentarnos con observar desde el
espacio no es suficiente.

—¿Qué más podemos hacer? Todas las sondas que han
enviado los medes estallaron justo antes de aterrizar.

—Y desde la misión que acudió al rescate del *Galaxy*, las
naves tripuladas han sido desviadas por un campo de fuerza
que nadie es capaz de descubrir. Muy interesante; eso demuestra que lo de allí abajo ejerce de protector, pero sin mal-
dad. Lo más importante es que ha de contar con alguna forma de analizar lo que se acerca. Es capaz de distinguir entre
robots y humanos.

—En eso me supera, a veces. Sigue.

—Bien, Ted piensa que un ser humano en concreto podría descender hasta la superficie de Europa, porque su viejo
amigo está allí, y es probable que tuviera alguna influencia sobre los poderes fácticos.

El capitán Dimitri Chandler soltó un largo silbido.

—¿Vas a correr ese riesgo?

—Sí. ¿Qué puedo perder?

—Una lanzadera muy valiosa, si no me equivoco. ¿Para eso has aprendido a pilotar la *Falcon*?

—Bueno, ahora que lo dices… Fue idea mía.

—Tendré que pensarlo. Admito que estoy intrigado, pero hay muchos problemas.

—Conociéndote, estoy seguro de que no conseguirán disuadirte… una vez que hayas decidido ayudarme.

III. LOS PLANETAS DE GALILEO

22

ALBUR

SEÑORITAPRINGLE:LISTADEMENSAJESPRIORITARIOSRECIBI-
DOS DE LA TIERRA
GRABAR

Querida Indra: No intento ponerme melodramático, pero puede que este sea mi último mensaje desde Ganimedes. Cuando lo recibas, estaré camino de Europa.

Si bien se trata de una decisión repentina, y nadie está más sorprendido que yo, lo he pensado muy detenidamente. Como ya habrás adivinado, el principal responsable es Ted Khan... Si no regreso, que te lo explique él.

No me malinterpretes, por favor. En ningún momento he pensado que se trate de una misión suicida, pero los argumentos de Ted me han convencido en un noventa por ciento, y ha despertado tanto mi curiosidad que nunca me perdonaría por rechazar una oportunidad que solo se presenta una vez en la vida. Tal vez debería decir una vez en dos vidas...

Voy a pilotar la *Falcon*, la pequeña lanzadera individual de la *Goliath*. ¡Cuánto me habría gustado hacer una demostración a mis antiguos colegas de la Administración Espacial! A juzgar por experiencias anteriores, lo más probable es que sea desviado antes de que consiga aterrizar en Europa. Incluso esto me enseñará algo...

Y si algo (supongo que el monolito local, la Gran Mura-

993

lla) decide tratarme como a las sondas robóticas de ocasiones anteriores, no me enteraré. Estoy dispuesto a correr ese riesgo.

Gracias por todo, y recuerdos para Joe. Un abrazo desde Ganimedes, y pronto, espero, desde Europa.

ARCHIVAR

TRANSMITIR

23

FALCON

—Europa se encuentra en este momento a cuatrocientos mil kilómetros de Ganimedes —informó el capitán Chandler a Poole—. Si pisaras el acelerador (¡gracias por enseñarme esta frase!), la *Falcon* te llevaría hasta allí en una hora, pero no te lo recomiendo: algo que se acercara con tanta rapidez podría alarmar a nuestro amigo.

—De acuerdo. Además, necesito tiempo para pensar. Tardaré varias horas, como mínimo. Aún confío en…

Poole enmudeció.

—¿En qué confías?

—En poder establecer alguna clase de contacto con Dave, o lo que sea, antes de intentar aterrizar.

—Sí, siempre es una grosería presentarse sin ser invitado, incluso en casa de un conocido, y ya no digamos en la de unos perfectos desconocidos como los europeanos. Quizá debieras llevar algunos regalos. ¿Qué utilizaban los exploradores de la Antigüedad? Creo que los espejos y las cuentas eran muy populares en aquellos tiempos.

El tono distendido de Chandler no ocultaba su preocupación, tanto por Poole como por el valioso aparato que se proponía tomar prestado, cuyo responsable era el capitán de la *Goliath*.

—Aún no he decidido cómo nos las apañaremos. Si vuelves convertido en un héroe, me beneficiaré de tu gloria. Pero si pierdes la *Falcon*, y a ti mismo, de paso, ¿qué voy a decir? ¿Que robaste la lanzadera cuando estábamos distraídos? Me temo que nadie se tragaría esa historia. El Control de Tráfico de Ganimedes es muy eficiente. ¡No hay otro remedio! Si te largas sin avisar por anticipado, caerán sobre ti al cabo de un microsegundo…, bueno, un milisegundo. No podrías marchar sin que yo comunicara tu plan de vuelo bastante antes.

—Es lo que me propongo hacer, a menos que se me ocurra algo mejor.

—Te llevas la *Falcon* para una prueba final. Todo el mundo sabe que la has pilotado solo. Te colocas en una órbita situada a dos mil kilómetros sobre Europa, algo de lo más normal. La gente no para de hacerlo, y las autoridades locales no ponen objeciones.

»Tiempo total de vuelo estimado cinco horas…, diez minutos más, diez minutos menos. Si de repente decides no regresar, nadie podrá remediarlo; al menos nadie de Ganimedes. Me quejaré amargamente, por supuesto, proclamaré mi asombro ante unos errores de navegación tan inauditos, etcétera, etcétera. Lo que quede mejor en el consejo de guerra.

—¿Tan grave puede ser? No quiero hacer nada que te perjudique.

—No te preocupes. Ya era hora de que hubiera un poco de diversión por aquí. Sin embargo, solo tú y yo conocemos este plan. Procura no hablar de ello a la tripulación. Quiero que puedan aducir… ¿Cuál es esa otra expresión tan útil que me enseñaste? Ah, sí, ignorancia plausible.

—Gracias, Dim, no sabes cuánto agradezco lo que estás haciendo. Espero que nunca tengas que arrepentirte de haberme hecho subir a bordo de la *Goliath* cuando me encontraste derivando cerca de Neptuno.

Por la forma en que se comportaba con sus nuevos compañeros de tripulación, a Poole le costó evitar despertar sospechas mientras preparaban la *Falcon* para lo que, en teoría, era un breve vuelo de rutina. Solo él y Chandler sabían que se trataba de algo muy distinto.

Sin embargo, no se dirigía hacia algo desconocido por completo, como había sido su caso y el de Dave Bowman mil años antes. En la memoria de la lanzadera había almacenados planos de alta resolución de Europa, que mostraban detalles a pocos metros de distancia. Sabía exactamente adónde quería ir. Solo quedaba por ver si recibiría autorización para romper una cuarentena de siglos de duración.

IV. EL REINO DEL SULFURO

24

HUIDA

—Control manual, por favor.

—¿Estás seguro, Frank?

—Muy seguro, *Halcón*... Gracias.

Por absurdo que pareciese, casi toda la raza humana consideraba imposible ser descortés con sus hijos artificiales, por tontos que fueran. Se habían escrito volúmenes enteros de psicología, así como guías populares (*Cómo no herir los sentimientos de su ordenador; Inteligencia artificial: Irritación auténtica*), sobre el tema de la urbanidad entre hombre y máquina. Se había decidido mucho tiempo atrás que debía desalentarse toda rudeza hacia los robots, por inconsecuente que pareciera. Una actitud que podía extenderse con toda facilidad a las relaciones humanas.

La *Falcon* ya estaba en órbita, como su plan de vuelo había prometido, a dos mil kilómetros sobre Europa. La fase creciente de la gigantesca luna dominaba el cielo que se extendía delante, e incluso la zona que Lucifer no iluminaba recibía tanta luz del Sol, mucho más lejano, que todos los detalles eran claramente visibles. Poole no necesitaba ayuda óptica para ver su destino teórico, en la orilla aún helada del mar de Galilea, no lejos del esqueleto de la primera nave espacial que había aterrizado en aquel mundo. Si bien los europeos se habían apoderado mucho tiempo atrás de sus componentes metálicos, la malograda nave china aún servía de monumento conmemorativo a sus tripulantes. Era muy apropiado que la única «ciudad», aunque fuera alienígena, de todo aquel mundo hubiera sido bautizada Tsienville.

Poole había decidido descender sobre el mar, para luego volar muy despacio hacia Tsienville, con la esperanza de que su maniobra fuese considerada amistosa, o al menos no agresiva. Si bien admitía para sus adentros que todo su plan era de una ingenuidad mayúscula, no se le ocurría una alternativa mejor.

Entonces, de repente, justo cuando estaba descendiendo por debajo de los mil kilómetros, se produjo una interrupción, pero no de la clase que esperaba, sino de la que temía.

—Aquí Control de Ganimedes llamando a *Falcon*. Ha alterado su plan de vuelo. Informe de inmediato sobre lo que está pasando, por favor.

Era difícil pasar por alto una petición tan perentoria, pero dadas las circunstancias parecía lo mejor.

Treinta segundos después, cien kilómetros más cerca de Europa, Ganimedes repitió su mensaje. Poole hizo nuevamente caso omiso, pero no así la *Falcon*.

—¿Estás seguro de que quieres hacer esto, Frank? —preguntó la lanzadera. Aunque Poole sabía perfectamente que eran imaginaciones suyas, creyó detectar una nota de ansiedad en su voz.

—Muy seguro, *Falcon*. Sé exactamente lo que estoy haciendo.

Lo cual no era cierto, y de un momento a otro tal vez necesitara seguir mintiendo, esta vez a un público más sofisticado.

Cerca del borde del tablero de control empezaron a destellar unos indicadores luminosos que raras veces se activaban. Poole sonrió satisfecho; todo funcionaba de acuerdo con su plan.

—¡Aquí Control de Ganimedes! ¿Me recibe, *Falcon*? Está operando manualmente, de manera que no puedo ayudarlo. ¿Qué está ocurriendo? Sigue descendiendo hacia Europa. Responda de inmediato, por favor.

Poole empezó a experimentar leves remordimientos de conciencia. Creyó reconocer la voz de la controladora, y estaba casi seguro de que se trataba de una dama encantadora que le habían presentado en una recepción ofrecida por el alcalde, poco después de su llegada a Anubis. Parecía muy alarmada.

De repente, supo cómo aliviar su angustia, así como intentar algo que había desechado antes por demasiado absurdo. Tal vez, al fin y al cabo, valiese la pena probar. No perjudicaría a nadie, y hasta era probable que funcionase.

—Aquí Frank Poole, llamando desde la *Falcon*. Estoy perfectamente bien, pero parece que algo se ha apoderado de los controles y dirige la lanzadera hacia Europa. Espero que me reciban. Seguiré informando mientras me sea posible.

Bien, en realidad no había mentido a la preocupada controladora, y esperaba encontrarse algún día cara a cara con ella sin remordimientos de conciencia.

Siguió hablando con su tono más sincero.

—Repito, soy Frank Poole, a bordo de la lanzadera *Falcon*, descendiendo hacia Europa. Supongo que alguna fuerza externa se ha hecho cargo de la nave, y aterrizará sin novedad.

»Dave, soy tu viejo amigo Frank. ¿Eres la entidad que me controla? Tengo motivos para pensar que estás en Europa.

»Si es así, me encantaría encontrarme contigo, estés donde estés, seas lo que seas.

Ni por un momento imaginó que habría respuesta. Hasta Control de Ganimedes pareció enmudecer a causa de la sorpresa.

Y sin embargo, de alguna manera, había recibido una respuesta. La *Falcon* aún continuaba descendiendo sin problemas hacia el mar de Galilea.

Europa solo se encontraba a cincuenta kilómetros de distancia. Poole vio la estrecha franja negra donde el mayor de los monolitos montaba guardia (si era esa su misión), en las afueras de Tsienville.

Ningún ser humano había podido acercarse tanto desde hacía mil años.

25

FUEGO EN LAS PROFUNDIDADES

Durante millones de años había sido un mundo oceánico, cuyas aguas interiores estaban protegidas del vacío espacial por una capa de hielo. Esta tenía kilómetros de espesor en casi todas partes, pero había puntos débiles, donde el hielo se había agrietado y despedazado. Después se produjo una breve batalla entre dos elementos hostiles, que entraron en contacto directo como en ningún otro mundo del Sistema Solar. La guerra entre el Mar y el Espacio siempre terminaba en tablas: el agua expuesta hervía y se congelaba al mismo tiempo, reparando de esta forma la coraza de hielo.

Sin la influencia del cercano Júpiter, los mares de Europa se habrían congelado hasta formar una masa completamente sólida, mucho tiempo atrás. La gravedad de aquel amasaba sin cesar el núcleo del pequeño mundo. Las fuerzas que convulsionaban Ío también actuaban, aunque con mucha menos ferocidad. Todo en las profundidades daba cuenta de aquella lucha implacable entre planeta y satélite, en el continuo rugido y fragor de terremotos submarinos, el chillido de los gases que escapaban del interior, las ondas de presión infrasónicas de aludes que barrían las llanuras abisales. En comparación con el océano tumultuoso que cubría Europa, hasta los ruidosos mares de la Tierra eran silenciosos.

Diseminados por los desiertos de las profundidades, aparecían oasis que habrían asombrado y deleitado a cualquier biólogo terrestre. Se extendían por varios kilómetros, alrededor de masas entrelazadas de conductos y fumarolas formados por los residuos de las aguas salobres minerales que brotaban del interior. A menudo, creaban parodias naturales de castillos góticos, en los cuales latían con un ritmo lento líquidos negros y abrasadores, como bombeados por un corazón gigantesco. Al igual que la sangre, constituían la auténtica señal de la vida.

Los líquidos hirvientes rechazaron el frío mortal que se filtraba desde arriba, y formaron islas de calor en el lecho marino. Asimismo, trajeron del interior de Europa todos los productos químicos de la vida. Esos fértiles oasis, que ofrecían comida y energía en abundancia, habían sido descubiertos por los exploradores de los océanos terrestres del siglo XX. Allí estaban presentes a una escala muchísimo mayor, y mucho más variada.

Estructuras delicadas y muy finas, que parecían análogas a las plantas, florecieron en las zonas «tropicales» más cercanas a las fuentes de calor. Entre ellas se arrastraban peculiares babosas y gusanos. Algunos se alimentaban de las plantas, otros obtenían su comida directamente de las aguas ricas en minerales que los rodeaban. A mayor distancia de los fuegos submarinos alrededor de los cuales se calentaban estos seres, vivían organismos más fuertes y robustos, parecidos a cangrejos y arañas.

Ejércitos de biólogos podrían haber dedicado vidas enteras a estudiar un pequeño oasis. Al contrario que los mares terrestres del Paleozoico, el abismo europeano no era un medio estable, de modo que la evolución había progresado con asombrosa velocidad, produciendo multitud de formas fantásticas. Todas sufrían la misma suerte. Tarde o temprano, cada fuente de vida se debilitaba y moría, cuando las fuerzas que le proporcionaban energía trasladaban su foco de actividad a otra parte. Todo el lecho marino de Europa daba cuenta de tales tragedias: incontables zonas circulares estaban sembradas de esqueletos y restos de seres muertos incrustados de minerales, donde capítulos completos de la evolución habían sido borrados del libro de la vida. Algunos habían dejado como único monumento conmemorativo enormes conchas vacías, similares a trompetas en forma de espiral, más grandes que un hombre. Había moluscos de muchas formas (bivalvos, e incluso trivalvos, así como configuraciones de piedra acaracoladas, de muchos metros de anchura), iguales a los hermosos amonites que habían desaparecido tan misteriosamente de los océanos de la Tierra al final del período Cretáceo.

Entre las más impresionantes maravillas del abismo europeano había ríos de lava incandescente, que brotaban de las calderas de volcanes submarinos. La presión en estas profundidades era tan grande que el agua que entraba en contacto con el magma al rojo vivo no podía transformarse en vapor, de manera que los dos líquidos coexistían en una tregua precaria.

Allí, en otro mundo y con actores alienígenas, había tenido lugar algo parecido a la historia de Egipto, mucho antes de la aparición del hombre. Al igual que el Nilo había dado la vida a una estrecha franja de desierto, este río de calor había vivificado las profundidades de Europa. A lo largo de sus orillas, en una franja de apenas unos kilómetros de anchura, especie tras especie había evolucionado, florecido y desaparecido. Y algunas habían dejado monumentos permanentes.

A menudo, costaba distinguirlos de las formaciones naturales que se levantaban en torno a las chimeneas térmicas, e incluso cuando estaba claro que no se debían a la química, era difícil decidir si eran producto del instinto o de la inteligencia. En la Tierra, las termitas erigían construcciones casi tan impresionantes como las encontradas en el enorme océano que rodeaba este mundo helado.

A lo largo de la estrecha franja fértil que recorría los desiertos de las profundidades, habrían podido nacer y derrumbarse culturas enteras, incluso civilizaciones, habrían podido desfilar (o nadar) ejércitos bajo el mando de Tamerlanes o Napoleones europeos, y el resto del mundo nunca se habría enterado, porque todos sus oasis estaban tan aislados entre sí como los propios planetas. Los seres que se calentaban a la lumbre de los ríos de lava y se alimentaban alrededor de las chimeneas no podían cruzar las extensiones hostiles que separaban sus islas solitarias. Si alguna vez hubieran dado a luz historiadores y filósofos, cada cultura habría estado convencida de que se encontraba sola en el Universo.

Aun así, ni siquiera el espacio que se extendía entre los oasis carecía de vida. Había seres más resistentes, que habían desafiado sus rigores. Algunos eran análogos europeanos de los peces, torpedos aerodinámicos, propulsados por colas verticales y gobernados por aletas situadas a lo largo de sus cuerpos. El parecido con los habitantes más aventajados de los océanos terrestres era inevitable. Dados los mismos problemas de ingeniería, la evolución debía dar respuestas muy similares. Pensad en el delfín y el tiburón: en apariencia, casi idénticos, pero de ramas del árbol de la vida muy alejadas.

No obstante, existía una diferencia evidente entre los peces de los mares europeanos y los de los océanos terrestres. No tenían agallas, porque en las aguas en que nadaban apenas había oxígeno que extraer. Al igual que los seres que habitan en los alrededores de las chimeneas geotermales de la Tierra, su metabolismo se basaba en componentes sulfúricos, muy abundantes en aquel ambiente volcánico.

Y muy pocos tenían ojos. Aparte del resplandor oscilante de los chorros de lava, y ocasionales estallidos de bioluminiscencia de seres que buscaban aparearse o acechaban una presa, era un mundo sin luz.

También era un mundo condenado. No solo sus fuentes de energía eran esporádicas y cambiaban de manera constante, sino que las fuerzas de marea que las impulsaban estaban debilitándose. Aunque desarrollaran una verdadera inteligencia, los europeanos estaban atrapados entre el fuego y el hielo.

De no mediar un milagro, perecerían en la congelación final de su pequeño mundo.

Lucifer había obrado ese milagro.

IV. EL REINO DEL SULFURO

26

TSIENVILLE

En los momentos finales, cuando se acercaba a la costa a una moderada velocidad de cien kilómetros por hora, Poole se preguntó si habría una intervención en el último segundo, pero no ocurrió nada semejante, ni siquiera cuando se movió con parsimonia a lo largo de la cara negra y ominosa de la Gran Muralla.

Era el nombre inevitable del monolito de Europa, pues, al contrario que sus hermanos pequeños de la Tierra y la Luna, se extendía en horizontal, y medía más de veinte kilómetros de largo. Si bien era, literalmente, miles de millones de veces mayor en volumen que TMA-0 y TMA-1, sus proporciones eran las mismas: la intrigante relación 1:4:9, que tantas insensateces numerológicas había inspirado a lo largo de los siglos.

Como la cara vertical tenía casi diez kilómetros de altura, una teoría plausible sostenía que, además de sus otras funciones, la Gran Muralla servía de abrigo contra el viento, y protegía a Tsienville de los feroces huracanes que soplaban desde el mar de Galilea. Ahora que el clima se había estabilizado, eran mucho menos frecuentes, pero mil años antes habrían bastado para desalentar a cualquier forma de vida que se propusiera salir del océano.

Pese a su determinación de visitar el monolito de Tycho (aún secreto de Estado cuando había partido hacia Júpiter), Poole nunca había encontrado tiempo de hacerlo. Por otra parte, la gravedad de la Tierra hacía inaccesible para él su gemelo de Olduvai. Sin embargo, había visto imágenes tan a menudo que los conocía más que la tópica palma de la mano (¿cuánta gente, se preguntaba a menudo, reconocería la palma de su mano?). Aparte de la enorme diferencia en escala, no había la menor forma de distinguir la Gran Muralla de TMA-1 y TMA-0, ni del Gran Hermano que Leonov había encontrado en la órbita de Júpiter.

Según algunas teorías, lo bastante demenciales para ser ciertas, solo existía un monolito arquetípico, y todos los demás, fuera cual fuese su tamaño, eran meras proyecciones o imágenes de este. Poole estaba recordando estas ideas, cuando reparó en la negra e impoluta superficie de la Gran Muralla. Lo lógico habría sido que, después de tantos siglos en un entorno tan hostil, hubiera recogido un poco de suciedad, pero parecía tan inmaculada como si un ejército de limpiaventanas acabara de pulir cada centímetro cuadrado.

Entonces recordó que, si bien todos aquellos que iban a ver el TMA-1 y el TMA-0 experimentaban el irresistible impulso de tocar su superficie, en apariencia prístina, nadie lo había logrado. Dedos, taladros de diamantes, cuchillos láser, todo resbalaba sobre los monolitos, como si estuvieran protegidos por una película impermeable. O como si (otra teoría popular) no se encontraran en este Universo, sino que estuvieran separados de él por una fracción de milímetro infranqueable.

Rodeó perezosamente la Gran Muralla, que siguió totalmente indiferente a sus evoluciones. Luego dirigió la lanzadera (todavía de forma manual, por si Control de Ganimedes realizaba otro intento de «rescatarlo») hacia los límites exteriores de Tsienville, y planeó mientras buscaba el lugar más idóneo para aterrizar.

La escena que veía por la ventana panorámica de la *Falcon* le resultaba muy familiar. La había examinado a menudo en las grabaciones de Ganimedes, sin imaginar que un día la observaría en directo. Al parecer, los europeos no tenían ni idea de planificación urbana. Cientos de edificios hemisféricos estaban esparcidos al azar en un área de unos cien kilómetros de anchura. Algunos eran tan pequeños que los niños humanos se sentirían apretados en su interior. Otros eran lo bastante grandes para albergar a una familia numerosa, si bien no superaban los cinco metros de altura.

Y todos estaban hechos del mismo material, que brillaba con un blanco espectral a la doble luz del día. En la Tierra, los esquimales habían encontrado una respuesta idéntica al desafío de su entorno, helado y escaso de materiales. Los iglús de Tsienville también estaban hechos de hielo.

En lugar de calles, había canales, más adecuados para seres que eran en parte anfibios, y que volvían al agua para dormir. Se creía también que para comer y aparearse, aunque ninguna de ambas hipótesis había sido demostrada.

Llamaban a Tsienville la «Venecia de hielo», y Poole admitió que se trataba de una descripción muy acertada. Sin embargo, no había ningún veneciano a la vista. Daba la impresión de que la ciudad estaba desierta desde hacía años.

Otro misterio: pese a que Lucifer era cincuenta veces más brillante que el lejano Sol, y había una luz permanente en el cielo, los europeanos parecían anclados en un antiguo ritmo de noche y día. Regresaban al océano en el ocaso, y emergían al salir el Sol, aunque el nivel de iluminación apenas había variado. Tal vez existía un paralelismo con la Tierra, donde los ciclos vitales de muchos seres eran controlados tanto por la débil Luna como por el Sol, mucho más brillante.

Amanecería dentro de una hora, y entonces los habitantes de Tsienville volverían para dedicarse a sus ociosos asuntos, comparados con los parámetros que imperaban en la Tierra. La bioquímica basada en el sulfuro que dotaba de energía a los europeanos no era tan eficaz como la alimentada por oxígeno, que proporcionaba energías a la mayoría de animales terrestres. Hasta un perezoso era más rápido que un europeano, de modo que resultaba difícil considerarlos un peligro en potencia. Esa era la buena noticia. La mala noticia consistía en que, incluso con las mejores intenciones por ambas partes, los intentos de comunicación eran lentísimos, hasta intolerablemente tediosos.

Ya era hora de que informara a Control de Ganimedes, decidió Poole. Debían de estar muy nerviosos, y se preguntó cómo se las arreglaría con la situación su cómplice, el capitán Chandler.

—*Falcon* llamando a Ganimedes. Como sin duda pueden ver, eh… me han atraído para planear sobre Tsienville. No hay señales de hostilidad, y como aún es la noche solar, todos los europeanos se encuentran bajo el agua. Los llamaré tan pronto como haya aterrizado.

Dim se sentiría orgulloso de él, pensó Poole, cuando se posó con la misma suavidad que un copo de nieve sobre una extensión de hielo. No pensaba poner en peligro su estabilidad, y dispuso el impulso inercial de forma que eliminase casi todo el peso de la lanzadera, salvo una ínfima parte, lo suficiente, esperó, para que no se la llevara el viento.

Era el primer ser humano que llegaba a Europa. ¿Habrían experimentado Armstrong y Eldrin la misma sensación de júbilo cuando el *Eagle* alunizó? Debían de estar muy ocupados verificando los sistemas del módulo lunar, primitivos y carentes de toda inteligencia.

La *Falcon* lo hacía todo automáticamente, por supuesto. La pequeña cabina estaba en silencio, aparte del inevitable (y tranquilizador) murmullo de electrones bien temperados. Poole se sobresaltó cuando la voz de Chandler, obviamente pregrabada, interrumpió sus pensamientos.

—¡Lo has conseguido! ¡Felicidades! Como sabes, hemos de volver al Cinturón dentro de dos semanas, de modo que te queda tiempo de sobra.

»Al cabo de cinco días, la *Falcon* ya sabe qué tiene que hacer. Sabrá orientarse hasta casa, contigo o sin ti. ¡Buena suerte!

Hola, Dim. ¡Gracias por tu alegre mensaje! Me siento un poco tonto utilizando este programa, como si fuera un agente secreto de los melodramas de espías tan populares antes de que yo naciera. De todos modos, permite cierta privacidad, lo cual puede ser útil. Espero que la señorita Pringle lo haya volcado correctamente… ¡Solo era una broma, señorita P.!

A propósito, estoy recibiendo un montón de solicitudes de todos los medios informativos del Sistema Solar. Intenta darles largas, por favor, o derívalos al doctor Ted. Le encantará tratar con ellos…

Como Ganimedes me tiene enfocado todo el tiempo, no malgastaré aliento contándote lo que estoy viendo. Si todo va bien, deberíamos entrar en acción dentro de pocos minutos, y sabremos si, en realidad, fue una buena idea dejar que los europeanos me encontraran sentado aquí pacíficamente, a la espera de darles la bienvenida cuando salgan a la superficie…

Pase lo que pase, no me llevaré una sorpresa tan grande como la del doctor Chang y sus colegas, cuando aterrizaron aquí hace mil años. Me puse su famoso mensaje una vez más antes de abandonar Ganimedes. Debo confesar que me dio una sensación extraña. No pude evitar preguntarme si algo por el estilo podría volver a suceder… No me gustaría pasar a la inmortalidad de la misma forma que el pobre Chang…

Claro, siempre me queda el recurso de largarme si las cosas se complican… Se me acaba de ocurrir una idea interesante… Me pregunto si los europeanos tienen historia, alguna clase de anales…, cualquier recuerdo de lo que sucedió a pocos kilómetros de aquí, hace mil años.

27

HIELO Y VACÍO

—Aquí el doctor Chang, llamando desde Europa, espero que puedan oírme, en especial el doctor Floyd. Sé que está usted a bordo del *Leonov*... Puede que no me quede mucho tiempo... Oriento la antena de mi traje hacia donde creo que se encuentra... Le ruego que transmita esta información a la Tierra.

»La *Tsien* fue destruida hace tres horas. Yo soy el único superviviente. Utilizo la radio de mi traje. No tengo ni idea de si posee el alcance suficiente, pero es la única posibilidad. Le ruego que escuche con atención...

»HAY VIDA EN EUROPA. Repito: HAY VIDA EN EUROPA...

»Aterrizamos sin novedad, comprobamos todos los sistemas y sacamos las mangueras para de inmediato bombear agua en nuestros depósitos de propulsante... por si teníamos que marchar a toda prisa.

»Todo iba de acuerdo con el plan... Parecía demasiado bueno para ser cierto. Los depósitos estaban medio llenos, cuando el doctor Lee y yo fuimos a comprobar el aislamiento de los conductos. La *Tsien* se alza, quiero decir se alzaba, a unos treinta metros del borde del Gran Canal. Los conductos se hundían en el hielo. Muy delgado. Era peligroso caminar sobre él.

»Júpiter estaba en cuarto creciente, y teníamos cinco kilovatios de luces colgadas sobre la nave. Parecía un árbol de Navidad. Tan bonita, reflejada en el hielo...

»Lee fue el primero en verla: una masa oscura y enorme que surgía de las profundidades. Al principio, pensamos que se trataba de un banco de peces, porque era demasiado grande para un solo organismo, y luego empezó a romper el hielo y avanzó hacia nosotros.

»Parecían enormes ristras de algas marinas que se arrastraran sobre el suelo. Lee corrió a la nave en busca de una cámara. Yo me quedé a mirar, mientras informaba por radio. La cosa se movía muy lentamente, de modo que podía dejarla atrás con mucha facilidad. Parecía mucho más excitado que asustado. Creía saber la clase de ser que era, pues he visto fotos de los bosques de algas cercanos a California, pero estaba muy equivocado.

»... Comprendí que tenía problemas. No podía sobrevivir a una temperatura ciento cincuenta grados por debajo de su entorno normal. Se iba congelando a medida que avanzaba, algunos fragmentos se rompían como cristal, pero continuaba dirigiéndose hacia la nave, como una oleada negra, siempre despacio.

»Yo estaba tan sorprendido que me costaba pensar con lucidez, no sabía qué hacer. Si bien se hallaba cada vez más cerca de la *Tsien*, parecía completamente inofensiva, como... como un bosquecillo en movimiento. Recuerdo que sonreí, pues me recordó el bosque de Burnham en *Macbeth*...

»De pronto, me di cuenta del peligro. Aunque fuera del todo inofensiva, era pesada, a causa del hielo que cargaba. Debía de pesar varias toneladas, incluso en aquella gravedad baja. Y estaba trepando lenta, penosamente, a nuestro tren de aterrizaje... Las patas empezaron a doblarse, todo a cámara lenta, como en un sueño, o en una pesadilla...

»Hasta que la nave empezó a ladearse no comprendí sus intenciones, pero ya era demasiado tarde. Podríamos habernos salvado, sencillamente apagando las luces.

»Quizá fuese fototrópica y la luz del Sol que se filtra a través del hielo había desencadenado su ciclo biológico. O bien se sintió atraída como una polilla hacia una vela. Nuestros focos debían de ser más brillantes que todo cuanto Europa había conocido en su existencia, incluido el Sol…

»Entonces, la nave se desplomó. Vi que el casco se partía, y que se formaba una nube de copos de nieve, como si fuese humedad condensada. Todas las luces se apagaron, excepto una que colgaba de un cable, la cual se balanceaba de un lado a otro a un par de metros sobre el suelo.

»No sé qué sucedió después. Lo primero que recuerdo a continuación es que estaba de pie bajo la luz, al lado de la nave destruida, rodeado por una fina capa de nieve fresca. Vi mis huellas con toda claridad. Debí de correr hacia allí. Tal vez habían transcurrido uno o dos minutos…

»La planta, pues aún pensaba que era una planta, estaba inmóvil. Me pregunté si el impacto la habría dañado. Grandes secciones, gruesas como el brazo de un hombre, se habían desprendido igual que ramas rotas.

»Entonces el tronco principal empezó a moverse de nuevo. Se alejó del casco y empezó a reptar hacia mí. Fue en aquel instante cuando me convencí de que la cosa era sensible a la luz. Yo me encontraba debajo de la lámpara de mil vatios, que había dejado de oscilar.

»Imagine un roble, o mejor aún, un baniano de múltiples troncos y raíces, aplastado por la gravedad, intentando arrastrarse por el suelo. Llegó a cinco metros de la luz, y entonces empezó a extenderse, hasta dibujar un círculo perfecto alrededor de mí. Debía de ser el límite de su tolerancia, el punto en que la fotoatracción se convertía en repulsión.

»Después pasaron varios minutos sin que ocurriera nada. Me pregunté si la cosa estaría muerta, congelada por fin.

»Entonces advertí que en muchas ramas estaban formándose grandes brotes. Era como ver una película acelerada del proceso de una flor al abrirse. De hecho, por un momento creí que eran flores, cada una tan grande como la cabeza de un hombre.

»Membranas de colores hermosos y delicados empezaron a desplegarse. Pensé que nada ni nadie había contemplado en toda su belleza aquellos colores, hasta que trajimos nuestras luces, nuestras fatales luces, a este mundo.

»Zarcillos, estambres, que se agitaban débilmente... Me acerqué al muro viviente para comprobar qué estaba pasando. Ni entonces, ni en ningún otro momento, había sentido miedo del ser. Estaba seguro de que no abrigaba malas intenciones, si es que poseía alguna clase de conciencia.

»Había montones de flores enormes en diversos estadios de desarrollo. Ahora me recordaban a mariposas que acabaran de salir de la crisálida, con las alas arrugadas, todavía débiles. Me acercaba cada vez más a la verdad.

»Pero estaban helándose. Morían con tanta rapidez como se formaban. Entonces, una tras otra, se desprendían de los brotes. Se agitaban por unos instantes como peces arrojados a tierra, y por fin comprendí qué eran exactamente. Aquellas membranas no eran pétalos, sino aletas, o su equivalente. Era el estadio larval del ser. Debe de pasar la mayor parte de su vida atado al lecho marino, y después envía esos retoños móviles en busca de nuevos territorios. Como los corales de los océanos terrestres.

»Me arrodillé para examinar más de cerca uno de aquellos seres. Sus hermosos colores estaban apagándose hasta adoptar un tono marrón oscuro. Algunas de las aletas-pétalos se habían desprendido y se transformaban en diminutos fragmentos al congelarse. No obstante, aún se movía, y cuando me acerqué trató de evitarme. Me pregunté cómo habría sentido mi presencia.

»Entonces reparé en que todos los estambres, como yo los había llamado, tenían en sus extremos puntos azules brillantes. Parecían zafiros estrellados, o los ojos azules distribuidos por el manto de un bivalvo, conscientes de la luz pero incapaces de formar verdaderas imágenes. Mientras miraba, el azul intenso se desvaneció, los zafiros se convirtieron en piedras vulgares y apagadas...

»Doctor Floyd, o quienquiera que esté escuchándome, no tengo mucho tiempo. La alarma de mi sistema de apoyo vital acaba de sonar, pero casi he terminado.

»Supe de pronto qué tenía que hacer. El cable de aquella lámpara de mil vatios colgaba casi hasta el suelo. Tiré de él unas cuantas veces, y la luz se apagó entre una cascada de chispas.

»Me pregunté si sería demasiado tarde. Nada ocurrió durante unos minutos. Me acerqué al muro de ramas entrelazadas que me rodeaban y le propiné una patada.

»Poco a poco, el ser empezó a desenroscarse y a retroceder hacia el canal. Lo seguí hasta el agua, animándolo con más patadas cuando se detenía, mientras fragmentos de hielo no cesaban de crujir bajo mis botas… Cuando se acercó al canal, dio la impresión de que ganaba fuerzas y energía, como si supiera que estaba cerca de su hogar. Me pregunté si sobreviviría para reproducirse de nuevo.

»Desapareció bajo la superficie, dejando algunas últimas larvas muertas en el suelo alienígena. El agua burbujeó por unos minutos, hasta que una capa de hielo protector la aisló del vacío de arriba. Entonces volví a la nave, para ver si podía salvar algo… Pero no quiero hablar de esto.

»Solo quiero hacer dos peticiones, doctor. Cuando los taxonomistas clasifiquen a este ser, espero que le den mi nombre.

»Y cuando la siguiente nave vuelva a casa, pídales que lleven nuestros huesos a China.

»Perderé la energía dentro de pocos minutos. Ojalá supiera si alguien está recibiéndome. En cualquier caso, repetiré este mensaje durante tanto rato como pueda…

»Aquí el profesor Chang desde Europa, informando sobre la destrucción de la nave espacial *Tsien*. Aterrizamos junto al Gran Canal y dispusimos nuestras bombas al borde del hielo…

IV. EL REINO DEL SULFURO

28

EL BREVE AMANECER

SEÑORITA PRINGLE
GRABAR

¡Aquí viene el sol! ¡Es extraño con qué rapidez parece alzarse, en este mundo que gira a tal lentitud! Claro, claro, el disco es tan pequeño que asoma sobre el horizonte en un abrir y cerrar de ojos… No es que la luz cambie demasiado. Si no estás mirando en esa dirección, ni te das cuenta de que hay otro sol en el cielo.

Pero espero que los europeos se hayan dado cuenta. Por lo general, tarda menos de cinco minutos en llegar a la orilla después del Breve Amanecer. Me pregunto si ya sabrán que estoy aquí, y si se sentirán asustados.

No, podría ser al revés. Quizá estén intrigados, incluso ansiosos por ver al extraño visitante que llegó a Tsienville…

¡Aquí vienen! Confío en que vuestros satélites espías se mantengan al acecho. Las cámaras de la *Falcon* están grabando…

¡Qué lentos se mueven! Me temo que comunicarse con ellos será aburrido, incluso en el caso de que deseen hablar conmigo…

Más o menos, es como la cosa que derrumbó a la *Tsien*, pero mucho más pequeña… Me recuerda un montón de árboles pequeños caminando sobre media docena de troncos delgados. Y con centenares de ramas de las que salen ramitas, de las que a su vez… y así sucesivamente. Como muchos de nuestros robots de uso general… ¡Cuánto tiempo tardamos en comprender que los humanoides de imitación eran ridículamente torpes y lo más práctico era disponer de múltiples manipuladores pequeños! Siempre que inventamos algo inteligente, descubrimos que la Madre Naturaleza ya había pensado en ello…

Son monos esos pequeñitos… Como arbustos diminutos en movimiento. Me pregunto cómo se reproducirán. ¿Echan brotes? No me había dado cuenta de lo bonitos que son. Casi tan coloridos como los peces de los arrecifes de coral. Tal vez por algún motivo… para atraer a los machos, o engañar a los depredadores fingiendo que son otra cosa…

¿He dicho ya que parecían arbustos? Digamos rosales. ¡Si hasta tienen espinas! Debe de haber un buen motivo…

Estoy decepcionado. No parece que se hayan fijado en mí. Todos se dirigen hacia la ciudad, como si cada día llegara una nave de visita… Solo quedan unos pocos… Tal vez esto funcione… Supongo que pueden detectar las vibraciones sonoras, como la mayoría de los seres marinos. Aunque esta atmósfera quizá sea demasiado tenue para transportar mi voz muy lejos…

FALCON: ALTAVOZ EXTERNO…

HOLA, ¿PODÉIS OÍRME? ME LLAMO FRANK POOLE… EJEM… VENGO EN SON DE PAZ, EN NOMBRE DE TODA LA HUMANIDAD…

Me siento bastante estúpido, pero ¿podéis sugerirme algo mejor? Además, quedará muy bien en la grabación…

Nadie se ha dado cuenta. Tanto grandes como pequeños, todos se arrastran hacia sus iglús. Me preguntó qué harán cuando lleguen. Quizá debería seguirlos. Estoy seguro de que no será peligroso. Puedo moverme con mucha mayor rapidez.

Acabo de tener un recuerdo fugaz. Todos esos seres, que marchan en la misma dirección, me recuerdan a aquellos trabajadores que iban y venían de casa a la oficina dos veces al día, antes de que la electrónica lo hiciera innecesario...

Probemos otra vez, antes de que desaparezcan todos...

HOLA, SOY FRANK POOLE, UN VISITANTE DEL PLANETA TIERRA. ¿ME OÍS?

TE OIGO, FRANK. DAVE AL HABLA.

IV. EL REINO DEL SULFURO

29

LOS FANTASMAS DE LA MÁQUINA

La reacción inmediata de Frank Poole fue de absoluto asombro, seguida de una alegría desbordante. En realidad, nunca había creído que establecería contacto alguno, ni con los europeos ni con el monolito. De hecho, había fantaseado que, llevado por la frustración, la emprendería a patadas contra la torre de ébano y gritaría, irritado, «¿Hay alguien en casa?».

Sin embargo, no debería estar tan sorprendido: alguna inteligencia tenía que haber seguido su acercamiento desde Ganimedes, permitiéndole aterrizar. Debería haber tomado más en serio a Ted Khan.

—Dave —dijo lentamente—, ¿de veras eres tú?

¿Quién otro podía ser?, preguntó una parte de su mente, pero no era una pregunta tonta. Había algo curiosamente mecánico, impersonal, en la voz que salía del pequeño altavoz instalado en el tablero de control del *Falcon*.

—Sí, Frank. Soy Dave.

Siguió una breve pausa. Después, la misma voz continuó, sin cambiar de tono.

—Hola, Dave. Soy Hal.

Bien, Indra, Dim, me alegro de haber grabado todo esto, de lo contrario no me creeríais...

Creo que sigo en estado de shock. Antes que nada, ¿qué se supone que debo sentir por alguien que intentó, y consiguió, matarme, aunque haya sucedido hace mil años? Pero ahora comprendo que la culpa no fue de Hal. En realidad, no fue de nadie. Hay un consejo que siempre he considerado útil: «Nunca atribuyas a la malevolencia lo que solo se debe a la incompetencia». No puedo sentir la menor rabia hacia un puñado de programadores a los que nunca conocí, muertos hace siglos.

Me alegro de comunicarme en clave, pues no sé cómo debería enfocar todo esto, y muchas cosas de las que digo tal vez resulten una completa tontería. Ya estoy sufriendo a causa de la sobrecarga de información, y tuve que pedir a Dave que me dejara en paz por un rato. ¡Después de todo lo que me ha costado reencontrarme con él! No creo que haya herido sus sentimientos. Ya no estoy seguro de que los tenga...

¿Qué es ahora? ¡Una buena pregunta! Bien, en realidad es Dave Bowman, pero despojado de casi todo su componente humano, como... como la sinopsis de un libro o un documento técnico. Ya sabéis que un extracto puede suministrar toda la información básica, pero sin el menor rastro de la personalidad del autor. Sin embargo, en algunos momentos intuía que algo del antiguo Dave seguía existiendo. No diré que está contento de haberme encontrado de nuevo. Moderadamente complacido sería más exacto. En cuanto a mí, me siento muy confuso. Como cuando te encuentras con un viejo amigo después de una larga separación y descubres que es una persona diferente. Bien, han pasado mil años y soy incapaz de imaginar por qué experiencias ha pasado, aunque, como os demostraré a continuación, ha intentado compartir algunas conmigo.

Y Hal también está aquí, sin duda. Casi siempre me resulta muy difícil saber cuál de los dos está hablándome. ¿No existen numerosos ejemplos de personalidad múltiple en los anales médicos? Quizá se trate de algo por el estilo.

Le pregunté cómo les había sucedido esto a los dos, y él, ellos, ¡joder, Halman!, intentó explicarlo. Lo repito, puede que lo haya interpretado mal en parte, pero es la única hipótesis de trabajo con la que cuento.

Por supuesto, el Monolito, en sus diversas manifestaciones, es la clave... No, no es la palabra correcta. ¿No dijo alguien en cierta ocasión que era una especie de cuchillo del ejército suizo cósmico? He observado que aún existen, aunque Suiza y su ejército desaparecieron hace mucho tiempo. Es un aparato capaz de hacer cualquier cosa. Al menos, para eso estaba programado...

En África, hace cuatro millones de años, nos dio la patada en el culo evolucionista, para bien o para mal. Después, su pariente de la Luna esperó a que saliéramos de la cuna. Eso ya lo habíamos adivinado, y Dave lo ha confirmado.

He dicho que ya no posee sentimientos humanos, pero aún conserva la curiosidad. Quiere aprender. ¡Qué oportunidad ha tenido!

Cuando el monolito de Júpiter lo absorbió (no se me ocurre una palabra mejor), recibió más de lo que esperaba. Aunque el monolito lo utilizó, al parecer, como un espécimen capturado y como sonda para investigar la Tierra, él también ha estado utilizándolo. Con la ayuda de Hal (¿quién puede comprender mejor a un superordenador que otro?) ha estado explorando su memoria, con el propósito de averiguar su intención.

Bien, esto es algo difícil de creer. El Monolito es una máquina poderosísima (¡pensad en lo que hizo con Júpiter!), pero solo eso. Funciona como un autómata. Carece de conciencia. Recuerdo haber pensado que tendría que dar una patada a la Gran Muralla y gritar: «¿Hay alguien ahí?». La respuesta correcta habría sido nadie, excepto Dave y Hal...

Peor aún, es posible que algunos de sus sistemas hayan empezado a fallar. Dave ha insinuado que, en esencia, se ha vuelto estúpido. Tal vez lo han dejado solo demasiado tiempo. Ha llegado el momento de un repaso general.

Cree que el Monolito ha cometido, como mínimo, un error de juicio. Tal vez no sea la expresión adecuada. Puede que haya sido adrede, minuciosamente meditado...

En cualquier caso, resulta aterrador, y sus implicaciones son terroríficas. Por suerte, puedo enseñároslo, para que decidáis por vosotros mismos. Sí, aunque sucedió hace mil años, cuando la *Leonov* participó en la segunda expedición a Júpiter. Y hasta hoy, nadie lo había adivinado...

Me alegro mucho de que me proporcionarais el casco cerebral. Ha sido de gran utilidad (no puedo imaginar la vida sin él), pero ahora está haciendo un trabajo para el que no ha sido diseñado. Y lo ejecuta a la perfección.

Halman tardó diez minutos en averiguar cómo funciona, y en instalar una interfaz. Ahora tenemos contacto mente-mente, lo cual me cuesta un gran esfuerzo, os lo aseguro. Tengo que pedirles todo el rato que vayan despacio, que hablen como un niño. Quizá debería decir que piensen como un niño...

No sé cómo será la calidad de esto. Es una grabación efectuada hace mil años de la experiencia de Dave, almacenada en la enorme memoria del Monolito, recuperada posteriormente por Dave, introducida en mi casco cerebral, no me preguntéis cómo, y transferida por fin a vosotros a través de la Central de Ganimedes. Uf. Espero que no os dé dolor de cabeza mientras la volcáis.

Paso a Dave Bowman, en Júpiter, a principios del siglo XXI...

IV. EL REINO DEL SULFURO

30

PAISAJE DE ESPUMA

Los zarcillos de fuerza magnética, que medían un millón de kilómetros de largo, las repentinas explosiones de ondas de radio, los géiseres de plasma electrificado, tan grandes como el planeta Tierra, eran tan reales y visibles para él como las nubes que pintaban el planeta con su gloria multicolor. Comprendió el complejo esquema de sus interacciones, y también que Júpiter albergaba muchas más maravillas de las que nadie había sospechado.

Mientras atravesaba el corazón de la Gran Mancha Roja, al tiempo que los rayos de las tormentas, cuya extensión ocuparía continentes enteros, estallaban alrededor de él, supo por qué se había conservado durante siglos, aunque estaba compuesta de gases mucho menos sustanciales que los que formaban los huracanes de la Tierra. El tenue aullido del viento de hidrógeno se desvaneció cuando se zambulló en profundidades más calmas, y una lluvia de cerúleos copos de nieve (algunos ya estaban formando montañas apenas palpables de espuma de hidrocarburos) descendió desde las alturas. Ya hacía suficiente calor para que existiera el agua líquida, pero no había océanos. Aquel entorno gaseoso era demasiado tenue para alimentarlos.

Descendió a través de capa tras capa de nubes, hasta penetrar en una zona de atmósfera tan diáfana que el ojo humano habría podido abarcar mil kilómetros de distancia. Era un simple remolino en la inmensa espiral de la Gran Mancha Roja, y ocultaba un secreto que los hombres sospechaban desde hacía mucho tiempo, pero nunca habían logrado demostrar.

Miríadas de nubes diminutas pero muy definidas, todas del mismo tamaño y moteadas de rojo y marrón, rodeaban el pie de las montañas de espuma. Eran pequeñas solo en comparación con la escala inhumana de su entorno. La más pequeña habría cubierto una ciudad de buen tamaño.

Estaban vivas, sin duda, porque se movían con lenta deliberación entre las faldas de las montañas aéreas, y pacían en sus laderas como ovejas colosales. Se llamaban entre sí en su longitud de onda, con voces débiles pero claras, pese a los chirridos y conmociones del propio Júpiter.

No eran más que bolsas de gas vivas, y flotaban en la estrecha zona comprendida entre las alturas heladas y las profundidades hirvientes. Estrecha, sí, pero mucho más grande que toda la biosfera de la Tierra.

No estaban solas. Entre ellas se movían con rapidez seres tan pequeños que su presencia podría haber pasado fácilmente inadvertida. Algunos poseían un extraordinario parecido con los aviones terrestres y eran, aproximadamente, del mismo tamaño. Pero también estaban vivos. Tal vez fuesen depredadores, tal vez parásitos, tal vez pastores.

Todo un nuevo capítulo de la evolución, tan extraño como el que había vislumbrado en Europa, se abría ante él. Había torpedos de propulsión a chorro, como los calamares de los océanos terrestres, que cazaban y devoraban a las bolsas de gas, pero los globos no estaban indefensos. Algunos contraatacaban con descargas eléctricas y tentáculos terminados en garras, semejantes a sierras de cadena de un kilómetro de largo.

Vio formas aún más extrañas, que explotaban casi todas las posibilidades de la geometría: extravagantes cometas transparentes, tetraedros, esferas, poliedros, masas de cintas entrelazadas… Constituían el plancton gigantesco de la atmósfera joviana, y estaban diseñados para flotar corriente arriba como hilos de telaraña, hasta vivir lo suficiente para reproducirse. Después eran engullidos por las profundidades para convertirse en carbono y reciclarse en una nueva generación.

Estaba explorando un mundo que abarcaba más de cien veces la extensión de la Tierra, y si bien veía muchos prodigios, nada insinuaba la presencia de inteligencia. Las voces radiofónicas de los enormes globos solo transmitían sencillos mensajes de advertencia o miedo. Incluso los cazadores, de los que cabría esperar mayores grados de organización, eran como los tiburones de los océanos terrestres: autómatas sin mente.

Y pese a su impresionante tamaño y novedad, la biosfera de Júpiter era un mundo frágil, un lugar habitado por nieblas y espuma, delicados hilillos de seda y tejidos delgados como el papel, que brotaban de la continua nevada de productos petroquímicos formados por los rayos de la atmósfera más elevada. Pocos de sus componentes eran más sustanciales que pompas de jabón. Cualquier carnívoro de la Tierra, por insignificante que fuese, habría podido reducir a jirones a sus depredadores más terribles.

Al igual que Europa, pero en una escala infinitamente mayor, Júpiter era un callejón sin salida de la evolución. La conciencia nunca emergería allí. Y aunque lo hiciera, estaría condenada a una existencia atrofiada. Quizá pudiera desarrollarse una cultura que fuese puramente aérea, pero en un entorno donde el fuego era imposible, y los sólidos apenas existían, nunca llegaría a la Edad de la Piedra.

IV. EL REINO DEL SULFURO

31

GUARDERÍA

SEÑORITA PRINGLE

GRABAR

Bien, Indra, Dim, espero que la grabación haya salido bien. Aún no puedo creerlo. Todos esos seres fantásticos (tendríamos que haber detectado sus voces radiofónicas, aunque no hubiéramos podido entenderles) borrados en un momento, para que Júpiter pudiera convertirse en sol.

Ahora entiendo por qué. Fue para dar una oportunidad a los europeanos. Una lógica despiadada. ¿Es la inteligencia lo único que importa? Preveo larguísimas discusiones con Ted Khan al respecto.

La siguiente pregunta es: ¿Aprobarán el curso los europos, o se quedarán atascados para siempre en el parvulario, mejor dicho, en la guardería? Aunque mil años es un período de tiempo muy breve, cabría esperar algunos progresos, pero según Dave siguen igual que cuando salieron del mar. Tal vez el problema resida precisamente en que aún tienen un pie (o una rama) en el agua.

En otra cosa nos equivocamos por completo. Pensábamos que regresaban al agua para dormir. Es justo lo contrario. Vuelven para comer, y duermen cuando van a tierra. Como deberíamos haber adivinado por su estructura (esa red de ramas), se alimentan de plancton...

Pregunté a Dave: «¿Qué me dices de los iglús que han construido? ¿No significan un avance tecnológico?». Y él dijo: «En realidad, no. Solo son adaptaciones de los edificios que construyen en el lecho marino, para protegerse de diversos depredadores, sobre todo de algo parecido a una alfombra voladora, tan grande como un campo de rugby…».

No obstante, hay una parcela en la que han demostrado iniciativa, incluso creatividad. Les fascinan los metales, supongo que porque en el océano no existen en estado puro. Por eso desmantelaron la *Tsien*. Lo mismo pasó con las sondas que se han adentrado en su territorio.

¿Qué hacen con el cobre, el berilio y el titanio que recogen? Nada útil, me temo. Lo amontonan todo junto en un mismo sitio, una pila fantástica que no paran de remodelar. Tal vez estén desarrollando un sentido estético. He visto cosas peores en el Museo de Arte Moderno… Pero yo sostengo otra teoría. ¿Habéis oído hablar de ciertas creencias propias de las islas del sur del Pacífico? Durante el siglo xx algunas de las pocas tribus primitivas que aún existían hacían aviones de imitación en bambú, con la esperanza de atraer a los grandes pájaros del cielo que de vez en cuando les llevaban regalos maravillosos. Tal vez los europeos tengan la misma idea.

Ahora, respecto a esa pregunta que no paráis de hacerme sobre qué es Dave y cómo él y Hal se convirtieron en lo que ahora son, la respuesta inmediata es, por supuesto, que ambos son emulaciones, simulaciones, almacenadas en la gigantesca memoria del Monolito. Casi siempre están desactivados. Cuando pregunté a Dave sobre esto, me dijo que desde los mil años transcurridos durante su… llamémosla metamorfosis solo había estado «despierto» (utilizó esta palabra) cincuenta en total.

Cuando le pregunté si lamentaba que ejerciesen tal control sobre su vida, dijo: «¿Por qué iba a lamentarlo? Realizo mis funciones a la perfección». ¡Sí, eso es típico de Hal! Pero creo que era Dave, si es que existe alguna distinción a estas alturas.

¿Recordáis la comparación con el cuchillo del ejército

suizo? Halman es uno de los miles de componentes del cuchillo cósmico.

Pero no es una herramienta por completo pasiva. Cuando está despierto, posee cierta autonomía, cierta independencia, tal vez dentro de unos límites fijados por el control avasallador del Monolito. Durante siglos ha sido utilizado a modo de sonda inteligente para examinar Júpiter, como ya habéis visto, y también Ganimedes y la Tierra. Eso confirma tanto los extraños acontecimientos ocurridos en Florida, referidos por la antigua novia de Dave, y por la enfermera que cuidaba a su madre, momentos antes de su muerte…, como los encuentros en Anubis City.

Y eso también explica otro misterio. Pregunté a Dave, directamente: «¿Por qué se me permitió aterrizar en Europa, cuando todo el mundo había sido rechazado durante siglos? ¡No me lo esperaba!».

La respuesta es ridículamente sencilla. De vez en cuando el Monolito utiliza a Dave, a Halman, para no perdernos de vista. Dave sabía todo acerca de mi rescate, incluso vio algunas de las entrevistas que me hicieron en la Tierra y en Ganimedes. Debo decir que aún me duele que no intentara ponerse en contacto conmigo. Al menos sacó la alfombra de bienvenida cuando llegué…

Dim, todavía faltan cuarenta y ocho horas para que la *Falcon* se marche, con o sin mí. Ahora que he establecido contacto con Halman no creo que las necesite. Podemos continuar nuestra comunicación con igual facilidad desde Anubis… si él quiere.

Estoy ansioso por volver al Granimedes lo antes posible. La *Falcon* es una nave estupenda, pero habría que mejorar sus instalaciones sanitarias. Empieza a oler aquí dentro, y me muero de ganas de tomar una ducha.

Tengo muchas ganas de veros, y en especial a Ted Khan. Tenemos mucho de que hablar, antes de que regrese a la Tierra.

ARCHIVAR

TRANSMITIR

V. CONCLUSIÓN

Todas las penalidades futuras
no limpiarán el pecado original;
llueve en el mar,
pero el mar sigue salado.

A. E. HOUSMAN,
More poems

32

UN CABALLERO OCIOSO

En conjunto, habían sido tres décadas interesantes pero plácidas, puntuadas por las alegrías y las penas que el tiempo y el destino infligen a toda la humanidad. La mayor de aquellas alegrías había sido totalmente inesperada. De hecho, antes de que abandonara la Tierra en dirección a Ganimedes, Poole habría calificado la idea de ridícula.

Es muy cierto el dicho de que la ausencia da alas al corazón. Cuando Indra Wallace y él volvieron a reunirse, descubrieron que, pese a sus pullas y ocasionales desacuerdos, estaban más cerca de lo que habían imaginado. Una cosa condujo a la otra, incluidos, para su mutuo regocijo, a Dawn Wallace y Martin Poole.

Era un período de su vida bastante tardío para fundar una familia (sin contar el pequeño problema del milenio que los separaba), y el profesor Anderson les había advertido que tal vez fuese incluso imposible. O aún peor...

—Tuviste suerte en más aspectos de los que piensas —dijo a Poole—. Los efectos de la radiación fueron sorprendentemente nimios, y pudimos llevar a cabo todas las reparaciones esenciales a partir de tu ADN intacto, pero hasta que no hagamos más análisis, no puedo prometer integridad genética. De modo que divertíos, pero no iniciéis una familia hasta que yo os dé el visto bueno.

Los análisis habían sido interminables, y, como Anderson temía, fueron necesarias más reparaciones. Se produjo un retraso importante (algo que nunca habría podido vivir, aunque le hubieran permitido continuar después de las primeras semanas de embarazo), pero Martin y Dawn salieron perfectos, con el número correcto de cabezas, brazos y piernas. También eran guapos e inteligentes, y se libraron por los pelos de ser mimados en exceso por sus jubilosos padres, que continuaron siendo los mejores amigos del mundo cuando, al cabo de quince años, decidieron recuperar su independencia. Debido a su clasificación de logro social, se les habría permitido (e incluso alentado) tener otro hijo, pero decidieron no tentar más a su asombrosa buena suerte.

Una tragedia había ensombrecido la vida de Poole durante este período, y conmocionado a toda la comunidad del Sistema Solar. El capitán Chandler y toda su tripulación habían perecido cuando el núcleo de un cometa que estaban explorando estalló de repente, reduciendo a cenizas la *Goliath*, de la cual solo se recuperaron unos pocos fragmentos. Tales explosiones (causadas por reacciones entre moléculas inestables que existían en temperaturas muy bajas) eran un peligro bien conocido por los cazadores de cometas, y Chandler había topado con algunos a lo largo de su carrera. Nadie sabría jamás cómo un hombre tan experimentado había sido pillado por sorpresa.

Poole echaba mucho de menos a Chandler. Había desempeñado un papel muy importante en su vida, y nadie podía sustituirlo a excepción de Dave Bowman, con quien había compartido una aventura tan trascendental. A menudo, habían planeado volver juntos al espacio, tal vez hasta la Nube de Oort, con sus misterios desconocidos y su remota aunque inagotable abundancia de hielo. Sin embargo, problemas de agenda siempre habían frustrado estos planes, y aquel futuro deseado nunca existiría.

A pesar de las órdenes del médico, Poole había conseguido otro objetivo, largo tiempo anhelado: había bajado a la Tierra, y con una vez fue suficiente.

El vehículo en el que había viajado parecía casi idéntico a las sillas de ruedas utilizadas por los parapléjicos más afortunados de su época. Estaba motorizado y tenía neumáticos de baja presión que le permitían rodar sobre superficies razonablemente lisas. Sin embargo, también podía volar, a una altitud de unos veinte centímetros, sobre un amortiguador de aire producido por un conjunto de pequeñas pero poderosas hélices. A Poole le sorprendió el que una tecnología tan primitiva continuara en uso, pero los aparatos de control inercial eran demasiado abultados para aplicaciones a escala tan pequeña.

Sentado confortablemente en su silla flotante, apenas era consciente de que su peso aumentaba a medida que descendía hacia el corazón de África. Si bien notó algunas dificultades para respirar, había sufrido experiencias mucho peores durante su adiestramiento como astronauta. Pero no estaba preparado para la bofetada de calor sofocante que recibió nada más salir del gigantesco cilindro que formaba la base de la torre. ¿Cómo sería a mediodía?

Apenas se había acostumbrado al calor, cuando su sentido del olfato sufrió un asalto en toda regla. Miles de olores distintos (ninguno desagradable, pero todos desconocidos) se disputaron su atención. Cerró los ojos por unos minutos, en un intento de evitar que sus circuitos se sobrecargaran.

Antes de decidirse a abrirlos de nuevo, notó que un objeto grande y húmedo palpaba su nuca.

—Diga hola a Elizabeth —indicó su guía, un joven corpulento que lucía las prendas tradicionales de Gran Cazador Blanco, demasiado elegantes para haber sido utilizadas—. Es nuestra anfitriona oficial.

Poole giró en redondo en su silla, y se encontró ante la lánguida mirada de una cría de elefante.

—Hola, Elizabeth —contestó, con voz algo débil.

Elizabeth levantó la trompa a modo de saludo y emitió un sonido que no solía escucharse en la sociedad educada, aunque Poole estaba seguro de que era bienintencionado.

En total, pasó menos de una hora en el planeta Tierra, siguiendo la periferia de la selva, cuyos árboles enanos comparó de forma desfavorable con los de Skyland, y conoció a gran parte de la fauna local. Sus guías se disculparon por la cordialidad de los leones, que habían sido mimados por los turistas, pero la expresión malvada de los cocodrilos lo compensó de sobra. Allí estaba la Naturaleza pura y dura.

Antes de regresar a la torre, Poole quiso correr el riesgo de alejarse unos pasos de su silla. Comprendió que aquello equivaldría a transportar su propio peso a la espalda, pero no parecía una empresa imposible, y nunca se perdonaría si no lo intentaba.

No fue una buena idea. Quizá debería haber probado en un clima más frío. Después de dar una docena de pasos, ni uno más ni uno menos, se alegró de hundirse de nuevo en su silla.

—Ya es suficiente —anunció con voz cansada—. Regresemos a la torre.

Cuando entró en el vestíbulo del ascensor, se fijó en un letrero que le había pasado por alto antes, debido a la excitación provocada por su llegada. Rezaba:

¡BIENVENIDOS A ÁFRICA!
«En la selva está la salvación del mundo.»
HENRY DAVID THOREAU (1817-1862)

—¿Lo conocía? —preguntó el guía, al advertir el interés de Poole.

Era la clase de pregunta que Poole había escuchado demasiado a menudo, y en aquel momento no se sentía con fuerzas para responder de forma adecuada.

—Creo que no —contestó mientras las enormes puertas se cerraban tras ellos, ocultando las vistas, olores y sonidos del primitivo hogar de la humanidad.

Su safari vertical había satisfecho su necesidad de visitar la Tierra, e hizo cuanto pudo por pasar por alto los diversos dolores y agujetas adquiridos en la selva cuando regresó a su apartamento del nivel 10000, un emplazamiento prestigioso, incluso en aquella sociedad tan democrática. No obstante, su apariencia impresionó a Indra, quien le ordenó que se fuera a la cama de inmediato.

—Igual que Anteo… ¡pero al revés! —masculló.

—¿Quién? —preguntó Poole.

Había momentos en que la erudición de su mujer era un poco abrumadora, si bien estaba decidido a que eso jamás le ocasionara un complejo de inferioridad.

—Hijo de la diosa Tierra, Gea. Hércules luchó contra él, pero cada vez que iba a parar al suelo, Anteo renovaba sus energías.

—¿Quién ganó?

—Hércules, por supuesto, sosteniendo a Anteo en el aire, para que mamá no pudiera recargar sus baterías.

—Bien, estoy seguro de que no tardaré mucho en recargar las mías. Además, he aprendido una lección. Si no hago más ejercicio, quizá tenga que mudarme al nivel de gravedad lunar.

Las buenas intenciones de Poole duraron un mes. Cada mañana caminaba cinco kilómetros a paso ligero, y cada día elegía un nivel de la Torre Africana diferente. Algunos pisos todavía eran enormes y resonantes desiertos de metal que tal vez nunca se ocupasen, pero otros habían sido diseñados y desarrollados a lo largo de los siglos en una sorprendente variedad de estilos arquitectónicos. Habían tomado prestado muchos de edades y culturas pretéritas. Otros insinuaban futuros que Poole no deseaba visitar. Al menos, no existía el peligro de aburrirse, y en muchos de sus paseos era acompañado, a una distancia respetuosa, por pequeños grupos de niños, aunque no podían mantener su ritmo durante mucho rato.

Un día, mientras Poole caminaba por una convincente (aunque poco transitada) imitación de los Campos Elíseos, divisó de repente una cara conocida.

—¡Danil! —llamó.

El otro hombre no se dio por aludido, ni siquiera cuando Poole volvió a llamarlo, en voz más alta.

—¿No te acuerdas de mí?

Danil (y ahora que le había alcanzado, Poole no albergaba la menor duda sobre su identidad) parecía verdaderamente perplejo.

—Lo siento —dijo—. Usted es el comandante Poole, por supuesto, pero estoy seguro de que no nos conocemos personalmente.

—Estúpido de mí —se disculpó Poole, turbado—. Lo habré confundido con otra persona. Que usted lo pase bien.

Se alegró del encuentro, y de saber que Danil se había reintegrado a la sociedad normal. Si su delito había sido decapitar ancianas, o piratear libros de la biblioteca, su antiguo amo no debía preocuparse por ello. La cuenta estaba saldada. Si bien Poole añoraba a veces las historias de policías y ladrones que le habían deleitado en su juventud, había llegado a aceptar la sabiduría actual: el interés excesivo en el comportamiento patológico era, en sí, patológico.

Con la ayuda de la señorita Pringle, Mk III, Poole había conseguido parcelar su vida, de manera que hasta tenía ocasionales momentos en los que podía relajarse, colocar su casco cerebral en BÚSQUEDA ALEATORIA y explorar sus áreas de interés. Aparte de su familia, su principal preocupación seguía centrada entre las lunas de Júpiter/Lucifer, y no solo porque fuera el principal experto en el tema, y miembro permanente del Comité Pro Europa.

El comité se había fundado hacía casi mil años, para reflexionar sobre lo que podía y debía hacerse sobre el misterioso satélite. A lo largo de los siglos había acumulado una enorme cantidad de información, desde los vuelos de inspección de la *Voyager* en 1979 y las primeras exploraciones detalladas efectuadas desde la nave *Galileo* en 1996, el mismo año que Poole había nacido.

Como muchas organizaciones longevas, el Comité Pro Europa se había fosilizado poco a poco, y ahora solo se reunía cuando sucedía algo inesperado. Después de la reparación de Halman, había despertado con un sobresalto y nombrado a un nuevo y enérgico presidente, cuyo primer acto oficial había sido nombrar miembro a Poole.

Si bien podía contribuir en poco a lo que ya estaba documentado, Poole se alegró mucho de ingresar en el comité. Su deber evidente era estar siempre disponible y de paso obtuvo un cargo oficial que de otra manera no habría logrado. Hasta el momento, su posición social era la de «tesoro nacional», lo cual le fastidiaba. Aunque le agradaba ser mantenido con gran lujo en un mundo más rico de lo que en épocas anteriores, asoladas por las guerras, nadie habría podido imaginar, sentía la necesidad de justificar su existencia.

También sentía otra necesidad, que raras veces reconocía, ni siquiera ante sí mismo. En el extraño encuentro que había tenido con Halman dos décadas atrás, este, aunque brevemente, le había hablado. Poole estaba seguro de que, si lo deseaba, podría hacerlo de nuevo con suma facilidad. ¿Acaso ya no le interesaban los contactos con humanos? Esperaba que no fuera el caso, aunque podía ser la explicación de su silencio.

Seguía en contacto frecuente con Theodore Khan, tan activo y mordaz como siempre, ahora representante del Comité Pro Europa en Ganimedes. Desde que Poole había regresado a la Tierra, Khan había intentado en vano abrir un canal de comunicación con Bowman. No podía entender por qué largas listas de preguntas importantes sobre temas de vital interés filosófico e histórico ni siquiera recibían breves acuses.

—¿El Monolito mantiene tan ocupado a tu amigo Halman que no puede hablar conmigo? —se quejaba a Poole—. ¿Qué hace con su tiempo?

Era una pregunta muy razonable. Y la respuesta llegó, como un relámpago en un cielo despejado, del propio Bowman, en la forma de una llamada videofónica perfectamente vulgar.

V. CONCLUSIÓN

33

CONTACTO

—Hola, Frank. Soy Dave. Tengo un mensaje muy importante para ti. Supongo que ahora estás en tu suite de la Torre Africana. En tal caso, identifícate dando el nombre de nuestro instructor de mecánicas orbitales. Esperaré sesenta segundos y, si no hay respuesta, lo intentaré de nuevo dentro de una hora exacta.

El minuto fue suficiente para que Poole se recobrara de la impresión. Experimentó una breve punzada de placer, así como de estupor, antes de que otra emoción se apoderara de él. Pese a la alegría que le producía volver a oír a Bowman, la frase «un mensaje muy importante» se le antojaba ominosa.

Al menos ha sido una suerte, se dijo Poole, que me haya pedido uno de los pocos nombres que recuerdo. De todos modos, ¿quién podría olvidar a un escocés con un acento de Glasgow tan pronunciado, que había tardado una semana en dominarlo? Había sido un conferenciante brillante, una vez que uno entendía lo que decía.

—El doctor Gregory McVitty.

—Aceptado. Haz el favor de conectar el receptor de tu casco cerebral. Tardará tres minutos en volcar este mensaje. No trates de seguir la marcha. Utilizo una compresión de diez a uno. Esperaré dos minutos antes de empezar.

Poole se preguntó cómo se las apañaba para hacer aquello. Júpiter/Lucifer se encontraba en ese momento a más de cincuenta minutos luz de distancia, de modo que el mensaje debía de haber partido hacía casi una hora. Seguramente, pensó, había sido enviado con un agente inteligente en un paquete en el que constaba la dirección correcta, mediante el haz Ganimedes-Tierra, pero eso habría sido una hazaña insignificante para Halman, considerando los recursos que había adquirido en el interior del Monolito.

El indicador luminoso del casco cerebral estaba parpadeando. El mensaje estaba a punto de llegar.

Con la compresión que Halman estaba utilizando, Poole tardaría media hora de tiempo real en absorber el mensaje, pero le bastaron diez minutos para comprender que su pacífico modo de vida había llegado a un brusco final.

V. CONCLUSIÓN

34

JUICIO

En un mundo de comunicaciones universales e instantáneas, era muy difícil guardar secretos. Aquel asunto, decidió Poole de inmediato, había que discutirlo cara a cara.

El Comité Pro Europa había protestado, pero todos sus miembros estaban reunidos en su apartamento. Eran siete, el número de la suerte, sin duda sugerido por las fases de la Luna, que siempre habían fascinado a la humanidad. Era la primera vez que Poole se encontraba con tres miembros del comité, aunque a esas alturas los conocía mucho mejor de lo que hubiera sido posible antes de la aparición de los cascos cerebrales.

—Presidente Oconnor, miembros del Comité, me gustaría decir unas palabras, solo unas pocas, lo prometo, antes de transmitir este mensaje que he recibido de Europa. Prefiero hacerlo verbalmente. Me parece más natural. Temo que nunca me sentiré cómodo con la transferencia mental directa.

»Como todos ustedes saben, Dave Bowman y Hal han sido almacenados como emulaciones en el Monolito de Europa. Por lo visto, nunca desecha una herramienta cuando la considera útil, y de vez en cuando activa a Halman a fin de controlar nuestros asuntos, si empiezan a preocuparle. Según sospecho, modestia aparte, mi llegada ha sido motivo de preocupación para él.

»Pero Halman no es una simple herramienta pasiva. El componente Dave todavía conserva algo de sus orígenes humanos, incluidos sentimientos. Como hicimos el adiestramiento juntos, y durante años lo compartimos casi todo, por lo visto encuentra mucho más fácil comunicarse conmigo que con cualquier otra persona. Me gustaría pensar que disfruta haciéndolo, pero tal vez sea una palabra inapropiada...

»También siente curiosidad, está intrigado, y quizá un poco resentido, por la forma en que ha sido reclutado, como un espécimen de la vida salvaje, si bien es probable que desde el punto de vista de la inteligencia que creó al Monolito, no seamos más que eso.

»¿Dónde está esa inteligencia ahora? Por lo visto, Halman conoce la respuesta, y es escalofriante.

»Como siempre hemos sospechado, el Monolito forma parte de alguna especie de red galáctica, y el nódulo más cercano, el controlador del Monolito, o su inmediato superior, se encuentra a cuatrocientos cincuenta años luz de distancia.

»¡Demasiado cerca para nuestra tranquilidad! Eso significa que el informe sobre nosotros y nuestros asuntos que fue transmitido a principios del siglo XXI se recibió hace medio milenio. Si el, digamos, supervisor del Monolito contestó al instante, sus instrucciones se recibirán de un momento a otro.

»Y eso es exactamente lo que está pasando. Durante los últimos días, el Monolito ha recibido series continuas de mensajes, y ha puesto a punto nuevos programas; hemos de suponer que de acuerdo con las instrucciones.

»Por desgracia, Halman solo puede hacer conjeturas acerca de la naturaleza de dichas instrucciones. Como ya deducirán cuando la información haya sido transferida, solo tiene un acceso limitado a muchos circuitos y bancos de memoria del Monolito, pero aun así puede sostener una especie de diálogo con él, si es posible utilizar esa palabra, porque se necesitan dos personas para eso. Aún no me cabe en la cabeza la idea de que el Monolito, pese a todos sus poderes, no posee conciencia. ¡Ni siquiera sabe que existe!

»Halman ha reflexionado sobre el problema durante mil años, a ratos perdidos, y ha llegado a la misma respuesta que nosotros, pero esta conclusión debe de tener mucho más peso, debido a su conocimiento interno.

»¡Lo siento! No intentaba hacer un chiste, pero ¿cómo podría llamarlo, si no?

»Lo que se tomó el trabajo de crearnos, o al menos de juguetear con las mentes y los genes de nuestros antepasados, está decidiendo qué hacer a continuación. Y Halman se muestra pesimista. No, eso es una exageración. Digamos que no nos concede muchas oportunidades, pero ahora es un observador demasiado objetivo para estar preocupado. El futuro, la supervivencia de la raza humana, no es más que un problema interesante para él, pero desea ayudar.

De pronto, Poole guardó silencio, ante la sorpresa de su fascinado público. Tras una pausa, prosiguió:

—Eso es extraño. Me ha venido a la cabeza un recuerdo asombroso… Estoy seguro de que explica lo que está pasando. Les ruego que tengan paciencia conmigo…

»Dave y yo estábamos paseando un día por la playa del Cabo, pocas semanas antes del lanzamiento, cuando observamos un gran escarabajo en la arena. Como sucede a menudo, había caído sobre su espalda y agitaba las patas en el aire, en un esfuerzo por enderezarse.

»Yo no hice caso, pues estábamos enzarzados en una complicada discusión técnica, pero Dave sí. Le dio la vuelta con la punta del zapato. Cuando el escarabajo se alejó, yo comenté: «¿Estás seguro de que ha sido una buena idea? Ahora se zampará los crisantemos favoritos de alguien». Y él respondió: «Quizá tengas razón, pero me gustaría concederle el beneficio de la duda».

»Les ruego me disculpen. ¡Prometí que solo diría unas pocas palabras! De todos modos, me alegro mucho de haber recordado ese incidente. Creo que sitúa el mensaje de Halman en la perspectiva correcta. Está concediendo a la raza humana el beneficio de la duda…

»Hagan el favor de conectar sus cascos cerebrales. Esto es una grabación de alta densidad, canal 110 de la banda u. v. Pónganse cómodos, y allá vamos…

V. CONCLUSIÓN

35

CONSEJO DE GUERRA

Nadie pidió una repetición. Con una vez fue suficiente.

Cuando la reproducción terminó, se hizo el silencio. Después, la presidenta Oconnor se quitó el casco cerebral, se frotó la reluciente calva y dijo lentamente:

—Usted me enseñó una frase de su época que me parece de lo más apropiada en este momento. Esto es una olla de grillos.

—Pero solo Bowman, Halman, la ha abierto —repuso un miembro del comité—. ¿Comprende en realidad el funcionamiento de algo tan complejo como el Monolito, o todo esto no es más que el producto de su imaginación?

—No creo que tenga mucha imaginación —contestó la doctora Oconnor—. Además, todo encaja a la perfección. Sobre todo la referencia a Nova Scorpio. Supusimos que era un accidente. Al parecer, fue un... juicio.

—Primero, Júpiter. Ahora, Scorpio —dijo el doctor Kraussman, el distinguido físico a quien se consideraba popularmente una reencarnación del legendario Einstein. Se rumoreaba que una pequeña intervención de cirugía plástica había contribuido a ello—. ¿Quién será el siguiente?

—Siempre supusimos que los TMA estaban vigilándonos —dijo la presidenta. Hizo una pausa—. ¡Qué mala suerte, qué increíble mala suerte, que el informe final se enviara justo después del peor período de la historia humana!

Se produjo otro silencio. Todo el mundo sabía que al siglo XX se lo había llamado a menudo el «Siglo de la Tortura».

Poole escuchaba sin interrumpir, mientras esperaba que se llegara a un consenso. Estaba impresionado por la calidad del comité, y no era la primera vez. Nadie intentaba demostrar una teoría favorita, marcarse puntos o hinchar su ego. No pudo por menos que pensar en el contraste con las discusiones furibundas que había escuchado en su época, entre ingenieros y administradores de la Agencia Espacial, comités del Congreso y ejecutivos industriales.

Sí, la raza humana había mejorado sin duda. El casco cerebral no solo había contribuido a erradicar inadaptados, sino que había aumentado de manera espectacular la calidad de la educación. No obstante, también se había producido una pérdida: había pocos personajes memorables en aquella sociedad. A Poole solo se le ocurrían cuatro: Indra, el capitán Chandler, el doctor Khan y la Dama Dragón, de nostálgico recuerdo.

La presidenta condujo la discusión con gran fluidez para que todo el mundo diera su opinión, y entonces pasó a exponer su resumen.

—Con la indiscutible primera pregunta, si vale la pena tomarse en serio esta amenaza, no hace falta perder el tiempo. Aunque se trate de una falsa alarma, o de un malentendido, es potencialmente tan grave que debemos asumirla como real, hasta que tengamos pruebas determinantes de lo contrario. ¿De acuerdo?

»Bien. Tampoco sabemos cuánto tiempo nos queda. Por lo tanto, hemos de dar por sentado que el peligro es inminente. Tal vez Halman pueda proporcionarnos más datos, pero para entonces quizá sea demasiado tarde.

»En consecuencia, lo único que hemos de decidir es: ¿Cómo podemos protegernos contra algo tan poderoso como el Monolito? ¡Piensen en lo que fue de Júpiter! Y de Nova Scorpio, por lo visto...

»Estoy segura de que la fuerza bruta sería inútil, aunque tal vez deberíamos estudiar esa opción. Doctor Kraussman, ¿cuánto tiempo tardaríamos en fabricar una superbomba?

—Suponiendo que el diseño aún exista, y no sean necesarias investigaciones…, unas dos semanas. Las armas termonucleares son bastante sencillas, y utilizan materiales ordinarios. Al fin y al cabo, las inventaron en el segundo milenio. Pero si quiere algo más sofisticado, digamos una bomba de antimateria, o un miniagujero negro, entonces tardaremos unas cuantas semanas.

—Gracias. ¿Puede empezar a investigarlo? De todos modos, no creo que sirva de nada. Algo capaz de manejar tales poderes sabrá protegerse contra esas armas. ¿Alguna otra sugerencia?

—¿Podemos negociar? —preguntó un consejero, no muy convencido.

—¿Con qué… o con quién? —respondió Kraussman—. Como ya hemos descubierto, el Monolito es, en esencia, un mecanismo puro, y hace lo que está programado para hacer. Tal vez ese programa posea cierto grado de flexibilidad, pero no hay forma de saberlo. Y no podemos apelar al jefe supremo. Se encuentra a quinientos años luz de distancia.

Poole escuchaba sin interrumpir. No podía contribuir en nada a la discusión, y casi todo lo sobrepasaba. Empezó a sentirse deprimido. Se preguntó a sí mismo si no habría sido mejor no revelar la información. Después, si era una falsa alarma, nadie se sentiría peor que él. Y si no lo era…, bueno… la humanidad aún conservaría la tranquilidad espiritual, ante el final inapelable que le esperaba.

Todavía estaba dándole vueltas a aquellos sombríos pensamientos, cuando una expresión conocida lo reanimó de repente.

Un menudo y silencioso miembro del comité, cuyo nombre era tan largo y difícil que Poole nunca había conseguido memorizarlo, y mucho menos pronunciarlo, había dejado caer cuatro palabras en medio de la discusión.

—¡El caballo de Troya!

Se produjo uno de esos silencios que suelen calificarse de «significativos», y después un coro de «¿Cómo no se me había ocurrido?», «¡Claro!», «¡Muy buena idea!», hasta que la presidenta, por primera vez en la sesión, tuvo que llamar al orden.

—Gracias, profesor Thirugnanasampanthamoorthy —dijo la doctora Oconnor, sin errar ni una letra—. ¿Podría ser más concreto?

—Desde luego. Si el Monolito es, como todo el mundo parece pensar, una máquina sin conciencia, y, por lo tanto, con capacidad de autorrevisión limitada, puede que ya tengamos las armas capaces de derrotarlo. Encerradas en la Cripta.

—Y un sistema de entrega: ¡Halman!

—Precisamente.

—Un momento, doctor T. No sabemos nada, absolutamente nada, sobre la arquitectura del Monolito. ¿Cómo podemos estar seguros de que algo diseñado por nuestra especie primitiva sea eficaz contra él?

—No podemos, pero recuerde esto: por sofisticado que sea, el Monolito ha de obedecer las mismas leyes universales de la lógica que Aristóteles y Boole formularon hace siglos. Por eso puede, no, debería, ser vulnerable a las cosas encerradas en la Cripta. Hemos de ensamblarlas de tal forma que como mínimo una de ellas funcione. Es nuestra única esperanza… a menos que alguien sugiera una alternativa mejor.

—Disculpen —dijo por fin Poole, que había perdido la paciencia—. ¿Tendrá alguien la amabilidad de decirme qué es y dónde está esta famosa Cripta de la que hablan?

V. CONCLUSIÓN

36

LA CÁMARA DE LOS HORRORES

La historia está sembrada de pesadillas, algunas naturales, otras, obra del hombre.

A finales del siglo XXI, la mayor parte de las naturales (la viruela, la peste negra, el sida, los espantosos virus que asolaban la selva africana) habían sido eliminadas, o al menos puestas bajo control, gracias al avance de la medicina. Sin embargo, nunca era prudente subestimar el ingenio de la Madre Naturaleza, y nadie dudaba de que el futuro aún guardaba en reserva desagradables sorpresas biológicas para la humanidad.

Por lo tanto, parecía una precaución sensata conservar unos cuantos especímenes de todos aquellos horrores para su estudio científico. Conservarlos cuidadosamente, por supuesto, a fin de eliminar la posibilidad de que escaparan y diezmaran de nuevo la raza humana. El problema consistía en tomar las medidas necesarias para que eso no sucediera.

A finales del siglo XX se había producido un comprensible escándalo cuando se propuso conservar los últimos virus conocidos de viruela en los centros de Control de Enfermedades de Estados Unidos y Rusia. Por improbable que fuera, existía una remota posibilidad de que accidentes como terremotos, fallos del equipo, o incluso el sabotaje deliberado de grupos terroristas los liberaran.

Una solución que satisfizo a todo el mundo (excepto a unos cuantos extremistas del tipo «¡Defendamos la virginidad lunar!») fue enviarlos a la Luna, y guardarlos en un laboratorio situado al final de un túnel de un kilómetro de largo perforado en la montaña aislada de Pico, uno de los lugares más notables del mar Imbrium. Y allí, a lo largo de los años, fueron aparcando algunos de los ejemplos más soberbios del ingenio humano equivocado. De la locura, en realidad.

Había gases y vapores que, aun en dosis microscópicas, causaban una muerte lenta o instantánea. Algunos habían sido creados por fanáticos religiosos que, pese a su mente perturbada, habían logrado acumular considerables conocimientos científicos. Muchos creían que el final del mundo estaba cercano (y que solo sus seguidores se salvarían, por supuesto). Por si acaso Dios se distraía y no era fiel a su cita, querían asegurarse de poder rectificar Su desafortunado olvido.

Los primeros ataques de estos fanáticos se llevaron a cabo contra blancos vulnerables, como metros abarrotados, exposiciones universales, estadios de deportes, conciertos de música pop... Resultaron muertas decenas de miles de personas, antes de que la locura fuera controlada a principios del siglo XXI. Como sucede a menudo, no hubo mal que por bien no viniera, porque obligó a las agencias de policía a cooperar entre sí como nunca lo habían hecho. Ni siquiera los estados que habían alentado el terrorismo podían tolerar aquella variedad aleatoria e impredecible.

Los agentes químicos y biológicos usados en los ataques, así como en formas anteriores de guerra, fueron a engrosar la mortífera colección de la Cripta de Pico. También almacenaron sus antídotos, en los casos en que existían. Todo el mundo confiaba en que aquel material no volvería a preocupar a la humanidad, pero aún estaba disponible, aunque fuertemente custodiado, por si era necesario en alguna emergencia desesperada.

La tercera categoría de los materiales depositados en la Cripta de Pico, si bien podían clasificarse de plagas, nunca habían matado ni herido a nadie... directamente. No existían antes del último tercio del siglo xx, pero en pocas décadas habían ocasionado daños valorados en miles de millones de dólares, y a menudo arruinaban vidas con tanta eficacia como las enfermedades físicas. Eran las enfermedades que atacaban al servidor más reciente y versátil de la humanidad: el ordenador.

Eran programas cuyos nombres se tomaban prestados de los diccionarios médicos (virus, bacilos, tenias) e imitaban a menudo, con increíble exactitud, el comportamiento de sus parientes orgánicos. Algunos eran inofensivos, poco más que bromas jocosas, dirigidas a sorprender o divertir a usuarios de ordenadores mediante mensajes e imágenes inesperadas que aparecían en sus monitores. Otros eran mucho más perjudiciales, inductores de catástrofes y diseñados a tal efecto.

En la mayor parte de los casos, su propósito era mercenario. Se trataba de las armas que delincuentes sofisticados utilizaban para chantajear a instituciones bancarias y organizaciones comerciales, que ahora dependían por completo del buen funcionamiento de sus sistemas informáticos. La mayoría de las víctimas, al ser advertidas de que sus bancos de datos serían borrados automáticamente en determinado momento, a menos que transfirieran unos cuantos megadólares a una cuenta corriente anónima de una entidad extranjera, decidían no correr riesgos y pagaban sin chistar. Con frecuencia, para evitar el escarnio público o incluso privado, no avisaban a la policía.

Este comprensible deseo de sigilo facilitaba que los asaltantes informáticos llevaran a cabo sus atracos electrónicos. Si los capturaban, los sistemas legales, que ignoraban cómo proceder con delitos tan novedosos, los trataban con suavidad. Al fin y al cabo, no habían causado daño a nadie, ¿verdad? De hecho, después de haber cumplido sus breves condenas, muchos de los culpables eran contratados con discreción por sus víctimas, siguiendo el viejo principio de que no hay mejor guardabosque que un excazador furtivo.

El único acicate de dichos delincuentes era la codicia, y no abrigaban el menor deseo de destruir las organizaciones que depredaban. Ningún parásito sensato mata a su anfitrión. Pero también existían otros enemigos de la sociedad, mucho más peligrosos...

Por lo general, eran individuos inadaptados (adolescentes conflictivos) que trabajaban solos, y en completo secreto. Su objetivo era crear programas que solo provocaran caos y confusión, una vez esparcidos por todo el planeta mediante las redes mundiales de radio y cable, o soportes como disquetes y CD-ROMs. Después se complacían en el desastre resultante y la sensación de poder que proporcionaba a sus mentes enfermizas.

A veces, estos genios perversos eran descubiertos y adoptados por las agencias de inteligencia nacionales para sus propios fines secretos, sobre todo para penetrar en los bancos de datos de sus rivales. Se trataba de un empleo inofensivo, pues las organizaciones implicadas aún conservaban cierto sentido de la responsabilidad cívica.

No sucedía lo mismo con las sectas apocalípticas, muy complacidas con el descubrimiento de aquel nuevo armamento, mucho más efectivo y fácil de diseminar que gases o gérmenes. Y mucho más difícil de repeler, pues podía transmitirse de forma instantánea a millones de oficinas y hogares.

El colapso del banco Nueva York-La Habana en 2005, el lanzamiento de misiles nucleares indios en 2007 (afortunadamente con las cabezas desactivadas), el colapso del Control de Tráfico Aéreo PanEuropeo en 2008, la parálisis de la red telefónica norteamericana en el mismo año, fueron simples ensayos del Día del Juicio Final. Poco a poco, esta amenaza fue controlada gracias al esfuerzo de agencias de seguridad nacionales que nunca antes habían colaborado las unas con las otras, cuando no libraban una guerra abierta.

Al menos, esa era la creencia general. Durante varios centenares de años no se produjeron ataques graves a los cimientos de la sociedad. Una de las principales armas de la victoria fue el casco cerebral, si bien algunas personas creían que el precio a pagar por tal logro había sido demasiado alto.

Aunque las discusiones sobre la libertad del individuo en oposición a los deberes del Estado ya eran viejas cuando Platón y Aristóteles intentaron codificarlas, y así continuarían hasta el fin de los tiempos, en el tercer milenio se había llegado a un cierto consenso. Todo el mundo estaba de acuerdo en que el comunismo era la forma más perfecta de gobierno. Por desgracia, había quedado demostrado (al precio de cientos de millones de vidas) que solo era aplicable a insectos sociales, robots de clase II y categorías restringidas similares. Para los imperfectos seres humanos, el mal menor era la democracia, definida con frecuencia como «codicia individual, moderada por un gobierno eficaz pero no demasiado entrometido».

Poco después de que el uso del casco cerebral se generalizara, algunos burócratas muy inteligentes (y entrometidos al máximo) se dieron cuenta de sus inmensas posibilidades como sistema predisuasor. Durante el proceso de colocación, cuando se «calibraba» mentalmente al nuevo usuario, era posible detectar muchas formas de psicosis antes de que tuvieran la oportunidad de llegar a ser peligrosas. Gracias a esto se decidía cuál era la terapia más conveniente, pero cuando la cura parecía imposible, se controlaba al sujeto electrónicamente o, en el peor de los casos, se lo aislaba de la sociedad. Este control mental solo podía aplicarse a los usuarios del casco cerebral, pero a finales del tercer milenio era un elemento de la vida cotidiana tan normal como lo había sido el teléfono personal en sus comienzos. De hecho, todo aquel que no se sumaba a la inmensa mayoría era considerado sospechoso y puesto bajo vigilancia.

No hace falta decir que cuando el uso del «sondeo mental», como lo llamaban sus críticos, empezó a generalizarse, las organizaciones pro derechos civiles pusieron el grito en el cielo. Uno de sus lemas más eficaces fue «¿Casco Cerebral o

Policía Cerebral?». Poco a poco, incluso a regañadientes, se aceptó que esta forma de control era una precaución necesaria contra males mucho peores, y no fue una coincidencia que, al mejorar la salud mental, el fanatismo religioso iniciara un rápido declive.

Cuando la larga guerra contra los delincuentes cibernéticos terminó, los vencedores se encontraron en posesión de un fastidioso botín, incomprensible para cualquier conquistador del pasado. Había cientos de virus informáticos, casi todos muy difíciles de detectar y matar. Y había algunas entidades (a falta de un nombre mejor) mucho más terroríficas. Se trataba de brillantes inventos en forma de enfermedades para las que no existía cura y, en algunos casos, ni siquiera la posibilidad de que la hubiera...

Muchas de estas enfermedades estaban vinculadas a grandes matemáticos, que se habrían horrorizado ante semejante corrupción de sus descubrimientos. Como una característica humana consiste en dar un nombre absurdo a una amenaza real, los apelativos eran, a menudo, engañosos: el Gremlin de Godel, el Laberinto de Mandelbrot, la Catástrofe Combinatoria, la Trampa Transfinita, el Acertijo de Conway, el Torpedo de Turing, el Laberinto de Lorenz, la Bomba de Boolean, la Trampa de Shannon, el Cataclismo de Cantor...

Si alguna clave de generalización fuera posible, se diría que todos aquellos horrores matemáticos funcionaban basándose en el mismo principio. Su eficacia no dependía de algo tan burdo como borrar memorias o corromper códigos. Al contrario, su táctica era mucho más sutil. Convencían a su máquina anfitriona de iniciar un programa que no podría terminarse antes del fin del Universo, o que implicaba una serie de pasos infinitos (el Laberinto de Mandelbrot era el ejemplo más mortífero).

Un ejemplo trivial podría ser el cálculo de Pi, o cualquier otro número irracional. Sin embargo, ni el más estúpido ordenador electroóptico caería en una trampa tan descarada. El tiempo en que zoquetes mecánicos hacían polvo sus circuitos intentando dividir por cero había pasado a la historia…

El desafío propuesto a los ordenadores era convencerlos de que las tareas encargadas podían llegar a una conclusión definitiva en un tiempo finito. En la batalla de ingenio entre el hombre (muy pocas mujeres, pese a los ejemplos admirables de Ada Lovelace, la almirante Grace Hopper y la doctora Susan Calvin) y la máquina, esta perdía casi siempre.

Habría sido posible (si bien en algunos casos difícil, incluso peligroso) destruir las obscenidades capturadas, mediante los comandos BORRAR/SOBREESCRIBIR, pero representaban una enorme inversión de tiempo e ingenio que, pese a su error de utilización, parecía una pena desperdiciar. Además, tal vez debieran conservarse para su estudio, en algún lugar seguro, como precaución por si algún día un genio maléfico las reinventaba y desarrollaba.

La solución resultaba obvia. Los demonios digitales serían encerrados con sus contrapartidas químicas y biológicas —era de esperar que para siempre— en la Cripta de Pico.

37

OPERACIÓN DAMOCLES

Poole nunca tuvo excesivo contacto con el equipo encargado de ensamblar el arma que nadie deseaba ver utilizada jamás. La operación (bautizada «Damocles», un nombre ominoso pero muy apropiado) exigía una especialización tan enorme que él no pudo contribuir directamente en nada, y vio lo bastante del grupo para darse cuenta de que algunos de sus miembros habrían podido pertenecer a una especie alienígena. De hecho, uno de los miembros clave estaba ingresado en un manicomio (Poole se sorprendió al saber que aún existían dichos centros), y la presidenta Oconnor insinuaba en ocasiones que al menos otros dos deberían ir a hacerle compañía.

—¿Ha oído hablar del proyecto Enigma? —preguntó Poole, tras una sesión particularmente frustrante.

Como él negó con la cabeza, la mujer continuó.

—Me sorprende. Sucedió pocas décadas antes de que usted naciera. Topé con ella mientras buscaba material para Damocles. Un problema muy similar. En una de sus guerras, un grupo de brillantes matemáticos fue reunido, con gran secreto, para descifrar un código enemigo... Por cierto, para hacerlo posible construyeron uno de los primeros ordenadores auténticos.

»Existe otra anécdota maravillosa, y espero que sea cierta, que me recuerda a nuestro pequeño equipo. Un día, el primer ministro se presentó para una visita de inspección, y después dijo al director de Enigma: «Cuando le dije que mirara debajo de todas las piedras para conseguir a los hombres que necesitaba, no esperaba que se lo tomara tan en serio».

Era de suponer que para poner en marcha el proyecto Damocles se había mirado debajo de todas las piedras. Sin embargo, como nadie sabía si trabajaban con un tiempo límite de días, semanas o años, al principio fue difícil crear cierta sensación de urgencia. Como era absurdo sembrar la alarma a lo largo y ancho del Sistema Solar, solo cincuenta personas estaban al corriente del proyecto. Eran las que contaban, capaces de agrupar a todas las fuerzas necesarias y las únicas que podían autorizar la apertura de la Cripta de Pico, por primera vez en quinientos años.

Cuando Halman advirtió que el Monolito estaba recibiendo mensajes cada vez con mayor frecuencia, nadie dudó de que algo iba a suceder. Poole no era el único al que le costaba conciliar el sueño en aquellos días, incluso con la ayuda de los programas antiinsomnio del casco cerebral. Antes de que consiguiera dormir por fin, se preguntaba si volvería a despertar. Al fin, los componentes del arma fueron ensamblados, dando lugar a un arma invisible, intocable e inimaginable para casi todos los guerreros que habían pisado la superficie de la Tierra.

Nada habría podido parecer más inofensivo e inocente que la placa de memoria terabit, utilizada en millones de cascos cerebrales cada día. No obstante, el hecho de que estuviera encerrada en un bloque macizo de material cristalino, asegurado con bandas metálicas que se entrecruzaban, indicaba que se trataba de algo fuera de lo normal.

Poole la recibió con reticencia. Se preguntó si el correo que había recibido la espantosa misión de transportar el núcleo de la bomba atómica de Hiroshima a la base aérea del Pacífico, desde la cual sería lanzada, se había sentido igual. Sin embargo, si todos sus temores estaban justificados, su responsabilidad aún sería mayor.

Ni siquiera estaba seguro de que la primera parte de su misión se saldaría con éxito. Como ningún circuito podía considerarse absolutamente fiable, Halman aún no había sido informado sobre el proyecto Damocles. Poole se encargaría de ello cuando regresara a Ganimedes.

Después solo podría confiar en que Halman deseara interpretar el papel de caballo de Troya y, tal vez, ser destruido de paso.

V. CONCLUSIÓN

38

ATAQUE PREVENTIVO

Era muy extraño estar de vuelta en el hotel Granimedes después de tantos años, porque daba la sensación de no haber cambiado en absoluto, a pesar de todo lo que había pasado. Cuando Poole entró en la suite Bowman, lo recibió la imagen familiar de este. Y, tal como suponía, Bowman/Halman estaba esperando, un poco menos sustancial que el antiguo holograma.

Antes de que pudieran intercambiar saludos, se produjo una interrupción que Poole habría agradecido en cualquier otro momento. El videofono de la habitación lanzó su trío de notas perentorias (algo que tampoco había cambiado desde su última visita) y un viejo amigo apareció en la pantalla.

—¡Frank! —exclamó Theodore Khan—. ¿Por qué no me dijiste que vendrías? ¿Podemos vernos? ¿Por qué no está conectado el vídeo? ¿Hay alguien contigo? ¿Quiénes eran todos esos tipos con pinta de funcionarios que aterrizaron al mismo tiempo…?

—¡Por favor, Ted! Sí, lo siento, pero créeme, tengo muy buenos motivos. Te lo explicaré más tarde. Y estoy acompañado. Te llamaré en cuanto pueda. Adiós.

—Lo siento —dijo Poole, mientras daba la orden de «No molestar»—. Ya sabes quién era, por supuesto.

—Sí. El doctor Khan. Intentaba ponerse en contacto conmigo a menudo.

—Pero tú nunca contestaste. ¿Puedo preguntar por qué?

Aunque había asuntos más importantes de qué preocuparse, Poole no pudo resistir la tentación de formular la pregunta.

—El nuestro era el único canal que deseaba tener abierto. Además, me ausentaba a menudo. A veces durante años.

Aquella era una revelación sorprendente, pero no tendría que haberlo sido. Poole sabía muy bien que Halman había sido visto en muchos sitios y en muchos momentos. Aun así, ¿ausente durante años? Tal vez hubiese visitado varios sistemas estelares, y quizá de ese modo se hubiese enterado de Nova Scorpio, que solo distaba cuarenta años luz. Sin embargo, no podía haber ido hasta el núcleo. El viaje de ida y vuelta habría durado novecientos años.

—Es una suerte que estuvieras aquí cuando te necesitábamos.

Era muy poco corriente que Halman vacilara antes de contestar. Transcurrió mucho tiempo más del inevitable lapso de tres segundos antes de que volviera a hablar.

—¿Estás seguro de que fue suerte?

—¿Qué quieres decir?

—No deseo hablar de eso, pero por dos veces he... vislumbrado poderes..., entidades, muy superiores al Monolito, e incluso tal vez a sus creadores. Puede que tengamos menos libertad de la que imaginamos.

Aquel era un pensamiento escalofriante. Poole necesitó un esfuerzo de voluntad deliberado para apartarlo de su mente y concentrarse en el problema inmediato.

—Confiemos en tener el suficiente libre albedrío para hacer lo que es necesario. Quizá se trate de una pregunta estúpida. ¿El Monolito sabe que nos estamos entrevistando? ¿Podría mostrarse... suspicaz?

—No es capaz de producir tal emoción. Cuenta con numerosas protecciones antifallos, y algunas las comprendo, pero eso es todo.

—¿Es posible que esté escuchándonos?

—No lo creo.

Ojalá pudiera estar seguro de que era un supergenio tan ingenuo y tonto, pensó Poole, mientras abría con llave su maletín y extraía la caja sellada que contenía la placa. Su peso era casi insignificante en aquella gravedad baja. Resultaba imposible creer que tal vez contuviese el destino de la humanidad.

—No podíamos estar seguros de conseguirte un circuito seguro, y no entramos en detalles. Esta placa contiene programas que impedirán al Monolito ejecutar órdenes que signifiquen una amenaza para el género humano. Contiene veinte de los virus más destructivos jamás diseñados. En su mayor parte carecen de antídoto conocido. En algunos casos, se cree que no hay ninguno posible. Hay cinco copias de cada uno. Nos gustaría que los liberaras cuando, en tu opinión, sea necesario. Dave, Hal, nadie ha recibido nunca una responsabilidad de tal envergadura, pero no teníamos otra alternativa.

Una vez más, la respuesta pareció tardar más de los tres segundos que necesitaba para llegar desde Europa.

—Si hacemos esto, cabe la posibilidad de que cesen todas las funciones del Monolito. No estamos seguros de cuál será nuestra suerte.

—Ya hemos pensado en eso, por supuesto, pero a estas alturas debes de tener muchos medios a tu disposición. También te envío una placa de memoria petabit. Diez bits elevado a quince son más que suficientes para contener todos los recuerdos y experiencias de muchas vidas. Esto os proporcionará una ruta de escape. Sospecho que contáis con otras.

—Correcto. Decidiremos cuál usar en el momento apropiado.

Poole se relajó lo máximo posible en aquella situación extraordinaria. Halman deseaba colaborar. Aún conservaba suficientes vínculos con sus orígenes.

—Hemos de entregarte esta placa, de una manera física. Su contenido es demasiado peligroso para enviarlo por canales de radio u ópticos. Sé que posees control de largo alcance sobre la materia. ¿No hiciste estallar en una ocasión una bomba que estaba en órbita? ¿Podrías transportarla a Europa? Como alternativa, podríamos enviarla por autocorreo a cualquier punto que especifiques.

—Eso sería lo mejor. La recogeré en Tsienville. Estas son las coordenadas...

Poole seguía derrumbado en su butaca cuando el monitor de la suite Bowman admitió al jefe de la delegación que lo había acompañado desde la Tierra. Tanto si el coronel Jones era un auténtico coronel, como si de verdad se apellidaba Jones, eran misterios sin importancia que Poole no tenía ganas de resolver. Le bastaba con que fuese un soberbio organizador y se hubiera encargado de la logística de la operación Damocles con silenciosa eficacia.

—Bien, Frank, allá va. Aterrizará dentro de una hora y diez minutos. Supongo que Halman será capaz de recuperarla, pero no entiendo cómo va a manejar (¿es la palabra correcta?) estas placas.

—Yo también me lo preguntaba, hasta que alguien del Comité Pro Europa me lo explicó. Existe un teorema bien conocido, aunque no por mí, el cual afirma que cualquier ordenador es capaz de emular a cualquier otro ordenador. Estoy seguro de que Halman sabe muy bien lo que hace. De lo contrario, nunca habría accedido.

—Espero que tengas razón —contestó el coronel—. Si no... En fin, no sé qué otra alternativa tenemos.

Siguió una sombría pausa, hasta que Poole hizo un esfuerzo por aliviar la tensión.

—Por cierto, ¿te has enterado del rumor que corre sobre nuestra visita?

—¿Cuál es?

—Que somos una comisión especial enviada para investigar el crimen y la corrupción en esta ciudad fronteriza. Se cree que el alcalde y el alguacil están muy asustados.

—Cómo los envidio —dijo el «coronel Jones»—. A veces, es un alivio tener algo trivial de qué preocuparse.

39

DEICIDIO

Como todos los que vivían en Anubis City (población actual: 56.521 habitantes), el doctor Theodore Khan despertó poco después de la medianoche local cuando sonó la alarma general. Su primera reacción fue: «¡Otro hielomoto no, por el amor de Deus!».

Corrió hacia la ventana, gritó «¡Ábrete!», pero lo hizo tan fuerte que la habitación no le entendió, y tuvo que repetir la orden con su voz normal. La luz de Lucifer tendría que haberse filtrado, creando en el suelo las configuraciones que tanto fascinaban a los visitantes de la Tierra, porque nunca se movían ni una fracción de milímetro, por mucho que esperaran…

Aquel rayo de luz invariable ya no existía. Mientras Khan miraba con expresión de total incredulidad a través de la enorme burbuja transparente de la Cúpula de Anubis, vio un cielo que Ganimedes no había conocido desde hacía mil años: las estrellas brillaban de nuevo; Lucifer había desaparecido.

Y entonces, mientras exploraba las constelaciones olvidadas, Khan observó algo aún más aterrador. Donde debería haber estado Lucifer había un disco diminuto de negrura absoluta, que eclipsaba las estrellas desconocidas.

Solo existía una explicación posible, se dijo Khan, aturdido. Lucifer había sido engullido por un agujero negro. Y puede que nosotros vengamos a continuación, pensó.

En el balcón del hotel Granimedes, Poole contemplaba el

mismo espectáculo, pero embargado por sentimientos más complejos. Incluso antes de la alarma general, su comsec lo había despertado con un mensaje de Halman.

—Ya ha empezado. Hemos infectado el Monolito, pero uno, o tal vez varios de los virus, ha penetrado en nuestros circuitos. Ignoramos si podremos utilizar la placa de memoria que nos diste. Si lo logramos, nos encontraremos contigo en Tsienville.

Entonces llegaron las sorprendentes y conmovedoras palabras cuyo exacto contenido emocional sería debatido durante generaciones:

—Si somos incapaces de descargar, acordaos de nosotros.

Desde la habitación situada frente a la suya, Poole oyó la voz del alcalde, que hacía lo posible por tranquilizar a los ahora despiertos ciudadanos de Anubis. Aunque empezó con la más terrorífica de las declaraciones oficiales («No hay motivo de alarma»), el alcalde encontró auténticas palabras de consuelo.

—No sabemos qué está pasando, pero Lucifer sigue brillando con normalidad. Repito: Lucifer sigue brillando. Acabamos de recibir noticias de la lanzadera interorbital *Alcyone*, que partió hacia Calisto hace media hora. Aquí está la panorámica…

Poole entró corriendo en la habitación justo a tiempo de ver que Lucifer brillaba tranquilizadoramente en la pantalla.

—Lo que ha sucedido —prosiguió el alcalde, sin aliento— es que algo ha provocado un eclipse temporal. Haremos un zoom para echar un vistazo… Observatorio de Calisto, adelante, por favor…

¿Cómo sabe que es «temporal»?, pensó Poole, mientras esperaba a que la siguiente imagen apareciera en la pantalla.

Lucifer se desvaneció y fue sustituido por un campo de estrellas. Al mismo tiempo, otra voz se impuso a la del alcalde.

—… telescopio de dos metros, pero casi cualquier instrumento servirá. Es un disco de un material absolutamente negro, de unos diez mil kilómetros de anchura, tan delgado que no aparenta el menor grosor. Está situado, sin duda deliberadamente, de manera que impide a Ganimedes recibir cualquier luz. Haremos un zoom para ver si presenta algún detalle, aunque lo dudo...

Desde la perspectiva de Calisto, el disco se comprimía hasta formar un óvalo, cuya longitud doblaba su anchura. Se expandió hasta llenar por completo la pantalla. Después fue imposible saber si habían ampliado la imagen, porque no presentaba la menor estructura.

—Ya me lo suponía; no hay nada que ver. Vamos a hacer una panorámica hacia el borde del objeto...

No hubo la menor sensación de movimiento, hasta que un campo de estrellas apareció de repente, bien definido por el borde curvo del disco. Era como si estuvieran mirando hacia el horizonte situado al otro lado de un planeta sin atmósfera y perfectamente liso.

Bueno, no tan liso...

—Esto sí que es interesante —comentó el astrónomo, que hasta ese momento había hablado con tono desapasionado, como si esa clase de cosas ocurrieran cada día—. El borde parece mellado, pero de una manera muy regular... como la hoja de una sierra...

Una sierra circular, pensó Poole. ¿Va a aserrarnos? No seas ridículo...

—Este es el máximo acercamiento posible, antes de que la difracción estropee la imagen. Más tarde la procesaremos y obtendremos detalles mucho mejores.

La ampliación era tan enorme que toda huella de la curvatura del disco había desaparecido. Una franja negra aparecía a lo ancho de la videopantalla, mellada a lo largo de su borde por triángulos tan idénticos que Poole no pudo olvidar la ominosa analogía con una hoja de sierra. Sin embargo, había algo más que lo inquietaba...

Como todas las demás personas de Ganimedes, veía las estrellas, infinitamente más lejanas, aparecer y desaparecer entre aquellos valles de una geometría perfecta. Era muy probable que muchos otros hubieran llegado a la misma conclusión antes que él.

—Si intentas construir un disco con bloques rectangulares (tanto si sus proporciones son 1:4:9 como otras), es imposible que tenga un borde uniforme. Se puede construir un círculo casi perfecto utilizando bloques cada vez más pequeños. De todos modos, si solo querías construir una pantalla lo bastante grande para eclipsar un sol, ¿para qué tomarse tantas molestias?

El alcalde tenía razón. El eclipse era temporal. Pero su final era el extremo opuesto de uno solar.

La primera luz surgió por el centro exacto, no a lo largo del mismo borde, formando el habitual collar de las cuentas de Baily. Un agujero minúsculo y cegador irradió líneas melladas... y ahora, gracias a la máxima ampliación, la estructura del disco se reveló. Estaba compuesto por millones de rectángulos idénticos, tal vez del mismo tamaño que la Gran Muralla de Europa. Y estaban separándose, como un gigantesco rompecabezas al desmontarse.

A medida que el disco se fragmentaba y los rayos de Lucifer entraban por los huecos, Ganimedes recuperaba su perpetua —aunque interrumpida durante unos minutos— luz diurna. Los componentes estaban evaporándose, casi como si necesitaran el mutuo contacto para conservar la realidad.

El acontecimiento, que a los angustiados habitantes de Anubis City les había parecido una eternidad, solo había durado menos de quince minutos. Nadie prestó atención a Europa hasta que todo terminó.

La Gran Muralla había desaparecido, y pasó casi una hora antes de que a la Tierra, Marte y la Luna llegara la noticia de que el mismísimo Sol había parecido parpadear unos segundos, para luego recobrar la normalidad.

Había sido un conjunto de eclipses muy selectivo, sin duda dedicado exclusivamente a la humanidad. En los demás rincones del Sistema Solar no había sido detectado.

Debido a la excitación general, el mundo tardó un poco más en darse cuenta de que tanto TMA-0 como TMA-1 habían desaparecido, dejando solo sus huellas de cuatro millones de años de antigüedad en Tycho y África.

Era la primera vez que los europeos se encontraban con humanos, pero no parecían alarmados ni sorprendidos por los enormes seres que se movían entre ellos a la velocidad del rayo. No era demasiado fácil, por supuesto, interpretar el estado emocional de algo que parecía un arbusto pequeño y deshojado, sin aparentes órganos sensoriales ni medios de comunicación. En cualquier caso, si se hubieran asustado por la llegada del *Alcyone* y la aparición de sus pasajeros, habrían permanecido escondidos en sus iglús.

Mientras Frank Poole, algo entorpecido por su traje protector y el regalo de reluciente alambre de cobre que cargaba, entraba en los deteriorados suburbios de Tsienville, se preguntó qué pensarían los europeos de los acontecimientos recientes. Para ellos, no había existido eclipse de Lucifer, pero la desaparición de la Gran Muralla debió de haberles producido una fuerte impresión. Los acompañaba desde tiempo inmemorial, como un escudo protector y, sin duda, mucho más. Entonces, de repente, se había evaporado, como si nunca hubiera existido…

La placa de terabit estaba esperándolo, rodeada por un grupo de europeos, que daban las primeras señales de curiosidad que Poole había observado nunca. Se preguntó si Halman les habría dicho de alguna manera que vigilaran aquel regalo del espacio, hasta que él fuera a recogerlo.

Y trasladarlo al único lugar donde podía guardarse con total seguridad, puesto que ahora no solo contenía a un amigo dormido, sino terrores que una época futura tal vez pudiese exorcisar.

V. CONCLUSIÓN

40

MEDIANOCHE: PICO

Sería difícil imaginar una escena más pacífica, pensó Poole, sobre todo después de la tensión de las últimas semanas. Los rayos oblicuos de la Tierra casi llena revelaban todos los detalles, por sutiles que fuesen, del mar de las Lluvias, carente de agua, pero no los difuminaban, como haría la furia incandescente del Sol.

La pequeña caravana de vehículos lunares había formado un semicírculo a un centenar de metros de la pequeña abertura practicada en la base de Pico, que era la entrada a la Cripta. Desde aquella perspectiva, Poole vio que la montaña no merecía el nombre que le habían dado los astrónomos primitivos, engañados por su sombra puntiaguda. Se trataba más de una colina redondeada que de un pico afilado, y en aquel momento creyó a pies juntillas que uno de los pasatiempos locales consistía en subir en bicicleta hasta la cumbre. Hasta ese momento ninguno de aquellos deportistas de ambos sexos podía haber adivinado el secreto oculto bajo las ruedas de sus vehículos. Confió en que el siniestro descubrimiento no desalentara su saludable ejercicio.

Una hora antes, con una sensación de tristeza y triunfo al mismo tiempo, había entregado la placa que había llevado, sin perderla de vista ni por un instante, desde Ganimedes hasta la Luna.

—Adiós, viejos amigos —había murmurado—. Os habéis

portado bien. Tal vez alguna generación futura vuelva a despertaros. De todos modos, espero que no sea necesario.

Imaginaba, con excesiva lucidez, el motivo que podía obligar a necesitar los conocimientos almacenados en Halman. A esas alturas, sin la menor duda, un mensaje iba en camino hacia aquel centro de control desconocido, con la noticia de que su servidor de Europa ya no existía. Con suerte, la respuesta tardaría en llegar unos novecientos cincuenta años, año más año menos.

En el pasado, Poole había maldecido a Einstein con frecuencia. Ahora, le dio las gracias. Parecía claro que ni siquiera los poderes que controlaban a los monolitos podían extender su influencia a una velocidad mayor que la de la luz. Por lo tanto, la raza humana tenía casi un milenio para preparar el siguiente encuentro, si se producía. Tal vez en ese momento estuviese mejor preparada.

Algo estaba saliendo del túnel; era el robot semihumanoide montado sobre raíles que transportaba la placa al interior de la Cripta. Resultaba casi cómico ver, en la Luna carente de oxígeno, una máquina envuelta en el traje aislante que protegía contra gérmenes mortales. Nadie quería correr riesgos, por improbables que fueran. Al fin y al cabo, el robot se había movido entre aquellas pesadillas puestas a buen recaudo, y si bien sus videocámaras parecían demostrar que todo estaba controlado, siempre existía la posibilidad de que un frasco se hubiera agujereado, o el sello de un contenedor se hubiera roto. La Luna era un entorno muy estable, pero a lo largo de los siglos había sufrido muchos corrimientos de terreno e impactos de meteoritos.

El robot se detuvo a cincuenta metros de la entrada del túnel. Poco a poco, el cilindro macizo que lo sellaba empezó a girar sobre su rosca, como un gigantesco tornillo que se enroscara en la montaña.

—Todos los que no lleven gafas oscuras, hagan el favor de cerrar los ojos o apartar la vista del robot —dijo una voz perentoria por la radio del vehículo lunar.

Poole se volvió en su asiento, justo a tiempo de ver una explosión de luz en el techo del vehículo. Cuando miró hacia Pico de nuevo, todo cuanto quedaba del robot era un montoncito de escoria brillante. Pese a todo el tiempo que había pasado rodeado de vacío, se le antojó raro que no surgieran hilillos de humo.

—Esterilización terminada —dijo la voz del controlador de la misión—. Gracias a todos. Volvemos a Plato City.

Qué ironía. ¡La raza humana se había salvado gracias al empleo habilidoso de sus propias locuras! Poole se preguntó qué moraleja podía extraerse de dicha circunstancia.

Desvió la vista hacia la hermosa Tierra azul, oculta bajo la capa de nubes que la protegían del frío del espacio. Allí arriba, dentro de pocas semanas, acunaría en los brazos a su primer nieto.

Fueran cuales fuesen los poderes divinos y las fuerzas que acechaban al otro lado de las estrellas, solo había dos cosas importantes para los humanos vulgares, se recordó Poole: el amor y la muerte.

Su cuerpo aún no había envejecido cien años. Todavía le quedaba mucho tiempo para ambas.

EPÍLOGO

«Su pequeño universo es muy joven, y su dios aún es un niño. Pero es demasiado pronto para juzgarlos. Cuando regresemos en los Últimos Días, ya pensaremos en lo que vale la pena salvar.»

FUENTES

1. EL CINTURÓN DE KUIPER

Para una descripción del terreno de caza del capitán Chandler, descubierto en 1992, ver *The Kuiper Belt*, de Jane X. Luu y David C. Jewitt (*Scientific American*, mayo de 1966).

4. STAR CITY

El concepto de un «anillo alrededor del Sol» en la órbita geostacionaria (OGO), enlazado con la Tierra mediante torres construidas en el Ecuador, tal vez parezca una fantasía exacerbada, pero posee una base muy científica. Se trata de una ampliación evidente del «ascensor espacial» inventado por el ingeniero de San Petersburgo Yuri Artsutánov, a quien tuve el placer de conocer en 1982, cuando su ciudad se llamaba de otra manera.

Yuri comentó que, desde un punto de vista teórico, era posible tender un cable entre la Tierra y un satélite suspendido sobre el mismo punto del Ecuador, lo cual sucede cuando se encuentra en la OGO, hogar de casi todos los satélites de comunicaciones de la actualidad. A partir de este principio, podía establecerse un ascensor espacial (o, para utilizar la pintoresca frase de Yuri, un «funicular cósmico») y los pasajeros estarían en condiciones de ascender hasta la OGO mediante la energía eléctrica. La propulsión por cohete solo se necesitaría para el resto del viaje.

Además de ahorrar el peligro, el ruido y los azares ambientales de la propulsión por cohete, el ascensor espacial reduciría de manera asombrosa el coste de todas las misiones espaciales. La electricidad es barata, y para trasladar a una persona a la órbita solo harían falta cien dólares. El viaje de regreso costaría diez dólares y en él se recuperaría la mayor parte de la energía. La comida y las películas proyectadas durante el viaje aumentarían el precio del billete, por supuesto. ¿Les parece bien mil dólares por el trayecto de ida y vuelta?

La teoría es impecable, pero ¿existe algún material con la suficiente resistencia a la tensión para alzarse sobre el Ecuador hasta una altura de treinta y seis mil kilómetros, y capaz de elevar cargas útiles? Cuando Yuri escribió su artículo, solo una sustancia cumplía estas especificaciones tan rigurosas: el carbono cristalizado, más conocido como diamante. Por desgracia, las megatoneladas necesarias no están disponibles en el mercado libre, si bien en *2061: Odisea tres* di motivos para pensar que podían existir en el núcleo de Júpiter. En *Las fuentes del paraíso* sugerí una fuente más accesible: fábricas en órbita donde se «cultivarían» diamantes en condiciones de gravedad cero.

El primer «paso pequeño» hacia el ascensor espacial se intentó en agosto de 1992 con la lanzadera *Atlantis*, cuando un experimento incluyó la expulsión y recuperación de una carga unida a un cable de veintiún kilómetros de largo. Por desgracia, el mecanismo de filar se atascó cuando solo llevaba recuperados unos cuantos cientos de metros.

Me sentí muy halagado cuando la tripulación del *Atlantis* exhibió *Las fuentes del paraíso* durante su conferencia de prensa orbital, y el especialista de misión, Jeffrey Hoffman, me envió el ejemplar autografiado cuando regresaron a la Tierra.

En febrero de 1996 tuvo lugar el segundo experimento con un cable, y en esta ocasión con mayor éxito: la carga fue extendida al máximo de la distancia, pero el cable se cortó durante la recuperación, debido a una descarga eléctrica producida por un defecto en el aislamiento. (Puede que se haya tratado de un accidente afortunado. Recuerdo que algunos contemporáneos de Benjamin Franklin murieron cuando intentaron repetir su famoso, y arriesgado, experimento de elevar una cometa durante una tormenta.)

Aparte de posibles peligros, sacar de la lanzadera cargas sujetas a un cable es algo así como pescar con mosca: no es tan fácil como parece. Algún día se dará el último «salto gigante», hasta el Ecuador.

Entretanto, el descubrimiento de la tercera forma del carbono, el buckminsterfullereno (C60), ha hecho mucho más plausible el concepto del ascensor espacial. En 1990, un grupo de químicos de la Universidad de Rice (Houston) logró una forma tubular de C60 que posee una resistencia a la tensión mucho mayor que el diamante. El líder del grupo, el doctor Smalley, llegó a afirmar que se trataba del material más fuerte que podía existir, y añadió que posibilitaría la construcción del ascensor espacial. (Noticia de última hora: me ha alegrado mucho saber que el doctor Smalley ha compartido el premio Nobel de química por este trabajo.)

Y ahora, una asombrosa coincidencia, tan misteriosa como para preguntarse «quién está al mando».

Buckminster Fuller murió en 1983, de manera que no vivió para ver el descubrimiento de las «buckybolas» y «buckytubos» que le han proporcionado una fama póstuma mucho mayor. Durante uno de sus últimos viajes por el mundo, tuve el placer de acompañarle a él y a su esposa Anne en una visita aérea por Sri Lanka, y les enseñé algunos de los lugares que aparecen en *Las fuentes del Paraíso*. Poco después, grabé la novela en un LP (Caedmon TC 1606) de vinilo (¿se acuerdan de ellos?), y Bucky tuvo la gentileza de escribir las notas de la carpeta. Terminaban con una revelación sorprendente, que tal vez me hayan hecho imaginar Star City:

> En 1951 diseñé un puente-anillo de tensores integrados en flotación libre, el cual sería instalado saliendo del Ecuador y alrededor de él. Dentro de este puente «halo», la Tierra seguiría girando, en tanto el puente circular daría vueltas a una velocidad propia. Preví que el tráfico terrestre ascendería en vertical al puente, giraría y descendería en el lugar de la Tierra elegido.

No me cabe duda de que, si la raza humana decide realizar esta inversión (ínfima, teniendo en cuenta algunos cálculos del crecimiento económico), la construcción de Star City sería posible. Además de aportar estilos de vida nuevos, y de facilitar el acceso al Planeta Madre a visitantes procedentes de mundos con baja gravedad, como Marte y la Luna, eliminaría todo el sistema de cohetes de la superficie de la Tierra y los relegaría al espacio, su lugar apropiado (de todos modos, confío en que en cabo Kennedy siga habiendo celebraciones conmemorativas, para recrear el entusiasmo de los primeros tiempos).

Casi toda la ciudad consistiría en andamios vacíos, y solo una parte muy pequeña estaría ocupada o utilizada con fines científicos o tecnológicos. Al fin y al cabo, las torres equivaldrían a rascacielos de diez millones de pisos, y la circunferencia del anillo que rodearía la órbita geoestacionaria mediría más de la mitad de la distancia a la Luna. En ese volumen de espacio, si estuviera cerrado en su totalidad, sería posible albergar numerosas veces a toda la raza humana (lo cual plantearía interesantes problemas logísticos, que prefiero dejar como «un ejercicio para el estudioso»).

Para una excelente historia del concepto de «el tallo principal del frijol» (así como muchas otras ideas osadas, como la antigravedad y los repliegues espaciales), ver *Indistinguishable From Magic,* de Robert Forward (Baer, 1995).

5. EDUCACIÓN

Quedé atónito al leer en la prensa local del 19 de julio de 1996 que el doctor Chris Winters, responsable de Equipo de Inteligencia Artificial de British Telecom, creía que la información y el aparato de almacenamiento descritos en este capítulo podrían desarrollarse en un plazo máximo de treinta años (en mi novela de 1956 *La ciudad y las estrellas* lo calculé para dentro de unos mil millones de años... un serio fallo de imaginación). El doctor Winters afirma que nos permitiría «recrear a una persona física, sentimental y espiritualmente», y calcula que las exigencias de memoria serían de unos diez terabits (diez a la trece bits), dos órdenes de magnitud inferiores al petabit (diez a la quince bits) que yo sugiero.

Ojalá hubiera pensado en el nombre del doctor Winters para este aparato, que provocará apasionados debates en los círculos eclesiásticos: el «cazador de almas». Para su aplicación al viaje interestelar, ver la nota del capítulo 9.

Yo creía haber inventado la transferencia de información de palma a palma descrita en el capítulo 3, así que me mortificó descubrir que Nicholas (*Being Digital*) Negroponte y su Laboratorio de Medios del MIT llevaban trabajando en esa idea desde hacía años...

7. ENERGÍA INFINITA

Si la inconcebible energía del campo de punto cero (de la que se habla en ocasiones como «fluctuaciones cuánticas» o «energía de vacío») llega a utilizarse un día, el impacto sobre nuestra civilización será incalculable. Las actuales fuentes de energía (petróleo, cola, nuclear, hidráulica, solar) quedarían obsoletas, y también muchos temores sobre la contaminación del medio ambiente. Todo se reduciría a una enorme preocupación: la contaminación calórica. A la larga, toda energía se degrada en calor, y si todo el mundo pudiera jugar con unos cuantos millones de kilovatios, este planeta no tardaría en seguir el mismo camino que Venus: varios centenares de grados a la sombra.

Sin embargo, la teoría también tiene su lado positivo: tal vez no haya otra forma de evitar la siguiente Era Glaciar, que por otra parte es inevitable («La civilización es un intervalo entre eras glaciares», Will Durant en *The Story Of Civilization*).

Mientras escribo esto, muchos ingenieros competentes, en laboratorios esparcidos por todo el mundo, afirman que están aprovechando esta nueva fuente de energía. Cierta idea de su magnitud nos la da un famoso comentario del físico Richard Feynman, en el sentido de que la energía contenida en el volumen de una taza de café es suficiente para que todos los océanos del mundo hiervan.

Es una idea a la que cabe conceder atención. En comparación, la energía nuclear parece tan débil como una cerilla mojada.

Me pregunto cuántas supernovas habrán sido accidentes industriales.

9. El impulso inercial

Uno de los principales problemas de desplazarse por Star City sería las distancias enormes que habría que recorrer. Si uno quisiera ir a ver a un amigo que vive en la siguiente torre (las comunicaciones nunca sustituirán por completo el contacto personal, pese a todos los avances de la realidad virtual), sería el equivalente de un viaje a la Luna. Hasta con los ascensores más rápidos se tardaría días en lugar de horas, o habría aceleraciones inaceptables para gente adaptada a una vida en baja gravedad.

El concepto de «impulso inercial», o sea, un sistema de propulsión que actúa sobre todos los átomos del cuerpo para que la aceleración no produzca deformaciones en este, fue inventado probablemente por el maestro de la Space Opera, E. E. Smith, en los años treinta. Es menos improbable de lo que parece, porque un campo gravitatorio actúa precisamente de esta manera.

Si un ser humano estuviese en caída libre cerca de la Tierra (dejando de lado los efectos de la resistencia del aire), su velocidad aumentaría a razón de unos diez metros por segundo. Sin embargo, se sentiría como si no pesase nada. No existiría sensación de aceleración, aunque su velocidad aumentara a razón de un kilómetro por segundo, cada minuto y medio.

Lo mismo sucedería si esa persona cayese en la gravedad de Júpiter (unas dos veces y media la de la Tierra), o incluso en el mucho más poderoso campo de una enana blanca o estrella de neutrones (millones o miles de millones de veces más grande). No sentiría nada, aunque desde el punto de arranque se hubiera aproximado a la velocidad de la luz en cuestión de minutos. Sin embargo, si fuera lo bastante estúpido para situarse a pocos radios del objeto atractivo, su campo ya no sería uniforme sobre toda la longitud de su cuerpo, y las fuerzas de marea no tardarían en despedazarlo. Para más detalles, véase mi deplorable relato corto, aunque de nombre muy preciso, titulado «Flujo de neutrones» (en *El viento del sol*).

Hasta hace muy poco, un impulso inercial que actuara exactamente como un campo de gravedad controlable nunca ha sido discutido con seriedad fuera de las páginas de la ficción científica, pero en 1994 tres físicos norteamericanos lo hicieron, desarrollando algunas ideas del gran físico ruso Andrei Sajarov.

«La inercia como una fuerza Lorentz de campo de punto cero», escrito por B. Haisch, A. Rueda y H. E. Puthoff (*Phys*

Review A, febrero de 1994), tal vez sea considerado algún día un artículo clave, y yo lo he adoptado así para los propósitos de la ficción. Plantea un problema tan fundamental que suele darse por hecho, con un encogimiento de hombros y una frase del tipo «el Universo está hecho así».

La pregunta que formulan HR&P es: «¿Qué otorga a un objeto masa (o inercia), de manera que para empezar a moverlo sea preciso un esfuerzo, y el mismo esfuerzo sea necesario para devolverlo a su estado inicial?».

Su respuesta provisional depende del tan poco conocido como asombroso (y ajeno a las torres de marfil de los físicos) hecho de que el llamado espacio «vacío» es, en realidad, una caldera de energía hirviente, el campo de punto cero (véase *ut supra*). HR&P sugieren que tanto la inercia como la gravitación son fenómenos electromagnéticos, resultado de la interacción con este campo.

Remontándonos hasta Faraday, se han realizado innumerables intentos de vincular la gravedad y el magnetismo, y si bien muchos experimentos se han declarado satisfactorios, ninguno de sus resultados ha sido verificado jamás. Sin embargo, la teoría de HR&P puede ser demostrada y abre la perspectiva, por remota que sea, de la antigravedad, las «propulsiones espaciales» e incluso la posibilidad, aún más fantástica, de controlar la inercia. Esto podría conducir a situaciones interesantes. Si se da a alguien el empujón más suave, desaparecería al instante a una velocidad de miles de kilómetros por hora, hasta rebotar al otro lado de la habitación una fracción de milisegundo después. La buena noticia es que los accidentes de tráfico serían prácticamente imposibles. Los automóviles, y sus pasajeros, podrían chocar sin peligro alguno a cualquier velocidad. (¿Aún creen que el estilo de vida actual es demasiado frenético?)

La «ausencia de peso» que ahora damos por hecho en las misiones espaciales, y que millones de turistas disfrutarán en el próximo siglo, habría parecido magia a nuestros abuelos, pero la abolición, o solo la reducción, de la inercia es algo muy diferente, y tal vez por completo imposible.[1] De todos modos, es una idea excelente, porque podría proporcionar el equivalente de la «teleportación». Se podría viajar a cualquier parte (al menos en la Tierra) casi al instante. La verdad, no sé cómo se las arreglaría Star City sin ella...

Una de las suposiciones que he hecho en esta novela es que Einstein estaba en lo cierto, y que ninguna señal, ni objeto, puede superar la velocidad de la luz. Cierto número de artículos científicos de gran calibre han sugerido en fechas recientes que, como incontables escritores de ficción científica han dado por hecho, es posible que los autoestopistas galácticos no tengan que padecer esta molesta restricción.

En general, espero que tengan razón, pero existe una objeción fundamental. Si viajar más rápido que la luz es posible, ¿dónde están todos esos autoestopistas, o al menos los turistas adinerados?

Una respuesta es que ningún extraterrestre sensato construirá jamás vehículos interestelares, por la misma razón que nosotros nunca hemos desarrollado aviones alimentados con carbón: hay formas mucho mejores de hacer el trabajo.

El número de bits, sorprendentemente pequeño, necesario para definir a un ser humano, o para almacenar toda la información que una persona puede adquirir a lo largo de su vida, se discute en «La inteligencia de las máquinas, el coste del viaje interestelar y la paradoja de Fermi», artículo de Louis

1. En septiembre de 1996, científicos de Islandia afirmaron haber detectado una pequeña reducción (menos del uno por ciento) en la gravedad ejercida sobre un disco superconductor giratorio. Si esto se confirma (y parece que anteriores experimentos realizados en el Instituto Max Planck de Munich han insinuado similares resultados), podría tratarse del descubrimiento durante tanto tiempo anhelado. Espero más noticias con escepticismo interesado.

K. Scheffer (*Quarterly Journal of the Royal Astronomical Society*, vol. 35, n° 2, junio de 1994, pp. 157-175). Este artículo (sin duda el más osado que la susodicha *QJRAS* ha publicado desde que existe) calcula que el contenido mental total de un ser humano centenario cuya memoria sea perfecta podría representarse por diez bits a la quince (un petabit). Incluso las actuales fibras ópticas podrían transmitir esa cantidad de información en cuestión de minutos.

Mi sugerencia de que un transportador de *Star Trek* aún no estaría disponible en 3001 tal vez pueda parecer una falta de visión aberrante dentro de un siglo, y la actual ausencia de turistas interestelares se debe al simple hecho de que en la Tierra aún no se ha instalado el equipo de recibimiento adecuado. Quizá ya está en camino a paso de tortuga...

15. *FALCON*

Me causa un gran placer rendir este homenaje a la tripulación del *Apolo 15*. Cuando regresaron de la Luna me enviaron el hermoso mapa en relieve del lugar donde aterrizó el módulo lunar *Falcon*, que ahora ocupa un lugar de honor en mi despacho. Muestra las rutas que siguió el Rover lunar durante sus tres excursiones, una de las cuales bordeó el cráter Earthlight. El mapa lleva la siguiente inscripción: «Para Arthur Clarke, de la tripulación del *Apolo 15*, con nuestro agradecimiento por sus visiones del espacio. Dave Scott, Al Worden, Jim Irwin». En contrapartida, ahora he dedicado *Earthlight* (escrita en 1953, estaba ambientada en el territorio que el Rover iba a recorrer en 1971) «A Dave Scott y Jim Irwin, los primeros hombres que entraron en esta tierra, y Al Worden, que les observó desde la órbita».

Después de cubrir el aterrizaje del *Apolo 15* desde los estudios de la CBS, con Walter Cronkite y Wally Schirra, volé a Control de Misión para ser testigo de su entrada en la atmósfera y su posterior caída al mar. Estaba sentado al lado de la hijita de Al Worden, que fue la primera en darse cuenta de que uno de los tres paracaídas de la cápsula no se había abierto. Fue un momento de gran tensión, pero por suerte los dos restantes se abrieron sin problemas.

16. Asteroide 7794

Para una descripción del impacto de la sonda, véase el capítulo 18 de *2001: una odisea espacial*. Precisamente, ahora está preparándose un experimento semejante para la inminente misión Clementine 2.

Me siento un poco avergonzado al ver que, en mi primer *Odisea espacial*, el descubrimiento del asteroide 7794 se atribuía al Observatorio Lunar... ¡en 1997! Bien, lo retrasaré a 2017, a tiempo para mi centésimo cumpleaños.

Pocas horas después de escribir lo anterior, me enteré con júbilo de que el asteroide 4923 (1981 EO27), descubierto por S. J. Bus en Siding Spring (Australia), el 2 de marzo de 1981, había sido bautizado Clarke, en parte como reconocimiento del Proyecto Vigilancia Espacial (ver *Cita con Rama* y *El martillo de Dios*). Me informaron, con profundas disculpas, de que debido a un desafortunado despiste el número 2001 ya no estaba disponible, pues lo habían adjudicado a un tal A. Einstein. Excusas, excusas...

Pero me alegró saber que el asteroide 5020, descubierto el mismo día que 4923, había sido bautizado Asimov, si bien me entristece el hecho de que mi viejo amigo nunca lo sabrá.

17. Ganimedes

Como ya explicaré en el epílogo, y en las notas a *2010: Odisea dos* y *2061: Odisea tres*, confiaba en que la ambiciosa misión

Galileo a Júpiter y sus lunas nos hubiera proporcionado a estas alturas un conocimiento mucho más detallado así como primeros planos asombrosos de esos extraños mundos.

Bien, tras muchos retrasos, *Galileo* llegó a su primer objetivo, el propio Júpiter, y está portándose de maravilla. Pero, ay, existe un problema: por algún motivo, la antena principal no se ha desplegado. Esto significa que las imágenes han de ser enviadas por medio de una antena de baja amplificación, a una velocidad tremendamente lenta. Si bien para compensar este fallo se han obrado milagros en la reprogramación del ordenador de a bordo, aún se precisan horas para recibir una información que habría llegado en cuestión de minutos.

Por lo tanto, hemos de ser pacientes, y yo estaba tentado de explorar Ganimedes en la ficción, justo antes de que *Galileo* empezara a hacerlo en la realidad, el 27 de junio de 1996.

El 11 de julio de 1996, dos días antes de terminar este libro, descargué las primeras imágenes de JPL. Por suerte, nada, hasta el momento, contradice mis descripciones. Pero si las actuales vistas de campos de hielo sembrados de cráteres dan paso de repente a palmeras y playas tropicales, o peor aún, a letreros de YANKEE GO HOME, me veré en serios problemas...

Ansío disfrutar con los primeros planos de Ganimedes City (capítulo 17). Esta impresionante formación es exactamente como la describo, aunque dudé en hacerlo por temor a que mi «descubrimiento» apareciera en la primera plana del *National Prevaricator*. Se me antoja mucho más artificial que la famosa «cara de Marte» y sus contornos. Y si las calles y las avenidas tienen diez kilómetros de anchura, ¿qué más da? Tal vez los medes fuesen GRANDES...

La ciudad puede encontrarse en las imágenes de la *Voyager* 20637.02 y 20637.29, o mejor aún, en la monumental obra de John H. Rogers *The Giant Planet Jupiter* (Cambridge University Press, 1995).

19. La locura de la humanidad

Para encontrar pruebas visuales de la sorprendente afirmación de Khan, en el sentido de que la mayor parte de la humanidad ha estado en parte loca, véase el episodio 22, «Encuentro con María», de mi serie de televisión *El universo misterioso de Arthur C. Clarke*. Y no olviden que los cristianos solo representan un subconjunto muy pequeño de nuestra especie. Un número de devotos muchísimo mayor de los que han adorado a la Virgen María ha rendido igual reverencia a divinidades tan incompatibles como Rama, Kali, Shiva, Thor, Wotan, Júpiter, Osiris, etcétera, etcétera.

El ejemplo más impresionante (y penoso) de un hombre brillante cuyas creencias lo transforman en un lunático feroz es el de Conan Doyle. A pesar de que se demostró en incontables ocasiones que sus médiums favoritos eran unos farsantes, su fe en ellos permaneció inconmovible. El creador de Sherlock Holmes trató incluso de convencer al gran mago Harry Houdini de que «se desmaterializaba» para ejecutar sus hazañas de escapismo, a menudo basadas en trucos que, como decía el doctor Watson, eran «absurdamente sencillos» (véase el ensayo «La incoherencia de Conan Doyle», en *The Night Is Large*, de Martin Gardner).

Para detalles sobre la Inquisición, cuyas hipócritas atrocidades hacen palidecer a las de Pol Pot y los nazis, véase el demoledor ataque de Carl Sagan contra las paparruchas de la Nueva Era en *El mundo y sus demonios*. Ojalá fuese de lectura obligatoria, así como el libro de Martin, en todas las escuelas secundarias y universidades.

Al menos, el Departamento de Inmigración de Estados Unidos ha procedido contra una barbaridad de inspiración religiosa. La revista *Time* informa («Acontecimientos importantes», 24 de junio de 1996) que ha de garantizarse protección a las chicas amenazadas de mutilación genital en sus países de origen.

Ya había escrito este capítulo cuando topé con *Feet Of Clay: A study of Gurus* (Free Press Paperbacks, 1996), de Anthony Storr, una obra insoslayable sobre este deprimente asunto. Cuesta creer que cuando por fin fue detenido por la policía estadounidense, un predicador fraudulento había acumulado noventa y tres Rolls Royce. Peor aún: el ochenta y tres por ciento de sus miles de incautos seguidores norteamericanos había ido a la universidad, lo cual me reafirma en mi definición favorita de intelectual: «Alguien que ha sido educado más allá de su inteligencia».

26. TSIENVILLE

En el prefacio de 1982 a *2010: Odisea dos*, expliqué por qué di el nombre del doctor Tsien Hsueshen, uno de los fundadores de los programas espaciales estadounidense y chino, a la nave que aterrizaba en Europa. Como Iris Chang señala en su autobiografía *Thread of the Silkworm* (Basic Books, 1995), «su vida es una de las ironías supremas de la guerra fría».

Nacido en 1911, Tsien obtuvo una beca que en 1935 lo llevó de China a Estados Unidos, donde fue estudiante y después colega del brillante experto en aerodinámica Theodore von Kármán. Más tarde, ya en el Instituto de Tecnología de California, colaboró en la fundación del Laboratorio Aeronáutico Guggenheim, el antecedente directo del famoso Jet Propulsion Laboratory de Pasadena.

Durante los años cincuenta contribuyó en gran medida a la investigación de la técnica de los cohetes, pero, víctima de la histeria de la era McCarthy, fue detenido mediante acusaciones amañadas cuando intentaba visitar su China natal. Después de muchas audiencias judiciales y un prolongado período de arresto, fue finalmente deportado a su país de origen, con todos sus conocimientos y experiencia sin parangón.

Como muchos de sus distinguidos colegas afirmaron, se trató de uno de los actos más estúpidos (y desgraciados) de la historia de Estados Unidos.

Tras su expulsión, según Zhuang Fenggan, subdirector de la Administración Espacial Nacional China, Tsien «empezó a investigar sobre cohetes a partir de la nada...». Sin él, la tecnología china habría sufrido un retraso de veinte años. Y el retraso correspondiente, tal vez, en el despliegue del mortífero misil tierra-aire *Gusano de Seda* y el lanzasatélites *Larga Marcha*...

Poco después de haber concluido esta novela, la Academia Internacional de Astronáutica me honró con su más alta distinción, el premio Von Kármán, ¡que sería entregado en Beijing! Era una oferta que no podía rechazar, sobre todo cuando averigüé que el doctor Tsien reside ahora en esa ciudad. Por desgracia, cuando llegué descubrí que estaba ingresado en un hospital bajo observación y que sus médicos le habían prohibido las visitas.

Estoy extraordinariamente agradecido a su ayudante, el general de división Wang Shouyun, por entregar ejemplares dedicados de *2001* y *2061* al doctor Tsien. A cambio, el general me obsequió con el abultado volumen que ha editado, *Collected works of H. S. Tsien: 1938-1956* (Science Press, Donghuangcheggen North Street, 16, Beijing 100707, 1991). Se trata de una recopilación fascinante, que empieza con numerosas colaboraciones con Von Kármán sobre problemas de aerodinámica, y termina con artículos en solitario sobre cohetes y satélites. El último artículo, «Centrales de energía termonuclear» (*Jet Propulsion*, julio de 1956) fue escrito mientras el doctor Tsien era un virtual prisionero del FBI, y trata de un tema que aún es más tópico hoy, aunque se han realizado muy pocos progresos hacia «una central eléctrica que utilice la reacción de fusión del deuterio».

Justo antes de abandonar Beijing, el 13 de octubre de 1996, me complació saber que, pese a su edad actual (ochenta y cinco años) y su invalidez, el doctor Tsien aún prosigue sus estudios científicos. Deseo con toda sinceridad que disfrutara con *2001* y *2061*, y aguardo con impaciencia el momento de enviarle esta *Odisea final* como tributo adicional.

36. LA CÁMARA DE LOS HORRORES

Como resultado de una serie de audiencias senatoriales sobre Seguridad Informática que tuvieron lugar en junio de 1996, el presidente Bill Clinton firmó el 15 de julio siguiente la orden ejecutiva 13010 para hacer frente a «los ataques basados en la informática contra la información o los componentes de las comunicaciones que controlan infraestructuras de importancia vital ("amenazas cibernéticas")». Se pondrá en marcha una fuerza operativa para combatir el ciberterrorismo, y habrá representantes de la CIA, la NSA, las agencias de defensa, etcétera.

Pico, allá vamos...

Después de escribir el párrafo anterior, he quedado intrigado al averiguar que el final de la película *Independence Day*, que aún no he visto, también incluye el uso de virus informáticos como caballos de Troya. También me han informado de que el principio es idéntico al de *El fin de la infancia* (1953), y que contiene todos los tópicos conocidos de la ficción científica desde el *Viaje a la Luna* de Méliès (1903).

Aún no sé si felicitar a los guionistas por su originalidad, o si acusarlos del delito transtemporal de plagio precognitivo. En cualquier caso, temo que no pueda hacer nada para impedir que Juanito Palomitas de Maíz piense que he copiado el final de *ID4*.

El siguiente material ha sido tomado, generalmente con alteraciones, de los libros anteriores de la serie:

De *2001: una odisea espacial*, capítulo 18, «A través de los asteroides», y capítulo 37, «Experimento».

De *2010: Odisea dos*, capítulo 11, «Hielo y vacío»; capítulo 36, «Fuego en las profundidades»; capítulo 38, «Paisaje de espuma».

AGRADECIMIENTOS

Agradezco a IBM que me obsequiara el precioso Thinkpad 755 CD en que este libro fue compuesto. Durante muchos años me ha molestado el rumor (totalmente infundado) de que el nombre HAL se derivaba de las letras anteriores a IBM. En un intento de exorcisar este mito de la era de los ordenadores, me tomé la molestia de que el doctor Chandra, inventor de HAL, lo negara en *2010: Odisea dos*. Sin embargo, hace poco me aseguraron que, en lugar de estar irritada por esta asociación, Big Blue se siente ahora muy orgullosa de ella. En consecuencia, abandonaré cualquier intento futuro de enmendar el yerro, y envío mis felicitaciones a todos los participantes en la «fiesta de cumpleaños» de HAL, que tendrá lugar (por supuesto) en la Universidad de Illinois, Urbana, el 12 de marzo de 1997.

Mi desconsolada gratitud a mi editora de Del Rey Books, Shelly Shapiro, por diez páginas de correcciones que, una vez revisadas, mejoraron en mucho el producto final (sí, yo también he sido editor, y no padezco la habitual convicción de los autores de que los miembros de esta profesión son carniceros frustrados).

Por fin, y lo más importante de todo: el más sincero agradecimiento a mi viejo amigo Cyril Gardiner, presidente del hotel Galle Face, por la hospitalidad de su magnífica (y enorme) suite personal mientras estaba escribiendo este libro. Me proporcionó una Base de Tranquilidad en un período problemático. Me apresuraré a añadir que, si bien no cuenta con tal extensión de paisajes imaginarios, las instalaciones del Galle Face son muy superiores a las ofrecidas por el Granímedes, y nunca en mi vida había trabajado en un ambiente tan confortable.

O en uno capaz de inspirarme más, a propósito, porque una enorme placa en la entrada contiene la lista de más de cien jefes de Estado y otros distinguidos visitantes que se han alojado en él. La lista incluye a Yuri Gagarin, la tripulación del *Apolo 12* (la segunda misión a la superficie de la Luna), y una serie de excelentes actores de cine y teatro: Gregory Peck, Alec Guinnes, Noel Coward, Carrie Fisher, de *La guerra de las galaxias*... Así como Vivien Leigh y Laurence Olivier, quienes hacen breves apariciones en *2061: Odisea tres* (capítulo 37). Me siento honrado de ver mi nombre entre los de ellos.

Parece coherente que un proyecto iniciado en un hotel famoso (el Chelsea de Nueva York, ese semillero de genios auténticos y de imitación) concluyera en otro, a medio mundo de distancia. Pero me resulta extraño oír el océano Índico, azotado por el monzón, rugiendo a pocos metros de mi ventana, en lugar del tráfico que recorre la muy añorada calle Veintitrés.

IN MEMORIAM: 18 DE SEPTIEMBRE DE 1996

Con profundo pesar me enteré, mientras redactaba, literalmente, estos agradecimientos, de que Cyril Gardiner murió hace unas horas.

Me consuela algo saber que ya había visto el tributo anterior, y que le gustó mucho.

POST SCRIPTUM

«Nunca expliques, nunca te disculpes» tal vez sea un consejo excelente para políticos, productores de Hollywood y magnates de los negocios, pero un autor debería tratar a sus lectores con mayor consideración. Por lo tanto, aunque no tengo la intención de disculparme por nada, la complicada génesis del *Cuarteto de la Odisea* tal vez requiera una pequeña explicación.

Todo empezó en las navidades de 1948 (¡sí, 1948!), con un relato corto de cuatro mil palabras que escribí para un concurso patrocinado por la British Broadcasting Corporation. «El centinela» describía el descubrimiento de una pequeña pirámide en la Luna, dejada allí por alguna civilización alienígena a la espera de que la humanidad emergiera como una especie capaz de liderar el planeta. Hasta entonces, se insinuaba, sería demasiado primitiva para tener un mínimo interés.[2]

2. La búsqueda de aparatos alienígenas en el Sistema Solar debería ser una rama de la ciencia perfectamente legítima (¿«exoarqueología»?). Por desgracia, ha sido desacreditada por las afirmaciones de que tales pruebas ya han sido encontradas… ¡y ocultadas por la NASA! Es increíble que alguien pueda creer semejante tontería. Para la agencia espacial sería mucho más fácil falsificar deliberadamente aparatos extraterrestres, y así solucionaría sus problemas de presupuesto (dedicado a ti, administrador de la NASA…).

La BBC rechazó mi modesto esfuerzo, y no fue publicado hasta casi tres años después (primavera de 1951), en el primer y único número de *10 Story Fantasy*, una revista que, como comenta con ironía la *Encyclopaedia of Science Fiction*, «es recordada sobre todo por su deficiente aritmética (había trece relatos)».

«El centinela» permaneció en el limbo durante más de una década, hasta que en la primavera de 1964 Stanley Kubrick se puso en contacto conmigo y me preguntó si tenía alguna idea para la «proverbial buena película de ficción científica» (o sea, aún inexistente). Durante el curso de nuestras agotadoras reuniones, como relaté en *The Lost Worlds of 2001*, decidimos que el paciente observador situado en la Luna sería un buen punto de partida para nuestra historia. A la larga, fue mucho más que eso, porque en algún momento de la producción la pirámide evolucionó hasta convertirse en el famoso monolito negro.

Para situar en su perspectiva correcta la serie de *Odisea*, hay que recordar que cuando Stanley y yo empezamos a planear lo que llamábamos en privado «la conquista del Sistema Solar», la Era Espacial contaba apenas siete años de edad, y ningún humano se había alejado más de cien kilómetros del planeta madre. Aunque el presidente Kennedy había anunciado que Estados Unidos albergaba la intención de ir a la Luna «en esta década», para la mayoría de la gente era un sueño inalcanzable. Cuando empezamos a rodar en el sur de Londres,[3] un gélido 29 de diciembre de 1965, ni siquiera sabíamos qué aspecto tenía la Luna vista de cerca. Aún existía el temor de que la primera palabra pronunciada por un astronauta al salir fuese «¡Socorro!», mientras desaparecía en una capa de polvo lunar fino como el talco. En conjunto, nuestra intuición funcionó muy bien. Solo el hecho de que nuestros paisajes luna-

---

3. En Shepperton, destruido por los marcianos en una de las escenas más dramáticas de la obra maestra de Wells *La guerra de los mundos*.

res son más mellados que los reales (suavizados por eones de recibir el impacto de polvo meteórico) revela que *2001* fue hecha en la era anterior al proyecto Apolo.

Hoy, por supuesto, parece ridículo que hayamos imaginado estaciones espaciales gigantes, hoteles Hilton en órbita y expediciones a Júpiter para una fecha tan cercana como 2001. Cuesta asumir que en los años sesenta existían serios planes para instalar bases permanentes en la Luna y pisar Marte... ¡en 1990! De hecho, en el estudio de la CBS, nada más lanzarse el *Apolo 11*, oí que el vicepresidente de Estados Unidos exclamaba, jubiloso: «¡Y ahora, a por Marte!».

A la postre, tuvo suerte de no ir a la cárcel. Aquel escándalo, más Vietnam y Watergate, es uno de los motivos de que estas perspectivas optimistas no se hicieran realidad.

Cuando la película y el libro de *2001: una odisea espacial* salieron a la luz en 1968, nunca había pensado en la posibilidad de una secuela, pero en 1979 tuvo lugar una expedición a Júpiter, y conseguimos las primeras tomas cercanas del gigantesco planeta y su asombrosa familia de lunas.

Las sondas espaciales de la *Voyager*[4] no iban tripuladas por seres humanos, pero las imágenes que enviaban transformaban en reales (y totalmente inesperados) unos mundos que, hasta aquel momento, solo habían sido puntos de luz en los telescopios más potentes. Los volcanes sulfurosos de Ío en constante erupción, la cara sembrada de impactos de Calisto, el paisaje tortuoso de Ganimedes... Era casi como si hubiéramos descubierto un nuevo Sistema Solar. La tentación de explorarlo fue irresistible, y de ahí surgió *2010: Odisea dos*, que también me proporcionó la oportunidad de descubrir qué había sido de Dave Bowman, después de que despertara en aquella enigmática habitación de hotel.

---

4. Que utilizó una maniobra de «honda» o «asistencia de gravedad» al volar cerca de Júpiter, como hacía la *Discovery* en el libro de *2001*.

En 1981, cuando empecé a escribir el nuevo libro, la guerra fría seguía en pleno apogeo y pensé que al plasmar una misión conjunta ruso-norteamericana daría la nota, por no mencionar que haría que me viese expuesto a toda clase de críticas. También subrayé mi esperanza en la futura cooperación al dedicar la novela al premio Nobel Andrei Sajarov (por entonces aún en el exilio) y al cosmonauta Alexei Leonov, quien, cuando le dije en el «Pueblo Espacial» que la nave llevaría su nombre, exclamó con su típica espontaneidad: «¡Entonces, será una buena nave!».

Aún me parece increíble que, cuando Peter Hyams rodó su excelente visión fílmica en 1983, pudiera utilizar los primeros planos auténticos de las lunas jovianas obtenidos por las misiones Voyager (algunas de ellas después de ser procesadas por ordenador en el Jet Propulsion Laboratory, fuente de los originales). Sin embargo, se esperaban imágenes mucho mejores de la ambiciosa misión Galileo, dedicada a realizar una inspección detallada de los satélites mayores durante un período de muchos meses. Nuestro conocimiento de este nuevo territorio, obtenido antes en un breve vuelo cercano, aumentaría considerablemente, y yo ya no tendría excusas para no escribir *Odisea tres*.

Pero, ay, algo trágico sucedió camino de Júpiter. Se había planeado poner en órbita la *Galileo* desde la lanzadera espacial en 1986, pero el desastre del *Challenger* dio al traste con esa opción, y pronto comprendimos que no recibiríamos nueva información desde Ío y Europa, Ganimedes y Calisto, hasta pasada una década, por lo menos.

Decidí no esperar, y el retorno del cometa Halley al interior del Sistema Solar (1985) me proporcionó un tema irresistible. Su siguiente aparición en 2061 sería un buen momento para situar una tercera *Odisea*, aunque no estaba seguro de cuándo podría entregarla. Pedí a mi editora un anticipo bastante modesto. Cito con especial tristeza la dedicatoria de *2061: Odisea tres*:

A la memoria de
Judy-Lynn del Rey,
editora extraordinaria,
que compró este libro por un dólar...
pero nunca supo si su inversión fue fructífera.

Es imposible que una serie de cuatro novelas de ciencia ficción escritas a lo largo de un período de más de treinta años, que han contemplado los desarrollos más espectaculares en tecnología (sobre todo en lo que a la exploración del espacio se refiere) y la política, sean mutuamente consistentes. Como escribí en la introducción a *2061*: «Al igual que *2010: Odisea dos* no era una secuela directa de *2001: una odisea espacial*, este libro no es una secuela literal de *2010*. Todos han de ser considerados variaciones sobre el mismo tema, que incluyen a muchos de los mismos personajes y situaciones, pero que no suceden necesariamente en el mismo universo». Si les apetece una buena analogía procedente de otro medio, escuchen lo que Rachmaninoff y Andrew Lloyd Webber hicieron con el mismo puñado de notas de Paganini.

Así, esta *Odisea final* ha desechado muchos elementos de sus precursoras, pero ha desarrollado otros, y espero que más importantes, con mucho mayor detalle. Si algunos lectores de los libros anteriores se sienten desorientados por tales transmutaciones, espero poder disuadirlos de que me envíen cartas de denuncia, adaptando uno de los comentarios más cariñosos de cierto presidente de Estados Unidos: «¡Es ficción, estúpido!».

Y es mi ficción, por si no se habían dado cuenta. Si bien he disfrutado mucho de mis colaboraciones con Gentry Lee,[5] Michael Kube-McDowell y el fallecido Mike McQuay, y no

5. Por una coincidencia improbable, Gentry era ingeniero jefe en los proyectos Galileo y Viking (véase la introducción a *Rama II*). No fue culpa suya que la antena de la *Galileo* no se desplegara...

vacilaré en llamar de nuevo a los mejores *negros* de la profesión si tengo proyectos futuros demasiado grandes para mí solo, esta *Odisea* en particular tenía que ser un trabajo individual.

Todas las palabras son mías. Bueno, casi todas. Debo confesar que encontré al profesor Thirugnanasampanthamoorthy (capítulo 35) en el listín telefónico de Colombo, Sri Lanka. Espero que el propietario del nombre no ponga objeciones al préstamo. También hay algún préstamo del *Oxford English Dictionary*. Y no se lo pierdan… Ante mi regocijada sorpresa, descubrí que utiliza no menos de sesenta y seis citas de mis obras para ilustrar el significado y uso de las palabras.

Querido *OED*, si encuentras algún ejemplo útil en estas páginas, sírvete sin ambages… otra vez.

Pido disculpas por el número de modestas revelaciones (unas diez, en un último recuento) que aparecen en este Epílogo, pero los temas que trata me parecían demasiado importantes para ser omitidos.

Finalmente, me gustaría transmitir a mis numerosos amigos budistas, cristianos, hinduístas, judíos y musulmanes mi satisfacción por la paz espiritual (y el bienestar físico, como ahora admite a regañadientes la medicina occidental) que les ha proporcionado la religión que les ha concedido el azar.

Quizá sea mejor estar desequilibrado y feliz que cuerdo desdichado. Pero lo mejor de todo es estar cuerdo y feliz.

Que nuestros descendientes alcancen este objetivo será el mayor desafío del futuro. De hecho, puede que decida si tenemos algún futuro.

ARTHUR C. CLARKE
Colombo, Sri Lanka
19 de septiembre de 1996

ÍNDICE

2001: UNA ODISEA ESPACIAL

2061: ODISEA TRES

I. LA MONTAÑA MÁGICA

VI. REFUGIO

VII. LA GRAN MURALLA

VIII. EL REINO DE AZUFRE

IX. 3001

3001: ODISEA FINAL